HEYNE <

Das Buch

Eine Insel, in deren Tiefen ein Portal in eine fremde Welt führt. Ein magisches Geheimnis, das um jeden Preis gehütet werden muss. Sechs Gefährten, die auf der Flucht vor grausamen Mördern einen schicksalhaften Pakt schließen …

Die Insel Ji verbirgt in den Tiefen eines Felslabyrinths ein Portal. Vor Jahrhunderten konnte eine Gruppe von Gesandten einen Blick in die paradiesische Welt jenseits des Portals werfen. Seitdem versammeln sich jedes Jahr die Nachkommen der Gesandten auf Ji – bis zu jenem Tag, als einer nach dem anderen ermordet wird. Nur sechs von ihnen haben überlebt, doch auch ihr Leben ist weiter in Gefahr – sie müssen fliehen. Angeführt von einer Magierin begeben sie sich auf eine Reise, um Antworten zu erhalten. Unterwegs offenbart sich einer der Gefährten als erstaunlich begabter Magier-Novize, und ein junges Mädchen wird zur Kriegerin. Werden sie dem Geheimnis von Ji auf die Spur kommen und den mysteriösen Auftraggeber ihrer Verfolger entlarven?

Der Autor

Pierre Grimbert, 1970 in Lille geboren, arbeitete einige Zeit als Bibliothekar, bevor er in Bordeaux Buchwissenschaften und Publizistik studierte. Die Magier-Saga wurde mit zahlreichen Preisen ausgezeichnet, u.a. mit dem Prix Ozone als bester französischer Fantasy-Roman. Der Autor lebt im Norden Frankreichs.

PIERRE GRIMBERT

DIE MAGIER

DIE KOMPLETTE SAGA
IN EINEM BAND

WILHELM HEYNE VERLAG
MÜNCHEN

Titel der französischen Originalausgaben:
Le Secret de Ji – Six héritiers, Le Serment orphelin, L'Ombre des anciens, Le Doyen Eternel
Aus dem Französischen übersetzt
von Sonja Finck (»Gefährten des Lichts« und »Krieger der Dämmerung«) und von
Sonja Finck und Nadine Püschel (»Götter der Nacht« und »Kinder der Ewigkeit«)

MIX
Papier aus verantwortungsvollen Quellen
FSC® C014496

Verlagsgruppe Random House FSC® N001967

Taschenbuchausgabe 6/2016
Redaktion: Catherine Beck

Printed in Germany
Umschlaggestaltung: Nele Schütz Design, München
unter Verwendung eines Motivs von
shutterstock/Dark Geometry Studios, Melkor 30
Satz: Buch-Werkstatt GmbH, Bad Aibling
Druck und Bindung: GGP Media GmbH, Pößneck

ISBN: 978-3-453-53428-5

www.heyne.de

@HeyneFantasySF
twitter.com/HeyneFantasySF

INHALT

DIE GEFÄHRTEN
DES LICHTS

Man nennt mich Lóti. Ich wohne in Eza, einem Dorf der Südprovinz im Matriarchat von Kaul. Vor hundertachtzehn Jahren trat ein Fremder vor den Rat der Mütter und überbrachte ihnen eine überaus bedeutsame Botschaft. Er erklärte, sein Name laute Nol, und er stamme aus keinem der bekannten Länder. Dennoch glaubten viele Ratsfrauen, er komme aus dem Osten, sei vielleicht Wallatte, Thalitte, Solener oder ein anderer Bewohner des Morgenlandes. Daher brachten sie ihm ein gewisses Misstrauen entgegen.

Nol beherrschte ihre Sprache und achtete die Sitten und Bräuche der Ratsversammlung, als hätte er schon sein ganzes Leben in Kaul verbracht. Die Mütter behandelten ihn mit Achtung und unterbrachen ihn nicht, so wie es die Tradition gebot.

Damals wurden von den Ratsversammlungen noch keine Niederschriften angefertigt, weshalb Nols Rede nicht im Wortlaut überliefert ist. Doch sie muss in etwa so geklungen haben:

»Hochverehrte Mütter, ich komme nicht in böser Absicht. Die Weisheit der Ratsfrauen ist legendär, und ich hoffe, dass Ihr mir Euer Vertrauen schenkt, auch wenn ich von so vielem schweigen muss.

Ich kann Euch weder sagen, warum ich hier bin, noch, woher ich komme. Ich überbringe meine Botschaft allen Königen und Herrschern der bekannten Welt – mögen sie mir Glauben schenken, auch wenn meine Worte seltsam klingen.

So hört mich an.

Zu einem Zweck, über den ich Schweigen bewahren muss, bitte ich Euch, eine weise und würdige Vertreterin Eures Volks zu benennen.

Am Tag der Eule werde ich bei Sonnenaufgang mit Eurer Auserwählten und den Gesandten der anderen Länder auf der Insel Ji zusammentreffen. Das Unterfangen ist ohne Gefahr, daher ist es nicht nötig, ihr eine Eskorte mit auf den Weg zu geben. Sie wird die Reise ohnehin allein antreten müssen.

Eure Gesandte wird nur wenige Dekaden fort sein. Ein Boot möge vom Tag der Erde an am selben Ort auf sie warten.

Was nach unserer Wiederkehr geschehen wird, steht noch nicht geschrieben.

Ich kann Euch nur sagen, dass die Weisen eine wichtige Entscheidung treffen werden, von der Ihr Kunde erhalten werdet.

Das sind meine Worte, und ich ahne Eure Fragen. Stellt sie nicht vergebens, hochverehrte Mütter, denn ich werde sie nicht beantworten können.«

Natürlich bedrängten die Ratsfrauen Nol trotzdem mit Fragen, doch wie angekündigt blieb er stumm. Nachdem er sich zurückgezogen hatte, beratschlagten die Mütter, was zu tun sei. Einige jüngere Frauen, deren Männer Seite an Seite mit den lorelischen Truppen kämpften, fanden, man solle den Fremden aus dem Land jagen oder in den Kerker werfen. Andere glaubten, man habe es mit einem harmlosen Irren zu tun, und wollten die Sache auf sich beruhen lassen.

Einige Ratsfrauen waren jedoch neugierig geworden. Sie waren der Ansicht, es könne nicht schaden, eine Gesandte nach Ji zu schicken, um das Geheimnis zu lüften. Der Rat stimmte ab, und dieser letzte Vorschlag setzte sich durch, allerdings wollte der Rat zuvor Kunde einholen, ob Nol seine Botschaft tatsächlich auch anderen Ländern überbracht hatte.

Einige Tage später berichtete der Konsul aus Junin vor dem Rat von einem ähnlichen Treffen zwischen Nol und den Fürsten der Kleinen Königreiche.

Nun war es an der Zeit, eine Gesandte zu finden. Da die weisesten Frauen des Matriarchats im Rat saßen, würden sie eine aus ihrer Mitte wählen. Das erlaubte ihnen außerdem, die Sache geheim zu halten.

Die Ratsfrauen wandten sich ehrerbietig der Großen Mutter zu, die von allen die weiseste war. In ihrer großen Weisheit wusste sie, dass sie selbst für diese abenteuerliche Reise zu alt war. Daher bat sie, Freiwillige mögen sich melden – nicht, weil sie sich für besonders weise hielten, sondern um ihre Loyalität zu bekunden. Vier Mütter traten vor, und von ihnen wurde Tiramis ausgewählt.

Tiramis ist meine Ahnin. Sie ist die Mutter der Mutter der Mutter meiner Mutter, die Großmutter meiner Großmutter.

Der Rat beschloss außerdem, sie zu ihrem Schutz von einem Mann begleiten zu lassen. Die Wahl fiel auf Yon, den drittältesten Sohn der Großen Mutter, dessen Kraft und Hingabe allseits bekannt waren. Damit Nol ihnen einen zweiten Gesandten gewährte, behaupteten die Mütter, Yon vertrete die männlichen Einwohner Kauls, was nicht ganz falsch war. Der Rat schick-

te ihnen vorsichtshalber ein Segelschiff, das dem seltsamen Fremden und den beiden Weisen in einigem Abstand folgen sollte, falls sie von der Insel aus in See stachen.

Am Tag der Eule landeten Tiramis und Yon auf der Insel Ji vor der lorelischen Küste. Das Eiland war unbewohnt, und man konnte es an einem Tag zu Fuß umrunden. Pflanzen wuchsen keine auf der Insel; es gab dort nichts als Felsen, noch mehr Felsen und etwas Sand.

Nol erwartete sie mit ernstem Gesicht am Strand. Er zeigte sich jedoch erfreut, dass so viele Gesandte gekommen waren. Manche kannte Tiramis vom Sehen oder Hören. Ein Kammerdiener aus Goran fühlte sich zum Zeremonienmeister berufen und stellte die Gesandten einander vor.

Gekommen waren: der König Arkane aus Junin, Herrscher der Fürstentümer; der junge Prinz Vanamel aus dem Großen Kaiserreich Goran und sein Ratgeber, Seine Exzellenz Saat der Ökonom; der Herrscher Ssa-Vez aus dem fernen Jezeba; Seine Exzellenz Rafa Derkel aus Griteh; der Herzog Reyan von Kercyan, Vertreter des Königs Bondrian von Lorelien; Seine Exzellenz Maz Achem aus Ith; Seine Exzellenz der Weise Moboq, Gesandter des Königs Qarbal von Arkarien, und schließlich Ihre Exzellenzen die Hochverehrte Mutter Tiramis und Yon aus Kaul, Gesandte des Matriarchats.

Jede dieser hohen Persönlichkeiten wurde von einem großen Gefolge begleitet – ganz besonders Prinz Vanamel. Mehrere Zelte wurden an dem schmalen Strand zwischen den Felsen aufgeschlagen, und überall flatterten farbenfrohe Banner, zwischen denen sich Diener und Soldaten tummelten.

Nol begrüßte jeden Gesandten einzeln und dankte allen für ihr Vertrauen, das er für ein gutes Omen hielt. Dann teilte er ihnen noch mit, dass sie bis zum Abend auf das Eintreffen weiterer Gesandter warten würden. Sonst blieb er stumm.

Rafa aus Griteh beschwerte sich über die ungleiche Zahl der Gesandten. Um böses Blut zu verhindern, bat Nol um eine Erklärung, warum das Große Kaiserreich Goran und das Matriarchat von Kaul zwei Weise entsandt hatten. Tiramis stellte daraufhin Yon als Vertreter der männlichen Bewohner Kauls vor, und Prinz Vanamel verkündete, sein Land sei viel größer als andere und daher sei es nur recht und billig, dass es von zwei Gesandten vertreten werde. Seine Exzellenz der Weise Moboq, der sich das Gespräch übersetzen ließ, entgegnete, Arkarien sei noch viel größer als das Große Kaiserreich und hätte *demnach drei oder vier Botschafter entsenden können. Nol setzte dem Streit schließlich ein Ende, indem er verkündete, es sei von keinerlei Nutzen, mehrere Gesandte auf die Reise zu schicken. Mit dieser Erklärung gab sich Rafa von Griteh zufrieden, und niemand wagte, Nol zu widersprechen.*

Zu ihrem Erstaunen beherrschte der seltsame Fremde sämtliche Sprachen. Er hatte für alle ein offenes Ohr, wehrte jedoch die Fragen der Gesandten höflich, aber bestimmt ab. Alle waren sich einig, dass er ein Mann von außergewöhnlichem Charakter war. Als er schließlich mit jedem Gesandten gesprochen hatte, verkündete er, nun allein sein und nachdenken zu wollen. Es blieb ihnen nichts übrig, als sich in Geduld zu fassen und ihm hin und wieder verstohlene Blicke zuzuwerfen.

Am Abend stellte Nol mit Bedauern fest, dass weder das Schöne Land noch Romin einen Gesandten geschickt hatten. Einigen fiel auf, dass auch niemand aus den Ländern des Ostens gekommen war, doch wussten sie nicht, was sie daraus schließen sollten.

Nol bat die Gesandten, ihm zu folgen, und betrat das Felslabyrinth, aus dem die Insel Ji bestand. Sie wechselten überraschte Blicke, denn alle hatten damit gerechnet, wieder aufs Meer hinauszufahren. Schließlich folgten ihm erst Tiramis und Yon, dann der Herzog von Kercyan. Nach und nach schlossen sich auch die anderen an.

Die am Strand zurückgebliebenen Höflinge, Wachen und Diener wussten nicht, was sie tun sollten, aber da die Gesandten auch von der Rückseite der Insel aus in See stechen konnten, ließen sie eilig einige Schiffe zu Wasser.

Obwohl sie einander nicht gerade wohlgesonnen waren, teilten die Besatzungen das Meer unter sich auf und suchten die Umgebung der Insel ab. Doch in jener Nacht kam kein anderes Schiff in Sicht.

Bei Tagesanbruch wurden bewaffnete Männer ins Innere der Insel geschickt. Zwei Tage lang durchsuchten Soldaten das Labyrinth, doch das Einzige, was sie fanden, waren ein paar Höhlen, die von lorelischen Schmugglern benutzt wurden.

Am Abend des vierten Tages gaben sie jede Hoffnung auf, die Gesandten wiederzufinden. Schweren Herzens verließen sie die Insel. Jedes Land verdächtigte die anderen, am Verschwinden der Gesandten schuldig zu sein.

Vier Dekaden vergingen, und als keine Lösegeldforderung einging, wurde auch der Gedanke verworfen, die Gesandten könnten einer Entführung zum Opfer gefallen sein. Schließlich sandten die Länder am Tag der Erde abermals Boote zur Insel, und in allen Palästen hoffte man auf eine baldige Rückkehr der Weisen.

Am Tag des Bären, anderthalb Dekaden nach dem Tag der Erde, erschienen sieben Menschen zwischen den Felsen und kämpften sich den Weg entlang, den sie zwei Monde zuvor eingeschlagen hatten. Ungläubig beobachteten die am Strand postierten Wachen die Szene. Ein erschöpfter, mit leerem Blick dreinstarrender Reyan von Kercyan und ein nicht minder erschöpfter Rafa aus Griteh mit verkohltem Haar und rußgeschwärztem Gesicht schleppten eine selbst gebaute Trage, auf der König Arkane von Junin lag. Dieser hatte eine klaffende Kopfwunde und presste einen blutigen Lumpen auf den Stumpf seines linken Arms. Yon aus Kaul schleppte sich hinter ihm her, und er trug die bewusstlose Mutter Tiramis in den Armen. Maz Achem aus Ith und Moboq aus Arkarien kamen als Letzte, und auch sie konnten sich kaum auf den Beinen halten.

Prinz Vanamel, Saat der Ökonom und Ssa-Vez aus Jezeba fehlten.

Und auch Nol der Seltsame war nicht zurückgekehrt.

Ramur der Händler rieb sich zufrieden die Hände. Es war ein guter Tag gewesen. Der lorelische Jahrmarkt hatte erst vor drei Tagen begonnen, und schon jetzt hatte er mehr als zwei Drittel seines Vorrats an Gewürzen aus Lineh verkauft und das, ohne sich auf Feilschereien einzulassen.

Mit einem prall gefüllten Geldbeutel am Gürtel schlenderte er selbstgefällig in die Stadt, wo er seinen Erfolg gebührend feiern und vielleicht noch das eine oder andere Geschäft abschließen wollte, falls sich die Gelegenheit bot.

Später, am Abend, würde er eine Runde durch die weniger feinen Viertel drehen, um zu sehen, ob die junge Frau, die er dort jedes Jahr besuchte, immer noch so wenig mit ihren Reizen geizte.

Ramur dachte an seine Lieblingsgöttin Dona, die Göttin der Sinneslust und des Reichtums. Er nahm sich vor, ihr bald ein Opfer zu bringen, um ihr für ihre Wohltaten zu danken. Vielleicht im nächsten Mond, wenn er zurück in Lineh wäre, oder besser noch in drei Monden, nach der Ernte. Dona für mehrere Gaben auf einmal zu danken war viel sinnvoller, als Geld zum Fenster ... als ihre Priester mit mehreren kleinen Opfern zu belästigen, verbesserte er sich in Gedanken.

Insgeheim wusste er, dass er das Opfer erst auf dem Sterbebett erbringen würde, da er seinen Reichtum zu Lebzeiten in vollen Zügen genießen wollte. Trotz seiner Dankbarkeit gegenüber Dona widerstrebte es ihm, seine Terzen Priestern in den Rachen zu werfen, die das Geld ohnehin nur in die eigene Tasche steckten.

Obwohl die Jahreszeit des Windes angebrochen war und es bereits dämmerte, spendete die Sonne noch viel Wärme, und Ramur lächelte ihr zu. Sein Lächeln war seine Geheimwaffe. Die Erfahrung lehrte ihn, dass die Leute erst gar nicht zu feilschen versuchten, wenn man sie nur freundlich genug anlächelte.

Die Menschenmenge, die sich gelichtet hatte, als er den Marktplatz am alten Hafen hinter sich gelassen hatte, wurde nun wieder dichter. Es war nicht mehr weit bis zur Altstadt. Aus Gewohnheit tastete Ramur nach seinem Geldbeutel und ließ die Passanten dabei nicht aus den Augen. Er hatte es allein seiner Wachsamkeit zu verdanken, dass er noch nie einem Taschendieb zum Opfer gefallen war. Ein kurzer Moment der Unachtsamkeit genügte, und er wäre um einige Hundert Terzen ärmer.

Von seinem Marktstand aus hatte er schon mehrmals Taschendiebe am Werk beobachtet, war aber nicht eingeschritten. Schließlich war sich jeder selbst der Nächste! Ihm würde ja auch niemand seinen Geldbeutel zurückgeben, wenn er gestohlen würde.

Das Gedränge nahm zu, und viele Passanten wirkten seltsam unruhig. Jetzt bereute er, seinen Burschen im Hafen zurückgelassen zu haben – sollte es einem dieser Taugenichtse einfallen, wegen ein paar Münzen einen Mord zu begehen, wäre er ein leichtes Opfer.

Ein Mann kam ihm entgegen und rempelte ihn an. Ramur fuhr herum und starrte ihm eine Weile nach, während er sich vergewisserte, dass Geldbeutel und Schmuck noch an Ort und Stelle waren.

Der Rüpel entfernte sich rasch. Er trug ein schlichtes Priestergewand mit hochgezogener Kapuze, sodass Ramur seine Haarfarbe nicht erkennen konnte. Vielleicht hatte der Fremde aber auch eine Glatze.

Ramurs Terzen waren da, wo sie hingehörten, doch der Schreck saß ihm noch in den Knochen. Deshalb verzichtete er widerwillig auf das

Vergnügen, mit einem prall gefüllten Geldbeutel am Gürtel durch die Straßen zu spazieren. Er fingerte gerade an dem Knoten herum, um den Beutel unter seinen Kleidern verschwinden zu lassen, als er ein zweites Mal angerempelt wurde, diesmal von hinten. Seine Finger krampften sich um den bestickten Leinensack, und er spürte einen schmerzhaften Stich im Rücken.

Der Mann, der ihm den Stoß versetzt hatte, sah genauso aus wie der erste. »Mein Name ist Zokin. Sag das Zuïa«, raunte er ihm ins Ohr.

Wie gelähmt, mit weit aufgerissenen Augen und die Finger immer noch um den Geldbeutel gekrallt, sah Ramur dem Mann nach. Voller Grauen dämmerte ihm, was die Worte zu bedeuten hatten. Ihm wurde schwarz vor Augen, seine Knie gaben nach, und er brach zusammen.

Er war tot, noch bevor sein Körper auf den Boden aufschlug.

Die Weisen waren aus dem Felslabyrinth zurückgekehrt. Als sich das erste Entsetzen gelegt hatte, wollten die Diener und Soldaten ihre Gesandten nach Hause bringen, um sie befragen zu lassen. Rafa aus Griteh verkündete harsch, sie würden sich unter keinen Umständen trennen.

Jedenfalls nicht gleich.

Er und seine Gefährten gingen mit zwei heilkundigen eurydischen Priestern zu den Zelten der Itharer und verschwanden im Inneren.

In ehrfürchtigem Schweigen versorgten die Priester die Verletzten. Erst als Rafa vor das Zelt trat, in das sie sich zurückgezogen hatten, wagten die Diener und Soldaten, nach den fehlenden Mitgliedern der Expedition zu fragen.

Er antwortete, sie seien tot. Mehr sagte er nicht.

In den nächsten Tagen hielten sich die Rückkehrer von den Königen, Fürsten, Würdenträgern und anderen hohen Persönlichkeiten fern, die zu ihrem Empfang angereist waren. Man bedrängte sie mit Fragen, die sie nicht beantworteten, denn sie gaben vor, sich an nichts zu erinnern.

Goran und Jezeba, die Länder, die Opfer zu beklagen hatten, brachen ihre Lager ab und verließen die Insel in feindseliger Stimmung. Man fürchtete, zwischen Goran und Lorelia könnte ein neuer Krieg ausbrechen, doch der verstorbene Prinz Vanamel stand zu niedrig in der Gunst des Kaisers Mazrel, um einen Überfall zu rechtfertigen.

Einer nach dem anderen kehrten die Weisen in ihre Heimat zurück. Sie wurden abermals befragt, diesmal getrennt voneinander, doch es gelang nicht, ihr Schweigen zu brechen. Nicht wenige von ihnen fielen in Ungnade.

Maz Achem wurde seiner Ämter im Großen Tempel enthoben, woraufhin er sich von der Religion abwandte und die Stadt Ith verließ.

Rafa aus Griteh verlor den Oberbefehl über das Heer, was eine schwere Demütigung für den einstigen Hofstrategen des Königs war. Er blieb jedoch in der Armee und vollbrachte solch große Heldentaten, dass ihm der Titel kurz vor seinem Tod zurückgegeben wurde und seine Ehre wiederhergestellt war.

Da Arkane von Junin König war, konnte er nicht abgesetzt werden, allerdings verweigerten ihm die Fürsten die Gefolgschaft. Da er wusste, dass die Stärke der Kleinen Königreiche in ihrer Eintracht lag, kam er einem Zerwürfnis zuvor, indem er zugunsten seines Sohns abdankte.

Der Weise Moboq kehrte nach Arkarien zurück. Er verkündete, es sei besser, wenn niemand etwas von den Geschehnissen erfahre. Da er ein Weiser war, fügten sich alle seinem Urteil und bemühten sich, die Sache zu vergessen.

Reyan von Kercyan traf es am härtesten. Er verlor seinen Herzogtitel und alle Ländereien und wurde mit einem Bann belegt. Dennoch versank er nicht in Verzweiflung, wie man hätte erwarten können, sondern ließ sich als Händler in Lorelia nieder.

Tiramis verließ aus eigenem Antrieb den Rat der Mütter. Sie sagte nur, das Matriarchat sei nicht in Gefahr und man solle ihr nie wieder Fragen zu der Reise stellen. Die Große Mutter befahl allen, ihren Wunsch zu achten, denn die Erinnerungen waren offenbar zu schmerzhaft.

Im nächsten Jahr schloss Tiramis mit Yon den Bund. Yon ist mein Ahne, der Großvater meiner Großmutter.

Meine Urgroßeltern zogen vor hundertachtzehn Jahren in das kleine Dorf der Südprovinz, in dem ich heute lebe.

Mittlerweile sind Nol und die Weisen in Vergessenheit geraten. Den wenigen, die noch etwas wissen, fällt es schwer, zwischen der Wahrheit und den Legenden zu unterscheiden, die sich um das Abenteuer ranken.

Ich habe sie nicht vergessen. Die Erben haben sie nicht vergessen.

Irgendetwas stimmte nicht. Nort's sechster Sinn hatte ihm schon mehrmals das Leben gerettet, und nun läutete es in seinem Kopf lauter als die sechshundert Glocken von Leem.

Seit dem Morgen hatte er das Gefühl, beobachtet zu werden – nicht bewundert. Wegen seines muskulösen Körpers zog Nort' häufig Blicke auf sich, vor allem von Frauen. Diesmal war es anders. Jemand bespitzelte ihn.

Die Hellebarde fest in der Hand, die andere Hand stramm an der Hosennaht, bewachte er das Westtor, das zu den Gärten des kaiserlichen Palastes von Goran führte. Normalerweise erfüllte er seine Aufgabe mit stoischer Geduld, doch heute war ihm mulmig zumute.

Er musterte jeden Passanten misstrauisch und suchte die umliegenden Fenster ab, um den Spitzel zu enttarnen. Vergebens. Dann beäugte er seine beiden Untergebenen, die genauso stramm wie er dastanden, in der Hoffnung, sie würden sein Unbehagen teilen. Doch sie schienen nichts als die Ablösung im Kopf zu haben.

Ein alter, in Lumpen gekleideter Mann humpelte auf sie zu und streckte ihnen mit schmutzigen Händen einen nicht minder schmutzigen Becher entgegen. *Bestimmt ein Fremder,* dachte der Wachsoldat, *wahrscheinlich ein Lorelier.* Der Mann flehte sie in einer kruden Mischung aus Itharisch und Goronisch an, woraufhin Nort' dem Soldaten zu seiner Linken zunickte, damit er den Mann fortjagte.

Der Vorfall erinnerte ihn an seine Aufgabe und ließ ihn für einen Moment seine Unruhe vergessen. Obwohl es bereits Abend war, herrschte am Westtor brütende Hitze, und auch Nort' freute sich allmählich auf die Ablösung. Seine rechte Schulter schmerzte, sein Arm war steif, und er wünschte sich nichts mehr, als diese verfluchte Hellebarde endlich aus der Hand zu legen. Außerdem sehnte er sich danach, einen Spaziergang zu machen. Der ehemalige Fußsoldat hatte sich immer noch nicht daran gewöhnt, dekantenlang reglos dazustehen.

Endlich hörte er vom Palast her die sechs kurzen Glockenschläge, die das Ende des sechsten Dekants und den Beginn der Nacht ankündigten. Kurz darauf öffnete sich das Tor, und drei Männer in Uniform traten heraus. Die Nachtwachen waren wärmer angezogen als ihre Kameraden, die tagsüber Dienst taten. Es folgte die vorschriftsmäßige Übergabe der Hellebarden, und die Soldaten salutierten. Dann bezog die Ablösung Posten. Nort' stand nicht der Sinn danach, dem Hauptmann der Nachtwache von seinem mulmigen Gefühl zu erzählen. Er würde sich nur lächerlich machen, wenn er einem altgedienten Soldaten mit seinen hasenfüßigen Anwandlungen kam, und es gab keinen Grund, viel Aufhebens darum zu machen.

Da er Ausgang hatte, beschloss er, nicht sofort in die Kaserne zurückzukehren, sondern sich den Spaziergang zu gönnen, nach dem er sich schon eine ganze Weile sehnte. Außerdem würde er keine Ruhe finden, bis dieses verdammte Unbehagen nicht verflogen war, das ihn an den Katzenjammer nach einer durchzechten Nacht erinnerte.

Wenn es sein müsste, würde Nort' eben eine kleine Schlägerei vom Zaun brechen, um dieses unangenehme Gefühl zum Schweigen zu bringen.

Erst jetzt fiel ihm auf, dass er seine Schritte unwillkürlich beschleunigt hatte und Selbstgespräche führte. Seine Hand war um das Heft des Schwerts gekrampft, und er warf allen Leuten, denen er begegnete, finstere Blicke zu. Er blieb stehen, holte tief Luft und ging dann gemächlicheren Schrittes weiter.

Normalerweise konnte ihn nichts so leicht erschüttern. »Bei Mishra, wenn heute etwas passieren soll, dann möge es *bald* passieren, Potzdonner«, schimpfte er vor sich hin.

Hinter ihm ertönten laute Rufe. Nort' drehte sich um und sah die Einwohner Gorans vor etwas fliehen, das er nicht erkennen konnte. Dann teilte sich die Menschenmenge, um zwei Züu durchzulassen.

Züu!

In Goran, wo ihr Einfluss und Ansehen groß waren, bemühten sich die Züu gar nicht erst, im Verborgenen zu bleiben. Nort' sah die scharlachroten Gewänder, die Stirnbänder um die kahl geschorenen Schädel und den berüchtigten Dolch mit der schmalen, nadelspitzen Klinge, die in der Abendsonne aufblitzte. Vor allem aber sah er ihre Augen. Fanatische Augen, die erkennen ließen, dass sie vor nichts zurückschreckten, um ihr Ziel zu erreichen: ihr Opfer zu töten.

Sie kamen auf ihn zu, aber da Nort' in der Mitte der Straße stand, musste das nichts heißen. Er zog sein Schwert und wich langsam an den linken Straßenrand zurück. Sogleich wusste er, dass sie seinetwegen hier waren.

Die beiden Mörder waren ihm tatsächlich schon seit einiger Zeit auf den Fersen. Nort' hatte ihre Blicke den ganzen Tag über gespürt, ohne zu wissen, woher sie kamen.

Sie waren nur noch wenige Schritte von ihm entfernt, und der Abstand wurde rasch kleiner. Mittlerweile rannten die Männer fast. Wie von einem grellen Blitz erleuchtet, sah Nort' die Dolche, die mordgierigen Blicke und die Schaulustigen, die um nichts in der Welt eingreifen würden. Unbändiger Zorn wallte in ihm auf, und er stürzte sich brüllend auf die beiden Männer. Er war wild entschlossen, sein Leben teuer zu verkaufen.

Allerdings hatte er die Rechnung ohne den dritten Mörder gemacht, der sich von hinten an ihn herangeschlichen hatte.

Sein Schrei erstarb, als ihm die vergiftete Klinge die Kehle aufschlitzte. Lautlos brach er zusammen und fiel seinem Mörder vor die Füße.

Ein paar Monde nach ihrer Rückkehr verspürten die Weisen den Drang, einander wiederzusehen. Der einstige König Arkane von Junin schritt zur Tat und lud seine Gefährten in das schönste der Kleinen Königreiche ein. Die Zusammenkunft wurde für den Tag der Eule angesetzt, im Gedenken an jenen Tag, an dem sie Nol dem Seltsamen in das Labyrinth gefolgt waren.

Arkane war immer noch ein mächtiger Mann, auch wenn er nur noch einen Arm hatte, alt war und ihn die anderen Fürsten der Kleinen Königreiche aus ihrem Kreis verbannt hatten. Es fiel ihm nicht schwer, seine Gefährten aufzuspüren. Alle folgten seinem Ruf, selbst Moboq, der hoch im Norden lebte und eine zwei Dekaden lange Reise auf sich nehmen musste.

Arkane empfing seine Gäste mit großer Herzlichkeit. Als sie in seinem Palast versammelt waren und er das Glück in ihren Augen sah, erklärte der einstige König, das Abenteuer habe wenigstens einen Sinn gehabt: sie zu Freunden zu machen.

Alle berichteten, wie es ihnen ergangen war, und bedauerten das Schicksal der anderen, vor allem das Rafas, Maz Achems und Reyan von Kercyans. Doch niemand erging sich in Selbstmitleid, keiner klagte über das

Schweigegelübde, das sie sich auferlegt hatten und das die Ursache ihres Unglücks war.

Schließlich zogen sich die Weisen in einen Saal zurück, der sie vor den neugierigen Blicken der Spitzel, die die Könige und Herrscher zu der Zusammenkunft geschickt hatten, schützte. Dort erneuerten sie ihren Schwur, Schweigen zu bewahren, was auch geschehen möge – selbst wenn es Leid, Schande und Einsamkeit bedeutete.

Beim Abschied versicherten sie einander, bald wieder zusammenkommen zu wollen, was im Jahr darauf geschah. Das nächste Treffen fand wiederum zwei Jahre später statt, und dabei sollte es bleiben: Die Weisen vereinbarten, künftig alle zwei Jahre zusammenzukommen. Beim vierten Treffen weilte König Arkane nicht mehr unter ihnen. Er war der Erste, der starb. Dafür gab es drei Neulinge: Tiramis und Yon hatten eine Tochter bekommen, und auch Maz Achem hatte, obwohl nicht mehr der Jüngste, mit einer seiner einstigen Schülerinnen den Bund geschlossen. Kurz darauf schenkte seine junge Ehefrau ihm einen Sohn. Er brachte die beiden zu den Zusammenkünften mit, wogegen niemand etwas einzuwenden hatte.

Thomé von Junin, zu dessen Gunsten Arkane abgedankt hatte, bat darum, anstelle seines Vaters kommen zu dürfen. Er wusste nichts von dem Geheimnis, wollte aber in Ehren halten, was für Arkane das Wichtigste auf der Welt gewesen war. Thomés Wunsch wurde gern erfüllt.

Durch die Anwesenheit der Neulinge änderten sich die Zusammenkünfte – die Stimmung war nicht mehr so ernst und erinnerte nun eher an die von Familienfesten. Die Könige und Herrscher schickten nicht länger ihre Spitzel, um das Geheimnis zu lüften, und bald wurde die Reise nicht einmal mehr erwähnt.

Auch der Weise Moboq, Rafa aus Griteh und Reyan von Kercyan fanden eine Frau und bekamen Kinder. Da sie stetig mehr wurden, mussten die Zusammenkünfte besser vorbereitet werden. Die Weisen und ihre Familien lebten weit voneinander entfernt, weshalb man beschloss, sich fortan alle drei Jahre in Berce in Lorelien zu treffen. Das Dorf liegt an der Küste vor der Insel Ji, ziemlich genau in der Mitte der bekannten Welt.

Nach und nach verstarben die Angehörigen der ersten Generation. Ihre Nachkommen trafen sich weiterhin, um eines Geschehnisses zu gedenken, über das sie fast nichts wussten. Manchmal, wenn die Nacht finster ist, nehmen die Älteren die Jüngeren mit auf die Insel. Dort geben sie das Geheimnis an die nächste Generation weiter und lassen sie feierlich schwören, Schweigen zu bewahren. Vielleicht hätten sie das besser nicht getan.

Doch kann man ein Geheimnis für immer wahren?

Dieses Jahr findet wieder eine Zusammenkunft statt, und bis zum Tag der Eule sind es nur noch drei Dekaden. Dieses Jahr ist mein fünfzehntes, und man wird mich auf die Insel bringen.

Alle, die zur Insel gefahren sind, waren nach ihrer Rückkehr verändert. Nicht mehr so unbeschwert, ernsthafter und seltsam traurig.

Eigentlich möchte ich das Geheimnis gar nicht kennen, doch ich möchte in den Kreis der Erben aufgenommen werden. Ich möchte meine Freunde wiedersehen, die für mich wie Cousins und Cousinen, Onkel und Tanten sind. Ich möchte Tiramis und Yon, ihre Nachkommen und meine verstorbene Mutter ehren.

In drei Dekaden findet die Zusammenkunft der Erben statt, und ich werde zur Insel fahren.

Erstes Buch

Wege nach Berce

Bowbaq wachte auf, ohne einen Laut von sich zu geben. Er hielt die Augen noch eine Weile geschlossen, bevor er sie widerstrebend aufschlug. Es war dunkel, und der Morgen lag noch in weiter Ferne. Er zog seine Decken und Felle über sich, verschränkte die Hände hinter dem Kopf und streckte sich aus.

Wos war unruhig; Bowbaq hörte das Tier aufgeregt in der Koppel hin und her traben. Wahrscheinlich hatten sich Wölfe wieder einmal zu nah an die Hütte herangewagt. Er überlegte aufzustehen, beschloss dann aber, lieber im Warmen zu bleiben. Wos war schon immer viel zu ängstlich gewesen, und die Wölfe waren nicht mutig oder hungrig genug, um ein ausgewachsenes Steppenpony anzugreifen.

Bowbaq wälzte sich im Bett herum. Seine Frau fehlte ihm. Wie in den Jahren zuvor war Ispen mit den Kindern zu ihrem Klan gezogen, um dort die Zeit der Schneefälle zu verbringen. Wie jedes Mal war er anfangs froh über die wiedergewonnene Freiheit gewesen, doch nach einigen Dekaden machte ihm die Einsamkeit zu schaffen. Vielleicht sollte auch er seinen Verwandten einen Besuch abstatten? Inzwischen war es zwar zu spät, um Ispen zu folgen, doch sein eigenes Heimatdorf lag nur wenige Tagesreisen entfernt.

Wos wieherte. Was für ein Quälgeist! Wenn Bowbaq an die vielen Male dachte, wo sich der stolze Herr Wos zu fein gewesen war, einen Schlitten zu ziehen und nichts anderes im Kopf gehabt hatte als abenteuerliche Ausritte! Ein schöner Abenteurer war er!

Mit einem Seufzer beschloss Bowbaq, nach dem Tier zu sehen. Unwillig schob er die Decken beiseite und trat zur Feuerstelle.

Die Glut war noch nicht erloschen, er hatte also nur wenige Dekanten geschlafen. Trotzdem war die bittere Kälte bereits in die Hütte gekrochen, und der Wind, der durch die schmalen Ritzen der Wände pfiff, zeugte davon, dass es draußen noch viel kälter war.

Bowbaq legte einige Scheite nach und schürte das Feuer. Bevor er aus dem Haus ging, zog er sich umständlich mehrere Pelze über, ohne die Bänder festzuknoten. Dann griff er nach seinem Stock und zog die Tür einen Spalt auf.

Eisige Kälte schlug ihm ins Gesicht. Die Nacht war still, und der Schneesturm der letzten Tage hatte sich gelegt. Er zog die Tür hinter sich zu und stapfte um die Hütte herum zur Koppel. Es war fast taghell. Der Vollmond stand hoch am Himmel, und sein Licht spiegelte sich im makellosen Weiß der Landschaft.

Trotz seiner Größe kam Bowbaq im tiefen Schnee nur mühsam voran, und es dauerte mehrere Dezillen, bis er am Gatter angelangte. Das Pony erwartete ihn bereits ungeduldig. Es scharrte mit den Hufen und redete drauflos, sobald er in Sichtweite war.

›Fremde uns jagen. Fremde kommen. Uns jagen. Fremde. Mehrere. Kommen uns jagen. Fremde. Mehrere.‹

Auf den letzten Schritten rieb sich Bowbaq müde die Augen. Für ein Herdentier besaß Wos wirklich erstaunliche Fähigkeiten. Nur selten konnte sich ein Pony so gut ausdrücken. Doch es fehlte ihm an der Ruhe und Gelassenheit der Raubtiere, und seine Worte kamen oft als unverständlicher Gedankenwirrwarr bei Bowbaq an.

Der Mann hob den Kopf, schaute dem Tier tief in die Augen und erreichte seinen Geist, wie er es schon so oft getan hatte. Dann sprach er zu Wos, ohne dass ein Wort über seine Lippen kam, und übermittelte ihm seine Gedanken. Bowbaq bemühte sich, einfache Worte und Begriffe zu wählen, die das Pony verstehen konnte. ›In Sicherheit. Fremde schwach. Haben Angst vor uns.‹ Dann beschwor er gedanklich das Bild eines Wolfs herauf und schickte es dem Tier. ›Fremde klein. Wir groß.‹

Wos bäumte sich auf und schlug ein paarmal nervös aus. Er ließ sich weder durch Bowbaqs Streicheleinheiten noch durch Worte besänftigen.

›Nein. Nein. Nein. Nicht er. Er klein. Nicht er. Keine Gefahr. Nein. Fremde groß. Gefahr. Mehrere. Uns jagen. Kommen. Nein. Nicht er. Gefahr.‹

Angesichts der Sorglosigkeit seines Herrn geriet das Tier immer mehr in Panik. Trotz seiner Fähigkeiten konnte Wos nicht genau beschreiben, wovor er Angst hatte; allein sein Instinkt warnte ihn.

Bowbaq versuchte der Form halber, den tiefen Geist des Ponys zu erreichen – vergebens. Keine Wölfe? Was dann? Ein umherirrender Bär, der spät dran war mit dem Winterschlaf? Aber Wos hatte von mehreren gesprochen. Bowbaq verwünschte die Tatsache, dass Tiere nicht zählen können. Mehrere, das konnten verdammt *viele* sein.

Füchse? Anatoren? Vielleicht sogar ein Rudel Fleckenlöwen? Wenn Mir da wäre, würde sich Wos wesentlich sicherer fühlen – und er selbst auch. Bowbaq hatte den Schneelöwen von Geburt an aufgezogen, und er war wie sein ganzer Klan stolz darauf, mit einem ausgewachsenen Raubtier befreundet zu sein. Nur beschützte Mir dieses Jahr Ispen und die Kinder auf ihrer Reise und war viele, viele Meilen entfernt.

Die Nacht würde weit ungemütlicher werden, als er gedacht hatte. Bowbaq verschloss seine Gedanken vor dem aufgeregten Geplapper des Ponys und machte auf dem Absatz kehrt. Er sorgte sich nicht allzu sehr, da die Raubtiere wahrscheinlich nur vorbeizogen oder in einiger Entfernung um die Hütte herumstrichen, sich aber nicht näher herantrauten. Vor allem nicht, wenn er erst einmal ein Feuer entzündet und sich mit seinem Bogen in Sichtweite aller blutrünstigen Fleischfresser postiert hätte! Er war nicht gerade begeistert davon, die ganze Nacht Wache halten zu müssen, denn schließlich hatte er seine Hütte absichtlich fern der Orte gebaut, an dem sich die wilden Tiere versammelten.

Drinnen suchte Bowbaq alles zusammen, was er für die Wache brauchte: einen Feuerstein, etwas Reisig und ein paar trockene Holzscheite, Pfeil und Bogen, ein kleines Elfenbeinmesser, das er sich in den Gürtel schob, und schließlich noch eine Flasche Most und ein großes Stück Räucherspeck. Das alles wickelte er in ein dickes Fell, mit dem er sich warm halten wollte, knotete seine Pelze fest und trat nach draußen.

Als er die Tür hinter sich zuzog, gellte ihm Wos' Wiehern in den Ohren. Es klang noch verängstigter als zuvor.

Gleichzeitig hörte er ein dumpfes ›Plock‹ und spürte eine Schwingung neben dem Kopf.

Instinktiv presste er sich an den Türrahmen und schützte sein Gesicht. Dann fiel sein Blick auf die Ursache des Geräuschs.

Der Bolzen einer Armbrust steckte im Holz, kaum einen Fuß von seinen Augen entfernt. Bowbaq glaubte, ihn immer noch schwach vibrieren zu sehen.

Er ließ sein Bündel fallen und warf sich bäuchlings zu Boden. Gerade noch rechtzeitig: Schon spürte er, wie der zweite Bolzen ihm die Mütze vom Kopf riss und in die Tür einschlug. In fliegender Hast robbte er zu einem kleinen Schneehügel nur wenige Schritte von der Hütte entfernt, unter dem sich ein alter Baumstumpf verbarg. Er lehnte sich mit dem Rücken dagegen und zog sein Elfenbeinmesser aus dem Gürtel.

Es war totenstill, bis auf die Geräusche, die Wos machte, und sein eigenes Keuchen. Bowbaq bemühte sich, ruhig zu atmen, und konzentrierte sich auf den Angreifer. Wo war er? Wer war er? Und vor allem: Wie viele waren es?

Eine Armbrust kann man nicht in wenigen Augenblicken nachladen. Entweder besaß der Mann zwei davon – mindestens –, oder er war nicht allein. Leider sprach nach der Unterhaltung mit Wos einiges für die zweite Möglichkeit. Waren es Plünderer? Krieger eines verfeindeten Klans? Reisende?

Tausend Fragen schossen Bowbaq durch den Kopf. Er zwang sich, nur an eins zu denken: einen Ausweg. Alles andere würde sich später klären – oder eben nicht.

Wenn er es schaffte, zur Hütte zurückzulaufen, die Tür aufzureißen, hineinzuschlüpfen und sich im Innern zu verbarrikadieren, würde er sich besser verteidigen können. An Waffen mangelte es ihm nicht, und er würde seine Feinde zumindest bis zum Morgen auf Abstand halten können. Es sei denn, sie zündeten ihm die Hütte an. Wie auch immer – die Tür schien Meilen entfernt zu sein, und Bowbaq hätte sich dafür ohrfeigen können, dass er nicht gleich beim ersten Pfeil nach drinnen geflüchtet war.

Die Zeit rann ihm durch die Finger. Jeder verlorene Moment kam seinen Feinden zugute, da sie nicht zögern würden, ihn zu umzingeln, wenn sie das nicht schon längst getan hatten. Wenn er wenigstens an seinen Bogen herankäme, könnte er vielleicht einen Angriff von dieser Seite abwehren. Doch seine Feinde mussten nur ein Feuer anzünden, eine Wache aufstellen und warten, bis ihr Opfer erfroren war.

Bowbaq dämmerte, dass er längst tot wäre, wenn Wos ihn nicht geweckt hätte. Seine Angreifer kannten anscheinend keine Skrupel, sie hätten ihn einfach überrumpelt und feige im Schlaf ermordet.

Wos. Wenn das Pony nicht eingesperrt wäre, könnte er es rufen und auf ihm fliehen. In Gedanken legte er den Weg zur Koppel zurück, aber die Strecke dorthin war noch viel weiter als bis zur Hüttentür. Was nun?

Vielleicht, wenn er in die andere Richtung … An der Südseite der Hütte verlief ein Graben, durch den im Frühling das Schmelzwasser abfloss. Um diese Jahreszeit war er mit gefrorenem Schnee gefüllt, aber er war immer noch ungefähr einen Fuß tiefer als das umliegende Gelände.

Natürlich war der Graben nicht breit. Doch wenn er seine dicksten Pelze auszog, müsste er hindurchkriechen können. Nach zehn Schritten – allerhöchstens – wäre er außer Reichweite der Bolzen.

Er fackelte nicht lang und zog sich die obersten Pelzschichten über den Kopf, ohne die Bänder zu lösen. Eisiger Wind fuhr ihm in die Glieder, und er hoffte, dass er seinen Angreifern nicht entkam, um auf dem Weg zu seinem nächsten Nachbarn jämmerlich zu erfrieren.

Das Schwierigste würden die wenigen Schritte sein, die ihn von dem Graben trennten. Er schob sich das Messer in den Stiefel, ging in die Hocke, spannte sämtliche Muskeln an, holte tief Luft und hechtete in den schmalen Graben vor der Hüttenwand. Seine Hände und Knie sanken anderthalb Fuß tief in den Schnee. Er zog sie sofort wieder heraus, kroch so schnell er konnte zur Rückseite der Hütte und rechnete damit, jeden Moment von einem Pfeil getroffen zu werden.

Er war nicht sicher, doch er meinte, während seines Sprungs mindestens einen Schuss gehört zu haben. Er machte sich nicht die Mühe nachzusehen, ob ein weiterer gefiederter Bolzen in der Hüttenwand steckte. Allerdings hörte er jetzt Stimmfetzen. Ein Mann, der etwa dreißig Schritte von ihm entfernt stehen musste, erteilte Befehle in einer ihm unbekannten Sprache.

Bowbaq erreichte das Ende des kleinen Grabens. Seine Kleider waren an Knien und Ellbogen durchnässt und die Gelenke steif vor Kälte. Den anderen Körperteilen erging es nicht besser. Er hob den Kopf, spähte über den Rand und sah sich rasch um. Zwei Männer kamen aus unterschiedlichen Richtungen auf ihn zugerannt. Der eine hielt eine kleine Lanze in der Hand, der andere ein Krummschwert. Sie waren von Kopf bis Fuß in Felle gehüllt, schienen aber durch die unförmige Kleidung nicht in ihren Bewegungen eingeschränkt. An ihren Füßen waren mit geflochtenen Riemen bespannte, zu einem Oval gebogene Ruten befestigt, wie sie Arkarier aus Tolensk trugen. Mit diesen Schuhen konnten sie sich trotz des tiefen Schnees gut fortbewegen.

Bowbaq sah seine Überlebenschancen schwinden. Er beschloss, aufs Ganze zu gehen, schnellte hoch und rannte los. Zur Koppel war es nicht mehr weit.

Ein stechender Schmerz fuhr ihm in die linke Schulter. Ein Bolzen aus der Armbrust eines dritten Mannes hatte ihn getroffen. Mit dem Mut der Verzweiflung kletterte er über den Balken, ließ sich auf der anderen Seite des Zauns fallen und spurtete über die Koppel auf das Gatter zu. Wos erwartete ihn voller Ungeduld.

Bowbaq rechnete damit, sich jeden Moment einen weiteren Pfeil einzufangen oder auf einen seiner Feinde zu stoßen, der ihm den Weg abschnitt. Eilig schob er das Gatter auf und lief zu dem Pony, um sich auf dessen Rücken zu schwingen.

Aber Wos hatte eigene Pläne. Kaum war der Spalt groß genug, zwängte er sich hindurch, preschte davon und ließ Bowbaq stehen, allein und hilflos. Ungläubig sah er zu, wie das Tier um die Hütte herumgaloppierte und seine verzweifelten und wütenden Rufe ignorierte.

Dieser Dummkopf floh noch nicht einmal in die richtige Richtung.

Wos schien an dem Mann mit der Lanze vorbeizugaloppieren. Im letzten Moment warf er sich herum und trat kräftig aus. Der überraschte Angreifer wurde von zwei schweren Hufschlägen des Riesenponys zu Boden geschleudert. Um die Sache zu Ende zu bringen, trampelte Wos noch einen Moment lang auf ihm herum, dann warf er den Kopf hoch und galoppierte auf den zweiten Mann zu.

Die ersten Schreckdezillen hatten Bowbaq gelähmt, doch nun setzte er sich ebenfalls in Bewegung. Er rannte zurück über die Koppel, kletterte wieder über den Zaun, sprang in den Schnee und sank bis zu den Knien ein. Dann kämpfte er sich bis zu der Stelle vor, wo der Mann mit der Lanze lag.

Mit seinem zweiten Gegner hatte Wos kein so leichtes Spiel. Der Mann wirbelte geschickt mit dem Schwert durch die Luft, um das Pony auf Abstand zu halten. Wenigstens war er so eine Weile beschäftigt, dachte Bowbaq. Mittlerweile war auch der dritte Mann zu sehen, der gerade seine Armbrust nachlud.

Die Leiche des Mannes mit der Lanze war kein schöner Anblick. Wos' Hufe hatten ihn mehrmals im Gesicht und am Hals getroffen, und der Kopf war beinahe vom Rumpf getrennt. Bowbaq keuchte auf und unterdrückte die aufsteigende Übelkeit. Als er die Lanze des Toten aufhob, hörte er ein vertrautes Brüllen.

Mir war da. Der Löwe thronte am Waldrand vor den verschneiten Bäumen, etwa hundert Schritte entfernt, als säße er für einen Bildhauer Modell.

Sein Brüllen ging in ein tiefes, anhaltendes Knurren über, das trotz der Entfernung deutlich zu hören war. Die Mähne umgab den Kopf wie ein Feuerkranz, und das Fell war entlang der Wirbelsäule bis zum Schwanz steil aufgerichtet. Seine gelben Flecken waren zu dieser Jahreszeit kaum zu erkennen: Der Körper des Raubtiers schimmerte wie Alabaster, und nur die flammenden Augen und das blutrote Maul mit den elfenweißen Zähnen hoben sich vom Fell ab.

Geschmeidig trat der Schneelöwe zwei Schritte vor. Sein Knurren verstummte, und nach einem kurzen Moment der Reglosigkeit stürzte er sich mit ein paar schnellen Sprüngen in den Kampf.

Beim Anblick des Löwen waren alle erstarrt, doch jetzt setzten sie sich wieder in Bewegung. Wos brachte sich vor Mir in Sicherheit, der nun direkt auf den Mann mit dem Schwert zustürmte. Das Raubtier warf ihn zu Boden, und Bowbaq erkannte an den gellenden Schreien des Mannes, dass er einen Gegner weniger hatte.

Er selbst lief mit großen Schritten auf den dritten Mann zu, der nicht von seinem Vorhaben ablassen wollte, obwohl sich seine Lage verschlechtert hatte. Bowbaq hatte noch nie eine Armbrust geladen. Er wusste nicht, ob er seinen Feind erreichen könnte, bevor dieser ihm einen Bolzen zwischen die Augen schoss.

Wenn er jetzt stehen blieb und die Lanze warf …

Nein!

Aber er würde mit Sicherheit treffen. Aus dieser Entfernung würde er kein Ziel verfehlen.

Nein! Er würde nicht töten!

Andererseits … Er würde sein eigenes Leben retten, Ispen wiedersehen, die Kinder, seine Freunde.

Nein! Niemals würde Bowbaq vorsätzlich einen Menschen töten. *Das hatte er sich geschworen!*

Das kurze Gedankenspiel hatte sein Schicksal ohnehin besiegelt. Mit einem Freudenschrei schob der Mann den kurzen Pfeil in die Rinne und hob die Waffe. Sein Opfer war nur noch wenige Schritte von ihm entfernt und rannte direkt auf ihn zu.

Bowbaq schloss die Augen, drückte sich mit aller Kraft vom Boden ab und warf sich nach vorn. Er hörte das tödliche Klacken der Armbrust und spürte im selben Moment, wie seine Lanze hart gegen einen Körper stieß.

Im Schnee liegend, wartete er auf den Schmerz, denn der Bolzen musste ihn unweigerlich getroffen haben, doch er spürte nur die brennende Wunde an seiner linken Schulter.

Er hob den Kopf – gerade noch rechtzeitig: Sein Feind war drauf und dran, ihm die nun unbrauchbare Armbrust über den Schädel zu ziehen. Bowbaq rollte zur Seite, stieß einen Schmerzensschrei aus, als seine Schulter den Boden berührte, kam auf die Knie und ließ die Lanze durch die Luft sausen. Der hölzerne Schaft traf einen Kopf, und der Fremde ging ebenfalls zu Boden.

Wutschnaubend rappelte sich Bowbaq hoch und drückte dem Angreifer die Spitze seiner Lanze an die Brust. Der Mann, der jetzt im Schnee saß, streifte seine Kapuze zurück, zog sich eine Haube mit Augenschlitzen vom Kopf und entblößte einen kahl geschorenen Schädel. Er war noch recht jung, in seinem dreißigsten Jahr vielleicht, jedenfalls jünger als Bowbaq. Er war kein Arkarier und schien überhaupt nicht aus den Oberen Königreichen zu stammen.

Der Mann rieb sich die schmerzende Schläfe und entdeckte Blut an seinen Fingern. Er warf Bowbaq einen finsteren Blick zu. Dieser zuckte zusammen, weil er dem anderen eine klaffende Wunde zugefügt hatte. Wäre sein Schlag auch nur etwas fester gewesen, hätte er womöglich seinen Schwur gebrochen.

Mir kam an seine Seite, und Bowbaq strich ihm über die Flanke. Der Fremde stand auf, und obwohl er keine schnellen Bewegungen machte, knurrte der Löwe bedrohlich. Mit einer Hand auf dem Rücken des Tiers hielt Bowbaq Mir zurück. »Wer seid Ihr?«, fragte er.

Der Mann gab keine Antwort, sondern begann, ohne Eile seine Pelze auszuziehen.

Bowbaq wiederholte die Frage, doch abermals blieb eine Antwort aus. Als der Fremde fertig war, trug er nichts als ein leichtes dunkelrotes Gewand und ein schmales Stirnband, das er am Hinterknopf verknotet hatte. Er war jetzt barfuß.

»Ich habe nicht vor, Euch zu töten. Ich will nur wissen, wer Ihr seid«, versuchte Bowbaq es abermals, diesmal auf Itharisch.

Der Mann ließ die Arme am Körper herabhängen, hob den Kopf und schloss die Augen. Er wirkte abwesend.

»Was wollt Ihr? Sterben? Hier und jetzt?«

Schneller als der Blitz schlug der Fremde Bowbaqs Lanze beiseite, sprang auf ihn zu und zückte einen schmalen, mindestens einen Fuß langen Dolch, aber Mir kam ihm zuvor und schleuderte ihn mit einem gewaltigen Prankenschlag fünf Schritte durch die Luft. Mit zwei Sätzen war das Tier über ihm und biss ihm die Halsschlagader durch, ohne auf Bowbaqs Rufe zu hören.

Für Bowbaq, der Gewalt verabscheute, war der Anblick zu viel. Er sank in den Schnee und vergrub das Gesicht in den Händen.

Eine raue Zunge leckte ihm die Finger, und fauliger Atem fuhr ihm scharf in die Nase. Geistesabwesend streichelte Bowbaq den Löwen, die andere Hand immer noch vor den Augen, während sich die Geschehnisse in sein Gedächtnis einbrannten. Dann wich er einen Schritt zurück und betrachtete das friedliche Gesicht des Schneelöwen. Die makellose Mähne, die fragenden Augen und das Maul, das vom Blut seiner Opfer rot glänzte.

Bowbaq stand auf. Auch wenn er über Mirs und Wos' Eingreifen froh war, auch wenn er ihnen sein Leben verdankte, hatte er mittelbar zum Tod dreier Männer beigetragen, und niemand konnte ihn zwingen, das gut zu finden.

Die Worte des großen Löwen glitten in seine Gedanken:

›Wie geht es Mann? Mann verletzt.‹

Bowbaq hatte den Bolzen, der in seiner Schulter steckte, fast vergessen. Der Schmerz hatte nachgelassen, und die Wunde blutete nur noch schwach. Behutsam zog er an den Federn, um herauszufinden, wie tief der Pfeil eingedrungen war, und verzog das Gesicht, als sich sein Körper gegen die Behandlung sträubte. Doch darauf konnte er jetzt keine Rücksicht nehmen, denn wenn er den Bolzen nicht sofort entfernte, würde es später sehr viel mehr schmerzen.

›Ich werde wieder gesund. Ich bin froh, Mir zu sehen.‹

Als Zeichen der Zustimmung schlug der Löwe die Kiefer aufeinander und verschwand ohne ein weiteres Wort im Wald. Bowbaq wusste, dass er in dieser Nacht nichts mehr zu befürchten hatte. Niemand käme an dem Schneelöwen vorbei. Er vergewisserte sich, dass es Wos gut ging, und kehrte in die Hütte zurück.

Die Wärme des Feuers hüllte ihn ein. Vorsichtig zog er seine durchnässten Kleider aus und achtete darauf, den Bolzen so wenig wie möglich zu berühren. Als er die Wunde endlich freigelegt hatte, schob er sich einen Handschuh zwischen die Zähne, hielt den Atem an und zog den Fremdkörper mit einem Ruck heraus.

Er biss nicht auf den Handschuh, sondern spuckte ihn aus und schrie vor Schmerz auf. Stöhnend presste er ein Tuch auf die Wunde und musterte den Bolzen, der vor ihm lag. Erleichtert stellte Bowbaq fest, dass er vollständig herausgekommen war.

Als die Blutung nachgelassen hatte, goss er reichlich Alkohol auf die Wunde und verband sie. Dann goss er sich auch reichlich Alkohol in die Kehle.

Jetzt, wo er verarztet und aufgewärmt war, ging es ihm besser, und er konnte sich endlich den Fragen widmen, die er sich seit Beginn des Angriffs stellte.

Wer waren die Männer?

Was wollten sie? Außer ihn umbringen, natürlich.

Bowbaq war noch nicht viel in der Welt herumgekommen und kannte eigentlich nur Mittelarkarien. Solange er zurückdenken konnte, hatte er nichts getan, weswegen ihm irgendjemand drei Mörder auf den Hals hetzen würde. Vielleicht arbeiteten die Männer aber auch auf eigene Faust und hatten sich geirrt, denn Bowbaq besaß keine Reichtümer. Waren sie vielleicht verrückt? Fanatiker auf der Suche nach einem Menschenopfer?

Oder …

Die Neugier siegte, und er beschloss, die Leichen nicht erst am Morgen zu untersuchen. Er zog sich trockene Kleidung über und ging abermals nach draußen.

Nachdem er seine Furcht überwunden hatte, trat er zu dem Mann, den Wos getötet hatte. Seine Haut war wachsbleich, und eine hauchdünne Eisschicht bedeckte den Körper. Bowbaq schob die Hände unter die Leiche und hob sie an, um sie umzudrehen. Ein widerwärtiges Knacken war zu hören, als sich die steifen Glieder vom Boden lösten. Er wollte lieber nicht darüber nachdenken, woher diese Geräusche stammten.

Er hatte es eilig, von dem Toten wegzukommen, und durchsuchte ihn hastig, fand aber nichts, was ihm weiterhalf. Der Mann schien nichts Ungewöhnliches bei sich zu tragen, abgesehen von einem roten Gewand und einem Dolch, wie sie auch der andere mit der Armbrust besessen hatte. Diesem wandte sich Bowbaq jetzt zu.

Mir hatte sich offensichtlich an seinem Opfer satt gegessen. Diesmal konnte er den Brechreiz nicht unterdrücken, und er übergab sich, bis sein Magen leer war. Dem Toten fehlte ein Arm, und ein Großteil seiner Rippen lag frei. Mit Mühe und Not riss sich Bowbaq zusammen und durchsuchte die unversehrten Taschen des zerfetzten Gewandes.

Diesmal hatte er mehr Glück. Seine Hand ertastete ein blutgetränktes Pergament, das er vorsichtig herauszog. Es war mindestens sechs Mal gefaltet, doch auch als er es glättete, konnte er nicht viel damit anfangen. Bowbaq gelang es nicht, die wenigen Schriftzeichen zu entziffern, die von dem Blutfleck verschont geblieben waren, was allerdings auch daran liegen mochte, dass er nicht lesen konnte. Er gab auf und setzte die Suche fort.

Als er die Beinkleider ausschüttelte, fiel eine Phiole heraus, die bis zur Hälfte mit einer übel riechenden Flüssigkeit gefüllt war. Eine Droge?

Gift?

Bei diesem Gedanken lief ihm ein Schauer über den Rücken. Was, wenn der Bolzen vergiftet gewesen war?

Dann wäre er längst tot. Doch vielleicht setzte die Wirkung erst später ein, oder seine Kleider hatten einen Großteil der tödlichen Substanz aufgesogen.

Er würde es nie erfahren, es sei denn, er starb innerhalb der nächsten Tage. Er schüttete die Flüssigkeit in den Schnee und bedeckte den Toten mit dessen Kleidern.

Die Untersuchung der dritten Leiche brachte nichts Neues. Wie bei den anderen fand er einen Dolch und ein scharlachrotes Gewand. Die Männer gehörten offenkundig zu irgendeiner Organisation, kriegerischen Bande, religiösen Sekte oder Ähnlichem.

Er musste den Tatsachen ins Auge sehen, auch wenn es ihm schwerfiel.

Die Männer waren nur aus einem einzigen Grund gekommen: um ihn zu töten. Ihn und vielleicht auch seine Familie.

Zwei Eigenschaften unterschieden Bowbaq von den meisten anderen Menschen: erstens seine Fähigkeit, die Gedanken der Tiere zu lesen – er war ein Erjak. Allerdings besaßen viele Arkarier diese Gabe, und selbst bei einigen Fremden war sie entdeckt worden.

Die zweite Eigenschaft war vermutlich die ausschlaggebende: Er war ein Erbe von Ji.

Bowbaq war ein Nachkomme des Weisen Moboq, in vierter Generation. Nachdem er alle anderen Möglichkeiten ausgeschlossen hatte, blieb nur noch diese eine übrig: Man hatte versucht, ihn zu töten, weil sich sein Urgroßvater im vergangenen Jahrhundert auf ein rätselhaftes Abenteuer eingelassen hatte, das inzwischen fast völlig in Vergessenheit geraten war.

Er durfte keinen Moment zögern. Bowbaq musste seine Familie in Sicherheit bringen und die anderen Erben vor dem Schicksal warnen, das ihnen drohte!

Sogleich begann er mit den Reisevorbereitungen und fragte sich, wie er zu Ispen gelangen sollte, wo der Gletscher ihm doch seit mindestens zwei Dekaden den Weg abschnitt. Dann fiel ihm ein, dass das Eis für Mir kein Hindernis war.

Als er mit dem Packen fertig war, nahm er all seinen Mut zusammen und legte die Leichname und die Habseligkeiten der drei Männer auf einen Haufen. Er goss Öl darüber und zündete das Ganze an. Nach kurzem Zaudern warf er auch das blutige Pergament in die Flammen. Als Trophäe war es viel zu besudelt.

In diesem Moment war Mir wieder da. Er war auf vier Ponys gestoßen, die in der Ferne an einen Baum gebunden waren. Bowbaq folgte ihm zu der Stelle, und den ganzen Weg über machte er sich Sorgen wegen der Anzahl der Tiere. Erleichtert stellte er fest, dass eins der Ponys als Lasttier diente.

Die Durchsuchung der Satteltaschen erbrachte nichts Neues, denn er fand nichts als warme Kleidung und die nötige Ausrüstung für einen Mehrtagesritt in einem kalten Land. Bowbaq band die Ponys los, führte sie zu der Koppel und sandte ihnen den ganzen Weg über beruhigende Gedanken zu, da sie die Gegenwart des Löwen nervös machte. Vor seiner Hütte schnallte er ihnen das Gepäck ab und sortierte es rasch. Einen Großteil der Gegenstände warf er ins Feuer und behielt nur, was niemand wiedererkennen würde.

Nachdem er Wos gesattelt hatte, ging er zu dem Löwen und erteilte ihm einen Auftrag. ›Meine Frau und die Kleinen sind in Gefahr. Ich muss sie beschützen. Aber ich kann nicht zu ihnen. Versteht mich Mir?‹

›Mir versteht. Rudel in Gefahr.‹

›Genau. Mir kann es beschützen. Wird Mir das tun?‹

›Menschen bei Frau und Kleinen haben Angst vor Mir. Wollen Mir töten. Ispen schickt Mir zu Mann. Zurückgehen gefährlich.‹

›Mir ist weise, aber wenn er nicht geht, ist die Familie … ist das Rudel verloren. Mir muss gehen.‹

Sichtlich verwirrt drehte sich das Raubtier zweimal im Kreis. Bowbaq wusste, wie schwierig die Situation für Mir war, da Tiere keine Vorstellung von Wahlfreiheit und nur eine ungefähre Vorstellung von Zukunft haben. Dann brüllte Mir einmal auf und sprach. Er hatte eine Entscheidung getroffen.

›Mir geht und beschützt Rudel, weil Mann es sagt.‹

Er machte sich sogleich auf den Weg. Erleichtert stieg Bowbaq in den Sattel und ritt mit den vier Ponys im Schlepptau südwärts in der Hoffnung, dass seine Angst unbegründet war.

Das Feuer brannte bis zum Morgen.

Die Versammlung schien kein Ende zu nehmen. Wie immer standen zuerst die innenpolitischen Belange auf der Tagesordnung, und jede der achtundzwanzig Dorfvertreterinnen hatte eine wahre Sintflut an Fragen, Beschwerden und Vorschlägen. Selbst die drei Mütter, in deren Händen das Wohl der Hauptstadt Kaul lag, kamen kaum zu Wort, dabei dominierten sie sonst den Rat der Dörfer.

Corenn lehnte sich in ihrem Sessel zurück. Die neunzehn Jahre als Ratsfrau hatten sie Geduld gelehrt. Fünfzehn Jahre zuvor hatte auch sie sich eifrig für die Interessen eines kleinen Dorfs eingesetzt, aber nun stand sie im Dienst des gesamten Staats.

Sie war die Mutter der Tradition, die Hüterin von Recht und Ordnung. Seit einigen Jahren – genauer gesagt, seit dem Tod ihrer Vorgängerin – war es Corenns Aufgabe, für die Einheit des Staats und Frieden unter den Einwohnern zu sorgen. Obwohl sie Helferinnen hatte, musste sie häufig selbst durchs Land reisen, um hier einen Streit zu schlichten, da eine Wahl zu organisieren oder dort einen Machtmissbrauch zu verhindern.

Ihr Ansehen im Matriarchat war hoch, und sie hätte hier und jetzt jeder anderen Ratsfrau den Mund verbieten können, zum Beispiel wegen Missachtung des Ältestenrechts.

Ihre Ernennung durch die Große Mutter hatte zu lautstarken Protesten geführt, da viele ältere Frauen glaubten, ein Anrecht auf den ständigen Sitz im Rat zu haben. Doch Corenn erfüllte ihre Pflichten mit größter Sorgfalt und Umsicht und machte nur selten von ihrem Recht zu strafen Gebrauch. Meist löste sie die ihr anvertrauten Aufgaben mit diplomatischem Geschick, und so hatte sie nach und nach das Vertrauen der anderen Mütter gewonnen. Als die Große Mutter dann noch einige ältere Frauen mit so wichtigen Ämtern wie Justiz, Finanzen und Handel betraute, waren sich alle einig, dass Corenn die richtige Wahl gewesen war.

Bald wurde ihr eine geheime Aufgabe übertragen, von der nur die Mitglieder des Ständigen Rats wussten.

Corenn bekam die Weisung, auf ihren Reisen nach Kaulanern mit magischen Kräften, von denen sie selbst nichts wussten, Ausschau zu halten. Auch sie war eine Magierin, doch sie benutzte ihre Fähigkeit, die sie für recht schwach hielt, nur selten.

Jedes Mal, wenn ein ungewöhnliches Vorkommnis aus einer der Provinzen gemeldet wurde oder sich etwas angeblich Unmögliches ereignete, begab sich Corenn in die jeweilige Region, stellte Fragen, betrieb Nachforschungen und entdeckte vielleicht – für ihren Geschmack leider viel zu selten – jemanden mit der Gabe.

Ohne ihre Absichten zu verraten, befragte sie diejenige dann nach ihrer Meinung zur Magie und zum Matriarchat und versuchte herauszufinden, ob sie bereit wäre, ein neues Leben zu beginnen.

Waren die Antworten zufriedenstellend, führte sie einen Versuch durch, wobei sie ihr Gegenüber zu strengster Geheimhaltung verpflichtete. Von den zwanzig Personen, die sie bislang der Prüfung unterzogen hatte, hatten nur zwei bestanden.

Beide Male hatte Corenn ihr Wissen an ihre Schülerinnen weitergegeben, und sie arbeiteten nun als Spioninnen für die Mutter der Außenpolitik. Der Rat wollte so viele Magierinnen wie möglich ausfindig machen, um dem Matriarchat wieder zu seiner einstigen Größe zu verhelfen. Doch bis dahin war es noch ein langer Weg.

Die Debatte nahm ihren Lauf. Die Tradition, deren Hüterin Corenn war, verpflichtete sie, an allen Versammlungen teilzunehmen. Doch ihre Meinung war nur selten gefragt, da sich der Rat der Dörfer nur mit der Nahrungsversorgung, dem Handel, der Sicherheit oder anderen Alltagsfragen befasste. Seit fünfzehn Jahren bekam sie die immer gleichen Klagen zu hören.

Sie wartete geduldig, hob die Hand, wenn es zu einer Abstimmung kam, und runzelte die Stirn, wenn eine junge Ratsfrau einer älteren gegenüber zu sehr die Stimme erhob. Meist genügte dies, um die Gemüter zu beruhigen. Endlich verlas die Mutter der Erinnerung die Entscheidungen und offen gebliebenen Fragen, und die Vertreterinnen der Dörfer verließen den großen Versammlungssaal.

Nur sechzehn Frauen blieben zurück. Der Ständige Rat würde nun die wichtigen Fragen debattieren, die im Rat der Dörfer zur Sprache gekommen waren, und die Angelegenheiten des Staats und seiner Nachbarn erörtern.

Früher hatte Corenn regelmäßig Bericht über ihre Suche nach Magierinnen und Magiern erstattet, doch inzwischen interessierte sich niemand mehr so richtig dafür. Deshalb begannen sie gleich mit der Außenpolitik.

Das Gerede über Handel, Steuern und Ränkespiele zwischen den Königreichen und Staaten langweilte sie noch mehr als der Zank und Streit der Dörfer. Die Debatte zog sich in die Länge.

Schließlich berichtete die Mutter der Außenpolitik stolz vom endgültigen Abschluss des Friedensvertrags mit Romin, und die Ratsfrauen applaudierten und beglückwünschten sie. Auch wenn Romin wegen seiner schwachen Armee die Bezeichnung »Hohes Königreich« schon längst nicht mehr verdiente, war es klug, auf gute Nachbarschaft zu achten.

Als Nächstes sprachen die Mütter über die Zunahme des Schiffverkehrs und die Überlastung der Häfen, eine Frage, die im Rat der Dörfer aufgekommen war. Die Mütter begannen mit der Ausarbeitung eines Gesetzesentwurfs, stellten aber rasch fest, dass sie nicht genug über die Angelegenheit wussten. Sie beschlossen, eine Studie in Auftrag zu geben und eine Expertin zu befragen. Die Mutter der Erinnerung wurde damit betraut, die Sache weiterzuverfolgen. Sobald Ergebnisse vorlägen, würde sich der Rat erneut mit dem Problem befassen.

Da es schon spät war und die wichtigsten Fragen geklärt waren, schlug die Große Mutter vor, alles Weitere auf die nächste Dekade zu vertagen. Erleichtert stimmten die Ratsfrauen zu. Die beiden Versammlungen hatten sich vom dritten bis zum sechsten Dekant hingezogen, und alle waren müde.

Corenn sammelte gerade ihre Papiere ein, als Wyrmandis, die Mutter der Justiz, auf sie zukam.

»Du kennst doch Xan, den Holzschnitzer aus Partacle, oder?«

Sie kannte ihn sogar gut. In diesem Jahr hatte er es übernommen, die Zusammenkunft der Erben zu organisieren. Er und Corenn schrieben sich regelmäßig, und sie mochte den sanften, klugen Mann. Er war einer der wenigen, die magische Kräfte nicht für eine grässliche Missbildung hielten, sondern für eine Gabe. »Ja, ich kenne ihn. Woher weißt du das?«

»Es tut mir leid, dir das sagen zu müssen, aber er ist tot.«

Corenn war wie vor den Kopf geschlagen. Beklommen ließ Wyrmandis ihr einen Moment Zeit, obwohl sie es eilig hatte, die Fragen zu beantworten, die Corenn ihr gewiss stellen würde. »Wo ist es geschehen?«

»Zu Hause. Seine Frau und seine Kinder sind ebenfalls tot. Es tut mir leid«, wiederholte sie.

Ermeil auch. Richa. Garolfo. Und wie hieß der Jüngste noch? Es fiel ihr nicht ein. Tot. Alle tot.

»Sie haben nicht gelitten. Ich glaube, sie schliefen, als es passierte. Aus Goran kam die Nachricht, sie seien vergiftet worden.«

Corenn musste schlucken. Ihre Stimme war nicht mehr als ein Flüstern. »Vergiftet? Sie wurden *ermordet?*«

»Ja. Um genau zu sein …« Wyrmandis zog sie beiseite und senkte die Stimme. »Höchstwahrscheinlich waren es Züu. Deshalb hat man mich benachrichtigt.«

Jetzt verstand Corenn. Die Züu waren seit Jahrzehnten nicht mehr in Kaul gesehen worden, und alle hofften inständig, dass es dabei blieb. Die Mutter der Justiz hatte die Aufgabe, die Untaten der Mörder überall auf der Welt zu verfolgen.

»Warum? Warum haben die Züu Xan und seine Familie getötet? Wem könnte das nützen?«

»Ich weiß es nicht. Ich hatte gehofft, *du* könntest es mir sagen. In Goran stellt man sich die gleiche Frage. In letzter Zeit haben die Züu in mehreren Ländern Morde begangen, und anders als sonst waren die Opfer keine Edelleute, Priester oder reichen Bürger.«

Eine plötzliche Eingebung durchzuckte Corenn und ließ sie vor Grauen erstarren. »Hast du die Namen? Die Namen der Opfer?«

»Ja, natürlich. Sie stehen in meinem Bericht. Einige weiß ich aus dem Kopf. Es handelt sich um einen goronischen Soldaten, einen lorelischen Edelmann, einen Händler aus Lineh oder Yiteh, eine Kräuterhändlerin aus Le Pont …«

Corenn kam es vor, als würde ihr der Boden unter den Füßen entzogen. Sie kannte jeden dieser Menschen, persönlich oder dem Namen nach. Nort', Kercyan, Ramur, Sofi. Sie alle waren Erben von Ji, und fast alle waren ihre Freunde gewesen.

Wyrmandis war verstummt, als sie sah, wie Corenn erbleichte. Sie trat nervös von einem Fuß auf den anderen, während sich Corenn zusammenriss und mit ernster Stimme fragte: »Sag … Antworte nur, wenn du sicher bist. In Kaul haben die Züu niemanden getötet? Eine gewisse Léti?«

»Keine von uns, nein, zum Glück! Jedenfalls nicht bis gestern Abend. Wieso?«

Die Magierin stieß einen erleichterten Seufzer aus und überging die Frage. Ihrer kleinen Léti ging es gut. Léti, ihre einzige Verwandte, der Sinn ihres Lebens. Léti, die Tochter ihrer Cousine, die seit deren Tod wie eine eigene Tochter für Corenn war.

»Ich muss sofort aufbrechen. Meine Nichte ist in Gefahr und … und ich auch.« Der Gedanke war ihr plötzlich gekommen. »Wyrmandis, ich brauche die Liste mit den Namen, und zwar schnell. Kannst du sie mir bringen lassen?«

Die Mutter der Justiz runzelte die Stirn und musterte ihre Freundin. Die Sache schien ernst. »Du glaubst, dass die Züu hinter dir her sind? Die *Züu?* Ich halte es für das Beste, wenn du mir alles erzählst. Ich kann für deinen Schutz sorgen.«

»Das geht nicht«, sagte Corenn und eilte davon. »Dann würde ich vielleicht zu spät kommen.« Im Gehen wandte sie sich noch einmal um. »Außerdem …« Sie warf vielsagende Blicke zu den Ausgängen des Saals, an denen ein paar dickbäuchige Soldaten Wache standen, verdienstvolle Veteranen der kleinen Armee des Matriarchats. »Du weißt genau, dass du uns nicht schützen kannst.«

Im Laufschritt hastete sie den langen Flur des Großen Hauses entlang, der zu ihren privaten Gemächern führte.

Zum ersten Mal seit langer Zeit hatte die Magierin Angst.

»Bei allen Göttern und ihren Huren!«

Reyan war ungeheuer wütend. Das launische Ding, an das er all seine Verführungskünste verschwendet hatte, das er den ganzen Abend lang an die gefragtesten Orte geschleppt hatte, dem er das Essen, die Becher und vor allem den Eintritt in die beliebtesten Lokale Lorelias gezahlt hatte, dieses undankbare Ding hatte ihm die Gastfreundschaft für die Nacht – und ein paar Zärtlichkeiten – verweigert und ihm einfach die Tür vor der Nase zugeknallt.

Dabei hatte es anfangs ganz gut ausgesehen. Am Ende der Vorstellung hatte er wieder einmal seinen Lieblingstrick angewandt. Statt der Zeile:

»Ich kann nicht, denn ich liebe eine andere! Ihr müsst mich vergessen!«, die Barle ursprünglich für das Stück geschrieben hatte, deklamierte er: »Ich kann nicht, denn ich liebe eine andere! Da sitzt sie!« Dann holte er eine junge Frau aus dem Publikum auf die Bühne, die er sich vorher ausgesucht hatte. Natürlich musste sie ohne Begleitung sein und das entsprechende Aussehen mitbringen.

Als der junge Schauspieler seinen Einfall zum ersten Mal in die Tat umgesetzt hatte, hatte Barle, der Leiter der Theatertruppe, spitze Schreie ausgestoßen. Doch als er dann sah, welche Begeisterungsstürme die Abweichung vom Text hervorrief, hatte er sich schnell wieder beruhigt. Zum Glück hatte er ein gutes Gespür für die Vorlieben des Publikums.

Nach der Vorstellung hatte Reyan die junge Frau wie üblich auf einen Becher eingeladen. Als diese Hürde genommen war, zeigte er ihr den Zirkuswagen, stellte ihr seine Gefährten vor und erzählte beiläufig von Reisen in ferne Länder und – zumeist erfundenen – Triumphen an Königshöfen. Von diesem Augenblick an war ihr Schicksal besiegelt.

Als sie vor einem weiteren Becher saßen, ließ Reyan all seinen Charme spielen. Er pries die Schönheit, den sinnlichen Körper, die Anmut und andere tatsächliche oder erfundene Eigenschaften seiner Begleiterin. Wollte sie nicht vielleicht Schauspielerin werden? Bestimmt hatte sie großes Talent …

Dann spazierten sie durch die nächtlichen Straßen Lorelias und kehrten in mehrere Wirtshäuser ein, bis er glaubte, das Bett der Schönen erobern zu können.

Doch genau an diesem Punkt war es heute Abend schiefgelaufen. Jetzt trottete er allein durch die Nacht, und zu allem Überfluss braute sich ein Gewitter zusammen!

Verdrossen trat er mit dem Fuß in eine Pfütze, das Wasser spritzte mehrere Schritte weit. Egal, er war ohnehin nass bis auf die Knochen.

Nicht immer musste er so großen Aufwand betreiben. Meist genügten seine Jugend, sein Charme und ein paar geistreiche Worte, um eine Frau zu erobern. Dass er so viele vergebliche Anstrengungen unternommen hatte, brachte ihn noch mehr in Zorn. *Was für ein selbstsüchtiges Miststück,* dachte er. Keine andere Frau mit auch nur etwas Einfühlungsvermögen hätte ihm in einer solchen Nacht ihr Bett verweigert! Irgendwie belustigte ihn seine schlechte Laune trotz allem.

Bei einer Dirne zu übernachten kam nicht infrage. Seine wilden Zeiten waren ein für alle Mal vorbei, auch wenn er immer noch ein paar Freundinnen in der Gilde der Drei Schritte hatte.

Den Zirkuswagen hatte Barle bestimmt schon verrammelt, und es wäre ungefährlicher, unter freiem Himmel zu übernachten, als Barle aufzuwecken, der mit zunehmendem Alter immer griesgrämiger wurde. Blieb nur noch eine Herberge, doch Reyan fand, dass er für den Abend genug Geld ausgegeben hatte. Er hatte eine bessere Idee.

Trotz ihrer ewigen Streitereien konnte Mess seinem Cousin die Gastfreundschaft für eine Nacht nicht verwehren. Vor allem, wenn er ihm vor Augen hielt, dass das Haus immer noch ihnen beiden gehörte; schließlich hatte jeder eine Hälfte von ihrer Großmutter geerbt. Bei dem strömenden Regen hatte er ausnahmsweise nichts dagegen, ein Kercyan zu sein. Bei dem Wetter hätte er sich als sonst wer ausgegeben!

An einer Kreuzung blieb er stehen. Nach links oder geradeaus? Obwohl er seine ganze Kindheit in Lorelia verbracht hatte, war er einen Moment lang unschlüssig. Allerdings pflegte er auch mit Vorliebe Abkürzungen zu nehmen und tief in das Labyrinth der schmalen Altstadtgassen einzutauchen. Er hatte seine Ortskenntnis der größten Stadt der bekannten Welt wohl etwas überschätzt.

Kurz entschlossen lief er geradeaus und stieß kurz darauf auf den Platz der Käserei. Glück gehabt! Zum alten Familienhaus in der Geldwechslerstraße war es nun nicht mehr weit. Er musste nur nach dem Platz des Pferdchens links abbiegen.

Ein langer Blitz zuckte über den Himmel, und gleich darauf krachte der Donner. Reyan beschleunigte seine Schritte.

Endlich stand er vor dem Haus. Es war groß und alt, viel zu alt. Sein Ururgroßvater, dessen Namen er trug, hatte es mehr als ein Jahrhundert zuvor gekauft, und schon damals war es alt gewesen. Für den jungen Schauspieler versinnbildlichte das Haus den Niedergang der Familie Kercyan, mit dem man ihm in seiner Kindheit ständig in den Ohren gelegen hatte. Heute Abend stand es allerdings für ein Dach über dem Kopf und ein warmes Bett.

Schwierig würde nur werden, ins Haus zu gelangen, ohne Mess aufzuwecken. Sein Cousin wäre durchaus in der Lage, ihn draußen stehen zu lassen, und ihm waren für heute schon genug Türen vor der Nase zugeschlagen worden. Deshalb verzichtete er lieber auf die Erlaubnis seines Cousins, in seinem eigenen Haus zu übernachten.

Er würde einfach denselben Weg wie früher benutzen. Damals war er häufig ohne das Wissen seiner Großmutter aus dem Fenster geklettert, um durch Spelunken und zwielichtige Schänken zu ziehen und das lorelische Nachtleben zu genießen. O ja, das waren wilde Zeiten gewesen.

Er kletterte auf die niedrige Mauer. Sie umgab den Innenhof, dessen Tor zur Köhlerstraße führte. Früher hatte Baron, ihr Hund, den Hof bewacht, und Reyan hatte sich sein Schweigen jedes Mal mit einem Leckerbissen erkaufen müssen, aber nun konnte jeder in den Hof gelangen. Die Unvorsicht seines Cousins ärgerte ihn, auch wenn sie ihm heute Abend das Leben erleichterte.

Das schwierigste Stück lag noch vor ihm. Er musste wie ein Seiltänzer die Mauer entlangbalancieren, um zum Balkon vor dem Saal im ersten Stock zu gelangen. An mehreren Stellen waren Eisenstäbe und kleine Wasserspeier in die Mauer eingelassen, um solche Kletterpartien zu verhindern. Normalerweise waren sie kein ernst zu nehmendes Hindernis, aber ausgerechnet in dieser Nacht musste es natürlich regnen, und die Steine waren rutschig.

Reyan war nur ein einziges Mal hinuntergefallen, und zwar an einem Tag, als er nicht nur wie üblich sturzbetrunken gewesen war, sondern obendrein die getrockneten Wurzeln einer Pflanze aus den Unteren Königreichen gekaut hatte. Er war im Morgengrauen auf den harten Pflastersteinen aufgewacht, weil Baron ihm hingebungsvoll das Gesicht abschleckte, und hatte sich gerade noch rechtzeitig in sein Zimmer stehlen können, bevor seine Großmutter aufstand. Seitdem hatte er nie wieder irgendwelche fragwürdigen Pflanzenteile gekaut oder Pülverchen geschnupft.

Ein Blitz erhellte die Nacht, und er duckte sich rasch. Der Donner übertönte seinen Fluch. Er durfte sich auf keinen Fall von einem Nachtwächter erwischen lassen, denn es würde schwierig werden zu erklären, warum er in sein eigenes Haus einbrach – vor allem, da Mess seine Aussage nicht unbedingt bestätigen würde.

Endlich erreichte er den Balkon. Jetzt hatte er es fast geschafft, nur ein letztes Hindernis galt es noch zu überwinden. Er erklomm die Fassade bis zu dem kleinen Sims zwei Schritte über ihm, indem er sich an den Stuckverzierungen festhielt. Irgendwie fiel ihm das Klettern schwerer als früher, vermutlich war er einfach aus der Übung. Auf dem Sims zusammengekauert, zog er an dem hölzernen Fensterladen. Er betete zu allen Göttern und ihren Huren, dass Mess das Fenster zum Flur im zweiten Stock nicht verriegelt oder mit einem Möbelstück zugestellt hatte.

Das Holz schabte über den Stein, eine Angel quietschte, und endlich schwang der Fensterladen auf. Reyan hoffte, seinen Cousin nicht geweckt zu haben. Zum Glück übertönte das Gewitter jedes Geräusch. Er wartete auf den nächsten Donnerschlag, zwängte sich durchs Fenster und schloss es von innen.

Einen Augenblick lang genoss er das Gefühl, im Trockenen zu sein, und horchte dann auf Schritte. Zu seiner Erleichterung hörte er nur das Platschen der Wassertropfen, die aus seiner Kleidung auf den Boden fielen.

Er zog seinen pitschnassen Umhang und die durchweichten Schuhe aus und rollte sie zusammen. Mit dem Bündel unter dem Arm schlich er auf Zehenspitzen zu seinem alten Zimmer. Sein Cousin hatte bestimmt alles so gelassen wie immer. Seit über einem Jahrhundert war nichts an dem Zimmer verändert worden, und Mess hing zu sehr an der Tradition, am Erbe ihrer Vorfahren und diesem ganzen Unsinn, um auch nur ein einziges Möbelstück zu verrücken.

Er schlich an zwei Türen vorbei, die zu leeren Zimmern führten, und gelangte an die Stelle, wo der Flur einen Knick machte. Hinter der Biegung lag sein Zimmer. Reyan stutzte. Hier roch es irgendwie merkwürdig. Er warf einen Blick zum Zimmer seines Cousins, das sich ein paar Schritte weiter befand.

Die Tür stand offen.

Vielleicht war Mess gar nicht zu Hause? Das wäre wirklich ein Jammer. Er hatte sich solche Mühe gegeben, unbemerkt ins Haus zu gelangen.

Der Geruch wurde stärker, und Reyan drehte sich der Magen um. Eine böse Vorahnung beschlich ihn.

Mit dem Handrücken schob er die Tür auf. Sogleich stolperte er rückwärts wieder aus dem Zimmer und hielt sich die Nase zu.

Auf dem Bett lag Mess' Leiche.

Als ein Blitz das Zimmer in gleißendes Licht tauchte, gab es keinen Zweifel mehr. Der Gestank war entsetzlich, und es kostete ihn große Überwindung, ans Bett zu treten.

Nichts wies darauf hin, woran sein Cousin gestorben war. Sein Gesicht war nicht verzerrt, und er trug ein Nachtgewand. Es sah aus, als hätte ihn der Tod im Schlaf überrascht. Und als hätte jemand die Leiche bewegt.

Jemand hatte ihn auf die Bettdecke gelegt und seinen Körper zur Ruhe gebettet, mit geschlossenen Beinen, längs am Körper ausgestreckten Armen und leicht nach hinten geneigtem Kopf. Jemand hatte seine Kleider glatt gestrichen. Warum zum Henker hatte dieser Jemand die Leiche dann hier liegen gelassen und sie der Verwesung preisgegeben?

Der Gestank wurde unerträglich, und Reyan machte auf dem Absatz kehrt, um aus dem Zimmer zu gehen.

In diesem Moment schoss ein Blitz durch die Nacht. Jemand stand in der Tür.

Jemand oder etwas.

Jede Einzelheit brannte sich Reyan ins Gedächtnis ein. Ein Mann in einem scharlachroten Gewand, einen Dolch in der Hand, starrte ihn an. Sein Kopf war kahl geschoren, das Gesicht geschminkt: Schwarze Augenhöhlen, eine schwarze Nase und schwarze Ohren hoben sich von einem weißen Gesicht ab. Die unheimliche Fratze eines Totenschädels. Ein grauenvoller, lebloser Totenschädel, in dem zwei Flammen loderten – die Augen eines Irren.

Der Schauspieler war viel herumgereist und wusste, wen er vor sich hatte: einen Boten Zuïas, einen wahnsinnigen Zü, einen skrupellosen Mörder.

Es war wieder stockfinster, als der Totenkopf sprach. Seine Stimme war kehlig und seine Aussprache des Lorelischen eigentümlich. Reyan fragte sich, ob dieses Spektakel zum Mörderdasein dazugehörte.

Dann wunderte er sich über seine eigene Abgeklärtheit im Angesicht des Todes.

»Bist du bereit, vor Zuïa zu erscheinen?«

Reyan verschwendete keine Zeit an eine Antwort. Er stürzte sich auf den Mann und schleuderte ihm seinen Umhang und die Schuhe ins Gesicht. Als sein Gegner ins Taumeln geriet, versetzte er ihm einen Tritt, sprang über ihn hinweg und spurtete den Flur entlang.

Der Dolch. Der Dolch mit der vergifteten Klinge.

Hatte er ihn berührt? Nein, wohl nicht.

Er hetzte am einstigen Zimmer seiner Großmutter vorbei und rannte die Treppe zum ersten Stock hinunter. Der Zü war ihm dicht auf den Fersen. Es trennten sie nur noch drei Schritte, vielleicht weniger. Reyan meinte bereits zu spüren, wie die tödliche Klinge ihm in den Rücken fuhr, und der Gedanke verlieh ihm Flügel. Er rannte den Flur entlang, erreichte nach kaum zehn Schritten die erste Treppe zum Erdgeschoss und warf sich zu Boden.

Der Zü stieß mit dem Fuß gegen seinen Körper, stolperte und segelte durch die Luft auf die Stufen zu. Reyan vergeudete keine Zeit, indem er dem Mann nachsah, sondern sprang auf und rannte zur zweiten Treppe, die er bis zur Hälfte hinunterlief. Dann hechtete er über das Geländer und landete in dem Moment auf dem Boden, als sich der Zü aufrappelte. Anscheinend war der Mann unverletzt. Auch er eilte jetzt die Treppe hinunter und stieß dabei ein paar hasserfüllte Worte hervor – vermutlich Verwünschungen und Drohungen.

Reyan hastete zu einer Tür am anderen Ende der Eingangshalle. Er riss sie auf und stand in der Bibliothek. In der Bibliothek gab es Waffen. Er zerrte die erstbeste von der Wand, und der Zü, der wenige Momente später durch die Tür stolperte, konnte gerade noch einem etwas vorschnell ausgeführten Axthieb ausweichen.

Jetzt standen sich beide Männer gegenüber und ließen einander nicht aus den Augen. Beide hofften, ihren Gegner in der Dunkelheit zwischen zwei Blitzen überraschen zu können. Eigentlich wäre Reyan mit seiner Axt im Vorteil gewesen, doch der Zü musste ihn nur kurz mit seinem Dolch berühren. Das Gift würde ihn sofort töten.

Der Schauspieler war eher ungeübt im Umgang mit der Axt. Er hatte noch nie eine Waffe getragen. Zwar war er in seiner Jugend im Schwertkampf unterrichtet worden, doch die klassischen Schwerter der lorelischen Edelleute hatten ihre Nachteile: Sie wogen fünfunddreißig Pfund und waren schwer zu handhaben. Bislang war ihm dieses Können nur auf der Bühne von Nutzen gewesen.

Bevor er zu Barles Truppe gestoßen war, trat er als Messerwerfer in einem kleinen Zirkus auf. Zugegebenermaßen war seine Nummer eher jämmerlich gewesen, und die Waffen, die hier an den Wänden hingen, waren etwas ganz anderes als die perfekt ausbalancierten Messer von damals. Doch vielleicht sollte er es auf einen Versuch ankommen lassen.

Beim nächsten Blitz sah er, dass sich der Zü im Schutz der Dunkelheit auf ihn zubewegt hatte. Reyan stieß einen überraschten Schrei aus und fuchtelte mit der Axt herum, um sich seinen Widersacher vom Leib zu halten. Zum Glück hatte das Gewitter jetzt seinen Höhepunkt erreicht, und die Blitze folgten so rasch aufeinander, dass die Kämpfer ihr Gegenüber immer nur kurz aus den Augen verloren.

Allerdings war Reyan klar, dass der Mörder bei ihrem kleinen Spielchen früher oder später die Oberhand gewinnen würde.

Die Bibliothek war nun wieder in Dunkelheit getaucht, und Reyan schlug abermals blindlings um sich in der Hoffnung, den Zü zu verletzen oder ihn zumindest auf Abstand zu halten. Ein Blitz erhellte die Szene, dann war es wieder finster.

Der Mörder schien Gefallen an ihrem stummen Tanz zu finden. Er täuschte einen Angriff von rechts vor, dann von links und kam Reyan jedes Mal ein Stückchen näher. Ihm dämmerte, dass er für den Zü nichts als ein namenloses Opfer war. Bei dem Gedanken lief es ihm eiskalt den Rücken hinunter.

Er hatte nichts zu verlieren.

Nach dem nächsten Blitz warf er die Axt in die Richtung, wo er den Mörder vermutete, und presste sich an die Wand. Seine Finger stießen gegen Eisen, er riss den Gegenstand von der Wand und hielt ein Langschwert in der Hand.

Das Donnergrollen hatte alle anderen Geräusche übertönt. Er hatte keinen Aufprall, keinen Schrei und auch keine zu Boden fallende Axt gehört. Als wieder Stille eingekehrt war, stand er keuchend im Dunklen und lauschte.

Die Blitze folgten nun seltener aufeinander, und das Warten kam ihm wie eine halbe Ewigkeit vor.

Als es erneut für einen Moment hell wurde, lag eine Leiche am Boden. Die Axt hatte den Zü mitten in die Stirn getroffen.

Reyan trat näher und stieß ihm ohne Skrupel die Klinge seines Schwerts in den Hals, nur um ganz sicherzugehen. Er fand es nicht nett, dass der Mann seinen Cousin getötet und ihn selbst durch das Haus seiner Familie gejagt hatte.

Mit einer Armbrust bewaffnet und immer noch wachsam, drehte er eine Runde durch das Haus. Er verrammelte sämtliche Fenster und Türen und überprüfte jeden dunklen Winkel. Als er sich einigermaßen sicher fühlte, kehrte er zu der Leiche zurück und durchsuchte sie.

Er fand einen Dietrich, eine kleine Phiole, eine zusammengerollte Schnur, ein Döschen mit einer feuchten braunen Paste, ein rotes Stirnband und ein Pergament. Den Dietrich steckte er ein. Die Phiole und das Döschen enthielten wahrscheinlich das Gift und das Gegengift. Oder umgekehrt. Der Frage würde er später nachgehen. Bis auf das Pergament waren alle anderen Sachen unbrauchbar. Er faltete es vorsichtig auf.

Wie er befürchtet hatte, konnte er die Worte nicht lesen. Reyan war zwar mehrerer Sprachen mächtig, aber das hier war kein Lorelisch, Itharisch, Goronisch oder Romisch. Wahrscheinlich war es Ramzü, wenn man bedachte, bei wem er das Pergament gefunden hatte.

Einige Wörter erkannte er trotzdem. Sie sahen in allen Sprachen gleich aus, solange man das itharische Alphabet verwendete.

Mess von Kercyan.

Reyan von Kercyan.

Auf dem Pergament waren weitere Menschen aufgelistet, deren Namen er kannte. Ihm war sofort klar, was all diese Menschen verband: Zum einen stammten alle aus Lorelien.

Zum anderen waren sie samt und sonders Erben dieser verfluchten Insel Ji.

Anscheinend war diese Geschichte, die sein Leben überschattet hatte, seit er denken konnte, noch nicht zu Ende. In seiner Kindheit hatte man ihm ständig das Beispiel Reyan des Älteren vorgehalten, der es vorgezogen hatte, lieber alles zu verlieren, als seinen Schwur zu brechen. Hatte er etwa darum gebeten, sein Nachfahr zu sein? War es wirklich besser, arm, aber ehrenhaft zu sein?

Und jetzt machte irgendjemand Jagd auf die Erben. Hatte er etwa darum gebeten, in die Schusslinie zu geraten?

Er versetzte der Leiche zwei Fußtritte. Das nützte zwar nichts, tat aber gut.

Nach kurzem Nachdenken fasste er einen Entschluss.

Wenn die Züu ihn töten wollten, musste er untertauchen. Das war seine einzige Chance. Er würde einige Jahre im Exil leben, bis Gras über die Sache gewachsen war, im Alten Land vielleicht.

»Verflucht!«

Er gab der Leiche einen weiteren Fußtritt und studierte abermals das Pergament.

Manche dieser Leute kannte er flüchtig. Er hatte sie bei einer dieser lächerlichen Zusammenkünfte getroffen, zu denen seine Großmutter ihn und Mess immer geschleppt hatte. Vermutlich waren sie alle in Gefahr. Oder bereits tot.

Aber was ging ihn das an! Er hatte genug eigene Sorgen!

Er stieß einen tiefen Seufzer aus. Heute war wirklich nicht sein Glückstag. Sein Gewissen würde ihm keine Ruhe lassen.

Er sammelte seine Beute ein, ging durch alle Zimmer und nahm mit, was er brauchen konnte. Die Sachen trug er zu dem Fenster im zweiten Stock. Die Haustür mied er lieber, da sie möglicherweise überwacht wurde.

Er wollte gerade aus dem Fenster klettern, als er sich eines Besseren besann. Er kehrte in die Bibliothek zurück und wählte zwei Messer aus. Das eine steckte er sich in den Stiefel, das andere in den Gürtel. Dann hob er vorsichtig den Dolch des Zü und das blutige Schwert auf, das er in eine Scheide schob, und ließ den Blick ein letztes Mal durch das Zimmer schweifen. Einer plötzlichen Eingebung folgend, kehrte er zu der Leiche zurück und zog ihr das Gewand aus. Die Kutte eines Mörders zu besitzen würde ihm vielleicht noch einmal nützlich sein.

Schließlich wusste Reyan nicht, was die Zukunft für ihn bereithielt.

An diesem Morgen war der Tag des Falken angebrochen.

Bis zum Tag der Versprechen war es nur noch eine Dekade, die Dekade der Zweifler.

Der fünfzehnjährige Yan, ein einfacher Fischer aus einem kleinen Dorf in Kaul, fand, dass die zehn Tage ihren Namen völlig zu Recht trugen.

Sosehr er sich auch den Kopf zerbrach, ihm fiel einfach nicht ein, woher er den Mut nehmen sollte, Léti um ihre Hand zu bitten.

Er hatte genug Versprechensfeste miterlebt, um zu wissen, was auf ihn zukam. Vor Sonnenuntergang musste sich der Bräutigam um das Jawort seiner Geliebten bemühen. Abends feierte dann das ganze Dorf die Verlöbnisse.

Natürlich konnte man sich das feierliche Versprechen auch an jedem anderen Tag geben, doch Yan wusste, wie sehr Léti an der Tradition hing, und sie wäre bestimmt wütend, wenn er die Sache an einem anderen Tag auch nur ansprach. Für sie kam nur der von Eurydis auserkorene Tag infrage.

Nein, er musste all seinen Mut zusammennehmen und sie in der kommenden Dekade um ihre Hand bitten. Andernfalls würde er sein Vorhaben auf das nächste Jahr verschieben müssen.

Verflixt!

Ihm war nie klar gewesen, wie einengend diese Rituale sein konnten, die ihn sonst eher belustigten: Antrag, Versprechen, Bekenntnis, Bund. Es galt so viele Hindernisse zu überwinden und das vor den Augen des ganzen Dorfs, nur um mit Léti zusammenzuleben! Ganz zu schweigen von den anzüglichen Witzen am Tag der Jungfrau, am Tag des Pilzes und am Tag der Kinder. Wenn Yan nur daran dachte, wurde ihm schlecht.

Die Dekade der Zweifler. Er hegte keine Zweifel, dass er mit Léti den Bund schließen wollte, aber große Zweifel, ob er bereit war, all diese Strapazen auf sich zu nehmen!

Und das alles war noch gar nichts im Vergleich zu seiner größten Angst.

Würde sie Ja sagen?

Im Dorf ging man schon seit ihrer Kindheit davon aus, dass sie einander versprochen waren. Létis Mutter Norine hatte Yan, der früh zur Waise geworden war, bei sich aufgenommen, bis er zu alt wurde, um mit den beiden Frauen unter einem Dach zu leben. Dann war er wieder in das kleine Haus seiner Eltern gezogen. Allerdings verbrachte er immer noch einen Großteil des Tages bei seiner Pflegefamilie. Er ging für die beiden Frauen fischen, arbeitete hart und hielt ihr Haus besser instand als sein eigenes, das jeden Tag mehr verfiel. Nach Norines Tod pflegte er die kranke Léti aufopferungsvoll. Jetzt waren sie beide Waisen und in den Augen der Dorfbewohner einander versprochen.

In den Augen der Dorfbewohner, aber auch in ihren?

Yan war nur ein armseliger Fischer. Er war nicht reich, weder gut aussehend noch charmant und hatte keine besondere Fähigkeit – außer vielleicht der, ein bisschen lesen zu können. Er hatte keine Familie, auf die er zählen konnte, und im Dorf galt er als verträumt und ein bisschen faul.

Für ihn war Léti das schönste Mädchen der bekannten Welt. Er liebte ihre Willenskraft, ihr Lachen, ihre Lebenslust. Unter ihren Vorfahren waren viele Ratsfrauen, ihre Tante war Mitglied im Ständigen Rat, und auch sie würde vermutlich in einigen Jahren in den Rat der Mütter gewählt werden. Ihr Haus war das größte im Dorf und besser eingerichtet als alle anderen zusammen. Léti war einfach zu gut für ihn.

Yan hätte alles dafür getan, schöner, lustiger, reicher, begabter und interessanter zu sein.

Eines Tages hatte er versucht, die traditionelle Kunst des Unterwasserfischens zu verbessern. Er hatte eine ausgemusterte Armbrust zu einer Harpune umgebaut, doch sein Plan war nicht sonderlich durchdacht und die Ausbeute schlecht gewesen, weshalb die Dorfleute nicht gerade begeistert von der Idee waren. Sie sagten, seine Harpune sei gefährlich und nur etwas für Taugenichtse und Faulpelze.

Ein anderes Mal führte er einen angereisten Gelehrten, der Meeresvögel studieren wollte, zu den einsamen Buchten und Stränden Ezas. Er verbrachte mehrere Tage in seiner Gesellschaft und lernte alles über Vögel. Doch als er Léti erzählte, die Koriolen zögen zu Beginn der Jahreszeit des Feuers hoch in den Norden Arkariens, hatte sie gefragt, was ihm dieses Wissen nütze. Er suchte immer noch nach einer Antwort.

Für eine Weile hatte er die Fischerei aufgegeben und war der Reihe nach beim Schmied, beim Tischler, bei einem Bauern, beim Müller und beim Wirt in die Lehre gegangen. Doch jedes Mal warf er schnell das Handtuch. Seine Meister klagten, er denke sich immer wieder etwas Neues aus, um keinen Finger krumm machen zu müssen. Allein der Dorfpriester war noch bereit, ihn als Lehrjungen anzunehmen, doch Yan hatte das Angebot höflich abgelehnt. Er verehrte Eurydis und Brosda, doch deshalb musste er ihnen nicht gleich sein Leben widmen.

Kurzum, er hatte zurzeit keine anderen Zukunftspläne als die, mit Léti den Bund zu schließen.

Dann wäre alles anders. Vielleicht würden sie in ein anderes Dorf ziehen oder zumindest oft auf Reisen sein. Und endlich könnte er sie auf dieses geheimnisvolle Fest begleiten, das sie alle drei Jahre mit ihrer Mutter und ihrer Tante besuchte. Allein der Gedanke, an ferne Orte zu reisen und fremden Menschen zu begegnen, begeisterte ihn. Menschen aus anderen Ländern! Wie aufregend!

Ja, es wäre aufregend, falls er den Mut fand, Léti um ihre Hand zu bitten – und falls sie Ja sagte.

Doch für den Moment hatte er sich genug Sorgen gemacht. Yan stand auf. Dem Stand der Sonne nach lag er seit mehr als einem Dekant grübelnd am Strand, und er musste schließlich auch an die Gegenwart denken: Was würden sie zu Abend essen?

Er ging zu den Löchern, die er am Morgen in den Sand gegraben und in die er geflochtene Körbe eingelassen hatte. Die Flut war gekommen und gegangen und hatte eine Handvoll Krebse und Muscheln in den Fallen zurückgelassen. Eigentlich war er die ewigen Krebse leid, doch er würde sich mit dem begnügen müssen, was er hatte, schließlich war er nicht mit den anderen Fischern hinausgefahren. Außerdem hatte Léti gewiss auch etwas für das Abendessen vorbereitet.

Er legte seine Beute in einen Korb und machte sich auf den Rückweg. Yan hatte zwar allein sein wollen, war aber in der Nähe des Dorfs geblieben. Mehr als eine halbe Meile musste er nicht laufen.

Er war erst seit dem Morgen fort und konnte es doch kaum erwarten, Léti wiederzusehen. Ihm war bislang nie klar gewesen, wie viel sie ihm bedeutete. Solange er denken konnte, waren sie nie länger als ein paar Tage voneinander getrennt gewesen. Plötzlich hatte er das seltsame Gefühl, er könnte sie für immer verlieren.

Mit diesem Gedanken im Kopf erreichte er die ersten Häuser. Eine Horde Kinder kam ihm entgegengerannt. Yan grinste sie an, doch dann getror ihm das Lächeln auf dem Gesicht.

»Léti ist weg! Léti ist weg!«

Die Kinder umringten ihn und zupften an seinen Ärmeln. Jedes wollte ihm das Geheimnis als Erstes verraten.

»Léti ist weg! Léti ist weg!«

Yans Ohren begannen zu rauschen. *Weg?* Das konnte nicht sein. Bis heute Abend vielleicht, aber doch nicht für länger …

Dann kam ihm die Mutter des Dorfs entgegen. Sie begann, beruhigend auf ihn einzureden, doch ihre mitleidige Hand auf seiner Schulter sagte mehr als alle Worte. »Sie ist gegen Mit-Tag fort. Sie hat überall nach dir gesucht, aber niemand wusste, wo du warst. Ihre Tante Corenn, die Ratsfrau, ist heute Morgen gekommen und hat sie abgeholt. Es sah aus, als sei etwas Schlimmes geschehen. Sie sind ziemlich überstürzt abgereist.«

»Léti hat geweint!«, sagte einer der Jungen mit unschuldiger Stimme.

»In welche Richtung sind sie fort?«

»Mein Junge, Corenn hat ausdrücklich befohlen, dass ihr niemand folgen solle, und das ist gewiss eine weise Entscheidung. Es wäre besser für dich, wenn …«

»Wo ist Léti hin?«, fragte er die Kinder.

Fünfzehn Finger zeigten nach Osten, und die Kinder riefen durcheinander »Da lang!« und »In diese Richtung!«.

»Yan, warte!«, befahl die Mutter.

Doch er hörte ihr schon nicht mehr zu. Er rannte zu seinem Haus, kippte den Inhalt eines Leinensacks auf den Boden und stopfte eine Feldflasche, zwei Hemden, eine Angelschnur, ein paar Haken, sein altes Fischermesser und eine Handvoll getrockneter Früchte hinein. Dann schnappte er sich seine Harpune, rannte wieder nach draußen und schlug die Richtung ein, in die die Kinder gezeigt hatten.

»Es ist zwecklos. Du kannst sie nicht mehr einholen! Sie sind schon lange fort, und sie haben Pferde!«, rief ihm die Mutter hinterher.

Doch Yan hatte dem Dorf bereits den Rücken gekehrt.

Léti konnte es einfach nicht glauben, und doch war es die Wahrheit. All ihre Freunde, die für sie wie Cousins und Cousinen, Onkel und Tanten, Großmütter und Großväter waren, die Erben von Ji, sie alle waren tot. Sie dachte an ihre Namen, sah jedes einzelne Gesicht vor sich. Ihre Tränen würden nicht für alle reichen, und das machte sie noch trauriger.

Auch ihre Tante wirkte erschüttert, wenn auch gefasster als sie selbst. Seit ihrer Abreise hatte Corenn kein Wort gesprochen. Sie war die Nacht durchgeritten und hatte nicht geschlafen. Die Erschöpfung stand ihr ins Gesicht geschrieben.

Die beiden trotteten den Weg entlang und zogen die Pferde hinter sich her. Die Tiere lahmten. Auch sie hatten seit dem Abend zuvor keine Rast einlegen dürfen.

Zwischen zwei Schluchzern zwang sich Léti, ihre Tante zu fragen: »Wie weit gehen wir noch?«

Corenn schien aus ihrer Erstarrung zu erwachen. Sie hob den Kopf, sah zum Horizont und räusperte sich. »Ich weiß nicht. So weit weg wie möglich. Später können wir den Weg verlassen und etwas schlafen, aber ich will erst noch ein Stück weiterlaufen.« Sie wandte sich ihrer Nichte zu und zwang sich zu einem Lächeln. »Geht es noch?«

»Ja«, versicherte Léti.

Eigentlich war sie sogar froh darüber, immer weiterzulaufen. So konnte sie wenigstens ihrer Traurigkeit entfliehen. Sobald sie haltmachten, würde ihr Kummer sie einholen. Vielleicht erging es ihrer Tante ja ähnlich?

Die Toten ließen Léti nicht los, und auch Yan ging ihr nicht aus dem Kopf. Sie war traurig, weil sie sich nicht von ihm hatte verabschieden können. Vielleicht würde sie ihn nie wiedersehen.

Abermals schossen ihr Tränen in die Augen, und sie versuchte nicht, sie zurückzuhalten. Gestern noch war sie so glücklich gewesen. Warum? Warum das alles?

In Gedanken versunken gingen die beiden Frauen weiter.

Plötzlich hörten sie Hufgetrappel. Hastig zog Corenn ihre Nichte und die Pferde ins Unterholz, so wie jedes Mal, wenn sie jemandem begegnet waren. Doch diesmal war sie nicht schnell genug. Drei Reiter preschten in gestrecktem Galopp um die Wegbiegung.

Die Männer zügelten ihre Pferde und blickten die beiden Frauen schweigend an. Aus irgendeinem Grund wusste Léti, dass das die Mörder waren, vor denen sie flohen. Die Hand ihrer Tante krampfte sich um ihre Schulter. Dann stellte sich Corenn schützend vor ihre Nichte und sah den Fremden entschlossen entgegen.

Die Männer trugen dunkelrote Gewänder, und ihre Köpfe waren kahl geschoren. Man hätte sie für junge, harmlose Priester halten können. Das waren also die berüchtigten Züu …

Auf den ersten Blick sahen sie gar nicht so schlimm aus – jedenfalls wenn man ihren grausamen Ruf vergaß und die stechenden Augen, die einem tief in die Seele zu blicken schienen. Und wenn man über die zahlreichen Waffen an ihren Sätteln und den vergifteten Dolch hinwegsah, der in einer Scheide an ihren Gürteln steckte.

Der größte der Männer zeigte auf sie und murmelte einen knappen Befehl. Seine Komplizen stiegen aus dem Sattel. Ungläubig und hilflos sah Léti zu, wie sie ihre Dolche zogen und langsam auf sie zukamen, der eine von vorne, der andere von der Seite, um ihnen den Fluchtweg abzuschneiden.

Nein! Sie würde nicht sterben, nicht hier und nicht so! Sie wollte nicht mit einem Dolch in der Brust auf einem einsamen Weg enden. Und vor allem nicht jetzt!

Sie wollte weglaufen, doch ihre Beine waren wie gelähmt. Sie wollte, dass ihre Tante floh, wusste aber, dass Corenn zu erschöpft war. Nein! Nicht so! Sie würden nicht sterben!

Plötzlich keuchte der Anführer der Mörder auf, und Léti fand die Kraft, den Blick zu heben und ihn anzusehen.

Blut rann aus seinem Mund, und eine Pfeilspitze ragte ihm aus der Brust.

Unbeholfen wie ein Betrunkener versuchte der Mann, nach ihr zu greifen. Eine zweite Pfeilspitze tauchte wie durch Magie aus seinem Oberkörper auf, einen halben Fuß über der anderen. Der Zü verdrehte die Augen und glitt vom Pferd.

Etwa dreißig Schritte entfernt stand ein schwarz gekleideter Mann mit einem Bogen in der Hand. Die beiden anderen Mörder reagierten sofort und sprangen ins Gebüsch, doch einer der beiden war nicht schnell genug. Er stieß ein Gurgeln aus, als ein Pfeil seinen Hals durchschlug, sackte zusammen und erstickte an seinem eigenen Blut.

Die beiden Frauen hatten sich immer noch nicht gerührt. Léti stand da wie vom Blitz getroffen. Ihr Blick wanderte zwischen dem Mann in Schwarz und den Leichen hin und her, und obwohl es *ihr* Leben war, das auf dem Spiel stand, konnte sie nichts tun, als dem Kampf, der sich vor ihren Augen abspielte, gebannt zuzusehen.

Der Fremde zog sein Schwert, stieß es in den Boden und zielte ruhig mit einem Bogen auf die Büsche. Wie ein Berserker brach der Zü aus dem Unterholz hervor und rannte auf ihn zu. Ein Pfeil schoss zwei Fuß an seinem Kopf vorbei. Der Fremde ließ den Bogen fallen und griff hastig nach seinem Schwert.

Die beiden Männer belauerten sich. Der Mörder ging leicht in die Knie und setzte zum Sprung an, seine Hand krampfte sich um den Dolch. Der Schwarzgekleidete hielt ihn mit seinem Schwert auf Abstand. Und plötzlich ging alles ganz schnell.

Der Zü stürzte sich so rasch auf den Fremden, dass Léti zusammenzuckte, obwohl sie mit dem Angriff gerechnet hatte. Der Mann reagierte sofort, als hätte er *gewusst,* was sein Gegner vorhatte. Seine Klinge blitzte auf, und mit einem einzigen Hieb schlug er dem Zü die Hand ab und schlitzte ihm den Bauch auf.

Die Eingeweide des Mannes quollen ihm über die Beine und auf den Boden, obwohl er verzweifelt versuchte, sie mit seinem blutüberströmten Armstumpf zurückzuhalten.

Léti wurde schwarz vor Augen, und sie fiel mit einem dumpfen Aufprall zu Boden.

Yan überkam tiefe Verzweiflung. Die Sonne war längst untergegangen, und es war anscheinend doch keine so gute Idee gewesen, eine Abkürzung durch das Buschland im Süden Kauls zu nehmen.

Er hatte sich verschätzt. Der Mond war nicht hell genug, sein Licht drang nicht durch das dichte Blätterdach. Yans Arme, Beine und sein Gesicht waren zerkratzt und zerschrammt, da er sich immer wieder durch Brombeergestrüpp und andere Dornensträucher kämpfen musste und noch dazu mehrmals hingefallen war. Obwohl er seit kaum zwei Dekanten unterwegs war, blutete er bereits am ganzen Körper. Gesicht und Hände waren dreckverschmiert, die Kleider zerrissen und die Haare verfilzt.

Außerdem kamen ihm allmählich leise Zweifel. Lief er überhaupt in die richtige Richtung, oder hatte er sich bereits hoffnungslos verirrt?

Schon zweimal hatte er das Gefühl gehabt, an derselben Stelle vorbeizukommen. Sich nach den Sternen zu richten war schön und gut, wenn man sie denn sehen konnte!

Nicht nur die Blätter schränkten seine Sicht ein, zu allem Überfluss stieg auch noch feiner Dunst auf, ein Vorbote dichten Nebels.

Sein Fuß verfing sich in einer Wurzel, und fast wäre er wieder gestürzt, wenn er sich nicht gerade noch rechtzeitig an einem niedrigen Ast festgehalten hätte. Diesmal hatte er Glück im Unglück: keine Dornen.

Ein paar Schritte vor ihm nahm eine Margolin-Familie Reißaus. Es war das sechste Mal. Dass sie ihn nicht kommen hörten! Die Viecher mussten stocktaub sein. Seltsam, sonst gingen sie ihm fast nie in die Falle.

Yan verwünschte sich, weil er vergessen hatte, Utensilien zum Feuermachen mitzunehmen. Daran hätte er bei seinem überstürzten Aufbruch als Erstes denken müssen, nicht an die Früchte oder die Angelschnur. Die anderen hatten recht: Er war ein Tagträumer und Taugenichts.

Fehlte nur noch, dass er über einen Bär oder Wolf stolperte. Mit seinem Fischermesser und der verrosteten Harpune würde er ganz schön dumm dastehen!

Besser wäre es gewesen, erst ins Nachbardorf zu gehen und das Pferd zu holen. Besser wäre es gewesen, sich eine richtige Waffe zu besorgen. Besser wäre es gewesen, erst in Ruhe über alles nachzudenken, wie er es anderen immer riet.

Aber dann wäre Léti längst fort gewesen. Vielleicht sogar schon tot.

Zornig schlug er mit der Harpune nach ein paar Sedaranken, die ihm den Weg versperrten. Mit lautem Sirren flog ein Schwarm fetter Silberfliegen auf. Eine Fledermaus stürzte sich flatternd auf das unverhoffte Festmahl. Yan verjagte das Tier, indem er herumbrüllte und wie verrückt mit den Armen wedelte. Sie konnte zwar nichts dafür, aber sie hatte ihm einen gehörigen Schreck eingejagt.

Er legte eine kurze Rast ein. Trotz seiner ausweglosen Lage kam ihm ein heiterer Gedanke: Vielleicht war Léti längst ins Dorf zurückgekehrt und machte sich jetzt Sorgen um *ihn*. Dann wäre er wirklich der größte Trottel aller Zeiten. Sehr schlimm fände er das nicht, denn es wäre zumindest eine Rückkehr in die Normalität.

Für den Moment blieb ihm nichts anderes übrig, als immer weiterzulaufen. Er musste versuchen, den Weg wiederzufinden.

Nach zwei Dezimen stieß er hinter einem Wäldchen auf den Pfad. Erleichtert starrte er in beide Richtungen und hoffte, durch Dunkelheit und Nebel die Silhouette von zwei Reiterinnen auszumachen. Vergebens.

Jetzt galt es, eine Entscheidung zu treffen. Sollte er zum Dorf zurückgehen und beten, dass sie noch nicht an dieser Stelle vorbeigekommen waren, oder sich gen Osten wenden und hoffen, dass sie irgendwo ein Nachtlager aufgeschlagen hatten? Wenn sie vom Weg abbogen, bevor er sie einholte, würde er sie vermutlich nie wiedersehen.

Diese Vorstellung jagte ihm einen Schauer über den Rücken. Ohne nachzudenken, lief er los in Richtung lorelische Grenze. Die Erschöpfung von dem Marsch durch das Buschland machte sich bemerkbar, doch er ignorierte seine müden Knochen. Außerdem kam er jetzt sehr viel besser voran, da er nicht mehr ständig über Wurzeln stolperte oder sich durch Dornengestrüpp kämpfen musste.

Die einzige Schwierigkeit war, den Weg nicht zu verlieren.

Der Pfad wurde nur wenig genutzt, und er schlängelte sich mitten durchs Gebüsch. In dem dichten Nebel konnte Yan manchmal nicht sagen, wo der Weg aufhörte und das Buschland anfing. Einmal fürchtete er sogar, sich endgültig verirrt zu haben.

Schließlich achtete er nur noch auf das Wegstück vor seinen Füßen und hielt den Blick starr auf den Boden gerichtet. So legte er fast eine Meile zurück. Dann riss ihn etwas aus seinen Tagträumen. Etwas, das er beinahe übersehen hätte.

Er wäre fast auf den frischen Hufabdruck eines Pferdes getreten.

Merkwürdig war nicht so sehr die Tatsache, dass es auf einem Weg, der häufig von Reitern benutzt wurde, diesen Abdruck gab, sondern die Richtung.

Ganz in der Nähe fand er noch mehr Abdrücke. Kein Zweifel: An dieser Stelle hatten vor Kurzem zwei, vielleicht sogar drei Pferde den Weg verlassen.

Von einer vagen Hoffnung getrieben, folgte Yan der Spur ins Gebüsch und hielt nach weiteren Abdrücken Ausschau. Das war schwieriger als gedacht. Mehrmals musste er kehrtmachen, weil er die Fährte verloren hatte, und die Dunkelheit machte die Sache nicht besser.

Bei einer dieser Gelegenheiten ging ihm auf, dass er vielleicht einen Fehler beging.

Als er einen niedrigen Ast zur Seite schob, wie schon so oft in dieser Nacht, schnellte dieser nicht zurück, sondern fiel zu Boden.

Ein lebender Ast von dieser Größe brach nicht einfach ab.

Er untersuchte ihn und entdeckte eine dünne Schnur, die an den Ast geknotet war und mehr oder minder straff gespannt im Unterholz verschwand.

Nicht dumm, dachte er. Das andere Ende der Schnur löste vermutlich einen Alarm aus. Mit Fallen kannte Yan sich aus.

Schnell versteckte er sich in einiger Entfernung hinter einem Busch. Wer, wenn nicht Straßenräuber oder andere finstere Gestalten, würde es für nötig halten, eine solche Falle zu stellen? Léti und Corenn bestimmt nicht. Wer dann?

Yan wollte es nicht unbedingt herausfinden, weshalb er einen großen Bogen um die Stelle schlug und sich auf den Rückweg machte. Er achtete darauf, kein Geräusch zu machen, und drehte sich häufig um.

Plötzlich blieb er wie angewurzelt stehen. Was, wenn Léti und Corenn überfallen worden waren? Entführt? Von Straßenräubern oder anderen finsteren Gestalten?

Er musste nachsehen. Dafür war er schließlich hier.

Er holte das Fischermesser hervor und versteckte sein Bündel unter einem Busch. Ein Messer war besser als nichts. Die Harpune ließ er zurück, sie war eindeutig zu unhandlich. Dann kehrte er zum Anfang der Schnur zurück und folgte ihr. Vorsichtshalber hielt er einen gewissen Abstand.

Wer auch immer die Schnur gelegt hatte, wollte anscheinend auf keinen Fall gefunden werden. Das bestätigte nur seine böse Vorahnung.

Erst nach mehr als fünfzehn Schritten hörte er das entfernte Prasseln eines Feuers.

Er ließ die Schnur links liegen und schlich auf das Feuer zu. Das letzte Stück legte er kriechend zurück und hatte dabei nur einen Gedanken: *Kein Geräusch machen, bloß kein Geräusch machen.*

Das Feuer brannte auf dem Grund einer Mulde, die ringsum von Sedasträuchern umgeben war. Selbst wenn jemand in zwanzig Schritt Entfernung an der Mulde vorbeikäme, sähe er es nicht. Drei Pferde waren an einen Baum gebunden, und auf dem Boden lagen zwei Gestalten mit dem Rücken zu Yan.

Sein Herz setzte einen Schlag aus. Er war nicht ganz sicher, aber … einer der Körper … Das war Léti!

Etwas Kaltes berührte seinen Hals. Aus dem Augenwinkel sah er eine Klinge matt aufblitzen.

»Lass das Messer los. Und streck den Arm nach vorne aus. Ganz langsam«, flüsterte ihm eine ruhige Stimme ins Ohr.

Yan gehorchte und verfluchte sich. Warum ging nur immer alles, was er anpackte, schief?

Der Mann nahm die Klinge von seinem Hals. Kurz kam ihm der Gedanke, ob er die Gelegenheit nicht nutzen sollte. Aber wie …

Ein Schlag traf ihn im Nacken, und er verlor das Bewusstsein.

»Maz Lana? Kommt Ihr zurecht?«

Die Priesterin hob den Kopf. Der junge Novize Rimon sah sie voller Mitgefühl an. Er war ihr bester Schüler und treuer Freund, und eines Tages würde Lana, so Eurydis wollte, den Titel des Maz an ihn weitergeben. »Ja. Ich danke dir.«

»Kann ich irgendetwas für Euch tun?«

»Nein, danke. Im Moment nicht. Ich möchte einfach nur allein sein. Und nachdenken.«

»Gut. Ich bleibe vor der Tür. Ruft mich, wenn Ihr etwas braucht.« Auf der Schwelle drehte er sich noch einmal um: »Der Tempel hat einige Wächter geschickt. Es kann Euch nichts geschehen.«

»Gut. Nun geh schon.«

Mit einem letzten teilnahmsvollen Blick gehorchte Rimon. Manchmal meinte Lana, in den Augen des Novizen mehr als Achtung und Freundschaft zu lesen. Doch sie wussten beide, dass sie die Grenze nie überschreiten würden.

Sie erhob sich und ging in ihrer kleinen Zelle auf und ab. In dem kargen, schmucklos eingerichteten Zimmer hatte sie sich immer wohlgefühlt, und das Schönste war der Blick aus dem Fenster. Die Sonne des Mit-Tag spiegelte sich auf dem Wasser des Alts, ließ die unzähligen Kuppeln und Türme der Heiligen Stadt erstrahlen und wärmte die Hänge des Rideau-Gebirges. Ith war eine wunderschöne Stadt. Ruhig, friedvoll und scheinbar gefeit vor den Barbareien des Rests der bekannten Welt.

Lana schloss die Augen und murmelte ein stummes Gebet. Weise Eurydis, warum diese erneute Prüfung? Hatte sie nicht schon genug gelitten?

Die Geschehnisse des Morgens stürmten abermals auf sie ein. Sie hatte ihre Schüler um sich versammelt, um mit ihnen über Geld und Habgier nachzudenken, ein Thema, das ihr besonders am Herzen lag, da selbst die Weisesten unter den Weisen die grassierende Bestechlichkeit nicht länger ignorieren konnten. Die Gruppe hatte sich wie üblich in den Gärten am Fuße des Blumenbergs niedergelassen und einschlägige Beispiele aus religiösen Quellen studiert.

Ihr Unterricht stand allen offen, und es kam häufig vor, dass sich ein Fremder aus Neugier oder Wissensdurst zu den Schülern des Tempels gesellte. So fand es niemand ungewöhnlich, als sich ein junger Mann ohne Maske zu ihnen setzte. Er trug das Gewand eines Novizen.

Der Fremde schwieg und lauschte den Rednern. Lana entging nicht, dass er den Frauen besondere Aufmerksamkeit schenkte. Am Morgen hatte sein Verhalten nur ihre Neugier geweckt, doch nun kannte sie den Grund …

Als der Fremde sicher war, wer von ihnen die Lehrerin war, erhob er sich mit der Geschmeidigkeit eines Raubtiers und zog einen Dolch.

Er schnellte auf sie zu.

Der junge Mann mit dem stechenden Blick und dem unbeirrbaren Willen hatte sie töten wollen.

Lana machte keine Anstalten, sich zu wehren, und sie würde nie verstehen, warum. Die Zeit schien plötzlich langsamer zu vergehen, und sie sah überdeutlich, wie der Mörder auf sie zukam. Ihr einziger Gedanke war, dass ihr irdisches Dasein nun zu Ende war.

Glücklicherweise, nein, unglücklicherweise waren ihre Schüler ihr zur Hilfe gekommen und hatten ihr das Leben gerettet.

Sie spürte, wie ihr endlich Tränen über die Wangen rannen. Niemand verdiente ein solches Opfer.

Vier ihrer Schüler waren gestorben, nur weil der tödliche Dolch sie berührt hatte. Vier junge Menschen, die Gewalt verabscheut hatten, fast noch Kinder, die sich nichts sehnlichster wünschten, als ihr Leben Eurydis zu widmen.

Lopan, Vascal, Durenn.

Orphaela.

Lana ließ ihren Tränen freien Lauf. Die arme Orphaela, sie war noch so jung und unschuldig gewesen. Der Mörder hatte sein Scheitern tragischerweise erst erkannt, als die junge Novizin, die sich ihm in den Weg geworfen hatte, bereits tot war.

Von mehreren Händen und Armen zu Boden gedrückt, hatte er keinen Ausweg mehr gesehen, als sich die tödliche Waffe selbst ins Herz zu stoßen. Ihre Schüler hatten noch versucht, sie ihm zu entwinden.

Als Lana in ihrer Zelle zu sich gekommen war, hatte Rimon auf ihrer Bettkante gesessen. Sie erinnerte sich nicht einmal daran, ohnmächtig geworden zu sein. Er berichtete ihr das wenige, was es zu erzählen gab. Tempelwächter hatten die Schaulustigen fortgeschickt und die Schüler nach Hause geleitet. Man würde sie befragen und für eine Weile unter Schutz stellen.

In Ith nahm man es mit dem Gesetz sehr genau.

Es klopfte dreimal. Lana straffte die Schultern und ging zur Tür. Selbstmitleid galt im Eurydis-Kult nicht als Tugend.

Ein alter Mann blickte ihr mitfühlend entgegen. Er war klein und dürr, trug ein schlichtes, abgetragenes Gewand, keine Maske und war barfuß. Emaz Drékin.

»Eure Exzellenz«, begrüßte sie ihn und bat ihn herein.

»Ach, Lana. Das ist nun wirklich nicht der richtige Moment für

Umgangsformen«, schalt er sie liebevoll und zog sie in seine mageren Arme.

Schluchzend gab sie sich der Umarmung hin.

Dann traten sie zurück, und Lana schloss die Tür.

»Möchtet Ihr einen Tee?«, fragte sie und rang um Fassung.

»Ein andermal, mein Kind, ein andermal. Erst müssen wir etwas Wichtiges besprechen.«

Lana nickte, setzte sich auf die Bank am Tisch und bedeutete dem Emaz, es ihr gleichzutun. Eigentlich hätte sie sich denken können, dass Drékin nicht nur als Freund hier war, sondern auch in seiner Eigenschaft als Hohepriester des Tempels.

Er seufzte, schien nach den richtigen Worten zu suchen und sprach schließlich. Obwohl er einen freundschaftlichen Ton anschlug, war das Gespräch nichts anderes als ein Verhör. »Lana, wisst Ihr, wer dieser Mann war?«

»Nein. Ich weiß es nicht.« Sie musste sich alle Mühe geben, nicht abermals in Tränen auszubrechen.

»Habt Ihr ihn vorher schon einmal gesehen?«

»Nein, ich glaube nicht. Jedenfalls nicht unter meinen Schülern. Aber er kann natürlich auch eine Maske getragen haben.«

Der Emaz schwieg einen Augenblick. Er zögerte immer noch, gewisse Dinge anzusprechen. »Wisst Ihr, wer die Züu sind?«, wagte er sich schließlich vor.

Lanas Augen weiteten sich vor Entsetzen. Natürlich wusste sie das! Die Züu waren Mörder, die ihre Verbrechen im Namen einer Rachegöttin verübten. Sie gehörten zu einer Art Sekte. In den vergangenen Jahrhunderten hatten die Züu alle Eurydier massakriert, die auf ihrer Insel gelandet waren. Wer könnte das besser wissen als sie, die die Geschichte Iths studiert hatte? »Ihr glaubt …« Sie beendete den Satz nicht.

»Ja, leider. Die Wächter haben bei der Leiche ein Pergament gefunden, auf dem Euer Name stand. Es ist auf Ramzü verfasst.«

Lana stand das Grauen ins Gesicht geschrieben. Sie hatte geglaubt, von einem Wahnsinnigen angegriffen worden zu sein. Doch der Mordanschlag war geplant gewesen, und sie schwebte immer noch in Gefahr.

»Lana, ich habe eine Bitte an Euch, die von immenser Wichtigkeit ist.

Der Tempel kann sich keine Märtyrer, keinen Kreuzzug, keinen erneuten Krieg gegen die Züu erlauben. Ihr müsst mir sagen, warum die Züu Euch töten wollen.«

Lana dachte eine Weile nach. Ihr Schweigen schien eine Ewigkeit zu dauern. »Das weiß ich leider nicht. Wirklich nicht.«

Der alte Mann wirkte enttäuscht. »Nun gut. Wir können die Mörder ohnehin nicht von ihrem Vorhaben abbringen. Aber wenn wir den Grund kennen würden, wüssten wir, wie wir Euch schützen können.«

»Wie furchtbar! Die Züu werden es also wieder versuchen, immer wieder, bis sie ihr Ziel erreicht haben!«

»Nicht unbedingt, mein Kind, nicht unbedingt. Das ist das andere, was ich mit Euch besprechen wollte. Der Tempel kann Euch in Sicherheit bringen, doch dafür müsst Ihr ein großes Opfer bringen. Die Entscheidung liegt ganz bei Euch.«

Lana machte sich auf das Schlimmste gefasst. »Was meint Ihr?«

»Außer dem jungen Rimon fragen sich all Eure Schüler, ob Ihr den Anschlag überlebt habt. Der Tempel hält die Nachricht bislang geheim.«

Lana erstarrte. »Ihr meint doch nicht etwa …«

»Es wäre für alle das Beste, mein Kind. Seht doch, unglücklicherweise ist die junge Orphaela durch die Hand des Mörders gestorben. Lasst nicht zu, dass ihr Tod vergebens war, indem auch Ihr innerhalb der nächsten Dekade sterbt.«

Lana fragte sich, wie der Emaz so etwas tun konnte: den Tod der jungen Frau missbrauchen, um sie zu überzeugen.

»Die Augenzeugen wissen nicht, wer getötet wurde«, fuhr der Hohepriester fort. »Sie wissen nur, dass sich unter den Opfern eine maskierte Frau befindet. Wenn wir Euren Tod bekanntgeben, können wir die Züu täuschen.«

»Ich habe verstanden, Eure Exzellenz. Ich brauche etwas Zeit zum Nachdenken. Denn Eure kleine List wird mich dazu zwingen, Ith zu verlassen, nicht wahr?«

»Leider, zumindest für eine Weile. Das ist Eure einzige Hoffnung.«

»Meine einzige Hoffnung …« Lana stand auf und starrte aus dem Fenster. Vielleicht zum letzten Mal. »Gut. Wenn es sein muss, gebe ich alles auf. Alles, was mein Leben ausmacht. Möge Eurydis mir Kraft geben.«

»Das sind weise Worte«, sagte der Emaz erleichtert und erhob sich ebenfalls. »Ich hätte es sehr traurig gefunden, Euch zu verlieren. Die Einzelheiten können wir später besprechen. Jetzt werde ich erst einmal alles in die Wege leiten für … unsere Entscheidung.«

Er verabschiedete sich mit einer kurzen Umarmung.

Wieder allein, kämpfte Lana einen Moment lang mit ihrem Gewissen. Sie hatte einen Emaz belogen und das in voller Absicht. Sie wusste, warum die Züu sie suchten – zumindest hatte sie eine Ahnung.

Wegen ihres Urahnen Maz Achem und dem, was ein Jahrhundert zuvor auf einer kleinen lorelischen Insel geschehen war. Der Insel Ji.

Die Züu zwangen sie zu einer Reise, die sie seit vielen Jahren vorhatte.

Doch davon durfte der Hohepriester nichts erfahren.

Yan kam allmählich wieder zu sich. Er kämpfte gegen den dumpfen Schmerz in der unteren Hälfte seines Schädels, der versuchte, ihn in die Dunkelheit zurückzuziehen. Er lag auf dem Rücken, und als er die Augen aufschlug, sah er durch das Blätterdach den Morgenhimmel.

»Er wacht auf«, sagte eine zittrige Stimme.

Yans Herz schlug schneller. Das war Léti, ganz sicher. Er setzte sich auf, doch die plötzliche Bewegung jagte einen stechenden Schmerz durch seinen Kopf, und er verlor erneut das Bewusstsein.

Nach einer Weile wachte er abermals auf. Die Sonne stand jetzt höher; es musste wohl der Beginn des dritten Dekants sein. Yan stützte sich auf die Ellbogen, und diesmal war er vorsichtiger.

Mit einem erleichterten Seufzer stellte er fest, dass er sich nicht geirrt hatte. Léti saß nicht weit von ihm entfernt, und abgesehen von ihrem verweinten Gesicht und den geröteten Augen schien sie wohlauf zu sein. Auch ihre Tante war da und musterte ihn mit gerunzelter Stirn. Und dann stand dort noch ein schwarz gekleideter Fremder, der ihn unverhohlen feindselig anstarrte.

Obwohl er noch nicht vielen Einwohnern der Unteren Königreiche begegnet war, vermutete Yan, dass der Fremde von dort stammte. Der Mann war recht klein, jedenfalls kleiner als er selbst. Trotzdem war »einschüchternd« das erste Wort, das Yan zu ihm einfiel.

Das zweite war »gefährlich«.

Der Fremde war jenseits seines vierzigsten Jahres, zumindest ließen das die sonnengegerbte, zerfurchte Haut, die durchdringenden tiefblauen Augen und das dunkle, von grauen Strähnen durchzogene Haar vermuten. Ein dichter Schnurrbart und eine hässliche Narbe auf der Wange bildeten einen rechten Winkel. Der Mann trug eine Art Rüstung; Lederteile, die an manchen Stellen mit Metallbeschlägen verstärkt waren, bedeckten seinen Körper von Kopf bis Fuß. Die Kluft war alles andere als neu. An Ellbogen und Knien war sie durchgescheuert, und das Leder war rissig und stellenweise zusammengeflickt. Der Mann trug außerdem ein blankes Krummschwert und ein Messer am Gürtel, ohne dass die Waffen ihn zu stören schienen. Er gebraucht sie bestimmt mit ebensolchem Geschick, wie ich mir morgens die Kleider über den Kopf ziehe, dachte Yan. Und dieser *einschüchternde* und *gefährliche* Mann starrte ihn mit böse funkelnden Augen an.

»Hat man dir nicht gesagt, du sollst in deinem Dorf bleiben? Hä? Hat man dir das nicht gesagt?«, herrschte er ihn an. Sein ausgeprägter Akzent war typisch für die Einwohner der Unteren Königreiche.

Yan, der immer noch etwas benommen war, sah Hilfe suchend zu Léti und ihrer Tante. Doch Léti hatte die Hände vors Gesicht geschlagen und schluchzte, und ihre Tante schien eher auf der Seite des Fremden zu stehen. Der Kopf wurde ihm schwer, und er fragte sich, ob er wieder die Besinnung verlor.

»Wer seid Ihr?«, krächzte er. Sein Hals war staubtrocken, und die Worte klangen selbst in seinen Ohren fremd.

»Das ist Grigán«, antwortete Corenn für den Mann. »Er ist … ein Cousin. Ein entfernter Cousin.«

Yan musterte den seltsamen Fremden, der nervös auf und ab ging und sich über den Schnurrbart strich. Dieser Kerl war mit Léti verwandt?

»Ohne ihn wären wir längst tot«, sagte Corenn in versöhnlicherem Ton. »Er hat uns gestern das Leben gerettet. Er wird dir nichts tun«, schloss sie mit fester Stimme und sah dabei den Krieger an.

»Das werden wir noch sehen«, knurrte dieser. »Bist du allein unterwegs? Weiß jemand, wo du hinwolltest? Ist dir jemand gefolgt?«

Sein schmerzvernebeltes Hirn brauchte eine Weile, bis es alle Fragen verstanden hatte und antworten konnte, und Yans Zögern schien Grigán noch wütender zu machen.

»Nein. Ich bin allein. Mir ist niemand gefolgt. Ich bin quer durch das Buschland gegangen. Was ist denn passiert?«

Der Schwarzgekleidete starrte ihm eine Weile in die Augen. »Bist du sicher?«

»Wenn er es sagt, dann stimmt es auch. Yan lügt nicht, und er hätte auch keinen Grund dazu.«

Yan warf Corenn einen dankbaren Blick zu, doch der Schwarzgekleidete ließ nicht locker.

»Wie hast du uns gefunden?«

»Ich habe die Hufspuren gesehen, die vom Weg wegführten. Es war so nebelig, dass ich nur auf meine Füße gestarrt habe.«

»Ich glaube, das reicht, Grigán.«

»Gut. Wir haben ohnehin keine Zeit zu verlieren. Wir müssen so schnell wie möglich aufbrechen. Das heißt jetzt.«

Er machte Anstalten, zu den Pferden zu gehen.

»Und was ist mit mir?«

Yan gefiel nicht, welche Bedeutung in den letzten Worten des Kriegers mitschwang.

»Du? Du ruhst dich noch etwas aus, wenn du willst. Dann kehrst du in dein Dorf zurück. Und verlierst kein Sterbenswörtchen über uns. Verstanden?«

Es klang nicht wie eine Frage.

Yan sah zu Leti hinüber, die lautlos weinte. Der Tag der Versprechen war nicht mehr fern. Der Fremde hatte ihr das Leben gerettet? Warum war sie überhaupt in Gefahr?

»Nein, ich bleibe. Ich komme mit Euch«, entgegnete er mit einer Stimme, die für seinen Geschmack etwas zu dünn klang.

Grigán stieß einen unwilligen Seufzer aus und wandte sich ab. Vermutlich würde er sich nicht mit einem störrischen Jungen herumärgern, wenn die beiden Frauen nicht dabei wären, sondern ganz andere Saiten aufziehen.

»Yan, ich kenne dich«, versuchte es Corenn. »Vielleicht besser, als du denkst. Ich habe dich aufwachsen sehen, zusammen mit Léti. Ich weiß, dass du das hier für sie tust.«

Er erwiderte nichts, ließ Léti aber nicht aus den Augen. Sie zeigte keine Regung, schluchzte höchstens etwas lauter. Léti schien sich ganz in ihr Schneckenhaus verkrochen zu haben. Yan hatte sie erst einmal so erlebt, und zwar nach Norines Tod.

»Wenn du mit uns kommst, bringst du sie erst recht in Gefahr«, sagte Corenn sanft. »Und mich und Grigán und noch eine ganze Menge anderer Leute, die du nicht kennst. Wir wissen nicht, ob sie noch leben, und ihr Überleben hängt zu einem Teil von unserem ab. Und auch dein eigenes Leben steht auf dem Spiel. Ist dir klar, dass Grigán dich heute Nacht hätte töten können? Stell dir das nur vor. Findest du nicht, dass Léti schon genug durchgemacht hat?«

Ihre Argumente waren stichhaltig, doch das wollte sich Yan nicht eingestehen. Corenn war eine geschickte Diplomatin und bemühte sich, ihn umzustimmen, wie er selbst es mit einem widerspenstigen Kind getan hätte. Der Kopfschmerz kehrte mit voller Wucht zurück und hinderte ihn am Denken. Er verrannte sich in diesen einen Satz: *Ich muss bei Léti bleiben. Ich muss bei Léti bleiben.*

»Es geht nicht anders. Ich komme mit Euch. Tut mir leid«, fügte er unsicher hinzu.

Corenn verzog enttäuscht das Gesicht und suchte nach weiteren Argumenten. Trotz seiner Entschlossenheit war Yan klar, dass die anderen ihn früher oder später überzeugen würden, mit Vernunft oder Gewalt. Also musste auch er versuchen, Argumente zu finden, statt sich ihnen aufzudrängen. »Die Männer, die Euch suchen, kennen mich nicht. Sie wissen nicht einmal, dass ich bei Euch bin. Ich könnte Euch eine Hilfe sein.«

Nach diesen Worten trat Schweigen ein. Dann stieß sich Grigán von dem Baum ab, an dem er gelehnt hatte, und kam mit großen Schritten näher. Yan wollte schon die Arme hochreißen, um sein Gesicht zu schützen, doch dann fiel ihm ein, dass das sicher nicht klug war, wenn er die anderen begleiten wollte.

Der Krieger ging vor ihm in die Hocke, starrte ihm unverwandt in die Augen und deutete mit dem Finger auf sein Gesicht. »Einverstanden, du kommst mit. Aber mach eine falsche Bewegung oder widersetz dich mir ein einziges Mal, und ich versohle dir den Hintern. Ich hoffe, du gehst dabei nicht drauf.«

Yan fragte sich, ob sich der letzte Satz auf die Gefahren der Reise bezog oder auf die angedrohte Tracht Prügel. Was kümmerte es ihn! Er würde bei Léti bleiben.

Er nickte und bemühte sich, so viel Aufrichtigkeit wie möglich in die Geste zu legen. Grigán wandte endlich den Blick ab, um einige Worte mit Corenn zu wechseln.

Léti hatte sich immer noch nicht gerührt. Sie vergrub das Gesicht in den Händen und schluchzte vor sich hin. Beim letzten Mal hatte es mehr als eine Dekade gedauert, bis es ihr besser ging.

Plötzlich fiel ihm auf, dass er noch kein einziges Wort mit ihr gewechselt hatte. Er rappelte sich hoch, taumelte zu ihr hin und setzte sich neben sie, wobei er fast umgefallen wäre. Sie erwachte kurz aus ihrer Erstarrung, schlang ihm die Arme um den Hals und weinte an seiner Schulter. Er zog sie an sich. Wenigstens etwas …

»Du reitest mit Léti«, sagte Grigán. »Sobald es geht, kaufen wir dir ein Pferd.«

»Gut.« Yan hatte erst zweimal in seinem Leben auf einem Pferd gesessen, doch das erwähnte er lieber nicht. Er wollte den anderen nicht jetzt schon zur Last fallen.

»Wir brechen gleich auf. Bis morgen Abend müssen wir Benelia hinter uns gelassen haben.«

Léti stand auf und sammelte ihre Sachen zusammen, und Corenn tat es ihr gleich. Yan missfiel es, dass eine der höchsten Würdenträgerinnen Kauls und Mitglied des Ständigen Rats diesem unheimlichen Fremden widerspruchslos gehorchte. Seiner Ansicht nach hätte *sie* ihre Anführerin sein müssen. Vielleicht war sie aber auch einverstanden mit Grigáns Entscheidung oder zu erschöpft, um die Führung zu übernehmen.

Yan stand ebenfalls auf und entdeckte sein Bündel, seine Harpune und das Fischermesser am Fuß eines Baums. Er erinnerte sich, dass er das Gepäck unter einem Busch versteckt hatte, bevor er zum Feuer gekrochen war. Grigán musste ihm die ganze Zeit gefolgt sein. Als Spitzel war er wirklich eine Niete!

Yan ging zu den Pferden und wartete geduldig, dass man ihm sagte, was er tun solle. Der Schwarzgekleidete zurrte das Gepäck fest. Er nahm Yan sein Bündel ab und zog die zwei Fuß lange Harpune heraus. »Wenn du mitkommst, bleibt das Ding hier. Es ist unhandlich, nutzlos und könnte uns verraten.«

Yan nahm die Harpune und legte sie gehorsam unter einen Dornenbusch. Grigán machte ein zufriedenes Gesicht. An seinem Sattel hingen zwei Bögen. Er löste einen und reichte ihn Yan.

»Weißt du, wie man damit umgeht?«

»Ja«, log Yan.

Er hatte noch nie im Leben einen Bogen in der Hand gehabt. Aber wenn es den Krieger beruhigte … Außerdem würde er Léti mit dieser Waffe beschützen können.

»Gut. Hier sind die Pfeile. Schieß nur, wenn ich es sage. Geh nicht zu nah ran. Halte immer Abstand zu deinem Ziel. Verstanden?«

»Ja.«

Mit dem Köcher in der einen und dem Bogen in der anderen Hand bemühte sich Yan um ein selbstbewusstes Gesicht. Verflixt, das Zeug war schwerer, als er gedacht hatte. Er bezweifelte, dass er damit umgehen könnte.

»Hast du schon mal jemanden getötet?«

»Nein.«

Bei Eurydis, nein, noch nie! Was dachte sich dieser Kerl bloß? Glaubte er etwa, er verbringe seine Zeit damit, Leute mit der Harpune aufzuspießen? Bei so etwas konnte Yan nicht lügen. Er war bislang noch nicht einmal in einen Kampf verwickelt gewesen.

»Gut.«

Für Grigán schien das Gespräch damit beendet. Er drehte sich um und zurrte das letzte Gepäckstück fest.

»Ich will auch eine Waffe haben.«

Mit hängenden Armen stand Léti vor ihnen. Sie weinte nicht mehr, doch mit ihrem geröteten Gesicht und den geschwollenen Augen sah sie aus, als wäre sie nicht ganz bei Sinnen.

Grigán wandte ihr den Rücken zu. Er schien nicht die Absicht zu haben, ihr den Wunsch zu erfüllen. »Frauen kämpfen nicht«, sagte er barsch.

Léti rührte sich nicht und starrte ungläubig auf seinen Rücken. Yan sah, dass sie kurz davor war, wieder in Tränen auszubrechen. Schnell streckte er ihr sein Fischermesser hin.

»Hier. Nur für den Notfall. Aber halte dich raus, falls es zu einem Kampf kommt.«

Der Schwarzgekleidete musterte sie beide einen Moment lang stirnrunzelnd. Léti nahm das Messer und ging davon, bevor er sie daran hindern konnte. Yan fragte sich, ob er seiner Laufbahn als edler Ritter gerade ein jähes Ende bereitet hatte. Doch der Krieger wandte sich nur ab, nickte kurz und packte die Pferde am Zügel.

Corenn scheuchte die beiden jungen Kaulaner hinter Grigán her, vergewisserte sich mit einem letzten Blick, dass sie nichts vergessen hatten, und folgte den anderen.

Sie hatte das Gefühl, dass es der Beginn einer sehr langen Reise war.

Ein vorwitziges Margolin schlich sich an seinen Vorratsbeutel heran. Bowbaq tat so, als schliefe er, ließ es derweil aber nicht aus den Augen.

Erst als sich der kleine Vielfraß auf den Beutel stürzte und seine scharfen Zähnchen und Krallen in den Stoff schlug, griff er ein.

›He! Was würdest du sagen, wenn ich deine Höhle überfiele?‹

Das Nagetier erstarrte und nahm dann schneller Reißaus als vor einer Meute Wölfe. Wahrscheinlich hatte es nicht viel verstanden, doch allein die Tatsache, dass jemand in seine Gedanken eingedrungen war, hatte ihm einen gehörigen Schreck eingejagt.

Anfangs war das immer so. Bowbaq konnte sich noch gut daran erinnern, wie heftig sich Mir beim ersten Mal gewehrt hatte. Zum Glück war er so schlau gewesen, den Löwen vorher anzubinden.

Bei Wos war es anders gewesen. Bowbaq war noch vor der Geburt des Ponys in seine Gedanken eingedrungen, und so war es viel leichter gewesen, eine Verbindung herzustellen.

Der arme Wos. Er hatte ihn in der Nähe von Cyr-la-Haute zurücklassen müssen. Das Riesenpony, das in den Eiswüsten Zentralarkariens zu Hause war, litt schon entsetzlich unter dem milden Klima Nordloreliens. Bis nach Berce hätte Wos niemals durchgehalten.

Bowbaq hatte ihn nach Arkarien zurückgeschickt und ihm erklärt, dass er bald nachkommen würde. Das war nicht einfach gewesen, da das Tier keine Vorstellung davon hatte, was Zukunft war. Bowbaq hatte ihn austricksen müssen, indem er sagte: ›Wenn Wos dorthin geht, sieht er Bowbaq.‹ Dem Pony, das ein ganz eigenes Zeitgefühl hatte, war es gleich, ob er sofort kam oder vielleicht erst einen Mond später.

Kurz hinter der lorelischen Grenze war der Erjak also zu Fuß weitergegangen. Der Marsch machte ihm nichts aus. Er war es gewohnt, weite Strecken zu laufen, da er wegen seiner Größe und seines Gewichts kein normales Pferd reiten konnte. Außerdem fürchtete er, auf einem derart kleinen Tier eine lächerliche Figur abzugeben.

Der Tag der Eule war nun nicht mehr fern. Bowbaq hatte ausgerechnet, dass er nach der achten Nacht anbrechen würde. Beim Großen Bären, hoffentlich hatte er sich nicht verrechnet! Er brauchte bestimmt noch sechs Tage bis zu seinem Ziel, und bei dem Gedanken, zu spät zu kommen, drehte sich ihm der Magen um. Deshalb legte er hin und wieder ein Wegstück mit Siebenmeilenschritten zurück und wurde erst langsamer, wenn ihm jemand entgegenkam.

Obwohl er schmale Wege und versteckte Pfade nahm und eher den Spuren von Tieren als von Menschen folgte, begegnete Bowbaq für seinen Geschmack viel zu vielen Leuten. Ihm war klar, dass er in den Oberen Königreichen damit rechnen musste, mehr Menschen zu treffen als in Arkarien, wo sein nächster Nachbar sechs Meilen entfernt lebte. Doch er mied die belebten Strecken nicht nur aus Vorsicht. Bowbaq hasste Menschenansammlungen. An einem Tag mehr als fünf Fremden zu begegnen empfand er als Zumutung. Deshalb hatte er auch nie gern an den Zusammenkünften der Erben von Ji teilgenommen.

Am Tag zuvor war er an Lermian vorbeigekommen und hatte natürlich einen großen Bogen um den Ort geschlagen. Trotzdem hatten ihn allein die Nähe einer der größten Handelsstädte Loreliens und die schiere Anzahl der Reisenden, die auf den Straßen unterwegs waren, aus der Bahn geworfen. Quälende Zweifel plagten ihn, und er fragte sich, was er hier eigentlich tat, fern von Ispen und den Kindern. Warum setzte er sein Leben aufs Spiel?

Glücklicherweise war dieses Gefühl ebenso schnell verflogen, wie es aufgetaucht war, und sein Pflichtbewusstsein hatte die Oberhand gewonnen. Er musste die anderen Erben treffen und sie warnen. Sie waren seine einzigen Freunde.

Er sammelte seine Sachen ein, lud das Gepäck auf den Rücken und machte sich im Laufschritt auf den Weg.

Da er erst zweimal im Leben geritten war, hatte Yan Mühe, sich auf dem Rücken des Pferdes zu halten. Léti, die hinter ihm saß, und das Gepäck und der Bogen an seiner Seite machten es nicht gerade leichter, das Gleichgewicht zu halten. Corenn bemerkte seine Not und gab ihm ein paar Ratschläge, während Grigán sein Pferd unruhig auf der Stelle tänzeln ließ. Er, der praktisch auf dem Pferderücken *lebte,* verstand nicht, wie man sich so ungeschickt anstellen konnte.

In eintönigem Trab ging es weiter. Immer wenn der Weg über eine Anhöhe führte, ritt Grigán voraus und suchte den Horizont ab. Irgendwann lehnte Léti die Wange an den Rücken ihres Freundes und fiel in einen unruhigen Schlaf. In Yan stieg Stolz auf. Er kam sich vor wie ein edler Ritter, der mit seiner angebeteten Prinzessin durch ein fremdes Land ritt, obwohl er wusste, dass das Gefühl unverdient und kindisch war.

Das hier war kein Spazierritt, und überall lauerten Gefahren.

Mit gesenkter Stimme fragte er Corenn: »Ihr sagtet vorhin, Grigán habe euch das Leben gerettet. Was ist passiert?«

Corenn seufzte und überlegte einen Moment, bevor sie antwortete. »Ein paar Männer verfolgen uns, um uns zu töten. Sie gehören keiner Räuberbande an, sondern einer straff organisierten Gruppe. Sie werden die Züu genannt. Hast du schon mal von ihnen gehört?«

»Nein.«

»Es handelt sich um eine religiöse Sekte, die sich die Hand der Zuïa nennt. Sagt dir Zuïa etwas?«

Yan erinnerte sich vage, den Namen in irgendeinem Buch gelesen zu haben, aber er hatte bislang nicht gewusst, wie man ihn aussprach. »Ist das nicht eine Insel im Feuermeer?«

»Genau. Und es ist der Name der Hauptgöttin dieser Insel. Zuïa ist eine Rachegöttin, vor deren Thron das Opfer angeblich erscheint, nachdem die Boten ihr Urteil vollstreckt haben.«

Corenn verstummte, und ihr Blick trübte sich. Ihre Worte schienen schmerzliche Erinnerungen zu wecken. Yan hatte nicht vor, weiter in sie zu dringen, doch sie nahm sich zusammen und sprach weiter.

»Im Grunde sind die Boten nichts anderes als Auftragsmörder, die jeder dingen kann, der dem Tempel eine Opfergabe macht. Die Züu erklären ihre Taten mit der Vorhersehung und dem göttlichen Willen. Wenn jemand für den Tod eines anderen bezahlt, hat Zuïa das Opfer durch die Hand des Auftraggebers verdammt. Ich bin überzeugt, sie glauben diesen Unsinn tatsächlich.«

Eine Weile hing Yan seinen Gedanken nach. »Aber warum würde jemand Léti töten wollen? Und Euch?«

»Den wahren Grund kennen wir nicht. Aber offenbar beabsichtigt irgendjemand, alle Erben zu töten.«

Yan schwieg.

»Du weißt, wer die Erben sind, oder? Léti hat dir doch sicher davon erzählt?«

»Ehrlich gesagt, hütet sie dieses Geheimnis wie einen Schatz. Wir sprechen fast nie darüber. Ich weiß, dass es irgendwas mit ihren Vorfahren zu tun hat, mehr aber auch nicht.«

»Ich glaube, angesichts der Umstände ist es besser, wenn du alles erfährst.«

Und so erzählte Corenn ihm von Nol und den Weisen, von deren Nachkommen, von den Zusammenkünften am Tag der Eule und dem geheimnisvollen Abenteuer, das längst in Vergessenheit geraten war. Es tat ihr gut, sich alles von der Seele zu reden. Sie sprach nur selten mit Außenstehenden darüber.

Die Geschichte beeindruckte Yan, und er verstand nun besser, warum sich Léti der Tradition so verbunden fühlte. Er fühlte sich ihr näher, zugleich aber auch ferner. Schließlich war *er* kein Erbe.

Corenn endete mit der Nachricht vom Tod ihrer Freunde, ihrem überstürzten Aufbruch nach Eza und ihrer Reise bis zur Begegnung mit den Züu und Grigán. »Grigán ist ein Nachfahre Rafa Derkels. Die drei Züu, die uns angegriffen haben, suchten zuvor in Benelia nach ihm, um ihn zu töten. Doch sie konnten ihn nicht finden. Dann hat er den Spieß einfach umgedreht und ist ihnen zu ihren nächsten Opfern gefolgt.« Sie machte eine Pause. »Wie gesagt, ohne ihn wären wir längst tot.«

Damit schien das Gespräch für sie beendet. Yan ritt eine Weile schweigend neben ihr her. Dann trieb er sein Pferd an, bis es zu dem Krieger aufschloss. »Corenn hat mir erzählt, was geschehen ist. Wie seid Ihr den Züu in Benelia entkommen?«

Grigán musterte ihn mit einem seltsamen Blick, der Yan in Verlegenheit brachte. »Misstraust du mir etwa?«

»Natürlich nicht!«, rief er. »Ich bin nur neugierig!«

Der Krieger schien abzuwägen, ob er Yan glauben sollte.

»Die Züu sind nicht die Einzigen, die hinter mir her sind. Wenn ich nicht ständig auf der Hut wäre, wäre ich längst tot.« Mit diesen Worten trieb er sein Pferd zum Galopp an und erklomm den nächsten Hügel.

Er war wirklich ein komischer Kauz, und dennoch hatten sie Glück, dass er bei ihnen war.

Corenn lenkte ihr Pferd neben ihn und lächelte. »Hüte deine Zunge. Wenn du es dir mit ihm verscherzt, *versohlt er dir den Hintern*«, sagte sie schmunzelnd und ahmte Grigáns Akzent nach.

Yan erwiderte ihr Lächeln. Zum Glück waren seine Gefährten nicht alle so schweigsam wie der Krieger. Sonst wäre ihm die Zeit ganz schön lang geworden.

Plötzlich fiel ihm ein, dass er nicht wusste, wohin sie überhaupt unterwegs waren. »Sind wir auf der Flucht, oder haben wir ein bestimmtes Ziel?«

»Nein, wir sind nicht auf der Flucht. Wenn wir fliehen wollten, hätten wir die andere Richtung eingeschlagen«, sagte Corenn und zeigte nach Westen. »Wir müssen versuchen, andere Erben zu finden. Vielleicht weiß einer von ihnen etwas. Dann sehen wir weiter.«

»Und wie wollt Ihr das anstellen?« Dann dämmerte es ihm, und er gab sich die Antwort selbst. »In Berce, natürlich. Der Ort, an dem Eure Zusammenkünfte stattfinden. Alle Erben, die den Züu entkommen, werden dorthin reisen, oder?«

Corenn nickte.

Yan fuhr fort: »Ich nehme an, dass Ihr das bedacht habt, aber … Wenn die Mörder tatsächlich so gerissen sind, wie Ihr sagt, werden sie zu dem gleichen Schluss kommen und Euch dort erwarten.«

»Das stimmt. Leider haben wir keine andere Wahl. In Berce sehen wir dann weiter.«

Yans Mut sank. Für seinen Geschmack würden sie in der nächsten Zeit etwas zu oft weitersehen. Er hatte nichts gegen Abenteuer, aber der Gedanke, geradewegs ins offene Messer zu laufen, begeisterte ihn nicht gerade. »Glaubt Ihr, wir treffen in Berce viele Erben?«

»Ich hoffe es. Ich wage gar nicht daran zu denken, dass vielleicht nur noch wir drei übrig sind. Aber wenn ich mir meine Liste ansehe ...«

Sie beendete den Satz nicht, und beide schwiegen eine Weile.

»Wie viele Erben gibt es denn? Ich meine, wie viele gab es, bevor die Morde anfingen?«

»Das weiß ich nicht so genau. Siebzig oder achtzig und in den letzten drei Jahren hat es gewiss noch einige Geburten gegeben. Außerdem kommen längst nicht alle Erben zu den Zusammenkünften. Die Hälfte kenne ich nur dem Namen nach. Manche wissen vermutlich noch nicht einmal, dass sie Erben sind. Xan hatte vor, in diesem Jahr alle zu versammeln. Das ist schon lange nicht mehr geschehen.«

Yan rechnete rasch nach. »Das sind aber nicht viele. Wenn man von zwei Kindern in jeder Generation ausgeht und das seit über einem Jahrhundert, müsste es längst über hundert Erben geben.«

»Das stimmt. Vielleicht ist es besser so, angesichts der Umstände ...«

»Und wie viele sind tot?«

»Meiner Liste zufolge einunddreißig.« Corenn schluckte schwer und wandte den Blick ab. »Aber sie ist bestimmt nicht vollständig.«

Yan hörte auf, sie mit Fragen zu löchern. Obwohl sie sich zusammenriss, standen der Mutter Tränen in den Augen.

Es dauerte einen Augenblick, bis ihm die Bedeutung ihrer Worte bewusst wurde.

Gegen Mit-Tag machten sie auf einem Hügel Rast, von dem aus sie den Weg in beide Richtungen überblicken konnten. Grigán bezog im Schutz einiger Bäume Posten und suchte unruhig den Horizont ab. Létis Gesicht hatte wieder etwas Farbe bekommen – eine Weile zu schlafen, und sei es auf dem Rücken eines Pferds, hatte ihr gutgetan. Die Gefährten wechselten kaum ein Wort und brachen rasch wieder auf. Grigáns Unruhe hatte die anderen angesteckt.

Diesmal saß Léti hinter Corenn. So fiel es Yan zwar leichter, das Gleichgewicht zu halten, aber er vermisste das Gefühl von Létis Körper an seinem Rücken. Doch sie mussten sich abwechseln, um die Pferde zu schonen.

Der restliche Tag verspricht eintönig zu werden, dachte Yan, nachdem sie ein paar Meilen zurückgelegt hatten, ohne dass etwas passierte. Da seine Gefährten schwiegen und ihren Gedanken nachhingen, beschloss er, das Beste daraus zu machen und sich die Landschaft anzusehen. Doch schon bald war er der ewigen Büsche und Bäume überdrüssig, die er aus der Umgebung von Eza kannte und die ihm zudem die Sicht versperrten. Deshalb war er fast dankbar über die Abwechselung, als Grigán von einem seiner Erkundungsritte zurückkam und besorgt sagte: »Ein Reiter kommt auf uns zugaloppiert. Er trägt ein Priestergewand.«

»Ein rotes Priestergewand?«, fragte Léti scharf.

»Nein, aber das muss nichts heißen.«

»Glaubt Ihr, es ist ein Zü?«

»Nein, das glaube ich nicht. Sie treten fast nie allein auf – aber ich würde nicht mein Leben darauf verwetten.«

»Seid Ihr wirklich sicher, dass die drei, die Euch gestern angegriffen haben, tot sind?«, mischte sich Yan ein.

»So tot wie die Könige von Lermian«, antwortete Grigán mit finsterer Miene. »Ich greife zwar nie als Erster an, sorge aber immer dafür, dass meine Feinde im Kampf den Tod finden. Das ist eine der wichtigsten Regeln, wenn man überleben will.«

Yan stellte sich vor, wie Grigán einem um Gnade flehenden Verletzten kaltblütig die Kehle durchschnitt. Entsetzt blinzelte er das Bild weg. Gewiss hatte der Krieger nur sagen wollen, dass er nicht davor zurückschreckte zu töten, um sein eigenes Leben zu retten.

»Was schlagt Ihr vor?«, fragte Corenn.

»Wir verstecken uns. Wir sollten Kämpfe vermeiden, wann immer es geht.«

»Sollen wir uns etwa jedes Mal verstecken, wenn wir jemandem begegnen?«

Drei überraschte Blicke richteten sich auf Léti. In ihrer Stimme lag Wut.

»Nein, natürlich nicht«, antwortete ihre Tante beschwichtigend. »Aber im Moment ist es das Beste. Wir dürfen uns nicht in Gefahr begeben. Unser Leben steht auf dem Spiel. Verstehst du das?«

»Das ist doch nur ein Reiter, der es eilig hat«, sagte Léti mürrisch. »Und selbst wenn es ein Zü sein sollte, ist er allein. Grigán wird schon mit ihm fertig.«

»Ist dir eigentlich klar, was du da sagst?«

Léti antwortete nicht. Vielleicht war sie tatsächlich etwas zu weit gegangen. Grigán schüttelte ungläubig den Kopf und führte seine Gefährten abseits vom Weg hinter ein Wäldchen, wo sie absaßen.

Corenn versuchte, ihre Nichte zur Vernunft zu bringen. »Dieser Weg ist der kürzeste von Kaul nach Lorelien, im Grunde sogar der einzige. Die Züu werden ihn überwachen, weil sie sich denken können, dass wir nach Berce wollen. Begreifst du?«

»Ja, ja«, maulte Léti. Sie klang keineswegs überzeugt.

»Wir werden uns nicht jedes Mal verstecken. Wir tun es diesmal, weil es sein kann, dass der Reiter einer der Mörder ist, die uns verfolgen. Hinter Benelia wird es einfacher. Sie können nicht alle Straßen Loreliens überwachen, dazu bräuchten sie Hunderte von Männern.«

»Dame Corenn, Ihr habt unsere Lage treffend beschrieben. Aber von Euch hätte ich auch nichts anderes erwartet.«

»Habt Dank, Meister Grigán.«

Yan hatte sich wohlweislich aus dem Gespräch herausgehalten, denn er wollte sich auf keinen Fall auf eine Seite schlagen müssen. In einen Streit hineingezogen zu werden war das Letzte, was er gebrauchen konnte. Er ahnte jedoch, dass entweder Corenn oder Léti ihn nur allzu bald um seine Meinung bitten würde.

Grigán befreite ihn aus der Zwickmühle. »Nimm deinen Bogen, und komm mit. Léti, würdest du bitte dein Pferd ruhig halten, wenn du mit dem Gezeter fertig bist?«

»Wo geht Ihr hin? Ich komme mit.«

Der Krieger antwortete nicht und stapfte davon. Yan warf seiner Freundin einen bedauernden Blick zu und folgte Grigán.

Noch nie war Léti so gedemütigt worden. Sie war so zornig, dass sie mit bloßen Händen einen Baum hätte ausreißen können. Sie trat zu dem widerspenstigen Pferd und zwang es allein mit den Augen zur Ruhe. Das Tier war so klug, sich zu fügen.

Léti lief eine Weile unruhig auf und ab, bis sie es nicht länger aushielt und mit ihrer Wut herausplatzte. »Tante Corenn! Ich schätze Grigán sehr, und ich bin froh, dass er bei uns ist. Ich weiß, dass wir ihm unser Leben verdanken. Aber hat er deshalb das Recht, uns wie Kinder zu behandeln, als wären wir eine nutzlose Last?« Sie hielt kurz inne. »Wie kannst du das als Frau und Mutter des Ständigen Rats nur hinnehmen?«

Sie bedauerte die letzten Worte, noch bevor sie sie zu Ende gesprochen hatte. Doch es war zu spät. Corenn, die geborene Diplomatin, die für ihren Gleichmut bekannt war und so vieles verzieh, sah ihr streng in die Augen.

»Léti, hat dich schon mal jemand verfolgt?«

»Nein«, antwortete das Mädchen verlegen.

»Hast du schon einmal die Verantwortung für das Leben mehrerer Menschen getragen?«

»Nein, natürlich nicht.«

»Weißt du, was es heißt, im Untergrund zu leben? Kennst du dich mit Gefahren aus? Weißt du auch nur, wie man kämpft?«

»Nein, ich weiß nicht, wie man kämpft. Ich habe noch nie jemanden getötet, und ich habe auch noch nie eine rohe Qualle gegessen!«

»Grigán hat all dies und noch mehr Schrecken erlebt. Er will nur unser Bestes, und wir müssen ihm vertrauen.«

»Dazu bin ich ja bereit! Aber warum bittet er Yan, ihm zu helfen, und mich nicht?«

»Das hat nichts mit dir zu tun. Daran sind seine Erziehung und seine Überzeugungen schuld. In seinen Augen – und in denen aller Bewohner der Unteren Königreiche – sollten Frauen nicht kämpfen. An deiner Stelle würde ich erst gar nicht versuchen, ihn vom Gegenteil zu überzeugen.«

»Aber das ist doch dumm! In der Armee des Matriarchats kämpfen Frauen Seite an Seite mit Männern, und zwar genauso gut!«

»Glaubst du? Stimmt, wir haben ein paar Hauptfrauen und zahlreiche Kriegerinnen. Aber sind sie wirklich ebenso geschickt im Kampf wie die Männer?«

Léti war vollkommen entgeistert. Ihre ganze Erziehung beruhte auf der Gleichheit der Geschlechter, wenn nicht sogar auf einer gewissen Überlegenheit der Frauen. Und nun behauptete die Hüterin der Tradition höchstselbst das Gegenteil. »Im Grunde teilst du seine Ansicht«, sagte sie ungläubig.

»Vielleicht. Ich kenne Grigán schon sehr lange und begebe mich gern in seine Obhut.«

Doch Léti war noch nicht fertig. »Ich finde, dass er unrecht hat. Eine Frau ist nicht weniger dazu fähig, stumpfsinnig Schwerthiebe zu verteilen, als ein Mann.«

Corenn ließ die Sache auf sich beruhen. Der Verlauf, den das Gespräch nahm, gefiel ihr ganz und gar nicht. Sie wollte nicht, dass ihre einzige verbliebene Verwandte es sich in den Kopf setzte, gegen die Züu in den Kampf zu ziehen.

Yan und Grigán versteckten sich am Waldrand, von wo aus sie den Weg gut überblicken konnten. Der Reiter war nun fast auf ihrer Höhe.

Er war mittleren Alters und trug ein schlichtes Priestergewand. Außer seiner Hast war nichts an ihm besonders verdächtig. Yan war überzeugt, dass er nicht ihretwegen hier war.

»Nimm einen Pfeil und halte dich bereit.«

Grigán hatte das Krummschwert in den Boden gerammt und spannte mit aller Kraft seinen Bogen, der noch größer war als Yans. Er hätte am liebsten gewartet und dem Krieger auf die Finger geschaut, doch damit hätte er sich sofort verraten. Er zog einen Pfeil aus dem Köcher, legte sich auf den Bauch und versuchte, die Sehne zu spannen.

»Nicht im Liegen! Was zum Teufel tust du da?«

Hastig rappelte sich Yan hoch, bemüht, ein unbekümmertes Gesicht zu machen. Grigán durfte auf keinen Fall merken, dass er noch nie einen

Bogen in der Hand gehabt hatte. Verstohlen beobachtete er seinen Gefährten und ahmte dessen Bewegungen nach. Den Pfeil zwischen zwei Finger nehmen, den Arm strecken … Bei Grigán sah es kinderleicht aus.

»Du schießt nur, wenn ich schieße. Dann legst du einen neuen Pfeil ein und wartest auf meinen Befehl.«

Grigán zielte auf den Reiter und folgte ihm mit der Pfeilspitze über mindestens hundertzwanzig Schritte, bis der Mann hinter einer Wegbiegung verschwunden war. Erst als das Hufgeklapper verklungen war, entspannte er sich. Auch Yan ließ den Bogen sinken.

»Dort drüben! Schieß!« Der Schrei des Kriegers gellte ihm in den Ohren.

Yan wirbelte herum, spannte den Bogen, suchte das Ziel, meinte, etwas zu sehen, und ließ den Pfeil los. Die Sehne schürfte ihm den Unterarm auf, und der Pfeil fiel in einem jämmerlich kurzen Bogen zu Boden. Fieberhaft suchte Yan die Büsche ab, doch er sah nichts.

Den Schlag gegen den Kopf, den Grigán ihm verpasste, spürte er dafür umso deutlicher.

»Du hast noch nie einen Bogen in der Hand gehabt! Wag es nicht noch einmal, mich anzulügen!«

Wut und Scham wallten in Yan auf. Sein Gesicht wurde rot wie eine Lubilie, und er schämte sich noch mehr für seine Durchschaubarkeit. »Seid Ihr verrückt? Ihr habt mich zu Tode erschreckt! Es hätte sonst was passieren können. Ich hätte jemanden töten können!«

»Wenn man mit seiner Waffe umgehen kann, passiert so etwas nicht«, entgegnete der Krieger ungerührt. »Du hättest mich nicht anlügen dürfen.«

Angesichts des ruhigen Tons und der vernünftigen Argumente Grigáns verflog Yans Wut so schnell, wie sie gekommen war, nicht aber seine Scham. Er fühlte sich wie ein Kind, das man bei einem dummen Streich ertappt hatte.

»Ich muss einfach wissen, woran ich bin. Wenn es tatsächlich zu einem Kampf gekommen wäre, hättest du dich selbst, mich und damit auch die anderen in Gefahr gebracht.«

»Ihr habt recht. Ich hätte Euch nicht belügen dürfen.«

»Gut. Für mich ist die Sache damit geklärt. Und jetzt lass uns sehen, was wir für dich tun können.«

Er hob den Pfeil auf, erklärte, wie man den Bogen hielt, und demonstrierte es. Yan hörte aufmerksam zu, und als Grigán es ihm befahl, gab er einen Schuss ab.

Der Pfeil flog ein ganzes Stück geradeaus, und die Sehne schrammte ihm nicht mehr den Arm auf.

»Für den Anfang gar nicht so übel. Jetzt musst du nur noch zielen lernen, aber dabei kann ich dir nicht helfen.«

»Ich werde üben, bis Ihr Euch nicht mehr traut, gegen mich anzutreten«, scherzte Yan, um seinen guten Willen zu zeigen.

Sie machten sich auf den Rückweg. Yan kam sich immer noch klein und dumm vor, hatte aber etwas Vertrauen zu Grigán gefasst. Offensichtlich wollte der wortkarge Krieger sie tatsächlich nur beschützen.

Léti kam ihnen entgegengerannt: »Wo wart ihr so lange? Was ist passiert?«

»Nichts. Es ist alles in Ordnung.« Grigán war nicht danach, sich mit langen Erklärungen aufzuhalten.

»Grigán hat mir beigebracht, wie man mit dem Bogen schießt. Es ist schwieriger, als ich dachte, aber wenn man den Dreh erst einmal raushat, klappt es ganz gut.«

»Wie schön für dich. Ich wünsche dir viel Spaß mit deinem Männerspielzeug.«

Mit diesen Worten ließ sie ihn stehen.

Yan war wie vor den Kopf geschlagen. Er hatte sich schon oft mit Léti gestritten, aber bislang hatte er immer gewusst, warum. Was war bloß los mit ihr?

Vielleicht war sie wütend, weil er sich für eine Waffe interessierte, für etwas, mit dem man andere Menschen töten konnte. Ja, genau: Sie verachtete Männer, weil diese nichts anderes im Kopf hatten, als einander umzubringen.

Nein, das konnte es nicht sein. Vorhin hatte sie kaltherzig vorgeschlagen, Grigán solle den Reiter töten.

Er trat einen zögerlichen Schritt vor, blieb dann aber unschlüssig stehen. Was sollte er ihr sagen? Wenn sie in einer solchen Laune war, dann waren alle Versöhnungsversuche vergebens. Es wäre besser zu warten, bis sich die Wogen geglättet hatten. Die Ereignisse der letzten Tage hatten Léti offenbar ziemlich zugesetzt.

Ihm blieb nur zu hoffen, dass sie sich bald wieder beruhigte.

»Rey! He, Rey, bist du's? Rey!«

Rey stieß einen wüsten Fluch aus. Es war ihm gelungen, Lorelia unbemerkt zu verlassen, dem Lauf der Velanese bis hoch nach Le Pont zu folgen und die Grenze zu erreichen, ohne erkannt zu werden. Und jetzt brüllte irgend so ein Trottel auf offener Straße lauthals seinen Namen.

Er hob die Hand zum Gruß und ging auf den Mann zu. Wenn er schon aufgeflogen war, musste er die Sache nicht noch verschlimmern, indem er sich seltsam verhielt, sich taub stellte oder davonrannte.

Dass man ihn erkannt hatte, ärgerte ihn gewaltig. Er hatte sich eigens Kleider besorgt, die ihn älter, kleiner und weniger lorelisch aussehen ließen. Zugegebenermaßen hatte er darauf verzichtet, sich einen falschen Bart anzukleben oder das Haar zu färben, weil eine solche Verkleidung die Strapazen der Reise niemals überstanden hätte. Beim nächsten Mal würde er sich mehr Mühe geben, schwor er sich.

Er konnte sich glücklich schätzen, die Gewänder überhaupt bekommen zu haben. Als er Barle drei Nächte zuvor geweckt hatte, hatte Rey für einen Augenblick befürchtet, der Leiter der Theatertruppe würde das Werk der Züu vollenden. Doch nach einer endlosen Tirade über Nachtschwärmer, Herumtreiber und Taugenichtse, die Schwierigkeiten anzogen wie das Licht die Motten – und dabei hatte er sich doch *geschworen*, solches Lumpenpack nicht mehr in seinen Zirkuswagen zu lassen –, war Barle bereit gewesen, dem jungen Schauspieler zu helfen. Er hatte ihm Kleidung, Essen und – Rey konnte es immer noch nicht glauben – eine prall mit Goldterzen gefüllte Geldbörse gegeben. Und das ungefragt! Die einzige Bedingung war, dass Rey eines Tages zurückkehrte und wieder mit ihnen auftrat, um seine Schulden zu begleichen.

Dann war Barle mit der ganzen Truppe Richtung Partacle abgereist in der Hoffnung, Reys Verfolger auf eine falsche Fährte zu locken.

Aber all das war für die Katz, wenn seine Tarnung wegen eines dahergelaufenen Trottels aufflog. Der Kerl wedelte inzwischen wie wild mit den Armen. Wie hieß er noch gleich? Tiric? Iryc? Rey beschleunigte seine Schritte und stand endlich vor ihm.

»Du musst meinen Namen ja nicht gleich durchs ganze Dorf brüllen. Ich bin nicht taub«, zischte er statt einer Begrüßung.

»Willst wohl nicht erkannt werden, was? Keine Angst, ich weiß Bescheid.«

Rey musterte sein Gegenüber wortlos. Der Mann freute sich offensichtlich über die Wirkung seiner Worte. Er verzog den Mund zu einem höhnischen Grinsen und entblößte ein gelbliches Gebiss mit vielen Zahnlücken. Seine Kleidung starrte vor Dreck, das Haar war verfilzt, und sein Atem stank nach billigem Wein.

Woher kannte er den Kerl bloß? Rey konnte sich vage erinnern, ein paarmal mit ihm und ein paar anderen Saufbolden auf Zechtour gewesen zu sein. Doch er wusste nicht mehr, wo – das heißt, in welchem Gasthaus – er ihm zum ersten Mal begegnet war. Allerdings waren ihm in seinem Leben schon Hunderte Namen und Tausende Gesichter untergekommen. Was war der Kerl noch gleich von Beruf?

Nun plusterte sich sein Gegenüber auf, die Hände in den Hosentaschen. »Ich weiß ja nicht, was du verbrochen hast, mein Freund. Du scheinst ein gefragter Mann zu sein«, sagte er. »Die Gilde hat zweihundert Terzen auf deinen Kopf ausgesetzt. Aber das weißt du bestimmt, oder?«

Die Gilde. Das war sein Ende. Wenn die Züu gemeinsame Sache mit dem organisierten Verbrechen machten, um ihn zu finden, musste er auf der Stelle die Grenze überqueren. In Lorelien war er seines Lebens nicht mehr sicher.

»Darlane sagt, er dreht uns eigenhändig die Gurgel um, wenn wir dich nicht vor Safrosts Männern finden. Darlane hat Schiss, dass ihm der Auftrag durch die Lappen geht. Dafür würde er sogar die Abmachungen der Großen Gilde in den Wind schlagen. Alter Freund, da gibt's ein paar Kerle, die dir ernsthaft ans Leder wollen, so viel steht fest.«

Safrost? Den Namen hatte Rey schon mal irgendwo gehört. War das nicht der Anführer der goronischen Gilde?

Er saß ganz schön in der Klemme. In einer Klemme, die so groß war wie die gesamten Oberen Königreiche.

»Aber mach dir nicht ins Hemd. Wir sind Kumpel, so was wie Brüder. Ich verpfeif dich nicht, auch nicht für einen Sack voll Gold. Du kennst mich.«

Genau das war das Problem. *Ich kenne dich nicht, Rattengesicht. Nicht gut genug. Und du arbeitest für die Gilde.*

Rey sah sich hastig um. Niemand schlich sich von hinten an, um ihm ein Messer in den Rücken zu stoßen. Aber er wollte sein Glück nicht allzu sehr herausfordern. »Ich muss aufbrechen. Danke für die Warnung. Wir sehen uns«, sagte er zu Iryc, um ihn loszuwerden.

»Warte. Vielleicht kann ich dir helfen. Sag mir, wohin du unterwegs bist, und ich schick sie in die andere Richtung.«

Rey dachte kurz nach. »Ich will nach Romin. Sag ihnen, ich sei nach Goran unterwegs. Und wenn du mir wirklich einen Gefallen tun willst …« Er zog eine Handvoll Terzen aus seiner Börse. » … könntest du mir ein Pferd und Proviant besorgen. Jetzt, wo mein Leben in Gefahr ist, kann ich nicht mehr einfach so am helllichten Tag die Straßen entlangspazieren. Könntest du mir alles in die Herberge zur Brücke bringen? Weißt du, wo das ist? Ich werde dort heute Abend auf dich warten.«

Iryc grinste über beide Ohren und klaubte die Münzen aus Reys Hand. »Abgemacht. Bis heute Abend dann.«

»Bis heute Abend.«

Sie trennten sich, und Rey verschwand in einer Gasse, bog zweimal kurz hintereinander ab und presste sich dann an eine Mauer. Eine ganze Weile wartete er mit angespannten Muskeln und erhobenem Dolch hinter der Straßenecke. Niemand folgte ihm. Die Terzen hatten den Gauner eingelullt.

Rey würde sich am Abend freilich nicht in der Herberge blicken lassen. Wenn Iryc den Mund hielt und die Münzen einsteckte, umso besser. Falls er zur Herberge kam, wäre er künftig der stolze Besitzer eines Pferds. Und falls er ein heimtückischer Verräter war, würde sein Auftraggeber ihn für seine Dummheit büßen lassen.

Jedenfalls musste Rey seine Pläne ändern. Untertauchen und warten, bis Gras über die Sache gewachsen war, kam nun nicht mehr infrage, denn mit den Züu *und* der Großen Gilde konnte er es nicht allein aufnehmen.

Er musste sich mit anderen Erben zusammentun.

Noch am gleichen Tag brach er nach Berce auf.

»Gleich sind wir in Jerval. Wir müssen vorsichtig sein.«

Yan sah den Krieger neugierig an. Wenn Grigán sich vorsehen wollte, versprach es aufregend zu werden. Bislang war die Reise recht ereignislos gewesen.

»Ist Jerval ein großer Ort?«

»Nein, nicht im Vergleich zu den königlichen Städten Loreliens. Aber wir sollten uns trotzdem in Acht nehmen.«

»Wir brauchen ein viertes Pferd«, rief Corenn ihm in Erinnerung. »Ich glaube, es wäre falsch, einen Bogen um das Dorf zu schlagen.«

»Das sehe ich genauso. Außerdem würden wir durch den Umweg zu viel Zeit verlieren.«

»Was schlagt Ihr vor?«

»Wir trennen uns.«

Als er die erstaunten Gesichter seiner Gefährten sah, fügte er hinzu: »Natürlich nur vorübergehend.«

»Und was dann?«

»Ihr, Dame Corenn, reitet mit Eurer Nichte voraus. Ich folge Euch in hundert Schritt Entfernung. Reitet nicht zu schnell, denn ich will Euch nicht aus den Augen verlieren. Durchquert das Dorf ohne Hast. Antwortet, wenn man Euch eine Frage stellt, aber sprecht niemanden an.«

»Und was ist mit mir?«, fragte Yan.

»Du gibst Léti dein Pferd und folgst uns zu Fuß. Wenn irgendetwas schiefgeht, bringst du dich sofort in Sicherheit. Dir kann nichts passieren, weil die Züu dich nicht kennen.«

»Ich weiß nicht. Falls Ihr vorhabt, unbemerkt zu bleiben, halte ich das für keine so gute Idee. Wenn ein Reiter durch unser Dorf kommt, kann er tun und lassen, was er will. Alle starren ihn an, und die Leute reden einen Tag lang von nichts anderem.«

»Nicht in Jerval. Es ist das erste lorelische Dorf nach der Grenze. Hier kommen jeden Tag Reiter durch, so wie der vorhin zum Beispiel. Und Benelia ist nur eine Tagesreise entfernt. Die Einwohner können nicht jedes Mal den Kopf heben, wenn jemand an ihnen vorbeireitet!«

»Und was tun wir, falls wir angegriffen werden?«, fragte Léti hitzig.

»Ihr galoppiert los und dreht euch nicht um. Ich stoße zu euch, sobald ich die Dummköpfe losgeworden bin, die so lebensmüde waren, sich mit mir anzulegen. Verstanden?«

Léti antwortete nicht. O ja, sie verstand nur zu gut. Grigán hatte nicht die Absicht, über seine Befehle zu verhandeln.

Er gab Yan eine Handvoll Terzen. »Du stammst von einem Bauernhof auf der anderen Seite der Grenze. Du willst ein Pferd für deinen Vater kaufen, und du musst gleich wieder fort, um vor Einbruch der Nacht zurück zu sein. Feilsche ein bisschen, um den Schein zu wahren, aber bitte nicht dekantenlang.«

Yan betrachtete die Münzen interessiert. Er hatte noch nie lorelisches Geld gesehen. »Wie viel kostet ein Pferd?«

»Sieben bis acht Silberterzen. Du kannst bei neun aufhören, und der Verkäufer wird dir die Geschichte des Bauerntölpels ohne Probleme abkaufen. Glaubst du, das schaffst du?«, fragte er süffisant.

Yan hob den Kopf und warf ihm einen gekränkten Blick zu. Bei Eurydis – Grigán grinste! Er zeigte ja geradezu menschliche Züge!

Er erwiderte das Grinsen. Der Scherz ging zwar auf seine Kosten, aber immerhin hatte der Krieger guten Willen gezeigt.

»Kauf auch etwas zu essen«, bat Corenn. »Etwas Brot, Käse und Wurst. Eine ordentliche Mahlzeit wird uns guttun.«

»Einverstanden.«

»Versuch, alles am gleichen Ort zu besorgen. Es muss dich ja nicht gleich das ganze Dorf in Erinnerung behalten.«

»Ja.«

»Und trödel nicht herum.«

»Ja. Ist das alles? Das Dorf scheint ja unglaublich gefährlich zu sein.«

»Ich meine es ernst. Vergiss nicht, wir alle könnten in der nächsten Dezime tot sein.«

»Ihr versteht es wirklich, einem Mut zu machen.«

Kurz darauf hielten sie an, und Léti übernahm Yans Pferd. Sie und ihre Tante ritten los. Grigán wollte ihnen folgen, doch Yan rief ihn zurück.

»Wartet! Ich hoffe, das ist kein Trick, um mich loszuwerden.«

Grigán sah ihn ehrlich bestürzt an. »Ich sagte, du könntest mitkommen, und das meinte ich auch so. Ich pflege mein Wort zu halten.« Er trieb sein Pferd zum Trab an. Dann drehte er sich um und fügte grinsend hinzu: »Außerdem besorgst du das Essen!«

Yan fiel ein Stein vom Herzen. Offenbar hatte Grigán ihn als Gefährten akzeptiert.

Mit großen Schritten marschierte er auf das Dorf zu. Die anderen vermisste er schon jetzt.

Trotz seiner beschwingten Stimmung dauerte es eine Weile, bis Yan Jerval erreichte. Sie hätten sich näher am Dorf trennen sollen. Von Fußmärschen hatte er die Nase voll, aber dummerweise hatte er nicht eher daran gedacht.

Erleichtert stellte er fest, dass alles ruhig war und seine Gefährten das Dorf anscheinend ohne Schwierigkeiten durchquert hatten.

Bis zu diesem Tag war Yan noch nie aus dem Matriarchat herausgekommen, und so wandte er neugierig den Kopf nach allen Seiten, damit ihm auch ja nichts entging. Enttäuscht stellte er fest, dass Jerval im Grunde genauso aussah wie Eza. Die Einwohner trugen andere Gewänder, und die Bauweise der Häuser erschien ihm fremdartig, aber das war auch schon alles.

Wahrscheinlich ähnelten sich alle Dörfer der Oberen Königreiche mehr oder minder, und Jerval war nur zwei Tagesreisen von seinem Heimatdorf entfernt. Benelia, Lorelia – das würde etwas anderes sein!

Er ging auf ein paar Kinder zu, die mit Holzschwertern spielten, und fragte sie, wo er ein Pferd kaufen könne. Sie starrten ihn verständnislos an. Verflixt, er hatte Kauli gesprochen. Er wiederholte die Frage auf Itharisch und hoffte, dass die Kinder von eurydischen Priestern unterrichtet wurden.

Ihre Gesichter hellten sich auf, und sie führten ihn in eine Gasse, an deren Ende ein Pferch war. Ein dickbäuchiger Mann mit Glatze kam auf ihn zu und rieb sich geschäftig die Hände.

Der Handel war schnell geschlossen. Yan suchte sich ein Tier aus, wobei er nur auf die Farbe des Fells achtete, da er keine Ahnung von Pferden hatte. Dann feilschten sie eine Weile und einigten sich bald auf einen Preis von neun Terzen für das Tier, einen schlichten Sattel und Zaumzeug. Yan musste noch nicht einmal seine Geschichte erzählen, denn dem Züchter war völlig egal, wofür er das Pferd brauchte.

Yan bat das älteste der Kinder, die ihn immer noch umringten, seine Besorgungen zu erledigen. Er gab ihm drei Silberterzen und versprach, ihm etwas von den Einkäufen abzugeben. Der Junge rannte davon, den Rest der Bande im Schlepptau.

Der Züchter brachte den Sattel und das Zaumzeug und führte das Pferd durchs Gatter. Yan fummelte an den Riemen herum und versuchte linkisch, dem sich sträubenden Tier den Sattel aufzulegen. Irgendwann verlor der Händler die Geduld und nahm die Sache selbst in die Hand.

Als das Pferd aufgezäumt war, streichelte Yan ihm den Hals und wartete auf die Kinder. Wo blieben sie nur? Er ging zum Anfang der Gasse und blickte nach rechts und links in die Hauptstraße. Ein Junge rannte davon, als er ihn sah.

Nun gut. Eine Lektion hatte Yan gelernt: Lorelische Kinder waren nicht unbedingt ehrlich.

Mit dem restlichen Geld erledigte er seine Einkäufe selbst. Dann knotete er das Bündel an einen Gurt und schwang sich in den Sattel. Zum Glück warf ihn das Pferd nicht gleich wieder ab. Er ritt auf den Ausgang des Dorfs zu.

Aus einer Seitenstraße hörte er schallendes Gelächter. Yan beugte sich vor. Ein paar Kinder zeigten mit dem Finger auf ihn und kicherten. Er kniff die Augen zusammen, zeigte seinerseits mit dem Finger auf sie und zischte, als ob er eine Verwünschung ausstieße. Die Kinder rissen die Augen auf und stoben in alle Richtungen davon. Yan freute sich über den Erfolg seiner kleinen Schauspieleinlage.

Eine Meile hinter dem Dorf stieß er auf Grigán, Corenn und Léti.

»Scheint alles gut gegangen zu sein«, sagte der Krieger.

»Macht Ihr Witze? Ich bin von einer Bande kleiner Menschenfresser angegriffen worden, die mich bei lebendigem Leibe verschlungen hätten, wenn ich nicht eine Kriegslist angewandt und sie heldenmutig in die Flucht geschlagen hätte.«

»Gewiss.«

»Es waren mindestens zwanzig. Sie waren mit langen Messern bewaffnet, und der Geifer tropfte ihnen nur so aus dem Maul. Ihr stinkender Atem und ihre Giftzähne ...«

»Ja, ja. Los, reiten wir weiter.«

»In ihren blutunterlaufenen Augen lauerte die Mordgier, und ich glaubte, mein letztes Stündlein habe geschlagen, als der Anführer seine Waffe zum Himmel hob und ein Lied anstimmte, in das bald alle einfielen: *Der Krebs und die Krabbe spazieren am Strand, der Krebs und die Krabbe gehen Hand in Hand ...*«

»Das ist doch ein Kinderlied?«

»Ja. Ich weiß auch nicht, warum sie das sangen.«

Sogar Léti, die eigentlich schmollen wollte, musste lachen.

Erst weit nach der sechsten Dekade, als es bereits dämmerte, hieß Grigán sie Halt machen. Wie üblich führte er seine Gefährten vom Weg fort und in ein kleines Wäldchen hinein. Sie kämpften sich durchs Unterholz und überquerten erst eine und dann noch eine Lichtung. Nachdem er die Umgebung gründlich abgesucht hatte, erlaubte der Krieger ihnen auf der dritten Lichtung, das Nachtlager aufzuschlagen.

Da ihnen die Mägen knurrten, aßen sie zuerst etwas. Nach der Mahlzeit waren alle schläfrig. Die Erschöpfung der Reise und der letzten Nacht steckte ihnen noch in den Knochen.

Yan wollte sich gerade eine weiche Stelle zum Schlafen suchen, als Grigán sagte: »Heute Nacht bauen wir besser die Zelte auf. Am Himmel braut sich was zusammen. Es würde mich nicht wundern, wenn es regnet.«

»Verflixt, ich bin wirklich ein Pechvogel. Erst die Menschenfresser und jetzt auch noch Regen.«

Mit letzter Kraft bauten sie die beiden kleinen Zelte auf, die ihnen zur Verfügung standen: Grigáns und Corenns. Yan würde wohl oder übel mit dem Krieger in einem Zelt übernachten müssen. An jedem anderen Abend wäre ihm das gegen den Strich gegangen, doch jetzt war es ihm so egal wie der pelzige Hintern eines Margolins. Er wollte nur noch schlafen.

Die drei Kaulaner verschwanden in den Zelten. Grigán erklärte, Wache halten und sich um die Pferde kümmern zu wollen. Yan fragte sich, ob dieser Mann niemals müde wurde. Abermals dachte er, dass er froh über seine Anwesenheit war. Kaum hatte Yan sich ausgestreckt, fiel er in einen tiefen Schlaf.

Mitten in der Nacht wachte er auf. Grigán lag neben ihm und wälzte sich lautlos im Schlaf hin und her. Yan hatte nicht gehört, wie er hereingekommen war und sich niedergelegt hatte.

Feiner Regen prasselte auf das Zeltdach, und ein leichter Wind ließ den Stoff flattern.

Yan drehte sich auf den Rücken und versuchte, wieder einzuschlafen. Sein Nacken schmerzte dort, wo Grigáns Schlag ihn getroffen hatte. Er rieb sich die Muskeln, aber der Schmerz ließ nicht nach, sondern hielt ihn wach, und so lag er da und ließ seine Gedanken schweifen.

Am Tag zuvor hatte er sich durch das Buschland im Süden Kauls gekämpft. Jetzt war er in Lorelien und teilte das Zelt mit einem Fremden, der ihn beinahe getötet hätte. Was würde der Morgen bringen? Und die nächsten Tage?

Auch wenn die Umstände alles andere als glücklich waren, freute er sich, dass etwas Abwechslung in sein Leben gekommen war. Allerdings hatte er anders als Léti, Corenn und Grigán auch noch keine wirklichen Gefahren bestehen müssen.

Gab es tatsächlich jemanden, der ihnen nach dem Leben trachtete? Trotz der Schilderungen seiner Gefährten fiel es ihm schwer, das zu glauben. Wie sahen die Züu wohl aus? So wie Corenn sie beschrieben hatte, stellte er sie sich groß und stark vor, mit einem bösartigen Blick und schlichten, vom Blut ihrer Opfer rot gefärbten Gewändern. Und natürlich waren sie mit dem vergifteten Dolch bewaffnet, mit dem sie ihre um Gnade flehenden Opfer töteten, kaltblütig wie eine Schlange.

Er konnte den Mann in der roten Lederkluft nun deutlich vor sich sehen. Der Mörder wandte ihm den Rücken zu und drehte sich in Zeitlupe um. Mit Grauen erkannte der Junge sein Gesicht: Der Zü war niemand anders als Grigán!

Yan schreckte hoch.

Er musste doch eingeschlafen sein. Was für ein Albtraum …

Sein Nacken schmerzte mehr denn je, und er fühlte sich fiebrig, was vermutlich dem allzu lebensechten Traum geschuldet war.

Er beschloss, einen nächtlichen Spaziergang zu machen. Vorsichtig ging er auf die Knie und kroch auf allen vieren zum Zelteingang.

Eine Hand packte seinen Knöchel, und er schrie überrascht auf.

»Wo willst du hin?«

Grigáns Stimme klang kein bisschen verschlafen. Yan bemühte sich, sein klopfendes Herz zu beruhigen.

»Ich kann nicht schlafen. Ich will nur ein wenig an die frische Luft.«

»Geh nicht zu weit weg«, befahl Grigán und ließ ihn los. »Und zünde kein Feuer an.«

»Natürlich nicht«, antwortete Yan gereizt.

Der Krieger hatte ihm den Schreck seines Lebens eingejagt.

Die kühle Nachtluft und der Nieselregen taten ihm gut. Er rieb sich den Nacken und machte ein paar unschlüssige Schritte, die ihn zu den Pferden führten. Grigán hatte aus Ästen ein Dach für die Tiere gebaut und etwas Futter für sie gesammelt. Das war Yan überhaupt nicht in den Sinn gekommen. Er musste noch vieles lernen: die Pferde versorgen, mit Pfeil und Bogen umgehen, sich im Gelände orientieren und was nicht noch alles … Er hatte immer reisen wollen, doch jetzt wurde ihm klar, dass er auf sich allein gestellt nicht weit käme.

Mit Pfeil und Bogen umgehen … Trotzdem hoffte er, nie auf einen Menschen schießen zu müssen.

Außer wenn jemand Léti etwas antun wollte …

Das brachte ihn auf einen anderen Gedanken. Welcher Tag war eigentlich? Yan kannte den Kalender nicht auswendig, und das galt vermutlich auch für die anderen. Doch das machte nichts, denn der Name des Tags war bedeutungslos. Er musste sich nur merken, dass es noch neun Tage bis zum Tag der Versprechen waren.

Bislang sah es nicht gut für ihn aus. Léti nahm sich die Geschehnisse sehr zu Herzen, und Yan hoffte, dass sie sich bald wieder fangen würde. Auch so hatte er schon genug Zweifel gehabt, ob er sie um ihre Hand bitten sollte – wenn sich ihre Stimmung nicht besserte, würde er nie den Mut dazu aufbringen.

Mittlerweile drang ihm der Regen durch die Kleider, und er kehrte ins Zelt zurück. Er musste unbedingt schlafen. Die nächsten Tage würden anstrengend werden.

Maz Lana hielt den Atem an, als sie an der Tür des abgelegenen Bauernhofs rüttelte. Obwohl sie wusste, dass der Hof seit mehreren Dekaden verlassen war, fürchtete sie, jeden Moment über einen Bewohner zu stolpern. Oder über seine Leiche.

Das Haus gehörte dem romischen Zweig der Familie, von dem sie bislang nichts gewusst hatte. Seine einstigen Bewohner waren wie sie Nachfahren von Maz Achem.

Gleich am Morgen nach ihrer Ankunft im Tempel von Mestebien hatte sie angefangen, Ahnenforschung zu betreiben. Nach beharrlichen Recherchen fand sie heraus, wo ihr Vorfahr die letzten Jahre seines Lebens verbracht hatte.

Als sie erfuhr, dass ihre Verwandten vor Kurzem scheinbar grundlos ermordet worden waren, war sie nicht überrascht gewesen. Nicht überrascht, aber erschüttert. Die Tragödie bestätigte ihre schlimmsten Befürchtungen.

Die Tür ließ sich nicht öffnen, vermutlich war sie von innen verriegelt. Lana umrundete das Haus und suchte nach einer anderen Möglichkeit, ins Innere zu gelangen, doch alle Fenster waren mit Brettern vernagelt. Sie müsste schon aufs Dach klettern und durch den Kamin einsteigen.

Diese Idee verwarf die Priesterin sofort. Sie sah sich nicht in der Lage, die Mauer emporzuklettern, also blieb ihr wohl nur eins …

Sie nahm einen schweren Stein und bearbeitete die Holztür mit regelmäßigen Schlägen, während sie zu Eurydis betete, dass niemand sie erwischen möge. Ihre Verwandtschaft zu den Opfern hatte sie natürlich geheim gehalten, und es wäre ein Jammer, wenn ihre Tarnung aufflog, nur weil jemand sie auf frischer Tat bei einem Einbruch ertappte.

Schließlich gab das Schloss nach, und sie warf sich ein paarmal mit aller Kraft – was nicht allzu viel war – gegen das Holz.

Als die Tür endlich aufsprang, blickte Lana keuchend ins Innere. Im

Haus war es finster, stockfinster. Nahezu unheimlich. Unter anderen Umständen hätte sie keinen Fuß über die Schwelle gesetzt.

Aber die Umstände waren nun einmal nicht anders.

Sie nahm all ihren Mut zusammen, trat entschlossen durch die Tür, tastete sich zu einem Fenster vor und benutzte den Stein, um die Bretter vom Rahmen zu lösen. Die Schläge hallten laut von den Steinmauern wider, und sie drosch immer schneller und heftiger auf das Holz ein, während Panik in ihr aufstieg.

Endlich bekam sie das Fenster frei, und etwas Licht fiel ins Zimmer.

Lana machte eine kurze Pause, um sich auszuruhen und nachzudenken. Das, was sie suchte, würde sie sicher nicht im Ess- und Wohnzimmer finden, in dem sie stand – jedenfalls vermutete sie das. Die meisten Möbel waren zerstört. Vielleicht war das Haus geplündert worden, oder ihre Verwandten hatten sich einen erbitterten Kampf mit den Züu geliefert. Oder beides.

Die Angst kehrte zurück, und in Lanas Augen glitzerten Tränen. Ith war so fern! Sie war ganz auf sich allein gestellt und das in Anbetracht von Geschehnissen, die sie nicht durchschaute und die ihre Kräfte überstiegen angesichts all dieser brutalen Gewalt.

Sie ging kurz vor die Tür, um sich zu sammeln. Die düstere Stimmung im Haus brachte sie aus dem Gleichgewicht, doch nach einem kurzen Gebet und ein paar gemurmelten aufmunternden Worten ging es ihr besser, und sie konnte ins Haus zurückkehren.

Sie suchte nach etwas Besonderem, etwas von großer Bedeutung. Nach etwas, das ihr das Leben retten könnte und für das sie diese Momente der Beklemmung auf sich nehmen wollte.

Sie entfernte die Bretter vor allen Fenstern, durchsuchte jeden Winkel des Hauses und versuchte, dabei nicht an ihre Verwandten zu denken, die sie nie kennengelernt hatte. Sie durfte sich gar nicht erst ausmalen, wem das Spielzeug gehört hatte und was man seinen Besitzern angetan hatte. Sie durfte sie sich nicht lebend vorstellen. Sie durfte sich nicht eingestehen, dass ihre eigene Familie ihr fremd gewesen war.

Mit der Zeit schwand Lanas Hoffnung, und schließlich musste sie sich damit abfinden, dass das, was sie suchte, nicht da war. Vielleicht *nicht mehr* da war.

Allerdings zweifelte sie immer noch, ob es diesen Gegenstand überhaupt je gegeben hatte.

Es gab nur einen Weg, das herauszufinden, *alles* herauszufinden.

Bevor sie das Haus verließ, betete sie zu Eurydis und bat um Frieden für die Seelen ihrer toten Verwandten. Dann klopfte sie sich den Staub von den Gewändern und stieg auf ihr Pferd, um nach Mestebien zurückzukehren.

Sie musste der Wahrheit auf den Grund gehen, und ihr Vorhaben erforderte noch eine Menge Vorbereitungen sowohl im eigentlichen als auch im spirituellen Sinne.

Denn vielleicht würde sie bei der Umsetzung ihres Vorhabens den Tod finden.

Yan erwachte im Morgengrauen. Grigán hatte sich bereits erhoben, und wieder hatte der Junge ihn nicht gehört. Es war zum Verrücktwerden.

Er zog sich rasch an und kroch aus dem Zelt. Es sah nach Regen aus, der Himmel war grau und wolkenverhangen.

Grigán war nirgends zu sehen, doch das war kein Grund, sich Sorgen zu machen. Der Eingang von Corenns und Létis Zelt war noch verschlossen. Yan hoffte, dass sie nach den ganzen Aufregungen eine ruhige Nacht verbracht hatten.

Zu Hause ging er morgens bei gutem Wetter im Meer schwimmen oder begnügte sich mit einer Katzenwäsche. Dann schaute er bei Léti vorbei, um eine Kleinigkeit zu essen, bevor er sein Tagwerk begann.

Das mit der Katzenwäsche würde schwierig werden, aber für das Frühstück konnte er etwas tun. Er lief in den Wald und entdeckte zu seiner Freude eine junge Lubilie, die ihm wie ein Geschenk des Himmels erschien, auch wenn sie nicht viele Beeren trug. Léti liebte die saftigen und süßen Früchte, die Norine früher immer zu Likör verarbeitet hatte.

Ein Stück weiter stieß er auf das verlassene Nest einer Waule, in dem drei Eier lagen. Zwei weitere waren zerbrochen und ausgesaugt worden, vermutlich von einer räuberischen Amsel. Yan sammelte die Eier ein und hoffte, Grigán würde ihm erlauben, ein kleines Feuer anzuzünden. Rohe Eier gehörten nicht gerade zu seinen Leibspeisen.

Dann fand er einen Nussstrauch, den er restlos aberntete. Das war zwar nicht unbedingt etwas fürs Frühstück, aber an Nüssen hatte er noch nie vorbeigehen können, ohne sich die Taschen vollzustopfen.

Auf dem Rückweg zu ihrem Lagerplatz erfreute er sich an der Fruchtbarkeit des lorelischen Waldes. Das karge Buschland im Süden Kauls hätte ihnen kein so reichhaltiges Frühstück beschert.

Mittlerweile war auch Grigán zurückgekehrt. Er verschloss gerade einige Feldflaschen, die er am Vorabend aufgestellt und die der Regen aufgefüllt hatte.

Yan ärgerte sich erneut, dass nicht *er* daran gedacht hatte. In Eza gab es zwei Brunnen, mehr als genug für die zweihundertdreißig Dorfbewohner. So war er nicht auf die Idee gekommen, sich um ihre Wasservorräte zu kümmern. Dabei hatte er selbst vor einiger Zeit an Norines Haus ein Becken angebracht, um Regenwasser aufzufangen.

Obwohl ihre Vorräte noch nicht aufgebraucht waren, hatte der Krieger ebenfalls etwas zu essen besorgt. Er hatte ein paar Quillen gepflückt und einen Meeresfasan erlegt. Yan war enttäuscht, dass er nicht der Einzige war, der an das Frühstück gedacht hatte. Er legte seine Ausbeute zu den Vorräten und ging zu Grigán.

»Guten Morgen.«

Der Krieger sah ihn erstaunt an. »Guten Morgen.«

»Habt Ihr gut geschlafen?«

»Ja. Danke.«

Sehr gesprächig war er nicht. Offensichtlich hantierte er lieber mit seinen Feldflaschen und Satteltaschen, als sich zu unterhalten. Yan schlenderte davon. Plötzlich kam ihm eine Idee. Er lief ins Zelt und trat mit dem Bogen und den Pfeilen, die Grigán ihm anvertraut hatte, wieder ins Freie. Dann stapfte er in den Wald, um dem strengen Blick und dem unvermeidlichen Spott des Kriegers zu entgehen. Nach etwa hundert Schritten blieb er stehen und suchte sich eine Zielscheibe. Er fand eine knorrige Stelle in einem Baumstamm, die aussah wie ein Knoten.

Er brauchte mehr als eine Dezille, um den Bogen zu spannen und den Pfeil auf das Ziel zu richten. Schließlich ließ er die Sehne los und wappnete sich gegen den Schmerz, mit dem er für seine Ungeschicklichkeit bestraft werden würde.

Der Pfeil schnellte auf geradem Weg los, flog jedoch zwei Schritte am Ziel vorbei und landete im Gebüsch. Verflixt, auf diese Weise würde er all seine Pfeile verlieren. Er holte den Pfeil zurück und suchte sich eine neue Zielscheibe: eine Gruppe junger, eng beieinanderstehender Bäume. Er zielte auf den mittleren Baum, damit die anderen Bäume misslungene Schüsse abfingen.

Er schoss zwanzigmal, und sein bester Pfeil landete einen Fuß neben dem Ziel. Sein Arm wurde allmählich müde, und er begann zu verzweifeln. Es war schwieriger, als er gedacht hatte.

»Darf ich auch mal?«

Léti stand wenige Schritte hinter ihm. Sie musste seine letzten Schüsse beobachtet haben. Yan kam sich nicht besonders heldenhaft vor, zumal Léti offenbar etwas dagegen hatte, dass er den Umgang mit Pfeil und Bogen übte.

Aber warum wollte sie es dann selbst probieren?

»Komm schon«, drängte Léti.

Er reichte ihr die Waffe, und ihr Gesicht hellte sich auf. Mit einem Mal ging ihm auf, warum Léti in letzter Zeit so komisch gewesen war – sie hatte sich von den Männern missachtet gefühlt. Warum war ihm das nicht eher aufgefallen? Er wusste doch, dass sich Léti nicht gern bevormunden ließ.

Er wiederholte Grigáns Anweisungen, so gut er konnte, und sie machte sich bereit.

»Worauf hast du gezielt?«

»Den krummen Baum dort, vor den anderen. Aber er weicht mir die ganze Zeit aus«, sagte er lachend.

Léti grinste und spannte die Sehne, wozu sie all ihre Kraft brauchte. Sie kniff die Augen zusammen, biss die Zähne aufeinander und spannte jeden Muskel an. Zu ihrem Leidwesen krümmte sich der Bogen kaum. Als ihr Arm erlahmte, ließ sie die Sehne los, und der Pfeil machte einen Satz nach vorn, bevor er in zehn Schritt Entfernung flach auf dem Waldboden landete.

»Mach dir nichts draus«, sagte Yan tröstend. »Die Sehne ist einfach zu straff gespannt. Wir müssen dir einen leichteren Bogen besorgen.« Er streckte die Hand aus, um ihr die Waffe abzunehmen.

»Warte. Gib mir noch einen Pfeil.«

Yan tat wie geheißen, auch wenn das seiner Meinung nach unnütz war. Sie hatte sich mit dem ersten Schuss zu sehr verausgabt, und der zweite Versuch würde zwangsläufig schlechter werden.

Léti legte den Pfeil ein und spannte den Bogen. Dann richtete sie die Spitze nach oben, bis sie fast auf die Baumwipfel zeigte. Yan dachte, Léti könne den Bogen nicht mehr halten, und wollte ihr gerade helfen, als sie ihm zuvorkam und schoss.

Der Pfeil beschrieb einen Bogen, und seine Flugbahn endete mitten in der Zielscheibe. Die Spitze drang ein kleines Stück in die Rinde ein, und der Schaft vibrierte. Dann fiel der Pfeil zu Boden.

Yan stand mit offenem Mund da und starrte auf die Kerbe, die der Pfeil im Holz hinterlassen hatte. Léti stieß einen Freudenschrei aus und drehte sich zu ihm um.

»Hast du das gesehen? Ich habe es geschafft, Yan. *Ich habe es geschafft.* Ich bin genauso gut wie jeder andere. Ich habe es geschafft!«

Er war schrecklich niedergeschlagen. Léti konnte so vieles und er gar nichts. Er war nicht neidisch, sondern bewunderte sie aufrichtig, doch wie so oft hatte er das Gefühl, nicht gut genug für sie zu sein. Er betrachtete ihr makelloses Gesicht, das lange kastanienbraune Haar, die vor Lebenslust sprühenden Augen und ihr glückliches Lächeln. Yan schwor sich in diesem Augenblick, alles zu tun, damit Léti immer so glücklich sein konnte wie jetzt.

Léti holte den Pfeil zurück und reichte ihm den Bogen.

»Hier, nimm. Ich habe keine Lust, mich schon am frühen Morgen mit Grigán dem Griesgrämigen zu streiten. Ich habe die Antwort, die ich wollte. Lass uns frühstücken gehen.«

Yan überlegte, welche Antwort das war und, vor allem, wie die Frage lautete. Doch er hielt lieber den Mund, um ihr nicht die Laune zu verderben. Er wollte sie nicht schon wieder gegen sich aufbringen.

Sie aßen sich an den Früchten des Waldes und den Resten ihrer Vorräte satt. Auch Corenn schien sich etwas erholt zu haben. Am Abend zuvor war sie sehr schweigsam gewesen, doch jetzt scherzte sie über die Kochkünste der beiden Männer, die sich ihrer Meinung nach darauf beschränkten, »irgendetwas von einem Ast zu klauben«.

Yan protestierte der Form halber, und selbst Grigán beteiligte sich an dem Wortgeplänkel. Bald brachen sie wieder auf. Es lag noch ein langer Weg vor ihnen.

Am Morgen, gegen Ende des zweiten Dekants, setzte hartnäckiger Nieselregen ein. Sie zogen ihre Umhänge fester um sich und hofften, dass er bald aufhören würde. Kurz darauf goss es in Strömen.

Der Weg wurde allmählich breiter, und immer häufiger kamen sie an Abzweigungen vorbei. Irgendwann bog Grigán, der an der Spitze ritt, in einen Weg ein, der nach Norden führte.

»Ich dachte, nach Benelia ginge es geradeaus?«, fragte Corenn verwundert.

»Das ist wahr. Aber ich möchte einen Umweg machen, damit die Züu uns nicht so leicht finden. Sollten sie bereits wissen, dass die anderen drei tot sind, suchen sie mit Sicherheit nach uns.«

»Was habt Ihr eigentlich mit den Leichen gemacht?«, fragte Yan.

»Zurückgelassen. Halte dich niemals mit einer Leiche auf, wenn dir dein Leben lieb ist. Vor allem nicht in den Oberen Königreichen«, sagte er mit einem geheimnisvollen Lächeln.

»Habt Ihr sie durchsucht?«

Grigán kniff die Augen zusammen. »Warum hätte ich das tun sollen?«

»Ich weiß nicht. Vielleicht hättet Ihr etwas gefunden, was uns weiterhilft. Wart Ihr nicht zumindest versucht, ihre Geldbeutel zu stehlen?«, setzte Yan nach.

Grigán musterte ihn nachdenklich. Trotz des dichten Regens spürte der Junge seinen durchdringenden Blick. Verflixt, jetzt hatte er den Krieger wieder verärgert.

»Hättest du das getan? Einen Toten ausrauben?«

Yan musste nicht lange nachdenken. »Nein, ich glaube nicht. Nein, ganz sicher nicht«, sagte er mit Nachdruck.

»Na siehst du.«

Grigáns Gesicht war ernst. Yan nahm sich vor, künftig seine Zunge im Zaum zu halten. Aus den Augenwinkeln warf er den beiden Frauen einen Blick zu. Ein belustigtes Lächeln umspielte Corenns

Lippen, und Léti machte ein verdrießliches Gesicht, hoffentlich wegen des Regens.

Er hatte das Gefühl, Grigán behandle ihn wie ein ungezogenes Kind und das vor seiner Freundin. In letzter Zeit passierte das eindeutig zu häufig, daher wagte er einen erneuten Vorstoß, obwohl er sich selbst dumm dabei vorkam. »Ich hätte sie trotzdem durchsucht. Ich finde, Ihr hättet sie durchsuchen sollen.«

»Sollen wir vielleicht umkehren?«

Corenn beschloss einzugreifen, bevor sich die beiden ernsthaft in die Haare gerieten. »Wir mussten uns in Sicherheit bringen und hatten keine Zeit, die Leichen zu durchsuchen. Daher ist es müßig, darüber zu streiten.«

»Dame Corenn, ich bewundere Eure Vernunft und Weisheit«, sagte der Krieger. »Ich hoffe, Ihr wisst, was ein solches Kompliment aus dem Mund eines eingefleischten Junggesellen bedeutet.«

»Ich danke Euch, Meister Grigán. Ich hoffe, Ihr erinnert Euch an Eure Worte, wenn ich Euch das nächste Mal widerspreche«, antwortete sie augenzwinkernd.

»Möge es nie dazu kommen. Denn an jenem Tag müsste ich meine Freiheit für die Freiheit einer Frau aufgeben, Dame Corenn. Ich möchte lieber mit Euch im Unrecht sein als gegen Euch im Recht.«

Yan traute seinen Ohren kaum. Sie hatten ihn völlig vergessen. Und warum redeten sie eigentlich plötzlich so geschwollen daher? Er drehte sich zu Léti um, weil er sehen wollte, was sie davon hielt. Das Mädchen beobachtete ihre Tante und den Krieger und lächelte verzückt. Ihm war völlig unklar, warum. Aber gut, wenn ihn die anderen ignorierten, würde er sie eben auch ignorieren.

Nach einer Weile gab er es auf. Er hatte ein viel zu sonniges Gemüt, um lange zu schmollen, und wusste selbst am besten, wie lächerlich er sich verhielt. Außerdem beachtete ihn immer noch niemand.

Eine Meile hinter der Wegkreuzung kamen ihnen drei Reiter entgegen. Diesmal befahl Grigán ihnen nicht, sich zu verstecken, auch kundschaftete er nicht länger die Umgebung aus. Offenbar schwebten sie nicht mehr in unmittelbarer Gefahr, da sie sich nun auf einer Nebenstraße befanden.

Einige Meilen lang ritten sie schweigend nebeneinander her. Immer mehr Fußgänger und Reiter kamen ihnen entgegen, überholten sie oder kreuzten ihren Weg. Eine prunkvolle Kutsche rumpelte vorbei. Sie wurde von sechs Pferden gezogen, und auf dem Kutschbock saßen zwei Männer in Livree. Den blasierten Gesichtsausdruck hatten sie sich vermutlich von ihrem Passagier abgeguckt, einem lorelischen Edelmann. Yan folgte der Kutsche mit dem Blick, bis sie am Horizont verschwand. In Kaul hatte er so etwas noch nie gesehen. Würde er wohl je in einer Kutsche reisen?

Sie kamen durch zwei Dörfer, die Jerval und Eza ähnelten. Yan fragte nicht einmal, wie sie hießen.

Als sie gegen Mit-Tag, am Ende des dritten Dekants, abermals ein Dorf durchquerten, zügelte Corenn ihr Pferd vor einem großen Haus. »Grigán, was haltet Ihr von einer Rast in dieser Herberge? Ich bin so durchnässt, dass ich wohl ein Jahrhundert zum Trocknen brauche.«

»Dame Corenn, ich würde Euren Wunsch nur zu gern erfüllen, und ich hätte selbst nichts gegen einen Becher Wein und ein warmes Essen am Kaminfeuer einzuwenden. Doch die Vorsicht rät mir davon ab. Auch wenn wir mittlerweile ohne Scheu die Straße entlangreiten können, fürchte ich doch, dass wir bis Benelia warten müssen, bevor wir uns unter Fremde mischen.«

»Ihr habt recht«, antwortete sie. »Zum Glück gebt Ihr auf uns acht, Meister Grigán. Ich bin so müde, dass ich nicht mehr klar denken kann.«

»Ich bezweifle, dass es jemals so weit kommen wird, Dame Corenn. Doch es ist mir eine Ehre, für Euer Wohl zu sorgen.«

Sie ritten weiter und fielen in einen leichten Trab. Léti kam an Yans Seite. »Ist es dir aufgefallen? Sie machen sich den Hof!«

Yan schnaubte überrascht auf. Er wollte schon laut losprusten, hielt sich aber gerade noch zurück, als er Létis Blick sah. »Sie machen sich doch nicht den Hof. Sie unterhalten sich.«

»Unsinn. Hör ihnen doch mal zu«, sagte Léti unbeirrt.

Sie sah glücklich aus. Wieder einmal kam sich Yan wie ein dummer Junge vor. Wollte sie etwa auch mit »Dame Léti« angeredet werden? Er hätte es zu gern ausprobiert, aber nur, wenn sie ihn nicht auslachte, was zu befürchten war. In letzter Zeit hatte er ständig das Gefühl, sie nicht mehr zu verstehen.

Verstohlen beobachtete er den Krieger und die Ratsfrau, den Kämpfer und die Diplomatin, den Gesetzlosen und die Frau des Gesetzes. Sie hatten nichts gemein, außer dass sie ungefähr gleichen Alters waren. Wie könnten sie zusammenleben? Dachte Léti etwa, Grigán würde am Tag der Versprechen um die Hand ihrer Tante bitten wie ein schüchterner Junge um die eines verlegenen Mädchens?

Bei dem Gedanken hätte er beinahe losgelacht, und es half ihm, dem schicksalhaften Tag mit etwas weniger Furcht entgegenzusehen. Er nahm sich vor, das Bild jedes Mal heraufzubeschwören, wenn ihm wegen des Versprechens angst und bange war – also eigentlich immer.

Je näher sie dem Fluss kamen, desto mehr Menschen begegneten ihnen: Bauern, Reiter oder Kaufleute mit Lastentieren. Yan nahm jede Einzelheit begierig in sich auf.

Ein Mann scheuchte eine Herde seltsamer Tiere vor sich her, eine Art Mischung aus Hund und Schaf. Ein anderer trug ein Schwert mit zwei Klingen, eine an jeder Seite des Griffs. Wieder ein anderer führte einen Esel am Zügel, der zwei Körbe mit rosafarbenen Früchten trug. Anhänger einer ihm unbekannten Religion marschierten mit gesenkten Köpfen im Gänsemarsch hintereinander her und murmelten unverständliche Worte. Ein Mann trieb seine sechs Frauen, die kaum mit seinem Pferd mithalten konnten, zur Eile an. Zwei Reisende stritten sich in einer eigentümlichen Sprache. Und die Frau dort …

»Hör auf, die Leute anzustarren, Yan«, ermahnte ihn Corenn.

»Ich meine das nicht böse«, versicherte der Junge. »Aber sie sind alle so … so fremd.«

»Du bist für sie genauso fremd. Jeder ist für die anderen fremd. Doch die Höflichkeit gebietet, dass man darüber hinwegsieht.«

»Das ist nicht nur eine Frage der Höflichkeit«, ergänzte Grigán. »Einer der Kerle könnte einen Streit vom Zaun brechen.«

»Nur weil ich ihn ansehe? Das glaube ich nicht!«

»Mach nur weiter so, und du wirst sehen. Bis heute Abend wird dich jemand beschimpfen oder dir sogar eine Ohrfeige verpassen. Wetten?«

Yan schwieg. Vorsichtshalber beobachtete er die Leute von nun an verstohlener. In der Dämmerung erreichten sie die Gisle. Zahlreiche Menschen warteten auf das Fährboot, das sie ans andere Ufer bringen würde. Der Fluss war breit und das Wasser zu tief, um hindurchzuwaten. Sie saßen ab und vertraten sich die Beine.

»Das ist schon was anderes als die Mèche«, sagte Yan zu Léti.

»Pah«, schnaubte Grigán abfällig. »Die Mèche ist nur ein Bach. Und auch die Gisle ist noch gar nichts. Du müsstest mal den Alt sehen.«

»Das würde ich gern«, sagte der Kaulaner verträumt. »Irgendwann …«

Corenn rief die beiden zu sich. »Dort im Süden, die kleinen Lichter. Seht ihr? Das ist Benelia.«

»Von hier aus sieht die Stadt so schön aus«, sagte Léti. »Aber ich erinnere mich noch gut an den Dreck und den Gestank in den Straßen. Ganz anders als in Kaul!«

»Welchen Weg habt Ihr denn sonst immer nach Berce genommen?«, fragte Yan.

»Wir sind von Benelia aus mit der Fähre nach Lorelia übergesetzt«, antwortete Corenn. »Doch die Überfahrt ist nicht für jeden erschwinglich, vor allem nicht mit Gepäck. Die königliche Steuer ist auf alle Waren doppelt zu entrichten, einmal in jeder Stadt. Daher nehmen viele Händler lieber eine Fähre weiter oben am Fluss. Dann gehen sie bis zum Ufer der Velanese, setzen erneut über und laufen am Fluss entlang bis nach Lorelia. Diesen Weg werden auch wir nehmen.«

»Das ist aber ein großer Umweg.«

»Dafür ist die Route ungefährlicher«, mischte sich Grigán ein. »Wenn ich ein Züu wäre, würde ich alle Anlegestellen Benelias überwachen lassen, aber sie können unmöglich jedes kleine Fährboot im Auge behalten.«

Das Schiff war erst in der Mitte des Flusses. Es würde noch eine ganze Weile dauern, bis es anlegte. Yan beschloss, eine Runde zu drehen, doch Grigán rief ihn zurück, kaum hatte er einen Schritt gemacht.

»Wo willst du hin?«

»Ich sehe mich nur ein wenig um.«

»Kommt nicht infrage. Du bleibst hier.«

Yan blieb unschlüssig stehen. Er hatte zwar versprochen zu gehorchen, doch jetzt trieb Grigán es zu weit.

»Ich komme mit«, sagte Léti angriffslustig.

»Das ist keine gute Idee«, sagte Corenn. »Die Leute hier sind anders als die Dorfbewohner in Kaul. Ihr würdet mir einen großen Gefallen tun, wenn ihr bleibt.«

Ihre Worte klangen überzeugend. Als Léti spürte, dass Yan nachgeben wollte, zog sie ihn am Ärmel davon, bevor er etwas sagen konnte. »Wir gehen doch nur ein paar Schritte! Ihr müsst uns endlich mal vertrauen!«

Grigán und Corenn sahen ihnen eine Weile ratlos nach.

»Wäre es wohl ein Mangel an Feingefühl, wenn ich sie am Kragen packen und zurückschleifen würde?«

»Die beiden würden das vermutlich so sehen, Meister Grigán. Vielleicht wäre es besser, diesmal ein Auge zuzudrücken und uns die strengen Maßnahmen für echte Gefahren aufzuheben.«

»Ich beuge mich Eurem Urteil. Aber ich hoffe, es passiert etwas, das ihnen die Flausen austreibt!« Er scharrte mit den Füßen und strich sich über den Schnurrbart, ein Zeichen seiner Unruhe. »Wärt Ihr mir böse, wenn ich Euch einen Augenblick mit den Pferden allein ließe?«, fragte er schließlich. »Ich möchte unseren Schützlingen nachgehen, nur um mich zu vergewissern, dass alles in Ordnung ist.«

»Geht nur, mein Freund«, sagte sie lächelnd. »Ich hätte nichts anderes von Euch erwartet.«

Grigán murmelte einen Dank und ging mit schnellen Schritten davon.

Warum nur hatte er in letzter Zeit ständig das Gefühl, nicht mehr Herr der Lage zu sein?

Um den Anlegesteg drängten sich eine Handvoll Marktbuden. Sie waren weit und breit die einzige Attraktion, vielleicht abgesehen von einer Herberge in einigen Hundert Schritt Entfernung. Léti, die nur ihren Willen hatte durchsetzen wollen, marschierte einfach geradeaus, bis Yan sie zu dem kleinen Markt zog, der seine Neugier weckte. Obwohl sie zunächst nicht besonders interessiert schien, fand Léti rasch Gefallen an den Buden.

Überall wurden Gemüse, Früchte, Fleisch, Fisch, Käse, Brot und Getränke feilgeboten. Die Waren sahen fremdartig aus und waren von zweifelhafter Qualität. An manchen Ständen konnte man magische Talismane, Reliquien, Landkarten der bekannten *und* unbekannten Welt, eigenartige Gegenstände, deren Herkunft und Verwendungszweck Yan und Léti rätselhaft blieb, Kräuter, Salben und Waffen kaufen.

Léti blieb vor dem Stand mit den Waffen stehen und betrachtete das Angebot mit großen Augen. Yan wartete geduldig an ihrer Seite und hoffte, sie würde nicht auf die Idee kommen, eine solche Waffe zu erwerben. Grigán war auch so schon alles andere als begeistert von ihrem kleinen Ausflug.

Léti interessierte sich ganz besonders für einen Bogen. Verflixt, das roch nach Ärger.

Eine alte, zerlumpte Frau trat auf sie zu und stammelte ein paar unverständliche Worte. Sie war mindestens genauso schmutzig wie der alte Vosder, dachte Yan.

»Kauler!«, sagte sie in gebrochenem Kauli. »Kauler! Ich wisse es gleich.«

»Es heißt *Kaulaner«,* sagte Léti schroff. »Und ich *wusste* es gleich. Wer hat Euch überhaupt gebeten, uns anzusprechen?«

Léti drehte ihr kurzerhand den Rücken zu und widmete sich wieder der Auslage. Yan wollte es ihr gleichtun, doch die Alte zupfte ihn beharrlich am Ärmel.

»Soll ich dir Zukunft vorhersagen? Für drei Ticks ich sage dir alles über dein Morgen.«

Yan versuchte, sich von ihr loszumachen. Die Alte war stärker, als sie aussah. Warum traf es nur immer ihn?

»Nein, danke. Kein Interesse.«

»Doch, Kaulaner, doch. Großes Interesse. Jeder hat Interesse an Morgen.«

Léti wirbelte herum und funkelte die Alte an. Anscheinend wollte ihr heute Abend jeder Vorschriften machen. Hätte sie aufgrund ihrer Erziehung im Matriarchat nicht eine gewisse Achtung vor Älteren, hätte sie der aufdringlichen Alten den Marsch geblasen.

Yan versuchte vergeblich, die Alte loszuwerden, ohne unhöflich zu sein. »Nein, nein, wirklich nicht. Ich interessiere mich nicht für die Zukunft.«

Was redete er da für einen Unsinn?

»Doch, Kaulaner. Großes Interesse an Zukunft. Gib mir drei Ticks, und ich sagte dir Glück und Unglück. Wann du reich bist und wann du Bund schließt. Wann du Kinder hast und wie lang Leben ist.«

Yan dachte kurz nach. Er hatte immer noch den Rest des Geldes, das Grigán ihm gegeben hatte. Er holte es heraus und begann es auf seiner Handfläche zu zählen. Blitzschnell grabschte die Alte nach drei Münzen. Er hatte es nicht genau gesehen, aber war nicht eine der Münzen größer gewesen als die anderen beiden?

Léti schüttelte verächtlich den Kopf. Yan wusste genau, was sie dachte. Trotzdem ... Die Alte hatte etwas gesagt, das ihn aufhorchen ließ: *wann du Bund schließt.*

»Sehr schön. Gib mir Sache. Eine, die dir viel bedeutet. Die du schon lange hast.«

Yan zerbrach sich den Kopf. Was könnte er ihr bloß geben? Zu Hause hatte er eine Menge Sachen, an denen er hing, Erinnerungsstücke von seinen Eltern, von Léti, von Norine oder Dinge, die er gefunden oder selbst gebaut hatte, wie seine Armbrust-Harpune. Aber hier?

In Gedanken ging er alles durch, was er bei sich hatte. Dann fiel ihm Létis Muschel ein, die er unter dem Hemd trug. Es war eine kleine blaue Mondkönigin, die sie ihm geschenkt hatte, als er acht gewesen war, und die er seither nicht mehr abgelegt hatte. Sie hatten so getan, als feierten sie das Bekenntnis. Es war zwar nur ein Kinderspiel gewesen, aber er hatte es immer ernst genommen.

Natürlich hatte er den Lederriemen hin und wieder wechseln müssen, doch seit er sie besaß, hatte er nie mehr als einen Tag ohne die Muschel um den Hals verbracht. Sie zu tragen war ihm so sehr zur Gewohnheit geworden, dass er gar nicht mehr an sie dachte. Ja, wenn es etwas gab, das ihm wichtig war, dann dieser Anhänger. Er zog ihn unter dem Hemd hervor, zögerte und streifte sich das Band dann doch über den Kopf, um sich nicht zu blamieren. Léti warf ihm einen Blick zu, den er nicht deuten konnte. War sie wütend, weil er die Muschel hergab? Fand sie es lächerlich, dass er diesen Firlefanz all die Jahre aufbewahrt hatte? Oder erinnerte sie sich vielleicht gar nicht mehr daran, ihm den Anhänger geschenkt zu haben? Er schob die düsteren Gedanken beiseite und wandte sich der Alten zu.

Diese sah sich die Muschel eine Weile an und wölbte dann ihre Hände darum. Mit geschlossenen Augen und versunkener Miene drehte sie langsam den Kopf. Yan kam die ganze Szene plötzlich seltsam vor, doch jetzt war es zu spät, um der Frau Einhalt zu gebieten. Außerdem war er gespannt, was sie sagen würde, selbst wenn sie das Blaue vom Himmel herunterlog.

Die Alte stieß ein lang gezogenes Ächzen aus. Es klang, als leide sie entsetzlich oder aber als stöhne sie vor Glück. Dann schlug die Frau die Augen auf. »Du bist Fischer.«

Geduldig wartete Yan, dass sie weitersprach. Dann merkte er, dass sie auf eine Antwort wartete. Er nickte.

Die Alte lächelte. Ihr Kopf drehte sich immer noch wie ein Karrenrad. »Du willst etwas. Du willst kein Fischer mehr sein, nicht mehr allein.«

Da Yan nicht wusste, was er sonst tun sollte, nickte er erneut.

Die Alte gab ein ersticktes Gegacker von sich. »Du liebst eine Frau, junge Frau, liebst sie sehr. Stimmt?«

Yan zeigte keine Regung. Er wollte die Frage bejahen, hatte aber Angst vor Létis Reaktion.

Die Alte verzog spöttisch das Gesicht. »Jetzt ich sage dir Morgen.« Abermals schloss sie die Augen, stieß einen weiteren Seufzer aus und sprach mit tiefer, eintöniger Stimme. »Nächstes Jahr schließt du Bund mit Frau, die du liebst. Sie wird Anführerin von deinem Dorf. Du bist kein Fischer mehr. Viele Reisen. Du bist sehr reich. Sehr glücklich. Du hast zwei Söhne. Starke Jungen. Du bist stolz. Sehr glücklich. Du lebst lange mit Frau. Willst du wissen, wie lange?«

»Nein!« Yan wollte nicht wissen, wann er starb, ob die Worte der Alten wahr oder erlogen waren.

Die Frau nickte. »Du hast recht. Besser, wenn man Zukunft nicht zu gut kennt.«

Sie gab ihm seine Mondkönigin zurück, drehte sich um und schlurfte davon. Yan wusste nicht, was er davon halten sollte.

›Besser, wenn man Zukunft nicht zu gut kennt.‹ Warum hatte sie ihm dann unbedingt die Zukunft vorhersagen wollen?

»Das ist ja noch mal gut gegangen. Du hast Glück gehabt.«

Yan sah seine Freundin an. Wollte sie ihn auf den Arm nehmen?

Nein, ihr Gesicht war ernst. Sie kehrten dem Marktstand den Rücken und schlenderten weiter.

»Wie meinst du das?«

»Sie hätte dir schreckliche Dinge vorhersagen können, Schicksalsschläge, Krankheiten, Tod. Sie hätte dir sogar den genauen Zeitpunkt nennen können. Aber sie hat dir nur Angenehmes prophezeit und nichts als vage Andeutungen gemacht. Deshalb hast du Glück gehabt.«

»Ich dachte, du würdest nicht daran glauben.«

»Doch, das tue ich. Wenn man über die Erben von Ji nachdenkt, meine Tante und die anderen, drängt sich einem der Gedanke auf, dass das, was die meisten für unmöglich halten, vielleicht doch möglich ist. Aber es nützt nichts, sich darüber den Kopf zu zerbrechen. Außerdem hatte die Alte mehr von einer Bettlerin als von einer Seherin.«

»Was hat deine Tante mit dem Unmöglichen zu tun?«

»Vergiss, was ich gesagt habe. Vielleicht erzähle ich es dir eines Tages.«

Yan verzog das Gesicht. Die Worte der Alten hatten ihn enttäuscht, und jetzt erfuhr er zu allem Überfluss, dass Léti und Corenn Geheimnisse vor ihm hatten. Er schob den Gedanken schnell beiseite, da er ihm die Laune verdarb. »Glaubst du, sie hat die Wahrheit gesagt? Glaubst du, so wird mein Leben verlaufen?«

»Vielleicht. Es gibt Schlimmeres, oder?«

»Ich weiß nicht.«

»Du müsstest mal dein Gesicht sehen! Ich sage ja, es ist besser, die Zukunft nicht zu kennen.«

Eine Weile liefen sie schweigend nebeneinander her. Um ihren Freund aufzuheitern, fuhr Léti fort: »Würde es dir nicht gefallen, zwei Söhne zu haben? Zu reisen? Reich zu sein? Lange zu leben? Du hast doch wohl nicht erwartet, dass sie sagt: ›Du wirst König sein, in die Schlacht ziehen, dank einer vergessenen Prophezeiung die Welt retten und allerlei Abenteuer bestehen.‹ Das Leben ist keine Rittergeschichte!«

Yan überhörte ihren Sarkasmus. Ihm fiel auf, dass Léti mit keinem Wort den Bund erwähnte, den die Alte ihm für das folgende Jahr vorhergesagt hatte – zweifellos in voller Absicht.

»Natürlich würde mir das gefallen. Aber ich glaube, sie hat das alles nur erfunden. Was sie über die Gegenwart gesagt hat, war nicht schwierig zu erraten, und den Rest hat sie sich ausgedacht. Deshalb glaube ich, dass ich großes Glück habe, wenn alles so kommt.«

Beide hingen ihren Gedanken nach. Verflixt, jetzt hatte er Léti schon wieder traurig gemacht. Er benahm sich wie ein Trottel!

Schweigend kehrten sie zu Corenn zurück.

»Da sind wir wieder, Tante. Siehst du, es gab keinen Grund zur Sorge.«

»Erst wenn dich der Hund beißt, weißt du, dass er tollwütig ist. Ich bin froh, dass euch nichts passiert ist. Aber gebt wenigstens zu, dass es auch anders hätte kommen können.«

»Wenn es sein muss: ja, vielleicht.«

»Gut. Aus diesem Grund dürft ihr die heutige Erfahrung beim nächsten Mal nicht als Argument verwenden. Versteht ihr?«

»Ja, ja«, sagte Léti widerstrebend.

Bei einem Streit mit ihrer Tante zog sie immer den Kürzeren, denn Corenn hatte einfach die besseren Argumente. Sie gab bei unwichtigen Dingen nach, mied heikle Fragen und behielt stets das letzte Wort. Nie erhob sie die Stimme, erzählte Lügen oder übte Zwang aus. Da sie Corenn schon oft auf ihren Reisen durch Kaul begleitet hatte, kannte niemand ihr Verhandlungsgeschick besser als Léti. Allerdings hasste sie es, wenn es sich gegen sie selbst richtete. Bisweilen fragte sie sich, ob ihre Tante nicht ihre magischen Kräfte gebrauchte, um die Gedanken ihres Gegenübers zu beeinflussen. Aber das hielt sie für unwahrscheinlich.

»Wo ist Grigán?«

»Er müsste jeden Augenblick wieder hier sein.«

Tatsächlich kehrte er kurz darauf zu ihnen zurück. Er verlor kein Wort über ihren Ausflug.

Die Fähre hatte inzwischen fast das Ufer erreicht, und die Reisenden belagerten den Anlegesteg, der von drei kräftigen Männern bewacht wurde. Grigán und seine Gefährten gesellten sich zu den anderen Wartenden. Das Boot legte an, spuckte seine Passagiere aus, und diese kämpften sich durch die Menschenmenge zur Herberge oder zum Weg. Dann durften die Wartenden einschiffen.

Yan beobachtete die Menschen vor ihnen und stellte mit Schrecken fest, dass man für die Überfahrt bezahlen musste. Dabei wäre er mit seinem eigenen Ruderboot im Handumdrehen am anderen Ufer! Zugegebenermaßen gab es da das Problem mit den Pferden …

»Meister Grigán?«

Grigán und Corenn konnten sich ein Grinsen nicht verkneifen, als Yan diese förmliche Anrede gebrauchte.

Yan ignorierte es und fuhr fort: »Ich habe immer noch Eure Münzen. Ich werde Euch natürlich alles zurückzahlen, aber … Ich fürchte, ich habe nicht genug Geld für die Überfahrt.«

Corenn konnte ihn beruhigen. »Mit dem Geld, das ich habe, könnten wir uns bis nach Goran einschiffen, wenn es sein müsste.«

»Ich glaube, es würde lange dauern, bis ich Euch eine solche Summe zurückzahlen könnte.«

»Mach dir darüber keine Gedanken.«

Als Mitglied des Ständigen Rats verdiente Corenn so viel wie kaum jemand im Matriarchat, und es lag ihr fern, einem ehrlichen Fischer, der eines Tages zur Familie gehören würde, Schulden aufzubürden.

Das Einschiffen ging zügig voran, und bald waren sie an der Reihe. Corenn wechselte einige Worte auf Lorelisch mit dem Mann am Steg, gab ihm ein paar Münzen, und sie konnten an Bord gehen. Drei Fährmänner machten sich daran, Pferde, Passagiere und Waren zu verstauen, das Gewicht gleichmäßig zu verteilen und das Gepäck festzuzurren. Ein vierter Mann zündete die Öllampen an, die an kleinen Masten an den vier Ecken des Boots und auf der Brücke hingen.

»Soweit ich weiß, ist dies die einzige Fähre, die auch nachts verkehrt«, sagte Grigán. »Und eine der größten.«

Léti senkte die Stimme und fragte: »Ist es nicht gefährlich, ausgerechnet dieses Boot zu nehmen? Wird es den Züu nicht ein Leichtes sein, uns hier zu finden?«

»Nein. Es gibt an der Gisle auf drei oder vier Meilen über dreißig Fähren. Jede fährt am Tag fünf- bis sechsmal hin und her. Um sie alle zu überwachen, bräuchte man eine ganze Armee. Die Züu werden es nicht mal versuchen.«

»Das vermutet Ihr.«

»Ja. Hast du eine bessere Idee, wie wir nach Berce kommen?«

»Bei Eurydis! Was seid Ihr empfindlich.«

»Ich mag es nicht, wenn meine Entscheidungen angezweifelt werden«, sagte Grigán ruhig.

Das könnte sein Leitspruch sein, dachte Yan.

Als alle an Bord waren und einen Platz gefunden hatten, lösten die Fährmänner die Leinen und schoben den Kahn mit langen Holzstaken vom Steg weg. Ein lautes »Platsch« unterbrach ihr Manöver. Ein betrunkener Passagier hatte das Gleichgewicht verloren und war ins Wasser gefallen. Alle lachten schallend außer dem Kapitän, der seinen Männern eine Standpauke hielt und dem nun wieder stocknüchternen Passagier, der an Bord gezogen wurde.

»Das ist eine Tradition der Fährmänner«, erklärte Grigán. »Ich habe gehört, dass sie bisweilen sogar geheime Wettbewerbe darin veranstalten, Passagiere über Bord zu werfen. Vermutlich haben sie den Kerl absichtlich an die Reling gestellt.«

»Die Lorelier haben seltsame Spiele«, sagte Yan.

»Springt man in Kaul nicht um die Wette vom Kliff? Das erscheint mir auch nicht viel intelligenter.«

»Das ist etwas anderes. Niemand muss dabei mitmachen.«

»Komm schon, Yan, du hast doch auch gelacht«, sagte Léti. »Es war ja nicht böse gemeint.«

»Genau«, pflichtete Grigán ihr bei. »In Romin ist es üblich, ein brünstiges Rotschwein im Haus eines Freundes freizulassen. Natürlich nicht, ohne vorher Fenster und Türen zu verrammeln. Wenn das Opfer den Urheber des Streiches nicht verprügelt, sind sie wahre Freunde.«

»Das kann ich mir vorstellen. Was ist ein Rotschwein?«

Corenn sah Yan überrascht an. »Hast du noch nie eins gesehen? Was ist mit dir, Léti?«

»Nein.«

»Unglaublich. Es sieht aus wie eine Kreuzung aus Haus- und Wildschwein und hat ein tiefrotes Fell. Normalerweise lebt es in Rotten von fünfzig bis sechzig Tieren, aber es sind auch schon welche von über dreihundert Exemplaren gesichtet worden. Sie richten großen Schaden an. In Romin sind sie eine regelrechte Plage, und auch im Westen des

Matriarchats mussten wir sie vor ein paar Jahren zur Jagd freigeben, weil es einfach zu viele wurden.«

»Ich höre zum ersten Mal von solch einem Tier. Und was tut ein brünstiges Rotschwein, Meister Grigán?«

»Es grunzt, es schreit, es beißt, es schlägt aus, es rammt alles, was sich bewegt, und eigentlich auch alles, was sich nicht bewegt. Und vor allem stinkt es. Es heißt, man könne es keine Dezille in der Nähe eines brünstigen Männchens aushalten.«

»Hört sich an wie Yan, wenn er vom Schlammaalfischen kommt«, sagte Léti kichernd.

»Sehr witzig. Erinnere mich daran, dass ich dich das nächste Mal mitnehme.«

»Aale sind köstlich«, warf Corenn ein.

»Ihr wollt auch mitkommen? Sehr gern. Ihr werdet sehen, es ist ein Riesenspaß.« Yans schlechte Laune war wie weggeblasen, und alle Zukunftssorgen waren vergessen. Er wollte einfach nur die Gegenwart genießen.

Der Kahn glitt leise über den Fluss. Nur die Holzstaken wühlten die spiegelglatte Wasseroberfläche auf, und ab und zu schnappte ein Fisch nach einer Mücke. Dem fahlen Widerschein der Lampen und dem schwindsüchtigen Mond gelang es nicht, die Nacht zu bezwingen, doch ihr Schimmer hatte etwas Beruhigendes. Die Lichter Benelias in der Ferne leuchteten schwächer als die Glühwürmchen, die in der Dunkelheit schwebten. Am Ufer brannten Feuer neben Anlegestellen und Herbergen. Die Aussicht auf ein warmes Bett … Kälte kroch vom Wasser herauf, und Yan wickelte sich fester in seinen Umhang. Er wollte Léti fragen, ob auch ihr kalt war, wagte aber nicht, die friedliche Stimmung zu stören. In der nächtlichen Stille war nichts zu hören als der Gesang der Frösche, das Gemurmel der Reisenden und das Plätschern des Wassers. Yan rückte näher an Léti heran und strich ihr sacht über den Rücken. Sie lächelte ihm dankbar zu. Wäre es doch immer so einfach zwischen ihnen …

Er legte den Arm um Léti, und sie lehnte ihren Kopf an seine Schulter. So standen sie da, schweigend und reglos, gemeinsam im Dunkel der Nacht.

Corenn zog die beiden jungen Leute sanft aus ihren Träumen, da die Fähre bald anlegen würde. Yan hatte das Ufer gar nicht kommen sehen. Widerstrebend löste er sich von seiner Freundin und nahm wie die anderen sein Pferd am Zügel. Nachdem sie von Bord gegangen waren, führte Grigán sie zu der Herberge. An diesem Ufer sah alles genauso aus wie auf der anderen Seite: Es gab einen Anlegesteg, drei Wächter, die das Geld entgegennahmen, Reisende, die auf die Fähre warteten, und ein paar Marktbuden, die mittlerweile geschlossen waren.

Über der Tür zur Herberge hing ein riesiges Schild. Auf Itharisch stand dort: *Herberge zur Fähre.* Der Wirt war offenbar nicht gerade fantasievoll.

»Seid Ihr schon mal hier gewesen?«, fragte Yan Grigán.

»Dreimal, glaube ich. Vielleicht auch viermal. Aber mein letzter Aufenthalt liegt mindestens sechs Jahre zurück. Es ist unwahrscheinlich, dass mich jemand erkennt.«

»Das meinte ich nicht …«

Wieder einmal fürchtete Yan, sich zu blamieren. »Ich … ich war noch nie in einer Herberge. Ich glaube, in der Umgebung von Eza gibt es so etwas gar nicht. Deshalb, äh … wollte ich fragen, ob ich auf etwas Bestimmtes achten muss.«

Seine drei Gefährten lachten gutmütig.

»Solange du bezahlst, kannst du tun und lassen, was du willst«, sagte Grigán augenzwinkernd. »Außer vielleicht den Wirt umbringen oder die Gäste verprügeln. Kannst du dir das merken?«

»Das mit den Gästen wird mir schwerfallen«, sagte Yan grinsend.

»Gut. Ich gehe fragen, ob sie Zimmer frei haben.«

Er öffnete die Tür und bückte sich unter dem riesigen Schild hindurch. Für einen Moment schlugen den drei Kaulanern Stimmfetzen, Essensgeruch und warme Luft entgegen. Gleich darauf kehrte Grigán in Begleitung eines Jungen zurück, der den Pferden das Gepäck abnahm und sie in den Stall führte.

Als sie durch die Tür traten, kam ihnen ein älterer Mann entgegen. Drei Stufen führten zum Schankraum hinunter, dessen Einrichtung aus groben Holztischen mit Bänken bestand. Ein gewaltiger Stapel Feuerholz, der aussah, als hätte jemand Baumstämme in der Mitte durchgesägt, nahm eine ganze Wand ein. Daneben loderten vier Fuß hohe Flammen in einem großen Kamin. Trotz der Entfernung konnte Yan ihre Wärme spüren. Mehrere Treppen und Türen führten zur Küche, zum Keller, zu den Zimmern oder in andere Teile des Hauses. Yan war beeindruckt von der Größe der Herberge.

Dreißig Augenpaare richteten sich auf die Neuankömmlinge, bevor sich die Gäste wieder ihren Tellern und Krügen zuwandten. Sie saßen allein oder in kleinen Gruppen an den Tischen, und es waren ausschließlich Männer: Bauern, Handwerker, Kaufleute oder Reisende.

Der Wirt begrüßte sie auf Lorelisch und führte sie zu einem freien Tisch. Sie setzten sich, und nachdem sie ein paar Worte gewechselt hatten, gab Corenn dem Wirt drei Münzen, und er verschwand in der Küche.

Kurz darauf servierte der Stallbursche das Essen. Er musste mehrmals hin- und herlaufen und brachte ihnen durcheinander frisches Brot, eine heiße Pastete, einen Gemüseeintopf, ein riesiges Stück Käse, Besteck, Becher, einen Krug Bier und auf Corenns Bitte hin auch einen Krug Wasser. Sie aßen mit Heißhunger und unterhielten sich über die Unterschiede der kaulanischen und lorelischen Küche, ohne sich entscheiden zu können, welche besser war.

»Sind alle Herbergen so wie diese?«, fragte Yan.

»Nein, ganz und gar nicht«, antwortete Grigán. »Hier übernachten nur Leute, die auf der Durchreise sind und ein Essen und ein warmes Bett wollen. In den großen Städten sind es andere Gäste …«

»Eigentlich wollte ich wissen, ob alle Herbergen so groß sind. An diesen Tischen hätten sämtliche Einwohner Ezras Platz!«

»Das ist noch gar nichts. Ich kenne viele Herbergen in den Oberen Königreichen, die noch größer sind, größer als Paläste.«

»Ich frage mich immer, ob Ihr mich für einen Niab haltet oder ob Ihr es ernst meint.«

»Ich meine es ernst. In Lermian habe ich einmal in einem Gasthaus mit sechshundert Zimmern übernachtet. Und mindestens zwei Drittel waren belegt.«

Yan war immer noch argwöhnisch, aber er beschloss, Grigán zu glauben. Was blieb ihm anderes übrig?

Der Krieger war sein halbes Leben lang auf Reisen gewesen und hatte vermutlich die andere Hälfte mit Reisevorbereitungen verbracht. Er kannte alle Königreiche, war in sämtlichen großen Städten gewesen und Tausenden Menschen begegnet. Der alte Kämpfer mit dem Krummschwert und der schwarzen Lederkluft, der geheimnisvollen Vergangenheit und dem eisernen Willen faszinierte Yan ungeheuer.

An diesem Abend war Grigán ungewöhnlich gesprächig. Jetzt, wo sie das Matriarchat verlassen hatten, war er weniger angespannt. Vielleicht lag das aber auch an dem Krug Bier, den er fast allein geleert hatte. Das war die Gelegenheit, ihn besser kennenzulernen …

»Ihr kommt doch aus den Unteren Königreichen, oder? Euer Akzent klingt so.«

»Ja. Und?«

»Nichts. Ich bin nur neugierig, das ist alles.«

»Du bist nicht nur neugierig, sondern steckst deine Nase in Dinge, die dich nichts angehen.«

»Das sagt unsere Dorfälteste auch immer«, sagte Yan grinsend. »Irgendwann brachte sie mir das Lesen bei, damit ich selbst die Antworten auf die Fragen fand, die ich ihr ständig stellte. Doch sie besitzt nicht mehr als drei Bücher, und ich ließ ihr weiterhin keine Ruhe, bis sie mir eines Tages sagte, sie habe keine Antworten auf meine Fragen. Wie alle Kinder wäre mir das nie in den Sinn gekommen.«

»Ich finde es gut, dass du lesen kannst«, sagte Corenn.

»Nur ein bisschen Itharisch«, sagte Yan bescheiden.

Grinsend mischte sich Léti ein. »Einmal hat er einen ganzen Tag lang versucht, ein Pergament zu entziffern, das er beim alten Vosder gefunden hatte. Als es ihm nicht gelang, war er so enttäuscht, dass ich die Dorfälteste holen ging, damit sie ihn zur Vernunft bringt. Was habe ich über sein dummes Gesicht gelacht, als sie ihm sagte, dass es Goronisch war.«

»Das konnte ich doch nicht wissen. Die Schriftzeichen sind schließlich dieselben«, sagte Yan mürrisch.

»Und dann ist Yan bis nach Assiora gelaufen, um sich das Pergament übersetzen zu lassen, zwei Tagesmärsche hin und zurück. Das alles, um ein paar alte Worte zu verstehen.«

Yan lief rot an und schwieg.

»Du kannst nicht lesen, oder, Léti?«, fragte Corenn mit Unschuldsmiene.

Natürlich kannte sie die Antwort. Sie wollte ihre Nichte lediglich dazu bewegen, Yan und seinem Lerneifer etwas mehr Achtung entgegenzubringen.

»Nein. Ich finde es vollkommen nutzlos«, entgegnete das Mädchen unbeirrt.

»Du irrst dich«, sagte Grigán. »Früher war ich derselben Meinung, aber ich habe es oft bereut.«

»Es ist nie zu spät, Meister Grigán.«

»So sagt man, Dame Corenn. Doch ich fürchte, ich werde mich nicht mehr ändern. Die Jahre, die mir vom Leben noch bleiben, werden … so sein wie die, die hinter mir liegen.«

Betretenes Schweigen trat ein. Yan brach es als Erster. »Und wo genau seid Ihr geboren?«

Grigán ließ sich Zeit mit der Antwort, als müsste er sie sich erst wieder in Erinnerung rufen oder als wüsste er nicht, ob er sich ihnen anvertrauen wollte. »In Griteh. Damals, vor zweiundvierzig Jahren, war es das glücklichste der Unteren Königreiche. Aber ich war schon lange nicht mehr dort.«

Yan zögerte einen Moment, doch seine Neugier siegte. »Warum?«, fragte er.

Grigán seufzte. »Weil ich dort nicht mehr willkommen bin. Und weil mich nichts mehr an Griteh bindet.«

Die Freunde spürten, dass er log. Grigán vermochte seine Gefühle nicht gut zu verbergen – vermutlich war er deshalb immer so verschlossen.

»Was ist geschehen?«

Auch Léti hing an Grigáns Lippen und wartete begierig darauf, dass er seine Erinnerungen preisgab. Doch das Schweigen zog sich immer mehr in die Länge, und irgendwann begriff Yan, dass der Krieger nicht antworten würde.

»Erzählt es ihnen, Grigán«, sagte Corenn sanft. »Solange sie es nicht wissen, werden sie keine Ruhe geben, und eines Tages werdet Ihr nachgeben oder Eure Wut an ihnen auslassen.«

Er verzog keine Miene. Er musterte Corenn, als sähe er sie zum ersten Mal.

»Erzählt es ihnen, und nehmt es endlich hin, oder schweigt, und vergesst die Geschichte ein für alle Mal. Aber hört auf, Euch zu quälen«, fügte sie leise hinzu.

Grigán schien einen Moment lang ratlos, dann gab er sich einen Ruck. Er wusste nicht, ob er die richtige Entscheidung getroffen hatte. »Euer Bedauern ist das Letzte, was ich will. Oder, noch schlimmer: euer Mitleid. Das *Allerletzte.* Ich erzähle euch meine Geschichte nur, damit ihr aus meinen Erfahrungen lernt.«

»Einverstanden«, antworteten die jungen Kaulaner im Chor.

»Gut.«

Er nahm einen langen Schluck aus dem Krug, als wollte er sich Mut antrinken. Anscheinend hatte Grigán weniger Angst davor, gegen drei Züu zu kämpfen, als von sich selbst zu erzählen, dachte Léti.

»Habt ihr schon mal von Aleb dem Ersten, Aleb dem Bezwinger oder, passender, wie ich finde, Aleb dem Blutrünstigen gehört?«

»Nein«, sagte Léti.

Yan glaubte den Namen zu kennen, war aber nicht sicher. Er gab sich lieber als Yan der Unwissende aus, um die ganze Geschichte zu hören.

»Er war mein Offizier«, fuhr Grigán fort. »Damals hieß er noch Prinz Aleb. An seiner Seite zog ich gegen unsere Nachbarn in den Krieg: Irzas, Quesraba, Tarul und einmal sogar gegen Yiteh. Versteht ihr? Wir zogen in den *Krieg.* Wir kämpften gegen *Krieger.*«

Yan und Léti wechselten einen raschen Blick und nickten. Sie wussten zwar nicht genau, was er damit meinte, wollten ihn aber auf keinen Fall unterbrechen.

»Griteh war lange Zeit schwach gewesen. Jahrzehntelang waren immer wieder feindliche Armeen in das Königreich eingefallen. Dank unserer Siege herrschten wieder Sicherheit und Frieden im Land, doch schon nach wenigen Jahren rief Aleb die Stämme erneut zu sich. Ich folgte seinem Ruf, da es die Pflicht eines jeden Ehrenmannes ist, seine Familie zu verteidigen. Allerdings fragte ich mich, was er vorhatte, denn keine unserer Grenzen wurde von einem feindlichen Heer bedroht.« Grigán hielt inne.

Yan und Léti rutschten unruhig auf der Bank hin und her, bis Léti es nicht mehr aushielt.

»Und dann? Was geschah dann?«

»Ich hätte es gleich wissen müssen. Aleb hielt eine lange Rede und hetzte die Männer gegen Quesraba auf. Er erinnerte sie an die vergangenen Kriege, an den Verrat und Wortbruch unserer Feinde und an verlorene Schlachten, die gerächt werden mussten. Am Ende behauptete er gar, Quesraba sei eigentlich ein Teil *unseres* Königreichs, der von Feinden besetzt sei. Er vermischte Wahrheit und Lüge, erzählte traurige Geschichten und solche, die selbst einen romischen Schäfer in Rage gebracht hätten. Aber was er auch sagte, ist keine Entschuldigung für das, was dann geschah.«

Grigán verstummte und musste schlucken.

»Weiter!«, drängte Léti.

»Auf seinen Befehl hin zogen die Männer nach Quesraba, und ich war in der vordersten Reihe dabei. Bis zur Grenze brauchten wir einen Tag, doch die Wut und Angriffslust der Krieger ließen nicht nach. Aleb und seine ihm blind ergebenen Gefolgsleute schürten sie immer wieder von Neuem. Schließlich erreichten wir das erste Dorf. Ich gab meinen Reitern den Befehl, einen Bogen um die Siedlung zu schlagen, um weiter zur Hauptstadt zu ziehen, wo wir auf das feindliche Heer stoßen würden. So ist es Brauch. Doch Aleb der Verfluchte hatte anderes im Sinn.« Abermals trank Grigán einen großen Schluck. »Er blies zum Sturm auf das Dorf. In jener Nacht gab es Hunderte Tote. Die Bewohner waren noch nicht einmal bewaffnet. Sie wussten nichts von Kriegen oder Grenzen. Menschen wie ihr. Menschen wie …«

Er stockte. Dann sprach er weiter: »Und ich tat nichts, um ihnen Einhalt zu gebieten.«

Grigán starrte auf den Grund seines Bechers.

Warum gelang es ihm nur nie, sich zu betrinken? Wie viel er auch trank, er blieb bei klarem Verstand. Stets blieb er für seine Taten verantwortlich.

»Ich hätte versuchen können, Aleb zur Vernunft zu bringen. Ich hätte versuchen können, die Krieger zur Vernunft zu bringen. Ich hätte sogar meinen Männern befehlen können, die Mörder anzugreifen. Doch ich habe nichts getan. Ich stand einfach da und sah den Gräueltaten zu, die vor meinen Augen verübt wurden. Ich sah, wie Kinder mit dem Krummschwert geköpft wurden, wie Alte bei lebendigem Leib in ihren Häusern verbrannten. Ich sah, wie Frauen vor den Augen ihrer sterbenden Männer vergewaltigt wurden, wie Tiere brutal gefoltert wurden. Und nicht nur das ...«

»Grigán«, sagte Corenn leise, um der grauenhaften Aufzählung ein Ende zu setzen.

Er sah sie an und seufzte. »Es ist keine schöne Geschichte, ich weiß. Doch es ist nun einmal geschehen. Wenn ich daran denke, dass ich mich anfangs auch beinahe in die ›Schlacht‹ gestürzt hätte ...« Er verstummte und senkte den Blick. Grigán weinte nicht, doch alle Traurigkeit und alles Leid der Welt schien auf seinen Schultern zu lasten.

Die Kaulaner schwiegen taktvoll. Niemandem war mehr danach, Fragen zu stellen, und dabei wäre es auch geblieben, wenn Grigán nicht von selbst weitergesprochen hätte. Seine Stimme klang jetzt fester.

»Anfangs habe ich noch nach den Feinden gesucht. ›Wo sind sie nur? Warum wurde zum Angriff geblasen? Ist das eine Falle?‹ Dann begann ich zu *hoffen,* es sei eine Falle. Die Ramgriths, meine Brüder, konnten doch nicht unschuldige Dorfbewohner massakrieren. Ich wollte nicht wahrhaben, dass all das grundlos geschah. Ich dachte, Krieger hätten sich in der Umgebung versteckt oder als Bauern verkleidet und Aleb hätte den Überfall nur befohlen, weil er den Hinterhalt gewittert hatte. Weil er *ein guter Offizier* war.

Die ganze Nacht lang klammerte ich mich an diese Hoffnung und verschloss die Augen vor dem Massaker. Erst im Morgengrauen gestand ich mir ein, dass ich mir etwas vorgemacht hatte. Ich hatte meine Ehre und meine Menschlichkeit verloren. Ich floh von diesem verfluchten Ort und zog mich auf meine Ländereien zurück. Ich wollte mir das Leben nehmen und dachte darüber nach, wie ich es anstellen sollte.«

Yan und Léti sahen einander bestürzt an.

Grigán holte tief Luft. »Ich konnte es nicht. Selbstmord wäre nur ein weiterer Akt der Feigheit gewesen, aber weiterzuleben kam mir wie ein Eingeständnis von Schwäche vor. Eine Dekade lang quälte ich mich mit der Entscheidung. Schließlich beschloss ich, dass es besser war, zu leben und gegen das Unrecht zu kämpfen, als zu sterben, weil ich nichts dagegen getan hatte.

Ich reiste nach Griteh und bat König Coromán um eine Audienz. Er gewährte sie mir gern. Meine Familie dient … diente der seinen schon zu Zeiten des Großvaters von Rafa dem Strategen. König Coromán war ein kaltherziger, strenger und unnachgiebiger Mann, aber er liebte die Gerechtigkeit. Ich konnte nicht glauben, dass er dem Massaker von Quesraba und all den anderen, die darauf folgten, zugestimmt hatte.

Ich erzählte ihm meine Version der Geschichte, die einzig wahrhaftige. Sein eigener Sohn hatte den Thron von Griteh, das Königreich und all seine Untertanen entehrt, indem er sich dem Blutrausch hingab und die Opfer ausplünderte wie ein gemeiner Straßenräuber.

Zunächst reagierte Coromán, wie ich gehofft hatte. Er rief seinen Sohn zu sich, um ihn mit meinen Worten zu konfrontieren. Aleb stritt alles ab und schilderte eine blutige Schlacht gegen das quesrabische Heer. Dann legte er vermeintliche Beweise vor. Er ließ seine Gefolgsleute schwören, dass er die Wahrheit sprach, und zeigte seinem Vater Uniformen und Waffen der Feinde, die er angeblich erbeutet hatte. Sie stammten zweifellos aus einem früheren Krieg. Der König wandte sich an mich und wartete auf meine Antwort.

Was sollte ich sagen? Erst jetzt begriff ich, dass niemand gegen den Prinzen aussagen würde. Ich bin ein einfacher Krieger: Intrigen, List und Tücke gehören nicht zu meinen Stärken. Ich wusste nicht, wie ich beweisen sollte, dass Aleb log. Plötzlich wollte ich nur noch eins: Aleb den Schwindler töten. Das war das Einzige, was ich tun konnte: den Schakal daran hindern, weiteres Unheil anzurichten. Deshalb forderte ich ihn zum Duell heraus.

Der Kampf fand am folgenden Tag statt. In jener Nacht machte ich kein Auge zu, da ich fürchtete, Aleb würde mich im Schlaf ermorden lassen, auch wenn das ein Beweis für seine Niedertracht gewesen wäre.

Wie es der Brauch will, sahen der König und die Stammesführer dem Kampf zu. Noch heute genießt Aleb den Ruf, der beste Zweikämpfer der Unteren Königreiche zu sein. Doch die Wahrheit und der Zorn waren auf meiner Seite. Er traf mich an der Hand und im Gesicht. Ich verletzte ihn am Bein und stach ihm ein Auge aus.

Coromán beendete den Kampf, wozu er als König das Recht hatte. Vielleicht wollte er seinem einäugigen Sohn das Leben retten. Vielleicht hatte er auch genug gesehen.

Er erklärte mich zum Sieger. Doch Aleb lebte immer noch. Der König zwang ihn nur, auf den Thron zu verzichten, und ernannte seinen jüngeren Bruder zum Thronfolger. Ich wurde aus dem Königreich verbannt, da ich mich den Befehlen meines Offiziers widersetzt hatte.«

Den letzten Satz spuckte Grigán voller Abscheu und Hass aus.

Yan war ernüchtert. Auch die anderen sahen ernst und traurig aus. Um sie aufzuheitern, versuchte er, das Gespräch in eine andere Richtung zu lenken. »Habt Ihr daher Eure Narbe?«

»Nein. Die hat mir ein Acor verpasst. Davon erzähle ich dir ein anderes Mal, wenn du brav bist und Dame Corenn gehorchst«, sagte Grigán mit dem Anflug eines Lächelns.

Yan nickte und erwiderte das Lächeln. Er wusste zwar nicht, was ein Acor war, und seine Neugier regte sich, doch er hielt sich zurück.

»Seid Ihr nie mehr nach Griteh zurückgekehrt?«, fragte Léti.

»Nie mehr. Als ich fort war, tötete Aleb eigenhändig seinen Vater und Bruder. Dann bestieg er den Thron und ordnete Massenhinrichtungen an. Als Nächstes begann er mit der Eroberung oder vielmehr mit der Zerstörung des Nordens der Unteren Königreiche. Es bricht mir das Herz zu sehen, wie gut es ihm gelungen ist.«

»Warum verbündeten sich die anderen Könige nicht gegen ihn?«, fragte Yan.

»Manche versuchten es, aber Aleb warb ganze Heerscharen von Söldnern an, Jez, Pleder, Ramyth, sogar Goroner. Er gestattet ihnen, die eroberten Gebiete zu besetzen und nach Herzenslust zu plündern. Sein Ziel ist es nicht, Gritehs Wohlstand zu sichern, sondern einzig und allein, seine Macht zu vermehren. Er machte La Haque zur Hauptstadt. Das liegt nicht einmal in Griteh! Und in seiner Armee dienen doppelt so viele Yussa wie Ramgrith.«

»Was sind Yussa?«

»Söldner. All jene, die sich Aleb angeschlossen haben. In seinem Heer kommen auf einen Kämpfer drei Plünderer.«

»Mutter Eurydis, hoffentlich bleiben sie auf ihrer Seite des Meers!«

»Keine Angst. Aleb verachtet die Oberen Königreiche. Allerdings schickt er mir regelmäßig Auftragsmörder auf den Hals, um sich für sein fehlendes Auge zu rächen. Früher oder später wird mich einer von ihnen erwischen. Es sei denn, die Züu kommen ihnen zuvor. Aber vielleicht stehen auch sie in Alebs Diensten, wer weiß das schon?«

»Warum müsst Ihr Euch auch nur immer mit allen anlegen?«, scherzte Corenn.

»So bin ich nun mal«, antwortete Grigán ernst.

»Und wie lange seid Ihr nun aus Griteh fort?«, fragte Léti.

»Seit über fünfzehn Jahren …« Grigán überlegte. »Nein. Seit neunzehn Jahren«, sagte er dann leise.

»Seit zwanzig Jahren versucht der Kerl, Euch zu töten? *Seit zwanzig Jahren* seid Ihr auf der Flucht?«

»Ich kenne Männer, die ihr ganzes Leben lang auf Rache sinnen. *Dem Willen der Menschen sind keine Grenzen gesetzt. Ihrem Wahnsinn auch nicht.*«

»Für jemanden, der von sich behauptet, nicht gerne nachzudenken, seid ihr bemerkenswert tiefgründig, Meister Grigán.«

»Die Worte stammen von einem Freund aus dem Schönen Land, und ihre Wahrheit hat mich tief beeindruckt. Mein Freund fasste in einem einzigen Satz zusammen, was ich in zwanzig Jahren, die ich nun schon durch die bekannte Welt reise, herausgefunden habe.«

»Ich würde diesen klugen Mann, der die Ehre hat, von Euch ein Freund genannt zu werden, gern kennenlernen«, sagte Corenn.

»Ich hoffe, das werdet Ihr eines Tages, Dame Corenn. Falls wir dieses Abenteuer überleben.«

Sie schwiegen eine Weile.

»Habt Ihr nie daran gedacht, zurückzukehren und es Aleb heimzuzahlen?« Die Frage brannte Yan schon länger auf den Lippen.

Grigán ließ sich Zeit mit der Antwort. »Ich denke an nichts anderes«, gestand er schließlich. »Aber ich wäre wohl schon tot, noch bevor ich überhaupt in die Nähe Gritehs käme …« Dann fügte er hinzu: »Außerdem bin ich verbannt! Ich kann nicht zurück!«

Yan und Léti wussten nicht, ob das ein Scherz oder ein ernst gemeinter Einwand war. Das Schweigen zog sich in die Länge.

»Ich sehe mal nach unseren Zimmern«, sagte Grigán schließlich und stand auf.

Er wollte allein sein.

Nachdem er fort war, wandte sich Corenn an die beiden anderen: »Ich glaubte, Grigán besser zu kennen als jeder andere. Doch ich hätte niemals gedacht, dass er sich euch so schnell anvertraut.«

»Ich hätte nicht gedacht, dass er überhaupt so viel reden kann«, sagte Léti.

»Er wird euch nicht darum bitten, und ich muss es euch bestimmt nicht eigens sagen, aber … Achtet seine Erinnerung. Er muss vergessen, was geschehen ist, oder es endlich hinnehmen. Erwähnt die Geschichte nicht, es sei denn, er tut es. Und kein Wort darüber zu Fremden.«

»Natürlich«, sagten beide und nickten einhellig.

Yan dämmerte, dass der Krieger seine Offenheit als Schwäche ansah und vielleicht schon bereute. Aber noch etwas war ihm aufgefallen … »Dame Corenn?«

»Ja?«

»Habt Ihr nicht das Gefühl, dass er uns etwas verschweigt? Dass er einen Teil der Geschichte ausgelassen hat?«

Sie musterte den jungen Fischer mit dem wachen Verstand. Dann sah sie zu dem schweigsamen Krieger, der gerade an ihren Tisch zurückkehrte. »Ich hoffe, er wird es uns eines Tages erzählen«, sagte sie leise. »Wenn er Frieden gefunden hat.«

Zweites Buch
Die vergessene Insel

Vier Tage zuvor waren Yan, Grigán, Léti und Corenn vom Ufer der Gisle aufgebrochen. Wie Hunderte andere Reisende hatten sie die Grafschaft Kolimine durchquert und waren auf einer jahrzehntealten Furt durch die Velanese gewatet. Dann waren sie südwärts geritten und hatten sich ein paar Meilen vor Lorelia gen Osten gewandt. Nach Berce war es nur noch ein knapper Tagesritt.

Seit ein paar Tagen war Yan schlecht gelaunt. Abgesehen von dem beharrlichen Dauerregen, der sie am Vorankommen hinderte und ihre Geduld auf die Probe stellte, litt er unter Grigáns Anspannung, Corenns scheinbar unerschütterlichem Gleichmut und vor allem unter Létis ständigen Sticheleien. Sie warf ihm vor, er stelle andauernd sinnlose Fragen, trotte immer wie ein Schaf hinter anderen her, führe sich überhaupt wie ein Niab auf und noch vieles andere, das er lieber gleich vergaß.

Er war klug genug, nicht auf ihre Vorwürfe einzugehen und sie der schweren Zeit zuzuschreiben, die sie durchmachte.

Eines Abends gab Léti zu, dass sie nicht aufhören konnte, sich zu fragen, wer von ihren Freunden den Züu entkommen war und ob überhaupt noch andere Erben lebten. Niemand hatte Vermutungen anstellen wollen, und so hatten sie seitdem kein Wort mehr darüber verloren.

Trotzdem, der Tag der Versprechen war schon in zwei Tagen, und Yan hätte sich gern besser mit seiner Geliebten verstanden. Abermals plagten ihn Zweifel. Würde er den Mut aufbringen, sie um ihre Hand zu bitten?

Im Grunde war es keine Frage von Mut oder Feigheit. Bäte Léti ihn, vom höchsten Felsen Ezas zu springen, durch einen Schwarm Orzos hindurchzutauchen oder gegen einen dieser Mörder im roten Gewand zu kämpfen, täte er das, ohne mit der Wimper zu zucken – jedenfalls wenn es einen guten Grund dafür gäbe. Aber zu ihr gehen und um ihre Hand bitten … Nein!

Missmutig dachte er, dass sie an seiner Stelle keine Dezille zögern würde. Wenn sie etwas wollte, dann tat sie es auch. Wenn sie ihn doch nur wollen würde …

Er schüttelte den Kopf, um den Gedanken zu verscheuchen. Er durfte sich nicht das Hirn darüber zermatern, was sie dachte oder wollte. Das würde er noch früh genug erfahren und dann vielleicht bitter bereuen, sie überhaupt gefragt zu haben.

Der Antrag würde ihm sehr viel leichter fallen, wenn sie schon einmal über die Sache gesprochen hätten. In all den gemeinsamen Jahren, all den Gesprächen, all der miteinander verbrachten Zeit war nie von einem Bund zwischen ihnen die Rede gewesen.

Jetzt war es zu spät.

Für alle anderen war längst ausgemacht, dass sie füreinander bestimmt waren, und sie hatten sich schon oft von der Gefährtin oder dem Gefährten ihrer Träume erzählt. Léti wünschte sich einen Jungen, der schön, stark und bis über beide Ohren in sie verliebt war, und Yan träumte von einem Mädchen, das schön, geheimnisvoll und fröhlich sein sollte. Doch das war nichts als ein Spiel gewesen. Für Yan war Léti die Gefährtin seiner Träume.

Erfüllte er denn Létis Traum? Abermals schüttelte er den Kopf, energischer diesmal. Er musste endlich aufhören, darüber nachzudenken.

»Alles in Ordnung, Yan?«

Corenn sah ihn mit einem seltsamen Blick an. Sie musste ihn schon seit einer ganzen Weile beobachtet haben. Vermutlich sah es ziemlich lächerlich aus, wie er immer wieder scheinbar grundlos den Kopf schüttelte.

»Ja. Danke. Ich bin nur etwas müde.«

Unsinn, Yan, du redest Unsinn, dachte er.

»Wir legen eine Rast ein«, sagte Grigán.

»Nein, nein, das müssen wir nicht. Es geht schon.«

Völligen Unsinn.

Sie machten trotzdem Halt. Wie üblich bogen sie vom Weg ab und gingen einige Hundert Schritt in den Wald hinein. Während sich die anderen die Beine vertraten, sich den schmerzenden Rücken rieben oder versuchten, ihre pitschnassen Kleider auszuwringen, lief Grigán nervös auf und ab. Er erstarrte bei jedem verdächtigen Geräusch und schlich lautlos zu der Stelle, die Hand am Griff seines Schwerts.

Bald hatte er die anderen mit seiner Unruhe angesteckt. Corenn hielt es nicht mehr aus. »Glaubt Ihr, wir sind in Gefahr?«

»Ehrlich gesagt, nein«, antwortete er, ohne sie anzusehen. »Aber man kann nie wissen. Ich möchte unser Leben nicht wegen einer Unachtsamkeit aufs Spiel setzen.«

»Bisher war doch alles ruhig, oder?«, fragte Léti.

»Ja. Die Züu haben unsere Spur verloren. Aber jetzt nähern wir uns dem Ort, an dem sie uns erwarten, und das beunruhigt mich.«

»Wenn sie dort auf uns warten, werden sie doch nicht auch noch die Wege überwachen, oder?«, wandte das Mädchen ein.

»Würdest du unser Leben darauf verwetten?«

Léti sah ihn entgeistert an. Nein, natürlich nicht! Sie hatte das einfach so dahergesagt. Mutter Eurydis, was war dieser Mann empfindlich!

»Streng doch mal deinen Kopf an«, sagte Grigán. »Warum warten die Züu nicht, bis alle Erben am Tag der Eule in Berce zusammenkommen, um sie dann auf einen Schlag niederzumetzeln?«

»Grigán!«, sagte Corenn tadelnd.

Doch mehr brauchte es nicht, um Léti aus der Fassung zu bringen. »Glaubt Ihr etwa, darüber hätte ich noch nicht nachgedacht? Vielleicht haben sie Angst, ein paar Erben könnten ihnen entwischen, oder sie wollen die Abwesenden nicht vorwarnen! Vielleicht fürchten sie eine Niederlage! Vielleicht wollen sie ihre Morde nicht an die große Glocke hängen!«

»Oder vielleicht«, sagte Grigán leise, »wollen die Züu verhindern, dass wir zur Insel fahren. Vielleicht wollen sie nicht, dass die Erben in diesem Jahr zusammenkommen.«

Die Worte hatten die beabsichtigte Wirkung.

Léti musste sich eingestehen, dass ihr dieser Gedanke nicht gekommen war.

Wenn dem so war, schwebten sie immer noch in Gefahr, und zwar mehr denn je.

Corenn warf Grigán einen scharfen Blick zu. Für ihren Geschmack war er zu weit gegangen. Ihre Nichte war immer noch verstört, und sie wollte sie nicht mit Vermutungen über eine groß angelegte Verschwörung belasten.

Schweigen trat ein. Alle hingen ihren Gedanken nach und genossen die wohlverdiente Rast. Da die Sonne bald untergehen würde, hätte Yan am liebsten schon jetzt das Nachtlager aufgeschlagen, doch ihm war klar, dass Grigán anderes im Sinn hatte. Vermutlich erwartete er wie so oft, dass sie ihre Müdigkeit vergaßen und noch ein Stück weiterritten.

Tatsächlich mahnte Grigán kurz darauf zum Aufbruch. Inzwischen gewohnt, ihm zu gehorchen, folgten sie ihm ohne Widerspruch.

Zu ihrem Erstaunen schlug er nicht die Richtung zum Weg ein, sondern drang tiefer in den Wald vor.

Immerhin ließ er sich dazu herab, einige Worte der Erklärung zu murmeln: Sie könnten nicht einfach auf offener Straße nach Berce reiten.

So kamen sie noch langsamer voran. Yan fand den Marsch durch den Wald noch anstrengender als seine Nacht im Buschland von Kaul. Der aufgeweichte Boden war rutschig, und überall lauerten Schlammpfützen. Das Regenwasser sammelte sich auf den Blättern und lief ihnen heimtückisch in den Kragen, und die erschöpften Pferde ließen sich kaum noch vom Fleck ziehen.

In regelmäßigen Abständen gebot Grigán ihnen mit herrischer Geste, stehen zu bleiben und sich nicht zu rühren. Dann spitzte er eine Weile die Ohren, schlich ein Stück voraus und forderte sie schließlich zum Weitergehen auf. Sein Verhalten war nicht dazu angetan, ihre Anspannung zu mindern.

Nach dem fünften Erkundungsgang, der sehr viel länger gedauert hatte als die vorherigen, gab Grigán kein Zeichen zum Aufbruch. Er bedeutete ihnen, still zu sein. Dann schlugen sie eine andere Richtung ein und machten einen großen Umweg, der sie mehr als eine Dezime kostete. Endlich entspannte er sich und flüsterte Corenn etwas zu. Yan bekam nicht alles mit, nur so viel, dass der Krieger drei Männer beobachtet hatte, die ein Lager aufschlugen. Vielleicht seien sie völlig ungefährlich, *aber er würde nicht sein Leben darauf verwetten.*

Anscheinend war Grigán kein Spieler – vermutlich war das besser für sie.

Eine ganze Dekade lang stapften sie durch den Wald. Selbst als es dunkel wurde, hielten sie nicht an. Yan fragte sich, warum Grigán nicht die Orientierung verlor. Er selbst hätte noch nicht einmal sagen können, wo Norden war. Auf sich allein gestellt, hätte er sich hoffnungslos verirrt.

Er bemerkte, dass Grigán hin und wieder einen kleinen Gegenstand zu Rate zog, den er in einer seiner zahlreichen Taschen verwahrte. Neugierig schloss er zu ihm auf. »Wie findet Ihr Euch zurecht? Die Sterne sind nicht zu sehen, und Wege oder sonstige Anhaltspunkte gibt es hier auch nicht.«

»Magie«, antwortete der Krieger, ohne die Miene zu verziehen.

»Was?«

»Magie. Wenn ich ganz fest an mein Ziel denke, erscheint der Weg vor meinem geistigen Auge. Alle Männer Gritehs haben diese Fähigkeit.«

Yan blieb der Mund offen stehen. Wollte er ihn auf den Arm nehmen?

»Na gut, es ist keine Magie. Ich benutze diesen Kompass. Siehst du die Pfeilspitze? Wenn sie sich eingependelt hat, zeigt sie immer nach Norden.«

Verzückt betrachtete Yan den kleinen Gegenstand aus Elfenbein, den Grigán ihm reichte. Nach einer Weile zeigte die Metallspitze nach links. Wenn das kein Scherz war, handelte es sich vielleicht wirklich um Magie …

»Wo habt Ihr das Ding her?«, fragte er und gab es seinem Besitzer zurück.

»Ich habe es einem romischen Seemann für viel Gold abgekauft. Dank solcher Erfindungen beherrschte das Alte Land jahrhundertelang die bekannte Welt. Und obwohl diese Zeiten längst vorbei sind, wachen sie immer noch eifersüchtig über ihre Geheimnisse.«

»Und wie funktioniert es? Doch nicht mit Magie, oder?«

»Willst du eine ehrliche Antwort?«

»Ja!«

»Ich weiß es nicht. Es funktioniert, das ist alles. Vielleicht ist es Magie, vielleicht haben die Götter ihre Finger im Spiel, vielleicht gibt es eine natürliche Erklärung. Ich weiß es nicht«, wiederholte er.

»Es ist *ganz bestimmt* keine Magie«, mischte sich Corenn ein.

»Warum nicht?«

»Ich habe solche Nadeln schon öfter gesehen. Sie haben nichts Übersinnliches, sondern beruhen ganz einfach auf einer Naturerscheinung wie Ebbe und Flut, die Jahreszeiten, die Mondphasen und Ähnliches.«

»In den Unteren Königreichen und auch anderswo«, sagte Grigán, »kenne ich Völker, die all diese Erscheinungen für ein Werk der Götter halten.«

»Ich glaube, das kommt auf den Standpunkt an. Wie heißt es so schön: *Der Wahn eines Mannes ist die Wahrheit des anderen*«, sagte Corenn.

Yans Neugier war noch lange nicht befriedigt. Ihm fiel ein, was Léti über ihre Tante und das Unmögliche gesagt hatte, oder vielmehr, was sie nicht gesagt hatte. Was hatte sie gemeint? Was verheimlichten sie?

Und überhaupt … Die ganze Geschichte mit den weisen Gesandten, die von einer Insel verschwanden und zwei Monde später wieder auftauchten … Bislang hatte er ihr kaum Glauben geschenkt, doch nun, da sie der Insel näher kamen und er mehrere Tage in Gesellschaft von drei Erben verbracht hatte, die überzeugt von der Wahrhaftigkeit der Geschichte waren, geriet er ins Nachdenken.

Konnte diese alte Legende tatsächlich wahr sein?

Er spürte den prickelnden Reiz des Unbekannten. Übersinnliche Phänomene. Magie. Legenden.

Als sie Kinder waren, hatte die Dorfälteste ihnen oft Geschichten von Xefalis' Unterwasserreich, vom sprechenden Delfin, von den Abenteuern des Quyl, vom Magier Guessardi und von den Göttern Brosda, Eurydis und Odrel erzählt. Die alten Überlieferungen hatten schon immer seine Fantasie beflügelt.

Mit einem Schlag vergaß er seine Müdigkeit und die Angst vor dem Tag der Versprechen. Worauf warteten sie noch? Warum ging es nicht schneller voran?

Leider musste er seinen Überschwang zügeln, als sie kurz darauf auf einen Weg stießen. Grigán befahl ihnen, umzukehren und zu dem verfallenen Haus zurückzugehen, an dem sie kurz zuvor vorbeigekommen waren. Dort erlaubte er ihnen gnädig, das Nachtlager aufzuschlagen.

Wie üblich erkundete der Krieger gründlich die Umgebung, bevor er sich etwas entspannte. Sie aßen ein wenig und widmeten sich dann den anfallenden Arbeiten, die sie im Verlauf der Reise stillschweigend unter sich aufgeteilt hatten. Grigán versorgte die Pferde, Yan schlug die Zelte auf – was ihm an diesem Abend erspart blieb, da sie in der Ruine schlafen würden und er nur ein paar Steine wegräumen musste – und Corenn und Léti sammelten Feuerholz.

»Heute Nacht sollten wir besser Wache halten«, sagte Grigán. »Yan, kannst du die erste übernehmen?«

»Natürlich. Ich bin ohnehin viel zu aufgeregt, um gleich schlafen zu können.«

»Gut. Weck mich einfach, wenn du müde wirst.«

»Und was ist mit mir?«, fragte Léti. »Wann bin ich an der Reihe?«

»Nicht, solange ich es vermeiden kann. So was ist gefährlicher, als du denkst.«

»Na und? Ich habe keine Angst, wenn Ihr das glaubt, und ich will auch Wache halten!«

»Nein.«

Léti verdrehte die Augen. Grigáns Starrsinn brachte sie zur Weißglut. »Ich brauche Eure Erlaubnis nicht. Wenn ich will, kann ich die ganze Nacht aufbleiben.«

»Das steht dir frei«, erwiderte er.

Léti fiel keine passende Antwort ein, und so schwieg sie eingeschnappt.

»Diese besonderen Glücksmomente werde ich schmerzhaft vermissen«, sagte Corenn spöttisch.

Nur Yan lachte über den Scherz.

Nachdem die anderen schlafen gegangen waren, bezog er mit Pfeil und Bogen an der Stelle Posten, die Grigán ihm gezeigt hatte.

Als er allein in der Dunkelheit und Kälte stand, in die Nacht starrte und die Ohren spitzte, empfand er ein wildes, ungekanntes Glücksgefühl.

Zum ersten Mal vertraute Grigán ihm voll und ganz.

Und zum ersten Mal wachte er über Léti, so als hätten sie schon den Bund geschlossen.

Am nächsten Morgen war ihm weniger tollkühn zumute. Mit Mühe hatte er die Augen bis Mitternacht offen gehalten und dann widerstrebend Grigán geweckt. Eigentlich hatte er ihn schlafen lassen wollen, doch die Müdigkeit hatte ihn übermannt.

Obwohl es schon taghell war und er als Letzter aufstand, hätte er gut noch einen Dekant länger schlafen mögen.

Als er aus dem Haus trat, stellte er mit Freude fest, dass der Himmel wolkenlos war. Die Sonne erwärmte die lorelische Erde, und der Tag versprach schön zu werden. Ein leichter Wind raschelte im noch dichten Blätterdach, und Hunderte Vögel stimmten einen Jubelgesang auf die Jahreszeit des Windes an.

Weder Léti noch Grigán waren in Sicht, da aber keins der Pferde fehlte, dachte sich Yan nichts dabei. Er trat zu Corenn, die gerade einen Kessel von einem kleinen Feuer nahm. Sie begrüßte ihn und reichte ihm einen heißen, stark riechenden Tee.

»Was ist das?«

»Coze-Tee. Das ist eine Pflanze aus Mestebien. Der Geschmack ist gewöhnungsbedürftig, doch man sagt, dass er die größten Schlafmützen wach macht. Jedenfalls würde keine der Mütter eine Ratsversammlung ohne diesen Tee überstehen!«

Yan grinste und nahm einen Schluck von dem Gebräu. Er fand den Geschmack gar nicht schlecht. »Ihr habt viele verborgene Talente, Dame Corenn«, sagte er, ohne nachzudenken.

»Wie soll ich das jetzt verstehen?«, fragte sie in gespieltem Zorn.

»Nein, nein, so habe ich das nicht gemeint. Ich …«

»Ich weiß, ich habe doch nur einen Scherz gemacht. Außerdem würden dir einige meiner Freunde zustimmen«, sagte sie hintergründig.

Yan wusste nicht so recht, was er von ihren Worten halten sollte, und wechselte das Thema. »Was ist eigentlich mit dem Rat, jetzt, wo Ihr fort seid?«

»Da ich nicht offiziell zurückgetreten bin, ersetzt meine Vertreterin mich bis zu meiner Rückkehr. Sollte ich länger fortbleiben, wird die Älteste meinen Posten an eine andere Mutter vergeben, sobald sie es für geboten hält. So, als sei ich tot …«

»Und wie findet Ihr das?«

»Ich bedauere es natürlich. Aber was soll ich tun? Solange die Züu hinter uns her sind, können wir widersinnigerweise nur überleben, indem wir uns tot stellen. In Kaul weiß allein die Mutter der Justiz Bescheid, und das ist schon eine Mitwisserin zu viel. Sollten unsere Feinde davon erfahren, wäre auch sie in Gefahr, und falls die Züu vor ihrem Tod Einzelheiten aus ihr herauspressen, wäre das unser Ende.«

Yan nickte. Wäre ihm bislang noch nicht klar gewesen, wie ernst die Lage war, hätte Corenn ihm damit auf die Sprünge geholfen. »Warum erklärt Grigán uns so etwas nicht? Dann wüsste Léti, was los ist, und vielleicht würden die beiden sich dann besser verstehen.«

»Glaubst du, es wäre gut für Léti, jede Einzelheit zu kennen?«

Vermutlich nicht. Der Tod ihrer Freunde und der Mordversuch, dem sie nur knapp entronnen war, hatten sie schon genug erschüttert. »Und warum erzählt Ihr mir dann davon?«

»Weil ich deine Klugheit schätze. Außerdem brauchst du dieses Wissen, falls Grigán seinen Plan in die Tat umsetzt.«

Yan wollte weiterfragen, doch sie wurden von Grigáns und Létis Rückkehr unterbrochen. Beide machten mürrische Gesichter, vor allem Grigán. Sie würdigten sich keines Blickes.

Der Tag fing gut an.

»Was ist los?«, fragte Yan seine Freundin.

»Der Griesgram ist schuld. Er wollte einen Stehschläfer töten«, fauchte sie. »Ich habe ihn daran gehindert, und da hat er einen Wutanfall bekommen.«

Yan verstand. Einige Jahre lang hatte Léti einen zahmen Stehschläfer als Haustier gehalten, und niemand durfte in ihrer Gegenwart ungestraft Jagd auf die Tiere machen. »Wie hast du das angestellt?«

»Ich habe geschrien, so laut ich konnte. Der Stehschläfer ist aufgewacht und weggerannt. Hast du mich nicht gehört?«

»Nein. Vielleicht war ich noch im Haus.«

Yan versuchte, sich Grigáns Gesicht vorzustellen, als Léti ihm ins Ohr kreischte. Er war bestimmt alles andere als begeistert gewesen, wo er doch so sehr darauf bedacht war, dass niemand sie entdeckte.

Vor sich hin schimpfend suchte Grigán alle Waffen zusammen, die er besaß, und verschwand zwischen den Bäumen. Im Vorbeigehen knurrte er Corenn »dummes Gör« und »muss die Umgebung auskundschaften« zu.

Yan hätte um nichts in der Welt in Létis Haut stecken wollen.

Offenbar würden sie heute erst spät aufbrechen. Als sich Yan etwas Wasser ins Gesicht gespritzt, sein Bündel geschnürt, sich um die Pferde gekümmert und andere Arbeiten erledigt hatte, war Grigán immer noch nicht zurück. Yan beschloss, ein paar Schießübungen zu machen, griff sich Bogen und Köcher und ging in den Wald.

Léti folgte ihm, und sie wechselten sich mit dem Bogen ab. Das Mädchen traf wesentlich häufiger das Ziel, hatte aber nach wie vor Schwierigkeiten, die Sehne zu spannen.

Sie hatten viel Spaß miteinander, und Yan freute sich, endlich einmal mit seiner Geliebten allein zu sein. Für eine Weile vergaß er sogar die Angst davor, von Grigán erwischt zu werden.

Als Léti keine Kraft mehr hatte, gingen sie zurück zu Corenn, die auf einer Decke saß, den Rücken an einen Baum gelehnt, und in ein kleines Büchlein schrieb. Yan brannten tausend Fragen auf den Nägeln, doch er wollte sie nicht stören, sondern begnügte sich damit, ihr ab und zu einen verstohlenen Blick zuzuwerfen.

Endlich kehrte Grigán zurück. Seine Wut schien verraucht, und er hatte Wild geschossen. Glücklicherweise war kein Stehschläfer dabei. Zufall oder Absicht? Niemand fragte, denn sie wollten es gar nicht so genau wissen.

Grigán lud seine Beute ab und begann, die beiden erlegten Meeresfasane zu rupfen. Yan und Léti wunderten sich, dass er ihren Aufbruch hinauszögerte, was sonst nicht seine Art war. Als Nächstes breitete er sämtliche Messer und Schwerter, die er besaß, auf einem Tuch aus – ein eindrucksvolles Schauspiel. Nacheinander schliff er sämtliche Klingen und fettete sie ein.

Léti trat neben ihn und sah ihm eine Weile schweigend zu. »Seid Ihr immer noch wütend?«, fragte sie schließlich zaghaft.

Er hob nicht einmal den Kopf. »Nein. Ich denke nur nach.« Er beschäftigte sich weiter mit seinen Waffen und sah bekümmert aus.

»Ich glaube, ich weiß, worüber Ihr Euch den Kopf zerbrecht«, sagte Yan.

Grigán sah ihn fragend an.

»Wir können nicht alle zusammen nach Berce, weil das zu gefährlich wäre. Ihr wollt aber auch nicht allein gehen und uns hier zurücklassen. Am besten wäre es, wenn ich ginge, denn die Züu kennen mich nicht. Doch Ihr könnt Euch nicht entscheiden.«

Drei aufmerksame Augenpaare richteten sich auf Yan.

»Ihr werdet Euch mit dem Gedanken abfinden müssen. Denn ich werde nach Berce gehen.«

»Das könnte sehr gefährlich werden.«

Yan warf sich großspurig in die Brust. »Ich habe nicht die Absicht, mich in Gefahr zu begeben. Außerdem haben wir doch wohl nicht den ganzen Weg zurückgelegt, um jetzt aufzugeben.«

»Gut«, sagte Grigán und klang plötzlich zuversichtlich. Während er seine Waffen wegräumte, erläuterte er Yan, was er zu tun hatte. »Berce liegt weniger als einen Tagesritt östlich von hier. Du nimmst den Weg …«

»Was? Das wäre Yans Tod!« Léti konnte einfach nicht fassen, dass er diese Möglichkeit auch nur in Betracht zog.

»Nicht, wenn er achtgibt. Und das wird er. Ich vertraue ihm«, sagte der Krieger.

Yan schwebte im siebten Himmel. Léti, seine Geliebte, machte sich Sorgen um ihn, und Grigán der Unbeugsame hatte ihn soeben gelobt. Unter diesen Umständen würde er es mit einer ganzen Armee Mörder aufnehmen!

»Schließlich«, fuhr Grigán fort, »führt er keinen Ein-Mann-Feldzug. Verstanden?«, sagte er mit einem Blick auf Yan. »Du sollst nur Beobach tungen anstellen und uns später davon berichten. Und in einem Stück zu uns zurückkommen!«

Yans Grinsen fiel etwas verkrampft aus.

»Am Dorfausgang, unten an der Straße zum Meer, gibt es eine Herberge. Den Namen habe ich vergessen …«

»*Zum Weinhändler*«, soufflierte Corenn, die bisher geschwiegen hatte.

»Genau. Dort übernachten die meisten Erben, wenn sie zur Zusammenkunft kommen. Nimm dir ein Zimmer, und halte die Augen offen.«

»Ich soll die Nacht in Berce verbringen?«, fragte Yan überrascht.

»Es bleibt dir nichts anderes übrig! Selbst wenn du jetzt aufbrichst, wärst du nicht vor Einbruch der Dunkelheit zurück! Was ist daran so schlimm?«

»Es ist nur ... Nichts«, stotterte Yan.

Was daran so schlimm war? Der folgende Tag war der Tag der Versprechen, und den wollte er unter allen Umständen mit Léti verbringen.

Grigán wechselte einen Blick mit Corenn und fuhr dann fort: »Du kommst morgen oder übermorgen zurück, ganz wie du willst. Pass nur auf, dass dir niemand folgt.«

Yan nickte. Er würde bestimmt nicht bis übermorgen warten. Er hatte fest vor, sich gleich am nächsten Tag auf den Rückweg zu machen.

»Sprich mit so wenigen Leuten wie möglich. Sag, dass du wegen des Tags der Versprechen gekommen bist und aus einem Dorf in Kaul stammst, aber Eza nennst du natürlich nicht. Du bist auf der Suche nach jemandem – das wird erklären, warum du überall herumschnüffelst.«

Bei der Erwähnung des Tags der Versprechen zuckte Yan zusammen. Er beobachtete verstohlen Léti, doch das Mädchen wirkte gedankenverloren. Hatte sie überhaupt zugehört?

»Zu Festtagen kommen viele Bauern von den abgelegenen Höfen der Umgebung nach Berce, das kennst du wahrscheinlich aus deinem Dorf. Du dürftest nicht auffallen. Ein letzter Rat: Vertraue niemandem. Verstanden?«

»Niemandem«, wiederholte Yan mit zittriger Stimme.

Plötzlich erschien ihm die Aussicht, allein nach Berce zu reiten, weniger verlockend.

»Gut«, sagte Grigán abschließend. »Bist du immer noch entschlossen?«

Yan schob seine Bedenken beiseite. »Sicher. Das wird ein netter Ausflug, und morgen bin ich wieder zurück«, sagte er etwas lauter und suchte Létis Blick.

Sie wandte ihm den Rücken zu.

Er hätte schwören können, sie schluchzen zu hören.

Kurz nach Mit-Tag kamen die ersten Häuser von Berce in Sicht. Da Yan es eilig hatte, zu seiner Geliebten zurückzukehren, hatte er den ganzen

Weg im Galopp zurückgelegt und das Dorf schneller erreicht, als Grigán vorausgesagt hatte.

Bei seinem Aufbruch hatte Corenn ihm ermunternde Worte mit auf den Weg gegeben, der Krieger ihm letzte Ratschläge erteilt und Léti ihm ein tränenersticktes »Bis morgen« zugeraunt. Dann hatte Yan sein Pferd zu dem Weg geführt, auf den sie am Vorabend gestoßen waren, und war ihm bis zu einer größeren Straße gefolgt.

Die Beklemmung, die ihn auf den ersten beiden Meilen befallen hatte, war allmählich verflogen, vor allem weil er niemandem begegnete. Doch nun kehrte sie mit voller Wucht zurück und lag ihm wie Blei im Magen, lähmte seine Glieder und schnürte ihm die Brust zu. Yan kannte das Gefühl: Er hatte Angst.

Obwohl er sich manchmal wie ein Niab aufführte und sich öfter einen Trottel schalt, war er alles andere als dumm. Wenn auch nur ein Bruchteil von dem stimmte, was seine Gefährten erzählt hatten – und daran zweifelte er keine Dezille –, war Berce eine wahre Schlangengrube, in der ihm eine mächtige Organisation fanatischer Mörder auflauerte.

Was konnte er schon herausfinden, außer dass seine Gefährten den Ort besser mieden? Falls er anderen Erben begegnete, würde er sie nicht erkennen, und er durfte ohnehin niemandem vertrauen, selbst wenn jemand behauptete, zu ihnen zu gehören.

Er klammerte sich an den Gedanken, dass er einfach sein Bestes geben und am nächsten Tag zu Léti zurückkehren würde.

Das Dorf war von einer Festungsanlage umgeben – besser gesagt, von einem drei Fuß hohen Mäuerchen. Es war sehr viel größer als Eza, im Grunde war es ein richtiges Städtchen. Das Tor war nicht verschlossen, aber vier Männer lungerten in der Nähe herum. Sie saßen mit dem Rücken an die Mauer gelehnt oder lagen im Gras. Es war offensichtlich, zu welchem Zweck sie da waren.

Während Yan langsam weiterritt, musterte er sie verstohlen. Sie sahen nicht wie normale Soldaten aus, denn ihre Haltung war alles andere als militärisch, und sie trugen weder Uniform, noch schienen sie besonderen Wert auf Körperpflege zu legen.

Die vier waren sogar noch schmutziger als der alte Vosder. Sie hatten struppige Bärte, dreckverschmierte Gesichter, pechschwarze Hände und trugen Gewänder, die aussahen, als hätten sie sie seit mehreren Dekaden nicht gewechselt.

Als er das Tor erreichte, stand einer der Männer auf. Yan zügelte sein Pferd und wartete geduldig, bis er bei ihm war. Den anderen drei kam er lieber nicht zu nah.

Der Widerling fragte etwas und griff beiläufig nach seinem Zügel. Yan sah die Bewegung, verstand aber kein Wort. War das ein lorelischer Dialekt?

»Ich verstehe Euch nicht«, sagte er auf Itharisch.

Ein weiterer Mann gesellte sich zu ihnen. Yan unterdrückte den Wunsch, dem ersten die Zügel aus der Hand zu reißen, im gestreckten Galopp davonzureiten und zu seinen Freunden zurückzukehren. Der zweite Mann sprach ihn auf Itharisch an.

»Bist nicht aus Lorelien, was?«

»Nee«, sagte er frech. Dann besann er sich eines Besseren und sagte höflicher: »Nein. Ich komme aus Assiora, einem Dorf des Matriarchats.«

Die beiden Widerlinge starrten ihn mit offenen Mündern an.

»Kaul!«, sagte Yan. »Das Matriarchat von Kaul! Zu Pferd ist das noch nicht einmal eine Dekade entfernt!«

Das Gesicht des zweiten Kerls hellte sich auf. Er grinste und brach in schallendes Gelächter aus. Nachdem er seinem Kumpanen Yans Worte übersetzt hatte, lachte auch dieser.

»Kommst aus dem Land der Frauen, was?«

»Dem Land der Frauen?«

»Na sicher! Da gibt's nur Frauen: Mannweiber und Weibsmänner!«, sagte er prustend.

Yan verstand den Witz zwar nicht, war aber sicher, dass er ihn nicht lustig fand. Am liebsten hätte er seinerseits die Unhöflichkeit und mangelnde Sauberkeit der Lorelier verhöhnt, hielt sich aber gerade noch zurück. Zähneknirschend wartete er, bis die Widerlinge, die ihn nun alle umringten, zu lachen aufhörten.

Es dauerte eine Weile, bis sie sich wieder für ihn interessierten.

»Und warum biste hier?«

»Ich komme zum Tag der Versprechen.«

Nachdem der zweite Mann Yans Worte übersetzt hatte, bebten die

Schmerbäuche der Widerlinge abermals vor Lachen. In diesem Moment erkannte Yan den Sinn und Zweck eines Waffenarsenals, wie Grigán es besaß. Die Männer würden ihm gewiss mehr Ehrfurcht entgegenbringen, wenn er eine schwarze Lederkluft trüge und ein Schwert mit einer vier Fuß langen Klinge. Stattdessen trug er einen weißen Umhang, der Léti gehörte, und ein Band im Haar. »Damit es auch wirklich so aussieht, als gingst du auf Brautschau«, hatte Corenn augenzwinkernd gesagt. Lächerlich!

»Darf ich jetzt durch oder nicht?«, knurrte er.

»Sicher«, sagte der Mann und wischte sich die Tränen aus den Augen. »Viel Glück, junger *Mann!*«

Yan überhörte das Gelächter in seinem Rücken und ritt durchs Tor. Gefahren und Heldenmut – von wegen! Er würde sich zwei Tage lang zum Gespött der Leute machen, so sah es aus!

Er schluckte Wut und Scham hinunter und sah sich um. Darum war er schließlich hergekommen, und je eher er damit anfing, desto schneller würde er zu Léti zurückkehren können.

In der Stadt herrschte großer Trubel. Die Vorbereitungen für den Festtag liefen auf Hochtouren, und die Dorfbewohner waren in ausgelassener Stimmung.

Berce schien ein nettes Städtchen zu sein. Die Wohnhäuser, Werkstätten und Ställe waren alt, was ihnen einen gewissen Charme verlieh. Anders als in Kaul hatten die meisten Häuser mehrere Stockwerke.

Er ritt die Hauptstraße entlang, vorbei an mehr oder minder geschäftigen Menschen. Zum Glück schenkte ihm kaum jemand Beachtung, nur einige wenige hielten in ihrer Arbeit inne und musterten ihn belustigt. Zunächst tat Yan gleichgültig, aber nach einer Weile konnte er nicht mehr an sich halten und starrte finster zurück. Schließlich riss er sich das Stirnband vom Kopf und zog den makellos weißen Umhang aus.

Kinder jeden Alters rannten in Horden durch die Straßen. Yan nahm sich vor, gut auf den Geldbeutel zu achten, den Corenn ihm mitgegeben hatte. Er hatte aus seinem Fehler gelernt; so etwas wie in Jerval würde ihm nicht noch mal passieren.

Ein Mann, der ein Pferd am Zügel führte, kam ihm entgegen. Yan beschloss, ebenfalls abzusteigen. Zu Fuß würde er weniger Blicke auf sich ziehen.

Kurz darauf erreichte er den Marktplatz. Da es in Lorelien Brauch war, an Feiertagen so wenig wie möglich zu arbeiten, waren die Vorbereitungen für das Fest schon weit fortgeschritten.

Die Einwohner hatten Tische, Bänke, Stühle, Sessel und Hocker zu einer bunten Festtafel zusammengeschoben. Neben einer Feuerstelle, die eigens gebaut worden war, türmte sich ein eindrucksvoller Holzstapel.

Aber am meisten überraschte den Jungen eine Bühne in der Mitte des Platzes. Mussten sich die Versprochenen etwa dort oben aufstellen, den Blicken aller Leute ausgesetzt? Oder, noch schlimmer: Mussten die jungen Männer etwa *allein* von dort oben um die Hand ihrer Angebeteten bitten? Anscheinend beging man die Zeremonie in Lorelien etwas anders als in Kaul. Yan stand vor der Bühne wie ein Kaninchen vor der Schlange und malte sich die furchtbarsten Dinge aus, als ein Mann vor ihn trat. Sein Gesicht war nur einen Fuß von Yans entfernt.

Er hatte den Mann nicht kommen gehört. Lautlos wie eine Raubkatze hatte er sich angeschlichen und starrte ihm unverwandt in die Augen.

Eine Weile hielt Yan dem Blick stand. Der Mann war kleiner als er selbst und trug ein schlichtes Priestergewand mit heruntergezogener Kapuze. Er musste etwa in seinem dreißigsten Jahr sein, aber mit dem bartlosen Gesicht und dem kahl geschorenen Schädel wirkte er jünger. Die Hände hielt er unter dem Gewand verborgen, doch das war nicht das Unheimlichste an ihm.

Das Unheimlichste war sein Blick, der Blick eines Hais. Yan hatte nur einmal einen Hai gesehen, den Fischer aus seinem Dorf gefangen hatten, doch diese kalten, gefühllosen Augen hatte er nie vergessen.

Natürlich waren das nur die Gedanken eines Kindes beim Anblick eines toten Tieres gewesen. Jetzt stand er einem lebenden Hai gegenüber, der sich an der Angst seiner Beute zu weiden schien.

»Verzeiht.«

Yan wandte sich so langsam wie möglich ab. Er durfte keine falsche Bewegung machen und hatte doch nur eins im Sinn: um sein Leben rennen.

Ein zweiter Hai lauerte in seinem Rücken. Der Mann stand kaum einen Schritt hinter ihm. Auch er hatte sich lautlos an ihn herangeschlichen, trug ein rotes Gewand und hatte diese Raubtieraugen. Yan erstarrte. Einen Moment lang glaubte er, eine Klinge aufblitzen zu sehen, dann verschwand die Hand des Mannes in den Falten seines Gewands.

Yan ging langsam weiter, ohne sich umzudrehen. Jeden Moment rechnete er damit, die Klinge in seinem Rücken zu spüren. Er zog sein Pferd neben sich, damit der Leib des Tieres ihn schützte. Noch immer meinte er die stechenden Blicke auf seinem Hinterkopf zu spüren.

Am Ende des Platzes blieb er neben einer Schänke stehen, vor der Tische und Bänke aufgebaut waren. Er band das Pferd neben anderen fest und setzte sich auf eine Bank, um die unheimlichen Männer zu beobachten.

Sie waren verschwunden. Vergeblich suchte Yan den Platz ab. Hastig drehte er sich um und vergewisserte sich, dass sie nicht in seinem Rücken lauerten, doch die Haie hatten das Gewässer verlassen.

Eine hohe, näselnde Stimme drang an sein Ohr, und er wäre vor Schreck fast von der Bank gefallen. Er versuchte, sein hämmerndes Herz zu beruhigen. Eine Frau um die fünfzig hatte ihm vom Eingang der Schänke aus etwas zugerufen.

»Wein!«, antwortete er mit zittriger Stimme auf Itharisch.

Einen Moment lang fürchtete er, die Frage falsch verstanden zu haben, doch die Frau nickte ruckartig und brachte ihm kurz darauf einen vollen Becher. Erleichtert gab Yan ihr ein paar Münzen. Im Grunde verabscheute er Wein und hatte das Erstbeste bestellt, was ihm in den Sinn gekommen war, doch nach der ganzen Aufregung kam ihm der starke, süße Trank gerade recht.

Abermals drehte er sich gespielt unbekümmert um. Er dachte an Grigán. Lebte der Krieger immer so – mit dem Rücken zur Wand?

Würde seine Erfahrung ausreichen, um ihnen das Leben zu retten?

Ihm fiel die Klinge ein, die er flüchtig hatte aufblitzen sehen. Die Männer waren zweifellos Züu. Hatten sie ihn töten wollen?

Nein, dann wäre er jetzt wohl schon tot …

Wenn er ein Erbe wäre, hätten sie nicht gezögert, ihn umzubringen.

Woran die Mörder erkannten, ob jemand ein Erbe war oder nicht, war

Yan so egal wie der pelzige Hintern eines Margolins. Wichtig war nur, dass er sich nicht verdächtig machte.

Er betrachtete die Menschenmenge und stellte fest, dass die Einwohner insgesamt nicht schmutziger waren als in Kaul. Was aber trieben dann die vier Widerlinge am Stadttor? Waren sie überhaupt von hier?

Er würde sich wirklich in Acht nehmen müssen.

Als er seinen Becher geleert hatte, stand er auf und fragte die Wirtin nach dem Weg zum *Weinhändler.*

Sie schickte ihn in den unteren Teil des Dorfs. Kurz vor dem Tor, das zum Meer führte, stieß er auf die Herberge. Fast wäre er an ihr vorbeigelaufen, denn anders als das Schild der *Herberge zur Fähre* war dieses hier winzig. Neben dem Eingang saß ein Bettler vor einer Blechschale, in der einige Münzen lagen. Yan wollte sein Pferd nicht allein auf der Straße zurücklassen, weshalb er durch die offene Tür rief, damit der Wirt ihm den Stall zeigte. Ein rundlicher Mann mit einem roten, gutmütigen Gesicht trat auf die Straße und nahm ihm das Pferd ab. Er bot Yan an, schon hineinzugehen.

Yan nickte und sah dem Mann nach, bis dieser in einem nahen Gebäude verschwand. Vielleicht würde er überstürzt aufbrechen müssen, und dafür musste er wissen, wo sein Pferd stand.

»Eine milde Gabe, Herr. Ich habe solchen Hunger«, flehte der Bettler mit schwacher Stimme.

Er sah aus wie alle Bettler, denen Yan bisher begegnet war: Er hatte verfilzte Haare und einen langen Bart, war dreckig und in Lumpen gekleidet, die, wenn überhaupt, nur vom Regen gewaschen wurden.

Der Kerl konnte für die Züu arbeiten. Vielleicht war er aber auch nur eine arme Seele, denn er sah eher krank als betrunken aus. Yan zog eine Münze aus seinem Geldbeutel und ließ sie in die Schale fallen. Verflixt, wie der Kerl *stank!* Er musste sich im Mist gewälzt haben. Eilig wandte er sich ab.

»Danke, Herr. Danke«, wiederholte der Bettler immer und immer wieder.

Die Münze hatte er kaum beachtet. Yan zuckte mit den Schultern und betrat die Herberge. Die Schankstube war leer. Kurz darauf kehrte der Wirt zurück.

»Habt Ihr niemanden, der sich um die Pferde kümmert?«, fragte Yan.

»Doch, meinen ältesten Sohn. Aber er feiert morgen den Tag der Versprechen, und es wäre grausam, ihn heute arbeiten zu lassen.«

Der Mann war Yan auf Anhieb sympathisch. Es wunderte ihn nicht, dass die Erben bei ihm übernachteten. Wenn die Küche nun auch noch hielt, was Corenn versprochen hatte …

Yan bezahlte für zwei Nächte im Voraus, und da der Wirt gern zu reden schien, nutzte er die Gelegenheit, um ihn etwas auszuhorchen.

»Die Männer draußen am Tor? Nein, die sind nicht von hier. Außer Nuguel, Bertans Sohn. Niemand weiß, wo die anderen herkommen, vielleicht aus der Stadt. Jedenfalls ist das kein guter Umgang, so viel steht fest. Bisher haben sie nichts Schlimmes getan, und deshalb traut sich niemand, etwas zu sagen. Wollt Ihr meine Meinung hören? Sie suchen jemanden, und ich möchte nicht in der Haut des Gesuchten stecken, sollte er sich jemals hier blicken lassen. Obwohl das bestimmt auch nur so ein Tagedieb oder Halunke ist wie dieser Kerl, der vor meiner Tür herumlungert. Meint Ihr nicht? Warum fragt Ihr? Haben sie Euch Scherereien gemacht?«

Yan brauchte eine Weile, um den Redeschwall zu verdauen. Er bekam allein vom Zuhören Halsschmerzen.

»Nein, nein. Sie haben mich nur verspottet. Sind denn viele dieser Fremden im Dorf?«

»Wer kann das schon sagen. Zum Tag der Versprechen kommen so viele Menschen her, die ganzen jungen Leute vom Land mit ihren Familien. Das Dorf platzt aus allen Nähten. Außerdem gibt es eine Art Großfamilie, die hier alle drei Jahre ein Treffen abhält, und in diesem Jahr ist es wieder so weit. Vielleicht suchen die Männer am Tor einen von denen.«

Yan fürchtete, sich mit der Frage verdächtig zu machen, aber solch eine Gelegenheit würde sich so bald nicht wieder bieten, und die Antwort war zu wichtig. »Sind denn schon welche hier?«

»Ihr meint von der Großfamilie?«

»Äh, ja …« Verzweifelt suchte Yan nach einer Erklärung für seine Neugier. Als er keine fand, wollte er schon das Thema wechseln.

Doch dann sagte der Wirt: »Nein, noch nicht. Aber es ist auch noch zu früh. Vielleicht in zwei oder drei Tagen. Sie kommen immer hierher, müsst Ihr wissen, und sie mieten fast die ganze Herberge. Das kommt mir sehr gelegen, weil ich sonst nicht viele Gäste habe. Im Moment habe ich außer Euch nur ein Ehepaar aus Lermian und fünf Priester, die sich in zwei Zimmern einquartiert haben. Stellt Euch das nur vor! Zu fünft in zwei Zimmern! Ich habe große Achtung vor Priestern, daher sagte ich zu ihnen: Wenn es eine Frage des Geldes ist, nehmt Euch jeder ein eigenes Zimmer für den gleichen Preis. Sie stehen ohnehin leer. Aber das wollten sie nicht. Ist das nicht seltsam?«

»Doch.«

Sehr seltsam sogar. Nahezu unheimlich. Er würde die Nacht Wand an Wand mit fünf mordgierigen Züu verbringen.

Wenn er auch nur eine falsche Bewegung machte, würde er den nächsten Morgen nicht mehr erleben.

Es dauerte eine Weile, bis sich Yan loseisen und zurück in die Stadt gehen konnte. Erst hielt ihn der geschwätzige Wirt auf und verstrickte ihn in ein schier endloses Gespräch, und dann besaß der Bettler die Stirn, ihn abermals um ein Almosen zu bitten. Außerdem sah er plötzlich wesentlich gesünder aus. Seltsam, wie schnell sich so etwas ändern konnte.

Ohne sein Pferd, auf dem er fliehen, und ohne den Bogen, mit dem er sich verteidigen konnte, kam sich Yan nackt und schutzlos vor. Er hatte nichts als einen Dolch, den Grigán ihm geliehen hatte, weil er sein eigenes Messer Léti gegeben hatte. Das war nicht gerade viel. Allerdings hätte er selbst mit einem großen Schwert kaum eine Chance gegen die Züu gehabt.

Mit Angst im Bauch und wirrem Kopf kehrte er zu dem Marktplatz zurück, auf dem am nächsten Tag das Fest der Versprechen stattfinden würde. Rasch vergewisserte er sich, dass kein Zü da war. Es war keiner in Sicht, doch er fragte sich, ob das wirklich ein gutes Zeichen war.

Der Tag neigte sich dem Ende zu, und immer mehr Leute strömten auf dem Platz zusammen. Anscheinend wurden die Versprechen in Lorelia bereits am Vorabend gefeiert. Eine Menge junger Leute – Jungen und Mädchen in seinem Alter – standen in Gruppen beisammen und tuschelten: Jungen mit Jungen und Mädchen mit Mädchen. Zu den Erwachsenen hielten sie Abstand. Yan lehnte sich neben zwei junge Lorelier an eine Mauer. Sie behandelten ihn wie Luft, da sie den Mädchen hinterhergafften, die sich zur Feier des Tages herausgeputzt hatten.

Er interessierte sich mehr für die Besucher von auswärts. Manche mochten Erben sein, andere arbeiteten vermutlich für die Züu. Aber wer war wer?

Léti, Corenn und Grigán hatten sich bemüht, ihm einige ihrer Freunde zu beschreiben, doch die Liste war lang gewesen, und schon nach kurzer Zeit hatte Yan alle durcheinandergeworfen. Außerdem hatten seine Gefährten an ihren Erinnerungen gezweifelt, da die letzte Zusammenkunft bereits drei Jahre zurücklag. Er konnte sich nicht auf ihre Beschreibungen verlassen.

Erschreckt stellte er fest, dass ihn der Bettler beobachtete, der vor der Herberge gesessen hatte, vermutlich schon seit einer ganzen Weile. Hatte er nicht gerade den Blick abgewandt? Verfolgte er ihn etwa?

Yan nahm sich vor, dem Bettler während seiner Zeit in Berce aus dem Weg zu gehen, und sei es nur, um seinen Geldbeutel zu schonen.

»Seid gegrüßt.«

Zwei Mädchen mit blonden Haaren, die Hände artig auf dem Rücken, standen vor ihm und lächelten aufdringlich. Er errötete bis in die Haarspitzen. Ihre Kleider waren sehr viel kürzer, als es für eine Kaulanerin schicklich gewesen wäre.

»Äh, seid gegrüßt«, antwortete er lahm.

»Kommst du tatsächlich aus Kaul?«, fragte eins der Mädchen mit Unschuldsmiene. Ihr starres Lächeln wirkte wie in Stein gemeißelt.

Yan runzelte die Stirn. Stand ihm das etwa ins Gesicht geschrieben? Wie sollte er seine Feinde täuschen, wenn ihn schon zwei Dorfmädchen durchschauten? »Woher wisst Ihr das?« Er konnte sich nicht dazu durchringen, sie zu duzen.

»Von meinem Onkel. Er hat es von Nuguels Cousin, und Nuguel hat dich heute am Tor von Lorelia gesehen. Er erzählt überall herum, dass du zum Tag der Versprechen hier bist, und lacht sich halb tot.«

Als sie Yan erbleichen sah, fügte sie eilig hinzu: »Ich finde das überhaupt nicht zum Lachen. Ich finde es sogar entzückend.«

Yan errötete noch tiefer. Zu dumm, er war einfach zu dumm. »Ach ja?«, war alles, was ihm einfiel.

»Kaulaner sind so … romantisch«, fuhr sie fort. »Stimmt es, dass bei euch die Frauen nicht arbeiten müssen? Dass die Männer ihnen alles abnehmen?«

Yan gab einen erstickten Laut von sich. Wollte sie ihn auf den Arm nehmen? Oder erzählte man sich das tatsächlich im Rest der Welt? »Das ist vielleicht etwas übertrieben …«, murmelte er.

»Jedenfalls ist es bestimmt besser als hier. Alle Jungen, die ich kenne, sind Fischer ohne jeden Ehrgeiz. Sie wollen den Bund nur schließen, um Kinder in die Welt zu setzen. Aber ich sehne mich nach einer richtigen Liebesgeschichte. Ich würde das Versprechen sehr, sehr gern mit einem Kaulaner eingehen …«

Das Mädchen zwinkerte ihm vielsagend zu, wandte sich ab und tänzelte davon, ihre schweigsame Freundin im Schlepptau. Yan sah ihnen nach.

Er machte sich keine Sorgen um die Zukunft der Lorelierin, die genau zu wissen schien, was sie wollte. Was hätte Léti wohl zu der Szene gesagt? Er hatte keinen blassen Schimmer, hoffte aber, dass sie eifersüchtig geworden wäre. Allerdings wäre es dann zweifellos zu einem Streit zwischen den beiden Mädchen gekommen, vielleicht sogar zu einer Prügelei. Es war nicht Létis Art, sich alles gefallen zu lassen.

Laute Rufe rissen ihn aus seinen Gedanken. Mehrere Passanten zeigten in eine Richtung, und Yan folgte ihren ausgestreckten Fingern mit dem Blick. In zwei oder drei Meilen Entfernung blitzte ein Licht in den Hügeln auf, als spiegelten sich Sonnenstrahlen in einem Gegenstand …

Ein Trupp von zehn Reitern sprengte durch die Menge. Mindestens drei von ihnen waren Züu, wie Yan mit Entsetzen feststellte, und die anderen ähnelten den Kerlen, die an den Toren Wache hielten.

Die Mörder hatten blitzschnell reagiert. Falls der Urheber der Blinkzeichen ein Erbe war, schwebte er in höchster Lebensgefahr.

Yan könnte ihn warnen, wenn er sofort in den Sattel springen würde. Allerdings müsste er die Männer unbemerkt überholen, und dafür reichten seine Reitkünste bei Weitem nicht aus. Außerdem müsste er erst noch sein Pferd holen, wodurch er zu viel Zeit verlieren würde.

Aber er musste etwas unternehmen. Er konnte nicht tatenlos zusehen … Irgendwie spürte er, dass es wichtig war.

Kurz entschlossen hob er eine Handvoll Erde auf und rieb sie sich ins Gesicht. Dann hastete er durch die Gassen. Endlich fand er einen Glaser und erzählte ihm, er sei gestürzt und mit dem Gesicht im Dreck gelandet. Und das an einem so wichtigen Tag! Yan schimpfte über seine eigene Tollpatschigkeit und erstand einen Spiegel. Der Mann lachte gutmütig über sein Pech.

Dann suchte sich Yan eine Stelle, von der aus er seinen Plan in die Tat umsetzen konnte. Vor einem leer stehenden Haus blieb er stehen, warf einen schnellen Blick über die Schulter und stieg durch ein Fenster ein.

Hoffentlich hatte ihn niemand gesehen – vor allem nicht der Bettler!

Das Herz schlug ihm bis zum Hals. Jetzt schwebte er zum ersten Mal richtig in Gefahr. Wenn ihn auch nur der harmloseste seiner Feinde ertappte, wäre es aus mit ihm.

Stück für Stück zog er sich an dem morschen Treppengeländer hoch. Die Stufen wagte er nicht zu betreten aus Angst, sie würden unter seinem Gewicht einbrechen. Oben angekommen, kletterte er vorsichtig eine wackelige Leiter hoch und schob die staubige Dachluke auf.

Keuchend und schnaufend hievte er sich aufs Dach. Seine Schläfen pochten vor Aufregung. In den Hügeln blitzte immer noch das Licht auf, und wer die Zeichen auch geben mochte, wusste nichts von der Gefahr, die sich ihm im gestreckten Galopp näherte. Yan hob den Spiegel hoch über seinen Kopf und drehte ihn in alle Richtungen. War die Fläche überhaupt groß genug, um die Sonnenstrahlen auf eine so große Entfernung zu spiegeln?

Würden sie ihn erwischen? Wäre er bald tot?

Die Blinkzeichen setzten aus. Dann blitzte das Licht dreimal kurz auf, bevor es endgültig erlosch.

Yan hörte auf, den Spiegel zu schwenken. Anscheinend war das eine Antwort gewesen. Er hatte es geschafft!

Ein glückliches Lächeln breitete sich auf seinem Gesicht aus. Er hatte es geschafft, vielleicht ein Leben gerettet oder zumindest demjenigen, der dort in den Hügeln stand, etwas Hoffnung gegeben. Ein Erbe … Es *musste* einfach ein Erbe sein.

Hoffentlich verfiel derjenige jetzt nicht auf die Idee, nach Berce zu kommen!

Er schob den Gedanken beiseite und beschloss, sich zunächst um sein eigenes Los zu sorgen. Er rieb sich den Dreck aus dem Gesicht, wickelte den Spiegel in ein Stück Stoff, das er gefunden hatte, und warf das Bündel schwungvoll auf das Dach des gegenüberliegenden Hauses. Dann unternahm er eine waghalsige Kletterpartie an der Außenwand hinunter, weil er Angst hatte, erwischt zu werden, wenn er wieder die Treppe nahm.

Eine Ratte in der Falle kann den satten Wolf bezwingen … Niemals hätte er geglaubt, dass er zu so etwas fähig wäre!

Lebt Grigán immer so?, fragte er sich abermals, bevor er zu Boden sprang.

Die Reiter kehrten erst spät am Abend zurück, als das Fest bereits in vollem Gang war. Erleichtert bemerkte Yan, dass sie weder Gefangene noch Leichen mitbrachten. Auch hatten sie nicht die triumphierenden und stolzen Mienen von Siegern. Der Unbekannte war ihnen anscheinend entkommen.

Yan warf den drei Priestern nur einen flüchtigen Blick zu, um keinen Verdacht zu erregen. Trotzdem sah ihm einer der Männer direkt in die Augen. Wieder erstarrte Yan unter seinem Raubtierblick. Glücklicherweise setzte der Zü seinen Weg fort und musterte die Passanten gleichgültig.

War er der Einzige, der Angst hatte? Alle anderen schienen nichts zu bemerken. Er fragte sich, was die Leute sagen würden, wenn sie wüssten, dass sich eine Bande Mörder in ihrem Dorf eingenistet hatte. Wahrscheinlich wäre das Dorf in kürzester Zeit wie leer gefegt.

Die Reiter trennten sich, und die drei Züu schlugen den Weg zum *Weinhändler* ein. Yan beschloss, ihnen zu folgen, da er hoffte, noch etwas mehr herauszufinden. Für die Festbesucher, die sich hemmungslos betranken, zum Klang einer Vigola und einer Zimbel tanzten oder einander den Hof machten, interessierte sich Grigán gewiss nicht. Außerdem hörte das lorelische Mädchen nicht auf, ihm zuzuwinken. Es stand zu befürchten, dass sie früher oder später zu ihm zurückkam und ihn in ein Gespräch verwickelte. Ihn vielleicht sogar zum Tanz aufforderte! Auf neuerliche Peinlichkeiten konnte er gut verzichten.

Als sie ihm das nächste Mal zuwinkte, erwiderte er die Geste halbherzig und tauchte dann rasch in der Menge unter. Besonders höflich war das nicht, aber ihm fiel nichts Besseres ein. Außerdem musste er eventuelle Verfolger abschütteln …

Mit schnellen Schritten ging er zurück zur Herberge. Ohne das große Feuer, das auf dem Platz brannte, kroch ihm die nächtliche Kälte rasch in die Knochen.

Auf dem Fest hatte es kein Essen gegeben, doch wie viele andere Besucher hatte er in der Schänke etwas Brot und Pastete gegessen. Er war völlig ausgehungert gewesen. Jetzt war er froh darüber. Wenn er allein mit den Züu in dem riesigen Schankraum der Herberge zu Abend essen müsste, würde er keinen Bissen herunterbekommen.

Bald erreichte er die Herberge. Diesmal saß der Bettler nicht an seinem angestammten Platz. Yan hatte ihn auf dem Festplatz mehrmals gesehen, immer an verschiedenen Stellen. Er war froh, ihm nicht schon wieder zu begegnen.

Mit einem raschen Blick durch das Fenster vergewisserte er sich, dass der Schankraum leer war. Kaum hatte er die Tür aufgeschoben, tauchte der Wirt auf und versuchte vergeblich, ihn in ein Gespräch zu verwickeln. Yan nahm den Kerzenhalter, den der Wirt ihm reichte, wünschte höflich eine gute Nacht und flüchtete die Treppe hinauf in den ersten Stock, denn einem weiteren Redeschwall fühlte er sich nicht gewachsen.

Lautlos schlich er an den Zimmern der Züu vorbei, deren Türen gleich nach der Treppe links und rechts abgingen. Der redselige Wirt hatte sie ihm gezeigt, als er Yan zu seinem Zimmer führte. Anscheinend hatten die Priester darauf bestanden, genau diese Zimmer zu bekommen. Strategisch gesehen, waren sie die beste Wahl. Niemand konnte die Treppe hinauf- oder hinuntergehen, ohne von ihnen gesehen zu werden.

Die Tür zur Linken stand einen Spalt offen. Vielleicht hielt einer der Züu Wache oder wollte zumindest hören, was auf dem Flur geschah.

Yan ging ruhig weiter. Er durfte auf keinen Fall ihr Interesse wecken. Etwas zu spät kam ihm der Gedanke, wie ein Betrunkener zu schwanken. Vielleicht konnte er sie so täuschen.

Unbeholfen steckte er den Schlüssel ins Schloss und mühte sich damit ab, ihn herumzudrehen. Er musste nicht schauspielern: Das Schloss klemmte tatsächlich. Endlich sprang die Tür auf. Yan trat ins Zimmer und lehnte sich mit einem erleichterten Seufzer an die Tür. Er hatte den Eindruck, die Nacht in einem Wespennest zu verbringen. Oder in einem Haifischbecken.

Eine Nacht, er musste nur eine einzige Nacht überstehen, dann könnte er zu Léti zurückkehren. Die Nachrichten, die er seinen Gefährten überbringen würde, waren alles andere als gut. Das Dorf wurde Tag und Nacht von ihren Feinden überwacht, und die Hoffnung, andere Erben zu finden, beschränkte sich auf einen Unbekannten, der Lichtzeichen gab und vielleicht überhaupt nichts mit ihnen zu tun hatte.

Er konnte nichts weiter tun, als abzuwarten und ein paar Vorkehrungen für die Nacht zu treffen.

Das Zimmer hatte eine Dachluke, die gerade so groß war, dass ein schlanker Mann hindurchpasste – oder der Bolzen einer Armbrust. Er vergewisserte sich, dass sie gut verschlossen war, und knotete den Riegel mit einem Strick fest. Für jemanden, der zu allem entschlossen war, würde das zwar kein großes Hindernis sein, aber es war immer noch besser als gar nichts.

Er würde heute Nacht wohl kein Auge zutun, und bestimmt würde er nicht sofort schlafen können. Obwohl es schon spät war, verspürte er keinerlei Müdigkeit. Kälte und Aufregung hielten ihn wach.

Er beschloss, sich die Kleider für den nächsten Tag zurechtzulegen. Auf keinen Fall würde er noch einmal diesen albernen Mädchenumhang anziehen!

Bei der Gelegenheit fiel ihm auf, dass jemand seine Sachen durchsucht hatte.

Rasch sah er nach, ob etwas fehlte. Nein, es war nichts gestohlen worden. Er besaß jedoch auch nichts, was einen Dieb hätte interessieren können.

Man hatte ihn nicht ausrauben wollen – der Eindringling hatte vielmehr sorgsam darauf geachtet, alles so zu hinterlassen, wie es gewesen war. Es war reiner Zufall, dass Yan überhaupt etwas bemerkt hatte.

Zum Glück enthielt sein Bündel nichts, was ihn hätte verraten können. Das Quälendste war der Gedanke, dass jemand unbemerkt in sein Zimmer eingedrungen war.

Er untersuchte das Schloss, doch es war unversehrt. Allerdings hatte es geklemmt … Hatte sich vielleicht jemand daran zu schaffen gemacht?

Jetzt wusste er, dass er auf keinen Fall schlafen konnte. Am liebsten hätte er sich gleich auf den Rückweg gemacht, doch das wäre zu verdächtig gewesen.

Mit dem Dolch in der Hand setzte er sich auf einen Hocker mitten ins Zimmer. Der erste ungebetene Besucher würde sein blaues Wunder erleben. Der zweite allerdings … Er hatte keine Ahnung, wie er mit dem zweiten fertigwerden sollte.

Wenn er daran dachte, dass er all das noch vor wenigen Tagen aufregend gefunden hätte! Jetzt wünschte er sich sein eintöniges, geruhsames Leben zurück.

Trotz der unbequemen Haltung nickte er immer wieder ein. So verging ein knapper Dekant, der ihm allerdings wie mindestens zwei vorkam.

Stimmen im Flur.

Er brauchte einen Moment, um zu begreifen, dass sie nicht aus einem Albtraum stammten.

Mehrere Männer – zwei, drei, vielleicht auch mehr – unterhielten sich auf dem Treppenabsatz. Yan presste das Ohr an die Tür, konnte aber kaum etwas verstehen. Alles, was er hörte, war: »Ich … fünfzig.« Der Rest war nur Gemurmel.

Er beschloss, das Wagnis einzugehen und die Tür zu öffnen. Ein Gespräch um diese Uhrzeit musste einfach bedeutsam sein. Er stellte die Kerze unter den Hocker, warf ein Tuch darüber und drehte den Schlüssel behutsam im Schloss. Dann schob er die Tür einen winzigen Spalt auf.

Die Scharniere quietschten. Leise zwar, aber in Yans Ohren klang das Geräusch lauter als der gellende Schrei einer Waule. Er stand eine Weile reglos da, die Hand um den Dolch gekrampft, doch niemand kam den

Flur entlang. Die Männer unterhielten sich immer noch und schienen ihn nicht gehört zu haben.

»Nein, nein«, rief jemand laut. »Ich will fünfzig Silberterzen und keinen Tick weniger. Im Voraus.«

»Fünfzig, das ist viel Geld«, antwortete ein anderer Mann ruhig. »Glaubst du wirklich, dass dein Wissen so viel wert ist? Dass wir dir für einen halben Tag zwei Goldterzen zahlen?«

»Dann nehmt doch jemand anders. Aber ihr braucht mich, denn ihr werdet den Kerl mit dem Spiegel ohne mich nie finden. Dazu muss man nämlich die Zeichen lesen, und das könnt ihr nicht. Dabei hilft euch eure Religion nicht. Und deshalb will ich fünfzig Silberterzen. Das ist mein letztes Wort.«

»Schon mal was von der Göttin Zuïa gehört?«, fragte der andere honigsüß.

Der Angesprochene schwieg.

»Zuïa ist die Rachegöttin. Dir ist bestimmt aufgefallen, dass ich nicht *eine,* sondern *die* Rachegöttin sage. Die anderen Götter sind schwach. Sie richten die Menschen erst nach deren Tod. Zuïa ist die Einzige, die hier und jetzt straft. Kein Gott hat so viel Macht wie sie. Sie ist die einzig wahre Göttin.«

Wieder schwieg der Angesprochene. Yan konnte förmlich vor sich sehen, wie der Mann mit der lauten Stimme an Selbstbewusstsein verlor.

»Ich und meine Brüder, wir sind die Boten Zuïas. Wenn du uns deine Hilfe verweigerst, bist du verdammt, und Zuïa wird dich richten.«

Das war wenigstens deutlich, dachte Yan.

»Also«, fragte die sanfte Stimme, »wirst du uns nun führen?«

Der Mann mit der lauten Stimme erging sich in Entschuldigungen. Er habe nicht gewusst, dass es sich um eine heilige Mission handele. Natürlich sei er bereit, ihnen zu helfen, und auf die Bezahlung würde er selbstverständlich verzichten!

Die sanfte Stimme sagte: »Gut«, und beendete damit das Gespräch. Sie verabredeten sich für den nächsten Tag zum dritten Dekant auf dem Marktplatz. Dann hörte Yan Schritte auf der Treppe.

Er wartete, bis Stille eingekehrt war. Dann presste er eine Decke auf das Scharnier, um das Quietschen wenigstens etwas zu dämpfen, und schloss behutsam die Tür.

Fieberhaft dachte er nach. Was nun? Was sollte er tun?

Was würde Grigán an seiner Stelle machen?

Unternahm er nichts, würde der Mann mit dem Spiegel am Morgen sterben. Schlich er sich aus der Herberge, würde auch er den Tod finden. Es sei denn, es gelang ihm, ungesehen aus Berce zu fliehen. Aber wie?

Warnen konnte er den Unbekannten nicht. Den Ort in den Hügeln, an dem er die Lichtzeichen gesehen hatte, würde er zwar finden können, allerdings nur bei Tageslicht. Im Dunkeln war es unmöglich.

Ganz zu schweigen davon, dass er irgendwelche »Zeichen« würde lesen müssen.

Was würde Grigán an seiner Stelle tun?

Er musste ihn fragen.

Sei's drum, er würde es wagen. Er musste aus Berce verschwinden, die Nacht durchreiten und zu seinen Freunden zurückkehren. Vielleicht hatte der Krieger eine Idee.

Der Entschluss war gefasst, und Yan machte sich bereit. Er schob die Dachluke auf und warf einen Blick nach draußen. Über das Dach konnte er nicht fliehen, da es viel zu steil war und zudem auf eine breite Straße führte. Die Gefahr, jemandem zu begegnen, war zu groß.

Also blieb nur die Tür. Vielleicht war es das Beste, einfach den Flur entlangzugehen, als habe er nichts zu verbergen.

Er würde ohnehin noch eine Weile warten müssen. Es wäre viel zu verdächtig, gleich nach dem Gespräch aufzubrechen, das er belauscht hatte.

Er rieb sich die Schläfen. Plötzlich musste er wie ein Flüchtling, ein Gesetzloser, ein Verbrecher denken, und dabei war er unschuldig!

Seine Sachen musste er zurücklassen. Falls die Züu Wache hielten und ihn mit seinem Gepäck an ihrer Tür vorbeigehen sahen, würden sie Verdacht schöpfen.

Rasch suchte er zusammen, was er unbedingt mitnehmen wollte. Nur Létis weißer Umhang hatte in seinen Augen einen gewissen Wert, da er nicht ihm gehörte. Er fand sich mit dem Gedanken ab, die anderen Sachen nie wiederzusehen.

Als genug Zeit verstrichen war, verließ er das Zimmer mit der Kerze in der Hand. Die Tür schloss er nicht ab.

Er bemühte sich absichtlich nicht, besonders leise zu sein, da er überzeugt war, dass die Züu ihn ohnehin beobachteten. Er ging den Flur entlang, an den Zimmern der Mörder vorbei und stieg die Treppe hinunter, ohne dass sich ihm jemand in den Weg stellte.

Im Erdgeschoss stieß er auf einen Jungen in seinem Alter, der den Kopf auf die Theke gelegt hatte und tief und fest schlief. Yan schlich an ihm vorbei, stellte die Kerze auf einem Tisch ab und verließ die Herberge.

So weit, so gut. Das nächste Hindernis würde nicht so leicht zu überwinden sein. Wie sollte er um diese Uhrzeit mit dem Pferd aus der Stadt kommen? Die Tore wurden mit Sicherheit immer noch bewacht.

Auf dem Weg zum Stall dachte er fieberhaft nach, doch er sah keine andere Möglichkeit, als einfach im gestreckten Galopp durch das Tor zu preschen. Er war nicht mehr dazu in der Lage, sich eine glaubwürdige Geschichte auszudenken und sie den Widerlingen aufzutischen, die ihn verspottet hatten.

Verflixt! Die Tür zum Stall war mit einem Schloss gesichert. Damit hatte er nicht gerechnet. Nachdem er eine Weile vergeblich mit seinem Dolch in dem Schloss herumgestochert hatte, versuchte er, es mit einem Stein aufzubrechen. Zum Glück sprang es schnell auf.

Eigentlich hatte er vorgehabt, die Tür zuzuziehen, bevor er sein Pferd sattelte, doch im Stall war es stockfinster. Daher ließ er die Tür einen Spaltbreit offen. Er tastete sich durch die Dunkelheit, immer dem Schnauben und Stampfen der Tiere nach. Endlich fand er sein Pferd. Beim Verlassen der Herberge hatte ihn ein ungutes Gefühl beschlichen, und er hatte fast damit gerechnet, dass sein Pferd weg war und die Züu ihm in dem Stall auflauerten.

Rasch zäumte er das Tier auf und führte es zur Tür.

Ein Mann versperrte ihm den Weg.

In der Dunkelheit konnte Yan sein Gesicht nicht sehen, doch Körperbau und Kleider verrieten ihn. Wenigstens war es kein Zü. Der Mann sah eher aus wie einer dieser Widerlinge, die für die Züu arbeiteten. Yan fragte sich, ob er ihm zu dem Stall gefolgt war oder hier auf ihn gewartet hatte.

»Wer seid Ihr?«, fragte Yan.

Würde es zu feindselig wirken, wenn er den Dolch zog? Einen Kampf wollte er um jeden Preis verhindern.

»Ein Freund«, antwortete der Unbekannte. »Ich bin ein Erbe genau wie du. Oder?«

Yan zögerte mit der Antwort. Grigán hatte ihn aufgefordert, niemandem zu vertrauen, und er fand diesen Rat unbezahlbar. Wenn dieser Kerl ein Freund war, warum versperrte er ihm dann den Weg? Warum schloss er nicht die Tür? Aber vielleicht misstraute er Yan ebenso wie dieser ihm …

»Und wie heißt dieser Freund?« Yan hätte nie gedacht, dass er so unhöflich sein könnte.

»Reyan. Reyan von Kercyan. Ich komme aus Lorelia. Du bist doch ein Erbe, oder?«

Der Ton dieses Freundes war ganz und gar nicht freundschaftlich. Doch auch das konnte daran liegen, dass er ihm nicht traute.

Sollte Yan ihm glauben? Wenn er sich richtig erinnerte, hatte Corenn den Namen Reyan mindestens einmal erwähnt. War er einer der Toten oder der Lebenden gewesen?

»Ich bin kein Erbe«, sagte er schließlich zögernd. »Aber einige von ihnen sind meine Freunde.«

»Sind sie hier? In der Stadt?«, fragte der Mann begierig.

Yan hatte nicht vor, ihm das zu verraten. Der Mann stand immer noch in der Tür, und Yan konnte nur eine seiner Hände sehen. Würde er auf sein Pferd springen und den Mann über den Haufen reiten können, bevor dieser sich rührte?

»Na, was nun? Sind sie in der Stadt oder nicht? Warum antwortest du nicht? Traust du mir etwa nicht?«

Plötzlich war Yan sicher, dass er dem Kerl *nicht* trauen konnte. Er spannte alle Muskeln an, um auf sein Pferd zu springen, als er einen zweiten Mann in der Tür erscheinen sah. Er erkannte ihn sofort. Der Bettler. Er war bestimmt ein Komplize des anderen! Es sah nicht gut für ihn aus.

»Zieh nicht so ein Gesicht! Das bringt doch nichts«, sagte der erste Mann. »Du wirst es mir so oder so sagen, mir oder den irren Priestern. Es ist nur eine Frage der Zeit und der Schmerzen.«

Yan erstarrte vor Entsetzen. Drohte der Kerl ihm etwa mit Folter? Hatte er nicht gerade eben zugegeben, ein Komplize der Züu zu sein? Yan zog seinen Dolch und streckte ihn dem Mann entgegen, den Daumen auf der Klinge, so wie Grigán es ihm gezeigt hatte.

Leider erzielte das nicht die erhoffte Wirkung. Der Widerling brach in schallendes Gelächter aus. Der Bettler zeigte keine Regung und ging weiterhin langsam auf seinen Kumpan zu.

Warum eigentlich langsam?

»Willst du mit mir spielen?«, fragte der erste Mann und zeigte ihm die bisher verborgene Hand, in der er ein Schwert hielt. »Es wird mir eine Freu…«

Der Bettler stand jetzt direkt hinter dem Widerling, packte sein Kinn und zog es nach hinten. Er hielt ein Messer in der Hand und führte einen raschen Schnitt aus. Auf der Kehle des Mannes erschien ein dunkelroter Streifen, der rasch breiter wurde. Er gab ein ersticktes Röcheln von sich und sackte zusammen.

Der Mörder bückte sich und wischte die Klinge an den Kleidern seines Opfers ab. »Noch im Tod sind sie abstoßend. Diese Kerle haben einfach keinen Schneid, dafür aber die Frechheit, mir meinen Namen zu klauen.«

Yan ließ die Hand mit dem Dolch nicht sinken. Was war hier los?

»Oh! Ich hoffe, du bist nicht böse, dass ich dir den Dreckskerl vor der Nase weggeschnappt habe. Die Gelegenheit war gerade so günstig …«

Yan starrte den Bettler verständnislos an. Der Mann steckte das Messer weg und stemmte die Hände in die Hüften.

»Ich sagte: Ich hoffe, du bist mir nicht böse, dass ich dir *das Leben gerettet habe!*«

»Äh, danke«, stammelte Yan.

Ihm ging nicht aus dem Kopf, wie kaltblütig der Mann den anderen getötet hatte. Wie sollte er da dem Neuankömmling vertrauen? »Wer seid Ihr?«, fragte er und hatte das Gefühl, sich zu wiederholen.

»Rey von Kercyan, der echte. Und ich heiße *Rey,* nicht *Reyan.* Der Kerl hätte wissen müssen, dass ich mich von niemandem Reyan nennen lasse. Das klingt viel zu hochgestochen. Und wer bist du? Außer ein Pferdedieb?«

»Yan. Und das Pferd gehört mir!«

»Die Tür auch? Und das Schloss?«

Yan schwieg betreten.

»War doch nur ein Scherz. Komm, wir müssen hier weg.«

Der Mann, der sich Rey nannte, beugte sich abermals über die Leiche, zog einen speckigen Geldbeutel aus der Hosentasche des Toten und wog ihn mit verächtlicher Miene in der Hand. Yan war entsetzt. Er hatte nicht die Absicht, sich diesem skrupellosen Mörder anzuschließen. Er war gewiss auf eine Belohung aus, die die Züu auf Yans Kopf ausgesetzt hatten, und um mit niemandem teilen zu müssen, hatte er seinen Kumpan umgebracht. So jemand konnte kein Erbe sein!

»Ich muss dann mal weiter«, murmelte Yan. »Nochmals vielen Dank.«

»Warte!«

Es klang eher wie eine Bitte als wie ein Befehl, und der Bettler machte keine Anstalten, ihn aufzuhalten. Yan beschloss, ihn anzuhören, wenigstens einen Moment lang.

»Ich habe gehört, was du gesagt hast. Alles, was du gesagt hast. Ich bin seit über einer Dekade hier, und das ist die erste gute Nachricht. Du musst mir natürlich nicht glauben, aber ich gehöre auch zur Familie. Sehr zu meinem Leidwesen«, fügte er leise hinzu.

Yan wusste nicht, was er glauben sollte. Der Tonfall des Mannes klang aufrichtig, aber es stand zu viel auf dem Spiel. Das alles konnte Teil eines heimtückischen Plans sein, um seine Freunde in die Falle zu locken.

»Ich kann Euch nicht zu ihnen führen. Ich kenne Euch nicht.«

»Ich weiß. Darüber habe ich mir schon Gedanken gemacht. Also: Du gehst jetzt zu ihnen und sagst ihnen, dass ich lebe. Seit unserer letzten Begegnung bin ich etwas gewachsen, aber sie werden sich gewiss an mich erinnern. Sag ihnen, ich sei der Junge, der vor ein paar Jahren das Zelt angezündet hat. Das können sie nicht vergessen haben«, fügte er grinsend hinzu.

Yan nickte. Er verstand zwar nicht alles, was Rey sagte, aber er schien Yan vorerst nichts Böses zu wollen. Das reichte ihm. »Und dann? Wenn ich sie überzeugen kann?«

»Dann kommt ihr mich holen. Natürlich nicht hier«, sagte er schnell, als er Yans entgeisterten Blick sah. »Ich habe nicht vor, hier noch länger zu verweilen. Wir treffen uns morgen gegen Mit-Tag an dem Strand, an dem die Zusammenkünfte der Erben stattfinden.«

»Der wird doch gewiss von den Züu überwacht«, wandte Yan ein.

»Nein. Ich habe nachgesehen. Bislang ist niemand dort. Vermutlich kommen sie erst am Tag der Eule.«

Yan ließ sich darauf ein. Gern hätte er einen anderen Ort vorgeschlagen, doch er kannte sich in der Umgebung von Berce nicht aus. Grigán würde entscheiden, was zu tun war.

»Eins noch: Sag ihnen, dass die Große Gilde ihre Finger im Spiel hat.«

»Die Große Gilde?«

»Hast du noch nie etwas von der Großen Gilde gehört, oder glaubst du mir nicht?«, fragte Rey erstaunt.

»Ich habe noch nie etwas davon gehört«, sagte Yan herausfordernd.

»Oh, da kann ich mich ja glücklich schätzen, Hilfe gefunden zu haben«, murmelte Rey.

»Ich werde Eure Worte einem Bekannten von mir ausrichten«, zischte Yan. »Ich wette, er hält Euch auch für eine große Hilfe.«

Einen Moment lang schwiegen beide.

»Schnell eingeschnappt, was?«, sagte Rey einlenkend.

»Spöttisch, was?«, gab Yan zurück.

Sie grinsten sich verschwörerisch zu. Rey ergriff Yans Arm und zog ihn behutsam nach draußen.

»Komm! Gleich geht die Sonne auf, und wir stehen hier immer noch neben einer Leiche herum und palavern. Was meinst du, was los ist, wenn uns jemand sieht? Hast du dir eigentlich schon überlegt, wie du mit deinem Pferd aus der Stadt kommst?«

Ein Pfiff gellte durch die Nacht.

Nuguel war nicht nach Spielchen zumute. Die Züu hatten ihn als einzige Wache am Tor von Leem postiert. Seine Kumpel lagen längst in ihren Betten und schliefen oder amüsierten sich mit einer Frau, während er sich die Nacht um die Ohren schlagen und ein verdammtes Tor bewachen musste, das ohnehin niemand passieren wollte.

Wenn der Blödmann nicht bald mit seinem dämlichen Gepfeife aufhörte, würde er ihm das Maul stopfen.

Nuguel hätte ihn längst zum Schweigen gebracht, wenn er nur wüsste, wo die Pfiffe herkamen. In der nächtlichen Stille trugen Geräusche weit; der Störenfried konnte sich in jeder der unzähligen Gassen verstecken, die zum Tor führten.

Das war kein Nachtschwärmer, der sich des Lebens erfreute. Irgendjemand legte es darauf an, ihn zur Weißglut zu treiben. Sobald Nuguel stehen blieb, erstarb das Pfeifen. Tat er einen Schritt, ging es wieder los. Nuguel hätte alles dafür gegeben, seine Wut an dem Kerl auslassen zu können – oder an einem dieser Erben, nach denen sie suchten. Oder an irgendjemanden, solange er ihm nur *wehtun* konnte.

»Wenn ich dich in die Finger kriege, reiße ich dir die Zunge aus dem Hals«, knurrte er vor sich hin.

»Wenn du es schaffst, mich zu fangen, reiße ich sie mir selbst heraus«, schallte es laut und triumphierend zurück.

Nuguel stürzte sich in die Gasse, aus der die Stimme gekommen war, und frohlockte bei dem Gedanken, den Kerl endlich zu erwischen.

Aber die Gasse war leer. Das Einzige, was er sah, war ein Holzbrett, das auf sein Gesicht zuraste.

Rey überlegte, ob er den Bewusstlosen töten sollte. Doch da der Kerl keinen Alarm geschlagen hatte, brav in die Falle getappt und lautlos zu Boden gegangen war, sodass Yan ungesehen durch das Tor hatte schlüpfen können, beschloss er, sein Leben zu schonen. Er würde ihn nur um seine Geldbörse erleichtern und ihm die Beule als Andenken hinterlassen.

Rasch zog er den leblosen Körper etwas tiefer in den Schatten, dann trat auch Rey durch das Tor von Leem.

Yan war schon nicht mehr zu sehen. Rey hörte nur noch das Hufgetrappel seines Pferdes. Kein Grund, noch länger herumzutrödeln. Forschen Schrittes ließ er die Stadt hinter sich.

Sobald Berce außer Sicht wäre, würde er sich waschen. Selbst nach über einer Dekade hatte er sich nicht an den strengen Geruch gewöhnt, der seiner Verkleidung Glaubwürdigkeit verlieh. Leider war er im Laufe der Zeit kaum schwächer geworden. In regelmäßigen Abständen war

Rey sein eigener Gestank in die Nase gestiegen und hatte ihn an den frischen Dung erinnert, den er sich ins Gesicht geschmiert hatte. Jedes Mal hatte sich ihm der Magen umgedreht, aber die Idee war dennoch gut gewesen, denn niemand hatte ihn angesprochen.

Und dann war dieser junge Kaulaner aufgetaucht.

Ihm fiel ein, dass er vergessen hatte zu fragen, mit wie vielen Erben er unterwegs war und wie sie hießen. Der Junge hätte es ihm zwar vermutlich nicht verraten, aber trotzdem. Jetzt würde er als selbstsüchtig dastehen.

Egal, er hatte getan, was er konnte. Wenn sie nicht zu dem vereinbarten Treffen kamen, dann eben nicht. Er würde schon allein zurechtkommen, schließlich war er das gewohnt.

Erst einmal musste er sein Gepäck holen, das er eine halbe Meile vor den Toren der Stadt versteckt hatte, und sich endlich den Dreck aus dem Gesicht waschen.

Schließlich ging er zu einer Art Familientreffen.

Yan durfte keine Zeit verlieren. Dank der Hilfe des Bettlers hatte er die Stadt ohne Zwischenfälle verlassen können, allerdings durch das Osttor, obwohl er nach Westen wollte.

Um nicht von den Wachen der anderen Tore gesehen zu werden und eventuelle Verfolger abzuschütteln, hatte er einen weiten Umweg um Berce gemacht und sich natürlich verirrt. Zu Fuß hätte er weniger Schwierigkeiten gehabt, sich zurechtzufinden, selbst in fremder Umgebung. Aber zu Pferd ... Warum konnte das Tier nicht einfach geradeaus laufen? Was war daran so schwierig? Zum Glück stieß er bald wieder auf den Weg. Es konnte jetzt nicht mehr weit sein.

Es war nun doch eine Menge passiert, und er konnte es kaum erwarten, seinen Freunden davon zu erzählen. Vor allem von den Lichtzeichen in den Hügeln und dem Bettler, der, wie er nun wusste, überhaupt kein Bettler war.

In Berce hatte Yan die Gefahr, in der sie schwebten, am eigenen Leib zu spüren bekommen. Jetzt hatten die Züu auch ihn im Visier. Allerdings machte ihm das nicht viel aus, schließlich hatte er gewusst, dass es früher oder später dazu kommen würde. Irgendwie war er sogar froh, dass er Létis Schicksal nun teilte.

Was ihm allerdings Kummer bereitete, war ihre ausweglose Lage. Die Züu würden nicht aufhören, sie zu jagen, und sie schienen unzählige Schergen zu haben. Seine Gefährten und er würden nicht so schnell in ihr altes Leben zurückkehren können, wenn überhaupt jemals wieder.

Es galt also, den Augenblick zu genießen. Bald sah er seine geliebte Léti wieder. In wenigen Dekanten ging die Sonne auf, und der Tag der Versprechen brach an. Zum ersten Mal fieberte er diesem Moment entgegen. Er würde ihn auf andere Gedanken bringen.

Endlich erreichte er die Stelle, wo er den Weg verlassen und sich ins Unterholz schlagen musste. Er schickte ein kurzes Gebet an Brosda, damit der Gott ihn davor bewahrte, sich wieder zu verirren. Sein Flehen schien erhört worden zu sein, denn kurz darauf stand er vor dem verfallenen Haus, in dem sie übernachtet hatten.

Aber irgendetwas stimmte nicht.

Hier sah alles verlassen aus.

Nachdem er sich rasch umgesehen hatte, wurde sein Verdacht zur Gewissheit: Niemand war da. Er fand keine Spur der anderen: keine Pferde, kein Gepäck, nicht einmal die Überreste eines Feuers. Und auch keine Nachricht oder ein Zeichen. Yan setzte sich auf einen feuchten Baumstumpf und lauschte den Geräuschen der Nacht. Er war todmüde.

Léti hatte das Gefühl, ihren Freund zu verraten. Kurz nachdem Yan nach Berce aufgebrochen war, befahl Grigán, das Lager abzubrechen. Wütend begehrte sie auf, beschimpfte und bedrohte ihn, um ihn zum Einlenken zu bewegen. Erst als ihr Zorn etwas verraucht war, war sie bereit gewesen, sich seine Erklärungen anzuhören.

Grigán wollte das Lager ein gutes Stück entfernt aufschlagen für den Fall, dass Yan verfolgt wurde oder jemand ihn zwang, ihren Aufenthaltsort zu verraten. Trotzdem mussten Grigán und Corenn all ihre Überredungskünste aufbieten, um Léti zum Mitkommen zu bewegen.

Sie verließen das verfallene Haus und ließen sich auf einer Lichtung etwas näher an Berce nieder.

Mittlerweile hatte sich Léti beruhigt und schämte sich der Worte, die sie Grigán an den Kopf geworfen hatte. In dem Glauben, er wolle Yan zurücklassen, hatte sie ihn einen Lügner, Halunken und Verräter genannt. Hätte ihre Tante sie nicht zurückgehalten, wäre sie mit bloßen Fäusten auf ihn losgegangen, sosehr hatte ihr Zorn sie taub für seine Erklärungen gemacht.

Er war aber auch ein Sturkopf! Nie fragte er die anderen nach ihrer Meinung. Immer erteilte er Befehle, als wäre es das Natürlichste der Welt, und das nur, weil er ein Schwert und einen Bogen besaß. Das mochte andere beeindrucken, sie aber nicht.

Sie hatte die Nase voll davon, immer nur alles hinzunehmen. Alle Menschen, die sie liebte, waren tot. Sie, Yan und Corenn befanden sich auf der Flucht. Schlimmer noch: Ihr Leben war in Gefahr. Und sie sollte Däumchen drehen und Grigán gehorchen. Von wegen!

Als Erstes würde sie eine Waffe brauchen. Auf keinen Fall wollte sie den Mördern noch einmal hilflos gegenüberstehen wie an dem Tag, als sie den Züu kurz hinter Eza in die Hände gefallen waren. Sie erinnerte sich noch gut an die Kaltblütigkeit der drei Männer, ihren zugleich grausamen und gleichgültigen Blick, die Art, wie sie sie eingekreist hatten und allmählich immer näher gekommen waren …

Nie wieder. Nie wieder wollte sie jemandem so ausgeliefert sein. Nie wieder würde sie wie gelähmt darauf warten, dass jemand sie tötete.

Sie wollte kämpfen.

Sie holte das Fischermesser hervor, das Yan ihr gegeben hatte, und schleuderte es immer wieder auf einen toten Baum. Eine Weile übte sie beharrlich.

Corenn und Grigán, die sich unterhalten hatten, hielten inne und beobachteten sie.

»Verflucht seien die Züu«, brummte der Krieger. »Die Kleine ist völlig verstört. Es wird eine Weile dauern, bis sie sich erholt hat. Ich weiß, wovon ich rede.«

»Es ist noch viel schlimmer«, sagte Corenn ernst. »Seht Ihr nicht? Sie hat ihre Unschuld verloren, ihren Seelenfrieden, ihre Unbekümmertheit. Sie hat ihre Kinderträume verloren und ihre Lebenslust. Verflucht seien die Züu! Sie musste über Nacht erwachsen werden.«

Nachdenklich sahen sie dem Mädchen eine Weile zu.

»Eines Tages musste das kommen«, sagte Grigán tröstend.

»Natürlich. Aber doch nicht so plötzlich. Sie hat sich in wenigen Tagen völlig verändert. Ich habe meine kleine Léti verloren.«

Er schwieg beklommen. Er konnte es nicht ertragen, wenn Corenn traurig war, lieber ließe er sich ein blaues Auge schlagen. Er suchte nach Worten, um sie auf andere Gedanken zu bringen. »Seht mal«, sagte er fröhlich. »Sie ist gar nicht so schlecht!«

Widerstrebend musste Corenn lächeln. »Es geschehen immer noch Zeichen und Wunder«, sagte sie hintergründig.

Grigán runzelte verständnislos die Stirn.

Den Rest der Nacht verbrachte Yan in dem verfallenen Haus, doch er konnte nicht richtig schlafen. Oft wusste er nicht, ob er träumte oder wachte, und vor seinem geistigen Auge zogen immer wieder wirre Bilder vorbei: Léti, Grigán, der Bettler, der Tote im Stall, die kesse Lorelierin, wieder Léti, die Züu, der Wirt der Herberge, die Lichtzeichen auf dem Hügel …

Wenn er wach lag, dachte er über seine hoffnungslose Lage nach. Er hatte vor, sich einen oder zwei Tage lang nicht von der Stelle zu rühren und auf die Rückkehr seiner Gefährten zu warten. Bei dem Gedanken überkam ihn tiefe Verzweiflung. Wahrscheinlich waren sie den Züu in die Hände gefallen und längst tot. Wenn er doch einmal einschlief, hatte er Albträume, in denen seine schlimmsten Befürchtungen wahr wurden. Er schreckte hoch und lag wieder grübelnd wach, ohne zu einem Entschluss zu kommen.

Als er Grigán nach ihm rufen hörte, glaubte er zunächst, er sei nur eine weitere Gestalt aus seinen Träumen, zumal es draußen noch dunkel war. Doch die Rufe hörten nicht auf und weckten Yan endgültig. Er sprang auf, stürzte zur Tür und riss sie auf. Er machte einen Heidenlärm.

Grigán stand nur wenige Schritte von ihm entfernt, den gespannten Bogen in der Hand. Als er Yan erkannte, senkte er den Arm.

»Was ist passiert? Wo ist Léti?«, fragte Yan und eilte zu ihm.

»Es geht ihr gut. Corenn und Léti sind nicht weit von hier.«

Yan schloss die Augen und stieß einen erleichterten Seufzer aus. Wie war das Leben schön!

Er öffnete die Augen wieder. Grigán ließ den Blick über die umliegenden Büsche schweifen.

»Ich hoffe, Ihr habt eine gute Erklärung«, sagte Yan angriffslustig.

»Wir mussten das Lager verlegen, zu unserer Sicherheit. Ich bin gekommen, um auf dich zu warten.«

»Aha.«

Am liebsten hätte Yan einen Streit vom Zaun gebrochen, um Grigán für seine Albträume büßen zu lassen, aber er war viel zu gutmütig und zu erleichtert, ihn zu sehen.

»Was tust du schon hier? Ich habe erst in einem guten Dekant mit dir gerechnet. Was, wenn ich mich nicht früher als geplant auf den Weg gemacht hätte?«

Na also, Grigán regte sich schon ganz von selbst auf.

»Ich bin gekommen, um Euch zu holen. Ich habe Euch viel zu erzählen. Wir müssen uns beeilen.«

»Hast du andere Erben gesehen?«

»Vielleicht. Am besten erzähle ich alles, wenn wir bei den anderen sind.«

Grigán führte Yan auf dem schnellsten Weg zu ihrem neuen Lager. Als sie die Pferde anbanden, wachten Léti und Corenn auf und kamen ihnen entgegen.

»Yan, du siehst furchtbar aus!«

Das war das Erste, was Léti einfiel. Sie hatte sich schreckliche Sorgen um ihn gemacht. Ihr Freund hatte tiefe Ringe unter den Augen, und die Erschöpfung stand ihm ins Gesicht geschrieben. Dann fiel ihr ein, wie herzlos ihre Worte klingen mussten. Sie gab ihm einen Kuss auf die Wange und sagte: »Aber wir sind natürlich froh, dass du wieder da bist.«

Nach dem Kuss war Yans Müdigkeit wie weggeblasen. Jetzt war er bereit, es mit einem ganzen Heer Züu aufzunehmen. Bald würde die Sonne aufgehen und der Tag der Versprechen anbrechen. Bald, *Léti, bald* …

»Also?«

Grigán bebte vor Ungeduld. Yan räusperte sich und begann zu erzählen: »Gut. Zunächst einmal das Wichtigste: Irgendjemand gibt in den Hügeln hinter Berce Lichtzeichen. Ich nehme an, dass es ein Erbe ist, denn gleich nachdem die Zeichen anfingen, ritten mehrere Züu los, um ihn zu jagen.«

»Die Züu sind in der Stadt?«, fiel Léti ihm ins Wort.

»Ja, ein paar. Mindestens fünf, vielleicht aber auch mehr.«

»Und sie haben ihn nicht erwischt?«

»Nein, ich glaube nicht. Bei ihrer Rückkehr machten sie ziemlich mürrische Gesichter.«

»Was waren das für Lichtzeichen?«

»Äh … Sie hatten keine natürliche Ursache. Sie waren regelmäßig, und es gab zwei verschiedene Lichter. Ein helles und ein dunkleres.«

Grigán und Corenn wechselten einen Blick.

»Ein Zyklop«, sagte der Krieger.

»Ein was?«

»Ein Zyklop. Das ist eine ziemlich komplizierte Apparatur, ungefähr einen Fuß lang, auf dem zwei Spiegel und eine Linse angebracht sind. Die Arkarier benutzen es zur Jagd.«

»Bowbaq?«, fragte Léti hoffnungsvoll.

»Er ist es bestimmt«, antwortete Corenn lächelnd. »Mutter Eurydis, macht, dass er es ist.«

»Wer ist das?«, fragte Yan.

»Ein sehr, sehr guter Freund und der gutmütigste Mensch der bekannten Welt«, antwortete Corenn. »Und vermutlich auch der unbekannten Welt.«

»Das ist der, der mit Tieren spricht, weißt du?«, sagte Léti.

Natürlich. Sie hatte ihm schon oft von dem großen Mann mit dem Bart erzählt, der bei einer der Zusammenkünfte der Erben einen Stehschläfer für sie gezähmt hatte.

Yan hatte die Geschichte immer für ein Ammenmärchen gehalten, das die Erwachsenen einem leichtgläubigen Mädchen erzählt hatten, doch er hätte sich lieber die Zunge abgebissen, als ihr das zu sagen. Jedenfalls schienen seine Gefährten den Mann zu mögen, also war er bestimmt kein schlechter Mensch.

»Wer es auch ist, er schwebt in großer Gefahr, wenn wir nicht schnell etwas unternehmen.«

Er erzählte ihnen, wie er von dem Hausdach aus die Lichtzeichen erwidert hatte. Dann schilderte er das Gespräch, das er in der Herberge belauscht hatte. Die bewundernden Blicke, die Léti ihm zuwarf, als er von den durchstandenen Gefahren berichtete, gefielen ihm.

»Bowbaq ist sicher nicht an dem Ort geblieben, von dem aus er die Signale gesendet hat«, sagte Grigán nachdenklich. »Wie ich ihn kenne, hat er eine Fährte zu dem Ort gelegt, wo er jetzt ist.«

»Eine Fährte? Mehr nicht?«

»Eine Fährte mit arkischen Zeichen. Das ist so etwas wie eine eigene Sprache. Jedes Zeichen besteht aus einer Kombination mehrerer Gegenstände: Steine, Zweige, Rindenstücke, Knochen, Stofffetzen, Kerne. Man kann zum Beispiel angeben, in welcher Richtung ein Dorf liegt, wie weit es entfernt ist, zu welchem Klan es gehört und wie viele Einwohner es hat, und zwar mit einem einzigen Zeichen.«

»Und jetzt? Das alles nützt uns nichts, wenn wir nicht schneller sind als die Züu!«

»Die wichtigsten Zeichen kenne ich«, sagte Grigán lässig und stand auf. »Wir haben keine Zeit zu verlieren.«

»Wo habt Ihr das gelernt?«

Yan wusste, dass der Krieger Fragen hasste, doch seine Neugier war stärker.

»Ich reiste zwei Jahre lang durch Arkarien«, antwortete Grigán. »Bowbaq nahm mich für mehrere Dekaden bei sich auf. Falls er auf diesem Hügel ist, können sich die Züu auf etwas gefasst machen.«

Yan geriet wieder einmal ins Staunen. Unglaublich, was Grigán schon alles gesehen und erlebt hatte!

Schnell packten sie ihre Sachen zusammen. Yan hatte noch so viel zu erzählen … doch dafür würde später Zeit sein.

Sie brachen auf und nahmen diesmal den Weg, um schneller voranzukommen, auch wenn das gefährlicher war. Grigán verbot ihnen zu sprechen, weil Stimmen auf eine größere Entfernung zu hören waren als der dumpfe Hufschlag der Pferde auf der feuchten Erde.

Kurz nach Sonnenaufgang hielt Léti das Schweigen nicht mehr aus und fragte Yan: »Was siehst du mich so komisch an?«

Yan errötete bis in die Haarspitzen. Endlich war der Tag der Versprechen gekommen, und er hatte nichts Besseres zu tun, als sie beide in Verlegenheit zu bringen. »Tue ich doch gar nicht. Ich habe nur nachgedacht.«

Im Grunde tat er die ganze Zeit nichts anderes, als darüber nachzugrübeln, *wann*, *wie* und *ob* er Léti um ihre Hand bitten würde. Bei dem Gedanken brach ihm jedes Mal der kalte Schweiß aus, und er wagte kaum noch, sie anzusehen.

In einem Moment fand er, die Umstände seien einfach zu ungünstig. Im nächsten erinnerte er sich an den Blick der Züu und beschloss, das Leben zu genießen, solange er noch konnte.

Als Grigán ihn bat, vorweg zu reiten und sie zu dem Ort zu führen, von dem die Lichtzeichen ausgegangen waren, gehorchte er erleichtert. Er musste unbedingt an etwas anderes denken als an dieses verflixte Versprechen.

Ihre Feinde waren ihnen auf den Fersen, und sie waren stärker, skrupelloser und in der Überzahl. Irgendwo vor ihnen ahnte ein Freund nichts Böses. Sie waren seine einzige Hoffnung und mussten sich beeilen.

Er versuchte krampfhaft, sich an die Stelle zu erinnern. Zum Glück hatte er ein gutes Gedächtnis. Doch es war schwerer als gedacht. Von Berce aus hatte alles ganz anders ausgesehen, und die Landschaft bot kaum Orientierungspunkte. Die bewaldeten Hügel ähnelten sich alle.

Bewaldete Hügel ... Natürlich! Bowbaq musste auf einen Baum geklettert sein, um die Signale zu geben! Yan war plötzlich ziemlich sicher. Im Grunde mussten sie nur den höchsten Baum der Umgebung ausfindig machen. Vermutlich hatte Bowbaq den Beginn der Fährte mit einem einfach zu findenden Zeichen markiert.

Rasch erklärte Yan Grigán seinen Gedanken, und dieser räumte ein, dass er Hand und Fuß hatte. Vom Lob des Kriegers angestachelt, stieg Yan von seinem Pferd und kletterte auf einen Quillenbaum, dessen dünnere Zweige sich unter dem Gewicht der süßen Früchte bogen. Mit wenigen Handgriffen erreichte er den Wipfel.

Von oben hatte er eine herrliche Aussicht. Im Süden, hinter Berce, das gerade zum Leben erwachte, erstreckte sich die endlose, spiegelglatte Fläche des Mittenmeers.

Ringsum bestand die Landschaft aus nichts als Blättern in den unterschiedlichsten Grün-, Gelb- und Rottönen, gefärbt von der Jahreszeit des Windes.

Seit fast einer Dekade hatte Yan das Meer nicht mehr gesehen. Sonst lebte er praktisch am Strand. Ihm war nicht klar gewesen, wie sehr es ihm fehlte.

Grigán »bat« ihn, sich zu beeilen. Mit einem kleinen Seufzer begann Yan, nach dem höchsten Baum Ausschau zu halten, und wurde rasch fündig. Der Baum war weniger als dreihundert Schritte entfernt.

Sein Jubelschrei blieb ihm in der Kehle stecken, als er noch etwas anderes sah.

Beim Abstieg rutschte er am Stamm hinunter, statt von Ast zu Ast zu klettern, und sprang das letzte Stück zu Boden. Léti und Corenn sahen ihn erstaunt an. Grigán zog sein Schwert und sah sich hastig um.

»Die Züu«, wisperte Yan und zeigte in eine Richtung. »Sie sind da.«

Grigán sprang von seinem Pferd und stellte sich neben Yan, ohne den Blick von den Büschen abzuwenden. »Wie viele sind es?«

»Ich weiß nicht, mindestens sieben oder acht. Nicht alle sind Züu, aber die anderen Männer arbeiten für sie.«

»Wie weit sind sie entfernt? Haben sie dich gesehen?«

»Nein, ich glaube nicht. Sie starrten alle auf den Boden. Vermutlich suchen sie Bowbaqs Fährte. Sie sind ungefähr vierhundert Schritte entfernt. Zum Glück kommen sie nicht in unsere Richtung.«

Grigán lief auf und ab und strich sich nervös über den Schnurrbart. Dann erklomm er selbst den Quillenbaum.

»Nach meiner Flucht heute Nacht müssen sie ihre Pläne geändert haben«, flüsterte Yan und sprach damit aus, was alle dachten. Doch die anderen kannten noch gar nicht die ganze Geschichte.

»Einer der Männer wurde getötet, als ich mein Pferd aus dem Stall holte«, fuhr Yan fort.

»Hast du ihn getötet?«, fragte Corenn besorgt, während Grigán wieder zu Boden sprang.

»Nein, jemand anders. Ein Bettler, der vielleicht einer der Euren ist. Ein gewisser Rey von Kercyan oder so ähnlich.«

»Rey, sagte er? Nicht Mess?«

»Nein, nein, Rey. Das schien ihm sehr wichtig zu sein.«

»Haltet Ihr das für möglich?«, fragte Corenn Grigán.

»Das sehen wir später«, knurrte Grigán. »He, Yan, gibt es noch mehr, was wir nicht wissen?«

»Ich hatte es Euch später gesagt«, erwidert Yan gekränkt. »Ich dachte, es sei erst einmal wichtiger, Euren Freund zu retten.«

»Was nicht leicht sein wird«, warf Léti ein.

Sie schwiegen bedrückt. Grigán begann wieder, rastlos auf und ab zu laufen, und fuchtelte dabei mit seinem Schwert durch die Luft. Er schien sich seiner Geschicklichkeit nicht bewusst. »Nun gut«, sagte er schließlich und blieb stehen.

Dann setzte er sich erneut in Bewegung. Yan dachte, dass sie auf die Entscheidung des Kriegers warteten, als seien sie nicht in der Lage, eigenmächtig zu handeln. Er beschloss, Grigán einen Teil seiner Last abzunehmen.

»Meister Grigán, was würdet Ihr tun, wenn Ihr allein wärt?«

Der Krieger hielt inne und sah Yan mit einem Hoffnungsschimmer in den Augen an. »Ich würde der Fährte folgen. Vielleicht wäre ich schneller als die Züu.«

»Worauf wartet Ihr dann noch?«

»Die Chancen stehen eins zu drei, dass ich dabei den Tod finde. Es geht mir nicht um mich. Um euch habe ich Angst. Ich kann euch nicht allein lassen, aber ich kann auch nicht tatenlos zusehen, wie Bowbaq massakriert wird. Ihr wisst, warum.«

»Und wenn ich mit Euch komme? Stehen die Chancen dann besser?«

Grigán musterte ihn eine Weile unschlüssig. Er war es nicht gewohnt, dass ihm jemand Hilfe anbot, denn normalerweise war *er* es, der anderen beistand. »Du machst mehr Krach als ein brünstiges Rotschwein.«

»Ich habe mich gebessert«, sagte Yan unwirsch. »Zum Beispiel habe ich Euch heute Nacht kommen gehört, noch bevor Ihr nach mir gerufen habt.«

Das war natürlich eine glatte Lüge.

Grigán zupfte sich gedankenverloren den Schnurrbart. Der Gedanke gefiel ihm nicht. Dann seufzte er laut auf. »Einverstanden. Gehen wir«, sagte er und holte Bogen und Köcher vom Rücken seines Pferdes.

Yan tat es ihm gleich. Aus Angst, der Krieger könnte es sich anders überlegen, sprach er kein Wort. Sein Herz klopfte ihm bis zum Hals. Diesmal würde es *richtig* gefährlich werden. Vielleicht würde er sterben. Um sich Létis Bild für immer einzuprägen, wandte er sich zu ihr um.

Der Anblick ließ ihn erstarren. Léti war von ihrem Pferd gestiegen und hielt das Messer in der Hand, das er ihr gegeben hatte.

»Was tust du da?«, stieß er hervor.

Sie sah ihn entschlossen an. »Ich komme mit euch.«

Yans Gedanken überschlugen sich wie Wellen bei einer Sturmflut. Vielleicht würde er sterben. Aber nicht Léti. Sie musste leben. Leben, weil er sie liebte, mehr als alles in der Welt. In Berce war er dem Tod mehrmals knapp entronnen und hatte erkannt, wie wertvoll das Leben war. Léti durfte ihres nicht leichtfertig aufs Spiel setzen.

»Nein«, hörte er sich wie im Traum sagen. »Nein, du kommst nicht mit.«

»Doch.«

Zum ersten Mal widersprach Yan ihr. Der Gedanke machte Léti traurig, doch das war jetzt nicht wichtig. Das Gefühl würde vorbeigehen. Jetzt kam es nur darauf an, in den Kampf zu ziehen. Nicht mehr hilflos zu sein. Ihre Freunde zu rächen.

Das war es: Es ging ihr um *Rache*. Sie wollte es den Mördern heimzahlen. Auge um Auge, Zahn um Zahn. Und wenn sie dabei den Tod fand. Hauptsache, sie riss zumindest einen von ihnen mit.

»Nein!« Entgegen seiner sonstigen Art erhob Yan die Stimme. Egal, wenn es nur half, Léti zur Räson zu bringen. Warum behandelte sie ihn wie einen dummen Jungen? Begriff sie denn nicht, dass er das alles nur für sie tat?

»Ich komme mit euch. Du hast mir keine Befehle zu erteilen«, sagte sie mit tränenerstickter Stimme. »*Niemand* hat mir Befehle zu erteilen.« Sie schluchzte auf.

»Du bleibst hier, verstanden? Und damit basta!« Jetzt sah Yan rot. Verflixt, sie musste es doch einsehen! Und musste sie die ganze Zeit mit diesem verdammten Fischermesser herumfuchteln? Er hatte große Lust, es ihr aus der Hand zu schlagen, doch das hätte die Sache nur noch schlimmer gemacht.

Jetzt weinte sie tatsächlich. Yan schämte sich und war wütend, auf sie und auf sich selbst. Er suchte nach tröstenden Worten. Als ihm nichts einfiel, machte ihn das noch wütender. Pah! Solange sie dablieb und sich nicht in Gefahr brachte, war alles gut.

Er zurrte die Schnürsenkel seiner Stiefel fest und folgte Grigán, der bereits ungeduldig auf ihn wartete.

Jetzt stieg auch Corenn ab und nahm ihre Nichte in den Arm. Sie hatte sich absichtlich aus dem Streit herausgehalten, hätte aber eingegriffen, wenn er einen anderen Ausgang genommen hätte.

Offenbar waren beide Kinder erwachsen geworden.

Kurz darauf standen sie am Fuß der jahrhundertealten Etulie. Trotz ihrer Vorsicht hatten sie sich rasch durch den Wald bewegt. Sie mussten den Züu zuvorkommen.

Grigán hatte schnell eingesehen, dass Yan tatsächlich eine große Hilfe war. Er schickte ihn dreißig Schritte voraus, befahl ihm aber, immer in Sichtweite zu bleiben. So konnten sie sich gegenseitig mit dem Bogen Deckung geben.

Yan fürchtete, die Züu könnten einen Mann bei der Etulie zurückgelassen haben, doch zum Glück war niemand zu sehen. Erleichtert stellte er fest, dass er sich nicht geirrt hatte: Zwischen den Wurzeln des Baumes stießen sie auf ein Zeichen, den Beginn einer Fährte. Yan ging ein paar Schritte weiter und hielt Wache, damit der Krieger das Gewirr aus Steinen, Blättern und Zweigen entziffern konnte.

Die Zeit verging. Grigán starrte auf das Zeichen und rührte sich nicht. Yan wurde unruhig. Verflixt! Was, wenn er es nicht entziffern konnte? Dann würde ihnen nichts übrig bleiben, als die Züu zu verfolgen und sie im letzten Moment zu überholen … Allerdings standen ihre Chancen, mit dem Leben davonzukommen, in diesem Fall um einiges schlechter.

Endlich erhob sich Grigán und winkte Yan zu sich. Neugierig trat der Junge neben ihn.

»Siehst du den Zweig mit den drei Kerben? Zusammen mit den vier Steinen links davon weist er auf einen Ort dreitausend Schritte östlich von hier hin. Drei wegen der Anzahl der Kerben und tausend, weil vier Steine für eine vierstellige Zahl stehen.«

»Ja und?« Yan fragte sich, worauf Grigán hinauswollte. Es war doch sonst nicht seine Art, Erklärungen abzugeben. Irgendwas stimmte nicht.

»Das Dreieck aus Zweigen steht für einen Menschen. Der Stein, der außerhalb des Dreiecks liegt, weist auf einen Lagerplatz hin. Läge der Stein in dem Dreieck, stünde er für ein Haus. Gäbe es mehrere Steine, wäre das ein Hinweis auf mehrere Menschen: eine Familie, ein Dorf, eine Stadt, je nachdem.«

Yan nickte. Alles sprach dafür, dass Bowbaq das Zeichen gelegt hatte. Er wusste nur immer noch nicht, was Grigán eigentlich von ihm wollte.

»Doch am interessantesten ist dieser Schädel einer Koriole. Ein Vogelschnabel ist das Zeichen von Bowbaqs Klan. Aber warum sollte er ausgerechnet *hier* einen Hinweis auf seinen Klan hinterlassen?«

Yan zuckte mit den Schultern. Vielleicht hatte das überhaupt nichts zu sagen. Doch wenn sie es herausfinden wollten, bevor es zu spät war, mussten sie sich sputen.

»Ich habe da so eine Ahnung«, fuhr Grigán fort. »Sieh mal hier.« Er hob den Schädel an. Darunter lag ein schwarzer Stein. »In Crevasse hat mir jemand mal von einem Klan erzählt, der seine Zeichen mit einem versteckten schwarzen Stein verändert, um seine Feinde zu täuschen. Ich wäre nie auf die Idee gekommen, dass es sich um Bowbaqs Klan handeln könnte oder dass unser gutmütiger Freund gerissen genug ist, um eine solche List anzuwenden!«

Yan verstand immer noch nicht so recht, was das alles zu bedeuten hatte, doch der Anflug eines Lächelns auf dem Gesicht Grigáns ließ ihn neuen Mut schöpfen.

»Das ist es! Wenn ich mich nicht irre, müssen wir genau in die entgegengesetzte Richtung gehen.«

Sie grinsten einander an. Falls Grigán recht hatte, ersparte ihnen das eine Menge Ärger.

»Wir müssen uns trotzdem beeilen. Die Züu werden umkehren, sobald sie ihren Irrtum bemerken.«

Der Krieger legte den Vogelschädel wieder zurück an seinen Platz, allerdings nicht, ohne vorher den schwarzen Stein zu entfernen.

»Vielleicht war Euer Freund etwas zu vorsichtig«, sagte Yan, als sie sich auf den Weg machten. »Wenn Ihr nicht gewusst hättet, was ein Zyklop ist, wenn wir den Baum nicht gefunden hätten und wenn Ihr das veränderte Zeichen nicht hättet lesen können, hätte er lange warten können!«

»Noch haben wir ihn nicht gefunden«, sagte Grigán ernst. »Vielleicht irre ich mich. Solche Zeichen sind kompliziert, und ich mag keine Rätsel.«

Yan schwieg. Zum ersten Mal äußerte der Krieger Zweifel. Grigán starrte auf den romischen Kompass und zählte die Schritte. Yan beschloss, ihn besser nicht zu stören.

Sie marschierten zügig voran. Nach einer Weile fragte Yan: »Findet Ihr es nicht seltsam, dass wir kein weiteres Zeichen finden? Ich dachte, sie müssten regelmäßig wiederholt werden.«

»Wenn ich recht habe, werden wir keine weiteren Zeichen finden. Es ist sinnlos, eine falsche Fährte zu legen, wenn ein zweites Zeichen wenige Schritte später alles verrät. Aber vielleicht irre ich mich auch, und Bowbaq ist dort, wo ihn die Züu vermuten.«

Yan sagte nichts mehr. Er fand, Bowbaq könnte durchaus eine Fährte aus mehreren falschen Zeichen gelegt haben. Doch Grigán machte sich auch so schon genug Sorgen.

Sie liefen weiter und richteten sich nach dem Kompass. Hin und wieder zwang sie das Gelände, einen kleinen Umweg zu machen. Yan kam der Gedanke, dass es besser gewesen wäre, Léti und ihrer Tante Bescheid zu sagen oder sie sogar mitzunehmen. Jetzt, wo sie in eine andere Richtung als die Züu liefen, waren sie vorerst außer Gefahr.

Ihm fiel ein, was er zu Léti gesagt hatte. Hoffentlich würde sie ihm verzeihen können.

Plötzlich blieb er wie angewurzelt stehen.

Wie konnte er unter diesen Umständen heute um ihre Hand anhalten?

Grigán warf ihm einen fragenden Blick zu. Yan schüttelte den Kopf und marschierte weiter.

Wie konnte er unter diesen Umständen *jemals* um ihre Hand anhalten? Vermutlich verfluchte sie ihn, weil er ihr nicht die gebührende Achtung entgegengebracht hatte. Schlimmer noch, er hatte sie gedemütigt. Er hatte die Frau, die er liebte, *gedemütigt!*

Im besten Fall würde sie einige Tage kein Wort mit ihm reden. Und im schlimmsten Fall? Ihn verachten? Ihm aus dem Weg gehen, sich über ihn lustig machen, ihm die Freundschaft aufkünden, vielleicht für immer?

Vertieft in seine düsteren Gedanken, merkte er erst nach zehn Schritten, dass Grigán hinter ihm stehen geblieben war. Verdrossen schlurfte er zurück. Der Krieger musterte eine Anordnung aus Steinen, Blättern und Zweigen. Das musste ein weiteres Zeichen Bowbaqs sein.

»Anscheinend hattet Ihr recht«, sagte Yan matt.

»Vielleicht. Vielleicht auch nicht. Um ehrlich zu sein, kann ich mir auf dieses Zeichen keinen Reim machen.«

Er schwieg und schien nachzudenken. »Wenn ich es wörtlich übersetze, sagt es: ›Lagerplatz mit einem Menschen in null Schritt Entfernung‹. Aber es gibt ein weit weniger kompliziertes Zeichen, um auf einen Lagerplatz hinzuweisen, deshalb muss es etwas anderes bedeuten. Vielleicht fehlt ein Teil des Zeichens.«

Yan wollte gerade antworten, als im Baum über ihm ein ohrenbetäubendes Krachen ertönte, gefolgt von einem dumpfen Aufprall.

Yan wirbelte herum und tastete fieberhaft nach einem Pfeil. Obwohl er zu Tode erschrocken war, verfluchte er sich, weil er nicht eher daran gedacht hatte, einen Pfeil in die Sehne zu spannen.

Grigán war schneller und zielte bereits auf den Neuankömmling, schoss aber nicht.

Als Yan Grigán zum ersten Mal gesehen hatte, war er beeindruckt gewesen. Damals war er ihm stark, furchteinflößend, unbeugsam und kämpferisch vorgekommen – ein Eindruck, der sich bestätigt hatte.

Aber dieser Mann beeindruckte ihn noch mehr.

Der Mann war ein Riese.

Er war mindestens zwei Köpfe größer als Yan, allerdings hatte er auch in Kaul schon große Menschen gesehen. Nein, das Ungewöhnlichste war sein Körperumfang.

In die Weste, die seinen Brustkorb umspannte, hätten leicht zwei ausgewachsene Männer gepasst. Die Arme waren kräftiger als die eines Bären und die Beine dicker als Baumstämme. Seine Hände schienen ein Eigenleben zu führen. Solche Pranken konnten einfach nicht zu einem einzigen Menschen gehören.

Er trug riesige Schnürstiefel, die ihm bis unter die Knie reichten, mehrere Felle und Pelze, einen breiten Armreif aus Metall und ein gewaltiges Bündel, das er in einer *einzigen* Hand hielt. Beim Wandern band er es sich vermutlich auf den Rücken. Der Sack war bis zum Rand vollgestopft und mit Metallbeschlägen verstärkt. Yan wäre nicht in der Lage gewesen, ihn auch nur hochzuheben.

Das Gesicht, das hinter einer dichten schwarzen Mähne, einem langen Bart und einer Wollmütze verschwand, zeigte keine Regung. *Ist dieser Riese etwa Bowbaq?*, fragte sich Yan.

Der Mann ließ das Bündel zu Boden plumpsen und stürzte sich mit lautem Gebrüll auf Grigán, der schicksalsergeben den Bogen sinken ließ. Bowbaq warf die Arme um ihn, zerquetschte ihm beinahe den Brustkorb, hob ihn von den Füßen und wirbelte ihn durch die Luft.

Yan betrachtete die Szene stirnrunzelnd. Neben Bowbaq wirkte Grigán so klein und zerbrechlich. Der Riese müsste nur etwas fester zudrücken, und der Krieger würde ersticken.

Glücklicherweise schien das nicht Bowbaqs Absicht zu sein. Lachend gab er sein Opfer frei. »Mein Freund! Mein Freund!«, stieß er zwischen zwei Lachsalven hervor und konnte kaum die Augen von Grigán wenden. Dann zog er ihn abermals in eine Umarmung und drehte sich mit ihm im Kreis.

Halbherzig versuchte Grigán, sich aus der Umklammerung zu befreien – vergebens. Er teilte die Freude des Riesen, auch wenn er etwas zurückhaltender war – sehr viel zurückhaltender.

»Wenn du wüsstest! Wenn du wüsstest! Seit über einem Mond habe ich mit niemandem mehr gesprochen! Mein Freund, mein Freund!«

Geduldig wartete Yan, bis Grigán wieder auf dem Boden stand und die beiden sich ihm zuwandten.

»Äh … Ich freue mich auch, Bowbaq. Sehr sogar.«

»Und wer ist dieser junge Mann?«

»Das ist Yan, Létis Versprochener.«

Das Gesicht des Riesen hellte sich noch etwas mehr auf, während Yan wie gelähmt dastand. Für Grigán war er also Létis Versprochener. Seit wann? Warum? Und wie kam der Krieger überhaupt darauf?

Ihm blieb keine Zeit, darüber nachzudenken. Bowbaq stürzte sich auf ihn, um auch ihn in den Genuss einer Karussellfahrt kommen zu lassen. Verdammt, was war der Kerl stark! Er hatte ihn hochgehoben, als sei er eine Feder!

»Mein Freund! Létis Versprochener«, rief Bowbaq und wirbelte den armen Kaulaner lachend durch die Luft.

Seine gute Laune war ansteckend. Yan mochte den sanftmütigen und gutherzigen Riesen auf Anhieb. Vielleicht würde er die anderen etwas aufmuntern.

Der Nordländer stellte seinen neuen Freund auf den Boden und wandte sich Grigán zu, der zurückwich, weil er weitere Zuneigungsbekundungen fürchtete.

»Ihr seid nur zu zweit?«, fragte Bowbaq in etwas ernsterem Ton.

»Nein, Léti und Corenn sind auch hier. Sie warten ein paar Meilen entfernt auf uns.«

»Léti und Corenn! Meine Freunde! Wie schön!«, rief er freudestrahlend. »Was ist mit den anderen?«

»Das wissen wir nicht. Das heißt … Von einigen wissen wir es schon«, sagte Grigán düster und legte dem Nordländer eine Hand auf die Schulter.

Sie wechselten einen Blick, der alles sagte. Bowbaq gefror das Lächeln auf dem Gesicht. »Etólon? Jasporan? Humeline?«

»Von Humeline haben wir nichts gehört.«

»Und Xan?«, fragte der Riese nach einer Weile hoffnungsvoll.

Grigán schüttelte den Kopf. Bowbaqs Miene verfinsterte sich.

»Von vielen wissen wir es einfach nicht.«

Dem Krieger gingen die Worte aus. Er war es nicht gewohnt zu lügen, um falsche Hoffnungen zu wecken. Dann gab er sich einen Ruck: »Geht es Ispen gut? Und Prad und Iulane?«

Der Arkarier hob den Kopf. Er hatte immer noch seine Familie. »Ja, soweit ich weiß. Ispen ist mit den Kindern in Work, bei ihrem Klan. Mir ist bei ihnen. Wenigstens sind sie so für ein paar Monde außer Gefahr.«

»Schön«, sagte Grigán. Er wusste nichts hinzuzufügen.

Yan brach als Erster das Schweigen. Auch er sorgte sich um die Menschen, die er liebte. »Sagt … Sollten wir nicht besser wieder zu den anderen gehen?«

Bowbaq fand sein Lächeln wieder. »Ja! Ich kann es kaum erwarten, meine Freundinnen aus Kaul in den Arm zu nehmen!«

Sie brachen sofort auf.

Obwohl sich Yan vor dem Wiedersehen mit seiner Geliebten fürchtete, musste er bei der Vorstellung lachen, wie der Riese eine schmollende und widerspenstige Léti durch die Luft wirbelte.

Léti langweilte sich schrecklich. Yan und Grigán waren seit über einem Dekant fort, und sie wusste nicht, wie sie die Zeit totschlagen sollte. Tatenlos an einen Baum gelehnt dazusitzen machte sie verrückt, aber sobald sie aufstand und sich ein paar Schritte entfernte, wurde Corenn panisch vor Angst.

Jetzt sah sie ein – auch wenn sie das niemals zugegeben hätte –, dass sie unüberlegt gehandelt hatte. Natürlich konnte sie nicht mit den *Männern* – in Gedanken gab sie dem Wort einen abschätzigen Klang – mitgehen und ihre Tante allein lassen. Auch konnten sie nicht zu viert losziehen und die Pferde zurücklassen, ganz abgesehen davon, dass ein solcher Fußmarsch zu viel für Corenn gewesen wäre.

Doch das alles war keine Entschuldigung für Yans Verhalten. Er, der sie besser als jeder andere kannte, er, auf dessen Hilfe und Unterstützung sie zählte, hatte sie wie ein aufsässiges Kind behandelt. Nein, das hatte sie nicht verdient.

Wenn das der Einfluss war, den Grigán auf Yan hatte, war er verheerend. Sie hatten dem Krieger zwar viel zu verdanken, doch einige Dinge konnte sie ihm einfach nicht durchgehen lassen. Seine Selbstgefälligkeit und seine herablassende Art zum Beispiel.

Früher hatte sie sich stets ihrer Tante anvertraut, aber was »Meister Grigán« anging, ließ sie einfach nicht mit sich reden. Corenn, die die hohe Kunst der Diplomatie beherrschte, verstand sich nun mal nicht darauf, gegen übermächtige Feinde zu kämpfen, weshalb sie diese Aufgabe gern ihrem alten Freund überließ. Sie würde ihm doch nur wieder recht geben.

Außerdem wusste Léti, dass sie bei einem Streit mit ihrer Tante nie das letzte Wort behalten würde. Das schaffte niemand, und auf eine sichere Niederlage verzichtete sie gern. Sie sah einfach keinen Ausweg. Sie wollte sich doch nur nützlich machen, aber dazu musste sie Grigán überzeugen. Ob sie wollte oder nicht, er hatte die Zügel in der Hand. Doch der Griesgram war nichts als ein verstockter, engstirniger Holzkopf mit dem geistigen Horizont eines Esels.

Sie erhob sich und lief auf und ab. Auf Grigáns Befehl hin hatten sich Léti und Corenn mehrere Meilen von der Etulie entfernt. Vorsichtshalber hatte Corenn noch etwas weitergehen wollen. Vielleicht fanden die Männer nicht mehr zu ihnen zurück?

Allmählich begann sie auf ihre Rückkehr zu hoffen, und auch Corenn wurde langsam unruhig. Sie, die sonst die Ruhe in Person war, hielt immerzu Ausschau nach den Männern und zuckte bei jedem verdächtigen Geräusch zusammen. Dann begann auch sie, auf und ab zu wandern.

Je länger es dauerte, desto mehr flaute Létis Wut ab, bis nichts mehr übrig war als Unmut und leise Angst.

Was, wenn ihnen etwas zugestoßen war?

»Nein, nein und nochmals nein. Ich halte das für keine gute Idee. Bowbaq, du musst einsehen, wie gefährlich das ist!«

»Ich weiß«, sagte der Riese verlegen. »Aber es ist nicht richtig, nutzlose Zeichen zurückzulassen. Man muss immer versuchen, sie zu entfernen.«

»Es ist nicht *richtig?* Aber seinen Feinden geradewegs in die Arme zu laufen und sich von ihrem Dolch durchbohren zu lassen, das ist richtig? Du hättest das Zeichen ja datieren können, wenn es dir so wichtig ist!«

»Ich habe nicht genug Tierzähne gefunden. Außerdem ist das nicht dasselbe. Man muss sich immer auf ein Zeichen verlassen können. Deshalb ist es nicht richtig …«

»Komm schon, tu mir den Gefallen, und vergiss es. Wenn du willst, kehre ich in den nächsten Tagen zu der Etulie zurück und entferne das Zeichen. Ich verspreche es dir.«

»Danke, mein Freund«, sagte der Riese und schlug dem Krieger auf den Rücken.

Grigán war Bowbaq gegenüber sehr viel geduldiger und offener. Vermutlich, weil er ihn schon lange kannte. Es gab also noch Hoffnung für Yan …

Nach einem langen Marsch durch den lorelischen Wald stießen sie auf Léti und Corenn. Die Sorgen der beiden waren im Nu verflogen.

Léti rannte dem Riesen entgegen und fiel ihm um den Hals. Yan war enttäuscht, da er sich insgeheim eine ähnliche Begrüßung erhofft hatte.

Bowbaq begrüßte Léti und Corenn auf ebenso akrobatische Weise wie zuvor Grigán. Die junge Kaulanerin wehrte sich nicht gegen die stürmische Umarmung, sondern schien sogar Gefallen daran zu finden.

Als Léti wieder auf dem Boden stand, nahm Yan allen Mut zusammen. »Ist alles gut gegangen?«, fragte er mit seiner versöhnlichsten Stimme.

»Natürlich! Was sollte schon groß passieren?«, fuhr sie ihn an.

Als sie ihn ansah, hörte sie jäh auf zu lächeln. Das verletzte ihn mehr als ihre scharfen Worte. Verflixt, verflixt, verflixt! Es würde Dekaden dauern, bis Léti ihm verzieh.

Einen Moment lang hatte er Lust, sich mit ihr zu streiten, doch gleich darauf schob er den Gedanken beiseite. Einmal am Tag war genug. Er hatte auch so schon genug Schaden angerichtet.

Die Wiedersehensfreude war groß. Bowbaq machte Léti Komplimente über ihre Schönheit und neckte sie, weil sie so schnell gewachsen war. Corenn erkundigte sich nach der Familie des Nordländers und freute sich zu hören, dass es seiner Frau und den Kindern gut ging.

Grigán wartete geduldig, bis sich die Aufregung etwas gelegt hatte, bevor er sie alle zum Aufbruch antrieb. Sie gingen zu Fuß, da Bowbaq kein Pferd besaß. Wahrscheinlich wäre es ohnehin einfacher gewesen, wenn der Riese das Pferd getragen hätte als umgekehrt.

Auf dem Weg erzählte Bowbaq von seiner Wanderung durch die Eiswüste Arkariens und den lorelischen Wald. Dort hatte er seit einigen Tagen auf ein Lebenszeichen anderer Erben gewartet. »Irgendjemand hat aus Berce auf meinen Zyklopen geantwortet. Wart ihr das?«

»Das war ich«, antwortete Yan stolz.

»Nur du?«

»Aber ja doch, nur ich. Sehe ich etwa so untüchtig aus?«, fragte er grinsend.

»Nein, ich meine: Mir haben *zwei* Personen geantwortet, von zwei verschiedenen Stellen.«

Alle überlegten. Dann sagte Grigán: »Vielleicht waren das die Züu, die dich in eine Falle locken wollten.«

»Die wer?«

»Die Züu. Unsere Verfolger! Wir haben dir ganz schön viel zu erzählen.«

»Vielleicht war es aber auch Yans Bettler«, warf Léti ein.

Yan schlug sich vor die Stirn und sah nach dem Stand der Sonne. Der Streit mit Léti hatte ihn alles andere vergessen lassen. »Wir sollen ihn gegen Mit-Tag treffen. Heute.«

Jetzt sahen alle zum Himmel.

»Das ist bald«, sagte Grigán. »Wo ist er?«

»Wir haben uns an dem Strand verabredet, an dem die Zusammenkünfte der Erben stattfinden. Das ist der Strand hinter Berce, oder?«

»Ja. Dorthin ist es nicht weit. Wie kam es dazu?«

Yan erzählte ihnen von dem Vorfall im Stall, seiner Begegnung mit Rey und der Flucht aus der Stadt, bei der ihm der junge Mann geholfen hatte.

Grigán wusste nicht, was er davon halten sollte. »Diesen Kercyan kenne ich nicht. Zatelle schon und ihren Enkel Mess. Aber keinen Rey.«

»Doch, doch«, mischte sich Corenn ein. »Zatelle hatte noch einen Enkel, den sie ein- oder zweimal mitbrachte.«

»Das stimmt, ich erinnere mich«, sagte Bowbaq.

»Aber niemand kennt ihn als *Erwachsenen.* Jeder könnte sich für ihn ausgeben, ohne dass wir den Unterschied merken würden.«

»Er sagt, er habe ein Zelt angezündet«, sagte Yan.

Die anderen sahen sich an.

»Richtig«, sagte Corenn. »Bei einer der Zusammenkünfte ließ er sich zu diesem dummen Streich hinreißen.«

»Daran erinnere ich mich noch gut«, sagte Grigán mit einem hämischen Grinsen. »Und an die Tracht Prügel, die Zatelle ihm anschließend verpasste. Wenn ich mich richtig erinnere, war ich es, der ihn aus seinem Versteck zerrte. Alle anderen glaubten, er sei nach dem Brand fortgelaufen.«

»Mir tut er leid«, sagte Léti. »Er muss die Erben hassen.«

Grigán ignorierte sie.

»Glaubt Ihr, er ist es?«, fragte Yan Corenn.

»Warum nicht? Zatelle erzählte mir, er sei Schauspieler geworden. Da würde es zu ihm passen, sich als Bettler zu verkleiden.«

Yan nickte. Mit seinem Sarkasmus und dem Sinn für Dramatik musste der Bettler entweder ein Künstler oder ein skrupelloser Verbrecher sein. »Eins noch: Ich soll Euch sagen, dass die Große Gilde ihre Finger im Spiel hat. Was ist die Große Gilde?«

Grigán erstarrte. »Bist du sicher?«

»Das waren seine Worte. Was ist denn?«

Grigán und Corenn wechselten einen finsteren Blick, den die anderen nicht zu deuten wussten.

»Die Große Gilde«, erklärte Corenn, »ist ein mehr oder minder loser Zusammenschluss mehrerer Räuberbanden. Im Grunde heißt das, dass die Züu ein ganzes Heer zu ihrer Verfügung haben. Hunderte Männer, wenn nicht gar Tausende.«

Nun begriff Yan. Zum Glück war Grigán auf dem Weg nach Berce so vorsichtig gewesen. Sämtliche Straßen, Dörfer und Städte wurden vermutlich von ähnlichen Widerlingen bewacht wie Berce.

»Woher weiß er das?«, fragte Grigán und strich sich über den Schnurrbart.

»Keine Ahnung. Das hat er nicht gesagt.«

Die Nachricht machte Grigán und Corenn ziemlich zu schaffen. Ihnen war keine Atempause vergönnt.

»Wir müssen diesen Rey treffen«, sagte Grigán schließlich. »Er ist vielleicht einer der Unseren. Yan?«

Er zuckte zusammen. Ihm war nicht klar gewesen, dass er Grigán abermals würde helfen müssen. Natürlich konnte nur er seinen Retter aus Berce wiedererkennen. Schade, er hätte gern etwas Zeit mit Léti verbracht. Er hatte die Hoffnung, sich noch vor Sonnenuntergang mit ihr zu versöhnen. Schließlich endete dann der Tag der …

Léti! Hoffentlich bestand sie nicht darauf, sie zu begleiten. Natürlich würde er sie wieder daran hindern, aber ihm stand nicht der Sinn nach einem neuen Streit.

Grigán verabredete sich mit den anderen in dem verfallenen Haus, in dem sie zwei Nächte zuvor übernachtet hatten. Léti erhob keinen Widerspruch. Verblüfft stellte Yan fest, dass auch Bowbaq keine Anstalten machte, ihn und Grigán zu begleiten.

Er sah seinen drei Gefährten nach, die in ein Gespräch vertieft waren. Bowbaqs Anwesenheit war vermutlich der Grund für Létis Fügsamkeit, aber dennoch … Ein Mann von seiner Kraft wäre ihnen eine große Hilfe!

Grigán stieg auf sein Pferd, und Yan tat es ihm gleich.

»Warum kommt Bowbaq nicht mit?«, fragte er.

»Er kämpft nicht gern. Auf geht's.«

»Ich auch nicht! Und er ist viel stärker als ich.«

»Er hat geschworen, nie einen Menschen zu töten.«

»Was? Warum denn das?« Yan kam aus dem Staunen nicht mehr heraus. So etwas hatte er noch nie gehört.

»Ich habe ihn nicht gefragt, und er hat es mir nicht gesagt«, antwortete Grigán unwirsch. »Los jetzt, oder wir schaffen es nicht mehr rechtzeitig!«

Rey hatte schreckliches Lampenfieber. Er spürte nicht nur dieses leichte Kribbeln im Bauch wie vor jeder Vorstellung, sondern eine tiefe Unruhe, wie sie ihn nur selten überkam. An solchen Tagen hatte er Angst, seinen Text zu vergessen, auf der Bühne zu stolpern oder dem Publikum nicht zu gefallen.

Und das war die Frage: Würde er dem Publikum gefallen?

Nicht, dass er es unbedingt nötig hatte, von den Erben gemocht zu werden. Im Grunde war es ihm sogar so egal wie der pelzige Hintern eines Margolins. Für diese Traditionalisten und ihre verstaubten Geschichten hatte er nichts als Spott übrig, doch er war auf ihre Hilfe und ihr Wissen angewiesen.

Er hatte die Züu beobachtet, und er hatte ihre Schergen von der Großen Gilde beobachtet. Nach langem Nachdenken war er zu dem Schluss gelangt, dass sein Heil nicht in der Flucht, sondern im Angriff lag.

Die Erben, die noch am Leben waren, mussten sich zusammenschließen und herausfinden, wer ihnen die Züu auf den Hals hetzte. Dann würden sie etwas unternehmen können, damit die Morde aufhörten.

Hoffentlich stieß er bei den anderen Erben auf offene Ohren, und hoffentlich waren sie nicht allzu engstirnig. Falls doch … Dann würde er sich eben wie immer allein durchschlagen müssen.

Er hatte sich in eine Düne gelegt. Jetzt stand er auf, ging ein paar Schritte und starrte zum Waldrand. Die Sonne hatte ihren Höhepunkt längst überschritten, und er müsste bald Besuch bekommen – jedenfalls hoffte er das.

Er kehrte zu der Düne zurück, setzte sich und beschloss, noch eine Weile zu warten. Seine Geduld wurde belohnt, als kurz darauf der junge Kaulaner, dem er in Berce begegnet war, aus dem Wald geritten kam.

Rey stieß einen erleichterten Seufzer aus und winkte ihm zum Gruß. Obwohl er niemanden brauchte, hatte er keine Lust, noch länger auf sich allein gestellt zu sein.

Der Junge zügelte sein Pferd in zehn Schritt Entfernung. Rey rührte sich nicht.

»Du bist nicht allein, oder? Sag den anderen, sie können sich zeigen. Das ist keine Falle.«

»Erst müsst Ihr Eure Waffen ablegen«, sagte Yan entschuldigend.

Das hätte sich Rey denken können. Er zog das Schwert aus der Scheide auf seinem Rücken und legte das Messer ab, das er am Gürtel trug. Um seinen guten Willen zu beweisen, holte er auch den Dolch hervor, den er im Stiefel versteckt hatte. »Das war's. Sag ihnen, sie sollen sich zeigen. Ich komme mir nackt vor. Am Ende hole ich mir noch einen Schnupfen.«

Yan grinste und winkte zum Wald hin, woraufhin Grigán auftauchte, zu Fuß und mit gespanntem Bogen.

»Huh! Der ist aber zum Fürchten«, sagte Rey. »He, den kenne ich doch. Das ist der Kinderhasser, der keine Feuerteufel mag. Heute ist mein Glückstag!«

Yan musste wieder grinsen. Mit diesem Kerl und Bowbaq versprach es lustig zu werden.

»Ihr seid nur zu zweit?«, fragte Rey. »Er hat zwar einen Bogen, aber das ist vielleicht doch etwas wenig, um Zuïa *und* die Große Gilde in die Knie zu zwingen.«

»Eigentlich sind wir zu fünft, und eine hat ein Messer«, sagte Yan lachend.

»Na, da bin ich ja beruhigt. Ich hatte schon Angst.«

Grigán gesellte sich zu ihnen. Anders als die beiden jungen Männer war er nicht zum Scherzen aufgelegt.

»Ist er das?«, fragte er Yan schroff.

»Ja. Ich musste zwar ziemlich nah rangehen, um sicher zu sein, aber er ist es. Diese Kleider stehen Euch übrigens viel besser als die stinkenden Lumpen!«

»Besten Dank«, sagte Rey mit einer kleinen Verbeugung.

»Ich kenne Euch nicht«, sagte Grigán ernst. »Wer seid Ihr?«

»Wisst Ihr, ich würde Euch auch antworten, wenn Ihr nicht mit dem Pfeil auf mich zielen würdet.«

»Und?«

Rey nannte seinen Namen und überzeugte Grigán, indem er ausführlich von seiner Großmutter Zatelle und seinem Cousin Mess erzählte. Außerdem konnte er mit ein paar Erinnerungen an frühere Zusammenkünfte aufwarten. Endlich senkte der Krieger den Bogen.

»Zündet Ihr immer noch alles an?«, fragte Grigán, bemüht, nun auch einen Scherz zu machen.

»Niemand nahm mir ab, dass es ein Versehen war. Das war die größte Tragödie meines Lebens«, sagte Rey mit gespieltem Ernst. »Heißt das, Ihr glaubt mir jetzt?«

»Ich glaube dir.«

»Gut. Und jetzt bitte keine falschen Reflexe. Ich will nur etwas aufheben.« Rey streckte die Hand nicht nach seinen Waffen aus, wie man hätte annehmen können, sondern bückte sich und hob vorsichtig eine geladene Armbrust auf, die unter einer dünnen Sandschicht verborgen war. »Man kann nie vorsichtig genug sein, findet Ihr nicht auch?«

Grigán sagte nichts, und Yan, der ihn mittlerweile besser kannte, wusste, dass sich Rey mit diesem Täuschungsmanöver unbeliebt gemacht hatte. Er selbst fand, dass Rey sich zu helfen wusste.

»Ihr hättet nur einen von uns beiden erwischt«, sagte Grigán schließlich.

»Stimmt. Wen wohl?«

Grigán musterte den Schauspieler eine Weile. Dieser schien den Blick nicht zu bemerken, da er damit beschäftigt war, sich wieder von Kopf bis Fuß zu bewaffnen. Grigán machte auf dem Absatz kehrt und verschwand im Wald.

Yan wartete auf Rey und ließ dabei den Blick über den Horizont schweifen. Acht Tagesreisen von zu Hause entfernt war das Meer nicht mehr dasselbe. Es war dasselbe Wasser, es waren dieselben Wellen, aber es war nicht dasselbe Meer.

»Ist das die Insel Ji, die man dort sieht?«, fragte er Rey.

»Ja. Sag mal, kennst du nicht vielleicht einen Gott, der bereit wäre, sie gegen eine kleinere Opfergabe in den Fluten versinken zu lassen, sie und ihren Fluch?«

»Ihren Fluch?«

»Ist nur so eine böse Vorahnung, die ich seit sechsundzwanzig Jahren habe«, antwortete er. »Diese Insel bringt Unglück.«

Yan starrte auf den dunklen Fleck im graublauen Wasser. Die Insel schien nichts anderes zu sein als ein Haufen Felsen. »Wart Ihr schon mal dort?«

Rey, der zusätzlich zu seinen Waffen mehrere Bündel trug, die er in der Nähe aufgelesen hatte, warf einen letzten Blick auf Ji. »Nein. Aber ich habe das seltsame Gefühl, dass sich das bald ändern wird.«

Trotz der Verachtung, die Grigán für Rey empfand, rang er sich dazu durch, ihn anzusprechen. Er brauchte Antworten. »Und was ist nun Eure Geschichte?« Er hatte gar nicht so feindselig klingen wollen, doch jetzt war es zu spät.

Rey grinste und ließ sich mit der Antwort Zeit. »Ich will Euch nicht kränken, Grigán, aber ich würde lieber warten, bis wir bei den anderen sind. Wir haben viel zu besprechen, und obwohl ich gerne Geschichten erzähle, würde ich an einem Tag ungern zweimal die gleiche zum Besten geben.«

»Gut«, stieß Grigán hervor. Der Laut klang eher wie ein Grunzen als wie menschliche Sprache. Yan griff schnell ein, ehe die beiden einander an die Gurgel sprangen.

»Seid Ihr schon lange in Berce?«, fragte er.

»Seit über einer Dekade. Allmählich fragte ich mich schon, ob ich nicht vielleicht der einzige Erbe bin, der noch am Leben ist.«

»Ihr seid keinem anderen Erben begegnet?«

»Nein. Jedenfalls habe ich niemanden erkannt, aber das muss nichts heißen. Irgendjemand gibt seit ein paar Tagen Lichtzeichen mit einem Spiegel, irgendwo in den Hügeln. Doch er zieht ständig umher, und weder die Züu noch ich haben es bislang geschafft, ihn zu erwischen.«

»Dann sind wir Euch einen Schritt voraus«, sagte Grigán triumphierend.

»Ihr habt ihn gefunden?«, fragte Rey. Er wirkte nicht besonders überrascht. »Seid ihr etwa versehentlich über ihn gestolpert?«

»Das würde ich niemandem raten«, sagte Yan grinsend. »Vielleicht kennt Ihr ihn: Es ist Bowbaq.«

»Anscheinend sagt Euch dieser Name etwas, aber mir sagt er nicht mehr als der meiner zehnten Hure.«

»Ich dachte, alle würden ihn kennen«, erklärte Yan. »Er ist aus Arkarien und ein Riese. Angeblich kann er mit Tieren sprechen. Vielleicht habt Ihr schon von ihm gehört?«

»Jetzt weiß ich, warum er sich mit einigen von euch so gut versteht.«

»Wenn Ihr Euch weiter so aufführt, wird das für Euch nicht gelten«, knurrte Grigán, dem die Anspielung zu missfallen schien. Er baute sich vor ihm auf und sagte: »Bislang halten wir zusammen, und meine Gefährten sind umgängliche Leute. Ich werde eigenhändig jeden verjagen, der Zwietracht unter uns sät oder uns in Gefahr bringt, sei er nun ein Erbe oder nicht. Verstanden?«

»Wenn Ihr dabei an mich denkt, macht Euch keine Sorgen«, antwortete Rey ernst. »Ich habe nicht vor, länger als nötig bei Euch zu bleiben. Nur bis unser Problem gelöst ist. Vielleicht auch nur, bis wir unser Vorgehen besprochen haben.«

»Schön.«

Grigán beendete das Gespräch wie üblich, indem er seinem Gegenüber jäh den Rücken zuwandte und mit schnellen Schritten davonstapfte. Selbst sein Pferd hatte Mühe, ihm zu folgen.

»Glaubst du, er wird wütend, wenn ich ihm sage, dass sein Akzent schlimmer ist als der eines Seemanns aus Mestebien?«

»An Eurer Stelle würde ich mir das verkneifen«, sagte Yan, den schon allein der Gedanke vor Schreck erstarren ließ. »Er pflegt seine Drohungen wahr zu machen.«

»Da bin ich sicher! Genau deshalb ist es ja umso reizvoller.«

Die nächsten Tage versprachen stürmisch zu werden. Yans Streit mit Léti und die unverhohlene Abneigung zwischen Rey und Grigán würden Corenn ihr ganzes diplomatisches Geschick abverlangen.

»Habt Ihr auf Bowbaqs Lichtzeichen geantwortet?«

»Bei allen Göttern! Nun hör schon auf, mich zu ihrzen! Sehe ich etwa so alt oder engstirnig aus?«

»Nein.«

»Um auf deine Frage zurückzukommen: Ja. Ich habe auf seine Lichtzeichen geantwortet, drei Tage lang. Aber es ist mir nicht gelungen, mit diesem Bowbaq in Verbindung zu treten. Ich bin gespannt, wie er aussieht.«

»Ihr werdet … Du wirst überrascht sein.«

»Na, also! Es geht doch! Und jetzt das Ganze noch mal mit einem Fluch am Ende des Satzes.«

Yan sah ihn verständnislos an.

»War nur ein Scherz. Du bist ziemlich gutgläubig, was? Wir werden uns bestimmt gut verstehen. Sag mal, welcher deiner hochverehrten Vorfahren hat das Glück, dich seinen Urenkel nennen zu dürfen? Vielleicht sind wir ja Cousins?«

»Nein. Ich bin keiner von euch. Noch vor zwei Dekaden wusste ich kaum etwas von der ganzen Geschichte.«

»Du Glücklicher!«, sagte Rey seufzend. »Dann bist du aus reiner Neugier hier?«

»Ich begleite meine Freunde. Alles war gut, bis mir jemand in einem Stall eine Leiche vor die Füße gelegt hat.«

»So ein Zufall! Mir ist genau dasselbe passiert, erst letzte Nacht. Dann haben wir ja etwas gemeinsam!«

Yan grinste. Manchmal wurde er aus den Worten des Loreliers nicht schlau, doch wenn man seinen Humor erst einmal verstanden hatte, machte es richtig Spaß, sich mit ihm zu unterhalten.

Hoffentlich würde es den anderen genauso gehen.

Corenn erzählte Bowbaq von den Züu und ihren Morden. Der Riese wurde immer bekümmerter, und als die Ratsfrau die Namen der Opfer aufzählte, war seine gute Laune endgültig verschwunden. Sie wollte ihn nicht quälen, doch er musste die Wahrheit erfahren.

Nach einigen tröstenden Worten ließ Corenn Bowbaq allein, damit er sich von dem Schlag erholen konnte, und zog Léti mit sich. Der Arme. Er hatte seine Familie verlassen, eine Reise von mehreren Dekaden unternommen und die Einsamkeit ertragen, weil er hoffte, seine Freunde vor der Gefahr warnen zu können, in der sie schwebten. Und jetzt musste er erfahren, dass er zu spät kam.

Auch Léti war bedrückt. Der Gedanke an die Toten betrübte sie alle, doch jetzt war nicht der richtige Moment zum Trauern.

Corenn bemühte sich, Stärke zu zeigen. Sie war eine Ratsfrau, und es war ihre Pflicht, Selbstbewusstsein, Gelassenheit und Autorität auszustrahlen. »Léti, ich brauche deine Hilfe. Wir werden ein solches Festmahl zubereiten, dass sich die Männer fragen werden, wozu sie auf dieser Reise eigentlich nütze sind.«

Das Mädchen nickte, froh über die Ablenkung. Corenn wusste genau, welche Worte sie wählen musste.

»Schließlich ist das hier eine Art Zusammenkunft der Erben, nicht wahr?«, fuhr sie fort. »Das muss gebührend gefeiert werden.«

Sie gingen die Vorräte durch und stellten einen Speiseplan zusammen. Dann schickte Corenn Bowbaq in den Wald, um Wildgemüse, Wurzeln, Kräuter und Pilze zu suchen. Sie wollte ihn davon abhalten, mit dem Rücken an einem Baum dazusitzen, den Kopf in den Händen vergraben, und düsteren Gedanken nachzuhängen. Glücklicherweise hatte Grigán bei seinen Erkundungsgängen am Abend zuvor mehrere Stück Wild erlegt, denn Corenn wusste, dass der Arkarier aus Überzeugung höchstens Fische fing.

Sie gingen an die Arbeit. Als Grigán, Yan und Rey zurückkehrten, stieg ihnen schon von Weitem der Duft gebratenen Fleischs in die Nase.

Corenn, Bowbaq und Léti hatten drei Meeresfasane und mehrere Koriolen mit Kräutern gespickt und gegrillt. In der Glut garten Pilze und Wildgemüse, die nicht minder köstlich dufteten. Bowbaq hatte ein paar Bretter aus dem verfallenen Haus gerissen und einen Tisch und Bänke gezimmert, und Léti hatte die Festtafel mit Kerzen und einem Blumenstrauß verschönert. Sie war gerade dabei, einen Korb mit frisch gepflückten Früchten auf den Tisch zu stellen, als Yan, Grigán und ein Unbekannter eintrafen.

»Seid willkommen, Erben von Ji!«, rief Corenn fröhlicher, als es sonst ihre Art war. Sie wollte verhindern, dass Grigán über die Feuerstellen schimpfte. Ihr gegenüber würde der Krieger nicht wagen, Einspruch zu erheben.

»Danke für den Empfang, doch ich fürchte, ich bin allein gekommen«, scherzte Rey zur Begrüßung.

»Dann hoffe ich, dass Ihr Hunger mitgebracht habt. Ihr seid also Zatelles Enkel?«

»Und Ihr müsst Corenn sein. Meine Großmutter schätzte Euch sehr, und wenn ich meiner Nase glauben darf, nicht zu Unrecht«, sagte er mit einer kleinen Verbeugung.

»Ich danke Euch. Ich hatte anscheinend ein ganz falsches Bild von lorelischen Bettlern«, sagte sie lachend.

»Hoffen wir, dass Ihr Eure Meinung nicht ändert, wenn Ihr mich essen seht. Und wer ist diese junge Frau, deren Existenz man mir bisher verheimlicht hat? Wärt Ihr so nett, uns einander vorzustellen?«

Corenn kam diesem Wunsch mit einem Lächeln nach. »Das ist Léti, die einzige Tochter meiner verstorbenen Cousine Norine. Léti, darf ich dir Reyan von Kercyan den Jüngeren vorstellen, ein Nachkomme des Weisen Reyan von Kercyan.«

»Ich habe die Schwäche, mich lieber Rey als Reyan nennen zu lassen«, sagte er. »Bei allen Göttern, wenn man mir gesagt hätte, dass sich unter den Erben derart reizende Personen befinden, wäre ich den Zusammenkünften um nichts in der Welt ferngeblieben. Sagt, Ihr seid doch hoffentlich noch niemandem verbunden?«

Yan keuchte auf. Während er sich seit Jahren bemühte, Létis Herz zu erobern, und es seine größte Angst war, mit ihr über ein Versprechen vor Eurydis zu reden, machte sein neuer Freund Rey der Kühne ihr gleich bei der ersten Begegnung schöne Augen. Begierig wartete er auf Létis Antwort.

Die junge Frau war völlig gebannt. Die Schönheit des Schauspielers ließ sie nicht unberührt. Der verwirrende Blick seiner tiefblauen Augen … das lange, leicht zerzauste sandfarbene Haar … die geschmeidigen Bewegungen … die extravaganten Kleider, die ebenso modisch wie bequem aussahen … Das weiße Hemd war aus hochwertigem Leinen, doch er trug es wie einen Arbeitskittel. Seine Stiefel waren maßgefertigt und aus teurem Leder.

Der Mann hatte etwas Außergewöhnliches an sich. Ein Haarband, ein dünner Lederumhang und ein schmaler Ring verliehen ihm eine geheimnisvolle Aura. Während ihn das Schwert, das er auf dem Rücken trug, und das Messer an seinem Gürtel zu einem Beschützer machten, wiesen ihn seine guten Manieren, seine Höflichkeit und sein Humor als Kavalier aus.

Léti war vollkommen gebannt.

»Ich bin niemandem verbunden. Tatsächlich hat mich bislang noch nicht einmal jemand um meine Hand gebeten.«

Das war die Wahrheit, doch sie hatte das seltsame Gefühl zu lügen. Allen außer Rey war ihre Antwort augenscheinlich peinlich.

»Das kann ich nicht glauben!«, rief der. »Es sei denn, die Männer sind so geblendet von Eurer Schönheit, dass sie sich nicht trauen, Euch anzusprechen. Ja, das muss es sein.«

Léti dankte ihm mit einem Lächeln, sagte aber nichts. Zum ersten Mal in ihrem Leben machte ihr jemand solche Komplimente. Rey stürzte sie in tiefe Verwirrung.

Yan hingegen fragte sich, ob der Schauspieler immer so hellsichtig war. Woher wusste er, dass Léti ihre Verehrer einschüchterte? Oder besser gesagt, *ihn* einschüchterte?

Dann stellte Corenn Rey und Bowbaq einander vor. Bowbaq verzichtete zwar darauf, Rey durch die Luft zu wirbeln, zog ihn aber dennoch in eine unbeholfene Umarmung.

»Ich weiß nicht, ob du dich erinnerst«, sagte der Riese lächelnd, »aber als du klein warst, waren wir gute Freunde.«

»Ich hoffe, das sind wir immer noch. Ich würde dich ungern zu meinen Feinden zählen«, sagte der Schauspieler mit einem Blick auf die Muskeln des Nordländers.

»Ich glaube kaum, dass Bowbaq Feinde hat«, scherzte Grigán.

»Jetzt erinnere ich mich. Du hattest damals noch keinen Bart. Bei den Zusammenkünften hast du die ganze Zeit mit den Kindern gespielt, stimmt's?«

»Ja. Und du hast die ganze Zeit geschummelt. Manchmal vermutlich sogar, ohne dass ich es bemerkte!«

»*Manchmal?* Andauernd!«

Sie brachen in Gelächter aus. Rey war angenehm überrascht. Er hatte befürchtet, ein paar Verrückte vorzufinden, die ihre toten Vorfahren mit religiöser Inbrunst verehrten, obwohl diese seit einem Jahrhundert unter der Erde waren. Und jetzt mochte er diese Leute auf Anhieb, und sie nahmen ihn mit offenen Armen auf. *Von wenigen Ausnahmen abgesehen,* dachte er, als ihm Grigáns Drohung einfiel.

»Ich schlage vor, wir essen jetzt«, sagte Corenn. »Das Fleisch ist gar, und ihr sterbt gewiss vor Hunger.«

»Sehr gern«, sagte Rey. »Ich habe seit dem Morgen nichts mehr gegessen, und ich habe die Absicht, jeder Eurer Speisen meine persönliche Aufwartung zu machen.«

Er warf seine Bündel unter einen Baum und half Léti, das Wildbret und die Beilagen vom Feuer zu holen.

Yan und Grigán wechselten einen finsteren Blick, banden die Pferde fest und setzten sich zu den anderen an den Tisch. Eilig hatten sie es dabei nicht.

Grigán fürchtete, die Oberhand zu verlieren und damit seine Gefährten in Gefahr zu bringen. Yan fürchtete, Léti zu verlieren und damit alles, was sein Leben ausmachte.

Er war auf niemanden wütend. Léti war nicht verbunden, und es stand ihr frei, sich umwerben zu lassen, von wem sie wollte. Und Rey konnte er nur seine Unerschrockenheit vorwerfen. Dass Léti ihm gefiel, verstand er.

Ihn allein traf Schuld. Er hätte sich ihr schon längst offenbaren müssen. Jetzt war es zu spät. Müsste er mit Rey um Létis Gunst buhlen, hätte er wohl nicht den Hauch einer Chance.

Er konnte nur hoffen, dass es nicht dazu kam.

Das Festmahl, das Corenn, Léti und Bowbaq zubereitet hatten, war ein großer Erfolg. Rey wurde nicht müde, die mit Quillen gefüllten Koriolen zu loben, und Grigán war hellauf begeistert von den in der Glut gegrillten Pilzen.

Bowbaq zog eine fast volle Feldflasche mit Likör aus seinem Quersack und schenkte seinen Gefährten großzügig ein. Dann war Rey an der Reihe. Er stellte eine Flasche mit Grünwein aus Junin auf den Tisch, ohne zu erklären, wie er zu so einem edlen Tropfen kam.

Obwohl er den ganzen Tag nichts gegessen hatte, teilte Yan den Überschwang seiner Gefährten nicht. Er ließ Léti und Rey nicht aus den Augen, und was er sah, verdarb ihm gründlich den Appetit. Es war nicht zu übersehen, dass der Schauspieler seiner Geliebten gefiel. Und er, der einfache Fischer, wusste nicht, was er tun sollte.

Eine grausame kleine Stimme in seinem Inneren flüsterte: *Hättest du sie nur um ihre Hand gebeten. Hättest du nur mit ihr gesprochen.* Es gelang ihm nicht, sie zum Schweigen zu bringen. Alles, was er aß, hatte den faden Beigeschmack der Reue. Er ließ das Essen stehen und war kurz versucht, stattdessen zu trinken, ließ diesen Gedanken jedoch gleich wieder fallen. Schon an guten Tagen vertrug er keinen Alkohol, und sich zu betrinken würde ihm sicher nicht weiterhelfen. Ihm war nicht nach Feiern zumute, und so lauschte er mit halbem Ohr dem Gespräch seiner Gefährten.

»Ich war lange allein«, sagte Bowbaq. »Es ist so schön, wieder mit jemandem zu sprechen.«

»Das verstehe ich«, sagte Corenn. »Jetzt sind wir zu sechst.«

»Glaubt Ihr, dass sich noch andere Erben in Berce aufhalten?«

»Nein, das glaube ich nicht. Falls jetzt noch welche kommen, dann erst am Tag der Eule. Die anderen sind an einem sicheren Ort, wie Ispen und deine Kinder, oder …«

»Oder sie sind tot«, beendete Grigán den Satz. »Man muss die Dinge beim Namen nennen. Wir sind nur hier, weil wir verdammt großes Glück hatten.«

»Auf das Glück, von den Züu gejagt zu werden, kann ich gut verzichten«, mischte sich Rey ein. »Und ebenso auf das Glück, meinen Cousin verloren zu haben.«

»Dankt lieber dem Schicksal. Denkt nur, was geschehen wäre, wenn Ihr das Haus durch die Tür betreten hättet statt durchs Fenster. Oder wenn Bowbaq nicht aufgewacht wäre, bevor die Züu sein Haus erreichten. Oder wenn Corenn nicht geahnt hätte, in welcher Gefahr sie schwebt, als sie von Xans Tod erfuhr.«

»Kurz gesagt, seid Ihr der Einzige, Derkel, der sein Überleben nur sich selbst verdankt?«

»Mag sein, Kercyan. Und das wird auch so bleiben, wenn mir niemand Steine in den Weg legt.«

»Schön«, fuhr Corenn dazwischen, um das Gespräch zu beenden, dessen Ton hitziger geworden war. »Ich glaube, wir haben jetzt andere Sorgen. Wir sollten in die Zukunft blicken, nicht in die Vergangenheit. Meint Ihr nicht?«

»Ich bin ganz Eurer Meinung«, antwortete Rey.

»Sprecht«, sagte Grigán schroff.

»Da wir nun alle beisammen sind, sollten wir die Gelegenheit nutzen, uns auszutauschen. Wir müssen uns drei Fragen stellen: Wer steckt hinter den Morden? Warum interessiert sich dieser Jemand für die Erben? Und das Wichtigste: Wie können wir dem Spuk ein Ende bereiten? Ich bin überzeugt, dass wir nur die Antwort auf eine der Fragen finden müssen, um alle Antworten zu kennen. Richtig?«

Alle stimmten ihr zu. Auch wenn Corenn bislang Grigán die Führung überlassen hatte, nahm sie die Sache jetzt in die Hand. Solche Gespräche zu führen war ihre Spezialität. Es sah aus, als hätten sie zwei Anführer: einen, der den Kampf, und eine, die die Diplomatie beherrschte.

»Bevor wir Vermutungen anstellen«, fuhr sie fort, »sollten wir uns gegenseitig auf den neuesten Stand bringen. Jeder erzählt den anderen kurz, wie es ihm ergangen ist. Bitte versucht euch zu erinnern: Hat einer der Züu, denen ihr begegnet seid, etwas gesagt, getan oder auch nur angedeutet, das uns weiterhelfen könnte?«

Die Frage richtete sich vor allem an Rey, Bowbaq und Yan. Der Kaulaner hatte noch nicht die Zeit gefunden, alles zu erzählen, was er in Berce erlebt hatte.

»Mein Zü warf mir einen Haufen Schimpfwörter an den Kopf«, sagte Rey. »Ich kann sie Euch gern wiederholen, aber ich bezweifle, dass uns das von großem Nutzen sein wird!«

»Die Männer, die mich angegriffen haben, sagten nicht viel, und ich verstand ihre Sprache nicht. Vielleicht hätte ich einen von ihnen ausfragen können, doch Mir hat ihn auf der Stelle getötet.«

»Ach ja, Mir. Dein Schneelöwe, nicht?«, fragte Rey. »Das hast du doch vorhin behauptet, oder? Und, bleibst du bei der Geschichte?«

»Aber ja«, sagte Bowbaq offenherzig. »Besser gesagt, ist er nicht *mein* Löwe, sondern *ein* Löwe. Mir gehört niemandem.«

»Er bleibt bei seiner Geschichte. Entweder ist dir der Wein zu Kopf gestiegen, was ich bei deiner Größe bezweifele, oder du musst mir demnächst eine Kostprobe deiner Dressurkünste geben.«

»Es ist keine Dressur. Es ist ein Gespräch, eine Art Gedankenaustausch.«

»Das glaube ich erst, wenn ich es sehe.«

»Wir kommen vom Thema ab«, sagte Corenn.

Yan zerbrach sich den Kopf, kam aber zu dem Schluss, dass die anderen schon alles wussten, was er über die Züu zu sagen hatte. Daher hielt er lieber den Mund und litt weiter stumm vor sich hin.

»Ich habe bei einem von ihnen ein Pergament gefunden«, sagte Bowbaq nach kurzem Nachdenken. »Aber es war voller Blut und kaum noch zu lesen, deshalb habe ich es verbrannt. Vielleicht hätte ich das besser nicht getan«, sagte er und senkte den Kopf.

»Geschehen ist geschehen«, sagte Grigán.

»Ich habe auch eins gefunden. Und meins ist in makellosem Zustand.« Rey ging zu seinem Gepäck und holte ein zusammengerolltes Pergament und einen in Samt eingeschlagenen länglichen Gegenstand hervor.

»Und was ist das?«, fragte Léti, während sich Corenn über das Pergament beugte.

Lächelnd reichte Rey ihr den Gegenstand. Mit einem Stich Eifersucht dachte Yan, dass er jedes Mal lächelte, wenn er sie ansah.

»Gebt acht, dass Ihr Euch nicht verletzt. Schon der kleinste Schnitt kann tödlich sein.«

Behutsam wickelte Léti den Gegenstand aus. Es war ein Dolch. Ein langer, dünner Dolch, dessen Spitze in einem winzigen Stück Holz steckte.

»Ein Dolch der Züu?«, fragte sie voller Abscheu.

»Ganz recht. Ein echter Züu-Dolch. Leider weilt sein Vorbesitzer nicht mehr unter uns, um das zu bestätigen.«

»Zum Glück«, sagte Léti finster.

Sie packte das Heft und musterte die Waffe im Licht der Flammen. Solch eine Klinge hatte ihre Freunde getötet. Solch eine Klinge wollten die Züu ihr ins Herz stoßen. Sie war spitz wie eine Nadel.

»Leg das wieder hin«, sagte Grigán im Befehlston.

Léti stellte sich taub und nahm das Holzstück ab, das auf der Spitze steckte. Sie ignorierte eine erneute Aufforderung des Kriegers, nahm einen Salzapfel aus dem Korb und schob die Klinge langsam in die Frucht. Der Apfel schrumpelte und färbte sich schwarz, als würde er verbrennen.

»Léti, leg sofort dieses schreckliche Ding hin«, befahl Corenn in einem Ton, den ihr niemand zugetraut hätte.

Rey streckte die Hand aus. Schicksalsergeben gab Léti ihm den Dolch, nachdem sie ihn zurück auf das Tuch gelegt hatte. Rey reichte ihn an Bowbaq weiter, der nur einen angewiderten Blick darauf warf, und dann an Yan, der ihn vor sich hinlegte, um ihn gründlich zu untersuchen.

»Ich frage mich, warum sie sich nie selbst verletzen«, sagte Bowbaq.

»Das kommt bestimmt hin und wieder vor. Das würde jedem passieren. Doch die Züu haben etwas, das ihre Opfer nicht haben: ein Gegenmittel.« Rey zog ein Döschen aus der Tasche, das eine feuchte braune Paste enthielt. »Vorsicht. Ich bin nicht ganz sicher. Ich habe auch eine Phiole gefunden, die vermutlich das Gift enthält, jedenfalls riecht die Flüssigkeit genauso wie die Klinge. Aber es könnte auch genau umgekehrt sein. Vielleicht hat die Paste gar nichts mit dem Dolch zu tun.«

»Ich habe die gleichen Gegenstände gefunden«, sagte Bowbaq. »Wie dumm von mir, sie nicht aufzubewahren. Verzeiht mir …«

»Nun hör schon auf, dich zu grämen!«, rief Grigán. »Du lebst, und deine Frau und deine Kinder sind in Sicherheit. Was willst du mehr?«

»Danke, mein Freund.«

»Hier in dem Griff sind Einkerbungen«, sagte Yan.

»Die sind mir auch aufgefallen. Außerdem ist dort der Umriss eines Auges eingeritzt.«

»Wie viele Kerben sind es?«, fragte Grigán mit regloser Miene.

Yan beugte sich über den Dolch. »Siebzehn.«

»Reyan, als du den Zü getötet hast, hast du siebzehn seiner Opfer gerächt. Mindestens. Denn sie zählen nur ihre offiziellen Morde. Ihre Aufträge.«

Yan schob den Dolch voller Abscheu von sich.

Die Waffe übte nun überhaupt keine Faszination mehr auf ihn aus, sie war nur noch abstoßend.

»Tante Corenn, ist alles in Ordnung?«

Die Ratsfrau hatte seit einer Weile geschwiegen. Sie war in die Lektüre des Pergaments vertieft.

»Ja«, sagte sie seufzend. »Ich habe nur nachgedacht. Anscheinend ist dieses Pergament eine Liste. Eine grauenvolle Liste. Auf ihr sind alle Erben aus Lorelia und Umgebung vermerkt. Insgesamt vierzehn, und hinter jedem Namen steht ein Kreuz. Außer hinter Reys.«

Alle wussten, was das bedeutete.

»Wie traurig. Aber jetzt wissen wir wenigstens über das Schicksal einiger unserer Freunde Bescheid«, sagte Grigán. »Dame Corenn, würdet Ihr uns die Namen vorlesen?«

Sie nahm all ihre Kraft zusammen. Nach jedem Namen legte sie eine Pause ein, obwohl sie die Sache so schnell wie möglich hinter sich bringen wollte. »Jalandre, Rébastide, Mess, Humeline, Tomah, Braquin, Nécéandre, Tido, Rydell, Lonic, Salandra, Darie, Effene.«

Schweigend gedachten sie der Opfer.

»Die arme Humeline«, flüsterte Bowbaq nach einer Weile. »Es ist so schrecklich.«

Er empfand tiefen Schmerz, genauso wie Corenn, Grigán und Léti.

Gleichzeitig war ihnen die quälende Ungewissheit genommen. Sie hatten schon vorher um ihre Freunde getrauert, schließlich wussten sie schon lange von dem Unglück, das ihnen wahrscheinlich zugestoßen war.

»Das Pergament, das du gefunden hast, war vermutlich auch so eine Liste, Bowbaq«, sagte Grigán. »Du und die Kinder, ihr seid die einzigen Erben Arkariens, oder?«

»Ja. Früher gab es noch einen anderen Zweig der Familie, doch der endete mit dem Bruder meines Großvaters.«

»Wie haben die Züu diese Listen erstellt?«, warf Léti ein.

»Gute Frage. Sie passt zu einer unserer drei Fragen: Wer steckt hinter den Morden?«

»Corenn, Ihr habt doch gewiss eine Vermutung?«, fragte Rey.

»Vielleicht. Aber zuerst möchte ich eure hören. Wenn ich euch jetzt meine sagte, wird das eure Antworten beeinflussen.«

»Gut. Ich glaube, wir können ohne Weiteres ausschließen, dass die Züu auf eigene Faust handeln. Sie arbeiten niemals ohne Auftrag.«

»Das stimmt nicht«, wandte Grigán ein. »Es gibt zahlreiche Gegenbeispiele. Die Züu nutzten schon mehrmals ihre Macht, um ihre Landesgrenzen zu verteidigen oder zu erweitern.«

»Ich kenne die Geschichte des Königs Kurdalene. Vergesst nicht, dass ich Lorelier bin. Aber die Erben haben meines Wissens niemals versucht, die Religion der Züu zu bekämpfen oder ihre Insel zu erobern!«

»Das stimmt«, sagte Bowbaq. »Vor zwei Monden wusste ich noch nicht einmal, wer die Züu überhaupt sind.«

»Du nicht«, sagte Corenn ernst. »Aber vielleicht ein anderer Erbe? Oder mehrere?«

»Du glaubst, es könnte einer von uns sein?«, fragte Léti verblüfft.

»Ich weiß nicht. Es wäre möglich. Das würde jedenfalls die Genauigkeit der Listen erklären.«

»Genauso gut könnte die Große Gilde die Namen und Wohnorte herausgefunden haben«, schlug Rey vor. »Ein paar Nachforschungen, ein oder zwei handfeste Verhöre und die Züu hatten, was sie wollten.«

»Das wäre eine Erklärung. Eine andere, grauenvollere, wäre die, dass ein Erbe hinter den Morden steckt oder zumindest seine Finger im Spiel hat.«

»Es sei denn«, sagte Léti ernst, »es ist tatsächlich ihre Göttin, die uns richtet.«

Sie schwiegen eine Weile. Niemand griff die Idee auf, da sie ihnen zu abwegig und zu furchtbar erschien.

»Lasst uns nachdenken«, sagte Corenn. »Was könnte jemanden dazu bewegen, diese Morde zu begehen?«

»Meine erste Idee war Habgier, das ist der häufigste Grund«, meinte Rey. »Nur ist bei uns nicht viel zu holen.«

»Rache«, sagte Grigán überzeugt. »Ich weiß, dass Ihr anderer Meinung seid, Corenn, aber ich bin fast sicher. Nur Rache kann jemanden zu solchen Taten treiben.«

»Wer sollte sich an uns rächen wollen?«, fragte Bowbaq.

»Und warum?«, sprang Léti ihm bei.

»Mir würden da so einige einfallen. Die Herrscher der Königreiche, die damals den Tod ihres Weisen zu beklagen hatten: Goran und Jezeba. Oder ein Nachkomme Nol des Seltsamen. Oder ein Erbe, der mit seinem Schicksal hadert.«

»Warum sollte einer von denen achtzig oder hundert Menschen ermorden lassen?«, wandte Rey ein.

»Warum nicht? Ich greife mal ein Beispiel heraus, Euer Beispiel. Wir alle wissen, dass Reyan der Ältere Herzog von Kercyan war. Eigentlich hättet Ihr seinen Titel erben müssen, zusammen mit den Ländereien, dem Schloss und den Reichtümern der Familie, doch als Euer Vorfahr von seiner Reise zurückkehrte, wurde ihm alles genommen, und Ihr bekamt nichts. Es ist doch denkbar, dass Ihr oder ein anderer Erbe, dessen Vorfahr in Ungnade gefallen war, jahrelang einen blinden, tödlichen Hass genährt hat?«

»Das hört sich einleuchtend an. Ich wundere mich, warum ich nicht von selbst darauf gekommen bin«, sagte Rey und verzog das Gesicht. »Ihr habt mich überzeugt. Trotzdem hinkt Eure Argumentation: Wie bezahle ich die Züu, wenn ich völlig mittellos bin?«

»Jemand, der so von Rache zerfressen ist, kann über die Jahre hinweg heimlich Reichtümer angehäuft haben. Außerdem habe ich nicht gesagt, dass Ihr es seid.«

»Da bin ich aber froh. Ich begann schon selbst, an meiner Unschuld zu zweifeln.«

»Nehmen wir einmal an, Ihr habt recht, Grigán. Warum wartet dieser Wahnsinnige nicht, bis wir alle beisammen sind? Warum tun die Züu alles, um die Zusammenkunft zu verhindern?«

»Um zu verhindern, was wir hier gerade tun: den Schuldigen zu finden. Ich bin überzeugt, dass wir ihn kennen. Wir müssen nur herausfinden, wer außer uns noch am Leben ist.«

»Er kann genauso gut seinen eigenen Tod vorgetäuscht haben«, warf Yan ein. Er war bemüht, seine Sorgen zu vergessen und etwas zu dem Gespräch beizutragen.

»Wir werden ihn nie finden«, sagte Bowbaq verzweifelt. »Wir wissen nicht, wer es ist, und wir wissen nicht, was er will.«

»Wir finden ihn«, sagte Corenn mit fester Stimme. »Wenn wir mit dem Leben davonkommen wollen, müssen wir ihn zur Rechenschaft ziehen.«

»Zumindest sind wir uns einig, dass eine Flucht sinnlos ist«, sagte Rey. »Wenn wir uns nicht gerade auf dem Gipfel eines hohen Bergs oder mitten in der Wüste verstecken, werden die Züu und die Große Gilde uns über kurz oder lang finden und töten.«

»Wie beruhigend«, sagte Yan.

»Tante Corenn, wir drehen uns im Kreis. Sag uns, was du denkst.«

Fünf aufmerksame Gesichter wandten sich der Ratsfrau zu. Sie nahm sich etwas Zeit, um ihre Gedanken zu sammeln. »Also gut. Auch ich glaube nicht, dass die Züu auf eigene Faust handeln. Sie werden von religiösem Fanatismus angetrieben, und soweit wir wissen, spielt der hier keine Rolle. Es muss sie also jemand beauftragt haben.«

Niemand unterbrach sie. Alle warteten ungeduldig, dass sie weitersprach.

»Es mag naiv sein, doch ich glaube nicht, dass Rache jemanden, auch wenn er den Verstand verloren hat, dazu treiben kann, unschuldige Kinder ermorden zu lassen, die er nicht kennt und niemals kennenlernen wird. Vor allem nicht, wenn sie sein Schicksal teilen und nicht an seinem Unglück schuld sind.«

»Ihr wisst, was ich über Rache und Wahnsinn denke«, warf Grigán ein.

»Ja. Aber jemand, der so wahnsinnig ist, wie Ihr ihn beschrieben habt, wäre nicht in der Lage, einen so ausgefeilten Rachefeldzug zu planen.

Ich glaube, sein Verhalten hätte schon vor Jahren unseren Verdacht geweckt.«

»Vielleicht. Aber nicht alle Erben kommen zu den Zusammenkünften.«

»Wer den Zusammenkünften fernbleibt, hat entweder kein Interesse an der Geschichte seiner Vorfahren oder weiß nichts von der Insel Ji. Folglich kann er die Erben auch nicht hassen.«

»Ich glaube trotzdem, dass es sich um einen der Unseren handelt, so grauenhaft dieser Gedanke auch ist. Die Züu kennen unsere Geschichte und unsere Bräuche einfach zu gut. Wie viele Menschen der bekannten Welt wissen, was am Tag des Bären geschah? Hundert? Hundertfünfzig? Jedenfalls nicht mehr. Und wie viele waren je auf der Insel?«

»Glaubst du, die Morde haben mit der Insel zu tun, Corenn?«, fragte Bowbaq.

»Dessen bin ich mir sicher. Es ist die einzige Gemeinsamkeit der Erben, die für jemanden von Interesse sein könnte. Das Geheimnis der Insel.«

»Ich wüsste nicht, warum man uns deshalb töten sollte«, wandte Grigán ein. »Wir wissen noch nicht einmal genau, was es ist.«

»Verzeiht, wenn ich Euch unterbreche«, sagte Rey, »aber könnte mir mal jemand sagen, was genau sich auf dieser Insel befindet?«

Corenn und Grigán wechselten einen Blick. Ihr Entschluss stand bereits fest.

»Leider können wir nicht darüber sprechen«, sagte Corenn. »Wir haben schon zu viel gesagt.«

»Wartet mal. Auch ich bin ein Erbe von Ji. Vergesst das nicht. Endlich einmal ist mir meine Herkunft von Nutzen.«

»Ich war auch noch nie auf der Insel, wisst Ihr«, sagte Bowbaq zu Rey. »Es ist nicht so wichtig. Hinzufahren ist keine Pflicht.«

»Wir haben einen feierlichen Schwur abgelegt«, knurrte Grigán. »So wie unsere Ahnen. Niemand hat ihn je gebrochen. Euch zuliebe werden wir nicht damit anfangen!«

»Schade. Ich hätte nicht gedacht, dass die Erben solche Geheimniskrämer sind.«

»Bald werdet Ihr Eure Neugier stillen können«, verkündete Corenn. »Am Tag der Eule fahren wir zur Insel. Wie jedes Mal.«

Yan, Bowbaq und Léti erstarrten. Das klang so bedeutungsvoll …

»Na also! Das ist nicht mehr lange hin«, sagte Rey. »Ein paar Tage früher oder später, wo ist da der Unterschied?«

»Wir dürfen nirgendwo anders als auf der Insel darüber sprechen«, sagte Grigán und betonte jedes Wort. »Mehr gibt es nicht zu sagen.«

Rey gab seine Überzeugungsversuche auf und bedeutete Corenn mit einem Nicken, weiterzusprechen.

»Wie gesagt, kann der Grund, warum jemand den Erben nach dem Leben trachtet, nur das Geheimnis der Insel sein.«

»Dann werde ich von jetzt an wohl nicht mehr mitreden können«, maulte der Schauspieler.

»Deshalb«, fuhr Corenn fort, »bin ich davon überzeugt, dass einer von uns hinter den Morden steckt. Nur die Erben selbst kennen das Geheimnis von Ji.«

»Wenn überhaupt«, fiel Rey ihr ins Wort.

»Corenn, ich bin neugierig, welchen Zusammenhang Ihr zwischen den Morden und der Insel Ji seht«, sagte Grigán.

»Da wir Rache ausgeschlossen haben, bleiben nur zwei Beweggründe für die Morde: Weltanschauung oder Eigennutz«, sagte Corenn.

»Jetzt verstehe ich gar nichts mehr«, sagte Léti. »Was meinst du mit Weltanschauung?«

»Moralische, politische, philosophische, religiöse oder andere Vorstellungen eines Einzelnen oder einer Gruppe. Einfacher ausgedrückt: bestimmte Überzeugungen.«

»Ich wüsste nicht, warum die Zusammenkünfte der Erben gegen die Weltanschauung unseres geheimnisvollen Unbekannten verstoßen sollten«, sagte Grigán. »Es sei denn, wir gehen doch von einem Wahnsinnigen aus.«

»Ich glaube auch nicht, dass es um Weltanschauung geht. Eher um Eigennutz.«

»Ich hätte vorhin nicht so schnell klein beigeben sollen«, scherzte Rey. »Gibt es auf der Insel einen Schatz?«

»Schön wär's, dann wäre alles viel einfacher«, sagte Grigán. »Was meint Ihr mit Eigennutz, Corenn? Ein Geheimnis, das jemand eifersüchtig hütet?«

»So etwas in der Art. Ich glaube, dass der Urheber der Morde sehr viel mehr über die Insel weiß als wir.«

Corenn legte eine Pause ein, um ihre Worte wirken zu lassen.

»Vielleicht kennt er das Geheimnis schon immer, oder er hat es erst vor Kurzem entdeckt. Es muss sich um etwas Außergewöhnliches handeln. Unermessliche Reichtümer, grenzenlose Macht, tiefe Weisheit. Es könnte alles Mögliche sein.«

Grigán nickte stumm. Corenns Worte klangen einleuchtend.

»Was auch immer es ist, er will nicht, dass wir davon erfahren. Auf Ji ist etwas geschehen oder wird noch geschehen. Deshalb will unser Widersacher mit aller Macht verhindern, dass wir dort hingelangen. Und genau deshalb müssen wir zur Insel fahren.«

Alle schwiegen, beeindruckt von Corenns Schlussfolgerungen und deren Tragweite.

»Und wer, glaubst du, ist dieser Widersacher?«, fragte Bowbaq schließlich.

»Das weiß ich leider nicht. Es muss jemand sehr Reiches sein.«

»Die einzigen reichen Erben sind die Nachkommen Arkanes von Junin«, entgegnete Grigán. »Und sie haben nie an den Zusammenkünften teilgenommen, mit Ausnahme von Thomé.«

»Außerdem ist Arkanes Linie so gut wie ausgestorben«, pflichtete Corenn ihm bei. »Königin Séhane wird kinderlos sterben. Die Fürsten streiten jetzt schon um den Thron.«

»Ich war immer der Meinung, dass ein Fluch auf der Insel liegt«, warf Rey ein. »Diese Königin ist also unsere Hauptverdächtige.«

»Mag sein«, sagte Corenn. »Aber ich bin ihr einmal begegnet, und sie hat nichts Heimtückisches an sich. Sie ist eine alte, sanftmütige und höfliche Dame, während die Fürsten um sie herum nichts als Intrigen spinnen. Außerdem weiß sie nichts von dem Geheimnis.«

»Da ich in gewisse Dinge nicht eingeweiht bin, müsst Ihr verzeihen, wenn ich nicht ganz mitkomme«, sagte Rey. »Wissen wir überhaupt, ob sie noch lebt?«

»Sie steht nicht auf meiner Liste, deshalb hoffe ich es.«

»Wir könnten sie um Hilfe bitten«, schlug Yan vor. »Um ihrer Vorfahren willen wäre sie bestimmt dazu bereit.«

»Und wie soll sie uns helfen? In den Kleinen Königreichen ist unser Leben nicht weniger in Gefahr als anderswo«, entgegnete Grigán.

»Als Königin wäre es ihr ein Leichtes, herauszufinden, was aus den anderen Erben geworden ist.«

»Keine schlechte Idee«, sagte Corenn nach kurzem Nachdenken. »Vielleicht wenden wir uns an sie, wenn wir auf der Insel nichts entdecken.«

»Ich habe eine andere Idee«, sagte Rey. »Wir besuchen den Markt des Kleinen Palastes.«

»In Lorelia?«, fragte Grigán. »Und was sollen wir da?«

»Uns mit den Züu treffen. Ihnen eine Auskunft abkaufen. Das war mein Plan, bevor ich Euch begegnete.«

»Ihr müsst meinem Gedächtnis auf die Sprünge helfen«, sagte Corenn. »Ich habe zwar schon von diesem Markt gehört, weiß aber nichts Genaues.«

»In jeder Dekade findet im alten Palast des königlichen Handelskommissars ein etwas ungewöhnlicher Markt statt. Dort werden jegliche Waren feilgeboten, auch verbotene – im Grunde vor allem verbotene. Und die Züu haben dort einen ... Wie soll ich es nennen? Eine Art festen Stand.«

»Ihr wollt mit ihnen verhandeln?«, fragte Grigán aufgebracht.

»Warum nicht? Wenn ich die Gelegenheit hätte, mein Leben freizukaufen, würde ich nicht zögern. Das könnt Ihr mir glauben.«

»Sich in die Hände der Züu zu begeben wäre Selbstmord«, wandte Corenn ein.

»Im Kleinen Palast herrscht Waffenverbot. Der König will den Schwarzmarkt im Auge behalten, und es wimmelt dort nur so von Spionen. An den Eingängen stehen Wachen, die alle Besucher durchsuchen und ihnen die Waffen abnehmen. Meines Wissens ist bislang immer alles gut gegangen.«

»Corenn, ich habe nicht die Absicht, mit Mördern um mein Leben zu feilschen.«

»Auch ich finde den Gedanken abstoßend, doch vielleicht haben wir keine andere Wahl, falls wir auf der Insel keine Antwort finden.«

Grigán schwieg. Er würde seine Meinung geltend machen, wenn es an der Zeit war. »Für den Moment bleibt uns nichts, als auf den Tag der Eule zu warten. Wir haben zwei Tage zum Nachdenken«, sagte er abschließend und erhob sich vom Tisch.

Seine Gefährten taten es ihm gleich, und alle machten sich daran, das Nachtlager zu bereiten. Nur Léti trat zu dem Krieger.

»Uns bleiben noch drei Tage, oder?«, fragte sie.

»Nein, zwei. Du musst dich verzählt haben.«

Léti erstarrte. »Das kann nicht sein! Das hieße ja, dass heute der Tag der ...«

Ein Schluchzen erstickte ihre Stimme. Peinlich berührt sah Grigán weg und hoffte, dass ihm jemand zur Hilfe kam, aber niemand schenkte ihnen Beachtung.

»Heute war der Tag der Versprechen, ja«, sagte er schließlich. »Ich dachte, du wüsstest es. *Alle* dachten, du wüsstest es.«

Sie drehte sich um und musterte jeden ihrer Gefährten. Yan sah aus, als sei er böse auf sie.

»Ich gehe ein bisschen spazieren«, sagte sie mit tränenerstickter Stimme zu Corenn und rannte davon.

Vier fragende Blicke richteten sich auf Grigán.

»Ich bin unschuldig«, knurrte er. »Ich kann doch nicht für *alles* verantwortlich sein.«

Er weigerte sich, weitere Fragen zu beantworten. Am liebsten wäre Yan Léti nachgegangen und hätte sie getröstet, aber er rührte sich nicht vom Fleck.

Sie wollte bestimmt lieber von Rey getröstet werden.

Das Warten auf den Tag der Eule wurde allen lang. Bei dem Gedanken, zur Insel Ji zu fahren und ihr Geheimnis zu lüften, empfanden alle gleichermaßen Furcht und Neugier, und die Querelen untereinander minderten die Anspannung nicht gerade.

Rey und Grigán ließen einander links liegen, außer wenn der Schauspieler einen Scherz auf Kosten des Kriegers machte, was häufig vorkam und jedes Mal ein hitziges Wortgefecht auslöste.

Léti wusste nicht, wie sie sich Yan gegenüber verhalten sollte, und er hatte keine Ahnung, was er denken oder tun sollte. Hin und wieder machte sie Anstalten, sich mit ihm zu versöhnen, aber tat sie das nicht nur aus Mitleid? Da sie weiterhin viel Zeit mit Rey verbrachte, beschloss Yan, erst einmal abzuwarten, bis die Lage zwischen ihnen klarer war. Léti gelangte zu einem ähnlichen Schluss, und so kamen sie keinen Schritt voran.

Grigán verbrachte die meiste Zeit damit, in der Umgebung des Lagers Wache zu halten und die Insel zu beobachten. Er verließ das Lager meist im Morgengrauen und kehrte erst nach Einbruch der Dunkelheit zurück, wenn nicht mehr zu erkennen war, ob ein Boot an der Insel anlegte. Seine größte Furcht war, auf Ji in eine Falle der Züu zu geraten. Auch wenn sie nicht darüber sprachen, erging es den anderen genauso.

Anfangs überlegten sie, wie sie zur Insel gelangen würden, aber die Frage war rasch geklärt. Die Fischer von Berce ließen ihre Boote nachts einfach am Strand liegen, und sie mussten sich nur eins »ausleihen«. Grigán hatte bereits ein Boot ausgewählt, einen kleinen Einmaster, dessen Besitzer etwas außerhalb des Dorfs lebte. Es lag gut tausend Schritte von den anderen Booten entfernt, und daher hofften sie, dass die Züu es übersahen, falls sie den Strand überwachten.

Abgesehen davon waren keine großen Vorbereitungen zu treffen. Grigán ließ sie ein paar Fackeln herstellen, außerdem nutzten sie den erzwungenen Müßiggang dazu, im Wald nach Nahrung zu suchen. Grigán übernahm es wie üblich, etwas Wild zu schießen.

Die übrige Zeit vertrieben sie sich, so gut es ging. Rey versuchte, seinen Gefährten verschiedene itharische Würfelspiele beizubringen, doch sie waren keine passionierten Spieler, und so gewann er fast immer.

Einmal überredete Léti Bowbaq, ihnen eine Kostprobe seiner Fähigkeiten zu geben, doch das Ergebnis war alles andere als spektakulär. Das Pferd, das als Versuchstier diente, begann wie wild auszuschlagen und zu wiehern. Zu Létis, Yans und Reys Enttäuschung führte dies nur dazu, dass Grigán ihnen wütend befahl, mit dem Lärm aufzuhören.

Als Nächstes bat Léti ihre Tante um eine Vorführung ihrer magischen Kräfte. Die Frage brachte ihr einen tadelnden Blick ein, und so gab sie die Idee wieder auf. Niemand traute sich, Corenn abermals anzusprechen.

Die Ratsfrau verbrachte ihre Zeit damit, die Listen der Züu auf den neuesten Stand zu bringen. Außerdem befragte sie jeden der Gefährten zu seiner Familie und zeichnete die Stammbäume der sieben Weisen, die die Reise zur Insel Ji überlebt hatten. Sie kam auf einundsiebzig Erben in den drei jüngsten Generationen.

Von mindestens neunundvierzig dieser einundsiebzig kannte sie das Schicksal. Sie selbst, Léti, Grigán, Bowbaq und Rey lebten – Eurydis sei Dank. Vierundvierzig andere, die auf Reys und ihrer eigenen Liste standen, waren von den Züu ermordet worden.

So war nur noch der Verbleib von zweiundzwanzig Erben ungewiss, zu denen vielleicht der eine oder andere dazukam, den sie vergessen hatte. Sie durften sich keine allzu großen Hoffnungen machen – viel größer würde ihre Gruppe nicht werden.

Ihr Verstand sagte ihr, dass ihr Feind den Namen einer dieser zweiundzwanzig Erben trug. Ihr Gefühl sagte ihr, dass dem nicht so war. Corenn hatte es noch eiliger als ihre Gefährten, endlich auf die Insel zu kommen.

»Wie findet Ihr Euch nur zurecht? Der Mond ist nur eine schmale Sichel, und am Himmel ist kein Stern zu sehen!«

Obwohl Bowbaq geflüstert hatte, war seine Angst deutlich hörbar. Yan hingegen war völlig gelassen: Das Meer war spiegelglatt, die Nacht ruhig, und bald würde seine Neugier gestillt werden. Endlich waren die drei Tage endlosen Wartens vorbei.

»Magie«, antwortete Grigán für Yan, der am Steuer saß. »Wenn ich ganz fest an einen Ort denke, erscheint der Weg vor meinem geistigen Auge.«

»Was?«

»Na gut, es ist keine Magie. Ich benutze einen romischen Kompass. Habe ich ihn dir nie gezeigt?«

Mit knappen Worten erläuterte der Krieger das Gerät. Allerdings gelang es ihm nicht, Bowbaq zu beruhigen.

»Bist du sicher, dass er funktioniert? Wir sind schon eine ganze Weile auf dem Wasser, und die Insel ist noch immer nicht in Sicht!«

»Umso besser. Das heißt, dass die Züu uns auch noch nicht sehen können.«

»Mach dir keine Sorgen«, sagte Rey. »Wir können die Orientierung nicht verlieren! Siehst du die kleinen Lichter dort drüben?«

»Ja«, murmelte der Nordländer. »Was ist das?«

»Zélanos und seine Kinder. Besser gesagt, die Leuchttürme Lorelias. Solange wir sie sehen, wissen wir, wo die Küste ist.«

»Die Fahrt dorthin würde einen Tag dauern«, erklärte Yan.

»Einen Tag!«, rief Bowbaq entgeistert. »Einen ganzen Tag! Sind sie so weit weg?«

»Sitzt du zum ersten Mal in einem Boot, oder was?«, knurrte Rey. »Man könnte fast meinen, du warst noch nie auf dem Meer!«

»Das stimmt. Ihr werdet lachen, aber ich habe schreckliche Angst vor dem Wasser. Vor allem nachts! Man kann überhaupt nichts sehen!«

»Bist du deshalb nie mit nach Ji gefahren? Ich dachte immer, du wolltest bei den Kindern bleiben«, sagte Corenn mit mildem Spott.

»Na ja, es war etwas von beidem«, sagte der Riese.

»Und wie fängst du dann jedes Jahr mehrere Hundert Pfund Fisch? Leben die etwa nicht im Wasser?«

»Das ist nicht dasselbe, Freund Grigán. Einem Bach, und sei er noch so reißend, ja sogar einem Fluss kann man vertrauen. Man muss nur ein paar Schritte durchs Wasser waten oder ein paar Ruderschläge machen, um ans Ufer zu gelangen. Aber hier ist weit und breit kein fester Boden in Sicht.«

»Wer weiß, vielleicht kannst du hier ja stehen«, scherzte Rey. »Zehn, zwölf Schritte tiefes Wasser, was ist das schon für einen großen Jungen wie dich?«

»Zwölf Schritte! Zwölf Schritte tief!«, rief Bowbaq, erhob sich schwankend und setzte sich auf den Boden des Schiffs. Léti ließ sich neben ihm nieder. Sie fand keine Worte, um ihn zu trösten, wollte ihren sanftmütigen Freund mit seiner Angst aber nicht allein lassen.

Eine Weile glitten sie schweigend durch die Nacht. Schließlich streckte Grigán den Arm aus und wies auf einen dunklen Fleck. »Da«, sagte er knapp.

Wie vereinbart holte Léti das Segel ein, während Yan, Rey und der

Krieger zwei Bogen und eine Armbrust zur Hand nahmen. Die anderen duckten sich auf den Boden, und sie ließen sich das letzte Stück treiben.

Die Insel tauchte aus der Dunkelheit auf, zunächst nur als schwarzer Umriss, der sich vom Wasser abhob. Je näher sie kamen, desto mehr konnten sie erkennen. Die Totenstille wurde nur vom Quaken einer Kolonie Meeresfrösche durchbrochen.

»Die Insel sieht ruhig aus«, flüsterte Rey.

»Vielleicht«, erwiderte Grigán.

»Aber er würde nicht sein Leben darauf verwetten.« Den Satz hatte sich Yan nicht verkneifen können.Er hatte sich den Scherz schon vor ein paar Tagen zurechtgelegt. Grigán warf ihm nur einen hochmütigen Blick aus den Augenwinkeln zu, während Léti, die zwischen Corenn und Bowbaq auf dem Boden kauerte, kicherte.

Der Kiel schrammte über den Sandboden und blieb schließlich stecken. Nach einer Weile gab Grigán Yan ein Zeichen. Der Junge kletterte über die Reling ins Wasser und watete zum Strand. Seine Freunde gaben ihm Deckung. Als Nächstes war Rey an der Reihe. Er bezog am anderen Ende des Strands Posten.

Schließlich folgte Grigán. Er lief an ihnen vorbei, verschwand zwischen den Felsen und kehrte kurz darauf zurück.

»Alles in Ordnung«, rief er. »Ihr könnt an Land kommen und die Fackeln anzünden.«

Bowbaq sprang ins Wasser und zog das schwere Schiff mit Léti und Corenn an den Strand. Es schien ihm überhaupt keine Mühe zu bereiten.

»Fester Boden, fester Boden«, rief er erleichtert. »Können wir mit der Rückfahrt nicht doch bis zum Morgen warten?«

»Auf keinen Fall. Man könnte uns von der Küste aus sehen.«

»Schade.« Er legte beide Handflächen auf einen Felsen, wie um sich zu vergewissern, dass er echt war. Da gefiel ihm selbst diese düstere Felslandschaft noch besser als das Meer.

Die anderen hatten erzählt, dass die Insel unwirtlich war, aber mit einer solchen Einöde hatte Yan nicht gerechnet. Abgesehen von dem schmalen Streifen Sand, auf dem sie standen, bestand die Insel aus nichts als gewaltigen Felsblöcken, als hätte ein fauler Gott einfach ein paar Felsen im Wasser übereinandergetürmt, um neues Land zu schaffen.

Groß war die Insel nicht. Zu Fuß hätte man sie in vier oder fünf Dekanten umrunden können, aber natürlich nur, wenn der Küstenstreifen passierbar gewesen wäre.

»Niemand hat die Fackeln seit dem letzten Mal angerührt«, sagte Grigán, nachdem er in ein Loch zwischen zwei Felsen gegriffen hatte. »Haltet Ihr das für ein gutes Zeichen, Dame Corenn?«

»Das muss nichts heißen, leider. Es sieht alles noch so aus wie vor drei Jahren, jedenfalls dem äußeren Anschein nach.«

»Und das hier ist dann wohl der Eingang zu dem berüchtigten Labyrinth, was?« Rey zeigte auf einen schmalen Sandpfad, der zwischen zwei gewaltigen Felsblöcken hindurchführte.

»Woher wisst Ihr das?«, fragte Corenn.

»Grigáns Fußspuren. Er muss hier gewesen sein, als er vorhin zwischen den Felsen verschwunden ist.«

»Ihr seid gar nicht so dumm, wie ihr ausseht«, knurrte der Krieger. »Und in welche Richtung müssen wir dann?«

»Ihr seid der Anführer. Ich schlage vor, wir bringen es schnell hinter uns. Ich möchte endlich das verfluchte Geheimnis sehen, das für den Niedergang meiner Familie verantwortlich ist.«

»Sagt das nicht«, herrschte Léti ihn an.

Mehr noch als ihre Gefährten fand sie Gefallen an Rey, seiner guten Laune und seinem Humor. Allerdings missfiel ihr, dass er immer wieder über die Weisen herzog. Für Léti waren sie heilig und das vor allem jetzt, da die meisten Erben tot waren. Ihr Andenken in den Schmutz zu ziehen, das war, als … als beleidige er Eurydis. Es war einfach nicht *richtig*.

»Gut«, sagte Corenn. »Ich glaube, es ist so weit.«

Yan, Léti, Rey und Bowbaq scharten sich ungeduldig um sie.

Grigán trat neben sie. »Zunächst, und obwohl ich jedem von euch vertraue, müsst ihr den Schwur ablegen.«

»Muss das sein?«, murrte Rey. »Können wir die Formalitäten nicht überspringen und gleich zur Sache kommen? Am Ende verpassen wir noch etwas.«

»Wir haben genug Zeit«, sagte Grigán zähneknirschend. »Wem das nicht passt, der bleibt hier. So einfach ist das.«

»Schon gut, schon gut. Hiermit gelobe ich feierlich, alle Pflichten, Zwänge, Bürden und sonstige Lasten zu tragen, die Ihr mir auferlegt«, leierte Rey herunter. »So, das hätten wir. Können wir dann?«

»Reyan, darum geht es nicht«, sagte Corenn ruhig. »Der Schwur an sich ist wertlos, da wir nicht überprüfen können, ob ihr ihn einhaltet. Ich möchte nur, dass wir uns kurz sammeln, bevor wir losgehen. Ihr sollt Euch vor Augen halten, wie wichtig dieses Ereignis und Euer Schweigen sind. Versteht Ihr?«

Rey dachte eine Weile nach. »Meine Großmutter hatte recht«, sagte er schließlich. »Eure Überzeugungskraft ließe einen lorelischen Juwelier vor Neid erblassen. Ihr habt gewonnen, Corenn. Ich höre Euch an.«

Corenn nickte und dankte ihm mit einem Lächeln. Dann begann sie zu sprechen. Ihr Tonfall war ernst und getragen.

»Verzeih, dass ich dich unterbreche, Corenn«, sagte Bowbaq. »Aber eins habe ich noch nicht verstanden, und ich glaube, jetzt ist der richtige Moment für diese Frage. Warum haben unsere Vorfahren das Geheimnis nicht mit ins Grab genommen? Und warum gibst du es an uns weiter?«

Die Ratsfrau hielt einen Moment inne. »Weil es für unsere Schultern allein zu schwer ist, so wie es auch für unsere Vorfahren zu schwer war. Sie hatten das Bedürfnis, einen Teil des Geheimnisses an die nächste Generation weiterzugeben, so wie ich es jetzt mit Léti tue. Wir sind gewissermaßen die Hüter des Geheimnisses von Ji, auch wenn wir es nicht vollständig kennen.«

»Ich hätte da einen kleinen Einwand«, sagte Rey. »Es liegt mir fern, unseren Freund Yan ausschließen zu wollen, aber er ist keiner von uns. Brecht Ihr nicht den Schwur?«

»Ich vertraue ihm mehr als anderen hier«, sagte Grigán scharf.

»Yan gehört zur Familie oder wird es eines Tages tun«, sagte Corenn. »Daher stellt sich die Frage für mich nicht. Aber wir können ja abstimmen …«

»Das ist nicht nötig«, fiel Rey ihr ins Wort. »Die Frage war rein theoretischer Natur.«

Yan hatte wohlweislich geschwiegen. Er brannte darauf, das Geheimnis von Ji zu erfahren, und freute sich sehr über Grigáns Fürsprache, vor allem aber über Corenns Worte. Hatte sie auf einen Bund zwischen Léti und ihm angespielt? Oder bildete er sich das wieder nur ein?

»Ihr müsst versprechen, über das, was ihr sehen werdet, euer Leben lang Schweigen zu bewahren«, fuhr Corenn fort. »Auch wenn es Leid, Schande und Einsamkeit bedeutet. Ihr dürft nur mit nahen Verwandten oder anderen Erben über das Geheimnis sprechen. Denkt einen Moment nach, und sagt dann, ob ihr dazu bereit seid.«

»Ich bin zu allem bereit«, sagte Rey sofort.

Yan schloss die Augen und ließ Corenns Worte auf sich wirken. »Ich bin dazu bereit«, sagte er schließlich.

Alle sahen Léti an, die immer noch schwieg.

Die junge Frau stand da wie vom Donner gerührt. Seit ihrer frühsten Kindheit hatte sie diesem Augenblick entgegengefiebert. Schon immer hatte sie das Geheimnis ihrer Vorfahren kennen wollen, um endlich ganz und gar zu den Erben zu gehören. Doch jetzt zögerte sie.

Alle, die auf der Insel gewesen waren, waren seltsam traurig zurückgekehrt.

Und sie hatte in den letzten Tagen schon so viel Schmerz ertragen müssen.

War das Geheimnis nicht schöner, wenn es ein Geheimnis blieb?

»Léti?«

Als ihre Tante sie ansprach, öffnete das Mädchen die Augen. »Ich bin dazu bereit«, sagte sie und verfluchte ihre zittrige Stimme.

Eine plötzliche Eingebung hatte für sie entschieden.

»Gut«, sagte Grigán. »Lasst uns gehen. Ich möchte euch bitten, im Labyrinth nicht zu sprechen. Das gilt vor allem für diejenigen, denen es schwerfällt, ihr Mundwerk stillzuhalten.«

»Dürfte ich einen leisen Schmerzensschrei ausstoßen, falls ich stürze?«, fragte Rey spitz.

»Nur wenn Ihr die Schmerzen kaum noch aushaltet«, antwortete Grigán im gleichen Tonfall. »Falls das nicht zu viel verlangt ist.«

Grigán verschwand in dem schmalen Durchgang so wie Nol der Seltsame ein Jahrhundert vor ihm. Rey folgte, dann Léti, Corenn und Bowbaq. Yan kam als Letzter.

Sein Herz schlug ihm bis zum Hals. Er war noch aufgeregter als bei seinem Ausflug nach Berce, doch diesmal war er nicht allein.

Jede Einzelheit übte eine seltsame Faszination auf ihn aus. Das flackernde Licht der Fackeln auf den Felsen. Der hohle Widerhall jedes Geräuschs. Die sonderbare Anordnung der Felsblöcke, die tatsächlich einen Irrgarten bildeten. Nach einer Dezime schweigenden Fußmarschs führte Grigán sie in eine Höhle. Yan hielt den Atem an. Sie mussten am Ziel sein.

»Sind wir da?«, fragte Rey.

»Nein. Haltet den Mund.«

Die Höhle verengte sich zu einem unterirdischen Gang, an dessen Ende sie sich durch eine niedrige Öffnung zwängten. Sie mussten die Köpfe einziehen und gelangten wieder nach draußen. Bowbaq musste beinahe kriechen.

Grigán ließ sie einen Moment warten, spannte einen Pfeil in die Sehne seines Bogens und zielte auf die Öffnung. Anscheinend wollte er überprüfen, ob sie verfolgt wurden, doch es rührte sich nichts. Bald darauf gab er das Zeichen zum Aufbruch.

Yan war ganz versunken in die Betrachtung der Landschaft und dachte nicht daran, sich den Weg zu merken. Schon bald hatte er völlig die Orientierung verloren. Sie waren mindestens zwanzigmal abgebogen und mehrmals an Abzweigungen zur Rechten und Linken vorbeigegangen, nur um an der nächsten Kreuzung einen Weg einzuschlagen, der in die gleiche Richtung führte. Im Notfall würde er vielleicht zum Strand zurückfinden, aber bestimmt nicht auf demselben Weg.

Eine Begegnung mit einer riesigen Schleimschildkröte zwang sie zu einem Umweg. Sie störten das Reptil bei der Eiablage, und es schien ihnen feindlich gesonnen. Auch wenn es sich wie all seine Artgenossen recht behäbig fortbewegte, war es für die Kraft seiner Kiefer berüchtigt, und Grigán ließ seine Gefährten lieber umkehren, als sie der Gefahr auszusetzen, einen Arm oder ein Bein zu verlieren.

»Bowbaq hätte vielleicht mit ihr reden können, damit sie uns durchlässt«, wisperte Rey. »Vielleicht hätte sie uns sogar eine Auskunft geben können.«

»Das hätte nicht funktioniert«, sagte der Riese geduldig. »Ich kann nur mit Säugetieren sprechen.«

»Schade. Vielleicht finden wir ja eine einsame Ziege oder Kuh, mit der wir einen Plausch halten können.«

»Es reicht, ihr zwei«, fuhr Grigán sie an. »Würdet ihr bitte den Mund halten?«

»Eine Frage«, fuhr Rey unverfroren fort. »Was bringt es zu schweigen, solange die Fackeln brennen?«

»Überlasst das nur mir. Ihr habt Euch uns angeschlossen, also haltet Ihr Euch an unsere Regeln.«

»Zu Befehl. Hoffen wir, dass unsere Feinde eher blind sind als taub.«

Grigán schwieg. Er hatte es längst aufgegeben, mit Rey zu streiten, da er es offenbar nur darauf anlegte, ihn herauszufordern.

Wäre er allein gewesen, hätte er selbstverständlich auf die Fackeln verzichtet, doch wenn sie sich zu sechst im Dunkeln durch das Labyrinth tasteten, würden sie mehr Krach machen als ein brünstiges Rotschwein. Der ewige Zank kam ihm kindisch vor. Manchmal hatte er den Eindruck, dass sich niemand bemühte, ihn zu verstehen.

»Wartet hier auf mich. Wenn's geht, schweigend«, sagte er mit einem finsteren Blick zu Rey.

Lautlos wie ein Panther verschwand er in der Dunkelheit. Seine Gefährten sahen ihm nach. Bowbaq dachte, dass er selbst einen sehr guten Grund gebraucht hätte, um einen solchen Erkundungsgang zu wagen. Der Krieger hatte nicht einmal eine Fackel mitgenommen.

Kurz darauf kehrte Grigán zurück, allerdings auf einem anderen Weg. Er tauchte plötzlich einfach hinter Yan auf, der erschrocken zusammenzuckte. »Ich habe nichts gesehen«, sagte Grigán zu Corenn. »Alles ist wie immer.«

»Fast hätte ich gesagt: Schade«, erwiderte sie. »Das wäre vielleicht der Anfang einer Lösung gewesen.«

»Es kann immer noch etwas Ungewöhnliches geschehen. Vielleicht später, nachdem es vorüber ist. Es dürfte übrigens nicht mehr lange dauern. Wir müssen uns sputen.«

Die Gefährten setzten sich wieder in Bewegung und folgten dem Krieger. Ihre Neugier wuchs. Grigán führte sie zu einer Höhle, die genauso aussah wie die erste, die sie durchquert hatten, oder mehrere andere, an denen sie vorbeikommen waren.

Ein natürlicher Torbogen bildete den Eingang, durch den man in einen kleinen Saal gelangte. Erst als sie ganz am Ende angelangten, entdeckten sie auf der rechten Seite einen Gang, der mit leichtem Gefälle tiefer in den Berg führte. Ohne seine Schritte zu verlangsamen, ging Grigán hinein.

»Jetzt sind wir am Ziel«, sagte Rey. »Hier am Fels sind Rußspuren von den Fackeln.«

»Danke für den Hinweis, Reyan. Das ist mir noch nie aufgefallen. Wir müssen dran denken, die Spuren zu entfernen«, sagte Corenn.

»Falls wir noch die Gelegenheit dazu haben«, murmelte Grigán.

Er hatte es mittlerweile aufgegeben, diesen undisziplinierten Haufen zum Schweigen bringen zu wollen.

Alle waren nun in heller Aufregung. Sein Herzschlag dröhnte Yan in den Ohren, er kam ihm lauter vor als seine Schritte. Léti hatte Angst, eine schaurige Entdeckung zu machen, und der Abstieg in die Untiefen des Bergs trug nicht gerade zu ihrer Beruhigung bei. In Bowbaq löste der unterirdische Gang Beklemmung aus. Das Rauschen eines Bachs in der Tiefe und das Wasser, das von den Wänden tropfte, verstärkten sein Unbehagen. Rey versuchte sich vorzustellen, was am Ende des Gangs auf sie wartete. Sicher etwas Rätselhaftes, das ihr Leben für immer verändern würde.

»Ich hoffe nur, wir müssen nicht schwimmen«, brummte Bowbaq. »Da mache ich nicht mit. Ich kehre sofort um.«

»Keine Angst. Du bekommst höchstens etwas nasse Füße.«

Der Gang endete an einem riesigen unterirdischen See, das andere Ufer war in der Dunkelheit nicht zu erkennen. Grigán wartete, bis alle zu ihm gestoßen waren.

»Wie schön«, sagte Léti. Sie war froh, nichts Unheimliches zu entdecken.

Yan ging in die Hocke, schöpfte etwas Wasser und führte die Hand an die Lippen. »Es ist salzig.« Er verzog das Gesicht. »Das ist Meerwasser.«

»Eigentlich führt der See Süßwasser, aber sein Ufer besteht aus Salz«, erklärte Corenn.

»Grigán, mein Freund«, sagte Bowbaq flehend. »Bitte sagt nicht, dass wir da rübermüssen.«

»Hab keine Angst. Wir gehen am Ufer entlang.«

Hintereinander marschierten sie den schmalen, unebenen Pfad zwischen See und Felswand entlang. Bald war der Gang, durch den sie gekommen waren, außer Sicht.

Yan schätzte, dass die Höhle in Länge und Breite etwa hundertzwanzig Schritte maß, vielleicht sogar mehr. Um die genaue Größe herauszufinden, hätten sie einmal um den See herumgehen müssen, da die Fackeln nicht ausreichten, um die Höhle vollständig auszuleuchten. Er musste sich auf seine Füße konzentrieren, um nicht das Gleichgewicht zu verlieren und in das schwarze Wasser zu fallen.

Alle gelangten trockenen Fußes ans Ziel. An einer Stelle war der Uferpfad eingestürzt, und sie mussten über eine Lücke springen, die etwa einen Schritt breit war. Nur Corenn tat sich schwer, da sie wenig Vertrauen in die Kraft ihrer Beine hatte. Schließlich trug Bowbaq sie kurzerhand über die Spalte.

»Es ist ein Jammer, dass wir keine Spuren hinterlassen dürfen«, sagte die Ratsfrau, als sie wieder mit beiden Füßen auf dem Boden stand. »Seit Jahren schon will ich an dieser Stelle eine kleine Brücke bauen.«

»Ihr könntet irgendwo einen Balken verstecken«, schlug Yan vor. »Und ihn jedes Mal hinlegen und wieder wegnehmen.«

»Keine schlechte Idee. Ich werde darüber nachdenken.«

Kurz darauf endete der unwegsame Pfad am Fuß einer Wand, in der ein drei Schritt hoher Riss klaffte. Grigán bat um eine Fackel, zog sein Schwert und betrat den schmalen Gang, gefolgt von Rey mit einer Armbrust.

Bowbaq hatte das Gefühl, die Erde verschlinge ihn. Um durch die enge Felsspalte zu passen, musste er sich seitlich vorwärtsschieben. Er konnte sich kaum bewegen und fürchtete, jeden Moment stecken zu bleiben und nie wieder Tageslicht zu sehen. Da war ihm sogar das Meer lieber.

Allmählich wichen die Wände immer mehr zurück, und der Spalt verbreiterte sich zu einem Gang. Schließlich gelangten sie in eine weitere Höhle.

»Stehen bleiben«, befahl Grigán.

Er durchbohrte die Dunkelheit mit seinem Blick. Léti fand das ziemlich lächerlich, schließlich war es stockfinster. Oder lauschte er etwa? Sie spitzte die Ohren, hörte aber nichts als das entfernte Rauschen des Meers.

Grigán machte einen Erkundungsgang. Die Szene hatte etwas Unwirkliches an sich: Ein von Kopf bis Fuß in Schwarz gekleideter Mann irrte im Lichtschein einer flackernden Fackel durch die Finsternis. Schließlich kam er zurück.

»Alles ruhig. Da ist niemand, Corenn.«

»Dann habe ich mich geirrt …«

»Vielleicht, vielleicht auch nicht. Das werden wir später sehen …«

»Da wir gerade darüber sprechen«, mischte sich Rey ein. »Wäre es jetzt vielleicht möglich, zu erfahren, worum es hier geht?«

»Ich will euch die Überraschung nicht verderben«, antwortete Grigán. »Aber ich will euch etwas zeigen. Kommt mit, aber passt auf, wo ihr hintretet.«

Die Gefährten folgten ihm. Nur Corenn ließ sich auf dem Boden nieder und lehnte sich an die Wand, nachdem sie ihre Fackel in einen Felsspalt geklemmt hatte. Yan schloss daraus, dass sie am Ziel waren. Sie standen in einer gewöhnlichen Höhle, die vielleicht etwas kleiner war als die mit dem See. Doch auch hier war es schwierig, die Größe zu bestimmen, ohne einen Rundgang zu machen.

Sie gelangten an das Ufer eines kleinen Teichs. Grigán watete ohne zu zögern ins Wasser, und Léti, Yan und Rey taten es ihm gleich. Bowbaq riss sich zusammen und setzte widerstrebend einen Fuß ins Wasser, um nicht als Einziger zurückzubleiben. Zum Glück waren es nicht mehr als fünfzehn Schritte bis zum gegenüberliegenden Ufer. Grigán wartete auf der anderen Seite auf sie. Von hier aus war das Meeresrauschen deutlicher zu hören.

Sie tasteten sich weiter vor. Schließlich blieb Grigán am Rand eines Abgrunds stehen, der auf der ganzen Länge der Höhle vor ihren Füßen klaffte.

»Hier ist es. Ich wollte nicht, dass ihr aus Versehen im Dunkeln hineinfallt.«

»Ich dachte schon, Ihr würdet mich nicht mögen«, sagte Rey. »Und jetzt bemuttert Ihr mich sogar.«

»Von mir aus könntet Ihr euch den Hals brechen, das wäre mir herzlich egal. Mir ging es um die anderen.«

»Wie tief ist es denn?«, fragte Bowbaq scheu.

»Zwanzig bis dreißig Schritte, das hängt vom Meeresspiegel ab. Das Wasser hat sich bis hierher vorgearbeitet – fast die ganze Insel ist vom Meer unterspült.«

»Unsere Ahnen sind doch wohl nicht von hier aus in See gestochen, oder?«, fragte Léti.

»Nein. Sie sind nie weiter als bis in diese Höhle vorgedrungen. Und jetzt habe ich einen Auftrag für dich: etwas zu finden, das nicht hierhergehört.«

Grigán stellte ihr eine Aufgabe. Nichts hätte das Mädchen mehr anstacheln können. Sogleich begann sie, jeden Winkel der Höhle abzusuchen, und zog Yan mit sich, der nicht minder neugierig war. Bowbaq kehrte zu Corenn zurück, und Rey hielt seinerseits so unauffällig wie möglich Ausschau nach etwas Ungewöhnlichem.

Bald mussten sie sich geschlagen geben. Sie hatten den Boden und sämtliche Wände der Höhle abgesucht und nichts gefunden. Léti wurde immer gereizter. Corenn, die sie beobachtet hatte, beschloss einzugreifen, ehe das Mädchen vor Wut platzte.

»Bowbaq, würdest du bitte mitkommen?«

Gehorsam stand der Riese auf, und sie traten zu Léti, die gerade einen Riss im Fels untersuchte. Die anderen gesellten sich zu ihnen.

»Komm, ich helfe dir ein bisschen. Setz dich auf Bowbaqs Schultern. Nur wenn er nichts dagegen hat, natürlich.«

»Im Gegenteil. Das erinnert mich an früher.«

Er hob sie ohne viel Federlesens hoch und setzte sie sich auf die Schultern. Alle außer Grigán waren zum Zerreißen gespannt.

»Und jetzt sieh dir die Wände in der Nähe des Teichs mal etwas genauer an«, sagte Corenn mit einem hintergründigen Lächeln.

Bowbaq stapfte sogleich dorthin, angetrieben von Léti, die ihre gute Laune wiedergefunden hatte. Obwohl Bowbaq mit den Füßen im Wasser stand, befand sich das Mädchen nun auf einer Höhe, die bislang außer Sichtweite gewesen war.

Jetzt begriff sie. Das Licht der Fackeln reichte nicht bis zur Decke hinauf – darauf war sie nicht gekommen.

Rey trat einen Schritt zur Seite und schleuderte seine Fackel in die Luft. Sie flog nicht bis zur Decke, doch für einen Moment wurde der obere Teil der Wand erleuchtet. Sie war mindestens fünfundzwanzig Schritte hoch.

»Ich habe es!«, rief Léti.

Sie hatte es fast sofort entdeckt. Da war es, direkt vor ihren Augen – sie musste nur die Hand ausstrecken. Auch wenn sie nicht wusste, um was es sich handelte, spürte sie, dass sie das Gesuchte gefunden hatte.

Yan und Rey traten näher in der Hoffnung, etwas erkennen zu können. »Ich sehe nichts«, beschwerte sich Rey. »Zeig mal mit dem Finger darauf.«

»Da«, rief Léti. »Und da! Und da auch, es reicht bis ganz nach oben«, sagte sie und wies auf mehrere Stellen an der Wand.

»Von hier unten sieht man nichts als Felsen«, sagte Yan.

»Ich sehe es«, rief Bowbaq, dessen Augen mit Létis fast auf einer Höhe waren. »Da ist ein Muster in den Fels gemeißelt.«

»Ganz genau«, sagte Corenn.

»Yan!«, rief Rey. Er verschränkte die Hände zu einer Räuberleiter.

Mit Reys Hilfe untersuchte der Kaulaner das Relief. Es konnte tatsächlich keine natürliche Erscheinung sein. Verschiedene geometrische Formen waren in den Fels gehauen, auf einem Streifen, der etwa einen Fuß breit war und über ihren Köpfen in der Dunkelheit verschwand.

Die untersten Ornamente waren recht grob gearbeitet und fast vollständig verwittert, doch je weiter es nach oben ging, desto feiner und genauer wurde das Muster.

Yan sprang zu Boden und hievte seinerseits Rey hoch, der es kaum erwarten konnte.

»Was ist das?«, fragte Rey schließlich. »Eine Art Schrift? Oder einfach nur eine Verzierung?«

»Wir wissen es nicht«, antwortete Corenn. »Vor über einem Jahrhundert entdeckte der Weise Maz Achem eine Ähnlichkeit zwischen diesem Muster und ethekischen Schriftzeichen.«

»Die leider niemand mehr lesen kann, weil die Sprache längst ausgestorben ist«, sagte Rey spöttisch, als er wieder auf dem Boden stand.

»Aber was soll man von einem Maz anderes erwarten als eine religiöse Spinnerei.«

Léti runzelte die Stirn. Seine Respektlosigkeit gegenüber den Weisen ging ihr wirklich gegen den Strich.

»Und die Zeichen reichen bis zur Decke?«, fragte Bowbaq.

»Nicht nur das«, antwortete Grigán mit einem rauen Lachen.

Yan und Rey wechselten einen kurzen Blick und eilten zur gegenüberliegenden Wand. Wortlos machte Rey eine Räuberleiter, und Yan stellte einen Fuß hinein.

Auch auf dieser Seite entdeckten sie Zeichen.

»Mir persönlich gefallen die auf der linken Seite besser«, sagte Corenn augenzwinkernd. »Sie sind feiner gearbeitet.«

Léti ließ sich von Bowbaq zur gegenüberliegenden Wand tragen, um selbst einen Blick darauf zu werfen. »Es muss Jahre gedauert haben, sie in den Fels zu meißeln«, sagte sie bewundernd.

»Läuft der Streifen die Decke entlang?«

»Ja.«

»Was sind das für Zeichen, Tante Corenn? Magische Runen oder so etwas?«

»In der Tat«, sagte sie ernst. »Die Zeichen besitzen Macht, aber wir wissen nicht, wie sie wirkt.«

Schweigen trat ein. Alle versuchten, Ordnung in ihre Gedanken zu bringen.

In Arkarien war es üblich, alles, was den menschlichen Verstand übersteigt, zu achten und zu fürchten. Deshalb hatte Bowbaq es eilig, aus diesem finsteren Loch zu kommen, das verdammte Meer zu überqueren und sich endlich wieder *gewöhnlichen* Dingen zuzuwenden.

Léti hatte seit Langem akzeptiert, dass es so etwas wie Magie, Götter, Legenden und andere unerklärliche Dinge gab. Die Kräfte ihrer Tante und das Geheimnis ihrer Vorfahren waren der Beweis. Doch zum ersten Mal erlebte sie so etwas hautnah, zum ersten Mal steckte sie mittendrin. Der Gedanke erfüllte sie zugleich mit Schrecken und Begeisterung.

Yan hatte das Gefühl, ein völlig anderer Mensch zu sein. Noch zwei Dekaden zuvor hätte er niemals geglaubt – selbst wenn man es ihm prophezeit hätte –, dass er bald vor einer Bande Mörder auf der Flucht sein würde.

Und doch war es so gekommen. Er hätte niemals geglaubt, dass er in einem lorelischen Städtchen, von dem er noch nie gehört hatte, sein Leben aufs Spiel setzten würde. Und doch war es geschehen. Er hätte nicht gedacht, dass er sich mit Fremden auf eine gefährliche Reise begeben würde, nicht, dass er sich mit Léti streiten würde, nicht, in all diese irrsinnigen Ereignisse verstrickt zu werden. Und doch war es so.

Jetzt ging es um Magie. Yan war bereit, die verrücktesten Dinge zu glauben, um seine Abenteuerlust zu stillen, die von Tag zu Tag größer wurde. In diesem Augenblick war Yan der Glücklichste in der Runde.

Nur Rey zweifelte. Seine Erfahrung mit Magie beschränkte sich auf die Taschenspielertricks selbst ernannter Zauberkünstler auf den Märkten der großen Städte, und diese Vorführungen waren nichts als Täuschungen. Er hatte das leise Gefühl, jemand triebe Schabernack mit ihm. Außerdem war er es leid, darauf zu warten, dass er gnädigerweise in das Geheimnis eingeweiht wurde. »Schluss mit den Rätseln«, sagte er fest. »Corenn, ich flehe Euch an. Gebt mir eine Erklärung, *irgendeine* Erklärung.«

Die Ratsfrau überlegte einen Augenblick. »Was ist das hier Eurer Meinung nach? Selbst wenn es Euch abwegig erscheint?«

»Meiner Meinung nach? Ich würde sagen: eigenartige Zeichen, die irgendjemand irgendwann irgendwie in einer verlassenen Höhle auf einer unbewohnten lorelischen Insel hinterlassen hat.«

»Ein Tor«, sagte Yan leise.

»Was?«

»Ich glaube, es ist eine Art Tor. Die Zeichen auf den Höhlenwänden bilden einen Bogen.«

»Und wo ist dann die Türklinke?«, fragte Rey gehässig.

»Yan hat recht«, mischte sich Grigán ein. Es war ihm ein Vergnügen, Rey widersprechen zu können.

»Damit ich Euch diese Geschichte abkaufe, müsst Ihr mir schon gute Argumente liefern.«

»Nicht nötig. Jetzt dürfte es nicht mehr lange dauern. Kommt alle her«, verkündete Corenn und winkte sie zu sich.

»Wir dürfen nicht in dem Tor stehen, wenn es sich öffnet, richtig?«, fragte Yan.

»Nein, das spielt keine Rolle. Aber ich bekomme kalte Füße!«

Richtig, sie standen immer noch in dem Teich. Yan hatte nicht mehr viel von seiner Umgebung wahrgenommen.

»Woher weißt du, dass es bald so weit ist?«, fragte Léti, die von Bowbaq wieder abgesetzt worden war.

»Es geschieht immer ungefähr um diese Zeit. Schon lange habe ich vor, eine Wasseruhr mitzubringen, um den genauen Zeitpunkt zu bestimmen, aber irgendetwas ist immer dazwischengekommen.«

»Sag, Freundin Corenn«, murmelte Bowbaq scheu. »Dieses ... dieses Ereignis, auf das wir warten, ist doch nicht gefährlich, oder? Ich meine, ein Frevel oder so?«

»Dann hätten wir dich nicht hergebracht«, antwortete Grigán für sie. »Vertraust du uns nicht?«

»Doch, natürlich«, sagte der Riese mit Nachdruck.

Doch ganz wollte seine Furcht nicht verfliegen.

Nach und nach verstummten alle. Gespannt starrten sie in die Finsternis zu der Stelle, an der gleich etwas passieren sollte.

Selbst Rey hörte auf, die anderen mit Fragen zu löchern. Nach einer Weile setzte sich Bowbaq auf den Boden. Den kalten, feuchten Stein zu spüren tat ihm gut, denn es erinnerte ihn an die Eiswüste Arkariens.

Kurz darauf ließ sich auch Corenn erschöpft auf dem Boden nieder. Die anderen blieben stehen. Grigán gestattete sich keinen Moment der Unachtsamkeit, und Yan, Léti und Rey waren viel zu aufgeregt, um sich zu setzen.

Sie wussten nicht, was sie erwartete. Yan ließ seiner Fantasie freien Lauf. Léti wartete einfach ab, während ihre Aufregung wuchs, und Rey dachte über seine Überzeugungen nach und fragte sich, worauf sie eigentlich beruhten.

Er ging immer wieder zu dem Torbogen, starrte zu den Zeichen hinauf und hielt nach der kleinsten Veränderung Ausschau. Mit jedem Mal wuchsen seine Ungeduld und sein Missmut.

Als er zum achten Mal zurückkam, baute er sich vor Grigán auf. »Sollen wir uns hier etwa die ganze Nacht um die Ohren schlagen? Ihr seht doch, dass nichts passiert«, zeterte er und wies in die Dunkelheit.

Wie als Antwort auf seine Worte erhob sich ein leises Sirren, das allmählich lauter wurde und schließlich zu einem schrillen Pfeifen anschwoll.

»Was ist das?«, fragte Bowbaq. Er musste fast schreien, um das Pfeifen zu übertönen.

»Keine Angst, das gehört dazu«, beruhigte ihn Corenn.

Noch während sie sprach, verstummte das Pfeifen abrupt. Tiefe Stille trat ein.

Niemand rührte sich, zum einen, weil sie überwältigt waren, zum anderen, weil alles so schnell ging.

Unter dem Torbogen blieb es dunkel. Dann schien die Finsternis zu erzittern, und ein Licht flackerte auf. Es war nicht mehr als ein winziger Punkt, der sich allerdings rasch ausdehnte und bald die gesamte Höhle erfüllte.

Der Anblick war beeindruckend. Vor ihnen schwebte ein strahlend helles Licht; es sah aus, als versuchte die Sonne, durch eine Pforte in die Höhle einzudringen.

Eine fünfundzwanzig Fuß hohe Pforte.

Allmählich wurde das Licht schwächer und wich einem Bild, das wie durch einen Rauchschleier verzerrt war. Dann lichtete sich der Nebel und gewährte Yan, Léti, Rey, Bowbaq, Corenn und Grigán einen klaren Blick.

Sie sahen alles wie durch eine Wasseroberfläche. Das Bild schien ganz nah, zugleich aber außer Reichweite zu sein. Es war leicht verschwommen und dreidimensional.

Yan rieb sich erst die Augen und riss sie dann auf. Er sah eine *Landschaft.* Er stand immer noch auf dem Steinboden der Höhle. Vor ihm lag der Teich, doch nach drei Schritten ging das Wasser plötzlich in eine Wiese über. Dort wuchs Gras. Der Rest der Höhle war verschwunden, völlig verschwunden!

Die Pforte bildete eine Grenze zwischen der Stelle, an der sie standen, und der anderen Seite, wo die Sonne über einer wunderschönen Landschaft aufging, einem grünen, von Bergen umgebenen Tal.

Yan konzentrierte sich auf die Grenze zwischen den beiden Welten. Sie war etwas Unerklärliches.

Bowbaq wagte nicht, sich zu rühren. Auch er war von der Schönheit der Vision gebannt und fürchtete, ihr mit der kleinsten Bewegung ein Ende zu setzen oder sie in etwas Unheilvolles zu verwandeln.

Rey suchte nach dem Trick, der diese raffinierte Illusion erzeugte, fand aber nichts. Er ging näher heran, um sich die Sache anzusehen, und trat einen Schritt vor in den Teich.

»Hört mal«, sagte Léti lächelnd und legte den Finger an die Lippen.

Sie vernahm ein Geräusch. Da war noch etwas außer den Stimmen ihrer Gefährten. Was konnte das sein?

Vogelgezwitscher. Sie konnte die andere Welt *hören,* wenn auch nur leise!

Die anderen lächelten ihr zu. Auch sie hörten es.

Rey trat ganz nah an die Erscheinung heran und zog einen Dolch aus der Lederscheide an seiner Wade.

»Tu das nicht«, flehte Bowbaq.

Rey stellte sich taub und schob die Klinge langsam in die wässrige Oberfläche. Als er keinen Widerstand spürte, stieß er die Waffe bis zum Griff hinein. Nichts geschah, und so zog er sie wieder heraus und stach nach einer Blume, die dem Anschein nach unmittelbar vor seinen Füßen wuchs. Enttäuscht hielt er inne. Es war doch nur ein Trugbild.

Léti wollte nicht länger tatenlos zusehen. Sie trat neben Rey, starrte auf die Landschaft und holte tief Luft.

»Léti?«, rief Yan leise.

Was auch immer sie vorhatte, er zweifelte daran, dass die Idee gut war.

Plötzlich trat das Mädchen einen großen Schritt vor. Eigentlich hätte sie auf der Wiese landen müssen, doch für die anderen war sie verschwunden!

Gleichzeitig ertönte ein lautes Klatschen, gefolgt von einem leiseren Plätschern. Einen Augenblick später tauchte Léti wieder aus der Vision auf. Sie war bis zu den Knien nass.

»Du hättest mich warnen können«, fuhr sie ihre Tante an.

»Ich versichere dir, dass mir nicht klar war, was du vorhattest«, sagte Corenn ernst.

»Von der anderen Seite ist das Bild bestimmt dunkel«, verkündete Rey. »Es ist doch nichts als eine Täuschung, ein dummer Zaubertrick.«

Er trat nun seinerseits vor, verschwand in der Vision und kehrte kurz darauf zurück. Sein Gesicht war ernst, und er schwieg. Dann war Yan an der Reihe.

Er hatte erwartet, irgendetwas zu spüren, doch das war nicht der Fall. Er ging los und starrte auf einen Punkt in der Landschaft. Im nächsten Moment erschien der Teil der Höhle vor ihm, der vorher von dem Bild verdeckt gewesen war.

Neugierig drehte er sich um. Er sah immer noch ein wunderschönes Tal, aber nicht mehr dasselbe. Genauer gesagt, war es dasselbe, aber aus dem Blickwinkel, den man hätte, wenn man durch die Pforte getreten wäre und sich umgedreht hätte.

Langsam tauchte eine riesige Hand aus dem Himmel auf, bewegte sich kurz hin und her und verschwand dann wieder. Als Nächstes folgte ein Fuß, dann ein Bein und dann Bowbaqs ganzer Körper.

Der Riese machte ein Gesicht wie ein staunendes, leicht verschrecktes Kind. Er wusste nicht, ob er lachen oder weinen sollte. Was diese Vision auch bedeutete, sie war schön. Und unwirklich.

Er hatte das Gefühl, etwas Verbotenes zu tun. Als sähe er etwas, das nicht für seine Augen bestimmt war, als lüfte er ein Geheimnis. Und das erinnerte ihn schmerzlich an etwas aus seiner Vergangenheit, das er um jeden Preis vergessen wollte.

Er kehrte zurück auf die andere Seite und ließ Yan allein.

Die Landschaft sah so friedlich aus, so ruhig. Sie war umso schöner, da sie unerreichbar war. Als gäbe es sie gar nicht wirklich.

Und doch konnte er jede Einzelheit sehen, jeden Laut hören. Wenn er sich anstrengte, sah er sogar, wie ein leichter Wind durch die Blumen strich und ein Vogel am Himmel entlangflog.

Yan konzentrierte sich und streckte die Hand aus, um über die Blätter einer fremden, prächtigen Pflanze zu streichen, doch seine Finger griffen ins Leere. Das machte ihn trauriger, als er gedacht hätte.

Er richtete sich wieder auf und schickte sich gerade an, zu seinen Freunden zurückzukehren, deren Gelächter von der anderen Seite zu hören war, als er aus den Augenwinkeln eine Bewegung erhaschte.

Da war jemand im Tal.

»Kommt her, schnell! Das müsst ihr sehen!«

Die anderen folgten dem Ruf, und die Entdeckung verschlug ihnen die Sprache.

In zweihundert Schritt Entfernung – könnten sie die Wiese betreten – spazierte ein kleiner Junge durchs Gras und betrachtete den Himmel.

Er war vielleicht vier oder fünf Jahre alt und sah aus wie ein Bewohner der Oberen Königreiche. Aber ob er nun Lorelier, Itharer oder Rominer war oder woher er sonst stammen mochte, war nicht zu erkennen. Sein blondes Haar und sein nackter Körper verrieten nichts über seine Herkunft.

Léti winkte ihm unwillkürlich zu, bevor sie merkte, dass er nicht in ihre Richtung sah. Dann begann sie, laut nach ihm zu rufen.

Das Kind setzte sich in gut hundert Schritt Entfernung mit dem Rücken zu ihnen ins Gras. Entweder hatte es sie nicht gehört oder es ignorierte sie.

»Yan, hilf mir!«, sagte Léti.

Er nickte. Gemeinsam schrien sie aus Leibeskräften.

Der Junge hob den Kopf und wandte sich ihnen zu. Er schien sich weder zu freuen noch Angst zu haben. Er sah sie einfach nur mit großen Augen an.

Léti winkte ihm zu. Alle hielten den Atem an. Bowbaq lächelte, ohne so recht zu wissen, warum.

Das Kind stand auf und spazierte langsam auf sie zu. Ab und zu blieb es stehen, betrachtete eine Blume oder ein Grasbüschel und lief nur weiter, wenn Léti es rief.

In weniger als zehn Schritt Entfernung blieb es stehen, musterte sie ruhig und lutschte an seinen Fingern. Léti winkte ihm abermals zu, bestimmt zum zehnten Mal.

Der Junge lächelte und ahmte ihre Geste unbeholfen nach. Er sah glücklich aus.

Léti empfand eine unbändige Freude, die sie nicht erklären konnte.

Yan war indes zu einem Schluss gekommen: Wenn das Kind sie sehen konnte und sie selbst ebenfalls in die andere Welt blicken konnten, war das der Beweis, dass es sie gab. Sie war real!

»Hallo!«, sagte Léti lächelnd. »Wie heißt du?«

Der Junge sah sie an, ohne zu reagieren. Dann richtete er seinen Blick auf Grigán, der sich bislang nicht gerührt hatte. Linkisch hob der Krieger die Hand. Das schien dem Kind zu gefallen, denn es winkte ihm ebenso begeistert zu wie zuvor Léti.

Nacheinander winkten sie ihm nun reihum zu, und stets erwiderte das Kind die Geste. Doch der Junge sprach immer noch kein Wort.

Plötzlich wandte er den Kopf und sah nach links. Etwas, das sie nicht sehen konnten, schien ihn abzulenken. Léti versuchte verzweifelt, ihn zurückzuhalten, doch er tappte los und war bald aus ihrem Blickfeld verschwunden.

Als wäre die Vorstellung damit beendet, trübte sich das Bild, verschwamm zu einem undurchsichtigen Schleier und zog sich schließlich zu einem grellen Licht zusammen, das immer schwächer wurde und schließlich den Blick auf die dunkle Höhle freigab. Ein Pfeifen ertönte, dann war alles wieder still.

Das Bild war verschwunden.

Reglos und stumm standen sie da. Die andere Welt war fort, die Magie entschwunden.

Léti spürte, wie ihr eine Träne über die Wange rann, dann eine zweite, dritte und vierte. Sie weinte stumm, ohne so recht zu wissen, warum. Als sie sich zu den anderen umwandte, sah sie auch in ihren Augen Tränen glitzern, selbst in denen des stolzen, unbeugsamen Grigán.

Jetzt wusste sie, warum die anderen Erben nach der Rückkehr von der Insel seltsam traurig gewesen waren.

»Ist es immer so?«

»Vor allem beim ersten Mal«, antwortete ihre Tante. »Dann gewöhnt man sich daran, wie an alles. Später erinnert man sich nur noch an die Schönheit.«

»Was haben wir da eigentlich gesehen?«, fragte Rey. »Wisst Ihr, wo dieser Ort ist?«

»Ihr gebt also endlich zu, dass es ihn gibt«, sagte Grigán bissig. *»Der Weise ist so klug, seinen Irrtum zu erkennen,* sagt das Sprichwort. Ich möchte hinzufügen, dass Ihr Euch nicht gerade große Mühe gegeben habt, mich zu überzeugen.«

»Der Anblick sagt mehr als alle Worte«, bemerkte Corenn. »Und um Eure Frage zu beantworten: Nein, wir wissen leider nicht, wo dieser Ort ist. Aber Nol der Seltsame nahm unsere Ahnen dorthin mit.«

»Und?«, fragte Léti und wischte sich die Tränen fort. »Was haben sie gesehen?«

Corenn seufzte, bevor sie antwortete. In ihrer Stimme lag tiefes Bedauern. »Diesen Teil des Geheimnisses nahmen sie mit ins Grab. Nie haben sie ein Wort darüber verloren.«

Alle waren in Gedanken versunken. Bowbaq war vor allem erleichtert, dass nichts Schlimmes passiert war. Léti und Rey empfanden Enttäuschung, weil sie nicht mehr über die andere Welt erfuhren. Yan hatte den Eindruck, nichts sei mehr wie zuvor. Er würde keine Ruhe finden, bis er das Rätsel der Pforte nicht gelöst hatte.

»Haben die Weisen denn verraten, wie sie auf die andere Seite gelangt sind? Ich meine, wir waren so kurz davor. Vielleicht benötigt man einen bestimmten Gegenstand oder eine magische Formel?«

»Der Überlieferung zufolge nahmen sie sich einfach an der Hand und traten auf die Wiese«, antwortete Corenn. »Doch das haben wir schon versucht – vergebens«, sagte sie, als die jungen Leute sie verblüfft anstarrten. »Seit einem Jahrhundert haben die Erben nichts unversucht gelassen, um auf die andere Seite zu gelangen – stets ohne Erfolg.«

»Mit einer Ausnahme«, verbesserte Grigán sie.

»Richtig, mit einer Ausnahme. Queff, Bowbaqs Großvater, hielt einem kleinen Jungen aus der anderen Welt eine Quille hin. Der Junge kam auf ihn zu, so wie der vorhin, streckte die Hand aus und nahm die Frucht.«

»Heißt das, der Junge kam aus der Vision heraus, schnappte sich die Quille und machte sich wortlos davon?«, rief Rey.

»Nur seine Hand kam heraus«, sagte Corenn. »Aber ich kann es nicht beschwören, denn damals war noch keiner von uns geboren.«

»Vielleicht kann man die Pforte nur in eine Richtung benutzen?«, schlug Léti vor.

»Nein, dann hätten die Gesandten nicht hindurchgehen können«, entgegnete Grigán.

»Ist Euch eigentlich klar, dass man mit diesem Ding einen Haufen Gold verdienen könnte?«, fragte Rey mit einem frechen Grinsen.

Fünf strafende Blicke trafen ihn.

»Nur ein Scherz«, sagte er beschwichtigend. »Keine Angst, ich habe nicht vor, meinen Schwur zu brechen.«

»Und, habt Ihr etwas erfahren, Dame Corenn? Ich meine, über unseren Widersacher?«

»Leider nein, Yan. Wir können uns glücklich schätzen, eins der Kinder gesehen zu haben. Das kommt nur selten vor. Aber anders als ich vermutet hatte, ist nichts Außergewöhnliches geschehen.«

»Ich glaube«, sagte Rey, »wer auch immer uns die Züu auf den Hals hetzt, ist dahintergekommen, wie man auf die andere Seite gelangt. Und jetzt will er uns daran hindern, es ebenfalls herauszufinden. Warum, das weiß nur er.«

»Das glaube ich auch«, sagte Corenn. »Aber ich hatte erwartet, ihn heute Nacht zu Gesicht zu bekommen. Es kann natürlich auch sein, dass er diese oder eine andere Pforte durchschreiten kann, wann immer er will.«

»*Eine andere Pforte?*«, riefen vier Stimmen im Chor.

Corenn sah sie nacheinander an und begriff, dass niemand außer Grigán wusste, wovon sie sprach.

»Ich muss euch noch viel erzählen«, sagte sie. »Wir wissen von dieser Pforte, und wir vermuten, dass es auf der anderen Seite eine Pforte mit ähnlichen Zeichen gibt. Deshalb kamen unsere Ahnen auf den Gedanken, es könnte noch weitere geben. Sie machten sich heimlich auf die Suche, denn damals spionierten ihnen ihre eigenen Herrscher und Regierungen noch nach. Im Archiv einer geografischen Gesellschaft stießen sie auf die Spur zweier weiterer Pforten. Eine soll sich in Jerusnien befinden, der östlichsten Provinz des Königreichs Romin. Doch der Ort war nur ungenau beschrieben und wurde nie gefunden. Bei der zweiten Pforte war es einfacher, denn sie ist in den Oberen Königreichen weithin bekannt. Es handelt sich um den Sohonischen Bogen.«

»Der Große Bogen?«, rief Bowbaq verblüfft. »Der Große Bogen von Arkarien ist eine Pforte?«

»Was ist der Große Bogen?«, fragte Léti.

»Eine Brücke mitten im Nichts«, antwortete Rey. »Man sagt, sie sei eines der fünf ältesten Bauwerke der bekannten Welt neben den Stufen des Crépel-Bergs, dem Tempel von Kenz, den Versteinerten Pyramiden und den Säulen von Corosta. Trotzdem ist es nichts als eine nutzlose Brücke mitten in der Schneewüste!«

»Es ist keine Brücke«, entgegnete Corenn. »Eine Brücke würde anders aussehen, sonst wäre sie eine Fehlkonstruktion. Es ist eine Pforte.«

»Ich war selbst dort«, sagte Grigán. »Auf der Innenseite trägt der Bogen die gleichen Zeichen wie hier. Allerdings sind sie an einigen Stellen verwittert oder herausgebrochen.«

»Das ist alles etwas viel für eine Nacht«, murmelte Rey. »Wenn man Euch so hört, könnte man meinen, es gäbe überall Magie …«

»Es gibt sie überall! Ich bin die Mutter der Tradition im Ständigen Rat des Matriarchats von Kaul«, sagte Corenn pompös. »Mein Posten verlangt mir Vernunft, logisches Denken und Weisheit ab. Aber habe ich deshalb eine Erklärung für die Ezomin-Steine? Die Lianen von Karadas? Den Kalkbaum? Nein. Und doch gibt es diese Dinge, selbst wenn unser Verstand sie nicht begreifen kann. Habe ich eine Erklärung für die Pforte von Ji? Nein. Aber auch sie gibt es, genau wie die anderen Pforten.«

Rey dachte einen Moment nach, bevor er antwortete. »Gut, ich glaube Euch. Was bleibt mir auch anders übrig nach allem, was ich gesehen habe.«

Yan ließ sich die rätselhaften Namen, die er soeben gehört hatte, auf der Zunge zergehen. Er nahm sich vor, Corenn bei Gelegenheit nach all diesen Dingen zu fragen. Die Welt erschien ihm mit einem Mal so viel größer als zuvor.

»Ich schlage vor, wir verschieben dieses Gespräch«, sagte Grigán. »Wir müssen die Insel noch vor Sonnenaufgang verlassen.«

Da seine Vorschläge eher Befehle waren, setzten sie sich widerstrebend in Bewegung, nachdem sie sich vergewissert hatten, dass sie keine Spuren hinterließen. Nacheinander traten sie in den Gang, der sie nach draußen führen würde.

»Tante Corenn, was glaubst du? Was ist auf der anderen Seite?«

»Ich weiß nicht … Vielleicht etwas, das es in allen Religionen gibt. Das Paradies?«

Auf dem Rückweg blieben sie stumm. Doch lange hielt Rey das Schweigen auch diesmal nicht aus.

Auch er empfand diese seltsame Traurigkeit, deshalb beschloss er, etwas Dampf abzulassen, indem er seiner Lieblingsbeschäftigung nachging: Grigán zu ärgern.

»Müssen wir so schnell gehen? Ich wäre jetzt zum zweiten Mal fast hingefallen!«

»Sagt mir Bescheid, wenn es so weit ist, Kercyan«, knurrte der Krieger. »Die Damen beschweren sich schließlich auch nicht.«

»Oh, wie ungemein rücksichtsvoll«, sagte Léti ironisch. »Dürfte ich erfahren, warum wir eher einen Grund haben sollten, uns zu beschweren als die *Männer?*«

Grigán schwieg. Inzwischen ignorierte er Létis Aufbegehren und Reys Sticheleien. Es erleichterte das Leben, schlug ihm aber dennoch auf den Magen. Doch jetzt gab es erst einmal Wichtigeres. Sie mussten die Insel so schnell wie möglich verlassen und das Festland noch vor Sonnenaufgang erreichen. Wenn sie weiterhin so herumtrödelten, kämen sie nicht rechtzeitig zu ihrem Boot zurück.

Corenns Verdacht hatte sich nicht bewahrheitet. Es war nichts Ungewöhnliches vorgefallen, und ihrem Widersacher waren sie auch nicht begegnet. Auf Ji hatten sie keine Antworten gefunden, sondern allenfalls ein paar Vermutungen entkräftet.

Grigáns Instinkt täuschte ihn selten. Da in der Höhle niemand auf sie gewartet hatte, würden die Züu sie bestimmt auf dem Rückweg abfangen. Er wusste nicht, woher er die Überzeugung nahm, doch sein Gespür hatte ihm schon mehrmals das Leben gerettet.

»Grigán, mein Freund«, sagte Bowbaq. »Man könnte meinen, du wärst auf dieser Insel aufgewachsen. Du bewegst dich mit schlafwandlerischer Sicherheit, so als würdest du den Weg seit Jahren kennen.«

»Das tue ich auch. Ich war jetzt zum neunten Mal in der Höhle und habe die andere Welt gesehen.« Er verstummte jäh und zögerte. »Ich hoffe, es war nicht das letzte Mal.« Um seine Worte herunterzuspielen, fügte er hinzu: »Ich mag keine krummen Zahlen.«

»Und wie viele Menschen habt Ihr in Eurem Leben getötet?«, fragte Léti.

»Ich habe nicht mitgezählt«, knurrte Grigán. »So etwas überlasse ich den Züu.«

»Ich habe eine Idee«, sagte sie. »Wir könnten einem Zü den Auftrag geben, uns die anderen vom Hals zu schaffen.«

»Die Kleine ist nicht auf den Kopf gefallen.«

»Ich bin nicht *klein.*«

»Ich bitte Euch vielmals um Verzeihung, aber das Kompliment war ernst gemeint.«

Rey konnte zugleich charmant und unerträglich sein. Léti wusste nicht, ob sie sich in ihn verlieben oder ihn verabscheuen sollte. Ihre Gefühle für Yan waren wenigstens eindeutig. Wäre ihr Freund nur nicht so zurückhaltend …

»Löscht die Fackeln«, befahl Grigán. »Wir sind gleich am Strand. Von jetzt an dürft ihr kein Wort mehr reden. Und haltet euch diesmal daran.«

Sie gehorchten. Grigán kletterte auf einen Felsen und starrte eine Weile zu ihrem Boot hinüber. Rey folgte seinem Beispiel.

»Könnt ihr etwas sehen?«, wisperte Bowbaq.

»Ich glaube, wir sind auf einer Insel«, antwortete Rey. »Ringsum ist nichts als Wasser.«

»Ich weiß, dass wir auf einer Insel sind«, sagte der Riese. »Manchmal verstehe ich Euch nicht, Freund Rey.«

»Das war ein Scherz, Freund Bowbaq«, erwiderte dieser und sprang zu Boden. »Nur ein Scherz. Es ist niemand in Sicht.«

»Was nicht heißt, dass dort niemand ist«, sagte Grigán. »Kommt, aber vorsichtig.«

Sie folgten ihm, bis er ihnen bedeutete, stehen zu bleiben.

»Ich gehe vor«, wisperte er. »Wartet hier.«

Er verschwand in der Dunkelheit, den Bogen in der Hand, wie schon so oft in dieser Nacht. Doch diesmal sollte alles anders kommen.

Grigán wollte es sich nicht eingestehen, weil ihm der Gedanke selbstsüchtig erschien, aber er war wesentlich schneller und unauffälliger, wenn er allein unterwegs war.

Obwohl sich die anderen große Mühe gaben und er selbst alles Menschenmögliche zu ihrem Schutz unternahm, waren sie eine leichte Beute. Sie waren zu viele, sie waren nicht leise genug, und kaum einer seiner Mitstreiter hatte Erfahrung im Kampf.

Grigán hatte das Gefühl, für sie verantwortlich zu sein wie ein Vater für seine Kinder. Sie standen unter seinem Schutz. Diese Bürde hatte er sich selbst auferlegt, und er war stolz darauf trotz der Gefahren, die überall lauerten. Mit Gefahren kannte er sich aus.

Wie ein Schatten huschte er von einem Felsblock zum anderen. Die Abstände zwischen den Steinen wurden immer größer, zum Strand war es nicht mehr weit. Er konnte bereits das Meer hören.

Er duckte sich unter einen Überhang und machte mit eingezogenem Kopf ein paar kleine Schritte. Schon lange störte es ihn nicht mehr, wenn er lächerlich aussah. Viele Kämpfe wurden von Männern gewonnen, die man zunächst für lächerlich oder übervorsichtig gehalten hatte.

Er presste sich an den Felsen, die Sinne hellwach, und prägte sich das Gelände ein. Wo würde sich jemand verstecken, der einen Hinterhalt plante? Sicher dort drüben, hinter den beiden Felsblöcken, die einen Winkel bildeten.

Er arbeitete sich langsam vor, indem er sich in jeden Spalt, jeden Vorsprung, jede dunkle Ecke drückte. Bald war er nur noch wenige Schritte von seinem Ziel entfernt.

Er legte den Bogen und Köcher ab und zückte einen Wurfdolch. Dann schob er seinen Kopf langsam vor und spähte um die Ecke.

Er hatte sich nicht geirrt, aber so richtig freuen konnte er sich darüber nicht.

In dem Versteck lehnte ein Mann am Felsen, ein Schwert in der Hand. Ab und zu warf er einen gelangweilten Blick auf den Weg. Den Weg, den er, Corenn und die anderen entlanggekommen wären …

Der Mann war kein Zü, eher einer der Kerle, die für die Gilde arbeiteten, denn er sah genauso aus, wie Yan und Rey die Männer beschrieben hatten. Jedenfalls schien er sich nicht auf seine Aufgabe zu verstehen. Grigán hätte ihn in weniger als zwei Herzschlägen töten können.

Aber wie hieß es so schön: *Wo einer ist, da sind noch mehr.* Wenn nicht sogar viele. Und vermutlich waren sie besser versteckt.

Unter diesen Umständen konnte er den Strand nicht auskundschaften, denn es gab zu viele Möglichkeiten für einen Hinterhalt. Außerdem musste er seine Gefährten warnen. Sie durften keinen Mucks von sich geben.

Am besten wäre es, ihre Feinde in das Labyrinth zu locken. Dort würde er sie vielleicht einer nach dem anderen erledigen können. Bei Sonnenaufgang würden sie weitersehen.

In dumpfe Grübeleien versunken, machte er sich auf den Rückweg, als ein gellender Schrei die Stille zerriss.

Léti.

Grigán war schon lange fort, und Rey verlor allmählich die Geduld. Er ertrug den Alten, wie er ihn insgeheim nannte, und seinen ewigen Verfolgungswahn ohnehin nur schwer. Dass sie sich nun seinetwegen die Beine in den Bauch standen, war der Gipfel.

Die anderen lehnten mit dem Rücken an einem Felsen oder saßen im Sand brav wie die Schäfchen. Seine Gefährten waren ganz nett, aber etwas zu unterwürfig für seinen Geschmack. Abgesehen von Léti vielleicht, befolgten alle die Befehle des Kriegers, als hätten sie noch nie etwas anderes getan.

Er kletterte auf einen Felsen und starrte eine Weile in die Finsternis. Doch er sah nichts als das Meer, das um ein paar Schattierungen dunkler war als die Insel, und gab bald auf.

Er war eindeutig ein Stadtmensch. Rey war bislang nur durch die Natur gewandert, um von einer großen Stadt in eine andere zu gelangen, und zwar auf dem kürzesten Wege. Diese verlassene Insel jagte ihm Angst ein, so als hätte er sich dem Tod genähert. Seinem eigenen Tod.

Er versuchte, diesen unerfreulichen Gedanken zu vergessen. In Lorelia waren die Straßen immer beleuchtet und nur selten menschenleer. Das lebhafte Treiben, die Festtage und Wirtshäuser vertrieben alle schwarzen Gedanken. Hier hingegen …

Endlich gestand er es sich ein: Er vermisste das Bild von der anderen Welt, die ihnen erschienen war. Er empfand tiefe Traurigkeit und eine seltsame Enttäuschung, wie er sie noch nie gekannt hatte, und wenn er die wehmütigen Gesichter der anderen betrachtete, war er nicht der Einzige.

Es war ihm gleich, was der Alte sagte. Er hielt das Schweigen nicht mehr aus. Er musste reden.

Er trat zu Léti und suchte nach einer amüsanten Bemerkung, um das Gespräch zu eröffnen. Doch dann erstarrte er mitten in der Bewegung.

Ein Mann kam den Weg entlang.

Die Schnelligkeit, mit der sich Rey auf ihn stürzte, überraschte ihn selbst. Der Unbekannte war nicht minder verblüfft, reagierte aber zu langsam. Noch ehe er sein Schwert heben konnte, lag er auf dem Boden, und Rey hielt ihm einen Dolch an den Hals.

Wenn er allein gewesen wäre, hätte Rey keinen Moment gezögert und dem Mann mit einem raschen Schnitt die schmutzstarrende Kehle durchgeschnitten, doch die Anwesenheit seiner arglosen Gefährten – und die Erinnerung an die andere Welt – hinderten ihn, den Unbekannten kaltblütig zu töten. Dann ging alles sehr schnell. Rey roch den fauligen Atem des Mannes. Er sah die Panik in seinen Augen. Léti stieß einen markerschütternden Schrei aus, und etwas Schweres traf Rey am Kopf.

Rey spurtete plötzlich los. Léti sprang sofort auf und sah, wie er einen bewaffneten Fremden zu Boden warf.

Niemand hatte ihn kommen hören. Yan, der neben ihr saß, hing wieder mal seinen Tagträumen nach, Bowbaq war in die Betrachtung der Sterne vertieft, und Corenn hatte die Augen geschlossen und ruhte sich aus.

Zunächst empfand sie Erleichterung. Der Unbekannte war ihr Feind, aber alles war gut, denn er war besiegt, und zwar ohne Grigáns Hilfe.

Gleich darauf stieg Wut in ihr hoch, Wut auf sich selbst, weil sie nicht so schnell und tatkräftig reagiert hatte wie Rey. Wenn sie ehrlich war, hatte sie überhaupt nicht reagiert.

Schließlich gewann das Entsetzen die Oberhand. Mehrere Männer kamen auf sie zugerannt.

Sie hörte sich schreien, um Rey zu warnen, und musste hilflos zusehen, wie einer der Fremden ihm eine Keule über den Kopf zog.

Sie streckte ihren Feinden das Messer entgegen und nahm eine wackelige Kampfhaltung ein. Sie wusste nicht, wie die Waffe überhaupt in ihre Hand gekommen war.

Bowbaq stellte sich zwischen sie und die Männer, sodass sein massiger Körper ihnen den Weg versperrte. Léti spürte, wie jemand an ihren Kleidern zerrte. In wildem Zorn fuhr sie herum, bereit, es mit ihrem Feind aufzunehmen.

Es war nur Yan. Jetzt ging ihr auf, dass er sie bereits seit einer Weile rief. Aber seine Worte waren erst jetzt in ihr Bewusstsein gedrungen.

»Komm! Wir müssen hier weg! Komm schon, Léti!«

Ohne zu wissen, warum, folgte sie ihm. Vielleicht weil es Yan war. Weil er sie gerufen hatte.

Sie konnte keinen klaren Gedanken fassen. Sie wusste nur, dass sie das Messer nicht loslassen durfte.

Sie krampfte die Hand um die Waffe, biss die Zähne zusammen und rannte um ihr Leben.

Ohne groß nachzudenken, hatte sich Bowbaq den Fremden in den Weg gestellt. Was jetzt? Erleichtert hörte er, wie Yan und Léti die Flucht ergriffen. Dann dämmerte ihm, dass nun Corenn in Gefahr war. Mit zwei Schritten war er bei ihr und stellte sich vor sie.

Die Feinde waren in der Überzahl. Vor ihm standen mindestens fünf Männer, und die Stimmen und das Waffengeklirr, die er in der Nähe hörte, verhießen nichts Gutes.

Der Riese wusste nicht, was er tun sollte. Die Männer vor ihm rührten sich nicht. Der bewusstlose Rey lag im Weg, und Bowbaqs massige Gestalt schien sie abzuschrecken.

Langsam trat Bowbaq einen Schritt vor und starrte dem Mann, der ihm am nächsten war, in die Augen, wie er es sich von Mir abgeschaut hatte. Unwillkürlich zuckte der Mann zurück und zwang seine Komplizen, einen Schritt nach hinten zu stolpern.

Bowbaq streckte seine Pranke aus und entriss dem Mann die Keule. Er hatte sich zwar geschworen, nie einen Menschen zu töten, aber das wussten seine Feinde ja nicht. Außerdem fühlte er sich mit der Keule nicht mehr ganz so schutzlos.

»Lass das fallen!«, hörte er eine Stimme hinter sich.

Bowbaq warf einen raschen Blick über die Schulter, ohne seine Gegner aus den Augen zu lassen. Was er sah, nahm ihm die letzte Hoffnung.

Mehrere Männer hatten sich von hinten herangeschlichen und versperrten ihnen von der anderen Seite den Weg. Einige zielten mit Pfeil und Bogen auf ihn.

Corenn, Rey und er waren umzingelt. Sie saßen in der Falle.

Grigán gefiel das nicht. Es gefiel ihm ganz und gar nicht. Ihre Feinde waren ihnen zahlenmäßig überlegen, und ihm war, als hörte er Kampfgeräusche aus der Richtung, wo die anderen auf ihn warteten.

Tatsächlich rannten nun sämtliche Männer den Weg zwischen den Felsen entlang. Sie konnten Grigán jeden Moment entdecken, und er schaffte es gerade noch, sich hinter einen Felsen zu werfen, bevor drei Fremde an ihm vorbeihasteten.

Grigán war mutig, vermutlich sogar außergewöhnlich mutig, aber nicht dumm. Wenn er auf dem Weg blieb, würde er über kurz oder lang seinen Feinden in die Hände fallen. Versteckte er sich und wartete ab, wäre er bald ein einsamer Mann, der um seine Freunde trauerte.

Er hörte eilige Schritte. Jemand kam auf ihn zugerannt. Grigán verschmolz mit dem Schatten des Felsens und griff nach seinem Dolch. Im letzten Moment stellte er dem Mann ein Bein und brachte ihn zu Fall. Der Fremde schlug mit dem Kopf gegen einen Stein und verlor die Besinnung, bevor er auch nur einen Laut von sich geben konnte.

Grigán fragte sich, warum es nicht immer so einfach sein konnte.

Der Bewusstlose brachte ihn auf eine Idee. Sie war zwar leichtsinnig, sogar gefährlich, aber eine bessere hatte er nicht.

Er zog seinem Opfer die zerlumpten Kleider vom Leib und streifte sie sich über.

Dann rannte er mit den anderen Männern auf seine Gefährten zu.

Léti lief schnell, viel zu schnell. Anfangs war Yan absichtlich hinter ihr geblieben, um sie zu beschützen und sie daran zu hindern, kehrtzumachen und sich in den Kampf zu stürzen. Doch jetzt hatte sie ihn längst abgehängt, und er verlor sie immer wieder aus den Augen.

Wenn er schneller rannte, brachte er sich in Gefahr. In der Dunkelheit könnte er stürzen, gegen einen Felsen prallen oder schnurstracks einem der Mörder in die Arme laufen, vor denen sie flohen.

Als der Mann ihn und seine Gefährten überrumpelt hatte, war es ihm als das Klügste erschienen, wegzurennen und sich zu verstecken. Als Rey am Boden lag, hatte Yan gewusst, dass sie nichts mehr ausrichten konnten. Ihnen blieb nichts, als ihr Heil in der Flucht zu suchen. Das hätte selbst Grigán eingesehen.

Er versuchte, nicht an Corenn und die anderen zu denken.

Nicht jetzt. Erst musste er die wehrlose Léti außer Gefahr bringen. Dann würde er zurückkehren und seinen Freunden helfen. Falls es dann nicht schon zu spät war …

Yan verlangsamte seine Schritte. Er war völlig außer Atem, denn der Weg führte bergauf. Er war einfach kopflos in irgendeine Richtung gelaufen und hatte keine Ahnung, wo er sich befand.

Schon seit einer ganzen Weile hatte er Léti aus den Augen verloren. Sie musste mittlerweile einen Vorsprung von gut hundert Schritten haben. Er spitzte die Ohren und versuchte, seinen keuchenden Atem zu beruhigen.

Er konnte Léti nicht einmal mehr hören. Angestrengt horchte er auf entfernte Schritte in der stillen Nacht. Vergebens. Er hatte sie verloren.

Corenn folgte ihren Feinden widerstandslos. Sie hatte sofort eingesehen, dass jede Gegenwehr sinnlos war. Die Männer, die die Züu ihnen auf den Hals gehetzt hatten, waren einfach zu zahlreich.

Die Kerle hatten sie nicht an Ort und Stelle getötet, was Corenn Hoffnung gab. Außerdem hielt sich Grigán irgendwo versteckt, und Léti und Yan hatten fliehen können. Was die Männer auch vorhatten, momentan war es das Beste, Zeit zu schinden, und zwar mit allen Mitteln.

Sogleich begann sie heftig zu hinken, doch schon nach wenigen Dezillen schubste der Mann hinter ihr sie unsanft und stieß einen Schwall Flüche aus, von denen Corenn die meisten noch nie gehört hatte. Sie gab nicht auf, sondern humpelte etwas schneller und stöhnte hin und wieder vor Schmerzen auf. Ihre Täuschung musste so überzeugend wie möglich wirken.

Sie schaffte es sogar noch, Bowbaq zu überholen, bevor sie langsamer wurde. Der Riese hatte sich bislang in seiner üblichen Geschwindigkeit fortbewegt, was viel zu schnell war.

Zeit zu schinden war ihre einzige Hoffnung, dachte sie erneut. Um ihrer Gefährten willen und damit sie selbst nachdenken konnte.

Obwohl Rey mehr tot als lebendig schien, hatten die Männer ihn mitgenommen. Zwei Kerle hatten ihm die Waffen abgenommen und schleppten ihn nun an Händen und Füßen den Weg entlang. Corenn schloss daraus, dass sie nicht vorhatten, sie zu töten. Jedenfalls nicht sofort.

Trotzdem waren sie Gefangene und wurden auch so behandelt. Bislang hatten die Mitglieder der Gilde – denn das waren die Männer vermutlich – kein Wort an sie gerichtet, das keine Drohung oder Verwünschung war. Sie durfte sich keine falschen Hoffnungen machen.

»Wo gehen wir hin?«, wagte sie zu fragen.

»Halt die Klappe, Weib!«, war die einzige Antwort.

Corenn ließ es dabei bewenden, da sie ihre Lage nicht unnötig verschlechtern wollte. Einen der Kerle gegen sie aufzubringen würde ihnen nur Schläge einbringen und die Aussichten verringern, dass sich die Schurken auf Verhandlungen einließen.

»Er wacht auf. Ich hab's dir doch gleich gesagt!«, polterte eine lorelische Stimme.

Einer der beiden Männer, die Rey trugen, ließ ihn unsanft zu Boden fallen. Tatsächlich war er wieder zu Sinnen gekommen, zumindest so weit, dass er gegen die Misshandlung protestieren konnte.

»He, Ihr da! Ich kann mich des Gefühls nicht erwehren, dass Ihr mich nicht mögt. Mich ohne Vorwarnung fallen zu lassen zeugt von einem *erheblichen* Mangel an Feingefühl.«

»Halt's Maul! Aufstehen!«, brüllte der Träger und trat Rey in den Magen.

Dieser umklammerte das Bein des Mannes, brachte ihn zu Fall und versuchte, nach dessen Schwert zu greifen. Doch die Waffe steckte unter ihrem Besitzer fest, und Reys Versuch blieb erfolglos. Der zweite Träger versetzte ihm einen weiteren Tritt in die Rippen und zwang ihn mit seinem Schwert zum Aufstehen.

»Ich habe gleich geahnt, dass Ihr mich nicht mögt«, sagte Rey mit schmerzverzerrtem Gesicht.

»Halt die Klappe!«

Der kleine Trupp setzte sich wieder in Bewegung. Mittlerweile wusste Corenn, wo die Männer sie hinbrachten: zu dem Strand, an dem sie gelandet waren.

Am meisten fürchtete sie, dass man sie auf ein Boot verschleppte und mit ihnen zum Festland übersetzte. Corenn wollte nicht von den anderen getrennt werden, vor allem nicht, ohne zu wissen, wie es ihnen ergangen war.

Bowbaq wurde von einem Hustenanfall geschüttelt. Corenn drehte sich zu ihm um. Ihres Wissens war der Riese kerngesund. Bowbaq sah sie mit weit aufgerissenen Augen an. Dann ruckte er mit dem Kopf zur Seite.

So unauffällig wie möglich sah Corenn in die Richtung. Er wollte doch nicht etwa *jetzt* einen Fluchtversuch unternehmen? Dafür war es viel zu spät.

Doch Bowbaq hatte ein Zeichen entdeckt. Grigán musste die Anordnung aus Zweigen, Steinen und Muscheln gelegt haben. Leider konnte Corenn es nicht entziffern.

Was der Krieger ihnen auch sagen wollte, er konnte ohnehin nichts für sie tun.

Léti war am Ende ihrer Kräfte. Die Ereignisse der letzten beiden Dekaden hatten sie tief erschüttert, und jetzt brach sie einfach zusammen.

Am liebsten hätte sie nur noch geweint, doch die Tränen wollten einfach nicht kommen. Sie hätte geglaubt, nie wieder etwas empfinden zu können, wenn sie nicht diesen bitteren Geschmack im Mund und den hämmernden Kopfschmerz spüren würde, der jeden Gedanken zunichtemachte.

Sie war ihr Leben lang immer nur geflohen. Geflohen vor dem Tod der Menschen, die sie liebte, geflohen vor der Liebe der Lebenden. Vor schweren Prüfungen und vor dem Glück. Vor Wahrheit und Lüge.

Und jetzt war sie abermals geflohen. So schnell, dass sie sogar Yan verloren hatte. Wie selbstsüchtig von ihr! Als sie es gemerkt hatte, war es fast zu spät gewesen.

Sie kniete im Gras und konnte nicht aufhören zu zittern. Sie war gerannt, gerannt und einfach immer weiter gerannt, als wollte sie auch vor der Angst fliehen. Sie war gerannt wie eine Wahnsinnige. Fast wäre sie in den Tod gerannt.

Sie hatte die Gefahr erst zehn Schritte vor dem Abgrund bemerkt, und dann hatte sie sieben oder acht Schritte gebraucht, um stehen zu bleiben.

Der Weg endete hier. Ihre Flucht hatte sie ans Meer geführt, besser gesagt, auf eine Klippe vierzig Schritte über dem Meer.

Eine Weile beobachtete sie, wie sich die Wellen an den Felsen unter ihr brachen. Sich hinunterzustürzen wäre eine Lösung, eine Erlösung …

Nein! Es wäre ein Eingeständnis ihrer Schwäche.

Sie konnte nicht weiter? Gut. Vielleicht war das ein Wink des Schicksals.

Sie würde *nie wieder* fliehen.

Sie vergewisserte sich, dass sie das Messer noch immer fest in der Hand hielt, machte kehrt und ging mit entschlossenen Schritten auf den Eingang des Labyrinths zu.

Drei bewaffnete Männer tauchten nacheinander zwischen den Felsen auf und schnitten ihr den Weg ab. Einer brüllte ihr etwas auf Lorelisch zu, vermutlich eine Drohung.

Ruhig kehrte sie zur Spitze der Klippe zurück, drehte sich um und sah ihnen entgegen.

Sie würde nie wieder fliehen.

Grigán war gerannt, so schnell er konnte, doch er war nicht schnell genug gewesen. Er war erst bei seinen Gefährten angelangt, als der Kampf vorbei war und Corenn, Bowbaq und Rey schon gefangen waren.

Die Männer waren gerade dabei, sie abzuführen. Grigán erwog kurz, sich ihnen anzuschließen, verwarf die Idee dann aber. Einige der Männer kannten vermutlich seinen Steckbrief, also hielt er sich besser von ihnen fern.

So folgte er seinen Freunden in einiger Entfernung. Hilflosigkeit und Furcht plagten ihn mehr denn je.

Bald war klar, dass die Kerle seine Freunde zum Strand brachten, der einzigen Stelle der Insel, an der man an Land gehen konnte. Daraufhin überholte er den Trupp unauffällig und hinterließ Bowbaq ein Zeichen in der Hoffnung, der Riese würde es nicht übersehen.

Mehr konnte er nicht tun. Er konnte sie nur wissen lassen, dass er in der Nähe war.

Viel war das nicht.

Bowbaq wünschte sich weit fort. All diese Scherereien wären ihnen erspart geblieben, wenn sie die Höhle gemieden hätten. Abermals hatte er den Fehler begangen, eine unsichtbare Grenze zu überschreiten, und musste jetzt mit den Folgen leben.

Er sorgte sich weniger um sich selbst als um seine Frau und die Kinder. Seine Freunde und er waren gescheitert. Sie hatten die Pläne ihres geheimnisvollen Widersachers nicht durchkreuzen können, und die Züu würden ihren Auftrag fortführen – bis zum bitteren Ende.

Wenn er in Arkarien geblieben wäre, hätte Bowbaq wenigstens versuchen können, seine Familie zu beschützen. Doch was geschehen war, war geschehen, und er konnte nichts daran ändern.

Kurz darauf erreichten sie den Strand. Das Segelboot lag immer noch da, wo sie es an Land gezogen hatten, aber vier größere Schiffe waren hinzugekommen. Bowbaq hatte mit nichts anderem gerechnet.

Am Strand warteten fünf Züu. Sie sahen genauso aus wie die, gegen die er in Arkarien gekämpft hatte: rote Gewänder, kahl geschorene Schädel, fanatisch glühende Augen.

Einer unterschied sich von den anderen: Sein Gesicht, vielmehr sein ganzer kahl rasierter Schädel, war schwarz-weiß geschminkt. Er sah aus wie ein menschlicher Totenkopf mit zwei funkelnden Augen, die ihr Gegenüber zu verschlingen drohten.

Selbst die Ganoven schienen die Priester zu fürchten. Bowbaq fiel auf, dass keiner der Männer den Züu freiwillig zu nahe kam. Sie ließen die Züu keinen Moment aus den Augen. Anscheinend jagten die Mörder auch den abgebrühten Mitgliedern der Gilde Angst und Schrecken ein.

Zwei der Züu hielten die berüchtigten Dolche in den Händen, zwei weitere waren mit einer nicht minder tödlichen Armbrust bewaffnet. Nur der Mann mit der Kriegsbemalung trug keine Waffe. Trotzdem schien er der gefährlichste von allen zu sein.

»Wo sind die anderen?«, fragte er einen der Männer.

Sein Lorelisch war perfekt, aber einen Totenkopf sprechen zu hören war ein furchteinflößender Anblick. Der Angesprochene schluckte und verfluchte die Götter, dass sich der Mörder ausgerechnet ihn ausgesucht hatte.

»Die beiden Kinder sind geflo… werden bald hergebracht«, verbesserte er sich.

»Und der Ramgrith?«

Der Ganove trat einen Schritt zurück und senkte stumm den Blick. Er schien mehr Angst vor seinen Auftraggebern zu haben als Bowbaq vor den Kerlen, die sie überfallen hatten.

Der Zü wandte sich ab und ging ein paar Schritte auf und ab. »Ihr habt Eure Arbeit nicht erledigt«, sagte er mit ruhiger, klarer Stimme. »Worauf wartet Ihr noch?«

Das ließ der Mann sich nicht zweimal sagen. Er machte auf dem Absatz kehrt und lief zurück in das Labyrinth. Sechs seiner Komplizen folgten ihm. Sie waren froh, den Irren mit den vergifteten Dolchen zu entkommen.

Die beiden Männer, die Corenn, Rey und Bowbaq bewachten, schickten sich an, es ihren Kumpanen gleichzutun, aber der Zü hielt sie zurück, indem er leicht die Augenbrauen hob. Dann kam er langsam, unendlich langsam auf die Gefangenen zu.

Rey begann zu lachen. Der Zü stand mit überkreuzten Armen vor ihm und starrte ihm in die Augen, was allerdings nicht die erhoffte Wirkung hatte.

»Was für ein Spektakel!«, prustete Rey. »Ich habe schon in vielen Stücken mitgespielt, in denen sich die Bösewichte vor allem durch Dummheit auszeichneten, doch ich hätte nie gedacht, dass es solche Trottel in Wirklichkeit gibt. Großartig! Meinen Glückwunsch, meinen allerherzlichsten Glückwunsch«, sagte er und bog sich vor Lachen.

Der Zü lächelte schwach und rammte ihm zwei ausgestreckte Finger in den Kehlkopf. Rey hatte keine Chance, dem Schlag auszuweichen.

Ihm blieb die Luft weg. Lange, viel zu lange, rang er nach Atem.

Als endlich wieder Sauerstoff in seine Lungen gelangte, wurde ihm speiübel. Er wandte sich ab und erbrach sich hinter einem Felsen.

»Ihr könnt Euch glücklich schätzen«, sagte der Zü gleichmütig. »In vier von fünf Fällen ist der Schlag tödlich.«

Bowbaq konnte es nicht fassen. Diese Männer waren vollkommen wahnsinnig.

»Und jetzt«, sagte der Mörder, »werden wir ein kleines Gespräch führen. Ihr, ich und Zuïa.«

Léti hatte sich noch nie so lebendig gefühlt.

Drei Männer näherten sich ihr mit Waffen in der Hand. Es gab keinen Ausweg. Niemand würde ihr zur Hilfe kommen, und sie hatte nichts als ein einfaches Fischermesser, um sich zu verteidigen.

Doch ihr Wille zu kämpfen und zu siegen war ungebrochen.

All der Hass auf die Züu und ihre Schergen wallte in ihr auf.

Sie empfand nichts als blinde Wut.

Noch nie hatte sich Léti so stark gefühlt, so *kraftvoll.* Jede Faser ihres Körpers schien zu vibrieren, und ihre Sinne waren so wach wie nie.

Sie hörte jeden Schritt, jedes Geräusch ihrer Feinde mit großer Klarheit. Sie nahm jede noch so kleine Regung ihrer Gesichter wahr, ihre belustigten, höhnischen, neugierigen oder feindseligen Mienen. Sie spürte, wie der Sand unter ihren Füßen knirschte, ihr der Wind durch die Haare strich und der raue Griff des Messers gegen ihre Handfläche drückte.

Sie zwang sich, ihre zusammengepressten Kiefer zu lockern. Zwar war ihr Körper so geschmeidig wie noch nie, doch ihr Gesicht war zu einer Fratze verzerrt.

Dann waren die drei Männer bei ihr. Sie nahm jede körperliche Besonderheit wahr, jedes Detail ihrer Kleider. Die Bilder brannten sich für immer ihrem Gedächtnis ein. Sie zwang sich, ihre Aufmerksamkeit auf die Dinge zu richten, von denen ihr Leben abhing.

Zwei Männer trugen ein Schwert, der dritte einen Dolch. Der Bärtige hielt seine Waffe in der linken Hand. Der Mann mit dem Dolch war einarmig. Der Glatzkopf sah am gefährlichsten aus; ihn würde sie als Erstes aus dem Weg räumen müssen.

»Hör auf mit dem Unsinn, und komm brav mit«, sagte er.

Léti antwortete nicht, sondern streckte ihnen das Messer entgegen.

»Lass das Messer fallen«, sagte er. »Du tust dir noch weh.«

Die Messerspitze sauste knapp vor seinem Gesicht durch die Luft. Noch hatte Léti ihn nicht verletzen wollen. Sie wollte nicht als Erste angreifen, was aber nicht hieß, dass sie sich alles gefallen ließ.

Der Glatzkopf fluchte und ging in Deckung, bereit, einen neuerlichen Angriff abzuwehren.

»Warte«, sagte der Einarmige. »Stich sie nicht gleich ab. Wir können noch etwas Spaß mit ihr haben.«

Léti täuschte einen Angriff an. Der Mann wich zurück und kam mit einem meckernden Lachen näher. Léti drängte ihn erneut zurück, doch er kam noch näher und lachte noch lauter.

Der Bärtige schien ebenfalls Gefallen an dem Spiel zu finden. Er half seinem Kumpan, indem er das Mädchen von der anderen Seite angriff. Léti ließ ihre Klinge durch die Luft sausen und täuschte halbherzige Angriffe nach beiden Seiten vor. Bald machten sich die beiden Männer einen Spaß daraus, sie mit der Hand zu berühren, bevor sie sich blitzschnell zurückzogen.

Der Glatzkopf sah ihnen belustigt zu.

Léti wich noch etwas weiter zurück. Der Klippenrand war nun unmittelbar hinter ihr.

»He! Ich wette, dass du es nicht schaffst, ein Stück von ihrem Umhang zu erbeuten, ohne gebissen zu werden!«

»Das werden wir ja sehen!«

Die beiden Männer tänzelten mit einem lüsternen Funkeln in den Augen um sie herum. Der Einarmige riss ein Stück aus Létis Umhang und stieß einen Triumphschrei aus.

Das Mädchen sah rot. Eine Hand legte sich ihr auf die Schulter. Sie konzentrierte sich voll und ganz auf die Bewegung und stieß dem Mann das Messer ins Handgelenk.

»Diese Schlange!«, kreischte der Bärtige und presste die andere Hand auf die Wunde.

Er machte ein paar Schritte und ließ sein Schwert fallen. »Du Miststück! Ich blute wie ein Schwein!«

Plötzlich fand er das Spiel überhaupt nicht mehr lustig. Auch seine Kumpanen nahmen nun eine echte Kampfhaltung ein und kamen auf sie zu.

Jetzt wurde es ernst.

Der Zü lief vor ihnen auf und ab, als überlegte er, was er sagen wollte. Dabei hatte er sich die Worte vermutlich schon längst zurechtgelegt, dachte Corenn.

Er blieb stehen und betrachtete den hellen Streifen, der sich am Horizont des Mittenmeers abzeichnete. Die Ratsfrau bezweifelte, dass er etwas für die Schönheit der Morgendämmerung übrig hatte. Dann drehte er sich zu ihnen um.

»Für zwei von Euch geht die Sonne heute zum letzten Mal auf.«

Rey, Corenn und Bowbaq sahen sich an. Obwohl sie mit so etwas gerechnet hatten, war es doch etwas anderes, die nackte Wahrheit zu hören. Rey wollte etwas sagen, aber der Schlag gegen den Kehlkopf, den er hatte einstecken müssen, machte den Versuch zunichte. Seine spöttische Bemerkung erstickte in einem Hustenanfall.

Der Mörder sah jeden von ihnen an, bevor er weitersprach. »Zuïa wird einen – und nur einen – von Euch begnadigen. Und zwar denjenigen, der als Erster darum bittet.«

Niemand rührte sich. Der Zü ließ mehrere Dezillen verstreichen, bevor er abermals das Wort an sie richtete.

»Derjenige, dem Gnade widerfährt, muss seine einstigen Gefährten der Verdammnis preisgeben. Er muss uns ihre Namen und ihr Versteck verraten. Als Erstes das des Ramgriths, sollte er nicht auf der Insel sein.«

Immer noch schwiegen alle. Der Zü wirkte leicht verärgert.

»Ihr werdet es uns so oder so verraten. Es ist nur eine Frage der Zeit und der Schmerzen.«

»Ihr seid wirklich der schlechteste Mensch, dem ich je begegnet bin«, sagte Bowbaq. »Selbst Mir würde sich weigern, Euch zu fressen.«

Der Zü baute sich vor ihm auf. Seine Augen schleuderten Blitze. Unwillkürlich hielt sich der Riese die Hand vor den Kehlkopf.

»Ich bin *hundertmal* mehr wert als Ihr«, zischte der Mörder. »Jeder Bote Zuïas verdient mehr Achtung als all Eure Könige zusammen! Denn die Herrlichkeit der Göttin strahlt auf ihre Diener hernieder«, sagte er und hob einen Arm zum Himmel.

Er war offenkundig wahnsinnig.

»Wer seid Ihr schon? Die Erben? Ein Bauer, ein Taugenichts, eine Frau und zwei Kinder. Für die Göttin seid Ihr ein Nichts. Vor ihrem göttlichen Gericht seid Ihr ein Nichts.«

Gleich als der Mörder sein Geschwafel begann, hatte Corenn eine Entscheidung getroffen. Mit diesem Wahnsinnigen konnte man nicht verhandeln. Sie musste zur Tat schreiten, und zwar schnell, bevor die anderen Männer zurückkehrten. Während der Zü auf Bowbaq einredete, stieß sie Rey mit dem Ellbogen an und warf ihm einen verschwörerischen Blick zu. Er begriff, dass sie einen Plan hatte, und machte sich trotz seiner Übelkeit und seiner Verletzungen bereit, ihr zu helfen.

Corenn verschloss ihren Geist vor allem, was um sie herum geschah, und konzentrierte sich nur auf die Armbrust des Zü, der in ihrer Nähe stand. Sie sammelte ihren Willen, ließ ihn anschwellen und beschränkte sich darauf, ihn unter Kontrolle zu halten, so wie sie es gelernt hatte. Ihre Körpertemperatur stieg leicht an, und ihr Kopf begann zu pulsieren. Dann ließ sie ihren Willen frei, und die Sehne der Armbrust riss mit einem dumpfen Klacken.

Sein Besitzer beugte sich über die Waffe, um sie zu untersuchen, und alle sahen neugierig zu ihm hinüber. Rey fuhr herum, packte den Arm ihres Bewachers, biss ihn kräftig in die Hand und entwand ihm den Dolch.

Nein! Das war zu früh. Corenn hatte keine Zeit gehabt, die zweite Armbrust zu entschärfen. Der Zü würde auf Rey schießen!

Die Magierin konnte ihre Gabe nicht zweimal so kurz hintereinander anwenden. Sie war etwas aus der Übung und so geschwächt, dass sie sich kaum noch auf den Beinen halten konnte.

Mit Entsetzen sah sie, wie der Mörder die Waffe hob und auf Rey zielte. Ihm würde keine Zeit bleiben, in Deckung zu gehen.

Plötzlich steckte ein gefiederter Pfeil im Auge des Zü. Kurz darauf trafen ein zweiter und ein dritter Pfeil einen anderen Mörder im Bein und in der Brust.

Hastig sah sich Corenn um und wagte noch nicht, an das Wunder zu glauben. Dreißig Schritte entfernt stand Grigán auf einem Felsvorsprung und schoss Pfeil um Pfeil ab.

Corenn machte ein paar taumelnde Schritte auf ihn zu, zu erschöpft vom Gebrauch ihrer magischen Kräfte, um zu rennen oder auch nur nachzudenken. Hinter ihr schrie Bowbaq auf, und sie fuhr herum. Er lag wimmernd am Boden und krampfte die Hände um den Griff eines Dolchs, der in seinem Bauch steckte.

Der Zü mit dem Totenkopfgesicht hatte die Waffe geworfen. Eigentlich hatte er auf *sie* gezielt. Ein Pfeil durchschlug die Brust des Zü, und er ging in die Knie. Rey, der sich endlich seines Bewachers entledigt hatte, trat ihm kräftig gegen den Hals.

Der Zü spuckte Blut und fiel mit dem Gesicht voran zu Boden.

Corenn ließ ihren Blick über den vormals so ruhigen Strand schweifen. Sieben leblose Körper lagen im Sand, einer davon gehörte ihrem Freund.

Rey rannte zu Bowbaq und zog das Döschen aus der Tasche, das vielleicht das Gegenmittel zum Gift der Züu enthielt. Er schob dem Riesen, der leise wimmerte, einen Klumpen Paste in den Mund und rieb etwas davon auf die kleine, aber tiefe Wunde.

»Er hat den Dolch abgefangen«, sagte Rey. »Er hat sich ihm in den Weg geworfen, um Euch zu retten. So etwas habe ich noch nie gesehen. Noch nie.«

Ihm standen Tränen in den Augen. Corenn musterte ihn, während sie allmählich wieder zu Kräften kam. Reys Gesicht war blutüberströmt, doch seine Miene war die eines Kindes.

Sie schob ihn beiseite und kniet sich neben Bowbaq, um seine Wunde zu säubern. Der Riese war noch bei Bewusstsein, auch wenn sein Gesicht vor Schmerzen verzerrt war. Die Wunde blutete nicht stark, und das Gift der Züu wirkte bekanntlich sehr schnell. Wenn Bowbaq jetzt noch nicht tot war, würde er den Angriff vermutlich überleben.

Grigán kam auf sie zu. »Wie geht es ihm?«, fragte er sofort.

»Mach dir um mich keine Sorgen, mein Freund«, sagte Bowbaq keuchend. »Aber ich wünschte, ich wäre weit fort von hier.«

»Ich bring dich hier weg. Verlass dich auf mich, mein Freund«, antwortete Grigán. »Verzeih, dass ich nicht eher eingeschritten bin. Doch ich konnte nichts tun, solange die Armbrüste …«

Er konnte den Satz nicht beenden, da Corenn die Arme um ihn geschlungen hatte. Unbeholfen zog er sie an sich. Es war ihm peinlicher, als würde er nackt in einem eurydischen Tempel herumspazieren.

Die Ratsfrau hatte einfach den Wunsch verspürt, jemanden zu umarmen, riss sich aber schnell wieder zusammen und löste sich von ihm. Auch sie schämte sich jetzt ihrer Schwäche. »Lasst uns Yan und Léti suchen! Kommt Ihr?«

Yan kam sich dümmer vor denn je. Schon eine ganze Weile lief er im Kreis, ohne Léti zu finden. Er wusste längst nicht mehr, in welcher Richtung das Boot lag oder welcher Weg zurück zu der Höhle führte.

Die Einwohner Ezas taten recht daran, ihn einen Taugenichts zu schimpfen. Er hatte seinen Freunden nicht helfen und Léti nicht beschützen können. Und dann verlief er sich auch noch ständig …

Er wäre Léti ein schöner Gefährte.

Mittlerweile hatte er endgültig die Hoffnung aufgegeben, jemals den Bund mit ihr zu schließen. Selbst wenn sie beide diesen Tag überlebten, war er einfach nicht gut genug für sie. Er war ihrer nicht würdig.

Eines Tages, als ihn ähnlich düstere Gedanken quälten, hatte ihm die Dorfälteste von Eza gesagt, jeder Mensch besitze eine Gabe, durch die er allen anderen ebenbürtig sei. Doch er besaß keine Gabe. Das Einzige, was er gut konnte, waren halbe Sachen. Dass er überhaupt noch am Leben war, hatte er nur seinem erbärmlichen Orientierungssinn zu verdanken. Er hatte sich so gründlich verirrt, dass er jetzt irgendwo mitten im Labyrinth sein musste.

Er setzte sich auf den Boden und dachte darüber nach, was er tun konnte, außer sich selbst zu bemitleiden. Sofort sprang er wieder auf und rannte los.

Er hatte Schreie gehört.

Léti.

Alle Vorsicht war vergessen. Er musste so schnell wie möglich zu ihr gelangen, alles andere war unwichtig.

Wieder Schreie. Flüche, Kampfgeräusche. Léti war in Gefahr.

Schlitternd erreichte er den Fuß der Klippe, bückte sich rasch, um einen Stein aufzuheben, und rannte mit wütendem Gebrüll den Hang hinauf.

Ein bärtiger Mann kam ihm entgegen. Er hatte eine klaffende Wunde am Handgelenk und konnte sein Schwert kaum halten.

Die beiden anderen Männer drehten sich unwillkürlich nach ihm um. Léti schien sich noch auf den Füßen zu halten, war aber in einem jämmerlichen Zustand. Selbst auf die Entfernung konnte Yan die Schnitte an ihren Beinen und Armen sehen. Sie hatten es gewagt, ihr wehzutun!

Und dann geschah etwas, was er kaum glauben konnte. Létis Hand zuckte nach vorn. Einer der Männer schrie vor Schmerz auf, presste sich die Hand aufs Auge und ging zu Boden.

Der dritte Mann griff das Mädchen jetzt in immer kürzeren Abständen an. Léti wich vor ihm zurück.

Mit Grauen sah Yan, wie sich Léti auf ihren Gegner stürzte, einen Moment lang mit ihm rang und dann mit ihm zusammen in den Abgrund stürzte.

Er hörte sich selbst ein lang gezogenes »Nein!« brüllen.

Jetzt hatte er den Mann mit dem Schwert fast erreicht. Er schleuderte ihm den schweren Stein ins Gesicht. Die schreckliche Szene, die sich soeben vor seinen Augen abgespielt hatte, schien seine Kräfte zu verzehnfachen.

Der Aufprall des Steins verursachte ein dumpfes Geräusch, aber Yan blieb nicht stehen, um sich zu vergewissern, dass der Kerl außer Gefecht war. Er rannte zum Rand der Klippe und beugte sich über den Abgrund. Die Angst vor dem Anblick schnürte ihm die Kehle zu.

»Yan!«

Léti war nur zwei Schritte unter ihm. Sie klammerte sich mit einer Hand an einen kleinen Vorsprung. Ihre Knöchel waren weiß vor Anstrengung.

»Beeil dich, Yan! Ich habe keine Kraft mehr!«

Das war bitterer Ernst. Sie war kurz davor, in Panik auszubrechen.

Er blickte sich hastig um, sah aber nichts, absolut nichts, was als Seil dienen könnte. Seine Kleider waren nicht widerstandsfähig genug, um das Gewicht des Mädchens zu halten.

Er ging auf die Knie, drehte sich um und schob ein Bein über den Klippenrand. Sein Fuß traf auf Widerstand, und er zog das andere Bein nach.

»Nein! Nein! Wir werden beide sterben!«

Jetzt war sie vollends in Panik.

Yan begann den waghalsigen Abstieg und achtete kaum darauf, wo er die Füße hinsetzte. Bis zu Léti konnte er nicht hinabklettern. Mit etwas Glück würde er ihr die Hand reichen können, wenn er sich ganz weit vorbeugte. Doch er hatte nicht genug Kraft im anderen Arm, um sie beide zu halten.

Sein Fuß rutschte ab, und Léti schrie entsetzt auf.

Yan zögerte und suchte nach einem besseren Halt, einer anderen Lösung. Aber die gab es nicht.

Und plötzlich war alles ganz einfach und klar.

Sie würden beide leben oder beide sterben.

Er streckte ihr die Hand hin und spannte seine Muskeln an. Léti ergriff sie begierig und versuchte, Yan nicht mit ihrem ganzen Gewicht zu belasten, indem sie sich mit den Füßen und der freien Hand auf jedem noch so kleinen Vorsprung abstützte.

Doch es reichte immer noch nicht.

Yan konnte sie nicht hochziehen.

Die Kraft in seinen Armen schwand, und er würde Léti loslassen müssen oder selbst den Halt verlieren. In beiden Fällen wäre sein Leben vorbei.

Er sah die Felsen vierzig Schritte tiefer und Létis Gesicht direkt vor sich. Sein Arm begann, vor Anstrengung zu zittern.

Nein!

Er musste es schaffen. Er musste einfach. Er *wollte* es schaffen.

Er biss die Zähne zusammen und richtete all seinen Willen auf die Kraft seiner Arme. Im Nu war er schweißgebadet. Das Blut hämmerte ihm in den Schläfen wie eine Trommel am Tag der Erde. Er spürte nur noch seine eigene Hand, die Létis umklammert hielt, und den Willen, sie zu sich hochzuziehen.

Er hievte sie ein paar Zoll nach oben und ließ nicht nach. Bald hatte er einen Fuß an Höhe gewonnen. Irgendwann konnte er sich aufrichten, und von da an ging es leichter.

Schließlich gelang es ihm, Léti auf den kleinen Vorsprung zu ziehen, der ihr das Leben gerettet hatte. Beide lehnten keuchend an der Felswand und ruhten sich einen Moment aus.

»Was du da gerade gemacht hast, Yan, das war unmöglich«, sagte Léti langsam.

Er sagte nichts. Übelkeit überkam ihn. Er machte sich an den Aufstieg, um sich nicht an einer so gefährlichen Stelle übergeben zu müssen.

Er fühlte sich völlig ausgelaugt, und ihm war bitterkalt. Léti erreichte die Spitze der Klippe vor ihm und musste ihm helfen, über die Kante zu klettern. Yan fiel rücklings auf dem Boden. Ihm war so schwindelig wie nie zuvor.

Aber er hatte es geschafft.

Zum ersten Mal war Grigán bereit anzuerkennen, dass Rey zu ihnen gehörte. Im Kampf hatte er sich tapfer geschlagen, und wenn man Corenn glaubte, anscheinend auch vorher. Vielleicht hatte er Bowbaq das Leben gerettet, und er hatte sofort angeboten, ihnen bei der Suche nach Léti und Yan zu helfen.

Trotzdem waren seine Respektlosigkeit und seine ständigen Provokationen nur schwer zu ertragen, darin war sich Grigán sogar mit den Züu einig.

Doch im Moment schwieg Rey und gehorchte seinen Befehlen anstandslos. Sie ergänzten einander vortrefflich. Im Labyrinth waren sie auf drei der Halunken gestoßen, die für die Züu arbeiteten, und hatten sie im Nu aus dem Weg geräumt.

Nach einer scharfen Biegung standen sie plötzlich den beiden jungen Kaulanern gegenüber. Yan wirkte geschwächt, und Léti hatte am ganzen Körper Schnittwunden und blaue Flecken, und ihre Kleider waren zerrissen.

Grigán stieß einen Seufzer der Erleichterung aus. Heute Nacht hatten sie großes Glück gehabt, unglaublich großes Glück. Er schwor sich, das nächste Mal besser aufzupassen.

»Geht es den anderen gut?« Yan hatte Schwierigkeiten zu sprechen.

»Bowbaq ist verletzt, aber er wird es schaffen«, antwortete Rey. »Gehen wir.«

Léti baute sich vor Grigán auf und packte ihn entschlossen, wenn auch nicht feindselig, an seiner schwarzen Lederkluft. »Ihr werdet mich lehren zu kämpfen«, sagte sie und sah ihm fest in die Augen.

Grigán antwortete erst, als Léti ihn losgelassen hatte. »Gut, wenn dich das von Dummheiten abhält. Aber das ist nicht so lustig, wie du glaubst.«

»Ich glaube überhaupt nicht, dass es lustig ist«, erwiderte das Mädchen ernst und kehrte an Yans Seite zurück. Der Junge war nicht sicher, ob er den Sinn ihrer Worte verstanden hatte.

Bald waren sie zurück am Strand. Einige der Männer, die dort warteten, begannen sie zu beschimpfen, doch Grigán hielt sie mit seinem Bogen auf Abstand.

»Sie scheinen die netten kleinen Löcher entdeckt zu haben, die ich in ihre Boote gebohrt habe«, sagte Rey gutgelaunt. »Besonders beliebt habe ich mich heute wohl nicht gemacht.«

»Was war denn hier los?«, fragte Léti, als sie die Leichen sah.

»Das erklären wir euch später.«

Grigán streckte den Arm aus und zeigte auf ihr Schiff, das draußen auf dem Meer dümpelte. Corenn und Bowbaq hatten dort auf sie gewartet. Die Magierin ruderte das Boot zurück an den Strand, und sie machten sich auf den Rückweg. Alle waren glücklich und unendlich erleichtert, der Gefahr fürs Erste entronnen zu sein.

Sie erzählten sich gegenseitig, wie es ihnen ergangen war. Corenn zeigte sich alles andere als begeistert von Létis und Grigáns neuer Idee, doch darüber würden sie später sprechen.

Fürs Erste interessierte sie sich vor allem für das, was Yan auf der Klippe erlebt hatte.

Nach langem Nachdenken brach sie das Schweigen, das eingetreten war. »Yan, wir müssen bald ein Gespräch unter vier Augen führen«, sagte sie. »Ich habe dir etwas Wichtiges zu sagen.«

Krieger der Dämmerung

Gelobt sei Eurydis, möge ihre Lehre Euch erhellen. Im Morgengrauen meines ersten Tages auf der Welt bekam ich vor den Göttern einen Namen: Lana von Lioner aus Ith, Tochter der Cerille und des Lioner.

Welch großer Name für etwas so Kleines, sagte Maz Rôl immer, wenn er mich necken wollte. Trotzdem vererbte er mir seinen Titel und machte meinen Namen damit sogar noch länger.

Zum Glück nennen mich die meisten nur Maz Lana. Wenn Gläubige den von Menschen ersonnenen Titel aussprechen, schwingt in ihrer Stimme eine Achtung und Bewunderung mit, deren ich nicht würdig bin. Nur die Götter verdienen eine solche Ehrerbietung.

Doch nicht das ist es, was mich beunruhigt. Diese Frage kann ich immer noch mit meinen Schülern erörtern, sollte ich jemals wieder unterrichten.

Ich bin eine der Nachfahren Maz Achems von Algonde aus Ith, der in den Jahren 760 bis 771 unseres Kalenders dem Großen Tempel von Ith als Botschafter in Goran diente. Obwohl das ein angesehenes Amt ist, bei dem man gute Aussichten auf den Titel eines Emaz hat, wird in meiner Familie fast nie über ihn gesprochen.

Wenn meine Eltern von anderen Vorfahren erzählen, sind sie stets voller Lob, Stolz und Hochachtung. In unserer Familie gibt es mehrere Maz und selbst einige Emaz, die die Geschichte der Heiligen Stadt prägten. Auch über grausame Heerführer, Krieger und Eroberer aus einer ebenso fernen wie unrühmlichen Vergangenheit wurde immer mit Respekt gesprochen. Der von ihnen eingeschlagene Weg, so falsch er auch gewesen sein mag, entsprach den Sitten ihrer Zeit.

Nur mein Urgroßvater Maz Achem gilt nicht als wichtiges Glied in der Kette, die die ruhmreichen Ahnen und die nachfolgenden Generationen aneinanderreiht. Am liebsten hätten meine Eltern ihn einfach aus ihr entfernt. Nie erwähnten sie sein Leben und seine Taten, kein Wort von der Spur, die er in der Welt und im universellen Streben nach Moral hinterließ.

Als Kind fand ich daran nichts Ungewöhnliches. Doch als ich älter wurde, weckte das Schweigen meine Neugier, und eines Tages begann ich, meinen Eltern Fragen zu stellen.

Obwohl ich noch jung war, spürte ich, dass mein Nachfragen sie in Verlegenheit brachte, doch das stachelte mein Interesse nur noch an. Ich war es gewohnt, auf alles eine Antwort zu erhalten. In meiner Familie gab es keine Tabuthemen, ein Grundsatz, den ich stets zu schätzen wusste und den ich noch heute bei meinen Schülern anwende.

Nach einigem Zögern antwortete mein Vater. Er wählte seine Worte mit Bedacht, damit sie nicht respektlos und verächtlich klangen, und doch taten sie genau das. Er erzählte mir folgende Geschichte: Obgleich Maz Achem einen Großteil seines Lebens damit zugebracht hatte, die Moral der Göttin zu studieren und zu verkünden, machte er im hohen Alter eine unerwartete Veränderung durch und wurde ein Abtrünniger, der Schande über sich und seine Familie brachte.

Als Erstes gab er seinen Posten als Botschafter in Goran auf und tat seine Entscheidung weder dem Tempel kund, noch erklärte er sie.

Nach seiner Rückkehr sorgte er in mehreren Versammlungen der Emaz für Aufruhr und ging sogar so weit, die Hohepriester in ihren Privatgemächern zu belästigen. Es hätte nicht mehr gebraucht, um ihn in Verruf zu bringen, aber das, was ihn zu diesen Taten trieb, war noch viel schlimmer. Es war ein Frevel.

Er beharrte darauf, dass man ihn anhörte. Doch die Emaz hatten bereits genug vernommen.

Achem forderte nicht weniger, als die Grundfesten der eurydischen Moral zu überdenken. Er gab zu, kein überzeugendes Argument nennen zu können, und sollte er Gründe für seine Forderung gehabt haben, so sind sie nicht überliefert.

Verständlicherweise widersetzten sich die Emaz seinem Wunsch und rieten ihm, sich wieder der Lehre des Tempels zu unterwerfen. Achem gab jedoch nicht auf, sondern begann seine Thesen, die die Weisesten der Weisen als Verstoß gegen die Moral werteten, öffentlich vorzutragen.

Daraufhin waren die Emaz gezwungen, ihn zum Ketzer zu erklären und ihm seinen Maz abzuerkennen, was in der Geschichte Iths erst ganze vier Mal vorgekommen war. Diese Strafen hatten die erwünschte

Wirkung: Achem gab seinen unheilvollen Kampf auf, verließ das Land und reiste nach Mestebien. Dort starb er einige Jahre später, ohne einen weiteren Versuch unternommen zu haben, die eurydische Lehre anzugreifen.

Mit diesen Worten endete mein Vater. Er fragte mich, ob ich aus der Geschichte etwas gelernt habe, ganz so, als hätte er mir ein religiöses Gleichnis erzählt. Ich nickte und schwor, die Moral niemals zu verraten, so wie es von mir erwartet wurde. Aber ich war verwirrt.

Alles, was ich bisher gelernt hatte, beruhte auf drei Werten: Wissen, Toleranz und Frieden. Die drei Tugenden der Weisen. Drei Stufen, die es zu erklimmen galt, um die Moral zu erlangen.

Hatten die Emaz zu Zeiten meines Urahnen nicht gegen eine dieser Tugenden verstoßen? Waren es die Thesen eines Maz und hohen Würdenträgers des Tempels etwa nicht wert, angehört zu werden?

Sogleich bereute ich diesen frevelhaften Gedanken und bemühte mich, Achem zu vergessen. Vergebens.

Wenn ich meiner Neugier nachging, störte ich den Frieden. Aber wenn ich die Augen vor meinen Zweifeln verschloss, beleidigte ich das Wissen und die Toleranz.

Warum war Maz Achem zum Schweigen gebracht worden?

Ich beschloss, es herauszufinden.

Vor der lorelischen Küste, nur wenige Meilen von einem verschlafenen Städtchen entfernt, lag eine kleine unbewohnte Insel.

Eine Insel wie so viele entlang der Küste des Mittenmeers: einsame Strände, karge Felsen, ein von der tosenden Brandung zerklüftetes Ufer. Nur sehr verschrobene und penible Kartografen trugen sie überhaupt in ihre Land- und Seekarten ein, und so war sie nur ein winziger Punkt auf ein paar wenigen Pergamenten, der nach einigen Jahren meist für einen Schmutzfleck gehalten wurde.

Die Insel, der eigentlich niemand Beachtung schenkte, schlug einige wenige Menschen in ihren Bann. Einer von ihnen war Judikator Zamerine, geistiges Oberhaupt der Boten Zuïas in Lorelien und heimlicher Anführer aller Züu der Oberen Königreiche.

»Wie lange noch?«, fragte er den Mann am Steuer.

Der alte Fischer zuckte zusammen. Zum ersten Mal richtete der Anführer das Wort an ihn. Bislang hatte nur der jüngere Mann gesprochen, vermutlich der Diener. Dem Fischer war das nur recht gewesen, denn der Anführer wirkte nicht gerade umgänglich. Es gelang ihm nicht, seinem kalten, verächtlichen Blick standzuhalten. »Vielleicht zwei Dezimen«, antwortete er zaghaft. »Der Wind bläst von vorne, da dauert es ein wenig länger.«

»Das ist zu lang.«

Der Fischer wusste nicht, was er sagen sollte. Er konnte doch nichts dafür! Die verdammte Insel würde schon nicht weglaufen – sie würde auch in hundert Jahren noch da sein!

Natürlich behielt er diese Gedanken für sich, denn der Fremde hatte für die Überfahrt nach Ji bezahlt – und zwar nicht zu knapp. Ganz zu schweigen davon, dass er eine Heidenangst vor seinen beiden Passagieren hatte.

Der Anführer starrte unverwandt auf das Felsriff, auf das sie zusteuerten. Sein Gesicht zeigte keinerlei Regung. Der jüngere Mann wiederum ließ den Fischer nicht aus den Augen, als wollte er verhindern, dass er sie hinterrücks überfiel. Oder als wollte er *ihn* jeden Moment hinterrücks überfallen.

Rasch schob der Fischer diesen Gedanken beiseite und sah einem Schwarm Dynastenschwänen nach, der dicht über das Wasser hinwegflog. Er beschloss, seinen Passagieren nicht mehr in die Augen zu sehen – andernfalls würde er sich noch ins Meer stürzen.

Ich weiß nicht mehr, was zuerst da war, aber mit der Neugier auf meine Vorfahren erwachte auch mein Interesse an der Geschichte Iths.

Gemeinsam mit Maz Rôl, meinem Lehrer, studierte ich die Chroniken der Heiligen Stadt, doch meine Nachforschungen über Maz Achem führte ich allein und im Geheimen durch. Zum ersten Mal in meinem Leben belog ich meine Eltern. Ich hätte Reue empfinden sollen, aber das tat ich nicht. Dazu waren meine Entdeckungen viel zu faszinierend.

Die zeitgenössischen Chroniken beschrieben Achem als Inbegriff der Tugend, jedenfalls bis zum Jahr 771. Danach fand er nur noch als Ketzer Erwähnung.

Ich suchte nach einem Vorfall, der seine plötzliche Wandlung erklärte, denn sie konnte nur auf ein einschneidendes Erlebnis zurückzuführen sein.

Bei meinen Nachforschungen stieß ich auf ein weiteres Rätsel: Aus den Chroniken ging hervor, dass Maz Achems seltsames Verhalten nach seiner Rückkehr von einer diplomatischen Mission nach Lorelien begann. Er war fast fünf Dekaden fort gewesen, doch die Schriften blieben vage, was den Zweck der Reise anging.

Trotz großer Anstrengungen fand ich nichts über die Mission und ihre Teilnehmer heraus, und meine Suche schien zu Ende, bevor sie überhaupt begonnen hatte. Doch Eurydis erhörte meine Gebete, denn einige Jahre später, als ich die Hoffnung schon fast aufgegeben hatte, stieß ich auf neue Hinweise.

Während einer Unterrichtsstunde bei Maz Rôl, in der es um die Uborre-Dynastie in Goran ging, erfuhr ich, dass Kaiser Mazrel bei einer geheimnisvollen Expedition zu einer kleinen lorelischen Insel einen Sohn verloren hatte. Das Datum der Expedition stimmte genau mit dem von Achems Reise überein.

Mit neu erwachter Hoffnung stellte ich weitere Nachforschungen an, diesmal in den Archiven Gorans. Ich musste all meinen Mut zusammennehmen, um das vertraute Ith zu verlassen und mich in die Hauptstadt des Großen Kaiserreichs zu begeben, aber die Sache war es wert.

Dort entdeckte ich schließlich einen Teil der Wahrheit. Auf Drängen eines Mannes namens Nol der Seltsame waren Diplomaten aus mehreren Ländern der bekannten Welt in Lorelia zusammengekommen. Zwei von ihnen waren Maz Achem und der goronische Prinz Vanamel.

Die Diplomaten verschwanden unter rätselhaften Umständen und tauchten erst zwei Monde später wieder auf ohne Erinnerung an das, was geschehen war. So konnten sie auch nicht sagen, was mit jenen passiert war, die nicht zurückgekehrt waren. Da niemand außer Königen und Herrschern von der Reise wusste, geriet sie nach dem Tod der Diplomaten immer mehr in Vergessenheit.

Meine Neugier war noch lange nicht gestillt, denn die Beschreibung reichte nicht aus, um Maz Achems Wandlung zu erklären.

Daher beschloss ich, die Sache anders anzugehen.

Ich würde seine verbotenen Gedanken studieren.

Zamerine spazierte voller Ehrfurcht über die Insel, als wandele er über die heilige Erde des Lus'an. Nur wenige Züu hatten Ji bisher betreten dürfen, und dieses Privileg verstärkte sein Hochgefühl.

Seit einigen Monden richtete sich alle Aufmerksamkeit der Judikatoren auf diese Insel. Nie zuvor in der Geschichte ihrer Religion waren so viele Boten zugleich ausgesandt worden, um ein Urteil Zuïas zu vollstrecken.

Er war froh, an diesem Akt der Gerechtigkeit teilzuhaben, und stolz, etwas zum Großen Werk beizutragen. Zu seinem Glück fehlte ihm nur noch das befriedigende Gefühl des Erfolgs.

Die Männer, die er nach Ji geschickt hatte, um den Auftrag zu Ende zu bringen, waren nicht zurückgekehrt, und auch keiner der jämmerlichen Schurken, die sie begleitet hatten.

Doch das berührte ihn kaum.

Seine Boten waren im Dienst der Göttin gestorben. Sie waren für die Ewigkeit ins Lus'an eingegangen, und ein besseres Schicksal gab es nicht.

Auch den Verlust der Gildenbrüder konnte er verschmerzen. Niemand würde sie vermissen. Diejenigen, die mit dem Leben davongekommen waren, hatten keine Anstalten gemacht, die Leichen ihrer Gefährten zu bergen. Zamerine hatte nichts als Verachtung für sie übrig.

Er kehrte an die Seite seines Gehilfen Dyree zurück. Die Gildenbrüder, die seit dem Vorabend mit ihren zerstörten Schiffen auf der Insel festsaßen, wären vor ihm im Staub gekrochen, wenn er es von ihnen verlangt hätte. Doch als er ihnen verkündet hatte, dass er nicht beabsichtige, sie mit zurück aufs Festland zu nehmen, weil sie versagt hatten, waren sie vor ihm zurückgewichen. Die Männer beeilten sich, ihm ewige Treue zu schwören, was immer recht nützlich war. Dank seiner Drohung beschrieben sie ihm die Vorfälle während der Nacht der Eule, ohne dass er sie mit Gewalt dazu hätte zwingen müssen. So sparte er wertvolle Zeit.

Gleich nach ihrer Ankunft hatte sein Gehilfe ihm mitgeteilt, dass die Dolche der Toten unauffindbar seien. Es war ein Frevel, einen Hati in den Händen von Ungläubigen zu lassen, weshalb Zamerine eine letzte Bedingung für die Rettung der Gildenbrüder gestellt hatte: die Herausgabe der heiligen Dolche.

Leider war anfangs keiner der Schurken bereit gewesen, den Schuldigen zu verraten, weshalb Zamerine einen kleinen Spaziergang über die Insel gemacht hatte. Doch nun durfte er nicht noch mehr Zeit verlieren.

»Töte sie«, befahl er.

Dyree stürzte sich auf die Männer, und zwei Brüder gingen zu Boden, bevor sie sich auch nur rühren konnten.

»Wartet!«, schrie einer der Männer. »Micaeir hat sie! Micaeir hat die Dolche!«

Der Beschuldigte floh, ohne den Kampf zu suchen, kam aber gerade einmal acht Schritte weit, bevor er zusammenbrach, davon zwei mit einem Hati in der Lunge.

Den Verräter tötete Zamerine eigenhändig als Strafe dafür, dass er so spät mit der Sprache herausgerückt war. Bei den anderen ließ er Gnade walten.

Dyree nahm die Dolche an sich, und die beiden Männer stiegen wieder in das Boot. Der alte Fischer war nun bleich wie der Mond und endgültig verstummt. Zamerine fragte sich, ob er auch ihn töten würde, schob diese belanglose Frage aber schnell beiseite. Auf ihn warteten wichtigere Aufgaben.

Zunächst hatte er die unangenehme Pflicht, dem Ankläger zu berichten, dass das Urteil noch nicht vollstreckt war.

Dann musste er das Problem aus der Welt schaffen. Er freute sich auf die Treibjagd, denn so etwas war ihm schon seit Jahren nicht mehr vergönnt gewesen.

Er hoffte nur, dass die Jagd nicht zu schnell vorbei sein würde.

Achem hatte zahlreiche Schriften, Abhandlungen und Traktate verfasst, dessen war ich sicher. Sie würden jedoch nur schwer auffindbar sein, vor allem, da ich unauffällig vorgehen musste.

Die Bibliothek der Heiligen Stadt kennt keine Zensur, selbst nicht bei Schriften, die wegen Verstößen gegen die Moral geächtet sind. Die Priester sind der Ansicht, auch ein Studium von ketzerischen Theorien führe den Novizen zu den drei Tugenden. Sie halten es für ratsam, junge Leute unter Anleitung eines erfahrenen Maz mit solchen Gedanken in Berührung zu bringen, statt sie damit allein zu lassen.

Das gilt allerdings nicht für Schriften, deren Verfasser dem Tempel angehört hatte. Solche Manuskripte gelten als gefährlich. Die wenigen Abschriften, die ich schließlich fand, stammten aus Privatarchiven, zu denen ich ohne Maz Rôl – der glücklicherweise in dem Ruf stand, ein tugendhafter Lehrer zu sein – keinen Zugang gehabt hätte.

Begierig begann ich die Schriften meines Urgroßvaters zu lesen. Aus ihnen ging hervor, dass Maz Achem alles andere als verrückt gewesen war. Er hatte gewusst, was er tat, und seine Worte zeugten von Klugheit, Scharfsinn und tiefem Wissen. Er musste ein bedeutender Maz gewesen sein.

Nur was er schrieb, verwirrte mich.

In Ith herrschte zu Maz Achems Zeiten seit mehr als acht Jahrhunderten Frieden. Obwohl die Geschichte der Stadt untrennbar mit der Eurydisverehrung verbunden war, gab es in Ith auch andere Religionen, und der Große Tempel ließ ihnen freie Hand.

Hin und wieder kam es zu kleineren Streitigkeiten zwischen hitzköpfigen Novizen, doch diese blieben stets folgenlos.

Dennoch stritt Achem für eine weniger friedliche und tolerante Religion, denn in seinen Augen war das universelle Streben nach Moral weit davon entfernt, sich durchzusetzen. Er wollte, dass die Maz den Prozess beschleunigten und Andersgläubige mit allen Mitteln bekehrten.

Am wichtigsten war ihm ein Verbot aller dämonistischen Religionen. Das friedliche, tolerante Ith sollte den Anhängern K'lurs, Phrias' und Yoos' den Krieg erklären ebenso wie den Boten Zuïas, den Töchtern Soltans und den Valiponden.

Damals wurde keine dieser Religionen in der Heiligen Stadt praktiziert. Doch Achem war der Meinung, Ith solle Schiffe bauen, Soldaten anwerben und eine Armee aufstellen. »Der Krieg liegt unserem Volk im Blute«, schrieb er.

Der Maz forderte nichts anderes als einen Kreuzzug gegen das Böse. Er rief zu den Waffen, auch wenn er die traurigen Folgen des Krieges bedauerte. Doch für ihn hatte die Moral ihren Preis, und der Kampf duldete keinen Aufschub.

Was war auf Ji geschehen? Was hatte er dort gesehen, das seine Weltsicht so sehr veränderte?

Ein Schicksalsschlag hielt mich für eine Weile von weiteren Nachforschungen ab. Im Abstand von wenigen Tagen erkrankten sowohl meine Mutter als auch mein Vater. Drei Dekaden lang rangen sie mit dem Tod.

Ich verbrachte die meiste Zeit an ihrem Krankenbett und möchte nicht von diesen entsetzlichen Tagen sprechen, in denen meine Gedanken um alles andere als um meinen Urgroßvater kreisten. Doch ein Vorfall verband das Schicksal meiner Eltern mit den Geschehnissen des vorigen Jahrhunderts.

Auf dem Sterbebett diktierte mir mein Vater seinen letzten Willen. Ich sollte einige unerledigte Aufgaben zu Ende bringen, die belanglos erscheinen mochten, ihm aber wichtig waren. Er wollte keine offenen Rechnungen hinterlassen, wenn er von dieser Welt ging.

Unter anderem nahm er mir das Versprechen ab, Maz Achems Tagebuch zu verbrennen, sollte es mir je in die Hände fallen.

Seine Worte verschlugen mir den Atem. Maz Achems Tagebuch! Mein Vorfahr hatte Tagebuch geführt!

Als Vater geendet hatte, nickte ich, fasste aber sogleich den Entschluss, die Aufzeichnungen vor ihrer Zerstörung zu lesen. So würde ich Wort halten können. Dann befragte ich meinen Vater zu dem Tagebuch.

Wie ich erfuhr, wusste er nicht einmal, ob es überhaupt noch existierte. In unserer Familie erzählte man sich folgende Geschichte: Nachdem es Achem nicht gelungen war, die Emaz von seinen Ideen zu überzeugen, gab er einem der Hohepriester einige Passagen aus seinem Tagebuch zu lesen. Diese Schriften waren der Grund für seine Entlassung aus dem Tempel.

Obgleich die neue Spur verheißungsvoll war, verlor ich in den Dekaden nach dem Tod meiner Eltern jedes Interesse an der Sache.

Einige Zeit später erhielt ich einen Brief von einem gewissen Xan aus Partacle. Er hatte die traurige Nachricht vom Tod meiner Eltern erhalten und sprach mir sein Beileid aus. Außerdem lud er mich zu einer Art Feier ein, zu der die Nachfahren jener Abgesandten zusammenkamen, die vor einem Jahrhundert die seltsame Reise auf die Insel Ji unternommen hatten.

Da ich immer noch um meine Eltern trauerte, schrieb ich ihm nur einen kurzen Dankesbrief, in dem ich die Einladung höflich ablehnte. Meine Leidenschaft für diese alte Geschichte war erloschen. Außerdem hatte ich schreckliche Angst davor, Ith zu verlassen und Fremden zu begegnen.

Doch jetzt ist alles anders.

Irgendjemand hat mir die Züu auf den Hals gehetzt. Ich musste Ith verlassen und mich in einem kleinen Tempel in der Nähe von Mestebien verstecken. Die Reise dorthin dauerte eine ganze Dekade.

Ich habe mir das Haus angesehen, in dem mein Vorfahr kurz vor seinem Tod lebte. Es gehört immer noch einem Zweig meiner Familie, entfernten Verwandten, die ich nie kennengelernt habe. Die Züu hatten sie ermordet.

Das Tagebuch war nicht dort. Oder es war nicht mehr dort. Oder aber es existiert nicht mehr.

Es gibt nur eine Möglichkeit, die Wahrheit herauszufinden.

ERSTES BUCH
ZUÏAS URTEIL

Der Regen trommelte ohrenbetäubend auf das marode Schieferdach. Es war der neunte Dekant, und es war stockfinster. Man hätte meinen können, dass eine Horde Kobolde auf dem Dach einen wilden Tanz aufführte und es jeden Moment unter dem Gewicht eines zu dick geratenen Exemplars zusammenbrechen würde.

Zwei Männer standen unter dem Vordach eines kleinen Hofs einige Meilen von der reichen Stadt Lorelia entfernt und unterhielten sich. Der eine war klein, buckelig und musste aus unerfindlichen Gründen Gefallen an seinem stinkenden Atem finden – jeder andere hätte sich den Mund mehrmals mit Rosenwasser aus Manive ausgespült, bevor er sich unter Menschen begeben hätte.

Der andere Mann war jung, mittelgroß, von gefälligem Aussehen, und er konnte seine Freunde an den Fingern einer Hand abzählen.

Sein Gegenüber gehörte offenbar nicht zu diesen Freunden, denn der Tonfall des Gesprächs wurde immer schärfer.

»Das ist doch nicht zu viel verlangt. Zwei Nächte. Nur zwei Nächte in deinem Lager. Du musst dich überhaupt nicht um uns kümmern! Was macht es für einen Unterschied, ob da unten Menschen oder Waren lagern?«

»Das ist ein himmelweiter Unterschied«, antwortete der kleine Mann, der vergeblich nach schlagkräftigen Argumenten suchte. »Es ist viel zu gefährlich. Außerdem habe ich so etwas noch nie gemacht. Das ist mein letztes Wort!«

»Ich weiß nicht, was daran gefährlicher sein soll, als direkt vor den Toren von Lorelia auf einem Haufen Schmuggelware zu sitzen«, sagte der Jüngere.

Der andere bedeutete ihm hastig, die Stimme zu senken, als könnten ihn die königlichen Steuereintreiber hören.

Der jüngere Mann verzog belustigt das Gesicht. »Wein aus Junin!«, rief er in die Dunkelheit hinaus. »Bier aus Cyr! Purpurne Gewürze! Jerusnische Statuen! Stoffe aus Far!«

»Halt den Mund«, fiel ihm der kleine Mann zugleich ängstlich und verärgert ins Wort.

»Ezomine! Öl aus Crek! Goronische Schwerter! Schmuck und Edelsteine! Raji der Tunnelwärter kauft Euch alles ab! Ihr müsst dem König nie wieder Steuern zahlen! Kein einziger Tick für König Bondrian! O ja, Raji hilft jedem, nur seinen Freunden nicht«, sagte er mit plötzlichem Ernst.

»Hör auf, ich bitte dich. Das ist kein Scherz. Du bringst uns noch in Schwierigkeiten.«

»Dann zeig mir doch mal, wo sich hier ein Steuereintreiber versteckt.«

Raji starrte in die Dunkelheit hinaus. Sein Blick fiel auf die Begleiter des Spaßvogels. Sie waren nicht von ihren Pferden abgestiegen, hielten sich im Hintergrund und machten keine Anstalten, sich einzumischen. Der Regen schien ihre geringste Sorge zu sein. Sie waren ohnehin bis auf die Knochen durchnässt.

Der kleine Mann fuhr sich mehrmals mit der Hand durch die fettigen Haare, ohne dass es ihm gelang, sie zu glätten. Dona schien heute Abend nicht auf seiner Seite zu stehen, und er verfluchte die Göttin der Händler. »Was habt ihr eigentlich angestellt?«, fragte er zögernd. »Habt ihr jemanden umgebracht?«

»Richtig geraten. Den Grafen von Kolimine.«

»Was?«, rief Raji und riss die Augen auf.

»Und seinen Hund. Es tut mir aufrichtig leid. Für den Hund.«

Der Schmuggler beäugte den jungen Mann eine Weile misstrauisch. Er wusste nicht, was er glauben sollte, denn er hatte ihn schon oft zum Narren gehalten.

Einer der Reiter löste sich aus der Gruppe und kam näher. Raji versteifte sich und legte eine Hand auf den Griff des Dolchs, den er am Gürtel trug. Dann erst sah er verblüfft, dass der Reiter eine Reiterin war.

»Meister Raji«, sagte sie ruhig, »wir haben nicht die Absicht, Euch in Schwierigkeiten zu bringen. Wir suchen nur nach einem Ort, an dem wir warten können, bis der Regen aufhört. Einer unserer Gefährten ist krank und muss sich dringend ausruhen. Solltet Ihr uns Gastfreundschaft gewähren, stünden wir tief in Eurer Schuld.«

Verlegen trat Raji von einem Fuß auf den anderen. Seine Kunden waren selten so höflich, aber die Sache gefiel ihm immer noch nicht. Diese Leute steckten offenkundig in der Klemme, doch er fand einfach nicht die richtigen Worte, um sie abzuweisen. »Na gut. Eine Nacht, mehr nicht. Und Ihr spaziert nicht in der Gegend herum. Pferde, Männer, Frauen, Kinder, Ihr alle bleibt bis zum Morgen im Versteck. Und nun werde ich versuchen, noch etwas Schlaf zu bekommen, wenn Ihr erlaubt. Rey, du kennst den Weg«, sagte er statt einer Verabschiedung.

Rey fragte sich, wie Raji schlafen konnte bei dem Getrommel des Regens auf dem Schieferdach. Er sah dem Schmuggler nach, als dieser ins Haus ging und die Tür hinter sich zuzog. Dann wandte er sich der Reiterin zu. »Corenn, Euer Eingreifen hat mich zutiefst gekränkt.« Er grinste schelmisch. »Ich dachte, wir lassen uns noch etwas Zeit, bevor ich Euch meinen Bekannten vorstelle.«

Drei der vier anderen Reiter saßen von ihren Pferden ab. Ein Mann in einer schwarzen Lederkluft, der mehrere Waffen trug, herrschte Rey an: »Was sollte denn das mit den Steuereintreibern? Könnt Ihr Euch denn nicht ein Mal normal verhalten?«

»Normal? Was soll das sein, Grigán?«

»Hört endlich auf mit dem Unsinn. Wo ist nun dieses Lager?«

»Nicht weit von hier. Folgt mir.«

»Bowbaq ist im Sattel eingeschlafen«, sagte eine junge Frau mit dunklen Haaren.

»Das arme Pferd. Weck ihn auf, Léti«, bat Corenn.

Das Mädchen rüttelte den Riesen am Arm, erst sachte, dann immer fester. Bowbaq murmelte etwas Unverständliches und rieb sich die Augen. Dann stieg er vom Pferd, indem er den Fuß, der ohnehin knapp über dem Boden baumelte, auf die Erde setzte.

Ein junger Kaulaner überholte die anderen und kam an Reys Seite. Yan, dessen Gesichtsausdruck für gewöhnlich arglos und aufrichtig war, hatte eine so verschwörerische Miene aufgesetzt, dass der Schauspieler lachen musste, noch bevor er die Frage hörte.

»Du warst Schmuggler?«

»Hin und wieder, ja. Wie alle, die viel in der Welt herumkommen, nehme ich an. Man kauft hier etwas und verkauft es dort wieder. Das tut niemandem weh. Stimmt's, Grigán?«

»Vielleicht. Hin und wieder. Aber ich brauchte nie ein Lager. Ich hatte keinen Plan und handelte nie mit großen Mengen.«

Rey antwortete nicht. Ihm stand nicht der Sinn danach, diesen Teil seiner Vergangenheit vor seinen Gefährten auszubreiten. Er führte sie zu einem Holzschuppen, der wie ein Stall aussah, und trat hinein. Grigán hielt die Tür auf, bis seine Gefährten eine Öllampe angezündet hatten. Sie verbreitete das bleiche Licht eines schwindsüchtigen Monds. Dann unternahm der Krieger einen Kontrollgang, eine wahre Manie von ihm.

»Groß ist es nicht gerade«, beschied Bowbaq verschlafen. »Und es regnet überall herein.«

»Wir müssen uns eine Weile ausruhen«, sagte Corenn. »Deine Wunde braucht Zeit zum Heilen.«

»Ich spüre sie eigentlich gar nicht mehr«, erwiderte Bowbaq und strich sich sacht über den Bauch.

Er erstarrte mitten in der Bewegung, beugte sich vor und verzog vor Schmerzen das Gesicht, sodass Grigán und Yan herbeisprangen, um ihn zu stützen. Der Ritt hatte seinen Zustand nicht gerade verbessert.

»Keine Sorge, wir schlafen nicht im Stall«, sagte Rey. »Das Lager ist unter unseren Füßen.« Mit diesen Worten öffnete er eine große Falltür, die unter einem Haufen fauligen Strohs verborgen gewesen war.

Léti starrte in das finstere Loch. »Da drin sollen wir die Nacht verbringen?«

»Ich habe schon ein paarmal dort unten geschlafen«, sagte Rey. »Es ist viel bequemer, als es aussieht.«

»Die Sache gefällt mir nicht«, murmelte Grigán. »Dieser Raji macht mir keinen besonders vertrauenswürdigen Eindruck. Was, wenn er uns da unten einsperrt?«

»Keine Angst. In dem Keller beginnt ein Tunnel, der direkt nach Lorelia führt. Raji trägt nicht ohne Grund den Spitznamen ›Tunnelwärter‹.«

Der Krieger knurrte vor sich hin und stieg die grobe Holztreppe hinab, um sich einen Eindruck zu verschaffen. Bowbaq bewunderte seinen Mut.

»Da unten ist bestimmt alles voller Krabbeltiere«, sagte Léti angeekelt.

»Bowbaq kann sie ja überreden, dich in Ruhe zu lassen«, scherzte Rey.

Der Riese schwieg. Es schien Rey einfach nicht in den Kopf zu wollen, dass er als Erjak nur mit Säugetieren sprechen konnte. Er war nicht in der Lage, den Geist einer Kakerlake, Schlange oder eines ähnlichen Tiers zu erreichen, und selbst mit einem Nagetier war die Verständigung schwer.

Geduldig warteten alle auf Grigáns Rückkehr. Er ließ sich Zeit, aber schließlich tauchte sein Kopf in der Luke auf.

»Und?«, fragte Rey.

»Es wird schon gehen«, sagte der Krieger widerwillig.

»Sag ich doch. Es ist sauber, luftig und trocken. Schließlich würde niemand Waren, die ein Vermögen wert sind, in einem modrigen Loch verrotten lassen.«

Sie beschlossen, in dem Keller zu bleiben, sattelten die Pferde ab, fütterten sie und brachten ihr Gepäck in das Versteck. Als alle unten waren, schloss Grigán mit grimmiger Miene die Falltür. Dann lief er eine Weile auf und ab und strich sich über den Schnurrbart. Er würde erst wieder Ruhe finden, wenn sie weiterzogen.

Yans Neugier trieb ihn dazu, den Keller zu erkunden. Er war weitläufig und mit Bedacht eingerichtet. Obwohl sich die Wände an einigen Stellen krümmten, waren die drei Lagerräume rechteckig, und ihre Grundfläche maß zusammen nicht weniger als vierzig mal fünfundzwanzig Schritt.

Der größte und einfachste Raum lag direkt unter der Falltür. Die Wände waren mit groben Brettern verkleidet, der Boden mit feinem Sand bedeckt und die Decke mit mehreren Balken und Querstreben abgestützt. Der Raum wirkte zwar alles andere als gemütlich, doch zumindest war es hier trocken und warm. Der Regen klang nur noch wie ein entferntes Murmeln.

An der Wand waren in regelmäßigen Abständen Fackeln angebracht, die Grigán entzündet hatte. So war es nun hell genug, um Einzelheiten zu erkennen.

Unzählige Bündel, Kisten jeder Größe, Truhen, Körbe und Fässer lagerten auf grob gezimmerten Regalen, in Wandnischen oder ganz einfach in Stapeln auf dem Boden. Eine erkennbare Ordnung gab es nicht.

Eine Bretterwand trennte den ersten Raum vom zweiten. Dieser war besser ausgebaut: Die Wände bestanden aus Ziegelsteinen, und auf dem Boden hatte jemand Holzdielen verlegt. Die Decke war verputzt und weiß getüncht. Es war trocken und kühl, weshalb hier die verderblichen Waren lagerten. Rey schlug vor, dort ihr Lager aufzuschlagen.

In dem Raum lagerte hauptsächlich exotisches Obst und Gemüse, was Yan sehr viel weniger interessant fand als die Waren im ersten Keller.

Eine schwere Eichentür mit einem eindrucksvollen Schloss führte zu einem dritten Raum. Die Tür war abgeschlossen.

»Weißt du, was hinter dieser Tür ist?«, fragte Yan Rey.

»Gewiss. Bei einem meiner letzten Besuche habe ich sie geöffnet. Der Raum ist sehr klein. Raji bewahrt dort alle wertvollen Waren und seine eigenen Reichtümer auf. Deshalb ist sie zugesperrt.«

Yan nickte und murmelte einen Dank. Er wollte lieber nicht wissen, was Rey mit »Bei einem meiner letzten Besuche habe ich sie geöffnet« genau meinte.

Schließlich war da noch der Eingang zu dem Tunnel, der nach Lorelia führte. Normalerweise war er mit einem Holzbrett und einem Stützbalken verschlossen, aber Grigán hatte beides entfernt, um ihnen einen Fluchtweg zu öffnen.

Der Tunnel war so breit, dass drei Männer bequem nebeneinandergehen konnten, doch es war nicht erkennbar, ob das für die gesamte Länge galt. Yan lief zehn Schritte weit in den Tunnel hinein, bevor Grigán ihn zurückrief. Natürlich nahm Léti dies zum Anlass, ihrerseits in den Tunnel zu gehen. Als ihr jedoch eine fette Ratte über den Weg lief, machte sie auf dem Absatz kehrt und bestand darauf, den Eingang wieder zu verschließen.

Bowbaq war bereits eingeschlafen. Corenn und Léti trennten eine Ecke des Raums mit einem Tuch ab und verschwanden hinter dem improvisierten Vorhang, nachdem sie allen eine gute Nacht gewünscht hatten. Grigán überprüfte jeden Winkel, bevor auch er sich dazu bewegen ließ, sich auszuruhen. Rey holte eine Flasche juninschen Wein aus dem ersten Keller und bot Yan davon an. Als dieser höflich ablehnte, machte sich Rey daran, sie allein zu leeren. Kurz darauf schlief auch er ein.

Yan drehte die Öllampe herunter und streckte sich auf seiner Decke aus. Während er auf den Schlaf wartete, ließ er seine Gedanken schweifen.

Vor fast zwei Dekaden hatte er sein kleines Heimatdorf Eza verlassen. Seither hatte man ihn beleidigt, niedergeschlagen, ausgeraubt, ihm Folter und sogar den Tod angedroht. Er war bei mehreren Kämpfen dabei gewesen und hatte Menschen sterben sehen. Er selbst hatte einen Feind bezwungen, indem er ihm einen Stein ins Gesicht warf. Mehrmals war er dem Tod nur knapp entronnen. *Sehr knapp sogar,* dachte er, als ihm einfiel, wie Léti vierzig Schritte über dem Meer an einem Felsvorsprung gehangen hatte. Ihr angstverzerrtes Gesicht …

Die Erinnerung wühlte ihn auf. Er hatte das Gefühl, alles noch einmal zu durchleben. Die Verzweiflung, die Hilflosigkeit, dann die plötzliche Wut und den unbändigen Drang, sie zu retten, so als gäbe es nichts anderes mehr auf der Welt. Und er hatte es geschafft.

Es lag keine neun Dekanten zurück, weniger als einen Tag, und der Wille war immer noch spürbar. Verborgen, unterschwellig, aber stark. Yan wusste, dass er von nun an immer da sein würde. Auch wenn er keine Ahnung hatte, was dieser Wille überhaupt war, beschloss er, sich an ihn zu erfreuen.

Corenn hatte gesagt, in ihm sei etwas entfesselt worden. Sie würden bald ein langes Gespräch führen, und sie würde ihm helfen, alles zu verstehen. Er konnte es kaum erwarten.

Seit gestern hatten sie noch keine Zeit dafür gefunden, denn nachdem sie der Falle entkommen waren, die die Züu ihnen auf der Insel Ji gestellt hatten, waren sie in die Nähe von Berce zurückgekehrt, um ihre Pferde zu holen. Grigán hatte zwei Männer in die Flucht geschlagen, die die Züu als Wache zurückgelassen hatten, und das, ohne auch nur einen Pfeil abzuschießen. Bowbaq und Rey, die bis dahin zu Fuß unterwegs gewesen waren, übernahmen die Pferde der Schurken. Dann hatten sie Berce so schnell wie möglich hinter sich gelassen, denn dort war es nun viel zu gefährlich für sie.

Sie beratschlagten lange, wohin sie sich als Nächstes wenden sollten. Nur widerwillig stimmte Grigán dem Vorschlag zu, vorübergehend bei einem Freund von Rey Unterschlupf zu suchen, den der Schauspieler als vertrauenswürdigen, großzügigen und zutiefst ehrlichen Mann beschrieb. Anschließend diskutierten Grigán und Corenn jedoch endlos darüber, was ihr nächstes Ziel sein würde.

Und wieder hatte Rey eine Idee gehabt. Lorelia war seine Heimatstadt, und er kannte jede ihrer Eigenarten. Der Markt des Kleinen Palasts war eine davon.

Auf diesem Markt unterlag der Handel keiner Kontrolle, jedenfalls nicht, solange er die Herrschaft des Königs nicht bedrohte und die Krone hohe Abgaben auf alle Geschäfte kassieren konnte.

Dort konnten sie sich mit den Züu treffen – auf neutralem Boden. Vielleicht konnten sie sie bestechen, damit sie die Erben davonkommen ließen.

Als erfahrene Diplomatin wollte Corenn nichts unversucht lassen. Grigán weigerte sich nach wie vor hartnäckig, mit den Mördern zu verhandeln. Er hielt die Idee für vollkommen verrückt und sagte, es sei ungefährlicher, sich eigenhändig ein Krummschwert in den Bauch zu rammen.

Zur Abwechslung mischte sich Rey nicht in das Gespräch der beiden Anführer ein. Corenn hatte wie immer das letzte Wort gehabt, und der Krieger war den Rest des Tages beleidigt. Grigán hatte keine Ahnung, wie die Ratsfrau es immer wieder schaffte, ihren Willen durchzusetzen, ohne auch nur die Stimme zu heben.

Es war also beschlossene Sache: Die Erben würden sich mit den Züu treffen. Kurz bevor er einschlief, fragte sich Yan, ob das wirklich eine gute Idee war.

Léti öffnete langsam die Augen und stutzte, als sie kein Tageslicht sah, bevor ihr einfiel, dass sie sich in einem Keller befand. Es war beinahe stockfinster – die Öllampe, ihre einzige Lichtquelle, wurde von dem Vorhang verdeckt. Trotzdem spürte sie, dass die Sonne bereits aufgegangen war.

Sie stand auf und streckte sich. Corenn schlief noch. Léti stieg über ihre Tante hinweg, zog ihre Stiefel an und schob den Vorhang beiseite.

Sie hatte keine vier Schritte gemacht, als Grigán sich abrupt aufrichtete, ein Messer in der Hand. Sie beruhigte ihn mit einem Handzeichen, und mit einem grimmigen Knurren legte er sich wieder hin.

Sie bewegte sich so lautlos wie möglich auf Yan zu. Auch er schlief noch. Ihr fiel ein, wie schlecht es ihm ergangen war, nachdem er die übermenschliche Anstrengung unternommen hatte, sie zu retten. Er hatte sich den Schlaf mehr als verdient.

Sie setzte sich neben ihn und betrachtete ihn voller Zuneigung. Yan hatte nicht um ihre Hand angehalten, also liebte er sie wohl nicht. Aber er war ihr Freund seit Kindertagen, und er hatte ihr das Leben gerettet. Selbst wenn sie nun mit jemand anderem den Bund schließen musste – Rey kam ihr flüchtig in den Sinn –, war und blieb Yan ihr bester Freund. Vorsichtig streckte sie sich neben ihm aus und gab sich Träumen von einer glücklichen Zukunft hin. Sie und Rey, Yan und eine Frau, die er auserwählt hatte, plauderten fröhlich und stolz über ihre Kinder. Auch sie würden Erben sein. Dieser Gedanke wirkte wie eine Ohrfeige. Die Züu wollten ihr diese Zukunft rauben. Sie hatten ihren Freunden, den anderen Erben und ihr selbst bereits so vieles genommen. Unwillkürlich ballte sie die Fäuste. Das würde sie nicht zulassen. Nie wieder.

Sie schlief mit dem Gedanken an die drei Schurken ein, die sie auf der Insel verspottet und bedroht hatten. Einer der Männer hatte eine Hand verloren, einer ein Auge, und der dritte war mit ihr in den Abgrund gestürzt.

Im Vergleich zur Wirklichkeit waren ihre Albträume beinahe angenehm.

Raji der Tunnelwärter verbrachte eine schlaflose Nacht. Als die Müdigkeit endlich siegte und er einnickte, war die Sonne längst aufgegangen, und es hatte aufgehört zu regnen. Er erwachte erst mitten im dritten Dekant. Das war zu spät, viel zu spät.

Er eilte zu seinem Lager, ohne sich auch nur anzuziehen. Dass die Pferde der Fremden immer noch da waren, konnte ihn nicht beruhigen.

Jeder Dieb würde sein Pferd zurücklassen, wenn er dafür mit seinem Schatz durch den Tunnel nach Lorelia verschwinden konnte!

Er fegte den Rest des fauligen Strohs beiseite und zog an dem Ring in der Falltür. Sie bewegte sich keinen Zoll.

Er versuchte es erneut und zog diesmal mit beiden Händen, doch seine Bemühungen waren vergeblich. Er kniete nieder, hämmerte mit der Faust gegen das Holz und rief lauthals nach Rey, obwohl er längst davon überzeugt war, dass niemand mehr da war.

Wider Erwarten ertönte ein Klopfen als Antwort, und jemand schob die Falltür auf. Raji stürzte so flink die Treppe hinunter wie ein Stehschläfer auf der Flucht vor einem Jäger. »Warum habt Ihr die Falltür verschlossen?«, herrschte er Rey an.

Jemand hielt ihm eine Klinge an den Hals, packte mit eisernem Griff seinen Arm und drehte ihn auf den Rücken. Der Schmuggler rührte sich nicht mehr und warf Rey einen furchtsamen Blick zu.

Der setzte eine gelangweilte Miene auf und musterte den Mann, der sich hinter Raji geschlichen hatte. »Grigán, was soll unser Gastgeber denn nur von uns denken? Dass wir Diebe sind? Nun gut, ich habe mir ein paar Flaschen ausgeliehen, aber nur, weil ich sonst verdurstet wäre. Raji wird uns das doch nicht übel nehmen, oder?«

»Nein, natürlich nicht«, beeilte sich der Schmuggler zu versichern.

»Hört auf mit dem Unfug«, befahl Grigán. »Seht oben nach, ob alles in Ordnung ist.«

Rey erklomm die Treppe und grinste über Rajis Aufzug. Der Schmuggler hatte sich ein Tuch von zweifelhafter Sauberkeit um die Hüften geschlungen, doch angesichts der kalten Klinge an seinem Hals war das seine geringste Sorge.

»Grigán, lasst ihn bloß nicht los«, rief Rey nach unten. »Wir sind von einer Horde bis an die Zähne bewaffneter Enten umzingelt.«

Der Krieger seufzte resigniert und gab Raji frei, der sich sogleich in die entfernteste Ecke verzog. Die anderen Fremden beobachteten ihn von der Tür zum zweiten Keller her. Auch die beiden Frauen. Raji hatte sich noch nie so sehr geschämt.

»Das Wetter ist wunderbar«, verkündete Rey, als er von seinem Erkundungsgang zurückkehrte. »Es wird ein schöner Tag.«

»Umso besser«, murmelte Raji. »Das erleichtert Euch die Reise.«

»Komm schon, alter Freund, du willst uns doch wohl nicht schon vor die Tür setzen!« Rey legte Raji einen Arm um die Schulter. »Unser Freund dort drüben ist verletzt und muss sich ausruhen.«

»Aua«, sagte Bowbaq halbherzig und tat so, als habe er große Schmerzen.

Im nächsten Augenblick krümmte er sich, als der Schmerz tatsächlich mit voller Wucht zurückkehrte. Corenn führte ihn zu seinem Schlafplatz.

»Das würde allen Bruderschaftsgesetzen der Gilde widersprechen«, sagte Rey.

»Das ist es ja gerade. Irgendwie habe ich das Gefühl, dass die Gilde nicht gut auf Euch zu sprechen ist«, murmelte Raji.

»Wie bitte? Du hast doch wohl keine Angst vor diesen Armleuchtern? Ein gerissener Betrüger wie du?«

Rey packte ihn an seinem Tuch und zerrte daran, als seien sie alte Weggefährten. Raji versuchte mehr schlecht als recht, sein einziges Kleidungsstück nicht ausgerechnet vor den Augen der jungen Frau zu verlieren, die die Szene amüsiert beobachtete.

»Na schön!«, stieß er schließlich wütend hervor. »Bleibt, so lange Ihr wollt, mir ist das einerlei! Aber ich berechne Euch fünf Terzen pro Person und Tag. Und dass Ihr mir nicht in den Waren herumwühlt!«

»Fünf Terzen! Davon könnten wir uns ja eine königliche Herberge leisten.«

»Wir werden die Summe zahlen«, verkündete Grigán. »Und wir werden Euch keine Schwierigkeiten bereiten. Jedenfalls nicht, solange Ihr uns keine bereitet.«

Raji musterte das ernste Gesicht des ramgrithischen Kriegers, nickte und stieg so würdevoll wie möglich die Treppe hinauf. Er nahm sich vor, Dona zur Strafe für die Unannehmlichkeiten in den nächsten Dekaden kein Opfer zu bringen.

Der Markt des kleinen Palasts fand an jedem Septim statt, und es war erst der Quint der Dekade des Vogels. Bis zu ihrem Treffen mit den

Züu waren es noch zwei Tage. Trotzdem wollte Grigán, »da ihr alle fest entschlossen scheint, diesen Wahnsinn zu Ende zu bringen«, den Ort erkunden, bevor er vor Menschen überquoll. Ein Ausflug nach Lorelia stand auf dem Plan.

Natürlich würden sie nicht alle gehen. Bowbaq musste sich ausruhen und durfte nicht aufstehen, und obwohl Grigán der Einzige war, der etwas von Heilkunde verstand, würde Corenn bei dem Riesen bleiben. Sie bat Yan, ebenfalls bei ihnen auszuharren. Ihm dämmerte, dass sie nun ihr »wichtiges Gespräch« führen würden. Er nickte und fragte sich, warum ihm plötzlich so flau im Magen war.

Ursprünglich hatte Grigán allein gehen wollen, um das Leben seiner Gefährten nicht aufs Spiel zu setzen, doch Léti und Rey protestierten lauthals und überschütteten ihn mit einem Schwall nicht gerade überzeugender Argumente. Schließlich gab er nach, da Rey ihn durch die größte Stadt der bekannten Welt führen konnte. Obwohl er wenig Gefallen an seiner Gesellschaft fand, würde Rey ihm von Nutzen sein. Außerdem war Rey rebellisch genug, um ihn auch gegen seinen Willen zu begleiten.

Bei Léti hingegen wollte Grigán nicht klein beigeben, und sie waren kurz davor, ernsthaft in Streit zu geraten. Schließlich zog sich der Krieger mit dem Versprechen aus der Schlinge, ihr bald eine erste Lektion im Kämpfen zu erteilen. Léti tat so, als müsste sie über das Angebot nachdenken, bevor sie es eilig annahm. Grigán wich Corenns missbilligendem Blick aus und begann mit den Vorbereitungen für den Ausflug nach Lorelia.

Sie konnten nicht in ihren normalen Kleidern in der Stadt herumspazieren. Grigán wollte sich einfach einen großen Umhang aus leichtem Stoff überziehen, natürlich in Schwarz. Rey hatte vor, sich richtig zu verkleiden, und verschwand mit seinem Bündel hinter dem Vorhang, den Corenn und Léti angebracht hatten.

Er zog sich immer noch um, als Raji erneut in dem Keller kam. Diesmal war der kleine Mann anständig gekleidet und trug ein echtes goronisches Schwert am Gürtel.

Grigán sah sogleich, dass der Schmuggler nicht gewohnt war, eine Waffe zu tragen. Das Schwert behinderte ihn beim Gehen, und er rückte es ständig zurecht. Schließlich schaffte er es sogar, darüber zu stolpern, und konnte sich gerade noch an einem Korb mit Birnen aus Wastilien festhalten.

Der kleine Mann ignorierte die Fremden und ging daran, die Waren zusammenzustellen, die an diesem Tag den Tunnel passieren sollten. Nachdem er einige fleckige Listen zurate gezogen hatte, die er sorgfältig aufbewahrte, häufte er Körbe, Kisten, Fässer und andere Behältnisse in der Mitte des ersten Kellers auf. Als er damit fertig war, ging er hoch in den Stall und kehrte kurz darauf mit einem Esel zurück, den er an einem Strick die Treppe hinunterzog. Obwohl das arme Tier den Weg schon hundertmal gegangen sein musste, traute es sich kaum die steilen Stufen hinab.

Genau diesen Moment suchte Rey sich aus, um ihnen seine Verkleidung vorzuführen. Jedenfalls musste es sich um Rey handeln, schließlich war er kaum eine Dezime zuvor hinter dem Vorhang verschwunden. Doch selbst seine Gefährten zögerten den Bruchteil einer Dezille. Grigáns Reflexe waren schneller als sein Verstand, und er ging in Kampfhaltung.

Rey hatte sich als Zü verkleidet. Er trug eine vorne offene Novizenkutte über einem scharlachroten Gewand, einen Gürtel aus grobem Seil und Schnürstiefel. An seiner Seite hing der vergiftete Dolch, der Hati, in einem purpurroten Samtfutteral.

Zwar hatten die Züu, denen sie bislang begegnet waren, kahl geschorene Schädel gehabt, doch Rey stand nicht der Sinn danach, es mit seiner Verkleidung zu übertreiben. Daher hatte er sich das lange blonde Haar straff zurückgebunden und die Kapuze der Kutte über den Kopf gezogen, sodass sein Gesicht im Schatten lag.

Der Anblick war furchteinflößend. Allein das Gewand löste in Léti den wilden Drang aus, ihn zu verletzen.

»Wo habt Ihr das denn her?«, fragte Corenn.

»Von einem Zü. Genauer gesagt, von dem, der mir bei Mess auflauerte. Natürlich musste ich ihn ein bisschen töten, bevor er es mir überließ.«

Jemand stieß einen Entsetzensschrei aus, und die Erben fuhren zu Raji herum. Er versuchte zu fliehen, doch dazu musste er sich an dem Esel vorbeizwängen, der ihm den Weg nach draußen versperrte. Dem armen Tier blieb nichts anderes übrig, als die Treppe in großen Sätzen hinunterzuspringen, sonst wäre es gestürzt.

Raji war bald außer Sicht. Nur seine angsterfüllten Schreie erklangen noch in der Ferne. Grigán seufzte und nahm die Verfolgung auf, geschmeidig wie eine Katze, die eine Maus jagt.

Er machte seinem Ärger mit ein paar kräftigen Flüchen Luft. Yan hätte um nichts in der Welt mit dem Schmuggler tauschen mögen.

Angespannt warteten sie.

Rey versuchte vergeblich, die anderen zum Lachen zu bringen, indem er finstere Grimassen zog. Schließlich änderte er seine Taktik, und es gelang ihm, Léti ein Grinsen zu entlocken, indem er einen Zü mimte, der dumm aus der Wäsche schaute und wie ein Säugling sabberte.

Kurz darauf kehrte Grigán zurück. Mit der einen Hand stieß er Raji vor sich her, in der anderen hielt er dessen Schwert. Der Schmuggler war so blass, dass man meinte, seine Zunge durch die Wangen durchscheinen zu sehen.

»Ich schlage vor, wir sperren ihn ein und machen uns auf den Weg«, knurrte Grigán. »Mir reicht's.«

»Warum verschwindet Ihr nicht einfach?«, murmelte Raji.

»Auf keinen Fall nehmen wir unseren Gastgeber gefangen«, sagte Corenn mit fester Stimme. »Meister Raji hat sich nur wegen Reyans Verkleidung erschreckt, nicht wahr?«

»Nun ja, die Züu sind ziemlich nachtragend, oder? Ich will nicht, dass sie hier aufkreuzen.«

»Das wird nicht geschehen«, sagte Grigán und gab ihm sein Schwert zurück. »Falls Ihr den Mund haltet.«

»Das ist wahr«, pflichtete Corenn ihm bei. »Wenn sie von uns erfahren, werden sie Euch gewiss für unseren Komplizen halten.«

»Du meine Güte ...« Raji fasste sich an den Kopf und stolperte ein paar Schritte durch den Keller. Die kleine, heile Welt, die er sich mühsam aufgebaut hatte, stürzte in sich zusammen.

»Wir werden noch vor dem Okt fort sein. Ihr habt uns das Leben gerettet, Meister Raji.«

Der Schmuggler warf Corenn einen mürrischen Blick zu, zuckte mit den Schultern und begann, seine Waren auf den Esel zu laden.

Yan bewunderte Corenn dafür, wie sie sich Rajis Loyalität gesichert hatte. Die hohe Kunst der Diplomatie war oftmals wirkungsvoller als der Einsatz von Gewalt – er selbst war schon lange von dieser Weisheit überzeugt, freute sich aber immer wieder über einen Beweis für ihre Richtigkeit.

Nun wandten sich alle wieder Rey zu. Er hatte sich einen Haufen Argumente zurechtgelegt, um Grigán davon zu überzeugen, dass seine Verkleidung sinnvoll war, doch er konnte sich die Mühe sparen. Der Krieger schwieg, denn der Ausflug nach Lorelia, wo ihre Feinde auf sie warteten, war ohnehin gefährlich. Wenn das Kostüm dazu beitragen konnte, ihnen Neugierige vom Leib zu halten, war ihm das nur recht.

Sie würden so oder so in der Klemme stecken, sollten sie auf echte Züu stoßen, denn eine solche Begegnung würde unweigerlich zu einem Kampf führen.

Raji protestierte nur schwach, als er begriff, dass die Fremden vorhatten, ihn zu begleiten. Er trat in den Tunnel und zog den Esel hinter sich her, während er mürrisch den Kopf schüttelte und leise vor sich hin jammerte. Rey ergriff eine Fackel und folgte ihm, Grigán bildete die Nachhut.

Rey spürte, wie der vergiftete Dolch bei jedem Schritt gegen seinen Schenkel schlug. Bei jeder noch so kleinen Bewegung raschelte das rote Gewand, und unter der schweren Novizenkutte brach ihm der Schweiß aus. Er sah wie ein Zü aus und würde vielleicht schon bald einem der Mörder gegenüberstehen.

Ein auf ein Gesicht aufgemalter Totenkopf kam ihm in den Sinn und erinnerte ihn an den Schlag gegen seinen Kehlkopf, der ihn fast getötet hätte. Er hatte sein Leben nur einer glücklichen Fügung zu verdanken.

Trotz seines großspurigen Auftretens hatte er Angst. Während Yan den Tunnel hinter ihnen verschloss, fragte sich Rey, ob es Grigán dem Unfehlbaren ähnlich erging oder ob der Krieger vielleicht schon zu verrückt war, um sich noch vor irgendetwas zu fürchten.

Bowbaq wollte aufstehen, um sich von seinen Freunden zu verabschieden, doch der Schmerz hinderte ihn daran. Er konnte gerade noch einen Aufschrei unterdrücken.

Noch schlimmer als der Schmerz war allerdings die Frage, ob er überleben würde.

Sicher, er hatte sich einen Dolch eingefangen. Doch er hatte schon schwere Verletzungen überstanden, die er sich etwa bei seinen mitunter etwas rauen Spielen mit Mir zugezogen hatte. Einmal hatte der Löwe ihm das Handgelenk und zwei Finger gebrochen und bei einer anderen Gelegenheit im Eifer des Gefechts sogar fast die Kehle aufgerissen.

Doch diese Wunde stammte von einer vergifteten Klinge. Obwohl Corenn fest an seine Heilung glaubte, ahnte Bowbaq, dass er es nicht schaffen würde.

Er grübelte über die Gründe nach, die ihn an diesen Ort geführt hatten, fern von seinen Kindern, fern von Ispen, seiner geliebten Frau. Die Züu hatten es auch auf Ispen, Prad und Iulane abgesehen ebenso wie auf ihn und seine Freunde. Niemand wusste, warum, geschweige denn, wie man sie aufhalten konnte.

Am Abend zuvor hatte er in einer Höhle auf einer kleinen Insel im Mittenmeer gestanden und das Tor zu einer anderen Welt gesehen. Eine magische Pforte. Das Geheimnis von Ji.

In der Nacht hatte er das Geheimnis im Schlaf gewälzt.

Erstmals kam ihm der Gedanke, dass er vermutlich als Einziger der Gefährten eine Vorstellung davon hatte, was die andere Welt war.

Vergeblich versuchte er, den düsteren Gedanken beiseitezuschieben.

Sollte er die Verletzung überleben, würde nichts mehr sein wie zuvor. Es hatte ein Leben vor der Insel Ji gegeben, doch alles, was er von nun an erlebte, würde zu seinem Leben nach der Insel Ji gehören.

Seine Wunde pochte, und er glaubte nicht, dass er Schlaf finden würde. Sein Körper brauchte Ruhe, doch sein Geist war viel zu aufgewühlt. Auch er wollte besänftigt werden.

Plötzlich hatte er das Bedürfnis, mit jemandem zu reden.

Er hatte das Bedürfnis, über den Tod zu sprechen, seine Familie, sein Leben. Über die Züu, ihren Feind und das Geheimnis der Insel. Er hatte das Bedürfnis, sich jemandem anzuvertrauen. Einem seiner Freunde. Einem anderen Erben.

Er schlug die Augen auf und sah das tanzende Licht der Fackeln, die den Keller erhellten. Léti saß neben ihm und lächelte ihm aufmunternd zu. Der Riese seufzte erleichtert, räusperte sich und begann zu erzählen.

Sobald Grigán und Rey fort waren, sah Corenn Yan mit einem Funkeln in den Augen an. Dem jungen Mann war unbehaglich zumute, und er fühlte sich eingeschüchtert.

In seiner Kindheit war die Ratsfrau einfach nur eine der wenigen Verwandten Létis gewesen, die hin und wieder zu Besuch gekommen war. Später erfuhr er, dass Corenn in Wahrheit nicht die Tante des Mädchens war, sondern eine Cousine ihrer Mutter Norine. Als er alt genug war, um das Regierungssystem des Matriarchats zu begreifen, erfuhr er, dass Corenn eine der wichtigsten Frauen im Land war.

Er erinnerte sich kaum noch daran, wie er sie vorher wahrgenommen hatte. Fortan kam sie ihm jedenfalls strenger, ernsthafter und verantwortungsvoller vor als irgendjemand sonst.

Bei ihren Besuchen war er ihr stets aus dem Weg gegangen, und Corenn blieb ohnehin immer nur kurz in Eza. Alle drei Jahre nahm sie Norine und Léti für ein paar Tage mit nach Lorelien. Yan hatte nie gefragt, was sie dort taten, denn Léti hütete ihre Geheimnisse argwöhnisch.

Mittlerweile musste er es.

In den letzten beiden Dekaden hatte er Corenn kennen und schätzen gelernt. Wie alle anderen empfand er tiefe Zuneigung zu ihr und das nicht nur wegen ihres scharfen Verstandes. Wenn man Yan gefragt hätte, wer am besten geeignet war, die Gruppe zu führen, hätte er ohne Zögern Corenn genannt. Trotz seiner langen Reisen und seiner Kampferfahrung war Grigán einfach viel zu stur und verschlossen.

Yan hatte geglaubt, alles über Corenn zu wissen, doch das Mitglied im Ständigen Rat von Kaul warf ihm schon den ganzen Tag über verschwörerische Blicke zu, bei denen es ihm kalt den Rücken hinunterlief.

Auf dem Rückweg von der Insel Ji hatte die Ratsfrau angekündigt, sie habe ihm etwas Wichtiges zu sagen, und ohne dass Corenn auch nur ein Wort verlor, wusste Yan, dass dieser Moment nun gekommen war.

Unwillkürlich sah er sich um, als hätte er etwas vergessen. Dann zuckte er mit den Schultern und folgte Corenn hoch in den Stall.

Er war fast so aufgewühlt wie am Vortag, als sie durch die Pforte geblickt hatten.

Die Erinnerung an das grüne, sonnenbeschienene Tal machte ihn traurig. Es war die gleiche Traurigkeit, die er empfunden hatte, als sich die Pforte schloss und ihnen ihr Geheimnis nicht preisgab. Ihm dämmerte, dass er nicht mehr derselbe alte Yan war …

»Was ist mit Bowbaq?«, stammelte er verlegen, als spräche er mit einer Fremden.

»Es geht ihm gut. Léti ist bei ihm. Ich habe vorhin den Verband gewechselt, und die Wunde hat sich nicht entzündet. Ich glaube, das Gift kann ihm nun nichts mehr anhaben.«

Yan entspannte sich ein wenig, aber die Unruhe kehrte zurück, als er Corenns nachdenkliches Gesicht sah.

Sie traten aus dem Stall und gingen schweigend ein paar Schritte. Die Sonne stand hoch am Himmel, und die lorelische Landschaft erstrahlte in voller Pracht.

Überall zwitscherten Waulen und Räuberamseln. In der Ferne ertönte der raue Schrei eines Meeresfasans, und ein Wildschwein grunzte wie zur Antwort. Die Tiere spürten die Jahreszeit der Erde nahen und genossen die warmen Sonnenstrahlen.

Yan dachte belustigt, dass Raji tot umfallen würde, wenn er wüsste, dass sie am helllichten Tag draußen herumspazierten, wo jeder zufällige Besucher sie sehen konnte. Der kleine Mann tat ihm leid, aber er wusste, dass Grigán lieber sterben würde, als das Leben eines Unschuldigen in Gefahr zu bringen. Außerdem würde Raji großzügig entschädigt werden.

Corenn schwieg noch immer, und so nahm Yan all seinen Mut zusammen. »Hat das, worüber Ihr mit mir sprechen wollt, etwas mit der Insel oder mit mir zu tun?«

Die Ratsfrau schmunzelte und sah ihn von der Seite an. Sie erreichten den Waldrand. »Yan der Fischer, dumm seid Ihr nicht«, sagte sie pompös. »Es hat etwas mir dir zu tun«, fügte sie nach einem Augenblick hinzu.

Yan spürte, wie sich ihm die Nackenhaare sträubten. Er hatte mit nichts anderem gerechnet, aber er hätte sich lieber geirrt.

Corenn holte tief Luft. »Nach dem, was gestern geschehen ist, wird dir meine Frage vielleicht nicht mehr ganz so seltsam vorkommen. Yan, glaubst du an das Unmögliche?«

»Ja, natürlich«, sagte er, ohne zu zögern. Dann hatte er das Gefühl, seine etwas naiv klingende Antwort erklären zu müssen. »Schließlich habe ich es mit eigenen Augen gesehen, nicht wahr? Wir alle haben es gesehen. Erzählen kann man viel, das beweist noch gar nichts. Aber gestern … Gestern habe ich es selbst erlebt. Ich habe die Pforte gesehen. Und die andere Welt. Wenn es sie gibt, dann kann es auch andere scheinbar unmögliche Dinge geben.«

Corenn blieb stehen, streckte sich und ließ den Blick über die Bäume schweifen. Eine solche Antwort hatte sie erhofft. »Schön! Dann wird es so einfach, wie ich vermutet habe. Setzen wir uns. Ich möchte dir etwas zeigen.«

Neugierig kauerte sich der Kaulaner in das taunasse Gras. Corenn breitete eine Decke aus, ließ sich darauf nieder und lehnte sich mit dem Rücken an den Stamm einer jungen Lubilie. Gemächlich nahm sie eine Münze aus ihrem Geldbeutel und reichte sie Yan.

»Stell sie auf den Boden, auf die schmale Seite. Wohin du willst, aber nah genug, dass ich sie sehen kann.«

Yan gehorchte und fragte sich, was Corenn vorhatte. Wenn Rey so etwas von ihm verlangt hätte, dann hätte er sich geweigert aus Furcht, auf den Arm genommen zu werden.

»Jetzt rühr dich nicht. Sieh dir die Münze genau an.«

Verständnislos musterte Yan das Geldstück. Es handelte sich um eine Drei-Königinnen-Münze aus dem Matriarchat, matt vom Alter und ohne besondere Merkmale. Gerade genug Geld, um einen Laib Brot zu kaufen.

Während er die Münze beobachtete, taumelte sie und fiel auf die Seite. Yan streckte die Hand aus und stellte sie wieder auf. Erneut starrte er sie an.

»Hast du es gesehen?«, fragte Corenn.

Er warf ihr einen verwirrten Blick zu. Er hatte nichts gesehen, nichts verstanden.

»Nun gut. Noch einmal von vorn. Sieh genauer hin«, sagte Corenn mit einem Grinsen.

Yan kniete sich vor die Münze und ließ sie nicht aus den Augen, doch er sah nichts.

Das Geldstück erbebte, als würde es von einem Windhauch erfasst. Yan nahm an, dass es wieder umkippen würde, doch diesmal blieb es stehen.

Die Münze begann, sich wie ein Kreisel zu drehen, erst langsam, dann immer schneller. Anfangs glaubte er noch an einen verrückten Zufall – einen heftigen Windstoß oder dergleichen –, doch nach einigen Augenblicken besann er sich eines Besseren. Yan sah etwas Unmögliches. Und während andere die Flucht ergriffen oder vor Angst und Wut geschrien hätten, wurde er von einer sonderbaren Freude erfüllt.

Er sah Corenn mit einem breiten Lächeln an, von dem er nicht wusste, wie es auf sein Gesicht gekommen war. Er bemühte sich um eine ernste Miene. Die Ratsfrau wirkte hoch konzentriert; sie ließ die Münze nicht aus den Augen. Yan begriff, dass Corenn selbst diese Wunder hervorrief. Corenn war eine Magierin.

Er sah wieder zu der kleinen Drei-Königinnen-Münze. Sie drehte sich nun so schnell, dass man sie für eine Metallkugel hätte halten können. Und diese Kugel erhob sich in die Luft.

Yan blieb der Mund offen stehen. Die Kugel schwebte zwei Fuß über dem Boden, fast auf Augenhöhe. Er musterte sie von allen Seiten und konnte nicht widerstehen, mit der Hand unter ihr hindurchzufahren. Seine Finger trafen auf keinerlei Widerstand, und der Bann wurde nicht gebrochen.

Schließlich umfing er die Münze mit beiden Händen. Das Kreisen wurde langsamer, und schließlich landete die Münze sanft in seiner linken Handfläche. Yan betrachtete sie, als hätte er noch nie ein Geldstück gesehen.

Corenn legte sich eine Hand an die Stirn und schloss kurz die Augen. Sie wirkte plötzlich zutiefst erschöpft, lehnte den Kopf gegen den Stamm und sah Yan schmunzelnd an. »Diesmal hast du also etwas gesehen.«

»Ich habe gar nichts gesehen«, sagte Yan und schnitt eine Grimasse. »Nur eine alte Münze, die sich in der Luft dreht, sonst nichts.«

Sie brachen in helles Gelächter aus, und keiner von ihnen hätte den Heiterkeitsausbruch erklären oder zu lachen aufhören können, obwohl sie sonst so vernünftige Menschen waren. Als sie am Ende ihrer Kräfte waren, schwiegen sie eine Weile und lauschten den Geräuschen des Waldes.

Yans Blick wanderte zwischen Corenn und der Münze hin und her. Er wusste nicht, welche von beiden ihn als Nächstes in Erstauen versetzen würde.

»Nun, Yan der Fischer. Glaubst du an Magie?«

»Ja«, erwiderte er ernst.

»Schön. Willst du lernen, sie zu gebrauchen?«

Grigán gelang es einfach nicht, sich an den Tunnel zu gewöhnen. Es störte ihn gar nicht, unter der Erde zu sein, das hatte er schon mehrmals erlebt, zuletzt in den Höhlen von Ji. Nein, es lag an der Größe des Tunnels.

Auch wenn der Gang selbst an den schmalsten Stellen so breit war, dass zwei Erwachsene nebeneinander hergehen konnten, fühlte er sich beengt, denn auf so knappem Raum würde er große Mühe haben, sein vier Fuß langes Schwert zu benutzen. Vielleicht wäre der Dolch die bessere Wahl, doch er hatte kein Vertrauen in die Waffe, weil sie bei einer Übermacht an Gegnern nutzlos und vielleicht sogar gefährlich war.

Gäbe es im Tunnel Licht, wäre sein Bogen die geeignetste Waffe gewesen. Doch sie hatten nur ihre Fackeln. Falls sich jemand in der Dunkelheit versteckt hielt, würden sie ihn viel zu spät bemerken. Schlimmer noch, sie wären ein leichtes Ziel. Daher behielt Grigán immer die Wand im Rücken.

Außerdem hasste er es, sich von einem Fremden führen zu lassen. Es war entsetzlich, einem Mann vertrauen zu müssen, der keinen Grund hatte, ihnen zu helfen. Denn der Gang verband nicht nur Rajis Hof mit Lorelia, sondern war Teil eines weitläufigen unterirdischen Tunnelsystems, das sich vermutlich über zwanzig oder dreißig Meilen erstreckte.

Sie waren bereits an sechs Abzweigungen vorbeigekommen, deren

Öffnungen allerdings zugemauert waren. So hatten sie bislang immer gewusst, welchem Weg sie folgen mussten. Aber wer sagte, dass dies für die gesamte Länge des Tunnels galt?

Grigán schob sich an dem Lastesel vorbei und schloss zu dem Schmuggler auf. Raji ignorierte ihn, doch die Angst stand ihm ins Gesicht geschrieben.

»Wie alt ist der Gang?«

Raji warf ihm einen schiefen Blick zu, als wollte er sich vergewissern, dass auf die Worte keine Prügel folgten. Grigáns reglose Miene schien ihn zu beruhigen.

»Keine Ahnung. Mein Großvater benutzte ihn schon vor über fünfzig Jahren. Als ich vor einigen Jahren den dritten Keller aushob, fand ich eine romische Speerspitze. Vielleicht stammten einige der Tunnel noch aus der Zeit der Zwei Reiche.«

»Das ist mehr als acht Äonen her«, mischte sich Rey ein. »Eine lange Zeit …«

»Arbeitet Eure Familie schon immer als Schmuggler?«, fragte Grigán verwundert.

»Seit der Zeit meines Großvaters«, antwortete Raji stolz, da er die Frage falsch deutete. »Aber niemand hat es so weit gebracht wie ich!«

»Eines Tages werdet Ihr auffliegen«, sagte Grigán ungerührt. »Irgendwann werdet Ihr leichtsinnig.«

»Raji gibt dem Steuereintreiber etwas von seinem Gewinn ab. Es heißt, er sei nicht knauserig.«

»Du musst es ja nicht gleich in der Welt herumposaunen«, zischte Raji.

»Wo führen die anderen Gänge hin?«

»Nach Lorelia, wie dieser, oder in die Umgebung. Was spielt das für eine Rolle? Die meisten sind unpassierbar, weil die Decke eingestürzt ist, oder aber jeder kennt sie, selbst die Miliz. Mein Großvater grub sechs Jahre lang an diesem hier. Vor Jahren schon habe ich alle Seitengänge zugemauert. Ich hatte noch nie Schwierigkeiten. Jedenfalls nicht, bis Ihr aufgetaucht seid.«

»Jemand könnte eine der Mauern einreißen und Euer Lager plündern.«

Raji runzelte die Stirn. Die Ideen dieses Grigán gefielen ihm ganz und gar nicht.

»Man kann niemandem vertrauen«, brummte er.

Rey begann zu lachen und prustete eine ganze Weile vor sich hin. Grigán fand es beklemmend, wie sein spöttisches Gelächter in dem dunklen Gang widerhallte. Mittlerweile bereute er, Rey mitgenommen zu haben.

»Rey sagte mir, der Tunnel ende im Keller einer Herberge. Gehört sie Euch?«

»Ich glaube nicht, dass mir der Sinn danach steht, Eure Fragen zu beantworten. Ihr übernachtet bei mir, Ihr begleitet mich gegen meinen Willen nach Lorelia, aber Ihr könnt mich nicht zwingen, für Eure Unterhaltung zu sorgen.«

Raji hatte all seinen Mut für diese Tirade zusammengenommen. Er legte sich in Gedanken bereits ein paar saftige Flüche zurecht, die er Grigán an den Kopf werfen wollte, sobald dieser sich auf ihn stürzte.

Rey wurde von einem weiteren Lachkrampf geschüttelt. *Diese Leute sind völlig von Sinnen,* dachte Raji.

Grigán hatte große Lust, dem kleinen Mann mit dem stinkenden Atem sein Messer an den Hals zu halten, um eine Antwort zu erzwingen. Er hielt sich nur aus Rücksicht auf Corenn zurück. »Ich wüsste nur gern«, sagte er mit einer Selbstbeherrschung, deren er sich nicht für fähig gehalten hätte, »ob wir mitten in eine Zusammenkunft von Brüdern hereinplatzen, die gleich losrennen und uns die Gilde auf den Hals hetzen.«

»Brüder gibt es da schon«, sagte Raji mit einem frechen Grinsen. Als er Grigáns kalten Blick sah, setzte er hastig hinzu: »Aber nur meinen Partner und seine beiden Gehilfen. Das sind gute Leute. Seid unbesorgt, Meister Grigán.«

Der Krieger fixierte den kleinen Mann schweigend.

In seinem geschwächten Zustand und angesichts der komplizierten Gefühle, über die er sprechen wollte, fand Bowbaq manchmal im Itharischen nicht die richtigen Worte. All seine Gefährten beherrschten die

Sprache der eurydischen Religion besser als er. Bis heute war das nie ein Problem gewesen.

Wenn er über ein Wort stolperte oder nach einer Wendung suchte, wartete Léti geduldig, bis er seine Gedanken geordnet oder den Satz umformuliert hatte. Sie verstand auch so, was er sagen wollte. Seit die Züu sie und ihre Tante auf einem einsamen Weg im Osten Kauls umzingelt hatten, kannte sie dieses Gefühl.

Bowbaq hatte Angst vor dem Tod oder vielmehr davor, ermordet zu werden und durch die Hand unbekannter Krieger zu sterben, fremder Männer, denen er nichts zuleide getan hatte. Er fürchtete sich davor, die Welt auf eine so sinnlose Weise zu verlassen, und war verzweifelt.

»Tiere sind zivilisierter als Menschen«, sagte er und starrte an die Decke. »Sie töten nur, um sich zu ernähren, sich zu verteidigen und ihr Territorium oder ihre Jungen zu schützen. Mein Löwe Mir würde niemals einen Unbekannten angreifen, nur weil ich es ihm befehle, auch nicht, wenn ich ihm eine Belohnung dafür verspräche. Tiere haben eine höhere Moral.«

»Früher hast du das anders gesehen!«

»Stimmt«, sagte er seufzend. »Die Erjaks Arkariens glauben, der Mensch sei die Krone der Schöpfung. Weil er Dinge herstellen kann und Ideen hat … äh … die seine Handlungen lenken …«

»Ideale?«

»Ideale, genau. Und damals glaubte ich, was man mir sagte. Aber jetzt bin ich der Meinung, dass sich die Erjaks irren.«

»Tiere verteidigen ihr Leben«, stimmte Léti ihm mit einem Funkeln in den Augen zu. »Sie kämpfen gegen ihre Feinde, auch wenn der Kampf aussichtslos ist. Das sollte uns eine Lehre sein.«

Bowbaq ließ sich mit der Antwort Zeit. »Ich weiß nicht«, murmelte er schließlich. »Die Erjaks glauben, der Mensch sei dem Tier überlegen, weil er sich in vielen Fällen ohne Gewalt zu behelfen weiß. Vielleicht ist das wahr.«

»Aber die Züu töten uns! Ohne zu zögern! Sollen wir das einfach so hinnehmen?«

»Ich weiß nicht«, sagte der Riese abermals.

Léti war entsetzt. Für sie lag die Antwort auf der Hand. »Dein Löwe

Mir würde nicht eine Dezille zögern. Er würde seinen Feind zu Boden werfen und ihm ohne Bedenken die Eingeweide herausreißen.«

Bowbaq schloss die Augen und sah die drei Leichen im Schnee liegen, so klar und deutlich, als wäre alles gerade erst geschehen. Drei Männer waren seinetwegen gestorben, ohne dass er verstand, warum. Drei junge Menschen. In kaum zehn Jahren wäre sein Sohn Prad so alt wie sie. »Ich gebe zu, dass man sein Leben verteidigen muss«, sagte er schließlich. »Aber ich will niemanden töten. Ich *kann* keinen Menschen töten.«

»Ich schon«, sagte Léti entschlossen. »Ich würde es tun. Ohne zu zögern. Und hoffentlich schon bald.«

Betretenes Schweigen machte sich im Keller breit. Beiden war klar, dass sie diese Frage künftig würden meiden müssen. Bowbaq beschloss, das Thema zu wechseln. »Ich denke die ganze Zeit an das, was wir gestern gesehen haben. Die Pforte … Du auch?«

Léti nickte stumm, als sie sich erinnerte, was sie beim Anblick des Wunders empfunden hatte: erst schreckliche Angst, dann Begeisterung und schließlich tiefe Trauer.

Nur dieses Gefühl war ihr geblieben. Alle Gefährten litten unter einer sonderbaren Schwermut, einem Kratzer in der glatten Oberfläche ihres Seelenfriedens. Er war zwar nicht tief, würde aber nie mehr verheilen.

Niemand klagte, und niemand bereute, die Pforte gesehen zu haben. Doch die andere Welt ließ ihnen keine Ruhe.

»Was glaubst du?«, fragte Léti. »Was liegt hinter der Pforte?«

Der Riese dachte eine Weile nach. Er hatte von Anfang an auf diese Frage hinausgewollt, doch nun scheute er sich, die Antwort auszusprechen. »Im Glauben meines Klans gibt es mehrere Legenden, die uns eine Erklärung liefern könnten«, begann er vorsichtig.

»Tante Corenn sagt, es sei vielleicht eine Art Paradies. Ein Ort, an dem die Seelen der Toten weilen.«

»Als Kind erzählte man mir eine ähnliche Geschichte. Ich hoffe, deine Tante hat recht.«

Léti konnte den Gesichtsausdruck ihres Freundes nicht deuten. Irgendetwas beunruhigte ihn. Etwas Bedeutungsvolles. »Bowbaq, was ist die andere Welt deiner Meinung nach?«

Er setzte sich auf und lehnte sich mit schmerzverzerrtem Gesicht an die Wand. Er wollte nicht mehr liegen. Dann sah er Léti an, und seine schwarzen Augen waren unergründlich. Diesmal hatte er keine Mühe, die richtigen Worte zu finden. »Seit gestern habe ich das Gefühl, die andere Welt schon einmal gesehen zu haben, sie zu kennen. Heute Nacht träumte ich davon, wie sie mir jemand als Kind beschrieben hatte.

Dieser Jemand war kein Erbe, sondern ein Maz auf der Durchreise, ein Diener Yoos', der bei meinem Klan überwinterte. Ich war noch ein kleiner Junge. Er war ein begnadeter Erzähler und kannte eine Menge Geschichten. Vielleicht erfand er sie auch nur. Jedenfalls gab es eine, die mich in Angst und Schrecken versetzte: die Geschichte von den Dämonen. Besser gesagt, vom Land der Dämonen. Einem Ort, ebenso schön und friedlich, wie seine Bewohner grausam und mächtig waren. Ein sonnenbeschienenes Tal mit Obstbäumen und zahmen Tieren. Aber von diesem Tal aus schleudern die schwarzen Götter ihre Flüche auf die Welt und die Menschen.

Ich bin froh, dass wir die Pforte nicht durchschreiten konnten«, sagte Bowbaq ernst.

Yan starrte Corenn an. Wenn er die Münze nicht mit eigenen Augen in der Luft hätte schweben sehen, hätte er ihre Worte für einen Scherz gehalten. Und selbst jetzt schloss er nicht ganz aus, dass sie ihn auf den Arm nehmen wollte.

Sie schlug vor, ihm Unterricht in Magie zu geben!

Sie hatte ihm soeben bewiesen, dass es Magie gab. Allein der Anblick der schwebenden Münze hatte ihn in Begeisterung versetzt, und er konnte kaum fassen, dass Corenn zu jenen außergewöhnlichen Menschen gehörte, die unsichtbare und geheimnisvolle Kräfte lenken konnten. Dass sie ihm nun auch noch vorschlug, ihr Wissen mit ihm zu teilen, war mehr, als er an einem Tag verkraften konnte.

Corenn wartete auf seine Antwort, belustigt von der Wirkung ihrer Frage. Yan öffnete den Mund, bewegte die Lippen, bekam aber kein Wort heraus. Er räusperte sich und nickte dann langsam, um ihr zu bedeuten, dass er das Angebot annahm.

»Schön«, sagte sie, als hätte er soeben entschieden, was er zu Abend essen wollte. »Dann haben wir einiges zu besprechen.«

Yan ließ sich ins feuchte Gras plumpsen, ohne sich an der Nässe zu stören. Seine ganze Aufmerksamkeit war auf Corenn gerichtet. Es wollte ihm einfach nicht in den Kopf, dass die Ratsfrau ihm tatsächlich Unterricht in Magie erteilen wollte. Er fragte sich, wann er aus diesem Traum erwachen und Corenn ihm lachend gestehen würde, das alles sei nur ein schlechter Scherz gewesen. Doch der Traum ging weiter. Er war genauso aufgeregt wie am Vortag, als er vor der großen Pforte von Ji gestanden hatte.

»Aber ich muss dich warnen. Es ist keinesfalls sicher, dass ich dir überhaupt etwas beibringen kann. Nur wenige Menschen haben die Gabe der Magie, und noch weniger können sie kontrollieren. Möglicherweise besitzt du sie, kannst sie aber nicht gebrauchen. Es kann auch sein, dass du überhaupt keine magischen Fähigkeiten hast so wie die allermeisten Menschen. Mach dich also auf eine Enttäuschung gefasst.«

Yan nickte, doch ihre Worte konnten seine Freude nicht trüben. Noch nie hatte er so viel Interesse für eine Sache aufgebracht, bei keinem seiner Meister. Er war schon jetzt Corenns eifrigster Schüler und das so sicher, wie die Sonne jeden Morgen aufging.

Bisher war er bei einem Schmied, einem Tischler, einem Bauern und einem Fischer in die Lehre gegangen, stets aus Langeweile oder Notwendigkeit. Die Magie hingegen würde er aus Leidenschaft lernen, so viel stand fest.

»Weißt du, warum ich dich unterrichten will?«, fragte Corenn.

Yan musste nicht lange nachdenken. Seine Gedanken überschlugen sich, und der Nebel, der über einigen seltsamen Geschehnissen der vergangenen Nacht lag, lichtete sich. Die Antwort lag auf der Hand. »Wegen dem, was auf der Klippe passiert ist. Léti zu retten war unmöglich. Und doch habe ich es geschafft. Ich meine – sie lebt noch«, verbesserte er sich bescheiden.

»Du bist schlau, Yan«, sagte sie und sah ihn prüfend an. »Sehr schlau. Ich habe eine Weile gebraucht, bis ich begriffen habe, was du da getan hast. Und du hast ein großes Herz.«

Yan errötete bis in die Haarspitzen. Er war es nicht gewohnt, Komplimente zu bekommen. Schade, dass Léti Corenns Worte nicht gehörte hatte. Und erst Grigán …

»Leider ist das noch kein Beweis dafür, dass du die Gabe besitzt. Wir nennen sie den *Willen.* Es hat nichts damit zu tun, ob man klug oder dumm ist, gebildet oder ungebildet, jung oder alt, ehrlich oder verlogen. Natürlich auch nicht damit, ob man eine Frau oder ein Mann ist. Man hat sie, oder man hat sie nicht. So ist das. Man kann es nicht ändern. Verstehst du?«

»Ihr meint, man muss sich nicht schämen, wenn man die Gabe nicht hat.«

»Mutter Eurydis, wenn alle, die ich bisher der Prüfung unterzog, so hellsichtig wie du gewesen wären, hätte mir das viel Kummer erspart.«

»Eine Prüfung«, wiederholte Yan. »Worin besteht sie?«

Er zitterte vor Ungeduld. Corenns Warnung hatte ihre Wirkung nicht verfehlt: Er machte sich auf eine Enttäuschung gefasst, und gerade deshalb wollte er so schnell wie möglich Gewissheit haben.

»Ich kann nicht spüren, ob du die Gabe hast oder nicht, falls du das glaubst. Die einzige Möglichkeit, herauszufinden, ob du einen magischen Willen hast, besteht darin, ihn zu gebrauchen.«

Corenn beugte sich vor, nahm Yan die Drei-Königinnen-Münze aus der Hand und stellte sie mit der schmalen Seite auf den Boden. Yan fürchtete sich vor dem, was nun kommen musste.

»Du bist dran«, sagte sie. »Versuch, die Münze umzustoßen.«

Rey konnte sich nicht mehr entsinnen, warum er Grigán unbedingt hatte begleiten wollen. Es lag nicht daran, dass er sich fürchtete, obwohl er mehr Angst hatte, als er je zugeben würde. Doch weder schien der Krieger seine Hilfe zu brauchen, noch gab er sich Mühe, ein angenehmer Begleiter zu sein.

Da ist ja sogar Rajis Esel gesprächiger, dachte er.

Glücklicherweise konnte es nicht mehr weit sein. Lorelia war nur etwa anderthalb Meilen von Rajis Hof entfernt, aber Rey kam es vor, als hätten sie schon mindestens drei Meilen zurückgelegt. Die Novizenkutte hatte er längst abgelegt, weil ihm der Schweiß in Strömen hinuntergelaufen war, sehr zu Rajis Entsetzen, den das Gewand der Züu, das Rey darunter trug, nervös machte.

Raji war an zwei Stellen, an denen der Gang einzustürzen drohte, stehen geblieben, um die Decke abzustützen. Grigán protestierte gegen die Verzögerung, doch nichts konnte Raji von seinem Vorhaben abbringen. Auf jeden Einwand hatte er nur genickt und dabei immer weiter Löcher gegraben, Pfosten gesetzt und Bretter festgenagelt. Das Baumaterial transportierte er auf dem Rücken seines Esels. Um die Sache zu beschleunigen, ging Grigán ihm fluchend zur Hand. Unter dem Vorwand, seine Verkleidung nicht schmutzig machen zu wollen, rührte Rey keinen Finger.

Nun marschierten sie weiter schweigend durch den Gang, bis Raji verkündete, sie seien nun bald am Ziel.

Rey gestand sich ein, dass er nur hatte mitkommen wollen, weil er nichts Besseres zu tun hatte. Er hatte bereits erwogen, sich von der Gruppe zu trennen und sein Glück auf eigene Faust zu versuchen, im Alten Land oder anderswo. Doch die Erben waren seine ersten wahren Freunde seit Langem, und was sie auf Ji erlebt hatten, verband sie für die Ewigkeit. Das war ein seltsam verstörendes Gefühl. Noch nie war Rey irgendwem oder irgendetwas verbunden gewesen.

Tief in Gedanken versunken, bemerkte er erst nach mehreren Hundert Schritten, dass der Weg nun aufwärts führte. Sie näherten sich dem Ausgang. Widerstrebend zog er sich wieder die Novizenkutte über.

Kurz darauf standen die drei Männer vor einem schweren Tor aus Blattbaumholz ohne Schloss, das genau so aussah wie das Brett am anderen Ende des Tunnels.

»Und jetzt?«, fragte Grigán.

»Wir warten, bis das Tor durchsichtig wird, und gehen dann einfach hindurch«, sagte Rey in Anspielung auf die Pforte der Insel.

Grigán warf ihm einen warnenden Blick zu. Rey dämmerte, dass er vielleicht zu weit gegangen war. Er hatte geschworen, das Geheimnis der Insel zu wahren, und war entschlossen, seinen Schwur zu halten, koste es, was es wolle. Er machte eine entschuldigende Geste. Zum ersten Mal in seinem Leben hatte er das Bedürfnis, jemanden um Verzeihung zu bitten.

Raji hatte von all dem nichts mitbekommen. Er war damit beschäftigt, ruckartig an einem Seil zu ziehen, das über die Decke lief und neben dem Tor in der Wand verschwand.

»Was ist das?«, fragte Grigán misstrauisch.

»Ich läute eine Glocke«, erklärte Raji hastig. »Dann kommt mein Partner herunter und macht uns auf. Das ist die Wahrheit, Ehrenwort!«

Grigán musterte ihn abschätzig. Wie durch Zauberei erschien plötzlich ein Dolch in seiner Hand. Falls das eine Falle war, würde Raji es als Erster bereuen.

Auch Rey zückte sein Messer und machte sich auf einen Angriff gefasst. Kurz kam ihm der Gedanke, den Hati der Züu zu benutzen, doch er besann sich eines Besseren. Trotz seiner etwas eigenwilligen Moralvorstellungen würde er niemanden mit einem vergifteten Dolch bedrohen.

Ein Astloch wurde aus dem Tor entfernt, und ein Lichtstrahl fiel in den Gang. Dann verdeckte ein Auge das Licht. »Raji«, rief eine beunruhigte Stimme. »Was ist los? Wer sind diese Kerle?«

»Freunde«, antwortete Grigán gelassen. »Wir sind unbewaffnet.« Er hielt seinen Dolch auf dem Rücken versteckt.

Rey bewunderte seine schauspielerische Leistung mit Kennermiene. »Wie geht's, Bellec?«, rief er unbekümmert.

Abermals erschien das Auge in der Öffnung und wanderte von Rey zu Grigán und zurück. »Kennen wir uns?«

»Wir hatten schon einmal das Vergnügen«, sagte Rey. »Raji machte uns miteinander bekannt. Erinnert Ihr Euch an den Hundertjährigen Likör, den Ihr für mich verkauft habt?«

Der Mann hinter der Tür schwieg. Nichts bewies ihm, dass die Fremden die Wahrheit sprachen. Diese Einzelheit konnten sie schließlich aus Raji herausgepresst haben.

»Bellec, mach die Tür auf, komm schon«, stöhnte Raji. »Es ist alles in Ordnung.«

Wieder blieb eine Antwort aus. Doch dann ließ sich der Wirt erweichen und öffnete das Tor. Die drei Männer und der Esel zwängten sich hindurch, während Bellec sie nicht aus den Augen ließ.

Er hatte das Äußere eines erfolgreichen lorelischen Geschäftsmannes: klein, rundlich und die Haut braun gebrannt von der Sonne, die im Süden der Oberen Königreiche häufig schien. Seine Kleidung war elegant und gepflegt, so wie es sich für einen Herbergswirt oder Kaufmann gehörte. Man sah ihm an, dass er noch nie Armut gelitten hatte. Vor allem aber war er ein ungehobelter Klotz, dessen Gedanken um nichts als Geld kreisten.

Mein Landsmann, dachte Rey belustigt.

Nachdem er sie einander vorgestellt hatte, schloss Bellec eilig die Tür zum Gang, als bestünde die Gefahr, dass noch mehr Fremde in seinen Keller einfielen. Der Raum war kleiner als Rajis Lager, aber ebenso sorgfältig eingerichtet. Die beiden Schmuggler begannen, die Waren auf die Regale zu stapeln, was sie auf andere Gedanken brachte. Grigán beschloss zu warten.

»Ich hoffe, du vertraust deinen Freunden, Raji«, sagte Bellec. »Ich habe unseren Tunnel noch nie Fremden gezeigt.«

»*Meinen* Tunnel«, verbesserte ihn Raji.

»Der in *meinem* Keller endet. Versuch, dich künftig daran zu erinnern. Und sieh zu, dass so etwas nicht noch mal vorkommt.«

Raji wollte widersprechen und sagen, er habe keine Wahl gehabt, aber ihm hörte ohnehin niemand zu.

Als alles verstaut war, gingen die Männer in den Nebenraum, den eigentlichen Keller der Herberge. Bellec verdeckte die Tür zu dem Geheimversteck durch ein großes Regal, während Raji seinen Esel mit dem Strick an einem Ring festband.

»Das ist das erste Mal, dass ich eine Herberge durch den Keller betrete«, sagte Rey.

»Sehr lustig«, knurrte Bellec. »Es wird auch das letzte Mal sein. Ich handle mit Waren, nicht mit Flüchtlingen.«

»Wer sagt, dass wir welche sind?«, fragte Grigán.

»Warum habt Ihr Lorelia nicht durch eines der Stadttore betreten?«, erwiderte Bellec.

»Nicht dumm. Aber seid versichert, dass wir uns nichts vorzuwerfen haben.«

»Natürlich nicht. Es ist mir auch völlig schnurz, was Ihr angestellt habt. Ich will Euch nie wieder in meinem Keller sehen.«

»Und was ist mit dem Rückweg?«

»Nicht mein Problem. Wenn Ihr wollt, öffne ich jetzt gleich den Tunnel, und Ihr verschwindet wieder. Meine Herberge ist schließlich keine Durchgangsstraße.«

Raji beobachtete Grigán mit ängstlichem Gesicht. Gleich würde er sich auf sie stürzen, so viel war sicher. Doch es war Rey, der zum Angriff überging.

»Wir können auch hier herausspazieren und einen netten Plausch mit den Steuereintreibern halten«, sagte er drohend. »Mit dem König haben wir keinen Ärger.«

Hasserfüllt musterte Bellec den jungen Mann.

»Nun habt Euch doch nicht so«, sagte Rey etwas freundlicher. »Wir wollen doch nur zurück durch den Tunnel.«

Bellec schwieg und begnügte sich damit, Raji einen vorwurfsvollen Blick zuzuwerfen. Dem Wirt blieb keine Wahl.

»Wo sind Eure Männer?«, fragte Grigán, während sie die Treppe hochstiegen.

»Wer?«

»Werb und Micaeir«, sprang Raji ihm bei, der ebenfalls neugierig war.

»Die Gilde bot ihnen eine Arbeit in einem Dorf an der Küste an«, erklärte Bellec seinem Komplizen. »Es geht das Gerücht, sie seien tot. Ich hoffe, das stimmt. Sie haben mich einfach sitzen lassen!«

Rey und Grigán wechselten einen verschwörerischen Blick und stiegen hinter den Schmugglern die Treppe hinauf.

Bowbaq war endlich eingeschlafen. Er und Léti hatten noch lange geredet, und seine Worte hatten einige Überzeugungen der jungen Frau ins Wanken gebracht.

Sie lauschte dem regelmäßigen Atem des Riesen und beschloss, etwas frische Luft zu schnappen. Corenn und Yan waren schon lange fort, und nach dem Gespräch mit Bowbaq hatte sie das Bedürfnis nach Gesellschaft.

Doch selbst im strahlenden Sonnenschein gelang es ihr nicht, ihre Angst zu bezwingen oder sie zumindest für eine Weile zu vergessen. Die Zukunft war ungewiss, und auf die Vergangenheit war kein Verlass.

Yan und Corenn, die gerade auf dem Rückweg zum Stall waren, kamen ihr entgegen. Ihr Freund machte ein seltsames Gesicht, so wie sie selbst, wenn eine neue Leidenschaft in ihr aufflammte. Er konnte seine Gefühle nicht vor ihr verbergen, dazu kannte sie ihn einfach zu gut.

Yan lächelte ihr zu, sobald er sie sah, und ihr Magen machte einen Hüpfer. Wieder bedauerte sie, dass er sie nicht um ihre Hand gebeten hatte.

Sie verbannte den Gedanken aus ihrem Kopf. Yan liebte sie nun einmal nicht. Doch das war nur eine Sorge unter vielen.

»Wie geht es Bowbaq?«, fragte Corenn, sobald sie in Hörweite waren.

»Gut. Er hatte Schwierigkeiten mit dem Einschlafen, aber jetzt schnarcht er friedlich vor sich hin.«

»Hat er noch Schmerzen?«

»Er verzieht das Gesicht, wenn er sich bewegt. Aber er beschwert sich nicht.«

»Gut. Ich glaube, das Gift kann ihm nichts mehr anhaben. Er ist außer Gefahr.«

Die drei Kaulaner standen einander gegenüber und suchten nach einem Gesprächsthema.

»Ihr wart lange spazieren«, sagte Léti schließlich.

Yan senkte den Blick und interessierte sich plötzlich ungemein für seine Schuhe.

»Ja«, antwortete Corenn nur. »Im Wald ist es schön. Ich gehe mal runter und sehe nach, ob ich in Meister Rajis Waren nicht etwas finde, aus dem ich uns etwas zu essen machen kann. Bei fünf Terzen am Tag ist die Verpflegung ja wohl im Preis inbegriffen!«

Sie stiegen wieder in den Keller hinunter. Léti hatte das unbehagliche Gefühl, dass die beiden etwas vor ihr verheimlichten. Ihre Tante tat dies für gewöhnlich nur, wenn sie sie vor schlechten Nachrichten schützen wollte.

Léti hatte vorgehabt, mit ihr über Bowbaqs Land der Dämonen zu sprechen, doch jetzt hatte sie der Mut verlassen.

Den ersten halben Dekant in Lorelia überwachte Rey den Eingang des *Romischen Schweins*, Bellecs Herberge. Grigán, der neben ihm stand, schien die Sprache verloren zu haben. Dass der Krieger dem Wirt misstraute, war verständlich. Was das anging, war Rey ganz seiner Meinung. Aber dass Grigán ihn zwang, sich in der brütenden Sonne des Mit-Tag einen halben Dekant lang die Beine in den Bauch zu stehen, passte ihm überhaupt nicht. In seinem Kostüm schwitzte er selbst wie ein romisches Schwein.

Nach einem letzten Versuch, den Ramgrith zur Vernunft zu bringen, beschloss Rey, auf eigene Faust loszuziehen, und stapfte mit entschlossenen Schritten Richtung Altstadt davon.

Grigán holte ihn ein, noch bevor er die Straßenecke erreicht hatte. »Ihr habt es zu eilig«, sagte er. »Ihr denkt nicht nach, bevor Ihr handelt. Wenn Ihr so weitermacht, werdet Ihr nicht alt.«

»Ich bin sowieso lieber jung.« Rey grinste spöttisch.

Er bog in eine schmale Gasse ein, überquerte einen Platz mit jahrhundertealten Pflastersteinen und lief eine enge Straße hoch, in der Fuhrleute und Maultiertreiber sich die Kehle aus dem Hals schrien, um durchgelassen zu werden. Grigán gab sich alle Mühe, Rey nicht aus den Augen zu verlieren und zugleich die Umgebung im Blick zu behalten. Die Menschenmenge machte ihn nervös.

Einen einzigen Trumpf hatten sie in der Hand: Lorelia war einer der letzten Orte der bekannten Welt, wo die Züu sie erwarten würden. Doch sobald sie den Mördern begegneten, wäre dieser Vorteil dahin. Grigán konnte immer noch nicht fassen, dass er sich dazu hatte überreden lassen, die Mörder im roten Gewand auf ein Gespräch unter vier Augen zu treffen. Aber gegen Corenns Entschlossenheit war er einfach machtlos.

Sie verließ sich darauf, dass er sie alle beschützte. Natürlich würde er sein Bestes geben – aber wenn das Treffen scheiterte, konnte sie nur noch unglaubliches Glück retten.

Wieder bog Rey in eine Seitenstraße ab. An der nächsten Ecke blieb er stehen. »Zum Haus der Kercyans geht es da lang«, sagte er und zeigte auf eine Gasse, über die sich ein Torbogen spannte.

Grigán wartete, dass er weitersprach, und machte sich innerlich auf einen erbitterten Streit gefasst, bei dem er ihm verbieten würde, sie alle aus einer Laune heraus in Gefahr zu bringen. Doch Rey ging wortlos weiter. Der Krieger musste ihm ihre Lage nicht erklären. Außerdem hatte er die Bruchbude, in der seine Familie wie im Exil gelebt hatte, ohnehin nie gemocht. Wahrscheinlich hatten sich dort längst ein paar Landstreicher eingenistet. Er hatte keine Lust, das Haus je wiederzusehen, geschweige denn, es zu betreten.

In dem Viertel, in dem sich Rey früher herumgetrieben hatte, erhöhte Grigán seine Wachsamkeit. Bald ließ Rey Anzeichen von Ungeduld erkennen, weil sein Gefährte die Straßen in scheinbarem Müßiggang entlangschlenderte. Obwohl sie auf dem Weg durch die Stadt immer wieder aneinandergerieten, gelangten sie schließlich ans Ziel.

Der Winterpalast des königlichen Handelskommissars, im Volksmund auch der Kleine Palast genannt, erstreckte sich über die gesamte Ostseite des Platzes der Reiter. An jedem Septim fand auf diesem Platz der größte Markt Lorelias statt, und gleichzeitig war der Kleine Palast Umschlagplatz für illegale Waren aller Art. Dieser Markt stand jedem offen, der nicht von den Wachen abgewiesen wurde und sich den Eintrittspreis leisten konnte.

»Ich weiß nicht, ob ich es bereits erwähnte«, sagte Rey, während sie auf das Gebäude zugingen. »Aber der Eintritt ist wirklich sehr, sehr teuer.«

»Sagt einfach, wie hoch er ist«, brummte Grigán.

»Fünfhundert Terzen pro Person und keinen Tick weniger. Egal, ob man etwas kaufen will oder nicht.«

Grigáns Miene verdüsterte sich noch mehr. Das würde ein großes Loch in ihren Geldbeutel reißen – zwanzig Goldterzen pro Person. Und das, um sich mit den Züu zu treffen! Er stieß einen tiefen Seufzer aus und schüttelte den Kopf, während er sich umsah.

Wenn man alle Aufenthalte Grigáns in Lorelia zusammenzählte, kam man gut und gern auf über zehn Dekaden. Er hatte den Platz der Reiter bestimmt schon fünfzigmal überquert und war ebenso oft am Kleinen Palast vorbeigekommen. Doch heute hatte das Gebäude für ihn eine ganz andere Bedeutung, und er prägte sich jede Einzelheit ein.

Seinen Spitznamen musste der Kleine Palast einem Witzbold verdanken, denn klein war er nur im Vergleich zum Königspalast. Er bestand aus fünf Stockwerken und das, obwohl die meisten lorelischen Häuser nicht einmal vier hatten. In jedem Geschoss zählte Grigán nicht weniger als elf große Fenster. In dem Gebäude hätte man spielend zwanzig Familien unterbringen können.

Die Architektur war unverkennbar lorelisch: Säulenreihen mit Halbreliefs, ein Kranzgesims, hohe, schmale Fenster, kleine Balkone und Natursteine aus den Steinbrüchen von Cyr. Der Kleine Palast war über sechshundert Jahre alt, schien aber erst vor einem Jahrzehnt vollendet worden zu sein.

Obwohl immer noch einige Gemächer für ihn hergerichtet waren, logierte der königliche Handelskommissar schon lange nicht mehr in dem Palast. Der Großteil des Gebäudes beherbergte seit zwei Jahrhunderten die Amtsstuben der königlichen Beamten, all jener Sekretäre, Archivare, Amtsschreiber, Kopisten, Advokaten, Verwalter und Buchhalter, die für die Sicherheit und den Reichtum der Handelsnation unverzichtbar waren.

Hunderte von Kaufleuten gingen täglich im Palast ein und aus, um Papiere einzureichen oder sich eine Unterschrift abzuholen. Aus diesem Grund gab es üblicherweise keine Eingangskontrollen, außer am Septim jeder Dekade. An diesem Tag durften nur königliche Beamte und Marktbesucher den Palast betreten.

Grigán stieg ohne Eile die zahlreichen Stufen hoch und folgte Rey in den Säulengang. Ein einziger dösender Soldat überwachte das Kommen und Gehen.

»Am Markttag«, flüsterte Rey Grigán ins Ohr, »wird der Eingang von sechs Jelenis bewacht. Das sind die Leibwächter und Hundeführer des Königs, und sie haben ihre bissigsten Doggen bei sich. Hier kommt niemand mit Gewalt hinein oder hinaus.«

Der schmale Gang mündete in eine prunkvolle Halle aus Marmor. Sie kamen an einer Schreibstube vorbei, in der ein Beamter Dienst tat. Er hob nicht einmal den Kopf.

»Hier bezahlt man das Eintrittsgeld und gibt seine Waffen ab«, erklärte Rey und zeigte auf den Schreiber.

»Was?«

»Ich kann mir vorstellen, wie schwer Euch das fallen wird«, sagte Rey grinsend. »Aber wenigstens trifft die Züu das gleiche Los!«

Zu beiden Seiten der Halle führte eine geschwungene Treppe in die oberen Stockwerke. Rey zog Grigán unter einen der Aufgänge und trat durch einen Torbogen mit prächtigen Ornamenten. Nun standen sie in einem Säulengang, der um den großen Innenhof herumführte.

Im Grunde war es kein Hof, sondern ein Garten, fast schon ein kleiner Park. Die Bäume, Sträucher, Efeuranken, Blumen und Rasenflächen durften nicht wachsen, wie es der Natur gefiel – alle waren beschnitten, in eine bestimmte Form gezwangt und dem menschlichen Geschmack angepasst.

Ein Weg schlängelte sich von einer Marmorbank zur nächsten, als hätten die Besucher es nötig, sich alle fünfzehn Schritte auszuruhen. Mit Bedacht angeordnete dichte Sedahecken würden Käufer und Verkäufer vor neugierigen Blicken abschirmen, und hinter manchen verbargen sich kleine Freiluftpavillons mit Tischen, Bänken und Springbrunnen.

»Da wären wir. Hier findet der Markt statt. Die Händler können herumlaufen oder sich hinsetzen, wo sie wollen. Es ist verboten, seine Waren laut auszurufen oder Schilder aufzustellen, aber ich glaube, darauf können wir verzichten, oder?«

»Ich dachte, Ihr wärt noch nie hier gewesen. Ihr scheint Euch gut auszukennen.«

»Vergesst nicht, dass ich in Lorelia geboren bin. Wen wundert es da, wenn ich mich in der Stadt auskenne?«

Grigán nickte nur und sah sich um. »Jeder kann eine Waffe hereinschmuggeln. Hier sind wir unseres Lebens nicht sicher.«

»Am Markttag patrouillieren Bogenschützen auf der Galerie über dem Säulengang. Sie haben den Befehl, auf jeden zu schießen, der eine Waffe zieht. Ich glaube, so etwas ist in drei Jahrhunderten ganze zweimal vorgekommen. Außerdem dürften wir uns hier eigentlich gar nicht aufhalten. Ich wundere mich, dass man uns noch nicht vor die Tür gesetzt hat.«

Der Krieger ließ ein letztes Mal den Blick über den Innenhof schweifen, schätzte Entfernungen ab und prägte sich den Grundriss ein. Es gab nicht mehr als zwei Ausgänge, einen unter jedem Treppenaufgang. Falls die Züu bereit waren, ihr Leben zu opfern, um die Erben zu töten – was Grigán bezweifelte –, waren sie in ernsthafter Gefahr, aber eben nur dann.

»Ich habe genug gesehen. Lasst uns gehen, bevor wir einer Wache in die Arme laufen. Wir sehen uns noch kurz die umliegenden Straßen an, dann kehren wir zu den anderen zurück.«

Zum ersten Mal in seinem Leben verschwieg Yan Léti etwas. Die Lüge hinterließ einen schalen Geschmack in seinem Mund, den selbst die Freude über Corenns Worte nicht mildern konnte.

Zum Glück würde sein Verrat nur von kurzer Dauer sein. Corenn hatte ihm das Versprechen abgenommen, ihr Gespräch vorerst geheim zu halten. Er nahm an, das galt bis zu dem Augenblick, in dem er die Prüfung bestand.

Er hatte mit seinen Gefährten zu Mit-Tag gegessen, und sobald die Höflichkeit es zuließ, war er aufgestanden, um in den Wald zurückzukehren. Nun lag er bäuchlings auf dem Boden, presste sich die Finger an die Schläfen und starrte konzentriert auf eine Drei-Königinnen-Münze, die vom Alter schwarz gefärbt war.

Am Morgen hatte er seinen ersten Versuch bald aufgegeben. Corenn hatte ihm ein paar Ratschläge gegeben und dann entschieden, dass es an der Zeit war, in den Keller zurückzukehren. Er musste die Prüfung allein ablegen. Vermutlich würde es mehrere Dekaden dauern. Mehrere Monde. Vielleicht sogar mehrere Jahre.

Yan hatte nicht vor, die Münze so lange anzustarren. Wenn Corenn es geschafft hatte, sie zu bewegen, dann war es möglich. Rätselhaft, gewiss, schwierig – vielleicht, aber nicht undenkbar. Corenn hatte es selbst gesagt: Man musste nur fest genug daran glauben.

Allerdings hatte er keine Ahnung, wie er die Sache angehen sollte. Er wusste keinen Rat, als die Münze anzustarren und sich mit aller Kraft zu wünschen, sie fiele um. Einstweilen begnügte er sich damit.

Nach einer Weile stellte sich ein weiteres Gefühl ein: Er kam sich lächerlich vor. Jeder Beobachter hätte ihn für geisteskrank gehalten. Doch er riss sich zusammen. Corenn hatte gesagt, dieses Gefühl sei normal, und nur wer es nicht habe, sei wahrhaft verrückt.

Er konzentrierte sich wieder auf das Geldstück. Er kannte es bereits in- und auswendig und hätte es unter hundert anderen wiedergefunden. Ein Drittel der Münze war abgenutzt, und an zwei Stellen wies die schmale Seite Kerben auf. Er fragte sich, ob ihm diese Einzelheiten halfen oder ob sie ihn ablenkten.

Abermals wurde ihm bewusst, dass er einfach nicht wusste, wie er die Sache angehen sollte. Wie funktionierte Magie?

Corenn hatte gesagt, seine Gabe sei wie ein geistiger Muskel, der noch nie beansprucht worden und deshalb erschlafft sei. Wenn er nur wüsste, wo sich dieser »Muskel« befand!

Auch hatte sie mehrmals vom »Willen« gesprochen, doch ihm war unklar, was sie damit meinte. Yan wollte, dass die Münze auf die Seite fiel. Er wollte es unbedingt. *Jetzt!*

Doch die abgenutzte Drei-Königinnen-Münze mit ihrem unebenen Rand rührte sich nicht. Sie stand einfach nur da und schien sich über ihn lustig zu machen

Er verfluchte sie, fuchtelte mit den Armen und beschimpfte sie laut. Dann stand er auf, hob das verhasste Ding auf und machte sich auf den Rückweg.

Er hatte beinahe einen Dekant seines Lebens damit verschwendet, das Metallstück anzustarren, und war kläglich gescheitert.

So bald wie möglich würde er es erneut versuchen.

An der Stalltür traf er auf Raji. Der Schmuggler machte ein mürrisches Gesicht, weil er in Lorelia viel länger auf Rey und Grigán hatte warten müssen als geplant. Yan nickte ihm grüßend zu und schob sich rasch an ihm vorbei.

Als er in den Keller kam, waren seine Gefährten bereits in ein ernstes Gespräch vertieft. Sie saßen um Bowbaqs Bett herum und hielten Kriegsrat. Grigán erzählte in knappen Worten von ihrem Ausflug nach Lorelia.

»Solange wir im Kleinen Palast sind«, sagte er, »hält sich die Gefahr in Grenzen. Aber sobald wir wieder auf der Straße stehen, sieht die Sache anders aus. Die Wachen sind nur dazu da, die Besucher einzeln herauszulassen. Das reicht nicht, wenn man es mit einer Organisation wie den Züu zu tun hat. Ganz zu schweigen von der Großen Gilde.«

»Aber die Züu rechnen nicht mit unserem Besuch«, wandte Corenn ein. »Ich glaube kaum, dass sie uns in einen Hinterhalt locken werden, sei es im Palast oder draußen. Es sei denn, sie legen sich an jedem Markttag auf die Lauer. Aber warum sollten sie?«

»Es kann aber auch sein, dass uns jemand verpfiffen hat«, sagte

Grigán. »Die Gilde hat zwei Männer, die für Rajis Komplizen arbeiten, nach Berce geschickt. Vielleicht sind sie auf der Insel gestorben, vielleicht aber auch nicht. Wir könnten ihnen beim nächsten Mal direkt in die Arme laufen.«

»Mit zwei Kerlen werden wir ohne Weiteres fertig«, warf Léti ein.

Corenn riss entsetzt die Augen auf, doch Grigán kam ihrer Strafpredigt zuvor.

»Das glaubst du! Ein Kampf ist nie im Voraus gewonnen. *Nie.* Außerdem kann es sein, dass wir die Männer nicht wiedererkennen. Sie könnten uns die Gilde auf den Hals hetzen, sobald wir ihnen den Rücken zukehren.«

Léti schwieg. Grigán hatte versprochen, ihr Unterricht im Kämpfen zu erteilen, und sie würde ihm vorerst nicht widersprechen.

Die beiden Anführer nahmen das Gespräch wieder auf. Grigán seufzte und sah Corenn flehentlich an. »Glaubt Ihr wirklich, dass es die Sache wert ist? Die Züu werden uns nicht anhören. Es wäre leichter, mit einer giftigen Daï zu reden als mit diesen Irren. Sobald sie uns sehen, werden sie nur noch daran denken, wie sie uns am schnellsten ihren Dolch ins Herz stoßen können.«

»Ich weiß, Grigán. Aber wir haben keine Wahl. An unseren Feind kommen wir nicht heran, denn wir wissen nicht, wer er ist. Daher müssen wir seinen Vollstreckern Einhalt gebieten.«

Grigán musterte alle der Reihe nach. Er wusste, was es hieß, ein Gejagter und Flüchtling zu sein. Dieses Schicksal wünschte er niemandem, und er glaubte nicht, dass seine Freunde es lange überleben würden, nicht mal unter seinem Schutz.

Er nickte schweigend, konnte sich aber eine Grimasse nicht verkneifen.

Dabei wäre es geblieben, wenn Bowbaq nicht das Schweigen gebrochen hätte. »Und was geschieht, wenn sich die Züu weigern, uns anzuhören? Wenn sie uns weiterhin jagen? Ich meine, was machen wir dann?«

Die Fragen spukten allen im Kopf herum, doch niemand wusste eine Antwort.

»Vermutlich wird es dann das Beste sein, in die Fürstentümer zu reisen«, sagte Corenn betrübt. »Nach Junin, zu Königin Séhane. Sie ist die einzige andere Erbin, von der wir sicher wissen, dass sie noch lebt. Leider liegt das nicht gerade auf deinem Heimweg …«

Bowbaq starrte gedankenverloren an die Decke. Vor drei Dekaden hatte Wos ihn mit seinem aufgeregten Wiehern geweckt, und jetzt lag er im Keller eines lorelischen Schmugglers und hatte eine Stichwunde am Bauch. Bald würde er vielleicht in die Fürstentümer reisen. Seit über zwei Monden hatte er seine Frau, seinen Sohn und seine Tochter nicht gesehen. Er wusste nicht einmal, ob sie noch lebten.

»Einverstanden«, sagte er widerstrebend. »Wenn es uns weiterhilft, reisen wir nach Junin.«

Rey tätschelte ihm unbeholfen die Schulter. Der melancholische Blick des sanftmütigen Mannes bedrückte sie alle.

Léti gönnte Grigán keine lange Ruhepause. Kaum hatte er etwas gegessen, erinnerte sie ihn an sein Versprechen. Die erste Lektion sollte sofort stattfinden.

Wie all seine Landsleute und sämtliche Bewohner der Unteren Königreiche pflegte Grigán sein Wort zu halten. Zwar verbot ihm seine Erziehung, einer Frau eine Waffe in die Hand zu geben, doch sein Ehrgefühl, das ihm noch heiliger war, hinderte ihn daran, ein Versprechen zu brechen. Außerdem hielt er nach zwanzig Jahren des Nomadenlebens nicht mehr ganz so starr an den ramgrithischen Traditionen fest. Er war auf seinen Reisen durch die bekannte Welt zahlreichen Kämpferinnen und Kriegerinnen begegnet.

»Gut«, sagte er zu Léti, deren Gesicht sich erhellte. »Lass uns nach draußen gehen.«

Sie rannte beinahe zur Treppe und blieb nur kurz stehen, um sich zu vergewissern, dass er ihr folgte. Doch Corenn hatte sich ihm in den Weg gestellt. Missmutig erklomm Léti die Stufen, denn sie war sicher, dass ihre Tante versuchen würde, Grigán von seinem Vorhaben abzubringen.

»Ich will nicht, dass sie sich in den Kopf setzt, gegen die Züu zu kämpfen«, sagte Corenn. »Bitte bestärkt sie nicht in dieser Idee. Sie soll nicht glauben, sie könnte einen solchen Kampf gewinnen.«

Grigán sah sie an, als hätte sie seine Ahnen beleidigt und seine Nachkommen verflucht. Nie zuvor hatte Corenn ihn so tief gekränkt. Sie tat gerade so, als sei er ein verantwortungsloser Draufgänger.

Er beschloss, ihre Worte auf die Angst zu schieben, die alle Gefährten umtrieb. In den letzten Tagen hatte er sich mehrmals der übertriebenen Vorsicht bezichtigen lassen müssen. Diesmal würde er seine Wut im Zaum halten.

»Macht Euch keine Sorgen«, sagte er und folgte Léti, die vor dem Stall auf ihn wartete.

Er hatte eigentlich damit gerechnet, dass alle der ersten Übungsstunde zusehen würden, doch nur Rey gesellte sich zu ihnen. Er machte es sich mit einer Flasche Grünwein, die er aus Rajis Lager stibitzt hatte, auf einem Heuhaufen bequem. Grigán ärgerte sich schon jetzt über die spöttischen Bemerkungen, die Rey gewiss von sich geben würde. Er beschloss, den Spaßvogel zu ignorieren und sich auf Léti zu konzentrieren.

Das Mädchen schien ungeduldig darauf zu warten, dass Grigán ihr irgendein dunkles Geheimnis verriet. Er hatte noch nie Unterricht erteilt, egal auf welchem Gebiet, und hatte keinen blassen Schimmer, was er tun oder sagen sollte.

»Vielleicht solltet Ihr Léti eine Waffe geben?«, schlug Rey vor, als könne er Gedanken lesen.

Dass ausgerechnet Rey sein Zögern bemerkt hatte, machte Grigán, dessen Nerven ohnehin blank lagen, wütend. Mit einer schnellen Bewegung, der man die jahrelange Erfahrung ansah, zog er sein Krummschwert und wirbelte es gekonnt durch die Luft. Er bereute es sofort. Solche Manöver waren nichts als nutzlose Prahlerei, und er beherrschte sie nur, weil er mit dem Schwert in der Hand aufgewachsen war.

Er hatte nur demonstrieren wollen, dass er keine Ratschläge brauchte, doch nun war Létis Faszination für den Umgang mit der Waffe noch gewachsen.

Sie hatte seine Vorführung mit großen Augen verfolgt. Natürlich würde sie bei der erstbesten Gelegenheit versuchen, ihn nachzuahmen. Verflucht!

»Gut. Was willst du lernen?«, fragte er. Plötzlich hatte er es eilig, das Ganze hinter sich zu bringen.

»Alles. Ich möchte so kämpfen können wie Ihr. Ich will lernen, wie man angreift und pariert und so weiter.«

»Das kann man niemandem beibringen. Es ist eine Frage der Erfahrung.«

»Dann übt mit mir.«

Grigán überlegte. »Wir fangen mit dem Bogen an«, verkündete er.

»Nein. Schießen kann ich schon. Ich möchte den Umgang mit dem Schwert lernen.«

Er schüttelte fassungslos den Kopf. Wäre er nicht an sein Versprechen gebunden, hätte er dieses leichtsinnige junge Ding einfach stehen lassen. Er schwor sich, dass es keine zweite Unterrichtsstunde geben würde.

Dennoch überlegte er pflichtschuldig, was er ihr raten konnte. Mit dem Krummschwert in der Hand dachte er an die zahllosen Kämpfe, die er bestritten hatte. Er war froh, als ihm etwas einfiel, das Léti entmutigen würde. »Als Erstes musst du deine Angst überwinden«, sagte er ernst. »Die Angst vor Verletzungen. Vor Narben im Gesicht und am ganzen Körper. Die meisten Verletzungen heilen nie ganz. Im Kampf zieht man sich Kratzer, Schnitte und Prellungen zu, aber auch tiefe Wunden und Knochenbrüche. Man kann Gliedmaßen verlieren. Man geht nie unversehrt aus einem Kampf hervor. Niemals.«

»Ich weiß. Was noch?«

Diese Erfahrung hatte Léti bereits am Vortag gemacht. Sie spürte die Schmerzen immer noch. Wenn Grigán sie hatte abschrecken wollen, war ihm das nicht geglückt.

»Du verstehst mich nicht richtig. Ich will nicht sagen, dass du Gefahr läufst, verletzt zu werden. Ich hoffe, das weißt du! Aber wenn du Angst vor dem Angriff des Gegners hast, verausgabst du dich bis zur Erschöpfung, um zum Beispiel einen Schnitt am Bein zu vermeiden. Dann hast du den Kampf schon verloren. So einfach ist das.«

»Und?«

»Wenn du lernen willst, dich zu verteidigen – und ich sage mit Absicht *verteidigen* –, musst du das Wichtigste im Blick behalten: dein Überleben, sonst nichts. Anders gesagt: Wenn du dir keine Narbe wie meine zuziehen willst, gib lieber jetzt gleich auf, und lass andere für deinen Schutz sorgen.«

»Auf keinen Fall. Lasst mich gegen Euch antreten. Ihr werdet schon sehen.«

Léti erwischte ihn auf dem falschen Fuß. Grigán hatte gehofft, seine Worte würden ihr Angst einjagen, doch im Inneren des Mädchens loderte ein Feuer, das er nur allzu gut kannte. Er wusste genau, was da in ihr aufflammte. Er nannte es »den Zorn des Kriegers«. Ein gefährliches Gefühl.

Na schön, sie wollte also gegen ihn antreten. Eine ordentliche Lektion würde ihr die Flausen schon austreiben.

»Gut«, sagte er und wirbelte abermals das Schwert durch die Luft. »Greif mich an.«

Zum ersten Mal war Léti überrascht. »Einfach so? Womit?«

»Mit nichts. Ich habe ein Schwert, und du hast keine Angst.«

Das Mädchen machte ein finsteres Gesicht. So hatte sie sich das nicht vorgestellt. Aber gut, sie würde sich seiner Entscheidung beugen.

Sie versuchte auf verschiedene Arten, ihm auf den Leib zu rücken, doch Grigán hielt sie mit seiner Klinge auf Abstand. Dann bemühte sie sich, ihn zu überrumpeln – vergeblich. Grigán sah jede ihrer Bewegungen voraus und verschanzte sich hinter seinem Krummschwert.

Létis Versuche wurden immer aggressiver. Sie stürzte sich auf ihn, ohne sich um die scharf geschliffene Klinge zu scheren, denn schließlich war das der Zweck der Übung. Doch Grigán wich ihr jedes Mal aus, indem er zwei schnelle Schritte zur Seite machte und wegen ihrer Unvorsichtigkeit einen unterdrückten Fluch ausstieß.

Rey feuerte sie lautstark an, doch Léti konnte nicht die Oberhand gewinnen. Grigán wollte sie lehren, eine Niederlage zu verschmerzen.

Wut stieg in ihr auf. Sie hatte sich geschworen, nie mehr zurückzuweichen. Plötzlich griff Léti mit der rechten Hand nach der Klinge und packte zu.

Grigán hatte genug Erfahrung, um das Schwert nicht zurückzuziehen. Trotzdem färbte sich die Klinge rot. Blut schoss aus einem tiefen Schnitt in Létis Fingern.

Die junge Frau streckte die freie Hand aus und berührte leicht das Herz des Kriegers. »Touché«, sagte sie mit zitternde Stimme.

Corenn konnte sich nicht entscheiden, ob sie Léti beim Unterricht zusehen wollte oder nicht. Sie machte sich Sorgen und war zugleich neugierig, was zwischen Grigán und ihrer Nichte geschehen würde. Jedoch wollte sie das Vorhaben nicht durch ihre Anwesenheit unterstützen.

Schließlich nahm Yan ihr die Entscheidung ab. Der junge Mann hatte sich den ganzen Tag mit der magischen Prüfung abgemüht und war wie erwartet gescheitert. Als Léti, Grigán und Rey den Stall verlassen hatten, schlug er vor, ihr Gespräch über Magie fortzusetzen. Er hatte eine Menge Fragen.

Corenn nahm den Vorschlag mit Freude an. Auch wenn sie eher Ratsfrau als Magierin war, unterhielt sie sich gern über den magischen Willen, denn selbst mit einem Novizen wie Yan war das Thema immer interessant.

Nachdem Grigán ihm einen Schlaftrunk gebraut hatte, war Bowbaq wieder eingenickt.

Trotzdem setzten sie sich in den hintersten Winkel des Kellers, damit niemand sie hörte. Corenn legte großen Wert darauf, das Geheimnis zu hüten, zumindest bis Yan die Prüfung bestand.

Der Grund lag auf der Hand. Wenn alle Bescheid wüssten, würde es dem Jungen nicht gelingen, die Aufgabe zu lösen. Er wäre zu großem Druck ausgesetzt und hätte mit verwirrenden Gefühlen zu kämpfen – dabei musste er sich voll und ganz auf seinen Willen konzentrieren.

Sie war bereit, all seine Fragen zu beantworten, und er hatte so einiges auf dem Herzen.

»Ich weiß einfach nicht, wie ich die Sache angehen soll«, gestand er. »Ich nehme an, es reicht nicht, einfach abzuwarten, stimmt's?«

»Richtig. Womit genau hast du Schwierigkeiten?«

»Ich habe das Gefühl, als fehlte etwas … Als müsste ich irgendetwas tun … Aber ich habe keine Ahnung, was es ist. Als würde beim Angeln ein Fisch anbeißen, und es gelänge mir nicht, ihn an Land zu ziehen.«

»Das kommt der Wahrheit ziemlich nahe«, sagte Corenn. »Du darfst es nicht krampfhaft erzwingen. Du musst deinen Willen anschwellen lassen und ihn im richtigen Moment auf dein Ziel richten.«

Yan wartete auf weitere Erklärungen. Für die Magierin mochten die

Worte klar und deutlich sein, doch für ihn klangen sie so rätselhaft wie das romische Alphabet.

»Du wirst es verstehen, wenn es dir gelungen ist«, sagte sie. »Im Moment musst du dich damit nicht belasten.«

Er nickte zaghaft. Für seinen Geschmack ließ sie das Thema viel zu schnell fallen. Doch er hatte noch weitere Fragen. »Die Münze. Ich habe sie jetzt so lange angestarrt, dass ich sie ständig vor mir sehe. Wenn ich versuche, mich auf sie zu konzentrieren, ist ein Teil von mir immer damit beschäftigt, alle Einzelheiten zu mustern.«

»Dann konzentriere dich auf eine dieser Einzelheiten. Da es dir nur darum geht, die Münze zu Fall zu bringen, kannst du deinen Willen auf jeden Punkt der Oberfläche anwenden. Wo, ist völlig gleich.«

Yan dachte eine Weile über ihre Worte nach. Corenn wusste, dass sie ihrem Schüler viel abverlangte. Bis zum Vortag hatte der Junge noch nicht einmal gewusst, dass es so etwas wie Magie überhaupt gab, und nun überhäufte sie ihn mit neuen Ideen. Damit brach sie die Regeln, die sie bislang in ihrem Unterricht angewandt hatte.

Ihre anderen Schülerinnen hatte sie erst in die Prinzipien des Willens eingeweiht, nachdem diese die Prüfung bestanden hatten.

Doch mittlerweile hatte sie erkannt, dass die Prinzipien ohnehin nur jenen halfen, die die Prüfung zu meistern vermochten. Für alle anderen waren sie nichts als falsche Fährten.

Yan hatte noch mehr auf dem Herzen. »Muss man … Das klingt vielleicht etwas seltsam … Muss man eine Bewegung oder so machen? Etwas Bestimmtes sagen?«

»Nicht unbedingt. Aber einer meiner Schülerinnen hat es sehr geholfen. Wenn du also das Bedürfnis verspürst, etwas zu sagen oder zu tun, dann zögere nicht. Allerdings ist es schwierig, sich so etwas später wieder abzugewöhnen. Die Entscheidung kann ich dir nicht abnehmen.«

Corenn hätte ihm gern genauere Antworten geben, doch das ging nicht. Alles hing davon ab, wie Yan mit der Prüfung klarkam. Die kommenden Dekaden würden den Ausschlag geben.

Corenn beantwortete alle Fragen des Jungen mit Geduld und Wohlwollen, und Yan sog ihre Worte begierig auf. Er vertraute ihr vollkommen. Das machte es der Magierin noch schwerer, ihn anzulügen.

Yan würde die Prüfung nicht bestehen. Jedenfalls nicht so, wie er sich das vorstellte.

Ziel der Prüfung war nicht, die Münze mit Magie umzustoßen – Ziel der Prüfung war einzig und allein, es so lange wie möglich zu versuchen.

Falls Yan nach einigen Dekaden immer noch so eifrig bei der Sache war, würde Corenn ihn lehren, seinen Willen zu gebrauchen. Falls er aufgab, würde er ganz einfach glauben, die Gabe nicht zu besitzen. Sollte er scheitern, würde er das allein sich selbst zuzuschreiben haben.

Sie hatte ihn belogen. Jeder besaß die Gabe. Jeder konnte ein Magier sein. Doch nur jenen, die genug Geduld und Beharrlichkeit zeigten, gelang es, ihren magischen Willen zu verstehen, zu entwickeln und zu beherrschen. Die Prüfung bestand im Sieg über die eigene Willensschwäche.

Doch selbst wenn man sie besiegte, war man noch längst nicht am Ziel. Jeder konnte zeichnen, töpfern oder singen, aber nur wenige wurden Maler, Bildhauer oder Sänger, und das Gleiche galt für die Magie. Jeder hatte die Gabe, so mancher hatte die Geduld, ihren Gebrauch zu lernen, doch nur wenige waren große Künstler.

Yan hatte bereits bewiesen, dass er zu großer Kunst fähig war, als er Léti davor bewahrte, von der Klippe zu stürzen.

Corenn hoffte inständig, er würde genug Geduld haben.

Yan und Corenn verstummten, als sie Schritte auf der Treppe hörten. Sie wunderten sich, dass Létis Unterricht schon vorbei war. Niemand sagte ein Wort. Es musste etwas passiert sein.

Unwillkürlich eilte Corenn ihren Freunden entgegen. Ihr Blick fiel auf das rot gefärbte Stück Stoff, das sich ihre Nichte um die rechte Hand geschlungen hatte. Und dann geschah etwas, womit niemand gerechnet hatte: Sie wurde wütend. »Großartig! Das musste ja so kommen! Seid ihr nun zufrieden?«

Ihr Vorwurf richtete sich vor allem gegen Grigán. Er wich ihrem Blick aus und schwieg, denn er verstand sie. Dies war ihr erster Streit, und er, der sich stets bemühte, unverwundbar zu erscheinen, war tief getroffen.

»Alles in Ordnung, es ist nichts Schlimmes«, sagte Léti gelassen.

Corenns Wut verrauchte sogleich. Sie führte sich auf, als wäre Léti ein Kind, das zu Unrecht verletzt worden war und das man beschützen und trösten musste. Das erwachsene Verhalten ihrer Nichte brachte sie einen Moment lang aus der Fassung.

»Ich hoffe, das wird euch eine Lehre sein«, sagte sie schwach.

Weder Léti noch Grigán antworteten.

Zaghaft warf sich Rey für sie in die Bresche. »Es war ein Unfall, Corenn. Außerdem müsstet Ihr doch froh sein, wenn Léti lernt, sich zu verteidigen.«

»Ein Unfall! Und was ist, wenn sie beim nächsten Mal ein Auge verliert? Wie nennt ihr das dann? Ein Missgeschick?«

Léti konnte ihren Unmut nicht länger zügeln. »Und wenn die Züu mir einen Dolch in den Bauch stoßen und ich mich nicht wehren kann? Wäre das dann eine bedauerliche Tragödie?«

Corenn verschlug es die Sprache.

»Ich habe die Nase voll davon, mich auf andere Leute zu verlassen«, sagte Léti etwas ruhiger. »Ich will die Chance haben, einen Angriff zu überleben, auch wenn niemand da ist, um mich zu beschützen. Deshalb werde ich, sollte es wieder zu einem Angriff kommen, Grigán und Rey und allen anderen, die für mich kämpfen, zur Seite stehen. Wenn es sein muss, lerne ich eben im Kampf, mich zu verteidigen.«

Corenn suchte Grigáns Augen. Sie selbst wusste nicht mehr, was sie sagen sollte.

»Mir hat sie draußen den gleichen Vortrag gehalten«, brummte er.

Corenn ging ein paar Schritte auf und ab. Im Rat des Matriarchats traf sie Entscheidungen, die ganze Völker betrafen. Warum gelang es ihr nicht, ihre eigene Nichte zur Vernunft zu bringen? Ironie des Schicksals!

»Du hast also beschlossen, dass du kämpfen wirst – egal, was geschieht, und egal, was ich sage?«

»Ja.«

»In diesem Fall ist es wohl das Beste, wenn Grigán dir ein paar Ratschläge gibt. Natürlich nur, wenn er einverstanden ist.«

»Ich werde sehen, was ich tun kann«, sagte er erleichtert, so leicht davongekommen zu sein.

»Gleichwohl möchte ich dich um einen Gefallen bitten, Léti. Halt dich aus allen Kämpfen heraus, bis Grigán sagt, dass du bereit bist.«

Das Mädchen tat, als müsste es über den Vorschlag nachdenken. Dann gab Léti Corenn ihr Wort, um sie zu besänftigen und den Streit zu beenden. Endlich einmal hatte sie in einer Diskussion mit ihrer Tante die Oberhand behalten.

Sie sah nicht, wie Corenn und Grigán einen verschwörerischen Blick wechselten.

Einer von Rajis Lieferanten stattete ihm kurz vor Sonnenuntergang einen Besuch ab. Er zog drei Pferde hinter sich her, die mit Stoffen aus Far beladen waren. Der kleine Mann beeilte sich, das Vermögen nach unten ins Lager zu bringen, und hoffte von ganzem Herzen, seine Gäste würden in ihrem Versteck bleiben.

Doch er hatte die Rechnung ohne Grigáns krankhaftes Misstrauen gemacht. Der Krieger baute sich vor dem Neuankömmling auf und beäugte ihn argwöhnisch. Die Botschaft war klar. Der Lieferant, der aus den Fürstentümern stammte, sagte kein Wort und verließ Hals über Kopf den Hof. Was diese Leute, die sich bei Raji versteckten, auch angestellt hatten, er legte sich lieber nicht mit ihnen an.

»Erst zwingt Ihr mich, Euch Unterschlupf zu gewähren«, knurrte der Lorelier, »und jetzt verderbt Ihr mir auch noch das Geschäft!«

Raji schien mit sich selbst zu reden, weshalb ihn Grigán ignorierte. Der jammernde Schmuggler war ihm zuwider. Aber im Grunde waren ihm alle Lorelier mehr oder minder zuwider, dachte er, als ihm Rey einfiel.

Er versperrte die Falltür zum Stall von innen. Die Erben würden ihre zweite Nacht in dem Keller verbringen. Und am Morgen der dritten Nacht würden sie nach Lorelia gehen und die Züu treffen.

Sie hatten draußen zu Abend gegessen, vor Rajis Haus, trotz der Proteste und der hartnäckigen Weigerung des kleinen Mannes, sich ihnen anzuschließen. Mittlerweile waren die Gefährten in den Keller zurückgekehrt.

Obgleich ihnen die Nacht auf der Insel Ji, in der sie kein Auge zugetan hatten, immer noch in den Knochen steckte, stand niemandem der Sinn danach, schlafen zu gehen, vor allem Bowbaq nicht, der den ganzen Tag nichts anderes getan hatte. Er fühlte sich wieder vollkommen gesund, auch wenn er bisweilen noch vor Schmerzen das Gesicht verzog.

Die Gefährten spürten den Drang, miteinander zu sprechen, denn jeder hatte etwas zu erzählen oder wollte die anderen nach ihrer Meinung fragen. Alle trieben die gleichen Fragen um: das Treffen mit den Züu, ihre ungewisse Zukunft, ihr namenloser Feind und vor allem das Geheimnis der Insel.

Zum ersten Mal, seit sie vor der Pforte gestanden und die andere Welt gesehen hatten, waren alle beisammen, um ihre Eindrücke auszutauschen. Sie waren ausgeschlafen, befanden sich nicht auf der Flucht, und niemand lauerte ihnen auf.

In stillschweigendem Einvernehmen setzten sie sich im Halbkreis um Corenn. Grigán gesellte sich als Letzter dazu.

»Ich nehme an, niemand hat Lust, eine Partie Stern zu spielen«, sagte Rey. »Schade, sechs Spieler wären genau richtig.«

»Ich mag keine Würfelspiele«, knurrte der Krieger.

»Das darf man nicht sagen, selbst wenn es stimmt«, sagte Bowbaq. »Es bringt Unglück, die Würfel zu beleidigen.«

»Etwas mehr oder weniger Unglück. Als ob das noch einen Unterschied machen würde …«

Alle schwiegen betreten. Léti nutzte die Gelegenheit, um den anderen ihr Herz auszuschütten.

»Bowbaq kennt eine Legende, die vielleicht von der anderen Welt handelt«, sagte sie.

Alle Blicke richteten sich auf den Riesen, was ihn sogleich einschüchterte. Stotternd begann er zu erzählen. »Ich erinnere mich kaum noch … Ich war gerade erst zehn Jahre alt. Ein Maz fand Unterschlupf bei meinem Klan. Er kannte eine Menge Geschichten, und diese war nur eine von vielen. Aber heute Nacht kam sie mir wieder in den Sinn, und die Ähnlichkeiten mit dem, was wir gesehen haben, sind verblüffend.«

»Erinnerst du dich an genug, um sie uns zu erzählen?«, fragte Corenn.

»Also … Die Geschichte handelte von einem alten Krieger, der sich in den Bergen des Rideau verlaufen hatte. Mehrere Dekaden lang irrte er umher, bis er auf ein von hohen Bergen umgebenes Tal stieß. Süße Früchte wuchsen an den Bäumen, und es gab dort reichlich Wild und klares Wasser. Da er seit Langem keinen so fruchtbaren Fleck Erde mehr gesehen hatte, beschloss er zu bleiben.

Das Tal war besiedelt, und die Bewohner waren noch sehr jung und empfingen ihn mit offenen Armen. Der Krieger lebte mehrere Dekaden lang unter ihnen. Er war glücklich, an so einem friedlichen Ort zur Ruhe kommen zu können.

Doch der Schein trog. Seine neuen Freunde waren keine Menschen. Es waren Dämonen.«

»Natürlich«, fiel ihm Rey ins Wort. »Dämonen. Warum bin ich nicht gleich darauf gekommen? Mit roten Hörnern und Pferdefüßen. Gewiss.«

»Lass ihn die Geschichte zu Ende erzählen«, bat Corenn. »Wir können später darüber reden.«

»Sie ist fast zu Ende«, sagte Bowbaq. »Am liebsten hörten die Dämonen zu, wenn der Krieger aus seinem Leben erzählte. Sie raubten ihm seine Erinnerungen, und jeder Name, den er nannte, vergrößerte ihren Einfluss auf die Welt. Die Dämonen konnten das Tal nicht verlassen, aber alles, was sie über die Außenwelt erfuhren, nutzten sie, um Böses zu tun.«

»Wie kam der Krieger da wieder raus?«, fragte Yan.

»Er schaffte es nicht. Als er die Sache durchschaute, erkaufte er sich seine Freiheit, indem er den Dämonen versprach, ihnen Menschen mit vielen Erinnerungen zu schicken. Aber er brach sein Versprechen, und so schickten die Dämonen ihm Unglück und Leid, bis er starb. Er hatte nicht bedacht, dass es ihnen noch leichter fiel, ihn zu quälen als andere Menschen.«

»Nicht gerade eine Gutenachtgeschichte für Kinder«, bemerkte Rey. »Was war das denn für ein Maz? Ein Diener Valiponds?«

»Nein, ein Priester Yoos'. Das ist ein guter Gott. Aber die Legende stammte nicht aus seiner Religion. Er erzählte sie uns nur, weil Kinder Geschichten mögen, die ihnen Angst machen.«

»Ich hoffe nur, du verschonst deine eigenen Kinder mit solchem Unsinn. Stellt euch Bowbaq vor, wie er als blutrünstiger Bär verkleidet zur Belustigung von Iulane und Prad – so heißen sie doch, oder? – in ihr Zimmer platzt. Was für ein Auftritt!«

Alle mussten lachen, vor allem Léti. Erneut erlag sie Reys Charme und Lebensfreude.

»Ich höre diese Legende zum ersten Mal«, sagte Corenn, als sich alle etwas beruhigt hatten. »Im Vergleich zu denen, die die Erben seit zwei Jahrhunderten gesammelt haben, ist sie sehr düster, aber sie weist zahlreiche Ähnlichkeiten auf.«

»Zum Beispiel?«

»Der Rideau. In mehreren Geschichten kommt ein wunderschönes Tal vor, das sich irgendwo in dem Gebirge befinden soll.«

»Täler sind zwangsläufig von Bergen umgeben«, wandte Rey ein. »Da liegt es auf der Hand, dass Dichter behaupten, die Täler in ihren Geschichten lägen im Rideau. Das Gebirge ist zu einem großen Teil unzugänglich. Ganz zu schweigen davon, dass sich kaum jemand in den östlichen Teil vorwagt. Niemand kann hingehen und nachsehen, ob stimmt, was sie behaupten!«

Während er den anderen zuhörte, kam Yan ein Gedanke, der bald zur Gewissheit wurde. Er wusste, wo sich das Tal befand. »Erinnert ihr euch? Hinter der Pforte brach der Morgen an«, sagte er.

Corenn lächelte ihm aufmunternd zu, und Grigán bedachte ihn mit einem knappen Nicken. Die anderen sahen ihn mit großen Augen an.

»Hinter den Bergen dämmerte es bereits, während auf Ji noch Nacht war. Die Sonne geht hinter den Bergen im Osten auf. Das Tal *muss* also irgendwo im Rideau liegen!«

Die Worte verfehlten ihre Wirkung nicht. Alle außer Corenn und Grigán mussten die Nachricht erst einmal verdauen.

»Irgendwo im Rideau, du bist lustig«, sagte Rey. »Das Gebirge ist dreimal so groß wie das Matriarchat und äußerst unwegsam.«

»Leider stimmt das. Man kann nicht darauf hoffen, durch Zufall auf das Tal zu stoßen. Kein Erbe hat sich je an dieses Abenteuer herangewagt. Zumal es auch eine falsche Fährte sein kann, falls das Tal doch in einer anderen Welt liegt«, sagte Corenn.

»Wir sind also genauso schlau wie vorher.«

»Tante Corenn. Was hältst du von Bowbaqs Geschichte? Kann es sein, dass sich hinter der Pforte das Land der Dämonen befindet?«

Vergeblich suchte die Ratsfrau nach tröstenden Worten, die keine Lüge wären. »Alles ist möglich, Léti. Alles.«

Corenn ging durch den Kopf, dass die Suche nach der Wahrheit vielleicht noch größere Gefahren barg als ihre Flucht vor den Züu. Doch diesen Gedanken sprach sie lieber nicht aus.

Als Yan sich hinlegte, hatte er eine Münze vor Augen und wirre Ideen im Kopf. Beides raubte ihm den Schlaf.

Corenn und Grigán hatten ihnen von den Legenden erzählt, die die Erben zusammengetragen hatten. Sie handelten von Pforten, die der auf der Insel Ji ähnelten, und von geheimnisumwobenen Ländern und Dörfern, in denen nur Kinder wohnten. Die meisten klangen, als wären sie frei erfunden und stammten eher von Dichtern als von Priestern oder Reisenden. Manche waren allerdings einer näheren Betrachtung wert. Yan rief sie sich ins Gedächtnis und versuchte, ihr Geheimnis zu ergründen.

Einer Legende zufolge würde eines Tages ein Heer unbesiegbarer Krieger aus dem Großen Sohonnischen Bogen heraustreten – einem arkischen Bauwerk, das der Pforte von Ji ähnelte – und die Kinder des Weißen Landes vor einer dunklen Bedrohung retten. Selbst Bowbaq, der aus Arkarien stammte, hatte noch nie davon gehört.

Eine weitere Legende, vermutlich religiösen Ursprungs, handelte von einem wunderschönen Land, in dem die Geister der Weisen in Gestalt von Kindern wiedergeboren werden. Es war die zuversichtlichste Geschichte, aber auch die rätselhafteste.

Daraufhin erinnerte sich Rey an eine Legende, der zufolge treue Anhänger einer Religion an der Seite ihrer Göttin wiedergeboren wurden, um ihr bei ihrem Großen Werk zur Hand zu gehen.

Als die anderen nachhakten, gab er den Namen des Paradieses und der Göttin preis: Lus'an und Zuïa. Seine Freunde fanden den Scherz geschmacklos, vor allem weil das rätselhafte Tal vielleicht tatsächlich das Lus'an der Mörder im roten Gewand war.

In einer Legende war von Pforten die Rede, mit denen man die Zeit überwinden konnte. Wer hindurchging, wurde unsterblich, zog aber den Zorn der Götter auf sich und war für die Ewigkeit verflucht.

Eine weitere handelte von einem märchenhaften Königreich, dessen Eingang von Kindern bewacht wurde. Nur wer diese Wächter bezwang, konnte das Reich betreten. Die Geschichte sagte allerdings nicht, was so furchterregend an diesen Kindern war.

So viele Legenden …

Ihre Gemeinsamkeiten – Kinder, Pforten, Täler, Götter, großes Unglück – waren erschreckend. Andererseits gab es bei der Fülle an Geschichten, die in jedem Winkel der bekannten Welt kursierten, zwangsläufig wiederkehrende Motive.

Die Urheber dieser Geschichten hatten vielleicht einen Teil der Wahrheit gekannt, anderes hatten sie dazuerfunden. Wie sollten die Gefährten Wahrheit und Dichtung unterscheiden? Und vielleicht war das, was sie auf der Insel gesehen hatten, doch etwas ganz anderes?

Am nächsten Morgen fühlte sich Yan wie gerädert. Die Fragen hatten ihn die ganze Nacht beschäftigt und ihn bis in den Schlaf hinein verfolgt. Im Traum vermischte sich seine Erinnerung an die Pforte auf Ji mit Legenden von Tälern und Dämonen, die Münzen durch die Luft schweben ließen.

Er war enttäuscht, Léti nirgends zu sehen. In der Nacht zuvor hatte sie sich eine Weile neben ihm ausgestreckt, und er hatte gehofft, dass sie das wieder tun würde. Schon das kleinste Zeichen ihrer Zuneigung machte ihn glücklich. Zwar hatten sie sich gestritten, er hatte den Tag der Versprechen verstreichen lassen, und Rey war, ohne etwas davon zu ahnen, ein gefährlicher Konkurrent, doch so schnell gab Yan nicht auf.

Die anderen waren bereits aufgestanden, und Yan war allein im Keller. Rasch zog er sich an und fragte sich, welcher Dekant es wohl war. Dann ging er nach oben.

Es war bereits helllichter Tag. Die Erben waren vor dem Stall zusammengekommen, um Létis zweiter Kampfstunde beizuwohnen. Sie wirkten überhaupt nicht verschlafen, so als wären sie schon lange wach.

Die Stimmung war sehr viel ausgelassener als am Vortag, und selbst Corenn schien sich zu amüsieren, obwohl sie immer noch Bedenken hegte.

Alle begrüßten Yan, und der Unterricht ging weiter. Léti und Grigán standen einander gegenüber. Die junge Frau war mit einem Ast bewaffnet, Grigáns Hände waren leer. Der Krieger versuchte, Létis Holzschwert auszuweichen und sie irgendwo am Körper zu berühren. Corenn, Bowbaq und Rey feuerten die beiden abwechselnd an oder buhten sie aus.

»Habe ich viel verpasst?«, fragte Yan und rieb sich die Augen.

»Sie haben gerade erst angefangen.« Corenn lächelte. »Sie haben sich darüber gestritten, ob Léti mit einem echten Schwert üben darf. Wie du siehst, hat sich Grigán durchgesetzt, aber leicht hat sie es ihm nicht gemacht.«

»Schade, dass hätte ich gerne miterlebt. Ich habe schlecht geschlafen. Ich habe die ganze Nacht Münzen gesehen.«

»Das ist normal«, sagte die Magierin mit gesenkter Stimme. »Stell dir vor, du trainiertest einen erschlafften Muskel. Eine Zeit lang wirst du eine Art ›Muskelkater‹ im Kopf haben. Das ist ein gutes Zeichen.«

Yan nickte und versuchte, sich darüber zu freuen. Das war ja alles schön und gut, aber auf den hämmernden Kopfschmerz konnte er gut verzichten.

Er nahm sich von dem Zwieback, den Rey aus Rajis Lager stibitzt hatte, und machte es sich auf einem Strohhaufen gemütlich, um das Spektakel zu genießen.

Léti war hoch konzentriert. Diese Übung war das Gegenteil der gestrigen: Grigán griff an, und sie verteidigte sich. Die Umstände erinnerten sie an ihren Kampf gegen die drei Schurken auf der Insel. Die Kerle hätten sie mit Vergnügen getötet. Beim nächsten Mal würde alles anders sein.

Grigán vermied jede unnötige Bewegung, schlich geschmeidig um Léti herum und täuschte hin und wieder einen Angriff vor.

Viermal gelang es ihm, sie in die Irre zu führen, indem er einen Schritt nach links machte und dann von rechts angriff. Die junge Frau hielt ihn mit dem Ast auf Abstand. Beim fünften Mal machte Grigán einen

Schritt nach links, tat abermals so, als wollte er von rechts angreifen, und näherte sich ihr dann in einer doppelten Finte von links. Er schnellte vor und tippte der überrumpelten Léti auf die Schulter.

»Gleichstand«, sagte er mit Genugtuung.

»Pfui! Grigán schummelt!«, rief Rey, der alles andere als unparteiisch war.

»Gib ihr einen längeren Ast!«, schlug Bowbaq vor.

»Du hast dich tapfer geschlagen«, lobte Grigán.

Léti lächelte, trat einen Schritt zurück und wirbelte ihr Holzschwert durch die Luft. Ihre Freunde applaudierten.

»Sagt an, Meister Grigán«, rief sie und imitierte Corenns Tonfall. »Was lerne ich heute?«

Grigán musste sich aus dem Stegreif etwas ausdenken. Er war es nicht gewohnt, seine Handlungen zu erklären. *»Ein rascher Schritt zur Seite kann zum Sieg führen«*, verkündete er schließlich stolz. »Kunststücke kosten nur Kraft, sind gefährlich und erhitzen das Gemüt. Versuch, immer ruhig und gelassen zu bleiben.«

»Ein Kunststück kann den Gegner überraschen«, wandte Rey ein.

»Sie muss erst lernen, sich nicht aus dem Gleichgewicht bringen zu lassen. Euch steht es frei, Kapriolen zu schlagen.«

»Ich würde gern sehen, wie du dich schlägst, Rey«, sagte Yan schelmisch.

Rey zwinkerte seinem Freund zu und warf Grigán einen fragenden Blick zu. Der Krieger bedeutete ihm mit einem Kopfnicken, zu ihm zu kommen. Grigán lächelte, doch wegen seiner Narbe sah es eher so aus, als grinste er sadistisch. Vielleicht lag es aber auch nicht an der Narbe …

»Und was ist mit mir?«, fragte Léti, als sie Rey ihren Ast gab.

»Beobachte genau, was er tut«, sagte Grigán und hob seinerseits einen Stock auf. »Du wirst sehen, welche Fehler unbedingt zu vermeiden sind.«

»Ha, ha. Sehr witzig. Wenn Ihr mich reizt, werde ich Euch sämtliche Äste des Waldes in den Körper rammen«, spottete Rey.

Die beiden Männer gingen in Position und setzten so ernste Mienen auf, wie es ihnen die Holzschwerter erlaubten.

Rey lancierte einige Angriffe, die Grigán mit Leichtigkeit abwehrte. Dann versuchte er sich an einer komplizierten Schlagfolge, doch so etwas funktionierte nur mit den schweren Langschwertern der lorelischen Edelleute, nicht aber mit einem Ast.

»Grigán, warum greift Ihr nicht an?«, fragte Léti ernst. Aufmerksam beobachtete sie die Bewegungen der beiden.

»Das tue ich doch«, antwortete er, obwohl er nur auswich und parierte.

Bald begriff Rey, dass er so nicht die Oberhand gewinnen würde. Er wirbelte seinen Ast durch die Luft, als wollte er seinen Worten Nachdruck verleihen und zugleich die Niederlage in eine schauspielerische Glanzleistung verwandeln. Er drehte Pirouetten, rollte über den Boden, kämpfte auf den Knien und sogar in Bauchlage und verzog das Gesicht zu immer dramatischeren Grimassen. Alle lachten, und Grigán, der bereits zwanzigmal hätte siegen können, ließ sich auf das Spiel ein und zog den Kampf in die Länge. Schließlich stieß sich Rey den eigenen Ast in den Bauch und brach mit einem schaurigen Todesröcheln zu Létis Füßen zusammen.

Unter allgemeinem Gelächter blieb er am Boden liegen, bis sie ihm die Hand hinstreckte und ihn hochzog.

»Rächt mich«, stöhnte er und gab ihr den Ast zurück.

Natürlich war es nur Spaß, doch Reys Blick war furchteinflößend. Er war ein hervorragender Schauspieler.

Mit einem Lächeln trat Léti Grigán abermals gegenüber, doch innerlich war sie zutiefst aufgewühlt.

Rey hatte sie soeben daran erinnert, dass sie alle jederzeit sterben konnten.

Sie widmete sich dem Unterricht mit doppeltem Eifer.

Der Rest des Tages verlief ohne Zwischenfälle. Genauso wie sie auf den Tag der Eule gewartet hatten, warteten die Erben nun auf den Septim der Dekade, an dem sie die Züu treffen konnten. Morgen würde es so weit sein, und sie sahen dem Augenblick, in dem sich ihr Schicksal entscheiden würde, mit Ungeduld entgegen.

Alle schlugen die Zeit auf ihre Weise tot. Yan verschwand für längere Zeit im Wald und klagte nach seiner Rückkehr über Kopfschmerzen.

Dadurch versäumte er, wie Bowbaq anhand von Rajis Esel eine Kostprobe seiner Erjak-Fähigkeiten gab. Als das Tier die erste Angst überwunden hatte, gewöhnte es sich an den Eindringling in seinen Gedanken und führte willfährig ein paar Tricks vor. Allerdings musste der Riese es mit Leckerbissen bestechen.

Rey weigerte sich zu glauben, dass der Esel auf Bitte des Riesen hin den Kopf hob und senkte oder mit einem Vorderhuf auf den Boden stampfte. Er gab zu, dass Bowbaq ein außerordentlich geschickter Dompteur war, schimpfte ihn aber auch einen unverbesserlichen Schwindler und blieb skeptisch.

Grigán, der seine Pflichten stets sorgfältig erfüllte, überlegte, wie er Léti unterrichten könnte. Er wollte sich die Übungen nicht länger aus dem Stegreif ausdenken, sondern sie vorbereiten und jedes Mal etwas Neues behandeln, das auf dem Vorherigen aufbaute.

Er sprach fünf Sprachen fließend, konnte aber weder lesen noch schreiben. Deshalb bereitete er den Unterricht in Gedanken vor, während er die Pferde striegelte. Hin und wieder verließ er den Stall, führte unter den neugierigen Blicken seiner Freunde probeweise eine Bewegung mit dem Krummschwert aus und ging dann zurück an die Arbeit. Der Gedanke, jemanden das Kämpfen zu lehren, eine Kunst, die er besser beherrschte als all seine Freunde zusammen, gefiel ihm mehr und mehr, auch wenn er das nie zugegeben hätte.

Corenn füllte mehrere Seiten des Tagebuchs, das sie seit ihrer Abreise aus dem Matriarchat führte. Es fiel ihr schwer, ihre Aufgaben im Ständigen Rat zu vergessen, auch wenn sie Kaul bereits vor über zwei Dekaden verlassen hatte. Sie hatte über sämtliche Stationen ihrer Reise Buch geführt. Sollte ihnen etwas zustoßen, würde das Tagebuch dem Finder einige Erklärungen liefern. Nicht viele, denn ihr Schwur zwang Corenn, das Wunder der Insel Ji zu verschweigen. Deshalb waren ihre Schilderungen manchmal schwer verständlich oder sogar wirr. Doch das Schreiben half ihr beim Nachdenken.

Rey gelang es endlich, seine Freunde zu einem Würfelspiel zu überreden. Bowbaq, Léti und Yan erklärten sich bereit, unter seiner Anleitung eine Runde mit seinen itharischen Würfeln zu spielen, in die Symbole geschnitzt waren. Rey, der ein begnadeter Spieler war, entschied sich für die Regel der Zwei Brüder, eine der einfachsten. Bowbaq fiel es dennoch schwer, die Bilder für die verschiedenen Elemente auseinanderzuhalten, und Yan war mit den Gedanken woanders. Beide gaben ziemlich schnell auf. Léti gestand, dass sie Würfelspiele eigentlich noch nie sonderlich gemocht hatte.

Daraufhin forderte der Schauspieler Raji zu einer Partie heraus. Der Schmuggler hatte seine Gäste seit dem Morgen geflissentlich ignoriert und sich auf dem Hof zu schaffen gemacht. Trotz seines Missmuts nahm er das Angebot an, denn auch er war ein leidenschaftlicher Spieler.

Nach einigen Runden ohne Einsatz gingen die beiden Männer dazu über, Ticks zu setzen und bald auch Terzen. Rey gewann den Preis für seine Übernachtung auf dem Hof, bevor Raji das Handtuch warf.

Endlich ging die Sonne unter, und die Erben verbrachten die dritte Nacht in dem Keller. Ihre Gedanken kreisten um das, was der Morgen bringen würde.

Bellec staunte nicht schlecht, als Raji nicht wie beim ersten Mal mit zwei Störenfrieden, sondern gleich mit vier bei ihm im Keller aufkreuzte – und zu allem Überfluss zwei Frauen. In den Augen des Wirts waren Frauen unfähig, ein Geheimnis zu wahren. Das sei das Ende seines lukrativen Geschäfts, schimpfte er.

Raji zuckte hilflos mit den Achseln. *Er* konnte nichts dafür. *Er* wäre nicht einmal nach Lorelia gekommen, wenn er nicht seine aufdringlichen Gäste hätte im Auge behalten müssen.

Grigán überging die Proteste des Wirts und führte seine Freunde aus der Herberge heraus. Seine Laune war auch ohne das Jammern und Wehklagen des Loreliers schon schlecht genug.

Nur er und Corenn würden die Züu im Kleinen Palast aufsuchen. Rey hatte eingesehen, dass es besser war, wenn er dem Treffen fernblieb. Die Gefahr, dass ihn irgendjemand auf dem Markt erkannte, war einfach zu groß. Trotzdem hatte er darauf bestanden, sie nach Lorelia zu begleiten, und Grigán hatte das Angebot bereitwillig angenommen. Eine Verstärkung außerhalb des Palasts konnte eine große Hilfe sein.

Léti war nicht davon abzubringen, sich der Expedition anzuschließen. Corenn bot all ihre Überredungskunst auf, um sie zum Bleiben zu bewegen – ohne Erfolg. Irgendwann begrub Grigán jede Hoffnung, dass irgendwer auf ihn hörte. Er hob die Arme zum Himmel und sagte, wenn es weitere Selbstmordkandidaten gebe, könnten sie sich ihnen gerne anschließen.

Yan warf Léti einen neidischen Blick zu, doch er wollte Bowbaq nicht allein lassen. Dem Riesen ging es zwar besser, und er brauchte eigentlich niemanden mehr, der an seinem Krankenbett wachte, doch die kaulanische Höflichkeit gebot Yan zu bleiben. Außerdem würde er sich zu beschäftigen wissen. Corenn wusste, dass der Junge den Tag damit verbringen würde, seinen Willen zu trainieren.

Diesmal führte Grigán Rey, Corenn und Léti zum Kleinen Palast, und zwar auf kürzestem Weg und ohne sich alles in Ruhe anzusehen. Er sorgte sich um ihre Sicherheit, und wie immer in solchen Momenten war er wortkarg, verschlossen und mürrisch.

Bald kam das Gebäude in Sicht. Der Platz der Reiter, der ihm zwei Tage zuvor so groß vorgekommen war, wirkte jetzt, da er mit Marktbuden und Ständen in allen Größen zugestellt war, sehr viel kleiner. Als sie sich durch die Menge drängten, raffte Rey die Novizenkutte, die er wieder über dem Gewand der Züu trug.

In einiger Entfernung vom Palast trennten sie sich. Wenn sie zusammen gesehen wurden, wäre die Verstärkung durch Rey und Léti kein Geheimnis mehr, weshalb nur Corenn und Grigán das prachtvolle lorelische Bauwerk betraten, während die anderen beiden im Marktgetümmel zurückblieben.

Léti ging auf, dass sie ihre Tante vielleicht zum letzten Mal sah. Die Erben hatten in der letzten Zeit so viel gemeinsam durchgestanden, dass ihnen jede Trennung schwerfiel, umso mehr, da ihr Leben bedroht war.

»Was für ein Palast!«, sagte sie, um ihre Angst zu überspielen.

»Warst du noch nie in Lorelia?«

»Nur im Hafen. Sonst nahmen wir von Benelia aus die Fähre und reisten direkt weiter nach Berce. Im Stadtzentrum bin ich zum ersten Mal.«

»Und umgekehrt sehen die Lorelier dich zum ersten Mal. Sie sind die eigentlichen Glückspilze.«

Léti dankte ihm das Kompliment mit einem Lächeln. Sie ließ ihren Blick über den Markt schweifen, während Rey den Eingang zum Kleinen Palast beobachtete. Ein Großteil der Waren, die auf dem Markt feilgeboten wurden, waren ihr völlig unbekannt, und die Händler und Käufer wirkten nicht minder fremd.

Auf dem Platz der Reiter waren alle Völker der bekannten Welt vertreten. An den Ständen drängten sich nicht nur Lorelier, sondern auch Goroner, Itharer, Rominer aus allen fünf Provinzen, Arkarier, Kaulaner, Jez, Guori, Yérim, Juneer und natürlich Vertreter der elf wichtigsten Stämme der Unteren Königreiche.

Dann waren da noch die Bewohner des Ostens. Von den Völkern von der anderen Seite des Rideau wusste man nicht viel, außer dass sie gegen Goran Krieg führten.

Und auch einige Züu waren zu sehen.

Die schiere Größe und Mannigfaltigkeit der Welt überwältigten Léti. Ein ganzes Leben würde nicht ausreichen, um auch nur einen Bruchteil davon kennenzulernen. In den beiden vergangenen Dekaden hatte sie nicht mehr als den Süden des Königreichs Lorelien gesehen und das, obwohl sie zu Pferd unterwegs gewesen war.

Nun begriff sie, was Yan ihr immer hatte erklären wollen, damals, in einem früheren Leben. Er wollte fremde Menschen treffen, unbekannte Orte besuchen, neue Erfahrungen sammeln. Bislang hatte sie seine Neugier nie ernst genommen, sie sogar immer etwas sonderbar gefunden. Doch jetzt verstand sie ihn endlich.

Yan liebte das Leben.

Aber mich liebt er nicht. Der Gedanke versetzte ihr einen Stich. Er hatte nicht um ihre Hand angehalten und tat nichts, um Rey Einhalt zu gebieten, wenn dieser mit ihr herumtändelte. Und er verbrachte seine Zeit lieber allein als in ihrer Gesellschaft – seit zwei Tagen verschwand er immer wieder im Wald.

Sie schob diesen schmerzhaften Gedanken beiseite. *Die Vergangenheit ist tot, die Zukunft liegt im Sterben,* sagte das Sprichwort. Allein die Gegenwart zählte.

»Siehst du etwas?«, fragte sie Rey.

»Nichts. Mittlerweile müssten sie drin sein. Das ist doch ein gutes Zeichen, oder? Vielleicht leeren sie gerade einen Becher mit den Züu und stoßen auf den geschlossenen Frieden an.«

Léti lachte über den Scherz, auch wenn ihr eher zum Weinen zumute war. Warum war sie nicht mit Yan in ihrem Haus in Eza so wie früher?

Der Jelenis, der vor dem Eingang Wache hielt, musterte Grigán von oben bis unten. Sollte er diesen bis an die Zähne bewaffneten Ramgrith mit dem wilden Aussehen und dem finsteren Blick wirklich hereinlassen?

Grigán gab sich keine Mühe, dem lorelischen Soldaten zu gefallen. Er wartete einfach ab. Unter anderen Umständen hätte er sich nicht aufhalten lassen – er hätte Gewalt angewendet, das schon, aber er hätte sich nicht aufhalten lassen.

Der Jelenis gab seiner Dogge etwas mehr Kette. Das Tier wartete nur auf die Gelegenheit, dem Krieger an die Kehle zu springen. Grigán rührte sich keinen Zoll, selbst dann nicht, als der Hund ihm nah genug kam, um auf seine schwarze Lederkluft zu geifern.

Corenn zog den Krieger zurück und trat einen Schritt vor. So kamen sie nicht weiter. Sie hielt dem Wachsoldaten eine Goldterz hin. Sogleich pfiff dieser seinen Hund zurück, der wie wild an der Kette riss, und gab den Weg frei.

Corenn ging den schmalen Gang entlang, dicht gefolgt von Grigán. Sie mussten sich zwischen Soldaten der Elitetruppe und überzüchteten Doggen hindurchdrängen, die den Eingang kontrollierten.

Grigán fühlte sich in die Enge getrieben, und seine Nerven lagen blank. Mit einer gewissen Erleichterung betrat er die geräumige Eingangshalle, die nicht minder gut bewacht war. Zumindest gab es hier genug Platz, um einen Angriff abzuwehren, sollte es dazu kommen.

»Versucht, etwas entspannter zu wirken«, raunte Corenn ihm ins Ohr. »Man könnte meinen, Ihr legt es auf eine Prügelei an. Ihr macht die Wachen nervös und mich auch.«

»Dreißig Schritte von hier befinden sich mehrere Züu«, antwortete er. »Ich werde keine Ruhe finden, bis wir nicht mindestens dreißig *Meilen* von ihnen fort sind.«

Corenn schüttelte den Kopf und bewegte sich auf die Amtsstube zu, in der ein Schreiber saß, der sich als Kassierer betätigte. Unter den wachsamen Blicken dreier Jelenis, die den Besuchern ihre Waffen abnahmen, hatte sich eine kurze Warteschlange gebildet. Unter den Wartenden war kein Zü, aber die Mörder im roten Gewand konnten genauso gut einen Gehilfen haben, der die Anmeldeprozedur für sie erledigte.

Corenn trug keine Waffe, und die Wachen hielten sich nicht lange mit ihr auf. Bei Grigán war das anders. Der Krieger überreichte ihnen einen Dolch, ein Messer und ein goronisches Schwert, das er anstelle seines Krummschwerts mitgenommen hatte. Die Jelenis verdächtigten ihn, weitere Waffen am Körper zu verbergen, und Grigán musste sich durchsuchen lassen, um sie vom Gegenteil zu überzeugen. Widerwillig ließen die Wachsoldaten von ihm ab, denn sie waren enttäuscht, ihn bei keinem Regelverstoß zu erwischen.

Der Schreiber und Kassierer hatte es nicht eilig, daher dauerte es eine ganze Weile, bis sie endlich vor dem Pult standen.

»Namen?«, fragte er gelangweilt.

»Adnera aus Mestebien und Bahlin aus Far«, antwortete Corenn.

Der Schreiber trug die Namen umständlich in ein ellenlanges Register ein. Er ließ sich jedes Wort buchstabieren, selbst die Namen der beiden allseits bekannten Städte.

»Kommt Ihr zum ersten Mal in den Kleinen Palast?«, fragte er, nachdem er eine mehr als dreißig Seiten lange Liste durchgesehen hatte.

»Ja.«

»Was ist der Zweck Eures Besuchs?«

»Wir möchten die Priester Zuïas aufsuchen, um ihrem Tempel ein Opfer zu bringen«, sagte Corenn ruhig.

Der Schreiber und die beiden Jelenis, die links und rechts von ihnen standen, starrten sie verblüfft an. Nur selten war jemand so offen. Die meisten Besucher behaupteten einfach, sich etwas umsehen zu wollen. Der Lorelier beschloss plötzlich, sich nicht länger mit diesen Fremden aufzuhalten, die verrückt oder eitel genug waren, ihm auf die Nase zu binden, dass sie gemeinsame Sache mit den Züu machten.

»Schön«, sagte er ungeahnt geschäftsmäßig, »die Regeln des Hauses sind einfach, und Ihr seid verpflichtet, Euch gewissenhaft an sie zu halten. Erstens: Es ist verboten, Waren laut auszurufen. Alle Geschäfte müssen so diskret getätigt werden, wie es dieser würdevolle Ort gebietet.

Zweitens: Jede Art von Gewalt, sei sie körperlicher oder verbaler Natur, führt zur sofortigen Entfernung aus dem Palast. Drittens und letztens: Wer ein Geschäft abwickelt, das dem König, seinen Interessen oder denen des Königreichs schadet, oder auch nur erwägt, ein solches abzuwickeln, wird mit dem Strick bestraft. Noch Fragen?«

»Nein.«

»Schön. Möge Dona Euch gnädig sein.« So lautete der Gruß der lorelischen Kaufleute. Der Schreiber war froh, die lästigen Besucher loszuwerden.

»Müssen wir nicht noch bezahlen?«, fragte Corenn süffisant.

Der Schreiber errötete und erging sich in Entschuldigungen, während die Jelenis und die anderen Wartenden feixten. Vierzig Goldterzen wechselten den Besitzer, und der Lorelier schrieb ihnen hastig eine Quittung.

»Ich würde es vorziehen, wenn wir uns etwas unauffälliger verhielten«, flüsterte der Krieger, während sie auf den Innenhof zugingen.

»Ihr seid ohnehin nie zufrieden«, stichelte Corenn, die noch immer über die Szene in der Schreibstube lächelte.

Sie gingen unter einem Torbogen mit prachtvollen Verzierungen hindurch und gelangten in den Garten des Kleinen Palasts. Obwohl sie anderes im Kopf hatte, erinnerte der Torbogen sie unwillkürlich an die rätselhafte Pforte auf Ji.

Yan schloss die Augen, vertrieb jeden störenden Gedanken und konzentrierte sich auf die Münze. Ihm fiel beim besten Willen nicht ein, was er noch versuchen sollte, um die verflixte Prüfung zu bestehen. Bislang hatte nichts den erwünschten Erfolg gebracht. Diese Methode konnte auch nicht schlechter sein als andere.

Er sah das Geldstück deutlich vor seinem geistigen Auge. Er kannte jede Unebenheit, jeden Makel, jede Farbschattierung, einfach jeden Punkt der Oberfläche. Selbst als Greis würde er sich noch an alle Einzelheiten erinnern. In den letzten Tagen hatte er mehr Zeit mit der Münze verbracht als mit seinen Freunden.

Allmählich hasste er sie zutiefst.

Er sah sie vor sich, wie sie auf der Kante stand, ein Schandmal, ein Sinnbild seines Scheiterns. Er richtete all seine Gedanken, all seinen Willen, all seine Geisteskraft auf ein einziges Bild: das der Münze, die umfiel.

Er wusste nicht, wie viel Zeit vergangen war, als er die Augen wieder aufschlug, erschöpft von diesem geistigen Kraftakt. Er fühlte sich wie nach einer Nacht voller Albträume.

Die Münze stand immer noch aufrecht da und schien sich über ihn lustig zu machen.

Yan streckte einen Finger aus, strich über die Kante und brachte sie zu Fall. So wie er es sich schon tausendmal vorgestellt hatte.

Es war so einfach … Warum gelang es ihm nicht?

»Lass uns eine Runde drehen«, flüsterte Rey Léti ins Ohr. »Es ist viel zu auffällig, so lange vor dem Palast herumzulungern.«

Léti beäugte das Gewand der Züu, das der Schauspieler unter der Novizenkutte trug, und dachte, dass sie schwerlich noch mehr auffallen könnten. Auch wenn niemand es wagte, sie anzusprechen, zogen sie sämtliche Blicke auf sich, sobald ein Stück des roten Stoffs unter der Kutte hervorschien.

»Ich hätte mir eine itharische Maske besorgen sollen«, sagte Rey, während sie zwischen den Marktbuden hindurchgingen. »Die Kapuze verdeckt mein Gesicht nur zur Hälfte. Irgendwer wird mich erkennen.«

»Du hörst dich schon an wie Grigán!«, sagte Léti kichernd. »Mach dir keine Sorgen; niemand traut sich, dir ins Gesicht zu sehen.«

»Auch die Frauen nicht? Wenn das so ist, ziehe ich diese Verkleidung sofort aus!«, scherzte er.

Sie schlenderten ziellos über den Markt und ließen den Eingang nicht aus den Augen. Léti dachte, dass es unter anderen Umständen sehr angenehm gewesen wäre, sich von Rey die Stadt, ihre Sehenswürdigkeiten und Eigenarten zeigen zu lassen. Da gab es zum Beispiel einen Mann, der von drei bärenstarken Kerlen eskortiert von Stand zu Stand schlenderte und mindestens zehn pralle Geldbörsen am Gürtel trug.

»Ist das ein Steuereintreiber?«

»Niemals! Ein Steuereintreiber würde sich nicht mit einer so kleinen Eskorte in die Stadt trauen. Das ist ein Geldwechsler. Er kauft oder verkauft Terzen im Tausch gegen andere Währungen.«

»Das ist ein Beruf?«, fragte sie verblüfft.

»Gewiss. Ein recht einträglicher sogar, wenn auch ein gefährlicher. Geldwechsler haben mit allen Scherereien: mit den Steuereintreibern, der Gilde, den Kaufleuten und natürlich mit ihren Kunden.«

»Ich verstehe nicht, wie man auf diese Art sein Geld verdienen kann.«

»Ich auch nicht. Ich habe es eine Weile versucht, aber bald die Flinte ins Korn geworfen.« Rey grinste. »Goronische Kronen, itharische Rupien, Dukaten aus den Fürstentümern, kaulanische Mondköniginnen, Taler aus den Unteren Königreichen, romische Monarchen und dann noch sämtliche Untereinheiten. Ich habe ständig alles durcheinandergeworfen. Einmal bot mir sogar jemand wallattische und thalittische Münzen an, die ich noch nie zuvor gesehen hatte! Ich beschloss, den Beruf an den Nagel zu hängen, bevor ich völlig pleite war.«

»Du hast ja schon einiges hinter dir«, sagte Léti grinsend. »Schmuggler, Geldwechsler, Schauspieler ...«

»Kellner, Messerwerfer, Stadtschreiber, und eine knappe Dekade lang heuerte ich sogar als Matrose an«, ergänzte Rey. »Die schlimmste Zeit meines Lebens. Acht Tage auf einem Schiff und keine Frau an Bord!«

Mit gespieltem Tadel boxte Léti ihn gegen die Schulter. Doch in Wahrheit war sie ihm dankbar. Er hatte ihre Angst verjagt.

Sie fühlte sich wohl in seiner Gegenwart. Er war zehn Jahre älter als sie, und das verlieh ihm eine Selbstsicherheit, die ihr guttat. Sie hatte ihn von Anfang an charmant gefunden. Vielleicht konnte sie durch ihn Yan vergessen.

Rey ließ ihr keine Zeit, weiter über diese Frage nachzugrübeln, sondern zog sie mit einem schelmischen Grinsen mit. »Komm. Ich zeige dir etwas, das es nur in Lorelia gibt. Den einzigen Beruf, in dem ich es je zu etwas gebracht habe.«

Grigán und Corenn waren nicht die Ersten im Garten des Kleinen Palasts. An die zwanzig Händler und Besucher schlenderten die Wege entlang, und mindestens noch einmal so viele verbargen sich hinter den Sedahecken.

Wie Rey vorhergesagt hatte, patrouillierten Jelenis in dem Säulengang, der den Garten umgab, und auf der oberen Galerie hielten Bogenschützen nach unerlaubten Waffen Ausschau. Diese Vorsichtsmaßnahmen hätten den Krieger eigentlich in Sicherheit wiegen müssen, doch sie versetzten ihn stattdessen in helle Aufregung. Bei seinen Vorbereitungen hatte er eine furchtbare Möglichkeit übersehen: Was, wenn sich ein Zü in die Reihen der lorelischen Wachen eingeschlichen oder einen der Soldaten bestochen hatte?

»Wartet hier auf mich, Corenn. Ich bin gleich zurück. Bleibt zwischen den Säulen.«

Sie nickte, während Grigán langsam in die Mitte des Gartens schlenderte und nach möglichen Angreifern Ausschau hielt. Wenn er an anderen Besuchern vorbeikam, unterbrachen diese ihre Gespräche, bis er außer Hörweite war. Vermutlich hielten sie ihn für einen königlichen Spion.

Der Innenhof des Kleinen Palasts hatte sich im Verlauf der Jahre zum Umschlagplatz für illegale Waren aller Art entwickelt. Sämtliche Erzeugnisse und Dienste, die im Rest des Königreichs verboten waren, wurden hier ungestraft feilgeboten. Man konnte Söldner, Gildenbrüder oder Züu anwerben, es wurde mit Sklaven, Drogen und aus Tempeln gestohlenen Kunstwerken gehandelt, und man schmiedete geheime Abkommen, spann Intrigen oder verhandelte auf neutralem Boden. Der Markt im Kleinen Palast war für den König nicht nur eine unerschöpfliche Einnahmequelle, sondern auch der beste Ort, um alles über seine Untertanen herauszufinden.

Als Grigán weit genug von Corenn entfernt war, machte er auf dem Absatz kehrt. Da ihn kein Pfeil getroffen hatte, konnten sie davon ausgehen, dass sich kein Zü unter den Bogenschützen verbarg. So hatten sie zumindest eine Sorge weniger.

»Die Moralvorstellungen an diesem Ort sind wirklich erschütternd«, sagte Corenn, als Grigán wieder neben ihr stand. »Ich habe zufällig ein paar Gespräche belauscht. Der Mann dort drüben versucht, eine Schiffsladung Salz zu verkaufen, die er durch einen Piratenangriff erbeutet hat. Der Mann daneben ist der Vorbesitzer. Er will das Schiff und die

Ladung von dem Räuber zurückkaufen! Sie einigen sich gerade auf einen Preis. Ist das nicht seltsam?«

»Seltsam wäre es, wenn sich die Züu bereit erklärten, uns auch nur anzuhören«, brummte der Krieger. »Bringen wir es rasch hinter uns, Dame Corenn, ich bitte Euch.«

Sie betraten einen Weg zwischen den Hecken und kamen an mehreren Händlern und Besuchern vorbei, die in Gruppen beisammenstanden und miteinander verhandelten. Ungefähr die Hälfte waren Lorelier, die anderen Goroner, Rominer oder Jez.

Nacheinander wurde ihnen eine angebliche Reliquie Yoos' angeboten, Daï-Schlangeneier und ein Grundriss des Palasts von Kolimine, auf dem natürlich auch die Schatzkammer eingezeichnet war. Ein stämmiger Kerl, der das Wappen Soltans trug, bot ihnen sogar ein Fass Menschenblut an. Corenn versuchte, nicht darüber nachzudenken, woher er es hatte und wozu man so etwas gebrauchen konnte. Als Nächstes bestand ein Yérim mit verschlagenem Blick darauf, Grigán eine Sklavin in heiratsfähigem Alter zu verkaufen, die er wortreich als sehr gehorsam beschrieb. Der Krieger warf ihm einen finsteren Blick zu, und Corenn schickte den Mann mit scharfen Worten fort.

An einer Wegkreuzung blieben sie stehen. Sie hatten zwei Boten Zuïas erblickt.

Die Züu saßen auf einer Marmorbank abseits der anderen Händler. Sie taten nichts. Nichts als warten.

Als die Erben näher kamen, erhoben sie sich. Sie hatten Corenn und Grigán erkannt.

Yan unterbrach seine Bemühungen, die Prüfung zu bestehen, um ein wenig mit Bowbaq zu plaudern. Auf Bitte des jungen Mannes erzählte der Riese von früheren Zusammenkünften der Erben und gab einige Anekdoten über die Gefährten und Létis Kindheit zum Besten.

Als Bowbaq schilderte, wie Rey fünfzehn Jahre zuvor ein Zelt angezündet hatte, mussten beide lachen. Yan sagte kichernd, der Schauspieler habe sich damals wohl zum ersten und letzten Mal in seinem Leben erwischen lassen.

Dann ging Bowbaq in den Stall, um die Pferde zu striegeln und ihnen etwas Bewegung zu verschaffen. Er ertrug es nicht länger, tatenlos herumzuliegen, und die Arbeit half ihm, nicht allzu sehr über ihr Abenteuer nachzugrübeln. Er hatte sich in den letzten Tagen genug Sorgen gemacht.

Yan kehrte in den Wald zurück, legte sich wieder auf den Bauch und stellte die Münze vor sich auf. Verdrossen zählte er die Dekanten, die er bereits auf diese Übung verwendet hatte, gab die Rechnung aber rasch wieder auf, weil ihn das Ergebnis erschreckte. Er musste sich einfach noch mehr Mühe geben und sich noch besser konzentrieren.

Lange Zeit bot er all seine Kräfte auf. Er versuchte, es nicht zu erzwingen, sondern seinen Willen auf die Münze zu richten, so wie Corenn es ihm geraten hatte. Doch für ihn waren das nichts als leere Worte und abstrakte Begriffe. Er hatte keine Ahnung, wie er die Sache angehen sollte, und kam sich so hilflos vor wie ein Vogeljunges, das fliegen sollte, bevor ihm Flügel gewachsen waren.

Gleichwohl erschöpfte ihn die Übung. Nach jedem Versuch war sein Kopf leer und sein Körper geschwächt. Er gab tatsächlich alles und erzielte auch *irgendetwas,* aber es reichte nicht aus.

Er näherte sein Gesicht der Münze. Vergeblich. Obwohl er Corenn nicht danach gefragt hatte, war Yan inzwischen klar, dass der Abstand zwischen dem Magier und seinem Ziel bedeutungslos war, solange er es nur sehen konnte.

Er war es leid, die Münze anzustarren. Ein Drittel der Oberfläche war abgenutzt, und sie hatte zwei Kerben im Rand. Sie machte ihn rasend. Noch nie hatte er irgendetwas so sehr gehasst, und dieses Gefühl war nicht gerade hilfreich.

Er überlegte, ob er eine andere Münze nehmen sollte, verwarf die Idee jedoch gleich wieder, da er sie bald ebenso hassen würde. Mit dieser Münze konnte er jedenfalls nicht weiter üben. Er wusste, dass er keine Fortschritte machen würde, bis er das Problem nicht gelöst hatte.

Plötzlich fiel ihm die kleine blaue Mondkönigin ein, die er um den Hals trug. Létis Geschenk. Ihrer würde er nicht überdrüssig werden.

Vorsichtig löste er die Muschel von dem Lederriemen und stellte sie statt der Münze vor sich auf den Boden. Die Übung war nun noch schwieriger, da die Mondkönigin breiter war und deshalb nicht so schnell umfallen würde. Andererseits hatte Yan nun neuen Mut geschöpft.

Wieder konzentrierte er sich und dachte an Léti.

Léti folgte Rey durch das Labyrinth der Marktbuden. Sie war neugierig, wo er sie hinführen würde. Er strahlte wie ein kleines Kind und nahm Léti bei der Hand, damit sie sich in dem Getümmel nicht verloren. Sie errötete, ließ es aber zu.

Sie verließen den Platz der Reiter und traten in eine schmale Gasse, die nicht minder belebt war. An ihrem Ende bog Rey in eine Straße, die von mehreren Karren verstopft war.

»Sollten wir nicht in der Nähe des Palasts bleiben?«, fragte Léti schüchtern.

»Es ist nicht mehr weit. Die nächste Straße links.«

Bald waren sie am Ziel. Es handelte sich eher um einen lang gezogenen Platz als um eine Straße, und die Leute schienen länger dort zu verweilen und nicht nur vorbeizuhasten. Sie saßen auf Bänken und Stühlen vor einem der zahlreichen Wirtshäuser oder an kleinen Tischen, die in der Mitte der Straße aufgestellt waren.

»Die Promenade der Spieler«, verkündete Rey stolz. »Hier werden itharische Würfelspiele gespielt, aber auch Tarot, Stratege, Kreisel, die Säulen von Corosta, Fänger und Jerp. Alles, wobei man um Geld spielen kann. Hier werden Tag und Nacht Vermögen gewonnen und verloren – natürlich unter den scharfen Augen der Steuereintreiber. Ich habe ein Jahr lang davon gelebt, beim Würfeln zu gewinnen.«

Sie gingen zwischen den Tischen hindurch, um die sich Neugierige scharten. Münzstapel wechselten den Besitzer, und Spieler stießen Freuden- oder Entsetzensschreie aus. Léti sah sich eine Partie Gejac an, durchschaute die komplizierten Regeln aber nicht. Dass sie kein Lorelisch verstand, vereinfachte die Sache nicht gerade. Als Nächstes verfolgte sie einen Kampf zweier Bellica-Spinnen, auf die hohe Summen gesetzt wurden, wandte sich aber angewidert ab, als die Siegerin den Kopf ihrer Gegnerin verspeiste.

Die Straße wimmelte nur so vor Leuten, die plauderten, spielten, lachten, tranken oder sich etwas zuriefen. Von überall erschallten die Klänge von Vigolen, Schnabelflöten und Zithern und vermischten sich mit dem allgemeinen Gejohle. Es hörte sich an, als würde ein rauschendes Fest gefeiert. Ein faszinierender Ort. *Yan würde es hier gefallen,* dachte Léti aus Gewohnheit. Schnell schob sie den Gedanken beiseite.

»Warum hast du aufgehört zu spielen? Hast du verloren?«

»Im Gegenteil. Die Steuereintreiber interessieren sich nur für die Gewinner, und sie begannen, sich mir etwas zu oft an die Fersen zu heften. Das war lästig. Eines Tages stellte mir eine Freundin jemanden vor, der einen erfahrenen Darsteller für seine Theatertruppe suchte. Ich erzählte ihm ein Lügenmärchen, und so wurde ich Schauspieler.« Er zwinkerte ihr verschwörerisch zu.

Léti war hingerissen. Rey wirkte so selbstsicher, während sie sich so verloren fühlte.

Als sie zum Kleinen Palast zurückgingen, nahm sie seine Hand, und Rey ließ es zu.

Corenn, Grigán und die beiden Züu musterten einander eine ganze Weile. Die Soldaten, deren Auftrag es war, die Mörder im roten Gewand zu überwachen, wurden unruhig, weil sie fürchteten, dass es früher oder später zu einem Kampf kommen würde.

»Ihr wart auf der Insel Ji, nicht wahr?«, fragte der kleinere der beiden Züu ruhig, während der andere das Gesicht zu einer hasserfüllten Grimasse verzog.

»Das stimmt«, antwortete Corenn.

Es gab keinen Grund zu lügen. Sie hoffte, dass nun endlich die Karten auf den Tisch gelegt würden. Die Erben hatten entweder alles zu gewinnen oder alles zu verlieren.

»Setzen wir uns«, sagte der Zü in makellosem Lorelisch. »Ihr habt gewiss eine Menge Fragen. Wenn wir hier noch länger stehen bleiben, verlieren Bondrians Bogenschützen noch die Nerven. Sie fürchten, wir könnten gegen die Hausregeln verstoßen, müsst Ihr wissen.«

»Wie merkwürdig«, sagte Grigán sarkastisch und nahm neben der Ratsfrau Platz. Er setzte sich absichtlich zwischen Corenn und die

Priester und ließ diese nicht aus den Augen. Heute würden die Züu keine Erben töten – zumindest nicht, wenn er es verhindern konnte.

»Ich freue mich, auf offene Ohren zu stoßen«, begann Corenn. »Ehrlich gesagt, hatte ich Zweifel, ob Ihr zu einem Gespräch bereit wärt.«

»Es wäre eine Lüge, zu sagen, dass ich nicht ebenfalls überrascht bin«, erwiderte der Mörder ebenso höflich. »Doch ich bin neugierig, was Ihr zu sagen habt, auch wenn ich mir bereits denken kann, wie Eure Fragen lauten.«

Corenn holte tief Luft und nahm all ihren Mut zusammen. Im ständigen Rat von Kaul galt sie als Meisterin der Diplomatie, doch noch nie hatte sie eine Verhandlung geführt, bei der sechs Menschenleben auf dem Spiel standen und eine Einigung derart aussichtslos erschien. Sie rief sich ihre Strategie in Erinnerung und ging zum Angriff über. »Wie habt Ihr uns eigentlich erkannt?«, fragte sie beiläufig, als wäre die Frage völlig bedeutungslos.

Der Züu dachte eine Weile nach. Sein Komplize ließ die Erben nicht aus den Augen, so wie auch Grigán auf jedes Anzeichen von Feindseligkeit achtete. Der Kampf wurde zwischen Corenn und dem Zü mit den höflichen Umgangsformen ausgetragen.

»Warum sollte ich darauf antworten?«, sagte der Zü schließlich mit dem Anflug eines Lächelns.

Corenn steckte den Schlag ein, ohne sich etwas anmerken zu lassen. Das erste Scharmützel hatte sie verloren. Ihr Gegner war kein Anfänger. Sie ließ das Thema fallen, da sie die Antwort ohnehin kannte. Die Pergamente der Züu, die sie gefunden hatten, enthielten eine genaue Beschreibung all ihrer Opfer. Die Mörder waren gut organisiert. »Ihr habt recht«, sagte sie. »Nichts zwingt Euch, mir Eure Geheimnisse preiszugeben. Verzeiht.«

Mit einem kurzen Kopfnicken nahm der Zü ihre Entschuldigung an. Nun war der Kampf eröffnet. Jemand, der gerade einen offenen Sieg davongetragen hatte, war eher dazu bereit, an anderer Stelle Zugeständnisse zu machen.

Die Diplomatie war keine leichte Kunst, wie Corenn erneut bewusst wurde. Bei genauerer Betrachtung waren die Ähnlichkeiten mit der Kriegsführung groß.

Die Auswahl der Worte und Argumente entsprach der Kriegsvorbereitung. Tonfall, Mimik und Gestik waren die Waffen. Der Umgang mit Gesprächspausen und Einwirkungen von außen war die Heerführung. Beide Parteien konnten Gebiet gewinnen oder verlieren, den Feind vernichtend schlagen, einen Waffenstillstand schließen, zum Gegenangriff übergehen oder einen Feldzug planen.

Im Moment hatte sich der Zü in seiner Trutzburg verschanzt, und Corenn versuchte, sie mit einem Holzschwert zu stürmen. Ihre einzige Chance war, ihn dazu zu überreden, die Zugbrücke herunterzulassen.

»Die Anhänger der Göttin werden immer zahlreicher«, sagte sie gleichmütig. »Bald wird es in jeder großen Stadt einen Zuïa geweihten Tempel geben, vor aller Augen. Ihre Boten in den Untergrund zu drängen, wie es die Könige und Herrscher tun, ist für niemanden von Vorteil.«

»Ich bin ganz Eurer Meinung«, sagte der Mörder ruhig.

Die Zugbrücke war immer noch oben. Corenn beschloss, einen Köder auszulegen. »Daher war es auch so schwierig, Euch zu treffen. Fast wäre es zu spät für eine Aussprache gewesen. Doch jetzt können wir diesen dummen Streit endlich aus der Welt schaffen.«

Grigán bewunderte Corenn. Manche Feinheiten der unsichtbaren Schlacht mochten ihm entgehen, doch er schätzte ihre Taktik. Sie stellte ihren Kampf auf Leben und Tod als geringfügige Meinungsverschiedenheit dar.

Es ging um alles oder nichts. Sollte der Zü in die Falle tappen, hätte Corenn ein leichtes Spiel, witterte er jedoch den Hinterhalt, würde sie zugeben müssen, dass sie nicht über genug Truppen für einen Angriff verfügte.

Der Mörder durchschaute Corenns Manöver.

»Welcher dumme Streit?«, fragte er sanft. »Zuïa hat Euch gerichtet. Die Boten werden ihr Urteil vollstrecken. Was ihr einen ›dummen Streit‹ nennt, ist nichts anderes als ein göttlicher Befehl.«

Grigán musste sich zusammenreißen, um dem fanatischen Priester nicht die Faust ins Gesicht zu rammen. Doch damit hätte er nur sein Todesurteil unterschrieben. Es fiel ihm schwer, nicht laut zu fluchen und wilde Drohungen auszustoßen. Aber Corenn hatte ihn gebeten, sich zurückzuhalten, und jetzt verstand er, warum. Beim kleinsten Fehler würden die Züu als Gewinner dastehen. Auch wenn der Krieger von Anfang an gegen den Plan gewesen war, hatte er doch genug Verstand, sich so zu verhalten, dass die Ratsfrau ihn in die Tat umsetzen konnte.

Obwohl Corenn mit einem Scheitern ihres Vorstoßes gerechnet hatte, war sie enttäuscht. Sie würde ihr Vorgehen ändern müssen.

Sie beugte sich ein wenig vor, und der Zü tat es ihr gleich, um sie besser zu hören. Grigán spannte seine Muskeln an wie ein Panther, der sich zum Sprung bereit macht.

»Wir beide wissen«, sagte sie in vertraulichem Tonfall, »dass die Boten bisweilen als gewöhnliche Mörder missbraucht werden. Manche Auftraggeber scheren sich nicht um Zuïa, ihr Urteil oder die Gerechtigkeit.«

Der Priester antwortete nicht: eine schweigende Zustimmung und Aufforderung an Corenn, weiterzusprechen. Mehr hatte sie nicht zu hoffen gewagt.

»Es ist offensichtlich, dass dies auch in unserem Fall zutrifft. Der Mann, der vorgibt, im Namen der Göttin zu sprechen und uns die Boten auf den Hals hetzt, führt Euch hinters Licht. Er glaubt nicht an Zuïa.«

»Er hat den Judikatoren von Lus'an ein Opfer gebracht«, antwortete der Mörder. »Das ist Beweis genug für seinen Glauben an die Göttin.«

Corenns Herz machte einen Hüpfer. Unwissentlich hatte der Zü ihr soeben etwas Wichtiges verraten. Ein Mann. Ihr Feind war ein *Mann.*

Sie schwieg eine ganze Weile und musterte den Zü ernst. Dann zog sie ihr Ass aus dem Ärmel. »Auch wir würden Zuïa gern ein Opfer bringen.«

Yan fixierte die bläulich schimmernde Muschel. Seit er die verhasste Münze durch den geliebten Gegenstand ausgetauscht hatte, hatte er wieder Spaß an der Übung.

Wenn er sich auf die Muschel konzentrierte, dachte er an Léti, und an Léti zu denken half ihm, sich zu konzentrieren. Allmählich schien er eine höhere geistige Stufe zu erreichen, so als wären seine Gedanken bislang in einer engen, finsteren Höhle eingesperrt gewesen und könnten sich nun auf einer weiten Ebene ausbreiten und dort anschwellen. Bei jedem Schritt über diese Ebene wurde sein Geist mächtiger.

Natürlich geschah das nur in seiner Vorstellung. Aber Yan spürte, dass er Fortschritte machte. Manchmal kam es ihm vor, als schliefe er mit offenen Augen. Dann dachte er an nichts als die Muschel und die Kraft, die er brauchte, um sie zu Fall zu bringen. Wenn er aus diesem Zustand erwachte, war er zutiefst erschöpft. Sobald er wieder bei Kräften war, versenkte er sich erneut in das Bild von der Muschel.

Während einer Ruhepause kamen ihm leise Zweifel. Das neue Bewusstsein, das er allmählich erlangte, ließ ihn innehalten. Warum wollte er die Prüfung eigentlich schaffen?

Warum wollte er unbedingt Magier werden? Die Magie war eine sehr schwierige Disziplin, und ihre Anwendungsmöglichkeiten schienen begrenzt zu sein. Drei Tage seines Lebens hatte er damit verschwendet, eine Münze anzustarren.

Warum reichte es ihm nicht zu wissen, dass es so etwas wie Magie gab und dass er sich ihr genähert hatte? Musste er tatsächlich kleine Gegenstände bewegen können, ohne sie zu berühren? Brauchte man eine solche Fähigkeit?

Mit einem Mal begriff er, warum er zweifelte: Er stand kurz vor einer tief greifenden Veränderung, und diese Veränderung machte ihm Angst. Wenn er diesen Weg weiterging, würde es kein Zurück geben. Vielleicht würde er nie mehr umkehren wollen. Vielleicht würde er aber auch irgendwann bereuen, diesen Weg eingeschlagen zu haben.

Doch als ihm klar wurde, wieso er Magier werden wollte, verflog seine Angst.

Er wollte diese Fähigkeit entwickeln, weil er nur wenige Begabungen besaß im Gegensatz zu Léti. Er wollte die Prüfung nicht für sich, sondern für sie bestehen.

Mit neuem Mut vertiefte er sich in das Bild der Muschel, so wie er es sich selbst beigebracht hatte. Auf der Klippe hatte er bewiesen, dass er seinen Willen gebrauchen konnte. Er hatte das Unmögliche geschafft und ihnen beiden das Leben gerettet. Er versuchte, sich zu vergegenwärtigen, was er in jenem Augenblick gespürt hatte.

Die Erinnerung stieg in ihm hoch, viel zu deutlich für seinen Geschmack. Das angstverzerrte Gesicht seiner Freundin. Die Felsen im Meer vierzig Schritte unter ihm. Seine Hilflosigkeit.

Er war zu ihr hingerannt und hatte erst ein Bein, dann das andere und schließlich den ganzen Körper über den Klippenrand geschoben. Er hatte sich an die Felswand geklammert und sein Leben aufs Spiel gesetzt.

Doch er konnte nichts tun.

Nichts, nur abwarten, bis die Kraft in seinem Arm nachließ und er in die Tiefe stürzte.

Er biss die Zähne zusammen und zog, zog immer weiter. Er nahm nichts mehr wahr außer Létis Hand in der seinen und seinen Willen, sie zu sich hochzuziehen.

Plötzlich war es wieder da. Er spürte die Kraft, die er entfesselt hatte. Hier und jetzt.

Das Blut hämmerte in seinen Schläfen, und sein Atem ging stoßweise. Ihm wurde bitterkalt und schwindelig, als er alles abermals durchlebte.

Dann schlug er die Augen auf und betrachtete die Mondkönigin verständnislos.

Die kleine blaue Muschel lag auf der Seite.

»Wir wollen Zuïa ein Opfer bringen«, wiederholte Corenn. »Es spricht doch nichts dagegen, oder?«

Der Priester im roten Gewand sah seinen Untergebenen an, als könnte er auf dessen Gesicht die richtige Antwort lesen. Doch dieser war ebenso verdutzt wie er selbst.

»Ich glaube nicht«, antwortete er, als er sich wieder gefasst hatte.

Corenn hatte ihn für einen Moment verwirrt und eine Bresche in die Mauer geschlagen, hinter der er sich verschanzt hatte. Sie zögerte nicht und schlich sich ins Innere der Festung. »Eure Religion sagt, dass die Göttin durch jeden Sterblichen sprechen kann. Ich weiß, dass Zuïa auf meiner Seite steht und nicht auf der dieses Frevlers, der die Boten als gewöhnliche Auftragsmörder missbraucht.«

Bestürzt lauschte der Zü ihren Worten. Anfangs war er überzeugt gewesen, die Ratsfrau wolle um Gnade betteln, so wie jeder Schuldige es vor der Vollstreckung tat. In diesem Fall wäre es ihm ein Leichtes gewesen, ihr die Bitte abzuschlagen, und er hätte den Moment wie immer ausgekostet. Doch die Worte dieser Frau waren kein Gnadengesuch, und sie verwirrten ihn.

Selbst noch so fanatische Anhänger einer Religion stellen sich irgendwann gewisse Fragen, wenn sie nicht auf den Kopf gefallen sind. Warum sprach Zuïa durch gewöhnliche Sterbliche? Warum mussten diese ihr ein Opfer bringen? Was geschah mit dem Geld, wenn kein neuer Tempel gebaut wurde? Nutzten die Judikatoren die Züu vielleicht doch schamlos aus und machten sich im irdischen Lus'an ein schönes Leben?

Der Zü mochte keine Zweifel. Zuïa fällte ihr Urteil, er vollstreckte es, und damit basta! Die Kaulanerin störte seinen Seelenfrieden und brachte seine Überzeugungen ins Wanken. Grund genug, sie zu hassen.

»Unser Opfer umfasst eine beträchtliche Summe Geld«, sagte Corenn nachdrücklich. »Zuïa spricht durch mich. Sie will uns nicht verurteilen.«

Der Zü gewann seine Fassung wieder. Seine Welt war nicht länger aus den Fugen. Die Frau wollte dasselbe wie alle Verurteilten: Gnade. Sie war es nur anders angegangen, heimtückischer. Fast hätte sie ihn getäuscht. »Das kann nicht sein«, sagte er mit Genugtuung. »Die Göttin lässt nicht zu, dass man ihren Namen missbraucht. Eure Verurteilung ist endgültig, und kein menschlicher Wille kann das ändern.«

Corenn seufzte verdrossen. Obwohl ihre Erfolgsaussichten schlecht gewesen waren, hatte sie insgeheim gehofft, einen Sieg davonzutragen. Doch die Mörder waren einer Gehirnwäsche unterzogen worden und nicht mehr zu eigenständigem Denken fähig. Sie fragte sich, was für eine Ausbildung sie wohl durchliefen, um derart den Sinn für die Wirklichkeit zu verlieren.

Sie warf Grigán einen raschen Blick zu und straffte die Schultern. Der Kampf war noch nicht vorbei. Man brauchte immer einen zweiten Plan, einen Ausweg für den Fall, dass man scheiterte. Für Fälle wie diesen hier. Jetzt musste sie nicht länger mit verdeckten Karten spielen. Sie kam ohne Umschweife zur Sache. »Wir möchten den Namen Eures Wohltäters erfahren«, sagte sie ernst. »Oder was Ihr sonst über ihn wisst. Wir sind bereit, dafür zu zahlen.«

»Und dann werdet Ihr mich bitten, ihn zu töten«, antwortete der Zü, der seine Selbstsicherheit wiedergefunden hatte. »Das alte Spiel. Doch weder das eine noch das andere kann ich Euch gewähren.«

Grigán bedeutete ihr unauffällig, dass es Zeit zum Gehen war. Das Gespräch drehte sich im Kreis, und je länger sie blieben, desto gefährlicher wurde es für sie.

Corenn ignorierte ihn. Sie war noch nicht fertig. »Ich habe eine letzte Bitte, die Ihr uns nicht ausschlagen könnt«, sagte sie. »Ich möchte, dass die Boten uns Aufschub gewähren, bevor sie das Urteil vollstrecken. Damit uns Zeit bleibt, für unsere Sünden Buße zu tun.«

Der Zü musterte sie schweigend. Wieder etwas Neues. Doch diesmal waren ihre Worte weniger verwirrend. Sie passten in sein Weltbild. »Und wie lange soll dieser Aufschub dauern?«

»Das bleibt Euch überlassen. Mindestens einige Monde, natürlich. Nachdem wir Zuïa unser Opfer dargebracht haben.«

Der Mörder dachte eine Weile nach. Er hatte an diesem Tag so viele Siege davongetragen, dass er geneigt war, ihr diesen unbedeutenden Wunsch zu erfüllen. »Ich brauche etwas Bedenkzeit«, antwortete er. »Und ich muss mit meinen Oberen sprechen. So etwas gab es noch nie.«

»Das ist verständlich«, sagte Corenn, die froh war, dass er ihre Bitte nicht gleich ablehnte.

»Wir sehen uns in der nächsten Dekade wieder. Dann überbringe ich Euch die Antwort.«

Corenn nickte und verabschiedete sich mit einer angedeuteten Verbeugung von den Mördern.

Grigán strafte die Züu mit Missachtung. »Was für eine Zeitverschwendung«, knurrte er, während sie zum Ausgang gingen. »Vierzig Goldterzen und die ganze Gefahr für nichts und wieder nichts.«

Corenn schwieg. Sie würde ihm später das Geständnis abringen, dass sie einen Schritt weitergekommen waren. Im Moment war sie einfach nur erschöpft.

»Folg ihnen«, raunte der Zü seinem Untergebenen zu. »Ich muss wissen, wo sich dieses Ungeziefer versteckt.«

Léti begann, sich Sorgen zu machen. Sie fürchtete, Corenn und Grigán könnten den Kleinen Palast verlassen haben, während Rey und sie die Promenade der Spieler entlanggeschlendert waren. Eigentlich hätten sie längst wieder da sein müssen.

Vergeblich versuchte sie, die sehr viel schlimmere Möglichkeit zu verdrängen, dass ihre Tante und der Krieger *nie wieder* aus dem Palast herauskommen würden. Der Gedanke ließ ihr keine Ruhe, und diesmal konnten selbst Reys Scherze sie nicht ablenken.

Sie wandten den Blick nicht von dem Eingang, durch den Händler und Besucher ein- und ausgingen. Irgendwann trat der Jelenis, der den Eingang bewachte, einen Schritt beiseite und Corenn erschien, gefolgt von Grigán.

Léti stieß einen erleichterten Seufzer aus. Am liebsten wäre sie zu den beiden gerannt und hätte sie mit Fragen bestürmt, doch sie war vernünftig genug, sich nicht vom Fleck zu rühren. Sie hatten einen Plan, und sie würde sich daran halten.

Grigán warf einen Blick in die Menge und sah Léti und Rey auf Anhieb. Er ließ sich jedoch nichts anmerken, sondern bog mit Corenn in eine Gasse ein.

Den Rückweg zum *Romischen Schwein* hatten Rey und Grigán bei ihrem ersten Ausflug nach Lorelia ausgekundschaftet. Die Gefährten würden einen Umweg nehmen und menschenleere Viertel durchqueren, denn so würden sie eventuelle Verfolger bemerken und diese nicht zu Bellecs Herberge führen.

Rey und Léti warteten einen Moment und behielten wie vereinbart den Eingang zum Palast im Auge. Dann geschah, was Grigán befürchtet hatte.

Ein Zü bahnte sich den Weg nach draußen. Selbst auf die Entfernung konnten Rey und Léti sehen, wie er vorging. Jedem Jelenis, der sich ihm in den Weg stellte, zeigte der Mörder seinen Dolch, den er aus der Waffenkammer geholt haben musste. Einer nach dem anderen gaben die Wachsoldaten den Weg frei.

Eigentlich hätten sie den Zü daran hindern müssen, den Palast so kurz nach jemand anderem zu verlassen. Doch die Jelenis waren zwar Elitesoldaten, aber keine Märtyrer. Mithilfe ihrer Doggen hätten sie es problemlos mit dem Priester aufnehmen können, doch die Strafe würde nicht auf sich warten lassen. An einem der nächsten Tage würde ein anderer Mörder kommen und Rache nehmen.

Die Züu maßen persönlichen Interessen keinerlei Bedeutung zu. Allein die Interessen des Tempels zählten, und das war eine ihrer Stärken. Wer einen von ihnen angriff, griff alle Züu an.

Der Mörder ließ den Blick über den Markt schweifen und sah seine Opfer in der Gasse verschwinden.

Er heftete sich an ihre Fersen und verbarg sein rotes Gewand so gut es ging unter einer Novizenkutte, genau wie Rey.

»Gehen wir«, sagte der Schauspieler zu Léti.

Sie folgte ihm wortlos. Sie war zu allem entschlossen, und ihre Hand krampfte sich um den Griff ihres Fischermessers. Es war das Messer, mit dem sie schon auf der Klippe gekämpft hatte.

Und wieder legte sich eine dumpfe Wut über alle anderen Gefühle. Warum musste Grigán nur immer recht behalten? Warum waren die Züu so niederträchtig, arglistig und grausam?

Wie viele Verbrechen hatte dieser Zü schon begangen?

Klebte das Blut von Erben an seinen Händen? Gewiss tat es das, auch wenn er keinen von ihnen eigenhändig getötet hatte.

Die Erben hatten nicht besprochen, was sie tun würden, falls sie verfolgt wurden. Grigán hatte nur angedeutet, dass er jede Gefahr aus dem Weg räumen würde.

Léti wusste nur zu gut, was sie mit dem Mörder machen würde. *Eines Tages trifft jeder Fuchs auf seinen Bären.* Dieser Fuchs würde ihre Krallen zu spüren bekommen.

Je tiefer sie in das Gewirr der Gassen eindrangen, desto weniger Menschen begegneten ihnen. Um nicht ertappt zu werden, vergrößerte der Zü den Abstand zwischen sich und Corenn. Zähneknirschend ließen sich auch Léti und Rey zurückfallen und wandten den Blick nicht vom Rücken des Priesters ab.

Als Großstadtbewohner waren die Lorelier an Seltsamkeiten gewöhnt, und so beachteten sie die Gefährten nicht weiter. Zudem schreckte der Anblick eines Paars, das von zwei Züu und einer jungen Frau mit mordlüsternem Blick verfolgt wurde, eventuelle Schaulustige ab.

Bald gelangten sie zum vereinbarten Treffpunkt, der Barbier-Enfel-Straße. Grigán und Corenn bogen in die Sackgasse ein, zur offenkundigen Verblüffung des Mörders, der ihnen trotzdem folgte. Léti und Rey gingen ihm nach.

Die Straße war nicht immer eine Sackgasse gewesen. Bevor das Osttor der alten Stadtmauer zugemauert wurde, pulsierte hier das Leben. Nun gab es keine Maultreiber oder Fuhrmänner mehr, und die meisten Läden standen leer. Die Straße lag im Schatten der mehrstöckigen Häuser zu beiden Seiten, und weit und breit war keine Menschenseele zu sehen.

Als sie das Ende der Straße erreicht hatten, drehten Corenn und Grigán sich um. Der Zü versteckte sich hastig hinter einer großen Säule an einer Fassade. Bei dieser Gelegenheit erblickte er Rey und Léti.

Die Verkleidung des Schauspielers ließ ihn einen Augenblick zögern. Im ersten Moment glaubte er, Rey sei zu seiner Verstärkung gekommen. Doch dann besann er sich eines Besseren. Die junge Frau, die ihn aus zehn Schritten Entfernung mit einem Messer bedrohte, war ganz gewiss keine Verbündete.

»Hört auf, uns zu folgen«, sagte Corenn und ging auf ihn zu. »Kehrt um.«

Der Zü beobachtete die vier Fremden, die ihn umzingelten. Er starrte ihnen nacheinander in die Augen, da er nicht wusste, was er nun tun sollte. Seine Mission war gescheitert – zum ersten und damit auch zum letzten Mal.

»Kehrt um«, wiederholte die Ratsfrau. »Wir tun Euch nichts. Léti, lass ihn durch.«

Rey war einen Schritt zur Seite getreten, um dem Mörder Platz zu machen, doch Léti rührte sich nicht. Sie streckte dem Zü ihr Messer entgegen. Noch vor zwei Monden wäre ihr diese Geste lächerlich vorgekommen, doch jetzt war sie ihr in Fleisch und Blut übergegangen.

»Lass ihn durch, Léti«, befahl Grigán.

Sie schien aus einem Traum zu erwachen und trat drei Schritte zur Seite, ohne den Mörder aus den Augen zu lassen. Sie erwiderte seinen mordlüsternen Blick. Léti hatte keine Angst mehr.

Der Zü auch nicht. Er hatte versagt und musste Buße tun.

Vier Feinde umzingelten ihn. Er musste sie alle töten.

Langsam bewegte er sich auf den Ausgang der Sackgasse zu, so wie es die Ungläubigen von ihm erwarteten. Dann stürzte er sich auf die junge Frau und zückte seinen Dolch.

Etwas schlug neben ihm gegen die Wand, und instinktiv wandte er den Kopf. Gleich darauf spürte er etwas Kaltes an seiner Kehle. Als er sich mit den Händen an den Hals griff, fühlte er einen warmen Strom, den er vergeblich einzudämmen versuchte. Er brach zusammen und erstickte langsam an seinem eigenen Blut.

Angewidert verfolgte Léti den Todeskampf des Mannes. Gleich als er den ersten Schritt auf sie zugekommen war, hatte sie gewusst, was er im Sinn hatte. Sie war auf den Angriff vorbereitet gewesen.

Rey hatte rasch reagiert, doch er warf seinen Dolch zu schnell und verfehlte sein Ziel. Léti sah, wie der Mörder auf sie zustürzte und dann den Kopf zur Seite wandte. Sie machte eine rasche Bewegung mit ihrer Klinge und hinterließ einen dunklen Schnitt auf dem Hals des Mörders.

Das Blut, das aus der klaffenden Wunde schoss, bildete bereits eine Pfütze, doch der Mann stöhnte immer noch und verzog das Gesicht in Todesqualen. Léti wandte sich ab und musste würgen. Dann erbrach sie sich auf die Straße.

Corenn setzte sich in Bewegung und führte die Gefährten zum Ausgang der Sackgasse. Kurz darauf folgte Grigán den anderen. Das Stöhnen war verstummt.

»Wir müssen schnellstens hier weg«, sagte er und schob das Schwert zurück in die Scheide. »Auch wenn niemand die Züu mag, will ich mich nicht mit der Miliz herumschlagen. Schwierigkeiten haben wir schon genug.«

Den ganzen Rückweg über weinte Léti an Reys Schulter.

Vor Raji konnten sie nicht frei sprechen. Der Schmuggler hatte ungeduldig in Bellecs Herberge auf sie gewartet. Seine Hauptsorge galt seinem Geschäft, und er würde keine Ruhe finden, solange diese Leute in seinem Keller campierten. Er wünschte sie sich weit fort, sehr weit fort.

Die Erben konnten es kaum erwarten, unter sich zu sein, um einander zu erzählen, was geschehen war. Auf dem Weg von der Barbier-Enfel-Straße zur Herberge hatten sie nur wenige Worte wechseln können, nicht genug, um ihre Neugier zu stillen. Außerdem waren alle damit beschäftigt gewesen, Léti zu trösten, der haltlos die Tränen über die Wangen liefen. Und auch während sie durch den Tunnel zurück zu Rajis Haus gingen, schwiegen sie.

Erleichtert schoben sie das Tor zu ihrer Unterkunft auf. Yan und Bowbaq sprangen auf, noch ungeduldiger als ihre Freunde. Die verzagten Gesichter ihrer Gefährten verhießen nichts Gutes.

Raji stieg wortlos die Treppe hoch, und endlich waren sie allein. Léti brach abermals in Tränen aus, da sie Angst hatte, Yan würde sie wegen ihrer Tat verurteilen. Rey legte ihr den Arm um die Schulter, so wie er es auf dem ganzen Rückweg getan hatte. Eigentlich eine rein freundschaftliche Geste, aber Yan stürzte sie in tiefe Verzweiflung.

Normalerweise wäre der junge Kaulaner zu seiner Freundin gegangen, um sie zu trösten, ganz gleich, was der Grund für ihre Traurigkeit war. Normalerweise. Doch jetzt hatte das jemand anders übernommen.

Seine Knie wurden weich, und er wandte seinen Gefährten den Rücken zu, schlich in einen dunklen Winkel des Kellers und setzte sich an die Wand. Von dort aus lauschte er mit halbem Ohr Corenns und Grigáns Erzählung.

Er vergaß völlig, der Magierin zu erzählen, dass er die Prüfung bestanden hatte.

Doch das war nun belanglos. Er hatte Léti für immer verloren. Alles andere war ihm egal.

Bei Sonnenuntergang beriefen sie den »Rat der Erben« ein. So pflegte Corenn mittlerweile die Zusammenkünfte zu nennen, bei denen sie wichtige Entscheidungen trafen oder das Geheimnis von Ji zu enträtseln versuchten. Der Name war eine nostalgische Anspielung auf den Ständigen Rat des Großen Hauses in Kaul.

Nach ihrer Rückkehr aus Lorelia hatte Corenn allen eine Ruhepause verordnet, denn Grigáns Missmut, Létis Traurigkeit und Yans Kummer – den das Mädchen als Einzige zu übersehen schien – machten jedes vernünftige Gespräch unmöglich.

Nun waren die Gefährten ausgeruht und konnten sich den Fragen widmen, die sie sich seit Beginn ihres Abenteuers jeden Tag stellten: Was sollten sie als Nächstes tun? Wohin würden sie als Nächstes gehen?

Corenn fasste mit knappen Worten zusammen, was im Kleinen Palast geschehen war, und fügte einige Einzelheiten hinzu, die sie bei der ersten Erzählung vergessen hatte. Sie endete mit dem tragischen Kampf in der Sackgasse. »Es ist ein Jammer, dass der Mann die Verfolgung nicht einfach aufgab«, sagte sie bedauernd. »Es verkompliziert unsere Lage.«

Léti nickte mit leerem Blick. Sie holte tief Luft und räusperte sich umständlich. Ihre Freunde sahen sie aufmerksam an.

»Ich ... ich wollte ihn nicht töten«, sagte sie leise. »Jedenfalls nicht so. Ich bereue es. Es war so ... Er hatte solche Angst ...«

»Du hast vollkommen richtig gehandelt«, sagte Grigán.

»*Er* hat schließlich *dich* angegriffen!«, bekräftigte Rey.

»Du hast das Richtige getan«, pflichtete Corenn den beiden bei. »Er war ein Mörder. Du hast nur dein Leben verteidigt. Du hast richtig gehandelt«, wiederholte sie.

Jeder wusste etwas Aufmunterndes zu sagen, aber Léti traten abermals Tränen in die Augen.

Früher hätte auch Yan die richtigen Worte gefunden. Doch nun hatte er nicht mehr die Kraft dazu, und so blieb er stumm und starrte nur mürrisch vor sich hin. Sein Schweigen traf Léti tief.

»Er ... er schien so sehr zu leiden ...«, stammelte sie unter Tränen.

Die Erben wussten keinen Rat mehr. Léti tat ihnen leid, und sie waren unfähig, sie zu trösten. Sie wechselten hilflose Blicke.

Grigán hielt es nicht länger aus und stand mit finsterer Miene auf. Mit zwei Schritten war er bei Léti und packte sie an den Schultern. »Sieh mich an. Sieh mich an!«, befahl er der jungen Frau, die die Hände vors Gesicht geschlagen hatte und schluchzte.

Atemlos beobachteten die Gefährten die Szene. Obwohl er aufbrausend war, hatten sie ihn selten so wütend erlebt. Rey und Yan fürchteten sogar, der Krieger würde Léti schlagen.

»Sieh mich an! Was wirst du das nächste Mal tun, wenn dich ein Zü angreift? Antworte! Was wirst du tun?«

»Ich weiß es nicht!«, rief Léti verzweifelt, während ihr Tränen übers Gesicht liefen. »Ich weiß es nicht!«

»Du wirst zuschlagen!«, brüllte Grigán. »Du wirst zuschlagen, selbst wenn ihm das wehtut, und sogar dann, wenn er stirbt! Du wirst zuschlagen, um dein Leben zu retten! Und das der Menschen, die du liebst! Verstanden?«

Léti sah die anderen der Reihe nach an. Sie hatten sie beschützt, verteidigt, gerettet. Ihr Blick blieb an Yans Gesicht hängen. Er hatte sein Leben für sie aufs Spiel gesetzt. Er liebte sie nicht und war trotzdem bereit gewesen, sich zu opfern!

Musste sie daraus nicht eine Lehre ziehen? War ihr Gejammer nicht selbstsüchtig?

»Verstanden?«, wiederholte Grigán.

»Ja«, stöhnte sie, damit er sie losließ.

»Gut! Wenn du dein Schwert gegen jemanden erhebst, verletzt du ihn. Zwangsläufig. Aber dein Angreifer zwingt dich dazu. Er selbst. Na – bist du immer noch so versessen darauf zu kämpfen?«

»Nein«, stammelte Léti, deren Tränen versiegt waren. »Ich meine, doch. Ich will es immer noch lernen.«

»Schön«, sagte Grigán, der sich mittlerweile etwas beruhigt hatte. »Morgen stehen Übungen auf dem Plan, die wehtun. Und ich will nichts mehr von diesem Unsinn hören!«

»Versprochen.« Léti reckte das Kinn.

Die Standpauke hatte wie ein Schlag vor den Kopf gewirkt, stark genug, um sie wachzurütteln und ihr neuen Mut zu geben.

»Und ich möchte, dass du mitmachst, Bowbaq«, fügte Grigán hinzu, beflügelt von seinem Erfolg. »Irgendwann wirst du auf jemanden stoßen, den deine Größe nicht abschreckt.«

»Ich will nicht töten«, erwiderte der Riese. »Mich verteidigen schon, aber nicht töten.«

»Wie du willst. Dann lerne wenigstens, deinen Gegner bewusstlos zu schlagen! Damit wäre schon viel gewonnen!«

Zufrieden setzte sich Grigán wieder, ohne Bowbaqs Antwort abzuwarten. Der Ausbruch hatte ihm gutgetan. Er nahm sich vor, seiner Wut öfter Luft zu machen.

Die anderen sahen ihn verdutzt an. Grigán wirkte wie verwandelt. Sein Gebrüll schien immer noch im Raum zu hängen.

»Ich würde gern mehrere Gegner auf einen Streich töten können«, warf Rey ein. »Habt Ihr nicht einen Trick, den Ihr mir beibringen könnt?«

Alle lachten, und die Anspannung löste sich ein wenig.

»Erzähl ihnen einen Witz. Das wird ihnen den Todesstoß versetzen«, antwortete Grigán, was mindestens ebenso viel Gelächter hervorrief.

»Sagt«, fragte Rey, als wieder Ruhe eingekehrt war. »Wusstet Ihr, dass Ihr verfolgt werdet?«

»Natürlich«, sagte Grigán ohne jede Bescheidenheit. »Nachdem wir uns von den Züu verabschiedet hatten, unterhielt sich Corenn eine Weile mit einem Goroner. Bei der Gelegenheit entdeckte ich, dass der Zü hinter uns herschlich.«

Die anderen sahen Corenn neugierig an.

»Der Goroner bot mir einen Handel an, das war alles«, erklärte sie. »Das ist uns mindestens zehnmal passiert. Bei diesem dachte ich, dass sein Angebot vielleicht für Meister Raji von Interesse sein könnte. Deshalb habe ich den Mann angehört.«

»Wenn Raji erfährt, dass Ihr seinen Namen im Kleinen Palast erwähnt habt, fällt er auf der Stelle tot um«, sagte Rey.

»Ich habe seinen Namen nicht erwähnt. Ich habe ihm nur die Nachricht überbracht, und er kann damit machen, was er will. Eine Hand wäscht die andere.«

Daraufhin trat Schweigen ein. Die wichtigste Frage hatten sie noch nicht besprochen, ganz so, als hätten sie Angst vor ihr. Doch früher oder später mussten sie sich ihr stellen.

»Und was machen wir jetzt?«, fragte Rey.

»Das liegt doch auf der Hand!«, antwortete Grigán. »Wir reisen so schnell wie möglich nach Junin. Nur Königin Séhane kann uns helfen, andere Erben zu finden. Falls überhaupt noch welche am Leben sind. Zumindest kann sie uns helfen, mehr über die Sache herauszufinden.«

»Aber sie ist auch unsere Hauptverdächtige«, warf Rey ein. »Sie ist die Einzige, die in der Sache drinsteckt und genug Gold hat, um die

Züu bezahlen zu können. Außerdem ist auf *sie* kein Mordanschlag verübt worden.«

»Das wissen wir nicht genau«, verbesserte ihn Corenn. »Wer von Euch hat in letzter Zeit Neuigkeiten aus den Fürstentümern erhalten?«

Natürlich niemand.

»Wir wissen jetzt, dass unser Feind ein Mann ist. Er könnte natürlich nur ein Mittelsmann sein, aber das ist unwahrscheinlich. Ich kenne Séhane, und ich glaube nicht, dass sie hinter der Sache steckt.«

»Na, dann ist doch alles klar. Auf nach Junin.«

»Ich finde, wir sollten uns noch einmal mit den Züu treffen. Wir sollten bis zur nächsten Dekade hierbleiben.«

Corenns Worte verblüfften alle.

»Wir können nicht zurück in den Kleinen Palast«, sagte Grigán. »Wir haben unser Leben schon zu oft aufs Spiel gesetzt – wir sollten das Schicksal kein weiteres Mal herausfordern.«

»Die Züu lassen sich vielleicht darauf ein, uns einen Aufschub zu gewähren. Ich glaube, das Warten lohnt sich. Um die Gefahr zu verringern, werde ich natürlich allein gehen.«

Die anderen erwachten aus ihrer Erstarrung und protestierten lauthals. Alle riefen durcheinander: »Auf keinen Fall«, und: »Kommt nicht infrage.« Corenn musste lachen. Und ihre Freunde fanden *sie* unvernünftig.

»Was erhofft Ihr Euch davon?«, fragte Grigán wütend. »Die Züu kennen keine Gnade. Sie werden uns nicht helfen. Niemals! Um sie uns vom Hals zu schaffen, müssten wir sie alle töten. Aber das ist unmöglich. Also müssen wir unseren Feind finden. Das ist unsere einzige Chance! Ihr habt es selbst gesagt!«

»Das wird leichter, wenn sie uns einen Aufschub gewähren. Außerdem hoffe ich, bei einem weiteren Gespräch noch mehr über ihn herauszufinden.«

»Sie werden kein Sterbenswörtchen sagen«, wandte Rey ein und übernahm nun Grigáns Part. »Sie würden sich sogar weigern, uns zu zeigen, wo der Himmel ist, wenn Euch die Antwort wichtig wäre. Die Züu lieben Geheimnisse und die Angst, die sie damit erzeugen. Außerdem kann es sein, dass die Priester überhaupt nichts über unseren Feind wissen!«

»Wenn wir wüssten, was sie wissen, würde uns das sehr weiterhelfen, oder?«, fragte Bowbaq scheu.

»Natürlich«, sagte Corenn.

»Ich verstehe.«

Der Riese wirkte gedankenverloren. »Vielleicht hat Corenn recht.«

»Was?«, rief Grigán.

»Nun ja ... Wenn eine Rückkehr in den Kleinen Palast bedeutet, dass ich bald wieder heim nach Arkarien kann, dann ... Dann möchte ich, dass wir hingehen. Ich werde dich begleiten, Corenn.«

»Auch das noch!«, tobte Grigán. »Da heute Abend anscheinend alle irgendwo hingehen wollen, schlage ich vor, wir vergessen das Ganze erst einmal. Irgendwelche Einwände?«

Keiner sagte etwas, und so wurde die Frage auf den nächsten Tag verschoben, sehr zu Bowbaqs Erleichterung.

Der Riese brauchte etwas Zeit, um nachzudenken und eine Entscheidung zu treffen. Wenn er einen Fehler machte, würde er es den Rest seines Lebens bereuen.

Yan bat Grigán, die Falltür nicht gleich zu verriegeln, da er noch etwas frische Luft schnappen wollte. Der sternenklare Himmel und die kühle Nacht brachten etwas Ordnung in seine wirren Gedanken. Ziellos lief er los.

Raji saß mit einem Krug Bier aus Cyr auf der Veranda und betrachtete die Sterne. Yan hob die Hand zum Gruß und überlegte, ob er ein paar Worte mit dem Schmuggler wechseln sollte. Doch er hatte keine Lust zu plaudern, und so schlenderte er in die entgegengesetzte Richtung davon. Er wollte allein sein und nachdenken.

Er hatte sich nicht genug um Léti gekümmert. Aus Unzufriedenheit darüber, dass er den Tag der Versprechen hatte verstreichen lassen, war er nicht als Freund für sie da gewesen, als sie ihn gebraucht hatte.

Léti liebte ihn nicht, und er allein war schuld daran. Sie hatte eine Schwäche für Rey, was nicht weiter verwunderlich war. Auch Yan mochte ihn, und bei der jungen Frau war aus der Zuneigung eben Liebe geworden.

Er war nicht traurig, nicht wütend, nicht am Boden zerstört. Nur enttäuscht. *Schrecklich* enttäuscht. Léti war seine Zukunft gewesen, seine Hoffnung, das Schönste auf der Welt. Was blieb ihm jetzt noch? Sein Leben würde trostlos und eintönig sein.

Die Stalltür knarrte. Yan erkannte die Gestalt, die auf ihn zukam, nicht auf Anhieb. Es war Corenn.

»Guten Abend, junger Mann. Seid Ihr nicht müde?«

»Nicht so sehr, nein. Ich glaube, heute Nacht wird keiner von uns gut schlafen«, fügte er nach einer kurzen Pause hinzu.

»Den Züu wird es nicht viel besser ergehen!«, scherzte sie.

Yan lächelte schwach. Ihm war nicht zum Lachen zumute. Außerdem konnte er sich nicht vorstellen, dass die Mörder im roten Gewand schlecht schliefen. Allein der Gedanke, dass sie überhaupt schliefen wie alle anderen, erschien ihm absurd.

»Ich möchte dich um einen Gefallen bitten«, sagte Corenn. »Sprich mit Léti. Geh mit ihr spazieren, sag ihr etwas Nettes. Ich möchte, dass sie die schrecklichen Ereignisse der letzten Tage für eine Weile vergisst.«

Yan warf der Ratsfrau einen Seitenblick zu und fragte sich, ob tatsächlich nichts anderes hinter der Bitte steckte. Corenn hatte ein feines Gespür. Was ahnte sie?

»Das ist eine gute Idee«, antwortete er. »Aber es ist bestimmt besser, wenn das jemand anders übernimmt.«

Genauso gut könnten Rey, Bowbaq oder Corenn Léti aufmuntern. Und sie würden im Gegensatz zu ihm nicht darunter leiden.

»Das glaube ich kaum.« Corenn grinste schelmisch. »Die Dinge sind selten so einfach, wie sie scheinen, Yan. Vertrau mir, und sprich mit Léti. Ich bin überzeugt, du wirst überrascht sein.«

Corenn sprach in Rätseln, aber Yan verstand die Botschaft. Dass sie glaubte, er habe noch eine Chance, machte ihm neuen Mut.

Eine Weile gingen sie schweigend nebeneinander her, befangen durch die plötzliche Nähe, die zwischen ihnen entstanden war. Dann fiel Yan ein, dass auch er ihr etwas zu erzählen hatte. »Übrigens, ich habe es geschafft«, sagte er ohne Umschweife.

»Was hast du geschafft?«

»Die Münze. Ich meine, die Prüfung. Ich habe es geschafft, einen

Gegenstand zu Fall zu bringen. Es hat lange gedauert, aber ich habe es geschafft.«

Corenn blieb stehen und musterte ihn prüfend. Machte er einen Scherz? Nein, er schien es ernst zu meinen. »Unmöglich«, stammelte sie. »Das ist unmöglich. Du musst dich irren.« Corenn traute ihren Ohren kaum. Wenn er es *tatsächlich* geschafft hatte, trug Yan einen derart starken Willen in sich, dass er eines Tages der größte Magier der bekannten Welt werden könnte. Der Gedanke, dass sie seine Kraft entdeckt hatte, ließ sie erschauern.

»Nein, es stimmt«, sagte Yan, der nicht verstand, warum Corenn so aufgeregt war.

»Der Wind. Der Wind muss die Münze umgestoßen haben.«

»Das dachte ich zunächst auch, aber es ging kein Lüftchen. Außerdem nahm ich statt der Münze meine Mondkönigin. Sie ist unten viel breiter, und der Wind hätte sie nicht ... Das war doch kein Trick, oder?«, fragte er, als er ihren fassungslosen Blick bemerkte.

Corenn starrte auf die kleine blaue Muschel, die Yan um den Hals trug. Sie war schwerer und unförmiger als die Münze. Mit solch einem Gegenstand war die Übung zehnmal so schwer. Nein, es war kein Trick.

Sanft nahm sie den jungen Mann bei den Schultern. Yan blinzelte sie verwirrt an. Er wusste nicht, was an seinem Gelingen so befremdlich war. Hatte er nicht einfach getan, was sie ihm aufgetragen hatte?

»Hör zu, Yan. Du kannst es nicht geschafft haben. Weil ... weil ... weil es eben unmöglich ist!

Die Prüfung dient nur dazu, herauszufinden, ob du genug Geduld hast. Man wartet einige Dekaden ab, und dann beginnt man den Lehrling zu unterrichten. Ich kenne niemanden, der die Prüfung bestanden hat, ohne vorher mondelang Unterricht bekommen zu haben. Das ist, als könntest du schreiben, noch bevor du überhaupt sprechen gelernt hast. Deshalb stelle ich dir die Frage ein letztes Mal, und dann werde ich deine Worte nie wieder anzweifeln. Yan, hast du die Muschel tatsächlich zu Fall gebracht?«

Angesichts ihrer Verblüffung kamen ihm allmählich selbst Zweifel. Er hatte die Muschel nicht mit eigenen Augen fallen sehen ... Aber er hatte den Willen gespürt. Seinen Willen. »Ja, das habe ich.«

Corenn ließ ihn los und wanderte unter dem Sternenhimmel auf und ab. Sie brauchte etwas Zeit, um sich an den Gedanken zu gewöhnen. Yan brachte alle Voraussetzungen mit, um ein großer Magier zu werden.

Ihre Gefährten würden staunen. Corenn beschloss, das Geheimnis noch ein paar Tage lang zu hüten, um sich noch eine Weile an dem Wunder zu erfreuen, bevor die anderen davon erfuhren.

Drei Tage. Yan hatte die Prüfung in drei Tagen geschafft! Und ihm war das lang vorgekommen …

Wie Yan vorausgesagt hatte, schliefen in jener Nacht alle Erben mit Ausnahme von Rey schlecht. Yan selbst tat lange kein Auge zu, weil ihm die Aufregung des Tages noch in den Knochen steckte. Léti sah im Traum noch einmal den Todeskampf des Zü vor sich. Grigán wälzte sich herum und sorgte sich wegen ihres Streits, und Corenn grübelte lange über all das nach, was Tag für Tag über die Gefährten hereinbrach.

Bowbaq schlief überhaupt nicht. Er dachte die ganze Nacht über Gut und Böse nach, Regeln und die Notwendigkeit, sie zu brechen, Vernunft und Gefühl. Als der Morgen kam, hatte er eine Entscheidung getroffen.

Er stand lange vor allen anderen auf und bereitete ein Frühstück nach arkischem Brauch zu: ein reichhaltiges Mahl. Es gab Rauchfleisch, getrocknete Früchte, Fladenbrot aus Lermian und Käse. Dazu brühte Bowbaq Coze-Tee auf, weil er in Rajis Warenlager keinen Milo, das traditionelle Getränk des Weißen Landes, gefunden hatte.

Da es wieder einmal in Strömen regnete, baute er im Stall einen Tisch aus Hackklötzen und Brettern auf. Die Cozeblätter köchelten gerade im Wasser vor sich hin, als sich Grigán zu ihm gesellte. Er sah so aus, wie er sich fühlte: hundemüde.

»Eigentlich wollte ich über den Krach schimpfen, den du hier oben machst, aber ich habe solchen Hunger, dass ich erst einmal essen werde. Danke, mein Freund.«

Bowbaq schenkte ihm ein scheues Lächeln. Er spürte, wie sein Entschluss ins Wanken geriet. Wenn die anderen nicht bald kämen, würde er nie den Mut aufbringen, es ihnen zu erzählen.

Wie als Antwort auf seine Hoffnung stießen Corenn, Léti, Rey und als Letzter Yan zu ihnen. Alle waren überrascht, aber dankbar für das Frühstück. Sie freuten sich, denn es zeigte, dass der Riese endgültig genesen war.

Bowbaqs Herz schlug immer schneller. Er musste es hinter sich bringen. »Ich verdiene eure Freundschaft nicht«, sagte er düster.

Erst grinsten alle noch breiter, doch als sie sahen, dass es ihm ernst war, erstarb ihr Lächeln.

»Was redest du da für einen Unfug?«, brummte Grigán.

Er hatte leise Schuldgefühle. Vielleicht hatten seine Worte vom Vorabend Bowbaq getroffen?

»Ich … ich kann euch helfen«, sagte er. »Ich habe noch nie mit jemandem darüber gesprochen, und obwohl ich es die ganze Zeit wusste, habe ich nichts gesagt. Deshalb verdiene ich eure Freundschaft nicht.«

Corenn und Grigán, die Bowbaq schon lange kannten, bezweifelten, dass es sich tatsächlich um etwas Schlimmes handelte. Der Riese neigte zu Übertreibungen. Doch Yan, Rey und Léti nahmen seine Worte ernst.

»Wovon redest du?«, fragte Rey. »Jeder tut, was er kann. Du musst dir keine Vorwürfe machen.«

»Doch«, beharrte Bowbaq. »Wie ihr wisst, bin ich ein Erjak …«

»Ja, und?«

»Nun ja … Ich kann in die Gedanken von Tieren eindringen, jedenfalls in die von Säugetieren. In die aller Säugetiere«, sagte er.

Plötzlich schlug sich Corenn mit der Hand vor die Stirn. Es war so einfach. Warum war sie nicht von selbst darauf gekommen?

Auch Yan glaubte, Bowbaq verstanden zu haben. Aber er wollte es genau wissen. »Auch bei Menschen?«, fragte er neugierig. »Du kannst *Gedanken lesen?«*

»Gewissermaßen«, sagte Bowbaq, froh, dass es heraus war.

»Und ich kann das romische Alphabet rückwärts aufsagen«, sagte Rey. »Komm schon, Bowbaq, so früh am Morgen ist das schwer zu verdauen. Vor allem nach solch einem Frühstück.«

»Aber es ist wahr«, sagte der Riese empört.

Corenn musste lachen. Die Erben, die die Züu für jämmerliche

Flüchtlinge hielten, hatten eine Menge verborgener Talente. *Schwere Prüfungen bringen stets das Beste in uns zum Vorschein,* dachte sie.

»Warum hast du uns das nicht eher gesagt, Bowbaq?«

»Es ist verboten«, erklärte er. »Indem ich es euch sage, breche ich meinen Erjak-Schwur. Zum ersten Mal«, setzte er eilig hinzu.

Sie verstanden ihn, denn allen war klar, welche Bedeutung ein solcher Schwur hatte und welches Opfer das Geständnis ihrem Freund abverlangte.

»Ihr alle könnt das? Alle Erjaks?«, fragte Léti verwundert.

»Ja. Mehr oder minder gut, wie bei den Tieren. Je nach Begabung.«

Bowbaq fühlte sich schon viel besser, denn seine Freunde waren nicht wütend geworden. Er beschloss, ihnen noch etwas anzuvertrauen. »Auf diese Weise ist meine Gabe entdeckt worden«, erklärte er. »Als Kind drang ich hin und wieder in die Gedanken der Angehörigen meines Klans ein, nachts, wenn sie schliefen. Ich las in ihren Erinnerungen und besuchte sie in ihren Träumen … Ich wusste nicht, was ich tat, denn natürlich dachte ich, jeder könne es. Eines Tages drang ich in die Gedanken eines wachen Mannes ein. Er bemerkte es sofort. Der ganze Klan war zornig auf mich. Da erst begriff ich, dass mein Verhalten *unhöflich* war. Und dass ich der Einzige war, der so etwas konnte.«

»Das war bestimmt schlimm für dich«, sagte Grigán.

Er hatte zwei Jahre im Weißen Land gelebt und wusste, welche Bedeutung die Arkarier einem Verstoß gegen die Höflichkeit beimaßen. Sie mussten Bowbaq mehrere Monde, wenn nicht gar mehrere Jahre lang wie einen bösartigen, ungezogenen Jungen behandelt haben. Kein Wunder, dass er sein Geheimnis so lange gehütet hatte.

»Wer gab dir Unterricht?«, fragte Corenn. »Wer nahm dir den Schwur ab?«

»Ein Erjak aus einem anderen Klan, den mein Vater bei der Großen Jagd kennengelernt hatte. Ich war mehrere Monde lang sein Lehrjunge, aber er brachte mir nur die Regeln der Bruderschaft bei. Zum Beispiel die, niemals in die Gedanken eines Menschen einzudringen.«

Corenn fragte sich, ob diese Regel auf dem Aberglauben der Arkarier beruhte oder ob sie aufgestellt worden war, um die Kraft der Erjaks geheim zu halten. Da sie wusste, wie abergläubisch die Völker des Weißen

Landes waren, war Ersteres wahrscheinlicher. Aber letztlich war das auch nicht weiter wichtig …

»Du könntest die Gedanken der Züu lesen?«

»Ja. Besser gesagt, die eines Zü, und das auch nur ein einziges Mal. Derjenige, in dessen Geist ich eindringe, merkt es sofort und weiß auch gleich, wer der Eindringling ist. Bei so etwas werden die sanftmütigsten Menschen fuchsteufelswild. Bei Tieren ist das nicht anders.«

»Aber wie … Wie kannst du die Gedanken lesen? In welcher Form erscheinen sie dir?«

»Das kann ich nicht genau erklären. Wenn jemand schläft, folge ich ganz einfach seinen Gedanken. Es ist, als sähe ich durch seine Augen. Tieren schicke ich meistens kurze Sätze oder einfache Bilder. Aber bei einem wachen Menschen … So etwas habe ich erst ein einziges Mal getan, und es ging alles ganz schnell. Ich schätze, wir müssen ihn dazu bringen, an das zu denken, was uns interessiert. Sonst finde ich nur Wirrwarr vor. Versteht ihr?«

»Lass es uns ausprobieren. Wärst du damit einverstanden?«, fragte Grigán.

Falls der Versuch gelang, würde sich Grigán vielleicht dazu überreden lassen, in den Kleinen Palast zurückzukehren. Den Züu gegen ihren Willen Informationen zu entreißen wäre ihm eine große Freude!

»Ich melde mich freiwillig«, verkündete Rey.

»Ich auch«, sagte Léti eilig.

»Dann lasse ich dir gern den Vortritt«, sagte der Schauspieler. »Meine Gedanken sind sicher schlecht geschrieben und unleserlich.«

Von allen Gefährten gefiel Bowbaq die Idee am wenigsten. Seine Erziehung sagte ihm, dass ihr Vorhaben sehr, sehr unhöflich war. »Versprich mir, dass du nicht wütend wirst«, bat er.

»Natürlich nicht.« Léti zuckte die Schultern. »Schließlich melde ich mich freiwillig. Es macht mir nichts aus.«

»Denk an etwas Bestimmtes«, sagte Corenn. »Einen Gegenstand, einen Namen, irgendetwas Einfaches.«

Léti nickte und überlegte kurz. Sie beschloss, an den Stehschläfer zu denken, den sie einige Jahre zuvor bei sich aufgenommen hatte. »Ich bin bereit.«

»Dann fange ich jetzt an«, sagte der Riese verzagter, als er wollte.

Im nächsten Moment war er bei Léti, in ihren Gedanken. Er hatte ganz vergessen, wie einfach die Begegnung bei Menschen war.

Sie sträubte sich instinktiv gegen den Eindringling, aber er hatte mit nichts anderem gerechnet. Bowbaq hatte schon genug gesehen.

»Du hast an einen Stehschläfer gedacht und … an Yan?«, sagte er fragend.

Léti ließ sich mit der Antwort Zeit. Es war unangenehm gewesen, sehr unangenehm. Jetzt begriff sie, warum jemand, dem so etwas ohne Vorwarnung passierte, zornig wurde. »Stimmt«, sagte sie dann. »Stimmt genau.«

Es gab keinen Grund, dem Riesen zu widersprechen, und es würde sie viel zu viele Erklärungen kosten.

Zumal er recht hatte.

Bowbaq weigerte sich, die Übung bei jemand anderem zu wiederholen. Wenn man die Gedanken eines Menschen las, drang man in sein Innerstes ein, und das war mehr als unhöflich.

Trotzdem war der Versuch überzeugend gewesen, und so waren sich die Erben rasch einig: Sie würden in den Kleinen Palast zurückkehren und den Züu ihr Geheimnis stehlen.

Sie würden eine weitere Dekade in Rajis Keller verbringen müssen, denn einen sichereren Ort gab es nicht. Dieses Mal würden sich Corenn, Grigán und Bowbaq in noch größere Gefahr begeben als bei ihrem ersten Besuch im Kleinen Palast. Die Züu rechneten mit ihrem Kommen und würden sich nicht überrumpeln lassen, zumal ihre Oberen ihnen gewiss Befehle erteilt hatten.

Wie das Treffen auch ausgehen mochte, sie würden Lorelia gleich danach verlassen müssen, was sorgfältige Vorbereitungen erforderte. Grigán machte sich daran, einen Plan auszutüfteln.

Das Warten wurde ihnen jedenfalls nicht lang. Sehr zu Létis Freude verbrachte Yan den ganzen ersten Tag mit ihr, ermutigt von Corenns Worten und dem, was Bowbaq in Létis Gedanken gelesen hatte. So mussten die Ratsfrau und Grigán vorerst darauf verzichten, ihre Schüler zu unterrichten. Corenn konnte es kaum erwarten, alle in das Geheimnis einzuweihen.

Rey bestürmte Bowbaq mit Fragen, bis dieser bereit war, ihm das Gedankenlesen zu erklären. Doch der Riese fand nicht die richtigen Worte, um eine Gabe zu beschreiben, die er von Geburt an besaß. Aus Höflichkeit wagte er nicht, Rey zu beichten, dass man das Gedankenlesen nicht erlernen konnte. Unter Prusten gab Rey es schließlich auf, nahm dem Arkarier jedoch das Versprechen ab, ihn eines Tages, wenn ihr Leben wieder in ruhigeren Bahnen verliefe, auf die Promenade der Spieler zu begleiten. Da er sich über diesen Freundschaftsbeweis freute, sagte Bowbaq zu, ohne zu ahnen, was Rey da von ihm verlangte.

Corenn überreichte Raji den vereinbarten Preis für die Unterkunft und zahlte für die folgende Dekade im Voraus. Erst verfinsterte sich das Gesicht des kleinen Schmugglers, da er schon befürchtet hatte, dass er seine Gäste nicht so schnell loswurde, doch angesichts der beeindruckenden Anzahl Terzen, die Corenn in seine Hand häufte, verrauchte seine Wut rasch. Bald würde den Gefährten das Geld ausgehen. Aber Corenn hatte Raji ihr Wort gegeben. Außerdem aßen sie von seinen Vorräten, weshalb sie bei dem Handel nicht allzu schlecht davonkamen.

Als Corenn ihm von dem Angebot des Händlers aus dem Kleinen Palast erzählte, stieß Raji spitze Schreie aus. Er beruhigte sich erst, als er erfuhr, dass sein Name nicht gefallen war. Dennoch sprach er den Rest des Tages kein Wort mehr mit ihnen.

Am Abend dieses geruhsamen Tages kamen die Erben abermals zusammen. Grigán verkündete, er habe einen Plan und sei bereit, das Risiko einzugehen. Die anderen hörten zu und machten weitere Vorschläge. Sie würden sich in große Gefahr begeben.

Der Abend verging wie im Flug. Während sie Pläne schmiedeten, vergaßen sie beinahe die Insel Ji, die Pforte und die andere Welt. Beinahe, aber doch nie ganz.

»Du hättest vielleicht die Gedanken des Kindes lesen können«, bemerkte Yan. »Des Kindes aus der anderen Welt.«

Bowbaq schüttelte sich vor Entsetzen. Die Gedanken eines *Dämons* lesen! Vermutlich hätte sein Verstand dabei Schaden genommen.

Sie ließen das Thema fallen. Das Geheimnis der Insel Ji war unergründlich, der Markt des Kleinen Palasts hingegen in unmittelbarer Reichweite, und sie hatten nur noch eine knappe Dekade für die Vorbereitungen.

Zamerine musterte seinen Untergebenen mit unverhohlenem Abscheu. Der Judikator und Anführer sämtlicher Züu der Oberen Königreiche war ein geachteter, aber gefürchteter Meister.

»Sagt das noch mal«, forderte er den Zü aus dem Kleinen Palast auf. »Ihr seid zweien der Flüchtlinge, die von der Göttin verurteilt wurden, persönlich begegnet. Genau hier, in Lorelia, wo Ihr mehr als vierzig Männer zu Eurer Verfügung habt. Und jetzt sagt Ihr mir, dass sie immer noch leben! Und Ihr *nicht wisst,* wo sie sind?«

»Ich habe sie verfolgen lassen«, stammelte der Angesprochene. »Zlek wurde getötet. Er hat versagt, nicht ich.«

»Die Ungläubigen hätten den Kleinen Palast niemals verlassen dürfen«, sagte Zamerine schneidend.

»Aber die Abkommen …«

»Ihr wisst genau, dass die sogenannten Abkommen mit den lorelischen Königen das Pergament nicht wert sind, auf dem sie geschrieben sind. Wir gehorchen nicht dem Willen der Menschen, wir vollstrecken das Urteil der Göttin. Das ist die *oberste* Mission jedes Boten. Habt Ihr das etwa vergessen, Zeanos?«

Der Angesprochene fühlte sich in seinem Stolz verletzt und war versucht, eine wütende Antwort zu geben. Rechtzeitig erinnerte er sich daran, wen er vor sich hatte, und senkte den Blick. »Nein, natürlich nicht«, murmelte er.

»Ihr gebt also zu, einen Fehler begangen zu haben?«

»Wir waren noch nicht einmal bewaffnet!«, protestierte Zeanos.

Die Gegenwart von Zamerines Gehilfen beunruhigte ihn mehr, als ihm lieb war. Dyree war die strafende Hand des Judikators und vollstreckte die persönlichen Urteile des Hohepriesters. Der Bote unter den Boten.

»Na und?«, sagte Zamerine gleichmütig. »Der Hati ist heilig, aber nicht unverzichtbar. Zu zweit hättet Ihr mit Leichtigkeit zumindest einen der Flüchtlinge töten können.«

Zeanos zog es vor zu schweigen. Die Züu wurden im Kleinen Palast besonders scharf bewacht. Die Jelenis wichen zwar zurück, wenn ein Zü sie mit dem Hati bedrohte, doch die Bogenschützen würden keine Gnade walten lassen und die Boten beim kleinsten Anzeichen eines Kampfes erschießen. Zlek und er selbst wären umsonst gestorben. Sie hätten dem Ramgrith höchstens ein Auge ausstechen oder der Kaulanerin ein Ohr abreißen können. Zamerine wusste das alles, doch er wollte es nicht zugeben.

»Vielleicht kümmert Ihr Euch schon etwas zu lange um die weltlichen Angelegenheiten«, fuhr der Judikator fort. »Ihr verweichlicht. Wie lange liegt Eure letzte Vollstreckung zurück?«

»Zwei Jahre. Aber ich habe sechzehn Kerben im Griff meines Dolchs«, sagte Zeanos stolz.

»Und Dyree fünfundzwanzig. Nicht wahr, Dyree?«

Der Gehilfe antwortete mit einem kurzen Kopfnicken, als wäre er ein dressiertes Tier. Er legte die Hand auf das Heft seines Hatis, und Zeanos rechnete damit, dass er ihm seine Trophäe zeigen würde. Doch Dyree beschränkte sich darauf, ihn mit einem leichten Lächeln auf den Lippen anzustarren.

Ich habe Zuïa nicht verraten, dachte Zeanos. *Ich verdiene die Strafe nicht.*

»Also, mein Freund. Wie gedenkt Ihr Euren Fehler wiedergutzumachen?«

Die Drohung war ebenso unmissverständlich, als hätte Zamerine gesagt: »Euretwegen sind sie noch am Leben. Solltet Ihr das nicht schleunigst ändern, wird Dyree Euch töten und in die Moore des Lus'an schicken.« Glücklicherweise war Zeanos nicht auf den Kopf gefallen.

Er räusperte sich, um seine Stimme kräftiger klingen zu lassen. Das Schlucken fiel ihm zunehmend schwer. »Wie schon gesagt, verließ ich den Palast, kurz nachdem Zlek weg war, und stattete Darlane einen Besuch ab. Er beeilte sich, auf meinen Befehl hin Männer an den Stadttoren und am Hafen zu postieren. Niemand hat die Flüchtlinge gesehen. So viel steht fest.«

»Ihr wisst doch, wie unzuverlässig die Berichte der Gilde sind«, sagte

Zamerine zornig. »Nur wenn sie gesehen worden wären, hätten wir Gewissheit. Ich hoffe, Ihr habt keine weiteren Schlüsse aus dieser Annahme gezogen.«

Zeanos stand da wie vom Donner gerührt. Er musste beweisen, dass er richtig gehandelt hatte, aber Zamerine schmetterte jedes seiner Argumente ab. »Doch, Judikator. Ich habe Darlane die Bedeutung der Mission deutlich klargemacht. Und ich war dabei, als er meine Anweisungen an seine Untergebenen weitergab. Auch er war sehr nachdrücklich und versprach demjenigen, der die Flüchtlinge sieht, eine hohe Belohnung. Außerdem war meine Beschreibung sehr genau. Ich glaube, dieses Mal können wir uns auf Darlanes Bericht verlassen.«

»Hoffen wir es«, sagte Zamerine nach kurzem Schweigen.

Zeanos entspannte sich etwas und fuhr mit festerer Stimme fort: »Sie haben die Stadt demnach nicht verlassen. Ich habe Männer zu allen Herbergen geschickt, und die größten werden immer noch überwacht. Bisher ohne Erfolg. Die Flüchtlinge sind dort weder unter ihren richtigen Namen abgestiegen noch unter denen, die sie im Kleinen Palast angegeben haben.«

»Natürlich nicht. Haltet Ihr mich für einen Dummkopf? Warum erzählt Ihr mir solche Selbstverständlichkeiten? Haltet Ihr sie für Dummköpfe? Der Ramgrith spielt seit über vier Dekaden Katz und Maus mit uns. Glaubt Ihr wirklich, er würde in einer Herberge seinen richtigen Namen hinterlassen?«

»Nein, Judikator«, stammelte Zeanos. »Ihr habt vollkommen recht. Ich wollte nur auf Nummer sicher gehen.«

»Ich bin nach wie vor der Meinung, dass Eure Vermutung falsch ist. Sie haben die Stadt nicht durch eins der Tore verlassen, na und? Aus Lorelia herauszukommen ist nicht schwierig. Hunderte Schmuggler tun das jeden Tag. Und auch wir kommen und gehen, wie es uns beliebt, ohne irgendetwas zu verzollen. Was sagt Ihr dazu?«

»Ich bin überzeugt, dass sie uns jetzt nicht mehr entkommen können, was sie auch tun. Wenn sie, wie ich glaube, noch in der Stadt sind, dann werden sie früher oder später einem der Wachposten vor den Herbergen oder an den Stadttoren in die Arme laufen. Und wenn sie die Stadt doch verlassen haben, dann kommen sie zurück – entweder, um den Markt im Kleinen Palast zu besuchen, oder, um nach Junin überzusetzen. Wir müssen nur ein paar Männer am Hafen aufstellen.«

Zeanos' Argumentation war stichhaltig, auch wenn Zamerine schon längst zu einem ähnlichen Schluss gekommen war. Das Gespräch hatte nur den Zweck, seinen Untergebenen auf die Probe zu stellen. Zeanos hatte ihn enttäuscht, indem er viel zu spät reagiert hatte. Hätte er noch länger gewartet, würden die Flüchtlinge am Ende noch mit dem Leben davonkommen.

Der Ankläger hatte vorhergesehen, dass sie in die Fürstentümer fliehen würden. Auch wenn Zuïa aus seinem Munde sprach, war Zamerine schleierhaft, woher er seine Information bezog.

Bislang hatten sich all seine Prophezeiungen bewahrheitet. Die Flüchtlinge würden als Nächstes das Mittenmeer überqueren, so sicher, wie am Morgen die Sonne aufging.

Natürlich würde es niemals dazu kommen.

»Postiert auch Männer in Benelia«, befahl der Judikator. »Es kann sein, dass sie von dort aus einschiffen.«

»Natürlich«, sagte Zeanos, der glücklich war, so leicht davonzukommen.

»In der nächsten Dekade begleite ich Euch zum Markt im Kleinen Palast. Ich möchte sehen, wie diese jämmerlichen Gestalten aussehen, wenn sie überhaupt verrückt genug sind, sich noch einmal mit uns zu treffen. Und dieses Mal werdet Ihr *mich* sprechen lassen.«

»Wie Ihr wünscht, Judikator.«

»Ihr werdet kein Wort sagen. Für Euch habe ich einen besonderen Auftrag.«

Yan hatte Corenn noch nie so nervös erlebt. Er hatte das Gefühl, nicht er müsse die Prüfung ablegen, sondern sie.

Die Ratsfrau bat ihn, die Aufgabe zu wiederholen, doch Yan hatte Angst zu scheitern.

»Beim ersten Mal habe ich fast drei Tage gebraucht«, sagte er. »Vermutlich dauert es dieses Mal mindestens zwei. Ich nehme nicht an, dass wir uns zwei Tage lang im Wald verstecken werden.«

Das war eher eine Frage als eine Feststellung. Vielleicht würde Corenn ihn tatsächlich zwingen, sich zwei Tage lang auf die Mondkönigin zu konzentrieren. Ihr lag die Sache offenbar sehr am Herzen.

»Keine Angst, es wird schneller gehen, falls du die Münze tatsächlich zu Fall gebracht hast. Dann hat sich dir dein Wille nämlich offenbart, wie wir es nennen. Jedes Mal, wenn du Magie anwendest, stärkst du deinen Willen, als würdest du einen Muskel trainieren.«

Anscheinend war Corenn noch immer nicht ganz überzeugt, dass er die Prüfung tatsächlich bestanden hatte. Angesichts ihrer Skepsis wurde er selbst unsicher. Doch dann erinnerte er sich an die Hitze, das Pochen seines Herzschlags in den Schläfen und die Kraft, die von seinem Geist ausgeströmt war. Er hatte gespürt, was Corenn den »Willen« nannte.

Sie ließen sich an ihrem angestammten Platz nieder, einige Hundert Schritte von Rajis Hof entfernt. Yan hatte so viele Dekanten auf der Waldlichtung verbracht, dass er sich hier schon richtig heimisch fühlte.

»Lass uns gleich anfangen«, sagte Corenn. »Ich möchte so schnell wie möglich zu den anderen zurück.«

Yan war klar, dass das nicht der einzige Grund war. Sie konnte es kaum erwarten, ihn am Werk zu sehen, so wie er es vor einigen Tagen kaum hatte erwarten können, dass sie ihm eine Kostprobe ihrer Kunst gab.

»Darf ich die Mondkönigin nehmen?«

»Ganz wie du willst, Yan.«

Natürlich entschied er sich für den Anhänger, der ihm schon beim ersten Mal Glück gebracht hatte. Er stellte ihn vor sich hin und legte sich bäuchlings auf den Boden wie so oft in den vergangenen Tagen.

Zunächst fiel es ihm schwer, sich zu konzentrieren, da er Corenns Anwesenheit und ihren Blick spürte, obwohl sie schwieg und sich nicht rührte. Doch schon bald glitt er in den Hypnosezustand, den er mittlerweile absichtlich herbeiführen konnte.

Sein Geist verschloss sich vor allem, was nicht die Mondkönigin war. Erst verlor er den Geschmackssinn, was ihm nicht weiter auffiel, da Menschen diesen Sinn ohnehin kaum gebrauchen. Als Nächstes setzte sein Geruchssinn aus. Er roch nicht länger die wilden Düfte des lorelischen Walds, das saftige Gras, die feuchte Erde und den Modergeruch der toten Baumstämme.

Er nahm immer weniger von der Außenwelt wahr, vergaß seinen Körper, spürte nicht länger das Gewicht seiner Beine auf dem Boden, die Schwere seines Beckens, den Druck seines Oberkörpers auf den Ellbogen: Er verlor den Tastsinn.

Das Knacken der Zweige, das Vogelgezwitscher, das Tapsen und Rascheln von Tausenden Beinchen und Flügeln von überallher und auch sein eigener Atem und Herzschlag rückten in den Hintergrund und verschmolzen zu einem entfernten Summen, das immer schwächer wurde und schließlich vollkommen verstummte. Er büßte das Gehör ein.

Dann trübte sich der Himmel, die Bäume verblassten, und das Gras war nur noch ein unscharfer Farbfleck. Yan sah, spürte und hörte nichts anderes mehr als die kleine blaue Muschel. Bald verschwand auch der Gegenstand selbst. Nun konzentrierte sich Yan nur noch auf seine *Vorstellung* von der Mondkönigin. Ihr Wesen. Ihren Geist.

Er war froh, dass er es gleich beim ersten Versuch auch nur bis hierher geschafft hatte, ohne die Konzentration zu verlieren und von vorne beginnen zu müssen. Denn das Schwierigste stand ihm noch bevor: Er musste die Muschel allein durch seinen Willen bewegen.

Das war die eigentliche Magie.

Er schöpfte die nötige Kraft aus seinem Inneren. Dann sammelte er diese Kraft um das, was ihm im Leben am meisten bedeutete: Léti.

Nun begann sein Herz schneller zu schlagen, und sein Atem beschleunigte sich. Ihm zitterten die Hände. Seine Körpertemperatur stieg an, die Muskeln spannten sich, und er verlor die Kontrolle über seinen Körper.

Doch das alles spürte er noch nicht. Er ahnte es voraus, aber er würde es erst erleben, nachdem er seinen Willen entfesselt hatte und die Welt wieder auf ihn einstürzte. Und selbst dann wäre es nur eine Erinnerung. Yan spürte nichts von dem, was in diesem Moment in seinem Körper vorging.

Schließlich ließ er seinen Willen frei. Es gelang ihm, die plötzliche Rückkehr seiner Sinne so zu beeinflussen, dass er als Erstes wieder sehen konnte. Die Mondkönigin bebte leicht, schwankte hin und her und wurde dann wie von einem unsichtbaren Windstoß einen Fuß weit durch die Luft geschleudert.

Vor lauter Begeisterung öffnete Yan sich der Welt viel zu schnell. All seine Sinne kehrten gleichzeitig zurück. Er durchlitt einen qualvollen Augenblick, in dem seine gesamte Wahrnehmung geschärft war und alles gleichzeitig auf ihn einstürmte. Er schrie vor Schmerzen auf. Als Nächstes traf es seinen Körper. Dieser wurde erst von einem heftigen Fieberschub geschüttelt und dann von eisiger Starre erfasst. Bis zu diesem Moment hatte er sich stark gefühlt, doch nun war er völlig kraftlos und fror bis ins Mark.

Er kannte dieses Gefühl von der Insel Ji und von dem Tag, als er die Mondkönigin zum ersten Mal zu Fall gebracht hatte. Er wusste, dass er abwarten musste, bis sein Geist wieder die Kontrolle übernahm und Ordnung in das Chaos brachte. Sollte er versuchen aufzustehen oder eine jähe Bewegung machen, würde ihm schwindlig werden, und er würde sich übergeben müssen.

Als die Wärme in seinen Körper zurückkehrte, richtete er sich auf und lehnte sich an einen Baumstamm. Erst jetzt fiel ihm Corenn wieder ein.

Die Ratsfrau machte ein ernstes Gesicht. Sie nahm sein Handgelenk und maß seinen Puls. »Das wird schon wieder.«

Yan lächelte und nickte. Er fühlte sich gut und sogar zunehmend besser. Bald war er stark genug, um zu sprechen.

»Kommt ganz darauf an«, sagte er keuchend. »Habe ich die Prüfung bestanden oder nicht?«

»Du bist nun offiziell mein Magierlehrling! Natürlich nur, wenn du willst.«

»Was für eine Frage! Darf ich es jetzt Léti sagen?«

»Worauf wartest du noch?«

Sie half ihm hoch, und beide gingen mit langsamen Schritten zurück zu Rajis Hof.

»Wie lange hat es gedauert? Ich erinnere mich nicht.«

»Höchstens ein paar Dezillen. Jedenfalls keine drei Tage!«

Yan nickte. Während seiner Versenkung hatte er jedes Zeitgefühl verloren. Wenn Corenn behauptet hätte, es sei ein Dekant vergangen, hätte er ihr ohne Zögern geglaubt. »Muss ich Euch jetzt eigentlich ›Meisterin‹ nennen?«

»Um Eurydis' willen, *natürlich nicht!* Nenn mich so wie immer!«

»Gut. Äh … Dame Corenn, verzeiht die Frage, aber … Was wollt Ihr mir eigentlich beibringen? Ich meine, meinen Willen kann ich doch schon gebrauchen, oder?«

Ein Lächeln erschien auf ihrem Gesicht. Yan war zwar klug und begabt, doch er würde sich immer eine gewisse Naivität bewahren. »Viel, sehr viel, mein junger Freund. Was du über Magie weißt, ist nur ein Wassertropfen im endlosen Meer. Ich werde dir so viel davon zu trinken geben, dass du den Geschmack des Meeresbodens auf der Zunge schmecken wirst!«

Yan verschlug es die Sprache.

»Nein! Nein, Bowbaq! Was tust du denn da? Man könnte meinen, du hättest Angst, den Stock zu zerbrechen!«

Grigán nahm seine Aufgabe als Kampflehrer inzwischen sehr ernst. Und während Léti stets mit Feuereifer bei der Sache war, musste er seinen anderen Schüler ermuntern, anspornen und manchmal auch scharf zurechtweisen. Der Riese führte sämtliche Übungen freudlos aus und besaß trotz seiner Körperkraft offenkundig keinerlei Begabung für den Umgang mit der Waffe. Er hielt den schweren Stock in der Hand, als sei er eine schlafende Schlange, die man unter keinen Umständen wecken durfte.

»Ich habe Angst, dir wehzutun, mein Freund«, bekannte Bowbaq und zerzauste sich mit plumpen Fingern den Bart. »Was, wenn dich einer meiner Schläge trifft?«

Der Krieger schüttelte verzweifelt den Kopf. Den Stockkampf hatte er als Erstes gelernt, wie alle Ramgriths, denn die Gesetze Gritehs verboten es Kindern, vor ihrem zehnten Lebensjahr Waffen zu tragen. Die Gefahr, das Bowbaq ihn traf, war sehr gering, doch das Argument würde nicht reichen, um den Riesen zu beruhigen. »Und wenn schon! Dann wäre das mein Fehler, nicht deiner! Ich wäre sogar stolz auf dich.«

»Vielleicht sollte er erst einmal mit einer Strohpuppe üben«, schlug Rey vor.

»Wann wird man schon von einer Puppe angegriffen?«, erwiderte Grigán. »Außerdem glaube ich kaum, dass man von einem Strohsack etwas lernen kann. Außer vielleicht, wie wild auf ihn einzuschlagen.«

»Manchmal hilft das. Wir könnten ihm meinen Züu-Umhang anziehen. Das würde Bowbaq sicher anspornen«, sagte Rey fröhlich.

»Er hätte Angst, dem Stroh wehzutun!«, setzte Léti nach.

»Heute haben es wohl alle auf mich abgesehen«, brummte der Riese, doch er verzieh seinen Freunden die harmlosen Sticheleien.

»Ich frage mich, was man in den Gedanken einer Strohpuppe lesen könnte«, sagte Rey. »Vermutlich die Wut darüber, dass sie keine Schläge austeilen kann.«

Alle lachten, außer Grigán, der ungeduldig darauf wartete, weiterzumachen. Doch sie wurden von Corenns und Yans Ankunft unterbrochen. Die Ratsfrau trat in die Mitte.

»Ich habe Euch etwas Wichtiges mitzuteilen«, verkündete sie. »Eine gute Nachricht.«

»Ihr wollt mit Yan den Bund schließen«, riet Rey.

»Nein. Aber er wird mein Lehrling.«

»Auf welchem Gebiet?«

»Magie.«

Das konnte nur ein Scherz sein. Rey stieß Bowbaq mit dem Ellbogen an und wandte sich ab, um sich wieder auf dem Heuhaufen niederzulassen. Die anderen folgten ihm nicht.

»Ich hatte schon so einen Verdacht«, sagte Grigán. »Die Armbrust mit der gerissenen Sehne auf Ji – das wart Ihr!«

»Ja.«

»Stimmt das, Corenn?«, fragte der Riese. »Du bist eine Magierin?«

»Ja … Aber das ist ein großes Wort. Sagen wir lieber, dass ich die meisten Prinzipien kenne, sie aber nur selten anwende.«

Die Erben hatten in den vergangenen Tagen so viel Seltsames erlebt, dass sie die Neuigkeit mit Gelassenheit aufnahmen. Ramgriths glaubten nicht an Magie, doch Grigán war auf seinen Reisen so manchem Magier begegnet. Er hatte sich schon längst an den Gedanken gewöhnt, und dass Corenn eine Magierin war und Yan Unterricht geben würde, war in seinen Augen ein glücklicher Zufall, der ihnen von Nutzen sein konnte.

Bowbaq erging es ganz anders. Magie gehörte zu den Dingen, die sein Volk für unhöflich hielt, für anstößig und gefährlich. Die Existenz von Magie wurde nicht angezweifelt, doch wie Götter, Dämonen und heilige Tiere wurde sie gleichermaßen geachtet und gefürchtet. Allerdings waren in den letzten Tagen schon so einige seiner Überzeugungen ins Wanken geraten – vielleicht irrten sich die Arkarier. Wenn Corenn Magie gebrauchte, konnte sie so schlimm nicht sein.

»Bowbaq kann Gedanken lesen, und Corenn ist eine Magierin. Auch ich habe Euch etwas mitzuteilen«, sagte Rey. »Ich habe ebenfalls eine besondere Gabe. Ich kann meine Nasenspitze mit der Zunge berühren.«

»Haltet Ihr Euch für besonders lustig?«, herrschte ihn Grigán an.

»Corenn«, fuhr Rey fort, ohne ihn zu beachten, »ich habe schon so viele Schwindler gesehen, dass ich einen Beweis brauche. Wenn Ihr mir eine Kostprobe Eures Könnens gebt, verspreche ich Euch, nichts mehr zu sagen. Zumindest nicht bis heute Abend.«

Mit einem leichten Lächeln nahm Corenn seine Hand in die ihre und legte eine Münze auf seine Handfläche. Einen Augenblick später schwebte das Geldstück in der Luft.

»Ich hole mir einen Knebel.« Rey verzog keine Miene.

Mein Wille wird stärker, dachte Corenn. Sie hatte ihn zu lange ruhen lassen, und jeder Gebrauch erschöpfte sie zutiefst. Doch obgleich sie in den vergangenen Tagen ihr magisches Talent nur dreimal gebraucht hatte, fiel es ihr bereits viel leichter. Sie nahm sich vor, den Rat, den sie Yan gab, selbst zu beherzigen und gemeinsam mit ihm zu üben.

Zum Wohle des Matriarchats hütete sie ihr Geheimnis nun schon so lange, dass es ihr eine große Erleichterung war, es endlich preiszugeben.

Yan und Léti hatten bisher geschwiegen. Sie beäugten sich verstohlen wie zwei Fremde, die man einander gerade erst vorgestellt hatte.

Da alle auf eine Reaktion von ihr zu warten schienen, zwang Léti sich, etwas zu sagen. »Ich freue mich für dich, Yan. Sehr sogar.«

Ihr Gesichtsausdruck sagte das Gegenteil. Léti wusste schon lange von der Gabe ihrer Tante, und sie hatte eigentlich nichts gegen Magie einzuwenden, es sei denn, sie zwang sie zu Heimlichtuerei. Doch sie hatte sich der Hoffnung hingegeben, dass sie und Yan in letzter Zeit endlich wieder zueinandergefunden hatten. Nun würde er sich verändern, auf andere Gedanken kommen, sich weiterentwickeln. Sich jeden Tag ein bisschen mehr von ihr entfernen. Nein, sie freute sich nicht, dass er Magier werden wollte. Wo war ihr einstiges Glück hin? Wären sie doch wieder in Eza …

»Können wir weitermachen?«, fragte sie Grigán und beendete damit das Gespräch.

Ihre Stimme klang fest, doch ihre Augen blickten finster. Die Erben gingen ihrer Wege.

Trotz seiner Proteste traf sich Raji mit dem Mann, dessen Angebot Corenn ihm überbracht hatte. Es handelte sich um einen Händler aus Goran, der seinen Vorrat an Hundertjährigem Likör verkaufen und die lorelischen Handelssteuern umgehen wollte. Die beiden Männer einigten sich schnell, und der Schmuggler strich einen beträchtlichen Gewinn ein.

Zur Überraschung der Erben lud Raji sie ein, das freudige Ereignis mit ihm zu feiern. Obwohl seine Gäste ihm eine Menge Ärger eingehandelt hatten, war er ihnen dankbar. Rey hatte sich nicht geirrt: Auf seine Art war Raji ein Ehrenmann.

»Ein paar Gildenbrüder haben Bellec im *Romischen Schwein* einen Besuch abgestattet«, sagte er, als sie auf der Veranda vor seinem Haus saßen. »Er hielt nur dicht, damit der Tunnel nicht auffliegt. Ich dachte, ich warne Euch lieber.«

»Die Gilde«, murmelte Grigán. »Das war absehbar. Sie werden die ganze Stadt durchsuchen.«

Der Schmuggler schien sich keine großen Sorgen zu machen. Er wohnte anderthalb Meilen außerhalb von Lorelia und hatte noch nie Scherereien gehabt, weder mit der Gilde noch mit den königlichen Steuereintreibern. Die Erben waren in Sicherheit – zumindest für den Augenblick.

»Raji«, sagte Grigán, »würdet Ihr uns einen Gefallen tun? Wir brauchen ein Schiff, das in die Kleinen Königreiche fährt. Am nächsten Septim. Und natürlich darf niemand davon erfahren.«

Der kleine Mann bot ihnen sogleich seine Hilfe an, aus Dankbarkeit für die Vermittlung des Geschäfts und Freude über die baldige Abreise seiner Gäste. Er kannte ein paar Kapitäne, die keine Fragen stellen würden.

Das Abenteuer ging weiter. Hoffentlich hatten die Gefährten die richtige Entscheidung getroffen.

Die wenigen Tage bis zum zweiten Treffen mit den Züu vergingen wie im Fluge. Unter anderem nutzten die Erben die Zeit für eine Bestandsaufnahme ihres Gepäcks und ihrer Vorräte.

Grigán, Corenn, Yan und Léti lebten schon länger aus einer Art Gemeinschaftskasse. Sie einigten sich darauf, dies auch weiterhin so zu handhaben, und Bowbaq und Rey schlossen sich ihnen ohne Zögern an. Schließlich verfolgten sie ein gemeinsames Ziel, und da war es unkomplizierter, aus einem Geldbeutel zu leben. Sollte ihr Abenteuer wider Erwarten bald zu Ende gehen, konnten sie das Geld immer noch untereinander aufteilen.

Einstimmig ernannten sie Corenn zu ihrer Schatzmeisterin. Ihre erste Amtshandlung bestand darin, aufzuschreiben, wie viel jeder in den Geldbeutel eingezahlt hatte, um künftige Streitereien zu verhindern. Als Nächstes verkündete sie, ihre eigene Einzahlung sei ein Geschenk an die Gemeinschaft der Erben. Da sie die größte Summe einbrachte, nahmen die anderen die großzügige Geste mit Beifall auf und folgten ihrem Beispiel. Rey rang sich als Letzter dazu durch, denn es fiel ihm immer noch schwer, die Gemeinschaft über den Eigennutz zu stellen.

Als die leidige Frage des Geldes geklärt war, gingen alle daran, ihre Ausrüstung auszubessern. Sie hatten keine Ahnung, wo ihre Reise sie hinführen würde, doch die bisherigen Erfahrungen lehrten sie, dass es besser war, auf alles gefasst zu sein. Deshalb packten sie Feldflaschen, Lebensmittel, Leinensäcke, feste Schuhe, Seile, Decken, Lampen und verschiedene Werkzeuge aus Rajis Lager ein. Im Gegenzug würden sie dem Schmuggler ihre Pferde überlassen.

Viele dieser Dinge besaßen die Gefährten bereits, allerdings in zu geringer Zahl oder schlechtem Zustand. Ihre neuen Ausrüstungsgegenstände waren von allerbester Qualität und stammten aus den Städten, Provinzen oder Ländern, deren jeweilige Spezialität die Herstellung dieser Waren war. Jedes Stück war ein wahres Kleinod. Selbst Grigán tauschte einiges von seinem Hab und Gut gegen Sachen aus Rajis Lager aus.

Rey verhandelte lange mit dem Schmuggler und rieb ihm die Unsumme unter die Nase, die sie bereits für die Unterkunft bezahlt hatten. Schließlich gelang es ihm, einen recht anständigen Preis auszuhandeln, und die Erben durften sich noch einige zusätzliche Gegenstände aus Rajis Lager aussuchen. Grigán drückte dem widerstrebenden Bowbaq einen Streitkolben in die Hand, eine Art Keule mit Eisenstacheln am oberen Ende. Léti wählte ein kunstvoll gearbeitetes goronisches Schwert. Trotz Corenns Protesten legte Léti die blitzblank polierte Scheide von nun an nicht mehr ab.

Wenn sie erst einmal den Eintritt zum Kleinen Palast, die Überfahrt auf dem Schiff, die Raji ihnen besorgt hatte, und den Preis für Grigáns geheimen Plan bezahlt hätten, würde ihnen kaum genug Geld bleiben, um Junin zu erreichen. Sie mussten dringend einen Weg finden, ihre Kasse aufzufüllen, dachte Corenn.

Corenn und Grigán nutzten die verbleibende Zeit dazu, ihren Lehrlingen Unterricht zu erteilen. Für den Anfang beschränkte sich der Krieger auf kleinere Übungen wie einfache Angriffe, Paraden und Gegenangriffe. Sie dienten eher dazu, Létis und Bowbaqs Schwachstellen zu ermitteln, als ihnen tatsächlich etwas beizubringen. Zunächst mussten sie sich an ihre neuen Waffen gewöhnen. Alles andere würde später kommen.

Rey bat darum, bei Corenns Unterricht zusehen zu dürfen, doch die langen Momente des konzentrierten Nichtstuns langweilten ihn rasch, und so gab er bald Grigáns Kampfunterricht den Vorzug. Es war sehr viel amüsanter, den Krieger zu verspotten, als Yan und Corenn in ihrer inneren Einkehr zu stören.

Dazu kam, dass die erste Lektion in Magie ein ziemlicher Misserfolg war. Drei Tage lang schob Yan Kopfschmerzen vor, um ihr zu entgehen. Schließlich gab er dem Drängen der Ratsfrau nach, beugte sich der Übung und scheiterte. Er gab sofort auf, und auch am nächsten Tag misslang ihm ein weiterer Versuch.

»Yan, was ist los mit dir?«, fragte Corenn schließlich. »Man könnte meinen, die Magie interessiert dich nicht mehr. Willst du immer noch Magier werden?«

Sie stellte diese Frage so sanft, wie sie nur konnte, da sie nicht wollte, dass er sich zu einer unüberlegten Entscheidung hinreißen ließ.

»Ich weiß nicht«, antwortete er mürrisch. »Ich weiß nicht, wozu das alles gut sein soll.«

Corenn ging nicht darauf ein, sondern erklärte die Lektion für beendet. Sie würden später darüber sprechen.

An jenem Abend führte Corenn ein langes Gespräch mit ihrer Nichte. Yan erfuhr niemals, worüber sie sprachen. Er war draußen und betrachtete die Sterne, als Léti zu ihm kam. Sie setzte sich, und eine Weile saßen sie stumm beisammen.

»Ich hoffe, du gibst dir Mühe und bist bald ein richtiger Magier«, sagte sie plötzlich. »Ich möchte, dass du mir eine Vorführung gibst.«

Der junge Mann starrte sie an, ohne seine Überraschung zu verbergen. Léti meinte es offenbar ernst.

»Jedenfalls schreit deine Tante nicht so herum wie Grigán«, sagte er schließlich grinsend. »Und es gehört nicht zum Unterricht, auf die Lehrerin einzudreschen.«

Sie mussten lachen, und ein Teil der Anspannung der letzten Tage fiel von ihnen ab. Anschließend unterhielten sie sich lange. Sie sprachen über ihre Gedanken, Zweifel und Ängste, über alles, außer über ihre Gefühlen füreinander. Es war ein Spiel, bei dem sie so taten, als seien sie ein Liebespaar. Wie früher in Eza.

Am nächsten Tag gelang Yan die Übung auf Anhieb. Er lernte alles, was Corenn ihm beibringen wollte. Seine Ausbildung hatte begonnen.

Doch vorerst drängte die Zeit. Es war bereits der Sixt der Dekade. Am nächsten Morgen würde der Markt im Kleinen Palast stattfinden.

Als die Schläge des Glockenturms zum dritten Dekant gerade verklungen waren, entdeckte Taris Grünohr die Gesuchten. Hintereinander marschierten sie aus der schäbigen Herberge, die er überwachen sollte, dem *Romischen Schwein.* Der Bruder konnte sein Glück kaum fassen. Die Belohnung war ihm sicher!

Er drückte sich in eine dunkle Ecke und tat, als schliefe er, während er die zusammengewürfelte Gruppe nicht aus den Augen ließ. Vier Männer und zwei Frauen, darunter eine nicht mehr ganz junge Kaulanerin und ein Ramgrith mit Schnurrbart. Kein Zweifel, das waren sie.

Taris fragte sich, wie er sie hatte übersehen können. Seine Überwachung war vielleicht nicht ganz lückenlos gewesen, aber es kam ihm doch seltsam vor, dass er die Flüchtlinge nicht in die Herberge hatte hineingehen sehen, vor allem da sie mit Säcken und Satteltaschen beladen waren.

Natürlich würde er dieses Detail für sich behalten. Darlane missfiel es, wenn er etwas nicht verstand, und Taris Grünohr stand nicht der Sinn danach, seinen Unmut zu wecken. Er hatte die Flüchtlinge aufgespürt, und er verdiente die Belohnung, die auf ihre Köpfe ausgesetzt war.

Er hatte den Auftrag, ihnen zu folgen und in einem günstigen Moment Bericht zu erstatten. Taris fand den Moment günstig genug. Es ging das Gerücht, diese Leute seien mit den Züu verfeindet. Wenn sie es mit den Mördern im roten Gewand aufnahmen, hielt er sich lieber von ihnen fern.

Eine knappe Dezime später erreichte die Nachricht Darlane, den Chef der lorelischen Gilde. Er suchte Zamerine höchstpersönlich im Kleinen Palast auf in der Hoffnung, sich seine Gunst oder zumindest seinen Schutz zu sichern. Die Erben waren noch nicht einmal in der Nähe des Palasts, als sie dort bereits erwartet wurden.

Der Judikator lauschte dem Anführer der Diebe mit halbem Ohr. Was für ein Jammer. Er hatte insgeheim gehofft, seine Gegner würden es ihm etwas schwerer machen.

»Dann wäre alles geklärt«, verkündete er. »Wir werden Zuïas Urteil noch vor dem Morgengrauen vollstrecken. Das Kapitel ist abgeschlossen.«

»Aber … Was, wenn sie zum Hafen wollen?«, fragte der Gildenchef vorsichtig. »Meinen Informationen zufolge haben sie viel Gepäck bei sich.«

»Das wissen wir bereits«, antwortete Zamerine gelangweilt. »Sie haben vor sechs Tagen Plätze auf der *Ambassador* reserviert, die nach Lineh ausläuft. Vorauszahlung und keine Fragen. Sie haben keine Chance«, sagte er. »Entweder sie gehen an Bord, oder sie kommen hierher. In beiden Fällen wird das Urteil vollstreckt.«

Wie bei ihrem ersten Besuch in Lorelia teilten sich die Erben in zwei Gruppen auf. Grigán, Corenn und Bowbaq gingen zum Kleinen Palast, während Yan, Rey und Léti auf dem Schiff auf sie warten würden – sobald sie ihre eigene Mission erfüllt hatten.

Der Abschied fiel ihnen schwer. Allen war bewusst, dass sie einander vielleicht zum letzten Mal sahen, eine Gefahr, die der Friede der letzten Tage sie hatte vergessen lassen. Ihr »Auf bald« wurde immer mehr zu einem »Lebt wohl«, und schließlich kürzte Grigán die Sache ab, indem er Corenn und Bowbaq fortzog. Das Gepäck ließen sie bei den drei jüngeren Erben zurück.

»Ich hoffe, sie machen keine Dummheiten«, brummte Grigán. »Sie brüllen lauter als Söldner im Schlachtgetümmel, sind aber so arglos wie Kinder.«

Corenn lächelte. Unter seiner rauen Schale war Grigán sehr einfühlsam, das bewies er jeden Tag mehr. »Wollt Ihr nicht eins der Kinder adoptieren?«, schlug sie vor.

»Was?«

»Wie Ihr wisst, ist Yan Waise. Und Léti im Grunde auch. Schließlich bin ich nicht ihre richtige Tante.«

»Reyan ebenso«, fügte Bowbaq treuherzig hinzu.

»Das fehlt mir gerade noch. Diesen Angeber zu adoptieren, der vor nichts und niemandem Achtung hat! Eher würde ich mich Zuïa in die Arme stürzen.«

Grigán wusste nicht, was er sonst sagen sollte. Corenn durchschaute ihn mehr, als ihm lieb war, und das machte ihn glücklich und wütend zugleich. Er hatte bereits mit dem Gedanken gespielt, mit ihr und Léti eine Familie zu gründen … Doch er verbot sich, weiter darüber nachzudenken. So etwas war nichts für ihn. Er hatte kein Recht dazu.

Während sie den Platz der Reiter mit seinen Marktbuden überquerten, bemerkte er plötzlich, dass Bowbaq schwer atmete und kaum noch Luft zu bekommen schien. »Bowbaq, ist alles in Ordnung?«

»Ja«, antwortete der Riese, obwohl er kreidebleich war. »Es ist nur … All diese Menschen. Es sind so viele. Ehrlich gesagt, ist mir etwas unwohl.«

»Wir sind gleich da«, sagte Corenn und griff nach seinem Arm. »Kannst du trotzdem …«

»Ja. Es geht schon.« Insgeheim verfluchte er sich. Zum ersten Mal konnte er sich nützlich machen, wahrhaftig nützlich. Das war nicht der richtige Moment, um die Nerven zu verlieren.

»Du hast Angst vor Menschenansammlungen«, sagte Corenn. »Das ist nicht weiter schlimm. Es geht vorbei. Aber du hättest es mir sagen sollen.«

»Ich dachte nicht, dass es *so viele* Menschen sein würden«, stammelte er. »Es ist, als würde ich mich schmutzig machen.«

»Es ist alles in Ordnung«, sagte Grigán beruhigend. »Wir sind da.«

Sie warteten eine Weile vor dem Palast, bis es Bowbaq besser ging. Allmählich gewöhnte er sich an die Menschenmenge.

»Gehen wir«, sagte er plötzlich, als gerade erst ein blassrosa Schimmer in sein Gesicht zurückgekehrt war. »Ich werde euch helfen. Ich werde es schaffen.«

Sie gingen zum Eingang des Kleinen Palasts. Die wachhabenden Jelenis traten beiseite und gaben den Ketten ihrer Hunde gleich danach wieder Spiel. Gegen ihren Willen kam niemand herein … Oder hinaus.

»Wir hätten Raji seinen Esel abkaufen sollen«, sagte Rey und stöhnte unter dem Gewicht des Gepäcks. »Dann wäre das hier ein netter Spaziergang.«

»Aber wie hätten wir den Esel in der Herberge erklärt?«, gab Yan zurück, der trotz der Erschöpfung zum Scherzen aufgelegt war.

»He! Du bist doch Magier, oder? Kannst du uns nicht zum Hafen fliegen?«

»Wenn das ginge, würde ich es sofort tun.«

»Dann eben nur mich! Ich warte dort auf euch, versprochen.«

Yan sparte sich eine Antwort. Bei ihren Geplänkeln behielt Rey ohnehin immer das letzte Wort.

»Es kann doch nicht mehr weit sein, oder?«, fragte Léti.

»Noch drei Straßen. Folgt mir!«

Yan und Léti bogen hinter Rey in eine finstere, schmale Gasse ein, die genauso aussah wie alle anderen, die sie bisher durchquert hatten. Indem sie große Straßen mieden, schlug Rey drei Fliegen mit einer Klappe: Sie nahmen eine Abkürzung, drohten nicht, ihren Feinden in die Arme zu laufen, und er konnte den anderen mit seiner Ortskenntnis imponieren. Doch dieses Mal hatte er einen Fehler gemacht.

Direkt hinter Yan ging eine Kellerklappe auf und zwei mit Dolchen bewaffnete Männer sprangen auf die Straße. Zwei weitere Männer kamen von der anderen Seite auf sie zu und schnitten ihnen den Fluchtweg ab.

In Léti wallte Wut auf, während Yan sie in die Mitte der Straße schob. Er stellte sein Gepäck ab und baute sich entschlossen zwischen der jungen Frau und den Angreifern auf.

Rey hatte sich nicht gerührt. Er stierte den beiden Männern, die ihn belauerten, mit finsterem Gesicht entgegen.

Das war nicht geplant, dachte Léti. Sie hatten verschiedene Eventualitäten durchgespielt, und Grigán hatte für alle einen Ausweg ersonnen, aber auf so etwas waren sie einfach nicht vorbereitet.

»Was wollt ihr?«, fragte Yan möglichst ruhig. Er wollte die Männer auf keinen Fall provozieren.

»Was für 'ne Frage. Was woll'n wir wohl?«, sagte einer der Kerle. »Das hier is' unsre Straße. Jeder, der hier durchwill, muss bezahlen.«

Léti zog ihr Schwert und dachte, dass Yan noch nicht einmal bewaffnet war. Rey stand wie vom Donner gerührt da. Diesen Kampf würden sie mit Sicherheit verlieren …

»Bezahlen? Wie viel?«, fragte Yan und begab sich leichtsinnigerweise in Reichweite der Banditen.

»Alles, was ihr habt«, antwortete ein anderer und löste damit tosendes Gelächter bei seinen Komplizen aus.

Plötzlich begann Rey wie ein Irrer zu kreischen. Er stieß spitze Schreie aus, warf das Gepäck zu Boden, zog seinen Degen und rannte auf die Männer zu, mit irrem Blick, weit aufgerissenem Mund und heraushängender Zunge.

Die beiden Kerle wichen einen Schritt zurück und dann noch einen, während beide versuchten, sich hinter dem jeweils anderen zu verstecken. Als Rey nur noch wenige Schritte von ihnen entfernt war und keine Anstalten machte, langsamer zu werden, drehten sie sich um und ergriffen Hals über Kopf die Flucht.

Rey verfolgte sie und verschwand bald aus dem Blick seiner Freunde.

Nur seine Schreie waren immer noch zu hören. Die beiden übrig gebliebenen Banditen warfen sich unschlüssige Blicke zu.

»Achtung, er kommt zurück«, sagte Yan und zeigte auf das andere Ende der Straße.

Das ließen sich die Männer nicht zweimal sagen. Sie machten auf dem Absatz kehrt und rannten davon. Vier gegen drei, das ging ja noch, aber zwei gegen einen Irren, das war ihnen dann doch zu gefährlich.

Kurz darauf tauchte Rey mit einem breiten Grinsen auf dem Gesicht wieder auf. Yan und Léti hatten bereits ihre Säcke und Taschen eingesammelt.

»Was hast du mit den Kerlen angestellt?«, fragte Yan, während sie zum Hafen hasteten.

»Ich habe sie laufen lassen. Der Glaubwürdigkeit halber habe ich allerdings noch die Auslage eines Krämers verwüstet. Deshalb sollten wir lieber nicht zu lange herumtrödeln.«

Yan konnte sich lebhaft vorstellen, wie Rey den Gemüsekisten wütende Fußtritte versetzte und dabei herumkreischte. Könnten sie all ihre Probleme auf diesem Weg aus der Welt schaffen, wäre das Leben viel leichter …

Grigán war ein erfahrener Reisender. Er passte sich mit Leichtigkeit neuen Situationen an und fühlte sich überall auf Anhieb zu Hause. Er war erst zum dritten Mal im Kleinen Palast, doch die Marmorwände, die ausladenden Treppen und die üppigen Deckengemälde waren ihm bereits so vertraut, dass er sie kaum noch beachtete.

Corenn erging es anders. Ihr scharfer Verstand interessierte sich für alles, selbst für Dinge, die sie schon tausendmal gesehen hatte. Und bei einem der prachtvollsten Gebäude der lorelischen Hauptstadt war ihre Neugier unersättlich.

Bowbaq wiederum starrte mit offenem Mund auf das riesige Gebäude und konnte kaum glauben, dass es von Menschenhand errichtet worden war. Kurz fragte er sich, ob es nicht unhöflich war, den makellosen Boden der Vorhalle mit Füßen zu treten. Doch da Grigán und Corenn keinen Moment zögerten, folgte er ihnen, obgleich er versuchte, sich so klein wie möglich zu machen. Die Mühe hätte er sich sparen können: Mit seinem Körperumfang zog er die Aufmerksamkeit aller Jelenis auf sich und auch die ihrer Hunde.

Dass die Lorelier Tiere in ein so prächtiges Gebäude hineinließen, kam Bowbaq ebenfalls wie ein Verstoß gegen die Höflichkeit vor. Obwohl er große Achtung vor Tieren hatte, würde er beispielsweise Mir nie erlauben, seine Hütte zu betreten. Ganz zu schweigen von einem Palast!

Der Schreiber am Empfang schien sie wiederzuerkennen, denn die Anmeldung ging dieses Mal erstaunlich schnell vonstatten. Sie hielten ihre Passierscheine in der Hand, noch bevor die Jelenis ihnen die Waffen abgenommen hatten. Wie beim ersten Mal überreichte Grigán den Wachen das Schwert, das er am Gürtel trug.

»Warum behaltet Ihr die Scheide?«, fragte ein Lorelier misstrauisch.

»Sie ist ein Sammlerstück und hat mich ein Vermögen gekostet. Ich möchte nicht, dass jemand sie ›versehentlich‹ mitnimmt.«

Der Wachsoldat nickte und ließ sie passieren. Viele Marktbesucher liebten es, ihre Reichtümer öffentlich zur Schau zu stellen.

»Da wären wir«, sagte Corenn, als sie in den Innenhof traten.

Die Ratsfrau machte sich gleich auf die Suche nach den Züu, während Grigán erneut die Bogenschützen und Jelenis musterte, die den Platz bewachten. Mit gemischten Gefühlen betrachtete Bowbaq die akkuraten Anpflanzungen des Parks. Hier war die Natur eine Sklavin. Gewiss war das Ergebnis wunderschön; Bowbaq konnte sich nur nicht entscheiden, ob es unhöflich war oder nicht.

Ein dicklicher Mann mit unstetem Blick kam vorsichtig auf sie zu. Corenn rechnete damit, dass er ihnen ein Geschäft vorschlagen wollte, aber es ging um etwas anderes.

»Die Priester erwarten Euch«, sagte er ohne ein Wort der Begrüßung. »Dort drüben, hinter den Sträuchern.«

Der Mann ging zum Ausgang, ohne sie aus den Augen zu lassen, und Grigán starrte ihm seinerseits nach, bis er aus dem Innenhof verschwunden war. Wer der Mann auch war, er hatte Angst vor den Erben oder wollte nicht in das hineingezogen werden, was ihnen bevorstand.

Corenn ging in die Richtung, in die der Mann gezeigt hatte, und

Bowbaq folgte ihr. Sein Herz pochte so heftig, dass er glaubte, jeder könne es hören.

Grigán holte sie ein, setzte sich an die Spitze und legte aus lebenslanger Gewohnheit eine Hand auf die Schwertscheide. Die Züu hatten den Ort nicht ohne Grund ausgewählt, dachte er, während sie sich ihrem Ziel näherten. Büsche schirmten den Ort zu einer Seite hin ab. Zudem lag er in der Nähe des Eingangs und war unbewacht, wenn die Jelenis ihre Runde drehten.

Grigán ging mit festen Schritten um die Sträucher herum, um seine Entschlossenheit und seinen Mut zu demonstrieren. Er hatte keine Angst. Wenn überhaupt, hatte er nur Angst vor dem, was die Züu seinen Freunden antun konnten.

»Wie ich sehe, habt Ihr Verstärkung mitgebracht«, sagte der älteste Zü. Er saß auf einem Steinblock, der als Bank diente.

Sein Blick ruhte auf Bowbaq. Die Bemerkung sollte wohl scherzhaft klingen.

»Ihr doch auch«, antwortete Grigán mit einem Kopfnicken zu den beiden Begleitern des Zü.

Der eine war der Mann, mit dem sie in der vergangenen Dekade gesprochen hatten. Er gab kein Zeichen des Wiedererkennens, sondern stierte nur reglos geradeaus, die Kiefer zusammengebissen und die Hände auf dem Rücken verschränkt, genau wie sein Komplize.

Grigán fragte sich, was sie in ihren Händen verbargen. Dass sie nicht saßen, sondern hinter ihrem Meister standen, weckte sein Misstrauen.

»Ihr seid Corenn aus Kaul, richtig?«, fragte der Zü. »Und Grigán Derkel aus Griteh und natürlich Bowbaq vom Vogelklan. Wo sind die anderen?«

»Ihr werdet sicher verstehen, dass wir Euch darauf keine Antwort geben können«, sagte Corenn und baute sich vor dem Mann auf. »Und mit wem habe ich die Ehre?«

»Judikator Zamerine. Ich bin der Hohepriester der lorelischen Boten, die Euretwegen immer weniger werden«, sagte er.

Bowbaq traute seinen Ohren nicht. Der Mann gab offen zu, ein Zü zu sein! Allerdings schienen sie auch sonst keine Scham zu kennen, da sie mitten in der Stadt mit ihren scharlachroten Gewändern und kahl geschorenen Schädeln herumspazierten. In Lorelien herrschte wirklich eine seltsame Moral.

»Es ist nicht unsere Absicht, die Anhänger Zuïas zu ermorden«, sagte Corenn. »Das wisst Ihr nur zu gut. Wir alle wollen doch nur eins, nämlich diesen Streit beenden.«

»Das ist unmöglich. Mein Untergebener sagte Euch das bereits. Selbst wenn Ihr meinen Boten kein Haar gekrümmt hättet, musste das Urteil vollstreckt werden. Und nun, da es sich um eine persönliche Sache handelt, erst recht.«

»Wir würden dem Tempel Zuïas ein großzügiges Opfer bringen, solltet Ihr uns einen Aufschub gewähren. Deshalb sind wir hier.«

»Die Göttin ist keine gewöhnliche Richterin, die Menschengesetzen unterliegt. Euer Gnadengesuch wird abgelehnt. So lautet Zuïas Urteil.«

Corenn hatte nicht ernsthaft mit einem Erfolg gerechnet, war aber dennoch enttäuscht. Grigán trat unruhig von einem Fuß auf den anderen. Er bedeutete ihr mit einem versteckten Zeichen, Abstand zu den Mördern zu halten. Wenn Bowbaq erst einmal begonnen hätte, würde es gewiss zu einem Kampf kommen … Selbst die lorelischen Wachen würden die Züu nicht daran hindern können, sich auf die Erben zu stürzen.

Corenn ging in Gedanken ihre Argumente durch, doch angesichts von Zamerines offener Feindseligkeit gab es nichts mehr zu sagen. Sie würde Bowbaq das Zeichen geben, und dann konnten sie nur noch hoffen.

Sie reichte dem Zü ein Pergament, das dieser widerstrebend entgegennahm. »Ich glaube immer noch, dass wir uns einig werden können. Vielleicht könntet Ihr diesen Brief unserem Feind übergeben.«

Ohne Umschweife entfaltete der Zü die Botschaft. Das Blatt war leer. *Jemand drang in seine Gedanken ein! Der Riese. Er stöberte in seinen Erinnerungen, durchwühlte jeden Winkel, suchte nach allem, was Zamerine über den Ankläger wusste.*

»Tötet sie!«, befahl er seinen Männern und verschloss seinen Geist vor dem Eindringling. Er war außer sich vor Wut.

Die beiden Züu traten einen Schritt auf sie zu und hoben die Hände, aber diese waren leer. Einer der Männer stürzte sich auf Corenn, der andere auf Grigán. Corenns Angreifer schenkte ihr ein seltsames, stählernes Grinsen.

Die Mörder waren mit Metallgebissen bewaffnet, deren Zähne vermutlich vergiftet waren! Der Zü warf Corenn zu Boden und näherte sein Gesicht ihrem Hals. Während sie mit aller Kraft versuchte, sich gegen ihn zu wehren, fragte sie sich, wie er zuvor den Mund hatte schließen können – so groß und spitz waren die Zähne. Der Mann ließ nicht locker und fiel über sie her wie ein Wolf über ein verletztes Beutetier. Er versuchte, sie zu Boden zu drücken, damit er seine Zähne in ein entblößtes Stück Haut schlagen konnte.

Plötzlich schien der Körper des Mörders an Gewicht zu verlieren. Irgendetwas zog ihn in die Höhe. Beim Versuch zu sprechen streckte er seine Zunge zwischen den metallisch blitzenden Zähnen hervor, doch er brachte nichts als ein Knurren hervor, was seine Ähnlichkeit mit einem wilden Tier noch verstärkte.

Bowbaq hob den Zü mit einer Hand am Nacken hoch, ballte die andere und schlug sie dem Mann ins Gesicht. Bowbaq war weder sanft noch gelassen. Er war einfach nur wütend. Stinkwütend.

Grigán hatte seinen Widersacher mit einem Tritt vor die Brust abgewehrt und griff nun nach seiner Schwertscheide. Als sich der Zü erneut auf ihn stürzte, spießte der Krieger ihn mit einer anderthalb Fuß langen hauchdünnen Klinge auf, die er aus einem geheimen Schlitz im Innenleder der Scheide gezogen hatte.

Dann ging alles sehr schnell. Grigáns Opfer brach zusammen, und Bowbaq ließ seinen Gegner los. Dieser presste sich die Hände auf die Nase, aus der Blut hervorschoss.

Jeden Augenblick würden die Wachen eingreifen. Zum ersten Mal in der Geschichte des Kleinen Palasts fand im Innenhof ein Kampf auf Leben und Tod statt. Doch wenn der erste Moment der Überraschung vorbei wäre, würden die Jelenis nicht lange fackeln. Grigán hörte bereits die eiligen Schritte der Bogenschützen auf der oberen Galerie. Die Männer suchten zwischen den Büschen nach einem guten Schusswinkel. Ihnen war es gleich, wer den Streit angefangen hatte, denn ihr Befehl lautete, jedem, der sich an einem Kampf beteiligte, einen Pfeil in die Brust zu jagen. Es war sogar möglich, dass sie die Züu verschonten, um nicht auf ihre schwarze Liste zu geraten.

Von allen Seiten rannten Jelenis herbei. Ihre Doggen zerrten an den Ketten und schnappten nach Unbeteiligten, und die Wachen hatten alle Hände voll damit zu tun, sie zu bändigen.

Bowbaq drang in den Geist der ersten Dogge ein, bevor sein Herr etwas davon mitbekam. Die Botschaft des Arkariers war unmissverständlich: *Gefahr.* Der stärkste Begriff der tierischen Vorstellungswelt.

Wie erhofft gebärdete sich der Hund wie wild, als er den Eindringling in seinem Geist spürte, und seine erste Reaktion war eine mörderische Wut auf den Riesen. Doch das Wort »Gefahr« war zu mächtig und zu stark, um ignoriert zu werden. Die Dogge wollte nur noch eins: fliehen.

Der Jelenis verlor die Kontrolle über sein Tier. Er versuchte mit aller Kraft, es zurückzuhalten, war aber nicht stark genug. Der Soldat ging zu Boden und wurde von der Kette, die ihn mit seinem Hund verband, über den Boden geschleift, was die allgemeine Panik noch verstärkte.

Mittlerweile hatte sich Corenn aufgerappelt. Sie vergewisserte sich, dass Grigán die beiden Züu mit seinem Dolch in Schach hielt, und sah sich nach den Bogenschützen um. Sie waren der Schwachpunkt ihres Plans. Falls es den Erben nicht gelang, sich ihnen verständlich zu machen, waren sie verloren.

Einer der Bogenschützen war inzwischen in Schussweite. Die Ratsfrau bedeutete ihm, dass sie unbewaffnet war und keinen Widerstand leisten würde. Doch der Mann ignorierte ihre Geste, legte einen Pfeil in die Sehne und spannte den Bogen.

Schneller, als sie es für möglich gehalten hätte, schleuderte Corenn ihm ihren Willen entgegen. Die Sehne riss mit einem Knall und peitschte dem übereifrigen Schützen ins Gesicht. Doch es hatte sie all ihre Kraft gekostet. Reglosigkeit überfiel sie, und nur mit Mühe konnte sie Grigán und Bowbaq folgen, die zum Ausgang hasteten.

Grigán ließ die Mörder im roten Gewand nicht aus den Augen, obwohl sie sich nicht rührten. Der Mann mit der gebrochenen Nase hatte sein Metallgebiss aus dem Mund genommen und wartete auf die Befehle seines Meisters. Judikator Zamerine verfolgte ihre Flucht mit einem Lächeln auf den Lippen. Seine Niederlage schien ihn nicht weiter zu kümmern.

Der Zü musste noch etwas in der Hinterhand haben. Grigán hoffte inständig, dass sein Plan aufging. Er dachte an das Schiff, auf dem Yan und Léti warteten.

Bowbaq drang in den Geist jeder Dogge ein, der sie begegneten, und schaltete auf diese Weise sämtliche Jelenis aus, die sich ihnen in den Weg stellten. Gekläff, Befehle und Entsetzensschreie der Händler hallten im Innenhof des Kleinen Palasts wider.

Die Erben duckten sich hinter Sträucher und Hecken und näherten sich dem Ausgang, vor dem sich die nach draußen strömenden Besucher stauten. In der allgemeinen Panik wagten die Bogenschützen nicht, einen Schuss abzugeben, denn die Gefahr, einen Unschuldigen zu treffen, war zu groß.

Bowbaq brachte zwei Hunde am Eingang in Rage, damit die Menge zurückwich und ihnen Platz machte. Die Gefährten zwängten sich durch das Getümmel und rannten den Gang entlang.

»Ihr könnt jetzt nicht hinaus«, sagte ein Jelenis, dessen Hund bisher verschont geblieben war.

Grigán wartete nicht, bis Bowbaq tätig wurde, sondern stieß den überraschten Soldaten brutal zur Seite. Der Jelenis fiel rücklings auf seinen Hund. Der Dogge gefiel das ganz und gar nicht, doch die Erben blieben nicht stehen, um zu sehen, ob sie sich an ihrem Herrn rächte.

Einen Augenblick später standen sie vor dem Palast, wo sich eine Menschentraube gebildet hatte. Die Leute reckten neugierig die Köpfe, um zu sehen, wer oder was diesen Aufruhr verursachte, obschon das Geschrei der Marktleute den Lärm aus dem Palast übertönte.

»Was habt ihr denn getrieben?«, fragte Rey. »Einen Moment länger und ich hätte euch zur Hilfe kommen müssen.«

»Alles in Ordnung?«, fragte Corenn besorgt.

»Alles in Ordnung. Die Züu erwarten uns auf der *Ambassador*, aber wir gehen an Bord der *Othenor*. Im Namen der Erben habe ich das Schiff soeben für einen recht anständigen Preis erworben.«

»Verlieren wir keine Zeit. Sie werden die Täuschung bald entdecken.«

»Einen Moment noch.«

Zu ihrer Überraschung eilte Rey in den Palast hinein.

Grigán hinderte die Schaulustigen mit finsteren Blicken daran, sich ihnen zu nähern, während er zugleich über Reys ständige Eskapaden schimpfte.

Corenn beschloss, die Zeit sinnvoll zu nutzen.

»Bowbaq, weißt du den Namen unseres Feindes?«

Der Riese schüttelte den Kopf. Die Enttäuschung stand ihm ins Gesicht geschrieben. »Selbst die Züu kennen ihn nicht«, verkündete er. »Sie nennen ihn nur den ›Ankläger‹.«

Corenn nickte traurig und verschob es auf später, über die mageren Neuigkeiten nachzudenken. Zumindest hatten sie nichts unversucht gelassen.

Von drinnen drangen laute Stimmen und Protestschreie zu ihnen heraus. Kurz darauf ertönte ein schrilles Kreischen. Grigán fluchte und schickte sich an, in den Palast zurückzukehren, doch bevor er dazu kam, war Rey zurück. Er war unverletzt und schleppte unter Ächzen und Stöhnen die schwere Schatulle des Kassierers mit den Eintrittsgeldern aller Händler und Besucher des kleinen Palasts. Hunderte von Goldterzen.

»Eine kleine Entschädigung«, erklärte er. »Für alles, was meinem Urahnen unrechtmäßig genommen wurde.«

Niemand widersprach, denn seit jeher waren die Erben auf sich selbst gestellt. Seit hundertachtzehn Jahren konnten sie sich auf niemanden sonst verlassen.

ZWEITES BUCH

DAS ÜBERMENSCHLICHE WISSEN

Die *Othenor* war für neun Besatzungsmitglieder ausgelegt, weshalb die sechs Gefährten mehr als genug Platz hatten. Allerdings war das Fischerboot nur für zwei- bis dreitägige Fahrten gedacht, und der Schiffsbauer hatte keinen Gedanken an die Bequemlichkeit der Passagiere verschwendet. Die Erben würden jedoch fast eine Dekade unterwegs sein.

Das Schiff hatte nur zwei Kabinen: eine Kapitänskabine, die die Männer Léti und Corenn überließen, und eine Mannschaftskabine, die keine Möbel enthielt außer acht vor Schmutz starrende Hängematten. Ein kleiner Verschlag mit einem Eimer diente als Abort, und neben den Kabinen lag die Kajüte.

Im Heck gab es einen Stauraum mit Netzen und Körben des Vorbesitzers. Er war fast leer, da dort normalerweise die gefangenen Fische gelagert wurden. Im Magazin fanden sie Fässer mit Süßwasser, Pökelfleisch und Schnapsflaschen, von denen Rey während der ganzen Überfahrt kostete. An Deck befanden sich außerdem mehrere Kisten mit Tauen und Ersatzsegeln.

Rey hatte das Schiff erst am Tag ihrer Abfahrt für die Erben gekauft. Das war riskant gewesen, denn es hätte sein können, dass er keinen Verkäufer fand. Doch Lorelia war der größte Hafen der bekannten Welt, und der Schauspieler zahlte den Kaufpreis bar auf die Hand. Schließlich fand er vier Boote, die ihren Bedürfnissen entsprachen, und entschied sich auf Yans Rat hin für die *Othenor.*

Die Erben hatten den Hafen zügig verlassen. Die königlichen Zollbeamten und Steuereintreiber interessierten sich nur für einlaufende Schiffe und hatten es außerdem eher auf große Handelsflotten als auf kleine Fischerboote abgesehen. So passierten sie den letzten Leuchtturm von Zélanos, ohne aufgehalten zu werden.

Auch wenn es neun Menschen brauchte, um die Fischernetze einzuholen, reichten drei, um die Segel des Einmasters zu setzen und das Steuer zu bedienen. Yan und Léti, die seit ihrer frühesten Kindheit aufs Meer hinausfuhren, verstanden genug vom Segeln, um das Schiff sicher zu manövrieren. Rey packte mit an, betonte aber stets, wie sehr er die Arbeit hasste. Die anderen taten ihr Bestes, um sich nützlich zu machen, bis sie die Küste hinter sich gelassen hatten.

Erst jetzt nahmen sie sich die Zeit, einander von ihren Abenteuern zu erzählen. Ihnen lief ein Schauer über den Rücken, als ihnen klar wurde, wie knapp sie der Gefahr entronnen waren, und sie waren enttäuscht, dass Bowbaq den Namen des Anklägers nicht herausgefunden hatte. Zu guter Letzt berichtete Rey von dem Schatz, den er aus dem Kleinen Palast gestohlen hatte. Die Schatulle enthielt einen beträchtlichen Batzen Geld.

»Jetzt sind wir Piraten!«, verkündete er mit freudiger Erregung in der Stimme.

Den ganzen ersten Tag war Bowbaq seekrank, während Grigán den Piraten im Ausguck spielte. Der Krieger fürchtete, die Züu oder die lorelische Flotte könnten sie verfolgen. Doch sie hatten so schnell gehandelt, dass ihre Feinde Zeit brauchen würden, um die Verfolgung aufzunehmen.

Rey durchsuchte sämtliche Stauräume des Schiffs, um eine genaue Bestandsaufnahme ihres neuen Besitzes zu machen. Doch er fand nichts Interessantes und langweilte sich bald. Ihm würde die Überfahrt lang werden.

Léti und Corenn machten sich daran, die Kabinen wohnlicher einzurichten. Fast gelang es ihnen, den Gestank nach totem Fisch, der aus jeder Planke und jeder Ritze aufstieg, zu vertreiben – allerdings nur fast. Sie würden sich wohl an ihn gewöhnen müssen.

Yan, der zum Kapitän ernannt worden war, inspizierte sorgfältig alle Taue und Segel. Er war noch nie mit einem so großen Schiff zur See gefahren, doch dank seiner Klugheit und Erfahrung machte er sich rasch mit den Eigenheiten vertraut.

Zunächst waren sie einfach nur gen Süden gesegelt, da sie Lorelia so schnell wie möglich hinter sich lassen wollten. Draußen auf dem Meer nahm Yan das Ruder in die Hand und schlug den Kurs Ost-Süd-Ost ein. Sie steuerten Galen an, die nördlichste Stadt der Fürstentümer an der Mündung des Ubese. Von dort aus würden sie den Fluss bis nach Junin hochfahren.

In den Fürstentümern würden sie neuen Gefahren und Herausforderungen begegnen und vielleicht sogar wieder kämpfen müssen. Im Augenblick genossen die Gefährten jedoch einfach nur das Glück, noch am Leben zu sein. Die Ruhe vor dem nächsten Sturm.

»Ich weiß nicht, ob das für alle Züu gilt«, sagte Bowbaq, als sie über die Geschehnisse im Kleinen Palast sprachen. »Aber Zamerine, ihr Chef, kennt unseren Feind nicht. Er nennt ihn einfach nur den ›Ankläger‹.«

Die Erben hatten sich in der Kajüte versammelt, um die erste Mahlzeit an Bord der *Othenor* einzunehmen. Bald würden sie auch ihre erste Nacht hier verbringen. Die fremde Umgebung bereitete ihnen Unbehagen, doch schon bald würde dieses Gefühl verschwinden, und sie würden sich auf dem Schiff bewegen wie alte Seebären. Nicht zum ersten Mal erlebten sie etwas Neues und ganz sicher nicht zum letzten Mal. Sie brauchten nur etwas Geduld.

»Ich fürchte, so nennen sie all ihre Auftraggeber«, sagte Rey. »Das bringt uns keinen Schritt weiter!«

»Hast du sonst noch etwas sehen können? Vielleicht dachte der Zü an einen Lorelier? Dann wüssten wir, woher der Ankläger stammt. Hast du irgendetwas in der Art herausbekommen?«

Bowbaq dachte über Corenns Frage nach. Er versuchte, Ordnung in fremde Gedanken zu bringen, die er nur wenige Augenblicke gesehen hatte und die zum Teil aus einer fremden Sprache stammten. »Vielleicht. Ich erinnere mich an ein Bild. Eine Erinnerung Zamerines an ein Gesicht. Vermutlich das des Anklägers.«

Sie schwiegen, um seine Konzentration nicht zu stören, obwohl ihnen unzählige Fragen auf den Lippen brannten. Falls Bowbaqs Beschreibung genau genug war, würden Corenn oder Grigán in dem Ankläger vielleicht einen Erben erkennen. Corenn war immer noch überzeugt, dass er einer von ihnen sein musste. Er wusste einfach zu viel.

»Ich weiß nicht, ob Zamerine ihn tatsächlich gesehen hat oder ob er ihn sich nur vorstellt«, fuhr Bowbaq schließlich fort. »Ich glaube aber, dass er ihm begegnet ist, denn das Bild weist mehr Einzelheiten auf als zum Beispiel ein Bild aus einem Traum. Er hat vermutlich mit ihm gesprochen, aber …«

»Nun spuck es schon aus«, sagte Rey mit gespielter Wut. »*Wie sieht er aus?*« Er scherzte, aber seine Ungeduld war echt, ebenso wie die der anderen.

»Oh! Verzeiht mir. Aber es ist nicht besonders hilfreich. Der Zü dachte an einen Mann, der einen Helm trägt. Eine Art Eisenkessel.«

»Eine Sturmhaube«, sagte Grigán niedergeschlagen. »Du konntest sein Gesicht nicht erkennen.«

»Nein. Dann hätte ich es euch doch sofort beschrieben.«

Die Erben dachten eine Weile über diese neuerliche Enttäuschung nach. Auch wenn ihnen das Glück insofern hold war, als es bisher ihr Leben verschont hatte, schien ihre Suche unter keinem guten Stern zu stehen.

Bowbaq zerbrach sich den Kopf über weitere Einzelheiten, doch je länger er nachdachte, desto schwerer fiel es ihm, die flüchtige Vision von seiner eigenen Fantasie zu unterscheiden. In wenigen Tagen würde er alles vergessen haben – wenn er noch etwas sagen wollte, dann jetzt. »Es ist ein Mann, dessen bin ich mir sicher«, sagte er mit geschlossenen Augen. »Zamerine sah, wie er auf und ab ging und gestikulierte. Er ist gesund, das heißt, es fehlte ihm keine Gliedmaße.«

»Aber … das bin ja ich!«, rief Rey.

Seine Freunde bedeuteten ihm zu schweigen.

»Wie ist er gekleidet?«, fragte Corenn.

»Er hat eine Art Hemd aus Metall an. Ähnlich wie Grigáns Lederkluft, nur solider. Darüber trägt er einen Umhang.«

»Ein Kettenhemd! Wo herrscht im Moment Krieg?«

»In den Unteren Königreichen«, antwortete Grigán seufzend. »In mehreren Provinzen Romins. Und in Jezeba. Vermutlich auch im Tal der Krieger. Vielleicht ist er Soldat oder Söldner, vielleicht aber auch nur ein besonders misstrauischer Kaufmann.«

»Beschreib uns den Helm«, bat Corenn, die den Mut noch nicht verloren hatte.

Bowbaq versuchte, sich noch stärker zu konzentrieren. Sie befragten ihn zu einem Bild, das er nur kurz hatte aufblitzen sehen und nicht weiter beachtet hatte, weil er zu sehr damit beschäftigt gewesen war, nach einem Namen zu suchen.

»Ich glaube … Er trägt eine Art Stirnband um den Helm. Ein ziemlich breites schwarzes Band. Der Helm hat zwei schmale Schlitze für die Augen und kleine Öffnungen vor Mund und Ohren. Mehr nicht. Er besteht aus einem einzigen Teil und sieht aus wie ein Kessel, das trifft es ganz gut.«

Die Ratsfrau sah Grigán fragend an.

»Eine goronische Sturmhaube«, sagte dieser sofort. »Aber das muss nichts heißen. Solche Helme kann man auch in Lorelia kaufen. Das Stirnband zeigt die Wappenfarben seines Trägers an, aber ich kenne kein schwarzes Familienwappen.«

»Die Farbe Schwarz ist sogar verboten«, erklärte Rey. »Als Kind musste ich Wappenkunde pauken. Schwarze Wappen sind das Symbol der Feinde des Kaisers. Der Verbannten, Rebellen und anderer Verschwörer.«

»Wie viele unserer Verdächtigen stammen aus Goran?«

Corenn zog die Todeslisten zurate, die sie erstellt hatte. Falls sie sich nicht geirrt oder jemanden vergessen hatte, zählten die jüngsten Generationen einundsiebzig Erben, und das Schicksal von zweiundzwanzig war ihnen unbekannt. Nachdem sie die Listen zweimal durchgesehen hatte, verkündete sie missmutig: »Keiner. Alle Goroner auf meiner Liste wurden von den Züu getötet.«

Grigán stieß einen Fluch aus. Sie kamen keinen Zoll voran, während ihr Widersacher über schier endlose Macht zu verfügen schien.

Wenn sie in Junin nichts herausfanden, würden sie gezwungen sein, die Suche aufzugeben. Sie würden sich irgendwo verkriechen müssen und hoffen, dass die Züu sie nicht so bald fanden.

Um die *Othenor* auf Kurs zu halten, brauchte es nicht viel. Yan hatte alle Zeit der Welt, um sich seinen Übungen zu widmen. Für ihn war die Magie kein Zeitvertreib wie das Angeln, mit dem Bowbaq und Rey am zweiten Tag begannen. Es war eine Leidenschaft, und Létis Ermutigung hatte sie neu entfacht.

Corenn erging es genauso. Sie merkte, dass auch sie Fortschritte machte, doch das war nicht ihr größter Ansporn. Yans magischer Wille war mächtig, mächtiger als alles, was sie bislang erlebt hatte. Sie war neugierig, zu was er fähig war, wenn er erst einmal gelernt hatte, ihn zu gebrauchen.

Doch er hatte sich nicht an die Reihenfolge gehalten. Yan hatte seinen Willen gebraucht, bevor er seine Geduld unter Beweis gestellt hatte. Sie würden beides üben müssen.

Sie zogen sich in die Kapitänskabine zurück, nicht um das Geheimnis zu hüten, denn dafür gab es nun keinen Grund mehr, sondern um sich in Ruhe auf die Übungen konzentrieren zu können. Die anderen verstanden das, und niemand kam auf die Idee, sie zu stören. Grigán nutzte die Gelegenheit, um seinen Unterricht mit Léti fortzuführen. Auch wenn Corenn die Kampfstunden mittlerweile duldete, wusste der Krieger, dass sie ihr missfielen, und er tat sein Möglichstes, um ihr den Anblick zu ersparen.

»Womit fangen wir an?«, fragte Yan seine Lehrerin, sobald sie es sich bequem gemacht hatten.

»Hast du Fragen?«

»Tausende. So viele, dass ich gar nicht weiß, wo ich anfangen soll …«

»Ich werde sie alle beantworten und hoffe, dass ich dir die richtigen Antworten geben kann. Denn das, was ich zu wissen glaube, ist vielleicht nur eine Lüge, die ich unabsichtlich verbreite. Die Magie ist ein großes Geheimnis, selbst für Magier.«

»Soll das heißen, dass Ihr mir vielleicht etwas Falsches beibringt?«

Yan hatte die Stimme nicht erhoben, doch seine Verblüffung war offenkundig.

Die Grundlage jedes Unterrichts, dachte Corenn. *Ich halte die Wahrheit nicht in den Händen. Zweifle stets an dem, was ich dich lehre. Denke selbst nach, und du hast bereits viel gelernt.*

»Die Technik, wenn man die Anwendung des Willens denn als eine solche bezeichnen kann, funktioniert einwandfrei. Doch die Erklärungen für diese Technik sind nur Auslegungen, die zum Teil generell anerkannt, zum Teil auch sehr eigen sind. Es gibt keinen Beweis dafür, dass sie der Wahrheit entsprechen.«

Yan nickte und prägte sich ihre Worte ein. Keiner seiner bisherigen Lehrmeister hatte je sein eigenes Wissen infrage gestellt.

Du zweifelst an mir. Der Unterricht hat begonnen, dachte Corenn zufrieden.

»Ich habe eine erste Frage«, sagte Yan mit zusammengekniffenen Augen. »Ihr sagtet, nur wenige Menschen verfügten über die Gabe. Dann, als ich die Prüfung geschafft hatte, behauptetet Ihr das Gegenteil. Was soll ich denn nun glauben?«

»Genau das ist eine der ungeklärten Fragen, vielleicht sogar die umstrittenste: der Ursprung der Magie. Die Herkunft der Gabe. Manche Magier brüsten sich damit, zu einer kleinen Gruppe Auserwählter zu gehören, die einzig dazu in der Lage seien, den Willen zu gebrauchen. Unter ihnen gibt es viele, die die Gabe mit ihrem unerschütterlichen Glauben an einen der Götter erklären. Ich glaube jedoch, dass jeder die Gabe besitzt, sie aber nur in besonderen Fällen zutage tritt. Und selbst dann braucht es sehr viel Geduld und einen klugen Kopf, um zu lernen, sie zu kontrollieren und anzuwenden.«

»Wenn das Eure Theorie ist, wieso habt Ihr dann zunächst das Gegenteil behauptet?«

»Wenn ich dir gesagt hätte: ›Jeder kann es schaffen, man muss sich nur genug Mühe geben‹, hättest du es nicht ernsthaft versucht. Du hättest bald aufgegeben und wärst wegen deines Misserfolgs wütend auf mich, auf dich selbst und auf alle Welt gewesen. Glaub mir, ich spreche aus Erfahrung.«

Yan nickte. Sie hatte vermutlich recht.

»Es gibt noch eine dritte Möglichkeit. Vielleicht ist die Gabe auch vererbbar. Meine Großmutter, die Tochter der Abgesandten Tiramis und Yon, war Magierin. Meine Tante, Norines Mutter, ebenfalls. Doch weder meine Kusine noch Léti haben je das geringste Talent gezeigt.«

»Soweit ich weiß, war unter meinen Vorfahren kein Magier. Die Theorie steht auf wackligen Füßen. Es sei denn, die Regeln der Vererbung wären sehr willkürlich.«

»Da stimme ich dir zu. Willkommen im Kreise der Debattierenden.«

»Kennt Ihr viele andere Magier?«

»Drei. Zwei Kaulanerinnen, die ich unterrichtet habe, und einen alten Freund aus Crek, mit dem ich in mehr oder minder regem Briefkontakt stehe. Leider kann man nicht überall herumerzählen, dass man Magier ist. Diese Erfahrung wirst auch du noch machen. Deshalb ist es schwer, Gleichgesinnte zu finden.«

Yan hatte ohnehin beschlossen, kein Aufhebens um seine Gabe zu machen. Er galt auch so schon oft genug als komischer Kauz. Er hatte nicht vor, sich offen als jemand zu erkennen zu geben, den abergläubische Kleingeister für gefährlich hielten. »Fangen wir mit dem Unterricht an?«, fragte er ungeduldig.

»Wir sind bereits mittendrin, junger Freund. Wir werden nicht die ganze Zeit Muscheln durch die Luft schweben lassen. Bevor du lernst, deinen Willen zu gebrauchen, musst du erst einmal lernen, ihn zu fürchten. Und glaub mir, das ist weniger eine Frage der Weltanschauung als der Sicherheit.«

Auch Grigán hatte beschlossen, zur Sache zu kommen. Létis erste Lektionen waren dazu da gewesen, sie zu entmutigen. Als Nächstes hatte er sich ihre Fehler angesehen und überlegt, wie er sie beheben konnte. Mittlerweile kannte er seine Schülerin gut genug, um mit dem eigentlichen Unterricht zu beginnen.

Léti stand an Deck des Fischerboots, das auf den Wellen schwankte, und wartete auf seine Anweisungen. Die Sonne brannte auf sie nieder. Sie waren erst vor zwei Tagen losgesegelt, doch die Sonne hatte in diesen Gewässern schon viel mehr Kraft als in Lorelia, wo bald die kalte Jahreszeit der Erde anbrechen würde.

Während sie wartete, wirbelte die junge Frau ihr Schwert spielerisch durch die Luft. Sie war die Einzige an Bord, die eine Waffe trug. Selbst Grigán griff nur nachts zu seinem Krummschwert, weil er nicht schlafen konnte, wenn seine Waffe nicht in Reichweite war. Doch Léti trug die schwere Scheide, die ihr die Haut wund rieb, von früh bis spät.

Sie hatte ihre kaulanische Arbeitstracht abgelegt, die nach drei Dekaden Reise ohnehin zerrissen und schmutzig war, und sich daraus Kniebundhosen und ein weites Hemd mit kurzen Ärmeln geschneidert. In Kaul hätte ein solcher Aufzug Anstoß erregt, doch die junge Frau brauchte die Bewegungsfreiheit zum Kämpfen. Grigán freute sich, dass sie von selbst darauf gekommen war, und gab ihr einen weiteren Rat. »Dein Haar, Léti. Binde es hoch, wenn Gefahr droht. Deine Gegner könnten dich daran packen.«

Sie strich sich nachdenklich über die langen braunen Locken, die ihr in Wellen auf die Schultern fielen, und fasste sie zu einem Zopf zusammen, den sie einrollte und mit einem Tuch festband. Die Frisur war nicht besonders hübsch, aber Grigán gefiel sie, da sie praktisch war.

»Von heute an werden all unsere Übungen eine der drei Grundregeln veranschaulichen: *sichere Hand, fester Stand, wacher Geist.*«

Léti nickte. Wenn Grigán ihr etwas erklärte, schwieg sie, sog seine Worte auf und sparte sich ihre Kräfte für die Übung auf. Das war natürlich vernünftig, aber Grigán hatte sich zumindest eine kleine Reaktion erhofft. Er hatte lange gebraucht, um die drei Regeln zu formulieren, und hätte nichts gegen etwas Lob einzuwenden gehabt.

»Jeder Fehler, den du begehst, ist dadurch erklärbar, dass du eine der drei Regeln brichst. Wenn du einen Kampf verlierst, dann nicht, weil dein Gegner besser ist als du, sondern weil er *in diesem Moment* besser ist. Weil er eine sicherere Hand hat, einen festeren Stand oder einen wacheren Geist. Du musst hart an dir arbeiten, um deine Schwächen zu überwinden, und du musst lernen, die Schwächen der anderen zu erkennen.«

Léti nickte erneut mit ernstem Gesicht. Grigán verstand nicht, warum sie schwieg. Dabei war die Antwort einfach: Seine Erklärungen waren unmissverständlich, und Léti hatte keine Fragen.

»Ich zeige es dir«, sagte er kurz entschlossen, da er besser mit der Waffe umgehen konnte als mit Worten. »Nimm die Grundstellung ein.«

Verdutzt gehorchte Léti. Zum ersten Mal führten sie eine Übung aus, bei der sie beide bewaffnet waren. Kurz flackerte Angst auf, sie könnte versehentlich verletzt werden, doch sie schob den Gedanken rasch beiseite. Grigán wusste, was er tat.

Unbeholfen ging sie in Grundstellung, indem sie Grigáns Haltung nachahmte. Allerdings maß das Krummschwert des Kriegers vier Fuß, und Létis goronisches Schwert war um einiges kürzer. Grigán musste nur den Arm ausstrecken und gegen Létis Klinge schlagen. In der Zeit, die sie brauchte, um ihr Schwert wieder zu heben, trat der Krieger einen Schritt vor und hielt seiner Schülerin die Schwertspitze an den Hals.

»Sichere Hand«, sagte er ernst.

Er ging wieder in Grundstellung, und Léti tat es ihm gleich. Instinktiv nahm sie eine bessere Haltung ein. Grigán lancierte einen ähnlichen Angriff, doch diesmal hielt sie stand und gab ihre Deckung nicht auf. Grigán beschleunigte seine Bewegungen und griff abwechselnd ihre Beine und ihren Kopf an. Léti tat ihr Bestes, um die Schläge zu parieren, obwohl sie das noch nicht gelernt hatte. Unwillkürlich wich sie jedes Mal einen Schritt zurück, bis der Krieger sie überraschte, indem er zweimal hintereinander nach ihren Beinen schlug. Reflexhaft machte sie einen kleinen Satz zurück, geriet ins Stolpern und fiel auf das Gesäß.

Grigán bedrohte erneut ihren Hals mit der Klinge. »Fester Stand.«

»Und wacher Geist, ich weiß«, sagte sie zornig. »Wie wär's, wenn wir jetzt mit dem Unterricht anfangen?«

»Hast du gerade eben etwa nichts gelernt?«

Sie rappelte sich mit finsterer Miene auf und warf Bowbaq und Rey, die am anderen Ende des Decks angelten, einen raschen Blick zu. Zum Glück interessierten sich die beiden Männer nicht für sie. Niemand hatte ihr Scheitern bemerkt. »Ein drittes Mal kriegt Ihr mich nicht«, sagte sie herausfordernd.

»Ein Kampf ist nie im Voraus gewonnen, Léti. Das gilt für mich ebenso wie für dich. Wenn du meinem Angriff widerstehst, würde mich das freuen. Aber es würde mich doch sehr wundern, wenn du irgendetwas gegen mich ausrichten könntest«, sagte er abschätzig. Léti war verblüfft.

Schweigend nahmen sie wieder die Grundhaltung ein. Léti war zutiefst gedemütigt. Da Grigán sich nicht rührte, griff sie als Erste an, ohne zu wissen, was sie da eigentlich tat.

Er hatte mit dem Angriff gerechnet, packte ihren Arm, bevor sie die Bewegung zu Ende geführt hatte, und wies einmal mehr mit der Schwertspitze auf ihren Hals.

»Wacher Geist«, sagte er grinsend. »Deiner ist blind vor Wut.«

»Ihr habt mich absichtlich provoziert! Das ist … Das ist widerlich! Das ist Betrug!«

»Es ist unehrenhaft, da gebe ich dir recht, aber es ist kein Betrug. Im Kampf gibt es nur eine Regel: Es gewinnt derjenige, der die wenigsten Verletzungen davonträgt. Meine Aufgabe ist es, dir beizubringen, dich zu verteidigen. Wir machen das hier schließlich nicht zum Vergnügen.«

Léti rieb sich das Handgelenk und dachte über die Worte des Kriegers nach. Keine Frage, er hatte immer eine sichere Hand. Und eine merkwürdige Art, seine Schüler zu behandeln! Vor allem aber hatte er recht. »Nun gut. Ihr habt dreimal gewonnen. Was kommt jetzt?«

»Wir fangen von vorne an. Ganz von vorne. Wie hält man eine Waffe? Wie steht man? Im Kampf sind wir so verletzlich wie Kleinkinder. Ich werde dir die allerersten Schritte beibringen.«

In einem der Stauräume im Bug des Schiffs fand Rey eine alte Zither, an der zwei Saiten fehlten. Um die Zeit totzuschlagen, reparierte er sie, und am Morgen des dritten Tags zeigte er das Instrument voller Stolz den anderen.

Die Angelschnüre hatten einen wesentlich schlechteren Klang als richtige Saiten, doch das hielt ihn nicht davon ab, eine Reihe anzüglicher Lieder zum Besten zu geben, sehr zum Vergnügen von Yan und Léti.

»Du könntest eine Ballade über die Weisen von Ji komponieren«, sagte Léti, die sich über das unerwartete Talent ihres Freundes freute.

»Der Gedanke ist mir auch schon gekommen. Aber ich mag keine traurigen Lieder.«

Reys Gesicht verdüsterte sich. Er empfand das Erbe ihrer Vorfahren nach wie vor als Fluch. Die Abgesandten hatten ihre Länderein, Titel und ihr Ansehen verloren. Welches Geheimnis verdiente ein solches Opfer?

»Ich glaube, da kommt ein anderes Schiff auf uns zu«, rief Bowbaq vom Bug her.

Seine Gefährten liefen zu ihm. Tatsächlich zeichnete sich ein kleiner Punkt am azurblauen Horizont des Mittenmeers ab. Viel erkennen konnten sie allerdings nicht.

»Es kommt aus den Kleinen Königreichen«, sagte Grigán. »Wir haben Glück. Es wäre weitaus schlimmer, wenn uns ein Schiff folgen würde.«

»Aber es heißt, an der Küste zwischen Lineh und Galen seien viele Piraten unterwegs …«

Die Erben wechselten ängstliche Blicke. Sie alle hatten davon gehört.

»Lineh ist weit weg«, sagte Corenn fest. »Es ist vermutlich ein gewöhnliches Handelsschiff.«

Die Zeit floss zäh dahin, und die Erben beobachteten abwechselnd, wie das Schiff näher kam. Dann war es endlich so weit: Bald würden sie das andere Schiff kreuzen. Hoffentlich würde die Begegnung friedlich verlaufen.

Der Abstand wurde immer geringer, und dann erkannten sie eine juneeische Fregatte, was die Gefährten beruhigte, da Junin für seine Friedfertigkeit bekannt war. Dennoch war die Gefahr nicht gebannt.

»Sollen wir versuchen, in einem Bogen um sie herumzusegeln?«

»Das würde nichts nützen; sie sind viel schneller als wir. Wenn sie wollten, könnten sie uns mit Leichtigkeit einholen. Und falls sie nichts Böses im Schilde führen, verpassen wir eine einmalige Gelegenheit, Neuigkeiten aus den Fürstentümern zu erfahren.«

Bowbaq sah ein, dass Corenn recht hatte. Sie hatten Lorelia so überstürzt verlassen, dass sie noch nicht einmal wussten, ob Königin Séhane, wegen der sie diese Reise unternahmen, überhaupt noch lebte. Zumindest das mussten sie so schnell wie möglich herausfinden.

Bald sahen sie, dass die Juneer nicht auf sie zusteuerten, sondern an ihnen vorbeifahren wollten. Deshalb nahmen sie die Sache in die Hand und winkten der Besatzung der Handelsfregatte zu. Die Reling des Schiffes lag ganze zwei Schritte höher als ihre.

Die juneeischen Seeleute winkten zurück und holten die Segel ein. Die Fregatte wurde langsamer und trieb bald neben dem Fischerboot. Die Juneer warfen ihnen Leinen zu.

»Habt Ihr Schwierigkeiten?«, fragte ein dicker Mann mit dunkelbrauner Haut, der sich zu ihnen hinunterbeugte.

Er hatte Lorelisch gesprochen, doch Grigán antwortete auf Hochjuneeisch. »In unserem Trinkwasserfass schwimmt eine tote Ratte. Würdet Ihr uns vielleicht ein oder zwei Fässer verkaufen? Wir können den ewigen Schnaps nicht mehr sehen«, fügte er scherzhaft hinzu.

Der dicke Mann lachte schallend und gab zweien seiner Männer ein

Zeichen, die daraufhin im Bauch des Schiffes verschwanden. Grigán war der Einzige, der Juneeisch sprach, und so konnten die anderen Erben nur lächeln und auf seine Übersetzung warten.

»Kommt Ihr aus Junin?«, fragte Grigán beiläufig.

»Ihr seid nicht auf den Kopf gefallen«, antwortete der Mann mit einem lauten Lachen.

»Herrscht noch Frieden in der Stadt? Ich hörte, es gebe Schwierigkeiten mit der Thronfolge.«

»Immer die gleichen Geschichten. Seit die Königin zu alt ist, um Kinder in die Welt zu setzen, spinnen die Fürsten Intrigen. Trotz der Abkommen wollen sämtliche Fürsten unser schönes Land in Besitz nehmen. Man munkelt, sie seien nicht gerade erfreut über Séhanes Langlebigkeit. Pech für sie. Und Glück für uns!«

»Mir kam auch zu Ohren, jemand habe versucht, sie zu ermorden …«

»Wenn das stimmt, wurde es geheim gehalten. Das hätten wir uns nicht gefallen lassen! Die Bevölkerung Junins hätte die Fürsten in den Hintern getreten und sie aus der Stadt gejagt. Verzeiht meine Wortwahl.«

Die beiden Matrosen erschienen wieder an Deck. Unter Ächzen und Stöhnen wuchteten sie ein riesiges Wasserfass die Treppe hinauf. Andere Männer halfen ihnen, es am Haken einer Seilwinde zu befestigen.

»Es war wohl kein Fürst«, fuhr Grigán fort. »Ich hörte, ein Zü habe versucht, in den Palast einzudringen.«

»Das würde mich sehr wundern. Das müsste schon ein ganz schönes Schlitzohr gewesen sein. An den Wachen des Eroberten Schlosses kommt nicht einmal eine Maus vorbei. Und schon gar kein Mörder im roten Gewand!«

»In Junin scheinen sie auch nicht besonders beliebt zu sein?«

»Nein! Bei uns dürfen sie anders als in Goran oder Lorelia nicht mit ihren vergifteten Dolchen durch die Stadt spazieren. Und ebenso wenig ohne!«

Das Fass wurde heruntergelassen, und Yan und Bowbaq knoteten es los, obwohl sie kein Wort von dem Gespräch verstanden hatten. Grigán ging unter Deck und kehrte mit einem prall gefüllten Geldbeutel und einem Fässchen Schnaps zurück. Er befestigte beides an dem Seil, obwohl der juneeische Kapitän höflich protestierte. Der Mann hatte ihnen sehr geholfen. Mehr, als er ahnte.

Sie verabschiedeten sich, und die Schiffe segelten in unterschiedliche Richtungen davon. Grigán fasste die Worte des Kapitäns zusammen, und die Neuigkeiten riefen Freude und Erleichterung hervor. Die Züu waren nicht in Junin, und die Königin würde ihnen sicher helfen, ihren geheimnisvollen Feind aufzuspüren. Vielleicht würden sie mit ihrer Hilfe sogar weitere Erben aufspüren – falls überhaupt noch welche lebten.

Yan gefiel Corenns Unterricht jedes Mal aufs Neue. Es gelang ihr immer, ihn zu fesseln, egal wie sonderbar, unangenehm oder langweilig die Lektion auf den ersten Blick auch erscheinen mochte.

Er hatte seinen Willen seit mehreren Tagen nicht mehr gebraucht, doch aus den Gesprächen mit Corenn lernte er mehr über Magie als dabei, kleine Gegenstände durch Willenskraft zu bewegen. Die Ratsfrau hatte ihn sogar gebeten, für eine Weile mit den Übungen aufzuhören. Was sie ihn lehrte, beschäftigte ihn ohnehin genug.

Sie hatten mehrere Dekanten damit zugebracht, die Ethik der Magie zu diskutieren. Sie war zwar nicht von unmittelbarem Nutzen, aber mit ihrer Hilfe würde Yan die »technischeren« Fragen besser verstehen, auf die Corenn später zu sprechen kommen wollte. Yan fand großen Gefallen an dem geistigen Austausch. Er hatte irgendwie das Gefühl, die Gespräche mit Corenn machten ihn intelligenter und sensibler.

Manchmal lag er nachts wach und dachte über einen Gedanken nach, der ihn besonders beeindruckt hatte. Er rief sich Corenns Worte in Erinnerung: »Mit deinem Willen«, hatte sie gesagt, »kannst du Dinge leichter von dir wegstoßen, als sie anzuziehen. Du kannst leichter etwas umstürzen, als es zu errichten. Leichter zerstören als erbauen.

In einem kurzen Wutanfall kannst du einen Stein zu Staub zermahlen. Doch um ihn wieder zusammenzufügen, bedarf es der größten Beharrlichkeit.

Beharrlichkeit ist Magie. Geduld, Nachdenken und Gelassenheit sind

Magie. Es ist ein Fehler, deine Wut über deinen Willen bestimmen zu lassen. Schlimmer noch: Es ist gefährlich.

Normalerweise setzt der Körper dem Wahn der Menschen, ihrer Wut und ihrem Zerstörungsdrang Grenzen. Doch der Wille befreit den Geist. Der Wille hilft ihm, diese Grenzen zu überschreiten. Wenn der Geist in diesem Moment zerstörerisch ist, ist die Wirkung verheerend. Er verschont weder deinen Körper noch deinen Verstand.

Gebrauche deinen Willen niemals im Zorn, unter Schmerzen oder wenn du betrunken bist«, hatte Corenn ihm mit ernstem Gesicht eingeschärft.

Die Weisheit ihrer Worte hatte ihn tief beeindruckt. Er dachte lange darüber nach und würde die Warnung nicht so schnell vergessen.

Ein anderes Mal hatte sie gesagt: »Die Magie erschafft nichts. Alles, was wir mit ihrer Hilfe entstehen lassen, ist bereits da, irgendwo um uns herum. Wenn du einen Berg vergrößerst, holst du nur seinen unter der Erde verborgenen Teil an die Oberfläche. Wenn du eine Blume wachsen lässt, bringst du ein Samenkorn zum Keimen, das in der Erde schlummert.«

»So etwas können wir?«, hatte er verblüfft gefragt.

»Natürlich. Du kannst alles tun, was du dir vorstellen kannst – außer Neues erschaffen, denn das ist den Göttern vorbehalten. Und auch über die Zeit haben wir keine Macht. Sie ist die mächtigste Kraft der Welt. Selbst die Götter sind ihr unterworfen.

Was geschehen ist, ist unumkehrbar. Vermutlich können die Götter einen Menschen noch Jahrhunderte nach seinem Tod zum Leben erwecken, da die Priester so etwas predigen. Doch selbst die Allmächtigen können nicht ändern, dass dieser Mensch in der Vergangenheit gestorben ist.«

Solche Gespräche verwirrten Yan. Corenn wusste, dass sie bisweilen etwas zu schnell voranschritt. Der fünfzehnjährige Fischer musste unzählige neue Gedanken aufnehmen, doch Yan war alles andere als ein Dummkopf, und Corenn hatte nicht viel Zeit. Niemand konnte wissen, wie viele Tage ihnen noch blieben, bis ein Angriff der Züu oder eine andere Katastrophe ihrem Unterricht ein Ende setzte.

Sie musste ihm in kürzester Zeit so viel wie möglich beibringen.

Nicht, weil ihnen das von Nutzen sein würde, sondern einfach, weil Yan eine solche Begabung hatte, dass es eine Schande wäre, sie brachliegen zu lassen.

»Erzähl noch einmal, was du fühlst, wenn du deinen Willen entfesselst«, bat Corenn. »Erzähl mir von den Schmerzen.«

Es fiel ihm nicht schwer, sich daran zu erinnern.

Er hatte seinen Willen nun schon viermal gebraucht, und die Erfahrung war alles andere als erfreulich gewesen.

»Es ist, als stürzte die ganze Welt auf mich ein. Urplötzlich. Ein bisschen wie beim Aufwachen, aber sehr viel unangenehmer. Ich habe das Gefühl, ins Bodenlose zu fallen und zugleich bei lebendigem Leib zu verglühen. Meine Augen brennen, die Ohren summen ...«

»Aber dieser Moment geht schnell vorbei«, unterbrach ihn Corenn. »Ich werde dich lehren, weniger darunter zu leiden. Beschreibe mir das Gefühl danach.«

»Ich fühle mich sehr schwach. Ich bin zutiefst erschöpft. Und mir ist kalt, aber das kann auch Zufall sein.«

»Nein. Genau so ist es. Wir nennen diesen Zustand die Reglosigkeit.«

Gespannt wartete Yan darauf, dass sie weitersprach, denn er kannte diesen Gesichtsausdruck mittlerweile. Gleich würde die Ratsfrau ihm ein weiteres Geheimnis der Magie enthüllen.

»Dein Wille ist eine Kraft, die dein Geist auf ein Ziel richtet. Er schöpft diese Kraft aus deinem Körper. Deshalb verfällst du in Reglosigkeit. Je schwieriger die Aufgabe, desto mehr wird dein Körper geschwächt. Wir nennen dieses Phänomen auch den Rückschlag. Er ist das Einzige, was den Möglichkeiten der Magie Grenzen setzt.«

»Zum Glück geht das Gefühl schnell wieder vorbei«, bemerkte Yan. »Man darf sich nur eine Weile nicht bewegen.«

»Im Zustand der Reglosigkeit raubt dein Geist seiner Umgebung Kraft, die dein Körper wieder in sich aufnimmt. Das Gras, die Erde, die Bäume rauben ihrerseits ihrer Umgebung Kraft, und dieser Austausch setzt sich bis zu deinem Ziel fort, das durch den Angriff über überschüssige Kraft verfügt. So wird das Gleichgewicht wiederhergestellt.«

»Das ist doch wieder eine Eurer persönlichen Theorien, oder? Ich sehe es Euch an!«

»Diese Frage beantworte ich nicht.« Corenn lächelte. »Du musst selbst wissen, was du für richtig hältst.«

»Ich glaube, Ihr habt recht«, sagte Yan nachdenklich. »Mir gefällt die Vorstellung, Leben mit den Bäumen auszutauschen.«

So hatte Corenn das noch nie betrachtet, und sie mochte das Bild. Doch darum ging es bei dieser Lektion nicht. Yan musste lernen, sich vor seinem Willen zu hüten. Ihn sogar zu fürchten. Sie setzte eine ernstere Miene auf.

»Yan, die Reglosigkeit kann tödlich sein. Wenn dein Wille eines Tages deinen Verstand unterwirft, wenn du ihn so sehr anschwellen lässt, dass er außer Kontrolle gerät und deinen Überlebensinstinkt besiegt, dann zieht er alle Kraft aus deinem Körper. Das ist ein schrecklicher, grausamer und schmerzhafter Tod. Sei dir deiner Verletzlichkeit immer bewusst. Lass deinen Geist nichts tun, dessen dein Körper nicht fähig ist.«

Er nickte voller Entsetzen.

Corenn hatte in den vergangenen Tagen so viele Warnungen ausgesprochen, dass er großen Mut würde aufbringen müssen, um seinen Willen überhaupt noch einmal zu gebrauchen.

»Es ist also unmöglich, in einer Dezille eine Blume wachsen zu lassen«, sagte er. »Es sei denn, man ist bereit, dafür zu sterben.«

»Es gibt noch eine andere Möglichkeit, aber sie erfordert große Selbstbeherrschung. Man kann die nötige Kraft auch der Umgebung entziehen.«

Yan stieß einen leisen Pfiff aus. Es fiel ihm schon schwer genug, die Kraft aus sich selbst zu schöpfen. »Habt Ihr so etwas schon einmal getan?«

»Ich versuche, es mir zur Gewohnheit zu machen. Wenn ich alt werde, bleibt mir ohnehin keine andere Wahl. Aus einem alten Körper kann man nicht allzu viel Kraft schöpfen, und der Geist ist im Alter stärker denn je.«

Yan versuchte, sich Corenn als runzelige, gebeugte alte Frau vorzustellen. Im Matriarchat wäre sie dann eine geachtete Persönlichkeit. Sie stünde an der Spitze der Regierung, wäre so etwas wie eine Königin. Vielleicht wäre es dazu gekommen, hätten die Züu ihr nicht einen Strich durch die Rechnung gemacht …

»Werdet Ihr mir auch das beibringen?«, fragte er hoffnungsvoll.

Corenn nickte lächelnd. Sie würde ihm alles beibringen, was sie wusste. In wenigen Dekaden würde Yan ein Magier sein.

Am Morgen des sechsten Tages kam Galen in Sicht. Man schrieb den Des der Dekade des Jägers, den Tag des Rehkitzes. Zu ihrer Freude erreichten die Gefährten die Stadt etwas früher als geplant. Das Meer war ihnen wohlgesonnen gewesen, und dank Yans Navigationskünsten war die Überfahrt ruhig verlaufen.

Als sie sich der Mündung des Ubese näherten, begegneten ihnen immer mehr Schiffe: Handelsfregatten, Ruderboote, Kähne, Einmaster, Zweimaster, aber auch einige Kriegsgaleeren mit imposanten Rammspornen am Bug. Zum Glück waren sie nur dazu da, die Stadt vor allzu dreisten Piraten zu schützen.

Die Erben standen den ganzen Tag an Deck und genossen die warmen Sonnenstrahlen der Unteren Königreiche. Yan übernahm das Steuer, um das Schiff in den Fluss zu lenken, und Rey setzte die Segel, während die anderen Gefährten an der Reling standen und die Landschaft betrachteten.

»Wir sollten immer mit dem Schiff reisen«, sagte Léti. »Keine Sorgen, keine Gefahren, man hat seine Ruhe …«

»Das ganze Leben lang auf einem Schiff? Schrecklich!«

»Ich schließe mich Bowbaq an«, sagte Rey. »Das wäre viel zu langweilig.«

»Außerdem wären wir auf einem Schiff auch nicht in Sicherheit«, sagte Grigán. »Wir würden vielleicht den Züu entkommen, aber nur, um als Galeerensklaven zu enden! Oder in einem Sturm zu ertrinken.«

»Findet Ihr es nicht seltsam, dass wir einfach so den Fluss hochfahren können?«, fragte Yan. »Wieso hält uns niemand auf und fragt uns, wo wir hinwollen?«

Der Krieger wechselte an die gegenüberliegende Reling, bevor er antwortete. »Der Fluss gehört allen. Wenn ein Herrscher versuchen würde, den Schiffsverkehr zu kontrollieren, würde er eine Revolte auslösen.

Mehrere Fürstentümer grenzen an den Ubese, und Galen hat kein größeres Anrecht auf den Fluss als andere.«

Yan bemerkte belustigt, dass Grigán trotz seiner beschwichtigenden Worte jedes entgegenkommende Schiff misstrauisch beäugte.

»Wart Ihr schon einmal in Junin?«

»Zweimal. Ich habe noch nie ein so eigenwilliges Völkchen erlebt. Selbst wenn die ganze Welt im Krieg versänke, würden sie sich nur um ihre eigenen Probleme kümmern. Wagt es aber jemand, ihre Mauern zu stürmen, kämpfen sie erbittert um jedes Stückchen Land.«

»Die Fürsten haben Junin zur Hauptstadt ernannt, und nun ist es der Regierungssitz der Kleinen Königreiche. Junin ist das kleinste der Fürstentümer, und es soll auch das schönste sein«, erklärte Corenn.

»Das stimmt. Die Fürsten reisen nicht nur in die Stadt, um ihre Versammlungen abzuhalten, sondern auch, um auf die Jagd zu gehen. Vielleicht kann ich dir schon bald einen Acor zeigen, Yan«, sagte der Krieger und zeigte auf seine Narbe.

Sie segelten an Galen vorbei, ohne es recht zu bemerken. Die Mündung des Flusses war so breit, dass sie die Stadt in der Ferne nur erahnen konnten. Vom nördlichsten der Kleinen Königreiche sahen sie nicht viel mehr als den Hafen. Bald glitt die *Othenor* zwischen dicht bewaldeten Ufern dahin. Nur hin und wieder unterbrachen ein Dorf oder eine Mühle die Eintönigkeit.

Der Ubese war ein viel befahrener Handelsweg, und die Erben begegneten auf dem Fluss fast ebenso vielen Schiffen wie an der Küste vor Galen. Die meisten waren kleinere Einmaster, die Frachten transportierten, doch wenigstens sorgten sie für etwas Abwechslung. Jedes Mal, wenn ein Schiffer sie grüßte, winkte Léti zurück.

»Die Leute hier sind den Anblick einer Frau, die ein Schwert trägt, nicht gewohnt«, sagte Grigán. »Sie sind nicht so weltoffen wie in Lorelia. Vielleicht solltest du die Waffe für ein paar Tage ablegen.«

»Kommt nicht infrage. Sie werden sich eben daran gewöhnen müssen.«

»Ich glaube kaum, dass es sie vor den Kopf stößt«, sagte Rey mit einem schelmischen Grinsen. »Für sie bist du einfach eine Fremde mit etwas losen Sitten. Das bringt sie auf dumme Gedanken.«

Léti errötete bis in die Haarspitzen. Von nun an ignorierte sie das Winken der Flussschiffer. Einige riefen ihr etwas zu, das Grigán sich zu übersetzen weigerte.

Gegen Ende des fünften Dekants fuhr die *Othenor* in den See von Junin ein. Grigán war froh, dass sie die Hauptstadt noch vor Einbruch der Dunkelheit erreichten. Während das Schiff langsam auf den Hafeneingang zuglitt, bekamen sie einen ersten Eindruck von der Schönheit der Stadt.

Die Landschaft hatte nichts von der trostlosen Gegend um Lorelia oder dem kargen Buschland im Süden Kauls. Junin lag inmitten von üppig grünen Hügeln. Hier gab es weder Blattbäume noch Lubilien, Sedasträucher oder Quillenbäume, wie sie in Lorelien zu finden waren. Die Kleinen Königreiche waren die Heimat von Krüppelkiefern, Fingerbäumen, Moälen, Himmelsschirmen, Grulen und Mondgräsern in so vielen unterschiedlichen Grüntönen, wie es Sterne am Himmel gab.

Zahlreiche zinnenbewehrte Türme hoben sich von dem farbenprächtigen Hintergrund ab, ein Beweis für den Reichtum und die Wehrhaftigkeit der Stadt. Die Fürsten waren zugleich Könige, und da Junin die Hauptstadt ihres Zusammenschlusses war, besaß hier jeder einen Palast. Schon vom See aus waren mehrere prächtige Bauten zu sehen, die dem Kleinen Palast in nichts nachstanden.

Da der Fluss nur träge dahinfloss, steuerte Yan das Boot ohne Schwierigkeiten in den Hafen. Langsam glitten sie zu einem Landesteg, an dem bereits mehrere Schiffe ähnlicher Größe festgemacht waren. Mit einer für sein Alter erstaunlichen Geschmeidigkeit sprang Grigán an Land. Mit wenigen Handgriffen zurrte er die Leinen fest, damit die anderen an Land gehen konnten. Als Nächstes ging Bowbaq von Bord.

Der Riese hatte das unbändige Bedürfnis, sich hinzuwerfen und mit beiden Händen in die Erde zu greifen, um sich zu vergewissern, dass er tatsächlich wieder festen Boden unter den Füßen hatte. Wären sie an einem einsameren Ort gelandet, hätte er keine Scheu gekannt. Die sechs Tage auf hoher See hatten ihn nicht von seiner Angst vor dem Meer kuriert; er hatte nur gelernt, den Blick gen Himmel statt in die Untiefen des Meeres zu richten. Von allen freute er sich am meisten, dass die Überfahrt vorbei war.

Bald standen die Erben an Land. Nachdem Grigán Léti mehrere Tage lang einen festen Stand gepredigt hatte, kam es ihr seltsam vor, dass der Boden nun nicht mehr im Takt der Wellen schwankte.

Grigan ließ sich den Weg zum Hafenmeister erklären und ging mit Corenn davon, um die Gebühr für den Liegeplatz zu bezahlen. Wenn sie nicht auffallen wollten, mussten sie sich an die juneeischen Gesetze halten. Auf keinen Fall durften sie sich so verhalten wie in Lorelia, wo sie mittlerweile von den Züu, der Großen Gilde und den lorelischen Wachen gesucht wurden.

Yan ließ den Blick über die breiten, schnurgeraden Straßen, die soliden Steinhäuser, die ihn an Festungen erinnerten, und die zinnenbewehrten Türme der Königspaläste schweifen. Das war also Junin. Ein fremdes Land auf einem fremden Kontinent.

Es war ungewiss, ob sie hier Hilfe finden würden oder auch nur einen sicheren Unterschlupf. Doch insgeheim warYan das einerlei. Sie waren zwar in einem anderen Land, doch sie unternahmen immer noch das gleiche Abenteuer, die gleiche Suche: Er, Léti, Corenn und ein paar Fremde, mit denen er sich in drei Dekaden enger angefreundet hatte, als er es sich je hätte träumen lassen.

Allerdings wurde dieser schöne Gedanke von bösen Erinnerungen überschattet. Léti, die über dem Abgrund hing, zum Beispiel. Yan bemühte sich, das Bild zu vergessen. Doch in der Stille der Nacht, jenem Augenblick, in dem der Geist klarer sieht, begriff er, dass ihre Reise nichts anderes als ein Wettrennen war. Ein Wettrennen gegen den Tod.

Es war schon zu spät am Abend, um noch bei Séhane vorzusprechen, zumal es keinen Grund gab, jetzt gleich zum Schloss zu gehen. Vermutlich hätten die Wachen sie ohnehin zum Teufel gejagt, wenn sie ihre zerlumpten Kleider sahen.

Corenn schlug vor, die erste Nacht in einer Herberge zu verbringen, und die Gefährten nahmen die Idee mit Begeisterung auf. Alle wollten den Fischgestank vergessen, der in den Kabinen der *Othenor* hing. Außerdem könnten sie in der Herberge ein Bad nehmen, was für die

Flüchtlinge, die sich seit ihrem Aufenthalt in Rajis Keller nur noch aus einem Eimer gewaschen hatten, ein unbeschreiblicher Luxus war.

Angespornt von der Aussicht auf das Bad und ein warmes Bett, packten sie rasch ihre Sachen zusammen und ließen alles Überflüssige und Sperrige auf dem Boot zurück. Ihre Zukunft war ungewiss, und sie mussten immer bereit sein, sofort die Flucht zu ergreifen, vielleicht sogar zu Fuß. Mittlerweile musste Grigán sie nicht mehr an die Gefahr erinnern, in der sie schwebten.

Rey rang wegen des Schatzes, den er aus dem Kleinen Palast gestohlen hatte, mit seinem Gewissen. Die Schatulle war zu schwer, um sie mitzunehmen.

Daher füllte er seine Geldbörse bis zum Rand und stopfte sich Münzen in sämtliche Taschen. Auch den anderen gab er mehrere Handvoll Münzen, obwohl sie Schwierigkeiten hatten, das Geld in ihrem Gepäck unterzubringen. Die lorelischen Goldterzen waren zwar schön anzusehen, aber viel größer und schwerer als kaulanische Drei-Königinnen-Münzen. Dann versteckte Rey den Rest des Schatzes an zwei verschiedenen Stellen auf dem Schiff. Als er sich schließlich zu den anderen auf dem Steg gesellte, schnaufte er unter dem Gewicht seines Gepäcks. Trotzdem lächelte er glücklich.

In Junin gab es viele Fremde, weshalb die Einwohner dem seltsamen Grüppchen, das da durch ihre Straßen zog, kaum Beachtung schenkten. Nur Bowbaq und Léti zogen Blicke auf sich, der eine wegen seines Körperumfangs, die andere wegen ihres Schwerts. Yan ließ es sich nicht nehmen, ungeniert zurückzustarren.

Die Juneer litten offensichtlich keine Armut. Männer wie Frauen hatten wegen der Hitze leichte, knöchellange Gewänder aus edlen Stoffen an, und viele trugen teuren Schmuck. Yan schloss daraus, dass es in Junin nur wenige Straßenräuber gab und sie nicht Gefahr liefen, in einer dunklen Gasse überfallen zu werden.

Zahlreiche Läden und Werkstätten säumten die Straße. Es gab Barbiere, Fassbinder, Jäger und andere Handwerker, vor allem aber die berühmten Winzer, deren Ruhm bis in die Oberen Königreiche reichte. Rey nahm sich fest vor, einen Vorrat an Grünwein anzulegen, bevor sie weiterreisten.

Sie kehrten im *Gasthaus zum Abendwind* ein, das sauber und anständig aussah, jedenfalls sauberer und anständiger als die Spelunken im Hafenviertel. Grigán verhandelte mit dem Wirt, und bald konnten die Erben warme Zimmer mit richtigen Betten beziehen.

Corenn bat den Wirt, Wasser für ein Bad zu erhitzen. Dieser zeigte ihnen voller Stolz seine Heißwasseranlage, die auf einem alten juneeischen System beruhte. Klares Quellwasser gelangte über unterirdische Kanäle in den Keller des Wirtshauses, wo es von einem Ofen, der Tag und Nacht brannte, erhitzt wurde. Dann floss das Wasser durch ein Becken und blieb so immer sauber. Reihum nahmen die Erben ein ausgiebiges Bad. Bowbaq war so begeistert von dem System, dass er darüber nachdachte, sich eine solche Anlage in seine Hütte einzubauen.

Nach dem Baden gingen sie in den Gastraum im Erdgeschoss und freuten sich auf eine Mahlzeit ohne Pökelfleisch, das Einzige, was sie in den vergangenen Tagen zu sich genommen hatten. Bald fehlte nur noch Léti.

Sie betrat die Schenke lange nach ihren Freunden. Sie hatte viel Zeit darauf verwendet, ihr Haar hochzustecken, weil sie nach einem Mittelweg zwischen dem Ratschlag ihres Waffenlehrers und ihrem Wunsch, elegant auszusehen, gesucht hatte. Létis Anblick war atemberaubend. Sie hatte sich umgezogen und trug nun ein leichtes kaulanisches Gewand, das ihr hervorragend stand. Das Schwert hatte sie allerdings nicht abgelegt.

Zwei Männer, die zwischen dem Eingang und dem Tisch der Erben saßen, riefen ihr etwas zu. Da Léti kein Juneeisch verstand, lächelte sie nur und schüttelte den Kopf. Die Männer brachen in anzügliches Gelächter aus, und ihr Gebaren erinnerte Léti an die Schurken auf der Insel Ji. Sie hatten zu viel getrunken. Léti trat einen Schritt beiseite, um an ihnen vorbeizugehen, doch einer der Männer stand auf und stellte sich ihr in den Weg.

Yan, Rey und Bowbaq sprangen auf, um ihr zur Hilfe zu eilen, doch Grigán rührte sich nicht.

»Bleibt hier«, sagte er leise.

Verständnislos sanken die drei Männer wieder auf ihre Stühle. Aber sie waren es gewohnt, Grigán in solchen Situationen zu vertrauen. Sie beobachteten die Szene schweigend, obwohl sie sich feige vorkamen. Yan beschloss, sich auf den Ersten zu stürzen, der seine Freundin anrührte, egal, was Grigán sagte.

Léti bemühte sich erneut, den Männern höflich zu verstehen zu geben, dass sie an ihnen vorbeiwollte, doch der Betrunkene äffte sie nur nach und rief seinem Kumpan etwas zu. Von dort, wo Léti stand, konnte sie ihre Freunde nicht sehen. Aber sie brauchte ihre Hilfe nicht. Vor kaum einer Dekade hatte sie einen Zü erstochen. Die Trunkenbolde machten ihr keine Angst.

Wenn sie mit Höflichkeit nicht weiterkam, dann eben mit Gewalt. Sie schob den Mann beiseite, nicht heftig, aber doch entschlossen genug, um an ihm vorbeizukönnen. Noch lächelte sie. Ihr Gesicht verfinsterte sich erst, als der Juneer nach ihrem Handgelenk griff. Instinktiv trat sie einen Schritt zurück und stellte ihm ein Bein. Der Mann fiel bäuchlings zu Boden und ließ sie los. *Fester Stand. Wacher Geist.*

Sie murmelte eine Entschuldigung und stieg über den Mann hinweg, die Hand am Griff ihres Schwerts. Die Betrunkenen lachten nun nicht mehr, sondern warfen ihr finstere Blicke nach. Yan und Bowbaq erhoben sich, um ihre Freundin zum Tisch zu begleiten. Beim Anblick des Riesen verging den Juneern jede Kampfeslust.

Jetzt erst steckte Grigán den Dolch weg, den er die ganze Zeit unter dem Tisch in der Hand gehalten hatte. Er war froh, ihn nicht gebraucht zu haben. »Gut gemacht. Ich hätte mit diesen Idioten nicht so viel Geduld gehabt.«

Léti dankte ihm mit einem Kopfnicken. Zum ersten Mal war Grigán ein Lob über die Lippen gekommen. Sie waren beide zu stolz, sich die Zuneigung zu zeigen, die in den vergangenen Tagen zwischen ihnen entstanden war.

Früh am nächsten Morgen begaben sich Corenn und Grigán zu Séhanes Palast, um die Königin um eine Audienz zu bitten. Der Krieger kannte die Stadt gut genug, um den Weg zum Schloss zu finden, aber sie konnten sich ohnehin nicht verlaufen. Die Türme des Schlosses waren von überallher zu sehen.

Séhanes Palast hieß bei den Bewohnern Junins nur das »Eroberte Schloss«. Es glich eher einer Festung als einem der Prachtbauten Lorelias. Das Schloss war schon seit Äonen nicht mehr erobert worden und hielt mittlerweile auch längeren Belagerungen stand. Der Name stammte noch aus der Zeit vor dem Ersten Abkommen der Fürstentümer und lebte im Volksmund fort. Damals hatte Junin unter ständigen Angriffen gelitten, und die Burg war mehrmals zerstört und wiederaufgebaut worden.

Die jetzigen Mauern waren noch nie gestürmt worden, und Corenn war voller Bewunderung für die Festungsanlage. Sie traten durch ein schweres, von zwei Wehrtürmen flankiertes Holztor, das glücklicherweise offen stand, und gelangten in den äußeren Hof. Er war ungefähr so groß wie der Platz vor dem Großen Haus von Kaul. Hier befanden sich die Unterkünfte der Wachsoldaten, die Ställe und Koppeln für die Pferde, die Werkstätten der königlichen Handwerker und die Wirtschaftsgebäude – eine kleine Stadt in der Stadt. Doch nur die Soldaten schliefen innerhalb der Festungsmauern, alle anderen Bediensteten der Königin waren außerhalb des Eroberten Schlosses untergebracht.

Sie waren gerade einmal zwanzig Schritte weit gekommen, als sich ihnen ein Soldat mit misstrauischer Miene in den Weg stellte. Wegen der Thronstreitigkeiten waren die Wachen noch argwöhnischer als sonst. Grigán fragte nach dem Kammerherrn. Der Wachsoldat führte sie zu einem der größten Gebäude und ließ sie nicht aus den Augen. Sie reihten sich in eine mehr als zehn Schritte lange Warteschlange ein. All diese Leute wollten bei der Königin vorsprechen oder ihr eine Nachricht überbringen. Séhane war bekannt dafür, sich um das Wohl ihrer Untertanen zu kümmern, und schien äußerst beliebt zu sein. Doch obgleich die Kammerherren jedes Gesuch sorgfältig prüften, gewährten sie nur wenigen eine Audienz. Die Königin brauche Ruhe, sagten sie. Sie sei damit beschäftigt, ein neues Abkommen mit den Fürsten auszuhandeln, und dieser oder jener Beamte werde sich des Gesuchs annehmen. Die Juneer verließen das Schloss mit enttäuschten Gesichtern. Sie wollten ihre Königin sehen.

Endlich waren Corenn und Grigán an der Reihe. Der Kammerherr rümpfte die Nase über diese Fremden, die sich in die Angelegenheiten des Königreichs einmischten, bat sie aber dennoch, ihr Anliegen vorzutragen.

»Wir würden gern mit Ihrer Majestät sprechen«, sagte Corenn auf Itharisch.

»Worüber?«, fragte der Mann gelangweilt.

»Das kann ich nicht sagen. Das Leben Ihrer Majestät wäre in Gefahr, wenn ich vor fremden Ohren davon spräche.«

Der Mann hob eine Augenbraue und musterte die Ratsfrau und den Krieger. »Ihr wisst sicherlich, dass Euch solche Scherze mehrere Tage Kerker kosten können?«

»Leider handelt es sich um keinen Scherz.«

Mit einem erneuten Naserümpfen stand der Kammerherr auf und wechselte ein paar Worte mit einer Wache, die hinter ihm stand. Corenn spürte, wie Grigán unruhig wurde. Sie befanden sich zwar nicht mehr auf feindlichem Gebiet, aber ihm behagte es nicht, wenn ihn ein mit einer Hellebarde bewaffneter Soldat misstrauisch beäugte, sei er nun ein möglicher Verbündeter oder nicht.

Der Hofbeamte führte sie in eine kleine Kammer hinter dem Schreibpult und verriegelte die Tür. Das Zimmer schien für solche Anlässe vorgesehen zu sein. Es war fensterlos, und die Wände hatten keine Ritzen, durch die man sie hätte belauschen können. Vier grob gezimmerte Stühle waren die einzigen Möbel. Der Kammerherr, Grigán und Corenn nahmen Platz und sahen sich ernst an.

»Ich wüsste gern etwas mehr über die Sache.«

»Verzeiht meine Offenheit, aber Ihr würdet kein Wort verstehen. Nur die Königin weiß von der Angelegenheit, wegen der wir sie sprechen wollen, und ich bin überzeugt, dass ihr an Geheimhaltung gelegen ist.«

»Ich entscheide darüber, ob ein Gesuch der Königin vorgetragen wird. Ihr müsst mich schon überzeugen.«

Grigán seufzte schwer. Das Gespräch erinnerte ihn an das Treffen mit den Züu im Kleinen Palast.

»Sagt einfach, wir seien Erben. Mein Name lautet Corenn. Die Königin wird wissen, worum es geht, und uns empfangen.«

Aus ihren letzten Worten sprach eher Hoffnung als Gewissheit, doch das ließ sie sich natürlich nicht anmerken.

Der Kammerherr starrte sie eine Weile an und schien auf weitere Erklärungen zu warten. Das Wort »Erben« hatte ihn hellhörig gemacht, da ganz Junin mit der Thronfolge beschäftigt war. »Wartet hier.«

Der Befehl war überflüssig. Der Soldat vor der Tür, auf den Grigán einen Blick erhaschte, als der Kammerherr hinausging, würde ohnehin dafür sorgen, dass sie sich nicht vom Fleck rührten.

»Was glaubt Ihr?«

»Sie wird uns empfangen«, sagte Corenn. »Und sei es nur aus Neugier.«

Das Warten zog sich in die Länge. Grigán lief auf und ab und strich sich über den Schnurrbart, ein Zeichen seiner Anspannung. Auch wenn er nicht geglaubt hatte, dass es einfach werden würde, hatte er doch nie daran gezweifelt, zumindest mit der Königin sprechen zu können. Nun kamen ihm zum ersten Mal Bedenken.

Endlich kehrte der Kammerherr zurück. Grigán fand, dass er mit seinem prächtigen Gewand und dem argwöhnischen Blick einem Zü ähnelte. Doch er schob sein Misstrauen beiseite, um zu hören, was der Mann ihnen zu sagen hatte.

»Kommt Ihr von der Insel Ji?«, fragte der Kammerherr neugierig.

»Ja.«

»Ihre Majestät ist bereit, Euch zu empfangen.«

Corenn stieß einen erleichterten Seufzer aus. Nur um Séhane zu sehen, hatten sie das Meer überquert. Jetzt zu scheitern, wäre ein schwerer Rückschlag gewesen. Die Königin war ihre letzte Hoffnung.

»Wann?«

»Heute Abend. Wie viele seid Ihr?«

Corenn warf Grigán einen fragenden Blick zu. Es gab keinen Grund, es dem Mann zu verschweigen, doch trotzdem kam ihr die Frage seltsam vor.

»Ihre Majestät vermutet, dass Ihr mehrere seid. Sie erweist Euch die Ehre, das Abendmahl mit Euch einzunehmen. Ich muss wissen, wie viele Gedecke der Küchenmeister auflegen soll.«

»Wir sind sechs«, sagte Corenn kurz entschlossen.

Dann erklärte der Kammerherr ihnen die Regeln am Hof. So war es zum Beispiel streng verboten, eine Waffe zu tragen. Grigán erklärte, dass er trotzdem ein Schwert mitbringen und es vor dem Treffen mit der Königin den Wachen übergeben würde. Widerstrebend ließ sich der Kammerherr darauf ein.

Grigán hatte ein ungutes Gefühl. Sein Instinkt hatte ihm schon häufig das Leben gerettet. Früher hätte er die Stadt sofort verlassen. Doch anderswo lauerten mindestens genauso große Gefahren wie in Junin.

Ein Mann mit einem schwarz-weiß geschminkten Gesicht geht über lehmigen Boden. Er hat eine lange, demütigende Reise unternommen, um einen Mann von niedererem Rang zu treffen.

Zuïa ist unerbittlich, denkt er. *Sie kennt keine Gnade, wenn man sie enttäuscht. Wenn man Schuld auf sich geladen hat. Diese Reise ist meine Strafe.*

Krieger mit fremden Gesichtszügen und sonderbaren Waffen treten beiseite, um ihn durchzulassen. Keiner hält seinem finsteren Blick stand, dem einzig Lebendigen in dem Totenkopfgesicht. Die meisten sind Anhänger einer fanatischen Religion, für die sie bereit sind, in den Tod zu gehen.

Der Mann passiert einen Trupp von über zweihundert Männern, die immer wieder eine magische Formel murmeln, um sich vor dem »schwarzen Auge« zu schützen. Bald hallt eine tiefe, monotone Litanei durch das ganze Lager. Die Abertausend Krieger, Bogenschützen, Reiter und anderen Kämpfer, die der Ankläger um sich versammelt hat, wiederholen die Formel zehnmal.

Der Mann hat nichts als Verachtung für sie übrig. Mit großen Schritten eilt er zu den Zelten der Heerführer. Er war noch nie in dem Lager, doch der Ankläger kann nirgendwo anders sein.

Er zwängt sich durch den Spalt in der Zeltplane. Die Wachen versuchen nicht, ihn aufzuhalten. Das wäre ihr Todesurteil. Der Mann bedauert, dass sie so feige sind.

»Zamerine«, sagt eine Stimme, die der Zü sogleich erkennt, obwohl er sie erst einmal gehört hat. »Seid Ihr gekommen, um mir vom Scheitern Eurer jämmerlichen kleinen Dolchträger zu berichten?«

Der Mann, dem die Stimme gehört, sitzt auf einem prunkvollen Thron, der nicht recht in das Feldlager zu passen scheint. Der Mann trägt ein eisernes Kettenhemd und einen Helm mit einem schwarzen Stirnband. Er ist weder groß noch klein, weder dick noch dünn. Zamerine kennt seinen Namen nicht. Er nennt ihn nur den »Ankläger«.

Er ignoriert die Beleidigung, denn sie sind nicht allein. Ein zweiter Mann mustert den Zü mit grimmigem Blick. Er gehört demselben Volk an wie die Krieger draußen. Zamerine hält seinem Blick stand, obwohl der Barbar größer ist als alle Menschen, die er je gesehen hat, sogar noch größer als der Flüchtling mit dem Namen Bowbaq. Und er scheint über gewaltige Kräfte zu verfügen. Doch ein winziger Stich mit seinem Hati würde ihn im Handumdrehen töten.

Der Barbar raunt dem Ankläger ein paar Worte in einer der fremden Sprachen zu, die an diesem Ort gesprochen werden. Die Männer brechen in Gelächter aus, und der Barbar verlässt das Zelt, ohne sich weiter um Zamerine zu kümmern.

Endlich kann der Mörder sprechen.

»Dass Zuïa ihr Urteil durch Euch verkündet, gibt Euch noch lange nicht das Recht, mich zu beleidigen. Ich rate Euch, das nicht noch einmal zu tun.«

Der Ankläger springt auf und stürzt sich auf Zamerine. Plötzlich hat der Zü seinen Hati in der Hand und hält den Mann damit auf Abstand.

»Gebt mir den Dolch!«, brüllt der Ankläger. »Gebt ihn mir!«

»Ihr wisst genau, dass ich das nie tun würde.«

Der Ankläger tritt einen Schritt zurück und streckt eine Hand aus. Im nächsten Augenblick überreicht Zamerine seinem Gegner die Waffe, obwohl er sich mit aller Kraft dagegen sträubt. Der Ankläger bezwingt seinen Geist. Er manipuliert ihn wie eine Marionette. Dann wird der Zü Zeuge einer seltsamen Szene.

Der Ankläger streift den linken Handschuh seines Kettenhemdes ab. Seine Haut ist runzelig und voller Altersflecken. Die Finger sind dürr, aber kräftig. Ohne zu zittern, rammt sich der Ankläger den Hati in den Unterarm.

»Euer Gift kann mir nichts anhaben!«, brüllt er. »Ihr seid ein Nichts! Wagt es nie wieder, hier aufzutauchen und mir inmitten meiner Armee Befehle zu erteilen! Habt Ihr verstanden? Ich besitze alle Macht der Welt!«

Er wendet Zamerine den Rücken zu, zieht den Handschuh wieder an und zwingt sich zur Ruhe. Dann gibt er dem Mörder seinen Dolch zurück und befreit ihn aus dem geistigen Klammergriff. Etwas so Erniedrigendes hat der Zü noch nie erlebt. Der Ankläger hat ihn allein mit seiner Geisteskraft gelähmt. Offenkundig hat er es mit keinem gewöhnlichen Sterblichen zu tun.

Einige Augenblicke vergehen. Nach dem Wutausbruch herrscht beklemmendes Schweigen. Schließlich ergreift der Ankläger abermals das Wort. »Schön. Was gibt es Neues?«

Zamerine gibt ihm einen ausführlichen Bericht, erleichtert, dass sich der Mann wieder beruhigt hat. Obgleich der Zü Intrigen, Kämpfe und Morde kennt, ist ihm der Ankläger unheimlich.

»Wir gehen davon aus, dass sich die Flüchtlinge in Junin aufhalten«, sagt er. »Ich werde höchstpersönlich hinreisen und die Geschichte endgültig zu Ende bringen.«

»Das wird nicht nötig sein, mein kleiner Zü. Hier seid Ihr mir von größerem Nutzen. Ihr bleibt doch, oder?«

Der Zü erinnert sich an den stählernen Griff, der seinen Geist umklammert und jeden freien Willen ausgelöscht hat. Der Ankläger stellt ihm keine Frage. Wenn er nicht als sein Sklave enden will, muss er sein Verbündeter werden.

»Wenn ich Euch helfen kann …«

»Ihr werdet es nicht bereuen. Ich pflege meine Freunde reich zu belohnen«, sagt der Mann in einem beunruhigenden, leicht spöttischen Tonfall.

»Und was ist mit den Flüchtlingen?«

»Sie sind so gut wie tot. Ich schicke ihnen etwas sehr viel Besseres als Eure kleinen Jungen im roten Gewand.«

Der Ankläger ist voller Vorfreude. Sein Diener schläft bereits viel zu lang. Es ist an der Zeit, ihn zu wecken.

Die Erben bereiteten sich gründlich auf ihren Besuch bei Königin Séhane vor. Alle freuten sich auf das Treffen, und Grigán brachte es nicht übers Herz, ihnen von seinen düsteren Vorahnungen zu erzählen.

Ihr erster Tag in den Fürstentümern zog sich in die Länge, und sie warteten voller Ungeduld auf den Abend.

Léti und Corenn suchten mehrere Schneider- und Schusterwerkstätten auf und kauften knöchellange juneeische Gewänder und Schnürschuhe für alle. Grigán dankte seinen Freundinnen für das Geschenk, doch er zog es vor, seine schwarze Lederkluft anzubehalten. Immerhin entfernte er die Salzschicht von der Überfahrt und polierte das Leder.

Da er nun reich war, machte auch Rey einige Einkäufe, die er den anderen erst im letzten Moment zeigte. Der Schauspieler hatte sich von Kopf bis Fuß nach Sitte der lorelischen Edelleute gekleidet. Léti starrte ihn mit offenem Mund an. Er trug einen leichten Umhang und ein besticktes Hemd. Neben ihm kam sich Yan in seinem juneeischen Gewand lächerlich vor. Dass Bowbaq noch lächerlicher aussah, tröstete ihn nur wenig.

Wie Grigán beschloss Léti, ihr Schwert auf die Burg mitzunehmen, obgleich ihr Futteral anders als das des Kriegers keinen geheimen Schlitz hatte. Doch in den letzten Tagen hatte sie sich so sehr an die Waffe gewöhnt, dass sie sich verletzlich fühlte, wenn sie das schwere Eisen nicht an der Hüfte spürte. Und Léti wollte sich nie wieder verletzlich fühlen.

Als der siebte Dekant nahte, brachen sie auf. Hin und wieder warfen Einheimische ihnen neugierige Blicke zu, ohne sich jedoch übermäßig für sie zu interessieren. Die Gefährten gelangten ohne Zwischenfall zum Schloss.

Der Kammerherr, der sie auch beim letzten Mal empfangen hatte, wartete vor dem Tor.

Er begrüßte sie höflich und führte sie in den äußeren Hof, eskortiert von vier mit Hellebarden bewaffneten Wachen.

Dieses Aufgebot kam Grigán leicht übertrieben vor, aber natürlich kannte er die örtlichen Gepflogenheiten nicht. Dann betraten die Gefährten den inneren Hof und gingen auf das Schloss zu.

Es reichte nicht an die Pracht der lorelischen Paläste heran. Der Bau war groß, zweckmäßig und schlicht, aber auch gemütlich – ein vornehmes Schloss, in dem trotzdem eifrig gearbeitet wurde.

Die Erben durchquerten mehrere Zimmer, bis der Kammerherr auf eine Tür am Ende eines Gangs wies.

»Ihre Majestät kommt in wenigen Augenblicken zu Euch. Aber zuerst müsst Ihr Eure Waffen bei den Wachen abgeben.«

Léti wartete ab, wie Grigán sich verhielt, bevor sie gehorchte. Der Krieger überreichte den Wachen sein Schwert, behielt die Scheide jedoch am Gürtel. Die Juneer schöpften keinen Verdacht. Sie wirkten nun wesentlich ruhiger.

Corenn öffnete die Tür und trat in den Saal. In einem großen Kamin brannte ein Feuer, denn obwohl die Sonne in Junin viel Kraft hatte, war es im Innern des Schlosses kühl. Sieben Samtstühle standen um eine mit Porzellangeschirr und Silberbesteck gedeckte Tafel herum. An den Wänden hingen Jagdtrophäen, Gemälde und prachtvolle Wandteppiche, auf denen wichtige Episoden der Geschichte der Fürstentümer dargestellt waren. Einer von ihnen zeigte die Unterzeichnung des Ersten Abkommens der Fürstentümer.

Während sie auf die Königin warteten, sahen die Erben sich um. Mit unverhohlenem Stolz zeigte Grigán Yan den Kopf eines Acors, eine Art riesiger Wolf mit Wildschweinhauern. Yan fragte sich, ob der Präparator zur Übertreibung neigte oder ob das Tier im Kampf gestorben war. Die Haut sah aus, als könne Grigáns Kluft aus ihr gefertigt sein, aber Yan kam nicht mehr dazu, den Krieger danach zu fragen. Die Tür öffnete sich.

Eine alte Frau in einem klassischen juneeischen Gewand trat in den Saal, begleitet von zwei muskulösen Wachen. Nur ihre aufwendige Frisur und eine schlichte Krone auf dem Kopf unterschieden sie vom gewöhnlichen Volk.

»Ihr seid nicht Séhane«, sagte Corenn zur Verblüffung der Gefährten. »Ich sagte doch, dass ich ihr bereits begegnet bin. Das war keine Lüge.«

Die Frau wandte sich einer der Wachen zu, da sie unschlüssig schien, wie sie sich verhalten sollte. Grigán wich einen Schritt zurück und schob eine Hand in das leere Lederfutteral seines Schwertes. Seine Befürchtungen hatten sich bewahrheitet.

Während die Fremde weiterhin schwieg, betrat eine zweite Frau den Saal. Sie wirkte erschöpft, und das Gehen schien ihr schwerzufallen.

Die Wachen traten respektvoll beiseite. Die Frau trug zwar keine Krone, doch sie war offensichtlich die echte Königin. »Dame Corenn«, sagte sie mit zitternder Stimme. »Ich freue mich sehr, Euch wiederzusehen.«

»Majestät«, sagte die Ratsfrau mit einer knappen Verbeugung. »Es ehrt mich, dass Ihr mich wiedererkennt.«

»Mein Gedächtnis ist längst nicht so gut, wie Ihr zu glauben beliebt. Deswegen musste ich zu dieser kleinen List greifen. Ich fürchtete, Euch nicht wiederzuerkennen und mich täuschen zu lassen. Doch der Klang Eurer Stimme war unverwechselbar.«

Séhane dankte den Wachen und der Hofdame, die tapfer, wenn auch nicht sehr überzeugend ihre Rolle übernommen hatte. Die Königin wusste, dass sie von Corenn nichts zu befürchten hatte. Und auch ihren Freunden konnte sie gewiss vertrauen.

Corenn stellte ihre Gefährten mit der gebotenen Höflichkeit vor. Doch die Königin wollte nichts davon wissen.

»Corenn, als wir uns in Kaul trafen, nanntet Ihr mich einfach Séhane. Bin ich zu alt, um Eure Freundschaft zu verdienen?«

Die Gefährten mochten die Königin auf Anhieb. Obwohl sie älter war als sie alle und auf einem Thron saß, war auch sie eine Erbin. Ihr Vorfahr, König Arkane, war zur Insel Ji gereist und hatte dort einen Arm verloren. Weil er über die Reise Schweigen bewahrt hatte, zwangen die anderen Fürsten ihn zum Abdanken. Arkane hatte gelitten und einen Teil seines Leids an die nachfolgenden Generationen weitergegeben. Keiner seiner Nachkommen hatte eine Wahl gehabt. Wie die Gefährten war auch Séhane mit einem rätselhaften Fluch belegt. Sie kannten einander nicht und mochten nur wenig gemein haben, doch das Geheimnis der Insel Ji verband sie.

Allerdings hatte Séhane nie an den Zusammenkünften am Tag der Eule teilgenommen und wusste daher nicht, was an jenem Tag auf Ji geschah. Außerdem trachteten die Züu ihr nicht nach dem Leben – zumindest bisher nicht.

»Ihr macht ein großes Geheimnis um Euren Besuch. Vermutlich gibt es dafür gute Gründe …«

»Eher schlechte, Séhane. Unser Leben ist in Gefahr, und wir glauben, dass auch Ihr in Gefahr schwebt.«

Die Königin hörte aufmerksam zu, als Corenn von den Morden der

Züu berichtete. Die Gefährten erzählten ihr von der Flucht der Erben, den Ereignissen in Berce und dem Treffen mit den Züu im Kleinen Palast. Nur als die Diener das Essen auftrugen, legten sie eine kurze Pause ein. Schließlich kannte Séhane die ganze Geschichte – fast. Die Reise nach Ji hatte Corenn verschwiegen.

»Wie furchtbar«, sagte die Königin. »Wer mag dieser geheimnisvolle Widersacher bloß sein? Und warum will er die Erben töten?«

»Genau auf diese Fragen suchen wir eine Antwort, Séhane. Wir müssen weitere Erben finden. Vielleicht lebt noch jemand, der etwas weiß.«

»Dann könnte Euch dies von Nutzen sein«, sagte die Königin und zog ein Pergament aus der Tasche ihres Gewands. »Es kam vor ein paar Tagen mit einem Schiff aus Mestebien. Als man mir Euren Besuch ankündigte, dachte ich, Ihr wärt vielleicht die Verfasser.«

Corenn riss Séhane das Pergament beinahe aus der Hand und überflog die wenigen, auf Itharisch geschriebenen Zeilen.

»Das könnte ein Hoffnungsschimmer sein«, sagte sie. »Dort steht: ›Majestät, wenn Ihr den Namen Ji mit einem Fluch verbindet, können wir einander vielleicht helfen. Nehmt meine Brieftaube, die die Reise hoffentlich gut überstanden hat, um mir eine Antwort zu senden.‹ Der Schluss lautet: ›Solltet Ihr in Frieden leben, vergesst diese Worte. Möge Eurydis Eure Gebete erhören.‹ Keine Unterschrift. Brachte Euch die Besatzung des Schiffes das Pergament zusammen mit einer Brieftaube?«

»In der Tat. Hilft Euch das weiter?«

Die Erben wechselten fragende Blicke. Mit so etwas hatten sie nicht gerechnet.

Corenn ging in Gedanken die Namen der Erben durch, die den Züu entkommen waren. Doch warum hatte jemand ausgerechnet Séhane eine Nachricht geschickt, die doch am wenigsten mit der Geschichte zu tun hatte?

»Habt Ihr bereits geantwortet?«, fragte Grigán.

»Nein. Ich lebe mehr oder minder in Frieden, also folgte ich dem Rat und vergaß die Nachricht. Die Taube ist nun in der Voliere.«

»Wir müssen sofort eine Antwort schicken. Natürlich nur, wenn Ihr einverstanden seid, Séhane.«

»Gewiss. Ich lasse die Taube gleich holen. Ich hoffe, es ist noch nicht zu spät, um den Unbekannten vor der Gefahr zu warnen.«

»Ich wette, er weiß längst Bescheid«, sagte Rey. »Wer derart an Gebete glaubt, muss dem Tod ins Auge geblickt haben.«

Der Schauspieler war wegen der Botschaft in heller Aufregung und vergaß jede Zurückhaltung. Séhane überging seine Taktlosigkeit. Zu spät fiel Rey ein, dass die Königin todkrank war, und er errötete vor Scham – was eher untypisch für ihn war.

Ein Diener brachte die Taube, und die Erben wählten ihre Worte mit Bedacht, da die Nachricht kurz sein musste. Schließlich befestigten sie den schmalen Pergamentstreifen am Fuß des Vogels und entließen ihn durch ein Fenster. Sie beobachteten, wie die Taube einen Kreis zog, um sich zu orientieren, und dann gen Norden flog.

Die Botschaft gab ihnen neue Zuversicht. Sie hofften, dem unbekannten Verfasser etwas davon zurückgeben zu können.

Die Taube flog nach Mestebien mit folgender Nachricht am Fuß: »Kommt nach Junin. Erzählt niemandem davon. Freunde erwarten Euch.«

Séhane bot ihnen an, sie während ihres Aufenthalts in Junin im Eroberten Schloss unterzubringen. Die Königin war eine liebenswerte Gastgeberin, und ihr Angebot war aufrichtig, weshalb sie es gern annahmen. Für Grigán hatte die neue Unterkunft vor allem einen taktischen Nutzen, und die anderen freuten sich auf ein paar ruhige Tage in der neuen Umgebung.

»Vom Keller eines Schmugglers in ein Königsschloss, das nenne ich einen Aufstieg«, scherzte Rey. »Ich frage mich, wo wir in der nächsten Dekade sein werden.«

Seine Worte hatten nicht die gewünschte Wirkung, denn nun fragten sich die Gefährten tatsächlich, was die Zukunft ihnen wohl bringen würde. Die Aussichten waren eher düster.

Séhane schien häufig Gäste zu beherbergen, denn die Diener richteten ihnen im Handumdrehen mehrere Zimmer her. Das Eroberte Schloss war berühmt für seine Gastfreundschaft.

Mit der Erlaubnis ihrer neuen Freunde schickte die Königin drei Wachen los, um das Gepäck aus der Herberge zu holen. Grigán und Rey beschlossen, die Männer zu begleiten. Dem Schauspieler widerstrebte der Gedanke, seine Goldterzen einem Diener anzuvertrauen, den er nicht kannte, selbst wenn er noch so ehrlich aussah.

Bei der Verteilung der Zimmer kam es zu einem kleinen Zwischenfall. Der Haushofmeister fragte, ob es unter den Gästen der Königin Paare gebe. Da Léti der Gedanke nicht gefiel, allein in einem riesigen Zimmer zu schlafen, hätte sie am liebsten Yan gefragt, ob er nicht das Bett mit ihr teilen wollte. Natürlich nur als Freund. Früher hatten sie das oft getan …

Doch das war in Eza gewesen oder wenn die Gefährten irgendwo ihr Nachtlager aufgeschlagen hatten. Im Schloss würde ihre Bitte sicher Anstoß erregen. Als sich das Schweigen in die Länge zog, bereute der Haushofmeister, die Frage überhaupt gestellt zu haben. Dabei war sie ihm überhaupt nicht taktlos erschienen.

»Ich möchte heute Nacht meine Nichte bei mir haben«, sagte Corenn schließlich. »Leider bin ich nicht mehr die Jüngste und schlafe nicht gut in fremden Betten. Ihre Anwesenheit wird mich beruhigen.«

Léti kicherte leise über die Lüge und schenkte Corenn ein dankbares Lächeln. Ihre Tante schien immer alles zu verstehen. Sie verfluchte ihre Angst vor der Einsamkeit, aber zumindest würden die anderen nun nichts davon erfahren.

Grigán und Rey kehrten bald zurück, und die Erben verabschiedeten sich wortreich von Séhane und dankten ihr. Zum ersten Mal bot ihnen jemand Hilfe an, ohne eine Gegenleistung dafür zu erwarten.

In jener Nacht träumte Léti, die Züu seien besiegt und die Insel Ji versinke in den Fluten. Sie träumte, Yan halte um ihre Hand an und sie beide lebten gemeinsam mit ihren Freunden im Eroberten Schloss – für immer.

Am nächsten Morgen schien die Sonne, aber Léti kamen ihre Strahlen glanzlos vor. Keiner ihrer Träume würde je in Erfüllung gehen.

Außer vielleicht der mit den Züu. Rasch zog sie sich an und griff nach dem Schwert, das Séhanes Wachen ihr zurückgegeben hatten. Sie würde Grigán um eine weitere Unterrichtsstunde bitten. Sie konnten die Züu besiegen. Mit festem Stand, sicherer Hand und wachem Geist.

Séhane ließ sich entschuldigen, da sie den ganzen Tag zu tun hatte, und schickte ihnen den Haushofmeister, der sich um ihr Wohlergehen kümmern sollte. In den nächsten Tagen sahen die Erben, dass die Königin tatsächlich all ihre Kraft darauf verwandte, Junins Thronfolge zu regeln und damit die der gesamten Fürstentümer. Die Standhaftigkeit der alten, kranken Frau erfüllte sie mit großer Achtung.

Der Haushofmeister stammte aus einer alten juneeischen Familie. Er war stolz, manchmal sogar etwas arrogant, aber stets höflich und hilfsbereit. Sein Name war Crépel, und Séhane hatte ihn geschickt, weil er fließend Itharisch sprach, die einzige gemeinsame Sprache der Erben.

Als Erstes fragten Léti und Grigán Crépel nach einem Ort für den Kampfunterricht. Wortlos führte der Juneer sie in den Waffensaal des Schlosses. Der Krieger befahl Bowbaq mitzukommen, und auch Rey schloss sich ihnen an.

Der Saal war so riesig, dass man dort Bogenschießen hätte üben können. An den Wänden hingen die verschiedensten Waffen: Schwerter, Säbel, Dolche, Degen, Äxte, Streitkolben, Morgensterne und andere Zeugnisse der menschlichen Zerstörungswut. Selbst Grigán kannte manche Exemplare nicht. Der Waffenmeister erklärte ihnen, es handele sich um ein Zahnschwert, eine Lowa und einen Gießer, Waffen der Völker jenseits des Rideau-Gebirges.

In dem Saal gab es auch mehrere Truhen, die Wurfwaffen, Schilder, Kettenhemden und leichte Rüstungen enthielten.

»Diese Dinge werden wir nicht benutzen«, sagte Grigán. »In einem echten Kampf stehen sie dir auch nicht zur Verfügung. Ich will nicht, dass du dich an sie gewöhnst.«

Léti nickte stumm, wie immer, wenn sie Grigán als Schülerin gegenüberstand. Schon lange stellte sie seine Entscheidungen nicht mehr infrage, zumindest nicht während des Unterrichts.

»Warum tötet Ihr sie nicht gleich?«, spottete Rey. »Schließlich würdet Ihr das in einem echten Kampf tun, nicht wahr?«

»In einem echten Kampf würde ich mir als Erstes Euch vom Hals schaffen.«

»Unsere Vorfahren sollen die besten Freunde gewesen sein«, sagte Rey ungerührt. »Rafa Derkel und Reyan der Alte. Gibt Euch das nicht zu denken? Wollt Ihr nicht versuchen, mich wenigstens ein bisschen zu mögen?«

»Ich habe Euch noch nicht getötet. Das ist doch wohl Beweis genug für meine Zuneigung. Oder zumindest für meine Selbstbeherrschung.«

Léti begann sich zu langweilen und ging zu Bowbaq hinüber. Wenn Rey und Grigán sich ein Wortgefecht lieferten, konnte das dauern. Rey würde wie immer das letzte Wort behalten und Grigán vor Wut fast platzen, sehr zum Vergnügen des Schauspielers.

»Ich wusste nicht, dass es so viele verschiedene Waffen gibt«, sagte Bowbaq traurig. Er war in die Betrachtung des Zahnschwerts vertieft. In beide Seiten der Klinge waren Kerben gefeilt. Wenn die Waffe zurückgezogen wurde, mussten sie furchtbare Verletzungen hinterlassen.

»Nur die *Bösen* benutzen so etwas«, sagte Léti mit Nachdruck. Sie wollte sich selbst überzeugen und Bowbaq beruhigen. »*Wir* lernen den Umgang mit Waffen, um unser Leben zu verteidigen.«

»Mag sein«, sagte Bowbaq ernst.

Er ging weiter an der Wand entlang, und sie folgte ihm schweigend. Dann entdeckte Bowbaq ein kleines Gemälde, kaum einen Fuß breit.

Rasch wechselte er einen Blick mit Léti und rief Crépel herbei. »Was ist das für ein Bild?«

»Das ist König Arkane«, antwortete der Haushofmeister und zeigte auf eine der Figuren. »Kurz bevor die Lorelier ihn entführten. Nach seiner Freilassung zwei Monde später dankte er ohne jede Erklärung ab. Das Bild zeigt einen seiner letzten glücklichen Momente.«

Léti rief Grigán und Rey herbei, und sie sahen sich das Gemälde genauer an. Anscheinend hatte ein Maler den König vor hundertzwanzig Jahren auf eine kleine lorelische Insel begleitet. Dort musste er einige Zeichnungen angefertigt und diese dann in ein Gemälde umgesetzt haben.

Die Szene war vermutlich der Fantasie des Künstlers entsprungen, trotzdem war sie überaus glaubwürdig.

Auf dem Gemälde sah man die Abgesandten auf der Insel Ji. Erhobenen Hauptes standen die elf Weisen vor dem Eingang des Felslabyrinths, das den Erben mittlerweile vertraut war. Dem Maler war es gelungen, die Bedeutung des Augenblicks auf die Leinwand zu bannen.

Rey schickte Crépel fort und bat ihn, Corenn und Yan zu holen. Dann gingen die Erben mit Herzklopfen daran, den Menschen auf dem Gemälde Namen zu geben. Léti schnürte es die Brust zusammen, als sie Tiramis erblickte, die einzige Frau auf dem Bild. Der Kaulaner neben ihr musste Yon sein. Mühelos erkannten die Erben Moboq aus Arkarien, denn er war ebenso groß wie Bowbaq und trug einen ebenso gewaltigen Bart. Auch Rafa aus Griteh und Ssa-Vez aus Jezeba waren an ihrer landestypischen Kleidung zu erkennen.

Der Mann in der schwarzen Priesterrobe konnte nur Maz Achem aus der Heiligen Stadt Ith sein. Nun blieben noch vier Männer übrig. Der Älteste war vermutlich Saat der Ökonom, Ratgeber des Prinzen Vanamel. Rey zeigte seinen Gefährten den Herzog von Kercyan, den er von Familienporträts kannte. Demnach musste der andere Mann im Gewand der Edelleute der goronische Prinz Vanamel sein.

Der zehnte Mann war folglich Nol der Seltsame. Der Grund für all ihr Unglück.

Die Erben lasen eine tiefe Traurigkeit in seinem Blick. Doch war es möglich, auf einem zwölf Jahrzehnte alten Gemälde ein so subtiles Detail zu erkennen?

»Mein Urgroßvater, König Arkane, versteckte das Gemälde gleich nach seiner Rückkehr von der Insel«, erklärte Séhane später. »Mein Großvater scherte sich nicht darum, und mein Vater lebte leider nicht lang genug, um sich um die Einrichtung des Schlosses zu kümmern. Es ist erst im vergangenen Jahr wieder aufgetaucht. Doch das Bild erinnert mich an etwas, das ich nur zu gern vergessen würde. Deshalb ließ ich es in einem Saal aufhängen, den ich nicht oft betrete.«

Die Königin nahm sich Zeit, um mit Corenn einen Spaziergang auf der Festungsmauer zu machen, und die Ratsfrau erkundigte sich nach dem rätselhaften Gemälde aus dem Waffensaal. »Wisst Ihr, wo es gefunden wurde?«

»Ich weiß, warum Ihr mir diese Frage stellt, Corenn. Arkane könnte an dem Ort weitere Dinge versteckt haben, die mit dem Abenteuer auf der Insel Ji zusammenhängen. Doch da war nur dieses Gemälde.«

Corenn machte keinen Hehl aus ihrer Enttäuschung. Sie hatte in der Tat gehofft, einen Hinweis zu finden, der sie auf die Spur des Anklägers brachte. Wieder eine verlorene Hoffnung …

Da es nichts mehr zu sagen gab, kam sie auf ein anderes Thema zu sprechen, das ihr am Herzen lag. »Habt Ihr Neuigkeiten aus Kaul? Ich bin seit über drei Dekaden fort und habe keine Ahnung, was dort vor sich geht.«

»Viel weiß ich auch nicht, fürchte ich. Ich glaube, Eure Große Mutter war einige Tage lang krank. Sonst ist mir nichts Beunruhigendes zu Ohren gekommen. Wollt Ihr Euren Freundinnen einen Boten schicken? Er könnte eins meiner Schiffe nehmen.«

»Habt Dank für das großzügige Angebot, Séhane. Doch das wäre viel zu gefährlich – für uns, für die Ratsfrauen und selbst für den Boten. Die Züu und die Große Gilde haben sicher Spione nach Kaul entsendet. Wir dürfen keine Verbindung zu den Menschen aufnehmen, die einst zu unserem Leben gehörten.«

»Ihr seid sehr weise, Corenn«, sagte die Königin. Nach einer Weile fügte sie hinzu: »Würdet Ihr mir bei der nächsten Versammlung der Fürsten zur Seite stehen? Bitte sagt zu, denn ich brauche Euren Rat. Die Fürsten sind viel jünger, ehrgeiziger und gerissener als ich. Nach meinem Tod werden sie sich wie hungrige Wölfe auf mein schönes Land stürzen. Die Juneer verdienen Glück und Frieden, Corenn.«

Natürlich versprach sie der Königin ihre Hilfe. Séhanes Nöte waren viel schwerwiegender und von größerem Ausmaß als das Unglück der Erben, das nur wenige betraf.

Zumindest hatte es den Anschein …

Nach dem Essen zum Mit-Tag zogen sich Corenn und Yan für eine Unterrichtsstunde in ein Studierzimmer des Eroberten Schlosses zurück. Sie achteten darauf, dass niemand sie beobachtete, denn in den Kleinen Königreichen galt Magie als Frevel. Séhane hätte gewiss nicht zugelassen, dass man ihre Gäste wegen Hexerei aus der Stadt jagte oder auf dem Scheiterhaufen verbrannte, doch sie wollten kein Risiko eingehen.

Als er Corenns nachdenkliches Gesicht sah, wusste Yan, dass sie ihn abermals in eines der Geheimnisse der Magie einweihen würde, von denen es endlos viele zu geben schien. Nach jeder Lektion fragte er sich, ob Corenn ihm überhaupt noch etwas beibringen konnte. Doch sie überraschte ihn jedes Mal aufs Neue.

Corenn suchte eine Weile nach den richtigen Worten. Dann begann der Unterricht. »Du weißt bereits, dass dein Wille nichts erschaffen kann. Du schöpfst die nötige Kraft aus dir selbst oder deiner Umgebung. Alles Weitere ist ein Kräftemessen zwischen deinem Geist und dem deines Ziels.«

Yan nickte langsam. Er wusste ebenso wie Corenn, dass es nicht so einfach war, wie es klang. Aber ihre Worte waren ohnehin nur die Einleitung.

»Reden wir darüber, was dieser Geist überhaupt ist. Man könnte auch sagen, was jede Sache und jedes Lebewesen ist, ob Tier, Mensch, Staubkorn oder Stern. Denn ich glaube, dass im Grunde alle gleich sind.«

Ein aufregender Gedanke. Yan machte nicht den Fehler, gleich zu antworten.

»Alle sind gleich«, wiederholte sie. »Alle bestehen aus denselben Elementen. Genauer gesagt, aus denselben magischen Elementen. Es kommt nur auf die Zusammensetzung an. Kannst du mir folgen?«

»Natürlich. Magie ist wie Kochen«, sagte Yan grinsend.

»So etwas in der Art. Es gibt zwar nur vier Zutaten, aber unendlich viele Rezepte, also Möglichkeiten der Zusammensetzung.«

»Aber in uns gibt es kein Feuer«, wandte Yan ein, denn er hatte bereits begriffen, welche Zutaten Corenn meinte.

»Doch. Vielleicht nicht im eigentlichen Sinne, nicht in Form einer kleinen Flamme, die irgendwo brennt, zwischen deinen Fußnägeln und deinen Haarspitzen. Das Feuer ist vielmehr etwas Spirituelles. Etwas Magisches!

Du, ich und alles in diesem Universum besteht aus einer Mischung aus Feuer, Wasser, Erde und Wind. Es gibt nichts, dem eines dieser Elemente fehlen würde. Der Himmel und die Wolken tragen Erde in sich. Der Ozean kann sich mit seinem eigenen Feuer in Brand setzen. Es ist nur eine Frage des Willens.

Die Erde entspricht der Materie, dem Stofflichen, mit anderen Worten, dem Körper. Sie ist die Kraft, die Dinge miteinander verbindet oder voneinander trennt. Als du die Muschel zu Fall brachtest, richtetest du deinen Willen gegen ihren Erdbestandteil. Die Erde ist mein Element. Sie wird auch deines sein.

Der Wind entspricht dem Geist, der Seele, den Gedanken. Seine Manipulation ist die schwierigste Disziplin. Sie wird am häufigsten verkannt. Wer kann schon von sich behaupten, die Natur des Menschen, die Gedanken der Tiere und den Verbleib der Seele im Schlaf oder nach dem Tod zu kennen? Nur ein Magier, der all dies weiß, darf sich ein Meister des Windes nennen.

Das Wasser entspricht dem Leben. Es ist ein unverzichtbares Element, denn nur dank ihm kann sich dein Körper bewegen und dein Geist denken. Ohne Wasser könnten wir auch diese Wand oder diesen Tisch ›Yan‹ nennen. Sie sind nicht in der Lage, sich zu bewegen oder einen Gedanken zu fassen.«

»Wenn man das Wasser beherrscht, kann man also auch Krankheiten mit Magie heilen?«

»Manche behaupten, das sei möglich. Ich habe es noch nie gewagt aus Angst, die Wunde oder Krankheit zu verschlimmern. Außerdem soll die anschließende Reglosigkeit furchtbar sein.«

Yan ließ das Thema fallen, denn Corenn war mit der Aufzählung noch nicht fertig. »Und was ist mit dem Feuer?«, fragte er.

»Das Feuer«, sagte sie ernst, »das Feuer entspricht der Neigung aller Dinge und jedes Lebewesens, sich zu verändern. Das Feuer vollbringt, dass du vom Säugling zum Kind wirst und vom Kind zum Mann. Es lässt dich altern und sterben. Das Feuer verwandelt deinen Körper in Nahrung für andere. Alles auf dieser Welt wird vom eigenen Feuer verzehrt. Das Feuer ist der mächtigste Gehilfe der Zeit. Seine Manipulation ist die gefährlichste der magischen Disziplinen, Yan. Die schwarze Magie.«

Grigán bat eine von Séhanes Wachen, zu Übungszwecken gegen Léti zu kämpfen. Die Idee gefiel dem Juneer ganz und gar nicht, doch eine Bitte von einem Gast der Königin war wie ein Befehl Séhanes selbst, und so beugte er sich dem Willen des Kriegers. Allerdings bestand er darauf, dass sie schwere Übungsrüstungen anzogen.

Das Schwert war nicht die bevorzugte Waffe der Juneer. Sie kämpften eher mit Langspeeren zu Pferd. Ausnahmsweise ließ sich der Mann darauf ein, ein goronisches Schwert in die Hand zu nehmen, und die Übung begann.

Mühelos wehrte Léti die ersten zwei, drei zaghaften Angriffsversuche des Soldaten ab, und Grigán ermahnte den Mann, sie nicht zu schonen. Léti beschränkte sich zunächst darauf, die Angriffe ihres Gegners abzuwehren und ihn zu beobachten, so wie sie es gelernt hatte.

Dann täuschte sie eine Schwäche in der Verteidigung ihrer Beine vor. *Wacher Geist.* Der Mann tappte in die Falle und griff nun hauptsächlich diesen Teil ihres Körpers an.

Nach einigen Paraden heuchelte Léti nicht länger Unfähigkeit, sondern machte einen Schritt zur Seite, um der Klinge auszuweichen. *Fester Stand.* Das Schwert streifte ihre Wade, doch sie hatte gelernt, sich nicht vor Verletzungen zu fürchten. Sie machte einen Ausfall und wies mit der Schwertspitze auf das Herz des Soldaten. *Sichere Hand.*

Grigán dankte dem Juneer und entließ ihn, obwohl der Mann ihn anflehte, ihm eine zweite Chance zu gewähren. Rey und Bowbaq gratulierten Léti, während die junge Frau vor Stolz strahlte. Endlich konnte sie ihr Leben verteidigen und ihre Freunde beschützen.

Doch lange durfte sie ihren Erfolg nicht genießen. Grigán griff zu seinem Krummschwert und forderte sie auf, die Grundhaltung einzunehmen. Léti gehorchte sofort. Es war ihre Art, ihm für den Unterricht zu danken.

Létis zweiter Kampf an diesem Tag war eine sehr viel größere Herausforderung. Da sie einander inzwischen in- und auswendig kannten, begnügten sie sich mit kurzen Angriffen und kleinen Seitenschritten. Hin und wieder kreuzten sich die Klingen.

Jeder Schlag muss einen Grund haben, pflegte Grigán zu sagen. *Jeder Schlag muss eine Parade oder ein Gegenangriff sein. Alles andere ist eine sinnlose Verschwendung deiner Kraft.* Da sie beide diesem Grundsatz folgten, würde derjenige gewinnen, der den Gegner mit einem Überraschungsangriff überrumpelte.

Schließlich gab die größere Erfahrung des Kriegers den Ausschlag. Grigán wirbelte seinen Säbel so einschüchternd durch die Luft, dass Léti ihr Schwert hochriss, um sich zu schützen, obwohl Grigáns Bewegung sie nicht ernsthaft bedrohte. Blitzschnell rammte der Krieger sie mit der Schulter und schlug ihr die Waffe aus der Hand. Léti ging zu Boden.

»Wie gemein, ihr das jetzt anzutun«, protestierte Rey, der die Szene aufmerksam beobachtet hatte. »Ihr hättet sie ihren Sieg auskosten lassen können.«

»So ist das Leben«, entgegnete Grigán ungerührt. »In einem echten Kampf macht ihr auch niemand Geschenke.«

Er streckte die Hand aus und half Léti hoch. Sie war nicht wütend auf ihn, er hatte nur seine Grundsätze befolgt. Sie war wütend auf sich selbst. Die Niederlage bestärkte sie in ihrem Entschluss, noch besser zu werden.

Aber Rey war noch nicht fertig. Er empfand Létis Niederlage als persönliche Beleidigung. »Das war kein Kampf auf Augenhöhe. Eure Klinge ist einen Fuß länger. Außerdem ist das Schwert viel zu schwer für sie! Was soll sie denn mit diesem Ungetüm?«

Grigán sagte nichts, sondern zog Rey beiseite, außer Hörweite Létis. »Ihr meint es gut, aber Ihr stört meinen Unterricht. Léti muss von selbst darauf kommen. Das kann ich ihr nicht abnehmen. Ich habe die Waffe nicht ausgesucht. Sie muss selbst lernen, ihre Vor- und Nachteile zu erkennen.«

»Wie soll sie das anstellen, wenn sie keinen Vergleich hat? Sie kennt ja nur dieses Schwert.«

Mit diesen Worten machte Rey auf dem Absatz kehrt und verließ den Saal sehr zur Erleichterung des Kriegers. Kurz darauf kehrte Rey mit seinem Rapier zurück und drückte ihn Léti in die Hand.

»Versuch es mal hiermit. Das nenne ich eine Waffe. Zumindest muss man nicht Bowbaqs Kraft haben, um sie zu halten. Man braucht nur etwas Geschick und Schnelligkeit.«

Léti warf Grigán einen Blick zu. Er zuckte mit den Schultern und nickte, woraufhin sie das lorelische Schwert in die Hand nahm. Sogleich spürte sie seine Vorteile. Die Klinge war länger und schärfer und die Waffe insgesamt leichter.

Sie dankte Rey mit einem Lächeln. Er bestand oft auf seiner Unabhängigkeit und Selbstgenügsamkeit, doch er hatte auch Geschmack an der Freundschaft gefunden.

Ab dem Sixt der Dekade des Jägers trafen die Fürsten allmählich in Junin ein, und nun hatte Séhane noch weniger Zeit für ihre Freunde. Sie hielt Audienz um Audienz ab und empfing Höflichkeitsbesucher und offizielle Würdenträger. Die wenigen freien Momente, die sie sich gönnte, verbrachte sie mit Corenn und beratschlagte mit ihr über heikle politische Angelegenheiten, zumeist über die Thronfolge.

Die Königin hatte die Frage zu lange vernachlässigt. Es war nicht einfach, über den eigenen Tod nachzudenken, doch die Geschicke des Königreichs hingen von denen der Herrscherfamilie ab. Sollte die Thronfolge weiterhin ungeklärt bleiben und Séhanes Nachfolger nicht vom Volk *und* von den Fürsten anerkannt werden, würde Junin einem blutigen Bürgerkrieg zum Opfer fallen, der sich schlimmstenfalls auf die anderen Fürstentümer ausweiten würde. Das wäre das Ende der Abkommen der Kleinen Königreiche. Das Ende von Séhanes Lebenswerk.

Insgeheim hatte Séhane immer gehofft, der König würde sie überleben und mit einer anderen Frau den Bund schließen, die ihm Kinder schenken würde. Doch Urio war vor elf Jahren gestorben. Seither hatte sie so viel zu tun gehabt, dass sie nicht dazu gekommen war, sich um ihre Nachfolge zu kümmern.

»Ich denke oft darüber nach, es dem Matriarchat gleichzutun, Corenn, und das Volk den Herrscher bestimmen zu lassen. Das ist der gerechteste Weg. Doch die Fürsten stemmen sich mit aller Kraft dagegen. Sie sind noch nicht bereit dafür. Und für Junin ist es besser, Teil der Kleinen Königreiche zu bleiben, als sich abzuspalten.«

Corenn gab ihr recht. Die Königin hatte lange über die Frage nachgedacht, um keine falsche Entscheidung zu treffen. Doch leider hatte sie auch die richtige noch nicht gefunden, und das stürzte sie in Verzweiflung. In Kaul wäre Séhane gewiss Große Mutter geworden, und zwar eine sehr weise.

»Ich habe die Sache zu lange aufgeschoben. Das Volk ist besorgt, und die Fürsten werden allmählich ungeduldig. Dieses Mal werden sie nicht abreisen, ohne meine Entscheidung zu kennen. Ich kann es ihnen nicht verübeln.«

»Welche Möglichkeiten habt Ihr denn, Séhane? Wer käme als Euer Nachfolger infrage?«

»Einer der Fürsten, aber die Juneer würden keinem von ihnen folgen. Oder ein Juneer, was wiederum die Fürsten nicht hinnehmen würden. Welche Entscheidung ich auch treffe, es scheint, als würden die Kleinen Königreiche in den drei Monden nach meinem Tod in Flammen aufgehen.«

»Und was wollt *Ihr?* Habt Ihr jemanden im Sinn?«

»Ja. Sein Name ist Perbas, und er ist seit über fünfzehn Jahren mein Kanzler. Er ist ein Ehrenmann, und er kennt die Angelegenheiten der Fürstentümer so gut wie ich selbst, vielleicht sogar noch besser. Und er hat einen Sohn, der denselben Weg einzuschlagen scheint. Er wäre ein würdiger Nachfolger. Doch wie soll ich die Fürsten dazu bringen, ihn zu akzeptieren? Erst nach mehreren Jahren würde er es wagen, den Fürsten auf Augenhöhe zu begegnen, dabei müsste er das gerade zu Beginn seiner Herrschaft tun.«

In Corenn reifte eine Idee heran. Endlich konnte sie sich Séhane gegenüber erkenntlich zeigen. »Die Juneer sind ziemlich abergläubisch, nicht wahr?«, fragte sie. »Und die Fürsten auch, wenn ich mich recht entsinne?«

»Keiner von ihnen würde einen Zweig von einem Moäl abbrechen, Corenn. Worauf wollt Ihr hinaus?«

»Stellt Ihnen Perbas als den von den Göttern erwählten Thronfolger vor. Das schützt ihn vor Angriffen. Niemand wird es wagen, sein Recht auf den Thron anzuzweifeln.«

»Eine Täuschung?«, rief Séhane.

Sie klang überrascht, doch ihr Blick war nachdenklich. In wenigen Augenblicken wog die Königin das Für und Wider ab. Die Idee gefiel ihr immer besser.

»Ich dachte, Ihr wärt die Hüterin der Tradition, Corenn«, sagte sie lächelnd. »Verstößt so etwas nicht dagegen?«

»*Auch Geizhälse müssen essen,* Séhane. Ich musste schon mehrmals die Gesetze des Matriarchats umgehen, um sie zu schützen. Ihr würdet es nicht zu Eurem persönlichen Nutzen tun, sondern für das Wohl Eurer Untertanen.«

»Ich beneide Euch um Eure Gewissheit. Ich bin älter als Ihr, doch aus Eurem Mund sprechen Weisheit und Weitblick.«

»Ich weiß nicht, ob es Weisheit ist. In den vergangenen Dekaden habe ich mehr erlebt als andere in einem ganzen Leben. Seither sehe ich die Welt mit anderen Augen. Und das ist nicht beneidenswert, glaubt mir.«

Corenn konnte der Königin weder von der Reise zur Insel Ji noch von der geheimnisvollen Pforte oder den Kindern erzählen. Doch den Rest der Geschichte kannte Séhane, daher verstand sie die Traurigkeit, die sie manchmal, wenn Corenn sich unbeobachtet fühlte, auf dem Gesicht der Ratsfrau las.

Die Vorbereitungen für die »Täuschung« waren rasch getroffen. Als Erstes führte Séhane ein langes Gespräch mit Perbas. Die Königin sprach zum ersten Mal mit ihm über den Plan und musste zunächst einmal herausfinden, ob er die Krone überhaupt annehmen würde. Nach dieser Unterhaltung war das Gesicht des Kanzlers weiß wie die Gischt auf dem Meer.

Der Juneer wollte eine Nacht darüber schlafen. Am nächsten Morgen suchte er Séhane auf, so früh es die Höflichkeit erlaubte. Er war bereit, den Thron zu besteigen. Die Königin hatte an seine Liebe zu seiner Heimatstadt appelliert, und eine Ablehnung wäre ihm wie ein Verrat vorgekommen. Gleichwohl nahm er Séhane das Versprechen ab, nicht so bald zu sterben.

Nun brauchten sie nur noch den Segen der Götter. Corenn wollte keinen gewissenlosen Wahrsager oder Theoretiker bezahlen, der den Fürsten prophezeit hätte, was man ihm auftrug. Die Täuschung wäre zu leicht zu entlarven, außerdem gab es eine viel bessere Möglichkeit.

Viele Fürsten waren in Begleitung ihres persönlichen Astrologen oder Sehers angereist, und Corenn würde einen von ihnen für ihre Zwecke einspannen.

»Wie wollt Ihr das bewerkstelligen?«, fragte die Königin. »Wie viel

Geld wir ihnen auch bieten, irgendwann würden sie sich ihrem Herrn anvertrauen. Die Gefahr ist zu groß.«

Daraufhin erzählte Corenn ihrer Freundin von ihren magischen Fähigkeiten. Séhane zeigte sich nicht besonders überrascht und begriff sofort, was Corenn vorhatte.

Sie sprachen die Einzelheiten durch und mussten sich nun nur noch bis zur Versammlung der Fürsten gedulden. Séhane ließ den Herrschern ausrichten, sie habe ihnen etwas von größter Bedeutung mitzuteilen. Obwohl die Zusammenkunft noch für den gleichen Abend angesetzt wurde, strömten alle neugierig ins Eroberte Schloss.

Séhane, Corenn und Perbas betraten den riesigen Versammlungssaal erst, nachdem der letzte Fürst eingetroffen war. Den machtgierigsten Herrschern missfiel die Anwesenheit des Kanzlers und der neuen Beraterin der Königin. Sie vergaßen, dass sie selbst einen, zwei oder drei Begleiter im Gefolge hatten. Die Kleinen Königreiche bestanden aus neunzehn Fürstentümern, doch mehr als vierzig Augenpaare blickten Séhane erwartungsvoll entgegen.

»Fürsten der Kleinen Königreiche, werte Freunde«, sagte Séhane feierlich. »Ihr ahnt gewiss, warum wir uns heute hier versammeln. Wir müssen darüber beraten, wer mein Thronfolger wird. Die Einheit Junins und die der gesamten Fürstentümer steht auf dem Spiel.«

Sie schwieg eine Weile, um den feierlichen Klang ihrer Worte zu unterstreichen. Alle im Saal hingen an ihren Lippen.

»Bis zu diesem Tag starb kein Herrscher ohne Nachkommen. Leider werde ich bald die zweifelhafte Ehre haben, als erste Königin kinderlos von dieser Welt zu gehen. Doch die Abkommen der Kleinen Königreiche müssen Arkanes Geschlecht überdauern. Junins Geschichte schreitet fort, innerhalb der Fürstentümer und zu ihrem Nutzen. Aber Junin muss auch juneeisch bleiben.«

Wie zu erwarten, brachen einige Fürsten in lautstarke Proteste aus. Die meisten Herrscher hielten die Abkommen in Ehren, doch manche hatten gehofft, dass ihnen eines Tages Junin und seine Reichtümer zufallen würden. In den vergangenen Monden hatte die Königin so viele Umsturzversuche abwehren müssen, dass ihr nicht wohl bei dem Gedanken war, einen der Fürsten zu ihrem Thronfolger zu machen. Alle wussten, was sie mit den Worten »Junin muss juneeisch bleiben« meinte.

»Herrscher der Kleinen Königreiche, hört mich an. Unsere Abkommen stehen auf tönernen Füßen, denn sie beruhen nur auf einer militärischen Allianz. Glaubt Ihr tatsächlich, dass alles beim Alten bliebe, wenn einer von Euch plötzlich über ein doppelt so großes Gebiet herrschte, das folglich auch doppelt so viele Reichtümer abwerfen würde?«

Einige Anwesende – die weiseren – schüttelten den Kopf. Die anderen musste Séhane noch überzeugen.

»Unsere gemeinsame Armee würde geschwächt. Die Soldaten des ›Großen Fürstentums‹ wären bald in der Überzahl, auch an unseren Grenzen. Die Soldaten der anderen Fürstentümer würden sich nach und nach fremd vorkommen und abrücken. Eines Tages würden die Yussa die Louvelle überqueren, und es wäre niemand da, um das zu verhindern. Das will ich nicht. Und auch Ihr könnt das nicht wollen.«

Nun lauschte der ganze Saal gebannt. Bei der Erwähnung der Yussa lief es Corenn kalt den Rücken hinunter. Die Yussa waren Söldner im Dienste Alebs, der Grigáns persönlicher Widersacher war. Mutter Eurydis, die Erben hatten so viele Feinde.

»Ich ernenne Perbas aus Ubressa, Kanzler und Oberster Berater der Fürstentümer, zu meinem rechtmäßigen Thronerben. Er wird über Junin herrschen. Nach meinem Tod wird er den Namen Perbas von Junin tragen, und seine Nachkommen werden ihm auf den Thron folgen. Fürsten, Ihr wisst um sein Ansehen und seine Loyalität. Ich fordere Euch auf, ihn als Euresgleichen zu akzeptieren.«

»Aber er ist ja nicht mal von edler Abstammung!«, protestierte Adémir, der König von Far. »Ihr könnt ihm den Thron nicht geben!«

»Die Krone Junins macht ihn zu einem Edelmann«, entgegnete Séhane mit bestechender Logik.

»Wie könnt Ihr so etwas tun?«, empörte sich Adémir. »Junin in die Hände eines Bettlers zu geben! Das werde ich nicht zulassen!«

»Die Abkommen geben Euch nicht das Recht, Euch in die Angelegenheiten meines Königreichs einzumischen«, sagte Séhane schneidend. »Als Herrscher eines anderen Fürstentums müsst Ihr Euch meiner Entscheidung beugen oder die Kleinen Fürstentümer verlassen.«

Der König sah sich auf der Suche nach Unterstützung im Saal um. Mehrere Fürsten schienen bereit, sich seiner Rebellion anzuschließen. Ein kleiner Funke würde reichen, um das Pulverfass in die Luft zu jagen.

»Lasst uns einen Seher befragen!«, rief Adémir. »Wenn die Götter Perbas wohlgesinnt sind, werde ich mich Eurer Entscheidung beugen.«

Er sagte nicht, was er andernfalls tun würde. Alles verlief nach Plan. Corenn konzentrierte sich. Sie wusste noch nicht, worin ihre Aufgabe bestehen würde, aber sie war bereit.

Der König von Far gab jemandem aus seinem Gefolge ein Zeichen, und eine alte Frau trat in die Mitte des Saals. Ihre Haut war runzelig, und sie war kahlköpfig, was ihr das Aussehen einer Birne aus Wastilien verlieh – einer überreifen Birne. Verlegen grüßte sie die Anwesenden und zog vier Elfenbeinsteine aus einem kleinen Lederbeutel, der mit mystischen Zeichen verziert war.

Wahrsagerei mit itharischen Würfeln. *Sehr gut. Das wird ein Kinderspiel,* dachte Corenn.

Die Seherin kniete sich hin und murmelte Beschwörungsformeln, um die Aufmerksamkeit der Götter auf sich zu lenken. Mit einer erstaunlich geschmeidigen Bewegung nahm sie die vier Würfel zwischen beide Daumen und wartete auf eine Frage.

»Ist es der Wille der Götter, dass Perbas den Thron von Junin besteigt?«, fragte der König von Far.

Die Frage war geschickt gestellt. Die Würfel zeigten nur sehr selten ein eindeutiges Ja. Meistens war die Antwort uneindeutig und eine Frage der Auslegung. Und die Seherin würde alles tun, um sich bei ihrem Herrn beliebt zu machen.

Mit einer ruckartigen Bewegung warf sie die Würfel, und die kleinen Elfenbeinsteine rollten über den Boden. So schnell hatte Corenn ihren Willen noch nie auf ein Ziel gerichtet. Es gelang ihr, zwei der Würfel aufzurichten, ohne dass jemand etwas bemerkte.

»Zwei Zwillinge und ein Dreieck«, verkündete der König von Galen, nachdem er sich über die Würfel gebeugt hatte. »Die Götter geben ihr Einverständnis.«

»Aber es ist das Dreieck des Feuers«, wandte Adémir ein. »Die *Dämonen* sind einverstanden. Außerdem zeigt der Würfel der Erde den

Wind an. Die Entscheidung ist folglich nicht endgültig. Wir müssen uns Zeit lassen.«

Corenn konnte nicht fassen, dass sich die Fürsten bei politischen Entscheidungen nach den Würfeln richteten. Doch niemand schien die Fähigkeiten der Seherin infrage zu stellen. Schließlich bat König Adémir sie um ihre Auslegung.

Die alte Frau rührte sich nicht. Auf ihrem Gesicht erschien ein seltsamer Ausdruck, so als versuchte sie vergeblich, eine Grimasse zu unterdrücken. Ihre Lippen öffneten sich, und ein dünner Speichelfaden lief ihr aus dem Mundwinkel. Ihrer Kehle entrang sich ein Stöhnen.

Die Umstehenden wichen zurück, während Corenn zu der Frau eilte, um ihr zu helfen. Sie schüttelte die Seherin und versetzte ihr sogar eine Ohrfeige, doch die Alte blieb regungslos.

Plötzlich packte sie Corenns Schultern mit verblüffender Kraft, näherte das Gesicht dem ihren bis auf wenige Zoll und starrte ihr in die Augen. Dann sprach die Seherin, doch nicht mit ihrer eigenen Stimme. Aus ihrem Mund erklang die Stimme eines vom Alter erschöpften und vom Hass verzehrten Mannes.

»Die Erben werden sterben«, stieß sie hervor. *»Schon bald. Ihr werdet alle sterben …«*

Bei den letzten Worten überschlug sich ihre Stimme und bekam einen irren Klang. Dann stöhnte die Frau auf. Zwei Männer kamen Corenn zur Hilfe, da es ihr nicht gelang, sich aus dem Klammergriff der Alten zu befreien. Sie brachten die Seherin, die den Verstand verloren hatte, in ein Nebenzimmer.

»Was meinte sie bloß?«, flüsterten die Fürsten. »Séhane hat keine Kinder. Geht es um Perbas? Aber warum sprach sie dann von ›den Erben‹?«

Allen Anwesenden war die Szene unheimlich, selbst denen, die sie für ihre Zwecke nutzen konnten.

Corenns Schreck war am größten, denn sie wusste nur zu gut, wem die Worte galten.

Die Tage vergingen, und der Verfasser der rätselhaften Botschaft an Séhane ließ nichts von sich hören. Vielleicht reichten sechs Tage auch nicht für die Überfahrt von Mestebien nach Junin, falls sich der geheimnisvolle Unbekannte überhaupt noch in der romischen Stadt aufhielt. Die Erben vergingen fast vor Ungeduld. Schließlich hatte auf dem Pergament gestanden: »Vielleicht können wir einander helfen«.

Die Gefährten versuchten, den Vorfall während der Zusammenkunft der Fürsten zu vergessen. Die Trance der Alten war nicht vorgetäuscht gewesen, denn sie war noch nicht wieder bei Sinnen. Corenn hätte gern geglaubt, dass die Seherin von irgendwem unter Rauschmittel gesetzt worden war, damit die Erben einen Fehler begingen oder ihre Suche aufgaben. Sie suchte verzweifelt nach etwas, das der Verstand begreifen konnte. Etwas, dessen ein Sterblicher fähig war.

Denn andernfalls verfügte ihr Feind über gefährliche Kräfte – Kräfte, die so mächtig waren, dass die Bedrohung durch die Züu geradezu lächerlich wirkte. In diesem Fall wäre ihr Widersacher in der Lage, sie überall aufzuspüren. Was konnten die Gefährten also anderes tun, als abzuwarten und sich in Geduld zu fassen?

Corenn und Grigán nutzten die Zeit, um ihre Schüler zu unterrichten. Dem Krieger gelang es sogar, Bowbaq ein paar Paraden mit dem Stock und dem Streitkolben beizubringen, auch wenn er seine Übungen mit mitleiderregendem Widerwillen absolvierte.

Rey machte sich bei den Wachen Séhanes unbeliebt, indem er mehrere Würfelspiele mit hohen Einsätzen gewann. Seine Freunde begriffen nicht, warum er unbedingt um Geld spielen wollte, wo er doch schon genug Terzen besaß, um sich einen Palast zu kaufen.

Grigán und Corenn hatten ihn außerdem im Verdacht, mit einigen Dienerinnen Séhanes angebandelt zu haben. Das Kichern und Augenzwinkern, wenn er an ihnen vorbeiging, sagte mehr als ein unterschriebenes Geständnis. Den Gefährten war es so egal wie der pelzige Hintern eines Margolins, wie Rey seine Nächte verbrachte, solang er ihnen oder Séhane keine Schwierigkeiten machte. Zum Glück herrschten in den Fürstentümern recht lockere Sitten.

Am Non der Dekade des Jägers, dem Tag des Pferdes, wurde die friedliche Eintönigkeit unterbrochen, in der sie sich eingerichtet hatten. Es war ein besonderer Tag: Létis fünfzehnter Jahrestag.

Die ersten Dekanten vor dem Mit-Tag betete und meditierte die junge Frau, so wie es die eurydische Religion vorschrieb. Léti war nicht strenggläubig, doch sie erfüllte die Pflichten des Jahrestags stets mit der größten Sorgfalt. Es ging darum, mit sich selbst und seinen Handlungen ins Reine zu kommen und darüber nachzudenken, was man im folgenden Jahr mithilfe der Göttin besser machen konnte.

Nach dieser inneren Einkehr stand Léti die Traurigkeit ins Gesicht geschrieben. Im vergangenen Jahr war nur wenig Erfreuliches passiert, und sie hatte keine Ahnung, was sie in Zukunft besser machen konnte.

Die anderen waren allerdings entschlossen, den Tag gebührend zu feiern, und sie gaben sich so große Mühe, ihr eine Freude zu machen, dass Léti ihr Unglück für eine Weile vergaß.

Zur Feier des Tages führte Rey eine klassische Komödie der Oberen Königreiche auf: *Favel, der Pechvogel.* Viel gesprochen wurde in dem Stück nicht, denn es lebte vor allem von den Grimassen der Hauptfigur. Rey zwang Yan und Bowbaq, sich mit ihm auf die Bühne zu stellen, und beschrieb ihnen ihre Rollen mit knappen Worten. So hatte die Aufführung nur noch entfernt etwas mit dem Original zu tun. Doch Reys ausdrucksvolle Mimik sowie Yans und Bowbaqs unbeholfene Schauspielversuche hatten die gewünschte Wirkung: Léti liefen vor Lachen die Tränen über das Gesicht.

Dann wurden die Geschenke überreicht. In Junin war es Sitte, dem Geburtstagskind als Freundschaftsbeweis eine kleine Gabe zu überbringen. Séhane hatte einige Tage zuvor von dem Brauch erzählt, und die anderen hatten ihn nicht vergessen. Léti war ganz gerührt, als alle ihr nacheinander Geschenke gaben. Manche waren sogar in Papier eingeschlagen.

Séhane schenkte ihr das Gemälde der Abgesandten, das im Waffensaal an der Wand gehangen hatte. Seit sie darauf gestoßen war, hatte Léti es jeden Tag betrachtet. In ihren Augen war das Gemälde von unschätzbarem Wert, und sie wusste kaum, wie sie der Königin danken sollte.

Rey schenkte ihr ein lorelisches Rapier, das demjenigen ähnelte, das er Léti geliehen hatte. Grigán untersuchte die Waffe besorgt, fand aber nichts an ihr auszusetzen: Sie war ein kostbares Werk der Schmiedekunst. Rey wich Corenns missbilligendem Blick aus.

Als Nächstes nahm Léti das kleine Pferd in die Hand, das Bowbaq für sie geschnitzt hatte. Es war ein hübsches Spielzeug, und sie dankte ihm herzlich. Doch er erklärte verlegen, das sei nicht das eigentliche Geschenk. Es stehe nur für ein Versprechen. Er würde ein Tier ihrer Wahl für sie zähmen. Die junge Frau wusste, was für eine langwierige und schwere Aufgabe so etwas war, selbst für einen Erjak. Das Band der Freundschaft, das er zwischen ihr und dem Tier knüpfen würde, wäre unzertrennlich. Es war ein wundervolles Geschenk.

Corenn überreichte ihr ein dickes Buch mit verziertem Ledereinband. Léti blätterte neugierig darin, aber es enthielt nur wenige Zeichnungen. »Es ist wunderschön, Tante Corenn. Aber ich kann doch nicht lesen …«

»Dann bitte Yan, es dir beizubringen! Ich bin sicher, dass dir das Buch gefallen wird.«

Léti nickte lächelnd. Nun hatte sie gleich zwei gute Gründe, lesen zu lernen. Corenn hatte das Geschenk mit Bedacht gewählt. Auf dem einen oder anderen Weg erreichte sie immer ihr Ziel.

Nun öffnete Léti den schweren Sack aus grobem Leinen, den Grigán vor ihr abgestellt hatte. Sie stieß einen Freudenschrei aus, als sie darin eine schwarze Lederkluft fand. Sie sah genauso aus wie Grigáns, nur dass sie nicht vom jahrelangen Tragen abgewetzt und an mehreren Stellen ausgebessert war. Er hatte die Überraschung von langer Hand vorbereitet und eine der Schneiderinnen des Schlosses gebeten, Létis Maße zu schätzen. Dann hatte er die Lederkluft bei einem Gerber in der Stadt in Auftrag gegeben.

An einigen Stellen hatte der Handwerker das Leder mit Metall verstärkt, und die Nähte waren dreifach vernäht, was ihre Widerstandsfähigkeit erhöhte. Léti konnte dem Drang nicht widerstehen, die Kluft sofort anzuprobieren. Ohne viel Federlesens zog sie sie über ihre Kleider.

»Jetzt bist du eine richtige Kriegerin«, sagte Yan.

»Sie sieht aus wie Eure Tochter, Grigán«, sagte Rey. »War das vielleicht Absicht?«

»Ich wollte ihr einfach etwas Nützliches schenken«, sagte Grigán abwehrend.

Trotzdem errötete er bis über beide Ohren. Noch nie hatten die Erben ihn so verlegen erlebt.

Léti dankte ihm wortreich und wandte sich schließlich dem Geschenk zu, das sie sich bis zum Ende aufgehoben hatte: Yans.

Sie zitterte leicht, als sie den Stoff aufknotete, in den ein kleiner Gegenstand eingewickelt war. Seit ihrem Gespräch mit Corenn verstanden Léti und Yan sich wieder besser. Doch der junge Mann war immer noch seltsam verschlossen. Am Tag der Versprechen hatten sie sich gestritten, und er hatte es anscheinend nie bereut. Er war ihr Freund, aber war er wirklich nur das?

In dem Stoff lag eine Halskette mit zarten Gliedern und einem Anhänger: ein blank polierter Opal, in den ein kleines Stück goldfarbenes Papier eingeschlossen war.

»Die Kette ist aus echtem Silber«, warf Rey ein. »Yan würde das niemals zugeben, also muss ich das übernehmen!«

Léti dankte Yan mit einem Kuss auf die Wange, der ihm die Schamesröte ins Gesicht trieb. Sie hatte zwei Fragen. »Wie hast du das Papier in den Opal hineinbekommen?«

»Äh … Mit etwas Magie«, antwortete er verlegen.

Zum ersten Mal zeigte Yan jemand anderem außer Corenn seine Fähigkeiten. Selbst sie hatte nichts von dem Geschenk gewusst.

Corenn nickte bewundernd. Obwohl er noch ganz am Anfang seiner Ausbildung stand, war Yan bereits zu erstaunlichen Dingen fähig.

Sie wurden durch das Eintreten Crépels unterbrochen. Wenn der Haushofmeister es wagte, Séhane zu stören, musste es um etwas Wichtiges gehen. »Majestät. Eine Maz aus Mestebien bittet Euch um eine Audienz. Ich glaube, es ist die Person, auf die Ihr wartet.«

In heller Aufregung scharten sich alle um Crépel. Sie wollten die Frau so schnell wie möglich treffen.

Léti kam nicht mehr dazu, die zweite Frage zu stellen. Sie tröstete sich mit dem Gedanken, dass es vielleicht besser so war.

In ihren Träumen malte sie sich oft aus, was auf dem Goldpapier in dem Anhänger geschrieben stand.

Séhane empfing die Besucherin in jenem Saal, in dem sich die Abgesandten, die das Abenteuer auf Ji überlebt hatten, im Jahr nach ihrer

Rückkehr zum ersten Mal versammelt hatten: Arkane von Junin, Tiramis und Yon aus Kaul, Maz Achem aus Ith, Reyan der Ältere, Rafa Derkel und der Weise Moboq. Nun wurden sie von ihren Nachfahren vertreten, die unter dem gleichen Fluch litten.

Die Fremde hatte sich geweigert, ihren Namen zu nennen, doch die Diener, die wussten, dass die Königin Besuch aus Mestebien erwartete, hatten den richtigen Schluss gezogen und ihre Herrin sogleich benachrichtigt. Die Gefährten konnten es kaum erwarten, einer weiteren Erbin zu begegnen.

Da ihr Gespräch nicht an falsche Ohren gelangen durfte, schickte Séhane die Wachen fort. Falls nötig würden Grigán und seine Gefährten sie beschützen. Auch wenn keine unmittelbare Gefahr drohte, übernahm Grigán diese Aufgabe voller Stolz.

Die Tür öffnete sich. Crépel führte die Besucherin herein und verließ wortlos den Saal.

Alle Blicke richteten sich auf die Frau.

Falls sie in Wahrheit keine Maz war, so sah sie zumindest wie eine Priesterin aus. Ein langes Gewand mit Symbolen der Göttin Eurydis bedeckte ihren Körper vom Hals bis zu den Fußknöcheln, das Gesicht wurde von einer strengen itharischen Maske verdeckt, und um ihr langes blondes Haar hatte sie ein Tuch geschlungen. Schmuck trug sie keinen. Die Besucherin sprach kein Wort.

»Willkommen«, sagte Séhane und trat ihr entgegen. »Sprecht ohne Furcht. Wir sind Eure Freunde.«

Grigán wich der Königin nicht von der Seite. Es missfiel ihm, dass sie sich der Fremden so arglos näherte.

»Habt Ihr die Nachricht aus Mestebien gesandt?«, fragte Corenn.

Die Maz sah die Ratsfrau eine Weile nachdenklich an, bevor sie antwortete. »Ja, das war ich.«

»Ich hoffe, Ihr habt Verständnis für unsere Vorsicht, Maz. Aber wir müssen herausfinden, ob Ihr die Wahrheit sprecht. Bitte verzeiht mir die Frage: Was stand in der Nachricht?«

Als die Fremde schwieg, fügte Corenn hinzu: »Wir alle haben sie gelesen. Wir gehören zusammen. Habt keine Furcht.«

»›Majestät, wenn Ihr den Namen Ji mit einem Fluch verbindet, können wir einander vielleicht helfen. Nehmt meine Brieftaube, die die Reise hoffentlich gut überstanden hat, um mir eine Antwort zu senden.‹ Das waren meine Worte.«

»Willkommen, Maz Lana. Das ist doch Euer Name, nicht wahr? Ihr seid die Urenkelin von Maz Achem, eine Erbin wie wir.«

Corenn kannte die Listen, die sie erstellt hatte, mittlerweile auswendig, und so erriet sie mühelos, wer die Fremde war, obwohl die Priesterin nie an den Zusammenkünften der Erben teilgenommen hatte.

Lana, deren Misstrauen noch nicht verflogen war, schwieg weiterhin.

»Mir kam zu Ohren, Ihr wärt in Ith von den Züu getötet worden«, fuhr Corenn fort. »Ich freue mich zu sehen, dass die Nachricht falsch war.«

»Auch wir sind ihnen entkommen«, sagte Bowbaq.

»Ihr wurdet von den Züu angegriffen?«, fragte Lana verblüfft.

»Ein- oder zweimal«, sagte Grigán.

»Ich habe einen von ihnen getötet«, ergänzte Léti. »Rey zwei und Bowbaq und sein Schneelöwe drei. Grigán ist mittlerweile bei sieben«, sagte sie und wies nacheinander auf ihre Freunde.

»Ich möchte nicht, dass du solche Rechnungen anstellst«, sagte Grigán scharf.

Lana ließ den Blick über die sechs Menschen schweifen, die sie umringten. Sie fragte sich, ob sie an eine Bande Verrückter geraten war. Diese Leute waren gewalttätig und schienen sich nicht um Eurydis' Moral zu scheren. Unerklärlicherweise fühlte sie sich in ihrer Gegenwart dennoch wohl. »Ich bin Lana von Lioner aus Ith«, sagte sie ruhig. »Und ich bin tatsächlich Maz Achems Urenkelin. Ich freue mich, endlich Freunde gefunden zu haben.«

Sie begrüßten Lana wortreich und stellten sich reihum vor. Tausende Fragen brannten ihnen auf der Zunge, doch im Augenblick waren sie einfach nur glücklich, eine weitere Erbin kennenzulernen.

Nur Rey hielt sich im Hintergrund. Als er an der Reihe war, erfuhren sie den Grund. »Eins noch«, sagte er. »Ich wüsste gern, ob sich nicht doch ein Totenkopfgesicht hinter dieser Maske verbirgt.«

»Das ist eine religiöse Maske«, rief Léti empört.

»Sogar eine Trauermaske«, erklärte Lana. »Aber der junge Mann hat recht. Ich sollte Euch mein Gesicht zeigen, und sei es nur aus Respekt vor Ihrer Majestät.«

Sie löste den Knoten und legte die Maske ab. Auch das Tuch, das ihr Haar bedeckte, nahm sie ab.

Sie war atemberaubend schön. *Sogar noch schöner als Léti,* dachte Yan. Aber vermutlich nur, weil sie einige Jahre älter war. Die Priesterin war eine erwachsene Frau, wie auch Léti es eines Tages sein würde.

»Reyan! Hat es Euch etwa die Sprache verschlagen?«

Grigán warf dem Schauspieler, der Mund und Augen aufsperrte, einen belustigten Blick zu. Rey bemühte sich um ein gleichmütiges Gesicht, doch es war zu spät: Alle hatten das Erstaunen, die Bewunderung und vor allem das Verlangen in seinen Augen gesehen.

»Ich hoffe, Ihr verzeiht mir mein Misstrauen, Maz Lana«, stammelte er.

Von nun an fühlte sich Yan dem Schauspieler noch verbundener. Rey hatte sich verliebt.

Sie hatten viel zu erzählen, doch die Erben beschlossen, sich erst einmal Lanas Geschichte anzuhören. Anschließend würden sie ihr von ihren eigenen Abenteuern berichten. Es war schon spät in der Nacht, als die Maz endete. Die Neuigkeiten, die sie brachte, versetzten die Gefährten in helle Aufregung.

Lana erzählte, wie sie vor einigen Jahren begonnen hatte, sich für ihren Urahnen Maz Achem zu interessieren, und wie sie von der rätselhaften Reise auf die Insel Ji erfahren hatte. Sie berichtete auch, dass Maz Achem nach seiner Rückkehr zu einem Abtrünnigen und fanatischen Verfechter der eurydischen Lehre wurde. »Er forderte eine missionarische Religion, um Ungläubige zu bekehren. Die Verbreitung der göttlichen Moral unter den Völkern schritt seiner Meinung nach zu langsam voran.«

»Aber das ist doch noch kein Grund, ihm seinen Maz abzuerkennen«, warf Corenn ein, der das Schicksal aller Abgesandten bekannt war.

»Achem plante einen Kreuzzug. Einen Krieg in Eurydis' Namen mit dem Ziel, die dämonistischen Religionen auszulöschen. Könnt Ihr Euch vorstellen, dass ein Maz den Großen Tempel bittet, ein Heer aufzustellen und gegen die Anhänger K'lurs, Prias' und anderer schwarzer Götter in den Krieg zu ziehen?«

Die Erben wechselten bange Blicke. Ohne es zu ahnen, hatte Lana ihre schlimmsten Befürchtungen bestätigt: Das Land hinter der Pforte war das Land der Dämonen.

Einen Augenblick lang war Corenn versucht, Lana von der Insel Ji, den Pforten und der anderen Welt zu erzählen. Doch ihr Schwur verpflichtete sie zum Schweigen. Außerdem kannte sie Lana erst seit wenigen Dekanten. Vielleicht würde die Ratsfrau sie später einweihen.

Die Maz spürte ihr Zögern, fuhr aber trotzdem mit ihrer Erzählung fort, denn das Wichtigste kam erst noch. »Irgendwann kam ich mit meinen Nachforschungen nicht mehr weiter. Ich verlor das Interesse an der Sache, weil meine Eltern schwer erkrankten.«

Sie verstummte, um ihrer verstorbenen Eltern zu gedenken und ihren Worten mehr Gewicht zu verleihen.

»Auf dem Sterbebett nahm mein Vater mir das Versprechen ab, Maz Achems Tagebuch zu verbrennen, sollte es mir jemals in die Hände fallen.«

Die Erben starrten die Priesterin fassungslos an. Diese Neuigkeit weckte so kühne Hoffnungen in ihnen, dass niemand die Frage zu stellen wagte, die ihnen allen auf der Zunge lag.

Schließlich fasste sich Séhane ein Herz. »Habt Ihr das Tagebuch gefunden?«

»Nein. Ich weiß nicht einmal, ob es überhaupt noch existiert. Ich hoffte, es in Mestebien zu finden, aber dort war es nicht.«

»Wieso glaubt Ihr, dass es etwas Aufschlussreiches enthält?«, fragte Grigán. »Vielleicht erwähnt Achem die Insel Ji mit keinem Wort.«

»In Ith heißt es, er habe den Emaz aus seinem Tagebuch vorgelesen und deswegen den Tempel verlassen müssen.«

»Vielleicht ging es nur um theologische Spitzfindigkeiten«, wandte der Krieger ein.

»Glaubt Ihr das wirklich?«

Grigán antwortete nicht. Wie seine Gefährten setzte er große Hoffnungen auf das Tagebuch, doch er fürchtete eine weitere Enttäuschung.

Corenn ahnte, dass sie in dem Tagebuch Antworten auf all ihre Fragen finden würden. Maz Achem musste ihm alles anvertraut haben. Bereits vor hundertachtzehn Jahren hatte er den Schwur gebrochen. »Aber Ihr habt bereits eine Idee, wo Ihr noch suchen könntet«, sagte sie.

»In der Tat. Ich weiß, wer mir sagen kann, ob das Tagebuch noch existiert und wo es sich befindet.«

»Wer, wenn kein Toter?«, fragte Rey.

»Ein Gott.«

»Ach so!«, sagte er grinsend. »Warum bin ich nicht gleich darauf gekommen? Vielleicht kann er uns sogar Eurydis vorstellen. Dann könnten wir alle eine Partie itharische Würfel spielen und gemeinsam ein paar Becher leeren. Die Idee gefällt mir!«

»Ich meine es ernst«, sagte Lana. »Ihr seid offenkundig ein Ungläubiger. Aber die Götter leben in unserer Welt, unter den Menschen. Das ist eine Tatsache.«

»Macht Euch um mich keine Gedanken. Wenn Ihr seine genaue Adresse kennt, bin ich bereit, Euch zu folgen. Mit meinen Gefährten habe ich schon so viel Seltsames erlebt, dass mich nichts mehr aus der Fassung bringt. Hoffentlich nimmt er nicht zu viel Geld für die Auskunft.«

»Ich spreche von Usul.«

Rey blieb das Lachen im Halse stecken. Über Usul kursierten die furchtbarsten Legenden.

»Der Gott der Guori«, sagte Grigán. »Im Schönen Land.«

»Wart Ihr schon einmal dort?«, fragte Lana hoffnungsvoll.

»Ein Freund von mir lebt dort. Aber die Einheimischen verbieten Fremden, ihre Heilige Insel zu betreten. Selbst wenn wir davon ausgehen, dass dort ein Gott lebt, kämen wir nicht an ihn heran.«

»Wir müssen es versuchen«, sagte Corenn entschlossen. »Lana ist eine Maz. Vielleicht beeindruckt sie das.«

»Die Guori sind keine freundlichen, arglosen Wilden«, erklärte Grigán. »Sie besitzen mindestens so viele Kriegsschiffe wie die Lorelier, auch wenn sie ihre Heimat nur selten verlassen. Die Heilige Insel wird besser bewacht als die Hauptstadt Großterra. Die Gefahr ist zu groß.«

»Nehmen wir einmal an, wir könnten Usul aufsuchen, durch welches Wunder auch immer, und er würde tatsächlich die Antworten auf unsere Fragen kennen. Warum sollte er sie uns geben?«, fragte Rey.

»Es gilt viele Hindernisse zu überwinden«, gab Lana zu. »Aber ich weiß keinen anderen Ausweg. Ich brauche Eure Hilfe.«

Die Gefährten dachten über ihre Worte nach. Vor der Begegnung mit Lana waren sie ratlos gewesen. Die Hoffnung, die sie in ihnen geweckt hatte, war zwar vage und würde sie auf einen gefährlichen Weg führen, doch zumindest hatten sie nun wieder ein Ziel vor Augen.

»Ich bin dafür, ins Schöne Land zu reisen«, sagte Corenn. »Wir brauchen endlich Antworten. Wenn es uns gelingt, Usul zu finden, wird er uns den Namen unseres Feindes nennen können.«

Die Erben nickten schweigend.

Ein Schatten fliegt durch die Nacht. Er könnte die Strecke in einem Wimpernschlag zurücklegen, doch er findet Gefallen daran, den Flug in die Länge zu ziehen. Schon lange hat er sich nicht mehr so frei gefühlt. Er fliegt dicht über die Wellenkronen des Mittenmeers hinweg, taucht manchmal ins Wasser ein, ohne langsamer zu werden und ohne eine Spur zu hinterlassen. Der Schatten hat noch keine Gestalt angenommen. Noch ist er ein Geist.

Der Schatten kann die friedliche Aussicht über die weite Fläche nicht genießen, die sich bis zum Horizont erstreckt. Für ihn ist sie einfach nur eine neue Umgebung. Fremder als die, die er schon kennt. Nicht schöner oder hässlicher. Für ihn ist alles traurig und ohne Schönheit. Der Schatten kann sich nichts anderes vorstellen. Früher vielleicht. In einer fernen Vergangenheit. Doch jetzt nicht mehr.

Der Schatten gleitet über das dunkle Meer und fliegt mit hoher Geschwindigkeit durch die Nacht. Schon ändert sich die Umgebung. Er nähert sich seinem Ziel. Der Horizont hebt sich und wird zum Festland. Der Schatten wird langsamer, um noch etwas Zeit zu gewinnen. Er fliegt über menschliche Behausungen hinweg. Für einen Augenblick lauscht er den Gedanken Tausender Sterblicher, dann stößt er sie voller Abscheu fort. Sie sind an seiner Lage schuld, zugleich Meister und Sklaven. Wie sehr er sie hasst!

Er fliegt über Wälder und Berge hinweg, Wege und Flüsse, Dörfer und Städte. Spielerisch folgt er den Senken und Erhebungen, steigt höher und tiefer, ohne je den Boden zu berühren. Er durchquert eine Herde wilder Aurochen, als wären sie Luft. Der Schatten weiß nicht, was wilde Aurochen sind, und es kümmert ihn auch nicht. Einen Augenblick später, als er bereits zwanzig Meilen entfernt ist, hört er immer noch das ängstliche Blöken der Tiere, in deren Geist er eingedrungen ist. Lästig. Er tötet sie mit einem einzigen Gedanken.

Der Schatten wundert sich. Er fühlt sich seltsam. Die Anstrengung schwächt ihn. Seine Kraft nimmt ab, und das Fliegen fällt ihm immer schwerer. Er hätte nicht gedacht, dass er so anfällig ist.

Er muss sich beeilen, seinen Auftrag erfüllen und zu seinem Freund zurückkehren.

Der Schatten springt nun direkt zu seinem Ziel, weil er hofft, dadurch Kraft zu sparen. Doch er hat sich verschätzt. Nun ist er erschöpft. Er will nur noch schlafen. Zum Glück wird alles bald vorbei sein. Er lauscht dem Geist einiger Sterblicher und schöpft genug Kraft aus ihnen, um wach zu bleiben.

Er durchdringt ein menschliches Bauwerk von zwei Schritten Breite. Mühelos. An der Mauer bleibt keine Spur von seinem Eindringen zurück. Er durchquert drei, fünf, neun weitere Mauern und kommt endlich zum angenehmen Teil seines Auftrags.

Er beugt sich über einen Umriss. Ein schlafender Mensch. Der Schatten hasst alle Menschen.

Er weiß, dass er nicht genug Kraft hat, um ihn mit seinen Gedanken zu töten. Daher beschließt er, Gestalt anzunehmen. Er wählt eine Gestalt, die klein genug ist, um in das Bauwerk der Menschen zu passen, und stark genug, um die Menschen zu besiegen. Die erste Gestalt, die ihm in den Sinn kommt.

Die Wirklichkeit stürzt grell auf ihn ein. Der Schatten stöhnt auf angesichts der Hässlichkeit der Menschenwelt. Er beugt sich über die schlafende Gestalt und bricht ihr mit einem Arm das Genick. Der Mensch ist nicht einmal aufgewacht. Er wird nie wieder aufwachen.

Der Schatten tappt mit schweren Schritten zur Tür und reißt sie aus den Angeln. Ein Mensch, der dahinter steht, schreit vor Entsetzen auf. Es ist keiner von denen, die er töten soll. Aber der Schatten tötet ihn trotzdem. Er zerquetscht seinen Kopf in acht krallenartigen Fingern.

Angst und Schmerz verleihen dem Mann ungeahnte Kräfte. Der Schatten knurrt zufrieden.

Andere Menschen stürzen herbei. Manche sind seine Feinde. Die anderen schreien und fliehen. Der Schatten muss sie alle töten. In dieser Nacht wird er sich an einem Festmahl aus Angst und Schmerz laben.

Etwas trifft seinen Rücken. Der Schatten fährt herum und lässt seine Pranke durch die Luft sausen. Doch ihre Krallen zerreißen kein Fleisch. Der Mensch, der den Schatten angegriffen hat, ist zurückgewichen. Jetzt schlägt er erneut zu und trennt dem Schatten eine Hand ab. Der Schatten lässt sie nachwachsen und gibt sich auch noch einen dritten Arm.

Die Anstrengungen erschöpfen ihn. Er ist schläfrig. Der Mensch trifft ihn noch zweimal, bevor der Schatten ihn mit einem Prankenschlag durch die Luft schleudert. Aber jetzt dreschen andere Menschen auf seinen Rücken ein. Der Schatten denkt, dass er besser eine andere Gestalt gewählt hätte. Er lässt sich ein drittes Auge am Hinterkopf und unten am Rücken einen Schwanz wachsen. Aber er hat nicht mehr genug Kraft, um ständig seine Gestalt zu erneuern und gleichzeitig die Menschen abzuwehren.

Er ist müde. Er muss schlafen. Er ist die Menschen leid.

Er löst seine Gestalt auf und fliegt zurück zum Meer. Er war noch nicht bereit für den Auftrag. Aber er wird bald zurückkehren. Seine Kraft wächst mit jedem Tag. Er wird zurückkehren.

Corenn ließ Léti erst aus dem Zimmer, als die Kampfgeräusche verstummt waren. Mittlerweile schallten andere, entsetzte und traurige Rufe durch das Schloss: »Die Königin ist tot! Die Königin ist tot!«

Léti stürzte auf den Flur, sobald ihre Tante den Weg freigab. Das würde sie ihr nicht so schnell verzeihen. Corenn hatte die Tür von innen verriegelt und sich geweigert, ihre Nichte hinauszulassen, solange Schmerzensschreie und das Fauchen eines wilden Tiers den Flur heraufschallten. Yan, Grigán und die anderen kämpften vielleicht um ihr Leben, und Corenn zwang sie, hier Däumchen zu drehen.

Was Léti auf dem Gang sah, bestätigte ihre schlimmsten Befürchtungen. Grigán stand in zerfetzten Kleidern vor dem Zimmer der Königin, das Krummschwert in der Hand. Er hielt sich mit schmerzverzerrtem Gesicht den Arm, blutete aber nicht. Vermutlich war der Knochen gebrochen.

Bowbaq stand neben ihm. Er betrachtete die Leiche einer königlichen Wache mit einer Mischung aus Faszination und Ekel. Der Kopf des Mannes war zerquetscht worden. Léti wandte den Blick ab, damit ihr nicht übel wurde.

Yan erreichte den Schauplatz gleichzeitig mit ihr. Er war zunächst zu dem Zimmer gelaufen, in dem Léti und ihre Tante wohnten, um sich zu vergewissern, dass es ihnen gut ging. Kurz nach ihm trafen Corenn und Maz Lana ein.

Rey stieß als Letzter zu ihnen. Er war im Dienstbotenflügel gewesen, als ihn die Nachricht von Séhanes Tod erreichte.

Die Erben starrten traurig auf die zersplitterte Tür und waren zugleich erleichtert, dass es keinen von ihnen getroffen hatte. Haushofmeister, Kammerherren und sämtliche Diener Séhanes traten in das Zimmer der Königin, blieben an ihrem Bett stehen und kehrten mit tränenüberströmtem Gesicht zurück. Von den Erben fühlte sich nur Corenn diesem Besuch gewachsen. Zum ersten Mal sahen sie die Ratsfrau weinen.

»Was ist denn passiert?«, fragte Rey, als er die Leiche des Wachsoldaten sah.

Grigán und Bowbaq, die einzigen Erben, die den Kampf erlebt hatten, wechselten einen stummen Blick. Séhanes Wachen hatten gemeinsam mit ihnen gegen dieses … dieses Ding gekämpft, doch sie waren allesamt verschwunden, vielleicht hatten sie sogar den Verstand verloren.

»Wir müssen hier weg«, sagte Grigán und hielt sich den verwundeten Arm. »Hier wird es zu heikel für uns. Reden können wir später, wenn mir selbst etwas klarer ist, was eigentlich geschehen ist.«

Die Erben liefen zu ihren Zimmern und packten ihre Sachen zusammen. Niemand stellte Grigáns Befehl infrage. Seine Worte bedeuteten: »Wir müssen aus Junin fort.«

Lana blieb allein vor dem Zimmer der Königin zurück. Keiner der anderen zweifelte daran, dass der Mord mit dem Geheimnis der Insel zusammenhing. *Das ist also das Schicksal,* dachte sie, *das auch mich eines Tages erwartet.* Man würde ihr im Schlaf das Genick brechen. Weise

Eurydis, wozu all dies Leid? Warum kämpfen, wenn der Tod am Ende doch immer siegte?

»Beeilt Euch, Lana«, rief eine Stimme. »Wenn Ihr noch länger herumtrödelt, lässt Grigán Euch bis Großterra rudern.«

Die Maz drehte sich um und lächelte Rey zu, der selbst in einem solchen Moment die Kraft für einen Scherz fand. Vielleicht konnte er auch nicht anders.

Er war zurückgekehrt, um sie zu holen. Ihr Schicksal schien ihm am Herzen zu liegen. Vielleicht war das das Leben: die Zuneigung anderer.

»Ich komme«, sagte sie.

Einen Augenblick zuvor hatte ihre Entscheidung noch nicht festgestanden. Die Worte waren einfach so aus ihrem Mund geschlüpft. Nun war ihr Los endgültig mit dem der anderen Erben verbunden.

In der Verwirrung, die im Eroberten Schloss herrschte, konnten sich die Erben mühelos davonstehlen. Eigentlich hätten alle Ausgänge versperrt sein sollen, und Wachen hätten sämtliche Zimmer durchsuchen und jeden, der das Schloss betreten oder verlassen wollte, überprüfen müssen. Doch die Juneer waren vor Entsetzen wie gelähmt.

Auf den Gängen, in den Gemächern und auf den Festungsmauern scharten sich alle um die Wachen, die den Kampf erlebt und den Mörder gesehen hatten. Die wildesten Gerüchte machten die Runde. In jener Nacht brauchte Junin keine mit Hellebarden bewaffneten Soldaten, sondern Teufelsbeschwörer und Hexenaustreiber.

Auf dem Weg zum Hafen sprachen die Erben kaum. Vom Schloss ertönten Hornstöße, die den Tod der Königin verkündeten. Die Einwohner strömten aus ihren Häusern, um ihre Trauer zu bekunden und ihre Neugier zu befriedigen. Doch niemand wusste etwas Genaues. Man nahm an, Séhane sei an Altersschwäche gestorben. Und so würde man es sich auch bald in allen Fürstentümern, den Unteren Königreichen und der ganzen bekannten Welt erzählen. Nur zwei oder drei Wachen würden weiterhin eine sonderbare Geschichte verbreiten, die ihnen niemand abnahm. Erst ein Jahrhundert später, wenn die Ereignisse längst zur Legende geworden waren, würde man ihnen Glauben schenken.

Der Aufruhr deckte die Flucht der Erben, denen der Weg zum Hafen kurz vorkam. Manche Juneer warfen den Fremden, die mit Gepäck und Waffen vom Schloss forteilten, misstrauische Blicke zu. Aber alle nahmen an, dass die Wachen sie schon längst in den Kerker geworfen hätten, wenn sie sich eines Verbrechens schuldig gemacht hätten. Und so hielt sie niemand auf.

Mehrmals blieb Bowbaq wie angewurzelt stehen und starrte in eine finstere Seitenstraße. Er wandte sich Grigán zu, der jedes Mal sagte: »Da ist nichts. Es ist weg.« Erst dann setzte sich Bowbaq zaghaft wieder in Bewegung. Yan fiel auf, dass er seit dem Kampf vor Séhanes Gemach den Streitkolben nicht mehr aus der Hand gelegt hatte. Dass dieser sanfte, friedliebende Mann ein solches Bedürfnis nach Schutz verspürte, jagte dem jungen Kaulaner einen Schauer über den Rücken.

Die *Othenor* lag noch immer am Steg. Während ihrer Tage im Eroberten Schloss hatten sie regelmäßig nach dem Rechten gesehen und die Wasser- und Lebensmittelvorräte aufgefüllt. Das Segelschiff war zum Auslaufen bereit.

Der Meeresgeruch rief Léti die Hoffnung in Erinnerung, die die Gefährten bei ihrer Ankunft in Junin gehegt hatten. Wie arglos sie gewesen waren … Zwar hatten sie eine weitere Erbin gefunden, doch abermals hatte ihr Feind einen von ihnen getötet.

Dafür würde er bezahlen.

Léti schwor bei Eurydis und allen Göttern, die sie anhören wollten, dass sie alles tun würde, um den Mann, der ihnen die Züu auf den Hals hetzte, seiner gerechten Strafe zuzuführen. Den Mann, der Séhane auf dem Gewissen hatte.

Ihr fiel das Gemälde ein, das die Königin ihr geschenkt hatte. Es war noch im Schloss. Doch es war zu spät, um umzukehren. Sie würde es holen, wenn sie ihr Gelübde erfüllt und Séhane gerächt hätte.

Rey machte die Leinen los und sprang als Letzter auf das Schiff, als es sich bereits vom Anleger entfernte. Yan hatte alle Segel gesetzt und das Steuer übernommen, um den Hafen so schnell wie möglich zu verlassen. Nun war es vorbei mit der Bequemlichkeit und dem Schutz des Eroberten Schlosses, dachte er. Sie waren wieder einmal auf der Flucht.

Als sie auf den See von Junin hinausfuhren, verschluckte die Dunkelheit die *Othenor* mehr und mehr. Bowbaq wollte die Laternen anzünden, doch Grigán riet ihm davon ab, solange sie in Sichtweite von Junin waren. Der Riese erbleichte vor Angst.

»Du fürchtest dich vor dem Wasser und vor Menschenmengen«, sagte Rey unbarmherzig. »Fürchtest du dich etwa auch vor der Dunkelheit?«

»Du würdest dich auch fürchten, wenn du gesehen hättest, was ich gesehen habe«, antwortete der Riese leise.

»Bowbaq war sehr mutig«, sagte Grigán. »Wenn er mir nicht geholfen hätte …«

»Was ist denn nun eigentlich passiert?«

Grigán starrte lange in die Finsternis, bevor er antwortete. »Ich möchte mit der Antwort lieber bis Sonnenaufgang warten. Ich will, dass wir heute Nacht wach bleiben. Vermutlich kann ohnehin niemand schlafen. Bleibt auf keinen Fall allein. Am besten halten wir uns alle an Deck auf.«

Sie bedrängten die beiden nicht weiter, sondern ließen sich auf den Holzplanken nieder. Am Himmelszelt leuchteten die ersten Sterne auf. Der Fluss plätscherte vor sich hin, die Luft war mild, und ein leichter Wind strich ihnen über die Gesichter. Die Natur stand ihrem Unglück gleichgültig gegenüber.

Grigán trat zu Lana. Er wollte sie um etwas bitten, was ihm offenkundig unangenehm war. »Verzeiht, Lana, aber … Ihr seid doch Maz, nicht wahr? Wenn Ihr ein Gebet sprechen wollt, um uns vor Dämonen zu schützen oder etwas in der Art, wäre jetzt der richtige Moment.«

Sie nickte langsam, denn Grigáns besorgter Tonfall machte ihr Angst. Dann sandte sie Eurydis ein inbrünstiges Gebet.

Sie bat die Göttin auch, Séhanes Geist bei sich aufzunehmen. In einem wunderschönen Tal mit lachenden Kindern.

»Es war ein Mog'lur«, sagte Bowbaq nun schon zum zweiten Mal. »Ein Kriegsdämon. Ich habe einen Mog'lur gesehen!«, wiederholte er ungläubig.

»Du hast sogar auf ihn eingedroschen«, sagte Grigán. »Irgendwie und ohne nachzudenken, aber du hast auf ihn eingedroschen.«

»Schön und gut«, unterbrach ihn Léti. »Aber nun sagt uns endlich, wie er aussieht.«

Grigán und Bowbaq wechselten einen Blick. Es war zwar mitten am Tag, aber die Geschehnisse hatten nichts von ihrem Schrecken verloren. Die ganze Nacht waren sie mit der *Othenor* den Fluss hochgesegelt. Am zweiten Dekant hatten sie Galen hinter sich gelassen und steuerten nun in nordwestlicher Richtung auf die Meeresenge von Manive zu, hinter der das Schöne Land lag. Alle Gefahr schien in weiter Ferne zu liegen. Die Gefährten sehnten sich nach Antworten auf die Fragen, die sie die ganze Nacht geplagt hatten. Doch Grigán und Bowbaq waren nicht in der Lage, sie ihnen zu geben.

»Es war groß, sehr groß. Und sehr stark.«

»Und schwarz. Aber nicht einfach nur schwarz. Pechschwarz.«

»Und es war nackt. Aber es hatte kein Geschlecht. Seine Haut … Es war keine richtige Haut. Es hatte weder Fell noch Federn. Sondern … etwas anderes.«

»Vielleicht Fischschuppen?«, scherzte Rey, bevor Lanas schockierter Blick ihn zum Schweigen brachte.

»Aber was war es?«, bohrte Léti nach. »Ein Mensch oder ein Tier?«

»Ich weiß nicht. Beides zugleich. Oder mal das eine, mal das andere.«

»Seine Gestalt veränderte sich ständig. Ihm wuchsen Augen und Arme. Er stand auf zwei Beinen wie ein Mensch, bewegte sich aber wie ein Raubtier.«

»Ein Mog'lur«, sagte Bowbaq überzeugt.

Das Ungeheuer in die arkische Mythologie einzuordnen half ihm. Es war immer noch genauso grauenerregend, aber weniger unfassbar.

»Habt Ihr schon einmal von einem Mog'lur gehört, Lana?«, fragte Corenn.

»Nein«, sagte sie. »Im Buch der Weisen finden Dämonen kaum Erwähnung. Ich will Euch nicht kränken, Bowbaq, aber ich glaube, Mog'luren gibt es nur in den arkischen Legenden.«

»Und im Eroberten Schloss«, ergänzte Rey.

»Ich bin froh, dass du Grigán im Kampf zur Seite stehen konntest«, sagte Léti, die bedauerte, dass sie nicht dabei gewesen war.

»Ich hatte solche Angst«, flüsterte der Riese. »Als ich sah, wie der Dämon ihn zu Boden schleuderte, rannte ich hin und schlug mit aller Kraft auf ihn ein. Séhanes Wachen kamen mir zur Hilfe. Doch die Wunden des Ungeheuers schlossen sich immer wieder. Es blutete nicht. Und dann ließ es sich ein drittes Auge wachsen. Ich dachte schon, wir könnten es nicht besiegen. Und dann ist es plötzlich verschwunden.«

»Vielleicht habt ihr es getötet.«

»Nein«, sagten Bowbaq und Grigán im Chor. »Ich glaube nicht, dass man es überhaupt töten kann«, fügte der Krieger hinzu.

Er trug den Arm in einer Schlinge. Zum Glück war der Knochen nicht gebrochen, aber der Arm war schlimm geprellt. Bowbaq hatte noch nie erlebt, dass Grigán sich eine Verletzung zuzog. Der Gedanke minderte seine Angst nicht gerade.

»Die Züu können den Gletscher, der zwischen ihnen und meiner Familie liegt, nicht überwinden«, sagte er ernst. »Aber der Mog'lur … Er kann überallhin. Wir müssen unseren Feind *so schnell wie möglich* finden.«

Seine Worte klangen flehend. Alle hofften, dass es noch nicht zu spät für Bowbaqs Frau und Kinder war. Corenn erhob sich und lief nachdenklich auf und ab.

»Séhanes Tod hat vielleicht überhaupt nichts mit der Insel Ji zu tun«, warf Yan ein, obwohl er das selbst nicht glaubte.

»Nach der Warnung während der Versammlung der Fürsten würde es mich wundern, wenn es sich um einen Zufall handelte. Außerdem passt das, was geschehen ist, zu unseren Annahmen über die Pforten und die andere Welt.«

Die Erben starrten Corenn mit aufgerissenen Augen an. Sie hatte das Geheimnis der Insel Ji in Lanas Gegenwart zur Sprache gebracht. Sie hatte ihren Schwur gebrochen.

»Der Schwur wurde schon vor hundertachtzehn Jahren gebrochen«, sagte Corenn, als könnte sie Gedanken lesen. »Außerdem ist die Lage ernst genug, um eine Ausnahme zu machen. Wir alle teilen das gleiche Schicksal. Lana muss wissen, warum unser Leben in Gefahr ist.«

Alle nickten, und die Maz machte sich mit klopfendem Herzen darauf gefasst, das Geheimnis der Erben zu erfahren. Sie nahm an, dass es aufregend sein würde, doch es war viel mehr als das.

»Das hätte ich gern mit eigenen Augen gesehen«, sagte sie leise, als Corenn von der Pforte in der Höhle erzählte.

»Es war wunderschön«, sagte Rey. »Ergreifend. Aber auch traurig.«

»Warum?«

»Keine Ahnung. Das Tal hatte etwas von einem verlorenen Paradies. Dazu kam die Enttäuschung, nicht hineinzukönnen.«

»Was befindet sich Eurer Meinung nach hinter der Pforte?«, fragte Grigán die Priesterin.

»Ich weiß es nicht. Das Buch der Weisen erwähnt mehrere sagenumwobene Orte, die auf Eure Beschreibung passen. Und andere religiöse Texte erzählen ähnliche Legenden. Allerdings habe ich sie nicht besonders gründlich studiert. Sie bringen uns nicht voran auf dem Weg der Moral.«

»Schade. Erinnert Ihr Euch an einige dieser Legenden?«

»Sie werden uns, fürchte ich, kaum weiterhelfen. Ich glaube, eine handelt von Kindern, die mit einem Fluch belegt worden sind und nun als Gefangene in einem wunderschönen Land leben. Eine andere erzählt von einem uralten Volk, das sich in den Bergen versteckt und den Schutz der Götter genießt. In noch einer anderen geht es um Geister, die in Gestalt von Kindern wiedergeboren werden. Aber verlasst Euch nicht auf mein Gedächtnis.«

»Und keine dieser Legenden spricht von einem Land der Dämonen?«, fragte Bowbaq.

Die Priesterin riss vor Entsetzen die Augen auf. Die Frage führte ihr vor Augen, in welch großer Gefahr sie schwebten. Warum war sie nicht von selbst darauf gekommen?

»Das Jal'karu«, sagte sie ernst. »Das Land, in dem die schwarzen Götter geboren werden und aufwachsen. Es wird im Buch der Weisen erwähnt.«

Eine der schlimmsten Befürchtungen der Erben schien sich zu bewahrheiten – jedoch war das nicht mehr als eine Vermutung, solange sie Maz Achems Tagebuch nicht gelesen hatten.

»Jal'karu ist kein itharischer Name«, sagte Yan. »Eigentlich klingt er ziemlich ähnlich wie Bowbaqs Mog'lur.«

»Das stimmt. Wisst Ihr, aus welcher Sprache der Name stammt?«, fragte Corenn.

»Aus dem Ethekischen«, antwortete Lana. »Das Jal'karu wird in den ersten Schriftrollen des Buchs der Weisen beschrieben. Denjenigen, die auf mündlichen Überlieferungen beruhen.«

»Auch die Zeichen an der Pforte von Ji und am Großen Bogen in Arkarien sind ethekisch. Vielleicht haben die Etheker sie in den Stein gemeißelt. Wir müssen mehr über sie herausfinden.«

Alle fragten sich, wie Corenn es anstellen wollte, etwas über das älteste Volk der bekannten Welt herauszufinden, das schon vor Äonen untergegangen war. Doch die Ratsfrau hatte eine Idee. Diese Idee würde sie auf eine lange Reise führen, die große Gefahren barg – wie alles, was ihnen helfen konnte.

Zwei Tage vergingen, ohne dass etwas passierte. Grigáns Arm schmerzte immer noch, und er dachte sich Trockenübungen aus, um Létis Lerneifer zu befriedigen. Die junge Frau, in ihrer neuen Lederkluft und bewaffnet mit dem Rapier, schlug sich tapfer und hatte eindeutig das Zeug zu einer gefürchteten Kämpferin.

Corenn und Yan zogen sich abermals in die Kabine zurück, um sich der Magie zu widmen. Corenn versprach, dass sie bald mit den praktischen Übungen beginnen würden, vielleicht nachdem sie Usul getroffen hatten. Yan hatte seine theoretische Ausbildung nun fast beendet, und er brannte darauf, sein Wissen anzuwenden.

Rey wiederum hatte seine Leidenschaft für die eurydische Religion entdeckt. Es war nur ein Vorwand, um Zeit mit Lana zu verbringen, doch die Priesterin tat so, als bemerke sie das nicht, und unterhielt sich dekantenlang mit ihm über das universelle Streben nach Moral. Keiner der anderen verriet, dass Rey in seiner Vergangenheit nicht gerade nach den eurydischen Tugenden gelebt hatte.

Bowbaq war noch schweigsamer als sonst. Der Kampf gegen den Mog'lur hatte ihn noch mehr erschüttert als die Ereignisse auf der Insel Ji. Dieses Mal schwebte seine Familie in Gefahr, und er wurde von Zweifeln geplagt.

Am dritten Tag der Überfahrt verließ die *Othenor* das Mittenmeer und gelangte ins romische Meer. Alle versammelten sich an Deck und hielten Rat. Corenn und Grigán kannten das Schöne Land gut genug, um die Neugier ihrer Gefährten zu stillen, und alle, auch Bowbaq, lauschten ihnen aufmerksam.

Das Schöne Land bestand aus über hundertdreißig unterschiedlich großen Inseln, die von den Guori besiedelt wurden, einem eher primitiven Volk, das über unermessliche Reichtümer verfügte.

Zu Zeiten der Zwei Reiche waren die Guori ständigen Angriffen der Rominer ausgesetzt, die von Norden her einfielen, doch das Schöne Land blieb trotzdem unabhängig. Da jede Insel einzeln erobert und verteidigt werden musste, erlitten die Rominer hohe Verluste und zogen schließlich wieder ab. Doch die Guori hatten ihre Lektion gelernt.

Ursprünglich waren sie kein besonders kriegerisches Volk, aber nun betrieben sie Handel mit den Fürstentümern und dem Sultanat von Jezeba und bauten mit den mageren Gewinnen eine Kriegsflotte auf, die ihren Feinden die Eroberungslust austrieb.

Bald reichte das Geld nicht mehr, um die Schiffe zu unterhalten und den Söldnern, die sie bemannten, Lohn zu zahlen. Daraufhin kamen die Guori auf die Idee, einige ihrer Inseln zu verpachten. Jeder Pächter war Herrscher über sein Stück Land und wurde von der Flotte beschützt, die nun wieder über genügend Geld verfügte.

Die Idee war unerwartet erfolgreich: Ein Drittel der Inseln des Schönen Landes wurde mittlerweile von Loreliern, Goronern, Rominern, Jez und Juneern bewohnt, reichen Leuten mit genügend Geld, um sich die Pacht leisten zu können. Für die Flotte rekrutierten die Guori nach wie vor Söldner. So konnten sie weiterhin ihr zurückgezogenes Leben führen und in Ruhe ein Vermögen anhäufen, von dem sie kaum etwas ausgaben.

»Mein Freund lebt seit über dreißig Jahren im Schönen Land«, sagte Grigán. »Vielleicht kann er uns sagen, wie wir auf die Heilige Insel gelangen.«

»Woher kennt Ihr jemanden mit so viel Geld?«, fragte Rey verblüfft.

»Vor über zehn Jahren fiel er in Manive Straßenräubern in die Hände, und ich half ihm aus der Klemme. Er war mir sehr dankbar. Sein Name ist Zarbone.«

»*Zarbone?*«, fragte Rey misstrauisch.

»Er ist kein Zü, sondern Goroner.«

»Woher stammt sein Vermögen?«

»Ich weiß es, ehrlich gesagt, nicht. Ich glaube, er besitzt Ländereien im Großen Kaiserreich. Außerdem handelt er mit Antiquitäten. Er ist ein leidenschaftlicher Sammler, weshalb er seine Insel in *Sammlung* umbenannt hat.«

»Ich hätte auch gern eine Insel«, sagte Léti verträumt.

»Die Nachbarn würden dir nicht gefallen«, entgegnete Grigán. »Die Züu haben ebenfalls eine Insel im Schönen Land gepachtet, und die Valiponden. Außerdem vermutet Zarbone, dass sich auf einer seiner Nachbarinseln ein geheimer Tempel zu Ehren von K'lur befindet.«

»Aber genau weiß er es nicht?«

»Natürlich nicht! Die Pächter herrschen zwar über ihre eigene Insel, dürfen aber die anderen nicht betreten. Um zu Zarbone zu gelangen, müssen wir durch die Kontrollen der guorischen Söldner. Das Schöne Land ist besser bewacht als jeder andere Ort der bekannten Welt.«

»Hoffen wir, dass es besser bewacht ist als Séhanes Palast«, sagte Rey.

In diesem Moment sprang Bowbaq auf. Es war offensichtlich, dass sein Verhalten nichts mit ihrem Gespräch zu tun hatte. Der Riese schien zu lauschen, aber die anderen hörten nichts.

»Jemand spricht zu mir!«, flüsterte Bowbaq stirnrunzelnd. »Er übermittelt mir seine Gedanken. Ein Erjak!«

Sie liefen zur Reling und suchten den Horizont ab. Zwar war tatsächlich ein anderes Schiff in Sicht, doch es war mehrere Meilen entfernt.

»Kann man Gedanken über solch eine Entfernung schicken?«, fragte Léti verwundert.

»Nein«, sagte Bowbaq zerstreut, weil er sich auf die Stimme in seinem Kopf konzentrierte. »Das ist kein Mensch. Dieser Erjak ist ein Tier. Zum ersten Mal sucht ein Tier das Gespräch mit mir!«, sagte er glücklich.

Voller Vorfreude suchte er die schwarzen Wellen ab. Mittlerweile hatte er kaum noch Angst vor dem Meer. Nachdem er gegen einen Mog'lur gekämpft hatte, hatte der Gedanke zu ertrinken viel von seinem Schrecken verloren.

»Was sagt es denn?«, fragte Yan, während alle versuchten, im Wasser etwas zu erkennen.

»Es sagt: Spiel«, antwortete Bowbaq gerührt. »Das ist ein Freundschaftsangebot. Ich will es sehen. Ich muss ihm antworten!«

»Dort drüben!«, rief Grigán, der die schärfsten Augen hatte. »Gyolendelfine.«

Eine Gruppe von vier Tieren folgte dem Segelschiff in etwa fünfzig Schritt Entfernung. Bowbaq lief zum Bug und beobachtete die Delfine, deren Verhalten von einer ebenso großen Intelligenz wie der seinen zeugte.

Er konzentrierte sich und drang in den Geist des vordersten Tieres ein. Der Delfin zeigte nicht die übliche Abwehrreaktion.

»Er versteht mich!«, rief Bowbaq mit Tränen in den Augen. »Er fragt, warum die Menschen nie antworten!«

Die Erben beäugten Bowbaq neidisch.

Für Bowbaq wäre es ein Kinderspiel, in den Tiefen Geist seines neuen Freundes einzudringen. Doch dann fiel ihm ein, dass sämtliche Wahrnehmungen der Unterwasserwelt auf ihn einstürmen würden, und er besann sich eines Besseren.

Die Delfine schwammen eine ganze Weile neben dem Schiff her. Doch als die *Othenor* ein anderes Schiff kreuzte, ging alles schief.

Bowbaq spürte die Harpune in seinen Körper eindringen, als wäre auf ihn und nicht auf den Delfin geschossen worden. Es war ein Gefühl, als wäre er doch in den Tiefen Geist des Tiers eingedrungen.

Er spürte den Schmerz des sterbenden Delfins, während die Besatzung des Walfängers ihn zu sich herzog, und die verzweifelten, verständnislosen Rufe seiner Artgenossen gellten ihm in den Ohren.

»Yan, kannst du uns näher heranbringen?«, fragte er mit zusammengekniffenen Augen.

Yan tat sogleich wie geheißen. Was sein Freund auch vorhatte, er würde ihm dabei helfen.

»Das bringt doch nichts, Bowbaq«, rief Grigán, der einen Sturm am Horizont heraufziehen sah. »Die Männer machen doch nur ihre Arbeit.«

»Sie jagen also nicht einmal, um sich zu ernähren«, knurrte der Arkarier und geriet immer mehr in Rage. »Sie tun es nur für Geld!«

Als sich die *Othenor* dem Walfänger näherte, wurden die Besatzungsmitglieder unruhig. Mindestens zehn braun gebrannte Männer stellten sich mit ihren Waffen an der Reling auf. Der Walfänger änderte seinen Kurs und steuerte nun ebenfalls auf sie zu.

»Bei allen Göttern und ihren Huren!«, rief Rey, der in der Aufregung Lanas Anwesenheit vergaß. »Wollen die uns etwa entern? Piraten!«

»Wenn wir friedlich weitergefahren wären, hätten sie uns in Ruhe gelassen«, schimpfte Grigán und verschwand unter Deck, um sein Krummschwert zu holen.

Er brachte auch den Bogen und Bowbaqs Streitkolben mit, aber der Riese betrachtete die Waffe voller Abscheu.

»Danke, mein Freund. Du hattest recht: Es ist meine Pflicht, mich zu verteidigen. Aber nicht mit einer Waffe. Das ist nicht gerecht. Tiere haben auch keine Waffen. Ich werde kämpfen, aber unbewaffnet.«

»Wenn du mit bloßen Händen kämpfst und dein Gegner ein Schwert hat, nenne ich das auch nicht gerade gerecht!«

»Grigán, habt Ihr Euch schon mal die Größe seiner Fäuste angesehen?«, sagte Rey. »Für wen ist das ungerecht?«

Corenn und Lana folgten Grigáns Rat und begaben sich unter Deck. Léti zog ihr Rapier, obwohl ihre Tante ihr befahl, sich ihnen anzuschließen. Yan nahm Létis Schwert, da diese es nun nicht mehr brauchte. Sein Herz raste.

Einen Moment lang glaubte er, alles würde gut. Sie würden doch wohl nicht wie Bestien übereinander herfallen.

Aber genau das geschah. Drei Männer sprangen an Bord der *Othenor,* sobald die beiden Schiffe auf gleicher Höhe waren. Grigán schoss dem ersten einen Pfeil in den Hals, und Rey jagte dem zweiten den Bolzen seiner Armbrust in den Bauch. Der Mann taumelte und fiel über Bord.

Bowbaq packte den dritten am Fußknöchel und hielt ihn kopfüber. Er spürte immer noch den Schmerz und die Verständnislosigkeit des Delfins. Er ließ den Mann zweimal über seinem Kopf kreisen, bevor er ihn auf den Walfänger schleuderte und hinterhersprang.

Die Erben starrten ihm verblüfft nach. Noch nie hatten sie Bowbaq so wütend erlebt. Als Rey und Léti ihm folgten, hatte er bereits drei Männer über Bord geworfen. Grigán schoss Pfeil um Pfeil ab, um dem schutzlosen Riesen den Gegner vom Leib zu halten.

Léti verletzte zwei Männer, die sich auf sie stürzten, mit einer Leichtigkeit, die unbändige Freude in ihr aufwallen ließ. Doch sofort zwang sie sich wieder zur Ruhe. *Wacher Geist.*

Wenige Augenblicke später drängten sich auf dem Deck des Walfängers nur noch fünf unverwundete Männer zusammen. Wohlweislich hielten sie sich von ihren Feinden fern. Léti und Rey kehrten auf die *Othenor* zurück, aber Bowbaq war noch nicht fertig. Er befreite den verletzten Delfin, und das Tier schwamm mit letzter Kraft davon. Dann verschwand der Riese im Bauch des Schiffes sehr zu Grigáns Verzweiflung, da er den Freund nun nicht mehr decken konnte. Kurz darauf kehrte Bowbaq mit einem zufriedenen Grinsen zurück.

Als die *Othenor* kaum eine halbe Meile zurückgelegt hatte, versank der Walfänger in den Fluten.

»Wie groß war denn das Loch, das du in den Rumpf geschlagen hast?«, fragte Yan belustigt. Er war froh, dass sie so glimpflich davongekommen waren.

»Gerade so groß, dass sie es nicht stopfen konnten«, sagte der Riese augenzwinkernd.

»Ist das nicht grausam?«, fragte Lana leise. »Zur Küste ist es zu weit, um zu schwimmen.«

»Sie können ja die Delfine um Hilfe bitten.« Doch Bowbaq war viel zu gutmütig, um den Sarkasmus durchzuhalten. »Sie haben ein Rettungsboot«, sagte er. »Ich habe es losgemacht, bevor ich von Bord gegangen bin. Das wird ihnen eine Lehre sein.«

»Trotzdem hätten wir gut auf dieses Abenteuer verzichten können«, sagte Corenn.

»Auf keinen Fall! Die Helden versenken *immer* das Boot der Piraten«, rief Rey.

Am Mit-Tag des vierten Tages kamen die ersten Inseln in Sicht. Hätten sie zu einer Insel im Westen des Schönen Landes gewollt, hätte ihre Reise weitere zwei Tage gedauert, doch *Sammlung* lag glücklicherweise im Süden von Großterra, der größten Insel und Hauptstadt des Archipels.

Kaum hatte die *Othenor* die erste Sandbank passiert, versperrte ihnen ein Flaggschiff den Weg. Die Erben warteten geduldig, bis es längsseits kam.

»Was meinst du, Bowbaq, wie groß muss ein Loch sein, um dieses Schiff zu versenken?«

Er zuckte mit den Achseln und überhörte die Bemerkung. Mittlerweile schämte er sich etwas für seinen Wutausbruch, und Rey ließ keine Gelegenheit aus, ihn damit aufzuziehen.

Das Flaggschiff und seine Mannschaft stammten aus Jezeba, standen jedoch in den Diensten des guorischen Königs. Der Kapitän sprach sie auf Guori an, doch keiner der Erben beherrschte diese Sprache. Daher beschloss Grigán, auf Jezac zu antworten, auch wenn die anderen ihn dann nicht verstanden.

»Wir wollen zur Insel *Sammlung*. Der Gouverneur ist unser Freund. Wir möchten ihm einen Besuch abstatten.«

Jeder Pächter trug den Titel eines Gouverneurs, da die Hoheitsrechte der jeweiligen Insel vom König der Guori auf den Pächter übergingen.

Grigáns Gelassenheit erleichterte die Verhandlungen.

»Weiß er von Eurem Besuch?«, erkundigte sich der jezebische Kapitän.

»Leider nein. Aber er wird sich freuen, uns zu sehen.«

Grigán hoffte, dass er sich nicht irrte. Er hatte Zarbone vor über zwei Jahren zum letzten Mal gesehen. Vielleicht war er längst gestorben.

Der Kapitän der Söldner bot an, sie zur Insel zu begleiten, was eher ein Befehl als ein höfliches Angebot war. Folgsam steuerte Yan das Segelboot hinter dem Flaggschiff her.

Corenn fiel plötzlich ein, dass keiner der Gefährten aus Jezeba stammte. Auch war unter ihnen kein Nachkomme des Herrschers Ssa-Vez, des Prinzen Vanamels oder Saat des Ökonoms, seines Ratgebers. Das waren die drei Abgesandten, die auf der Insel Ji den Tod gefunden hatten. War das ein Zufall? Oder gab es dafür eine Erklärung, wie sonderbar sie auch sein mochte?

Plötzlich fügten sich die Bruchstücke zu einem Gedanken zusammen, der sie vor Entsetzen erstarren ließ. Was, wenn Séhane nur ihretwegen gestorben war?

Lange Zeit hatten die Züu die Königin in Ruhe gelassen. Vielleicht hatte ihr Feind sie mehrere Dekaden lang verschont, um den Erben eine Falle zu stellen, weil er davon ausging, dass alle, die den Züu entkamen, nach Junin reisen würden. Doch es konnte genauso gut sein, dass Séhane gar nicht auf der Todesliste der Züu gestanden hatte.

Corenn rief die anderen zu sich, um ihnen von ihrer Vermutung zu erzählen. Im Verlauf der Reise hatten alle Corenns scharfen Verstand zu schätzen gelernt, und so hörten sie ihr auch jetzt aufmerksam zu.

»Zu den Zusammenkünften am Tag der Eule kamen immer nur Erben, die nach der Rückkehr der Abgesandten gezeugt worden waren«, sagte sie. »Lasst uns der Reihe nach vorgehen: Vanamel und Saat aus Goran kehrten nicht zurück, und keiner von ihnen hatte Kinder. Das ist einfach. Aber was ist mit den anderen?

Arkane aus Junin und Ssa-Vez aus Jezeba hatten als Einzige bereits Kinder, bevor sie nach Ji reisten. Vez starb auf der Insel. Seine Nachkommen kamen nicht zu den Zusammenkünften, und die heutige Generation kennt die Geschichte vermutlich nicht einmal.

Arkane hatte einen Sohn, Thomé, und bekam keine weiteren Kinder. Thomé nahm einige Male an den Zusammenkünften teil, doch seine Kinder brachte er nie mit. Séhane hätte nicht von der Insel Ji gewusst, wenn sie als Königin nicht die Geschichte ihrer Vorfahren kennen würde.

Die Züu interessierten sich nicht für sie. Sie schwebte erst in Gefahr, als wir sie aufsuchten. Vielleicht wäre sie noch am Leben, wenn wir Junin gemieden hätten. Aber wir können nicht ändern, was geschehen ist.

Wir alle, mit Ausnahme von Yan, sind Nachkommen von Kindern, die nach der Rückkehr der Abgesandten gezeugt wurden. Nur auf diese hat unser Feind es abgesehen. Ich glaube, Séhane wurde nur getötet, damit sie uns nicht hilft.«

»Glaubt Ihr das tatsächlich?«, fragte Lana.

»Ich weiß es nicht. Wenn wir es herausfinden, wissen wir auch, wie wir unseren Feind besiegen können. Bisher ist es nichts als eine Vermutung. Sollten die Züu Ssa-Vez' Nachkommen angegriffen haben, ist sie nichtig.«

»Es sei denn, unser Feind will seine Spuren verwischen. Oder er ist falsch informiert. Oder er will auf Nummer sicher gehen«, sagte Rey.

»Im Grunde sind wir genauso schlau wie vorher. Verzeiht meine Offenheit, Corenn.«

»So vieles ist unklar«, seufzte sie. »Wer ist der Ankläger, und was will er? Wohin führen die Pforten? Wie kann man sie durchschreiten?«

»Was geschah mit unseren Vorfahren?«, ergänzte Lana.

»Wer war Nol?«, fügte Léti hinzu. »Und was ist dieser Mog'lur?«

»Warum ist Bowbaq so groß?«, setzte Rey nach.

Der Scherz nahm ihnen etwas von der Anspannung, und sie dankten ihm mit einem Grinsen. Doch sie hatten das Gefühl, sich in dichtem Nebel verirrt zu haben. Wenn sie nicht bald ein paar Antworten bekämen, würden sie nie mehr herausfinden.

Das Flaggschiff fuhr der *Othenor* mit hoher Geschwindigkeit voraus. Die Jez kannten die Gewässer in- und auswendig, jede Strömung, jedes Riff und jede Sandbank. Sie steuerten ihr Schiff ohne Zögern durch das Insellabyrinth und fuhren zwischen Felsen hindurch, von denen sich die Erben tunlichst ferngehalten hätten, wären sie auf sich allein gestellt gewesen.

Ein einziges Mal rief der Kapitän der Söldner ihnen etwas zu. Lana lief ein Schauer über den Rücken, als Grigán seine Worte übersetzte. Konnten die Jez ihre Gedanken lesen?

»Er verbietet uns, die Insel dort drüben zu betreten«, erklärte der Krieger. »Das ist die Heilige Insel der Guori.«

»Ich dachte, man dürfe ohnehin keine der Inseln betreten«, sagte Rey.

»Er warnt uns davor, uns ihr auch nur zu *nähern.* Sie soll gefährlich sein.«

Sie betrachteten die einsame Insel, auf der dichtes Gestrüpp wucherte. In der Mitte ragte ein Berg mit einem kahlen Gipfel einige Hundert Schritte in die Höhe.

»Verbotene Inseln zu besuchen wird uns noch zur Gewohnheit«, sagte Yan.

»Wir entwickeln uns zu wahren Kennern der Materie«, ergänzte Rey.

»Wenigstens lauern auf der hier keine Züu.«

Sie versuchten nicht daran zu denken, was sie stattdessen erwartete.

In den Legenden, die sich um Usul rankten, waren Tod und Wahnsinn wiederkehrende Motive, auch wenn nicht alle tragisch endeten.

Lana hatte gelesen, dass das übermenschliche Wissen des Gottes Sterbliche in den Tod treiben konnte. Usul war »der Wissende«, so wie Eurydis »die Führende« war. Der Priesterin wollte einfach nicht in den Sinn, wie Wissen – eine der drei Tugenden der eurydischen Religion – Unheil bringen konnte.

»Müsste die Insel nicht eigentlich bewacht sein?«, fragte Corenn erstaunt. »Ich sehe keine Schiffe oder Soldaten.«

»Das dachte ich auch gerade«, antwortete Grigán nachdenklich. »Bei meinem letzten Besuch wimmelte es hier nur so von Fregatten. Ich frage mich, was das zu bedeuten hat.«

»Ist doch besser so«, sagte Bowbaq. »Das macht uns die Sache leichter.«

»Nicht unbedingt …«

Der Krieger starrte noch eine ganze Weile zur Insel hinüber in der Hoffnung, dort irgendeine Bewegung zu sehen. Vergeblich. Bald verschwand die Insel aus ihrem Blick.

Gegen Abend kam *Sammlung* in Sicht. Ein Jez stieß ins Horn, und kurz darauf erschien ein alter Mann mit weißem Bart am Strand.

Er trug einen Lendenschurz und kam ihnen auf einem hölzernen Anlegesteg entgegen. Zwei Jez stiegen in ein Ruderboot, um ihm den Besuch eines Freundes aus Griteh anzukündigen. Der Mann winkte mit beiden Armen zur *Othenor* herüber, und die Söldner segelten beruhigt davon. Hätte Zarbone Grigán abgewiesen, hätten die Jez die Erben des Landes verwiesen.

»Die Insel ist ja riesig!«, rief Léti, während Yan das Boot auf den Steg zusteuerte. »Sie ist größer als alle, an denen wir vorbeigekommen sind.«

»Mein Freund ist eben sehr, sehr reich«, sagte Grigán. »Aber abgesehen von seiner Sammelleidenschaft lebt er wie ein Guori. Er ist der merkwürdigste Mensch, dem ich je begegnet bin. Natürlich bevor ich Euch traf, Reyan.«

»Das Kompliment gebe ich gern zurück«, sagte der Schauspieler, dem zur Abwechslung keine schlagfertige Antwort einfiel.

Die *Othenor* legte an, und Grigán sprang auf den Steg, um die Leinen festzumachen. Dann wandte er sich dem mageren Mann zu, dessen Haut von Jahrzehnten in der Sonne braun gebrannt war. Zarbone schloss den Freund in die Arme.

»Du hast dich ewig nicht mehr blicken lassen. Ramgrithischer Raufbold! Hitzkopf! Alter Pirat! Ich dachte schon, Aleb hätte dich erwischt! Du hättest eher kommen sollen!«

Der Mann beleidigte Grigán mit einem breiten Grinsen auf dem Gesicht. Er schien sich nichts dabei zu denken, aber die Erben bezweifelten, dass sich Grigán diese Respektlosigkeit gefallen ließe. Zu ihrer Überraschung erwiderte Grigán die Umarmung mit aufrichtiger Freude.

»Wer ist hier ein alter Pirat! Du hast eine solche Schnapsfahne, dass wir nur der Nase nachfahren mussten, um deine Insel zu finden!«

Zarbone lachte schallend. Als Grigáns Freunde von Bord gingen, riss er sich etwas zusammen. Der alte Mann errötete unter seinem weißen Bart, als Grigán ihm nacheinander Léti, Maz Lana und Corenn vorstellte.

»Verzeiht meinen Aufzug«, sagte er unbeholfen. »Ihr seid die ersten Frauen, die mir auf *Sammlung* einen Besuch abstatten.«

»Habt Dank für Eure Bereitschaft, uns zu empfangen«, antwortete Corenn. »Es ist uns eine Ehre. Hoffentlich fallen wir Euch nicht zur Last.«

»Ihr seid herzlich willkommen! Platz habe ich mehr als genug«, rief er und machte eine ausladende Handbewegung. »Das Dumme an einer Insel ist nämlich, dass sie von Wasser umgeben ist, und deswegen bekomme ich nur selten Besuch!«

Zarbone führte sie zum Strand und bog in einen schmalen Pfad ein, der sich durch üppige Vegetation wand. Grigán und er schwelgten in Erinnerungen und warfen sich Gehässigkeiten an den Kopf. Rey, der Meister in diesem Spiel, beteiligte sich bald an den Sticheleien.

»Man hört viele Tiere«, warf Yan ein.

»Sogar Raubtiere«, sagte Bowbaq, dem das Fauchen und Brüllen in der Ferne ebenfalls aufgefallen war.

»Mein Zoo«, sagte Zarbone stolz. »Dabei fällt mir ein: Falls Ihr eine große, ungefähr drei Fuß lange weiße Eidechse seht, versucht, sie einzufangen, ohne ihr wehzutun. Mein Alabasterwaran reißt mir ständig aus. Auf der Insel kommt er zwar nicht weit, aber ich habe Angst, dass er in den Redostergraben fällt oder einen Sandaal bei der Eiablage stört.«

Er ging weiter, als ob nichts wäre. Die Erben sahen ihm mit großen Augen nach.

Zarbone wohnte zwar auf einer einsamen Insel, doch beim Anblick seines Hauses wäre jeder lorelische Händler vor Neid erblasst. Es stammte noch vom vorigen Gouverneur, aber Zarbone hatte es nach seinen Wünschen umgebaut und hielt es nur noch instand. Für Haus und Insel zahlte er dem König der Guori die doppelte Pacht.

Es gab zwei Stockwerke: Das Erdgeschoss diente nur als Unterbau, die Zimmer befanden sich im ersten Stock. Das Haus war nicht aus Holz und Schilfrohr gebaut, wie man hätte vermuten können, sondern aus Stein und Marmor, Materialien, die es nur auf dem Festland gab. Der Bau musste mehrere Jahre gedauert und mehr Gold gekostet haben, als die Gefährten je zu Gesicht bekommen würden.

»Junge Katzen!«, rief Léti, als sie auf die Tür zugingen.

»Zwergkatzen«, verbesserte Zarbone und trat beiseite, um die Gefährten einzulassen. »Eigentlich müssten sie viel verspielter sein, aber das Einzige, was sie tun, ist schlafen, immer nur schlafen. Wenigstens stellen *sie* sich keine Fragen nach dem Sinn des Lebens.«

Léti streichelte eins der Kätzchen, und es streckte sich genüsslich. Nun fielen ihr auch die Unterschiede zu gewöhnlichen Katzen auf. Das Tier ähnelte eher einem kleinen Tiger. Jedenfalls schien es Gefallen an den Streicheleinheiten zu finden, denn es folgte Léti ins Haus.

»Wenn Ihr wollt, schenke ich Euch eine«, sagte der Gouverneur. »Es gibt inzwischen so viele davon auf der Insel, dass sie anfangen, Revierkämpfe auszutragen. In Eurer Gesellschaft würde sie bestimmt glücklich sein.«

Sie dankte Zarbone, erbat sich aber etwas Bedenkzeit. Wie sollte sie sich in ihrer Lage um ein Tier kümmern?

Ihr Gastgeber führte sie auf eine Terrasse im ersten Stock und bot ihnen etwas zu trinken an. Dann kam Grigán auf den Grund ihres Besuchs zu sprechen, nämlich ihre Flucht vor den Züu. Zarbone lauschte aufmerksam, stellte ein paar Fragen und hob überrascht die Augenbrauen, als er hörte, wie gnadenlos die Mörder im roten Gewand vorgingen.

»Er ist auch Magier«, flüsterte Corenn Yan zu. »Er hat diese Eigenart.«

»Was meint Ihr?«

»Sieh mal, wie er die Gegenstände mustert, während er spricht. Dann weißt du es.«

Nach einer Weile dachte Yan, dass Zarbone tatsächlich ein Magier sein konnte. Jetzt, da er darauf achtete, entdeckte er die gleichen Anzeichen bei Corenn. Er fragte sich, ob man auch ihm seine Gabe ansah.

Der alte Mann begriff sofort, dass Grigán ihm einen wichtigen Teil der Geschichte verschwieg. Tatsächlich ließ der Krieger alles aus, was mit der Insel Ji zu tun hatte. *Eine verschwiegene Wahrheit ist eine Lüge aus Höflichkeit,* lautete ein Sprichwort.

»Ihr steckt in großen Schwierigkeiten«, sagte Zarbone. *Was würde er erst sagen, wenn er von dem Mog'lur wüsste?,* dachte Rey.

»Sämtliche Züu der Oberen Königreiche sind Euch also auf den Fersen. Ein geheimnisvoller Feind, dessen Absichten Ihr nicht kennt, hat sie Euch auf den Hals gehetzt. Ihr steckt wahrlich in sehr großen Schwierigkeiten.«

»Ganz zu schweigen davon, dass wir uns mit Grigáns schlechter Laune herumschlagen müssen«, warf Rey ein.

»Müsst Ihr immer den Clown spielen?«, herrschte ihn der Krieger an.

»Seht Ihr!«, sagte Rey zufrieden.

Zarbone lachte nicht. Bei der Ankunft der Erben war er in fröhlicher Stimmung gewesen, doch nun war sein Gesicht ernst und nachdenklich. »Natürlich könnt Ihr Euch hier verstecken. Aber die Züu haben eine Insel weniger als zwölf Meilen von hier gepachtet, und irgendwann werden die Guori oder die Söldner ihnen von Eurer Anwesenheit erzählen.«

»Wir können ohnehin nicht hierbleiben«, sagte Corenn.

Schließlich hatte der Dämon sie auch im Eroberten Schloss aufgespürt. Die Gefährten konnten sich nirgends verstecken. Sie durften Zarbones Leben nicht in Gefahr bringen, so wie sie es mit Séhanes getan hatten.

»Wie kann ich Euch dann helfen? Grigán, brauchst du Geld?«, fragte er, einer plötzlichen Eingebung folgend.

»Du hast mir in den letzten Jahren schon viel zu viel Geld gegeben. Mach dir keine Sorgen, wir haben mehr als genug davon.«

»Wir wollen Usul aufsuchen«, sagte Lana freimütig.

Verblüfft wartete Zarbone darauf, dass einer der Gefährten der Priesterin widersprach. »Das halte ich für keine gute Idee«, sagte er schließlich. »Ehe Ihr das tut, kämpft lieber gegen die Züu.«

»Es ist der einzige Weg«, sagte Lana. »Wir brauchen Antworten. Die Guori hüten ihre Heilige Insel vermutlich weniger gut als die Züu ihre Geheimnisse.«

»Ihr versteht nicht«, sagte Zarbone ernst. »Die Guori bewachen die Insel nicht zu ihrem Vergnügen. Sie selbst setzen keinen Fuß darauf. Die Schiffe bewachen die Insel, damit niemand den Fluch auf sich lädt.«

»Wie kann Wissen ein Fluch sein?«

»Ich kenne Geschichten von Menschen, die von Neugier zerfressen zur Heiligen Insel gefahren sind. Manche der Rückkehrer haben ganz einfach den Verstand verloren. Sie litten tage-, monde- oder sogar jahrelang unter Schwermut und begingen schließlich sogar Selbstmord.«

»Eurydis wird uns führen.« Lanas Stimme zitterte mehr, als ihr lieb war. »Sie wird mir die Kraft geben.«

»Ich bedauere Eure Entscheidung«, sagte Zarbone traurig.

Der alte Mann wusste, wovon er sprach. Bowbaq spürte, wie er ins Wanken geriet. Doch dann erinnerte er sich an den Mog'lur, und seine Entschlossenheit kehrte zurück.

»Jetzt bewachen keine Schiffe mehr die Insel«, sagte Grigán. »Warum nicht?«

»Das weiß ich nicht. Vor Kurzem waren sie noch da. Das ist ein schlechtes Zeichen. Die Guori scheinen ein besseres Mittel gefunden zu haben, die Insel zu schützen. Wer weiß, was das ist …«

Grigán nickte seufzend. Genau das hatte er befürchtet.

Léti beschloss, die Katze zu behalten. Das winzige Tier war ihr den ganzen Abend nicht von der Seite gewichen, vor allem nicht beim Essen – es gab gegrillten Fisch –, zu dem Zarbone die Gefährten eingeladen hatte.

Yan schlug vor, die Katze »Frosch« zu nennen, da sie sich nur in Sprüngen fortzubewegen schien. Léti fand die Idee lustig und taufte sie auf diesen Namen. So bekamen die Erben einen neuen Gefährten, eine Zwergkatze unbestimmten Alters. Yan beneidete sie jedes Mal, wenn das Tier auf Létis Schoß sprang.

Nun erinnerte Léti den Riesen Bowbaq an sein Versprechen, ein Tier für sie zu zähmen, und er versicherte ihr, er habe es nicht vergessen.

Rey regte sich über diese Entscheidung auf. »Warum willst du dein Geschenk an eine Katze verschwenden? Du könntest Bowbaq bitten, dir einen Hund, Wolf oder Bären abzurichten, etwas Nützliches eben.«

»Einen Bären kann man nicht auf den Schoß nehmen«, sagte Léti unbeirrt.

Rey gab es auf, sie zur Vernunft bringen zu wollen. Er hatte eine klare Vorstellung davon, was er mit Bowbaqs oder Corenns Kräften anstellen würde: Er würde sie zu Gold machen. Aber seine Freunde waren dummes Landvolk, das die wahren Werte der zivilisierten Gesellschaft nicht zu schätzen wusste.

Nach dem Abendessen führte Zarbone sie in den Saal, in dem er seine Sammlungen aufbewahrte. Er zeigte ihnen Sonnenuhren, Tongefäße aus Memissien, Dolche und seltene Manuskripte. Den Besuch der Tiergehege verschoben sie auf den nächsten Tag.

Rey schenkte Zarbone den Hati, den er seit Beginn des Abenteuers bei sich trug. Mittlerweile verabscheute er die Waffe und dachte bereits eine ganze Weile darüber nach, wie er sie loswerden konnte. Zarbone nahm das Geschenk mit großer Freude an. Er besaß bereits ein ähnliches Stück, dessen Griff jedoch beschädigt war. Er erging sich in Dankesworten, bis es selbst Rey unangenehm wurde.

Corenn vertiefte sich in die Manuskripte, sobald es die Höflichkeit zuließ, und Léti betrachtete die Regale, in denen sich mehr oder minder gut erhaltene Bücher aneinanderreihten. So viele Bücher auf einem Haufen flößten ihr Ehrfurcht ein.

»Es wäre ein seltsamer Zufall, wenn in einem dieser Bücher etwas über unsere Vorfahren stünde«, sagte sie und glitt mit der Hand über die Buchrücken.

»Warte mal ... Da gibt es eins«, sagte Grigán, einer plötzlichen Eingebung folgend. »Zarbone hat es mir vor ein paar Jahren gezeigt. Erinnerst du dich?«

»Natürlich«, sagte der alte Mann und zog ein dickes Buch aus dem Regal.

Die Seite war mit einem Lesezeichen markiert, und Zarbone fand den Abschnitt auf Anhieb. Die Gefährten warteten ungeduldig, dass er zu lesen begann.

»Das Buch trägt den Titel *Die Fünf Dynastien des Sultanats.* Ich bin bei der Reparatur des Einbands durch Zufall auf folgende Textstelle gestoßen: ›*Sultan Absoura sandte seinen Heerführer auf Anraten eines Fremden namens Nol auf die Insel Ji in Lorelien. Der Abgesandte kehrte nie zurück, und Absoura musste sich einen neuen Heerführer suchen ...*‹ Der Rest ist nicht weiter interessant, ich habe das ganze Kapitel gelesen. Wie Ihr seht, ist es nicht viel.«

»Ihr erlaubt?«, fragte Corenn und streckte die Hand nach dem Buch aus.

»Natürlich.«

Mit angehaltenem Atem las die Ratsfrau die Zeilen, die vom Abenteuer ihrer Vorfahren handelten. Der Abgesandte konnte niemand anderes als Ssa-Vez sein. Doch irgendetwas stimmte nicht. Lana kam als Erste darauf.

»Ich kenne keinen Sultan Absoura«, sagte sie. »Zwar liegt mein Studium der Geschichte schon eine Weile zurück, aber ich müsste mich zumindest an den Namen erinnern.«

Diese Worte schlugen Funken in Corenns Gedanken. Hastig blätterte sie zu den ersten Seiten des Buchs. Was sie dort sah, war ungeheuerlicher als alles, was die Gefährten bisher erlebt hatten. »Das Buch ist mehr als dreihundert Jahre alt!«, sagte sie feierlich. »Schon zwei Jahrhunderte vor unseren Vorfahren folgte mindestens ein Abgesandter jemandem mit dem Namen Nol auf die Insel Ji!«

Die Erben sahen sich fassungslos an. Sie standen vor immer neuen Rätseln.

Zarbone nahm das Buch wieder an sich und überprüfte das Datum. Corenn hatte recht. Er blätterte zu den letzten Seiten des Buchs und vergewisserte sich, dass keiner der Sultane Erwähnung fand, die in neueren Zeiten über Jezeba geherrscht hatten. Es gab keinen Zweifel: Das Buch war tatsächlich drei Jahrhunderte alt.

»Es kann nicht derselbe Nol sein. Das ist unmöglich«, sagte Rey unsicher.

»Was heißt schon unmöglich bei allem, was wir erlebt haben«, entgegnete Grigán.

Vor Zarbone konnten sie nicht über die Pforte von Ji, die andere Welt oder den Mog'lur sprechen. Sie hatten die Grenzen der Wirklichkeit längst hinter sich gelassen.

»Was bedeutet das?«, fragte Léti. »Heißt das, schon seit Jahrtausenden kommen Abgesandte auf der Insel Ji zusammen? Aber warum?«

»Um eine wichtige Entscheidung zu treffen. Das sagte Nol unseren Vorfahren«, antwortete Corenn. »Doch es ist nicht überliefert, um was für eine Entscheidung es sich handelt.«

Sie schwiegen eine Weile, weil Zarbones Anwesenheit sie hemmte. Sie wollten ihn nicht noch mehr in das Abenteuer verwickeln und so sein Leben in Gefahr bringen. Sie würden sich später beraten müssen.

Trotzdem wollte Corenn den anderen von ihrem Plan erzählen. »Mehr denn je brauchen wir Antworten. Ich schätze, alle sind nun von der Notwendigkeit überzeugt, Usul zu treffen?«

Die Gefährten nickten ernst, während Zarbone missmutig den Kopf schüttelte.

»Sollte die Begegnung mit Usul uns nicht weiterhelfen, schlage ich vor, anderswo nach Antworten zu suchen. An einem sehr viel weniger geheimnisvollen, aber ebenso aufschlussreichen Ort«, fuhr Corenn fort.

»Wollt Ihr etwa noch einen Gott aufsuchen?«, fragte Rey.

»Nein. Es handelt sich um einen durch und durch menschlichen Ort. Die altehrwürdige Königliche Bibliothek von Romin. Ihr kennt sie vielleicht auch unter dem Namen ›Bibliothek des Tiefen Turms‹.«

»Niemand kommt dort hinein«, sagte Grigán, der wie üblich skeptisch war.

»Außerdem spukt es dort«, sagte Lana ängstlich. »Seit mehreren Jahrhunderten bewachen Geister den Ort. Ich habe weniger Angst vor der Begegnung mit Usul als vor einem Besuch der Bibliothek.«

Yan, Léti, Rey und Bowbaq zögerten nur kurz. Wenn Corenn glaubte, dass die Bibliothek ihnen weiterhalf, würden sie ihr folgen. Die Gefährten hatten bereits so viele Abenteuer bestanden, dass ihnen eine Bibliothek wie ein Hort des Friedens vorkam, selbst wenn es dort spukte.

»Ich kann Euch helfen, in die Bibliothek zu gelangen«, sagte Zarbone stolz.

»Wie das?«

»Ich habe in Romin einen Freund, der mir manchmal seltene Bücher für meine eigene Bibliothek besorgt. Ich bin sicher, dass er sie aus dem Tiefen Turm stiehlt. Er hat es zwar noch nie zugegeben, aber dass er meiner Frage jedes Mal ausweicht, ist so gut wie ein Geständnis.«

»Und warum sollte er uns helfen?«

»Ich schreibe Euch einen Empfehlungsbrief. Vielleicht überzeugt ihn das. Anderenfalls bietet ihm Gold. Es ist zwar traurig, aber er lebt nur dafür, romische Goldmonarchen anzuhäufen, obwohl er mindestens genauso reich ist wie ich.«

Corenn und Grigán dankten Zarbone. Falls er ihnen half, in den Tiefen Turm zu gelangen, konnte der Plan vielleicht tatsächlich gelingen. Lana hingegen hatte bereits vor der Begegnung mit Usul schreckliche Angst und musste sich nun auch noch mit dem Gedanken anfreunden, Geister zu treffen.

»Findet Ihr das nicht seltsam? Es scheint alles so einfach«, sagte Rey und meinte es zur Abwechslung einmal ernst. »Unsere Vorfahren suchen seit mehr als einem Jahrhundert nach der Lösung des Rätsels, und wir finden in wenigen Dekaden mehr heraus als sie in all den Jahren.«

»Ihr findet unsere Reise also leicht?«, knurrte Grigán.

»Keinen unserer Vorfahren zwangen die Umstände zu so beharrlichen Nachforschungen wie uns«, erklärte Corenn. »Wir haben einfach keine Wahl.«

»Aber wenn Euch das alles zu leicht ist, habt Ihr Glück«, sagte der Krieger. »Das Schlimmste steht uns, fürchte ich, nämlich noch bevor.«

Am nächsten Tag sahen sich alle bis auf Yan und Corenn Zarbones Tiersammlung an. Corenn schlug vor, Yan eine weitere Lektion in Magie zu erteilen, und er nahm das Angebot begeistert an. Léti war längst eine richtige Kriegerin und er immer noch Magierlehrling.

Sie schlenderten zum Strand und genossen die warmen Sonnenstrahlen. Der Unterricht bestand hauptsächlich darin, sich zu unterhalten, und so konnte er überall stattfinden.

»Hast du dich nie gefragt, warum dir die Prüfung mit deiner Muschel gelang, nicht aber mit der Münze?«

»Doch, natürlich. Zuerst glaubte ich, die Münze störe meine Konzentration. Doch mittlerweile glaube ich, dass die Erklärung komplizierter ist. Vielleicht ist der Erdbestandteil der Münze größer als bei der Muschel? Ist die Muschel deshalb leichter zu bewegen?«

»Mag sein«, sagte Corenn. »Aber bei so kleinen Gegenständen ist der Unterschied eigentlich so gering, dass er keine Rolle spielt. Nein, es gibt vermutlich einen anderen Grund: die Empfänglichkeit eines Gegenstandes für Magie.«

Aufmerksam lauschte Yan. Nach jeder Unterrichtsstunde meinte er, nun alles – oder zumindest fast alles – über Magie zu wissen. Aber jedes Mal überraschte Corenn ihn mit neuen, nur schwer zu begreifenden Zusammenhängen. Ihm war längst klar geworden, wie nützlich ihre Gespräche waren. Sich gleich an magische Übungen heranzuwagen wäre so, als äße man unbekannte Pilze, und es würde vermutlich zu demselben Ergebnis führen: einem frühzeitigen Tod.

»Theoretisch«, fuhr Corenn fort, »ist jede Sache veränderbar, da sie aus einer Mischung der vier Elemente besteht. Doch in Wirklichkeit gibt es Unterschiede in der Empfänglichkeit für Magie, selbst bei sehr ähnlichen Gegenständen, zum Beispiel solchen, die aus dem Holz ein und desselben Baums geschnitzt sind. Dafür gibt es bislang keine Erklärung. Das ist eines der großen Rätsel der Magie.«

Yan riss die Augen auf. Zum ersten Mal äußerte Corenn bei einer offenen Frage noch nicht einmal eine Vermutung, so abwegig sie auch sein mochte.

»Manche Magier glauben an die Existenz eines fünften Bestandteils«, sagte sie, »das sogenannte Absorbium. Doch bisher konnte es niemand genauer beschreiben oder erklären. Wir wissen nur eins: Je mehr Einfluss der Mensch auf einen Gegenstand genommen hat, desto mehr Absorbium weist er auf und desto einfacher ist es, den Willen auf ihn zu richten. Doch selbst von dieser Regel gibt es Ausnahmen.«

»Schwankt das Absorbium eines Gegenstands von einem Tag zum anderen?«

»Das ist eine gute Frage«, lobte Corenn. »Nein, das Absorbium eines Gegenstands ist über Jahre konstant. Vielleicht ändert es sich nach mehreren Jahrhunderten, aber kein Magier lebt lange genug, um diese Theorie zu überprüfen.«

Ihre Worte erinnerten sie an ihre Entdeckung vom Vorabend. Nol hatte vielleicht lang genug gelebt. Der Gedanke, Nol könnte ihr mysteriöser Feind sein, war den Gefährten natürlich bereits gekommen, doch niemand hatte ihn ausgesprochen. Die Vorstellung war einfach zu grauenvoll.

»Manche Gegenstände mit viel Absorbium werden für Magie unempfindlich, nachdem ein übermäßig starker Willen auf sie gerichtet wurde. Magier nennen einen solchen Gegenstand ›vollendet‹. Ich selbst habe so etwas allerdings noch nie erlebt.«

»Schade«, sagte Yan gedankenverloren und betrachtete den Anhänger, den er um den Hals trug.

Er dachte an den Stein, den er Léti geschenkt hatte. Es war ein Kinderspiel gewesen, das Papier in den Opal zu zaubern. Der Stein musste viel Absorbium in sich tragen. War der Opal nun vollendet? Falls ja, würden seine Worte ewig währen. Der Gedanke gefiel ihm.

»Du bist längst ein richtiger Magier, Yan. Du weißt mittlerweile fast genauso viel wie ich. Nur eins möchte ich dir noch mit auf den Weg geben: Die wahre Kraft liegt nicht im ständigen Gebrauch des Willens, sondern in der Fähigkeit, ihn im richtigen Moment einzusetzen. Dazu braucht es große Weisheit. Die Magie stellt dich nicht über andere Menschen. Sie macht dich vielmehr für sie verantwortlich.«

Yan nickte ernst, denn er nahm sich Corenns Ratschläge stets zu Herzen. Er war nicht mehr der junge, arglose Fischer aus einem kleinen kaulanischen Dorf, sondern hatte dem Tod ins Gesicht gesehen, mehrere Länder bereist und Abenteuer bestanden, die er sich vorher nicht hätte träumen lassen. Yan war schon immer ein kluger Kopf gewesen, doch jetzt nahm er eine uralte Weisheit in sich auf.

»Gut! Nun müssen wir nur noch einen Namen für dich finden. So will es der Brauch«, sagte Corenn fröhlich. »Was hältst du von Yan dem Neugierigen?«

»Mhm … Ich weiß nicht … Klingt das nicht ein bisschen negativ?«, erwiderte der junge Mann.

»Dann vielleicht Yan der Treue? Es ist Sitte, dass die Meisterin den Namen ihres Lehrlings auswählt, aber dir soll er natürlich auch gefallen.«

»Yan der Neugierige passt gut«, sagte er rasch, da sich ihm bei dem Gedanken, Yan der Treue genannt zu werden, der Magen umdrehte.

Er fragte sich, wo Corenn solche Ideen hernahm. Manchmal wusste er einfach nicht, wann sie etwas ernst meinte und wann sie scherzte.

»Und jetzt gehen wir uns Zarbone vorstellen, Meister Yan der Neugierige. Das ist in unserer Zunft so üblich.«

Sie fanden den alten Mann bei den Tiergehegen. Er zeigte den anderen gerade seine Redostere und Goldböcke, der ganze Stolz seiner Sammlung. Léti hatte Mühe, Frosch zurückzuhalten, die unbedingt jedem Tier einen Besuch abstatten wollte. Die Zwergkatze führte sich so rebellisch auf, dass Léti überlegte, sie in Reyan umzutaufen.

»Meister Zarbone«, sagte Corenn und zog ihn beiseite. »Ich bin Corenn die Scharfsinnige, und mein junger Freund hier ist Yan der Neugierige. Wir beide sind Meister des Windes.«

»Sehr erfreut«, antwortete der Gouverneur und ließ sich auf das Spiel ein. »Ich bin Zarbone. Zarbone der Sammler, natürlich. Einst Meister des Windes. Aber das ist lange her.«

Sie begannen zu fachsimpeln und fielen bald hinter die anderen zurück. Yan strahlte vor Glück. Zum ersten Mal hatte er eine Lehre abgeschlossen. Er hatte eine besondere Gabe und gehörte zu einer Zunft.

Endlich hatte er Léti etwas zu bieten.

Die Erben wollten noch am selben Abend zur Heiligen Insel der Guori segeln. Zarbones Insel war ohnehin nur eine Etappe auf ihrer Reise, und sie wollten den alten Mann, der ihnen schon genug geholfen hatte – vor allem mit seiner Auskunft über den Tiefen Turm von Romin –, nicht noch länger in Gefahr bringen.

Lana beobachtete die Gefährten, während sie sich zum Aufbruch bereit machten. Sie hatten die Priesterin sofort als ihresgleichen akzeptiert. Natürlich war sie das auch, da Lana ebenfalls von einem Abgesandten der Insel Ji abstammte. Doch ihre Gefährten wurden von einem inneren Feuer angetrieben, einer gewissen Rohheit, die sie nicht zu besitzen glaubte. Fast beneidete sie sie darum.

Die Erben zu verlassen kam nicht infrage. Zwar trugen sie Waffen und scherten sich nicht um die eurydische Moral, aber sie brauchte ihren Schutz und ihre Freundschaft.

Die Vorbereitung der Priesterin bestanden in einem langen Gebet, in dem sie der Göttin ihre Zweifel und Ängste anvertraute. Sie brachte ihre Gefährten in Gefahr, indem sie sie zu Usul führte. Lana bat Eurydis, über die Erben zu wachen und ihre Seelen zu retten, falls die Begegnung ein schlimmes Ende nahm. Sie flehte die Göttin inständig an, wenigstens die jüngeren der Gefährten zu beschützen.

Außerhalb der Tempel folgte das eurydische Gebet keinem bestimmten Ritual. Man konnte sich überall an die Göttin wenden, solange man es mit der nötigen Ehrerbietung tat. Lana beschränkte sich meist darauf, sich unter einen Baum zu setzen und die Augen zu schließen. Als sie die Augen diesmal aufschlug, sah sie überrascht, dass Léti neben ihr saß.

Die junge Frau bot einen seltsamen Anblick: Sie trug ihre Lederkluft, und an ihrem Gürtel hingen ein Rapier und ein Messer, doch sie flehte die Göttin mit ebensolcher Inbrunst wie Lana um Frieden an. *Die Rohheit wohnt nicht im Herzen, sondern in der Erinnerung,* dachte Lana. Léti hatte so viel Leid erlebt.

Sanft legte die Maz ihr eine Hand auf die Schulter. Léti stieß sie instinktiv fort, bevor sie merkte, von wem die Berührung kam.

»Verzeiht, ich … Ich dachte schon …«, stotterte sie.

»Schon gut«, sagte Lana, die ahnte, an welches schreckliche Ereignis sich Léti erinnert hatte. »Wir sind alle etwas angespannt. Ich wollte nur sagen, dass ich ins Haus zurückgehe.«

»Ich komme mit Euch.«

Die anderen waren bereits um den Tisch versammelt, da sie vor dem

Aufbruch ein letztes gemeinsames Mahl mit Zarbone einnehmen wollten. Der alte Mann wirkte bekümmert. Er hatte den ganzen Tag versucht, sie von ihrem Vorhaben abzubringen, denn er war überzeugt, dass er sie sonst nie wiedersehen würde.

Doch der Entschluss der Erben stand fest. Wenigstens mussten sie diesmal nicht um ihren Gastgeber trauern. Bald würden sie den Namen ihres Widersachers erfahren. Sie sehnten diesen Augenblick schon so lange herbei, dass ihnen die Gefahren, von denen die Legenden über Usul berichteten, gleichgültig waren.

Außerdem hofften sie, dass die Götter Lana eine gewisse Achtung entgegenbrachten, da sie Maz war.

Niemand ahnte jedoch, dass Lana von ihnen allen die größte Angst hatte.

Das Essen ging schnell vorbei, und die Erben begaben sich zur *Othenor.* Am Strand verabschiedete sich Zarbone von ihnen. Grigán versprach, ihn bald wieder besuchen zu kommen – sobald sein Leben in ruhigeren Bahnen verlief. Der alte Mann verkniff sich die Bemerkung, dass Grigán seit über zwanzig Jahren in Schwierigkeiten steckte und kein Ende absehbar war.

Léti musste Frosch zum Boot tragen, weil die Katze ihrer Herrin nicht auf den Steg folgen wollte. Sie hatte Angst vor dem Wasser. An Bord verschwand sie sofort unter Deck, wo sie während der gesamten Überfahrt mit den Hängematten und Wolldecken spielte.

Die Katze war die Einzige, die die Überfahrt genoss. Die Menschen auf dem Schiff verbrachten eine unruhige Nacht.

Zarbone hatte ihnen zwar eine Seekarte vom Schönen Land mitgegeben, doch den Weg in der Dunkelheit zu finden war kein Kinderspiel. Sie konnten keine Laterne an Bord der *Othenor* entzünden, und nur selten zeigte ihnen ein Licht in der Ferne, wo sich größere Inseln befanden. So segelten sie nahezu blind über das Meer, im fahlen Schein der schmalen Mondsichel.

Bowbaq wurde erneut von seinen alten Ängsten befallen. Bei Nacht war das Meer sehr viel beängstigender als am Tag, da die Grenze zwischen den Tiefen des Meeres und der Wasseroberfläche in der Dunkelheit verschwamm. Er stellte sich vor, wie er in finsteren, kalten Fluten versank, aus denen er nie wieder auftauchen würde.

Der Riese versuchte, die bösen Gedanken zu verscheuchen, indem er von einem Fuß auf den anderen trat. Die Festigkeit des Bodens zu spüren half ihm manchmal, seine Angst zu vergessen. Aber nicht an diesem Abend.

»In Arkarien erzählt man sich«, sagte er ernst, »der Schatten eines Menschen im Mondlicht enthülle sein wahres Wesen.«

Seine Freunde warteten schweigend, dass Bowbaq weitersprach.

»Warum erzählst du uns das?«, fragte Rey schließlich.

»Ich konnte den Schatten des Mog'lur nicht sehen«, antwortete er. »Aber ich frage mich, ob er nicht der Schatten eines Kindes war. Eigentlich bin ich sicher, dass er der eines Kindes gewesen sein muss.«

»Dein Schatten sieht jedenfalls aus wie ein Berg«, sagte Rey, um ihn zu trösten und alle aufzuheitern. »Es bräuchte schon eine ganze Horde Dämonen, um dich zu Fall zu bringen.« Mit diesen Worten ging Rey wieder daran, sein Rapier zu schleifen. Statt des edlen Gewands trug er nun wieder seine gewöhnlichen Reisekleider, und sein ungewohnt ernster Gesichtsausdruck zeugte davon, dass auch er Angst hatte.

Auf Ji waren sie dem Tod nur knapp entronnen. Rey hatte vor, auch die Fahrt zur Heiligen Insel der Guori zu überleben.

»Ihr könnt ja richtig liebenswürdig sein«, flüsterte Lana ihm zu.

»Euer Schatten ist übrigens der einer wunderschönen Frau«, sagte er. »Mein Schatten würde ihn gern näher kennenlernen.«

Lana schenkte ihm ein melancholisches Lächeln und ging davon. Das, worauf Rey anspielte, war unmöglich, selbst wenn sie sich in einer weniger aussichtslosen Lage befunden hätten. Als Maz durfte sie sich auf kein Abenteuer mit einem Ungläubigen einlassen, so verlockend der Gedanke auch war.

»Backbord!«, rief Grigán mit gedämpfter Stimme. »Das Ruder hart backbord.«

Yan korrigierte den Kurs. Er verließ sich voll und ganz auf die Adleraugen des Kriegers, der am Bug saß und aufs Wasser hinausstarrte. Corenn stand neben ihm und studierte Zarbones Seekarte. Bisher hatten sie Glück gehabt, aber sie konnten sich jederzeit verfahren oder auf einer Sandbank stranden, die nicht in der Karte eingezeichnet war.

»Dort drüben sind Lichter. Sie bewegen sich«, flüsterte Léti.

Sie zeigte auf einige helle Punkte in etwa fünfhundert Schritt Entfernung. Bislang hatten alle Lichter, die sie gesehen hatten, zu Häusern auf den Inseln gehört, doch dieses Mal stammten sie von Schiffslaternen. Söldner, die Patrouille fuhren.

Wie vereinbart holten Yan und Rey die Segel ein, sodass die *Othenor* langsam durch die Dunkelheit trieb. Es herrschte vollkommene Stille. Das Söldnerschiff glitt langsam an ihnen vorbei, ohne den Kurs zu ändern. Doch es dauerte noch eine ganze Weile, bis sie außer Gefahr waren. Die Gefährten befürchteten, dass sie völlig vom Kurs abgekommen waren.

»Ich habe keinen blassen Schimmer, wo wir sind«, sagte Grigán, nachdem er sich umgesehen hatte.

Die nächsten Augenblicke schienen sich endlos hinzuziehen. Falls sie immer noch auf dem richtigen Kurs waren, mussten sie als Nächstes an einem Korallenriff vorbeikommen. Endlich entdeckte Grigán das Riff, das zwei Fuß aus dem Wasser herausragte. Er seufzte erleichtert auf.

Corenn zog erneut die Seekarte zurate, obwohl sie sie mittlerweile fast auswendig kannte. Zur Heiligen Insel der Guori war es nun nicht mehr weit. *War das wirklich eine gute Idee?*, fragte sie sich zum hundertsten Mal. Dann rief sie sich in Erinnerung, wie gefährlich ihr gesamtes Abenteuer war. Die Antworten, die Usul ihnen geben konnte, würden über ihr Schicksal entscheiden. Sie mussten ihn treffen.

»Nach dem Korallenriff hart steuerbord, Yan«, rief sie dem jungen Mann mit leiser Stimme zu.

Geschickt legte Yan das Steuer herum. Er empfand eine Mischung aus Vorfreude und Angst, wie jedes Mal, wenn sich die Erben in Gefahr begaben. Vorfreude, weil er etwas Neues erleben würde, und Angst, weil er jederzeit sterben oder sein Leben von Leid überschattet werden konnte, falls Léti oder einem anderen seiner Freunde etwas zustieß.

Yan warf Léti einen Blick voller Zuneigung zu. Sie hatte sich verändert, genauso wie er. Er hatte das Gefühl, in den letzten Dekaden erfahrener und reifer geworden zu sein, und auch Léti kam ihm stärker und härter vor. Die Umstände hatten ihr keine Wahl gelassen und sie zu einer Erwachsenen gemacht.

Er hoffte, dass sie sich durch diese Veränderungen nicht allzu weit voneinander entfernt hatten. Er fand Léti anziehender denn je. Die Magie hatte er nicht zuletzt erlernen wollen, um ihr zu beweisen, dass auch er eine Gabe hatte. Er wollte sie beschützen, mit ihr zusammenleben, mit ihr gemeinsam lachen und Kinder bekommen, die aussahen wie sie. Yan hatte nie etwas anderes gewollt.

Er war nicht von diesem Gedanken besessen, sondern er entsprach einfach nur seiner Vorstellung von Glück. Yan hatte nicht die Absicht, Léti ihr Leben lang hinterherzulaufen, falls sie selbst andere Pläne haben sollte. Doch in dieser finsteren Nacht auf dem Meer, weit weg von zu Hause, verfolgt von einem übermächtigen Feind und ohne Zufluchtsort, klammerte er sich an seinen Traum.

Léti sah ihn an und schenkte ihm ein zärtliches Lächeln, als könnte sie seine Gedanken lesen. *Ja,* dachte er entschlossen. Er wünschte sich nichts sehnlicher, als dass sein Traum in Erfüllung ging.

»Wir sind da«, verkündete Grigán. »Die Insel liegt direkt vor uns.«

Die anderen fragten sich, ob das nur eine Vermutung war oder ob er tatsächlich in der Dunkelheit etwas sehen konnte. Doch allmählich zeichnete sich der düstere Umriss der Heiligen Insel am Horizont ab, in einigen Hundert Schritt Entfernung.

»Sie ist kleiner als die Insel Ji«, sagte Bowbaq leise.

»Umso besser. Dann wird es nicht so schwer, Usul zu finden«, sagte Rey. »Wir müssen uns nur am Strand aufstellen und laut rufen: ›He, ist hier irgendwo ein Gott? Oder treibt er sich gerade auf der Nachbarinsel herum?‹«

Lana zuckte angesichts dieser Gotteslästerung zusammen. Obwohl der Besuch der Insel ihre Idee gewesen war, konnte sie noch immer nicht fassen, dass sie tatsächlich einen Gott treffen würden. Ihr Glaube war unerschütterlich, doch es war etwas völlig anderes, in der Abgeschiedenheit eines Tempels zu beten, als von Angesicht zu Angesicht mit einem Gott zu sprechen.

Die Gefährten hatten Lana stillschweigend zu ihrer Fürsprecherin erwählt, und Corenn hatte ihr eine Liste mit Fragen gegeben, die sie gewissenhaft auswendig gelernt hatte. Bald würde sie einem Gott gegenübertreten. Der Gedanke versetzte die Priesterin in Angst und Schrecken.

Auf Grigáns Befehl hin verringerte Yan die Geschwindigkeit der *Othenor* noch etwas mehr. Vielleicht hatten die Guori die Insel mit Holzpflöcken, Steinen oder anderen im Wasser verborgenen Hindernissen umgeben, um Schiffe von ihr fernzuhalten. Langsam trieb die *Othenor* auf ihr Ziel zu.

Die Gefährten versuchten vergeblich, in der Dunkelheit etwas zu erkennen. Vor ihnen lag der Strand, und dahinter wuchs dichter Wald. Das Innere der Insel war ihren Blicken verborgen.

Die Erben hofften, dass die Guori die Insel nicht mehr bewachten, damit sie in Vergessenheit geriet. Vielleicht dachten sie, dass sich niemand für eine einsame Insel interessierte und folgende Generationen Usul nur noch für eine Legende halten würden. Allerdings hatten die Einheimischen sich bislang die größte Mühe gegeben, Fremde von dem Gott fernzuhalten, und so war es eher unwahrscheinlich, dass sie ihr Verhalten plötzlich geändert hatten. Vermutlich verfügten sie über irgendein wirksames Mittel, um Eindringlinge am Betreten der Insel zu hindern.

Das Segelschiff näherte sich dem Ufer, und Rey warf den Anker aus. Sie konnten nicht näher an den Strand heran, da sie sonst auf Grund laufen würden, doch die Insel war nur noch hundertfünfzig Schritte entfernt. Grigán prüfte die Wassertiefe und beschloss, dass sie das Beiboot nehmen würden, sehr zu Bowbaqs Erleichterung. Ihm war nicht wohl bei dem Gedanken, durch das finstere Wasser zu waten. In dem kleinen Boot hatten nicht mehr als vier Leute Platz, und Yan musste zweimal hin- und herrudern, um alle an Land zu bringen. Grigán, Léti und Rey betraten den Strand als Erste. Sie hielten ihre Waffen in Händen und spitzten die Ohren. Kurz darauf folgten die anderen.

Bowbaq entzündete zwei Laternen, die er auf Anraten Grigáns umgebaut hatte: Zwei Holzbretter schirmten das Licht so ab, dass es nur in eine Richtung schien. Bowbaq nahm eine der Laternen in die Hand und gab Yan die zweite.

»Vergesst nicht, immer nur ins Innere der Insel zu leuchten«, sagte Grigán. »Und haltet die Laternen dicht über den Boden. Wir müssen sehen können, wo wir die Füße hinsetzen, aber schließlich wollen wir nicht das ganze Schöne Land auf uns aufmerksam machen.«

Sie machten sich auf den Weg. Yan führte die Gruppe an, gefolgt von Grigán, der ihm mit seinem Bogen Rückendeckung gab. Als Nächstes kamen Lana, die von Rey mit seiner Armbrust beschützt wurde, Bowbaq und Corenn. Léti bildete die Nachhut. Ohne sich abzusprechen, hatten die Gefährten die strategisch beste Reihenfolge gewählt. Alle bemühten sich, so wenig Lärm wie möglich zu machen, ohne dass Grigán sie darauf hinweisen musste. *Sie haben eine Menge dazugelernt,* dachte er zufrieden.

Der Legende zufolge lebte Usul auf dem Berg in der Mitte der Insel, auf den sie nun zumarschierten. Doch nach kaum zwanzig Schritten blieb Yan plötzlich stehen.

»Hier liegt ein Kadaver«, sagte er mit rauer Stimme.

Grigán ging in die Hocke, um das Aas zu untersuchen, wodurch er für Aufruhr unter den Maden sorgte, die sich dort eingenistet hatten. Es handelte sich um die Leiche eines ausgewachsenen Aurochs. Sie war nahezu unversehrt, abgesehen von zahlreichen kleinen Bissen.

»Im Schönen Land gibt es keine Aurochen«, sagte Bowbaq beunruhigt. »Wie ist das möglich?«

»Aber hier gibt es doch auch keine, Bowbaq«, erwiderte Rey. »Zumindest keine lebenden.«

»Woran ist das Tier gestorben?«, fragte Lana. »War es krank?«

»Vielleicht«, sagte Grigán knapp. »Lasst uns weitergehen. Wir müssen so schnell wie möglich runter von dieser Insel.«

Grigán hatte schon eine Menge Kadaver gesehen, doch noch nie hatte er von einer Krankheit gehört, bei der die Tiere ihr gesamtes Blut verloren, so wie es diesem Auroch ergangen war. Auf der Insel musste es irgendwelche Blutsauger geben, Vampirfledermäuse oder Ähnliches.

Er wollte seine Gefährten mit dieser Nachricht nicht beunruhigen, doch das sollte sich als Fehler erweisen.

Der Schatten hat keinen ruhigen Schlaf. Zahlreiche Gedanken sind in diesem Augenblick auf ihn gerichtet, und manche von ihnen sind sehr mächtig. Er nimmt sie wahr, obwohl er schläft.

Er träumt davon, über das Meer und durch die Nacht zu fliegen und die Angst und den Schmerz der Menschen zu spüren. Es ist ein schöner Traum. Manchmal mischen sich Bilder von Kindern, einem Tal und einer Pforte in seinen Traum, die er nicht versteht und an die er sich nicht erinnert. Sie bereiten ihm Unbehagen. Sein Hass auf die Menschen wächst. Er verscheucht die Träume und begibt sich auf die Suche nach den Gedanken, die ununterbrochen zu ihm sprechen wie ein fernes Rauschen.

Er erkennt sofort die Gedanken seines Freundes und freut sich über ihre Stärke. Aber nicht nach ihnen sucht er. Mühelos entdeckt er Hunderte anderer Gedanken und stößt sie verächtlich fort. Sie sind seiner Aufmerksamkeit nicht wert. So durchstreift er die Geister von Abertausenden von Lebewesen, hohlen Schwätzern mit leeren Gedanken.

Er erwacht halb aus dem Schlaf und zwingt sich, noch aufmerksamer zu lauschen. Endlich hört er interessantere Geräusche, nämlich die Gedanken der Menschen, die er bald töten wird. Sie hassen ihn. Sie fürchten ihn. Das freut den Schatten, denn er zieht Kraft aus ihrem Hass und ihrer Furcht.

Als er endgültig aufwacht, könnte er sofort einen oder zwei dieser Menschen töten, mit einem kurzen Gedanken. Doch anschließend würde er lange Zeit schlafen müssen. Außerdem würde ihm das keine Freude bereiten. Bei seinem letzten Ausflug ins Reich der Sterblichen hat er Blut geleckt. Er mag die Abwechslung. Der Schatten langweilt sich schrecklich.

Wieder fällt er in einen tiefen Schlaf, voller Vorfreude auf die nächsten Tage. Bald wird er stark genug sein und keinen Schlaf mehr brauchen. Mit jedem Tag wächst seine Kraft.

Selbst im Schlaf lauscht er noch und entdeckt plötzlich einen weiteren Geist, der auf ihn gerichtet ist, in der Nähe seiner menschlichen Feinde. Einen Geist mit unermesslichen Kräften, sehr viel mächtiger als er selbst.

Er erkennt ihn und wacht abrupt auf. Usul. Jetzt erinnert er sich. Er erinnert sich an alles. Unbändiger Hass steigt in ihm auf, und er brüllt seinen Schmerz und seine Wut in die Nacht hinaus.

»Habt ihr das gehört?«

Grigán hieß seine Gefährten stehen bleiben und lauschte eine Weile den Geräuschen des Urwaldes. Doch er hörte nichts als das heisere Geschrei der Nachtvögel und das Sirren der Insekten.

»Was denn?«, fragte er Lana, die den Alarm gegeben hatte.

»Ehrlich gesagt, weiß ich es nicht«, sagte die Maz. »Eine Art Schrei. Ich muss mich verhört haben. Ich bin etwas nervös, verzeiht mir.«

»Ihr braucht Euch nicht zu entschuldigen. Gebt lieber zehnmal falschen Alarm als einmal zu wenig. Bitte zögert auch beim nächsten Mal nicht.«

Sie setzten sich wieder in Bewegung, und alle bis auf Lana, der der Schrei immer noch in den Ohren gellte, vergaßen den Zwischenfall. Aber bald dachte auch sie nicht mehr daran, sondern konzentrierte sich auf den mühsamen Marsch durch die Nacht und die bevorstehende Begegnung – die wichtigste ihres Lebens und möglicherweise ihre letzte.

Die Erben hatten immer noch nicht herausgefunden, wie die Guori die Insel bewachten. Bisher schien alles zu glattzulaufen. Nun befiel sie eine neue Angst: Was, wenn es nichts zu bewachen gab? Was, wenn es auf der Insel ebenso wenig einen Gott wie fliegende Margoline gab?

In düstere Gedanken versunken, gelangten die Gefährten zum Fuß des Bergs. Sie befanden sich nun im Inneren der Insel, und das größte Tier, dem sie bislang begegnet waren, war ein scheues Mausäffchen gewesen. Die Insel wirkte vollkommen verlassen, was fast noch beängstigender war, als wenn sie bewaffneten Soldaten begegnet wären.

Grigán sah zu dem Berg hoch, der auf dem Festland eher als großer Hügel gegolten hätte. Der Hang war mit dichtem Gestrüpp bedeckt, nur der Gipfel bestand aus kahlem Fels. Dort oben würden ihnen keine Bäume oder Sträucher Schutz bieten. Falls auf der Insel irgendeine Gefahr lauerte, würden die Gefährten ihr bald ins Auge sehen.

»Lösch deine Laterne, Bowbaq«, befahl Grigán. »Wir nehmen nur noch eine.«

Der Riese gehorchte, und Yan legte ein Tuch über seine Laterne, um das Licht zu dämpfen. Bowbaq lief ein Schauer über den Rücken, als die Finsternis sie umhüllte. Er ballte die Fäuste und zuckte bei jeder Bewegung und jedem verdächtigen Rascheln zusammen.

Der Hang war nicht steil, und vereinzelte Grasbüschel dienten ihnen als Tritte. Trotzdem kamen sie nur langsam voran, da sie immer wieder stehen blieben und sich umsahen, und so brauchten sie für den Aufstieg noch einmal genauso lang wie vom Strand zum Fuß des Bergs.

Als der Gipfel nur noch fünfzig Schritte entfernt war, hatte sich Usul immer noch nicht gezeigt. Auch sonst war nichts zu sehen. Bei den letzten Sträuchern blieb Grigán stehen, weil er die anderen nicht in Gefahr bringen wollte. Als Corenn sein Zögern spürte, trat sie mit entschlossenen Schritten aus dem schützenden Dickicht. Bald holten die anderen sie ein.

Der Berg war ein erloschener Vulkan. Sie entdeckten Felsspalten und erkaltete Lava, die noch aus der Zeit der Zwei Reiche zu stammen schien.

»Usul ist aber kein besonders höflicher Gastgeber«, sagte Rey. »Ich glaube nicht, dass ich ihn so bald wieder mit meinem Besuch beehre.«

»Dazu wird es ohnehin nicht kommen«, sagte Corenn.

Niemand wagte zu fragen, wie sie das meinte. Sie wollten unter keinen Umständen hören, dass Corenn um ihr Leben fürchtete, denn sie hatten ihre Zuversicht bitter nötig.

Ehe sie sichs versahen, standen sie auf einem ebenen Plateau von ungefähr dreißig Schritten Durchmesser. Langsam drehte sich Grigán im Kreis, starrte in die Finsternis und zielte mit dem Bogen ins Dunkel. Noch an Bord der *Othenor* hatte er einen Pfeil in die Sehne gespannt.

»Hier ist nichts«, sagte Rey mürrisch. »Uuu-suuul!«, rief er, erst ein Mal und dann ein zweites Mal lauter. »Wir sind hier! Du hast Besuch!«

»Haltet den Mund!«, befahl Grigán in einem Tonfall, den er schon lange nicht mehr angeschlagen hatte. »Wollt Ihr unbedingt, dass wir entdeckt werden?«

»Aber hier ist doch niemand, teurer Freund. Weit und breit niemand!«

Léti konnte nicht fassen, dass ihr Plan gescheitert war. Sie trat zu Lana. »Maz«, sagte sie respektvoll. »Wo ist Usul? Warum ist er nicht hier?«

Lana zuckte mit den Schultern. Sie schämte sich für ihre Unwissenheit. Was konnte sie der jungen Frau schon sagen, die ihr so viel Vertrauen entgegenbrachte?

»Hier ist etwas«, sagte Yan plötzlich. »Seid vorsichtig, wenn ihr näher kommt.«

»Was ist es? Wieder ein Kadaver?«

»Seht selbst.«

Die Erben umringten den jungen Mann, der ihre einzige Laterne trug. Yan hielt sie dicht über den Boden und beleuchtete die Wände eines Kraters, die schroff in die Tiefe abfielen. Langsam umrundete er das Loch und verkündete dann, es habe einen Durchmesser von vier Schritten.

»Wir hätten hineinfallen können«, sagte Corenn bestürzt. »Ich hätte wissen müssen, dass ein erloschener Vulkan einen Krater hat.«

»Glaubt Ihr, Usul lebt dort unten?«

Alle wandten sich Maz Lana zu. Ihr blindes Vertrauen brachte die Priesterin in Verlegenheit.

»Ich weiß nicht«, gestand sie. »Möglich ist es.«

»Seit Ihr jetzt etwa vom Glauben abgefallen?«

»Ihr habt recht. Ich glaube, dass die Götter unter den Menschen leben, und ich glaube, dass Usul auf einer Insel im Schönen Land gefangen ist. Deshalb lautet meine Antwort: Ja. Usul der Wissende ist dort unten.«

Neugierig beugten sich alle über den Krater, und unter den entsetzten Augen Bowbaqs warf Léti ein Steinchen in das Loch. Für den abergläubischen Riesen war das ein Frevel, der gegen die Höflichkeit verstieß und ihnen Unglück bringen würde. Fünf Schritte unter ihnen hörten sie ein leises Platschen.

»Der Krater steht unter Wasser«, sagte Grigán enttäuscht. »Vielleicht gehört er zu einer Höhle, die bis zum Fuß des Bergs hinunterreicht, aber wir werden es wohl nie erfahren.«

Verdrossen starrten sie in das Loch. Sie würden auf Usuls Wissen verzichten müssen.

Mit einem Mal bildete sich ein Wirbel. Eine Fontäne schoss aus dem Krater und spritzte sie nass. Ebenso plötzlich beruhigte sich das Wasser wieder.

»Ein Zeichen«, rief Lana aufgeregt. »Usul gibt uns ein Zeichen!«

»Dafür gibt es bestimmt eine natürliche Erklärung«, widersprach Grigán.

Yan beobachtete seine Freunde, die sich unschlüssig um den Krater scharten, und warf dann einen Blick in das finstere Loch, das vielleicht Antworten auf all ihre Fragen bereithielt. Es war einer jener Augenblicke, in denen eine einfache Entscheidung ein ganzes Leben verändert. Er setzte die Laterne auf dem Boden ab.

»Ich gehe runter«, sagte er und zog sich die Schuhe aus.

»Bist du verrückt?«, rief Léti. »Das wirst du nicht tun! Warte wenigstens, bis es Tag wird.«

»Das geht nicht«, sagte Grigán. »Wir müssen das Schöne Land noch vor Sonnenaufgang verlassen.«

»Ich tauche nur ein paar Schritte in die Tiefe«, sagte Yan, während er seine Kleider abstreifte. »Wenn dort unten ein Gott ist, wird er mit mir sprechen. Wenn nicht, haben wir es zumindest versucht.« Yan glaubte selbst nicht an seine Worte. Er hatte entsetzliche Angst.

»Ich bin diejenige, die hinuntergehen sollte«, sagte Lana mit zitternder Stimme. »*Ich* sollte mich der Gefahr stellen.«

»Könnt Ihr schwimmen?«, fragte Yan, während er sich weiter auszog.

Die Maz schwieg. Sie war versucht zu lügen, aber das wäre dumm gewesen. Wenn sie in den Krater stieg, würde sie ertrinken.

»Ich kann schwimmen«, sagte Léti. »Ich gehe.«

»Zu spät«, sagte Yan und setzte sich auf den Rand.

»Warte«, sagte Grigán.

Er zog das solide Seil, das er Raji abgekauft hatte, aus Bowbaqs Bündel. Yan verstand sofort, was er vorhatte, und knotete sich ein Ende um die Brust. Grigán befestigte das andere Ende an einem Felsen.

Yan lächelte seinen Gefährten zu. Nur Corenn und Rey erwiderten sein Lächeln, um ihm Mut zu machen. Die Gesichter der anderen waren besorgt. Yan schob sich über die Kante, stemmte die Füße gegen die Felswand und packte das Seil mit den Händen.

Auf der Insel Ji hatte er eine halsbrecherische Kletterpartie unternommen, um Léti das Leben zu retten. Aber tat er es jetzt nicht aus demselben Grund?

Sein linker Fuß berührte den unterirdischen See, und er ließ sich behutsam ins Wasser gleiten. Kurz befiel ihn Angst vor einem Seeungeheuer, das ihn in die Tiefe ziehen würde, um ihn zu verschlingen.

»Das Wasser ist kalt!«, rief er nach oben, zum Licht und zu seinen Freunden, die unerreichbar schienen. »Bis gleich!«

Dann tauchte er unter.

Léti, Corenn, Grigán, Bowbaq, Rey und Lana zählten die Augenblicke bis zur Rückkehr ihres Freundes. All ihre Aufmerksamkeit war auf das dunkle Loch gerichtet, in dem Yan verschwunden war.

Die Gefährten sahen nicht, wie mehrere Paar leuchtend roter Augen sie umzingelten. Es wurden immer mehr, und sie kamen immer näher. Sie gierten nach frischem Blut.

Yan öffnete die Augen, obwohl das sinnlos war. In der Höhle war es stockfinster. Er konnte nicht einmal die eigene Hand vor Augen sehen. Er schwamm tiefer und tiefer, drückte sich von den Felswänden ab und befürchtete ständig, sich den Kopf an einem Vorsprung zu stoßen.

Das Seil störte ihn beim Schwimmen, aber es half gegen die Angst. Yan hoffte, irgendwo in der Höhle eine Luftkammer zu finden, in der Usul auf ihn wartete. Anderenfalls wusste er nicht, was er tun sollte. Ihm ging bereits die Luft aus, aber er zwang sich, immer tiefer zu tauchen.

Er schätzte, dass er sich nun zehn Schritte unter der Wasseroberfläche befand, vielleicht etwas mehr. Bislang hatte er keinen Seitengang gefunden, der möglicherweise in eine unterirdische Höhle führte. Vielleicht war er aber auch an einer Öffnung vorbeigeschwommen, ohne es zu bemerken. Ihm kam der entsetzliche Gedanke, dass er mehrmals würde tauchen müssen, um alle Wände abzutasten. Doch erst einmal wollte er bis zum Grund schwimmen.

Die Wände wurden glatter, und der Krater verengte sich. Ab und zu strich irgendetwas sanft an Yans Händen und Füßen entlang. Er hoffte, dass das die Strömung war und keine bösartigen Unterwasserlebewesen. Obwohl er kaum noch Hoffnung hatte, Usul zu finden, tauchte er tiefer und tiefer.

Er hatte das Gefühl, die bekannte Welt längst verlassen zu haben. In welcher Tiefe befand er sich jetzt? Nur dank des Seils wusste er, wo oben und unten war. Ihm wurde schwindlig vor Atemnot. Er biss die Zähne zusammen und machte einen weiteren kräftigen Schwimmzug.

Sein Gesicht stieß gegen etwas Hartes, und er paddelte wie wild mit Armen und Beinen, doch es war nur Sand. Yan tastete seine Umgebung ab, um sich zu vergewissern, dass er tatsächlich auf dem Grund angelangt war.

Er musste atmen, und zwar sofort. Yan öffnete die Augen und starrte in die Finsternis, sah aber nicht mehr als mit geschlossenen Lidern. Hastig stieß er sich vom Boden ab, um wieder nach oben zu schwimmen.

Eine tiefe, herablassende Stimme drang plötzlich in seine Gedanken ein und erfüllte ihn mit einem bislang ungekannten Grauen.

›Es wäre dumm, bis hierher herabzutauchen und dann gleich wieder die Flucht zu ergreifen‹, sprach Usul. ›Wir haben einander viel zu sagen.‹

Lana stieß einen Entsetzensschrei aus, als sie die glühenden Augen sah, die ihr aus der Finsternis entgegenstarrten. Die Erben vergaßen Yan und den Krater, denn nun schwebten sie selbst in unmittelbarer Gefahr. Fünfzig Augenpaare umzingelten sie.

»Rührt euch nicht«, flüsterte Grigán und bückte sich langsam zu der Laterne hinunter.

Behutsam entfernte er das Tuch, und Licht fiel auf die dreisteren der Biester, bevor sie in die Dunkelheit zurückwichen. Doch die Erben hatten genug gesehen. Selbst Grigán bekam eine Gänsehaut.

Die Augen gehörten zu mehr als zwei Fuß großen Ratten, die aufrecht auf den Hinterpfoten standen. Mit ihren großen Schneidezähnen, der platten Schnauze und den blutunterlaufenen Augen sahen sie aus wie Missgeburten. Sie schienen die nervöse Angewohnheit zu haben, die Krallen ihrer Vorderpfoten ein- und auszufahren. Mehrere Ratten hatten verkrüppelte Glieder, also waren sie keine Aasfresser, sondern Raubtiere.

»Was sind das für Tiere?«, fragte Lana Bowbaq flüsternd. »Sie sind riesig!«

»Ich weiß es nicht«, sagte der Riese ängstlich. »Grigán?«

»Von so großen Ratten habe ich noch nie gehört. Vielleicht stammen sie aus den Ländern des Ostens.«

»Warum warnt einen denn niemand vor diesen Biestern?«, fragte Rey anklagend.

»Vielleicht werden die Einheimischen gewarnt. Jeder Guori weiß vermutlich, wie gefährlich es ist, die Heilige Insel zu betreten«, sagte Corenn.

Grigán zog sein Krummschwert und Léti ihr Rapier. Rey hielt immer noch seine Armbrust in der Hand.

»Wir könnten versuchen, ihnen Angst zu machen«, schlug Rey vor.

»Sehen sie so aus, als wären sie leicht einzuschüchtern?«

Tatsächlich wurden die Ratten immer mutiger und näherten sich den Gefährten mit kleinen Hüpfern. Einige begannen, um das Licht der Lampe herumzutänzeln.

»Sie sind flink«, sagte Léti und schluckte.

»Und sie sehen zäh aus«, fügte Corenn düster hinzu.

Fast hätte sie gesagt: *Wenn sie angreifen, sind wir verloren.*

Selbst Bowbaq hielt es für geboten, sich mit seinem Streitkolben zu bewaffnen. Grigán gab Corenn einen Dolch, aber Lana weigerte sich, ein Messer in die Hand zu nehmen.

»Ich befehle es Euch«, sagte der Krieger. »Wenn Euch eins dieser Viecher an die Gurgel springt, werdet Ihr froh über die Waffe sein.«

Widerstrebend nahm die Maz das Messer entgegen und umklammerte den Griff unbeholfen mit beiden Händen. Die Ratten wurden immer dreister, und Lana schickte ein stilles Gebet an Eurydis. *Jeder muss eines Tages sterben,* dachte sie. *Aber so möchte ich nicht enden. Aufgefressen von diesen Bestien.*

Eine Ratte begann, grelle Pfiffe auszustoßen, und bald taten es ihr sämtliche Artgenossen gleich. Das Geräusch ging allen durch Mark und Bein – ein Pfeifen aus fünfzig Kehlen.

»Passt auf«, sagte Grigán. »Ich habe eine Idee.«

Die Erben würden ihre Haut teuer verkaufen. Doch plötzlich zweifelte Léti an sich selbst. Sie hatte gelernt, gegen Menschen zu kämpfen, aber würde sie es auch mit wilden Tieren aufnehmen können?

»Rey«, rief Grigán. »Töte eins der Tiere in der hintersten Reihe. Wenn wir Glück haben, zerfleischen sie sich gegenseitig.«

Rey legte seine Armbrust an, ohne zu merken, dass Grigán ihn gerade zum ersten Mal geduzt hatte. Aber es war ohnehin nicht der richtige Moment, um Brüderschaft zu trinken. »Ich hoffe, sie haben keinen ausgeprägten Familiensinn«, murmelte er und schoss.

Eins der Tiere schrie vor Schmerz auf, und die Pfiffe verstummten abrupt. Die verwundete Ratte wälzte sich am Boden und fuhr mit den Krallen durch die Luft. Die anderen wandten nur den Kopf und beobachteten sie aus der Ferne. Schließlich stürzten sich zwei der Biester auf das Tier, da sie es für leichte Beute hielten. Aber die Ratte kämpfte wie ein Dämon und schlug ihre Artgenossen in die Flucht.

Die verletzte Ratte rappelte sich wieder auf und brüllte ihre Wut heraus. Der Bolzen von Reys Armbrust steckte noch immer in ihrem Bauch, und sie hatte nichts von ihrer Angriffslust eingebüßt.

Die Ratten nahmen das als Zeichen, dass ihre Opfer schwach waren, und zogen den Kreis enger.

Yan brauchte Luft. Sofort. Sein Kopf fühlte sich an, als würde er jeden Moment zerspringen. Er musste zurück an die Oberfläche, sonst würde er Wasser in die Lunge bekommen und ertrinken.

Aber Usul hatte zu ihm gesprochen. Der Gott Usul, Usul der Wissende. Daher zögerte Yan mit dem Auftauchen, und dieser kurze Moment konnte ihm zum Verhängnis werden. Vielleicht lag darin die Gefahr der Neugier: Sie führte die Menschen in den Untergang.

Plötzlich verschwand seine Atemnot. Yan schwebte in dem pechschwarzen Wasser und spürte nicht länger den Drang, an die Oberfläche zurückzukehren. Seine Füße berührten den Sand. War er ertrunken? War er schon tot? Hatte er den Verstand verloren? Vielleicht hatte er Usuls Worte in einem Unterwasserrausch gehört. Oder hatte er sich das alles nur eingebildet?

›Menschen sind so vorhersehbar‹, sagte der Gott bedauernd. ›So langweilig. Bislang hat mich niemand mit ein bisschen Originalität aufgesucht.‹

Yan öffnete den Mund, um zu antworten, und Wasser drang hinein. Er hatte vergessen, wo er sich befand. Instinktiv spuckte er aus und wunderte sich, dass kein Wasser in seine Lunge gedrungen war. Dann ging ihm auf, dass er unter Wasser atmen konnte, obwohl das allen Naturgesetzen widersprach.

›Könnt Ihr mich hören?‹, dachte er und kam sich lächerlich vor. ›Bewahrt *Ihr* mich vor dem Ertrinken?‹

›Natürlich. Hast *du* etwa die Macht dazu? Natürlich nicht. Die Welt mag mir nicht offen stehen, aber an diesem Ort herrsche ich. Deshalb musst du aufpassen, mich nicht zu verärgern.‹

Yan konnte es immer noch nicht fassen. Er sprach tatsächlich mit einem Gott. Das Gefühl war überwältigender als alles, was er je erlebt hatte. ›Wo seid Ihr?‹

›Du willst mich sehen? Meist bereuen die Menschen diesen Wunsch. Willst du mich tatsächlich sehen?‹

›Ja.‹

›Gut! Das wird amüsant.‹

Das Wasser wurde heller und heller, aber Yans Blick blieb seltsam trüb. Er fragte sich, ob Licht in die Höhle fiel oder sich einfach nur seine Wahrnehmung veränderte. Doch was spielte das schon für eine Rolle?

Die Felswände leuchteten golden, als bestünden sie aus dem Edelmetall. Wie Yan erwartet hatte, mündete der Krater tatsächlich in eine unterirdische Höhle. Sie schien den gesamten Berg auszufüllen, aber da Yan nur verschwommen sah, konnte er das nicht genau sagen. Auf der Suche nach Usul ließ er seinen Blick schweifen.

Erst dachte er, es gebe keine Lebewesen in der Höhle, aber dann sah er in der Ferne einen kleinen Fisch. Er sah sich noch einmal um, entdeckte aber sonst nichts. Yan beobachtete den Fisch, der immer näher kam, und stieß einen stummen Schrei aus, der in dem Wasser verhallte.

Der Fisch war in Wirklichkeit riesig und grauenvoll: ein zehn Schritte langer Talantenhai. Der Raubfisch schwamm auf ihn zu und wich erst im letzten Moment aus. Yan erstarrte vor Entsetzen.

›Haie leben nicht im Süßwasser!‹, rief er in Gedanken.

›Dann muss ich wohl über gewisse Kräfte verfügen‹, antwortete Usul spöttisch.

Yan zwang sich zur Ruhe. Anscheinend hatte der Gott nicht vor, ihn zu töten, jedenfalls nicht sofort.

›Ist das Eure richtige Gestalt?‹

Der Gott ließ sich Zeit mit der Antwort. ›Stellst du mir diese Frage tatsächlich?‹

›Wie meint Ihr das?‹

›Durch den Willen der Menschen bin ich Usul der Wissende‹, sagte der Gott monoton. ›Ich kenne das Schicksal, bevor es sich erfüllt. Doch mein Wissen hat einen Preis. Wenn du Antworten willst, musst du sie dir verdienen.‹

›Wie das?‹, fragte Yan beunruhigt.

›Indem du für meine Zerstreuung sorgst. Ich leide unter der schlimmsten Langeweile, die je ein denkendes Wesen gekannt hat. Die Zeit ist mein grausamster Kerkermeister. Ich sehe, wie sich die Augenblicke und Tage aneinanderreihen, und warte darauf, dass geschieht, was ich vorhergesehen habe. Nur die Menschen, die mich aufsuchen, sorgen für ein wenig Abwechslung.‹

Jetzt zog der Haifisch Kreise um ihn. Yan vergewisserte sich verstohlen, dass der Knoten des Seils sich nicht gelockert hatte.

Usul fuhr fort: ›Nur wer sein Schicksal kennt, kann es verändern. Nur wer sein Schicksal kennt, handelt unvorhersehbar. Und das Unvorhersehbare bringt Abwechslung. Deshalb gebe ich dir auf jede deiner Fragen zwei Antworten. Die zweite verrät dir etwas über deine Zukunft.‹

›Wie kann sich die Zukunft verändern, wenn Ihr sie bereits vorhergesehen habt?‹

›Weil deine Zukunft ungewiss wird, sobald ich sie dir enthülle. Manchmal führt man ein Ereignis herbei, indem man es um jeden Preis verhindern will. Oder man verhindert es, indem man alles daransetzt, dass es geschieht. Außerdem ist mir mein eigenes Schicksal unbekannt. Ich sah deinen Besuch voraus, aber ich weiß nicht, wie er ausgehen wird. Als du zu mir kamst, legte sich ein Nebelschleier über die Zukunft, über deine, über meine, über die deiner Freunde und sogar über die eines großen Teils der bekannten Welt.‹

›Und wenn ich nichts tue? Wenn ich handele, als wäre nichts geschehen trotz Eurer Prophezeiungen?‹

›Man kann nicht *nichts* tun. Sobald du die Zukunft kennst, ändert sich dein Verhalten. Nichts tun ist auch eine Handlung.‹

Yan versuchte, Ordnung in seine Gedanken zu bringen. Er musste sich gut überlegen, welche Fragen er stellen wollte, denn er fürchtete sich vor dem Fluch des übermenschlichen Wissens, dessen Ausmaß er soeben erst begriffen hatte.

›Ich habe die Regeln verstanden‹, sagte er. ›Ich akzeptiere sie. Fangen wir an.‹

Grigán lief auf die Ratten in der ersten Reihe zu und tötete drei mit einem einzigen Schwerthieb, bevor sie sich auf ihn stürzen konnten. Daraufhin gingen ihre Artgenossen zum Angriff über.

Bowbaq beschützte Corenn und Lana mit Rundumschlägen seines Streitkolbens. Einige Ratten fielen in den Krater, und Corenn dachte mit Grauen daran, was mit Yan geschehen würde, falls die Bestien schwimmen konnten. Aber sie war selbst in zu großer Bedrängnis, um sich um ihn kümmern zu können.

Zwei Ratten sprangen Bowbaq an, bissen sich in seinem Arm fest und rissen ihm mit ihren Krallen die Haut auf. Unter Geheul pflückte er sie sich vom Körper und brach ihnen mit der bloßen Hand das Genick. Fortan ließen die Ratten ihn in Frieden, nicht aber die anderen Erben.

Grigán stand mitten in der Horde von Ratten und metzelte sie mit dem Schwert nieder. Doch im Blutrausch bissen und kratzten die Bestien selbst dann noch, wenn ihre Leiber längst entzweigeschnitten waren. Ihre Zähne drangen durch Grigáns Lederkluft, ihre Krallen bohrten sich in seinen Körper. In kürzester Zeit hatte Grigán fünfzehn Tiere getötet und sich dreißig tiefe Wunden am ganzen Körper zugezogen. Kämpfend bahnte er sich den Weg zurück zu Bowbaq.

Léti und Rey kämpften Seite an Seite und gaben sich gegenseitig Deckung. *Fester Stand,* dachte sie und versetzte einer Ratte einen Tritt. Das Tier flog in hohem Bogen durch die Luft. *Wacher Geist,* dachte sie und durchbohrte zwei Ratten, die zu nahe beieinanderstanden, mit einem einzigen Stoß. *Sichere Hand,* dachte sie und spießte ein Tier, das ihr an die Kehle springen wollte, mitten in der Luft auf.

Grigáns Grundsätze halfen ihr, sich nicht von der Angst lähmen zu lassen und nicht die Beherrschung zu verlieren. Nur einmal wallte Zorn in ihr auf. Ihre Schlagkraft verzehnfachte sich, doch sie wurde auch leichtsinnig. Rasch riss sie sich zusammen und kämpfte wieder ruhig, flink und mit einer Geschicklichkeit, die sie selbst überraschte.

Doch den Gefährten gelang es nicht, die Oberhand zu gewinnen. Als sie Grigán zurückweichen sah, folgte Léti ihm, und Rey schloss sich ihnen an. Die Ratten zögerten, bevor sie sich wieder zusammenrotteten und ihre Beute umzingelten.

»Warum zerfleischen sie sich nicht endlich gegenseitig?«, fragte Rey keuchend.

Wie seine Gefährten blutete er aus zahlreichen Wunden an Armen, Beinen und im Gesicht. Der Kadaver einer Ratte hing immer noch an seinem Unterschenkel. Er schüttelte sie fluchend ab und trat sie fort in Richtung ihrer Artgenossen.

Die Bestien rochen das Blut und stürzten sich auf die Leiche. Schmatzend saugten sie toten und verwundeten Ratten gleichermaßen das Blut aus.

»Da sind noch mehr«, sagte Léti mit gebrochener Stimme.

Auch Grigán hatte die Tiere entdeckt. Bisher hatten die Gefährten gegen fünfzig Ratten gekämpft, doch nun stürmten mindestens zweihundert den Hang hinauf, angelockt vom Geruch des Bluts.

»Sie werden sich nicht mit den Kadavern begnügen«, sagte Bowbaq mit bemerkenswertem Gleichmut.

Grigán nahm die Laternen vom Boden auf und entzündete die zweite am Docht der ersten.

»Versucht, Feuer zu machen«, sagte er und hob eine der toten Ratten auf. »In einem großen Kreis um euch herum.«

»Grigán, was tut Ihr?«, fragte Corenn beunruhigt.

»Ich verschaffe uns Zeit!«

Mit großen Schritten rannte er den Hang hinab, die Laterne in der einen, den Kadaver und das Krummschwert in der anderen Hand. Die Ratten rochen das Blut, als er an ihnen vorbeikam, und wandten ihm die Köpfe zu, so wie sie es bei dem Tier getan hatten, auf das Rey mit der Armbrust geschossen hatte. Zwei Ratten hefteten sich an seine Fersen, dann zehn, dann dreißig, und schließlich packte das Jagdfieber fast alle Tiere.

»Kommt zurück, Grigán! Ich flehe Euch an!«, rief Corenn mit Tränen in den Augen.

Doch der Krieger hörte sie schon nicht mehr.

›Wie lautet deine erste Frage, junger Mensch?‹

Mit klopfendem Herzen dachte Yan nach. Er wollte auf keinen Fall, dass Usul ihm etwas allzu Wichtiges über seine Zukunft verriet. Er beschloss, mit einer leichten Frage zu beginnen, um einschätzen zu können, wie gefährlich Usuls Antworten waren. Er würde dem Gott die Frage stellen, die sie auf die Heilige Insel geführt hatte.

›Wo befindet sich das Tagebuch des Maz Achem aus Ith, Maz Lanas Urgroßvater?‹

›Das ist einfach. Die Antwort wird dir nicht viel nützen, daher verrate ich dir auch nur ein belangloses Detail aus deinem Leben. Du wirst mit deiner Freundin Léti den Bund schließen.‹

Yan war wie vor den Kopf geschlagen. Verwirrende Gefühle stürmten auf ihn ein. Ein belangloses Detail? Was würde Usul ihm dann als Nächstes enthüllen? Würde er tatsächlich mit Léti den Bund schließen? Veränderte sich die Zukunft, sobald man sie kannte?

Nun begriff er, worin Usuls Fluch bestand. Am liebsten wäre er sofort wieder nach oben geschwommen, zu seinen Freunden und einer Zukunft, die im Dunkeln lag, doch die anderen verließen sich auf ihn. Usul war ihre einzige Chance, etwas herauszufinden und zu überleben – um den Preis ewiger Seelenqualen.

›Wo befindet sich Maz Achems Tagebuch?‹, wiederholte Yan und versuchte, seine Gefühle unter Kontrolle zu bringen.

›In den Geheimarchiven des Großen Tempels der Eurydis, meiner Schwester, in der Heiligen Stadt Ith. Ich könnte dir den genauen Ort nennen, aber du wirst das Tagebuch finden, wenn du dich dorthin begibst.‹

Welche Ironie des Schicksals! Lana war Hunderte Meilen gereist, um das Tagebuch zu finden, und dabei hatte es sich die ganze Zeit unter ihren Füßen befunden.

Yan wollte fragen, ob das Tagebuch den Erben bei ihrer Suche weiterhelfen würde, besann sich aber eines Besseren. Der Preis, den er für die Antworten zahlte, war einfach zu hoch, und so beschloss er, nur noch zwei Fragen zu stellen. ›Wohin führt die Pforte auf der Insel Ji?‹

›Das ist eine wichtige Frage‹, sagte der Gott zu Yans Verzweiflung. ›Da die Antwort die gesamte Menschheit betrifft, werde ich dir einen Teil deiner Zukunft enthüllen, der ebenfalls viele Menschen angeht. Aber glaube nicht, dass du damit aus dem Spiel bist: Deine Zukunft ist untrennbar mit diesem Geschehen verbunden. Dein Handeln kann es entscheidend verändern. Nur selten bin ich einem Menschen mit einem derart einflussreichen Schicksal begegnet.‹

›Und was ist das nun für eine Enthüllung?‹, fragte Yan ungeduldig, da ihn die Nähe des Hais allmählich nervös machte.

Er konnte nicht fassen, dass ein Gott eine so abstoßende Gestalt annahm, aber Usul schien jede Form der Zerstreuung recht zu sein. ›Was ihr die bekannte Welt nennt, wird bald von einem blutigen Krieg überzogen werden. Keines eurer Völker wird davon verschont bleiben. Das Matriarchat von Kaul und die gesamten Oberen Königreiche werden eine bittere Niederlage erleiden. Der Krieg bricht aus, noch bevor ein Jahr zu Ende geht.‹

›Ein Jahr! Aber … Ein Krieg gegen wen? Und warum?‹

›Ist das deine nächste Frage?‹

›Nein.‹

Das Gespräch nahm immer beängstigendere Züge an. Yan hatte große Lust, Usul dem Unheilverkünder zu widersprechen. Doch dann fiel ihm ein, wo er war, wer er war und wen er vor sich hatte.

›Und hier nun deine Antwort‹, sagte Usul. ›Hinter der Pforte befindet sich das Jal'dara oder Jal'karu, ganz wie du willst.«

›Was heißt das? Das ist zu wenig!‹

›Die Antwort ist ausreichend. Indem du dich für die Pforten interessierst, berührst du die Geheimnisse der Götter. Ein solcher Frevel missfällt uns. Ich versprach dir zu antworten, und das habe ich getan. Übertreib es nicht.‹

Das ließ Yan sich nicht zweimal sagen. Vielleicht war die Antwort tatsächlich ausreichend. Lana hatte das Jal'karu als das Land bezeichnet, in dem die Dämonen aufwuchsen. Hoffnungslosigkeit überfiel ihn.

›Ich habe noch eine letzte Frage. Doch bevor ich sie stelle, möchte ich wissen, was anschließend mit mir geschieht.‹

›Ich habe beschlossen, dich gehen zu lassen. Du warst zwar frech, aber dein Schicksal ist so eng mit dem der bekannten Welt verwoben, dass du meine Neugier geweckt hast. Ich werde dir sogar ein Geschenk machen. Nimmst du es an?‹

›Was ist es?‹

›Das wirst du erfahren, wenn es so weit ist. Nimmst du es an?‹

›Verratet Ihr mir noch mehr über meine Zukunft?‹

›Nein.‹

›Dann nehme ich es an‹, sagte Yan, ohne zu wissen, ob er die Entscheidung nicht im nächsten Augenblick bereuen würde.

Der Hai schwamm langsam auf ihn zu, wie schon mehrere Male zuvor. Doch diesmal schwamm er nicht um Yan herum. Yan musste all seine Willenskraft aufbieten, um nicht zu fliehen. Doch der Raubfisch rammte ihn nicht, sondern streifte nur Yans linken Arm mit der gesamten Länge seines Körpers.

›So. Das war es.‹

›Was habt Ihr getan?‹, fragte Yan. ›Ich spüre nichts.‹

›Ich sagte doch, dass du es erfahren wirst, wenn es so weit ist. Stell deine letzte Frage.‹

Der junge Mann nahm all seinen Mut zusammen. ›Wer hetzt uns die Züu auf den Hals?‹

›Hm! Das ist viel zu einfach. Die Antwort hilft dir sehr. Ihr Preis wird hoch sein, sehr hoch. Bist du sicher, dass ich die Frage beantworten soll?‹

›Sagt Ihr mir meinen eigenen Tod voraus?‹

›Nein! So etwas macht mir schon lange keinen Spaß mehr. Es geht um etwas anderes. Was ist?‹

›Ich möchte die Antwort hören‹, sagte Yan, und sein Herz klopfte zum Zerspringen.

›Dein Freund Grigán wird sterben, noch bevor ein Jahr vergangen ist. Wie wird die Zukunft wohl aussehen, jetzt, da du das weißt? Ich brenne darauf, es zu erfahren!‹

Yan war zutiefst erschüttert. Er bekam kaum noch mit, wie Usul ihm den Namen ihres Widersachers nannte. Die Antwort erschien ihm mit einem Mal belanglos.

Bowbaq zog den erschöpften Yan aus dem Krater. Léti, Rey, Corenn und Lana umringten ihn und warteten mit ernsten Gesichtern darauf, dass er etwas sagte. Yans Blick wanderte von dem Feuerkreis, den sie entzündet hatten, zu den Rattenleichen und den roten Augen, die hinter den schützenden Flammen in der Dunkelheit leuchteten.

»Wo ist Grigán?«, fragte er beunruhigt.

Léti brach in Tränen aus, und Lana führte Yan zu dem Krieger. Er lag auf dem Boden, und sein Körper und Gesicht waren mit tiefen Wunden übersät.

»Ist er tot?«

»Nur ohnmächtig«, antwortete Corenn mit zitternder Stimme. »Er hat sich geopfert, um uns das Leben zu retten.«

»Ich fürchte, er hat sich mit einer Krankheit angesteckt«, erklärte Rey. »Einige Ratten hatten irre Augen. An den Wunden wird er nicht sterben, aber wir müssen ihn so schnell wie möglich zu einem Heiler bringen.«

Yan nickte traurig. Wissen konnte tatsächlich ein Fluch sein.

»Hast du Usul gefunden?«, fragte Corenn.

»Ja. Unser Feind ist Saat der Ökonom.«

»Einer der Abgesandten«, rief die Ratsfrau aus. »Und er lebt immer noch …«

Yan setzte sich neben Grigán und ließ ihn nicht aus den Augen. Ihm war nicht nach Sprechen zumute, und dabei hatte er seinen Gefährten so vieles zu erzählen.

Götter der Nacht

Ein Zu gibt seinen Namen nur seinesgleichen preis. Und seinen Opfern, kurz bevor er sie tötet.

Hier ist der meine.

Ich bin Judikator Zamerine, Anführer der Boten Zuïas in den Oberen Königreichen. Sechs der reichsten Länder der bekannten Welt stehen unter meiner Macht. Ich befehlige vierhundert Männer, die mit dem heiligen Hati bewaffnet sind und den Tod nicht scheuen. Vierhundert der besten Kämpfer, die bis in die verlassensten Winkel der bekannten Welt für Angst und Schrecken sorgen.

Nicht einmal Könige wagen es, mir zu trotzen. Sie zittern vor Zuïas Urteil. Sie zittern vor mir.

Ich hielt mich für den mächtigsten Herrscher nördlich des Mittenmeers. Das war ein Irrtum.

Ich glaube, dass mein Herr und Meister ein Gott ist.

Oder zumindest eine Inkarnation. Eine Inkarnation Zuïas natürlich, wenngleich sich mein Meister über diese Vermutung lustig macht. Er mag sich dessen nicht bewusst sein, aber er ist ein Instrument in den Händen der Göttin, genau wie ich. Davon bin ich überzeugt.

Davon muss ich überzeugt sein …

Meine Verwundbarkeit lässt sich nur schwer ertragen. Mein Meister verfügt über jeden, wie es ihm beliebt. Er ist unverwundbar. Er kann Gedanken lesen. Er ist imstande, einen fremden Körper zu beherrschen. Er tötet mit einer leichten Berührung – mit nichts als einem kurzen Blick.

Das ist keine Legende. Ich habe es selbst erlebt.

Er hätte einen Sklaven aus mir machen können, einen von Zehntausenden Unglücklichen, die er in seinen Gefangenenlagern zusammenpfercht. Ich zog es vor, sein Verbündeter zu werden.

Ich habe ihm mein Wissen zur Verfügung gestellt. Mein Einfluss in den Oberen Königreichen kommt ihm gelegen. Unser gemeinsames Auftreten sichert seine Herrschaft über die Horde Barbaren, aus der seine Armee besteht. Unsere Armee.

Ich habe mich bewährt, und mein Meister weiß sich erkenntlich zu zeigen. Er hat mir eine Leibgarde zugeteilt, bis mein Gehilfe mit meinen besten

Männern zu uns stößt. Bald werden einhundert Boten an einem Ort versammelt sein. Eine solche Zusammenkunft habe ich seit der Prüfung im Lus'an nicht mehr erlebt.

Mein Meister hat mir eintausend Sklaven geschenkt. Ich versuche, sie nach dem Gesetz Zuïas zusammenleben zu lassen. Das ist ein interessantes Experiment. Ich glaube, es sind noch knapp über sechshundert Männer übrig.

Mein Meister hegt große Pläne. Was er vorhat, übersteigt das Verständnis gewöhnlicher Sterblicher. Greift er eine Stadt an, brennt er sie restlos nieder. Bestraft er einen Verräter, wird der Mann mehrere Dekaden lang auf dem Dornenrad gefoltert. Alles, was er in Angriff nimmt, erreicht er auch. Ohne Zaudern, ohne jede Schwäche.

Mein Meister weiß genau, was er will, selbst wenn er kein Wort darüber verliert. Niemand ist so verschwiegen wie er. Ich kenne nicht einmal sein Gesicht.

Ich kenne nur seinen Namen. Er heißt Saat.

Der König der Guori stand nicht gerade in dem Ruf, besonders umgänglich zu sein. Wie so oft bekam der Arkarier Ossrok, der die Söldnerflotte des Schönen Landes befehligte, seinen Zorn zu spüren.

»Das war nun wirklich keine Heldentat«, empörte sich der König. »Schon wieder haben einige Ahnungslose die Heilige Insel betreten. Und das, obwohl Ihr angeblich so wachsam seid!«

»Usuls Insel wird seit mehr als zwei Monden nicht mehr bewacht«, wandte der Söldner zaghaft ein. »Wie Ihr es angeordnet habt, Majestät.«

»Ich habe nie befohlen, die Patrouillen einzustellen!«, herrschte ihn der König an. »Ich habe Euch nur angewiesen, Euch etwas unauffälliger zu verhalten. Wagt es ja nicht, das Gegenteil zu behaupten!«

Ossrok verbiss sich die Antwort, obwohl sein Lohnherr die Unwahrheit sagte. Eigentlich sollte die Heilige Insel in Vergessenheit geraten, und so ankerten nun keine Schiffe mehr vor ihren Ufern. Nur eine einfache Fregatte segelte jeden Tag an dem Eiland vorbei, um sich zu vergewissern, dass alles in Ordnung war – und um die Bestien zu füttern, die den Ort bewachten. Doch diesmal hatte die Besatzung der Fregatte Spuren von ungebetenen Besuchern entdeckt.

»Bestimmt sind die meisten der Eindringlinge tot«, sagte der Söldner und zwang sich, zuversichtlich zu klingen. »Mit etwas Glück konnte vielleicht einer von ihnen entkommen, was erklären würde, warum wir ihr Schiff nicht gefunden haben. Meine Männer haben sich natürlich nicht bis ins Innere der Insel vorgewagt, aber ich wette, dass sie dort mehrere Leichen gefunden hätten.«

»Ihr begreift aber auch gar nichts!«, fuhr ihn der König an. »Ich wollte nicht, dass diese Menschen sterben!«

Ossrok musste eine Weile nachdenken, bevor er antwortete. Er begriff tatsächlich nicht. »Majestät, verzeiht mir die Kühnheit, aber … Die Fariksratten sind keine Streicheltiere. Wie Ihr wisst, sind sie so aggressiv, dass die Bewohner des Ostens sie im Kampf einsetzen. Schon ein kleiner Biss kann tödlich sein, wenn das Tier die Krankheit in sich trägt. Einige der Eindringlinge, deren Spuren wir auf der Insel gefunden haben, sind sicher infiziert. Und jetzt sagt Ihr mir, dass Ihr ihnen nicht den Tod wünscht?«

»Nein, natürlich nicht«, seufzte der König bekümmert. »Die Ratten sollten sie doch nur abschrecken.«

»Das Schicksal dieser Fremden wird anderen Eindringlingen eine Lehre sein«, sagte der Söldner. »Überlasst es meinen Männern, die Geschichte jedem zu erzählen, der sie hören will.«

Der König nickte zögernd und entließ den Kommandanten seiner Flotte mit einer knappen Handbewegung. Sein Zorn war erschöpft. Fortan würde er mit seinen Schuldgefühlen leben müssen.

»Majestät«, beharrte Ossrok, »was kümmern Euch diese Fremden? Sie haben eines der obersten Gesetze des Schönen Landes gebrochen. Findet Ihr nicht, dass sie die Strafe verdient haben?«

»Die Ratten sind noch gar nichts, Ossrok. Im Grunde können die Fremden froh sein, wenn sie der Krankheit zum Opfer fallen. Denn sollten sie Usul gesehen haben und nicht daran zugrunde gegangen sein, stehen ihnen entsetzliche Qualen bevor. Ich trauere, weil ich es nicht verhindern konnte. Ich trauere aus Mitleid.«

Kopfschüttelnd verließ der Kommandant seinen König. Die Guori waren schon ein seltsames Volk.

Ich erinnere mich an die Arena im Lus'an …

Ich hatte gerade das elfte Lebensjahr erreicht, war also bereits in der Lage, selbst zu urteilen. Jedenfalls verstand ich, dass es auf Zuïa keine Zukunft für den Bastard einer Sklavin gab.

Eines Tages kam ein Bote, um das Urteil an meiner Mutter zu vollstrecken – im Auftrag meines mutmaßlichen Vaters. Ich habe nichts getan, um ihn daran zu hindern. Mein Glaube an die Göttin war bereits sehr stark. Wie gesagt, ich war bereits imstande, selbst zu urteilen.

Ich bat den Vollstrecker, mich in einen Tempel mitzunehmen. Mich trieb nur ein Wunsch: ihm zu gleichen. Ein Priester Zuïas zu werden und zu den Mächtigsten dieser Welt zu gehören.

Damals ahnte ich noch nicht, dass ich dem Tod ins Auge blicken würde. Nicht nur dem Tod anderer, der mich ziemlich kaltließ, versteht sich – sondern auch meinem eigenen.

Ich blieb nur für kurze Zeit im Tempel der Novizen. Zusammen mit meinen Altersgenossen arbeitete ich auf den Feldern. Vor allem aber lernte ich, anderen zu misstrauen und Intrigen zu spinnen. So scharte ich durch freiwillige oder erzwungene Bündnisse einige leicht zu beeinflussende Jungen um mich. Eine Gabe, die mir schon immer zugutekam und ohne die ich wohl nicht mehr am Leben wäre.

Eines Tages machten sich alle Novizen gemeinsam auf den Weg ins Lus'an. Während wir unter der sengenden Sonne voranmarschierten, beteten wir Zuïas Gesetze herunter, wie es vorgeschrieben war. Unsere Stimmen waren laut genug, um die Hufschläge der berittenen Boten zu übertönen.

Die Reise dauerte vier Tage. Sechs Jungen starben an Erschöpfung oder verdursteten. Ihnen zu trinken zu geben hätte ihr Leben nicht mehr gerettet. Schwach, wie sie waren, hätten sie einige Tage später unweigerlich den Tod gefunden. Es war ein gnädigeres Ende.

Zwei weitere wollten umkehren. Doch die Grenze ins Lus'an lag schon hinter uns. Nur wer bereits Bote ist, darf das Lus'an wieder verlassen. Die beiden waren nun keine Novizen mehr und wurden von Ebenbürtigen zu Sklaven. Ich glaube, einer der beiden überlebte elf Tage.

Ich nutzte die Zeit, um weitere Bündnisse zu schmieden. Die Leichtgläubigen machte ich mit Versprechungen gefügig, die Schwachen mit Drohungen und die übrigen mit Erpressungen, wann immer sich die Gelegenheit dazu bot.

Ich stachelte die Jungen zu Konkurrenzkämpfen an und schlug mich auf die Seite der Stärkeren. Ich schmeichelte den Empfänglichen, bestach die Gierigen und schwor den Narren Freundschaft. So kam es, dass mir am Ende der Reise von den siebenundsechzig verbliebenen Novizen zwölf treu ergeben waren: meine Garde. Einundzwanzig weitere standen in meiner Schuld: meine Untertanen. Rund zwanzig andere hatten Angst davor, mir zu missfallen: meine Sklaven. Etwa ein Dutzend hatte sich abgesondert und bildete das Lager der Feinde. Selbst der Tugendhafteste hat Widersacher.

Keiner von uns hatte je von der Arena gehört. Am Abend unserer Ankunft im legendären Tempel des Großen Werkes brachte man uns zum ersten Mal seit Beginn unseres Noviziats in Einzelzellen unter.

Die Türen wurden von außen verschlossen, doch daran waren wir gewöhnt. Aber warum trennte man uns voneinander? Und weshalb entband man uns von der üblichen Fronarbeit?

Man riet uns, schlafen zu gehen, und ich gehorchte bereitwillig, da ich von der langen Reise erschöpft war. Außerdem versprach der folgende Tag anstrengend zu werden.

Einige Novizen blieben noch bis spät in die Nacht wach und unterhielten sich durch die Zellengitter mit ihren Nachbarn. Ich hörte mit halbem Ohr zu, wie gewohnt auf der Suche nach möglichen Druckmitteln. Doch schließlich übermannte mich der Schlaf – ein Geschenk der Göttin, denn ich würde alle meine Kräfte brauchen.

Wir blieben bis zum Morgengrauen in unseren Zellen eingekerkert. Als die Boten uns befreiten, führten sie uns geradewegs in die Arena.

Noch nie hatte ich so viele Priester an einem Ort versammelt gesehen. Selbst die höchsten Judikatoren waren gekommen. Sie trugen die geheimen Orden der Göttin, die nur im Lus'an offen zu sehen waren.

Ich hielt mich nicht damit auf, die Anwesenden genauer zu betrachten. Mir war sofort klar, was nun geschehen würde. Die siebenundsechzig Novizen standen auf einem runden, geschlossenen Kampfplatz, auf den die Boten von den voll besetzten Rängen hinunterblickten. An der Mauer hingen in unregelmäßigen Abständen dreißig Hati.

Zuïa würde ihre Diener auserwählen.

Ich versammelte meine Garde um mich und wartete auf das Zeichen der Judikatoren. Doch sie rührten sich nicht. Also kam ich den anderen zuvor und schickte meine Anhänger zur Mauer. Noch bevor sich die übrigen Novizen vom Fleck gerührt hatten, schnappten wir uns dreizehn Hati.

Damit hatte ich das Zeichen gegeben. Alle stürzten sich nun auf die Dolche, und die aufflammenden Kämpfe forderten rasch die ersten Opfer. Einige meiner »Untertanen« eilten hilfesuchend zu mir, aber diese Narren nützten mir nichts. Ich jagte sie mit der Ermahnung davon, einen Hati zu erbeuten. Manche blieben winselnd an meiner Seite und wurden von meiner Garde niedergestreckt.

Drei meiner Männer fielen im Kampf. Ich sicherte mir die Dienste von zweien ihrer Bezwinger und machte sie zu meinen Sklaven. Den dritten, einen meiner zähesten Feinde, erdolchte ich, als er mir den Rücken zuwandte.

Nun war ich im Besitz zweier Hati und damit mächtiger als je zuvor. Einen schenkte ich dem stärksten der noch unbewaffneten Novizen und sicherte mir dadurch seine Dankbarkeit und Treue. Als Erstes trug ich ihm auf, meinen letzten beiden Feinden die Kehle durchzuschneiden.

Als der Kampf zu Ende ging, standen noch sechsundzwanzig Novizen im Ring, davon nur fünfzehn unverletzt. Die Hati waren natürlich nicht vergiftet gewesen. Das hätte den Sieg zu leicht gemacht.

Ich wurde von den höchsten Judikatoren ausgezeichnet. Zuïa hatte in mir einen ihrer besten Diener erkannt. Ein solches Glücksgefühl hatte ich noch nie zuvor empfunden.

Und sollte es nie wieder empfinden, bis ich meinem Meister begegnete. Er wird alle Königreiche der bekannten Welt zu einer einzigen Arena machen.

Emaz Drékin steigt eine unebene, aus rohem Stein gehauene Treppe hinunter. Sie wird nur selten benutzt, und nur die Emaz kennen sie. Er selbst ist seit achtundzwanzig Jahren nicht mehr hier gewesen. Seit Lanas Geburt.

Obwohl die Stufen breit sind, muss er vorsichtig sein, um auf dem mit Staub und Schutt, ja sogar mit den Gebeinen kleiner Tiere übersäten Boden nicht auszurutschen. Im flackernden Kerzenlicht erscheint ihm der Abstieg noch gefährlicher. Aber der Wunsch, das Ganze so schnell wie möglich hinter sich zu bringen, treibt ihn voran.

Als er endlich am Fuß der Treppe angelangt ist, hastet er durch einen großen leeren Saal, der genauso ausgestorben daliegt wie das übrige Gebäude. Er biegt erst in einen und dann in einen zweiten Gang ein, der zu einer verrosteten Tür führt. Als er den Schlüssel ins Schloss steckt, befürchtet er einen Augenblick lang, dass es zugerostet sein könnte. Doch dann dreht sich der Schlüssel, und die Tür schwingt mit einem lauten Knarzen auf, das in den von Menschenhand erbauten Hallen noch lange nachklingt.

Wieder steht er in einem großen leeren Saal. Ohne die ausgeräumten Regale zu beachten, begibt sich Drékin geradewegs zu einer der Marmorsäulen und geht hinter ihr in die Hocke.

Als er den versteckten Mechanismus betätigt, öffnet sich eine Klappe im Boden. Drékin zieht die Leiter zu sich heran und setzt vorsichtig den Fuß auf die oberste Sprosse. Er misstraut dem Holz, das nach all den Jahren morsch sein könnte. Dann steigt er noch zwei Sprossen hinunter und leuchtet mit seiner Kerze in die Dunkelheit hinein.

Natürlich hat sich nichts verändert. Alles ist noch genauso, wie er es vor achtundzwanzig Jahren zurückgelassen hat.

Behutsam steigt er Sprosse um Sprosse in das Versteck hinab und achtet darauf, seine Kerze nicht fallen zu lassen. Hier unten lagern so viele Hefte, Schriftstücke und Pergamentrollen, dass er im Feuer ersticken würde, noch bevor er wieder nach oben gelangen könnte.

Obwohl ein Brand keine schlechte Lösung wäre …

Sein Blick schweift durch den winzigen Raum, kaum größer als ein Schrank, in dem die Maz seit Jahrhunderten gefährliche Schriften aufbewahren. Turmhohe Bücherstapel und Unmengen achtlos übereinandergeschichteter Dokumente füllen die Kammer, als wäre hier der ganze Unrat des Tempelarchivs angehäuft. Doch Drékin muss das, was ihn hergeführt hat, nicht lange suchen. Er weiß genau, wo es sich befindet.

Das schmale Büchlein liegt an seinem Platz ganz oben auf einem Stapel. Sachte wischt der Priester den Staub vom Einband. Auf dem mit den Jahren steif gewordenen dunklen Leder leuchten ein Titel und ein Name auf. *Der Menschheit zum Angedenken. Maz A. von Algonde.*

Drékin seufzt traurig. Gedankenverloren öffnet er das Tagebuch und überfliegt einige Zeilen. Dann schlägt er es rasch wieder zu und erschauert bei dem Gedanken an die darin verborgenen Geheimnisse.

Lana ist nicht mehr in Mestebien. Hat man sie getötet? Ist sie geflohen? Er weiß es nicht. Aber er kann nicht länger mit diesen Gewissensqualen leben. Er darf nicht riskieren, dass der Inhalt des Tagebuchs eines Tages ans Licht kommt.

Das ist er sich schuldig. Selbst wenn er dafür gegen all seine Prinzipien verstoßen muss.

Mein Meister schöpft seine Stärke nicht nur aus seiner eigenen Macht. Er versteht es, sich mit außergewöhnlichen Männern zu umgeben. Mit Männern wie mir.

Seine Kräfte erheben ihn in den Rang eines Gottes. Er kann sich seine Verkünder nach Belieben erwählen. Wir sind seine Verbündeten. Seine Hauptmänner.

Seine verdammten Seelen, sagen die Sklaven hinter unserem Rücken.

Mein Meister hat ein so riesiges Heer, dass er treue Gefolgsmänner braucht, denn unsere Armee wird im Laufe ihrer Feldzüge nicht etwa kleiner, sondern wächst von Tag zu Tag.

Wobei unsere Armee eher eine Horde ist. Eine Horde Barbarenkrieger, die archaische Sprachen sprechen, primitive und blutrünstige Rohlinge, die sich ebenso gern auf den Feind stürzen, wie sie sich untereinander zerfleischen. Sie haben kein höheres Ziel. Sie zeigen keine Ehrfurcht. Sie widern mich an. Aber ihre gewaltige Kraft ist berauschend.

Mein Meister ist ein vortrefflicher Stratege. Sein einziger Schwachpunkt ist die Gleichgültigkeit, mit der er unsere Verluste hinnimmt. Auch wenn unsere Truppenstärke anscheinend unerschöpflich ist, widerstrebt es mir, unsere Feinde in der Illusion eines kurzfristigen Sieges zu wiegen, indem wir unnötig einige Hundert Mann opfern.

Manchmal lässt sich mein Meister dazu herab, auf meine Ratschläge zu hören. Dann fügen wir unseren Gegnern vernichtende Niederlagen zu. Viele der Besiegten sind so beeindruckt, dass sie lieber in unseren Reihen kämpfen, als uns als Sklaven zu dienen. Das macht mich sehr stolz. Zur Belohnung dürfen manche ihre ältesten Söhne mitbringen. Mit den Übrigen, den Frauen, Greisen,

Kindern, Kranken und Krüppeln, verfährt mein Meister nach Belieben. Unser Großes Werk stopft keine überflüssigen Mäuler.

Vielleicht ist es das, was unser Großes Werk ausmacht: die Nutzlosen, Unfähigen, Schwachen und Minderwertigen auszuradieren. Mein Meister ist gewiss eine Inkarnation Zuïas.

Ich sagte, dass er sich mit außergewöhnlichen Männern umgibt. Ich muss hinzufügen, dass diese mir nicht unbedingt sympathisch sind – allen voran die beiden Männer, die er zu seinen Heerführern ernannt hat.

Den ersten kenne ich noch nicht, doch die Schreiben, die er an uns richtet, lassen mich an seiner geistigen Verfassung zweifeln. An den zweiten verschwende ich gar keinen Gedanken mehr; der Schädel dieses Scheusals ist so hölzern wie eine alte Etulie und so leer wie das Grab von Aluén.

Sein vollständiger Name lautet Gors'a'min Lu Wallos, doch er wird von allen einfach Gors genannt, oder auch Gors der Zimperliche, natürlich nur hinter seinem Rücken. Nicht etwa, weil er Schmerzen scheut, sondern weil er sie anderen so gern zufügt.

Einen Hünen wie ihn habe ich noch nie gesehen. Er überragt sogar noch den Arkarier, der Dyree im Kleinen Palast die Nase gebrochen hat. Und er ist stark. Ich habe erlebt, wie er im Schlingenwurf gegen drei blutig gepeitschte Pferde gekämpft hat. Die Tiere brachen tot zusammen, nachdem er ihnen zehn Schritte abgerungen hatte.

Seine Dummheit, seine Trinksucht, seine ständigen Wutausbrüche und vor allem der Mangel an Respekt mir gegenüber sind unerträglich. Aber ich muss zugeben, dass er seinen Männern absoluten Gehorsam eingedrillt hat. Das Pack ist ja vom selben Schlag.

Auch Dyree wird bald zu uns stoßen. Mein Gehilfe ist der einzige Novize, der die Arena des Lus'an mit zwölf Hati verlassen hat. Anstatt sich mit seiner Waffe zu begnügen, forderte er die anderen Jungen zum Kampf heraus, um auch ihre Trophäe zu erbeuten. Womöglich hätte er sich sämtliche Waffen erkämpft, wenn ich die Prüfung, die ich damals beaufsichtigte, nicht beendet hätte. Dyree ist der beste Krieger, den ich je gesehen habe. Selbst ohne Hati könnte er vielleicht sogar Gors den Zimperlichen schlagen.

Leider ist meinem Gehilfen wenig daran gelegen, als gleichwertiges Mitglied der Dienerschaft Zuïas anerkannt zu werden. Sich »Zadyree« nennen zu dürfen. Ich bezweifle, dass er wirklich an die Göttin glaubt.

Sein Platz an meiner Seite erhebt ihn in den Rang eines Boten. Er kümmert sich um die Verräter, und diese schwierige Aufgabe spornt ihn ungemein an. Er liebt Beute, die sich zu wehren versucht. Er liebt den Sieg.

Er liebt es ganz einfach, zu töten. Bald wird er zu uns stoßen.

Ich werde ihm die Sklaven unterstellen, die mittlerweile zu zahlreich sind, um von einem einzigen Hauptmann geführt zu werden, selbst wenn diesem eine zweihundert Mann starke Kompanie zur Verfügung steht. Ich weiß noch nicht, was mein Meister mit ihnen vorhat. Angesichts seines unermesslichen Reichtums bezweifle ich, dass er sie verkaufen will. Vielleicht wird er sie Frondienst leisten lassen? Aber wofür? Inwiefern hilft uns das auf dem Weg zur Vollendung des Großen Werkes?

Vorläufig ist das Gebet die einzige Pflicht, die den Sklaven auferlegt ist. Sie dürfen ihre Religion nicht wählen. Sie vollziehen einen einfachen Ritus, der ihnen vorgeschrieben wird. Und sie beten die Gottheit mit der ganzen Kraft der Verzweiflung an.

Mein Meister hat eine gewisse Emaz Chebree zur Hohepriesterin dieses Gottes geweiht, der Sombre genannt wird. Ich weiß nicht, ob Sombre sein tatsächlicher Name ist oder nur eine gebräuchliche Anrede, die an die Stelle seines ursprünglichen Namens getreten ist. Mir ist kein anderer Titel für diesen Neuankömmling unter den Unsterblichen bekannt. Chebree jedenfalls weiß ihn zu beschreiben, zu beschwören, zu verklären, sie verehrt ihn und lässt ihn verehren, diesen furchterregenden Gott, den mein Meister auserwählt hat.

Viele unserer Krieger treten zu dieser neuen Religion über. Aus Sombre ist der Bezwinger geworden, und diese Eigenschaft gefällt ihnen. Mein Meister sieht mit Befriedigung, wie schnell sich die neue Religion verbreitet.

Ich bleibe Zuïa natürlich treu, auch wenn Chebree große Überzeugungskraft besitzt. Den Titel der Emaz nehme ich ihr nicht ab. Es würde mich wundern, wenn sie die Heilige Stadt Ith überhaupt schon einmal betreten hätte. Aber sie ist eine leidenschaftliche und berechnende Frau, weshalb sie meine Anerkennung verdient. Außerdem ist sie ehrgeizig und hat damit meine Achtung gewonnen … und mein Misstrauen.

Der Letzte der Verkünder ist kein Geringerer als der Sohn des Meisters. Zumindest halten wir ihn dafür, und der Meister hat dem nie widersprochen. Er ist ein junger Mann von schönem Wuchs, aber seine Gesichtszüge sind für einen Goroner eher untypisch.

Seine Fähigkeiten sind mir unbekannt. Er schläft viel und rührt sich kaum, wenn er wach ist. Er scheint uns weder zu sehen noch zu hören. Allein unser Meister ruft etwas Aufmerksamkeit in seinen Augen wach.

Seine Augen. Ich kann seinen Blick nicht ertragen. Er ist leer. Er ist düster.

Erstes Buch
Das Alte Land

Die Tür der Kaschemme sprang auf und fegte Regen, Wind und zwei seltsame Gestalten herein. Worja Stehtrinker war seit fünfunddreißig Jahren Gastwirt, und seit über zehn Jahren führte er nun schon eine Schänke in Trois-Rives an der Mündung der Rochane. Er hatte also genug Erfahrung, um auf den ersten Blick zwei Dinge zu erkennen: Die Neuankömmlinge kamen nicht aus Romin, und sie würden ganz sicher nichts bestellen. Mit einem Blick unter den Tresen vergewisserte er sich, dass sein Dolch in Reichweite lag.

Der größere der beiden war eindeutig Arkarier, obwohl er eine dunklere Haut hatte als seine Landsleute. Aber seine Hautfarbe war Worja so egal wie der pelzige Hintern eines Margolins. Er sah nur die Größe dieses Mannes, der zottelig war wie ein Bär und mindestens doppelt so stark wirkte. Obendrein trug der Riese einen Streitkolben.

Der andere ließ sich nicht so leicht einschätzen: Er mochte Lorelier oder Kaulaner sein. Worja registrierte vor allem das Rapier, das ihm am Gürtel hing, die offenen Wunden der beiden Männer und ihre grimmigen Mienen, die nichts Gutes verhießen.

Als die Unbekannten auf ihn zusteuerten, warf der Wirt einen hilfesuchenden Blick in die Runde. Doch seine fünf Gäste versenkten sich angestrengt in den Inhalt ihrer Becher. In Romin war man Fremden nicht eben freundlich gesinnt – vor allem nicht, wenn sie bewaffnet waren und finstere Gesichter machten.

»Wir suchen einen Heiler«, verkündete der Lorelier mit matter Stimme. »Man sagte uns, Ihr könntet uns helfen.«

Worja verwünschte den Witzbold, der ihm diese Fremden auf den Hals geschickt hatte. Bestimmt war es ein Presdanier gewesen. Phrias sollte sie holen, diese Presdanier! »Das war gelogen, meine Herren.

In ganz Trois-Rives gibt es niemanden, der würdig wäre, als Heiler bezeichnet zu werden. Ich fürchte, Euch bleibt nichts übrig, als nach Mestebien zu reiten.«

Der Lorelier übersetzte seinem Begleiter die Worte des Wirts, worauf der Arkarier die Augen aufriss und den Kopf schüttelte. Die Auskunft schien ihnen nicht zu gefallen. Das hätte sich Worja denken können.

»Dazu fehlt uns leider die Zeit«, sagte der Lorelier. »Zu wem bringt Ihr hier in Trois-Rives Eure Verletzten? Es muss in dieser Stadt doch irgendjemanden geben, der sich um Kranke kümmern kann! Muss ich Euch den Namen etwa mit klingender Münze bezahlen?«

»Das wird nicht nötig sein, mein Herr. Wie ich schon sagte: Es gibt hier niemanden, der Euch helfen könnte. Ich kann Euch nur raten, so schnell wie möglich aufzubrechen, wenn die Zeit drängt.«

Wollten die Fremden nicht endlich begreifen, dass sie unerwünscht waren? Worja umklammerte seinen Dolch, nicht nur, weil er sich auf das Schlimmste gefasst machte, sondern vor allem, um sich sein Zittern nicht anmerken zu lassen.

Der Lorelier seufzte und lehnte sich ergeben an den Tresen. Dann fuhr er auf einmal herum und sprang mit einem geschmeidigen Satz über das Hindernis hinweg. Ehe er sichs versah, spürte der Wirt eine Dolchklinge am Hals.

»Na schön«, stellte der Fremde fest. »Offenbar haben mein Freund und ich uns nicht klar genug ausgedrückt. Wir haben nicht vor, dieses Gasthaus in Schutt und Asche zu legen, obwohl mir diese Vorstellung mittlerweile recht verlockend erscheint. Wir suchen schlicht und einfach einen Heiler. Wenn Ihr uns bis Tagesanbruch keinen Namen nennt, werdet Ihr und Eure Gäste selbst einen brauchen, das verspreche ich Euch.«

Der Gewaltausbruch hatte die Rominer so überrumpelt, dass sie sich nicht vom Fleck rührten. Ohne seinen Griff zu lockern, stieß der Lorelier einen Schwall weiterer Drohungen aus, während Worja vor Angst die Knie schlotterten.

»Mein Freund Bowbaq, den Ihr hier seht, hat vor nicht einmal einer Dekade mit bloßen Händen ein Piratenschiff versenkt. Glaubt Ihr nicht auch, dass es gefährlich wäre, ihn zu verärgern? Bowbaq, mach mal ein böses Gesicht«, forderte Rey den Arkarier auf, der den Wortwechsel auf Romisch nicht verstanden hatte.

Der Riese fletschte die Zähne, als wolle er seinem Löwen Mir Konkurrenz machen. Dann kam er sich lächerlich vor, und so begnügte er sich lieber damit, sich mit verschränkten Armen vor der Tür aufzubauen. Rey musste sich ein Lachen verkneifen. Aber die Grimasse hatte die erwünschte Wirkung.

»Wozu sucht Ihr denn einen Heiler?«, traute sich schließlich eine der Geiseln zu fragen.

»Um ihm ein Fischernetz abzukaufen. Bei allen Göttern und ihren Huren! Wozu wohl? Ein Freund von uns benötigt dringend Hilfe. Ich belohne jeden Hinweis auf einen Heiler, der ihn retten kann, mit einer Goldterz.«

»Lorelisches Geld ist hier nichts wert«, brummte der Mann.

»Ihr habt die Wahl: eine Goldterz oder ein Gespräch mit meinem Freund Bowbaq. Und damit meine ich ein sehr eingehendes Gespräch. Wer meldet sich?«

Es verstrichen noch einige Augenblicke, bevor sich einer der Rominer zu einer Antwort durchrang.

»Mein Bruder Vi'at ist Heiler«, gab der Mann widerstrebend zu. »Gegen eine Terz führe ich Euch zu ihm. Aber ich kann nicht versprechen, dass er bereit ist, Euch zu helfen. Er ist ein waschechter Helanier, genau wie ich. Er spricht noch nicht einmal mit Presdaniern, geschweige denn Fremden wie Euch.«

»Ich werde ihn schon zu überzeugen wissen«, sagte Rey mit heimtückischem Grinsen und ließ von dem Wirt ab. »Meine Argumente sind sehr schlagkräftig.«

Sanft schaukelte die *Othenor* auf dem klaren Wasser an der Mündung der Rochane auf und ab, als müsste sie sich von den vielen Hundert Meilen erholen, die sie im vergangenen Mond zurückgelegt hatte. Das Schiff schien in der gleichen Verfassung zu sein wie seine Passagiere: müde, entkräftet und niedergeschlagen.

Seit ihrer Ankunft in Trois-Rives wachte Yan an Grigáns Seite, damit sich Corenn ausruhen konnte. Der junge Mann hatte die *Othenor* in Rekordgeschwindigkeit zum Festland gelenkt. Noch in der vorigen Nacht waren sie auf der Heiligen Insel der Guori gewesen. Seither hatte er kein Auge zugetan.

Maz Lana unterbrach ihre Gebete für eine Weile, um den jungen Kaulaner zu beobachten. Yan hatte Usul *gesehen.* Er hatte mit einem Gott *gesprochen.* Seitdem waren nicht mehr als zehn Sätze über seine Lippen gekommen. Natürlich machte er sich entsetzliche Sorgen um Grigán wie alle anderen auch. Aber war das wirklich alles? Wusste Yan etwas, von dem sie nichts ahnten?

Der Anstand gebot ihr, sich zuerst um den verletzten Krieger zu sorgen, bevor sie an die Fortsetzung ihrer Suche dachte. Dennoch betete Lana zu Eurydis, sie möge Yans Qualen lindern. Er war noch viel zu jung, um ein solches Leid zu ertragen.

Da erschien Léti in der Tür zur »Kapitänskabine«, wie sie die kleinere der beiden Kajüten zu nennen pflegten. Während der Überfahrt hatte die junge Frau fast ununterbrochen geweint. Nun waren ihre Tränen versiegt, und ihre Miene wirkte wie versteinert: die Stirn gerunzelt, der Mund verkniffen, der Blick schneidend. Sie verachtete Ungerechtigkeit. Und sie hasste das Gefühl der Ohnmacht.

»Sie kommen«, sagte sie knapp. »Sie haben jemanden mitgebracht.«

Lana ging Corenn wecken, was nicht weiter schwierig war, denn die Ratsfrau hatte keinen Schlaf gefunden. Kurz darauf stießen Bowbaq, Rey und ein kleiner beleibter Rominer zu der Runde um Grigáns Lager.

»Was ist mit Eurem Gesicht passiert?«, fragte Corenn den Unbekannten. »Rey, habt Ihr ihn etwa geschlagen?«

»Er ist gestürzt«, versicherte der Schauspieler. »Nicht wahr, mein lieber Vi'at?«

»Das stimmt«, stammelte der Mann und rieb sich das Kinn. »Ich bin unglücklich aufgetreten und gestolpert.«

Corenn warf Rey einen vorwurfsvollen Blick zu, den dieser nicht zu bemerken schien, und sah dann zu Bowbaq, der bis über beide Ohren errötete. Sie beschloss, bei Gelegenheit Licht in die Sache zu bringen. Doch vorläufig gab es Dringenderes zu erledigen.

»Von welchem Tier stammen die Bisse?«, fragte der Heiler, nachdem er einen kurzen Blick auf Grigán geworfen hatte.

»Von Ratten«, antwortete Corenn, die keinen Grund sah, ihm die Wahrheit zu verheimlichen. »Von einer ganzen Horde.«

»Wohl von der Sorte, die sich bei den Guori herumtreibt, hm?«

»Passt auf, was Ihr sagt, mein lieber Vi'at«, mahnte Rey.

»Immer mit der Ruhe. Eure Geschichten gehen mich nichts an. Ob nun Guori oder Lorelier, Fremde sind Fremde. Mich interessieren nur die zehn Goldterzen, die Ihr mir versprochen habt. Die will ich sehen.«

In Corenns Gegenwart fühlte sich der Rominer sicher genug, um Forderungen zu stellen. Léti trat auf ihn zu, um ihn in die Schranken zu weisen, doch die Ratsfrau zählte dem Heiler zehn Goldstücke in die Hand.

»Ich verspreche Euch noch einmal so viel, Meister Vi'at, wenn es Euch gelingt, ihn zu retten«, sagte sie noch, bevor sie den Raum verließ.

Der Gedanke war kaum zu ertragen. Was, wenn es ihm nicht gelang?

»Ich kann hier niemanden gebrauchen«, sagte der Mann. »Ihr könnt gehen. Es reicht, wenn mir einer von Euch zur Hand geht.«

»Ich«, sagte Yan heiser.

Die anderen fuhren herum. Der junge Mann hatte seit einigen Dekanten geschwiegen. Niemandem kam es in den Sinn, gegen seinen Vorschlag zu protestieren.

»Gut. Die anderen können gehen.«

Nach einem letzten Blick auf ihren reglos daliegenden Freund verließen die Gefährten einer nach dem anderen die Kajüte der *Othenor*. Sie legten Grigáns Schicksal in die Hände eines Unbekannten, doch es blieb ihnen keine andere Wahl.

Kurz bevor sie hinausging, beugte sich Léti an das Ohr des Rominers. »Wenn er stirbt, ist das allein Eure Schuld«, flüsterte sie mit gepresster Stimme.

Der Mann schloss die Tür hinter der jungen Kriegerin und schluckte vernehmlich. Als er sich umwandte, begegnete ihm der seltsame, leicht drohende Blick des einsilbigen Kaulaners, der ihm helfen sollte. Schaudernd machte er sich an die Arbeit und verwünschte die Fremden und ihre Fremdartigkeit.

Corenn versuchte krampfhaft, nicht daran zu denken, was sich unter Deck abspielte. Also konzentrierte sie sich auf ein anderes Thema. *Das* Thema. Die Frage, die ihnen allen im Kopf herumspukte.

Yan hatte noch nichts über sein Gespräch mit dem Gott Usul erzählt. Das Einzige, was er verraten hatte, war ein Name gewesen. Der Name des Anklägers. Der Name des Mannes, der die Züu auf die Erben angesetzt hatte. Der Name ihres Feindes: Saat.

Seine Exzellenz Saat der Ökonom, der Gesandte des Kaiserreichs Goran. Er hatte nicht zu denen gehört, die vor einhundertachtzehn Jahren von der Reise auf die Insel Ji zurückgekehrt waren. So war es zumindest überliefert. Aber wie konnte es sein, dass ein Mann, der schon damals alt gewesen war, über ein Jahrhundert später noch lebte?

Womöglich hatten auch Vez und Vanamel, die ebenfalls vermisst worden waren, die Reise überlebt. Ebenso wie Nol der Seltsame.

Corenn rief sich das dreihundert Jahre alte Manuskript ins Gedächtnis, das sie bei Zarbone gefunden hatte. Es erwähnte einen gewissen Nol, vermutlich denselben, der ihre Vorfahren in das Abenteuer geführt hatte. War dieser Mann unsterblich? War Saat es?

Was befand sich hinter der Pforte?

Corenn hoffte, dass Yan ihr einige dieser brennenden Fragen beantworten konnte. Dann erinnerte sie sich an Grigáns Schicksal, und ihre Miene verdüsterte sich.

Sie waren nicht sehr viel klüger als zuvor. Corenn hatte vermutet, dass der Feind der Erben aus ihren eigenen Reihen stammte, und diese Vermutung hatte sich nun bewahrheitet. Sie wusste zwar vieles über die gegenwärtige Generation der Erben, aber sie hatte nicht die geringste Ahnung, wo sich Saat verstecken könnte – und damit nicht die geringste Möglichkeit, seine Pläne zu vereiteln.

Was hatte er überhaupt vor? Angenommen, Saat war nicht in dem Tal hinter der Pforte auf Ji gestorben, sondern hatte es tatsächlich zuwege gebracht, ins Diesseits zurückzukehren: Warum verfolgte er die Erben? Sann er auf Rache? Wollte er ein Geheimnis bewahren? Hatte er vor irgendetwas Angst? Oder vielleicht alles zugleich?

Woher nahm er seine übernatürlichen Kräfte? Corenn schauderte, als sie an die Drohungen zurückdachte, die die besessene Seherin auf der

Versammlung der Fürsten der Kleinen Königreiche ausgestoßen hatte. Oder, noch schlimmer, an den Angriff des Dämons im Eroberten Schloss, der Séhane getötet hatte. Von einem so mächtigen Zauber hatte die Ratsfrau noch nie gehört. Hatten etwa die Götter ihre Hände im Spiel?

Traf die Erben der göttliche Zorn?

Yan verfolgte aufmerksam jede Bewegung des Rominers. Bis dahin hatte er Vi'at nur für bestechlich, herablassend und engstirnig gehalten. Doch als er sah, mit welcher Sorgfalt der Mann Grigáns Verletzungen untersuchte, keimte die Hoffnung in ihm auf, dass er womöglich etwas von seinem Beruf verstand.

Der Kaulaner wusste nichts über die modischen Gepflogenheiten der Rominer, staunte aber nicht wenig über die Aufmachung seines Gegenübers. Der Mann trug einen kleinen, flachen Hut, der lediglich aus zwei zusammengenähten Stofflagen bestand und mit einer dünnen Schnur unter dem Kinn festgebunden wurde. Schutz vor der Witterung bot diese Kopfbedeckung jedenfalls nicht, denn der Heiler war nass bis auf die Haut. Er legte den Hut auf einem Stuhl ab, genau wie seinen grünen, mit einem Rosenmuster bestickten Kaftan.

Verwundert stellte Yan fest, dass auch sein übriges Gewand grün und mit Rosen bestickt war. In Romin pflegte man sich offenbar etwas exzentrisch zu kleiden. Neugierig, wie er war, kamen ihm sofort einige Fragen in den Sinn, aber die Antworten konnten warten. Im Augenblick ging es nur um eins: um Grigáns Gesundheit.

»Wie lange ist er schon ohnmächtig?«

»Seit gestern Nacht«, antwortete Yan beklommen. »Manchmal bewegt er sich ein wenig, aber immer nur für kurze Zeit. Und jetzt hat er sich schon seit einigen Dekanten nicht mehr gerührt.«

»Verstehe.«

Der Heiler sah sich die Verbände an, die sie dem Krieger angelegt hatten. Er hatte ihn noch nicht berührt, und er hatte auch noch nichts aus seiner schweren Ledertasche geholt, die er zur *Othenor* mitgeschleppt hatte. Mit jedem Augenblick, der tatenlos verstrich, schmolzen Yans Hoffnungen dahin.

»Glaubt Ihr, dass es ernst ist?«, brachte er schließlich mit Mühe hervor.

»Kommt ganz darauf an«, lautete die nüchterne Antwort. »Ich habe von den Ratten der Guori gehört. Es sind Fariksratten. Sie stammen aus den Ländern des Ostens. Manche dieser Tiere, so heißt es, sind mit einer seltsamen Seuche infiziert, der sogenannten Farikskrankheit. Sie versetzt die befallenen Ratten für einige Monde in Raserei. Die Tiere beißen ihre Artgenossen tot, um sich Nahrung, Paarungspartner und anderes, was für das Überleben in freier Wildbahn nötig ist, zu sichern. Aber die Krankheit verläuft in jedem Fall tödlich.«

Yan wartete geduldig darauf, dass der Heiler seine Ausführungen fortsetzte, doch er wurde enttäuscht. Vi'at vertiefte sich wieder in die Betrachtung der noch unverbundenen Wunden, wobei er sich keine Mühe machte, seinen Ekel zu verbergen. Yan bemerkte, dass er sich immer noch nicht traute, den Krieger zu berühren. Das war eindeutig kein gutes Zeichen.

»Und weiter?«, hakte er nach. »Glaubt Ihr, dass die Ratten die Krankheit auch auf Menschen übertragen können?«

»O ja, das können sie. Welche Folgen das hat, kann ich allerdings nicht sagen. Diese Krankheit habe ich noch nie behandelt. Ich kann seine Wunden reinigen, den Schmerz lindern, für einen ruhigeren Schlaf sorgen. Mehr steht nicht in meiner Macht. Alles Übrige …« Er winkte verächtlich ab.

»Dann tut wenigstens das«, flehte Yan. »Lasst uns anfangen. Wie kann ich Euch helfen?«

»Zuerst nehmen wir ihm diese Verbände ab. Ich habe verschiedene Salben, mit denen ich die Wunden bestreichen werde, damit sie besser verheilen und sich nicht entzünden, wenn es nicht schon zu spät ist.«

Yan machte sich sofort ans Werk und entfernte behutsam die Tücher, mit denen Corenn und Lana die Beine des Kriegers verbunden hatten, die besonders schlimm zugerichtet waren. Vi'at nahm sich die Hände und Arme vor, wobei er weitaus weniger sanft verfuhr.

Der Heiler hatte kaum den ersten Griff getan, als Grigán hochfuhr und ihn jäh am Handgelenk packte. Mit einem Aufschrei starrte Vi'at in die vom Fieberwahn glänzenden Augen des Kriegers. Dann sackte der Kranke genauso unvermittelt wieder in sich zusammen.

»Er leidet an der Farikskrankheit!«, stammelte der Heiler und wich hastig zurück. »Er hat sich in einen rasenden Irren verwandelt!«

»Keine Sorge«, beschwichtigte ihn Yan, der sich ein Grinsen nicht verkneifen konnte. »Im Grunde ist das ein gutes Zeichen. So benimmt er sich sonst immer.«

Rey und Léti stürzten wie aufgescheuchte Stehschläfer ins Zimmer. Mit gezogenen Rapieren gingen sie geradewegs auf Vi'at zu.

»Was ist hier los?«, fragte Rey scharf. »Hat der Kerl schon wieder eine falsche Bewegung gemacht?«

»Grigán hat ihn am Handgelenk gepackt!«, rief Yan. »Fast hätte er nach seinem Krummschwert verlangt!«

Léti und Rey sahen sich an und fielen einander in die Arme. Yans Lächeln gefror. Doch dieser Hoffnungsschimmer stimmte ihn so froh, dass er seine Eifersucht gleich wieder vergaß. Léti und Rey wandten sich dem Rominer zu und gratulierten ihm überschwänglich, bevor sie das Feld räumten.

Mit höchster Vorsicht machte sich Vi'at wieder an die Arbeit. Ihm war ganz und gar nicht daran gelegen, diesen wild dreinblickenden Ramgrith noch einmal aufzuwecken.

War er etwa der Einzige auf diesem Schiff, der seine sieben Sinne beisammenhatte?

Obwohl sie seit dem Vortag kein Auge zugetan hatte, fand Corenn keinen Schlaf. So hatte sie angeboten, an Grigáns Seite zu wachen, auch wenn Yan ihr diese Aufgabe nur widerstrebend überließ. Doch der junge Mann hatte dringend Ruhe nötig, mehr noch als alle anderen.

Der Heiler hatte sein Bestes gegeben. Jetzt blieb ihnen nichts anderes übrig, als abzuwarten und zu hoffen. So wachte Corenn allein in der Dunkelheit, lauschte dem gleichmäßigen Atem des kranken Freundes und ließ ihre Gedanken schweifen.

Es war der Quint der Dekade der Heimstatt, der Tag der Frauen. Im ganzen Matriarchat wurden die letzten Dekanten dieses Tages mit einem Fest begangen. Die letzten Momente vor dem Anbruch der Jahreszeit der Erde. Die letzten Vorbereitungen vor der großen Kälte. Die letzten Arbeiten im Freien, bevor der Winter eine Ruhepause einkehren ließ.

Ein ordentlicher Brennholzvorrat, ein gut gefüllter Keller und ein festes Dach über dem Kopf, diese einfachen Freuden waren Corenn schon immer wichtig gewesen. Dabei wohnte sie selbst seit vielen Jahren im Großen Haus und hatte noch nie Not gelitten. Als Mutter der Tradition und Mitglied im Ständigen Rat hatte sie von Anfang an dafür gekämpft, dass alle anderen ebenso gut versorgt waren. Und sie hatte viel erreicht.

Nun war wohl eine andere mit dieser Aufgabe betraut. Beinahe fünf Dekaden waren vergangen, seit sie Kaul verlassen hatte. Nach so langer Zeit hatte man sicher die Hoffnung aufgegeben, dass sie noch lebte. Vielleicht war ihr Arbeitszimmer schon leer geräumt. Vielleicht sogar ihre Privatgemächer.

Die Dekade der Heimstatt … Sie hatte keine Heimstatt mehr. Und sie würde keine mehr haben, solange Saat die Gildenbrüder, die Züu und einen todbringenden Dämon auf sie hetzte. Sie würde keine mehr haben, bevor ihre Suche nicht zu Ende war.

Doch welche Aussichten hatten sie ohne Grigán?

Außerdem … Was hatte das alles für einen Sinn ohne Grigán?

Sie ergriff die Hand des Kriegers und hielt sie fest umklammert. Vor den anderen hätte sie sich dazu niemals hinreißen lassen. Sie durfte weder Schwäche noch Mutlosigkeit zeigen. Dabei hätte sie selbst ein wenig Zuspruch so bitter nötig …

»Ihr dürft nicht aufgeben, Meister Grigán«, flüsterte sie. »Wir brauchen Euch. *Ich* brauche Euch.«

Grigán streichelte Corenns Finger mit dem Daumen. Die Ratsfrau erfuhr nie, ob die Bewegung nur ein Reflex war oder ob er sie tatsächlich gehört hatte. Lange wagte sie sich nicht zu rühren.

Auf dem Weg in die Kombüse der *Othenor* stieß sich Yan zweimal den Kopf und wäre beinahe auf der Treppe gestolpert. Dass er eine sehr schlechte Nacht verbracht hatte, war noch gelinde ausgedrückt. Er hatte eine *grauenvolle* Nacht verbracht. Zwar hatte er noch nie so viel Alkohol getrunken, dass ihm davon übel wurde, aber so wie er sich gerade fühlte, konnte er sich diesen Zustand ziemlich gut vorstellen.

Als er die Tür zur Kombüse aufstieß, brach das Gelächter, das bis zu seiner Hängematte gedrungen war, unvermittelt ab. Auch wenn er sich denken konnte, dass er nicht unbedingt aussah wie das blühende Leben, begriff er nicht, warum ihn seine um den Esstisch versammelten Freunde so überrascht anstarrten. Alle Blicke waren auf ihn gerichtet. Yans Gedanken kreisten noch immer um den allwissenden Gott und seine Weltuntergangsprophezeiungen. Er konnte ihren Worten nur mit Mühe folgen.

»Yan, dein Haar!«

»Was ist?«

»Es ist weiß geworden!«

Er ließ es sich mehrmals versichern, bevor er sich auf die Suche nach einem Spiegel machte. Kaum hatte er den Raum verlassen, erklang wieder munteres Lachen. Trotz seiner Benommenheit fand Yan die Reaktion seiner Freunde etwas herzlos. Falls ihre Behauptung stimmte, war das nicht besonders lustig, und wenn sie gelogen war, hatten sie sich einen reichlich merkwürdigen Streich ausgedacht …

Er erinnerte sich, in der Kapitänskabine einen Spiegel gesehen zu haben, und tappte mit unsicheren Schritten hin. Als er fündig geworden war, betrachtete er sein Gesicht. Tatsächlich hatte die Haarsträhne, die ihm immer in die Stirn fiel, alle Farbe verloren. Unbeholfen legte er den Handspiegel zurück. Verunstaltet war er dadurch nicht, das Ganze war ihm so egal wie der pelzige Hintern eines Margolins. Ihn bedrückten andere, viel schwerwiegendere Dinge. Was war es doch gleich?

Er fuhr herum, starrte auf Grigáns Krankenlager und war mit einem Schlag hellwach. Diesmal stolperte er nicht, als er in die Kombüse lief und mit ein paar Sätzen das Zimmer durchquerte, um Grigán, der gesund und munter wirkte, unter dem Beifall seiner Freunde um den Hals zu fallen.

»Ihr seid geheilt! Ihr seid geheilt!«, rief er immer wieder mit Tränen in den Augen.

»Ehrlich gesagt, ich leide Todesqualen. Du musst mich nicht gleich erdrücken.«

Grigán gab sich hart, doch seine Miene verriet, wie sehr er sich freute. Er konnte die anderen nicht täuschen. Sie kannten seine Art.

Yan ließ den Blick über seine Freunde wandern, die sich um den Tisch versammelt hatten. Sechs Erben. Und er selbst. Noch hatte keiner von ihnen sein Leben gelassen. Solange sie zusammen waren, würden sie es mit allem und jedem aufnehmen. Komme, was wolle.

»Haben deine weißen Haare etwas damit zu tun, dass du ihm den Schnurrbart abrasiert hast?«, scherzte Rey und löste damit erneut schallendes Gelächter aus.

»Wir mussten doch die Wunden im Gesicht versorgen«, erklärte Yan verlegen.

»Was?«, polterte Grigán mit gespielter Empörung. »Diese Schmach habe ich also dir zu verdanken? Léti, bring mir mein Schwert, aber schnell!«

»Ärgert Euch nicht«, sagte Corenn, als sich das Gelächter legte. »So wirkt Ihr weniger streng.«

»Aber er *ist* doch streng!«, spottete Rey.

So ging es noch eine Weile munter hin und her, während sich die Anspannung der letzten Tage allmählich löste. Schließlich erklärte Grigán, dass er müde sei, und zog sich in seine Kajüte zurück. Ohne sein Schwert und die schwarze Lederkluft sah man dem von Wunden gezeichneten Krieger an, wer er tatsächlich war: ein gealterter Kämpfer, ausgezehrt von über zwanzig Jahren auf der Flucht.

Yan bestand darauf, ihn zu begleiten. Grigán protestierte zunächst, aber dann überlegte er es sich anders, denn ihm fiel plötzlich ein, dass er eine wichtige Frage loswerden musste.

»Yan … Weißt du, wer unser Feind ist?«

Der Junge bezweifelte, dass der Zeitpunkt günstig war. Aber der Krieger würde sicher nicht zu Bett gehen, bevor er es erfahren hatte. »Es ist Saat. Der Gesandte aus Goran. Er lebt noch.«

Grigán machte schon den Mund auf, um die nächste Frage zu stellen, doch dann hielt er inne und dachte kurz nach. Sein Blick fiel auf die weiße Strähne des Jungen, und er gab sich einen Ruck. »Und Usuls Fluch, von dem die Rede war? Das übermenschliche Wissen?«

Yan sah das erschöpfte Gesicht Grigáns, seinen zerschundenen Körper und die Sorgen, die er sich um andere machte, während er doch selbst am Ende seiner Kräfte war.

Usul hatte Yan prophezeit, dass Grigán noch vor Ablauf eines Jahres sterben werde.

»Es gibt keinen Fluch«, sagte Yan mit gespielter Fröhlichkeit. »Alles bestens. Wir werden diesen Saat schon finden, stimmt's?«

»Ich bin dabei«, sagte der Krieger mit grimmigem Lächeln und zwinkerte ihm zu.

Er drehte sich zur Seite und schlief sofort ein. Yan kehrte in die Kombüse zurück und lauschte der ausgelassenen Unterhaltung seiner Freunde. So aufregend ihm dieses Abenteuer bislang erschienen war, nun sah er es wie seine Gefährten: als qualvolle Prüfung.

Da Grigán noch zu schwach auf den Beinen war, beschlossen sie, den Wasserweg nach Romin zu nehmen. Zunächst würden sie an der Küste der Provinz Helanien entlang bis zur Mündung der Urae segeln. Von dort aus ginge es dann flussaufwärts bis zur Hauptstadt des Alten Landes. Alles in allem würde die Reise nicht länger als drei Tage dauern.

Corenns Hoffnungen – und damit auch die ihrer Gefährten – ruhten auf der Königlichen Bibliothek von Romin, besser bekannt als Bibliothek des Tiefen Turms, in der es der Legende nach seit Jahrhunderten spukte. Die Legende besagte außerdem, dass ihre Mauern das gesamte Wissen der Menschheit in sich bargen. Nur hier konnten die Erben hoffen, überhaupt irgendetwas über die Pforte von Ji, den Großen Sohonischen Bogen oder die anderen Pforten, deren Existenz sie nur vermuteten, in Erfahrung zu bringen. Ganz zu schweigen von Nol, der anderen Welt und dem Dämon Mog'lur.

Als Grigán kurz nach Mit-Tag aufwachte, stellte er erfreut fest, dass sich die *Othenor* bereits auf offener See befand. Die anderen nutzten die Gelegenheit, um Yan an sein Versprechen zu erinnern: Er sollte ihnen endlich von seinem Gespräch mit Usul erzählen. Yan erkannte, dass er sich nicht länger davor drücken konnte, und begann seinen Bericht.

Bowbaq zitterte, als ihm klar wurde, dass Yan beinahe ertrunken wäre. Léti erschauerte bei der Beschreibung des Hais. Lana dachte ehrfürchtig daran, dass der Junge mit einem Gott gesprochen hatte. Nachdem sie ihr ganzes Leben dem Glauben an Eurydis gewidmet hatte, ohne auch nur einen einzigen Beweis für ihre Existenz zu haben, machte dieses Erlebnis großen Eindruck auf sie.

Usul hatte Yan verraten, wo das Tagebuch von Maz Achem versteckt war. Es befand sich in Ith, im Geheimarchiv des Großen Tempels. Als sie das hörte, hätte Lana beinahe losgeweint. Vor Freude, weil sie nun sicher sein konnte, dass dieses Tagebuch, das ihnen viele Antworten liefern würde, tatsächlich existierte. Und vor Unmut, weil es sich die ganze Zeit unter ihren Füßen befunden hatte, ohne dass sie etwas davon geahnt hatte. Aber sie schluckte die Tränen hinunter, denn sie standen einer Maz nicht zu.

Einen Augenblick später weinte sie dann doch, als Yan verkündete, dass die Pforte ins Jal'karu führte.

»Die schwarzen Götter«, schluchzte sie. »Weise Eurydis! Unsere Vorfahren wurden den schwarzen Göttern ausgeliefert. Möge ihr Geist in Frieden ruhen.«

Rey legte der Priesterin seinen Arm um die Schultern, doch sie schob ihn sanft beiseite. Sie war eine Maz. Sie durfte kein Mitleid erregen, sondern musste mit gutem Beispiel vorangehen und die drei Tugenden der Weisen vertreten: Wissen, Toleranz, Frieden.

»Er hat auch von Jal'dara gesprochen«, fügte Yan hinzu, um Lana zu trösten. »Sagt Euch das etwas?«

»Nein«, erwiderte die Priesterin entschuldigend, während sie sich die Tränen trocknete. »Diesen Namen habe ich noch nie gehört. Bestimmt ist damit dasselbe gemeint.«

»Vielleicht auch nicht«, sagte Corenn leise.

»Natürlich ist es dasselbe«, mischte sich Rey ein. »Die Pforte führt ins Jal'karu. ›Das Land, in dem die Dämonen geboren werden und aufwachsen‹, wie es Lana ausgedrückt hat. Sonst gibt es dort nichts.«

»Das Jal'dara beschreibt vielleicht eine andere Ebene … Eine spirituelle Interpretation …«

»Wie kann ein Ort gleichzeitig zwei verschiedene Orte sein?«, fragte Bowbaq.

Niemand antwortete. Für ihre Theorien gab es keinerlei Anhaltspunkte, und diese Vermutungen überstiegen ihr Verständnis bei Weitem. Nur Lana glaubte Corenns Gedankengang zu erahnen, doch die Diskussion erübrigte sich, solange sie nicht mehr darüber erfuhren.

»Wenn wir schon wissen, woran wir sind, was wollen wir dann noch in Romin?«, fragte Rey. »Es wäre doch nur logisch, direkt nach Ith zu reisen und das Tagebuch von Achem zu holen.«

»Romin liegt nur zwei Tagesreisen entfernt. Nach Ith brauchen wir mehr als zwei Dekaden, ganz davon abgesehen, dass unser Schiff die Strecke nicht schaffen würde. Wenn wir schon den Landweg nehmen müssen, können wir genauso gut einen kleinen Umweg machen. Darauf kommt es nun auch nicht mehr an.«

»Na gut, Corenn, Ihr habt wieder einmal recht. Sonst noch irgendwelche guten Neuigkeiten, Yan?«

Usul hatte ihm Grigáns Tod vorausgesagt. Er hatte von einem entsetzlichen Krieg gesprochen, der die Oberen Königreiche verwüsten würde, vom Untergang der größten Zivilisationen der bekannten Welt und all das noch vor Ablauf eines Jahres.

Andererseits spielte Usul mit der Zukunft. Indem er sie preisgab, versetzte er sie in Bewegung. Alles, was der Gott prophezeit hatte, würde Yan durch den verzweifelten Versuch, dieses Schicksal zu verhindern, nur noch schneller herbeiführen, während er durch den Versuch, es wahr zu machen, alles verändern könnte. In jedem Fall war die Zukunft ungewiss. Usul fand das unterhaltsam. Yan hingegen litt darunter – und würde weiterleiden.

Der Gott hatte auch seinen Bund mit Léti vorhergesagt. Nichts wünschte er sich sehnlicher – aber wie sollte er sich verhalten? Er hatte sich seither jedes Wort und jeden Schritt zweimal überlegt und angestrengt versucht, sich nichts anmerken zu lassen. War das die beste Lösung? Was sollte er tun? Sollte er versuchen, die Zukunft um jeden Preis zu verändern, selbst auf die Gefahr hin, alles zu verschlimmern? Oder sollte er sich der Verantwortung entziehen und darauf hoffen, dass sich alles von selbst einrenken würde? Usul hatte recht. *Wer nichts tut, tut damit auch schon etwas.*

»Yan? Hast du gehört?«

»Ja, Rey. Ich habe Euch alles gesagt. Ihr wisst so viel wie ich.«

Nur in einem war er sich absolut sicher. Es würde nichts nützen, den Fluch an seine Freunde weiterzugeben. Diesen inneren Dämon würde er allein bezwingen müssen.

Die zweitägige Reise verging wie im Flug. Um sich abzulenken, nutzte Yan die freie Zeit für magische Übungen. Eine Münze umfallen zu lassen bereitete ihm mittlerweile keine Mühe mehr, es war schon fast ein Kinderspiel. Also konzentrierte er sich darauf, sie aufzurichten, wenn sie flach auf dem Boden lag. Er legte sie immer wieder hin und hob sie erneut auf, allein durch die Kraft seines Willens. Nach zwei Tagen stand sein Rekord bei vierzehn Mal in Folge. Er hörte nur auf, weil er den Rückschlag fürchtete: die Reglosigkeit, wie Corenn das Gefühl der Benommenheit nannte, das einen Magier nach der Entfesselung seines Willens ergriff.

Yan musste ohne die Ratsfrau üben, denn diese verbrachte viel Zeit am Bett des Kranken, auch wenn Grigán inzwischen häufiger an Deck als in seiner Koje anzutreffen war. Der Krieger wollte beweisen, dass er vollständig genesen war, und hatte zu diesem Zweck wieder seine schwarze Kluft angezogen. Es war ihm sichtlich unangenehm, dass Corenn die Einzelteile seiner groben Lederrüstung geflickt und neu zusammengenäht hatte. Er war es nicht gewohnt, dass man sich um ihn kümmerte, und zu Létis Belustigung stürzte ihn diese Fürsorge in tiefe Verlegenheit.

Léti und Bowbaq widmeten sich in diesen zwei Tagen dem Kätzchen Frosch. Da er die Fähigkeiten eines Erjak besaß, hatte sich der Riese vorgenommen, das Tier durch enge Freundschaft an Léti zu binden, so wie er es schon mit seinem Löwen und seinem Pony getan hatte. Doch dieses Unterfangen erforderte ebenso viel Zeit wie Feingefühl. Zuallererst mussten sie das Vertrauen des Tiers gewinnen. Die bereits ausgewachsene Zwergkatze war kaum an den Umgang mit Menschen gewöhnt und ließ sich nur schwer dazu bewegen, ihnen ihre Aufmerksamkeit zu schenken. Irgendwann musste sich Bowbaq eingestehen, dass er sein Versprechen nur mit großer Mühe würde halten können.

Lana gab Reys Bitten nach und begann, ihm die wichtigsten Werte der eurydischen Moral zu erläutern. Im Grunde interessierte sich ihr

Schüler herzlich wenig für die Religion, und seine Wissbegier war nichts weiter als ein Vorwand, um so viel Zeit wie möglich mit der Maz zu verbringen. Er hörte ihren Ausführungen nur mit halbem Ohr zu, warf bei jeder Gelegenheit einen kleinen Scherz ein oder lockte sie mit einer persönlichen Frage aus der Reserve. Lana ließ sich davon nicht entmutigen, doch am zweiten Tag legte sie sittsam ihre religiöse Maske an. Rey sollte sich für Eurydis interessieren, nicht für ihre Priesterinnen.

»Ich würde Euch raten, die Maske abzunehmen«, sagte Grigán zu ihr, als das Schiff die Urae erreichte. »Wie Ihr sicher wisst, sind die Rominer den Itharern seit der Zeit der Zwei Reiche feindlich gesinnt. Daran hat sich nichts geändert.«

»In Mestebien habe ich davon nichts bemerkt«, sagte Lana ehrlich erstaunt.

»Mestebien liegt in Presdanien, Romin dagegen in Uranien. Wir betreten im Grunde ein neues Königreich. Die Kriege der Provinzen im letzten Äon sind den Leuten noch lebhaft in Erinnerung. Jeder romische Volksstamm hat seine eigene Identität, und jeder kämpft um seine Unabhängigkeit.«

»Dieses Land ist einfach zu alt«, sagte Rey. »Zu groß. Zu zersplittert. Seid Ihr schon einmal einem Jerusnier begegnet? Sie haben nichts mit den Händlern von Manive gemeinsam, das könnt Ihr mir glauben. Wenn Ihr mich fragt, so werden die Oberen Königreiche in der nächsten Generation fünf neue Länder hinzugewinnen – und eins verlieren.«

Die nächste Generation, dachte Yan bedrückt. Wer konnte wissen, ob die Oberen Königreiche auch nur das nächste Jahr erleben würden?

»Die Rominer können recht exzentrisch sein«, fuhr Grigán fort. »Und empfindlich. Vermeidet es also lieber, sie anzustarren.«

»Das klingt ganz nach Euch«, spöttelte Rey.

»Ihr habt den Nagel auf den Kopf getroffen. Angeblich fackeln sie nicht lange. Und soweit ich weiß, können sie auch die Lorelier nicht leiden.«

»Wie undankbar. Mir zu drohen, nach allem, was ich für Euch getan habe! Wäre da nicht diese stinkende Kloake, die man einen Fluss schimpft, würde ich sofort das Schiff verlassen, um meine Empörung kundzutun.«

Léti verzog das Gesicht, als sie sich diesen Sprung vorstellte. In der Tat war die Urae der dreckigste Fluss der bekannten Welt. Der Rumpf der *Othenor* pflügte durch Abfälle und Exkremente, und oft schwammen sogar tote Tiere im Wasser.

Die Erben versammelten sich an Deck, um die vorbeiziehende Landschaft zu betrachten, wie sie es schon auf der Ubese in den Fürstentümern getan hatten. Doch der öde Anblick, der sich ihnen bot, hatte nichts mit der üppigen Natur der Kleinen Königreiche gemein.

Wenn hier überhaupt jemals etwas gewachsen war, so war davon nicht mehr viel übrig geblieben. Die Stadt Romin erstreckte sich bis ins Umland hinein, und die *Othenor* segelte an den ersten Vororten vorbei, lange bevor sie die eigentliche Stadtgrenze erreichte. Weit und breit sah man nichts als ein Gewirr an Häusern, von luxuriösen Familienwohnsitzen bis hin zu verfallenen Schuppen, die halb im dreckigen Wasser standen.

Je näher sie ihrem Ziel kamen, desto weiter wagten sich diese abenteuerlichen Bauten in den Fluss hinaus. Manche Häuser standen sogar ganz auf Pfählen. Bald hatte Yan die größte Mühe, das Schiff unbeschadet an den Hindernissen vorbeizusteuern. Bei dichterem Verkehr wäre die Navigation fast unmöglich gewesen. Aber zum Glück war die *Othenor*, abgesehen von einigen vereinzelten Ruderbooten, allein auf dem Fluss. An den überraschten und missbilligenden Blicken der Bewohner erkannten sie schnell, dass die Schifffahrt auf der Urae schon lange aus der Mode gekommen war. Wer Romin nicht auf dem Landweg erreichen konnte, kam gar nicht erst.

Sie fuhren unter zwei jahrhundertealten befestigten Brücken hindurch. Eine davon war zur Hälfte zerstört und sah aus, als würde sie jeden Moment einstürzen. Nachdem sie noch eine weitere Meile im Zickzackkurs an verfaulenden Pfahlbauten vorbeigesegelt waren, mussten sie vor einer stillgelegten und eindeutig nicht mehr funktionstüchtigen Schleuse Halt machen.

»Aha«, sagte Grigán. »Das letzte Stück gehen wir wohl zu Fuß.«

Rasch suchten die Erben ihre Siebensachen zusammen, was nicht lange dauerte. Nur Rey wusste nicht, was er mit seiner Geldschatulle machen sollte. Schließlich beschloss er, sie einfach unter einem Baum zu vergraben.

»Hätte ich doch nur ein Pferd«, murrte er. »Oder einen Esel. Wenigstens einen Esel. Grigán, habt Ihr gerade zu tun?«, rief er dem Krieger zu.

»Was?«

»Ach, nichts.« Rey winkte ab und grinste in sich hinein.

So marschierten sie los. Es machte Léti ein wenig wehmütig, die treue *Othenor* auf einem dreckigen Fluss zurückzulassen, nachdem sie so viele Tage an Bord verbracht hatten. Nun besaßen die Gefährten fast gar nichts mehr.

In der Gestalt eines zehn Schritte langen Zitteraals kreist Usul unaufhörlich durch die Höhle – seinen Kerker, in dem er bis in alle Ewigkeit gefangen ist. Doch zum ersten Mal seit langer Zeit spürt Usul keine Langeweile. Der Gott ist abgelenkt. Er sinnt über die Sterblichen nach.

Sein letzter Besucher war mehr als interessant. Ihre Begegnung hat die Zukunft gründlicher durcheinandergebracht als je zuvor. So beobachtet Usul all jene, die in den bevorstehenden großen Ereignissen eine Rolle zu spielen haben. Er lauscht ihnen, er verfolgt sie. Er grübelt über die schier unendlichen Wahrscheinlichkeiten zukünftiger Welten nach, spekuliert und malt sich alle Möglichkeiten aus. Und diese ändern sich mit jedem Augenblick.

Mit der Zeit erkennt Usul dennoch einige Konstanten. Was die Menschen jetzt auch tun, die Geschichte der Oberen Königreiche ist bereits geschrieben. Das schnelle Ende seines Spiels schmerzt ihn, und er überlegt, wie er eingreifen könnte. Doch außerhalb seines Kerkers kann er nichts ausrichten. Er ist der Wissende. Darin erschöpft sich seine Macht.

Und wenn schon! Es bleiben immer noch mehrere Schicksale, die im Ungewissen liegen, und das sind nicht die unbedeutendsten. Er freut sich auf den Zusammenprall aller Kräfte, die nun im Spiel sind. Selbst wenn in der Fülle von Wahrscheinlichkeiten der Sieger längst feststeht.

Denn was vermögen die Sterblichen schon gegen die Ewigen?

Obwohl auf den Straßen große Betriebsamkeit herrschte, zogen die Erben in der Hauptstadt des Alten Landes viele Blicke auf sich. Immer wieder drehten sich Passanten nach ihnen um und starrten sie unverhohlen feindselig an. Wie es Grigán ihnen geraten hatte, gingen sie auf diese provozierenden Blicke nicht ein. Nur Rey ließ hin und wieder eine wenig schmeichelhafte Bemerkung über die sonderbaren Kleidungsgewohnheiten der Rominer fallen.

Die Rominer trugen alle möglichen zusammengewürfelten Trachten: kaulanische Tuniken, juninsche Roben, lorelische Hemden, goronische Mäntel, Umhänge, Westen, Pelze, Wolljacken und dergleichen unglückliche Kombinationen mehr. Aber das Erstaunlichste war die Wahl der Farben.

Die Rominer mischten zwar alle Arten von Kleidungsstücken wild durcheinander, legten aber großen Wert darauf, dass sie den gleichen Farbton hatten: Der eine trug Rot, ein anderer Gelb, Blau, Grün oder eine der unzähligen Abstufungen dazwischen. Häufig schmückten die Rominer ihre Gewänder mit Stickereien oder überdimensionalen Broschen, auf denen der Schmetterling, die Rose von Manive, der Gyolendelfin, der Kronenadler oder das Kreuz von Jerus abgebildet waren.

»Das sind die Wappenzeichen der Provinzen«, erklärte Grigán. »Der Kronenadler steht für die Stadt Romin und die Provinz Uranien. Es ist schon ein lustiger Anblick, wie die Rominer einander ignorieren.«

»Was hat es mit den Farben auf sich?«

»Nichts, soweit ich weiß.«

»Früher zeigten sie die Zugehörigkeit zu bestimmten militärischen Rängen an«, erklärte Lana. »Ich nehme an, dass manche Familien diese Tradition weitergeführt und andere sie nachgeahmt haben.«

Die Maz hatte im Zusammenhang mit der Geschichte Iths auch viel über die Vergangenheit des Alten Landes gelernt: Die beiden Völker hatten sich lange feindlich gegenübergestanden. Jetzt wurde ihr klar, wie unterschiedlich ihre Kulturen tatsächlich waren.

Als sie die verächtlichen Blicke bemerkte, die sich auf ihr Priesterinnengewand hefteten, war sie froh, auf Grigán gehört und ihre Maske abgelegt zu haben.

»Welche Götter werden hier verehrt?«, fragte Léti, der die Blicke ebenfalls nicht entgangen waren. »Eurydis offenbar nicht.«

»Nein, leider. Die meisten Anhänger hat Odrel, glaube ich.«

»Das wundert mich nicht«, sagte Rey, ohne seine Bemerkung weiter zu erklären.

Sie hielten auf das Viertel zu, das von den Einheimischen die »Kaiserstadt« genannt wurde, denn dort wohnte Zarbones Bekannter, der ihnen Zugang zum Tiefen Turm verschaffen sollte. In dieser Gegend waren sogar die Häuser bunt angestrichen, und keines kam ohne einen Kronenadler auf der Fassade aus.

Mit kindlicher Neugier sahen sich Yan und Bowbaq auf der Straße um. Lana war indessen unsicher, welche Haltung sie einnehmen sollte: Entweder sie versteckte die Tatsache, dass sie eine eurydische Priesterin war, so gut es eben ging, oder sie trug sie im Gegenteil stolz zur Schau. Die Moral ließ keines von beidem zu. Rey, dem ihr Zwiespalt nicht entgangen war, neckte sie, indem er das Ganze wichtiger machte, als es eigentlich war. Léti, Corenn und Grigán marschierten voraus, immer der Karte nach, die ihnen Zarbone mitgegeben hatte.

Der Krieger bemühte sich vergeblich, seine Erschöpfung zu verbergen. Der Weg, den sie seit der Schleuse zurückgelegt hatten, war nicht sehr lang gewesen, aber er atmete schwer, und ihm war ein wenig schwindelig. Schließlich blieb er vor einem gewaltigen vierstöckigen Gebäude stehen. Es lag in einem ausgedehnten Park, der von einer Mauer umschlossen war.

»Hier ist es«, sagte er. »Die Beschreibung stimmt genau.«

Rey pfiff anerkennend und brachte damit zum Ausdruck, was alle dachten. Von Zarbone wussten sie, dass sein Bekannter noch reicher war als er selbst. Es war nicht zu übersehen. Allein die Pflege des Parks musste drei Gärtner rund ums Jahr auf Trab halten. Alles war tadellos zurechtgestutzt, keine Blume wich von der akkuraten Reihe ab, in die sie gepflanzt worden war. Kein Unkraut verschandelte das säuberlich angepflanzte Mondgras, das aus den Fürstentümern eingeführt worden war. Kein aufmüpfiger Zweig ragte aus den perfekt geformten Zierbüschen hervor, die natürlich in der Form des Wappenadlers der Provinz geschnitten waren.

»Gehen wir rein«, schlug Rey vor. »Ich habe es satt, von diesen komischen Käuzen angestiert zu werden.«

»Wir können doch nicht einfach so hineinspazieren!«, protestierte Bowbaq. »Das wäre sehr unhöflich.«

Für einen Arkarier hatte dieses Wort sehr viel mehr Gewicht als für irgendjemanden sonst auf der Welt, erinnerte sich Yan belustigt. Und für Bowbaq noch mehr als für jeden anderen Arkarier.

»Es gibt keine Glocke«, sagte Corenn.

»Na los«, drängte Rey und schritt kurzerhand zur Tat. »Wir haben uns schon in Lorelien, in Junin und im Schönen Land unbeliebt gemacht. Mir persönlich sind die Rominer ziemlich egal.«

Die anderen folgten ihm zögernd. Doch als sie an der Eingangstür des herrschaftlichen Hauses angelangt waren, standen sie vor dem gleichen Problem.

»Wenn das Tor schon nicht verriegelt war, lässt sich die Tür vielleicht auch öffnen«, erklärte Rey mit einem vielsagenden Grinsen.

»Es wäre wohl besser …«, stieß Grigán keuchend hervor.

Er brachte den Satz nicht zu Ende. Seine Augen verdrehten sich, und er sackte zu Boden. Hätte Bowbaq nicht blitzschnell reagiert, wäre er mit dem Kopf aufgeschlagen. Corenn stürzte zu dem Kranken hin. Zum Glück schlug sein Herz noch.

Rey stieß die Tür auf und schlug vor, Grigán ins Haus zu ziehen. Doch dazu kamen sie nicht mehr. Plötzlich gingen zwei Männer mit gezogenen Schwertern auf Rey los, und er konnte von Glück sagen, dass sich seine Angreifer ungeschickt anstellten. Sie behinderten sich gegenseitig und stießen ihre Klingen ins Holz der Tür. Fluchend rammte Rey die beiden mit der Schulter und brachte sie damit zu Fall. Einen Wimpernschlag später hielt er den einen mit seinem Dolch in Schach, während Léti den anderen mit der Spitze ihres Rapiers bedrohte. Die beiden Männer, die sich auf dem Boden wanden, trugen rote Gewänder, waren aber keine Züu, sondern einfache Rominer.

»Verschwindet von hier, Ihr Diebe«, ertönte plötzlich eine zitternde Stimme. »Oder ich durchbohre Euch das Leder!«

In einigen Schritten Entfernung versperrte ein großer, hagerer Mann mit spärlichem Haar den Flur. Er sah nicht besonders gefährlich aus, aber er zielte mit einer Armbrust auf Léti, und das machte ihn zum Feind.

Ohne nachzudenken, entfesselte Yan seinen magischen Willen. Die Sehne der Armbrust peitschte zurück und ließ den Rominer vor Schmerz aufheulen. Doch die Reglosigkeit nach diesem unbedachten Schlag war so stark, dass Yan die Beine wegknickten und für einen Augenblick alles vor seinen Augen verschwamm. Aus der Ferne hörte er Léti Bowbaq zurufen, er solle sich den Mann schnappen. Der wollte sich gerade ins Innere des Hauses flüchten.

»Räuber! Diebe! Lumpenpack!«, winselte er, als ihn Bowbaq sanft, aber bestimmt zurückbrachte. »Da sieht man ja, dass man Fremden nicht trauen kann!«

»Wir sind keine Diebe«, beruhigte ihn Corenn. »Wir sind Freunde von Zarbone aus dem Schönen Land. Und Ihr seid gewiss Meister Sapone?«, setzte sie hinzu und reichte ihm dabei das Empfehlungsschreiben.

Unwirsch riss der Rominer den Umschlag auf und überflog den Brief. Auch wenn sie die Wahrheit sagten, hob das seine Stimmung nicht besonders. »Wer von Euch ist Grigán?«, fragte er nach einer Weile.

»Er«, sagte Lana, die den Kranken stützte.

»Ihr lügt! Hier steht, dass dieser Grigán einen Schnurrbart trägt!«

Corenn atmete tief durch, um nichts Unüberlegtes zu sagen. Sie, die sonst für ihre Gelassenheit bekannt war, hätte den engstirnigen Rominer am liebsten angeherrscht. Sie hatte ja nichts gegen einfältige Leute … Aber da sie als Mitglied des Ständigen Rats oft um ihr Urteil gebeten worden war, konnte sie Unaufrichtigkeit nur schwer ertragen. »Meister Sapone. Wir sind nicht Eure Feinde. Wir brauchen Eure Hilfe, um in den Tiefen Turm zu gelangen.«

»Also das ist ja …«, zeterte der Rominer los.

»Wir sind bereit, jeden Preis zu zahlen«, fiel die Ratsfrau ihm ins Wort.

Sapone beruhigte sich augenblicklich und tat so, als müsste er nachdenken. Dann schloss er die Tür, nicht ohne sich zu vergewissern, dass niemand diese Fremden an seiner Schwelle gesehen hatte.

Yan saß wieder einmal tief in Gedanken versunken an Grigáns Krankenbett. Corenn und die anderen schmiedeten zusammen mit ihrem

Gastgeber einen Plan, wie ihnen der seltene Streich gelingen könnte, die größte Bibliothek der bekannten Welt zu betreten. Sie versuchten, der Zukunft ins Auge zu sehen, während sich Yan fragte, ob es überhaupt eine Zukunft gab.

Grigáns rasche Genesung war ein Hoffnungsschimmer gewesen. Umso bitterer war nun die Enttäuschung darüber, dass die Krankheit erneut ausgebrochen war. An seinen Wunden konnte es nicht liegen, denn die meisten hatten sich bereits geschlossen. Nun herrschte Gewissheit, dass Grigán an etwas anderem litt als an seinem zerschundenen Leib, und diese Gewissheit stimmte alle traurig.

Usul hatte den baldigen Tod seines Freundes vorausgesagt. Usul hatte aber auch erwähnt, dass sich die Zukunft veränderte, sobald sie offenbart wurde. Sie veränderte sich nicht nur für denjenigen, der sie nun kannte, sondern für alle, die mit ihm in Berührung kamen. Würde er Grigán retten können, indem er ihm die Wahrheit sagte? Natürlich nicht. Selbst wenn er gewarnt wäre, würde der Krieger nichts gegen seine Krankheit ausrichten können.

Yan sah nur eine Möglichkeit, in diese Zukunft einzugreifen. Es war ein gefährlicher Weg. Ein Weg, der seinen Freund ebenso gut von seinem Los befreien wie seinen Tod beschleunigen konnte.

Usul hatte recht gehabt. Yan reagierte genau so, wie er es vorhergesehen hatte. Insgeheim verwünschte der junge Mann den Gott, der sich niemals täuschte.

Die einzige Möglichkeit, Grigán zu heilen, war Magie. Die Magie des Wassers. Ein Gebiet, auf dem er sich noch nie versucht hatte, nicht einmal in der Theorie.

Das Wasser entspricht dem Leben, hatte Corenn gesagt. *Es ist ein unverzichtbares Element, denn nur dank ihm kann sich dein Körper bewegen und dein Geist denken.* Um den Krieger gesund zu machen, musste Yan auf den Wasserbestandteil in ihm einwirken, ihn anregen und stärken.

So dachte er sich das. Doch er hatte bislang nur mit dem Erdbestandteil zu tun gehabt und nicht die geringste Ahnung, ob es sich mit dem Wasser genauso verhielt.

Er beschloss, erst einmal einen Versuch zu wagen, diesen Teil in Grigáns Innern nur ganz vorsichtig zu erfühlen. Wenn er das Element des

Wassers in ihm erkennen konnte, würde er ihn bestimmt behandeln können.

Er konzentrierte sich langsam, ruhig, gewissenhaft. Nach und nach verlor er all seine Sinne: zuerst den Geschmack, dann den Geruch, den Tastsinn, das Gehör und zuletzt die Sicht. Alles, was nicht Grigán war, verschwand aus seiner Welt. Yan war nun völlig in das Wesen des Kriegers versunken.

Die Komplexität der menschlichen Bestandteile machte ihn schwindeln. Bisher hatte er seine magischen Kräfte nur auf unbelebte Gegenstände angewandt. Zum ersten Mal konzentrierte er sich auf ein Lebewesen. Er sah die Erde, den ersten Bestandteil, den er kennengelernt hatte. Und er sah auch die anderen.

Er sah das Wasser und erkannte sofort, dass sein Vorhaben scheitern würde. Es war nur eine geistige Vorstellung des Wassers, und er nahm sie in Gestalt einer vielflächigen Eisskulptur wahr. Niemals würde er es wagen, seinen Willen auf etwas so Zerbrechliches zu richten. Nicht bevor er nicht mehr darüber wusste.

Er sah das Feuer, das alles verschlingende Feuer. Das Feuer, das alle Dinge und Wesen dazu antrieb, sich zu verändern. Raupen zu Schmetterlingen. Säuglinge zu Erwachsenen. Lebende zu Leichen.

Grigáns Feuer ließ sein Wasser schmelzen. Yan hatte den Eindruck, in dieses Feuer hineinblasen, es eindämmen, vielleicht sogar löschen zu können. Aber was würde dann geschehen? Er vermochte es sich nicht vorzustellen. Sein Freund wäre für immer verändert. Niemals würde er eine solche Verantwortung auf sich nehmen. Und Corenn hatte ihn gewarnt: Die Disziplin des Feuers war gefährlicher als alle anderen, auch wenn sie am leichtesten wirkte. Sie war die Schwarze Magie.

Zuletzt sah er den Wind. Grigáns Geist. Seine Seele, seine Träume, seine Gefühle und Gedanken … Die schwierigste aller Disziplinen. Er erschien Yan in der Gestalt einer Dunstwolke, die über der Eisskulptur schwebte. Er konnte der Versuchung nicht widerstehen, in sie einzutauchen, und wurde sofort von einer Flut verschiedener Bilder überwältigt. Es war wie eine Offenbarung. Und wenn …

Wenn …

Irgendetwas störte seine Konzentration und holte ihn gewaltsam in die Wirklichkeit zurück. Erschrocken erkannte Yan, dass er während der ganzen Zeit, in der er versunken gewesen war, seinen Willen immer weiter hatte anschwellen lassen. In seiner Verzweiflung richtete er diese angestaute Kraft auf eine Wand und ließ los. Dann machte er sich auf die Reglosigkeit gefasst, die auf ihn zurückfallen würde.

Das Gefühl war entsetzlich. Es war nicht im eigentlichen Sinne schmerzhaft. Seine Sinne kehrten immer mit aller Wucht zurück, doch das dauerte nie länger als einen Augenblick. Viel schlimmer waren die Kälte und die Ermattung, die von ihm Besitz ergriffen, allumfassend, unentrinnbar, bis er das Gefühl hatte, er könnte diesmal daran sterben …

Die Zeit schritt voran. Der Kräfteaustausch zwischen seinem Körper und dem Rest der Welt legte sich. Das Gleichgewicht stellte sich wieder ein, und sein Leiden verging.

Eine sichtlich erschütterte Lana stand in der Tür. Ihr Blick wanderte von der Wand, in der ein Riss klaffte, zu dem leichenblassen Jungen, der in einem Sessel kauerte. Für sie hatte das Ganze nicht länger als einen Augenblick gedauert. Yan hingegen hatte eine der entsetzlichsten Erfahrungen seines Lebens durchstanden.

Eine Erfahrung, die sich noch als wertvoll erweisen würde.

»Fremden ist der Zutritt zur altehrwürdigen Bibliothek verboten«, erklärte Sapone, der es sich in einem Sessel bequem gemacht hatte, in dem gut und gern drei Personen Platz gefunden hätten. »Ich weiß, dass Euch solche Argumente nicht kümmern. In mein Haus seid Ihr ja auch einfach eingedrungen. Trotzdem ist das ein Problem.«

»Dort, wo wir herkommen«, gab Rey zurück, »pflegt man Besuchern die Tür zu öffnen, wenn sie Einlass begehren.«

»In Romin, verehrter Herr Abenteurer, pflegt man nur dann Besuche abzustatten, wenn man eingeladen wurde«, entgegnete Sapone tief gekränkt. »So bleibt jeder zu Hause, und allen ist gedient.«

»Lassen wir das, wenn ich bitten darf«, unterbrach sie Corenn. »Welchen Weg nehmt Ihr für gewöhnlich? Wie kommt Ihr hinein?«

»Ich? Ich bin noch nie dort gewesen. In diesen Gemäuern spukt es nämlich tatsächlich. Einen Bibliothekar habe ich bereits verloren. Ich werde mich hüten, meinen Kopf zu riskieren. Der Mann, den ich danach eingestellt habe, arbeitet nun schon seit zehn Jahren für mich. Ich wüsste nicht, warum ich mich den Geistern ausliefern sollte.«

»Wäre es möglich, diesen Mann kennenzulernen?«

Sapone warf Corenn einen lauernden Blick zu. Die Gier stand ihm ins Gesicht geschrieben, als trüge er ein Brandzeichen auf der Stirn. »Nicht ehe wir eine Vereinbarung getroffen haben. Ich muss wissen, was Ihr dort vorhabt.«

»Ein Fischernetz kaufen, was denn sonst«, schnaubte Rey. »Unser Heiler hatte keines mehr.«

»Wir sind auf der Suche nach Wissen«, sagte Corenn. »Was geht Euch das an?«

»Nur ein knappes Dutzend Personen haben das königliche Privileg, den Tiefen Turm aufzusuchen. Der Öffentlichkeit ist der Zutritt untersagt, seit die Geister dort ihr Unwesen treiben. Der Turm war über einhundertfünfzig Jahre lang verschlossen – bis zu jenem Tag, an dem unser gütiger Herrscher auf die Idee kam, die Bibliothek zu verkaufen. Das Gold brauchte er dringend, um die Provinzen, die nach Unabhängigkeit strebten, im Königreich zu halten. Natürlich verkaufte er nicht den ganzen Turm auf einmal, einen so hohen Preis hätte ja niemand bezahlen können. Er verkaufte ihn etagenweise. Allerdings fanden sich nur acht Abnehmer. Ich selbst besitze den gesamten elften Stock mitsamt seines Inhalts. Dafür habe ich dreimal so viel bezahlt wie für dieses Haus. Ihr müsst mir also versprechen, nichts zu beschädigen.«

Bei seinem letzten Satz starrte er die Katze Frosch, die mit den Fransen eines Teppichs spielte, wütend an. Léti bemerkte seinen Blick und versuchte, das Kätzchen davon abzubringen, woraufhin es in ein anderes Zimmer huschte.

»Ich verspreche es Euch, Meister Sapone«, sagte Corenn. »Könnten wir nun mit Eurem Bediensteten sprechen?«

»Erst das Geschäftliche, wenn ich bitten darf.«

Und so geschah es. Léti verfolgte die zähen Verhandlungen, in die der Rominer die Ratsfrau nun verwickelte. Als Rey das Gespräch übernahm, wurde der Ton lauter. Sie konnte sich des Eindrucks nicht erwehren, dass die Lorelier zwar geborene Händler waren, die Rominer ihnen an Bestechlichkeit aber nicht im Geringsten nachstanden. Als sie sich endlich einig geworden waren, führte Sapone sie in einem Labyrinth aus unzähligen Gängen durch sein Haus, um sie mit seinem persönlichen Bibliothekar bekannt zu machen.

»Unsere Vereinbarung gilt selbstverständlich nur, wenn er einwilligt, Euch zu begleiten«, stellte ihr Gastgeber freundlicherweise klar.

»Aber er steht doch in Euren Diensten?«

»Das schon. Die Sache ist nur, dass er manchmal etwas eigen sein kann … Ich drücke ein Auge zu, weil er ansonsten ein tüchtiger Mann ist.«

Schließlich blieb Sapone vor einer großen Tür stehen, in die natürlich das Wappen des Kronenadlers geschnitzt war. »Meister Hulsidor?«, rief er und klopfte vorsichtig an. »Dürfte ich Euch kurz stören?«

»Was ist denn nun schon wieder?«, polterte jemand und riss ungehalten die Tür auf. »Wer sind diese Leute?«

Corenn, Léti, Rey und Bowbaq sahen sich verblüfft an. Fast schien es, als sei Hulsidor der Hausherr und Sapone sein Kammerdiener.

Der Bibliothekar war klein und von krummer Gestalt. Seine schiefen Gesichtszüge verliehen ihm ein grimmiges Aussehen, und seine grauen Haare waren kurz geschoren im Gegensatz zu dem langen Spitzbart, in dem sich ein vorwitziger Pergamentschnipsel verfangen hatte. Der Mann scheute sich nicht, die Symbole des Gyolendelfins offen zur Schau zu tragen und sich so als Presdanier zu erkennen zu geben, die mit den Uraniern verfeindet waren. Hulsidor musste tatsächlich sehr tüchtig sein, wenn Sapone diese Marotten ertrug.

»Dürfen wir kurz hereinkommen?«, bat Sapone noch einmal.

Der Bibliothekar trat zurück und brummte ungehalten, wie er denn bittes chön zum Arbeiten kommen solle, wenn er andauernd gestört werde.

Die Erben folgten ihrem Gastgeber in seine Privatbibliothek. Sie mochte nicht ganz so umfangreich sein wie die seines Bekannten Zarbone im Schönen Land, doch sie war sehr viel besser geordnet. Die Bücher waren auf blitzblanken Regalen aufgereiht und befanden sich offenkundig in bestem Zustand. Auf einem Arbeitstisch häuften sich Reinigungsutensilien und Buchbinderwerkzeuge. Hulsidor schien gerade mit einigen Neuanschaffungen beschäftigt zu sein.

Sapone erklärte ihm die Lage so diplomatisch wie möglich und flehte ihn an, ihn ausreden zu lassen, bevor er eine Antwort gab. Und die folgte prompt.

»Nein! Das ist viel zu gefährlich. Die Geister sind zurzeit sehr unruhig. Beim letzten Besuch hätte mich ein Kragenwürger fast erwischt. Und außerdem bringt Ihr mir bestimmt nur alles durcheinander!«

»Wir werden Euch keinerlei Unannehmlichkeiten bereiten, Meister Hulsidor«, versprach Corenn. »Wir werden Euren Anweisungen strikt folgen.«

»Und noch dazu sind es Fremde! Brulin wird sie nie und nimmer vorbeilassen!«

»Wer ist das?«, fragte Rey.

»Der einzige Wächter, der vor dem Turm postiert ist. Aber er ist nur tagsüber im Einsatz«, erklärte Sapone.

»Was?«, zeterte der Bibliothekar. »Das soll doch nicht etwa heißen, dass Ihr nachts dorthin wollt? Ihr seid wahnsinnig!«

»Ich habe eine Bürgschaft für Euch ausgehandelt«, versuchte ihn sein Dienstherr zu beschwichtigen. »Im Falle Eures Todes wird mir die hier anwesende Dame fünfundzwanzig Monarchen zahlen.«

»Wie schön für Euch! Dann nehmt eine Laterne, und geht selbst hin! Nachts setze ich da keinen Fuß hinein, auf keinen Fall!«

Léti schob sich bis zu dem Bibliothekar vor. Sie nahm ihn sanft bei der Hand, setzte ein flehendes Gesicht auf und sah ihm fest in die Augen. »Meister Hulsidor … Bitte«, bettelte sie.

Der Angesprochene tat, als würde er sie nicht bemerken, während die anderen den Atem anhielten. Nach einigem Zögern gab er schließlich nach. »Nun gut, nun gut«, sagte er widerwillig. »Bei der Gelegenheit kann ich im neunten Stock vorbeisehen, zu dem mir ein störrischer Kollege immer den Zutritt verweigert. Aber ich übernehme das Kommando!«

Léti gab dem Alten einen leichten Kuss auf die Wange und verließ den Raum, gefolgt von Frosch. Die anderen sahen ihr bewundernd nach.

Rey wollte schon einen Witz reißen, besann sich dann aber eines Besseren und begab sich auf die Suche nach Maz Lana.

Lana hatte Grigáns Zimmer betreten und dort den jungen Yan entdeckt, dem stumme Tränen übers Gesicht liefen. Sie hatte seinen Namen gerufen, aber er hörte sie nicht. Erst jetzt bemerkte er sie und fuhr erschrocken zusammen. Er richtete seinen Blick auf die Wand, in der ein Riss klaffte. Dann wurde er ohnmächtig.

Als sie zu ihm stürzte, kam er wieder zu Bewusstsein. Er wirkte ermattet, und sein Blick war glasig, aber er war wach.

»Du hast geweint, Yan«, sagte sie unumwunden.

Der Junge nickte. Das hatte er bemerkt, als er in die Wirklichkeit zurückgeholt worden war. Er hatte einen Fehler begangen, der tödlich hätte enden können.

Gebrauche deinen Willen niemals im Zorn, unter Schmerzen oder wenn du betrunken bist, hatte Corenn ihn gewarnt. Jetzt wusste er, warum. Der Geist verlor dabei alle Kraft und entzog dem Körper zu viel Energie. Hätte Lana ihn nicht zufällig aus der Konzentration gerissen, hätte er den Rückschlag vielleicht nicht überlebt.

Er sah die Bruchstelle in der Wand und lief vor Verlegenheit rot an. Es waren keine Steine herabgefallen, also war wohl kaum etwas zu hören gewesen. Aber die Risse im Mauerwerk waren mehr als deutlich zu sehen. Der Schaden ließ sich nie und nimmer verstecken, bevor ihn jemand entdeckte. Er würde Corenn seinen Fehler beichten müssen … Aber das hätte er ohnehin getan.

Er ging auf Lana zu, die schon in ihre Gebete versunken war. Die Maz hatte ihm keine einzige Frage gestellt. Er war dankbar, dass sie so rücksichtsvoll war. Nach kurzem Zögern setzte er sich neben sie auf den Boden, um ebenfalls Andacht zu halten. Seit Norines Tod hatte er sich nicht mehr an Eurydis gewandt, doch die Begegnung mit Usul hatte seinen Glauben neu bestärkt. Die Götter existierten tatsächlich. Und sie hörten den Menschen zu.

»Er ist nicht in Gefahr, Yan«, sagte Lana nach diesem Augenblick der inneren Einkehr. »In Ith hatten wir einige Fälle der Farikskrankheit. Ich habe noch nie gehört, dass jemand daran gestorben ist.«

Er nickte traurig. Die Priesterin versuchte aufrichtig, ihn aufzumuntern. Aber Grigán litt an mehr als an einigen Bissen. Was sollte er nur glauben?

»Usul hat mir … einige Dinge vorausgesagt«, gab er schließlich beklommen zu. »Unangenehme Dinge. Das ist der Fluch des übermenschlichen Wissens. Ich kenne die Zukunft, und ich weiß nicht, was ich tun soll, um sie zu verändern. Wenn ich es versuche, habe ich Angst, alles nur noch schlimmer zu machen.«

Lana seufzte und dachte eine Weile nach. Yan brauchte sie. Er brauchte Eurydis. Er brauchte Frieden.

»Eines der Gedichte im Buch der Weisen«, sagte sie unvermittelt, »schließt mit den Worten: *Der Narr lebt glücklich, der Weise lang.* Mit meinen Schülern diskutiere ich sonst einige Dekanten lang über diesen Vers, aber das ist diesmal nicht nötig. Wir können daraus folgende Lehre ziehen: Jeder sucht auf seine Weise das Glück, Yan. Der Narr ist nur glücklich, weil er seine Welt nicht begreift. Er begnügt sich mit seinem kleinen Leben, so widrig die Umstände auch sein mögen. Er führt keinen Kampf. Er nimmt allen Kummer und alles Leid hin, und das fällt ihm nicht weiter schwer, weil er ihr Ausmaß nicht begreift und sie leicht vergisst. Doch der Narr verlässt diese Welt in jungen Jahren, da er noch nicht einmal um sein eigenes Überleben zu kämpfen vermag. Er ist mit einem Lächeln durchs Leben gegangen, aber er hat keine Spuren hinterlassen. Der Weise sucht ebenfalls das Glück. Sein Glück umfasst jedoch sehr viel mehr: Es schließt auch das seiner Familie, seiner Freunde, seines Volkes, manchmal sogar das der ganzen Menschheit ein. Sein Glück ist viel schwieriger zu erreichen, aber umso erfüllender ist es auch. Leider kann er es nur selten ganz und gar erlangen, doch dafür bringt ihm jeder Sieg eine Freude, die hundertmal verdienstvoller ist als der stumpfe Seelenfrieden des Narren. Denn der Weise kämpft, Yan. Er müht sich ab. Er ringt um sein Ideal und fügt sich niemals tatenlos in sein Schicksal. Yan, sei kein Weiser, der wie ein Dummkopf lebt. Was einmal geschehen ist, lässt sich nicht ändern. Aber was wird noch kommen? Wirst du dich von einer Zukunft unterjochen lassen, die nur du allein kennst?«

Yan stand auf und ging mit nachdenklicher Miene vor Grigáns Bett auf und ab. Der Maz war es gelungen, ihn ins Grübeln zu bringen.

»Wo sind wir?«, fragte Grigán plötzlich mit schwerer Zunge und richtete sich halb auf. »Wo sind die anderen?«

Yan strahlte Lana an und stürzte hinaus. Er musste die gute Neuigkeit verkünden. Er musste etwas tun. Er musste kämpfen.

Und er musste unbedingt mit Bowbaq sprechen. Was er nur vage erahnt hatte, als er sich auf Grigáns Geist konzentriert hatte, musste genauer ergründet werden. Sollte er recht behalten, würde er bald ein neues Gebiet der Magie studieren können.

Zamerine wartete im Offizierszelt auf seinen Meister. Der Zü hatte wieder einmal einer strategischen Entscheidung Gors des Zimperlichen widersprochen, des Anführers ihrer Barbarenarmee. Es war gewiss kein Zufall, dass er nun zu einem Gespräch zitiert worden war. Dem Judikator blieb nichts anderes übrig, als sich in Geduld zu üben, während er den Gedanken an Saats Zorn verdrängte. Er wollte ihn nie wieder über sich ergehen lassen müssen.

Er ging auf und ab und strich dabei nervös über den Griff seines Hati. Gegen seinen Meister würde ihm der vergiftete Dolch nichts nützen. Saat war gegen Verletzungen gefeit. Er schien gegen alles gefeit zu sein – sogar gegen Müdigkeit. Eigentlich hatte Zamerine ihn noch nie schlafen sehen, ganz im Gegensatz zu seinem Sohn, der ihr persönliches Quartier nur selten verließ.

Von draußen war der Gesang der Sklaven zu vernehmen, Huldigungen und Lobpreisungen des Gottes, den man ihnen aufgezwungen hatte. Die Lieder hatte die Barbarenkönigin Chebree geschrieben, die von Saat zur Emaz ernannt worden war. Wenn man die Textzeilen hörte, war es kaum zu glauben, dass sie aus der Feder einer Frau stammten. Aber Sombre war der Bezwinger, der Gott der Eroberung und der Herrschaft. Mitleid kannte er nicht.

Es wurde gemunkelt, dass Saat Chebree zu seiner Mätresse gemacht hatte. Zamerine hatte befohlen, alle zu bestrafen, die dieses Gerücht verbreiteten, auch wenn es stimmen mochte und letztlich bedeutungslos war. Vielleicht hatte er aus Eifersucht gehandelt. Fleischliche Genüsse hatten den Judikator nie besonders gereizt, aber Chebree war die erste Frau, die er seiner würdig befand. Saat hatte schon so viele Konkubinen … Hätte er diese eine nicht ihm überlassen können?

Da erschien endlich der Meister, und der Zü erstarrte. Wie üblich trug Saat ein schweres Kettenhemd und eine goronische Sturmhaube, um die ein schwarzes Band geschlungen war. Zamerine hatte ihn noch nie in anderer Kleidung gesehen. Und er hatte noch nie sein Gesicht erblickt. Wer es versucht hatte, war auf das Dornenrad geflochten oder bei lebendigem Leibe eingemauert worden, je nachdem, welche Foltermethode dem hohen Dyarchen gerade am besten gefiel.

Nur einmal hatte der Zü seine Hand erspäht: eine faltige und mit Altersflecken übersäte Hand. Die Hand eines hundertjährigen Greises, die dennoch so stark wirkte wie die eines Mannes auf der Höhe seiner Kraft. Die Hand eines Toten, der sich an das Leben klammert.

»Mein treuer Zamerine«, begann Saat in leicht herablassendem Ton. »Schickt fünfzehn Eurer Männer nach Ith. Wir werden bald Arbeit für sie haben.«

»Fünfzehn?«, platzte der Zü erstaunt heraus, doch dann fing er sich wieder. »Sehr wohl, Meister.«

»Das ist alles. Befehl ausführen.«

Der Judikator machte noch keine Anstalten zu gehen. Saat schien besserer Laune zu sein als sonst. Vielleicht war der Zeitpunkt günstig, um mehr über seine Pläne zu erfahren …

»Welche Anweisungen soll ich ihnen geben?«

»Keine. Sie sollen einfach auf das Zeichen warten, das Ihr geben werdet, sobald ich eine Entscheidung getroffen habe. Wir werden uns die Flüchtlinge endgültig vom Hals schaffen«, sagte er mit gepresster Stimme.

»Meister …« Zamerine ließ nicht locker. »Woher wisst Ihr, dass sie nach Ith kommen? Woher habt Ihr dieses Wissen?«

Der Zü starrte auf die kunstvoll geschmiedete Sturmhaube, von der ihn kaum zwei Schritte trennten. Welchen Gesichtsausdruck hatte der Ankläger wohl hinter seiner stählernen Maske aufgesetzt? Blickte er verächtlich? Belustigt?

Zornig?

Zamerine trat unwillkürlich einen Schritt zurück, obwohl das zwecklos war. Saat konnte von seinem Körper Besitz ergreifen und ihn zwingen, sich seinen eigenen Hati ins Herz zu stoßen.

»Ich weiß nicht, ob sie tatsächlich nach Ith kommen«, sagte der hohe Dyarch. »Ich weiß nur, dass sie vorhaben, sich nach Ith zu begeben. Im Augenblick befinden sie sich in Romin, aber bis ins Alte Land ist es zu weit. Eure Jünglinge im roten Gewand würden es nicht mehr rechtzeitig schaffen.«

»Ihr könnt … Ihr könnt Gedanken lesen … Auf diese Entfernung?«, fragte der Zü verblüfft.

Saat stemmte die Hände in die Hüften und musterte seinen Untergebenen stumm. Zamerine begriff, dass er jetzt besser gehen sollte. Und er wusste, dass er seinen Meister niemals verraten würde. Niemals.

Da sich Hulsidor beharrlich weigerte, die Expedition in den Tiefen Turm noch in derselben Nacht anzutreten, wurde das Abenteuer auf den nächsten Tag verschoben. Corenn hoffte, dass seine Begründungen nicht nur eine faule Ausrede waren und sie tatsächlich in der folgenden Nacht aufbrechen würden, zumal die Argumente des Bibliothekars eher auf Aberglaube denn auf Vernunft beruhten.

Wie er behauptete, waren die Geister, die angeblich in der Bibliothek hausten, im Okt noch viel gefährlicher als an anderen Tagen. Mit seiner Schwarzseherei jagte er dem leichtgläubigen Bowbaq und der furchtsamen Lana Angst ein. Sogar Corenn gab zu, dass sie sich allmählich Sorgen machte. Was die anderen dachten, behielten sie für sich.

Die Erben berieten sich in Grigáns Zimmer, in dem der wieder zu Kräften gekommene Krieger ungeduldig auf und ab lief. Dabei hob er unwillkürlich immer wieder die Hand zu seinem Schnurrbart, bevor ihm einfiel, dass er keinen mehr trug. Das machte ihn nur noch rastloser.

Während Corenn dem Gespräch lauschte, wanderte ihr Blick zwischen Yan und dem Riss in der Wand hin und her. In ihren Augen lagen Tadel und Bestürzung. Yan ahnte, dass ihm eine Strafpredigt bevorstand, vor allem aber fragte er sich, ob er es wagen würde, ihr seine Erfahrung in allen Einzelheiten zu schildern.

»Dass wir schon wieder einen ganzen Tag verlieren müssen«, schimpfte Grigán. »Ich wünschte, wir könnten ohne die Hilfe dieser Rominer in die Bibliothek gelangen!«

Seine Freunde nickten ergeben. Sie hatten schon über das Problem gesprochen und waren zu keiner Lösung gekommen. Sie brauchten einen Ortskundigen, und sei es nur, um sie zu den richtigen Regalen zu führen.

»Ich hoffe, dass uns das Ganze auch wirklich etwas bringt«, sagte Grigán. »Ich kenne mich mit Bibliotheken nicht aus, aber es würde mich doch sehr wundern, wenn man in einer Nacht mehr über Nol, die Pforten und das Jal'karu herausfinden kann, als unsere Vorfahren in einem ganzen Jahrhundert in Erfahrung gebracht haben.«

»Der Tiefe Turm ist seit über einem Jahrhundert geschlossen«, berichtigte ihn Corenn sanft. »Außerdem birgt er die größte Bibliothek der bekannten Welt. Stellt Euch vor, welche Wissensschätze dort zu finden sein müssen … Werke aus Zeiten, in denen es Romin noch nicht einmal gab.«

»Hm.« Grigán konnte sich der Begeisterung der Ratsfrau nicht so recht anschließen. Nach der erzwungenen Bettruhe, die ihm umso länger erschienen war, da er sonst nur wenig Schlaf brauchte, war er nun wieder voller Tatendrang. Das Fieber war verschwunden und seine Erschöpfung wie weggeblasen. Er fühlte sich großartig.

Als er überlegte, was er mit seiner Zeit anfangen könnte, fiel sein Blick auf Léti. »Unterricht gefällig, gnädiges Fräulein?«

Sie sprang strahlend auf und lief ihm voran auf den Gang hinaus.

Grigán wollte gerade den Raum verlassen, als er wie angewurzelt vor Yan stehen blieb. Er glaubte sich dunkel zu erinnern … Während er schlief … Jemand war …

Der Junge sah ihn erstaunt an. Grigán schüttelte verlegen den Kopf und folgte seiner Schülerin.

Weil Yan bis zum Abend mit Bowbaq verschwand, fand Corenn keine Gelegenheit, ihn nach dem mysteriösen Riss in der Wand zu fragen, hinter dem sie ein fehlgeschlagenes Experiment vermutete. Glücklicherweise legte Sapone so großen Wert darauf, seine Besucher zu ignorieren, dass er den Schaden noch nicht bemerkt hatte. Er hätte sicher eine saftige Entschädigung verlangt und sie vor die Tür gesetzt.

Es war nicht Corenns Art, ihren Schüler auszuschelten, und das hatte sie auch gar nicht vor. Sie wollte nur hören, was passiert war, und gegebenenfalls einige magische Grundsätze, die Yan vielleicht nicht richtig verinnerlicht hatte, noch einmal erklären.

Doch auch am folgenden Tag ergab sich keine günstige Gelegenheit. Wieder zog sich Yan mit Bowbaq in eines der unzähligen Zimmer des Hauses zurück, ohne den anderen gegenüber auch nur ein Wort zu verlieren. Beide wirkten sehr aufgeregt. Die Erben, die ihren jungen Freund seit dem Besuch auf der Heiligen Insel der Guori nicht mehr hatten lächeln sehen, ließen die Geheimniskrämer in Ruhe.

Jeder vertrieb sich die Zeit bis zum Abend auf seine Weise. Grigán riet seinen Gefährten, sich etwas auszuruhen, da ihnen eine weitere schlaflose Nacht bevorstand. Er selbst dachte nicht im Traum daran, sich hinzulegen. Sein Elan hatte sich nach seiner Genesung geradezu verdoppelt. Erst polierte, schärfte und fettete er sämtliche Waffen der Erben, dann überprüfte er die restliche Ausrüstung. Als ihm das Warten unerträglich wurde, beschloss er, in die Stadt zu gehen, um die Reise nach Ith vorzubereiten. Da er nur einige Brocken Romisch sprach, erbot sich Rey, ihn zu begleiten, und Léti schloss sich ihnen an.

Lana diskutierte einige Dekanten lang mit Sapone über Theologie. Dabei bewies die Priesterin bewundernswerte Geduld, denn während sie den Lobreden auf Odrel den Tränenreichen aufmerksam lauschte, machte der Rominer nicht die geringsten Anstalten, den Prinzipien der eurydischen Moral Gehör zu schenken. *Auch aus einem Samenkorn im Wind kann ein Baum wachsen,* dachte die Maz insgeheim. Im Laufe der Zeit würde Sapone hin und wieder an ihre Worte zurückdenken, und selbst wenn er sich nicht zum eurydischen Glauben bekehrte, würde er vielleicht wenigstens eine der drei Tugenden der Göttin beherzigen: Wissen, Toleranz, Frieden.

Da fiel ihr ein, dass ihr Vorfahr, Maz Achem, genau diese Theorie nach seiner Rückkehr von der Insel Ji in Zweifel gezogen hatte. *Unsere Priester sollten sich der Mission verschreiben, so viele Ungläubige wie möglich zu bekehren,* hatte er verlangt. *Und jeden Dämonenkult auszulöschen, wenn nötig mit Gewalt.*

Natürlich. Er hatte das Jal'karu betreten …

Corenn wiederum war allein zurückgeblieben und beschloss, ihr Tagebuch weiterzuführen. Die Niederschrift half ihr, Ordnung in die Fülle von Informationen zu bringen, die sie auf ihrer Suche angesammelt hatten. Ihren Feind kannten sie jetzt. Doch das warf nur neue Fragen auf. Wie konnte es sein, dass er noch lebte? Und warum trachtete er ihnen nach dem Leben?

Woher nahm er seine Kräfte? Wie weit reichten sie?

Es schien ganz so, als würden sie die Antworten nur finden, wenn sie das Rätsel der Pforten lösten – und das würde ihnen vielleicht noch in dieser Nacht gelingen. Im Tiefen Turm.

Schließlich suchte Corenn Hulsidor auf, weil sie sich von ihm einige Auskünfte erhoffte, die für ihre Recherchen nützlich sein könnten. Aber der Bibliothekar hatte sich in seinem Arbeitszimmer verschanzt und weigerte sich, irgendjemanden zu empfangen. Seine Vorbereitungen seien kompliziert und zeitaufwendig, und er wünsche gefälligst in Ruhe gelassen zu werden, Potzdonner! Corenn bedrängte ihn nicht weiter.

Am Abend kehrten Grigán, Léti und Rey sehr zufrieden von ihrem Ausflug in die Stadt zurück. Rey hatte einen Kollegen getroffen, einen armen Schausteller, der seine Kunst mit Begeisterung ausübte und dem man voll und ganz vertrauen konnte. Die Gauklertruppe, zu der er gehörte, wollte in zwei Tagen nach Le Pont in Lorelien aufbrechen, um dort auf dem Jahrmarkt zum Tag der Erde aufzutreten. Als Grigán den Gauklern vorschlug, sie zu begleiten, waren diese sogleich einverstanden gewesen. Der Weg durch das Klamme Tal und die Nebelberge galt als nicht besonders sicher, weshalb Grigáns und Létis kämpferische Aufmachung ihnen mehr als willkommen war. Den Erben wiederum war daran gelegen, unerkannt zu bleiben, und unter so vielen Spielleuten, Jongleuren und Spaßmachern würden sie kaum auffallen.

Außerdem hatte Rey neue Kleider für Lana besorgt. Ihre Robe mit den eurydischen Symbolen erregte in der Hauptstadt des Alten Landes viel zu viel Aufmerksamkeit. Daher hatte er etwas von seinem neuen Vermögen ausgegeben, um ihr neues Reisegepäck zusammenzustellen.

Lana war das unangenehm – zum einen, weil sie es nicht gewohnt war, Geschenke zu bekommen, und zum anderen, weil sie die neuen Kleider sehr unschicklich fand. Sie erfuhr nie, dass Rey ohne den Einspruch von

Grigán und Léti noch kürzere Modelle ausgesucht hätte. Sie dankte ihm aufrichtig, verschob die Anprobe aber auf später.

Bei Einbruch der Nacht versammelten sich die Erben an einem Tisch im Dienstbotentrakt, in dem Sapone sie untergebracht hatte. Der Hausherr dachte nicht im Traum daran, sie auch noch zu bewirten. Wäre er nicht an ihre Vereinbarung gebunden gewesen, hätte er die lästigen Fremdlinge längst ins Gefängnis werfen lassen. Yan und Bowbaq erschienen nicht zum Essen, und auch Hulsidor blieb in seinem Arbeitszimmer. Die Stimmung bei Tisch war seltsam angespannt.

Schließlich kam Yan mit vor Aufregung leuchtenden Augen angelaufen, um Corenn zu holen. Die Ratsfrau folgte ihm neugierig. Sie rechnete mit allem, nur nicht damit, dass ihr Schüler ihr etwas über Magie beibringen würde. Doch genau das geschah.

Bowbaq sah Corenn an, die sich ihm gegenübersetzte, und wurde puterrot. Er war überzeugt, dass er und Yan seit dem Vortag über etwas sehr Unhöfliches gesprochen hatten.

Corenn hatte gehofft, mehr zu verstehen, sobald sie das Zimmer sah, in das sich die beiden zurückgezogen hatten. Aber sie konnte nichts als die üblichen Möbel entdecken – und die Katze Frosch, die Léti ihnen überlassen hatte. Bowbaq und Yan hatten doch nicht etwa die ganze Zeit nur geredet? Und wenn ja, worüber?

Yan beichtete der Ratsfrau, dass er sich auf den Geist Grigáns konzentriert hatte, erwähnte aber mit keinem Wort, warum. Die schockierte Reaktion der Magierin gab ihm recht.

»Das war dumm und unüberlegt, Yan«, sagte sie beherrscht. »Was hast du dir dabei gedacht? Jede noch so kleine Manipulation, auch nur für kürzeste Zeit, hätte ihn töten können! Du musst noch so viel lernen … und hast schon Magie auf einen Menschen ausgeübt, was nicht einmal ich je versucht habe!«

»Es tut mir leid«, versicherte er aufrichtig. »Ich weiß, dass ich es nicht hätte tun sollen. Aber heißt es nicht: *Wenn ein Tölpel im Sand gräbt, stößt er auf Gold?* Ich glaube nämlich, dass ich etwas entdeckt habe«, sagte er vergnügt.

Corenn beschloss, sich den Rest ihrer Strafpredigt für später aufzuheben. Ihre Worte sollten Wirkung zeigen und mussten daher wohlüberlegt sein. So kam ihr der Aufschub nicht ungelegen.

»In meiner Konzentration habe ich etwas gesehen«, begann Yan. »Es war nicht Grigán oder, besser gesagt, es war Grigán in symbolischer Gestalt. Das ist schwer zu erklären … Bisher habe ich, wenn ich mich auf meine Münze konzentriert habe, nur eine recht unförmige Masse wahrgenommen, so etwas wie einen Berg Sand, auf den ich nach Belieben einwirken konnte. Bei Grigán war das viel komplizierter. Es sah aus wie … wie eine Kugel.«

»Was sagst du da?« Corenn war vor Überraschung aufgesprungen. Hätte sie Yan nicht so gut gekannt, hätte sie das Ganze für einen Scherz gehalten.

»Ähm … ja, wie eine durchsichtige Kugel … Habe ich etwas falsch gemacht?«, fragte er.

»Und was war in dieser Kugel? Was hast du gesehen?«

Yan antwortete nicht sofort. Er konnte aus Corenns Miene nicht erraten, ob sie diese Neuigkeit aufregend oder empörend fand. Dabei war das erst der Anfang!

»Ähm … Das klingt vielleicht ein bisschen merkwürdig. Ich glaube, das meiste habe ich mir nur eingebildet. Da war eine Art Pyramide aus Eis auf einem sandigen Untergrund. Aus dem Sand stieg Feuer auf, das die Eispyramide zum Schmelzen brachte, weshalb sich im oberen Bereich der Kugel Dampf ansammelte. Ich hatte den Eindruck, dass es die vier Bestandteile sein könnten. Oder vielleicht eher meine Interpretation der vier Bestandteile.«

»Und die Kugel ist das Absorbium«, rief Corenn freudig. »Du hast völlig recht! Du hast das *innerste Wesen* gesehen!«

Yan seufzte erleichtert auf. Zum Glück hatte er nicht schon wieder eine Dummheit begangen. Die Mitteilung schien sie sogar zu begeistern.

Die Ratsfrau ging ein paar Schritte auf und ab, um ihre Fassung wiederzuerlangen und in Ruhe nachzudenken. Aber sie hatte Yan mit ihrer Aufregung angesteckt.

»Was ist das innerste Wesen? Davon habt Ihr noch nie gesprochen.«

»Das habe ich mir für später aufgehoben. Es schien mir nicht besonders dringend. Eigentlich ist es reine Theorie. Einige der größten Magier der letzten Jahrhunderte haben das innerste Wesen so beschrieben, wie du es eben getan hast. Sie mussten ein Leben lang darauf hinarbeiten, eine solche geistige Kraft zu erreichen. *Ein ganzes Leben lang,* Yan.«

Ihr Schüler riss erstaunt die Augen auf. So schwierig war ihm das Ganze gar nicht vorgekommen. Was würde Corenn zu dem sagen, was er noch erlebt hatte?

»Das innerste Wesen ist nicht mehr als eine mystische Auslegung, die Uneingeweihten nichts sagt. Aber die wenigen, die es wahrnehmen können, beschreiben es alle mit ähnlichen Worten und bestätigen damit, dass es sich nicht um bloße Einbildung handelt. Das ist der beste Beweis dafür, wie stark dein Wille ist«, sagte Corenn bewundernd.

Sie blickten sich eine Weile wortlos an. Beide verspürten Dankbarkeit und Hoffnung, aber auch Angst vor einer solchen Kraft.

»Verzeiht«, meldete sich Bowbaq zu Wort. »Ich habe das nicht ganz verstanden … Ist Yan jetzt ein Erjak oder nicht?«

»Was?«

»Ich habe versucht, ihm zu beschreiben, wie ich es angehe«, erklärte der Riese, »und er hat dasselbe auf seine Art als Magier gemacht. Aber weder er noch ich trauen uns, es auszuprobieren … Hältst du das für möglich, Freundin Corenn?«

»Von was redet ihr denn da?«, fragte sie verständnislos.

»Vom magischen Willen natürlich!«, rief Yan. »Auf seine Art ist Bowbaq ein Meister des Windes. Ihr könnt ihm sicher einiges über die Erde beibringen, und er kann uns zeigen, wie man Gedanken liest!«

Corenn starrte Yan an, dann musste sie sich setzen, um wieder klar denken zu können. Innerhalb weniger Augenblicke hatte er alles auf den Kopf gestellt, was sie für unverrückbar gehalten hatte, und das ausgerechnet auf ihrem Gebiet: der Magie.

»Diese Idee ist mir gekommen, als ich das … das innerste Wesen in Grigán berührt habe«, fuhr ihr Schüler fort. »Ich hatte das Gefühl, in seinen Geist einzutauchen. Wenn ich noch etwas weitergegangen wäre, hätte ich seine Gedanken lesen können. Seine Träume.«

»Er hat mich gebeten, ihm meine Methode zu erklären«, sagte Bowbaq. »Ich konnte mich nur nicht so gut ausdrücken … Yan meint, dass es so ähnlich klingt wie das, was er erlebt hat. Corenn, glaubst du, dass er ein Erjak sein könnte?«

Die Ratsfrau sah von einem zum anderen. Zwei arglose Kinder mit einem neuen Spielzeug. »Seid ihr euch eigentlich darüber im Klaren«, antwortete sie lächelnd, »dass ihr gerade die Magie revolutioniert habt?«

Bowbaq dachte, dass er damit bestimmt etwas Unhöfliches getan hatte, das ihm Unglück bringen würde. Yan wartete vertrauensvoll ab, was seine Lehrerin zu sagen hatte.

»Über die Disziplin des Windes war schon immer am wenigsten bekannt«, erklärte Corenn ernst. »Es ist die schwierigste von allen. Wer kann schon von sich behaupten, die Gefühle des Menschen, das Wesen der Seele und die Wege der Gedanken im Schlaf oder nach dem Tod zu kennen? Bisher gelten die Magier, die sie praktizieren, als Meister der Illusion. Sie manipulieren den Geist eines Menschen, um seine Wahrnehmung für kurze Zeit zu verändern, was ihnen mal mehr, mal weniger gelingt. Das wollte ich dir irgendwann auch beibringen, Yan. Aber du bist viel weitergegangen. Du hast das innerste Wesen gesehen. Du bist stark genug, um einen Geist in seiner ganzen Gestalt zu erfassen. Also hast du logischerweise die Fähigkeiten eines Erjak.«

»Ich weiß und sehe überhaupt nichts von alldem«, wandte Bowbaq ein. »Aber ich kann es trotzdem …«

»Yans Fähigkeiten sind tausendmal stärker«, sagte Corenn ernst. »Im Prinzip kann er noch viel mehr, als nur Gedanken zu lesen. Er kann sie kontrollieren.«

Grabesstille trat ein. Dieser Gedanke gefiel Yan ganz und gar nicht. *Die Magie stellt dich nicht über andere Menschen,* hatte ihm Corenn einmal gesagt. *Sie macht dich für sie verantwortlich.* Und diese Verantwortung war soeben um ein Vielfaches gestiegen.

»Das bedeutet auch, dass du Magier werden kannst, Bowbaq«, fügte Corenn hinzu. »Ich kann dich unterrichten, wenn du möchtest.«

»Muss ich?«, fragte der Riese schüchtern.

»Nein, natürlich nicht!«

»Dann will ich lieber nicht, Freundin Corenn. Ich glaube, ich würde es nie lernen. Und außerdem ist mir das viel zu gefährlich.«

Niemand widersprach. Selbst wenn er nur halb so viel Macht besäße wie Yan, wäre jeder Fehler tödlich.

Plötzlich ging die Tür auf, gerade so weit, dass Hulsidor seinen Kopf hindurchstecken und sie schroff zum Aufbruch mahnen konnte.

»Wer nicht in zwei Dezillen vor der Tür ist, bleibt hier, damit das klar ist.«

Die Erben sprangen auf, um ihr Gepäck zu holen. Es galt als abgemacht, dass sie Sapones Gastfreundschaft nach ihrem Abstecher in den Tiefen Turm nicht mehr beanspruchen würden.

Corenn fand dennoch Zeit, ihrem Schüler einen letzten Rat zu geben. »Größere Macht bedeutet auch größere Gefahr, Yan. Versprich mir, solche Experimente nie wieder zu wagen, wenn ich nicht dabei bin.«

»Da könnt Ihr unbesorgt sein. Das war mir eine Lehre.«

»Nur eins noch … Hast du tatsächlich etwas aus Grigáns Gedanken herausgelesen? Oder hattest du nur den Eindruck, es tun zu können?«

»Ich habe nichts gesehen«, antwortete Yan nach kurzem Zögern. »Nichts Bestimmtes.«

Er hasste es, lügen zu müssen. Aber trotz seiner Unbedarftheit wusste er, dass es keine gute Idee war, ihr zu verraten, dass Grigán an eine Frau gedacht hatte.

Eine Frau, die nicht Corenn gewesen war. Eine Ramgrith.

Der Bibliothekar hatte sich das Gesicht, die Hände und die Arme mit okkulten Motiven bemalt. Die Brust schützte er mit einem Kettenhemd, das er unter seinen Gewändern trug, den Kopf mit einer Kappe aus Stahl, die von einer Kette festgehalten wurde. Zu guter Letzt hängte er sich ein Schwert um, das länger war als das von Grigán.

»Glaubt Ihr wirklich, dass Ihr das braucht?« In Reys Frage schwang ein Hauch Spott mit.

»Selbstverständlich«, erwiderte Hulsidor im Brustton der Überzeugung. »Wie soll ich als Bibliothekar denn ohne ein Langschwert effektiv arbeiten können?«

»Sehr richtig«, pflichtete ihm der Schauspieler bei, ohne eine Miene zu verziehen.

Hulsidor zuckte mit den Schultern und verließ das Haus durch die Hintertür, wie es Sapone verlangt hatte. Die Erben fassten sich ein Herz und folgten ihm.

»Der Kerl spinnt«, flüsterte Rey Lana zu.

Die Priesterin begriff nicht, was ihn daran so erheiterte. Sie prüfte, ob die Bänder ihres neuen Kleides fest geknüpft waren. Zum ersten Mal seit über fünfzehn Jahren trug sie etwas anderes als das Gewand der eurydischen Priester.

»Es ist nebelig«, grummelte Hulsidor, als er sich draußen umsah. »So kommen wir zwar unbemerkt durch die Stadt, aber die Muffensauser werden ihre helle Freude haben.«

»Sind das Gespenster?«, fragte Bowbaq und wurde bleich vor Angst.

»Ja, eine von vielen Arten. Daneben gibt es noch die Kragenwürger, die Bücherbolde, die Schädelknacker und so weiter. Und die Heulfurien. Die Heulfurien verabscheue ich. Versucht bitte, die Heulfurien nicht zu ärgern.«

Der Riese beschloss, sich freiwillig zum Wachestehen zu melden. Er würde es mit allem und jedem aufnehmen, solange es ein *menschlicher* Gegner war, im Notfall auch mit einem Zü. Aber gegen *Geister* kämpfen … Die unheimliche Stimmung, die der dichte Nebel in den Straßen von Romin hervorrief, machte ihn nur noch unruhiger. Seinen Freunden ging es nicht anders. Sie unterhielten sich eifrig, um ihre Nervosität zu überspielen.

»Aber warum treiben sich die Toten da herum?«, fragte Rey im Scherz. »Haben sie nichts Besseres zu tun?«

»Ihr könnt sie gern fragen. Angeblich haben meine Amtsbrüder so lange in den Kellergewölben des Turms gegraben, bis sie auf die alte Bibliothek von Romerij gestoßen sind, die sie dort vermutet hatten. Zunächst war alles in bester Ordnung. Aber dann verschwanden die ersten Kollegen, und in den Gängen wurden schemenhafte Gestalten gesichtet. Wenn Ihr mich fragt, hätten sie das Loch sofort wieder zuschütten sollen. Stattdessen mussten sie dann zwei Jahre später das ganze Gebäude zumauern.«

Grigán und Corenn sahen sich vielsagend an. *Das gesamte Wissen der Menschheit.*

»Diese Geister sind also wirklich so gefährlich?«, fragte Lana scheu.

Hulsidor blieb stehen und musterte sie streng. »Wenn Ihr das nicht ernst nehmt, weigere ich mich, in den Turm hinabzusteigen. Das ist keine gewöhnliche Bibliothek, sage ich Euch. Das wird kein Spaziergang. Vielleicht kommt es sogar zum Kampf.«

»Tatsächlich?« Der stolze Grigán konnte sich die Bemerkung nicht verkneifen. »Wir werden unser Bestes tun, um Euch nicht im Weg zu stehen, Meister Bibliothekar.«

Beleidigt stapfte der Rominer weiter. Er hatte den Spott sehr wohl herausgehört, aber er war klug genug, den offenbar recht empfindlichen ramgrithischen Krieger nicht zu provozieren.

»Können Waffen überhaupt etwas gegen Geister ausrichten?«, fragte Yan. »Sie sind doch schon tot.«

»Aber man kann ihnen wehtun. So hält man sie sich einigermaßen vom Leib. Man muss nur aufpassen, dass sie sich nicht von hinten anschleichen. Bei dem Schattenfresser hilft das natürlich nichts … Den muss man früh genug hören, um noch fliehen zu können. Im fünfzehnten haben sie schon drei Männer verloren. Nur vier Stockwerke unter meinem! Tja, je tiefer man hinuntergelangt, desto schwieriger ist es, schnell wieder die Treppe hinaufzukommen … Manchmal beneide ich meine Kollegen in den oberen Etagen. Aber ihre Bücher sind uninteressant.«

»Wie sieht dieser Schattenfresser denn aus?«

»Keine Ahnung. Aber wenn ich ihn kreischen höre, kann ich mir seine Fangzähne ganz gut vorstellen. Wenn ich Euch sage, dass Ihr laufen sollt, dann vertraut mir und rennt, so schnell Ihr könnt. Dreht Euch auf keinen Fall um. Es ist nicht immer gut, seiner Neugier nachzugehen.«

Yan nickte nachdenklich. Wie klug dieser Rat war, wusste er aus eigener Erfahrung.

Der junge Meister erwacht. Der junge Dyarch, wie die Kämpfer ihn zu nennen pflegen, ohne die Bedeutung des Wortes zu kennen. Sie wissen nur, dass der andere Dyarch jener Mann ist, dem sich Gors der Zimperliche zu Füßen wirft, und das reicht aus, um dem jüngeren mit großem Respekt und einer gewissen abergläubischen Furcht zu begegnen.

Angeblich ist er der Sohn des hohen Dyarchen. Einige behaupten, die beiden könnten ebenso gut ein und dieselbe Person sein, schließlich verberge sich der eine die ganze Zeit über in seinem Zelt – oder in seinem Wagen, wenn sich die Armee in Marsch setzt –, während der andere seinen Helm niemals abnehme. Diejenigen, die diese Gerüchte verbreiten, bekommen schnell Gelegenheit zur Reue, wenn man sie auf das Dornenrad fesselt. Der hohe Dyarch hört *alle* Gerüchte.

Der junge Meister steht auf und geht langsam auf das Lager der Konkubinen zu. Sein Freund hat ihn dorthin gerufen, ohne ein Wort zu sagen oder einen Boten zu schicken. Er dringt einfach in seinen Geist ein, wie er es schon immer getan hat. Wie nur er es tun kann. Eine Stimme, die den Lärm Tausender anderer in seinem Kopf übertönt.

Zwei Gladoren der Leibgarde folgen ihm in respektvollem Abstand. Sie haben gelernt, ihn unter keinen Umständen zu stören. Sie sprechen ihn nicht an, und selbst untereinander wechseln sie kein Wort. Sie sind so unauffällig wie möglich. Ihre Anwesenheit ist ohnehin überflüssig, denn niemandem käme es in den Sinn, den jungen Dyarchen anzugreifen. Die Gladoren begleiten ihn nur, weil das einem Ranghöchsten zusteht.

Bis zuletzt wissen sie nicht, wohin er geht. Der junge Meister betritt eines der verschont gebliebenen Häuser des Dorfes, das ihre Armee kurz zuvor dem Erdboden gleichgemacht hat. Dort sind eine Reihe neuer Sklavinnen zusammengepfercht. Einige werden in die Schar der Konkubinen des hohen Dyarchen aufgenommen. Die anderen können sich glücklich schätzen. Als Sklavinnen dürfen sie hoffen, einige Monde lang zu überleben, wenn die Götter ihnen gnädig sind. Die meisten Konkubinen nehmen sich schon nach wenigen Dekaden das Leben.

In der Luft hängt der Geruch von Schweiß und Angst. Sechs Frauen sind hier eingeschlossen, zwei sind bereits tot. Eine dritte liegt auf der Seite, ihr Blick ist starr, Speichel läuft ihr über die Wange. Die anderen haben sich an der Wand zusammengekauert. Auch geistig wird ihnen Gewalt angetan.

Der hohe Dyarch steht in der Mitte des Zimmers, ohne sich um ihr

Leid, um diese für immer zerstörten Leben zu kümmern. Ihn interessiert nur das Urteil seiner Kreatur. Also erforscht der junge Meister die Körper der Überlebenden. Es dauert nur einen Augenblick. Dann schüttelt er verneinend den Kopf.

Saat wird wütend, und sein Zorn entlädt sich gegen die Geisteskranke, deren Lebenslicht sofort erlischt. Er hat nur mit dem Finger auf sie gezeigt, doch die Sklavin ist sofort tot.

Da seine Wut noch nicht verraucht ist, liefert er die drei anderen Frauen seiner Kreatur aus, die ihren Todeskampf mehr als eine Dezille lang hinauszögert. Die Gladoren sehen nichts als drei Sklavinnen, die sich unter dem geistesabwesenden Blick ihres jungen Meisters vor Schmerzen winden. Saat hingegen bewundert den Beweis einer Macht, die schon jetzt zehnfach stärker ist als die seine.

Ein wohliger Schauer läuft ihm über den Rücken, als er daran denkt, dass diese Kraft mit jedem Tag anschwillt. Und dass sie ganz und gar in seiner Hand liegt.

»Wir sind gleich da«, sagte der Bibliothekar über die Schulter. »Macht möglichst wenig Lärm.«

»Warum? Glaubt Ihr etwa, die Geister schlafen?«, witzelte Rey.

»Die Geister vielleicht nicht, aber der Wächter ganz bestimmt«, zischte Hulsidor wütend. »Wir kommen direkt an seinem Haus vorbei, also seid leise!«

Schweigend passierten die Erben das Wachhäuschen und näherten sich dem Tiefen Turm. Nach außen ragte das Bauwerk nicht mehr als fünf Stockwerke in die Höhe, und abgesehen von seinem hohen Alter und dem baufälligen Zustand unterschied es sich kaum von den anderen Gebäuden der nebelverhangenen Stadt.

Yan bemerkte, wie vorsichtig der Bibliothekar auf den Eingang zusteuerte. Der Rominer ließ die seit über hundert Jahren zugemauerten Fenster nicht aus den Augen. Er schien drauf und dran zu sein, bei der kleinsten Regung kehrtzumachen.

»Können die Geister denn aus dem Turm heraus?«, fragte Yan unbedarft.

»Das ist es ja! Ich weiß es nicht!«, entgegnete Hulsidor. »Tagsüber ist das noch nie vorgekommen, aber das beweist nichts. Nachts werden sie noch dreister. Vielleicht lauert der Schattenfresser schon an der Tür!«

»Woher wisst Ihr, dass sie nachts dreister werden?«, wunderte sich Corenn.

»Sie bringen meine Abteilung völlig durcheinander. In einer Nacht verrücken sie mehr Bücher als ich in einer ganzen Dekade.«

»Das erleichtert unsere Suche ja gewaltig«, murmelte Rey.

Das Eingangstor war mit einem Bild des romischen Kronenadlers verziert. Aber Hulsidor winkte die Erben weiter zu einer schlichteren, versteckt gelegenen Nebentür.

»Die große Tür ist verrammelt«, erklärte er. »Selbst wenn man wüsste, wo sich der Schlüssel befindet, ist es vermutlich nicht möglich, sie zu öffnen.«

Der Nebeneingang wurde hingegen nach wie vor benutzt. Durch eine einfache Holztür gelangte man auf den Absatz einer Treppe, die geradewegs zu den unteren Stockwerken führte: in die Kellergeschosse des Tiefen Turms.

»Dieser Eingang ist den Bibliothekaren vorbehalten«, sagte Hulsidor. »Das war schon immer so.«

»Was steht denn auf dem Schild an der Tür?«, fragte Lana.

Die Priesterin war zwar sehr gebildet, aber wie die meisten Fremden beherrschte sie das komplizierte romische Alphabet kaum. Hulsidor antwortete, ohne einen Blick auf die Inschrift zu werfen.

»Was wohl? Ein Verbot, nach königlichem Erlass, und eine Warnung. Ich nehme an, dass Euch das nicht von Eurem Vorhaben abbringt?«, fragte er ohne große Hoffnung.

Corenn schüttelte den Kopf, nachdem sie sich das Schild angesehen hatte. Sie konnte die romische Schrift gut genug lesen, um die Auskunft des Bibliothekars bestätigen zu können.

»Tja, dann kann es wohl losgehen. Ich gehe vorweg, aber versperrt mir auf keinen Fall den Ausgang. Stellt Euch die Geister wie ein Rudel Wölfe vor. Wenn Ihr ihnen zeigt, dass Ihr Angst habt, greifen sie an. Wenn Ihr sie provoziert, greifen sie an. Sprecht nicht laut, sondern flüstert nur. Lauft nicht, sondern bewegt euch langsam. Geht ihnen aus dem Weg, aber lasst sie nicht aus den Augen. Wenn einer von ihnen versucht, Euch zu reizen, weicht zurück. Wenn er weitermacht, dann sagt mir Bescheid, und geht langsam nach oben. Wenn er anfängt zu singen oder einen seltsamen Geruch verbreitet, heißt das, dass er Hunger hat. Dann achtet auf das, was hinter Euch passiert. Sie sprechen sich ab und greifen gemeinsam an.«

»Ich bleibe wohl besser hier, Corenn«, sagte Bowbaq scheu. »Ich kann nicht lesen, ich werde euch also nicht viel nützen …«

»Auf keinen Fall!«, erregte sich Hulsidor. »Das hättet Ihr Euch vorher überlegen müssen. So kann Euch ja jeder sehen und mich verraten!«

»Es ist besser, wenn wir zusammenbleiben«, meinte auch Grigán. »Denk an Junin.«

Der Riese erschauerte bei dem Gedanken an den Mog'lur, der sie in Séhanes Palast angegriffen hatte. Er gruselte sich vor Gespenstern, aber die Vorstellung, in dieser nebeligen Nacht *allein* auf die Rückkehr seiner Freunde zu warten, jagte ihm noch mehr Angst ein. Er umklammerte seinen Streitkolben und bedeutete den anderen mit einem Nicken, dass er ihnen folgen würde.

Hulsidor vergewisserte sich, dass die okkulten Zeichen, die er sich auf die Haut gemalt hatte, nicht verwischt waren. Einer plötzlichen Eingebung folgend, holte er Feder und Tinte aus seiner Umhängetasche und zeichnete Léti wortlos ein kompliziertes Muster auf die Hand. Die junge Frau ließ ihn gewähren. Dann verstaute er seine Utensilien, ohne den anderen denselben Dienst zu erweisen.

»Ab jetzt wird geschwiegen«, befahl er in scharfem Ton. »Und tut genau, was ich Euch sage.«

Der Bibliothckar drehte einen kleinen Schlüssel im Schloss und schob die Tür behutsam auf, stets darauf gefasst, sie beim kleinsten Anzeichen einer Gefahr wieder zuzuwerfen. Im Innern war es stockfinster. So weit, so gut. Er legte die Hand auf den Griff seines Schwerts und stieß die Tür ganz auf.

Irgendwo in der Dunkelheit krachten zwei Stapel Manuskripte zu Boden. Vor Schreck zuckten alle zusammen. Eine weißliche Gestalt schwebte mit einem hämischen Kichern davon.

»Solche Streiche hinter der Tür spielen sie gern«, erklärte der Rominer. »Das ist nicht weiter gefährlich, man gewöhnt sich daran. Aber passt zwischen den Regalen gut auf.«

Als die Erben dem Bibliothekar ins Innere folgten, warfen sie sich beunruhigte Blicke zu. Überall sonst in den Oberen Königreichen waren die Spukgeschichten aus dem Tiefen Turm nur eine Legende, so wie der Wahrheitsvogel, der Brunnen von Trusset oder der Mondmischer. Aber hier kam ihnen die Legende plötzlich beängstigend wahr vor.

Der Rominer zündete weitere Lampen an und drückte jedem eine in die Hand. Bald war der ganze erste Raum erleuchtet. Die Zwischenwände waren niedergerissen worden, sodass sie den gesamten Durchmesser des Turms überblicken konnten: Er maß rund zwanzig Schritte. Im Erdgeschoss standen nur wenige Bücher, denn es diente lediglich als Durchgang zu den unteren Geschossen.

Der Bibliothekar schnupperte wie ein Tier, das Witterung aufnimmt, sagte aber nichts. Grigán zog sein Krummschwert, Rey und Léti ihre Rapiere. Yan überlegte kurz, ob er ebenfalls sein Schwert ziehen sollte, doch dann siegte seine Neugier, und er begann den Raum zu erkunden.

»Unser Gepäck lassen wir lieber hier«, schlug Grigán vor. »Und die Katze auch.«

Frosch miaute in seinem Körbchen, als hätte er verstanden. Er war so klein und unauffällig, dass man ihn leicht vergaß. Bowbaq, der den Winzling mit sich herumtrug, spürte sein Gewicht nicht einmal.

»Dann warte ich hier«, beschloss Léti, die ihr Kätzchen nicht allein zurücklassen wollte. »Mit Bowbaq, wenn es ihm recht ist.«

»Ja«, beteuerte der Riese eilig. Ihm fiel ein Stein vom Herzen.

»Gut«, sagte Hulsidor. »Verlasst den Raum nicht. Und fasst auf keinen Fall irgendetwas an. Die anderen kommen mit.«

Der Bibliothekar stieg die schmale Steintreppe hinab, die sich an der Mauer entlang nach unten wand. Yan, Grigán, Corenn, Rey und Lana folgten ihm.

Als sie mit Bowbaq allein war, ließ Léti die Katze frei. Prompt machte sich Frosch über ein goronisches Schifffahrtslehrbuch her, dessen Seiten vom Alter brüchig waren.

Im Schutz der Dunkelheit kicherte eine weiße Gestalt in sich hinein. Sie freute sich schon auf den Streich, den sie gleich spielen würde.

Die Schritte Tausender und Abertausender Besucher hatten die Treppenstufen glatt und rutschig werden lassen, und mit einer Laterne in der einen und einer Waffe in der anderen Hand war der Abstieg regelrecht gefährlich. Vom Treppenhaus aus gelangte man durch eine Tür auf einem schmalen Absatz zu den einzelnen Geschossen der Bibliothek. So erblickten die Erben erst sechs Stockwerke tiefer die ersten Manuskripte.

Zwischen dem sechsten und dem siebten Stock stießen sie auf eine Wand aus Büchern, die ihnen den Weg versperrte. Hulsidor fluchte und löste damit hinter dem Hindernis vergnügte Gluckser aus, was ihn nur noch mehr in Rage brachte.

»Das ist überhaupt nicht lustig! Habt ihr gehört? Das ist albern!«, rief er den Spaßvögeln zu.

»Ich dachte, man darf sie nicht reizen?«, erinnerte ihn Rey.

»Die hier sind harmlos«, erwiderte der Rominer immer noch empört. »Es sind Bücherbolde, die sich auf unsere Kosten amüsieren. Aber am meisten ärgert mich, dass sie das Material für ihre Streiche aus meinen Regalen holen! Das sind alles *meine* Bücher!«

Rey konnte sich ein beifälliges Grinsen nicht verkneifen. Diese kleinen Possenreißer hatten einen ähnlichen Humor wie er.

Die Treppe war schnell frei geräumt. Ordentlich aufeinandergestapelte Bücher säumten nun die Wände und machten den Gang damit noch enger. Vorsichtig setzten die Gefährten ihren Weg nach unten fort.

Plötzlich kam eine milchigweiße kleine Gestalt aus der Dunkelheit heraufgeschossen. Bevor Hulsidor überhaupt dazu kam, »Passt auf Eure Lampen auf!« zu rufen, waren drei ihrer Laternen ausgeblasen. Mit einem heimtückischen Lachen sauste das Gespenst wieder davon.

»Ich habe es gar nicht richtig gesehen«, bedauerte Yan, während er seine Kerze an Grigáns Lampe anzündete.

»Da habt Ihr nichts verpasst. Sie sind potthässlich«, versicherte ihm der Bibliothekar, der über die vielen Angriffe erschrocken war.

»Wolltet Ihr nicht im neunten Stock vorbeischauen?«, erinnerte ihn Lana kurz darauf, als sie den neunten Treppenabsatz passierten.

»Ein andermal. Wenn schon die Bücherbolde so munter sind, will ich gar nicht daran denken, wie angriffslustig die anderen erst sein werden.

Also drehen wir wie vereinbart eine kleine Runde und machen uns dann wieder aus dem Staub.«

»Es geht nicht um eine kleine Runde, Meister Hulsidor«, widersprach Corenn. »Wir sind zu Recherchen hier.«

»Soll das ein Witz sein? Das wollt Ihr doch nicht allen Ernstes tun?«, zeterte Hulsidor. »Nach allem, was Ihr gesehen habt!«

»Wir haben schon gefährlichere Dinge erlebt«, spottete Grigán, »als einen Haufen Bücher und ausgeblasene Laternen.«

»Schön, ganz wie Ihr wollt! Schließlich habe ich mich nur dazu verpflichtet, Euch in den elften Stock zu führen. Für Euer Leben garantiere ich nicht.«

Bis zum besagten Stockwerk wechselten sie kein Wort mehr. Hulsidor schloss die Tür auf und ging zwischen den Regalen hindurch.

»Achtung!«, schrie er plötzlich entsetzt auf, als er eine schemenhafte Gestalt erblickte.

Immer wieder stellte sich Léti auf die obersten Treppenstufen, starrte in die Dunkelheit hinab und lauschte angestrengt. Sie wusste, dass ihre Freunde sehr weit hinuntersteigen mussten und ihre Recherchen eine Weile dauern würden, vielleicht sogar mehrere Dekanten. Die Zeit kam ihr schon jetzt unerträglich lang vor.

Inzwischen bereute sie, nicht mitgegangen zu sein. Um die Katze machte sie sich wenig Sorgen, und das Tier schien sie nicht zu brauchen. Ganz im Gegensatz zu ihren Freunden, falls sie in Gefahr gerieten. Grigán konnte nicht darüber hinwegtäuschen, dass er noch immer angeschlagen war und im Kampf schnell ermüden würde. Also war Rey im Grunde der einzige Beschützer für Corenn, Lana und … Yan.

Gedankenverloren strich sie über das Medaillon, das Yan ihr geschenkt hatte. Sie wusste immer noch nicht, woran sie bei ihm war. Manchmal war er ihr gegenüber liebevoll und aufmerksam, aber das konnte auch rein freundschaftlich gemeint sein. Dann wirkte er wieder abwesend und kurz angebunden, wie nach seiner Begegnung mit Usul. Und obwohl sie so vielen Gefahren ausgesetzt waren, obwohl jeder Tag ihr letzter sein konnte, bat Yan sie nicht um ihr Versprechen.

Dennoch ging er, irgendwo tief unter ihr, ein großes Wagnis für sie ein, ebenso wie Grigán, Corenn und die anderen. Da konnte sie nicht herumsitzen und Däumchen drehen. Sie musste dorthin, wo sie gebraucht wurde.

Die junge Frau ging zurück zu Bowbaq, um ihm ihre Entscheidung mitzuteilen. Doch dann hielt sie plötzlich inne. Wie versteinert stand der Riese vor einem Geist in weiblicher Gestalt und starrte die Erscheinung verzückt an.

Léti versteckte sich hinter einem Berg alter Pergamente. Tränen stiegen ihr in die Augen, doch sie schluckte sie wütend hinunter. Zum ersten Mal seit Langem war sie auf sich allein gestellt. Aber sie würde sich nicht von ihrer Angst lähmen lassen. Sie würde nie wieder den Rückzug antreten. Sie würde etwas tun. Sie musste nur noch herausfinden, was.

Grigán stürzte in den Büchersaal des elften Stockwerks, gefolgt von Rey. Vor Hulsidor reckte sich eine weiße Gestalt wie eine Kobra in die Höhe. Man erkannte undeutlich zwei mit Klauen bewehrte Arme und einen Kopf mit drei Schlitzen: zwei für die Augen und ein weiterer, sehr viel größerer, in dem Fangzähne aufblitzten.

»Rührt Euch nicht vom Fleck«, flüsterte der Bibliothekar. »Wir haben ihn überrascht. Vielleicht verschwindet er von selbst wieder.«

Stocksteif standen die Erben vor der bedrohlichen Erscheinung. Ihre Gestalt veränderte sich unaufhörlich. Sie schien in der Luft zu tanzen, wuchs an und schrumpfte wieder zusammen, blieb dabei aber stets größer als ein Mensch.

Auf einmal nahm Yan einen beißenden Geruch wahr. Alle erinnerten sich an Hulsidors Warnungen und zuckten zusammen. Mit dem Kreischen einer Fledermaus stürzte sich der Geist auf Lana, die als Einzige keine Waffe trug. Rey bohrte sein Rapier in die Gestalt, bevor sie ihr Opfer erreichte, erlitt aber selbst schwere Kratzwunden am Arm.

Fauchend ballte sich der Geist im Treppenhaus hinter ihnen wieder zusammen. Er war nicht hungrig genug, um sich mit so vielen Schwertern anzulegen. Wie eine Kaulquappe, die in den Schlick zurückkehrt, schwebte er in die tiefer gelegenen Stockwerke hinab.

»Sie nehmen körperliche Gestalt an, wenn sie angreifen«, flüsterte Grigán. »Das macht sie verwundbar … So können wir sie abwehren.«

»Und Ihr wollt hier in aller Ruhe recherchieren?«, wetterte der Bibliothekar, der immer noch kreidebleich war. »Das war ein Krallentöter. So wird diese Art genannt, seit einer von ihnen einen Kollegen aus dem fünfzehnten Stock zerfleischt hat. Es ist das erste Mal, dass sie bis in mein Stockwerk vordringen.«

Rey schob seinen blutgetränkten Ärmel in die Höhe und pfiff bewundernd. Sechs Krallen hatten sich vom Ellbogen bis zum Handgelenk in seine Haut gegraben. Grigán untersuchte die Wunde und befand sie für ungefährlich, was Lana mit Erleichterung hörte. Sie fühlte sich schuldig und bestand darauf, Rey einen Verband anzulegen. Der Verletzte ließ sich nur zu gerne umsorgen.

Yan und Corenn begannen, das Stockwerk zu erkunden. Abgesehen von einigen Lücken, die sie den Streichen der Bücherbolde verdankten, waren die Regale sorgfältig aufgeräumt und sortiert, jedes Buch stand an seinem Platz, und weit und breit war kein Staubkorn in Sicht. Nur einige Bücherstapel, die bis an die Decke reichten und damit eine Reihe unzugänglicher, düsterer Winkel in dem Labyrinth schufen, störten die makellose Ordnung.

Yan rechnete damit, jederzeit wieder einem Geist gegenüberzustehen. Nun zog er doch lieber sein Schwert.

»Es muss Jahrhunderte gedauert haben, alle diese Bücher anzusammeln«, sagte er.

»Da habt Ihr ganz recht«, entgegnete Hulsidor. »Einer Regel zufolge musste jeder, der die altehrwürdige Bibliothek aufsuchen wollte, mindestens ein Werk spenden, das noch nicht zu ihrem Bestand gehörte. In den letzten Jahren ihres Bestehens war das kaum noch möglich.«

»Dann muss es so etwas wie eine Kartei geben«, sagte Corenn hoffnungsvoll. »Eine einigermaßen vollständige Liste.«

»Das Register«, bestätigte Hulsidor herablassend. »Das haben die Bücherbolde längst gestohlen. Lange bevor mich Sapone verpflichtet hat. Was genau sucht Ihr denn eigentlich?«

»Auskünfte über einen Ort namens Jal'karu. Sagt Euch das etwas?«

»Nein. Aber in meinem Stockwerk befinden sich auch hauptsächlich

Abhandlungen über das Geldwesen und den Handel. Nur deswegen hat Sapone es gekauft.«

»Ja, das hatte ich befürchtet«, seufzte Corenn. »Hier werden wir nichts finden. Wir müssen noch tiefer hinunter.«

»Ihr habt den Verstand verloren! Oder Ihr seid völlig lebensmüde!«, entsetzte sich Hulsidor. »Ihr geht in den sicheren Tod!«

»Dame Corenn ist Mitglied des Ständigen Rats von Kaul«, herrschte ihn Grigán an, der das nicht durchgehen lassen konnte. »Ich rate Euch, ihr mit dem gebührenden Respekt zu begegnen.«

Der Bibliothekar sah den finster dreinblickenden Ramgrith an und schluckte vernehmlich. Grigán hatte endgültig genug von diesem abergläubischen Jammerlappen. Er beschloss, selbst die Führung zu übernehmen.

»Wisst Ihr, welche Fachgebiete sich in welchem Stockwerk befinden?«, fragte Corenn höflich.

»Nein«, sagte Hulsidor entschuldigend. »Ich kenne nur die ersten fünfzehn. Tiefer ist noch keiner vorgedrungen – jedenfalls ist keiner von dort zurückgekehrt.«

»Wisst Ihr, wo sich die Abteilungen Geschichte und Theologie befinden?«

»Geschichte ist im dritten«, frohlockte Hulsidor. »Da können wir hin, die Tür ist nie verschlossen.«

»Und Theologie?«

Der Rominer schüttelte den Kopf. Diese Abteilung musste in den unerforschten Stockwerken liegen. Dort, wo es nur so von Geistern wimmelte, einer mächtiger und gefährlicher als der andere.

»Wir müssen schnell sein«, mahnte Grigán. »Wir haben keine Zeit, beide Stockwerke zu durchsuchen. Am besten teilen wir uns auf.«

Corenn stimmte zu. Die Vorstellung, die Gruppe noch mehr zu schwächen, gefiel ihr gar nicht, aber so konnten sie am ehesten hoffen, fündig zu werden.

»Ich suche unten«, beschloss sie. »Es wäre mir lieb, wenn Ihr mich begleiten könntet, Lana. Euer Wissen wird uns nützlich sein. Meister Hulsidor, könntet Ihr Yan den dritten Stock zeigen und ihm bei der Suche helfen?«

»Aber gern«, versicherte der Rominer, der sich freute, so gut wegzukommen.

Grigán und Rey entschieden sich selbstverständlich, Corenn und Lana zu begleiten, um ihnen Schutz zu bieten. Yan wusste nur zu gut, warum er nach oben geschickt wurde: Corenn wollte um jeden Preis verhindern, dass sich der Jüngste der Gruppe erneut der Gefahr aussetzte. Es war ihr lieber, ihn in Letis Nähe zu wissen.

Als sie auseinandergingen, gab ihnen Hulsidor noch einen letzten Rat mit auf den Weg. »Einige Geister werden versuchen, Euch in ein Gespräch zu verwickeln«, warnte er. »Hört nicht hin. Es sind Sirenen. Sie werden euch geradewegs zum Schattenfresser locken.«

»Die haben wir in Lorelia auch«, frotzelte Rey. »Dort nennen wir sie Animierdamen.«

Niemandem war zum Lachen zumute. Die Erben begannen den Abstieg ins Ungewisse. Ein beißender Geruch drang aus der Dunkelheit zu ihnen herauf.

Der dritte Stock, in dem sich die Geschichtsabteilung befand, war um einiges unordentlicher als Hulsidors Abteilung. In heillosem Durcheinander stapelten sich achtlos übereinandergelegte Bücher bis an die Decke.

»Hier finden wir ganz bestimmt nichts«, meinte Yan. »Höchstens mit viel Glück.«

»Das habe ich Euch ja gleich gesagt.« Der Rominer war froh, seine gekränkte Ehre zumindest ansatzweise wiederherstellen zu können.

Sie machten sich trotzdem an die Arbeit, Yan sehr viel gründlicher als der Bibliothekar. Sie suchten Hinweise auf Nol den Seltsamen und seine Besuche an den Königshöfen, die zu mindestens zwei verschiedenen Zeitpunkten stattgefunden hatten. Die Aufgabe gestaltete sich schwierig, zum einen, weil eine systematische Aufstellung völlig fehlte, zum anderen, weil einem so spezifischen Thema sicher kein eigenes Werk gewidmet war, und nicht zuletzt deshalb, weil Yan nur Itharisch verstand. Nach einer Weile gaben sie jede Hoffnung auf. Hulsidor stellte die Suche ganz ein.

Stattdessen ging er daran, die okkulten Zeichen auf seinen Händen nachzumalen. Yan befragte ihn dazu, während er weitersuchte.

»Wer hat Euch diese Zeichen gelehrt?«

»Die habe ich natürlich aus einem Buch. Die *Anleitung zum Exorzismus* von Jéron dem Zartbesaiteten. Ein seltenes Werk.«

»Es ist eine Art Schutzbemalung, oder?«

»Genau. Es sind magische Runen«, erklärte er und sah den jungen Mann vielsagend an.

Yan blieb stehen, um die ineinander verschlungenen Kreise und Linien, denen der Rominer eine höhere Macht beimaß, näher zu betrachten. Corenn hatte ihm noch nichts über derlei Dinge erzählt, aber das musste nichts heißen ... Plötzlich betrachtete er Hulsidor mit anderen Augen.

»Ich bin Yan der Neugierige, Meister der Erde«, stellte er sich schließlich in der unter Magiern üblichen Form vor.

Der Rominer starrte ihn verblüfft an. Yan dämmerte, dass er sich geirrt hatte.

»Und was interessiert mich das? Einen Bauer kann ich nicht gebrauchen! Du bist mir vielleicht ein komischer Kauz!«

Yan lief vor Verlegenheit rot an und wandte sich wieder den Büchern zu. Er war froh, dass sie niemand beobachtet hatte. Dann erinnerte er sich, dass seine Freunde vielleicht gerade in Lebensgefahr schwebten, und schämte sich noch mehr.

Bowbaq schien unter Hypnose zu stehen. Der Geist tanzte vor seinen Augen wie eine Flamme auf einem Kerzendocht. Obwohl er harmlos wirkte, wusste Léti, dass sie eingreifen musste, und zwar so schnell wie möglich.

Die Umrisse des Geistes waren klar zu sehen. Er hatte menschliche Züge und die Gestalt einer Frau, die viele als schön bezeichnet hätten. Man hatte sogar den Eindruck, als umwehten lange Haare ihr Gesicht, wie von einer sanften Brise bewegt.

Der Geist bewegte die Lippen, aber Léti hörte nichts. So vorsichtig wie möglich pirschte sie sich an, um zu lauschen. Die Gestalt gab keinen Laut von sich. Wenn überhaupt, so sprach sie in Gedanken zu Bowbaq.

Der Riese schwankte, und Léti hoffte, er würde wieder zu Sinnen kommen. Doch sein starrer Blick und die ruckartigen Bewegungen verrieten, dass er immer noch im Bann des Geistes stand. Schwerfällig tappte er auf einen massiven Schrank aus Blattbaumholz zu und begann, seinen Inhalt auf den Boden zu werfen. Einen ganzen Haufen staubtrockenes Papier.

Entsetzt erkannte Léti, was gleich geschehen würde. Ihr blieb keine Zeit mehr, die Gefahr abzuwägen oder sich einen besseren Plan zurechtzulegen. Hastig stürzte sie aus ihrem Versteck und rannte auf den Geist zu.

Sie durchschnitt ihn dreimal mit ihrem Rapier. Aber die milchige Gestalt hatte keinerlei Substanz, und Léti zog die Klinge nur durch Luft. Der Geist wandte sich mit einem heimtückischen Grinsen zu ihr um. Er versuchte, in ihre Gedanken einzudringen, doch Léti wehrte den Eingriff vehement ab.

Plötzlich setzte der Geist eine triumphierende Miene auf. Léti zögerte einen Augenblick lang. Das wurde ihr zum Verhängnis.

Sie spürte einen heftigen Schlag im Rücken und ging mit einem Schmerzensschrei in die Knie. Grigáns Unterricht rettete ihr das Leben, denn sie rollte sich rasch über die Seite, sprang auf und stand einem neuen Gegner gegenüber.

Ein drei Schritte großer Geist bedrohte sie mit zehn messerscharfen Krallen. Er fauchte wie ein Raubtier und begann dann zu singen. Der schwermütige Gesang erinnerte sie an heulenden Wind.

Léti wich vier Schritte zurück und stand plötzlich mit dem Rücken zur Wand. Die beiden Geister glitten wie Schlangen auf sie zu. Hinter ihnen machte sich ein verhexter Bowbaq daran, Feuer zu legen.

Wie Spinnen in einer solchen Umgebung überleben konnten, war den Gefährten ein Rätsel. Doch Grigán, der die Gruppe anführte, musste immer wieder Netze zerreißen und zog damit den Zorn ihrer Bewohnerinnen auf sich.

Auf dem Treppenabsatz des fünfzehnten Stocks angekommen, machten die Erben eine kurze Verschnaufpause. Gleich würden sie in Tiefen hinabsteigen, aus denen niemand je zurückgekehrt war. *Eine Schlangengrube,* dachte Corenn. *Und ausgerechnet dort wollen wir Eier stehlen.*

Grigán warf ihr einen fragenden Blick zu, und die Ratsfrau nickte. Vorsichtig gingen sie weiter, stets auf der Hut vor Gefahren.

»Was meint Ihr, wie viele Geschosse es gibt?«, fragte Lana.

»Selbst Hulsidor weiß es nicht genau«, antwortete Corenn. »Er schätzt, dass sich die alte Bibliothek von Romerij im sechsundzwanzigsten befindet.«

Kopfschüttelnd versuchte Grigán sich daran zu erinnern, warum er diesem Ausflug zugestimmt hatte. Was wühlten sie hier in einer Geisterruine in Romin herum, wenn sie doch alle Antworten in Maz Achems Tagebuch finden würden, in Ith, am anderen Ende der Oberen Königreiche?

Weil sie sich nicht darauf verlassen konnten, gestand er sich ein. Achem hatte vielleicht auch nicht mehr in seinem Tagebuch festgehalten als Corenn in ihrem. Womöglich hatte er nur wahllos einige Gedanken notiert, ohne die Gründe zu erwähnen, die Saat zu ihrem Feind machten.

Saat, einer der Gesandten der Insel Ji. Ein Mann, der seit über einem Jahrhundert als tot galt. Sie würden ihm nur entkommen können, wenn sie dem Geheimnis ihrer Vorfahren auf die Spur kamen. Und dazu mussten sie das Rätsel der Pforten lüften.

»Die Geister verhalten sich ziemlich still«, bemerkte Rey. »Das beunruhigt mich ein bisschen. Vor allem bei dem Gestank, der hier unten herrscht.«

»Wir sind in ihr Reich eingedrungen, in ihre Höhle«, erklärte Grigán und sah sich lauernd um. »Sie sind überrascht, aber es wird nicht lange dauern, bis sie zuschlagen. Vermutlich umso heftiger …«

Als hätten sie seine Worte gehört, tauchten plötzlich drei Gestalten vor dem Krieger auf und hätten ihn wohl in Stücke gerissen, wenn er sie nicht mit dem Schwert abgewehrt hätte. Eine war gigantisch groß, eine andere wetzte wie wild ihre Krallen. Die dritte streckte unauffällig ihre Finger nach der Klinge aus und versuchte, sie ihm jäh zu entreißen. Aber Grigán hatte die Bewegung vorausgesehen und verletzte den Geist mit einem schnellen Schwung seines Krummschwerts. Die Erscheinung zog sich zurück und begann zu singen.

»Dreht Euch nicht um, Grigán«, sagte Rey langsam. »Hinter uns sind noch einmal so viele.«

Zwei Krallentöter hatten sich oberhalb der Gefährten auf der Treppe aufgebaut und versperrten ihnen damit den Rückweg. Grigán versuchte vergeblich, seine Gegner ein Stück zurückzudrängen. Rey erging es nicht besser. Die Geister schienen entschlossen, sie im Treppenhaus in die Enge zu treiben.

Lana schrie vor Schmerz auf und blickte zu Boden, wo sie gerade noch zwei mit Krallen bewehrte Hände im Stein verschwinden sah. Sie hatten die Waden der Priesterin rundum blutig gekratzt.

Im selben Moment tauchten weitere Hände und mit Fangzähnen versehene Mäuler auf. Diese Geister hatten nichts mehr mit den Bücherbolden der oberen Stockwerke zu tun. Es waren verlorene Seelen, die nach menschlicher Angst gierten.

»Tretet sie nieder!«, rief Grigán. »Hindert sie daran, ganz herauszukommen!«

Corenn und Lana taten wie geheißen und schrien dabei immer wieder auf, wenn sie die Krallen der Geister zu spüren bekamen. Gleich darauf sahen sich Rey und Grigán den gleichen Angriffen ausgesetzt, was ihre Versuche, die Krallentöter in Schach zu halten, nur noch schwieriger machte. Weiß schimmernde Krallen schoben sich nun auch aus der Decke und den Wänden, haschten nach ihren Gesichtern, griffen nach Händen und Armen.

»Folgt mir!«, befahl Grigán keuchend.

Er schleuderte seine Laterne die Treppe hinunter und riss einen Dolch aus seinem Gürtel. Mit zwei Waffen in den Händen gelang es ihm, die Geister so weit zurückzudrängen, dass der Weg für kurze Zeit frei war. Er stürmte voran und sprang über das Feuer, das seine Laterne entfacht hatte. Seine Gefährten taten es ihm nach. Einige Stufen weiter unten standen sie vor einer wurmstichigen Tür, die der Krieger mit einem Fußtritt aufstieß. Hals über Kopf stürzten sie in den Saal.

Rund fünfzehn Geister tauchten aus der Wand auf, vor der sich die Erben eben noch befunden hatten. Sie schäumten vor Wut, als ihre Krallen ins Leere schlugen. Doch dann erspähten sie ihre Opfer.

Mit einer ausholenden Armbewegung fegte Grigán einen Tisch frei. Lana blieb wie angewurzelt stehen, als sie die Horde Geister auf sich zuschweben sah.

»Rauf mit Euch!«, brüllte Grigán, der bereits gegen die ersten Angreifer kämpfte. »Schnell!«

Rey sprang von dem wackeligen Schreibpult, auf das sich Corenn, Grigán und er selbst gerettet hatten. Er warf die Priesterin nahezu auf den Tisch, bevor er sich ebenfalls wieder hinaufschwang.

Die Geister umzingelten sie, und einige begannen zu singen. Ihr Gestank war unerträglich.

Diesmal sind wir zu weit gegangen, dachte Corenn entmutigt.

Yan erkannte, dass seine Suche zu nichts führte. In der kurzen Zeit, in der er ein Buch durchblätterte, konnte er gerade einmal feststellen, von welcher Epoche und welchem Königreich die Rede war. Es wäre schon ein großer Zufall, wenn er dabei eine Seite aufschlug, auf der Nol oder die Insel Ji erwähnt wurden. Und er glaubte nicht an Zufälle.

Hulsidor hatte die Suche längst aufgegeben. Nun begnügte er sich damit, nervös in alle Richtungen zu starren und auf Yan einzureden, sie sollten doch lieber wieder nach oben gehen.

»Corenn wird uns auf dem Weg nach oben abholen«, sagte Yan zum dritten Mal, ohne ihm große Aufmerksamkeit zu schenken.

»Die kommen nicht wieder! Ich weiß, das klingt unbarmherzig, aber so ist es nun mal! Gebt Eure Suche auf! Wir gehen!«

Yan beachtete ihn nicht.

Hulsidor kam näher und jammerte weiter, weil er in seinem Schweigen einen ersten Zweifel zu erkennen glaubte. »Und überhaupt, was wollt Ihr hier schon finden? Anstatt Eure Zeit zu vergeuden und Euch unnötig der Gefahr auszusetzen, solltet Ihr oben warten. In diesem Durcheinander merkt mein Kollege ja nicht einmal, dass ich ihm regelmäßig Bücher stehle!«

»Von welchem Stapel nehmt Ihr die Werke, die Sapone an Zarbone schickt?«, fragte Yan einer plötzlichen Eingebung folgend.

Der Rominer seufzte und zeigte auf einen etwas niedrigeren Haufen, in dem die Bücher nicht wild durcheinanderlagen, sondern ordentlich gestapelt waren.

»Von dort drüben. Seit fast acht Jahren versucht er, die Geschichte von Jezeba systematisch zu studieren. Wie Ihr seht, ist er noch nicht weit gekommen.«

Yan horchte auf und stürzte sich auf den Stapel. Das hatte er nicht erwartet. Zweimal hatten die Sultane von Jezeba ihren obersten Heerführer zu Nol geschickt: einmal vor dreihundert Jahren und dann noch einmal im vorigen Jahrhundert zusammen mit den anderen Gesandten. So konnte es durchaus sein, dass sich vor fünf Jahrhunderten etwas Ähnliches zugetragen hatte.

Die Frage war nur, ob er ein Werk finden würde, das nicht nur alt genug war, um die Geschichte jener Zeit einigermaßen wahrheitsgetreu zu schildern, sondern noch dazu auf Itharisch verfasst war. Yan schlug rund dreißig Manuskripte auf, bevor er eines fand, auf das beides zutraf. Hastig begann er darin zu blättern, ohne den Rauch und Brandgeruch zu bemerken, die langsam vom Erdgeschoss herunterdrangen.

Grigán und Rey hatten sich im Kampf gegen die Geister völlig verausgabt und sahen mit Erleichterung, dass die Angriffe allmählich abnahmen. Obwohl sie nicht getötet werden konnten, fürchteten die Geister die Klingen und den seltsamen Schmerz, den sie ihnen zufügten. Zumindest für den Augenblick.

Corenn versuchte, einen Ausweg aus ihrer Lage zu finden, wusste aber auch keinen anderen Rat, als abzuwarten, bis die Geister müde wurden – was vielleicht nie geschehen würde. Wenn einer von ihnen davonschwebte, kehrte er bald wieder zurück, und in der Zwischenzeit war längst ein anderer an seinen Platz gerückt. Der Saal füllte sich immer mehr.

Wäre ihre Angst vor den Klingen nicht gewesen, hätten die Geister mit einem gezielten Angriff einfaches Spiel gehabt. Glücklicherweise schien es ihnen nicht zu gelingen, eine gemeinsame Strategie zu entwerfen. So zogen sie ihre Kreise und kicherten oder sangen, Hulsidors Krallentöter, Muffensauser, Kragenwürger, Schädelknacker und Bücherbolde. Corenn erkannte jede Art an ihren Angriffsversuchen. Als der Gesang einiger Geister in einen schrillen Schrei mündete, machte sie auch die Heulfurien aus.

»Es reicht!«, schrie Lana verzweifelt und presste sich die Hände auf die Ohren. »Bei Eurydis, es reicht!«

Die Geister wurden mit einem Schlag mucksmäuschenstill, und selbst die aufdringlichsten wichen einige Schritte zurück. Die Priesterin hob langsam den Kopf. Sie konnte das Wunder noch nicht fassen.

»Gelobt sei Eurydis!«, rief sie aus.

Etliche Geister fauchten, andere drohten mit ihren Krallen und Fangzähnen. Der Name der Göttin schien sie zwar auf Abstand zu halten, steigerte aber zugleich ihre Wut. Es war nur eine Frage der Zeit, bis ihr Zorn die Oberhand gewinnen würde.

»Eurydis! Eurydis!«, riefen die Erben mit nie gekannter Inbrunst.

Corenn ließ sich von dieser neuen Hoffnung hinreißen und entfesselte ihren Willen, während sie weiter den Namen der Göttin rief. Jaulend zuckten die Geister zurück. Beflügelt von diesem Erfolg, sprangen die Erben vom Tisch und liefen mit beschwörenden Rufen auf die Tür zu. Aber an eine Flucht war nicht zu denken.

Drei neue Geister waren aufgetaucht und versperrten ihnen den Weg. Die anderen wichen enttäuscht zurück wie ein Wolf, der einem Bären seine Beute überlässt.

Die Gespenster, die nun durch dieses Ehrenspalier schwebten, hatten menschliche Züge. Weibliche Züge, um genau zu sein. Und der Name Eurydis schien sie völlig kaltzulassen.

»Sirenen«, erinnerte sich Grigán. »Der Rominer hat uns vor ihnen gewarnt. Hört nicht hin, wenn sie zu Euch sprechen!«

Eine der drei sah den Krieger an und schenkte ihm ein strahlendes Lächeln, bei dem ihre Zähne aufblitzten. Ihre Eckzähne waren ungewöhnlich lang und spitz.

›Willkommen, Sterbliche‹, summte der Geist in ihren Köpfen. ›Was führt Euch zu uns?‹

Grigán stellte sich vor seine Freunde und hielt die Geister mit dem Krummschwert in Schach. Irgendwo hinter ihm skandierte Lana ununterbrochen den Namen der Göttin, um die Meute blutrünstiger Gespenster fernzuhalten.

Corenn brachte es nicht über sich, die Frage zu ignorieren, auch wenn sie einen Hinterhalt witterte, wie ihn selbst der Graf Darn-Tan nicht hätte ersinnen können. »Wir kommen nicht als Feinde«, brach sie das Schweigen.

›Dafür seid Ihr aber recht gut bewaffnet‹, spottete der Geist. ›Sind all diese blanken Klingen wirklich nötig?‹

»Kommt näher, dann beweise ich es Euch«, stieß Rey hervor.

›Gemach, gemach‹, beschwichtigte ihn der Geist. ›Auch wir sind Euch nicht feindlich gesinnt. Wollt Ihr uns wirklich drohen? Warum?‹

»Dann dürfen wir also gehen?«, fragte Grigán ironisch.

Er kannte die Antwort bereits. Es war nicht seine Art, sich etwas vorzumachen. Die Sirene ging auch gar nicht auf die Frage ein.

›Wenn Ihr nicht als Feinde kommt, so strebt Ihr sicher nach Wissen‹, sagte sie und ließ dabei ihre Fangzähne aufblitzen. ›Wie können wir Euch behilflich sein?‹

»Indem Ihr Euch zum Teufel schert«, sagte Rey feindselig. »Wenn Ihr so freundlich wärt, Verehrteste.«

»Was wäre der Preis für Eure Hilfe?«, fragte Corenn misstrauisch. »Menschenfleisch, nehme ich an?«

Die Geister ließen ein verräterisches Zähneklappern hören. Ihnen schien das Wasser im Mund zusammenzulaufen.

Die Sirene beherrschte sich mühsam. Sie schluckte geräuschvoll und wandte sich direkt an Corenn. ›Ich schlage Euch einen Handel vor‹, sagte sie genüsslich. ›Ich führe Euch zu den Werken, die Euch interessieren. Im Gegenzug überlasst Ihr mir einen Eurer Diener.‹

Die Erben waren so verblüfft, dass es ihnen die Sprache verschlug. Über die Absichten der Geister bestand nun kein Zweifel mehr. Selbst Rey verstummte vor Entsetzen. Mit einer Kopfbewegung bedeutete Grigán der Ratsfrau, dass sie versuchen konnten, sich gewaltsam einen Weg zu bahnen. Doch zu seiner großen Überraschung schüttelte Corenn den Kopf.

»Ich habe einen anderen Vorschlag«, sagte sie. »Ihr führt uns, wohin wir wollen. Im Gegenzug schenke ich Euch ein Buch, von dem Ihr noch kein Exemplar besitzt.«

Die Sirene zischte wütend. Sie schien sich eine Weile mit ihren Begleiterinnen zu beraten. Grigán nutzte die Pause, um seiner Verwunderung Ausdruck zu geben.

»Was soll das?«, flüsterte er. »Wie kommt Ihr nur auf die Idee, sie damit ködern zu können?«

»Das weiß ich selbst nicht. Es war nur so ein Gefühl. Die Geister sind ja gewissermaßen die Hüter der Bibliothek, oder nicht? Es ist einen Versuch wert.«

»Und was passiert, wenn sie herausfinden, dass Ihr kein solches Buch bei Euch habt?«

Corenn kam nicht dazu, darauf zu antworten. Die Sirenen hatten ihre Beratung beendet.

›Wir willigen in den Handel ein. Aber seid auf der Hut, Sterbliche: Solltet Ihr Euer Wort brechen, kennen wir keine Gnade.‹

»Wir auch nicht«, knurrte Grigán und zeigte dabei nacheinander mit der Schwertspitze auf jede der Sirenen.

Trotz dieser Drohgebärde wusste der Krieger nur zu gut, dass sie nichts gegen diese Geister ausrichten konnten. Die abergläubische Angst vor Eurydis war den Sirenen fremd. Wenn sie sich wutentbrannt auf die Besucher stürzten, würden ihnen die anderen Geister sofort folgen und den Erben nicht die geringste Chance lassen.

›Was ist der Gegenstand Eurer Suche?‹

»Das Jal'karu«, erwiderte Corenn bestimmt. »Und die Pforten, die dorthin führen.«

Die Sirene setzte ein grausames Lächeln auf, das ihre Fangzähne noch weiter entblößte. Lana bildete sich ein, dass sie länger geworden waren.

›Ihr werdet nicht enttäuscht sein‹, versprach der Geist geheimnisvoll. ›Folgt mir.‹

Léti behauptete sich tapfer gegen ihre beiden Feinde. Von der nymphenhaften Gestalt, die sich damit begnügte, ihr die Waffe mit Worten entlocken zu wollen, ging keine große Gefahr aus, aber der andere Geist war schnell wie eine Schlange und stark wie ein Bär.

»Bowbaq! Bowbaq, hilf mir!«, rief sie immer wieder.

Doch der verhexte Riese hörte sie nicht. Wie ein Betrunkener schwankte er zwischen den überall verstreuten Manuskripten umher und fachte das Feuer weiter an. Hier und da schlugen die Flammen bereits bis an die Decke. In einer Dezime würde das Feuer alles verschlingen.

Also konzentrierte sich Léti auf den Kampf. *Fester Stand, sichere Hand, wacher Geist,* sagte sie sich immer wieder vor, so wie Grigán es ihr beigebracht hatte. Doch diesmal hatte sie es mit besonderen Gegnern zu tun. Wenn sie zu früh zuschlug, hatten sie noch keine Gestalt angenommen, sodass ihre Klinge ins Leere stach. Und wenn sie zu spät zuschlug … Daran durfte sie gar nicht denken.

Das Krallengespenst hatte ihr bereits die Wange und eine Seite ihres Körpers zerkratzt. Es lauerte nur darauf, sie empfindlich zu verletzen, und es würde keine Ruhe geben, bis es sein Opfer getötet hatte.

Léti erkannte, dass sie auf diesem Weg keine Chance hatte. Sie verausgabte sich immer weiter, während ihre Gegner keinerlei Müdigkeit zeigten. Sie war verletzt, während ihre heftigsten Schläge für die Geister nur lästige Stiche waren.

Also beschloss sie, die Taktik zu ändern, und wartete auf den geeigneten Moment, um sie in die Tat umzusetzen. Endlich verharrten beide Geister gleichzeitig für einen kurzen Augenblick in Abwehrhaltung. Körperlos. Sie stürzte durch die schemenhaften Gestalten und lief zu Bowbaq.

Die Angreifer ließen ihr gerade noch Zeit, dem Riesen gegen den Knöchel zu treten. Bowbaq schrie vor Schmerz auf und sah sich benommen um, als sähe er den Raum zum ersten Mal.

Der weibliche Geist schoss auf ihn zu und verschwand in seinem Körper. Bowbaq versteifte sich und setzte sich dann wieder schwerfällig in Bewegung. Er hob einen schweren Stapel Papier in die Höhe und warf ihn ins Feuer.

Léti spürte Verzweiflung in sich aufsteigen. Gleichzeitig packte sie die rettende Wut, jener Überlebensinstinkt, der Menschen im entscheidenden Moment über sich hinauswachsen lässt.

Ihr Gegner nahm Gestalt an, um ihr an die Gurgel zu springen, wie er es schon unzählige Male versucht hatte. Léti ließ ihr Rapier fallen und packte ihn an dem, was sie für seine Handgelenke hielt. Der unwirkliche Körper fühlte sich eiskalt an. Sie nahm ihre ganze Kraft zusammen und schleuderte die Gestalt ins Feuer. *Wacher Geist.*

Kreischend wand sich die Erscheinung in den Flammen. Dann löste sie sich auf. Sie war so schnell verbrannt wie ein welkes Blatt.

Die junge Frau wandte sich Bowbaq zu und überlegte fieberhaft, was sie tun sollte. Der rettende Einfall kam ihr nicht mehr.

Über ihr stürzte ein Teil der Decke ein, und sie verlor das Bewusstsein.

Das Feuer fraß sich weiter voran.

Yan jubelte. Er hatte recht gehabt. Corenn hatte recht gehabt. Der Besuch im Tiefen Turm von Romin hatte sich gelohnt. Nun wussten sie endlich mehr über die Pforten. Da stand es, schwarz auf weiß. Der ersehnte Hoffnungsschimmer.

Die Geschichte Jezebas war nicht besonders ereignisreich. Seit die letzte Herrscherdynastie an die Macht gekommen war, regierte sie mit so eiserner Hand, dass die Geschichtsschreiber keinerlei Putschversuche, Aufstände oder Verschwörungen zu verzeichnen hatten. So hatten sie sich darauf verlegt, ausführlich das Leben am Hof des Sultans zu schildern. Unter anderem erwähnten sie eine geheime diplomatische Mission, die fünf Jahrhunderte zurücklag.

Es war nicht mehr als ein kurzer Absatz in einem drei Daumen dicken Buch, von dem es wahrscheinlich nur noch dieses eine Exemplar gab. Aber er lieferte den Erben eine unschätzbar wertvolle Auskunft.

In dem Abschnitt war von einem merkwürdigen Wahn die Rede, der einen Berater des Sultans befallen hatte, nachdem er von einer langen Reise in Begleitung eines Fremden namens Nol zurückgekehrt war. Der Mann schwang große Reden über ein wundersames Land, sonderbare Kinder und dunkle Höhlen voller Gefahren. Der Sultan hielt es für das Beste, den Verrückten in einen Kerker werfen zu lassen und die Sache damit zu vertuschen. Das war aufschlussreich und bestätigte, was die Erben bereits wussten. Aber in dem Buch stand noch etwas sehr viel Aufregenderes.

Die weite Reise war nicht von der Insel Ji ausgegangen, sondern hatte in Sol begonnen, im Land Oo mitten in den Königreichen des Ostens, jenseits des Rideau.

Das Werk beschrieb einen Ort, an dem sich eine weitere Pforte befand.

Yan wollte die Seite schon herausreißen, doch dann widerstrebte es ihm, ein Buch zu beschädigen, zumal dieses Exemplar nach so vielen Jahrhunderten immer noch in einwandfreiem Zustand war. Ebenso wenig brachte er es über sich, es einfach mitzunehmen – ein Dieb oder Plünderer wollte er auf keinen Fall sein. Also prägte er sich den Abschnitt genau ein.

Sein Fund beflügelte ihn nur noch mehr. Gerade griff er eifrig nach weiteren Büchern, als Hulsidor ihm etwas zurief.

»Findet Ihr nicht, dass es irgendwie seltsam riecht?«

Erschrocken versuchte sich Yan zu erinnern, wo er sein Schwert abgelegt hatte. Er glaubte, der Bibliothekar meine den beißenden Gestank von heißhungrigen Geistern. Aber es roch nach etwas anderem – etwas nicht minder Gefährlichem.

Hulsidor ging zur Tür und schob sie ein Stück auf. Sofort drang dichter weißer Rauch in den Saal und trug Brandgeruch herein.

»Es brennt!«, schrie er. »Nichts wie weg hier!«

Yan spähte ins Treppenhaus und erbleichte. Hulsidor hatte recht. Irgendwo über ihnen tobte eine Feuersbrunst. Dort, wo Léti wartete. Die Hitze schlug ihnen bis in den Saal entgegen.

Ratlos sah er sich um. Hulsidor beschloss, nicht länger auf ihn zu warten, und lief hastig die Treppe hinauf. Yan konnte ihn verstehen. Auch er wollte so schnell wie möglich nach oben, und sei es nur, um Léti beizustehen. Doch zuerst musste er die anderen warnen.

Zu ihnen nach unten zu laufen war keine gute Idee. Er würde nur Zeit verlieren und wäre als Einzelner ein gefundenes Fressen für die Geister. Noch dazu wusste er nicht, in welchem Stockwerk sich seine Freunde befanden.

Schon biss ihm der Rauch in den Augen und kratzte ihm im Hals. Da fand er endlich einen Gegenstand, der sich für seine Zwecke eignete. Eine Glocke aus einigermaßen blankem Glas, die über einen Kerzenhalter gestülpt war. Yan zerriss die Tücher, die über den Bücherstapeln hingen, stopfte die Fetzen in das Behältnis und wickelte das Ganze in ein größeres Stück Stoff ein. Dann tränkte er es mit Öl aus seiner Laterne, zündete es an und schleuderte die brennende Kugel die Stufen hinunter. Er konnte nur hoffen, dass sie nicht zwei Stockwerke tiefer zerbrach und Corenn oder einer der anderen seine Botschaft zu lesen verstand. Dann rannte er nach oben. Das war das Beste, was er für seine Freunde tun konnte. Mit Létis und Bowbaqs Hilfe musste er versuchen, das Feuer zu löschen. Wenn es nicht schon zu spät war.

Doch je höher er kam, desto dichter hing der Rauch im Treppenhaus, und mit den Schwaden wehte beißender Ruß heran. Plötzlich ließ eine schwere Erschütterung den Stein erbeben. Yan sprang die letzten Stufen hinauf, ohne auf seine Schritte zu achten oder sich um mögliche Geister zu scheren. Nach dem Knall befürchtete er das Schlimmste.

Zu Recht. Die Treppe war von einem mächtigen Schrank versperrt, der quer vor dem Ausgang lag. Hulsidor kauerte davor und versuchte, ihn anzuheben oder zumindest ein winziges Stückchen wegzuschieben. Vergebens.

»Das war Euer arkischer Freund«, fauchte er, als er Yan bemerkte. »Er hat den Ausgang blockiert! Ich habe es genau gesehen!«

Der junge Mann brachte nur ein Husten hervor. Usul hatte prophezeit, dass Grigán noch vor Ablauf eines Jahres sterben werde. Das war bitter genug. Aber dass sie alle den Tod finden würden, davon hatte er nichts gesagt.

Corenn, Rey, Grigán und Lana folgten den drei Sirenen, begleitet von einer Horde Geister, die zwar weniger redegewandt, aber nicht minder gefährlich waren. Die Meute hielt nun Abstand zu den Sterblichen, ohne dass Lana weiter den Namen der Göttin Eurydis rufen musste. Der Pakt, den sie mit den Sirenen eingegangen waren, schien sie unter ihren Schutz gestellt zu haben.

Die Erben wussten nicht mehr, wie tief sie sich befanden. Wahrscheinlich irgendwo unterhalb des zwanzigsten Stockwerks. Je weiter sie hinabstiegen, desto unregelmäßiger folgten die Geschosse und Treppenabsätze aufeinander, und jede Ebene unterschied sich von der nächsten. Tausend Jahre alte Schriftstücke lagen im Staub durcheinander, halb unter Schutt oder eingestürzten Regalen begraben. Fasziniert betrachtete Corenn die Wissensschätze, die dort ruhten. Aber sie hatten keine Zeit zu verlieren.

Hinter ihnen drängten sich immer mehr Geister auf der Treppe. Grigán befürchtete, dass ihnen der Abstieg in die Tiefe neue Sicherheit geben könnte und sie sich doch noch zum Angriff entschließen würden. Doch als die Erben einen neuen Abschnitt der steinernen Treppe betraten, hielten die Geister plötzlich inne. Auch sie konnten oder wollten nicht tiefer hinunter. Nur die Sirenen führten die Sterblichen weiter.

In den untersten Stockwerken herrschte eine noch größere Unordnung als bisher. Bücher, Regale und Ausgrabungswerkzeuge lagen unter einer hundert Jahre alten dicken Staubschicht wild durcheinander. Von überall schwebten weitere Sirenen herbei und schlossen sich der Gruppe an. Corenn vermutete, dass sie sich der alten Bibliothek von Romerij näherten. Würden sie tatsächlich bis auf den Grund des Turms hinabsteigen?

Auf die Antwort musste sie nicht lange warten. Ihr Marsch endete in einem Saal vor einem Hindernis, das von Menschenhand geschaffen war – oder von den Klauen eines Geistes. Ein gewaltiger Haufen aus Erde, Holzbalken und Schutt türmte sich vor ihnen auf und machte jedes Weiterkommen unmöglich. *Der Zugang zu Romerij,* dachte Corenn.

›Wartet hier auf mich‹, sagte die Anführerin der Sirenen und tauchte in das Hindernis ein.

»Als hätten wir die Wahl«, knurrte Grigán.

Das Verschwinden der Sirene machte die Gefährten nervös. Sie schien einen gewissen Einfluss auf die anderen zu haben. Zumindest hielten sie sich in ihrer Gegenwart zurück. So zählten die Erben jeden Augenblick bis zu ihrer Rückkehr.

»Auf diesem Ort liegt ein Fluch«, flüsterte Lana verängstigt.

»Tatsächlich?«, neckte sie Rey.

»Ich habe so ein seltsames Gefühl. Als hätte das Böse einen Geruch. Und dieser Geruch dringt von der anderen Seite zu uns herüber.«

Sie beäugten die Barrikade mit Unbehagen. Welche Geheimnisse, welche Rätsel waren dort für immer vergraben?

»Eurydis! Eurydis!«, rief Rey plötzlich wie wild und fuchtelte mit seinem Rapier herum.

»Was ist? Greifen sie an?«, fragte Grigán und ging sofort in Stellung.

»Sie haben versucht, in meinen ... Geist einzudringen«, erregte sich der Schauspieler. »Scheusale! Widerliche Weibsbilder! Selbst wenn ich tot wäre, könntet Ihr mir gestohlen bleiben! Phrias soll Euch holen!«

Die Sirenen hörten sich seine Beleidigungen ungerührt an. In ihrem Lächeln lag Mordgier.

»Den Namen des Unheilbringenden sollte man besser nicht aussprechen«, mahnte Lana. »Nie. Und vor allem nicht, wenn man von Wut geblendet ist.«

»Ihre Seelen sind sowieso verdammt«, sagte Rey mürrisch.

Er blieb auf der Hut, während er wie alle anderen ungeduldig auf die Rückkehr der Sirene wartete. Plötzlich polterte es am oberen Ende der Barrikade, und die Erben traten einen Schritt zurück. Dann tat sich ein Spalt auf, durch den ihnen Modergeruch entgegenschlug. Jetzt zeigte sich auch die Sirene: Sie schwebte durch das Hindernis und hielt ein Buch vor sich.

›Hier werdet Ihr Eure Antworten finden‹, sagte sie und reichte Corenn das Buch.

Aufgeregt nahm sie es entgegen. Sie hatte so lange auf diesen Moment gewartet, dass sie es kaum zu glauben wagte. Dick und schwer lag das Buch in ihrer Hand, und es war bemerkenswert gut erhalten, wenn es tatsächlich aus der Zeit vor der Erbauung Romins stammte. Auf dem Umschlag stand kein Titel, und sie schlug es wahllos auf, während Grigán und Rey die Sirenen genau im Auge behielten.

Corenn überflog eine Seite, dann die zweite, und blätterte schließlich zu einer anderen Stelle. Ihre Begleiter platzten fast vor Ungeduld.

»Ich kann es nicht lesen«, sagte sie niedergeschmettert. »Es ist auf Ethekisch geschrieben. Niemand kann es übersetzen.«

»Ihr habt uns betrogen!«, empörte sich Grigán.

›Nein‹, gab der Geist mit einem tückischen Lächeln zurück. ›In dem Buch ist ausführlich vom Jal'karu und seinen Pforten die Rede, ganz so, wie Ihr es gewünscht habt. Ist es meine Schuld, wenn Ihr es nicht lesen könnt?‹

Corenn betrachtete die Seiten traurig. Eine so bittere Enttäuschung hatte sie noch nie erfahren müssen. Das Geheimnis der Insel Ji ... Alles, was sie wissen wollten, lag in ihren Händen und war doch unerreichbar.

»Wenn wir das Buch mitnehmen«, begann Lana, »könnten wir versuchen ...«

›Das ist verboten‹, rief die Sirene bei der Erwähnung dieses Frevels. ›Wir sind die Hüter des Schatzes. Diese Bücher dürfen niemals ans Tageslicht gelangen. *Niemals*.‹

»Lana«, sagte Corenn aufgeregt. »Seht nur.«

Die Ratsfrau reichte ihr ein loses Blatt, das sie zwischen zwei Seiten gefunden hatte. Offenbar handelte es sich um die Übersetzung eines der Abschnitte.

»Das ist Altitharisch!«, rief die Priesterin. »Eine Art Gedicht ... Oder ein Gebet ... Dieses Wort kenne ich ... Und das hier auch ... Es würde eine Weile dauern, aber ich könnte es übersetzen.«

›Nichts darf unser Reich verlassen‹, beharrte der Geist und riss ihr das Blatt aus der Hand. ›Niemals. Wenn Ihr Euren Teil der Abmachung erfüllt, lasse ich Euch das Dokument in Ruhe studieren.‹

Beunruhigt wandten sich die Erben Corenn zu. Die Ratsfrau wühlte in den Taschen ihres Gewands und brachte ein kleines Heft zum Vorschein: ihr Tagebuch.

Die Sirene schnappte es ihr aus der Hand und blätterte neugierig darin herum. Dann ließ sie es mit einem grausamen Lächeln sinken. ›Solche Schriften werden nicht anerkannt‹, sagte sie triumphierend. ›Ihr habt Euren Teil der Abmachung nicht eingehalten!‹

»Ihr gestattet?«, fragte Corenn ungerührt. »Ich habe diesem Band noch keinen Titel gegeben.«

Nachdem der Geist ihr das Heft widerwillig zurückgegeben hatte, nahm Corenn ihr kleines Tintenfass heraus und schrieb einige Worte auf das Deckblatt.

»*Protokoll der Versammlungen des Ständigen Rats von Kaul*«, las sie vor. »*Aufgezeichnet von der Mutter der Tradition.* Ihr werdet mir zustimmen, dass der Text nur wenig mit einem privaten Tagebuch gemein hat.«

Feindselig zischend entriss ihr die Sirene das Heft. Mit angewiderter Miene überflog sie es ein zweites Mal. Ein ungeschriebenes Gesetz der Menschenwelt zwang sie zu einem unvoreingenommenen Urteil.

›Nun gut‹, sagte sie nach einer Weile. ›Ihr habt Euch an den Pakt gehalten, den Ihr mit mir geschlossen habt. Mit dem größten Bedauern überlasse ich Euch meinen Schwestern!‹

Plötzlich machte Lana einen Satz nach vorn und riss ihr das Blatt aus den Händen. Eine solche Kühnheit hätte sie sich selbst nicht zugetraut, doch ihr Wille war stärker als ihre Angst. Sie wollte die Antwort. Unbedingt.

Die Sirenen stürzten sich auf sie, aber Grigáns und Reys Klingen waren schneller. Verschwunden waren das Lächeln, die höflichen Floskeln und die liebenswürdigen Gesichter: Den Erben blitzten nur noch spitze Krallen und scharfe Fangzähne entgegen.

»Hat irgendjemand eine Idee, wie wir hier rauskommen?«, keuchte Rey.

Lana rief mehrmals Eurydis' Namen, aber das beeindruckte die vernunftbegabten Sirenen nur wenig. Die Geister taten sich schnell zu gezielten Angriffen zusammen, und die Erben konnten sie nur mit großer Mühe abwehren. Bei jedem Angriff trugen sie Verletzungen davon. Corenn sah mit Entsetzen, dass sich Grigán kaum noch auf den Beinen halten konnte. Seine Krankheit lag noch nicht lange zurück, und der Krieger war am Ende seiner Kräfte.

»Wir kommen nicht durch!«, rief Rey, obwohl das längst offensichtlich war. »Wir müssen uns irgendwo verschanzen!«

Er glaubte selbst nicht so recht an diesen Vorschlag. Sein Hemd und der Umhang, die noch von der ersten Verletzung blutgetränkt waren, hingen nun in Fetzen herab. Wenn es so weiterging, hatten sie nur noch wenige Augenblicke zu leben. Und das so kurz vor dem Ziel …

Plötzlich stoben die Sirenen in Panik auseinander, und einige flüchteten in die Bibliothek von Romerij. Die Erben versuchten zu erkennen, woher die unerwartete Hilfe kam. Entsetzt stellten sie fest, dass stattdessen neue Gefahr drohte.

Brandgeruch erfüllte den Saal.

Sie zögerten nicht lang und nutzten die Verwirrung zur Flucht. Da sich die Front der Sirenen geteilt hatte, ließen sich ihre Gegner leichter zur Seite stoßen. Im Treppenhaus wütete ein Feuer. Die Erben hatten keine Zeit, sich darüber zu wundern, wie in einer solchen Tiefe ein Brand entstehen konnte. In einem noch verschont gebliebenen Winkel des Treppenhauses drückten sie sich an dem Feuer vorbei und hetzten nach oben, so schnell sie konnten.

Aus dem Stockwerk, das sie soeben verlassen hatten, drang ein ohrenbetäubendes Krachen, gefolgt von einem Kreischen, das ihnen durch Mark und Bein ging. Die Erben sahen sich erschrocken an: Das Feuer hatte den Schattenfresser in Zorn versetzt.

Yan und Hulsidor hieben auf den Schrank ein, der den Ausgang versperrte, doch es nützte nichts. Er ließ sich nicht anheben, und ihre Klingen hinterließen in dem massiven Holz nur kleine Kratzer. Sie hätten nicht nur ein Beil gebraucht, sondern auch genügend Platz, um richtig ausholen zu können. Es war aussichtslos.

Yan hatte Angst um Léti und Bowbaq. Es machte ihm Sorgen, dass er nichts von ihnen hörte. Hatten sie fliehen müssen? Waren sie verwundet? Oder Schlimmeres?

Er glaubte nicht an einen Verrat des Riesen. Ganz sicher gab es dafür eine logische Erklärung. Hulsidor hatte in dem dichten Rauch einfach nicht richtig gesehen. Abgesehen davon hatten sie gerade ein viel größeres Problem. Alles Weitere würde sich später klären – oder auch nie.

Vor Anstrengung und Hitze lief beiden der Schweiß in Strömen herab. Aber sie verausgabten sich vergebens. Auf diese Weise kamen sie nie und nimmer voran.

Da hatte Yan plötzlich eine Idee. Auf seine Anweisung hin trat der Bibliothekar halb verärgert, halb neugierig zurück. Dann entfesselte Yan seinen Willen und richtete ihn auf den Schrank.

Die magische Kraft zersplitterte das Holz, und ein zwei Fuß langer Riss tat sich auf. Hulsidor schrie überrascht auf und wich respektvoll vor Yan zurück.

Der junge Mann brauchte einige Augenblicke, um sich zu erholen. Die Reglosigkeit hatte ihn viel heftiger erwischt als erwartet. *Es ist leichter, etwas zu zerstören, als etwas zu erbauen,* hatte Corenn gesagt. Das schon, aber Holz hatte eigentlich nur wenig Absorbium.

Er nahm all seine Konzentration zusammen und versuchte, das innerste Wesen des Möbelstücks zu erkennen. Der Schrank stellte sich ihm in Form einer Kugel dar, die mit Sand angefüllt war – dem Erdbestandteil –, während das Feuer, der Wind und das Wasser nur in sehr geringen Mengen vorhanden waren. Ein einfacher fester Gegenstand. Unbeseelt. Unbelebt. Altersmorsch.

Die Kugel selbst versinnbildlichte die Empfänglichkeit des Gegenstands für die Magie. Yan hätte nicht zu sagen vermocht, aus welchem Stoff sie bestand, denn sie war nur eine geistige Vorstellung. Sie erschien ihm einfach als gläserner Ball.

Übung macht den Meister, pflegte Corenn zu sagen. Und die Übung hatte ihn gelehrt, dass sich ein Gegenstand umso weniger für Magie empfänglich zeigte, je dicker die Wand der Kugel war. In diesem Fall war sie dicker als alles, was er bislang gesehen hatte.

Aber da er keinen anderen Ausweg wusste, beschloss er, einen zweiten Versuch zu wagen. Er konzentrierte sich lange auf die gesprungene Stelle und ließ seinen Willen dabei bis an die Grenze des Erträglichen anschwellen. Dann schleuderte er die geballte Kraft, die er aus seinem Körper geschöpft hatte, gegen das Holz.

Mit einem Knall zersprang eines der Bretter in tausend Splitter, die auf sie einprasselten. Doch die anderen hatten sich keinen Deut bewegt. Der Spalt war immer noch zu klein.

Die Reglosigkeit, die Yan überfiel, war entsetzlich. Trotz der Hitze des Feuers wurde ihm eiskalt, und Ohnmacht übermannte ihn.

»Hilfe!«, brüllte Hulsidor verzweifelt durch den Spalt.

Der Rominer verfluchte den Schreiner, der den Schrank aus daumendicken Brettern gebaut hatte.

Irgendetwas kroch hinter ihnen die Treppe hoch, doch Lana drehte sich nicht um. So schnell war sie noch nie in ihrem Leben gerannt. Trotzdem hatte sie das Gefühl, dass das gespenstische Fauchen immer näher kam. Es schien aus einem fürchterlichen Schlund zu kommen. Und es lechzte nach Blut.

»Ohne mich wärt ihr viel schneller«, keuchte Corenn. »Wartet nicht auf mich.«

Grigán fluchte und riss Reys Laterne an sich. Er wartete, bis Corenn an ihm vorbei war, und schleuderte die Lampe dann die Treppe hinunter, um ein kleines Feuer zu entfachen. Niemand glaubte wirklich, dass sie ihren Verfolger damit aufhalten konnten.

»Lauft, Ihr beiden!«, befahl er. »Ich bleibe bei Corenn.«

Lana protestierte, doch Rey zog sie weiter. Schnell gewannen sie einen Vorsprung und verschwanden schließlich ganz aus dem Blickfeld ihrer Freunde.

»Lauft, Grigán«, bat Corenn. »Ich kann nicht mehr. Lasst mich zurück, und bewahrt ein *lebendiges* Andenken an mich.«

»Was redet Ihr da? Mir geht es auch nicht anders. Und außerdem lasse ich Euch auf keinen Fall im Stich, Corenn«, keuchte er. *Ich lasse nie wieder jemanden im Stich, nie wieder,* sagte er sich.

Sie hatten nicht einmal die halbe Strecke geschafft. Unter ihnen ließ der Herrscher der Geister seine Krallen über den uralten Stein kratzen. Er kam immer näher.

Seltsamerweise war es eher ihr Überlebensinstinkt als das Prasseln des Feuers und die Rufe Hulsidors, der Léti wieder zu Bewusstsein brachte. Sie war so klug, sich langsam zu bewegen, um sich nicht zu verraten. Der Anblick, der sich ihr bot, erschütterte sie.

Das ganze Stockwerk stand in Flammen. Wäre die Mitte des Raums nicht leer gewesen, hätte sich das Feuer auch dort ausgebreitet und Léti wäre längst tot. Aus den oberen Geschossen drang lautes Knacken – sie mussten ebenfalls betroffen sein. Worauf warteten die Rominer noch? Wollten sie das Gebäude nicht retten?

Da fielen ihr die jüngsten Geschehnisse wieder ein, und sie spähte auf der Suche nach Bowbaq in den Rauch. Nicht weit von ihr tanzte der Riese inmitten der Flammen einen sonderbaren Reigen. Er war immer noch besessen. Als Erstes musste sie versuchen, ihn wieder zur Vernunft zu bringen.

Léti suchte erst gar nicht nach ihrem Rapier, sondern schnappte sich ein rot glimmendes Holzscheit. Dann pirschte sie sich so vorsichtig wie möglich an ihren Freund heran.

Es mutete mehr als seltsam an, den bärtigen, rußverschmierten Riesen wie einen Trunkenbold herumtorkeln zu sehen. Seine ungezügelte Kraft war furchteinflößend und das erst recht, wenn man wusste, dass er von einem bösen Geist besessen war.

Als Léti nah genug war, rannte sie die letzten Schritte auf ihn zu. Sie presste das glühende Scheit an sein Bein, sprang rasch zurück und hielt den Atem an.

Bowbaq zuckte einfach nur zusammen, doch der Geist fuhr wie von der Tarantel gestochen aus seinem Körper. Sofort streckte der Riese seine gewaltigen Pranken nach ihm aus. »Hiergeblieben!«, brummte er wütend wie ein Bär, während sich der Geist in Sicherheit brachte. »Komm her, und kämpfe!«

Léti traute ihren Ohren nicht. War das etwa der friedliebende, sanftmütige Bowbaq, der diese Drohungen ausstieß?

Der Geist ignorierte die Aufforderung und verschwand mit einem hämischen Lachen im Boden. Er ahnte nicht, dass er damit geradewegs in ein zweites Feuer flog.

Bowbaq rieb sich die Schläfen. Léti hielt sich nicht lange mit Erklärungen auf und stürzte zur Tür, um sie zu öffnen. Schlagartig fiel ihr ein, dass Hulsidor sie hinter ihnen verschlossen hatte. So rannte sie stattdessen zur Treppe und sah mit Entsetzen, dass der Durchgang blockiert war.

Deswegen schrie der Bibliothekar ununterbrochen um Hilfe. Sie beugte sich zu dem Spalt hinunter und erspähte Yans leblose Gestalt auf den Stufen.

»Ist er verletzt?«, rief sie erschrocken.

»Nein, nur ohnmächtig! Helft uns!«, brachte Hulsidor hustend hervor.

Der Rauch reizte ihre Augen und kratzte im Hals. Die Hitze wurde allmählich unerträglich. Wenn es um die oberen Stockwerke auch so schlimm stand, würde bald der ganze Turm über ihnen zusammenbrechen.

»Wo sind die anderen?«, fragte sie voller Panik.

»Weiter unten! Helft uns, schnell!«

Eine schwere Hand legte sich auf Létis Schulter und schob sie beiseite. Bowbaq war wieder so weit bei Sinnen, dass er handeln konnte. Er hielt seinen Streitkolben in der Hand und wusste genau, was er zu tun hatte.

»Tretet zurück«, sagte er nur.

Hulsidor stieg zwei Treppenstufen hinunter. Nach dem ersten Schlag wich er weitere vier zurück. Beim fünften Schlag war der Spalt so groß, dass selbst Bowbaq hindurchgepasst hätte.

Der Rominer zwängte sich durch den zertrümmerten Schrank und rannte ohne ein Wort des Danks zur Tür. Er entriegelte den Ausgang und stürzte nach draußen, gefolgt von der Katze Frosch, die sich ebenfalls wenig erkenntlich zeigte.

Léti hechtete ins Treppenhaus und hob Yan so weit hoch, dass Bowbaq ihn zu fassen bekam. Aus den unteren Stockwerken drang das Getrappel von Füßen, das von den Steinmauern widerhallte. Léti kletterte wieder nach oben und wartete voller Angst auf die fehlenden Gefährten.

Aber zunächst tauchten nur Lana und Rey auf. Das Hindernis und die lodernden Flammen überraschten sie zwar, vermochten sie jedoch kaum zu erschüttern. Sie flohen vor einer viel bedrohlicheren Gefahr.

»Es verfolgt uns«, rief Rey und postierte sich mit gezogenem Rapier vor der Öffnung. »Es ist Corenn und Grigán dicht auf den Fersen. Und es ist gigantisch.«

Léti suchte hastig nach ihrer Waffe und ging neben dem Schauspieler in Stellung. Doch der Schrank, der quer vor der Treppe lag, behinderte jedes Manöver.

»So geht das nicht«, stellte Rey fest. »Wir kommen uns gegenseitig in die Quere.«

»Lasst mich das machen«, meldete sich Bowbaq auf einmal zu Wort. »Ich übernehme das.«

Rey trat zurück. Bowbaq beugte sich durch die Öffnung und schloss die Augen. Er lauschte auf jedes noch so kleine Geräusch im Treppenhaus und nahm seine ganze Wut zusammen.

Er war ein Erjak. Als ein fremder Geist versucht hatte, Kontakt zu ihm aufzunehmen, hatte er es zugelassen. Einen Augenblick später hatte ihn dieser Geist nicht nur besucht, er hatte von ihm Besitz ergriffen. Da war es bereits zu spät gewesen. Arglos war Bowbaq in die Macht eines Gespensts geraten.

Hilflos hatte er jede der Bewegungen, die er gegen seinen Willen ausführte, miterleben müssen. Er hatte Feuer gelegt und den Schrank vor die Treppe gekippt. Innerlich hatte er sich mit aller Kraft dagegen aufgelehnt. Vergeblich.

»Waren die anderen denn so weit hinter Euch?«, fragte Léti nervös.

»Ich weiß es nicht«, antwortete Rey nach kurzem Zögern. »Kann sein.«

Bowbaq hatte diese Marter wehrlos erdulden müssen und unendlich gelitten. Nicht einmal die schrecklichen Erlebnisse der vergangenen Dekaden hatten ihn so sehr erschüttert. Nicht einmal das Schicksal des Gyolendelfins hatte ihn so empört.

»Yan kommt zu sich«, sagte Lana.

»Ich glaube, ich höre etwas«, sagte Rey. »Sie kommen.«

Auch Bowbaq hatte sie vernommen. Er schwang den Streitkolben hoch über den Kopf und holte tief Luft.

»Sie sind gleich hier. Nichts wie weg!«, rief Rey. »Der Turm kann jeden Moment einstürzen.«

Da sich die anderen nicht vom Fleck rührten, musste er Léti, Yan und Lana nach draußen stoßen. *Was für eine Ironie,* dachte er. Zur Abwechslung war er der Einzige, der vernünftig handelte.

Bowbaq, der allein zurückgeblieben war, horchte auf die Schritte seiner Freunde. Wenig später konnte er ihr Keuchen hören. So nah am Ziel hätten Grigán und Corenn eigentlich etwas langsamer laufen können. Stattdessen trieb sie irgendetwas dazu an, das Letzte aus sich herauszuholen.

Der Riese öffnete die Augen und sah das Licht der letzten verbliebenen Laterne auf sich zuschwanken. Grigán schubste Corenn ohne Umschweife durch die Öffnung, dann sprang er selbst hindurch. Sie waren hochrot, atemlos, außer sich vor Angst.

»Bowbaq, raus hier«, befahl Grigán nur. »Schnell.«

Mit letzter Kraft zerrte er Corenn zur Tür.

Der Riese überhörte den Befehl. Noch nie hatte er sich seiner selbst so sicher gefühlt. Etwas gigantisch Großes kam aus der Tiefe, und Bowbaq schlug zu.

Die Rominer sahen zufrieden mit an, wie der Tiefe Turm von den Flammen zerstört wurde. Einige lachten. Jemand schlug einen Rundtanz vor, und bald hupften die Einheimischen in einem fröhlichen Reigen um das brennende Gebäude.

Die altehrwürdige Bibliothek galt den Unkundigen unter ihnen als überkommenes Symbol der königlichen Gewaltherrschaft. Wer es genauer wusste, sah in ihr nicht mehr als eine Geisterhochburg, die man schon vor langer Zeit hätte zerstören sollen. Niemand begriff, dass Romin in dieser Nacht eines seiner größten Wunder verlor. Keiner dachte daran, dass damit ein Schatz vernichtet wurde, der das tausendjährige Wissen der Menschheit barg. Doch natürlich fiel nicht alles den Flammen zum Opfer: Die meisten tiefer gelegenen Stockwerke wurden lediglich unter Schutt und Asche begraben, wie die Bibliothek von Romerij. Für wie viele Jahrhunderte?

Hulsidor war in der Menge verschwunden. Die Erben wurden einer nach dem anderen mit Jubel begrüßt, als sie sich aus dem brennenden Turm retteten. Kaum jemand störte sich daran, dass sie Fremde waren: Im allgemeinen Freudentaumel behandelte man sie wie heldenhafte Befreier.

Ein gutes Stück vom Turm entfernt scharten sich die Gefährten zusammen, und Grigán hielt die Schaulustigen mit unverhohlenen Drohungen auf Abstand. Plötzlich ertönte ein Krachen, gefolgt von begeistertem Applaus. Der zweite Stock war soeben unter dem Gewicht der anderen zusammengebrochen.

»Bowbaq!«, schrie Léti und drängte sich zum Turm vor.

In diesem Moment stürzte das ganze Gebäude mit ohrenbetäubendem Getöse in sich zusammen. Die Gefährten sahen der Katastrophe schweigend zu. Die Jubelschreie der völlig außer sich geratenen Rominer hörten sie kaum.

Da geriet mit einem Mal ein Haufen Schutt in Bewegung, und einer der Trümmer schob sich in die Höhe. Ein völlig zerzauster und mit Ruß und Staub bedeckter Bowbaq sah sich benommen um. Er begann, vorsichtig im Schutt zu wühlen, den Streitkolben immer noch griffbereit. Hastig zogen ihn die Erben fort.

Die aufwühlende Nacht endete auf der *Othenor*, ihrem einzigen Zufluchtsort. Am nächsten Tag würden sie in die Heilige Stadt Ith aufbrechen.

Abgesehen von Yan hatten alle Gefährten mehr oder minder schwere Verletzungen davongetragen. Von Bowbaqs zahlreichen Beulen und Brandwunden ging eine auf Létis Rechnung. Die Erben waren erschöpft und abgekämpft.

Außerdem hatten sie fast all ihre Habseligkeiten verloren: Corenn ihr Tagebuch, Rey das Gegengift zu den tödlichen Dolchen der Züu, Lana ihr eurydisches Priestergewand und dergleichen wichtige Besitztümer mehr, darunter auch die Katze Frosch. Nun besaßen sie noch weniger als zu Beginn ihrer Suche. Hätte Rey nicht einen Teil des Schatzes aus dem Kleinen Palast in der Nähe der *Othenor* vergraben, wären sie völlig mittellos gewesen.

Als erfahrener Kämpfer wusste Grigán ihnen gute Ratschläge zur Behandlung der verschiedenen Wunden zu geben, die Corenn rasch begriff und in die Tat umsetzte. Die Kombüse des alten Schiffs verwandelte sich in eine Krankenstube, in der die beiden Ältesten zunächst ihre Freunde versorgten, bevor sie sich um sich selbst kümmerten.

Unterwegs hatten sie nur wenige Worte gewechselt. Erst als sie sich vergewissert hatten, dass niemand in Lebensgefahr schwebte, entspannten sie sich ein wenig und tauschten ihre Erlebnisse aus.

Bowbaq fand, dass der Schattenfresser aussah wie ein riesiger Urblek, aber er war der Einzige, der diese Wesen je zu Gesicht bekommen hatte, und eine genauere Beschreibung wollte ihm nicht gelingen. Mit leichtem Bedauern ließen sie das Thema fallen. Nach einer Verfolgungsjagd über mehr als zwanzig Stockwerke hätte Corenn gern ein wenig mehr über diesen Geist herausgefunden.

Yan erzählte ihnen von seiner bemerkenswerten Entdeckung, dem Hinweis auf eine weitere Pforte, die ins Jal'karu führte. Sie befand sich in Sol im Lande Oo, im Herzen der Königreiche des Ostens. Nol hatte sie vor fünf Jahrhunderten in Begleitung einiger Weiser durchschritten, so wie er es später mit den Vorfahren der Erben auf Ji getan hatte.

»Dann gibt es also mindestens vier«, stellte Corenn fest. »Wir kennen die Pforte von Ji, die Pforte in Jerusnien scheint unauffindbar zu sein, und der Große Sohonische Bogen in Arkarien hat noch nie übernatürliche Kräfte gezeigt. Vielleicht wäre die Pforte von Sol …«

Grigán begegnete Corenns Blick und wusste sogleich, worauf sie hinauswollte. »Das ist heller Wahnsinn«, protestierte er. »Die Reise würde länger als fünf Dekaden dauern und zum Teil durch die Königreiche des Ostens führen. Uns wird bestimmt etwas Besseres einfallen!«

»Ith liegt doch schon auf halbem Wege«, hielt die Ratsfrau dagegen. »Immerhin besteht die Möglichkeit, dass es uns gelingt, die Pforte von Sol zu durchschreiten. Wir sollten darüber nachdenken …«

Sie brach unvermittelt ab, als Lana mit ernster Miene zu ihnen stieß. Die Priesterin hatte die Übersetzung des Pergaments fertiggestellt, das sie den Sirenen entrissen hatte. Die anderen lauschten andächtig, während sie vorlas.

Weder gut noch böse ist ein Kind
Arglos sind Menschen wie Götter
Mensch ist das Wesen von Anbeginn
Götter entspringen der Menschen Sinn

Sterblich, wem der Leib Leben gewährt
Ewig, wer aus dem Geiste sich nährt
Glasklare Wasser der Gärten von Dara
Schwarzer Morast der Höhlen von Karu

Gelobter Tag, an dem die Götter die Stimmen vernehmen
Die Pforten geöffnet, die Wächter in Ketten
Das Unrecht verbannt, die Tugend gekrönt
Wenn die Höchsten endlich ihre Fesseln sprengen.

Auf ihre Worte folgte eine lange Stille. Die Priesterin bedeutete ihnen mit einer Handbewegung, dass sie zu Ende gesprochen hatte. Die Erben sahen sich verwirrt an.

»Und was soll das heißen?«, fragte Bowbaq leicht beunruhigt.

Lana überlegte lange, wie sie ihre Antwort formulieren sollte. In dem Gedicht wimmelte es von Andeutungen und mystischen Bezügen, die kein Maz je verstehen würde, wenn er das Geheimnis der Erben nicht kannte. Ihren Freunden gegenüber musste sie sich so klar wie möglich ausdrücken.

»Das bedeutet, mein guter Bowbaq, dass es mit den Kindern hinter der Pforte eine besondere Bewandtnis hat. Eine ganz besondere Bewandtnis«, betonte sie. »Das Jal'dara ist eine Art Paradies und noch viel mehr als das. Es ist die Kinderstube der Götter.«

Es dauerte eine Weile, bis alle begriffen hatten, was ihre Worte bedeuteten. Ihnen dämmerte eine furchtbare Erkenntnis.

Dann war das Land hinter der Pforte auch die Brutstätte der Dämonen.

Allmählich begannen sie zu erahnen, was ihre Vorfahren durchlebt haben mussten und woher Saat seine übernatürlichen Kräfte hatte.

Es war ein Albtraum.

Schlimmer konnte es nicht mehr kommen, hatten sie gedacht. Was für ein Irrtum.

Ihr Feind war mit den Unsterblichen verbündet.

Zweites Buch

Die Heilige Stadt

Die Erben waren erst seit zwei Tagen in Romin, aber sie konnten es kaum erwarten, die ungastliche Stadt wieder zu verlassen, in der sie dem Tod ins Auge geblickt hatten.

Am Zim der Dekade der Heimstatt, dem Tag des Brotes, wie sie von Lana erfuhren, begannen sie erleichtert mit den Vorbereitungen für ihre Reise in die Heilige Stadt. Ihnen blieb nur wenig Zeit, da die meisten spät aufgestanden waren, um nach der durchwachten Nacht etwas Schlaf nachzuholen. Nun gab es so viel zu tun, dass sie kaum dazu kamen, noch einmal über ihre Erlebnisse zu sprechen. Es war ihnen auch ganz recht, erst einmal in Ruhe nachzudenken, bevor sie neue Pläne schmiedeten.

Ihre Reise nach Ith würde über Land führen, wie Grigán und Corenn es vorgeschlagen hatten. Der Krieger wollte Zeit gewinnen, indem sie den Weg durch das Klamme Tal und die Nebelberge bis in die lorelische Stadt Le Pont nahmen, auch wenn der Anbruch der Jahreszeit der Erde ungünstige Witterung versprach. Anschließend würden sie an Lermian vorbei durch den Süden des Großen Kaiserreichs Goran und am Ufer des Alt entlang bis zur Heiligen Stadt reiten. Per Schiff hätte die Reise fast drei Dekaden gedauert, wenn man Havarien, Unwetter und andere unvorhersehbare Zwischenfälle nicht mitrechnete. Zu Pferd hoffte Grigán die Stadt in weniger als zwanzig Tagen erreichen zu können.

Da ihnen keine Zeit blieb, einen Käufer für die *Othenor* zu suchen, beschlossen sie, das Schiff auf der Urae zurückzulassen, nachdem sie ihre wenigen noch verbliebenen Habseligkeiten zusammengepackt hatten. Als Yan sein Schwert, seine lorelische Kleidung und die juneische Kniehose betrachtete, erinnerte er sich lächelnd an die Harpune und die Angelschnur, die er bei seinem Aufbruch aus Eza mitgenommen hatte.

Fünf Dekaden war das nun her. Es kam ihm vor wie ein Jahrhundert. Was seither alles passiert war!

Es war ausgemacht, dass sie sich auf der ersten Etappe ihrer Reise, dem Weg nach Le Pont, einer Gruppe fahrender Gaukler anschließen würden. Die Erben boten den Gauklern Geleitschutz und gewannen im Gegenzug eine Tarnung, ganz zu schweigen von dem Vorteil des freien Wegezolls, den der lorelische König der fahrenden Zunft gewährte. Das würde sich im Fürstentum Semilia und beim Überqueren der Königsbrücke als nützlich erweisen.

So mussten sich die Erben Pferde und Wagen zulegen. Schließlich entschieden sie sich für zwei Fuhrwerke, die groß genug waren, um ihnen bei schlechtem Wetter, das in den Nebelbergen häufig herrschte, Unterschlupf zu bieten. Lana, Yan, Bowbaq und Rey waren froh über die Anschaffung. Im Vergleich zu Grigán oder Corenn waren sie keine guten Reiter, und die Aussicht auf zwei Dekaden im Sattel begeisterte sie nicht besonders. Trotzdem schlug die Ratsfrau vor, für jeden ein Pferd zu kaufen.

Mit dem Geld aus der Schatulle, die sie aus dem Kleinen Palast in Lorelia gestohlen hatten, legten sie sich neues Reisegepäck zu, da ihre Ausrüstung im Tiefen Turm verbrannt war. Vor allem besorgten sie natürlich Lebensmittel und Trinkwasser, aber auch Kerzen, Feuersteine, Decken und warme Kleidung. Wer hätte zu Beginn ihrer Reise gedacht, dass sie in der kalten Jahreszeit immer noch unterwegs sein würden?

Bestens ausgestattet begaben sie sich zu den Gauklern, die sich nicht im Geringsten über das bunte Häuflein der Erben wunderten und ihnen eher abweisend begegneten. Nur Reys Bekannter, ein lorelischer Jongleur mit dem seltsamen Namen Cavale, schenkte ihnen etwas Aufmerksamkeit. So fiel die Begrüßung kurz und nüchtern aus: Die rund fünfzehn Artisten, vorwiegend Rominer, bedachten die Neuankömmlinge nur mit einem flüchtigen Blick.

Den Erben war es ohnehin lieber, in ihrer letzten Nacht in Romin unter sich zu bleiben. Sie hatten viel auf dem Herzen. Ohne sich absprechen zu müssen, fanden sie sich zu einer gemeinsamen Beratung im größeren der beiden Wagen ein.

Bevor er sich zu seinen Gefährten gesellte, machte Grigán einen

Rundgang. Der kleine Platz, auf dem die Gaukler ihr Lager aufgeschlagen hatten, lag still und verlassen da, ein einsamer Winkel in einem schäbigen Viertel. Cavale und die anderen waren in eine belebtere Straße gezogen, um ihre letzte Vorstellung in der Hauptstadt zu geben. Yan hätte gern gewusst, was sie dem Publikum boten. Ein andermal würde er sich die Aufführung sicher ansehen können.

Während sie zu Abend aßen, mieden die Erben zunächst das Thema, das sie alle beschäftigte. Als könnte die bloße Erwähnung von Göttern, Dämonen oder gar Geistern eines dieser Wesen aus dem Nebel heraufbeschwören, der sich wie in der Nacht zuvor über die Stadt gelegt hatte. Doch Rey sorgte mit seinen Scherzen dafür, dass sich die Anspannung allmählich löste und sie sich ernsteren Problemen zuwenden konnten. Sehr ernsten: Saat und den Pforten des Jal'dara.

»Wir haben es mit etwas zu tun«, sagte Corenn halblaut, »das über unser eigenes kleines Schicksal hinausgeht.«

Die anderen hörten aufmerksam zu. Corenn tauchte aus ihren Gedanken auf und bemerkte, dass alle Blicke auf sie gerichtet waren. Ihre Freunde warteten darauf, von ihr zu erfahren, was die Erkenntnisse der vergangenen Nacht zu bedeuten hatten, vielleicht sogar, was nun zu tun sei. Daher bemühte sich Corenn, etwas Licht ins Dunkel zu bringen.

»Unser Feind ist kein gewöhnlicher Sterblicher«, begann sie. »Auf übernatürliche Weise lebt er seit mehr als einem Jahrhundert fort. Er kennt den Ort, an dem die Götter heranwachsen. Man kann davon ausgehen, dass er selbst dort war gemeinsam mit unseren Vorfahren. Dieser Aufenthalt hat ihm zu großer Macht verholfen, mit der er Dämonen beherrschen kann, vielleicht auch noch andere Wesen, die wir uns nicht einmal vorzustellen vermögen.«

Obwohl niemand sie unterbrach, legte Corenn eine Kunstpause ein. Sie konnte nicht umhin, ihr rhetorisches Geschick einzusetzen, selbst wenn ihr die Zuhörer schon längst an den Lippen hingen.

»Saat ist gewiss der mächtigste unter den Menschen«, fuhr sie fort. »Falls man ihn überhaupt noch als Mensch bezeichnen kann. Und er hat eindeutig finstere Absichten. Deswegen sind wir in eine Geschichte verwickelt, die nicht nur uns angeht. Saat hält vielleicht das Schicksal von Tausenden in der Hand. Und diese Macht wird er nutzen.«

»Wie denn?«, fragte Léti. »Und warum?«

»Das weiß ich nicht. Vielleicht aus demselben Grund, aus dem er die Erben ermorden lässt.«

»Verzeiht die Bemerkung, Dame Corenn«, warf Rey ein. »Das Wörtchen ›vielleicht‹ gebraucht Ihr recht oft.«

»Vielleicht seid Ihr ja schlauer als wir?«, spottete Grigán. »Könnt Ihr das Rätsel für uns lösen?«

»Fassen wir zusammen, was wir sicher wissen«, sagte Corenn gelassen. »Ich nehme an, dass niemand Usuls Antworten infrage stellt? Also handelt es sich bei unserem Feind um Saat den Ökonom, Gesandter des Großen Kaiserreichs, der im vergangenen Jahrhundert auf die Insel Ji gereist ist. Er ist immer noch am Leben, so unwahrscheinlich das auch sein mag. Außerdem führen alle Pforten an ein und denselben Ort, das sogenannte Jal'karu oder Jal'dara, das nach Aussage der Schrift aus dem Tiefen Turm, die Lana für uns gedeutet hat, eine Art ›Kinderstube‹ der Götter ist, auch wenn das unglaublich klingt. Wir wissen auch, dass Saat die Ermordung der Erben in Auftrag gegeben hat. Dabei gibt es keinen erkennbaren Grund, sie zu hassen – uns zu hassen. Aus seinen böswilligen Absichten lässt sich schließen, dass er uns fürchtet. Nun müssen wir uns fragen: Was hat er vor? Und was können wir dagegen tun?«

Darauf wusste niemand eine Antwort. Corenn hatte ausgesprochen, was alle insgeheim befürchtet hatten. Zwar sahen sie jetzt klarer, aber ihre Lage erschien ihnen ebenso ausweglos wie zuvor.

Yan dachte an Usuls Prophezeiung: Die Oberen Königreiche würden schon bald einen blutigen Krieg verlieren. Das war keine bloße Vermutung. Es war die Zukunft, preisgegeben von einem Gott. Andererseits veränderte sich die Zukunft, sobald einer der Beteiligten davon erfuhr. Konnte er wirklich den Lauf der Geschichte beeinflussen und einen Krieg verhindern, dessen Ursache ihm noch unbekannt war? Wie er das anstellen sollte, war ihm ein Rätsel.

Genauso wenig wusste er, wie er mit den anderen über seine Sorgen sprechen sollte. Dann müsste er auch das Schicksal erwähnen, das Grigán drohte, und das wollte er auf keinen Fall.

»Einen Teil der Antwort kennen wir bereits«, sagte Lana. »Wie Ihr richtig bemerkt habt, Corenn, lässt Saat die Kinder der Erben ermorden, die *nach* der Rückkehr der Weisen geboren wurden.« Die Priesterin wusste nicht, wie sie fortfahren sollte. Sie hatte eine Theorie formulieren wollen, aber ihr kamen einfach zu viele Möglichkeiten in den Sinn.

»Da komme ich nicht mit«, sagte Bowbaq. »Was hat das nun wieder zu bedeuten?«

»Es bedeutet, dass Saat Angst vor uns hat«, erwiderte Rey grimmig. »Wir wissen nur nicht, warum.«

»Unsere Vorfahren wussten es bestimmt«, sagte Grigán. »Vielleicht erwähnt Maz Achem es in seinem Tagebuch.«

»Vielleicht aber auch nicht.«

»Das werden wir erst in Ith herausfinden«, sagte Corenn mit Bedauern.

Yan fühlte sich schrecklich. Er war der Einzige, der mehr wusste. Doch was hatte es für einen Sinn, seinen Freunden noch mehr Sorgen aufzubürden?

Sie mussten sich in Geduld fassen und so schnell wie möglich in die Heilige Stadt gelangen. In der Hoffnung, dass sich ihnen nichts in den Weg stellte. In der Hoffnung, dass sich das Tagebuch noch an seinem Platz befand. Und dass sein Inhalt ihnen weiterhelfen würde.

Es war ein Wettlauf gegen die Zeit.

Cavale war etwas kleiner und auch jünger als Rey, aber ebenso geschwätzig und wie alle Lorelier sehr von sich eingenommen. Er trat als Jongleur auf und hatte Reyan kennengelernt, als der Schauspieler die schwierige Kunst des Messerwerfens ausgeübt hatte.

In diesem Zusammenhang fiel Cavale eine Begebenheit ein, die sehr erheiternd gewesen sein musste, denn er schüttelte sich vor Lachen, als er erzählen wollte, was Rey zur Aufgabe dieses Berufs veranlasst hatte. Rey machte ihm unmissverständlich klar, dass er die Geschichte für sich behalten sollte, und Cavale fügte sich, auch wenn er weiter in sich hineinkicherte. So erfuhren die Erben nie, was geschehen war. Aber sie schlossen den kleinen Lorelier sofort ins Herz.

Er war der einzige Gaukler, der mit ihnen sprach. Die anderen zeigten ihnen die kalte Schulter, was daran liegen mochte, dass sie die Erben fürchteten oder wie die meisten ihrer romischen Landsleute Fremden mit Misstrauen begegneten.

Die kleine Truppe bestand aus sechzehn Artisten. Abgesehen von Cavale ließen nur drei von ihnen erahnen, womit sie das Publikum unterhielten: ein Koloss und zwei kleinwüchsige Clowns, die nie ungeschminkt herumliefen, wie die Erben im Laufe der nächsten Tage feststellen sollten. Dann gab es noch einen Wolfsbändiger und einen Affendompteur. Ersterer besaß nur ein einziges Tier, einen alten Wolf, der so an die Menschen gewöhnt war, dass er ihn nicht einmal anbinden musste. Das Tier rührte sich nur von der Stelle, um sich einen anderen Schlafplatz zu suchen oder wie ein gewöhnlicher Straßenköter um Leckerbissen zu betteln.

Der Affendompteur, ein gewisser Tonk, der sich als grob und gemein entpuppte, besaß zwei Paar Mausäffchen. Bowbaq erkannte Spuren von Verbrennungen und Schlägen auf ihren zotteligen kleinen Körpern und blieb lange mit geballten Fäusten vor dem Käfig stehen, den Blick auf die geschundenen Tiere geheftet. Grigán zerrte seinen Freund fort, als er bemerkte, dass Tonk sie aus einiger Entfernung argwöhnisch beobachtete.

Der Anführer der Truppe war kein Geringerer als der Koloss, ein Bär von einem Mann, der auf den Namen Nakapan hörte und Bowbaqs Muskeln neidisch musterte. Seine Frau war Feuerschluckerin, sein Sohn Akrobat und die beiden Töchter Kunstreiterinnen. Die einzigen Worte, die er an die Erben richtete, waren eine Warnung, und dabei fixierte er Rey besonders eindringlich: Man dürfe seine Töchter auf keinen Fall respektlos behandeln. Nachdem er ihnen den Rücken gekehrt hatte, schärfte Grigán dem Schauspieler die Anweisung noch einmal ein, worauf sich dieser mit geheuchelter Empörung über den Mangel an Vertrauen beschwerte, den man ihm entgegenbringe.

Die Gaukler verteilten sich auf sechs große Wagen, und so machten sich am Tag des Gerbers acht Fuhrwerke auf den Weg nach Le Pont in Lorelien. Yan, Corenn und Bowbaq nahmen im größeren Wagen Platz, und Rey durfte sich zu seiner Freude den kleineren mit Lana teilen. Grigán und Léti zogen es vor, neben der Karawane herzureiten. Der Krieger brauchte die Bewegungsfreiheit, während die junge Frau ihre Aufgabe als Beschützerin sehr ernst nahm und es ihrem Lehrmeister in allem gleichtun wollte.

Erleichtert ließen sie die Hauptstadt des Alten Landes hinter sich. Sie kamen an zerfallenen Stadtmauern vorbei, durchquerten einige Vororte und fuhren über mehrere Brücken, die über kleinere Zuflüsse der Urae führten. Schließlich wurden die Abstände zwischen den Häusern immer größer, bis sie in den ersten von Feldern umgebenen Dörfern anlangten.

Die Rominer sahen dem Zug missbilligend nach. Die Gaukler fuhren mit hoch erhobenem Kopf vorbei und gaben sich gleichgültig. Keiner von ihnen schien traurig zu sein, die heimischen Gefilde zu verlassen.

Yan hingegen dachte wehmütig an Kaul, Eza und das Haus von Norine, in dem er und Léti aufgewachsen waren. Sie alle hatten eine Heimat. Doch die Vernunft gebot ihnen, sich immer weiter von ihr zu entfernen.

Yan erzählte Corenn von der Ohnmacht, die ihn überkommen hatte, nachdem er im Tiefen Turm versucht hatte, den Schrank mithilfe seines Willens aus dem Weg zu räumen. Die anschließende Reglosigkeit hatte ihm jede Kraft geraubt, obwohl er sich für stark genug gehalten hatte, sie aushalten zu können.

Die Ratsfrau hörte ihm aufmerksam zu und wusste sogleich eine Erklärung. »Du hattest sicherlich genug Widerstandskraft, bevor du deinen Willen entfesselt hast«, sagte sie. »Danach nicht mehr. Vergiss nicht, dass dein Geist die nötige Kraft für diesen Akt aus deinem eigenen Körper schöpft. Das musst du bedenken, wenn du einzuschätzen versuchst, ob deine Widerstandsfähigkeit groß genug ist. Du musst mit deiner Schwäche rechnen.«

Yan nickte zum Zeichen, dass er verstanden hatte. Die Magie war wirklich kein Kinderspiel, selbst für ihn nicht, obwohl er angeblich besonders begabt war.

»Ich kenne einige Übungen«, fuhr Corenn fort. »Einige Kniffe. Etwas Fasten kann helfen, bestimmte Konzentrationstechniken … Ich hatte vor, dich darin zu unterweisen, nachdem wir die Theorie durchgenommen haben. Aber in Anbetracht deiner Fortschritte kommt mir das jetzt geradezu lächerlich vor. Immerhin hast du bereits das innerste Wesen gesehen!«

»Ich finde nicht, dass ich schon so viel kann«, sagte Yan ganz ernsthaft. »Im Gegenteil. Mir gelingt überhaupt nichts«, fügte er schmollend hinzu.

»*Selbst ein König kennt Sorgen*«, zitierte Corenn schmunzelnd. »Da dir die Konzentration keine Schwierigkeiten bereitet, ist es jetzt wohl an der Zeit, dir beizubringen, wie du die Kraft nicht aus deinem Körper, sondern aus einer anderen Quelle schöpfen kannst. Wenn dich die Reglosigkeit weniger stark trifft, müsstest du deine Kräfte besser steuern können.«

»Aber habt Ihr nicht gesagt, dass diese Technik ziemlich gefährlich ist?«

»Natürlich. Alle magischen Techniken sind gefährlich, Yan. Deswegen bringt man sie Dummköpfen nicht bei.«

»Ein Grund mehr, mich da rauszuhalten«, scherzte Bowbaq, der den Wagen lenkte.

Während sie alle herzlich lachten, fiel Corenn wieder ein, was sie vor Kurzem entdeckt hatten. Erjaks waren Magier, ohne sich dessen bewusst zu sein. Doch wenn man sie auf ihre magischen Kräfte aufmerksam machte, würde gewiss die Hälfte von ihnen innerhalb weniger Monde sterben. Besser, die Erben behielten dieses Geheimnis für sich.

Umgekehrt war jeder Magier auch ein besonders mächtiger Erjak, wenn er wie Yan in der Lage war, das innerste Wesen zu sehen. Während ein Erjak aber rein intuitiv handelte, ohne sich seine Gabe erklären zu können, brächte ein Magier dieses Wissen sofort mit der Disziplin des Windes in Verbindung. Die Vorstellung, dass ihre Kollegen nach Belieben in die Seelen und Gedanken armer Versuchsobjekte eintauchen könnten, ließ Corenn erschauern. Auch deshalb hielt sie es für klüger, nichts darüber zu sagen.

Amüsiert dachte sie, dass diese Entdeckung womöglich schon Dutzende Male gemacht und stets aus den gleichen Gründen verschwiegen worden war. So währte das Geheimnis seit Jahrhunderten …

Wie viele solcher Geheimnisse waren wohl in den uralten Zauberbüchern, den Tempeln von einst, den längst vergessenen Ruinen der bekannten Welt verborgen? Corenn hatte schon immer an das Übernatürliche geglaubt, denn dessen Existenz, so unerklärlich sie auch sein mochte, war nicht zu leugnen. Doch nun hatten sie es mit etwas zu tun, das ihr Verständnis überstieg. Die Welt der Unsterblichen, die Kinderstube der Götter … So viele Fragen, auf die sie noch keine Antwort wussten.

»Wie funktioniert diese Technik denn nun?«, fragte Yan und riss Corenn damit ungewollt aus ihren Gedanken.

Sie brauchte nur einen kurzen Augenblick, um sich wieder auf das Gespräch zu besinnen. »Mit innerer Sammlung. Man muss sehr ruhig werden, um aus einem anderen Körper Kraft zu schöpfen, sie zu bündeln und auf ein anderes Objekt zu richten. Kurz gesagt, ist es dreimal so schwierig wie ein normaler Willensakt. Aber so kann man die Reglosigkeit vermeiden.«

»Und was ist daran so gefährlich?«

»Wer über so viel Macht verfügt, dem steigt sie schnell zu Kopf. Das passiert selbst den Besonnensten. Man neigt immer dazu, zu viel Kraft anzusammeln, weil sie unerschöpflich scheint. Aber das ist sie nicht. Irgendwann ist der Punkt erreicht, an dem der Hilfsgegenstand zerbricht. Dann überfällt dich eine doppelt so heftige Reglosigkeit.«

Yan schluckte heftig. Er konnte sich nur zu gut vorstellen, wie sich ein solcher Rückschlag auswirkte. Er würde zu einem grausamen und qualvollen Tod führen.

All das beflügelte ihn und machte ihm gleichzeitig Angst, wie alles, was mit Magie zu tun hatte. Wie dieses ganze Abenteuer.

Er nahm seinen ganzen Mut zusammen und rückte endlich mit der Frage heraus, die ihn dazu bewogen hatte, das Thema überhaupt zur Sprache zu bringen. »Bowbaq kann mir zeigen, was ein Erjak macht«, druckste er herum. »Ich bin neugierig, was … Wenn Ihr einverstanden seid … Ich meine, wenn Ihr nichts dagegen habt …«

»Warum willst du die Fähigkeiten eines Erjak lernen?«, fragte Corenn ernst.

Yan ließ seinen Blick über die Landschaft schweifen bis hin zu Léti, die neben Grigán ritt. Er sah ihr eine Weile hinterher. »Um zu wissen«, sagte er schließlich. »Ich bin neugierig, was Bowbaq erlebt, wenn er mit seinem Löwen ›spricht‹. Ihr nicht?«

Corenn sah ihn mit einem leichten Lächeln an. Dann lachte sie fröhlich auf. »Einverstanden«, sagte sie. »Dir geht es also um Wissen? Dann wirst du wohl bei einem anderen Lehrer eine neue magische Disziplin erlernen. Der Wind erfordert nicht viel Kraft, du musst nur deinen Geist erweitern. Das kann nicht schaden. Aber wehe, du lässt *meinen* Unterricht sausen«, warnte sie mit gespielter Strenge.

»Oh! Natürlich nicht!«, versicherte Yan aufrichtig. »Nie im Leben!«

»Und vor allem«, sagte sie mit Nachdruck, »darfst du deine Kräfte niemals, *niemals wieder* an einem Menschen ausprobieren. Der Geist ist zerbrechlich. Bowbaq kann darin lesen, schön. Du aber kannst ihn verändern. Das ist zu gefährlich, um es zu versuchen.«

Yan nickte langsam. Es war das erste Mal, dass Corenn ihm etwas verbot. Er schwor sich, ihrem Befehl zu folgen.

Eingelullt vom Gerüttel des Wagens, betrachtete Lana die eintönige Landschaft, die sich um Romin erstreckte. Wie ihre Gefährten fragte sie sich, was sie hierhergeführt hatte, so weit fort von allem, was sie kannte, fort aus ihrem Alltag, ihrem Leben. Die einstige Priesterin des Großen Tempels war nun nicht mehr als eine gewöhnliche Sterbliche, die in der Fremde umherirrte, einer ungewissen Zukunft entgegen.

Zwei Monde war es erst her, da hatte sie von der Welt nur die Heilige Stadt und einen Teil des Großen Kaiserreichs gekannt. Seither war sie durch die Fürstentümer, das Schöne Land und das Alte Land gereist und würde bald sogar das berüchtigte Klamme Tal durchqueren, in Begleitung einer romischen Gauklertruppe, die der eurydischen Lehre feindselig gesinnt war.

Sie versuchte, die trüben Gedanken zu verscheuchen, um nicht in Selbstmitleid zu versinken. So wichtig durfte sie sich nicht nehmen, denn das verletzte die drei Werte der weisen Göttin: Wissen, Toleranz, Frieden.

Also führte sie sich das Wohlwollen vor Augen, mit der die Göttin ihren Weg begleitete. Eurydis war es zu verdanken, dass sie den Dolchen der Züu entgangen war. Sie hatte ihr Freunde geschickt: den stolzen Grigán, Corenn, Léti, Yan, den sanftmütigen Bowbaq und nicht zuletzt Rey, den Draufgänger. Bisher hatte die Göttin sie alle vor größerem Unglück bewahrt. Und obwohl ihre Lage immer misslicher wurde, ging ihre Suche weiter, nahm Gestalt an, gewann einen Sinn. Musste man darin nicht ein Zeichen sehen? Lana war keine Theoretikerin und hütete sich davor, die göttlichen Absichten deuten zu wollen, aber in ihrem tiefsten Innern war sie zu der Überzeugung gelangt, dass Eurydis ihre Schritte lenkte und die Suche der Gefährten zu einem guten Ende führen wollte. Die Maz klammerte sich an diese Vorstellung, um nicht den Mut zu verlieren.

»Seht nur, da drüben«, sagte Rey. »Rotschweine.«

Lana erblickte eine Rotte von etwa dreißig Tieren, die im Schatten einiger Ringelbäume dösten. Über ihnen schwirrten so viele Fliegen, dass sie eine Wolke bildeten, die man selbst aus fünfzig Schritt Entfernung sehen konnte.

»Die Rominer essen doch nicht etwa das Fleisch dieser Tiere?«, fragte sie ungläubig.

»Nicht immer«, gab Rey zurück, ohne mit der Wimper zu zucken. »Manchmal ist es umgekehrt. Ihr solltet jetzt besser nicht aussteigen, sie würden sofort über Euch herfallen.«

Lana starrte die wilden Schweine ängstlich an. Aber der Schauspieler konnte nicht umhin, seine Lüge noch ein bisschen auszuschmücken.

»Es soll sogar schon vorgekommen sein, dass ein noch viel kleineres Rudel einen Wagenzug wie den unseren mit Mann und Maus aufgefressen hat«, sagte er. »Seht mal! Bewegen sie sich etwa?«

»Reyan, Ihr wollt mich auf den Arm nehmen!« Die Priesterin musste lachen. »Es stimmt, dass ich gläubig bin, aber *leichtgläubig* bin ich deshalb noch lange nicht«, fügte sie in leicht vorwurfsvollem Ton hinzu.

»Das war keine Lüge!«, behauptete Rey unbeeindruckt. »Und es wäre mir lieb, wenn Ihr mich Rey nennen würdet … Reyan klingt, als wären wir noch im vierzehnten Äon.«

»Aber es ist der Name Eures Vorfahren!«, rief Lana. »Seid Ihr nicht stolz …« Sie verbiss sich den Rest des Satzes. Womöglich hatte sie einen wunden Punkt getroffen, und in persönliche Angelegenheiten wollte sie sich nicht einmischen.

Rey verzichtete ebenfalls auf eine Antwort. Das Gespräch stockte, und sie lächelten verkrampft vor sich hin.

»Eine Frage«, sagte Rey plötzlich munter. »Wie kommt es, dass eine so hübsche Person wie Ihr nicht längst mit einem alten, griesgrämigen, langweiligen Emaz den Bund geschlossen hat?«

»Reyan … Rey … Ich bin Witwe«, erwiderte Lana offen. »Seit zwei Jahren.«

»Das tut mir leid«, sagte Rey aufrichtig.

Er fragte die Priesterin lieber nicht nach dieser Tragödie. Die Neuigkeit war entmutigend. Welche Chance hatte er schon gegen die Erinnerung an einen Verstorbenen?

Lana bemerkte sein Unbehagen sofort. Sie wollte ihm keine falschen Hoffnungen machen, ertrug es aber auch nicht, ihn auf einmal so traurig zu sehen. »Rey«, sagte sie sanft. »Ihr habt mir im Tiefen Turm zweimal das Leben gerettet. Ich danke Euch für Euren Mut und Eure Umsicht, ohne die ich nicht mehr hier wäre. Ich werde für Euch beten.«

»Gepriesen sei Eurydis«, schloss Rey bitter.

An diesem Tag kam kein Scherz mehr über seine Lippen. Nachdem sie gegen Mit-Tag ihr Mahl eingenommen hatten, schwang sich Rey in den Sattel und überließ Corenn den Platz an Lanas Seite.

Der Wagenzug machte noch vor Anbruch der Nacht in Dessin halt, der letzten größeren Stadt vor der öden Wildnis des Klammen Tals. Grigán stellte missmutig fest, dass sie am ersten Tag ihrer Reise nicht sonderlich weit gekommen waren und bei dieser Geschwindigkeit allein bis Le Pont eine ganze Dekade brauchen würden. Doch die Gaukler lebten von ihren Aufführungen, und Dessin konnten sie auf keinen Fall auslassen.

Die Stadt war zwar kleiner, sah aber ansonsten genauso aus wie Romin: Von den Fassaden der hohen, bunt angestrichenen Häuser blickten die traditionellen uranischen Wappenadler auf ein Gewirr schäbiger Gassen herab. Einige argwöhnisch dreinblickende Einheimische in farbenfrohen Kleidern lungerten auf den Straßen herum wie verlorene Seelen. Dessin wirkte wie ein Vorort der Hauptstadt des Alten Landes. Yan fragte sich, wie die Gaukler nur davon leben konnten, dieses mürrische Völkchen zu unterhalten.

Sie ließen die Fuhrwerke vor der Festungsmauer zurück, wie es die Gesetze der Stadt verlangten. Die Gaukler brauchten nicht lange, um ihr Lager aufzuschlagen, so vertraut waren ihnen diese tausendmal ausgeführten Handgriffe. Als die Essenszeit gekommen war, versammelte sich jede Familie zu ihrem eigenen Mahl, und die Erben taten es ihnen gleich. Nur Cavale und der Wolfsbändiger Anaël schlossen sich ihnen an und wurden freudig begrüßt.

Da man im Matriarchat hin und wieder von Wölfen munkeln gehört hatte, behielt Yan das Tier, das Merbal gerufen wurde, misstrauisch im Auge. Dass es nach dem sagenumwobenen Räuber benannt war, der das Blut seiner Opfer trank, trug auch nicht gerade zu seiner Beruhigung bei. Doch er und seine Gefährten gewöhnten sich rasch an das alte Tier und gewannen es sogar lieb, so anhänglich zeigte es sich. Nur Léti musste es das eine oder andere Mal wegscheuchen, weil der Geruch ihrer noch neuen Lederkluft seine Raubtierinstinkte weckte.

Auch ohne sich als Erjak zu betätigen, freundete sich Bowbaq sofort mit dem Wolf an. Dass er mit Tieren gut umgehen konnte, brauchte er den anderen längst nicht mehr zu beweisen. Gegen ein halbes Abendessen sicherte er sich Merbals ungeteilte Aufmerksamkeit.

Yan versuchte, seine Methode genau zu beobachten, aber der Riese hatte keine, wenn man nicht gerade seine liebevolle Art und natürliche Ausstrahlung als Methode bezeichnete. Was ihm Bowbaq beibringen würde, war etwas ganz anderes: die Erweiterung seines Geistes. Er würde lernen müssen, so einfühlsam und behutsam wie Bowbaq zu sein, damit er in den Geist eines Tiers eindringen konnte, ohne es in Angst und Schrecken zu versetzen.

Vielleicht war Bowbaq aber auch zu gutmütig und sprach nicht genug Itharisch, um auf einem so schwierigen Gebiet ein guter Lehrer zu sein, überlegte Yan. Sofort schämte er sich seiner Gedanken.

Als der Koloss seine Truppe zusammentrommelte, verließen Cavale und Anaël die Erben, um sich auf die Aufführung vorzubereiten. Auf den Rat des Jongleurs hin schlug Nakapan Rey vor, sich ihnen anzuschließen.

»Spaßmacher können wir immer gebrauchen«, sagte er linkisch. »Ich zahle einen halben Monarchen pro Abend. Wenn Ihr Interesse habt …«

Rey lehnte das Angebot höflich ab, und der Mann drang nicht weiter in ihn. Doch ihr kurzes Gespräch war nicht unbemerkt geblieben.

»Spaßmacher?«, fragte Léti. »Was macht man da?«

»Nichts besonders Anspruchsvolles«, antwortete er. »Die Spaßmacher haben keine eigene Nummer. Sie albern nur herum und machen sich über ein paar arme Kerle lustig, die sie aus dem Publikum herauspicken. Davon können die Rominer gar nicht genug kriegen.«

»Nicht zu fassen, dass wir völlig umsonst in den Genuss Eurer Kunst kommen!«, spottete Grigán.

»Ich würde mir niemals anmaßen, von einem Meister wie Euch eine Bezahlung zu verlangen«, konterte Rey augenzwinkernd.

Der Krieger entfernte sich wortlos. Er war nicht sicher, in diesem Wortwechsel den Sieg davongetragen zu haben.

Die Erben hatten mit den Gauklern vereinbart, in ihrer Abwesenheit auf die Wagen aufzupassen. Trotzdem ließen die Schausteller einen ihrer Leute als Wache zurück, um die Erben im Auge zu behalten.

Natürlich waren Yan, Léti und Rey neugierig auf die Vorstellung. Sie wollten aber nicht allein gehen und überredeten schließlich Corenn und Bowbaq, sich ihnen anzuschließen. Zur Bewachung des Lagers blieben also nur Grigán und Lana, da sich die Priesterin nicht in die Gesellschaft der Rominer begeben wollte, die den Itharern feindlich gesinnt waren.

Grigán hatte ein ungutes Gefühl, als seine Freunde durch das Stadttor verschwanden. Am liebsten hätte er sie alle dazu verpflichtet, im Lager zu bleiben.

Jedes Mal, wenn sich die Erben trennten, passierte etwas Schreckliches. Warum sollte es diesmal anders kommen?

Begleitet von den munteren Klängen einer Vigola, zogen die Gaukler in ihren Kostümen durch die Stadt, um Zuschauer anzulocken. Yan, Léti, Corenn, Rey und Bowbaq folgten der bunten Parade in einiger Entfernung. Sie verspürten zwar große Lust, sich dem fröhlichen Treiben anzuschließen, blieben dann aber doch im Hintergrund.

Jeder Artist zeigte eine Kostprobe seines Könnens. Den Anfang machten drei Kunstreiter, die auf fünf prachtvollen Schimmeln mit glänzendem

Fell ritten. Wie Akrobaten turnten sie auf den Tieren herum, wechselten ihre Plätze, ohne einen Fuß auf den Boden zu setzen, oder balancierten stehend auf zwei Pferden, die nebeneinander hertrotteten.

Die Menge wich staunend vor dem Spektakel zurück und bildete ein Spalier für die übrigen Gaukler. Hinter den Kunstreitern kam Nakapan der Koloss, der sich mit diesem Ehrenplatz nicht nur sein Ansehen sicherte, sondern von dort auch seine zwei Töchter besser im Auge behalten konnte. Er beschränkte sich darauf, die Schaulustigen zur Vorstellung einzuladen, wenn Rey, der nur wenig Romisch sprach, ihn richtig verstand. Sein einziges Kunststück bestand darin, hin und wieder seine Muskeln spielen zu lassen und dabei in bestimmten Positionen zu verharren. Eurydis sei Dank bemerkte er nicht, dass Bowbaqs Erscheinung die Einheimischen weit mehr beeindruckte, obwohl der Arkarier seine Kraft nicht im Mindesten zur Schau stellte.

Hinter Nakapan folgte dessen Frau, die zwar eigentlich als Feuerschluckerin auftrat, zu diesem Anlass aber einer Klangvigola kunstvolle Melodien entlockte. Als Nächstes kam Cavale, der seine fünf hölzernen Jonglierbälle nach und nach durch Gegenstände ersetzte, die die beiden Zwerge unter dem Beifall des Publikums aus der Menge stibitzten. Dann gab der Lorelier den Bestohlenen das Diebesgut zurück und löste die Feuerschluckerin an der Vigola ab, die nun ihrerseits ihre Kunst darbot.

Dann kamen der alte Anaël und der Wolf Merbal, der für diesen Auftritt ein gefährlich aussehendes Stachelhalsband trug und so heftig an seiner Leine zerrte, dass sein als Raubtierjäger verkleideter Herr mit beiden Händen dagegenhalten musste. Um seine Rolle perfekt zu machen, knurrte der Wolf jeden an, der ihm zu nahe kam.

Hinter ihnen folgte einer der Spaßmacher, der sich genauso verhielt, wie Rey es ihnen geschildert hatte. Sein Kostüm war so auffällig mit Jeruskreuzen geschmückt, dass es selbst einem Rominer übertrieben erscheinen musste. Die Verachtung der Uranier für die Jerusnier war allseits bekannt, und die Aufmachung des Mannes löste großes Gelächter aus, noch verstärkt durch seine Bemühungen, sich lächerlich zu machen: Er stolperte ständig über die eigenen Füße, kam dem Wolf in die Quere und spielte auch sonst den Einfaltspinsel.

Danach kam Tonk, der Affendompteur mit den grausamen Dressurmethoden. Er begnügte sich damit, die angeketteten Mausäffchen in die Menge zu hetzen und sie brutal zurückzureißen, wenn sie sich über die Gewänder eines Zuschauers hergemacht hatten. Das Opfer verlor dabei unweigerlich Knöpfe, Broschen oder sogar Haare, was die Umstehenden sehr erheiterte. Jetzt verstand Corenn, warum die Gaukler so großen Anklang fanden: Die Rominer waren schadenfrohe Leute. Doch darin unterschieden sie sich im Grunde genommen nicht von anderen Völkern, musste sie sich eingestehen.

Die folgenden Künstler waren keine Komödianten, sondern Akrobaten, die ein Duell simulierten. Der eine schwang zwei Säbel, der andere einen Speer, der zwar keine Spitze hatte, dafür aber mit Bändern geschmückt war, die seine weit ausholenden Bewegungen betonten. Die beiden Männer jagten einander quer durch die Zuschauermenge, wobei sie ein tollkühnes Angriffsmanöver nach dem anderen vollführten.

»Schade, dass Grigán nicht mitgekommen ist«, sagte Rey. »Vielleicht hätte er von den beiden noch etwas lernen können.«

»So gut wie Grigán sind sie lange nicht«, protestierte Léti, die seine Bemerkung ernst genommen hatte.

»Das glaube ich auch«, pflichtete Bowbaq ihr bei.

Rey widersprach nicht. Er war derselben Meinung und hatte nur einen Scherz machen wollen.

Die beiden letzten Gaukler gaben sich überaus geheimnisvoll. Der eine trug ein langes schwarzes Gewand, das mit rätselhaften Runen bestickt war, und schritt würdevoll einher, ein Buch mit goldenem Einband in der Hand. Um ihn herum hüpfte eine junge Frau, die wie ein Kobold geschminkt war und ihn unaufhörlich »hochwürdigen Meister« nannte.

Es war pfiffig, die Parade mit diesen beiden Gestalten zu beschließen und damit die Neugier der Leute noch mehr anzustacheln. Zahlreiche Schaulustige schlossen sich den Erben an und folgten den Gauklern, manche aus freien Stücken, manche im Schlepptau der Spaßmacher.

Beim Anblick des Riesen Bowbaq und der schönen Léti in ihrer kriegerischen Aufmachung fragten sich viele, ob sie nicht auch zur Truppe gehörten. Rey, dem das nicht entging, wechselte einige Worte mit den Neugierigsten unter ihnen. Jedes Mal wichen die Rominer mit furchtsamen Blicken zurück. Der Schauspieler schüttelte sich vor Lachen, weigerte sich aber, den anderen zu übersetzen, was er gesagt hatte.

Auf dem Hauptplatz der Stadt machte der Zug schließlich halt, und die Zuschauer bildeten einen Kreis um die Gaukler, während die Zwerge und Akrobaten für Ordnung sorgten.

Wie seine Freunde wartete Yan gespannt auf den Beginn der Vorstellung. Er ahnte nicht, was ihnen bevorstand.

Der Gaukler, der die Bewacher bewachen sollte, ließ Grigán und Lana schon bald mit ihrer Aufgabe allein, um den Kissen in seinem Wagen einen Besuch abzustatten. So waren der Krieger und die Priesterin zum ersten Mal unter sich.

Das machte Grigán nervöser, als er sich eingestehen wollte. Er glaubte, so wenig mit der Maz gemeinsam zu haben, dass ihm kein Gesprächsthema einfiel, das sie beide interessieren könnte. Also blieb er seinen Gewohnheiten treu und schwieg. Gewissenhaft drehte er im Lager der Gaukler seine Runden, fuhr dabei unentwegt über seinen nicht mehr vorhandenen Schnurrbart und ließ sich schließlich mit sichtlichem Unbehagen eine Weile neben Lana nieder.

Die Priesterin war nicht minder wortkarg gewesen. Zunächst hatte sie nichts gesagt, um sein Schweigen zu respektieren. Dann hatte sie nach den richtigen Worten gesucht, um den Krieger zu ermuntern, sich die Last von der Seele zu reden, die sie längst erahnt hatte. *Die Geheimnisse eines Mannes offenbaren sich nicht nur dem Schankwirt,* besagte das Sprichwort. *Eine Frau sieht genauso tief.*

»Grigán, glaubt Ihr an einen Gott?«, fragte sie schließlich unumwunden.

Er sah sie überrascht an. Schon waren sie bei einem Thema, das er unbedingt hatte vermeiden wollen. Mit einer Maz über Religion diskutieren!

»Warum sollte ich? Glauben die Götter etwa an mich?«, gab er bitter zurück. Sofort bereute er seine Worte. Diese ungehaltene Reaktion hatte Lana nicht verdient.

»Ja, ich glaube daran, dass es Götter gibt«, fuhr er ruhiger fort. »Wie könnte ich noch daran zweifeln nach allem, was wir gesehen haben: Usul, den Mog'lur, die Pforten des Jal'dara und das alles? Da müsste man schon mit großer Blindheit geschlagen sein.«

»So habe ich das nicht gemeint«, sagte Lana. »Glaubt Ihr an einen bestimmten Gott? Betet Ihr?«

»Verzeiht, aber diese Frage ist mir etwas zu persönlich.«

Die Priesterin drang nicht weiter in ihn. Ein Verhör war das Schlimmste, was man jemandem antun konnte, dem man eigentlich dabei helfen wollte, sein Gewissen zu erleichtern. Schließlich gehörte Toleranz zu den drei Tugenden der Göttin. Wenn die Priester ihr Schweigen respektierten, erkannten die Menschen irgendwann von selbst, dass sie auch ihre Geheimnisse wahren würden und ihnen vielleicht auf die eine oder andere Weise helfen könnten. Lag die eurydische Lehre nicht in den Händen ihrer Priesterschaft?

Grigán war da keine Ausnahme. Lanas Schweigen und ihr aufmerksamer, wohlwollender Blick ermutigten ihn hundertmal mehr als lange Worte.

»Ich glaube nicht ... Ich glaube nicht an einen Gott in dem Sinne, wie Ihr es versteht«, sprach er zögernd weiter. »In Griteh hat man mich einst gelehrt, zu Alioss und Lusend Rama zu beten. Aber da war ich noch ein Kind. Was ich damals dachte, ist nicht von Belang. Als ich erwachsen wurde, begann ich zu zweifeln, und nach meiner Flucht aus den Unteren Königreichen gab ich das Beten auf.«

Lana teilte Grigáns Meinung über den kindlichen Glauben nicht, aber sie sagte nichts dazu.

»Glaubt Ihr denn vielleicht an ... die Natur?«, fragte sie behutsam nach. »Den Wald, die Jahreszeiten, die Seele der Tiere? Ist es so etwas?«

»Findet Ihr das dumm?«, erwiderte er leicht verschämt.

»Nein, ganz und gar nicht«, versicherte ihm Lana verständnisvoll. »Wenn man wie Ihr sein ganzes Leben auf Wanderschaft verbringt, ist es nur natürlich, in der Morgenröte oder in einem neugeborenen Rehkitz mehr Göttlichkeit zu erkennen als in den uralten Schriften. Das ist ein löblicher Glaube, Meister Grigán.«

»Danke«, murmelte er noch verlegener. »Aber Ihr seid ... Ihr seid nicht verärgert wegen ...«

»Wegen Eurydis?«, sprang sie ihm bei. »Das kommt ganz auf Euch an. Was würdet Ihr sagen, wenn die Maz die Schönheit der Natur preisen würden?«

Grigán dachte eine Weile nach aus Angst, in eine Falle zu tappen. Er hatte das Gefühl, in einer Debatte mit Corenn gelandet zu sein, in der er ohnehin nicht das letzte Wort behalten konnte. Doch Lana war nicht Corenn. Die Ratsfrau setzte ihr diplomatisches Geschick ein, um politische oder ökonomische Entscheidungen zu beeinflussen, während es der Priesterin um religiöse Überzeugungen ging. Noch dazu hatten sie ganz unterschiedliche Methoden.

»Ich weiß es nicht«, gab er zu. »Es würde mich schon freuen, wenn die Menschen die Natur höher achten würden.« Er deutete auf die umliegende Landschaft.

»Nun, dann seid Ihr auf Eure Weise ein Anhänger der Eurydis«, schloss Lana. »Keine Sorge, ich habe nicht die Absicht, mich in Eure Überzeugungen einzumischen. Ich wollte Euch nur darauf aufmerksam machen, dass sich unsere Glaubensformen sehr ähnlich sind. Sie gehen beide in dieselbe Richtung.«

»Und die wäre?«

»Das universelle Streben nach Moral natürlich. Wissen, Toleranz, Frieden. Diese Werte verteidigt Ihr, Grigán, auch wenn Ihr Euch dessen nicht bewusst seid. Ihr helft der Menschheit, sich weiterzuentwickeln. Es heißt, dass die Göttin ein drittes Mal in dieser Welt erscheinen wird, um uns zu helfen, den letzten Schritt zu tun. Dann werden die Menschen im Einklang mit ihren Schöpfern und allen irdischen Wesen und Dingen leben. Im Laufe der Zeit werden Menschen und Götter eins werden, bis es nur noch eine Form vernunftbegabter Wesen gibt, die weder Leid noch Gier noch Grausamkeit noch eines der anderen Übel kennen, die unsere Seelen vergiften. Diese strahlende Zukunft nennen wir das Zeitalter von Ys. Findet Ihr nicht auch, dass Eure Überzeugungen dort ihren Platz haben? Meint Ihr nicht, dass die Achtung, die Ihr einem Baum oder einem Bach entgegenbringt, uns dieser seligen Zeit einen Schritt näher bringt?«

»Das kann schon sein«, antwortete Grigán, der sich etwas überrumpelt fühlte. »Aber wenn man die Eurydisverehrung so sieht, dann ist sie im Prinzip mit allen Religionen der Welt vereinbar. Das erscheint mir zu einfach.«

»Nicht mit allen Religionen, Grigán«, widersprach Lana. »Mit allen Moralreligionen, das ja. Aber welchen Platz gäbe es Eurer Meinung nach für die Züu, wenn das Zeitalter von Ys anbricht? Was geschähe mit Phrias' Anhängern? Oder mit den Vallponden?«

Lana brach ihre Aufzählung ab, weil sie merkte, dass sie in Zorn geriet. Toleranz lautete das Gebot der Göttin. Das Streben nach Moral würde sehr lange dauern, denn die Menschen würden viel Zeit brauchen, um die schwarzen Götter zu vergessen. Die Maz waren geduldig ... Doch indes mordeten die Boten Zuïas, quälten die Jünger des K'lur ihre Sklaven, brachten die Töchter Soltans ihre grausigen Opfer dar, Tag um Tag, Jahr um Jahr. Wie viele Jahrhunderte noch?

Hatte Maz Achem nicht vielleicht doch recht gehabt, als er einen Kreuzzug gegen die Dämonistenkulte forderte? Und was barg das Jal'dara?

Lana war verwirrt. Mit einem Mal kamen ihr Zweifel an manchen Grundsätzen der eurydischen Lehre. Und wenn alles ein Irrtum war? Wenn das Zeitalter von Ys niemals käme?

Grigán bemerkte ihren Kummer. Nun war er es, der sich etwas unbeholfen bemühte, sie zu trösten.

»Manchmal fühlt man sich furchtbar hilflos, nicht wahr?«, sagte er unsicher.

Lana nickte stumm. Tränen stiegen ihr in die Augen, doch es gelang ihr, sie zurückzudrängen.

»Rey hat uns erzählt«, fügte er hinzu, schon halb im Aufstehen, »dass Ihr Witwe seid. Stimmt das?«

Sie nickte noch einmal, ohne aufzublicken. Sie würde sich nicht mehr lange beherrschen können.

»Mein Beileid«, sagte Grigán und brach zu einem neuen Rundgang auf. Als er schon fast im Schutz der Dunkelheit verschwunden war, fügte er hinzu: »Auch ich bin Witwer. Ich habe meine Frau verloren. Aber behaltet das für Euch. Ich wollte Euch nur sagen, dass man alles irgendwann vergessen kann.«

Kaum allein, ließ Lana ihren Tränen freien Lauf. Grigán fragte sich, ob es richtig gewesen war, zu lügen. Denn manche Wunden schmerzten noch nach zwanzig Jahren.

Rey fand, dass die Darbietung der Gaukler zu den besten gehörte, die er je gesehen hatte, und seine Freunde pflichteten ihm bei. Alle Artisten beherrschten ihre Kunst perfekt … Fast alle, wie sich bald herausstellen sollte.

Den Anfang machte die Feuerschluckerin, die nicht nur Feuer spie, sondern auch über glühende Kohlen lief, sich Nadeln in die Haut steckte und andere Quälereien auf sich nahm, ohne dass sie den geringsten Schmerz zu spüren schien.

Indes begleiteten die Spaßmacher ihr Martyrium mit übertrieben fröhlichen oder grässlichen Grimassen, um die Menge im richtigen Augenblick zum Lachen zu bringen oder für gespannte Stille zu sorgen. Die Zuschauer applaudierten und johlten so laut, dass immer mehr neugierige Passanten herbeiliefen.

Daraufhin setzte Nakapan der Koloss zu einer Rede an, die Corenn den Erben übersetzte.

»Wie viel ist den Bewohnern der schönen Stadt Dessin die Fortsetzung unserer Vorstellung wert?«, fragte er das Publikum. »Wir sind an Königshöfen aufgetreten. Wir sind vor den Groß-Emaz Odrels aufgetreten. Gern treten wir auch vor Euch auf, edle Bürger von Dessin. Doch die Kunst allein ernährt uns nicht …«

Während er sprach, streiften die Gaukler mit dem Klingelbeutel durch die Menge. Dabei nahmen sie besonders wohlhabend aussehende Zuschauer aufs Korn und machten die Drückeberger aus, die sich nur ein paar Schritte entfernten, um bei der nächsten Nummer wieder ins Publikum zurückzukehren. So wussten die Spaßmacher sofort, wen sie sich später vorknöpfen würden.

Einer der Zwergclowns zeigte Nakapan den Inhalt des Klingelbeutels, der prompt für ungenügend befunden wurde. Die Spannung war wohl noch nicht groß genug.

»Wir haben einen Wolfsbändiger und einen Affendompteur«, verkündete er feierlich. »Wir haben einen Jongleur, der zu den geschicktesten seiner Zunft gehört. Wir haben Kampfakrobaten, deren Duelle Euch den Atem rauben werden. Wir haben den mächtigsten Zauberer der bekannten Welt«, erklärte er und wies auf den Mann in Schwarz. »Edle Bürger von Dessin, wollt Ihr unsere Vorführung sehen?«

Die Gaukler drehten eine weitere Runde durch das Publikum, die nicht die letzte während der Vorstellung sein würde. Diesmal war Nakapan mit der Summe zufrieden und kündigte die nächste Nummer an.

Damit war der große Moment für Anaël gekommen oder vielmehr für seinen Wolf. Merbal begeisterte das Publikum mit verschiedenen Kunststücken: Er lief auf den Hinterbeinen, stellte sich tot und meisterte andere schwierige Aufgaben, indem er etwa einen bestimmten unter mehreren Bällen auffing.

Anaël gestaltete seine Nummer mit Humor und spielte mehr mit seinem Wolf, als ihn zu Kunststücken anzutreiben. Wer die beiden nicht kannte, dem kam das Tier wie eine furchterregende Bestie vor. So traute sich auch keiner der Zuschauer, eine Hand in sein Maul zu legen, als Anaël sie dazu aufforderte. Schließlich meldete sich Léti, die sich freute, für kurze Zeit etwas zu der Vorstellung beizutragen.

Nachdem die Kunstreiter ihr Können unter Beweis gestellt hatten, war Nakapan an der Reihe. Der Koloss verbog zunächst einige Metallstangen, eine dicker als die andere, wobei ihm der Schweiß übers Gesicht lief. Dann lud er die Zuschauer ein, im Ringen gegen ihn anzutreten, und gewann natürlich jede Runde. Gegen Bowbaq hätte er wohl kein so leichtes Spiel gehabt, aber Rey gelang es nicht, seinen Freund zu einem Kampf zu überreden.

Nun kam Tonk, der unsympathische Affendompteur. Die arrogante Miene, mit der er in die Mitte des Platzes schritt, missfiel Corenn auf Anhieb. Als Erstes ließ er seine Peitsche über den Mausäffchen knallen und versetzte die angeketteten Tiere damit in Panik. Offenbar tat er das nur, um Bowbaq zu provozieren, denn sein Blick wanderte dabei zu dem Riesen.

Zu seinem Pech gelang ihm das bestens. Das freundliche Lächeln, das man sonst von Bowbaq kannte, wich einem grimmigen, leicht bedrohlichen Gesichtsausdruck. Er verschränkte die gewaltigen Arme vor der Brust und wartete ungeduldig auf das Ende der Nummer.

Doch dazu kam es nicht mehr. Jeden Trick, den Tonk seinen Tieren aufzwang, führten die Affen nur aus Furcht vor Schlägen aus, wenn sie nicht von Peitschenhieben dazu getrieben wurden. Jedes Mal schob Bowbaq seine Arme ein wenig höher, ballte die Fäuste und holte laut Luft. Corenn ahnte nichts Gutes und versuchte, den Riesen wegzuziehen, doch es war zu spät. Er weigerte sich höflich, aber bestimmt, den Platz zu verlassen.

In der folgenden Übung mussten die Affen die glühenden Kohlen der Feuerschluckerin überqueren. Das Kreischen der armen Tiere ließ keinen Zweifel daran, dass sie echte Qualen litten. Dennoch gehorchten drei von ihnen dem Befehl. Der kurze Feuerlauf schien ihnen lieber zu sein als der sengende Schmerz der Peitsche.

Das letzte Äffchen zeigte sich weniger gefügig. Nach einigen Zurufen ging Tonk rasch zur Peitsche über, schlug einmal zu, zweimal und dann noch einmal, als wollte er das Tier umbringen. Tatsächlich rührte es sich schon nicht mehr.

Seinen nächsten Schlag konnte der Schinder nicht mehr ausführen. Wie ein wild gewordener Auroch stürmte Bowbaq über den Platz und entriss ihm die Peitsche. Tonk schlug ihm mit der Faust ins Gesicht, was ihm der Arkarier umgehend mit gleicher Münze heimzahlte. Der Dompteur wurde drei Schritte zurückgeschleudert und landete mit dem Rücken auf dem Boden, wo er eine Weile fassungslos liegen blieb und seine Zähne zählte.

Die Erben scharten sich um ihren Freund, während sich die Gaukler – mit Ausnahme von Cavale und Anaël – um den Affendompteur versammelten. Léti ließ die Kampfakrobaten, die nur auf ein Zeichen ihres Anführers warteten, nicht aus den Augen. Trennten sich damit ihre Wege?

»Edle Bürger von Dessin, die Vorstellung geht weiter!«, sagte Nakapan nur.

Die Akrobaten lösten Tonk ab und gingen in Kampfstellung. Der Anführer der Truppe winkte die Beteiligten zur Seite. Ihn als verärgert zu bezeichnen wäre untertrieben gewesen. Nakapan kochte vor Wut.

Im Weggehen hob Bowbaq das kleine Mausäffchen auf, das sich an ihn klammerte, als verstünde es genau, was vor sich ging. Tonk schleifte die drei anderen Tiere hinter sich her und warf dem Riesen dabei wüste Verwünschungen an den Kopf, während Rey, Léti und Corenn ihn nicht aus den Augen ließen.

»Was sollte das denn?« fuhr Nakapan Bowbaq an. »Seid Ihr so dumm, oder tut Ihr nur so?«

Corenn übersetzte dem Riesen, ließ die Beleidigung aber unerwähnt. Dafür übernahm sie selbst die Antwort. »Unser Freund ist Erjak«, erklärte sie. »Er erträgt es nicht, wenn Tiere gequält werden, so einfach ist das. Seid unbesorgt, es wird nicht wieder vorkommen.«

»*Quaff*«, spuckte Tonk durch seine Zahnlücke.

Doch die Erklärung hatte den Koloss sofort besänftigt. Unter Gauklern wurden Erjaks wie lebende Legenden verehrt, und einen in ihren Reihen zu haben war Gold wert. Nakapan beschloss, Bowbaq fortan äußerst freundlich zu begegnen.

»*Er haf meinen Affen gefohlen!*«, beschwerte sich Tonk, der den Sinneswandel seines Anführers vorausahnte.

»Du bist wirklich ziemlich brutal«, sagte Nakapan. »Und du beschwerst dich ohnehin ständig über den da! Du wolltest ihn sogar verkaufen!«

»Aber er haf ihn gefohlen!«

»Na, dann soll er ihn dir zurückgeben oder abkaufen. Dabei kommst du doch gut weg, oder?«

»Wie viel wollt Ihr für das Tier?«, fragte Corenn.

»*Frei Monarchen*«, forderte der Dompteur.

»Zwei Monarchen, einverstanden«, sagte Corenn und nahm das Geld heraus.

»Nein. Nicht fwei, *frei!*«

»Wie gesagt, dann sind wir uns ja einig.«

In der Gewissheit, den Anführer auf ihrer Seite zu haben, ließen die Erben den enttäuschten Tonk mit zwei Münzen zurück.

»Wie heißt er denn?«, fiel Yan gerade noch ein.

Der Affendompteur warf ihm einen schiefen Blick zu, als hätte er ihn nach dem Namen seiner Mütze gefragt.

»Miffkerl!«

So kam es, dass die Erben, nachdem sie die Katze Frosch in Romin verloren hatten, in Dessin ein weibliches Mausäffchen namens Miff zu sich nahmen.

Die Vorstellung ging bald zu Ende, und so konnten die Erben zu Grigán und Lana zurückkehren und die arme Miff verarzten. Rey war versucht, sich noch ein wenig in der Stadt herumzutreiben, um dem einen oder anderen Wirtshaus einen Besuch abzustatten, aber dann schloss er sich doch den anderen an – nachdem Cavale einen guten Tropfen in seinem Gepäck erwähnt hatte.

Natürlich fanden sie Grigán wachsam wie eh und je auf seinem Posten vor. Der Krieger sah mit Erleichterung, dass sie alle sicher und unversehrt ins Lager zurückgekehrt waren. Obwohl ihm Corenn den Zwischenfall mit dem Mausäffchen so harmlos wie möglich schilderte, wurde er wütend und beschimpfte sowohl Tonk als auch Bowbaq heftig. Der Riese ließ die Strafpredigt kleinlaut über sich ergehen und sah ihn so schuldbewusst an, dass sich Grigán schnell wieder beruhigte. So schlimm war die Sache nun auch wieder nicht.

Um mögliche Rachegelüste des Affendompteurs zu unterbinden und andere Angriffe zu verhindern, schlug der Krieger vor, eine Nachtwache vor den Wagen zu postieren. Er selbst würde die erste Schicht übernehmen. Wie üblich wollte er nur die Männer mit dieser Aufgabe betrauen, doch diesmal machte er eine Ausnahme, denn Léti bestand darauf, ebenfalls in die Pflicht genommen zu werden.

Nachdem das geregelt war, ging ein jeder seiner Wege: Man ging zu Bett, zog mit seinem Krummschwert um die Wagen, kümmerte sich um einen verletzten Affen oder kostete von einem wunderbar klaren Lubilienschnaps.

Léti und Corenn fanden Lana im Wagen der Frauen. Die Priesterin war über dem Buch der Weisen eingeschlummert, und neben ihr lag die Übersetzung des Gedichts aus dem Tiefen Turm. Lana hatte fast den ganzen Abend damit verbracht, die beiden Schriften zu studieren. Als ihre Freundinnen hereinkamen, wachte sie auf.

»Geht es Euch nicht gut?«, fragte Corenn, erschrocken über Lanas graues, müdes Gesicht.

So gramvoll hatte sie die Priesterin noch nie gesehen. Das konnte nicht nur daran liegen, dass sie schlecht geträumt hatte.

Lana setzte sich auf und rieb sich das Gesicht, bevor sie antwortete. »Ich habe Angst, Corenn. Entsetzliche Angst vor dem, was wir suchen. Angst, die Wahrheit nicht ertragen zu können. Werden wir so mutig sein wie unsere Vorfahren?«

»Wovon sprecht Ihr?«, fragte Corenn und setzte sich zu ihr. »Welche Wahrheit?«

»Ich weiß es genauso wenig wie Ihr. Aber ich ahne … Ich ahne, dass die Verantwortung schwer auf uns lasten wird. Glaubt Ihr nicht auch?«

Léti nickte heftig, und auch Corenn stimmte einen Augenblick später zu. Ihre Vorfahren hatten ihre Ämter, ihre Reichtümer, ja sogar ihr Leben verloren. Sie mussten fürwahr ein schreckliches Geheimnis entdeckt haben. Ein Geheimnis, das weit mehr umfasste als das Wissen um die Existenz des Jal'dara.

»Das Gedicht …«, begann Lana. »Ich habe es das Gedicht von Romerij genannt«, fügte sie einer plötzlichen Eingebung folgend hinzu. »Ist Euch auch schon aufgefallen, dass in keiner einzigen Religion von einem jungen Gott die Rede ist? Von Götterkindern? Dieses Gedicht ist eine Ausnahme. In einigen wenigen Zeilen stellt es einen Großteil unserer religiösen Überzeugungen infrage.«

»Ich würde das nicht ganz so ernst nehmen«, sagte Corenn. »Was ändert es schon, wenn die Götter zunächst den Körper eines Kindes annehmen? Ist Eurydis den Itharern nicht auch in Gestalt eines Mädchens erschienen?«

»Im Gegenteil, es ändert sogar sehr viel!«, widersprach Lana. »Im Gedicht heißt es: ›Arglos sind Menschen wie Götter.‹ *Arglose* Götter! Ist Euch bewusst, was die Begegnung zwischen den Götterkindern und unseren Vorfahren für Folgen gehabt haben kann? Ist Euch bewusst, dass die Tragödie des vergangenen Jahrhunderts möglicherweise nie wieder gutgemacht werden kann? Dass sich das Jal'dara, die Kinderstube der Götter, vielleicht für immer verändert hat?«

Corenn und Léti sahen sich entsetzt an. Lana hatte ihre Suche soeben in einen religiösen Zusammenhang gestellt, und damit sah alles nur noch düsterer aus.

Ihr Feind war nicht nur übermächtig. Vielleicht hatte er das größte Verbrechen begangen, das man sich überhaupt vorstellen konnte. Vielleicht hatte er den Zorn der Götter über die Menschheit gebracht – und das für alle Ewigkeit.

Früh am nächsten Morgen brachen die Gaukler und die Erben zur schwierigsten Etappe ihrer Reise auf: der Fahrt durch das Klamme Tal.

Der Landstrich lag zwischen den Nebelbergen und dem Gebirgszug der Brantacken, den natürlichen Grenzen des Königreichs Romin. Das Klamme Tal erstreckte sich bis in den Süden Arkariens und verband das Alte Land mit dem Reich des Nordens. In der eintönigen Sumpflandschaft wuchsen nur wenige Bäume, und es blies immerzu ein eiskalter Wind.

Außer ein paar zurückgezogen lebenden Einsiedlern oder Bauern, die ihre armseligen Höfe nicht verlassen wollten, lebte kaum jemand in dieser unwirtlichen Gegend. So herrschte dort weder Recht noch Gesetz, was eine dritte Sorte Bewohner anlockte: ruchlose Räuber, die für eine Handvoll Silbermünzen auch vor Mord nicht zurückschreckten.

Merbal von Jidée war der berüchtigtste gewesen. Die Räuber des Klammen Tals hatten einen so furchterregenden Ruf, dass Romin seinen wichtigsten Handelsweg hatte schließen müssen und nun von der florierenden Wirtschaft der Oberen Königreiche abgeschnitten war.

Zum Glück mussten die Erben nicht das ganze Tal durchqueren. Zu den Nebelbergen führte ein einigermaßen ungefährlicher Weg, der seit Jahrhunderten von lorelischen Kaufleuten benutzt wurde. Zwei Tage lang war nun besondere Wachsamkeit geboten, bevor sie das sichere Semilia erreichten.

Kaum hatten sie die Stadtmauern hinter sich gelassen, befanden sie sich in einer Ödnis, in der sie keiner Menschenseele mehr begegneten. Ihre Wagen rumpelten durch immer tiefere Pfützen. Aus der Straße wurde ein Trampelpfad, der schließlich streckenweise gar nicht mehr zu erkennen war. Damit die Fahrzeuge nicht im Morast stecken blieben, mussten sie immer wieder einen Tümpel umfahren, was sie viel Zeit kostete – sehr zum Ärger Grigáns, der zu Pferd keine Mühe hatte, die unwegsamen Stellen zu passieren.

»Wir sollten die Wagen hier stehen lassen und allein weiterreiten«, schlug er Corenn vor. »Wir verlieren viel zu viel Zeit.«

»Ohne die Gaukler müssen wir in Le Pont Wegezoll zahlen«, erinnerte sie ihn.

»Wir finden schon eine Lösung. Das wäre ja nicht das erste Mal.«

»Und ohne den Schutz, den die Wagen uns bieten, könnten wir in den Bergen erfrieren«, fügte Corenn hinzu. »Uns bleibt keine andere Wahl, als mit den Gauklern weiterzuziehen.«

Widerwillig lenkte Grigán ein. Manchmal dachte er noch wie früher, als er allein unterwegs gewesen war. Da er zwei Jahre in Arkarien verbracht hatte und weder Schnee noch kalte Nächte fürchtete, hätte er Semilia in weniger als zwei Tagen erreicht. Doch diese Mühsal konnte er den anderen nicht abverlangen.

Bald pfiff ihnen ein Wind um die Ohren, der sie bis in die Nebelberge begleiten würde. Er kam aus Norden, ein böiger, trockener, eiskalter Wind, in dem immer wieder Hagelkörner wirbelten.

»Der Wind …«, bemerkte Léti, die neben dem kleineren, den Frauen vorbehaltenen Wagen ritt. »Er klingt wie der Gesang der Geister in der Bibliothek.«

Lana und Corenn schwiegen, denn sie hatte das gleiche unheimliche Gefühl beschlichen. Die Priesterin zog sich rasch wärmer an, und die anderen folgten ihrem Beispiel.

Später durchquerten sie einen breiten Tümpel, der nirgends tiefer als zwei Fuß war. Grigán hatte auf eigene Faust eine Furt gesucht und gefunden, was dem Wagenzug einen Umweg von einem Dekant ersparte.

Als sie sich ins Wasser vorgewagt hatten, war Nakapan noch skeptisch gewesen, aber nachdem sie am anderen Ende des morastigen Teichs angekommen waren, bedankte er sich überschwänglich.

»Ich hasse Gegenden, in denen es ständig regnet«, sagte Rey mit einem missmutigen Blick auf die Schlammpfützen, die an manchen Stellen gefroren waren. »Wenn man sich vorstellt, dass wir noch vor einer Dekade im Schönen Land waren!«

»Hier regnet es nie«, verbesserte ihn Grigán. »Das Wasser stammt von der Schneeschmelze in den Brantacken und den Nebelbergen. In fünf

Monden wird dieser See hier mindestens fünf Fuß tief und dreimal so groß sein wie jetzt.«

Rey betrachtete die Einöde, die Wind und Wetter ausgesetzt war. Wie sollte irgendjemand hier leben können?

Der alte Anaël, mit dem sich die Erben angefreundet hatten, erzählte ihnen, wie er seinen treuen Merbal als Welpe in dieser Gegend gefunden hatte. Der kleine Wolf war von dem plötzlichen Anstieg des Wassers überrascht worden und saß auf einem Streifen Land fest, das zu einer immer kleineren Insel zusammenschrumpfte. Der Gaukler hatte ihn aus seiner misslichen Lage befreit, und so wurde der Jongleur zum Wolfsbändiger.

Anaël kannte sich in diesen Breiten gut aus und zeigte den Erben alle möglichen Pflanzen, die in dem rauen Klima gediehen: Graualgen, Buraksweiden, Schwallgras, Selsassen, Seekraut und andere kuriose Gewächse. Die Tierwelt war ebenso vielfältig: Anaël machte sie auf Waulen aufmerksam, auf Mützenmöwen, Springmargoline, Domaliander und patrizische Rennmäuse. Einmal sahen sie sogar ein Nest mit Zönobitenvipern, um das sie einen großen Bogen schlugen. Sie konnten gut darauf verzichten, dass sich Hunderte Schlangen auf ihre Pferde stürzten.

Leider entgingen diese Erläuterungen gerade demjenigen, den sie am meisten interessiert hätten. Bowbaq war mit etwas anderem, genauso Spannendem beschäftigt. Er brachte Yan bei, wie man mit Tieren sprach.

»Tiere denken nicht wie wir«, begann der Riese, während Yan gebannt lauschte. »Sie denken eigentlich gar nicht. Das brauchen sie auch nicht: Alles, was sie tun, tun sie instinktiv. Wenn sie Hunger haben, fressen sie. Wenn sie müde sind, schlafen sie. Wenn sie Gefahr wittern, fliehen sie. Ganz einfach. Würde das Tier zögern, wäre es kein Tier mehr. Es wäre wie du, wie ich, wie wir anderen: ein vernunftbegabtes Wesen. Und es wäre innerhalb kurzer Zeit tot.«

Bowbaq schien in eine Art Selbstgespräch versunken, während er unermüdlich mit der armen Miff spielte, die ihre Scheu noch nicht verloren hatte. Er hoffte, bald ihr Vertrauen zu gewinnen, um ihr die Kette abnehmen zu können. Das Mausäffchen würde sich vortrefflich für ihre Übungen eignen. Aber vor allem wünschte sich der Riese, dem kleinen Tier etwas Gutes tun zu können, gleichsam als Entschädigung für die Grausamkeiten seiner Artgenossen.

Obwohl Yan den Wagen lenkte, ließ er sich kein einziges Wort seines Freundes entgehen. All das kam ihm wie das Selbstverständlichste von der Welt vor. Doch was er sich mit gesundem Menschenverstand zusammenreimte, klang aus dem Mund eines Erjak wie eine Wahrheit, die auf Erfahrung beruhte.

»Erwarte nicht, Wörter zu erkennen«, fuhr Bowbaq fort. »Es sind nur Empfindungen oder bestenfalls Bilder. Dein Geist übersetzt es dann in Worte. Die Tiere selbst formulieren keine.«

»Verstehe.«

»Und genau das kann ich dir beibringen, Freund Yan. Ich weiß nicht, wie man in einen anderen Geist eindringt. Ich kann nicht erklären, wie das funktioniert. Wenn es dir nicht gelingt, werde ich dir nicht helfen können. Ich kann dir nur, ähm … zeigen, wie du das, was du siehst, auslegen kannst.«

»Einverstanden«, stimmte Yan zu. »Wann fangen wir an?«

Der Riese wusste nicht, was er sagen sollte. Er hätte das Vorhaben gern auf sehr viel später verschoben. Schüchtern, wie er war, hatte er das Gefühl, sich nur zu blamieren, wenn er einem so klugen jungen Mann etwas beizubringen versuchte.

Yan spürte seine Verlegenheit und nahm die Sache in die Hand. »Am besten erklärst du mir zuerst die wesentlichen Punkte, bevor ich überhaupt einen Versuch wage. Bestimmt gibt es ein paar Dinge, vor denen ich mich in Acht nehmen muss? Damit beginnt Corenn immer ihren Unterricht.«

»Ja«, erwiderte Bowbaq, bestärkt durch das Vertrauen seines Freundes. »Zum Beispiel gibt es drei Fälle, in denen man gar nicht erst zu versuchen braucht, mit einem Tier in Kontakt zu treten: Wenn es glaubt, dass sein Leben in Gefahr ist, dass seine Jungen in Gefahr sind, oder wenn es dich für eine mögliche Beute hält.«

»Das klingt einleuchtend«, sagte Yan.

»Außerdem ist es sehr schwierig, wenn das Tier verletzt ist – und unmöglich, wenn *du* es verletzt hast – oder wenn es dich als Eindringling in seinem Revier versteht.«

»Ich hätte nicht gedacht, dass es so viele Einschränkungen gibt.«

»Ja. Kontakt kannst du zwar immer aufnehmen, aber ein *Austausch* ist in solchen Fällen unmöglich.«

»Eigentlich ein bisschen wie bei Grigán«, sagte Yan munter.

Die Freunde grinsten sich an. Das mürrische Naturell des Kriegers war häufig die Zielscheibe ihres Spotts, seit Rey ihn damit aufzog. Doch das minderte die Hochachtung, die sie dem alten Kämpfer entgegenbrachten, nicht im Mindesten.

»Generell kann man sagen«, fuhr Bowbaq fort, »dass es bei Weibchen leichter ist. Bei Männchen geht es immer auch um Dominanz, die man nur schwer durchsetzen kann. Außerdem ist es bei Raubtieren einfacher als bei anderen: Ihre Triebe sind den unseren recht ähnlich. Sie sind Einzelkämpfer. Dagegen haben Weidetiere einen Herdensinn, der uns eher fremd ist. Wenn es nicht gerade um ihr Überleben geht, richten sie sich stets nach dem Leittier, dem dominanten Männchen. Es ist jedenfalls einfacher, mit einem Bären zu sprechen als mit einem Pferd!«

Yan nickte immer wieder, während er sich jeden dieser Grundsätze fest einprägte. Bowbaq redete in einem fort, und Yan sog alles auf. Aus Neugier und purer Wissbegier und ohne zu ahnen, dass ihm dieses Wissen schon bald das Leben retten würde.

Zamerine bebte vor Aufregung. In all den Jahren, in denen er Zuïa diente, hatte ihn seine Arbeit noch nie mit solcher Freude erfüllt. Es war wie ein Rausch. Ein Fieber, das seinen Verstand und seine Führungsstärke herausforderte.

Sein Meister, der hohe Dyarch, hatte ihm endlich einen Teil seiner Pläne enthüllt. Seither bewunderte der Judikator ihn nur noch mehr. Was für eine Großtat! Was für ein Ehrgeiz!

Sein Vorhaben übertraf alles, was ein Mensch je gewagt hatte. Doch war Saat tatsächlich nur ein Mensch? Seine Vision, das Ausmaß seiner Pläne waren das Ebenbild seiner selbst: allmächtig. Unsterblich.

Geisteskrank, dachte der Zü bisweilen, bevor er sich wieder in die Arbeit stürzte, um die ketzerischen Gedanken zu verscheuchen.

Sein Meister hatte nicht nur eine kühne Vision, sondern auch die Mittel, sie zu verwirklichen: Rund achtzigtausend Sklaven hatte die Wallattenarmee unter Gors dem Zimperlichen innerhalb weniger Monde zusammengetrieben. Endlich würden sie diese Nichtsnutze, die den bewaffneten Truppen bisher nur ein Klotz am Bein gewesen waren, für ihre Zwecke einsetzen. Saat hatte von Anfang an gewusst, wie. Aber er hatte es bewusst erst jetzt verkündet, als die Armee an ihrem Ziel angelangt war. Von hier aus würde ihr großer Angriff ausgehen.

Gegenwärtig war Zamerine mit der Überwachung der Bauarbeiten beauftragt. Dyree und die fünfundachtzig Boten Zuïas, die zu ihnen gestoßen waren, gingen ihm dabei zur Hand. Die Sklaven hatten unter Schmerzen gelernt, die Mörder im roten Gewand zu fürchten und nicht aufzumucken. Niemand hatte verzweifelte Gefangene so gut im Griff wie die Züu.

Zamerine hatte unter anderem entschieden, den Zwangsarbeitern, die schnell zu ersetzen waren, weder Schlaf noch Nahrung zu gewähren, um Zeit und Kosten zu sparen. Doch Emaz Chebree hatte die Folter noch verfeinert. Fortan bekamen nur diejenigen, die bei der Verehrung des Gottes Sombre besonderen Eifer zeigten, etwas Wasser, eine Handvoll Körner und etwas Zeit zugestanden, um zu beten – oder zu schlafen.

Die Religion erfreute sich nun noch größerer Beliebtheit als zuvor, und der hohe Dyarch hatte sich lobend geäußert, was nur selten geschah. Selbst sein Sohn wirkte mittlerweile lebendiger. Bisweilen nahm er sogar die Verkünder seines Meisters zur Kenntnis: Zamerine, Chebree, Gors und Dyree. Alle anderen ließen ihn kalt.

Ihre Armee hatte nun endgültig Stellung bezogen und kontrollierte das gesamte Gebiet zwischen dem Col'w'yr – im Volksmund nur der graue Fluss genannt – und der aus heißen Quellen gespeisten Liponde. Einzelne Kompanien würden weiter nach Norden ins Land Thalitt vorstoßen, doch das Wesentliche würde sich hier abspielen. Am Fuß der Berge.

Zamerine legte den Kopf in den Nacken und betrachtete seinen nächsten Gegner. Es war ein gigantisches Unterfangen. Gewiss würden sie viele Hindernisse zu überwinden haben. Doch in Anbetracht der

Mittel, die ihnen zur Verfügung standen, schien nichts unmöglich. Und das, was sie anstrebten, war fürwahr die Mühe wert.

Noch bevor ein Jahr zu Ende ging, würde sein Meister die Oberen Königreiche erobert haben. Goran, Lorelien, Romin. Ith. Kaul. Arkarien.

Was Saat dann vorhatte, kümmerte ihn wenig. Der Zü sah sich bereits als Statthalter Loreliens, wie es ihm versprochen worden war. Bald würde sich alle Welt Zuïas Gesetz unterwerfen.

Die Erben waren ebenso froh wie die Gaukler, als der erste Tag ihrer Reise durch das Klamme Tal zu Ende ging. Die vielen Umwege, die ständig im Morast stecken bleibenden Wagen und die Angst vor Raubüberfällen hatten sie Kraft und Nerven gekostet. Als noch dazu die ersten Nebelschwaden aufzogen, gab Nakapan das Zeichen zur Rast, obwohl der Tag gerade erst im sechsten Dekant stand.

Grigán protestierte der Form halber, doch gegen die Macht der Natur konnte selbst der ungeduldige Krieger nichts ausrichten. In der Tat dauerte es nicht einmal eine Dezime, bis die Fuhrwerke in dichtem Nebel verschwanden. Corenn riet den anderen, sich nicht vom Lager zu entfernen, aber das hätte ohnehin niemand gewagt.

Bis zum Einbruch der Nacht vertrieb sich jeder die Zeit auf seine Weise. Corenn und Lana suchten sich einen ruhigen Ort, um ihre Theorien über das Gedicht von Romerij zu besprechen. Grigán und Léti schlugen den Kampfakrobaten vor, sich zu Übungszwecken mit ihnen zu messen, und die anderen beschlossen, diesem vielversprechenden Kampf beizuwohnen.

Die beiden Gaukler, der Mann mit den Säbeln und sein Gegenspieler mit dem Speer, bildeten sich auf ihr Können so viel ein, dass sie die Herausforderung nicht besonders ernst nahmen. Sie wurden schnell eines Besseren belehrt. Nachdem Grigáns und Létis Angriffe zunächst zurückhaltend, ja fast schüchtern ausgefallen waren, wurden sie rasch immer schneller und gefährlicher. Die beiden hatten die ersten Attacken und Paraden dazu genutzt, die Bewegungen der Akrobaten genau zu studieren.

Der Anblick des Kriegers und der jungen Frau, die Seite an Seite kämpften, hätte selbst die größten Aufschneider verstummen lassen. Mit ihrer schwarzen Lederkluft und dem gleichen konzentrierten Gesichtsausdruck griffen sie manchmal genau im selben Moment an, als führten sie eine lang geprobte Choreografie vor. Das geringschätzige Lächeln der Akrobaten wich immer verkrampfteren Mienen. Wie konnten es diese Fremden wagen, alte Hasen wie sie herauszufordern?

Auch wenn die Treffer nur angetäuscht waren, bedeuteten sie eine Demütigung. Léti wurde zweimal »verletzt«, ebenso wie der Mann mit dem Speer. Den Säbelkämpfer erwischte es mit vier Treffern am schlimmsten. Nur Grigán gab sich keine einzige Blöße. Da der Mann mit den Säbeln immer wütender wirkte, hielt er es für besser, das Scheingefecht zu beenden, bevor es aus dem Ruder lief.

Bowbaq und Rey beglückwünschten die Sieger lauthals, und Yan fiel in ihren Jubel ein, während sich die Gegner höflich die Hände schüttelten. Léti rammte ihr Rapier in den Boden, lief zu ihren Freunden und fiel dem völlig verdatterten Yan um den Hals.

Er erwiderte die Umarmung, ohne zu begreifen, wie er zu diesem Glück kam. Aber das war ihm so egal wie der pelzige Hintern eines Margolins. Sie lagen sich in den Armen und zögerten den Moment lange hinaus, bis sich Léti mit einem Lächeln von Yan löste und wieder zu Grigán lief, um die Übungsstunde fortzusetzen.

»Mit deiner weißen Haarsträhne und dem roten Gesicht könntest du glatt als Spaßmacher durchgehen«, zog Rey ihn auf.

Yans Blick wanderte von Léti zu seinen Freunden, und er errötete noch mehr. Rey zwinkerte ihm vielsagend zu, während Bowbaq ihm ein strahlendes Lächeln schenkte. So dumm war sich Yan schon lange nicht mehr vorgekommen.

»Sie freut sich, dass sie gewonnen hat«, erklärte er verlegen und wies auf Léti.

»Das haben wir gesehen«, sagte Rey spitzbübisch.

Yan bereute, sich auf einen Wortwechsel mit Rey eingelassen zu haben. So hatte er sich freiwillig zur Zielscheibe anzüglicher Scherze gemacht. Genau davor hatte er sich schon in Eza gefürchtet, sechs Dekaden zuvor – in einer fernen Vergangenheit. Er beschloss, lieber den Mund zu halten.

Rey wandte sich Corenn und Lana zu, die in zwanzig Schritt Entfernung auf niedrigen Schemeln an einem Lagerfeuer saßen. Die Diplomatin und die Moralpriesterin beugten sich, ganz in ihr Gespräch vertieft, über ein Stück Pergament. Offenbar waren sie sich nicht ganz einig, trugen aber ruhig und dennoch nachdrücklich ihre Argumente vor. Der Schauspieler hörte nicht, was sie sagten. Er hatte nur Augen für Lana.

Er stellte sich neben Yan, der gedankenverloren dem nächsten Kampf zusah, und flüsterte ihm ins Ohr: »Warum bittest du sie nicht endlich um ihre Hand?« Er meinte es vollkommen ernst.

Yan schluckte und sah Rey verblüfft an. Es war das erste Mal, das ihn jemand so unvermittelt darauf ansprach. »Der Tag des Versprechens ist vorbei«, hörte er sich mit dünner Stimme sagen. »Nächstes Jahr …«

»Oder übernächstes? Warum nicht jetzt?«

»Warum …« Der junge Mann war sprachlos.

Rey hatte recht. Ja, warum eigentlich nicht? Hier, im Klammen Tal, im Kreis ihrer Freunde? Verloren im Nebel, in Gesellschaft einer romischen Gauklertruppe, nur aus einem einzigen Grund, dem besten aller Gründe: weil er es wollte?

Warum sollte er noch damit warten? Vielleicht hielt die Zukunft bessere Gelegenheiten bereit, vielleicht aber auch keine einzige mehr. Wann, wenn nicht jetzt?

Yan machte einen Schritt auf seine Geliebte zu, dann einen zweiten – und blieb plötzlich stehen. Ihm war wieder eingefallen, warum es jetzt nicht ging.

Usul hatte vorhergesagt, dass er den Bund mit Léti eingehen würde. Das wünschte sich Yan mehr als alles andere auf der Welt. Aber der Gott hatte auch Grigáns bevorstehenden Tod und den Niedergang der Oberen Königreiche verkündet. Yan würde alles tun, um diese Zukunft zu verhindern. Doch hing das Ganze nicht irgendwie zusammen?

Wie so oft fühlte er sich wie gelähmt. Er wagte nicht zu handeln aus Angst, das angekündigte Unglück noch schneller heraufzubeschwören – oder die Verwirklichung seiner Wünsche, die er von ganzem Herzen herbeisehnte, zu verhindern.

Mit hängendem Kopf stellte er sich wieder neben Rey. Der Schauspieler schwieg. Wäre Lana nicht Priesterin, so wüsste er ganz genau, was er tun würde.

Der nächste Tag verlief nicht anders als der erste im Klammen Tal. Da die Straßenräuber sie in Frieden ließen, gelangten die Reisenden ohne Zwischenfälle an den Fuß der Nebelberge. Im Morgengrauen des Tags der Weber, sechs Tage vor dem Tag der Erde, an dem der Jahrmarkt in Le Pont stattfand, begannen sie den Aufstieg.

Nun, da die Karawane die sumpfigen, bisweilen unter Wasser stehenden Wege verlassen hatte und den breiten, sanft ansteigenden Bergpfad erklomm, kamen Menschen wie Pferde leichter voran. Allerdings verlor sich die Dankbarkeit, welche die Reisenden der wieder gnädiger gestimmten Natur entgegenbrachten, als der Weg im Laufe des Tages immer steiler wurde. Um die Tiere zu entlasten, mussten Gaukler und Erben absitzen und zu Fuß weitergehen. Alle außer Bowbaq zitterten in der Kälte, die von Dekant zu Dekant bitterer wurde, und sie beneideten den Nordländer um seine dicken Felle und den dichten Bart.

Nachdem die Reisenden gegen Mit-Tag eine kurze Rast eingelegt hatten, um eine Kleinigkeit zu essen, kam ihnen der Marsch noch beschwerlicher vor. Lana, die solche Anstrengungen nicht gewohnt war, hatte große Mühe, den anderen zu folgen, und Rey versuchte, sie mit Scherzen aufzumuntern.

Nur der majestätische Anblick von zwei hoch in der Luft schwebenden Kronenadlern unterbrach die Eintönigkeit des Aufstiegs. Immer wieder kamen sie an Schneewehen vorbei, und irgendwann verschwand die ganze Landschaft unter einer makellosen weißen Schneedecke. Die Kälte machte ihnen nun weniger zu schaffen, aber wer kein passendes Schuhwerk hatte, dem froren die durchnässten Füße.

Selbst als die Nacht hereinbrach, machten die müden Reisenden nicht halt. Nakapan der Koloss ließ einige Laternen anzünden und schlug vor, einen Späher vorauszuschicken, damit sie nicht vom Weg abkamen. Wie Nakapan gehofft hatte, meldete sich Grigán freiwillig für diese Aufgabe.

So stapften sie einen halben Dekant lang schweigend durch den Schnee, um Atem für den nächsten mühevollen Schritt zu sparen. Abwechselnd führten jeweils drei Männer die Pferde vor dem ersten Wagen am Zügel, und die anderen mussten immer wieder schieben helfen. Der Rest des Zugs folgte der Wagenspur.

Irgendwann waren Yan, Bowbaq und Anaël an der Reihe. Die Pferde waren erschöpft und mussten am Zaumzeug weitergezogen werden, da sie immer wieder umkehren wollten. Abermals dachte Yan über die Gründe nach, die ihn hierhergeführt hatten. Da kämpfte er sich mit einer Laterne in der Hand auf einem unwegsamen Gebirgspfad durch knietiefen Schnee und leuchtete dem Wagen romischer Gaukler den Weg. Doch dann hörte er auf zu grübeln und konzentrierte sich wieder auf das Ziel: Sie mussten Semilia erreichen.

Seine Geduld wurde belohnt, denn kurz darauf kehrte Grigán von einem seiner Erkundungsgänge zurück und verkündete, dass es nicht mehr weit sei. Die Nachricht wurde mit lautem Jubel aufgenommen. Mit neuem Schwung marschierten die Reisenden voran und erreichten schließlich eine Bergkuppe, von der aus sie die Lichter der Stadt erspähten. Dieser Anblick stimmte sie so froh, dass sie die letzte Meile unter munteren Scherzen zurücklegten.

Semilia war sehr viel kleiner, als Yan es sich vorgestellt hatte. Von oben konnte man einen Großteil des Fürstentums überblicken. In eine Senke gekauert, umringt von einem natürlichen Schutzwall aus Felswänden und einer gewaltigen Stadtmauer, wirkte die lorelische Stadt wie eine uneinnehmbare Festung, ganz anders als ihre reichen Schwestern im Landesinneren. Zu Zeiten der Zwei Reiche war Semilia nur ein Vorposten gewesen. Unter dem Schutz der Handelsmacht war die Stadt dann zu einem Fürstentum aufgestiegen, das die Nordwestgrenze sicherte und Lorelien vor dem Einfall von Straßenräubern bewahrte.

Während sie zum Stadttor hinabstiegen, dachte Yan, dass es hier in der warmen Jahreszeit wunderschön sein musste. Im Sommer würden die schneebedeckten Berghänge von üppigem Grün überzogen sein – ein Paradies für Schäfer und Jäger. Von den umliegenden Gipfeln würden unzählige Rinnsale und Bäche zu einem der beiden Seen am Fuß der Stadtmauer fließen. Der größere war bis ins Matriarchat für seinen Fischreichtum bekannt.

Yan hätte nie gedacht, dass er den See eines Tages mit eigenen Augen sehen würde. Aber hatte er in der letzten Zeit nicht so viel Neues erlebt? Wohin würde es ihn und die anderen wohl in der nächsten Dekade verschlagen?

Plötzlich stach ihm die Ähnlichkeit zwischen der Umgebung von Semilia und dem Jal'dara ins Auge. Mit klopfendem Herzen sah er sich um und suchte nach einem Beweis für diesen Eindruck. Doch trotz der Dunkelheit musste er sich eingestehen, dass das vor ihm liegende Tal nicht an die Schönheit des Landes hinter der Pforte, die sie nicht zu durchschreiten vermocht hatten, heranreichte – ohnehin nur eine blasse Erinnerung an eine flüchtige Vision.

Beim Betreten jeder lorelischen Stadt wurde Wegezoll erhoben, und Semilia stellte keine Ausnahme dar, obwohl das Fürstentum wirtschaftlich von Lorelien unabhängig war. Glücklicherweise respektierten die Zöllner das Recht auf freie Durchreise, das den Gauklern traditionell gewährt wurde, und beschränkten sich darauf, einen kurzen Blick in jeden Wagen zu werfen. Nakapan steckte ihnen anstandshalber ein paar Münzen zu, dann durfte die Karawane in die Stadt einziehen.

In Semilia gab es nur wenige Gasthäuser, dafür aber eine freie Herberge, was ein recht schmeichelhafter Name für eine Ansammlung verfallener Hütten war, in denen Reisende von auswärts übernachten durften. Die Gaukler, die sich hier auskannten, brachten die Wagen und Pferde in den Stall und entzündeten in zwei Kaminen einige Torfballen, die zwar furchtbar qualmten, aber dennoch eine anheimelnde Wärme verbreiteten.

Die größte Hütte diente zugleich als Schlafgemach, Küche, Wohnzimmer und dem Geruch nach zu urteilen auch als Abort. Zwei Vagabunden hatten es sich bereits vor dem Feuer bequem gemacht und murrten über die neuen Gäste, verstummten aber, als sie sahen, wie viele es waren. Einer trug eine Kette aus Zähnen um den Hals.

»Mit dem Eroberten Schloss kann man das nicht gerade vergleichen«, sagte Rey naserümpfend. »Wie wär's, wenn wir uns auf die Suche nach einem anständigen Gasthaus machten?«

»Das wäre taktlos«, wandte Corenn ein. »Dank der Gaukler haben wir ein Dach über dem Kopf. Wenn wir uns weigern, hier zu übernachten, käme das einer Beleidigung gleich.«

»Aber vielleicht wünscht sich Lana etwas mehr Bequemlichkeit«, beharrte Rey.

»*Der Wolf lächelt, aber er zeigt dabei seine Zähne*«, sagte Lana, und die Gefährten brachen in Gelächter aus.

Rey antwortete nicht und machte sich auf die Suche nach Cavale in der Hoffnung, der Jongleur würde eine Schänke in der Stadt kennen, wo man einige Becher leeren konnte.

Die beiden Männer brachen bald auf, und Nakapan, sein Sohn der Akrobat, die geschminkten Zwerge, der Affendompteur und ein Spaßmacher schlossen sich ihnen an.

Die Erben befreiten einen Teil des Raums vom gröbsten Schmutz, trugen das Gepäck herein und breiteten ihre Decken aus. Als sie sich umgezogen und etwas Warmes gegessen hatten, kam ihnen die Unterkunft gleich viel behaglicher vor – beinahe heimelig.

Grigán legte sich als Erster schlafen, was die Gefährten erstaunte, denn sie waren es gewohnt, dass er als Letzter zu Bett ging. Doch der Tag war für ihn noch anstrengender gewesen als für die anderen, da er als Späher weite Strecken zurückgelegt hatte. So unterhielten sie sich im Flüsterton, um ihn nicht zu stören.

Die Zeit verstrich gemächlich, und der beschwerliche Tag wäre friedlich ausgeklungen, wenn nicht ein misslicher Vorfall die Erben aufgeschreckt hätte.

Mit einem Mal sprang die Tür auf, und der Affendompteur kam hereingetorkelt. Er war sturzbetrunken und brabbelte unverständliches Zeug. Der Mann ließ seinen Blick über die Anwesenden schweifen, lachte dreckig und torkelte dann auf Bowbaq zu. In diesem Moment sahen die Gefährten, dass er etwas hinter sich herzog.

Léti sprang auf und legte die Hand an den Griff ihres Rapiers. Auch Yan erhob sich und versuchte, sich daran zu erinnern, in welchem Sack er sein Schwert verstaut hatte. Lana, Corenn und Bowbaq rührten sich nicht.

»Du hast mir meinen Affen geklaut!«, lallte der Mann mit wutverzerrtem Gesicht. »Dann sollst du auch die anderen haben!«

Mit diesen Worten warf er dem Riesen drei Mausäffchen in den Schoß, deren Kehlen durchgeschnitten waren.

Bowbaq starrte schweigend auf die kleinen blutigen Leichen, die immer noch an ihren Ketten hingen. Léti und Yan wichen zurück, jedoch nicht vor Tonk, sondern vor ihrem arkischen Freund.

»Wie grausam«, flüsterte Lana.

»Bowbaq, er weiß nicht, was er tut«, versuchte Corenn den Riesen zu beruhigen. »Er ist betrunken.«

»Aber ich bin es nicht«, sagte Bowbaq und stand langsam auf, nachdem er die Kadaver neben sich abgelegt hatte.

Die Holzdielen knarrten unter seinem Gewicht, und Bowbaq musterte den Rominer mit einem vernichtenden Blick. Selbst in seinem benebelten Zustand begriff der Affendompteur, dass er einen Fehler begangen hatte.

Léti lief zu Grigán, um ihn zu wecken. Doch Bowbaq hatte Tonk bereits an der Jacke gepackt und ihn hochgehoben, als wäre er ein leerer Sack. »Solltest du dich hier noch ein einziges Mal blicken lassen«, stieß er zwischen den Zähnen hervor, »dann tue ich dir dasselbe an, was du den armen Tieren angetan hast.«

Er ließ den Rominer noch eine Weile in der Luft baumeln, bevor er sich mühsam zusammenriss und ihn wieder auf die Füße stellte. Der Mann blickte sich gehetzt um und überlegte, ob er seine Sachen einsammeln sollte, beschloss dann aber, lieber gleich das Weite zu suchen.

»Grigán!«, rief Léti mit Panik in der Stimme. »Grigán wacht nicht mehr auf!«

Truppenschau der Elitekrieger im Fackelschein. Chebree liebte den Appell, zu dem sich ihre besten Männer in Reih und Glied aufstellten – die besten Kämpfer der größten Armee der bekannten Welt. Ihrer beider Armee, die bald allein *ihre* Armee sein würde, wenn alles nach Plan verlief.

Ein Fähnrich folgte ihr in einigen Schritten Abstand und nannte ihr die Namen der vierhundert Kompanien, denen jeweils ein Hauptmann vorstand. Je nach Herkunft der Krieger war jede Kompanie zehn bis zweihundert Mann stark. Chebree bewunderte die Speerträger, Reiter, Fußsoldaten und Bogenschützen, die stolzen Gladoren, die Pikenträger, die Bärtigen, die Drachen aus Oo, die Wa'r'kal, deren Treffsicherheit legendär war, die Yep, die Farikii und ihre Ratten, die Yalaminen, die Kopflosen, die Reiter aus Egosien und viele andere mehr. Die meisten waren Wallatten, aber es gab auch einige Solener, Thalitten, Sadraken, Grelitten und selbst eine Handvoll Tuzeener.

Der Fähnrich teilte ihr nichts Neues mit, und so hörte sie nur mit halbem Ohr hin. Sie genoss das Gefühl, die Krieger der verschiedenen Völker für sich aufmarschieren zu sehen. Für sie allein.

Vor Saats Ankunft war sie Königin Che'b'ree Lu Wallos gewesen und hatte über ein kleines Gebiet geherrscht, das von einem unbedeutenden wallattischen Klan besiedelt wurde. Sie war *nur* Königin Chebree gewesen. Eine Vasallin von Gors'a'min Lu Wallos. Sie hatte kein höheres Ziel gehabt, als ihre Ländereien vor Angriffen der Thalitten, Solener oder denen ihres eigenen Lehnsherrn zu schützen.

Gleich in den ersten Tagen von Saats Feldzug, als seine Armee noch ein wilder Haufen aus Söldnern und Geächteten gewesen war, hatte sie sich ihm angeschlossen. Saat hatte es geschafft, die Horde in eine schlagkräftige Armee zu verwandeln, die ihre wehrhaftesten Dörfer bedroht hatte. Daraufhin hatte Chebree mit ihm verhandelt, um seine Verbündete zu werden, denn als seine Feindin hätte sie eine sichere Niederlage erlitten.

Insgemein hatte sie gehofft, ihre vereinte Armee gegen Gors den Zimperlichen führen zu können und so das gesamte Königreich Wallatt zu unterwerfen. Doch der Barbarenkönig, der für seine Trunksucht, seine Wutausbrüche, seinen Sadismus und vor allem für seine zweischneidige Axt berüchtigt war, hatte ihre Pläne vereitelt, indem auch er zu Saat überlief.

Als Gors' Vasallin war Chebree daraufhin in der Rangordnung von Saats Heerführern abgestiegen. Um wieder an die Spitze zu rücken, wurde sie die Liebhaberin des Meisters, der sich schon damals »hoher Dyarch« nennen ließ. Sie war die einzige Konkubine, die er nicht als Sklavin hielt. Und die einzige, die seine Berührung länger als fünf Monde überlebt hatte.

Fünf Monde schon, dachte sie mit zusammengebissenen Zähnen. *Und immer noch nichts.*

Saat war aufgefallen, dass sie über großen Ehrgeiz und einen scharfen Verstand verfügte, und er hatte sie zur Groß-Emaz einer neuen, bis dahin völlig unbekannten Religion ernannt: die Verehrung des Gottes Sombre. Der Bezwinger. Der schwarze Gott der Eroberer.

Chebree hatte sogleich all ihre Kraft auf diese Aufgabe verwandt und hielt nun bei jedem Aufmarsch der Hauptmänner – die mittlerweile Verkünder genannt wurden – Predigten, Zeremonien und Gottesdienste ab. Nach nur einem Mond war bereits die Hälfte der Armee zu der neuen Religion übergetreten, die verdienstvollen Kämpfern Reichtum und Macht versprach. Und wiederum einen Mond später begann jeder Tag mit einem Treueschwur der Krieger auf Sombre, seine Verkünder und die Dyarchen.

Als Nächstes hatte sich Emaz Chebree mit nicht minder großem Erfolg der Bekehrung der Sklaven gewidmet. Allerdings hatten die an sie gerichteten Predigten einen etwas anderen Wortlaut: Sombre war zwar der Gott der Eroberer, aber alle Sklaven, die sich ihm unterwarfen, würden befreit werden, sobald das Zeitalter des Friedens anbrach: die Neue Ordnung.

Saat war sehr zufrieden mit ihr. Saat, ihr Meister. Saat, der bald die Länder des Ostens und die Oberen und Unteren Königreiche beherrschen würde, ja die ganze bekannte Welt.

Sie konnte Saat nur eins bieten, um sich seine ewige Dankbarkeit zu sichern. Um an seiner Seite zu herrschen. Um über Leben und Tod der Menschheit zu walten.

Unwillkürlich legte sie ihre behandschuhte Hand auf den unteren Teil des goldenen Brustpanzers, den sie über dem Kettenhemd trug. Sie dachte an den Mann, der ihr nie sein Gesicht zeigte. Der hohe Dyarch, ihr Meister, der seine Kleidung nur ablegte, wenn es stockfinster war, und dessen Haut ebenso trocken und runzelig war wie die eines verdorrten Apfels. Der Mann mit dem Körper eines Greises und der Kraft eines tuzeenischen Kämpfers.

Der Mann, der sich nichts sehnlicher wünschte als einen Sohn, den ihm keine andere Konkubine schenken konnte, sei sie nun eine freie Frau oder eine Sklavin.

Die Herberge, in der es noch wenige Augenblicke zuvor so ruhig gewesen war, wurde nun von einem Tumult heimgesucht, der einem lorelischen Jahrmarkt in nichts nachstand. Die Erben scharten sich um Grigáns leblose Gestalt, während die Gaukler und selbst die beiden Vagabunden herbeiliefen. Alle sahen Lana und Corenn mit angehaltenem Atem dabei zu, wie sie versuchten, den Krieger aus seiner Ohnmacht zu wecken.

»Er ist so blass!«, sagte Bowbaq halblaut und erbleichte selbst.

»Seine Haut ist eiskalt, Corenn«, stellte Lana fest. »Wir müssen ihn ans Feuer bringen und zudecken.«

Die Umstehenden streckten die Arme aus, um den Kranken zu tragen, doch Bowbaq hatte ihn hochgehoben, bevor die anderen ihn auch nur berühren konnten. Vorsichtig legte er den Krieger vor dem Kamin ab und trat zurück, damit die beiden Frauen ihn untersuchen konnten.

»Deremïn ist unser Heiler«, warf eine der Kunstreiterinnen ein. »Er ist mit den anderen in der Stadt. Ich werde sehen, ob ich ihn finden kann.«

Nachdem sie sich hastig ihren Mantel übergestreift hatte, lief die junge Frau hinaus in die Nacht. Sogleich beschloss Léti, sie zu begleiten. Falls nötig, würde sie die Dinge zu beschleunigen wissen. Außerdem konnte sie den Anblick des Mannes, dem sie ihr Leben verdankte – dem im Grunde sie alle ihr Leben verdankten – und der nun gegen eine Krankheit kämpfte, gegen die sie machtlos war, nicht länger ertragen.

In der Not erkennt man seine wahren Freunde: Obwohl die meisten Gaukler aus Romin stammten und Fremden eher feindlich gesinnt waren, boten sie den Erben sofort ihre Hilfe an und machten Vorschläge zur Behandlung des Kranken. Doch Grigán war kein gewöhnlicher Fall: Es gab kein Mittel gegen die Farikskrankheit, wie ihnen der Heiler in Trois-Rives erklärt hatte. So blieb dem Krieger nur seine eigene Zähheit.

Die Erben hatten geglaubt, er habe die Krankheit längst besiegt, aber das war offenkundig ein Irrtum gewesen. Grigán litt unter denselben Symptomen wie auf der Heiligen Insel der Guori und in Sapones Haus. Die Krankheit verlief anscheinend nach einem bestimmten Zyklus: Zwischen den Anfällen waren jeweils fünf Tage vergangen. Oder aber sie brach immer dann aus, wenn er aufgrund von ungewöhnlichen Strapazen zutiefst erschöpft war. Jedenfalls war Grigán nicht geheilt.

»Lana, seht Euch seine Augen an«, bat Corenn.

Die Ratsfrau hob ein Lid des Kriegers an. Die Maz beugte sich über ihn, legte den Kopf zur Seite, um nicht vom Feuer geblendet zu werden, und schreckte zurück. Die Umstehenden, unter ihnen Yan und Bowbaq, bestürmten sie mit Fragen.

»Seine Augen …«, sagte Lana und versuchte, das Zittern in ihrer Stimme zu unterdrücken. »Seine Augen sind rot.«

»Das kommt bestimmt vom Fieber«, sagte Yan und drängte sich zwischen den anderen hindurch, um sich selbst einen Eindruck zu verschaffen.

Tatsächlich leuchtete Grigáns Iris, die sonst dunkelblau war, im Licht der Glut tiefrot. Yan bewegte einen Finger vor dem Gesicht des Kriegers hin und her, doch dessen Auge blieb starr. Traurig stand er auf, und Corenn ließ das Lid los, das sich langsam wieder über das Auge senkte.

Yan sah zu, wie seine Freundinnen mehrere Decken, Tücher und Felle, welche die mitfühlenden Gaukler herbeitrugen, über den Kranken breiteten. Er *wusste,* dass Grigán zum Sterben verdammt war. Usul hatte gesagt: *»Er wird sterben, noch bevor ein Jahr vergangen ist.«* Aber warum schon jetzt, wo gerade erst eine Dekade verstrichen war? Würde Grigán auch nur die folgende Nacht überleben?

»Haltet ihn fest«, sagte er, einer plötzlichen Eingebung folgend. »Ich will etwas versuchen.«

So sanft sie konnten, ergriffen Bowbaq und Corenn die Handgelenke des Kranken, ohne Yan aus den Augen zu lassen. Der junge Mann kniete sich vor Grigáns Füße, holte tief Luft, packte den Knöchel seines Freundes und verdrehte ihm grob einen Zeh.

Der Krieger wurde von heftigen Zuckungen geschüttelt, trat Yan ins Gesicht und schlug um sich wie ein verschreckter Stehschläfer. Corenn konnte seine Hand nicht länger festhalten, aber Bowbaq gelang es, beide zu packen. Trotzdem brauchte es vier weitere Männer, um die Beine des Kranken auf den Boden zu drücken, bevor sich dieser beruhigte und wieder das Bewusstsein verlor. Grigán hatte seine Freunde nicht erkannt.

»Er wird es überleben«, sagte Yan mit fester Stimme, während er sich Wange und Kinn rieb. »Er gibt nicht auf.«

Corenn, Lana und Bowbaq blickten dem jungen Kaulaner nach, der schweigend davonging. Dass in dem unterkühlten Körper des Kriegers noch eine solche Kraft steckte, ließ sie neuen Mut schöpfen. Auf seiner zwanzig Jahre währenden Flucht hatte Grigán hervorragende Reflexe und einen ausgeprägten Überlebensinstinkt entwickelt.

Natürlich ahnte keiner von ihnen, dass Grigán gegen eine göttliche Vorhersage kämpfte.

Nach einer Weile kehrten Léti und die hilfsbereite Kunstreiterin mit Rey und den Gauklern, die den Abend in der Stadt verbracht hatten, in die Herberge zurück. Als Rey und Léti erfuhren, wie viel Kraft offenkundig noch in dem Kranken steckte, beruhigte sie das nur wenig, da sie seinen Ausbruch nicht mit eigenen Augen gesehen hatten. Mittlerweile dämmerte Grigán wieder im Fieber dahin.

Der Heiler Deremïn trug sein mit Runen besticktes Gewand und hielt das Zauberbuch mit dem goldenen Einband in der Hand. In diesem Kostüm pflegte er auch mit den anderen Gauklern aufzutreten. Doch obgleich er kein richtiger Magier oder Wunderheiler war, wusste er doch einiges über Verletzungen und Krankheiten. Seine Diagnose machte den Erben jedoch kaum Hoffnung, denn er sagte nur, sie müssten »warten, bis das Fieber sinkt«, Grigán brauche »viel Ruhe«, und man solle »alle Aufregung von ihm fernhalten«.

Wenn er Grigán und die Lage der Erben besser gekannt hätte, dachte Corenn, hätte der Rominer über seine eigenen Worte gelacht.

Sie konnten also nichts für den Krieger tun, und inzwischen war es spät in der Nacht. Nach langem Zögern entschuldigte sich Bowbaq bei Nakapan dafür, dass er seinen Affendompteur fortgejagt hatte. Der Koloss zeigte sich nicht im Geringsten überrascht und entschuldigte sich seinerseits. Er hatte Tonk schon am Abend gefeuert, weil er seine ständigen Streitereien mit den anderen Gauklern leid war und der Affendompteur im Wirtshaus randaliert hatte.

»Wenn er mich mit seinen toten Affen beworfen hätte, hätte ich ihm meine Faust ins Gesicht gerammt«, sagte der Rominer und erklärte das Gespräch damit für beendet.

»Aber er war doch unbewaffnet«, stammelte Bowbaq verlegen und kehrte dann rasch zu seinen Freunden zurück.

Voller Neid sah der Anführer der Gaukler dem Mann nach, der eine solche Kraft hatte, dass es sein Gewissen beruhigte, wenn sein Gegner ein Schwert trug.

Die Nacht zog sich endlos hin, vor allem für Yan, Rey, Lana und Bowbaq, die sich an Grigáns Krankenlager abwechselten, und mehr noch für Léti und Corenn, die ihm bis zum Morgen nicht von der Seite wichen. Wenn eine für kurze Zeit einnickte, warf sie der anderen vor, sie nicht geweckt zu haben, obwohl der Krieger schon nach einem knappen Dekant wieder regelmäßig atmete und auch seine echte Augenfarbe zurückgekehrt war. Doch die beiden Kaulanerinnen bestanden darauf, bis Sonnenaufgang bei ihm zu wachen.

Schließlich brach über dem verschneiten Fürstentum Semilia der Morgen an, und die Stadt erwachte allmählich zum Leben. Als es zum zweiten Dekant läutete, stattete ein Wachmann der Herberge einen Besuch ab, um die Übernachtungsgäste zu zählen und sich zu vergewissern, dass es keinen Streit gab. Der Mann befragte Nakapan zu Grigán, doch der Gaukler verharmloste dessen Krankheit. Später erklärte er den Erben, dass jeder Fremde, der innerhalb der Stadtmauern krank wurde, auf der Stelle davongejagt würde.

Eigentlich hatte Nakapan geplant, noch vor Mit-Tag eine Vorstellung in der Stadt zu geben und gleich anschließend nach Le Pont aufzubrechen. Nachdem er Corenns Argumente gehört hatte, war er jedoch freundlicherweise bereit, die Abreise auf den nächsten Tag zu verschieben. Bis zum Jahrmarkt am Tag der Erde waren es ohnehin noch vier Tage, und außerdem konnten die Gaukler die Zwangspause für allerlei Erledigungen nutzen: Vorräte auffüllen, Fuhrwerke reparieren, Nummern einstudieren und Ähnliches.

Grigán war immer noch nicht wieder zu sich gekommen, aber wenn Corenn oder jemand anders ihn schüttelte, drehte er sich mittlerweile knurrend weg. Dass er wieder so weit bei Kräften war, dass sein mürrischer Charakter zum Vorschein kam, beruhigte Corenn. Sie beschloss, dass es an der Zeit war, sich etwas Schlaf zu gönnen, und forderte Léti auf, sich ebenfalls hinzulegen.

Rey überredete Lana, mit den Gauklern in die Stadt zu gehen, um sich die Vorführung anzusehen. Bowbaq und Yan begaben sich nach draußen, um die Leichen der kleinen Affen zu verbrennen, denn für eine Beerdigung war der gefrorene Boden zu hart. Miff ließ der Riese aus Rücksicht in der Herberge zurück. Zum ersten Mal seit vier Tagen waren die beiden voneinander getrennt, und bei seiner Rückkehr freute sich das Tier wie ein junger Hund.

Bowbaq sah belustigt zu, wie es aufgekratzt auf seinen Schultern und riesigen Armen hin- und herlief. Bis auf ihn und Yan schliefen nun alle Erben oder waren unterwegs. Yan beobachtete neidisch, wie Bowbaq mit dem Mausäffchen spielte.

»Möchtest du immer noch Erjak werden, mein Freund?«, fragte der Riese mit einem breiten Lächeln. »Ich glaube, Miff ist nun bereit.«

Wenn ein Erjak in die Gedanken eines Tiers eindrang, reagierte es zunächst mit panischer Angst, gefolgt von unbändiger Wut. Wollte man eine dauerhafte Verbindung zu dem Tier herstellen, war es sinnvoll, zuerst sein Vertrauen zu gewinnen. Nichts anderes hatten Bowbaq und Yan mit Miff getan.

Der Riese war ihm gegenüber stets freundlich und aufmerksam gewesen, und so fürchtete das Äffchen den bärtigen Arkarier nicht, sondern suchte seine Nähe. Es saß auf seiner Schulter, lugte hinter seinem Kopf hervor und versteckte sich in seinen dicken Fellen. Und auch Yan hatte Miff verhätschelt, sie immer wieder auf den Arm genommen oder auf seiner Schulter reiten lassen.

»Ich werde sie trotzdem anbinden«, sagte Bowbaq nachdenklich. »Es ist zwar unwahrscheinlich, dass sie uns beißt, aber es könnte durchaus sein, dass sie wegläuft und draußen im Schnee erfriert.«

Er befestigte die Leine, die er ihr am Tag zuvor abgenommen hatte, an dem geflochtenen Lederriemen, den Miff noch immer um den Hals trug. Das Äffchen rechnete daraufhin mit Schlägen und floh, so weit es die Leine erlaubte. Es dauerte über eine Dezime, bis die beiden sein Vertrauen mit Leckerbissen, Schmeicheleien und Zärtlichkeiten wiedergewonnen hatten.

»Jetzt kannst du es versuchen«, sagte Bowbaq. »Aber überstürze es nicht.«

Yan schluckte schwer und konzentrierte sich. Er hatte gehofft, Bowbaq würde ihm vor seinem ersten Versuch zumindest einige Ratschläge geben. Doch der Riese hatte ihn vorgewarnt: Er hatte keine Ahnung, wie die Erjak-Kraft wirkte. Er konnte ihm nur beibringen, die Bilder zu interpretieren, die er im Geist eines Tiers las. Wenn man einige Regeln befolgte, ließen sie sich in menschliche Worte übersetzen.

Sollte es Yan gelingen, Miffs Geist zu erreichen, war er tatsächlich ein Erjak. Andernfalls konnte Bowbaq ihm nicht helfen.

Yan rief sich Corenns Belehrungen ins Gedächtnis. Jeder Gegenstand und jedes Lebewesen bestand aus mehreren Elementen: Wasser, Feuer, Erde, Wind und einer fünften Komponente, dem Absorbium. Letzteres bestimmte, wie empfänglich etwas oder jemand für Magie war. Yan hatte die seltene Gabe, die einzelnen Bestandteile des Geistes zu sehen, wenn er sich stark konzentrierte, eben das »innerste Wesen«, wie Corenn es nannte.

Wenn Magier ihren Willen gebrauchten, schöpften sie Kraft aus ihrem Körper, um einen der Bestandteile ihres Ziels zu verändern. Meist war das die Erde, die dem Stofflich-Materiellen entsprach und sich relativ leicht verschieben, umformen oder zerstören ließ. Jedenfalls wenn man bei einem Magier in die Lehre gegangen war und die anschließende Reglosigkeit ertrug, die daraus folgte, dass dem Magier bei jedem Gebrauch seines Willens Kraft geraubt wurde.

Gedanken zu lesen erforderte nicht viel Konzentration. Es reichte, den Windbestandteil des Ziels flüchtig zu berühren. Bei einem Stein war dieser zum Beispiel kaum vorhanden. Wenn man aus eben diesem Stein jedoch eine Statue meißelte, nahm der Wind schon etwas mehr Raum ein. Auch Pflanzen trugen nicht viel Wind in sich, uralte Bäume und Pflanzenarten mit magischen Eigenschaften hingegen mehr: Moäle, Holzapfelbäume, Blaufichten oder andere sogenannte »Herzträger«.

Der Wind war im Grunde der Hauptbestandteil der Tiere und Menschen, wobei es auch dort Unterschiede gab. Insekten hatten am wenigsten Wind, weshalb sie bisweilen weniger Geist in sich trugen als große Laubbäume. Fische, Quallen und Muscheln verfügten über etwas mehr, waren allerdings kaum geistreicher als so manche Silberfliege. Reptilien, Vögel und schließlich die Säugetiere, zu denen auch der Mensch gehörte, hatten am meisten Wind. *Tiere, die Milch geben,* wie Bowbaq zu erläutern pflegte.

Es war ihm noch nie gelungen, in den Geist eines Tiers aus einer der anderen Klassen einzudringen. Einige arkische Legenden erzählten von Gesprächen zwischen Erjaks und Raubvögeln, doch er hatte so etwas noch nie mit eigenen Augen gesehen. Angeblich entsprach die Körpergröße eines Tiers seiner Geistesgröße, und wenn es drei Schritte lange Mücken gäbe, könnte man sie wohl nach dem Geschmack von Menschenblut fragen. Bowbaq würde so etwas jedoch niemals wagen.

Yan hatte bereits einmal den Wind eines Lebewesens berührt, als er sich auf Grigán konzentrierte. Da er das innerste Wesen sehen konnte, war er nicht nur in der Lage, die Gedanken eines Menschen zu lesen, sondern auch, seinen Geist zu verändern: seine Erinnerungen, seine Persönlichkeit, seine Fähigkeiten, Überzeugungen und verborgenen Gefühle. Corenn hatte ihn mehrmals vor dem Gebrauch dieser Fähigkeit gewarnt, und so wagte Yan nicht einmal mehr bei seinen Übungen, sich so tief in sein Ziel zu versenken. Der Gedanke, dass er Grigáns Geist unwiederbringlichen Schaden hätte zufügen können, machte ihm Angst.

So hatte er sich in der letzten Zeit darauf beschränkt, verschiedene Kunststücke mit seiner kaulanischen Drei-Königinnen-Münze zu vollbringen, eben jener Münze, mit der er für die Magierprüfung geübt hatte und die er seither als Glücksbringer mit sich herumtrug. Aber nun würde er abermals das Bewusstsein eines Lebewesens erforschen. Er beschloss, sehr vorsichtig zu sein.

Die Leichtigkeit, mit der es ihm gelang, sich Miffs innerstes Wesen vorzustellen, erschreckte ihn. Obwohl er äußerst behutsam vorgegangen war, hatte er nur wenige Augenblicke dafür gebraucht. Und anders, als wenn er seinen Willen auf den Erdbestandteil eines Ziels richtete, nahm Yan diesmal die Außenwelt weiterhin wahr. Er sah klar und deutlich, wie das Äffchen erstarrte und dann entsetzt vor ihm zurückwich.

»Ganz ruhig«, sagte er leise und streckte die Hand aus. »Alles ist gut. Ich bin's nur.«

»Hat es geklappt?«, fragte Bowbaq neugierig.

»Ja. Das arme Tier hat Todesangst.«

Miff verkroch sich unter Bowbaqs Arm, doch der zog sie sanft aus ihrem Versteck. Sie musste begreifen, dass sie ihr nicht wehtun wollten. Nach einer Weile würde sie sich an das Gefühl gewöhnen.

»Was siehst du?«, fragte er Yan.

»Eine Art durchsichtige Kugel«, antwortete dieser mit leerem Blick. »Unten rieselt Sand durch einen Spalt. Darüber schwebt ein Eisblock, um den Flammen züngeln. Der Wasserdampf, der von ihm aufsteigt, ist Miffs Geist.«

»So etwas habe ich nie gesehen«, murmelte Bowbaq kopfschüttelnd. »Meistens sehe ich nur eine Art Nebel.«

»Das ist es«, sagte Yan und sah sich die Schwaden, die sich oben in der Kugel sammelten, genauer an. »Genau das.«

Er streckte die Hand nach dem Äffchen aus, aber es beruhigte sich nicht. Miff fühlte sich in die Enge getrieben, machte einen Satz nach vorn und biss Yan in die Hand. Dann wich sie zurück und stieß schrille Schreie aus.

»Lass nicht los!«, sagte Bowbaq, der seinen Freund vor Schmerz zusammenzucken sah. »Wenn du jetzt aufhörst, wird es beim nächsten Mal viel schwerer.«

Yan befolgte den Rat seines neuen Lehrers und konzentrierte sich abermals. Miff hätte ihren Geist vor dem Eindringling verschlossen, wenn sie ihre Gedanken kontrollieren könnte – so wie ein Mensch es getan hätte. Doch dem Mausäffchen blieb nur die Flucht, um dem vermeintlichen Angriff zu entkommen.

Yan versenkte sich noch tiefer in die Gedankenwelt und sog den berauschenden Anblick des innersten Wesens in sich auf. Winzige Dunstschwaden bildeten Wirbel, änderten die Richtung oder verschmolzen miteinander. Sie waren von unterschiedlicher Länge, Breite oder Dichte. Wenn er sie sich aus der Nähe ansah – oder sich selbst im Vergleich zu ihnen kleiner vorstellte –, konnte Yan Einzelheiten erkennen und beobachten, wie sie langsamer wurden, sich verwandelten oder plötzlich in eine neue Richtung zogen. Obwohl der Dunst eigentlich farblos war, gab es unzählige Abstufungen von durchsichtig bis schneeweiß. Aus der Ferne konnte man ihn tatsächlich für gewöhnlichen Nebel halten.

Doch Yan sah eine solche Vielfalt in den tanzenden Spiralen, dass ihm ein überwältigender Gedanke kam.

Wie musste erst der Geist eines Menschen aussehen!

Er hörte Bowbaq wie aus weiter Ferne sagen, Miff beruhige sich allmählich. Aber das hatte er bereits bemerkt, denn die Wirbel bewegten sich nun langsamer.

Bald war er nah genug, um die Kugel berühren zu können. Er stellte sich seinen eigenen Körper neben ihr vor, streckte in Gedanken eine Hand aus und fasste durch die Hülle des Absorbiums, das so durchlässig war wie eine Wasseroberfläche. Wie die Pforte von Ji.

Seine Hand streifte einen der Dunstwirbel, und Yan spürte den Schmerz der Narben auf Miffs Rücken. Er griff nach einem anderen und fühlte die Zuneigung des Tiers für Bowbaq, in die sich immer noch leise Zweifel mischten.

Er wurde kühner, schob auch den zweiten Arm in die Kugel und stieg schließlich ganz hinein. Er war der kleine Yan im Geist des Affen. Die Dunstschwaden umspielten ihn und gaben ihren Inhalt preis, der zumeist aus körperlichen Bedürfnissen bestand, bisweilen aber auch aus Empfindungen: Angst, Angst, Hunger, Angst, Dankbarkeit, Angst, Kälte, Hunger …

Yan schwebte inmitten der Nebelschwaden. Diese Erfahrung löste eine unbändige Freude in ihm aus. Natürlich wusste er, dass er das alles nicht tatsächlich erlebte. Nur seine Wahrnehmung des innersten Wesens erlaubte ihm diese Reise, die nichts anderes als ein Tagtraum war. Sein Körper befand sich immer noch neben Bowbaq, auch wenn sein Geist mit dem des Äffchens verschmolzen war.

Er streckte sich zum oberen Bereich der Kugel hinauf und hatte das Gefühl, kurz vor einer wichtigen Entdeckung zu stehen. Dort oben waren die Wirbel heftiger, dichter und inhaltsreicher. Plötzlich spürte Yan für einen flüchtigen Moment die blanken Dielen unter Miffs Pfoten. Im nächsten Moment sah er Bowbaq, seinen eigenen Körper und die Mauer dahinter wie durch die Augen des Affen. Diese Empfindung wiederholte sich, und Yan nahm nach und nach von allen Gliedmaßen und Sinnen des Mausäffchens Besitz. Sein eigener Körper schien in weite Ferne zu rücken. Irgendwann spürte er ihn überhaupt nicht mehr.

Er sah, wie sich Bowbaq – der aus der neuen Perspektive noch viel riesiger wirkte – über seinen reglosen Körper beugte und leise auf ihn einredete. *Wie lustig wäre es doch,* dachte er, *ihn zu überraschen!*

Er tippelte drei Schritte nach vorn und wunderte sich, dass er so mühelos über den fremden Körper verfügen konnte. Dann richtete er sich auf und machte eine ungelenke Verbeugung vor dem Riesen.

»Yan«, stieß Bowbaq entsetzt hervor. »Du bist in Miff! Du hast ihren Tiefen Geist erreicht!«

Der bestürzte Gesichtsausdruck seines Freundes holte Yan aus dem Rausch, der ihn durchströmte, und riss ihn aus der Konzentration. Im nächsten Moment streckte ihn die Reglosigkeit nieder.

Als er erwachte, sah er in Corenns zorniges Gesicht. Dahinter erblickte er Bowbaqs ängstliche Miene. Bei dem Gedanken an die Standpauke, die ihn erwartete, bekam Yan solche Kopfschmerzen, dass er erneut ohnmächtig wurde.

Als er die Augen zum zweiten Mal aufschlug, gelang es ihm immerhin, bei Bewusstsein zu bleiben. Doch er fühlte sich so elend wie nie zuvor: Er war geschwächt, fror erbärmlich, jede Faser seines Körpers tat ihm weh, und seine Sinne schienen nicht richtig zu funktionieren – abgesehen von dem, der ihm unerbittlich Schmerzen aus allen Körperteilen meldete. Hätte er nicht schon auf dem Rücken gelegen, wäre er zusammengebrochen.

Er wusste ziemlich genau, was mit ihm los war. Er litt unter der Reglosigkeit, jener tiefen Erschöpfung, die einen Magier nach jedem Gebrauch seines Willens überfiel. Aber noch nie hatte dieser Zustand länger als wenige Augenblicke angedauert, auch wenn er schon einmal für kurze Zeit in Ohnmacht gefallen war. Was er nun empfand, kannte er nur aus Corenns Beschreibung: Er litt unter einer anhaltenden Reglosigkeit, der sogenannten Starre. Sie war die Strafe für einen Magier, der zu viel Kraft aus dem eigenen Körper geschöpft hatte.

»Yan? Hörst du mich?«, fragte Corenn mit dumpfer Stimme, die klang, als käme sie aus einem Traum.

Er wollte sprechen, aber seine Kehle war wie ausgetrocknet. Langsam nickte er.

»Siehst du meinen Finger?«

Corenn führte den Zeigefinger vor Yans Gesicht hin und her. Mit großer Mühe folgte er der Bewegung mit den Augen, wobei er mehrmals blinzeln musste.

»Seine Reaktion ist verlangsamt«, sagte Corenn vorwurfsvoll zu Bowbaq. »Er muss sich ausruhen. Jetzt haben wir zwei Kranke zu versorgen! Ich hoffe, ihr seid stolz auf euch!«

Yan konnte nicht antworten, aber der Riese sagte schüchtern: »Er hat Miffs Tiefen Geist berührt.«

»Und für diese Erfahrung nimmt man den eigenen Tod in Kauf?«, fragte sie etwas ruhiger.

»Nein, nein, Freundin Corenn«, stammelte Bowbaq, der sich am liebsten zugleich entschuldigt und seine Unschuld beteuert hätte. »Er hätte das nicht tun sollen, das stimmt. Ich hätte ihn warnen müssen. Aber trotzdem … *Er hat Miffs Tiefen Geist berührt!*«

Da er diesen Satz so beharrlich wiederholte, begriff Corenn allmählich, wie wichtig dies dem Riesen war. Trotzdem kreisten ihre Gedanken vor allem um Yans reglosen Körper. Um seine eiskalten Hände und leeren Augen. Um Létis Schmerz und ihre eigene Mitschuld an seinem Zustand.

Auch wenn ihr Schüler nicht mehr in unmittelbarer Lebensgefahr zu schweben schien, musste sie ihre Neugier zügeln und die Fragen über den Tiefen Geist auf einen späteren Zeitpunkt verschieben. Yan und Bowbaq mussten endlich begreifen, wie gefährlich ihr Tun war, auch wenn sie es noch so aufregend fanden.

»Das ist mir so egal wie der pelzige Hintern eines Margolins, Bowbaq. Verstehst du nicht, dass Yan den Verstand hätte verlieren können? Dass ihr zu weit gegangen seid?«

Während Yan dahindämmerte, dachte er über Corenns Worte nach. Waren die Erben nicht längst jenseits aller Vernunft? Waren sie nicht schon viel zu weit gegangen? Sie hatten die Grenze des Normalen meilenweit hinter sich gelassen, seit sich die Pforte von Ji auf wundersame Weise geöffnet hatte.

Als Léti sah, wie schlecht es Yan ging, konnte sie es sich nicht verkneifen, ihre Tante zu verspotten, weil sie sich wegen ihres Kampfunterrichts bei Grigán Sorgen machte. Die Prellungen und kleineren Schnitte, die sie sich dabei regelmäßig zuzog, heilten schnell, und noch nie hatte sie einen ganzen Tag das Bett hüten müssen – ganz im Gegensatz zu dem Magierlehrling.

Bei ihrer Rückkehr war Lana immer noch ganz hingerissen von der Aufführung der Gaukler, zu der Rey sie mitgenommen hatte. Als die beiden die Herberge betraten, bemerkte Léti, dass der Schauspieler Lana einen Arm um die Schultern gelegt hatte, und sie empfand einen Stich Eifersucht – nicht auf Lana, sondern weil sie und Yan nur selten solche Momente der Zweisamkeit teilten.

Vor den Morden der Züu, vielleicht … Aber mittlerweile nicht mehr. Was mochte sie ihm bedeuten? Verschwendete Yan überhaupt noch einen Gedanken an eine kleine Kaulanerin wie sie, jetzt, da er weite Teile der bekannten Welt bereist hatte?

Wie üblich schob sie den quälenden Gedanken beiseite und konzentrierte sich auf die Gegenwart: Nach einer vier Dekaden währenden gefährlichen Reise waren sie alle noch am Leben. Auch wenn die Zukunft ungewiss war, schien es doch zumindest so, als würden die Gefährten sie gemeinsam erleben.

Mit gespieltem Interesse hörte sie zu, wie Lana vom Spektakel der Gaukler schwärmte. Die Nummer der Spaßmacher, die das Publikum verspotteten, war die einzige, die der Priesterin nicht gefallen hatte. Die Akrobaten, die Kunstreiterinnen, Cavale der Jongleur, Anaël und sein Wolf und das große Finale, das der Heiler Deremïn mit seiner Gehilfin bestritt, hatten sie gleichermaßen entzückt. Sie fand es nur schade, dass die anderen die Vorstellung verpasst hatten.

Natürlich war Deremïn kein richtiger Magier, aber er gaukelte den Leuten allerlei wundersame Dinge vor. So ließ der Rominer vor den Augen des Publikums Gegenstände verschwinden, und sein Lieblingstrick bestand darin, verblüfften Zuschauern ihre Habseligkeiten zurückzugeben, welche die Spaßmacher ihnen zuvor unbemerkt entwendet hatten. Deremïn gab unverblümt zu, dass er sich mit den Geldbörsen derjenigen, die vor dem Ende der Vorstellung gingen, ein Zubrot verdiente.

In Semilia nahm Nakapans Truppe meist nicht viel ein, doch dass sie in der Stadt auftraten, war ein alter Brauch, eine Art ungeschriebenes

Gesetz. Auf diese Weise dankten sie dem Fürsten für den freien Wegezoll und die Übernachtungsmöglichkeit in der freien Herberge, denn schließlich konnte er ihnen diese Rechte jederzeit verwehren.

Der Ruhetag, den sie hauptsächlich vor dem Kamin verbrachten, tat den Reisenden gut, und die Zeit verging wie im Fluge. Kurz vor Einbruch der Dunkelheit erwachten Yan und Grigán im Abstand von wenigen Dezillen, und ihre Freunde berichteten ihnen von den Qualen, die sie durchlitten hatten. Beide waren wieder ganz und gar bei Kräften, und so verspürten sie keine Müdigkeit, als ihre Freunde, die den Tag mit allerlei Beschäftigungen verbracht hatten, schlafen gingen.

Die beiden unterhielten sich bis tief in die Nacht, und Grigán erzählte Yan von seinen Reisen. Behaglich saßen sie beisammen, ganz so, als stünden sie nicht auf der Todesliste der Züu, als würden sie weder von der Großen Gilde gesucht noch von einem unbesiegbaren Dämon und einem Mann mit unermesslichen Kräften gejagt. Als wären sie einfach nur zwei Freunde, die Pläne für die Zukunft schmieden konnten.

Mehrmals stand Yan kurz davor, Grigán die Wahrheit über sein Schicksal zu sagen, aber er fand nicht den Mut. Eigentlich wollte er sich nur die Last von der Seele reden, und das reichte als Grund nicht aus. »Fühlt Ihr Euch immer noch krank?«, fragte er unbeholfen.

»Ich weiß nicht … Nein, ich glaube nicht«, sagte Grigán nach kurzem Nachdenken. »Warum? Sehe ich so aus?«

»Nein … Ich habe mich nur gefragt, wie wir wissen können, ob Ihr geheilt seid …«

Mehr musste er nicht sagen. Grigán wusste, dass er jederzeit einen neuen Anfall bekommen konnte. Einen Anfall, der vielleicht schwerer sein würde als alle bisherigen. Und keiner von ihnen konnte etwas dagegen tun.

Gaukler und Erben verließen Semilia im Morgengrauen. Ihre gemeinsame Reise neigte sich dem Ende zu. Am Abend würden sich ihre Wege trennen: Grigán und die anderen würden in die Heilige Stadt reisen, während Nakapan und seine Truppe in Le Pont blieben, um auf dem Jahrmarkt aufzutreten.

Alle waren traurig, zum letzten Mal zusammen unterwegs zu sein, denn obwohl die Rominer den Gefährten noch wenige Tage zuvor die kalte Schulter gezeigt hatten, hatten sie mittlerweile Freundschaft geschlossen. Die Erben würden die Gaukler vermissen, vor allem Anaël und seinen Wolf, Cavale den Jongleur, Nakapan den Koloss und selbst den falschen Magier Deremìn, der sich als angenehmer und humorvoller Zeitgenosse entpuppt hatte. Seit dem Zwischenfall mit dem Affendompteur hatte dieser sich nicht mehr blicken lassen, und das war den Gauklern nur allzu recht.

Die Bergstraße, die sich von Semilia hinab nach Le Pont wand, war sehr viel wegsamer als der Pfad, der in die Festungsstadt hineingeführt hatte: breiter, besser befestigt und nicht besonders steil. Weit vor Mit-Tag passierten sie die letzte Schneewehe und zogen bald durch grasbewachsene Hügel, auf denen nur noch vereinzelte Felsbrocken aufragten. Auch wenn es immer noch kalt war, konnten sie nun zumindest wieder in den Wagen sitzen und die Landschaft genießen, statt sich durch zwei Fuß tiefen Schnee kämpfen zu müssen.

Den ganzen Tag über weigerte sich Grigán standhaft, von seinem Pferd abzusitzen. Lana schlug immer wieder vor, er solle sich in einen der Wagen legen, doch das wäre ihm wie ein Eingeständnis von Schwäche vorgekommen. Zumal es ihm *blendend* ging, wie er den anderen immer wieder versicherte. Corenn, die ihn schon länger kannte, versuchte gar nicht erst, ihn zur Vernunft zu bringen. Gegen Grigáns Stolz war selbst ihre Überredungskunst machtlos.

Dank der erzwungenen Ruhepause in Semilia waren die Pferde ausgeruht und schritten nun munter aus. Wenn nichts dazwischenkam, würden sie Le Pont um den fünften Dekant herum erreichen, viel früher, als Nakapan geplant hatte – sehr zu seiner Freude.

Doch als dem Konvoi zwei Wagen entgegenkamen, die denen der Gaukler ähnelten, geschah etwas Unvorhergesehenes. Nakapan grüßte die acht Reisenden, die ebenfalls zur Bruderschaft der Gaukler gehörten. Die beiden romischen Familien hatten jedoch schlechte Nachrichten.

»Ihr müsst umkehren«, sagte einer der Männer mürrisch. »Die Königsbrücke ist gesperrt!«

»Man hat Euch nicht durchgelassen?«, fragte Nakapan überrascht.

»Da wimmelt es nur so vor Soldaten! Man könnte meinen, es wäre Krieg!«

Mittlerweile waren die Wagen zu weit voneinander entfernt, um sich zu verständigen. Grigán, der jedes Wort mitbekommen hatte, beriet sich mit dem Anführer der Gaukler. Als sie nicht weiterwussten, zogen sie Corenn zurate.

Die Königsbrücke, das Wahrzeichen der lorelischen Stadt Le Pont, war von den Rominern zur Zeit der Zwei Reiche gebaut worden. Mit dem Palast der Freiheit in Goran und der Hamsa-Statue in Cyr-la-Haute gehörte sie zu den drei größten menschlichen Bauwerken der bekannten Welt. Die Brücke überspannte eine mehr als zwölf Meilen lange Schlucht, die an dieser Stelle sechshundert Schritte breit und vierhundert tief war. Die Schlucht auf Bergpfaden zu umgehen würde sie mindestens drei Tage kosten. Drei Tage ... Für gerade einmal sechshundert Schritt Luftlinie.

Die Brücke, die nur aus Holz gebaut war, hatte keine Stützen, denn es war ganz einfach unmöglich, vierhundert Schritte hohe Pfeiler zu bauen. Die Schlucht war auch zu breit für eine Seilbrücke, denn eine solche hätte nicht einmal ihr eigenes Gewicht tragen können. Deshalb waren die Rominer auf die Idee gekommen, die Brücke zwanzig Schritte unter den Rand der Schlucht zu setzen und sie mit dicken Tauen in der Felswand zu verankern. Das einzigartige Bauwerk war von herausragender strategischer Bedeutung. Die Lorelier, welche die Königsbrücke von den Rominern übernommen hatten, hüteten sie wie ihren Augapfel.

Die Benutzung war lorelischen Soldaten und Edelleuten vorbehalten, doch dank der jahrhundertealten Tradition des freien Wegezolls durften auch Gaukler und Boten aus aller Herren Länder sie überqueren. Dieses Vorrecht war allerdings nur eine Gefälligkeit, die der König ihnen jederzeit verwehren konnte – was soeben geschehen war.

»Wir können es uns einfach nicht leisten, drei Tage zu verlieren«, sagte Grigán mürrisch. Deutlicher konnte er in Nakapans Gegenwart nicht werden.

Mit jedem Umweg verloren die Erben Zeit, während Saat seine finsteren Pläne vorantrieb.

»Ist Euch die Überquerung der Schlucht schon einmal verweigert worden, Meister Nakapan?«, fragte Corenn nachdenklich.

»Noch nie. Die Soldaten zieren sich manchmal eine Weile, aber nur, um ihren Sold aufzubessern. Bei Odrel, ich habe diese Brücke schon über zwanzig Mal benutzt.«

»Selbst ich habe sie schon zweimal überquert«, sagte Grigán. »Ich musste mich nur als Bote ausgeben. Für gewöhnlich sehen die Wachen nicht genauer hin. Wenn sie die Brücke gesperrt haben, muss etwas Schlimmes passiert sein.«

Corenn sah nach dem Stand der Sonne, um abzuschätzen, wie viel Zeit ihnen noch bis zum Einbruch der Dunkelheit blieb. »Sind wir noch weit von dieser Brücke entfernt?«

»Ungefähr zwei Meilen«, antwortete Nakapan. »Vielleicht etwas weniger.«

»Das ist nicht weit. Dann schadet es nicht, es zu versuchen. Außerdem erfahren wir so wenigstens den Grund für die Anwesenheit der Soldaten«, fügte sie hinzu und warf Grigán einen vielsagenden Blick zu.

Der Krieger teilte ihre bösen Vorahnungen.

Lorelien, das freiheitsliebendste Land der Oberen Königsreiche, schloss seine Grenzen. Das konnte ein erstes Anzeichen dafür sein, dass Saat seinen unheilvollen Plan in die Tat umsetzte.

Um ihre Erfolgsaussichten zu verbessern, schlug Corenn vor, Cavale und Reyan, die beide typisch lorelisch aussahen, als Anführer ihrer Truppe auszugeben. Der Gedanke gefiel Nakapan überhaupt nicht, doch auf Druck seiner Frau, der nicht der Sinn danach stand, zwei weitere Nächte in den Nebelbergen zu verbringen, gab er schließlich nach.

Corenn regte außerdem an, dass alle Gaukler ihre Kostüme anzogen, falls diese nicht zu dünn für die Kälte waren. Sie selbst lieh sich mehrere bunte Gewänder, streifte sie über und forderte Yan, Lana und vor allem Rey auf, es ihr gleichzutun. Die Erben mussten die Soldaten unbedingt davon überzeugen, dass auch sie Gaukler waren. Wenn die Wachen auch nur etwas auf das Recht auf freien Wegezoll gaben, würden sie einen Wagenzug, der dem Anschein nach nur aus Gauklern bestand, ohne Weiteres passieren lassen. Bowbaq war groß genug, um sich nicht verkleiden zu müssen: Man konnte sich mühelos vorstellen, dass der Riese als Kraftmensch auftrat, und Léti und Grigán sahen in ihrer identischen ramgrithischen Kluft ohnehin wie ein Akrobatenduo aus.

Um zu verhindern, dass sie erkannt wurden, falls sie einem Bruder der Großen Gilde begegneten, verteilte Corenn die Gefährten auf die acht Wagen der Karawane. Sie selbst nahm neben Rey und Cavale auf dem Kutschbock des vordersten Wagens Platz und gab das Zeichen zum Aufbruch.

Die letzten Meilen bis zur Königsbrücke legten die Gaukler in bedrückter Stimmung zurück. Doch als sie sich der kleinen Festung vor der Brücke näherten, setzten sie fröhliche Mienen auf, und bald erschallten die Klänge von Schnabelflöten und Zithern, begleitet von lustigem Geschnatter und Gelächter.

Das alles gehörte zu Corenns Plan. Wenn die Soldaten keine strikten Anweisungen hatten, würden sie nach eigenem Ermessen entscheiden. Deshalb mussten sie um jeden Preis harmlos wirken.

Als sie in Sichtweite kamen, läutete ein Wachposten die Glocke. Die Tore der Festung standen offen, was den Reisenden Hoffnung machte. In siebenhundert Schritt Entfernung – am anderen Ende der Welt – flackerten einige blasse Lichter. Die Wachposten auf der anderen Seite der Brücke hatten ihre Laternen früh entzündet, und dahinter konnte man die Umrisse von Le Pont erahnen.

Elf Wachsoldaten kamen aus der Festung marschiert, stellten sich ohne erkennbare Ordnung in dem Durchgang auf und blickten den Ankömmlingen entgegen. Nur zwei waren mit Piken bewaffnet, die anderen trugen Schwerter, die sie jedoch nicht gezogen hatten. Dennoch wirkten sie angespannt, denn sie berieten sich aufgeregt.

Corenn sah mit Schrecken, dass sich ein Jelenis unter den Wachen befand. Die Jelenis gehörten einer Elitetruppe an und waren die königlichen Hundeführer. Eigentlich hatten sie an einem Grenzposten nichts verloren. Was auch immer in Lorelien vor sich ging, es musste etwas Schlimmes sein. Die Erben hatten bereits mit den Jelenis zu tun gehabt. Sie trugen noch immer einen Teil der Eintrittsgelder mit sich herum, die Rey aus dem Kleinen Palast geraubt hatte.

Ängstlich beobachtete Corenn, wie der Mann näher kam. Falls er an jenem Tag im Kleinen Palast gewesen war und einen der Erben wiedererkannte, wäre das ihr Ende.

»Einen recht schönen Tag, Meister Soldat«, rief Rey, ohne mit der Wimper zu zucken. »Das ist aber ein stolzes Empfangskomitee!«

Der Jelenis ging schweigend an ihm vorbei, schritt den Konvoi bis zum letzten Wagen ab und kehrte dann zu ihnen zurück. Das einzige Wort, das er sprach, war ein scharfer Befehl an seine Dogge, die etwas zu heftig an der Kette zog, als sie den Wolf Merbal witterte.

»Wer ist Euer Anführer?«, fragte der Jelenis barsch.

»Das bin ich. Und mein junger Bruder hier neben mir, Meister Soldat. Wir haben diese Aufgabe von unserem Vater übernommen, einem Artisten, dessen Name Euch gewiss nicht unbekannt ist: Grigán der Schwätzer? So wurde er genannt, da er die seltsame Angewohnheit hatte …«

»Interessiert mich nicht! Woher kommt Ihr, und wohin wollt Ihr?«

»Wir kommen aus Romin und wollen natürlich zum Jahrmarkt!«, sagte Rey heiter und tat so, als schlage er eine Trommel. »Doch warum all diese Fragen? Sonst passieren wir die Brücke immer unbehelligt.«

»Lorelien rüstet zum Krieg, mein Freund«, sagte der Jelenis herablassend. »Die Goroner haben bereits zu den Waffen gerufen. Wenn wir nicht schnell reagieren, könnten sie schon in der nächsten Dekade auf dem Platz der Reiter lagern.«

»Krieg gegen Goran?«, riefen Rey und Corenn wie aus einem Mund.

»Vielleicht, vielleicht auch nicht. Das Große Kaiserreich behauptet, lediglich seine Truppen im Tal der Krieger verstärken zu wollen, doch seit wann braucht es eine ganze Armee, um eine Handvoll thalittischer Eindringlinge zurückzuschlagen? Deshalb rechnet König Bondrian mit dem Schlimmsten. Falls die Goroner tatsächlich Schwierigkeiten im Osten haben, kommen wir ihnen vielleicht zu Hilfe. Falls nicht, werden wir ihnen einen gebührenden Empfang bereiten«, sagte er mit einem schmierigen Grinsen.

Mit klopfendem Herzen lauschte Corenn den Worten des Jelenis. Ihr einziger Vorteil war, dass keiner der Gaukler oder Erben aus Goran stammte. Alles andere waren schlechte Nachrichten.

War Saat für den drohenden Krieg verantwortlich? Befand er sich im

Großen Kaiserreich und hatte vor, Lorelien zu überfallen? Oder war er bei den Thalitten und wollte die Oberen Königreiche angreifen? Wenn ja, wie? Und warum?

»Wenn es Krieg gibt, sollten wir besser rasch in unsere Heimat zurückkehren«, sagte Rey ernst.

»Das geht nicht«, schmetterte der Jelenis sein Gesuch ab. »Um das Eindringen von Spionen zu verhindern, darf bis auf Weiteres niemand die Königsbrücke überqueren.«

»Aber ein Umweg würde uns mindestens drei Tage kosten«, wandte Rey ein. »Wir kämen nicht mehr rechtzeitig zum Jahrmarkt.«

»Tut mir leid«, entgegnete der Soldat, erfreut über die geringe Gegenwehr.

»Und wenn ich Euch versichere, dass sich unter uns kein Spion befindet?«

»Ihr seid zu viele. Das Risiko kann ich nicht eingehen.«

»Na kommt schon! Schließlich sind wir *Lorelier*«, protestierte Rey in der Annahme, dies sei sein bestes Argument.

Corenn beschloss einzugreifen, bevor er ihre Chancen endgültig zunichtemachte. Rey war zwar ein guter Schauspieler, aber das diplomatische Geschick der Ratsfrau fehlte ihm. »Meister Soldat«, begann sie. »Wenn wir den Umweg machten, würden wir auf einen weiteren Grenzposten stoßen, nicht wahr?«

»Das hoffe ich doch sehr«, antwortete der Jelenis misstrauisch.

»Und dort würden uns die Soldaten aus den gleichen Gründen wie Ihr den Grenzübertritt verweigern, nicht wahr?«

»Nein. Sie überprüfen nur, ob Ihr die seid, für die Ihr Euch ausgebt. Die Grenzen sind nicht geschlossen, sie werden nur *überwacht*«, sagte der Mann, als spreche er zu einem Kleinkind.

»Ach so! Aber warum überprüft Ihr uns dann nicht hier?«, fragte Corenn. »Ihr würdet uns den Umweg ersparen, und unsere Dankbarkeit wäre Euch sicher. So hätten alle etwas davon.«

Der Mann musterte sie aufmerksam. Corenn schenkte ihm ein strahlendes Lächeln und hoffte, dass er es nicht missverstand: Sie versuchte, ihn zu bestechen, nicht, ihn zu verführen.

»Das ist eine große Verantwortung«, gab der Jelenis gedämpft zurück.

»Einer so großen Truppe die Durchfahrt zu gewähren. Das könnte mich den Kopf kosten.«

»Nur wenn wir keine Gaukler wären, Meister Soldat«, erwiderte Corenn. »Wir wollen doch nur rechtzeitig zum Jahrmarkt in Le Pont. Was kann Euch schon passieren, wenn wir beide dieses Gespräch gleich wieder vergessen?«

Der Mann warf einen raschen Blick über die Schulter, um sich zu vergewissern, dass sie nicht belauscht wurden. Doch die Wachen hatten nur Augen für die anderen Wagen, sei es, um eventuelle Spione aufzuspüren, sei es aus Neugier auf die seltsamen Reisenden.

»Das ist eine *sehr große* Verantwortung«, sagte der Jelenis schließlich.

Corenn kramte in ihrem Beutel und überreichte dem Mann ein prall mit Münzen gefülltes Geldsäckchen, das sie für derlei Zwecke bei sich trug. Blitzschnell ließ der Soldat die Börse in seiner Tasche verschwinden. Rey und Cavale waren so klug, sich nicht einzumischen.

»Das Säckchen ist voller lorelischer Terzen«, raunte Corenn dem Soldaten zu, um zu verhindern, dass er es sich plötzlich anders überlegte. »Sorgt Euch nicht, wir sind keine Verräter.«

Diese Worte sollten das Gewissen des Jelenis beruhigen, damit er ihnen keine Schwierigkeiten bereitete, doch der Mann schien sich nicht um die Schuld oder Unschuld der Gaukler zu scheren. Er grinste so breit, dass es keinen Zweifel gab: Er war bereits jetzt ein Kriegsgewinnler.

Was wird er sich erst erlauben, wenn der Krieg tatsächlich ausbricht, dachte Corenn traurig. *Was werden sich all die grausamen, gierigen, niederträchtigen, eitlen, missgünstigen und intoleranten Menschen herausnehmen, die schon zu Friedenszeiten nicht viel auf Gesetze geben, wenn diese plötzlich keine Gültigkeit mehr haben?*

Mit einem Mal kam ihr Kaul in den Sinn. Das Matriarchat war lange Jahre von Hunger und Gewalt verschont geblieben … Würde ihr Land bald von marodierenden goronischen, lorelischen oder gar kaulanischen Banden heimgesucht werden? Sah so die Zukunft der Oberen Königreiche aus?

»Ihr könnt passieren«, verkündete der Jelenis und riss sie damit aus ihren Gedanken. »Wenn Euch die Wachen auf der anderen Seite Fragen stellen, sagt, dass Ihr mit einem der Soldaten verwandt seid. Und lasst Euch hier vor Ende des Kriegs nicht wieder blicken«, setzte er drohend hinzu.

Er machte auf dem Absatz kehrt, gab einem seiner Untergebenen ein paar knappe Befehle und verschwand im Inneren der Festung, ohne sich noch einmal umzudrehen.

»Ich wette, er zählt bereits seine Münzen«, sagte Rey.

»Darum wette ich nicht«, sagte Cavale. »Das ist viel zu einfach.«

»Wie viel war denn in dem Geldbeutel, Corenn?«

»Gerade genug. Wenn es zu viel gewesen wäre, hätte das sein Misstrauen geweckt. Echte Gaukler erkaufen sich die Durchfahrt nicht mit Gold.«

»Rey hatte recht«, sagte Cavale bewundernd. »Ihr seid tatsächlich eine bemerkenswert kluge Frau!«

Corenn lächelte über das Kompliment des jungen Loreliers, während Rey den Wagen durch den Durchgang der Festung lenkte. Die anderen folgten ihm. Sie machten kurz halt, während Soldaten das Tor zum inneren Festungsring öffneten, hinter dem ein abschüssiger Pfad zur Königsbrücke hinunterführte – zwanzig Schritte tief in der Schlucht.

Der Weg war steil, und so saßen sie ab, um den Pferden den Abstieg zu erleichtern. Bei dieser Gelegenheit fragten die anderen Reisenden Corenn, Rey und Cavale nach dem Grund für die Sperrung der Brücke. Ihr Bericht wurde mit gemischten Gefühlen aufgenommen. Die Gaukler waren froh, dass ihnen der Umweg erspart blieb, während sich die Erben wegen des Krieges sorgten, der über die Oberen Königreiche hereinzubrechen drohte.

Vor allem Yan fühlte sich beklommen, denn er war in Usuls übermenschliches Wissen eingeweiht. Der Gott hatte den Krieg vorhergesagt – und ihm seinen Ausgang verraten.

»Die Oberen Königreiche werden den Krieg verlieren«, murmelte er leise. »Noch bevor ein Jahr zu Ende geht. Ein Jahr …«

»Was sagst du da?«, fragte Grigán scharf.

Als er sechs Augenpaare auf sich gerichtet sah, dämmerte Yan, dass er einen Fehler begangen hatte. Aber er hatte schon zu viel gesagt, um nun zu schweigen. Und da die Prophezeiung ohnehin in Erfüllung zu gehen schien, konnte er sie auch gefahrlos aussprechen. »Das hat mir

Usul verraten«, sagte er ausweichend. »Ich wusste nicht genau, was er mir sagen wollte, doch jetzt verstehe ich seine Worte.«

»Steckt Saat hinter diesem Krieg?«, fragte Corenn sogleich.

»Vermutlich schon. Usul hat nichts Genaues darüber gesagt.«

»Und wo hält er sich auf? In Goran oder in Thallos?«, fragte Rey.

»Keine Ahnung! Wenn ich das wüsste, hätte ich es nicht für mich behalten.«

Die anderen nickten, konnten sich jedoch des Gedankens nicht erwehren, dass Yan ihnen schließlich auch den bevorstehenden Krieg verschwiegen hatte. Niemand wusste genau, was er auf der Heiligen Insel der Guori erlebt hatte. Seine weiße Haarsträhne zeugte jedoch davon, dass es eine schmerzliche Erfahrung gewesen sein musste.

Der Wagenzug setzte sich langsam in Bewegung und folgte den beiden Soldaten, die sie zur Brücke hinunterführten. Die Wachen sollten verhindern, dass sie vom Weg abkamen und in die Schlucht stürzten. Sie blieben zurück, als die Reisenden die Brücke betraten, die den Abgrund überspannte. Es war stockfinster. Ihre Laternen waren die einzige Lichtquelle, das Holz ächzte unter dem Gewicht der Wagen, und der Wind heulte den Reisenden in den Ohren.

Manche Gaukler genossen den Anblick der Lichter, die zwischen den Sternen und der Schlucht in der Finsternis zu schweben schienen. Andere konzentrierten sich darauf, die Wagen zu lenken, weil sie fürchteten, dass eines der Pferde stolpern und über das niedrige Geländer in den Abgrund stürzen könnte. Die Erben wiederum waren mit den Gedanken ganz woanders.

»Wenn Saat wirklich über eine Armee verfügt, können wir ihn nicht aufhalten«, sagte Bowbaq ernst.

Niemand widersprach ihm. Seine Worte waren zwar düster, aber dadurch nicht weniger wahr.

»Bald werden alle Grenzen geschlossen sein«, sagte Grigán nach einer Weile. »Wir müssen im gestreckten Galopp nach Ith reiten und dürfen nicht mehr Halt machen.«

Seine Gefährten nickten traurig. Maz Achem war ihre einzige Hoffnung: ein hundert Jahre altes Tagebuch, das ihnen im schlimmsten Fall überhaupt nicht weiterhelfen würde.

Sombre träumte und träumte. Immer seltener musste er dafür schlafen. Wenn er seinen Geist nur ein wenig öffnete, bestürmten ihn Tausende von menschlichen Gedanken. Bilder von Krieg, Eroberung und Herrschaft. Und Bilder der Verehrung.

Dem Gott gelang es allmählich, seine Macht zu kontrollieren.

Anfangs waren die Gedanken der Sterblichen in seine Träume eingedrungen, hatten sich dort festgesetzt, ausgebreitet und sich in sein noch unberührtes Bewusstsein gefressen wie Parasiten. Vergeblich hatte Sombre gegen die Eindringlinge angekämpft und sich nach jener Zeit zurückgesehnt, als nur Saat ihn in seinen wirren Träumen besucht hatte. Als sie sich gemeinsam unter den Bergen des Jal'dara versteckt hatten.

Im Laufe der Zeit hatte Sombre gelernt, Kraft aus den Gebeten, Ängsten, Grausamkeiten und Träumen der Menschen zu schöpfen. Er hatte sich von ihnen genährt. So hatte er sein wahres Wesen gefunden: Er war der Bezwinger. Tief im Innern war er das schon immer gewesen. Doch erst die Sterblichen hatten es ihm enthüllt. Fortan war er ein Gott, der dem Sinn der Menschen entsprungen war.

Er wurde immer mächtiger. Stärker. Und wacher.

Da er mit zunehmender Leichtigkeit in die Gedanken der Menschen eindrang, erkannte er mittlerweile einige Gesichter wieder und konnte sich Namen merken. Emaz Chebree, seine Hohepriesterin. Gors'a'min, Saats Heerführer. Zamerine, der Stratege. Dyree, der Henker. Und dann war da noch ihr Verbündeter in den Unteren Königreichen, dessen Antlitz er nicht kannte, dessen Name aber häufig fiel.

All diese Menschen verneigten sich vor ihm und nannten ihn den jungen Dyarchen. Lange Zeit waren ihm ihre dunklen, verwirrenden, belanglosen Absichten unverständlich gewesen. Doch nun entwickelte Sombre ein eigenes Bewusstsein. Er begriff, was Ehrgeiz war. Er durchschaute Pläne. Er spürte seine Überlegenheit und verstand die Umstände, die ihn in den Rang eines Gottes erhoben. Der Unsterbliche, der bislang nur in Träumen existiert hatte, sah nun einer Zukunft aus Schlachten, Blutvergießen und Eroberungen entgegen, einem Weg, den ihm die Menschen vorgezeichnet hatten.

Er durchschaute Saats Absichten nun voll und ganz. Sie würden gemeinsam die Welt der Sterblichen erobern und sie ihrer Herrschaft unterwerfen. Der Neuen Ordnung. Für alle Ewigkeit.

Sombre war berauscht von dem Gedanken an die Macht, die ihm der Glaube der ganzen Menschheit verleihen würde, wenn sie erst einmal versklavt wäre. Von der Vorstellung, wie er jeden Widerstand brechen würde.

Er war der Bezwinger.

Dank seines neuen Bewusstseins erinnerte sich Sombre nun auch an seine Vergangenheit. Das Jal'dara. Seine Brüder und Schwestern. Nol. Das Jal'karu. Und an böse Prophezeiungen.

Ihm kam die schmerzliche Begegnung mit Usuls Geist in den Sinn. Der Unsterbliche hatte nichts als Verachtung und Spott für seinen jüngsten Verwandten übrig gehabt. Usul war der Wissende. Was genau wusste er?

Die Undinen. Der Flüstersee. Sombre erinnerte sich an eine unumstößliche Wahrheit der finsteren Kreaturen aus den Untiefen des Karu.

Es würde ein Erzfeind kommen. Der Einzige, der den Bezwinger besiegen konnte.

Er wusste nicht, wann, ob, und schon gar nicht, wie er besiegt werden würde. Die Menschen waren lächerlich schwach. Und den anderen Göttern waren die Hände gebunden.

Doch eine unumstößliche Wahrheit war – wie der Name schon sagte – unumstößlich, und so musste sich Sombre für den Kampf gegen den Erzfeind wappnen. Den Einzigen, der auch nur den Hauch einer Chance hatte, ihn zu besiegen.

Mit unbändiger Freude bereitete er sich auf sein Kommen vor. Saat musste ihm nun keine Ratschläge mehr erteilen. Sombre war fast erwachsen und wusste genau, was auf dem Spiel stand. Eigenmächtig machte er sich auf die Suche nach dem Geist ihrer Feinde.

Er wurde zu einem Schatten und flog in Gedankenschnelle über Berge, Städte, Flüsse und Wälder hinweg. In jedem Augenblick streifte er das Bewusstsein Tausender Sterblicher. Auf der Suche nach den Gedanken seiner Opfer durchquerte er Königreiche, zog Straßen entlang, lauschte, spionierte und schnüffelte herum.

Er kannte sie gut. Er hatte sie bereits mehrmals aufgesucht. Vielleicht war einer von ihnen der Erzfeind. Zwar glaubte Sombre das nicht, aber sicher konnte er nicht sein.

Es dauerte eine Weile, bis er sie fand, mehrere Divisionen, vielleicht sogar eine Dezille. Doch was bedeutete schon Zeit?

Seit ihrem letzten Zusammentreffen hatten seine Feinde eine große Entfernung zurückgelegt. Reglos und unsichtbar schwebte Sombre einige Augenblicke über ihnen am Himmel. Es waren sieben Reiter, Sterbliche mit so schwachen Kräften, dass sie nicht ins Gewicht fielen. Sechs von ihnen waren eine Bedrohung für die Herrschaft der Dyarchen.

Voller Abscheu erforschte der Gott ihre Geister. Einer war besonders abstoßend, denn er war ganz und gar seiner langweiligen Schwester Eurydis ergeben. Sombre erfreute sich an der Gewissheit, ihre Religion bald vernichten zu können. Er würde ihre Tempel niederbrennen, ihre Gläubigen ausrotten und die eurydischen Maz foltern. Das wäre ein klarer Beweis seiner Überlegenheit.

Die Sterblichen waren so schwach, dass sie nicht einmal seine Anwesenheit in ihren Gedanken bemerkten, und so fand er mühelos, wonach er suchte. Dann zögerte er einen Moment. Er musste seinen Freund um Rat fragen.

Die Hunderte Meilen, die sie voneinander trennten, bereiteten ihm keinerlei Schwierigkeiten. Nachdem er ein Jahrhundert in Saats Gesellschaft verbracht hatte, erreichte Sombre den Geist seines Freundes, wo auch immer sich dieser gerade befand. Und obschon Saat seine geheimsten Gedanken vor ihm verborgen hielt, war er stets bereit, ihn anzuhören. So war es schon immer gewesen.

›Sie nähern sich ihrem Ziel‹, sagte Sombre unvermittelt.

Der Gott war nicht besonders redegewandt. Das war auch nicht nötig. Er und Saat hatten sich auch so immer verstanden.

›Wissen sie, wo wir sind?‹

›Nein.‹

›Gut. Ich werde unsere Männer in Ith benachrichtigen.‹

Für den hohen Dyarchen schien die Sache damit erledigt. Doch Sombre verharrte in seinem Geist.

›Beunruhigt dich etwas, mein Freund?‹, fragte der Goroner scharfsichtig.

›Warum töten wir sie nicht jetzt gleich?‹, sagte der Gott wie ein schmollendes Kind.

›Kannst du das tun, ohne Gestalt anzunehmen?‹, fragte Saat hoffnungsvoll.

Sombre schätzte seine Kraft ab und dann die Entfernung zu dem Ort, an dem sich sein leiblicher Körper befand.

›Nein. Danach müsste ich zu lange schlafen.‹

›Dann warten wir noch. Wenn einer von ihnen der Erzfeind ist, könnte er dich besiegen und vernichten. Erinnere dich an das Eroberte Schloss.‹

›Vielleicht ist der Erzfeind längst tot‹, entgegnete der Gott stur. ›Ohne mir jemals begegnet zu sein.‹

›Wenn nicht, erwartet ihn der sichere Tod. Im Gegensatz zu unseren Feinden haben wir Zeit, mein Freund. Alle Zeit der Welt.‹

Sombre warf einen letzten Blick auf die Reiter und durchquerte dann vier Königreiche, um in seinen Körper zurückzukehren. Als er im Feldlager eintraf, hallten die Hammerschläge der Sklaven und die Gebete, die ihm zu Ehren gesungen wurden, von den Berghängen wider.

Er war der Bezwinger, sagte er sich immer wieder. Der Bezwinger. Der Bezwinger. Der Bezwinger.

Von Le Pont aus erreichten die Erben innerhalb von drei Tagen die Königsstadt Lermian. Am Tag der Erde schlugen sie in der Abenddämmerung ihr Lager vor den Toren der Stadt auf. Die Festtrommeln erklangen die ganze Nacht hindurch und erinnerten sie schmerzlich an ihre Gauklerfreunde, von denen sie schweren Herzens Abschied genommen hatten. Sie hatten einander das Versprechen gegeben, sich bald wieder zu treffen, auch wenn keiner der Erben wusste, ob sie würden Wort halten können.

Nach einem rastlosen Ritt erreichten sie schließlich das Große Kaiserreich Goran und überquerten im Schutze der Dunkelheit die Grenze. Glücklicherweise waren die südlichen Provinzen bislang von den Wirren des bevorstehenden Krieges verschont geblieben, während im Norden Gorans Aufruhr herrschte. Die Erben übernachteten unter freiem

Himmel und hielten sich von jeder noch so kleinen menschlichen Ansiedlung fern. In Zeiten, wo sich die Gemüter rasch erhitzten und die Einheimischen beim Anblick jedes harmlosen Fremden eine Invasion fürchteten, war diese Vorsicht nicht übertrieben.

Tag für Tag befragte Corenn Reisende aus dem Norden. Nach einer Weile konnte sie Gerüchte von der Wahrheit unterscheiden und wusste den anderen zu berichten, dass Goran tatsächlich Schwierigkeiten im Tal der Krieger hatte und nicht beabsichtigte, Lorelien anzugreifen. König Bondrian wartete anscheinend nur noch auf ein offizielles Gesuch des Kaisers, um mehrere Kompanien zur Verstärkung der goronischen Truppen zu schicken und sich so an der Verteidigung der Oberen Königreiche zu beteiligen. Doch auf beiden Seiten herrschte nach wie vor tiefes Misstrauen, und so beschränkte sich Lorelien erst einmal darauf, seine Truppen an der Grenze zusammenzuziehen und abzuwarten.

Da alle Blicke gen Norden gerichtet waren, gelangten die Erben ohne Schwierigkeiten nach Itharien. Am Quart der Dekade der Erde, sieben Tage nachdem sie die Königsbrücke überquert hatten, passierten sie in tiefster Nacht die Grenze. Seit ihrem Abenteuer im Tiefen Turm waren fast zwei Dekaden vergangen.

Die Nächte, die auf die aufreibenden Tagesritte folgten, waren immer zu kurz. Die Erben waren übermüdet, und jeder Muskel schmerzte ihnen. Es wurde Zeit, dass sie ihr Ziel erreichten.

Als Grigán sein Pferd zügelte und sie anwies, das Nachtlager aufzuschlagen, gehorchten alle erleichtert. Wie an jedem Abend aßen sie hastig eine Kleinigkeit und gingen bald schlafen, um Kräfte für den nächsten Tag zu sammeln. Sie mussten Ith so schnell wie möglich erreichen.

Doch in jener Nacht schlief keiner der Gefährten gut. Am nächsten Tag würde Maz Achems Tagebuch sie für ihre Mühen belohnen – oder aber all ihre Hoffnungen zunichtemachen.

Ith war eine offene Stadt, was in den Oberen Königreichen bedeutete, dass bei Betreten kein Wegezoll zu entrichten war und man an den Stadttoren nicht kontrolliert wurde. Das kam ihnen natürlich gelegen, denn sie waren wie immer darauf bedacht, nicht aufzufallen. Doch in das religiöse Viertel zu gelangen, das alle Welt als die eigentliche Heilige Stadt kannte, war eine ganz andere Geschichte.

Lana hatte Grigán nicht dabei helfen können, einen Plan auszuhecken, und so blieb dem Krieger nichts anderes übrig, als abzuwarten, bis er sich selbst ein Bild machen konnte. Dann würde er improvisieren müssen, und das verabscheute er. In gespannter Erwartung legten sie den kurzen Weg bis zur Hauptstadt des itharischen Königreichs zurück. Es war der Quint der Dekade der Erde. Vor zwei Monden hatte Yan zum ersten Mal von den Erben gehört.

Mit jeder Meile, die sich Lana ihrer Heimatstadt näherte, blühte sie auf. Als die Gefährten durch die Vorstadt ritten, hatte sie zu jeder Ruine und jeder Straßenecke eine Erinnerung oder historische Anekdote parat: Dort hatte König Li'ut zum Volk gesprochen, hier war sie schon oft spazieren gegangen, und auf jenem Feld hatte die letzte Schlacht des itharischen Reichs stattgefunden.

Die Erben hörten interessiert zu und freuten sich über die Begeisterung ihrer sonst so schweigsamen Freundin. Rey stellte unzählige Fragen, und Lanas Antworten verleiteten ihn zu harmlosen Scherzen, mit denen er alle zum Lachen brachte.

Corenn verlor sich in der Betrachtung der Landschaft: der Alt mit seinen Stromschnellen, das Rideau-Gebirge mit den weißen, grauen und ockergelben Gipfeln, die in den tiefblauen Himmel des dritten Dekants ragten, und die Kuppelbauten der Heiligen Stadt am Fuß des Blumenbergs. Gemeinsam mit den Erben zog ein endloser Strom Pilger in die itharische Hauptstadt auf der Suche nach Wundern, Erhellung oder ganz einfach Seelenfrieden. Unter anderen Umständen hätte Corenn diesen Tag genossen. Doch sie sollte in Ith keinen Frieden finden.

Unter Scherzen und Gesprächen über die itharische Geschichte verging die Zeit wie im Fluge, und bald standen die Erben vor dem Stadttor, einfache Reisende unter Scharen von Pilgern, die ihrer jeweiligen Religion huldigen wollten. Viele Eurydier trugen Masken, und ihre Gewänder waren mit den Symbolen der Schutzgöttin bestickt. Doch es gab auch Anhänger anderer Religionen, welche die verschiedensten Götter verehrten: Ivie die Nächtliche, Mishra Bärenkopf, Wug Eeti, Dona, Odrel den Tränenreichen, die Zwillinge von Serpal, Brassiss, Aliandra die Sonnige und weitere, die den Erben unbekannt waren. Dazu kamen die Pilger, deren Religionszugehörigkeit nicht auf den ersten Blick zu erkennen war.

»Seht mal dort«, sagte Grigán verächtlich. »Valiponden.«

Alle sahen zu den vier Reitern hinüber, die sich abseits der anderen Pilger hielten. Sie trugen grüne Hemden mit Lederriemen und eine lange Silberkette um den Hals, deren Glieder in einem kunstvollen Muster ineinander verschlungen waren. Einer hielt einen Käfig in der Hand, in den drei Kupfermargoline gesperrt waren. Die Umstehenden hielten Abstand zu den Männern.

»Wie könnt Ihr nur Valiponden in Ith dulden?«, fragte Grigán Lana. »Dämonisten, die Kinder opfern. Alle anderen Königreiche haben sie mit einem Bann belegt.«

»Die Heilige Stadt steht allen offen«, sagte die Priesterin mit einem Anflug von Bedauern. »Der König wacht darüber, dass sie sich ruhig verhalten. Die Wahl der Opfergaben bleibt nun einmal jedem selbst überlassen, solange es sich nicht um Menschenopfer handelt. Tieropfer sind nicht verboten.«

»Was?«, rief Bowbaq, stieg von seinem Pferd und musterte die Männer in den grünen Hemden finster.

Yan legte ihm eine Hand auf die Schulter, und der Riese sah fragend zwischen dem jungen Mann und den Dämonisten hin und her. Plötzlich zersprang die Tür des Margolinkäfigs in tausend Stücke. Die Nagetiere ergriffen sogleich die Flucht und sorgten für Aufruhr unter den Pilgern.

Ihr Besitzer fluchte in einer fremden Sprache, während seine Gefährten ihn lauthals beschimpften. Bowbaq schenkte Yan ein dankbares Lächeln, und der junge Mann zwinkerte ihm zu. Den Käfig mit Magie zu öffnen war ein Kinderspiel gewesen. Die anschließende Reglosigkeit hatte er dieses Mal kaum gespürt.

Doch Bowbaq fand, dass die Männer eine noch härtere Strafe verdient hatten. Er drang in den Geist eines der Pferde ein, woraufhin sich das verängstigte Tier aufbäumte und seinen Reiter unter dem spöttischen Gelächter der Umstehenden abwarf. Mit zufriedenem Gesicht stieg Bowbaq wieder auf sein Pferd und ignorierte Corenns tadelnden Blick.

Sie ließen sich mit dem Strom der Pilger durch das Stadttor treiben, das zwar offen stand, dafür aber recht schmal war. Lana führte sie zu einem Pferch.

»In der Heiligen Stadt sind Pferde verboten«, erklärte sie. »Selbst hier in der Unterstadt sind Reiter nicht gern gesehen. Die Straßen in Ith sind noch älter als die in Romin, und der König möchte die geschichtsträchtigen Pflastersteine bewahren. Deshalb lässt man die Pferde hier.«

»Ich dachte, die Emaz würden über die Stadt herrschen«, sagte Léti erstaunt.

»Die Emaz geben den Entscheidungen des Königs und seiner Ratgeber ihren Segen. Bisweilen schlagen sie ein Gesetz vor. Doch die Macht liegt in den Händen desjenigen, der die Krone Li'uts trägt. Die Hohepriester kümmern sich nicht um Handelsverträge oder derlei lästige Dinge, und der König mischt sich nicht in die Angelegenheiten des Tempels ein. Das funktioniert tadellos«, erklärte Lana voller Begeisterung.

Corenn machte ein zweifelndes Gesicht. Sie musste daran denken, dass die Rechtschaffenheit der Emaz oftmals nur vorgetäuscht war. In Wahrheit überließen sie dem itharischen König nur wenig Macht. Doch sie wollte Lana die Illusionen nicht rauben. Die Priesterin würde noch früh genug lernen, wie das Leben spielte und die Menschen miteinander umgingen. Falls die Erben überhaupt jemals wieder ein gewöhnliches Leben führen würden.

Sie ließen ihre Pferde in der Obhut eines Knechts zurück, dem sie dafür einige Rupien zahlten. Dann mischten sie sich unter die Menschen, die sich durch die Unterstadt schoben. Lana, die in Ith aufgewachsen war, führte sie durch das Gewirr der Gassen.

»Ihr bringt uns doch zur Heiligen Stadt, oder?«, fragte Grigán, den plötzlich ein seltsames Gefühl beschlich.

»Zuerst müssen wir Euch Masken kaufen«, erklärte die Maz. »Ohne sie dürft Ihr die Heilige Stadt nicht betreten.«

»Und diese Masken kaufen wir natürlich dort, wo Euch niemand kennt?«

Lana blieb wie angewurzelt stehen und senkte errötend den Blick. »Daran habe ich nicht gedacht«, gestand sie. »Ich wollte Euch zu dem

Händler führen, bei dem meine Eltern ihre Masken zu kaufen pflegten.«

Grigán wandte sich ab, entfernte sich einige Schritte und atmete tief durch. Immer musste er auf der Hut sein. Immer musste er für alle mitdenken. Sie waren zu siebt, doch die Gefahr war zwanzigmal größer, als wäre er allein.

»Von mir aus können wir ruhig zu diesem Maskenhändler gehen«, sagte er beherrscht, nachdem er zu den anderen zurückgekehrt war. »Ihr müsst nur eben draußen auf uns warten.«

Lana kam sich schrecklich dumm vor. Während sie ihren Weg fortsetzten, ging ihr auf, dass sie alle Vorsicht in den Wind geschlagen hatte, seit sie in Ith angekommen war. Die Heilige Stadt. Ihre sauberen, verwinkelten Gassen. Der Blumenberg. Die schattigen Plätze und grünen Gärten. Die Brücke über den Alt. Und doch hatten die Züu gerade hier versucht, sie zu ermorden. Sie durfte nicht vergessen, warum die Erben diese Reise unternahmen und in welcher Gefahr sie schwebten.

Lana versuchte, hinter den Masken der Passanten deren Augen auszumachen. Verbarg sich hinter einer von ihnen ein Mörder? Vielleicht sogar mehrere? Hatte man sie bereits erkannt? Folgte ihnen jemand?

»Irgendwie ist es mir hier zu still … Und das, obwohl so viele Leute auf der Straße sind«, sagte Rey und riss sie damit aus ihren Gedanken. »In Lorelia würden halb so viele Menschen doppelt so viel Lärm machen.«

»Der Glaube ist stumm«, rezitierte Lana und versuchte, ihre Angst zu vergessen. »Aber der Schein trügt, Reyan. Nach den Abendgebeten geht es in Ith sehr viel lebhafter zu.«

Kurz darauf standen sie vor der Werkstatt des Maskenbauers. Dieses Handwerk gab es nur in Itharien. Corenn und Rey gingen hinein, um für jeden eine schlichte itharische Maske zu kaufen. Das darauf angedeutete Gesicht war starr und geschlechtslos. Grigán beschwerte sich, weil die Maske seine Sicht einschränkte, und Bowbaq jammerte, dass seine viel zu klein sei.

»Bowbaq und ich sind ohnehin leicht zu erkennen«, brummte der Krieger und nahm die Maske wieder ab. »Und ich werde ganz bestimmt keine anderen Kleider anziehen.«

»Ich auch nicht«, sagte Léti sofort. Sie wollte ihre Kluft um nichts in der Welt ablegen.

Immerhin rang sich Grigán dazu durch, die Novizenkutte überzustreifen, die Rey den Züu gestohlen hatte, und Léti tat das Gleiche mit einem von Lanas Gewändern. Die Passanten würdigten die Fremden, die sich auf offener Straße umzogen, kaum eines Blickes, denn in Ith war man einiges an Seltsamkeiten gewohnt.

Auf dem Weg ins eurydische Viertel sahen die Erben viele erstaunliche Dinge, und zwischen all den Fremden fielen sie nicht weiter auf. Lana zeigte ihnen die Sänger des berühmten lureeischen Gesangs, einige Barmherzige Geschwister aus Thébe, eine Herberge, die von »Priesterinnen« der Göttin Dona geführt wurde, und die Brücke über den Alt, auf der einstmals ein Wächter auf die Ankunft des Schiffes mit den goronischen Toten gewartet hatte.

Als sie an einer Straßenecke auf einen Erhängten stießen, schrie Lana auf und wandte die Augen ab. Der Mann musste Selbstmord begangen haben, doch das machte seinen Anblick nicht weniger grauenvoll.

»Er ist seit mindestens zwei Tagen tot«, sagte Grigán. »Merkwürdige Stadt, in der man Erhängte zwei Tage an ihrem Strang verwesen lässt.«

»Holt ihn herunter, Grigán, ich bitte Euch«, sagte Corenn.

Er vergewisserte sich mit einem raschen Blick, dass sie allein waren, und trennte das Seil dann mit einem einzigen Schlag seines Krummschwerts durch. Die Leiche fiel zu Boden, und Grigán führte die Gefährten von ihr fort.

»Der Mann war ein Brassiss«, erklärte Lana. »Die Brassiss glauben an ein Leben nach dem Tod, bei dem ihr Körper ewig in seiner gegenwärtigen Gestalt bewahrt wird. Deshalb begehen viele Selbstmord, wenn sie älter werden.«

»Und die Wachen sehen tatenlos zu?«, wunderte sich Yan. »Warum haben sie ihn hängen lassen?«

»Vermutlich haben sie ihn noch nicht entdeckt«, sagte die Maz. »Die Soldaten haben mit den Valiponden, den Kl'uriern und den Anhängern Yoos' alle Hände voll zu tun. Sie sind einfach zu wenige. Der Tempel hat zweihundert Männer in seinen Diensten, welche die Heilige Stadt bewachen, und der König noch ein paar mehr, vielleicht dreihundert. Doch sie sind über das gesamte Königreich verteilt.«

»Fünfhundert Mann für ein ganzes Königreich«, sagte Grigán kopfschüttelnd. »Mit meinen Reitern hätte ich diese Stadt in …« Er brach ab, und sein Gesicht verfinsterte sich. Der Gedanke an die ramgrithische Reiterschar weckte traurige Erinnerungen.

»Goran schützt uns«, sagte Lana. »Wenn jemand die Heilige Stadt angreifen will, muss er zuerst das Große Kaiserreich besiegen. Und das wird so schnell niemand versuchen.« Sie hoffte, dass sie sich damit nicht irrte.

Emaz Drékin fühlte sich alt und müde. Sein Glaube an Eurydis war so unerschütterlich wie eh und je, doch er hatte nicht mehr dieselbe Freude am Gottesdienst wie noch in jungen Jahren. Als er eines der höchsten Ämter der eurydischen Religion übernommen hatte, lernte er die weltlichen Belange des Großen Tempels kennen: politische, wirtschaftliche oder ganz und gar menschliche.

Auch das hatte ihn früher zu begeistern vermocht. Mittlerweile war ihm nur der bittere Nachgeschmack von Machtspielen und Intrigen geblieben. Ihm Grunde kam er sich eher wie ein geschickter Verwalter vor als wie ein Hohepriester. Gewiss, er hatte zum Gedeihen des Tempels beigetragen – nicht aber zu dem der Göttin.

Mit derlei Gedanken im Kopf erfüllte er Dekade für Dekade seine Aufgaben. Er hatte sich in einer öden Gleichförmigkeit eingerichtet, um für seine Sünden zu büßen. Doch damit war es nun vorbei.

»Eure Exzellenz?«, sagte einer der Novizen, der als sein Diener abgestellt war. »Da sind ein paar Besucher, die Euch sprechen wollen. Einer behauptet, Euch zu kennen. Er wollte seinen Namen nicht nennen.«

»Bittet sie herein, mein Sohn«, sagte der Emaz, der sich über etwas Abwechslung freute.

Seine Neugier schlug in Fassungslosigkeit um, als sieben Fremde – darunter ein Riese mit einem Äffchen auf der Schulter – in sein Studierzimmer einfielen. Keiner sprach ein Wort. Als einer die Maske vom Gesicht nahm, wich seine Fassungslosigkeit unbändiger Freude.

»Lana! Ihr lebt!«, sagte er mit bebender Stimme. »Ihr lebt!«

Die beiden umarmten sich mit respektvoller Zurückhaltung, doch die Tränen der Maz sprachen Bände.

»Ich kann es kaum glauben«, stammelte der alte Mann. »Warum habt Ihr Mestebien verlassen? Warum habt Ihr uns so lange im Ungewissen gelassen?«

»Das ist eine lange Geschichte, Eure Exzellenz, und wir haben nicht viel Zeit. Ich kann ohnehin nicht frei sprechen, in Eurem eigenen Interesse. Eigentlich dürftet Ihr mich nicht einmal sehen.«

Das Gesicht des Emaz verfinsterte sich. Er trat einen Schritt zurück und musterte die Gefährten seiner ehemaligen Schülerin. Wer waren diese Leute, und was wollten sie? Doch nicht etwa …

»Wir brauchen Eure Hilfe, um in die Heilige Stadt zu gelangen«, sagte Lana. »Das ist der einzige Grund für mein Kommen. Die einzige Bitte, die ich an Euch habe.«

Drékin lief ein Schauer über den Rücken. Nun war er sicher. Sie suchten das Buch. Diese Fremden wollten das Buch. »Ihr seid Maz«, sagte er aufs Geratewohl, um Zeit zu gewinnen. »Ihr braucht mich nicht, um den Großen Tempel zu betreten.«

»Ich kann meine Maske nicht abnehmen«, erklärte Lana. »Das wäre zu gefährlich.«

»Was habt Ihr denn vor?«, fragte er. »Was wollt Ihr in der Heiligen Stadt?«

»Das erfahrt Ihr besser nicht«, sagte Lana. »Aber seid versichert, dass wir nicht gegen die Moral verstoßen werden.«

Drékin ging nachdenklich ein paar Schritte auf und ab. Er durfte sich sein Misstrauen nicht anmerken lassen. Die Erfahrung von dreißig Jahren an der Macht half ihm, eine ausdruckslose Miene zu bewahren. »Ihr seid meine Freundin«, erklärte Drékin ernst. »Und Ihr braucht meine Hilfe, also werde ich Euch helfen. Ich hoffe nur, Ihr enttäuscht mein Vertrauen nicht.« Er umarmte Lana noch einmal. »Ich werde eine Robe für jeden von Euch bringen lassen. Ich freue mich sehr, Euch wiederzusehen, Lana«, sagte er aufrichtig, bevor er das Zimmer verließ.

Vor der Tür wartete er, bis die Fremden zu sprechen begannen, dann drehte er vorsichtig den Schlüssel im Schloss herum. Er schickte seine

Diener unter einem Vorwand fort, verließ das Haus und machte sich auf den Weg in die Heilige Stadt.

Er hatte viel zu lange gewartet. Er hatte das, was in der eurydischen Lehre als eines der schlimmsten Verbrechen galt, immer wieder auf den nächsten Tag verschoben. Er würde ein Buch zerstören. Das Buch. Jenes Tagebuch, das Maz Achem im letzten Jahrhundert den Hohepriestern übergeben hatte und das alle religiösen Überzeugungen der bekannten Welt ins Wanken brachte.

»Ich weiß nicht, ob das eine so gute Idee war«, sagte Rey, während sie im Studierzimmer des Hohepriesters auf dessen Rückkehr warteten. »Wir hätten uns lieber an den ursprünglichen Plan halten und gleich zum Archiv des Tempels gehen sollen.«

»Die Tore zur Heiligen Stadt sind bewacht«, knurrte Grigán. »Das habt Ihr doch gesehen.«

»Die Mauer ist an mehreren Stellen eingestürzt und von Efeu überwuchert! Jedes Kind könnte unbemerkt hinüberklettern und in den Gärten des Tempels spazieren gehen.«

»Das stimmt nicht«, widersprach Lana. »In Ith herrscht zwar seit ewigen Zeiten Frieden, aber das heißt noch lange nicht, dass unsere Soldaten unfähig sind.«

In Ermangelung neuer Argumente verstummten sie. Um sich die Wartezeit zu verkürzen, gingen die Erben im Zimmer umher und bewunderten die Gemälde, Wandteppiche und Skulpturen, die verschiedene Szenen aus der eurydischen Mythologie darstellten. Corenn blieb vor einer Sammlung geistlicher Schriften stehen.

In diesem Moment überkamen sie Zweifel. Eine schreckliche Befürchtung machte sich in ihr breit. Etwas, an das sie viel früher hätte denken müssen. »Lana, wem untersteht das Archiv des Großen Tempels?«, fragte sie hastig.

»Dem Emaz, der den Titel des Schatzmeisters trägt. So will es die Tradition«, antwortete sie arglos. »Also Emaz Drékin.«

Corenn wechselte einen raschen Blick mit Grigán, und der Krieger stürzte zur Tür, wo sich ihre Befürchtungen bewahrheiteten.

»Sie ist verschlossen«, sagte er ernst. »Drékin hat uns eingesperrt.« Grigán ließ den Blick durchs Zimmer schweifen, doch die wenigen Fenster waren so klein, dass selbst Léti nicht hindurchgepasst hätte. Er kehrte zur Tür zurück und trat zweimal fest dagegen. Das Holz war jung und stark, und die Scharniere waren aus Metall gefertigt. Selbst mit Bowbaqs Hilfe würde es eine Weile dauern, sie aufzubrechen.

»Reyan, habt Ihr nicht eine Idee, wie wir die Tür öffnen können?«, fragte Lana plötzlich.

»Warum ich und nicht jemand anders? Wie kommt Ihr gerade auf mich?«, fragte er gekränkt. »Haltet Ihr mich für einen solchen Halunken? Oder glaubt Ihr vielleicht, alle Lorelier verbrächten ihre Jugend damit, Schlösser zu knacken?«

Die Maz antwortete nicht. Sie hatte ihren Freund nicht verletzen wollen. In ihrer Verzweiflung hatte sie sich einfach zuerst an Rey gewandt, weil er ihr schon so oft geholfen hatte.

Bowbaq und Grigán machten sich auf die Suche nach etwas, das als Rammbock dienen könnte, während Yan mit Corenn darüber diskutierte, ob es eine gute Idee sei, die Tür mit Magie zu öffnen. Rey war immer noch beleidigt.

»Zufälligerweise besitze ich *tatsächlich* einen Dietrich«, sagte er plötzlich stirnrunzelnd. »Aber glaubt ja nicht, dass ich ihn schon einmal gebraucht hätte. Ich habe ihn dem Mörder meines Cousins abgenommen.«

Er zog einen kleinen Schlüssel mit einem kompliziert gezackten Bart aus der Tasche und steckte ihn ins Schloss. Der Mechanismus widerstand einige Augenblicke, bevor er mit einem befreienden Klicken nachgab.

Wie zur Entschuldigung schenkte Lana Rey ein Lächeln, das seine Wirkung nicht verfehlte. Es gelang ihm nicht länger, ein mürrisches Gesicht zu ziehen, und so setzte er die Miene auf, die am besten zu ihm passte: selbstsicher, sarkastisch und äußerst verführerisch.

Grigán schob ihn beiseite und trat mit gezogenem Schwert in den Flur für den Fall, dass dort eine Wache postiert war. Da niemand zu sehen war, gab er den anderen ein Zeichen, ihm zu folgen.

»Wir müssen so schnell wie möglich von hier fort«, rief er und lief vorweg. »Hoffentlich ist es noch nicht zu spät. Vielleicht ist das Haus schon umstellt.«

»Emaz Drékin würde uns nicht unseren Feinden ausliefern«, keuchte Lana, während sie versuchte, mit Grigán Schritt zu halten.

»Emaz Drékin hat uns eingesperrt«, antwortete er. »Was glaubt Ihr, was er jetzt gerade tut? Was sonst, als uns die Wachen auf den Hals zu hetzen? Oder gar die Züu?«

»Er holt das Buch«, sagte Corenn tonlos. »Er ist der Einzige, der seit Jahrzehnten Zugang dazu hat. Er kennt seinen Inhalt. Und er hat erraten, dass wir es suchen.«

Grigán verlangsamte seine Schritte und blieb schließlich unschlüssig stehen. Falls Corenn recht hatte, mussten sie ihren Plan ändern.

»Unmöglich!«, sagte Lana. »Warum hätte er mir das all die Jahre verschweigen sollen? Was nützt es ihm, ein Geheimnis daraus zu machen?«

»Die Antwort befindet sich im Tagebuch deines Urgroßvaters, Freundin Lana«, sagte Bowbaq voller Weisheit.

Sie senkte den Blick. Grigán wurde allmählich ungeduldig, aber Corenn bedeutete ihm zu warten.

Als Lana den Blick wieder hob, standen ihr Tränen in den Augen. Doch einer Maz stand es nicht zu, in Selbstmitleid zu versinken. Das passierte ihr viel zu oft. »Eurydis wacht seit Anbeginn unserer Reise über uns«, sagte sie mit einer Stimme, die selbst in ihren eigenen Ohren etwas zu zittrig klang. »Die Göttin wünscht, dass unser Unternehmen gelingen möge, und wir werden unser Ziel erreichen. Selbst wenn jemand Verrat an uns begeht. Ihr und ich gemeinsam gegen den Rest der Welt …«

Die Erben lauschten dem Bekenntnis voller Verlegenheit, da sie einen weiteren Tränenausbruch fürchteten. Die Priesterin hatte ohnehin ein ängstliches Naturell. Fortan würde sie nur noch ihren Weggefährten trauen, die sie noch wenige Dekaden zuvor für eine Bande von Verrückten gehalten hatte.

»Wir müssen das Tagebuch vor Drékin finden«, sagte sie nun endlich voller Entschlossenheit. »Grigán, würdet Ihr bitte vorangehen? Meine Schritte und die Euren sind von nun an verbunden.«

Der Krieger gehorchte schweigend. Er empfand Mitgefühl für die Maz, die von ihrem Lehrer bitter enttäuscht worden war. Doch sie hatten schon genug Zeit verloren. Vielleicht war es längst zu spät.

Drékin trug nichts als eine dünne Robe und offene Sandalen, und der kalte, böige Nordwind fuhr ihm in die Glieder. Doch der Emaz hatte anderes im Sinn als sein körperliches Wohlbefinden. Seit einer Weile schon hatte er das Gefühl, verfolgt zu werden, und ein- oder zweimal glaubte er Schatten hinter sich herhuschen zu sehen.

Er konnte nicht sagen, ob man ihm schon von Anfang an gefolgt war oder erst, seit er die Heilige Stadt betreten hatte. Die beiden Tempelwächter, die am Tor der Toleranz postiert waren, hätten selbstverständlich jeden Verfolger verhaftet. Doch die Wächter pflegten ihn sonst immer auf seinen Rundgängen durch die Heilige Stadt zu begleiten, weil sie es als Ehre empfanden, einem Emaz zu helfen. Warum hatten sie nicht wie üblich um Ablösung gebeten und waren ihm nachgegangen? Warum war ihr Gespräch plötzlich verstummt, während er sich entfernte?

Drékin hatte nicht gewagt, sich umzusehen. Niemand folgte ihm. Die Schatten in seinem Rücken existierten nicht. Die Wachen standen immer noch auf ihrem Posten und waren quicklebendig. Seine Fantasie spielte ihm nur einen Streich.

Allein das Buch zählte. Dieses verfluchte Tagebuch, auf das er nur zufällig gestoßen war. Er hatte es schon tausendmal zerstören wollen und es doch nie gewagt.

Heute würde er es tun. Was scherte ihn das Wissen und die Toleranz, wenn diese beiden Tugenden den Frieden störten? Wie konnte die eurydische Lehre etwas verteidigen, das ihre Grundfesten erschütterte?

Mit einem Mal begann Drékin zu rennen, was er seit seiner Kindheit nicht mehr getan hatte. Er rannte, um den Schatten zu entkommen, dem Tod und seiner Verantwortung als Hohepriester. Er durfte Lana dies nicht aufbürden. Niemand sollte eine solche Last tragen müssen, und die Geheimnisse des Tagebuchs durften niemals in die falschen Hände geraten. Niemals.

Im Laufschritt durchquerte er den Obstgarten der theologischen Akademie. Er lief am Tempel der Aliandra vorbei, umrundete die Steine der Inschriften, passierte die Schatzkammer und gelangte schließlich zum Haus des alten Archivs.

Er blieb kurz stehen, um Luft zu schöpfen. Es waren keine Schatten mehr zu sehen, aber nun war er sicher, dass sie keine Einbildung gewesen waren. Das Echo seiner Schritte hätte niemals einen solchen Lärm verursacht. Ihm waren die ganze Zeit mehrere Menschen gefolgt.

Doch es war niemand in Sicht.

Von Panik ergriffen, hastete Drékin auf die schmale Brücke, die zum Gebäude hinüberführte, und legte die zwanzig Schritte zur Tür zurück. Mit fliegenden Fingern schloss er auf und warf dabei immer wieder ängstliche Blicke über die Schulter. Endlich betrat er das Archiv und verschloss die Tür eilig von innen.

Doch er gönnte sich keine Atempause. Keuchend und mit rasendem Herzen entzündete er eine Kerze und stieg eine breite Steintreppe hinab, auf der sich der Staub und Dreck von Jahrzehnten abgesetzt hatte. Unten angekommen, durchquerte er einen großen leeren Saal, hastete einen Korridor entlang und bog in einen weiteren Gang.

Die Schatten schienen ihm immer noch im Nacken zu sitzen. Dem alten Priester kam der Gedanke, dass sie ihm vielleicht jedes Mal gefolgt waren – bei jedem seiner Versuche, das Tagebuch zu zerstören. Doch er war stets an seiner Feigheit gescheitert.

»Diesmal bringe ich es zu Ende!«, rief er in die Dunkelheit hinein.

Seine eigene Stimme, die in den leeren Sälen widerhallte, machte ihm Angst. Mit zitternden Händen öffnete er die letzte Tür zum geheimen Archiv. Dort wurden die gefährlichen Schriften aufbewahrt, die aus der Feder von Priestern stammten und gegen die eurydische Moral verstießen.

Drékin huschte hinter eine Säule, ging in die Hocke und betätigte den versteckten Mechanismus einer Falltür. Ihm graute vor dem Keller, doch er hatte keine Wahl. An die Leiter geklammert, stieg er Sprosse um Sprosse hinab und schwitzte vor Anstrengung und Angst. Er musste die Bücher und Pergamente, die sich auf dem Boden stapelten, nicht lang durchsuchen: Das Tagebuch war immer noch an seinem Platz. Dort, wo er es beim letzten Mal zurückgelassen hatte.

Er näherte das Buch der Flamme seiner Kerze, hielt beide eine Weile nebeneinander und besann sich dann eines Besseren. Die Schatten huschten vorbei, tanzten um ihn herum, umringten ihn. Sie kamen immer näher. Wie Dämonen, die sein Gewissen quälten.

Drékin schob sich das Tagebuch unter die Robe und verließ den Keller. Die Schatten folgten ihm und zogen den Kreis immer enger. Er sagte sich, dass er dabei war, den Verstand zu verlieren, und dass sie nichts als Hirngespinste waren, die sich in Luft auflösen würden, wenn er nur die Zeit fand, sich zu beruhigen. Doch diese Zeit hatte er nicht.

Er hastete zurück durch die Gänge, durchquerte abermals den Saal und eilte die Treppe hinauf. Er war nicht schneller als auf dem Hinweg, sondern eher langsamer, jedenfalls langsamer, als es ein jüngerer Mann gewesen wäre. Doch irgendetwas trieb ihn voran. Er musste fliehen, von diesem verfluchten Ort fliehen, an dem er soeben ein gefährliches Buch gestohlen hatte.

Er schloss die Tür auf und stürzte nach draußen. Das Tageslicht blendete ihn, und er kam sich vor wie in einem Traum, als er auf die Brücke trat. Weitere Schatten tauchten aus dem grellen Licht auf: Lana und ihre Freunde. Sie rannten mit gezogenen Schwertern auf ihn zu und schienen ihm etwas zuzurufen …

»Vorsicht?«

Drékin verharrte mitten auf der Brücke und drehte sich langsam um. Ein Dutzend Novizen, die nicht anders aussahen als so viele in Ith, näherten sich ihm mit geschmeidigen Raubtierschritten.

Sie hielten Dolche mit schmaler, nadelspitzer Klinge in den Händen, und in ihren Augen spiegelten sich die Schatten, die ihn immer noch umtanzten und nur darauf warteten, seine Seele zu holen.

Grigán wusste, dass er Drékin nicht mehr vor den Züu erreichen konnte. Er verlangsamte seine Schritte, warf das Krummschwert fort und spannte stattdessen blitzschnell einen Pfeil in seinen Bogen.

»Aus dem Weg!«, brüllte er den anderen zu.

Sie wichen zur Seite, um die Schusslinie frei zu machen, rannten aber trotzdem weiter. Der Pfeil sirrte durch die Luft, und ein Zü brach zusammen. Gleich darauf schlugen zwei weitere Pfeile den beiden vordersten Mördern in die Brust. Doch dann kam Drékin selbst Grigán in die Quere, denn er stellte sich zwischen ihn und die Züu.

»Dummkopf!«, rief der Krieger, warf den Bogen beiseite und sprintete los.

Bowbaq, der vorweglief, beobachtete, wie sich der Emaz über das Brückengeländer beugte. Er wirkte gefasst und unternahm keinen Versuch, seinen Angreifern zu entkommen. Vielmehr sah es aus, als wartete er auf sie.

Der Hohepriester zog einen Gegenstand unter seiner Robe hervor und betrachtete ihn voller Faszination. In diesem Moment drangen zehn Hati in seinen Körper ein und verströmten dort ihr Gift.

Drékin schwankte und fiel über das Geländer in den reißenden Fluss. Mit ihm versank das Tagebuch des Maz Achem in den Fluten und damit sämtliche Hoffnungen der Erben.

Mit Entsetzen sah Lana eine Horde Züu über ihren Lehrer herfallen. Sie stolperte und stürzte zu Boden. Corenn lief zu ihr zurück, um ihr aufzuhelfen. Es blieb den Gefährten ohnehin nichts übrig, als ihr Heil in der Flucht zu suchen. In Ith konnten sie nichts mehr ausrichten.

Grigán ordnete den Rückzug an, und Yan, Bowbaq und Rey gehorchten ihm sogleich. Da die Züu hoffnungslos in der Überzahl waren, konnten sie den Kampf nicht gewinnen. Nur Léti lief einfach weiter.

Grigán stieß einen Fluch aus und rannte zu der Stelle, an der sein Bogen lag. Zu seinem Entsetzen stellte er fest, dass er nicht mehr viele Pfeile hatte. Er spannte einen in die Sehne und tötete einen Zü, der auf Léti zustürzte. Wie viele würden sie noch angreifen? Zehn? Zwölf? Mehr?

Yan und Rey machten auf dem Absatz kehrt, um Léti zu Hilfe zu kommen, und Bowbaq folgte ihnen. Verzweifelt schoss Grigán Pfeil um Pfeil ab. Die Züu schienen sich nicht um ihre Verluste zu scheren. Selbst die Verletzten schleppten sich noch auf die Gefährten zu, angetrieben von religiösem Eifer und einem unbegreiflichen Zorn.

So werde ich also sterben, dachte der Krieger. *In Ith, im Kampf gegen eine Übermacht Gegner, ohne das Ende der Geschichte erlebt zu haben.*

Als ihm die Pfeile ausgingen, ließ er seinen nutzlosen Bogen fallen und rannte ebenfalls auf die Mörder zu. Fünf wenig kampferprobte Erben warfen sich einer Bande fanatischer Züu entgegen. Léti, die mit gezogenem Rapier und in ihrer Lederkluft einen eindrucksvollen Anblick bot, lief vorweg. Yan folgte ihr dicht auf den Fersen, ein Schwert in der Hand, das er noch nie benutzt hatte. Als Nächstes kamen Bowbaq, der

Gewalt verabscheute, und Rey, der sich besser mit Worten als mit Waffen zu verteidigen wusste.

Plötzlich bog Léti auf den Pfad ein, der zum Fluss hinabführte, und ließ den Blick über die Stromschnellen schweifen. Sie ignorierte die beiden Mörder, die sich von den überlebenden Züu abgesetzt und ihre Verfolgung aufgenommen hatten. Aus größtmöglicher Entfernung schlug Bowbaq mit seinem Streitkolben nach einem der restlichen sechs Männer und zerschmetterte ihm den Schädel. Yan blieb wie angewurzelt stehen und ließ die Mörder auf sich zukommen.

Auch Grigán bog nun zum Fluss hinunter ab, um Léti zu Hilfe zu kommen. Zwei weitere Mörder lösten sich von der Bande und stellten sich ihm in den Weg. Er begriff, dass er Léti nicht mehr vor ihnen erreichen konnte, und stürzte sich auf sie.

Rey und Bowbaq bauten sich neben Yan auf und sahen den restlichen drei Mördern entgegen. Nur noch wenige Schritte trennten sie von den Züu.

Einer der Männer zuckte zusammen und stieß einen heiseren Schrei aus. Im nächsten Augenblick stach er mit seinem Hati auf seine beiden Kampfgefährten ein, die mit einem verständnislosen Ausdruck in den Augen zusammenbrachen. Der widerstandsfähigere der beiden fand gerade noch die Kraft, seinen Angreifer zu erstechen. Gleich darauf schrie Yan vor Schmerzen auf und fiel in Ohnmacht.

Léti entdeckte endlich, wonach sie gesucht hatte, und sprang in den Fluss. Die Strömung war reißend, und das Wasser reichte ihr bis zur Brust. So musste sie sich mühsam zu ihrem Ziel vorkämpfen: der Leiche Emaz Drékins, die an einem ins Wasser gestürzten Baum hängen geblieben war.

Hinter ihr sprangen nun auch die beiden Mörder ins Wasser und pflügten auf sie zu. Allerdings wurden sie von den weiten Novizenkutten behindert, die sie über ihren roten Gewändern trugen. Léti unterdrückte ihren Ekel und bog die Finger des Emaz auf, die um das Tagebuch gekrallt waren. Maz Achems Tagebuch. Sie schleuderte es auf das gegenüberliegende Ufer und kletterte hinterher.

Grigán hatte jede ihrer Bewegungen verfolgt, konnte aber nichts für sie tun. Seine Angreifer versuchten nun, ihn in die Zange zu nehmen, und nur dank seiner extremen Wendigkeit entkam er ihnen immer wieder. *Fester Stand,* dachte er. Die Lektion, die er seiner Schülerin eingeschärft hatte, musste ihm nun selbst helfen. Gegen zwei Männer mit gewöhnlichen Dolchen hätte er die Oberhand gewinnen können, doch schon ein leichter Kratzer mit einem der vergifteten Hati reichte, um ihn zu töten.

Rey kam ihm zu Hilfe, indem er einen der beiden Mörder kaltblütig von hinten erstach. Grigán nutzte die Gelegenheit und attackierte den zweiten Mann, der von Reys plötzlichem Erscheinen überrumpelt war. Der Angriff saß. Grigán hatte einige Schwierigkeiten, seine Klinge aus der Leiche zu ziehen.

Léti lief am Ufer hin und her und hinderte die Mörder mit ihrem Rapier daran, zu ihr hochzuklettern. Doch die Männer kamen rasch auf die Idee, sich zu trennen. Die junge Frau zögerte, entschied sich dann für einen der beiden und durchbohrte ihn mit ihrer Klinge.

Der andere Zü entledigte sich seiner nassen Kutte und zog sich mit der Geschmeidigkeit einer Katze an Land. Léti wich keinen Schritt zurück und umklammerte mit Tränen in den Augen ihr Rapier, von dessen Klinge Blut tropfte.

Plötzlich schlug ein Armbrustbolzen in die Stirn des Mörders, und er brach mit verzerrtem Gesicht zusammen. Léti fiel auf die Knie und suchte mit dem Blick nach ihren Gefährten, um zu sehen, wem sie ihr Leben verdankte.

Corenn stand am anderen Ufer, die Waffe immer noch erhoben, und schien kaum glauben zu können, was sie soeben getan hatte. Sie hatte bis zu diesem Moment noch nicht einmal genau gewusst, wie man eine Armbrust überhaupt handhabte. Nie zuvor hatte sie einen Menschen getötet.

Léti kam auf die Füße und hob das Tagebuch auf. Ein schmales, tropfnasses Büchlein mit Seiten aus dickem Pergament und einem vom Alter rissigen Ledereinband.

Der Menschheit zum Angedenken. Maz A. von Algonde.

Die junge Frau schlug es behutsam auf und las die ersten Zeilen. Zum Glück hatte Yan ihr mittlerweile ein wenig Lesen beigebracht. Als sie sah, dass die Tinte an einigen Stellen vom Wasser vermischt war, versetzte ihr das einen Stich. Sie hoffte inständig, dass die wichtigsten Passagen des Tagebuchs unversehrt waren.

»Auf der Insel Ji und jenseits von ihr sind wir der größten Gefahr begegnet, welche die Menschheit jemals bedroht hat. Und diese Gefahr ist nicht gebannt, denn die Geschichte hat kein Ende gefunden. Andere werden unseren Fluch tragen müssen. Ihnen sage ich: Seid achtsam! Eure Bürde ist die schwerste, die je ein Mensch getragen hat. Von Euren Entscheidungen und Euren Taten hängt das Schicksal künftiger Generationen ab.

Meine Absicht ist es nicht, das Buch der Weisen neu zu schreiben. Und doch enthält diese Niederschrift weit mehr als meine eigenen Erinnerungen. Sie ist eine Mahnung für die Ewigkeit.«

Drittes Buch
Der Menschheit zum Angedenken

Auf der Insel Ji und jenseits von ihr sind wir der größten Gefahr begegnet, welche die Menschheit jemals bedroht hat. Und diese Gefahr ist nicht gebannt, denn die Geschichte hat kein Ende gefunden. Andere werden unseren Fluch tragen müssen. Ihnen sage ich: Seid achtsam! Eure Bürde ist die schwerste, die je ein Mensch getragen hat. Von Euren Entscheidungen und Euren Taten hängt das Schicksal künftiger Generationen ab.

Meine Absicht ist es nicht, das Buch der Weisen neu zu schreiben. Und doch enthält diese Niederschrift weit mehr als meine eigenen Erinnerungen. Sie ist eine Mahnung für die Ewigkeit.

Widersinnigerweise beginne ich mit dem Ende meiner Geschichte, jenem Ende, das die Emaz des Großen Tempels – aus gutem Grund – in Angst und Schrecken versetzt. Man wirft mir vor, ein Aufrührer zu sein. Noch öfter zeiht man mich des Wahnsinns oder der Ketzerei. Ich bin ein Abtrünniger, der Ämter und Titel verloren hat, ein Geächteter der Heiligen Stadt. Dabei sind mein Glaube an Eurydis und meine Liebe zu ihr stärker denn je.

Allen Emaz und Maz, allen Predigern und all meinen Brüdern und Schwestern dieser Welt verkünde ich daher folgende Botschaft: Nicht die Götter rufen böse Gefühle in uns wach, sondern unsere bösen Gefühle bringen Dämonen hervor.

Jede Stimme, die sich für Phrias erhebt, verleiht ihm mehr Macht. Jedes an Yoos gerichtete Gebet macht ihn feindseliger. Jedes Opfer, das Valipond dargebracht wird, verleiht den Ausgeburten unserer schlimmsten Albträume Gestalt. Und das immer häufiger und für immer längere Zeit. Bis irgendwann der Tag kommen wird, an dem die Menschen das Zeitalter von Ys nicht mehr voller Hoffnung herbeisehnen, sondern sich nur noch wehmütig an einen schönen Traum erinnern, der nie in Erfüllung gegangen ist.

Die Lehre der Weisen predigt Toleranz und Frieden. Ich habe mein Leben lang für diese Werte gestritten. Doch jetzt sage ich mich von ihnen los. Wer würde einen Wolf füttern, der Kinder verschlingt? Niemand. Warum nehmen wir dann in Ith all jene finsteren Gemüter auf, welche die Göttin offen anfeinden? Warum schmeicheln wir in unserem universellen Streben nach Moral eben jener Schlange, die wir bekämpfen?

Denn um nichts anderes geht es: um einen erbitterten Kampf, der nur mit der Vernichtung eines der beiden Lager enden kann. Moralisten oder Dämonisten. Tugend oder schwarze Magie. Gut oder Böse.

Ich weiß, dass ich mich bisweilen in Rage geredet habe. Man konnte meine Worte so verstehen, als riefe ich zur Gewalt und zum Krieg auf oder gar zu einem Kreuzzug, der erst enden würde, wenn selbst die Namen der schwarzen Götter vergessen wären.

Heute denke ich beschämt daran zurück und mache mir meinen Zorn zum Vorwurf. Manchmal allerdings … Manchmal glaube ich, dass der Verstoß gegen die Moral das geringere Übel wäre. Zwar wären zahlreiche Hindernisse zu überwinden und Gewissensqualen zu ertragen, doch vielleicht gibt es keinen anderen Weg, um das Zeitalter von Ys herbeizuführen.

Ihr, die Emaz, habt mich zum Abtrünnigen erklärt, weil ich diese Gedanken verbreitet habe. Nun gut, verwerft den Kreuzzug, und gestattet den bösen Seelen, ihr Unwesen in der Heiligen Stadt zu treiben. Aber hindert sie zumindest daran, all jene Schwachen, Verirrten, Leichtgläubigen, Außenseiter und Tagediebe zu bekehren, unter denen sie ihre Anhänger rekrutieren.

Ich sage mich von der Toleranz los. Jeder Sterbliche, der die schwarzen Götter anbetet, zögert den Beginn des Zeitalters von Ys hinaus. Er ist sein Feind.

Ich sage mich vom Frieden los. Wir alle glaubten, es würde reichen, uns nur in Geduld zu üben. Doch das war ein Irrtum. Wir müssen kämpfen.

Der Sieg ist uns nicht sicher, nur weil wir auf der Seite des Guten stehen. Es gibt kein universelles Gesetz, das zu unserem Vorteil wirkt.

Alles ist im Gleichgewicht. Wer diesen Kampf gewinnt, ist völlig offen.

An dieser Stelle brach Lana ab. Ihre Gefährten glaubten, sie ringe um Fassung, da sie von ihren Gefühlen überwältigt wurde. Doch ihr plötzliches Schweigen hatte andere Gründe.

»Der Rest ist unleserlich«, sagte sie. »Ich kann nichts mehr entziffern.«

»Hat das Wasser die Tinte verwischt?«, fragte Corenn besorgt.

»Nein. Ich kann die Wörter nicht lesen. Vielleicht sind sie in einer fremden Sprache geschrieben. Oder in einer Geheimschrift.«

Die Maz reichte ihren Freunden das Tagebuch. Die anderen warfen einen kurzen Blick auf die Seite und gaben ihr das Buch dann zurück. Lana, Rey und Corenn beherrschten zusammen sechs Sprachen, doch keiner von ihnen wurde aus der seltsamen Aneinanderreihung von Buchstaben des itharischen Alphabets schlau.

»Seht mal weiter hinten nach«, schlug Grigán vor. »Vielleicht finden sich dort lesbare Passagen.«

Lana tat wie geheißen. Sie litt darunter, die Neugier ihrer Freunde nicht stillen zu können. Léti hatte ihr das Tagebuch schon vor einem Dekant übergeben, doch während ihrer Flucht aus der Heiligen Stadt hatte sie nicht die Zeit gefunden, es sich genauer anzusehen. Und nun schon nach wenigen Seiten eine solche Enttäuschung! Bei Eurydis, wie konnte das Schicksal so grausam sein!

»Achem hat anscheinend alle Passagen, in denen er die Reise der Gesandten nach Ji schildert, in einer Geheimschrift verfasst«, sagte Yan. »Auf diese Weise konnte er seinen Schwur halten.«

»Aber er hatte ihn doch ohnehin längst gebrochen«, bemerkte Rey. »Schließlich hat er den Emaz von der Existenz des Jal'dara erzählt.«

»Er hat das Jal'dara mit keinem Wort erwähnt«, entgegnete Lana. »Weder in seinen Reden noch in seinen Schriften. Er hat seinen Schwur nicht gebrochen.«

»Aber er hat sein Wissen genutzt, um die Politik des Tempels zu beeinflussen«, sagte Rey. »Wie auch immer. Außer einem Maz interessiert sich ohnehin niemand für hochtrabende Diskussionen über Gut und Böse.«

Lana hörte auf, in dem Buch zu blättern, und sah ihn an. Sie hatte sofort begriffen, welche Tragweite die Niederschrift hatte, und war davon ausgegangen, dass es den anderen ebenso ergangen war.

»Hier geht es um sehr viel mehr als um theologische Feinheiten, Reyan«, erklärte sie ernst. »Versteht Ihr denn nicht? Das Tagebuch lüftet das Geheimnis unserer Ahnen! Hier steht es, *schwarz auf weiß!* Endlich kennen wir den Grund für ihre Qualen!«

»Ich glaube, ich komme auch nicht so ganz mit, Freundin Lana«, warf Bowbaq scheu ein.

In der Hoffnung, dass wenigstens Corenn die Bedeutung von Maz Achems Worten verstanden hatte, sah Lana sie Hilfe suchend an. Sie hoffte nicht vergebens. Corenn fasste die Lage sehr viel besser zusammen, als sie selbst es gekonnt hätte: »Falls Achem die Wahrheit sagt, hängt die Macht eines Gottes von der Aufmerksamkeit ab, die ihm die Menschen zuteilwerden lassen. Anders ausgedrückt: Je mehr Anhänger er hat, desto einflussreicher und unangreifbarer wird er.«

»Jedenfalls solange er noch ein Kind ist«, ergänzte Lana. »Das Gedicht von Romerij spricht nur von Kindern.«

»Wenn das bekannt würde«, fuhr Corenn fort, »könnten sich die Menschen zusammenschließen, gemeinsam einen neuen Gott erschaffen, ihm einen Namen geben und ihm bestimmte Wesenszüge und Kräfte verleihen, um ihn für ihre Zwecke zu benutzen.«

»Verzeiht«, unterbrach sie Rey. »Aber wie *benutzt* man einen Gott? Corenn, ich will Euch nicht zu nahe treten, aber ist Euch klar, was Ihr da sagt?«

»Versucht, unvoreingenommen zu sein. Nachdem Ihr die Pforte von Ji, Usul, die Gespenster und den Mog'lur gesehen habt, glaubt Ihr doch wohl an die Existenz der Götter?«

»An ihre *Existenz* wohl. Jetzt schon. Aber deshalb glaube ich noch lange nicht, dass man sie mit einem Fingerschnippen heraufbeschwören und für eigene Zwecke einspannen kann …«

»Und doch scheint genau das möglich zu sein«, sagte Lana, »wenn ein Gott eigens dafür erschaffen wurde. Weise Eurydis! Das alles ist so … erschütternd … frevelhaft …«

»Unhöflich?«, schlug Bowbaq vor, der es immer mehr mit der Angst zu tun bekam.

»Das könnte man so sagen. Wenn Menschen Götter erschaffen und sie ihrem Willen unterwerfen können … Wie entsetzlich! Wie grauenvoll! Dafür sind wir nicht bereit!«

Endlich verstanden die Erben, worin der Fluch der Insel Ji bestand und welche Verantwortung auf ihren Ahnen gelastet hatte. Wenn die Menschheit davon erfuhr, würde sie entweder einen großen Entwicklungssprung machen oder im Wahnsinn versinken. Sollten sie das Geheimnis enthüllen oder nicht?

Fortan würden auch die Erben diese Bürde zu tragen haben. Nun mussten sie die Züu aus einem weiteren Grund fürchten, der noch viel schwerer wog als ihr eigenes Überleben. Was, wenn Zuïa eines Tages mächtig genug wäre, um unter den Menschen zu leben? Was, wenn Phrias durch die an ihn gerichteten Gebete tatsächlich zu dem Kriegerdämon würde, als den ihn seine Anhänger beschrieben? Was, wenn Soltan, Yoos und K'lur eines Tages Gestalt annahmen?

Vielleicht geschah das alles bereits. Vielleicht ermöglichten die bösen Gefühle der Sterblichen den Dämonen schon jetzt, für eine gewisse Zeit an den Orten, an denen sie am meisten gefürchtet wurden, zu erscheinen. Vielleicht reichte die Angst der Menschen aus, um ihnen die nötige Kraft zu verleihen – ihre Angst und die Verehrung ihrer machtgierigen oder gedankenlosen Anhänger.

Von nun an würde den Erben jedes Mal ein Schauer über den Rücken laufen, wenn jemand den Namen eines Dämons aussprach. Sie würden unweigerlich daran denken, wie dieses Geschöpf irgendwo auf der Welt – oder in einer anderen, nicht weit entfernten – nur darauf wartete, dass jemand an ihn dachte.

»Wenn wir das Geheimnis enthüllen, versinkt die Welt im Chaos«, sagte Grigán nachdenklich.

»Aber so einfach kann das doch nicht sein«, entgegnete Léti. »Es braucht bestimmt Tausende, wenn nicht gar Hunderttausende von Gläubigen, um einen Gott zu erschaffen. Und das über mehrere Jahrhunderte hinweg.«

»Vielleicht. Vielleicht aber auch nicht. Woher sollen wir das wissen?«

Niemand gab eine Antwort. Die Folgen ihrer Entdeckung waren unabsehbar, und sie wussten immer noch viel zu wenig darüber. Sie hätten tagelang weiterreden können und sich doch nur im Kreis gedreht. So war es vermutlich auch ihren Vorfahren ergangen. Doch während die Gesandten damals nur Vermutungen angestellt hatten, standen die Erben einer tatsächlichen Bedrohung gegenüber, einer unmittelbaren Gefahr. Das rief ihnen Bowbaq nun ungewollt in Erinnerung:

»Hilft uns dieses Wissen denn dabei, Saat zu besiegen?«, fragte er ohne große Hoffnung.

Corenn schüttelte bedauernd den Kopf. Nichts von dem, was sie bisher im Tiefen Turm von Romin und in Maz Achems Tagebuch gefunden hatten, vermochte zu erklären, warum der Goroner hundert Jahre nach seinem Tod plötzlich wieder aufgetaucht war, über erschreckende Kräfte verfügte und den Erben nach dem Leben trachtete.

»Vielleicht liegt die Lösung in der Fortsetzung des Textes. Wir müssen die Geheimschrift entschlüsseln.«

»Und was machen wir bis dahin?«, fragte Rey. »Das kann Tage dauern!«

Alle sahen zu Grigán und Corenn und warteten darauf, dass die beiden Anführer eine Entscheidung trafen. Zum ersten Mal seit Dekaden hatten sie nicht die geringste Ahnung, was sie als Nächstes tun sollten.

»In Ith können wir nicht bleiben«, sagte Grigán. »Nicht nach allem, was passiert ist. Früher oder später würden uns die Züu finden.«

Das war allen klar. Die Gefährten wussten ja noch nicht einmal, wie es sein konnte, dass die Mörder sie in der Heiligen Stadt erwartet hatten. Ihr Feind schien ihnen immer einen Schritt voraus zu sein.

»Saat befindet sich irgendwo jenseits des Rideau«, sagte Corenn vorsichtig und lauerte auf Grigáns Reaktion.

Der riss überrascht die Augen auf und runzelte nachdenklich die Stirn. Er stand auf, lief unruhig ein paar Schritte auf und ab und starrte zu den hohen Bergen hinauf, die aus dem dichten Wald emporzuragen schienen, in dem sie sich versteckt hatten. Dann kehrte er zu den anderen zurück.

»Ich glaube nicht …«, begann er.

Sechs Menschen warteten darauf, dass er eine Entscheidung traf. Sechs Menschen verließen sich auf ihn, und er musste ihnen die Richtung weisen. Grigán sah keinen anderen Weg als den, den Corenn vorgeschlagen hatte. Wäre er auf sich allein gestellt gewesen, hätte er keine Dezille gezögert.

»Nun gut«, sagte er schließlich widerstrebend. »Wir werden Saat suchen. Auf der anderen Seite der Berge.«

Zum ersten Mal seit langer Zeit würde er sich in unbekanntes Gebiet vorwagen in der Hoffnung, dort jenen Mann zu finden, der ihren Tod wollte. Den Mann, der das Geheimnis des Jal'dara ebenso gut kannte wie sie.

Am Abend lagerten sie am Ufer des Beremen, eines der beiden Flüsse, die durch die Hauptstadt des Großen Kaiserreichs flossen und anschließend in den Alt mündeten. Innerhalb weniger Dekanten hatten die Gefährten ein Drittel des östlichen Goran durchquert.

Obgleich die Berge des Rideau als unüberwindbar galten, vor allem jetzt, da die kalte Jahreszeit anbrach, stießen sie immer wieder auf berittene Patrouillen, die verhindern sollten, das Feinde nach Goran eindrangen. Dank Grigáns Erfahrung kamen sie unbemerkt an zweien dieser Wachtrupps vorbei. Ein dritter fing sie ab und unterzog sie einer Routinekontrolle, die sie widerstandslos über sich ergehen ließen. Da die Soldaten ihnen keine Schwierigkeiten machten, schloss Corenn, dass Goran tatsächlich gegen Thalitt und nicht gegen Lorelien Krieg führte. Das lieferte ihnen einen weiteren Beweis dafür, dass sich Saat jenseits des Rideau befand.

Seit Lana ihnen den Anfang des Tagebuchs vorgelesen hatte, hatten sie keine Rast mehr eingelegt und über nichts anderes gesprochen als die dringendste Frage: Welchen Weg sollten sie einschlagen? Allerdings hatten die Gefährten während des Ritts Zeit gehabt, über die jüngsten Ereignisse nachzudenken, die ihnen allen zu Herzen gegangen waren. So sprachen sie an diesem Abend lange über ihren Kampf gegen die Züu in der Heiligen Stadt und darüber, wie viel Glück sie gehabt hatten, dass keiner von ihnen ernsthaft verletzt worden war.

Grigán und Corenn machten Léti halbherzige Vorwürfe, weil sie den Rückzugsbefehl des Kriegers ignoriert und so ihre Gefährten in Gefahr gebracht hatte. Doch da sie mit ihrer eigenmächtigen Entscheidung das Tagebuch gerettet hatte, lief die Strafpredigt ins Leere. Léti nickte brav, las aber die Dankbarkeit in den Augen ihrer Freunde. Vor allem in Lanas.

Allerdings war die Maz entsetzt darüber, auf welche Weise Rey Grigán zu Hilfe gekommen war. »Sich von hinten an den Gegner heranzuschleichen und ihn heimtückisch zu erstechen … Das ist nicht gerade anständig, findet Ihr nicht?«

»Der Mann hatte kurz zuvor Drékin ermordet«, entgegnete Rey gekränkt. »Ihr glaubt doch nicht etwa, dass er einen fairen Kampf verdient hatte?«

»Der Narr verfällt dem Rausch, der Weise sehnt sich danach«, sagte die Priesterin in belehrendem Ton. »Wir dürfen uns nicht so verhalten wie sie, Reyan.«

»Und was hätte ich Eurer Meinung nach tun sollen? Ihn bitten, sich umzudrehen? Auf die Gefahr hin, dass er mich niedermetzelt?«

Darauf wusste Lana keine Antwort. In der eurydischen Lehre war Frieden eine der Haupttugenden. Doch nirgendwo lernte man, wie man sich verhalten sollte, wenn es unmöglich war, Frieden zu wahren. »Verzeiht, Reyan«, sagte sie nach einer Weile. »Ich habe leicht reden, schließlich habe ich nicht gekämpft. Natürlich will ich Euch nicht verlieren«, setzte sie leise hinzu.

Er nahm die Entschuldigung mit einem Lächeln an, und damit war die Sache erledigt. Sie wechselten das Thema und scherzten über Corenns verborgene Begabung für das Armbrustschießen.

»Ehrlich gesagt, habt Ihr Euch geschickter angestellt, als ich es je könnte. Wenn Ihr wollt, schenke ich Euch die Armbrust!«, sagte Rey.

Corenn schüttelte den Kopf. Sie bereute nicht, was sie getan hatte, aber sie bedauerte, dass sie es hatte tun müssen. Kaltblütig einen anderen Menschen töten …

Wobei »kaltblütig« im Grunde nicht das richtige Wort war. Als sie gesehen hatte, wie Léti von zwei Mördern angegriffen wurde, hatte sie jede Selbstbeherrschung verloren. Hätte ein Rest Hellsicht sie nicht zurückgehalten, hätte sie ihren magischen Willen auf die Feinde gerichtet und damit gegen die Regel verstoßen, die sie Yan unzählige Male gepredigt hatte: *Gebrauche deinen Willen niemals im Zorn, unter Schmerzen oder wenn du betrunken bist.*

Sie beobachtete den schüchternen jungen Mann, der sich in Gesprächen stets zurückhielt. Er hatte ihnen nicht sagen müssen, dass er Magie angewendet hatte, um die drei Züu aus dem Weg zu räumen. Yan war in den Geist eines anderen Menschen eingedrungen und hatte mit erschreckender Leichtigkeit von dessen Körper Besitz ergriffen, ohne sich erst lange zu konzentrieren.

Als das Gespräch auf diesen Vorfall kam, verstummten sie einer nach dem anderen. Die Gefährten, die keine Magie beherrschten, fanden Yans Kräfte zu rätselhaft und beängstigend, um ungezwungen darüber sprechen zu können, und so kamen sie stillschweigend überein, das Thema zu meiden. Für Bowbaq war Yans Tat nur ein weiterer Beweis für seine Fähigkeit, in den Tiefen Geist einzudringen, und er bewunderte seinen jungen Freund dafür umso mehr.

Corenn empfand große Freude, zugleich aber auch schreckliche Angst. Yans Können überstieg ihre kühnsten Vorstellungen. Allerdings ging ihr das in letzter Zeit mit vielen Dingen so.

Wenn Yan, der vor weniger als zwei Monden in die Magie eingeweiht worden war, zu solchen Taten fähig war – über welche Kräfte mochte dann erst ein schwarzer Magier verfügen, der fast zweihundert Jahre alt war? Und was mochte ein solcher Mann für Pläne hegen?

Eine Hinrichtung. Es war die größte, die Zamerine und Emaz Chebree je zelebriert hatten. Zum einen wollten sie ein Exempel statuieren, zum anderen die Sklaven Furcht und Achtung vor Sombre lehren.

Fünf thalittische Gefangene hatten einen Fluchtversuch unternommen. Die Züu brachten drei von ihnen gleich am nächsten Tag zurück. Die beiden anderen hatten nicht viel mehr Glück gehabt: Ihre Köpfe zierten nun neben mehreren anderen Sombres Altar.

Einem Gerücht zufolge würde der Tempel den Schädeln der vierundzwanzigtausend Sklaven, die ihn errichteten, Platz bieten. Der Tempel war ein gewaltiges Bauwerk. Doch das war nicht sein eigentlicher Zweck. Obwohl Zamerine bereits den Altar, einen Palast für Saat und seine Hauptmänner, mehrere Unterkünfte und Festungsmauern hatte bauen lassen, schlugen die Sklaven immer noch Tonnen von Gestein aus dem Berg.

Aus einer Laune heraus hatte er den Bau einer Kampfarena befohlen nach dem Vorbild der, die im Lus'an stand und die er noch genau vor Augen hatte.

Der hohe Dyarch hatte Gefallen an der Idee gefunden und diesem Bauvorhaben zusammen mit dem des Tempels Vorrang eingeräumt. Ermutigt von seiner Unterstützung, hatte Zamerine beschlossen, die heutige Zeremonie zu organisieren.

Um ihre Bedeutung zu unterstreichen – und als erster Schritt auf dem Weg hin zur Neuen Ordnung –, wollte Zamerine zusätzlich zu den drei Flüchtigen elf Aufrührer hinrichten lassen, darunter zwei Wallatten aus Saats Armee. So würden nun insgesamt vierzehn Männer sterben, genug, um ein eindrucksvolles Spektakel zu ergeben.

Endlich war der große Tag gekommen. Nach all den Jahren würde Zamerine noch einmal als Judikator auftreten, meilenweit entfernt vom irdischen Lus'an. Zu seiner unendlichen Freude erstreckte sich Zuïas Gesetz über die ganze Welt.

Hinter ihm saßen die beiden Dyarchen. Der eine trug wie immer seine Sturmhaube, der andere machte ein finsteres Gesicht. Sie waren unerbittliche Anführer. Unbeirrt. Geachtet.

Gefürchtet.

Emaz Chebree, die Barbarenkönigin, die Saat zur Hohepriesterin ernannt hatte, saß mit stolzgeschwellter Brust und einem zähnefletschenden Grinsen neben ihrem Meister. Wie die anderen – oder mehr noch als jene – sehnte sie den Beginn der Hinrichtung mit abstoßender Faszination herbei.

Zamerine selbst hatte zunächst neben dem jungen Dyarchen gesessen, es aber nicht lange an seiner Seite ausgehalten. Noch vor wenigen Dekaden hatte der Judikator über die stumme Gleichgültigkeit des jungen Mannes geklagt, die ihm ein namenloses Grauen einflößte, ohne dass er den Grund dafür kannte. Nun, da der Dyarch immer mehr zum Leben erwachte, wurde dieses Gefühl schlimmer und schlimmer. Sein Lachen war grausam und vernichtend. Sein Blick schien sich direkt in die Seele seines Gegenübers zu bohren. Und seine schleppende, beklemmende Stimme, die glücklicherweise nur selten zu hören war, klang bedrohlich. Der Zü tat sein Möglichstes, um ihm aus dem Weg zu gehen.

Um sie herum scharten sich die Krieger, die jeweils eine der vierhundert Kompanien vertraten. Ihnen war dieses Privileg per Los oder als Auszeichnung von ihrem Hauptmann zuerkannt worden.

Auf der anderen Seite füllte eine sehr viel disziplinlosere Menge die Ränge des Amphitheaters: Sie bestand aus mehreren Hundert Sklaven, die der Macht Sombres, seiner Verkünder und der Dyarchen huldigen sollten.

Der erste Verurteilte wurde von Reitern aus Egosien in die Arena geführt. Zamerine hatte sie für diese Aufgabe auserwählt, da ihre Kompanie hohes Ansehen genoss und die anderen Krieger zu ihnen aufblickten, selbst die stolzen Gladoren. Der Gefangene verharrte nackt und unbewaffnet auf dem Sand. Die Todesangst stand ihm ins Gesicht geschrieben, und sein Schicksal war schnell besiegelt.

Unter dem Jubel des Publikums betraten drei Farikii den Kampfplatz. Die Dompteure der Vampirratten hielten jeweils fünf Tiere an der Kette und ließen sie zeitgleich los, sehr zum Vergnügen der Zuschauer.

Der Verurteilte heulte vor Entsetzen auf und versuchte, sich vergeblich am Rand der Arena in Sicherheit zu bringen. Fünfzehn blutdürstige Ratten hetzten ihm hinterher und stürzten sich auf ihn. Der Mann schlug um sich, kreischte und trat, konnte sich kurz befreien, wurde wieder angegriffen, stolperte und brüllte vor Schmerzen. Die Wallatten, Sadraken, Solener, Tuzeener und Grelitten im Publikum lachten gehässig, während die Sklaven voller Verzweiflung den Blick abwandten.

Doch die Ratten waren erst der Anfang, gewissermaßen die Eröffnung. Bald erstarb das Gelächter, und die Farikii ketteten die Tiere wieder an, während sie den Sterbenden am Boden liegen ließen. Sein Körper war mit unzähligen Wunden übersät, und die Ratten hatten fast all sein Blut ausgesogen.

In diesem Augenblick erklomm Saat die Rednertribüne und hielt eine kurze Ansprache. Zamerine waren die Worte wohlbekannt: Es ging wie immer darum, die Männer mit der Aussicht auf Eroberungen, Reichtümer und Macht zum Kampf anzustacheln. Wie gewohnt schlugen Saats Redekünste die einfältigen Wüstlinge in den Bann, und seine Worte wurden vom Klirren von vierhundert Klingen begleitet, die gegen Metallrüstungen schlugen. Zamerine, dem die Kunst der Demagogie vertraut war, langweilte sich ein wenig. Doch dann geschah etwas Überraschendes.

Saat winkte Chebree hoch zu sich auf die Tribüne, und die Emaz gehorchte bereitwillig. Das war nicht vorgesehen. Eigentlich sollte sie erst am Ende der Zeremonie das Wort ergreifen. Hatten die beiden ihre Pläne geändert, ohne ihm Bescheid zu geben?

Zamerine hatte nicht die Absicht, die Verehrung Sombres zu verbreiten, denn er gedachte, Zuïa treu zu bleiben. Daher behielt er Chebree stets im Auge und verfolgte genau, was sie mit den Sklaven oder der Armee vorhatte. Er gehörte nicht zu den Anhängern des neuen Gottes. Aber war das ein Grund, ihn von wichtigen Entscheidungen auszuschließen?

»Heute ist ein großer Tag«, verkündete Chebree feierlich. »Heute beginnt die Herrschaft des Bezwingers auf Erden!«

Tosender Applaus setzte ein, obwohl sie eigentlich noch nicht viel gesagt hatte. Ihre nächsten Worte wurden mit noch größerem Jubel aufgenommen.

»Heute wird Sombre vor uns erscheinen! Hier in dieser Arena! Und er wird die Ungläubigen bestrafen, die sich seinen Verkündern widersetzen!«

Zamerine sah mit Befremden, wie die Krieger dumpfe Freudenschreie ausstießen. Ein *Gott?* Ein Gott würde zu ihnen kommen, heraufbeschworen von einer Barbarin, die vor einem Jahr nicht einmal seinen Namen gekannt hatte?

Das seltsame Paar nahm wieder Platz, und der Zü gab das Zeichen, mit der Zeremonie fortzufahren. Er sah dem Ereignis mit einer Mischung aus Ungläubigkeit und Ungeduld entgegen.

Die beiden Männer, die nun den Kampfplatz betraten, wurden mit lauten Hochrufen begrüßt. Der Jubel galt vermutlich eher Gors dem Zimperlichen, Saats Heerführer, als Dyree, dem Henker. Denn während Gors der Menge mit stolzgeschwellter Brust zuwinkte, stand der Zü nur reglos da und wartete darauf, dass man ihm die Verurteilten schickte.

Prompt wurden acht von ihnen in die Arena gestoßen. Sie waren ausgehungert, erschöpft und verzweifelt. Gors beschimpfte sie in allen Sprachen des Ostens, und das Publikum fiel mit Feuereifer ein. Die Zuschauer waren außer Rand und Band.

Einer der Verurteilten beschloss, die Sache schnell hinter sich zu bringen, und näherte sich den beiden Scharfrichtern. Der Heerführer stürzte sich auf den Mann, als er nur noch wenige Schritte von ihm entfernt war, und streckte ihn mit einem gewaltigen Fausthieb nieder. Als sein Opfer am Boden liegen blieb, versetzte Gors ihm mehrere Fußtritte, bevor er es hochhob und ihm mit einem lauten Knacken das Genick brach.

Die Barbaren applaudierten, und Gors der Zimperliche dankte ihnen mit erhobener Hand, offenkundig stolz auf seine Tat. Die übrigen Verurteilten berieten sich, und nach einer Weile gingen fünf von ihnen langsam auf die Scharfrichter zu. Diese fünf wollten um ihr Leben kämpfen.

Mit einem grausamen Lächeln nahm der wallattische Koloss seine zweischneidige Axt zur Hand. Dyree wirkte hingegen gelangweilt. Er zog einen gewöhnlichen Dolch, ließ seinen Hati jedoch in der Scheide stecken. Unvermittelt warf er die Waffe zwei Sklaven vor die Füße, die unschlüssig herumstanden, weil sie zu feige oder zu klug waren, die Scharfrichter anzugreifen. Der Zü bevorzugte einen Feind, der Gegenwehr leistete.

Der größere der beiden Männer hob den Dolch auf, näherte sich Dyree mit vorsichtigen Schritten und schlug dabei einen großen Bogen um Gors, der seine Axt durch die Luft wirbeln ließ. Der andere Sklave folgte ihm.

Vergeblich versuchten die beiden Männer, Dyree in die Enge zu treiben, doch dieser trat jedes Mal einen Schritt zur Seite und entzog sich ihnen. Schließlich verschränkte der Zü die Arme vor der Brust und stand reglos da, während der unbewaffnete Sklave, dem die Angst ins Gesicht geschrieben stand, sich ihm von hinten näherte. Plötzlich nahm der Mann all seinen Mut zusammen, stürzte sich auf den Zü und versuchte, seine Arme zu packen, damit der andere Gefangene ihn erstechen konnte.

Doch Dyree war schneller. Er wirbelte herum und schlug mit der Handkante gegen den nackten Hals des Sklaven. Dieser schnappte nach Luft und brach bewusstlos zusammen. Mit drei schnellen Schritten begab sich der Mörder außer Reichweite des bewaffneten Sklaven, der nicht schnell genug reagiert hatte.

Gors führte seinen eigenen Kampf mit nicht minder großem Geschick. Er hätte seine Gegner mit wenigen Hieben seiner gewaltigen Axt töten können, doch der Riese mochte es, mit seinen Opfern zu spielen. So beschränkte er sich darauf, sie zunächst zu verwunden, um ihnen dann eine Gliedmaße abzuhacken und sie zuletzt mit einer präzisen Bewegung zu enthaupten. Die Barbaren im Publikum applaudierten begeistert.

Der Mann mit dem Dolch ließ Dyree nicht aus den Augen. Der Mörder stand einige Schritte von ihm entfernt, die Hände auf dem Rücken verschränkt, und lächelte ihm verständnisvoll zu. Beide warteten darauf, dass der andere sich rührte.

Dyree zeigte dem Sklaven seine leeren Hände und bedeutete ihm, näher zu kommen. Da der Mann vor Schreck wie gelähmt schien, trat der Mörder ein paar Schritte auf ihn zu. Plötzlich setzte der Sklave alles auf eine Karte und warf sich seinem Gegner entgegen. Er sah den Hati nicht einmal mehr aufblitzen, da hatte ihm dieser schon die Kehle durchbohrt. Blitzschnell war der Zü dem Mann ausgewichen, hatte seine Waffe gezogen und zugestoßen.

Der Mann mit dem Dolch war der letzte Verurteilte, der zu Boden ging, denn auch Gors hatte seinen Kampf beendet. Die Barbaren jubelten ihrem Heerführer zu, und die beiden Scharfrichter verließen erhobenen Hauptes die Arena.

Emaz Chebree kehrte auf die Tribüne zurück, um erneut zu den Zuschauern zu sprechen. Bemerkenswerterweise herrschte innerhalb weniger Dezillen tiefe Stille. Die Krieger aus dem Osten hatten zwar nur wenige Ideale, waren aber zutiefst abergläubisch. War es tatsächlich möglich, dass ihnen gleich ein Gott erscheinen würde?

Nun wurden die letzten fünf Sklaven in die Arena gestoßen. Neun Leichen und mehrere abgeschlagene Gliedmaßen lagen bereits im Sand. Da die Verurteilten wussten, was ihnen bevorstand, fielen sie auf die Knie und flehten den hohen Dyarchen im Namen des Bezwingers um Gnade an.

Sie ahnten nicht, dass sie ihm gleich geopfert werden würden.

Die Emaz bat um absolute Ruhe, und die Menge gehorchte ihr sofort. Dann begann Chebree den Namen des schwarzen Gottes zu skandieren, erst leise, dann immer lauter und lauter. Schließlich forderte sie die Krieger auf, in ihre Anrufung einzustimmen. Bald hallte das Gebrüll durch die ganze Arena, ja das gesamte Lager. »Sombre! Sombre! SOMBRE!«, erschallte es aus tausend Kehlen, und die Schreie wurden von den Hängen der umliegenden Berge zurückgeworfen.

Selbst die Verurteilten beteten, aus Verzweiflung oder Wahnsinn. Sie hielten jedoch inne, als sich mitten in der Arena über den Leichen und dem blutgetränkten Sand eine Gestalt abzuzeichnen begann. Auch die Barbaren verstummten und starrten auf das schreckliche Ungeheuer, das aus dem Nichts kam.

Die Sklaven fanden einen raschen Tod verglichen mit der Marter, welche die anderen Verurteilten hatten erdulden müssen. Doch auch sie litten entsetzliche Qualen.

Schließlich war Sombre der Bezwinger, nicht der Mitleidsvolle.

Während die Menge fasziniert zusah, wie ihr Gott seine Macht unter Beweis stellte, warf Zamerine dem jungen Dyarchen einen verstohlenen Blick zu. Und in diesem Augenblick begriff er. Das sonst so unbewegte Gesicht war von Hass verzerrt und der verträumte Blick einem stechenden, überheblichen Ausdruck gewichen. Endlich verstand Zamerine, was hier gespielt wurde.

Bislang hatte der angebliche Sohn Saats keinen Namen gehabt. Er war einfach nur der junge Dyarch gewesen.

Nun aber trug er einen Namen. Seine Herrschaft war angebrochen. Sombre. Sombre. SOMBRE.

Am Quint der Dekade der Erde machten die Erben in einer Herberge nicht weit vom Tal der Krieger halt. Der schmale Landstrich zwischen den Bergen des Rideau und dem Spiegelozean war der einfachste Weg in die Königreiche des Ostens. Im Grunde genommen war es sogar der einzige, denn andernfalls hätten sie an der Insel Yerim vorbei über das Feuermeer segeln und sich dann zu Fuß durch eine Wüste namens Sandmeer schlagen müssen.

Abgesehen vom Wirt und dessen Frau war das Gasthaus leer. Der drohende Krieg schien schlecht für das Geschäft zu sein. So wurden die Erben hofiert wie Könige, jedenfalls bis die Goroner erfuhren, wo sie hinwollten. Von da an verlangten sie für jeden Dienst bare Münze.

»Ihr habt wohl kein Vertrauen in unsere Rückkehr«, sagte Rey. »Dabei scheint mir Eure Herberge ein guter Ausgangspunkt für Reisen in den Osten zu sein. Mit diesem Hintergedanken habt Ihr sie doch sicher eröffnet …«

»Mein Herr, ich habe bereits mehreren Gästen, die ich seit Jahren kannte, Kredit gewährt. Sie reisten nach Thallos, Sol, Grelos und an andere fremde Orte. Dort betrieben sie Tauschhandel, lernten die Sprache, erforschten Sitten und Gebräuche und kehrten mit Andenken zurück. Dann brachen sie erneut auf, den Kopf voller Träume von Entdeckungen und schnellem Reichtum. Doch seit sechs Monden ist niemand mehr aus dem Osten zurückgekehrt. Es herrscht Krieg, müsst Ihr wissen. In einer Dekade sind mehr Soldaten an meiner Tür vorbeigezogen, als ich in meinem ganzen Leben zu Gesicht bekommen habe.«

Mit diesen Worten kehrte der Wirt Rey den Rücken zu und gab ihm damit zu verstehen, dass das Gespräch beendet war. Da Rey die Frage ohnehin nur aus Neugier gestellt hatte, ließ er die Sache auf sich beruhen.

Corenn fürchtete, dass Grigán nach den Worten des Wirts seine Meinung ändern könnte, und beobachtete ihn aus den Augenwinkeln. Doch er hielt sich an ihre Abmachung. Er wusste auch so, wie gefährlich ihr Vorhaben war.

Die Erben aßen in dem kleinen Gastraum der Herberge zu Abend, der mit Andenken aus den Ländern des Ostens geschmückt war. Waffen und Rüstungsteile, Teppiche, Werkzeuge, Jagdtrophäen und andere Kostbarkeiten zierten die Wände oder waren auf Regalen ausgestellt. Léti erkannte eine Pike und einen Gießer, denn diese Waffen hatte sie bereits im Eroberten Schloss in Junin gesehen. Doch damit war der kriegerische Einfallreichtums der Bewohner des Ostens noch längst nicht erschöpft: Die Klingen und Spitzen sämtlicher Waffen waren gezackt und mit Widerhaken versehen, damit sie dem Opfer besonders schlimme Wunden zufügten. Der Wirt zeigte ihnen auch einen yalamischen Schild, dessen Ränder messerscharf geschliffen waren.

Später führte Bowbaq ihnen Miffs Fortschritte vor und ließ das Mausäffchen mehrere Kunststücke vollbringen. Es holte Gegenstände herbei, riss Brot vom Laib und füllte sogar ihre leeren Becher. Die Gefährten hatten viel Spaß, aber am glücklichsten war das Äffchen selbst, denn Bowbaqs Dressurmethoden gefielen ihm viel besser als Tonks.

Seit dem Kampf gegen die Züu in der Heiligen Stadt hatte sich Yan nicht mehr als Erjak betätigt. In den Geist eines Affen einzudringen war eins gewesen, doch im Eifer des Gefechts hatte Yan einen anderen Menschen kontrolliert. Schlimmer noch, einen Mörder. Diese Erinnerung hinterließ ein ungutes Gefühl. Er konnte es kaum erwarten, sich mit Bowbaq darüber auszutauschen. Allerdings fürchtete der Riese Corenns Tadel. Hatte sie ihm nicht befohlen, die Sache mit dem Tiefen Geist auf sich beruhen zu lassen?

Nach dem Essen zog sich Lana zurück. Die Erben wussten, dass sie nur eins im Sinn hatte: das Tagebuch ihres Ahnen zu entziffern. Bislang war sie an dieser Aufgabe gescheitert.

Kurz darauf folgte Grigán ihrem Beispiel sehr zum Erstaunen der anderen, die einen neuen Ausbruch seiner Krankheit fürchteten. Den Krieger machte ihre Sorge verlegen, und er beteuerte, es gehe ihm gut, aber die nächsten Tage versprächen anstrengend zu werden. Er riet ihnen, ebenfalls nicht zu spät schlafen zu gehen.

Bowbaq, für den Grigáns Ratschläge Befehle waren, ging bald auf sein Zimmer und nahm Miff mit. Corenn und Rey schlossen sich ihm an, und so waren Yan und Léti zum ersten Mal seit Langem allein.

Angesichts der ungewohnten Zweisamkeit lächelten die beiden einander scheu an. Sie wollten den kostbaren Augenblick auf keinen Fall verderben, wussten aber nicht, wie sie dem anderen ihre Gefühle mitteilen sollten.

Léti spielte gedankenverloren mit dem Medaillon, das Yan ihr geschenkt hatte, und der junge Mann zog seinen Talisman, die Drei-Königinnen-Münze, aus der Tasche und drehte sie zwischen den Fingern.

»Zeigst du mir ein Kunststück?«, bat sie und zeigte auf die Münze.

Glücklich darüber, ihr einen Wunsch erfüllen zu können, legte Yan das Geldstück auf den Tisch und richtete seinen Willen darauf. Sogleich erhob es sich in die Luft und drehte sich langsam um die eigene Achse.

Da Léti Gefallen daran zu finden schien, ließ Yan erst einen Teller, dann ein Messer und eine Gabel, als Nächstes eine Schüssel und schließlich einen halb vollen Krug durch die Luft schweben. Bald hing fast das gesamte Geschirr, in dem sich das Licht der Öllampe spiegelte, einen Fuß über dem Tisch in der Luft. Léti war entzückt.

»Das ist wunderschön«, sagte sie mit strahlenden Augen.

So wie du, dachte Yan. *Na los, sag es ihr,* sprach er sich selbst Mut zu. *Sag es ihr. Bitte sie um ihre Hand. Jetzt.*

»Was ist denn hier los?!«, rief jemand hinter ihm.

Yan wurde abrupt aus der Konzentration gerissen, und das Geschirr krachte scheppernd auf den Holztisch, bevor es zu Boden fiel und zerbrach. Der Wirt stand in der Tür zur Küche und machte quillenrunde Augen. Nur Usul wusste, was ihm durch den Kopf ging, als er sein Geschirr durch die Luft fliegen sah.

»Es tut mir leid, ich muss gegen den Tisch gestoßen sein«, stammelte Yan und errötete bis über beide Ohren. »Ich komme natürlich für den Schaden auf.«

Der Mann nickte mit offenem Mund und starrte auf die Scherben. Léti musste so sehr lachen, dass sie kaum noch Luft bekam.

Yan half dem Mann beim Zusammenfegen des zerbrochenen Geschirrs, und Léti ging ihnen zur Hand. Sie grinste ihrem Freund schelmisch zu. Es war das gleiche verschwörerische Grinsen, das sie als Kinder verbunden hatte. Dennoch empfand Yan eine tiefe Traurigkeit. Offenbar würden nur Usuls düstere Prophezeiungen in Erfüllung gehen.

Jemand klopfte leise an Lanas Tür. Neugierig öffnete sie einen Spalt. Vor ihr stand Rey mit einem Lächeln auf den Lippen und einer Flasche Grünwein in der Hand.

»Die eurydische Lehre predigt Gastfreundschaft«, sagte er unverfroren. »Darf ich eintreten?«

Mit einer Mischung aus Belustigung und Ärger trat Lana zur Seite, um ihn hereinzulassen. Sie war nicht so naiv, wie Rey sich einreden mochte. Es war nicht zu übersehen, dass er all seinen Charme aufbot, um sie zu verführen.

Sie betrachtete den schlanken Wuchs des Loreliers, seine ebenmäßigen Züge und die Art, wie er sie ansah. Gleichzeitig dachte sie an seinen Mut, seine Fürsorge und seinen unerschütterlichen Optimismus, und da wurde ihr klar, dass es bereits um sie geschehen war. Rey gefiel ihr. Fortan würde sie ihre Wachsamkeit verdoppeln müssen.

»Maz trinken keinen Alkohol, Reyan.« Sie zeigte auf die Flasche.

»Sie war ohnehin nur für mich gedacht«, sagte er ungerührt. »Das war ein Scherz«, fügte er hinzu, als seine Freundin errötete. »Wie kommt Ihr mit dem Tagebuch voran?«

»Nicht besonders gut, fürchte ich.« Sie war froh, dass er das Thema wechselte. »Wollt Ihr mehr darüber wissen?«

»Mit Vergnügen.«

Lana holte ihre Notizen hervor, obwohl sie genau wusste, dass Rey die Entzifferung der Geheimschrift so egal war wie der pelzige Hintern eines Margolins.

»Seht mal hier«, sagte sie und zeigte auf die Stelle des Tagebuchs, an der die Einleitung endete. »Der folgende Text besteht zu einem Großteil aus Wörtern mit weniger als vier Buchstaben. Ungefähr jedes fünfte Wort besteht nur aus einem einzigen Buchstaben. Und kein Wort stammt aus einer der Sprachen, die in den Oberen Königreichen gesprochen werden.«

»Ihr erklärt das sehr gut«, sagte Rey und sah Lana unverwandt in die Augen.

»Ich hatte gehofft, andere lesbare Passagen zu finden«, fuhr sie fort. »Mehrere Seiten klebten zusammen, weil sie nass geworden waren. Ich habe mein Bestes getan, um sie zu retten, doch es war zu spät. Seht selbst.«

Widerstrebend senkte Rey den Blick auf das Buch. Auf der aufgeschlagenen Seite war die Tinte fast vollständig verwischt, und die Buchstaben waren nicht mehr zu erkennen. Auf dem gewellten Pergament waren sie nur noch als blasse, traurige Flecken zu erahnen.

Rey nahm das Tagebuch in die Hand und blätterte vorsichtig darin herum. Der gesamte mittlere Teil war beschädigt. Mehr als drei Viertel von Maz Achems Bericht waren für immer verloren. Nur die ersten und letzten Seiten, die der feste Ledereinband vor der Feuchtigkeit geschützt hatte, waren mehr oder minder unversehrt.

»Wir müssen Corenn Bescheid geben«, sagte er mit plötzlichem Ernst. »Und Grigán.«

»Noch nicht, Rey«, widersprach Lana. »Würden sich unsere Pläne dadurch ändern? Nein. Ich habe mich bereits damit abgefunden. Es reicht, wenn die anderen später davon erfahren.«

»Aber … Warum sagen wir es ihnen nicht jetzt gleich? Wenn Grigán von unserem kleinen Geheimnis erfährt, wird er mir die Schuld daran geben!«

»Wir dürfen ihnen nicht die Hoffnung rauben, Reyan. Und sei es nur um Létis willen. Sie hat sich in große Gefahr begeben, um das Tagebuch zu retten. Rey, ich möchte nicht, dass die anderen es erfahren, bevor ich nicht wenigstens den verbliebenen Text entziffert habe«, sagte sie fest.

Nachdenklich nickte er, doch er war immer noch unschlüssig, ob er ihr recht geben sollte. Das mit der Hoffnung schien ihm eine versponnene Idee zu sein.

»Wer die Wahrheit verschweigt, lügt aus Höflichkeit«, sagte er schließlich einlenkend. »Aber warum habt Ihr mir davon erzählt?«

Lana errötete erneut und wich dem Blick des Loreliers aus. Sie suchte nach einer harmlosen Antwort, fand keine und ignorierte die Frage schließlich. Ausnahmsweise war Rey so taktvoll, die Sache auf sich beruhen zu lassen. Er vertiefte sich in die Lektüre der verschlüsselten Seiten.

»Wenn Achem den Text zuerst niedergeschrieben und ihn dann verschlüsselt in das Tagebuch übertragen hat, kommen wir vermutlich nie dahinter, welche Geheimschrift er verwendet hat«, sagte er nach einigem Nachdenken. »Hat er den Text aber direkt in das Tagebuch geschrieben, macht das die Sache leichter.«

Lana lauschte Rey voller Bewunderung. Obwohl sie seit zwei Tagen über der Niederschrift ihres Urahnen brütete, war es ihr nicht in den Sinn gekommen, sich an seine Stelle zu versetzen. Sie hielt sich für klug oder zumindest einigermaßen aufgeweckt: Rey hingegen war schlau.

»Wenn wir davon ausgehen, dass er direkt in das Tagebuch geschrieben hat«, fuhr Rey fort, »ist es nutzlos, nach einem komplizierten Schlüssel mit Ziffern oder vertauschten Buchstaben zu suchen. In diesem Fall muss der Schlüssel so beschaffen sein, dass Achem den Text in einem Zug niederschreiben konnte. Mal sehen … Wie wäre ich das Ganze angegangen?«

Noch nie hatte sie Rey so ernsthaft erlebt. Sein plötzliches Interesse an Achems Tagebuch hatte ihn sogar die Anwesenheit seiner Freundin vergessen lassen. Er sprach nur laut vor sich hin, weil ihm das beim Denken half, und nicht, um ihr seine Vorgehensweise zu erklären. Lana entdeckte eine bislang unbekannte Seite an dem Schauspieler. Er mochte sich zwar draufgängerisch, unbekümmert, bisweilen unverschämt und häufig sarkastisch geben, doch er konnte auch ernsthaft und respektvoll sein und schätzte ganz offenkundig die geistige Herausforderung. Nun war sie überzeugt davon, ihm die eurydischen Tugenden nahe bringen zu können. Der Gedanke erfüllte sie mit hoffnungsvoller Freude.

Versunken starrte Rey auf eine der Seiten, die mit unverständlichen Wörtern bedeckt waren. Bald war er sicher, dass es sich nicht um Silben handeln konnte, jedenfalls nicht, wenn man davon ausging, dass der Text auf Itharisch verfasst war. Folglich war es sinnlos, die Buchstabengruppen auf die eine oder andere Weise miteinander kombinieren zu wollen.

Als er die Buchstaben genauer betrachtete, fiel ihm auf, dass sie einzeln niedergeschrieben worden waren. Keiner war mit dem nächsten verbunden, was darauf hinwies, dass Achem die Feder nach jedem Buchstaben abgesetzt hatte. Der Maz hatte jedes Wort in einzelne Buchstaben zerlegt. Da Rey ein System mit vertauschten Buchstaben bereits verworfen hatte, blieb zu hoffen, dass die Buchstaben selbst unverschlüsselt waren. Hatte Achem die Wörter über mehrere Zeilen verteilt? Vielleicht sogar über eine ganz Seite oder mehrere?

Von dieser Überlegung angestachelt, verband Rey den ersten Buchstaben der ersten Zeile mit dem ersten Buchstaben der zweiten Zeile und diesen wiederum mit dem zweiten Buchstaben der ersten Zeile – vergeblich. Als Nächstes nahm er die Buchstaben der ersten Zeile und verband sie nach demselben Prinzip mit denen der dritten Zeile. Mit klopfendem Herzen las er das Wort »Niemals«.

»Ich hab's«, rief er aufgeregt. »Ein reiner Glücksgriff«, fügte er hinzu, um Lana, die zwei Tage lang vergeblich versucht hatte, den Text zu entschlüsseln, nicht zu kränken.

Doch die Maz neigte nicht zu solchen Eitelkeiten. Sie missgönnte keinem den Erfolg, nur weil sie selbst zuvor gescheitert war. Sie ließ sich die Lösung erklären und schrieb den Anfang von Achems Bericht auf ein leeres Pergament: »Niemals hätte ich gedacht …«

»Danke, Reyan«, rief sie plötzlich überschwänglich. »Danke, dass Ihr mir die Hoffnung zurückgegeben habt.«

Er sah den geeigneten Moment gekommen, es mit einem Kuss zu

versuchen. Lana erwiderte die Zärtlichkeit scheu, doch nach wenigen Augenblicken schob sie den Freund, der sich an sie schmiegen wollte, sanft fort.

»Nehmt es mir nicht übel, Rey«, sagte sie mit einem strahlenden Lächeln. »Aber ich muss wissen, was in dem Tagebuch steht. Ich kann nicht anders.«

Rey legte ihr einen Finger auf die Lippen, um sie zum Schweigen zu bringen, gab ihr einen flüchtigen Kuss und verließ mit einem verschwörerischen Augenzwinkern das Zimmer.

Als sie allein war, nahm sich Lana trotz der verwirrenden Gefühle, die sie bestürmten, das Tagebuch ihres Urgroßvaters vor und begann mit der Entschlüsselung.

Noch vor Tagesanbruch weckte sie Corenn.

»Niemals hätte ich gedacht, dass ich ganze sechs Dekaden fort sein würde, als ich vom Großen Tempel auf eine diplomatische Mission nach Lorelien geschickt wurde. Auch hätte ich niemals gedacht, dass wir nach unserer Zusammenkunft die Insel Ji verlassen und zu einem fernen Ort aufbrechen würden, wo wir eine Entscheidung zu treffen hatten, bei der nichts Geringeres auf dem Spiel stand als die Beziehung zwischen Göttern und Menschen.

Zunächst glaubte ich, Nol der Seltsame sei ein Wichtigtuer, der sich rätselhaft aufführte, um uns zum Narren zu halten. Am Tag der Eule des Jahres 771 unseres Kalenders kamen wir auf der Insel Ji zusammen und warteten bis zum Abend, während Nol uns jede Erklärung schuldig blieb. Wenn ich nicht befürchtet hätte, damit dem itharischen Volk zu schaden, wäre ich auf der Stelle zurück nach Maz Nen gesegelt und hätte Nol seinen Hirngespinsten überlassen. Später sollte ich erfahren, dass sich viele der Gesandten mit ähnlichen Gedanken getragen hatten.

Es waren Vertreter fast aller Länder gekommen. Ich traf den Prinzen Vanamel Uborre und seinen Ratgeber Saat den Ökonom, die ich aus Goran kannte, wo ich das Amt des itharischen Botschafters ausübte. Weitere wichtige Persönlichkeiten, mit denen ich im Laufe der Zeit Freundschaft schloss, wurden mir vorgestellt: König Arkane aus Junin, der lorelische Herzog Reyan von Kercyan, die hochverehrte Mutter Tiramis und ihr Beschützer Yon, Sohn der

Großen Mutter von Kaul. Dazu Ssa-Vez aus dem fernen Jezeba, der Stratege Rafa Derkel aus Griteh und der Weise Moboq aus Arkarien.

Von uns zehn sollten nur sieben von der Reise zurückkehren. König Arkane würde einen Arm einbüßen. Und wir alle würden Ansehen, Titel, Ländereien, Reichtümer und, was am schlimmsten war, die Achtung unserer Landsleute verlieren. Unser Schweigegelübde sollte uns zu Ausgestoßenen machen, obwohl es uns doch um die Rettung der Menschheit ging.

Doch ich greife vor. Als an jenem Tag die Dunkelheit hereinbrach, war unsere Neugier geweckt. Nol kündigte uns eine geheimnisvolle Enthüllung an. So folgten wir ihm, als die Sonne im Meer versunken war, ohne Zögern in das Felslabyrinth der Insel.

Ohne Zögern, aber voller Verwunderung. Hatte der Mann nicht davon gesprochen, uns an einen anderen Ort bringen zu wollen?

Nol führte uns tief ins Innere der Insel. Ich vermute, dass er absichtlich einige Umwege machte, um mögliche Verfolger abzuschütteln. Die ganze Heimlichtuerei versetzte die Gesandten in Aufregung, und so scherzten sie im Flüsterton miteinander. Ich begann ein Gespräch mit dem Weisen Moboq und war froh, meine Kenntnisse des Arkischen auffrischen zu können.

Doch nach einiger Zeit dachten wir nur noch an unser Ziel. Nols beharrliches Schweigen wirkte ansteckend, und so marschierten wir schweigend dahin und prägten uns die Umgebung ein.

Irgendwann winkte uns der Seltsame in eine Höhle, und wir folgten ihm furchtsam. Was, wenn das alles tatsächlich ein ausgeklügelter Entführungsversuch war, wie viele von uns befürchteten? Lauerten in der Höhle etwa Räuber?

Erleichtert stellte ich fest, dass dem nicht so war, und überlegte, warum Nol uns wohl hierhergeführt hatte. Sollten wir an diesem Ort vielleicht eine Versammlung abhalten und uns im Licht unserer Laternen auf den nackten Felsboden kauern?

Aber Nol blieb nicht stehen, sondern drang immer tiefer in die Höhle vor und bog schließlich in einen schmalen Gang in der Felswand ein, der in einer verborgenen Nische begann und in sanftem Gefälle zu einem unterirdischen See von mehr als hundert Schritten Durchmesser hinabführte.

Mittlerweile war den Gesandten nicht mehr zum Scherzen zumute. Allen war klar, dass unsere Eskorten uns hier nicht mehr finden würden. Nol führte uns immer tiefer und tiefer unter die Erde. Unser Abenteuer nahm immer unwirklichere Züge an, und wir konnten nun nicht mehr darüber lachen. Dabei war bislang nichts Ungewöhnliches geschehen. Das stand uns erst noch bevor.

Nol führte uns auf einen schmalen Uferweg, der sich links am See entlangschlängelte und am Fuß einer Felswand endete. In der Wand klaffte ein Spalt. Er vergewisserte sich, dass ihm alle folgten, und verschwand in dem engen Durchgang.

Auch ich zwängte mich zwischen Moboq und Rafa Derkel aus Griteh in den Felsspalt und fragte mich, wie es dahinter wohl weiterging. Die Antwort ließ nicht lange auf sich warten, denn die Öffnung verbreiterte sich zu einem Gang, und wir gelangten in eine weitere Höhle mit hoher Decke.

Nol bedeutete uns zu warten, während er allein in die Höhle vordrang und durch einen kleinen Teich in der Mitte watete. Aus dem Salzgeruch und dem entfernten Rauschen der Wellen schloss ich, dass das Meer nicht weit war – vermutlich am Fuße des Abgrunds, an dessen Rand Nol nun stand.

Ich beschloss, mir selbst ein Bild zu machen, und ging in Begleitung von Moboq und Vanamel auf Nol zu. Unsere Anwesenheit schien den Seltsamen zu stören. Er wirkte jedoch nicht verärgert, sondern eher besorgt. Jedenfalls richtete er das Wort an uns, was bislang nur selten vorgekommen war.

»Was auch geschieht, habt keine Angst«, sagte er. »Bleibt still, und bewegt Euch nicht. Schreitet auf keinen Fall ein. Für Euch besteht keine Gefahr.«

Anstatt mir die Angst zu nehmen, bewirkte seine Warnung das Gegenteil. Ich beugte mich über den Abgrund und versuchte vergeblich, etwas zu erkennen. Ich dachte kurz daran, meine Laterne fallen zu lassen, um seine Tiefe zu ergründen, doch ich wollte auf keinen Fall auf ihr tröstendes Licht verzichten.

Einer nach dem anderen gesellten sich die Gesandten zu uns. Nol bat uns, zur Seite zu treten und an der Höhlenwand zu warten. Dann erhob er abermals die Stimme, doch diesmal waren seine Worte nicht an uns gerichtet. Er sprach in einer unbekannten Sprache in die leere Höhle hinein. Unaufhörlich wiederholte er dieselben Laute und starrte in die Finsternis, als rufe er jemanden – oder etwas.

Und dieses Etwas folgte seinem Ruf.

Etwas Lebendiges kletterte den Abgrund empor. Wir hörten es, lange bevor wir es sahen, und ich fürchtete, seinen Anblick nicht ertragen zu können, so grauenvoll waren die Geräusche, die es machte. Erst schien sich ein ge-

waltiger Körper unter Gurgeln und Rasseln aus dem Wasser zu hieven, was ungefähr so klang, als holte ein Kriegsschiff seinen Anker ein. Als Nächstes ertönte ein Schnaufen, zehnmal lauter als das eines wilden Aurochs. Dann war das Kratzen von riesigen Krallen auf der Felswand der Schlucht zu hören, begleitet von Ächzen und Stöhnen und dem Geräusch von Wasser, das an einem Körper herunterrann.

Trotz Nols Warnung griff Ssa aus Jezeba nach seinem Bogen und spannte einen Pfeil in die Sehne. Nol bemerkte es und bedeutete ihm heftig, die Waffe zu senken. Als der Jez, dem die Panik ins Gesicht geschrieben stand, nicht gehorchte, richtete Nol seinen Blick auf den Bogen, und dieser brach entzwei. Vaz presste sich daraufhin an die Wand und rührte sich nicht mehr. Seine Angst war in nacktes Grauen umgeschlagen.

Ehrlich gesagt, erging es mir und meinen Gefährten nicht viel besser. Wir spähten in die Finsternis und harrten des Augenblicks, in dem sich das Ungeheuer zeigen würde. Und dann war es da.

Zunächst sahen wir eine gewaltige Hand oder, besser gesagt, eine Pranke, die sich über den Rand des Abgrunds schob und sich am Fels festklammerte. Die Haut des Untiers war ledrig und mit bläulich schimmernden Schuppen besetzt. Anstelle von Fingern hatte es vier Krallen in der Größe von Eispickeln. Als Nächstes war ein Arm zu sehen, lang wie ein Mensch und dick wie der Stamm eines Blattbaums. Schließlich kam der Kopf der Kreatur in Sicht.

Wir hielten die Luft an und wagten nicht, uns zu rühren. Das Ungeheuer musterte uns einer nach dem anderen mit faustgroßen Augen und stieß ein dumpfes Knurren aus. Ein drohendes Knurren.

Nol sprach zu ihm, und die Kreatur verstummte. Allerdings starrte sie uns weiterhin unverwandt an und schnitt dabei eine furchtbare Fratze, während der Seltsame sie mit leisen Worten in einer unbekannten Sprache zu besänftigen suchte.

Das, was wir von ihrem Körper sahen, ähnelte einem Menschen, abgesehen vom Kopf, der unförmig wie eine Ozünfrucht war. Das Ungetüm hatte keine Augenlider und keine Nase. Seitlich an seinem massigen Hals befanden sich eine Art Kiemen, die sich regelmäßig hoben und senkten. Sein Mund war riesig und enthielt mehrere Reihen spitzer Zähne, die aussahen wie eine Wolfsfalle. Und diese Missgeburt aus den Untiefen des Mittenmeers starrte uns feindselig an.

Plötzlich setzte sie sich wieder in Bewegung, und Nol verstummte. Ich hoffte inständig, das sei ein gutes Zeichen, und wollte dem Seltsamen einen fragenden Blick zuwerfen, doch ich konnte die Augen nicht von dem Untier wenden, das nun vollständig zu uns heraufkletterte.

Der Rest des Körpers hatte nichts Menschliches mehr. Von den Hüften abwärts sah das Ungeheuer aus wie ein überdimensionaler Krebs. Anstelle von Beinen hatte es acht gepanzerte Glieder mit mehreren Gelenken, vier davon mit gewaltigen Scheren am Ende, und einen langen Schwanz. Die Kreatur war dreimal so groß wie wir und schien geradewegs einem Albtraum entsprungen.

Sie bewegte sich langsam auf uns zu und kroch mit starrem Blick an uns vorbei. Das Klacken der gepanzerten Glieder auf dem Felsboden und das Atemgeräusch der Kiemen hallten von den Wänden wider. Uns drehte sich vor Angst der Magen um.

»Was … Was ist das?«, stieß Arkane schließlich hervor.

»Ein Ewiger Wächter«, antwortete Nol. »Einer Eurer ältesten Götter. Sein Name ist Reexyyl, und er ist einer der beiden letzten Leviathane.«

»Einer unserer Götter? Wie meint Ihr das?«

Der Seltsame ignorierte die Frage. Später sollten wir Antworten auf all unsere Fragen erhalten. Doch in diesem Augenblick hatten wir nur Augen für das Ungeheuer, das nun auf die Mitte der Höhle zukroch.

Ein leises Sirren ertönte. Es wurde allmählich lauter und schwoll schließlich zu einem schrillen Pfeifen an. Vergeblich suchte ich nach seinem Ursprung: Der Ton schien von überallher zu kommen. Kurz darauf brach er abrupt ab.

In der Mitte der Höhle, wo der Leviathan immer noch verharrte, verflüchtigte sich die Dunkelheit auf rätselhafte Weise. Es schien geringfügig heller zu werden, und dann war plötzlich ein Licht zu sehen. Erst war es nur ein winziger Punkt, doch er breitete sich rasch aus und tauchte schließlich die gesamte Höhle in gleißendes Licht. Nun sahen wir, dass die Höhle mehr als fünfundzwanzig Schritte hoch war.

Erst jetzt entdeckte ich, dass ein seltsames Muster in die Felswände und die Decke gemeißelt war, aber meine Aufmerksamkeit wurde schnell wieder von etwas anderem gefesselt. Die Helligkeit ließ allmählich nach und wich einem verschwommenen Bild. Es wurde von einer Art Nebel verschleiert, der sich nach einer Weile lichtete. Ich erblickte eine Landschaft. Vor uns lag nun nicht mehr die Höhle, sondern ein wunderschönes Tal, über dem die Sonne aufging.

Die Kreatur war offenkundig nicht im Mindesten verwundert. Sie drehte sich zu uns um, vielleicht aber auch zu Nol, und schien ihrerseits auf etwas zu warten.

»Was ist das für ein Ort, den wir dort sehen, obwohl das eigentlich unmöglich ist?«, fragte Vanamel.

»Das sind die Gärten des Dara«, antwortete Nol leise. »Unser Ziel.«

Wie die anderen hatte ich große Lust, mir die unwirkliche Erscheinung aus der Nähe anzusehen. Doch die Anwesenheit des Ungeheuers hielt mich davon ab.

»Wie gut gehorcht Euch dieser … Leviathan denn?«, fragte ich vorsichtig. »Bei Eurydis, er scheint uns nicht gerade freundlich gesinnt! Wird er sich nicht plötzlich auf uns stürzen?«

»Nicht Reexyyl«, beruhigte Nol uns nach kurzem Nachdenken. »Nicht solange ich bei Euch bin.«

Später würden wir erfahren, dass Nol schon einige Male die Kontrolle über einen der Ewigen Wächter verloren hatte, zuletzt über den Lindwurm des Landes Oo. Hätte er uns damals davon erzählt, hätten wir niemals den Mut gehabt, ihm zu folgen.

Denn genau das taten wir nun. Nol der Seltsame führte uns vor die Pforte. Er trat hindurch und kehrte gleich darauf in unsere Welt zurück, um zu beweisen, dass der Übergang ungefährlich war. Dann berührte er jeden kurz und forderte uns auf, es zu versuchen. Prinz Vanamel, der kühnste unter uns, wagte sich vor.

»Wie überaus merkwürdig!«, rief er aufgeregt. »Ich sehe Euch in der Höhle und bin doch hier auf der anderen Seite! Seht Ihr nicht, wie schön das alles ist? Es ist ein Wunder!«

Vanamel vergaß jede Vorsicht und ging immer weiter in das Tal hinein. Er bestaunte jede Blume, jeden Stein, jeden Baum und jeden Vogel. Sein Ratgeber Saat der Ökonom eilte ihm hinterher. Einer nach dem anderen folgten die Gesandten seinem Beispiel und überquerten die Grenze zwischen den beiden Welten.

Ich ging als Letzter. Die eurydische Lehre bereitet uns auf vieles im Leben vor, nicht aber auf das Gefühl einer solchen Glückseligkeit. Trotzdem hatte ich eine dunkle Vorahnung. Die folgenden Geschehnisse würden zeigen, dass mein Gespür richtig gewesen war.

»Wie ist das möglich?«, fragte ich Nol. »Wie funktioniert diese Pforte? Mit Magie?«

Nol lächelte und sah nach oben, hoch zum Leviathan, der es offenkundig kaum erwarten konnte, in die Untiefen des Meeres zurückzukehren. »Die Magie stammt zum Großteil vom Ewigen Wächter«, erklärte er ruhig. »Nur in seiner Anwesenheit öffnet sich die Pforte, und um sie zu durchschreiten, muss man es wagen, sich ihm zu nähern. Außerdem braucht man eine göttliche Berührung.«

Nols Worte verwirrten mich zutiefst, und so blieb ich stumm. Der Seltsame musste mich an die Hand nehmen und ins Dara hineinziehen. Als wir …«

»Warum lest Ihr nicht weiter?«, rief Léti nach einigen Augenblicken des Schweigens. »Ich möchte wissen, wie es weitergeht, Maz!«

»Das ist alles«, sagte Lana traurig. »Von hier an ist die Schrift unleserlich, außer auf den letzten zehn Seiten. Aber ich hatte noch keine Zeit, das Ende zu entschlüsseln. Ich wollte Euch erst den Anfang vorlesen.«

Die Erben machten keinen Hehl aus ihrer Enttäuschung. Auf wenigen Seiten hatten sie so viel erfahren. Der Verlust des Hauptteils, in dem vermutlich noch viel aufschlussreichere Dinge gestanden hatten, war eine Katastrophe.

Was, wenn damit ihre letzte Hoffnung verloren war?

Obwohl Lana sie mitten in der Nacht aus dem Bett geholt hatte, waren die Erben nicht müde. Die Maz war eine gute Vorleserin, und Achems Bericht hatte sie gefesselt.

Alle wussten, dass ihnen abermals eine wichtige Entscheidung bevorstand.

»Die Beschreibung stimmt genau«, sagte Corenn, in deren Zimmer sie sich versammelt hatten. »Die Höhle, die Pforte, das Jal'dara. Es kann sich in keinem Fall um eine Fälschung handeln.«

»Aber von diesem Leviathan haben wir noch nie etwas gehört«, sagte

Grigán, ohne der Ratsfrau damit zu widersprechen. »Trotz jahrelanger Nachforschungen ...«

»In dem Gedicht von Romerij werden die Ewigen Wächter erwähnt«, sagte Lana. »*Gelobter Tag, an dem die Götter die Stimmen vernehmen. Die Pforten geöffnet, in Ketten die Wächter* ... Das passt.«

»Wie kann es dann sein, dass wir das Ungeheuer noch nie zu Gesicht bekommen haben? Und auch unsere Eltern und Großeltern nicht?«

»Das weiß ich nicht«, antwortete die Priesterin bedauernd.

»Vielleicht muss man es rufen«, schlug Rey vor. »So wie Nol es getan hat, als er am Rand des Abgrunds stand. Oder vielleicht richtet sich der Leviathan nach bestimmten Bedingungen ...«

»Zum Beispiel?«

»Dem Datum, der Farbe des Himmels oder dem Stand des Mondes, was weiß ich! Vielleicht ist er auch längst tot!«

»Das würde mich wundern«, murmelte Grigán.

Niemand widersprach ihm. Selbst wenn der Leviathan kein Gott war, war kaum vorstellbar, dass er eines gewöhnlichen Todes starb.

»Deshalb konnten wir die Pforte also nicht benutzen«, sagte Yan nachdenklich. »Ihr Wächter war nicht da.«

»Trotzdem haben wir das Jal'dara gesehen«, wandte Léti ein. »Tante Corenn, Grigán, Ihr habt es doch schon mehrmals gesehen! Bei jeder Zusammenkunft!«

»Vielleicht war der Leviathan jedes Mal ganz in der Nähe«, sagte Corenn ernst. »Vielleicht wartete er auf unseren Ruf.«

Das grauenvolle Bild von dem Untier, das sich an die Felsen des Abgrunds krallte und jedes ihrer Worte und jeden ihrer Schritte belauerte, ließ sie nicht mehr los. Was, wenn sie etwas getan hätten, das der Leviathan als Frevel empfand? Wie zum Beispiel die Zeichen in der Felswand beschädigen? Oder wenn sie versucht hätten, die Pforte ohne sein Einverständnis zu durchschreiten? Obwohl sie natürlich nicht wussten, ob das überhaupt möglich war ...

»Ich glaube, das Ungeheuer ist tot«, verkündete Bowbaq, mehr, um sich Mut zu machen als aus tatsächlicher Überzeugung. »Warum sollte es nicht sterben können? Schließlich ist der Sohonische Bogen auch eine Pforte zum Jal'dara, aber sie hat sich noch nie geöffnet, weil es in ihrer Umgebung kein Ungeheuer gibt.«

»Ach nein? Und was ist mit dem Manischen Drak?«, fragte Grigán, einer plötzlichen Eingebung folgend. »Er könnte ein Ewiger Wächter sein!«

Bowbaq erbleichte und starrte den Krieger entsetzt an.

»Habt Ihr diesen Drak schon einmal gesehen?«, fragte Léti neugierig. »Mit eigenen Augen?«

»Nein. Bowbaq im Übrigen auch nicht«, sagte Grigán. »Er stammt aus einer Legende, die man sich in Arkarien bei jedem unerklärlichen Tod erzählt. Selbst ein Schneelöwe wie Mir könnte einen Menschen nicht so zerfleischen, wie der Drak es angeblich tut. Jedenfalls wurde die Legende von den sohonischen Stämmen in die Welt gesetzt!«, schloss er triumphierend.

Die anderen ließen sich von der Aufregung des sonst so beherrschten Kriegers anstecken. Aber wie sollten sie auch ruhig bleiben, jetzt, da sich die Einzelheiten zu einem Bild zusammenfügten, das endlich einen Sinn ergab? Jetzt, da sich das Geheimnis von Ji, das schon ihre Vorfahren in den Bann geschlagen hatte, zu lüften begann?

»Ein Jammer, dass das Tagebuch beschädigt ist«, sagte Léti. »Wir hätten noch so viel mehr erfahren können. Achem hat bestimmt alles aufgeschrieben, was die Gesandten im Jal'dara erlebt hatten.«

»Es bleiben uns ja noch die letzten Seiten«, sagte Yan tröstend. »Vielleicht steht dort noch etwas Aufschlussreiches.«

Alle sahen zu Lana, aber als Corenn die müden Augen der Maz sah, kam sie ihrer Bitte zuvor: »Das kann bis morgen warten«, sagte sie. »Findet ihr nicht, dass wir für heute Nacht genug Aufregung hatten?«

»Corenn, ich kann …«, begann Lana.

»Ich verbiete es Euch«, sagte Corenn mit gespielter Strenge. »Lana, das Tagebuch ist von Eurem Urgroßvater. Lasst Euch ein wenig Zeit, ihn kennenzulernen.«

Die Priesterin nickte erleichtert. Die anderen hatten immerhin einige Dekanten schlafen können, während sie die ganze Nacht kein Auge zugetan hatte. Ihr fehlte ganz einfach die Kraft, noch einmal mehrere Seiten von Achems Bericht zu entschlüsseln.

Zum Glück war niemand so taktlos, ihr Hilfe anzubieten. Auch wenn das Tagebuch die einzige Hoffnung der Erben war, gehörte es zuerst Lana. Alle wussten, dass Lana ihrem sterbenden Vater geschworen hatte, es zu zerstören. Darin zu lesen war bereits ein kleiner Eidbruch gewesen. So kamen sie stillschweigend überein, das Gewissen ihrer Freundin nicht weiter zu belasten und ihr die Entschlüsselung zu überlassen.

»Ich schlage vor, dass wir jetzt wieder schlafen gehen«, sagte Corenn. »Versucht, nicht allzu viel über das Gehörte nachzudenken, sondern Euch auszuruhen. Morgen reisen wir in den Osten. Wir werden all unsere Kräfte brauchen.«

Widerstrebend wünschten sie einander eine gute Nacht und schöne Träume. Doch die Gefährten fanden keinen Schlaf. Die Pforten, die Ewigen Wächter und das Jal'dara, die Züu, Saat und die Dämonen des Jal'karu, die Geheimnisse des Tagebuchs, ihre Reise in den Osten, Sorgen um ihre Familie oder verwirrende Gefühle füreinander hielten sie wach.

Sie brachen früh am nächsten Morgen auf, nachdem sie beim Wirt – der nebenbei ein Warenlager führte – Vorräte und fehlende Ausrüstungsgegenstände gekauft hatten. Niemand wusste, wann sie in die Zivilisation zurückkehren würden, und als sie von der goronischen Herberge fortritten, hatten die Erben das Gefühl, sich ein für alle Mal von den Oberen Königreichen zu verabschieden.

Sie schlugen den Weg zum Tal der Krieger ein und trieben die Pferde zum Trab an, denn Grigán wollte den Landstrich so rasch wie möglich durchqueren. Falls es Kämpfe gab, würden sie vermutlich erst später am Tag ausbrechen. Morgens liebten selbst Soldaten das Leben, wenn sie nicht gerade die Nacht über Wache gestanden hatten. Das Sprichwort sagt: *Wer einen Krieg gewinnen will, muss bis zum Abend warten.*

Nach dem Durchzug der goronischen Armee mit ihren Fußsoldaten, Pferden, Lasttieren und Karren war der Weg in einem erbärmlichen Zustand. Grigán hatte diese Route gewählt, weil sie über einen Nebenweg führte. Die Straße zwischen der goronischen Hauptstadt und dem Tal der Krieger musste noch schlimmer aussehen.

Ein feiner Nieselregen setzte ein und stimmte die Gefährten missmutig. Nur Grigán freute sich über den Regen, denn so konnten sie hoffen, das Tal der Krieger zu durchqueren, ohne in eine Schlacht zu geraten. Es regnete immer stärker, und nach wenigen Meilen waren die Erben bis auf die Haut durchnässt. Als sie die letzten Ausläufer des Rideau-Gebirges hinter sich gelassen hatten, ließ der Regen etwas nach.

»Thalitt liegt im Osten«, sagte Rey und wies in die Richtung. »Warum reiten wir immer weiter nach Norden?«

»Wir können nicht einfach ostwärts reiten. Ich kenne mich in dieser Gegend nicht aus«, sagte Grigán mürrisch. »Auf diesem Weg müssten wir früher oder später auf die goronischen Truppen stoßen. Die Goroner werden uns sagen können, wo die feindliche Armee ihr Lager aufgeschlagen hat.«

Grigáns Unsicherheit beunruhigte die anderen. Sie hatten zwar gewusst, dass ihm die Länder des Ostens fremd waren, doch seine Hilflosigkeit nun unmittelbar zu erleben war etwas völlig anderes. Sie waren es gewohnt, überall von ihm geführt zu werden, und kamen sich mit einem Mal verloren vor. Wie würde es ihnen erst in Thalitt ergehen, wo sie noch nicht einmal der Sprache mächtig waren?

So ritten sie weiter gen Norden und achteten nun genauer auf die Umgebung, da sie sich nicht mehr allein auf Grigán verlassen konnten.

Die Gegend war einsam, denn die regelmäßigen Angriffe von Barbaren, die aus dem Osten über die Grenze einfielen, hatten sämtliche Bewohner in die Flucht geschlagen. Nur selten sahen sie ein paar windschiefe Hütten, die in einer Senke kauerten. Die umliegenden Felder waren vom Durchzug der Truppen verwüstet, und aus den Kaminen stieg kein Rauch auf. Sämtliche Zivilisten hatten das Kriegsgebiet verlassen, und so weitete sich der Landstrich, dem die Dichter den Namen »Tal der Krieger« gegeben hatten, immer mehr aus.

Auf ihrem Weg nach Norden kamen die Erben an den Überbleibseln der Kriege vorbei, die den traurigen Ruf des Tals begründeten: rostige Rüstungen, verwitterte Burgruinen und sogar verblichene Knochen – stumme Zeugen von Schlachten aus einer Vergangenheit, die so weit zurückreichte, wie die Berge des Rideau in den Himmel ragten.

Wie viele Kriege hatten dieses Tal verwüstet? Wie viele Männer hatten hier den Tod gefunden? Einer Legende zufolge, die bis ins Matriarchat vorgedrungen war, konnte man an jedem beliebigen Ort im Tal der Krieger ein Loch graben und würde dort einen Totenschädel finden. Wie oft hatten die Thalitten schon versucht, Goran zu erobern? Wie weit waren sie in das Kaiserreich vorgedrungen, bevor sie zurückgedrängt wurden?

Je mehr Meilen sie zurücklegten, desto häufiger stießen die Gefährten auf Spuren des Todes. Lana betete um den Seelenfrieden der Krieger, deren Gebeine unter den Hufen ihrer Pferde brachen. Wollte Saat tatsächlich Krieg führen? In den Oberen Königreichen herrschte seit zwei Generationen Frieden. Würde er sie ins Chaos stürzen, so wie Usul es vorausgesagt hatte?

Der Regen hatte nun endgültig aufgehört, und obwohl der Himmel noch immer wolkenverhangen war, hatten die Erben nun einen freien Blick über die verlassene Ebene am Fuß der Berge. So sahen sie den goronischen Grenzposten, lange bevor sie ihn erreichten.

Auch die Soldaten hatten die Gefährten schon von Weitem erblickt. Der Grenzposten bestand aus einer kleinen Festung, die von einer gerade einmal fünf Schritte hohen Palisade und einem flachen Graben umgeben war. Trotzdem schienen die Soldaten bereit, sie bis in den Tod zu verteidigen.

Zehn Bogenschützen bedrohten Grigán, Corenn und die anderen, die langsam näher ritten und die Hände hoben, um ihre friedlichen Absichten zu signalisieren. Doch das reichte den Goronern nicht, um ihre Waffen zu senken.

»Wir empfangen keine Zivilisten!«, rief ein Hauptmann vom Wehrgang herunter. »Setzt Euren Weg fort, wenn Ihr nicht vom Kaiser höchstselbst geschickt seid!«

»So sei es, Meister Offizier«, rief Corenn mit lauter Stimme zu ihm hoch. »Aber wir haben Geschäfte in Sol zu erledigen und möchten den feindlichen Truppen aus dem Weg gehen. Würdet Ihr uns eine Auskunft erteilen?«

»Ihr seid verrückt«, antwortete der Mann. »Oder Ihr führt etwas anderes im Schilde. Welche Geschäfte führen Euch denn zu den Wallatten?«, fragte er misstrauisch.

»Unsere Absichten sind lauter, Meister Offizier. Der Grund, warum wir in so gefährlichen Zeiten die Grenze überqueren, ist ein trauriger. Mein Bruder pflegt einmal im Jahr nach Sol zu reisen, um dort mit Juwelen zu handeln. Doch obwohl er schon vor vier Monden aufgebrochen ist, ist er diesmal nicht zurückgekehrt. Ich und meine Gefährten wollen nach ihm suchen.«

»Ihr lügt!«, sagte der Goroner unbeirrt. »Ihr wollt zu den Wallatten!«

Grigán und Corenn wechselten einen verständnislosen Blick.

»Warum zum Henker sollten wir zu den Wallatten wollen, wo wir doch nach Sol reisen?«, rief Grigán gereizt.

»Weil Ihr Spione seid!«, sagte der Mann und wies mit dem Finger auf sie. »Wallittisches Gesindel!«

»Führt Ihr denn auch gegen Wallitt Krieg?«, fragte Corenn erstaunt.

Als er Corenns ehrliche Überraschung sah, kamen dem goronischen Hauptmann erste Zweifel. Er brüllte etwas weniger laut, behielt aber seinen abweisenden Tonfall bei.

»Gegen wen kämpfen wir hier denn Eurer Meinung nach? Vielleicht gegen Kaulaner?«

»Wir dachten, gegen Thalitten.«

»Thalitt ist besiegt. Fast alle Barbaren des Nordens sind tot oder haben sich der wallattischen Armee angeschlossen. Als ob Ihr das nicht wüsstet!«

»Natürlich wussten wir das nicht! Warum sollten wir Euch nach den feindlichen Truppen fragen, wenn wir zu ihnen gehörten?«

Während der Mann über der zwingenden Logik ihrer Antwort brütete, beriet sich Corenn mit ihren Gefährten.

»Dort steckt Saal also«, sagte sie. »Bei den Wallatten. Ich weiß zwar nicht viel über die Geschichte des Ostens, aber ich meine mich zu erinnern, dass die wallattische Zivilisation nach der tuzeenischen die am höchsten entwickelte ist.«

»Also haben die Oberen Königreiche es mit einem furchterregenden Feind zu tun«, sagte Rey.

»Aber auch die Wallatten müssen den Umweg über das Tal der Krieger nehmen«, sagte Lana. »Die Goroner werden sie zurückschlagen, und die Lorelier werden ihnen bald zu Hilfe kommen.«

»Wo ist eigentlich Eure Armee?«, rief Grigán zu dem Hauptmann hoch.

Der Mann grinste hämisch, zeigte gen Norden und machte eine ausladende Geste. »Seht Ihr sie nicht?«

Die Gefährten kniffen die Augen zusammen und versuchten vergeblich, in der düsteren Landschaft etwas zu erkennen.

»Ich sehe nichts«, sagte Léti.

Sie wandte sich zu Grigán um, der von allen die schärfsten Augen hatte. Mit ernster Miene ließ er den Blick von Norden erst nach Westen und dann nach Osten schweifen.

»Da ist sie«, sagte er schließlich. »Am Horizont.«

Ungläubig starrte Léti abermals in die Ferne, und nach einer Weile blieb ihr der Mund offen stehen. Was sie für den Horizont gehalten hatte, war in Wahrheit eine Ansammlung von Zelten, Befestigungsanlagen, Karren, Soldaten, Pferden und Fahnen. Sie waren zu klein, um Einzelheiten erkennen zu können, doch zusammen färbten sie die Landschaft grau und zeichneten sich als gezackte Linie vor dem Horizont ab.

»Seid Ihr nun zufrieden?«, fragte der Mann mit gespielter Freundlichkeit. »Kehrt um, wenn Euch das Leben lieb ist. In wenigen Dekaden, wenn das wallattische Gesindel seine Truppen zusammengezogen hat, wird auf diesen Feldern eine der größten Schlachten des Jahrhunderts ausgetragen werden.«

»Meister Offizier«, rief Lana zu ihm hoch. »Bei Eurydis' Weisheit, bitte helft uns. Wir sind fest entschlossen, die Grenze zu überqueren, und wir werden es nicht schaffen, wenn Ihr uns die Auskunft verweigert.«

Lanas Charme und ihr Priestergewand bewegten den Mann endlich dazu, ihnen eine Antwort zu geben. Die Goraner brachten Priestern tiefe Ehrfurcht entgegen.

»Die Wallatten stehen zurzeit in der Nähe der Küste«, sagte er. »Sie haben Katapulte gebaut und hindern unsere Schiffe am Anlegen. Auf so etwas wären die Thalitten nie gekommen. Haltet Euch in der Nähe der Berge, dann müsstet Ihr es schaffen. Wenn Ihr die Grenze überquert habt, rate ich Euch, auf direktem Weg nach Sol zu reisen. Haltet Euch vom Ozean fern, und durchquert Thalitt, bis Ihr den Col'w'yr erreicht. Hinter dem Fluss dürfte es ruhiger werden.«

Sie dankten ihm, bogen vom Weg ab und wandten sich nach Osten. Hinter sich ließen sie die schützende goronische Armee und die Zivilisationen ihrer Vorfahren zurück.

Ihre Zukunft war ungewisser denn je.

An diesem ersten Tag jenseits des Rideau ritten sie weit ins Landesinnere hinein. Mithilfe seines romischen Kompasses führte Grigán sie in südöstlicher Richtung auf Sol zu, so wie der goronische Hauptmann es ihnen geraten hatte.

Die Gefährten ahnten, dass sich Saat irgendwo im Süden versteckte, im Herzen des Königreichs Wallatt. Wenn sie zu ihm wollten, mussten sie tief in feindliches Gebiet vordringen. Aber diese Begegnung verschob Grigán auf später. Südlich vom Tal der Krieger war es viel zu gefährlich. Er hatte vor, einen großen Bogen zu schlagen und dann von Osten her auf Wallos zuzureiten. Außerdem wollte er auf keinen Fall, dass die anderen seine Zweifel an ihrem Vorhaben bemerkten.

Auch die Einheimischen östlich der Grenze hatten das Tal der Krieger verlassen, und so ritten die Gefährten mehrere Meilen durch eine Ödnis, in der keine Menschenseele lebte. Die Barbaren waren Meister in der Kunst der Einschüchterung, und überall säumten makabre Trophäen den Weg. Sie kamen immer wieder an erhängten, gepfählten oder enthaupteten goronischen Soldaten und thalittischen Rebellen vorbei, die Eindringlinge abschrecken sollten.

Mit einem Mal bog Grigán scharf nach Osten ab und trieb sein Pferd zu gestrecktem Galopp an. Die anderen folgten ihm, während sie sich nervös nach dem Grund für seine plötzliche Eile umsahen. Erst im Schutz einer Baumgruppe, die auf das baldige Ende des öden Tals hindeutete, erlaubte Grigán ihnen, die Pferde zu zügeln.

»Habt Ihr etwas gesehen?«, fragte Léti laut, um das Schnauben der Pferde zu übertönen.

»Eine Gruppe Reiter, ein Stück südlich von hier«, antwortete Grigán und starrte auf die Ebene hinaus. »Zehn, vielleicht zwölf Männer.«

»Wallatten?«, fragte Yan.

»Keine Ahnung. Sie waren zu weit weg.«

»Glaubt Ihr, sie haben uns gesehen?«

»Wenn ich sie sehen konnte, konnten sie uns auch sehen. Vor allem, da sie in unsere Richtung unterwegs waren.«

»Ich frage mich, ob Eure Fantasie Euch nicht einen Streich gespielt hat«, sagte Rey und starrte angestrengt gen Süden. »Ich kann immer noch nichts erkennen.«

»Dort drüben«, sagte der Krieger gereizt und wies auf einen schwarzen Punkt in der Ferne. »Sperrt Eure Augen auf, wenn Ihr nicht wollt, dass Euer Kopf auf einem Pfahl endet!«

»Weise Eurydis!«, rief Lana aus.

»Fürchtet Euch nicht, Lana«, sagte Rey unbekümmert. »Das würde Grigán nie zulassen. Nicht wahr?«

»Führt mich nicht in Versuchung«, knurrte dieser.

Grigán beobachtete die Ebene noch eine ganze Weile, bevor er das Zeichen zum Aufbruch gab. Sie hielten sich, so weit es ging, im Schutz der Bäume, und die Strecken über freies Feld legten sie im Galopp zurück. Bald wurde der Wald dichter und die Gefahr, gesehen zu werden, geringer. Dennoch ließ die Wachsamkeit der Erben nicht nach. Bei jedem Zeichen Grigáns zügelten sie ihre Pferde und machten sich bereit, die Flucht zu ergreifen oder zu kämpfen.

Seit der Morgendämmerung hatten sie keine längere Rast mehr eingelegt, aber die Furcht war stärker als ihre Müdigkeit, und niemandem kam es in den Sinn, sich zu beschweren. Alle wussten, dass sie schnellstmöglich vom Tal der Krieger fortkommen mussten. Bei Einbruch der Nacht machten sie schließlich halt, denn sie konnten nicht riskieren, ihre Laternen zu entzünden. Wieder einmal würden die Gefährten eine Nacht unter freiem Himmel verbringen. Als sie ihre Decken auf dem moosigen Waldboden ausbreiteten, erinnerte sich Yan wehmütig an die prachtvollen Gemächer des Eroberten Schlosses, Zarbones Haus auf der Insel Sammlung, Sapones Palast in Romin und die verschiedenen Herbergen, in denen sie übernachtet hatten, ja sogar an den Keller von Raji dem Schmuggler, die Kabine der *Othenor* und die Wagen der Gaukler. Die Gefährten waren bereits an so vielen verschiedenen Winkeln der Welt gewesen. Wohin würde es sie als Nächstes verschlagen? Es sah ganz so aus, als wäre dies ihre letzte Etappe …

Seit sie in den Osten vorgedrungen waren, hatte Yan das Gefühl, dass sich ihr Abenteuer seinem Ende zuneigte. Es war eine böse Vorahnung. Usuls Prophezeiungen gingen ihm nicht aus dem Sinn: Grigán würde sterben, noch bevor ein Jahr verstrichen war, und die Oberen Königreiche würden einen blutigen Krieg verlieren.

Gewiss, die Zukunft änderte sich, sobald sie enthüllt wurde, aber Yan wusste nicht, wie er die Erfüllung der beiden Prophezeiungen verhindern sollte. Wenn er es versuchte, machte er womöglich alles nur noch schlimmer. Daher war er versucht, einfach nichts zu tun und den Dingen ihren Lauf zu lassen.

Aber waren die Erben nicht gerade dabei, sich nach Usuls Prophezeiungen zu richten? Wäre Corenn auch auf die Idee gekommen, den Rideau zu überqueren, wenn Yan nichts von dem bevorstehenden Krieg erzählt hätte? Stürzten sie sich vielleicht geradewegs ins Verderben, obwohl sie überzeugt waren, nach bestem Wissen und Gewissen zu handeln?

Er stützte die Hände in die Hüften und beobachtete seine Freunde. Bowbaq nahm den Pferden ihre Lasten ab. Grigán erklärte Léti, wie man Fallen auslegte, die einen Alarm auslösten, sobald sich jemand ihrem Lager näherte. Schon im Buschland von Kaul hatte er ihren Schlafplatz auf diese Weise gesichert. Rey entzündete ein Feuer und lächelte Lana augenzwinkernd zu. Die Maz durchforstete die Vorräte, um den Gefährten ein Abendessen zu bereiten, und Corenn stand neben ihm und machte das Lager zur Nacht zurecht.

Bisher waren sie trotz aller Gefahren immer mit dem Leben davongekommen. Was, wenn sie diesmal die falsche Entscheidung getroffen hatten? Was, wenn sie in die falsche Richtung ritten?

»Wir dürfen nicht nach Wallos gehen«, verkündete Yan plötzlich und war selbst überrascht von seinen Worten.

Die anderen hielten inne und sahen ihn erstaunt an. Yan wusste nicht, was er als Nächstes sagen oder wie er seinen Entschluss erklären sollte.

»Warum?«, fragte Corenn neugierig. »Hast du uns etwas verheimlicht? Was hat Usul dir gesagt, von dem wir nichts wissen?«

»Nichts«, log Yan und dachte an Grigáns furchtbares Schicksal. »Es ist nur so eine Art Vorahnung. Ich habe keine Angst«, fügte er hinzu, als müsste er sich rechtfertigen. »Das heißt, nicht mehr als nötig. Aber …

Ich glaube einfach nicht, dass wir es schaffen, zu Saat vorzudringen, wenn er tatsächlich eine ganze Armee zur Verfügung hat.«

»Er hat recht.« Grigán ergriff die Gelegenheit, um den anderen seine eigenen Zweifel zu offenbaren. »Wären unsere Feinde Thalitten, hätten wir eine Chance gehabt. Ihre Stellungen befinden sich direkt hinter dem Tal der Krieger, und sie sind den Goronern zahlenmäßig unterlegen. Doch jetzt …«

»Was ändert das schon?«, fragte Rey. »Wir hatten doch nie vor, eine ganze Armee zu besiegen. Was spielt es für eine Rolle, ob sie aus Wallatten oder Thalitten besteht?«

»Jetzt müssen wir viel mehr feindliche Linien überqueren. Wir sind nur zu siebt, und keiner von uns spricht ihre Sprache. Zumal Ihr ja noch nicht einmal Reiter auf freier Strecke sehen könnt.«

»Aber … Ich dachte, wir würden einen Bogen um die feindlichen Linien schlagen und von Osten her nach Wallos reiten?«, fragte Lana verwundert.

»Das wird nicht funktionieren«, sagte Grigán kopfschüttelnd. »Ihre Strategen scheinen mir nicht auf den Kopf gefallen zu sein. Wenn sie so schlau waren, Katapulte entlang der Küste aufzustellen, müssen wir auch damit rechnen, dass sie ihre Flanken überwachen.«

»Ich verstehe das nicht, Grigán. Warum habt Ihr uns bis hierhergeführt, wenn Ihr nicht an unsere Chancen glaubt? Was habt Ihr Euch dabei gedacht?«

Verlegen tastete der Krieger nach seinem Schnurrbart, nur um abermals festzustellen, dass er seit Trois-Rives keinen mehr trug. Die Erben warteten voller Ungeduld auf seine Antwort. *Keiner von ihnen hat je einen Krieg erlebt,* dachte Grigán schwermütig.

Zwei junge Kaulaner, eine Ratsfrau, eine Maz, ein friedliebender Arkarier und ein großmäuliger Lorelier – das waren seine Kämpfer, und sie gaben sich dem Wahn hin, gegen eine ganze Armee erfahrener Krieger antreten zu wollen.

»Heute Morgen war mir das alles noch nicht klar. Bei dem goronischen Grenzposten wollte ich nicht umkehren. Außerdem wollte ich mir selbst ein Bild der Lage machen. Das habe ich nun getan. Zu siebt schaffen wir es nie.«

»Grigán«, rief Corenn aus und fuhr dann ruhiger fort: »Ihr habt doch nicht etwa vor ...«

»Was bleibt uns anderes übrig?«, fiel er ihr ins Wort. »Allein kann ich mich an Saat heranschleichen. Gemeinsam ist es unmöglich.«

»Ihr dürft nicht allein gehen!«, rief Yan, während die anderen ebenfalls lautstark protestierten. »Auf keinen Fall!«

»Wir haben keine Wahl«, sagte Grigán. »Eine Flucht ist zwecklos. Saat wird uns überall aufspüren und uns die Züu auf den Hals hetzen oder, schlimmer noch, den Mog'lur. Und wenn wir zusammen nach Wallos gehen, ist das unser aller Untergang.«

»Vielleicht könnten wir Saat eine Nachricht zukommen lassen«, warf Lana ein, »und ihm Verhandlungen vorschlagen.«

»Glaubt Ihr tatsächlich, er würde sich von Worten besänftigen lassen? Nur eine scharfe Klinge an seinem Hals würde uns seine Aufmerksamkeit sichern«, sagte er grimmig.

»Wir kennen das Ausmaß seiner Macht nicht«, sagte Corenn. »Grigán, Ihr dürft nicht allein gehen. Das wäre Wahnsinn.«

»Gut. Was machen wir dann? Wenn jemand eine bessere Idee hat, richte ich mich gerne danach. Andernfalls bleibe ich bei meiner«, sagte er ernst.

Betretenes Schweigen machte sich breit. Alle zermarterten sich den Kopf, um einen Ausweg aus ihrer hoffnungslosen Lage zu finden. Doch niemandem fiel eine Lösung ein.

»Ich lasse Euch nicht allein gehen«, sagte Rey unvermittelt. »Ob es Euch gefällt oder nicht. Außerdem habe ich mit Saat noch ein Hühnchen zu rupfen.«

»Ich auch«, sagte Léti mit harter Miene und einem Funkeln in den Augen. »Ich lasse nicht zu, dass Ihr allein geht.«

»Auch ich komme mit, Freund Grigán«, beeilte sich Bowbaq hinzuzufügen.

»Das wäre dumm«, sagte der Krieger verdrießlich. »Euer Opfer würde mir nicht helfen.«

»Ich habe eine Idee«, sagte Corenn, um die Gemüter zu beruhigen. »Vielleicht ist sie nicht weniger gefährlich als Eure, aber zumindest würden wir so zusammenbleiben.«

Sie verstummten, um ihr zuzuhören. Was Corenn auch vorhatte, es konnte nur ein Akt der Verzweiflung sein. Und tatsächlich war es nichts anderes.

»Ihr wollt, dass wir nach Sol gehen und die Pforte des Landes Oo suchen«, erriet Yan.

»Genau. Wir werden Nol im Jal'dara aufsuchen«, sagte sie und reckte entschlossen das Kinn.

Rey stieß einen bewundernden Pfiff aus. »Das erscheint mir noch schwieriger, als sich an Saat heranzuschleichen. Und wie wollt Ihr den Ewigen Wächter besänftigen, wenn ihn selbst Nol nicht bezähmen kann? Und was hat es mit dieser göttlichen Berührung auf sich?«

»Man muss vom Ewigen Wächter berührt worden sein, um die Pforte durchschreiten zu können«, erläuterte Lana. »Zumindest habe ich das so verstanden.«

»Wenn dieser Lindwurm dem Leviathan auf Ji ähnelt, dürfte seine Berührung tödlich sein! Wie wollt Ihr das Ungeheuer bezwingen, Corenn?«

»Das weiß ich nicht«, gab sie zu. »Diese Dinge übersteigen mein Vorstellungsvermögen. Der Leviathan hat uns bislang immer in Ruhe gelassen. Wir werden sehen, was wir tun, wenn wir dem Ewigen Wächter gegenüberstehen.«

»Aber, Freundin Corenn … Vielleicht öffnet sich die Pforte gar nicht. Die auf der Insel Ji tut es nur zu ganz bestimmten Zeiten.«

»Ich weiß, Bowbaq. Aber das ist unsere einzige Chance. Schlimmstenfalls verlieren wir eine Dekade«, sagte sie mit gespieltem Gleichmut.

»Schlimmstenfalls«, verbesserte sie Rey, »dienen wir dem Ewigen Wächter als Zwischenmahlzeit. Ich frage mich, ob ich da nicht lieber gegen die Wallatten kämpfe.«

Alle sahen Grigán an, um zu hören, was er von der Sache hielt. Sie würden sich der Entscheidung des Kriegers beugen, wie sie auch ausfallen mochte. Er wusste um seine Pflicht und dachte lange nach, bevor er antwortete.

»Einverstanden. Wir reiten ins Land Oo«, verkündete er zu Corenns Erleichterung. »Aber nur, falls Achems Tagebuch nicht von weiteren Schrecken berichtet. Lana, könnt Ihr die Entschlüsselung heute Abend zu Ende bringen?«

»Ich setze mich gleich daran«, versicherte die Maz. »Es dürfte nicht länger als einen Dekant dauern.«

»Gut. Dann treffen wir heute Nacht die endgültige Entscheidung«, sagte Grigán. »Der Lindwurm und das Jal'dara oder Saat und die wallattische Armee.«

Der hohe Dyarch rüttelte an der Klinke, um sich zu vergewissern, dass die Tür gut verschlossen war. Dann zog er den Spezialschlüssel aus dem Schloss und legte ihn an seinen Platz auf dem Schrank. Nun konnte niemand die Tür von außen aufbrechen; sie war nur noch von innen zu öffnen.

Sein Palast war noch längst nicht fertig, aber der Bau machte rasche Fortschritte. Die Sklaven, angespornt von den Züu, hatten nur fünf Tage gebraucht, um diesen Trakt zu errichten. Er war noch unvollendet und ermangelte jeder Pracht, aber Saat würde ohnehin nicht lange hierbleiben.

In wenigen Monden würde er im Großen Tempel von Ith residieren und über die gesamte bekannte Welt herrschen. Oder im goronischen Kaiserpalast. Oder aber im Eroberten Schloss von Junin. Er hatte sich noch nicht entschieden. Jedenfalls würden all diese Bauwerke ihm gehören. Wenn ihm danach war, könnte er sich sogar einen Palast aus all ihren Steinen errichten lassen. Allerdings hatte er Sombre versprochen, die Heilige Stadt niederzubrennen. Das würden sie sehen, wenn es so weit war.

Saat blies die einzige Laterne im Raum aus. Tiefe Finsternis umgab ihn. Trotzdem raubte ihm das nicht die Sicht, denn er konnte sich im Dunkeln fast ebenso gut orientieren wie bei Tageslicht. In den hundert Jahren, die er unter der Erde herumgeirrt war, hatten sich seine Augen an die Dunkelheit gewöhnt, und seine magischen Fähigkeiten taten ein Übriges.

Saat zog einen seiner Kettenhandschuhe aus und strich mit gichtigen Fingern über den Stein, den die Sklaven aus dem Berg geschlagen hatten. Er stammte aus demselben Gebirge … Doch es war nicht dasselbe Gestein. Das aus der Unterwelt des Karu war schwärzer, wärmer und trug mehr Kraft in sich. Die Kraft des Gwel, selbst dort unten noch. Sogar in der Tiefe.

Saat war versucht, einige Steine aus der Wand zu brechen und ein Gwelom aus ihnen zu erschaffen, falls sie sich dafür eigneten. Doch das war eher unwahrscheinlich. Außerdem hatte er anderes zu tun.

Er streifte den zweiten Handschuh seiner Rüstung ab, nahm den Brustpanzer, die Schulterstücke und die lächerliche Degenscheide ab, die ihm quer über der Brust hing, ein Zugeständnis an die Gladoren, seine Leibgarde. Auch sein eigenes Schwert und den Dolch legte er beiseite und zog sich schließlich vollständig aus.

Wie üblich nahm er seinen Helm als Letztes ab. Langsam und vorsichtig hob er das Gwelom an und genoss mit unbändiger Freude diesen kurzen Moment der Befreiung, die Luft, die ihm über Kinn, Mund, Wange und schließlich das ganze Gesicht strich.

Am liebsten hätte er den Helm in die Ecke geschleudert und sich allen mit entblößtem Haupt gezeigt. Doch das wagte er noch nicht – aus einem Rest Mitgefühl heraus, der hoffentlich mit der Zeit verschwinden würde.

Er holte tief Luft. Das Geräusch seiner rasselnden Lungen war ihm zuwider. Manchmal verglich er sich selbst mit einem japsenden Hund. Immerhin konnte er unter dem Helm verbergen, wie viel Mühe es ihn kostete, am Leben zu bleiben.

Er schloss die Augen und konzentrierte sich einen Moment lang auf die Kraft, die ihn durchströmte und sein Herz und seinen ganzen Körper erwärmte. Sie genoss er noch mehr als das Gefühl, frei atmen zu können. Seine Muskeln und Gelenke lockerten sich, und wohlig seufzend straffte er die Schultern. Er hatte diesen Moment schon tausendmal erlebt, doch die Freude über die wiedererlangte Kraft war jedes Mal wieder berauschend.

Er trat an sein Bett und kniete sich auf die weichen Felle, die es bedeckten. Auf dem Bett lag Chebree, nackt, reglos und stumm. Ungeduldig. Sie wollte das Ganze so schnell wie möglich hinter sich bringen.

Saat legte ihr eine Hand auf die Stirn und strich ihr über das Gesicht. Chebree durchlief ein Schauer, und ihr Atem stockte. Nicht aus Begehren, sondern weil es sie vor der Berührung des hohen Dyarchen graute.

Seine faltige Haut war so dünn, dass man die Knochen hindurchschimmern sah, und er roch nach Erde und Tod.

›Unsere Feinde haben Zweifel, mein Freund‹, sagte Sombre, der plötzlich in seine Gedanken eingedrungen war.

Saat verschloss sogleich einen Großteil seines Geistes. Das tat er schon so lange und mit solcher Routine, dass der Gott es nicht einmal bemerkte.

›Was tun sie gerade?‹, fragte der Magier, während er die wallattische Priesterin küsste.

›Sie sprechen miteinander. Sie stellen Vermutungen an. Sie werden Nol treffen.‹

›Der Alte wird ihnen keine große Hilfe sein‹, sagte Saat und verlagerte sein Gewicht. ›Außerdem, wie wollen sie überhaupt zu ihm gelangen?‹

›Durch die Pforte von Sol. Sie werden sie öffnen.‹

›Woher weißt du das?‹, fragte Saat. ›Du kannst nicht in die Zukunft sehen.‹

›Sie werden sie öffnen. Wir sollten sie töten.‹

›Hab Geduld, mein Freund. Sollen sie doch nach Sol gehen. Sollen sie dem Ewigen Wächter gegenübertreten. Von mir aus können sie auch ruhig den Alten treffen. Was macht das schon?‹

›Nol wird ihnen von dem Erzfeind erzählen.‹

Saat zögerte kurz. ›Das wird ihnen auch nicht helfen. Ich schicke ihnen die Gladoren auf den Hals. Ob sie nun Nol aufsuchen oder nicht, sie werden so oder so in die andere Welt übergehen!‹

Sombre schwieg eine Weile. ›Du solltest mir erlauben, sie zu töten‹, sagte er schließlich wütend.

›Das ist viel zu gefährlich, mein Freund. Wenn einer dieser Männer der Erzfeind ist, könnte er dich …‹

›Aber ich will nicht länger warten‹, fiel ihm Sombre ins Wort und verließ seinen Geist.

Saat blieb mit seinen Gedanken allein, während er sich auf Emaz Chebree bewegte, die angespannt und reglos dalag.

Seit Sombre zum Leben erwacht war, hatte sich seine Persönlichkeit etwas anders entwickelt, als Saat es vorgesehen hatte. Er war wie ein Junge, der gegen seine Eltern aufbegehrte. Aber in letzter Zeit war er auch stärker und klüger geworden, und er blieb ihren gemeinsamen Plänen und ihrer Freundschaft treu. Alles andere war unwichtig.

Während er das verkrampfte Gesicht der wallattischen Königin in der Dunkelheit betrachtete, dachte Saat, wie ahnungslos die Menschen um ihn herum doch waren, selbst jene, die ihm am nächsten standen. Sie wussten nichts von seinen wahren Absichten. Nichts von ihrer eigenen Macht. Von ihrem Erbe.

Chebree würde vermutlich nie erfahren, warum er ausgerechnet mit ihr einen Sohn zeugen wollte.

Selbstverständlich wollte keiner schlafen gehen, während Lana das Tagebuch entschlüsselte. Ihre ungewisse Zukunft, der Ritt durch Feindesland und Maz Achems Enthüllungen beschäftigten sie viel zu sehr.

Um sich die Zeit zu vertreiben, machten sich Grigán und Bowbaq daran, die Pferde zu striegeln. Da Yan Corenn wieder einmal in ein Gespräch über Magie verwickelt hatte, beschloss Léti, Grigán und Bowbaq zur Hand zu gehen, und Rey sah ihnen zu, ohne seine Hilfe anzubieten. Wie so oft sprachen sie über die Kampfeskunst.

»Dein Gegner zielt meistens auf die Stelle deines Körpers, die sein eigener Schwachpunkt ist«, erklärte Grigán seiner Schülerin. »Wenn er deine Beine angreift, greife *seine* an. Wenn er es auf deinen linken Arm abgesehen hat, konzentriere dich auf *seinen* linken Arm.«

»Jetzt verstehe ich, warum Ihr immer auf den Kopf Eures Gegners zielt«, scherzte Rey. »Das ist wohl eindeutig *Euer* Schwachpunkt!«

»Soll ich Euch zeigen, wo mein Schwachpunkt liegt?«, fauchte der Krieger.

»Jetzt bedroht er mich auch noch!«, rief Rey mit gespielter Furcht. »Auf der Heiligen Insel der Guori gefielt Ihr mir besser. Dort waren wir per du, erinnerst du dich, Grigán?«

»Ein kurzer Moment geistiger Umnachtung, werter Herr von Kercyan. Wird nicht wieder vorkommen.«

Bowbaq war zu unruhig, um sich von dem Wortgefecht seiner Freunde ablenken zu lassen, und so legte er den Striegel bald zur Seite und gesellte sich zu Yan und Corenn. Bei ihrem Gespräch konnte er wenigstens mitreden. So könnte er hoffentlich für einen kurzen Augenblick vergessen, dass er seit Monden keine Nachricht von seiner Frau und seinen Kindern hatte, die er Tausende Meilen entfernt in Arkarien zurückgelassen hatte.

»Wenn du die Kraft aus etwas anderem als dir selbst schöpfst, kannst du der Reglosigkeit entgehen«, erklärte Corenn Yan. »Aber halte dir immer die Gefahr vor Augen: Das Ausmaß an Kraft, das dir zur Verfügung steht, hat schon so manchen zum Größenwahn verleitet. Und sie ist nicht unendlich. Irgendwann zerbricht das, woraus du die Kraft schöpfst, und es entsteht ein Sog, der *dir* alle Kraft raubt. In diesem Fall verfällst du in die Starre.«

»Ich verstehe«, sagte Yan und ging die Lektion in Gedanken noch einmal durch.

Im Prinzip war es nicht schwer, die nötige Kraft aus der Umgebung zu schöpfen. Man musste sich nur auf einen Gegenstand seiner Wahl konzentrieren, dem man die Kraft entziehen wollte. Dann ließ man diese anschwellen und schleuderte seinen Willen auf das Ziel. Die entfesselte Kraft wirkte auf einen der vier Bestandteile ein: Erde, Wasser, Wind oder Feuer. Die Schwierigkeit lag nicht in dem Akt selbst, sondern in der Abfolge der einzelnen Schritte. Wenn auch nur die geringste Kleinigkeit schieflief, konnte das den Magier das Leben kosten.

»Eins möchte ich dir noch mit auf den Weg geben«, fuhr Corenn fort. »Manche berühmten Magier hatten die Angewohnheit, die Kraft immer aus demselben Gegenstand zu schöpfen, den sie stets bei sich trugen. Mit Vorliebe wählten sie Kristalle: Saphire, Smaragde, Rubine und natürlich Diamanten. Selbst ein Korn Steinsalz hat verblüffende Eigenschaften.«

Yan nickte. Edelsteine bargen in der Tat außergewöhnliche Kräfte. Das hatte er festgestellt, als er das Stück Pergament in Létis Opal eingeschlossen hatte. Außerdem war man mit einem Gegenstand, mit dem man regelmäßig übte, bestens vertraut, was die Konzentration erleichterte. Die Idee, sich einen Edelstein als Kraftquelle zuzulegen, war gar nicht schlecht. Yan nahm sich vor, bei Gelegenheit nach einem Feuerstein zu suchen.

»Ich habe eine Frage. Was ist, wenn ich die Kraft aus dem Gegenstand schöpfe, sie dann aber nicht auf mein Ziel richte? Was passiert dann?«

»Das weiß ich nicht«, sagte Corenn nach kurzem Nachdenken. »So etwas ist mir noch nie in den Sinn gekommen.«

»Kann ich es ausprobieren?«

»Untersteh dich! Meinst du nicht, du solltest erst einmal lernen, die Magie auf gewöhnliche Weise zu benutzen, anstatt gleich zu versuchen, gewisse Grenzen zu überschreiten? Erinnere dich an die Starre, in die du nach dem Experiment mit Miff gefallen bist!«

Yan sah zu dem Mausäffchen hoch, das wie immer auf Bowbaqs Schulter hockte. Sie alle hatten sich so sehr an seine Anwesenheit gewöhnt, dass sie es bisweilen ganz vergaßen.

Er dachte daran zurück, wie er in den Geist des Affen eingedrungen war und von seinem Körper Besitz ergriffen hatte. In der Heiligen Stadt Ith hatte er dasselbe mit einem Zü getan. Und doch wusste er immer noch nicht, was genau dabei vor sich ging.

»Der Tiefe Geist ist der Ort, an dem die Seele mit dem Körper verbunden ist«, sagte Bowbaq, bevor Corenn ihn daran hindern konnte. »Wenn man ihn erreicht, kann man seinen eigenen Geist dort verankern und den fremden Körper in Besitz nehmen. Genau das hat mir das Gespenst in der Bibliothek angetan.«

»Und was passiert mit dem heimgesuchten Geist?«, fragte Yan, der wegen der ermordeten Züu immer noch ein schlechtes Gewissen hatte. »Leidet er?«

»Unter seiner Hilflosigkeit, ja. Er wehrt sich, und er stößt innerlich stumme Schreie aus. Aber er kann nichts tun, solange der andere die Oberhand hat.«

»Kann sich das Kräfteverhältnis denn umkehren?«, fragte Corenn interessiert.

»Das kann passieren. Ich kenne zwei solcher Fälle. Der Erjak kann verlieren und ein Gefangener des fremden Körpers werden, ohne über ihn verfügen zu können. Dort bleibt er dann bis zu seinem Tod oder bis er die Kontrolle zurückgewinnt.«

»Wie grauenvoll!«, rief Yan.

»Ja. Es kommt auch vor, dass sich der heimgesuchte Geist in den Körper des Erjak flüchtet. Man hat mir davon erzählt. Es soll Männer geben, die sich wie Wölfe, Bären oder andere Tiere verhielten, bis die Geister in ihren jeweiligen Körper zurückfanden.«

Yan lief ein Schauer über den Rücken, als er sich vorstellte, dass der Züu in seinen Körper hätte gelangen können. Vermutlich hätte er in solch einem Fall Rey und Bowbaq angegriffen, so wie Yan die beiden Züu mit dem vergifteten Hati ihres Gefährten erstochen hatte.

Wenn er an diesen Augenblick zurückdachte, empfand er Scham und Trauer. Doch er hatte nur getan, was nötig gewesen war, und keiner der anderen hatte ihm je Vorwürfe gemacht. Hätten sie nicht so große Ehrfurcht vor seinen magischen Kräften gehabt, hätten sie ihn sogar zu seiner Tat beglückwünscht. Doch so versuchten die Gefährten, das furchtbare Ereignis zu vergessen.

»Ich bin so weit«, verkündete Lana plötzlich mit tränenerstickter Stimme. »Weise Eurydis! Wie haben unsere Vorfahren gelitten!«

»… was wir wussten. Hätte Saat auch dann den Verstand verloren, wenn er die Kraft des Gwel nicht entdeckt hätte? Selbst wenn Vanamel und Pal'b'ree diesem verfluchten Zwerg Lloïol nicht in die dritte Höhle gefolgt wären, hätte uns der Wahn des Goroners früher oder später ins Verderben gestürzt …«

»Freundin Corenn, ich verstehe das nicht«, unterbrach Bowbaq die Lektüre. »Was hat das alles zu bedeuten? Wer sind diese Leute?«

»Das sind die letzten Seiten des Tagebuchs«, erinnerte ihn Corenn. »Die Erklärung findet sich vermutlich im Hauptteil.«

»Jedenfalls geht das bis zum Ende so«, sagte Lana. »Offenbar waren unsere Vorfahren nicht allein im Jal'dara.«

Die Maz wartete kurz, ob noch jemand eine Frage hatte, und las dann weiter.

»… hätte uns der Wahn des Goroners früher oder später ins Verderben gestürzt, was vermutlich weit schlimmere Folgen gehabt hätte als den Tod des Magiers. Doch trotz der Verachtung, die wir für ihn empfanden, waren wir ihm zu Hilfe gekommen. Drei Männer hatten dabei ihr Leben gelassen. Drei Männer, die von ihrem Volk zu Botschaftern erwählt worden waren.

Ich habe kein Mitleid mit Vanamel, denn der Prinz aus der Uborre-Dynastie hat sein Schicksal verdient. Aber ich trauere um Ssa Vez aus Jezeba und Fer't den Solener, zwei kluge und weise Männer, die unser Vertrauen gewonnen hatten und treue Gefährten geworden waren. Nol trauerte mit uns, als wir zu acht zu ihm zurückkehrten, nachdem wir zu zwölft ins Karu hinabgestiegen waren. Er gestand uns, dass er darunter leide, untätig bleiben zu müssen und nicht eingreifen zu können. Doch wir hatten genug Zeit mit ihm verbracht, um ihm seine Tatenlosigkeit nicht zu verübeln. Er war Nol der Lehrende, und darauf beschränkte sich seine Aufgabe.

Die Kinder, die nichts von ihrer Sanftmut verloren hatten, scharten sich um uns. Obwohl wir von unseren Erlebnissen tief erschüttert waren, bemühten wir uns wie zuvor, sie nicht zu beeinflussen. Wir ließen zu, dass sie uns betrachteten und berührten, und lauschten ihrem unverständlichen Geplapper. Insgeheim hofften wir alle, eines von ihnen würde das Wort an uns richten, so wie es Tiramis, Fer't und Moboq zuvor ergangen war. Und Saat.

Eines der ältesten Kinder starrte auf den blutgetränkten Stofffetzen, mit dem Arkane seinen Armstumpf verbunden hatte. Der König versuchte zu lächeln, doch weil er auch am Kopf verwundet war, verzog sich sein Gesicht zu einer scheußlichen Fratze.

Rafa litt sehr unter seinen Verbrennungen, und bisweilen stöhnte er vor Schmerzen auf. Jedes Mal zuckten die Kinder zusammen und warfen dem Ramgrith mit den verkohlten Haaren und dem rußverschmierten Gesicht ratlose Blicke zu.

Zwei kleine zogen an Tiramis' Hand, doch diesmal strich ihnen die Ratsfrau nicht wie sonst über den Kopf. Yon bettete die ohnmächtige Kaulanerin behutsam ins Gras und legte den Götterkindern tröstend eine Hand auf die Schulter. Doch das reichte nicht aus …

Nun lächelte keins der Kinder mehr. Die jüngsten begannen zu weinen, und bald folgten die älteren ihrem Beispiel.

Die Götter weinten. Eine Tragödie für die Menschen.

»Ihr müsst gehen«, sagte Nol. »Die Harmonie ist gestört.«

Er sprach nur aus, was wir längst wussten. Wären wir noch länger geblieben, hätte das schlimme Folgen gehabt. Außerdem hielt uns nichts mehr im Jal'dara …

Arkanes Wunden mussten dringend versorgt werden. Selbst im Jal'dara *waren solche Verletzungen gefährlich. Ich wage mir nicht vorzustellen, was geschehen wäre, wenn der König vor den Augen der Götterkinder gestorben wäre.*

Nol führte uns ohne Umschweife zur Pforte. Im ersten Moment überraschte mich das, aber mit einer feierlichen Abschiedszeremonie war auch nicht zu rechnen gewesen. Die Kinder würden uns rasch vergessen. Zumindest stand das zu hoffen. Bis auf den Hüter des Tals sagte uns niemand Lebewohl.

Als sich Nol der Pforte näherte, begann sie sich zu öffnen. Das Pfeifen, das Licht, der Nebel … Wir hatten fast vergessen, dass Nol selbst der Ewige Wächter der Pforte des Dara war.

Der Nebel unter dem Bogen verflüchtigte sich, und vor unseren Augen erschien der Wald der Baumriesen im Land Oo.

»Und was ist mit dem Lindwurm?«, protestierte Pal'b'ree der Wallatte, als Nol ihm bedeutete, die Pforte zu durchschreiten.

»In Eurer Welt ist die Jahreszeit der Erde angebrochen«, beruhigte ihn Nol. »Vermutlich schläft er.«

»Sollte er das nicht auch schon auf dem Hinweg?«, knurrte der Wallatte, bevor er durch die Pforte trat.

Er hatte nicht ein Wort des Abschieds oder einen letzten Blick für uns übrig, obwohl er uns sein Leben verdankte. Seine einzige Sorge galt dem grausamen Ewigen Wächter, der drei Tage vor dem Tag der Eule fast alle Gesandten aus dem Osten getötet hatte. Von den acht Weisen, die die Barbarenvölker entsandt hatten, waren nur zwei im Jal'dara angelangt. Und Fer't der Solener würde es nie mehr verlassen.

»Ich wollte gerade vorschlagen, ihm die Pforte von Tuz zu öffnen«, sagte Nol, während der Wald vor ihren Augen verschwamm. »Oder die von Walloranta oder Grelith. Er musste nicht unbedingt ins Land Oo zurückkehren.«

»Was sagtet Ihr vorhin über die Jahreszeit der Erde?«, fragte der Weise Moboq.

»In Eurer Welt ist sie vor wenigen Tagen angebrochen. Die Zeit ist die mächtigste Kraft im Universum«, erklärte der Hüter. »Doch es gibt Orte, an denen sie weniger wirksam ist.«

»Was wollt Ihr damit sagen?«, fragte Herzog Reyan. »Wie lange waren wir denn hier?«

»Sechs Dekaden in der Zeitrechnung Eurer Welt. Wenn Ihr nicht ins Karu hinabgestiegen wärt, hätte ich Euch früher zurückschicken können. Es tut mir leid.«

Wir sahen uns stumm an, denn seine Worte verschlugen uns die Sprache. Unser Aufenthalt war uns fünfmal kürzer vorgekommen.

Nol machte eine Handbewegung, woraufhin sich der Nebel unter dem Bogen abermals lichtete und die Höhle der Insel Ji vor unseren Augen erschien. Ich hatte das Gefühl, etwas sagen zu müssen, doch ich fand keine Worte, und so trat ich nach einer kurzen Abschiedsgeste und einem letzten Blick auf das wunderschöne Tal durch die Pforte.

Ich glaube, sie blieb noch eine Weile geöffnet. Aber während wir auf der kleinen lorelischen Insel durch kaltes Wasser wateten, wollten wir unsere Melancholie nicht noch verschlimmern. Keiner warf einen Blick zurück auf das verlorene Paradies.

Herzog Reyan ging voran und führte uns ans Licht, wo wir für Arkane eine Bahre aus Ästen bauten. Tiramis war immer noch nicht bei Bewusstsein, als wir im Morgengrauen auf unsere Eskorten trafen, die seit sechs Dekaden am Strand auf uns warteten.

Das Ende der Geschichte ist bekannt. Unser Schweigegelübde brachte Ungnade und Leid über uns. Aber wir ertrugen all dies, ohne zu klagen. Es war nichts im Vergleich zu den Seelenqualen, die unser Geheimnis uns bereitete. Nichts im Vergleich zu dem grausamen Fluch, der auf uns lastete.

Das Jal'dara hatte uns in wenigen Dekaden in Gwelome verwandelt. Was wäre nach mehreren Monden mit uns geschehen? Oder gar nach mehreren Jahren? Ich wage kaum, es mir vorzustellen.

Der Gedanke an unsere verlängerte Lebensdauer vermochte uns nicht über den Verlust unserer Fruchtbarkeit hinwegzutrösten. Ich glaube, nach unserer Rückkehr versuchten wir alle, diesen Schicksalsschlag auf die einzig mögliche Art zu bekämpfen …

Vielleicht einmal abgesehen von Arkane. Der König von Junin hatte bereits einen Sohn, und anders als wir fügte er sich mit Gleichmut in sein Schicksal. Ich glaube, er starb als Erster, weil er keine Kraft mehr hatte, weiterzukämpfen. Der Tod muss ihm wie eine Erlösung vorgekommen sein. Arkane war als König der Fürstentümer nach Ji gesegelt, und nach seiner Rückkehr war er nur noch ein einarmiger Greis, dem man den Thron geraubt hatte. Auch *wenn wir anderen unter den gleichen Seelenqualen litten, waren wir zumindest körperlich unversehrt.*

Bei den Emaz war ich auf taube Ohren gestoßen. Nun setzte ich alles daran, mir den Wunsch nach Nachkommen zu erfüllen. Nachdem ich mein Leben lang im Zölibat gelebt hatte, ging ich den Bund mit Mièlane ein, einer ehemaligen Schülerin, und zog mit ihr nach Mestebien, fernab der Heiligen Stadt und der Erinnerungen, die sie wachrief. Meine junge Frau erfuhr nie etwas von meinem tragischen Abenteuer. Jedenfalls bis zum heutigen Tag. Ich bete zu Eurydis, dass es dabei bleibt. Ich bete darum, dass die Emaz, an die sich meine Niederschrift richtet, sie in Frieden lassen werden. Sie und meine Kinder.

Wir lebten fünf Jahre zusammen, bevor sie mir einen Sohn schenkte. Vielleicht hatte die Wirkung des Jal'dara mit der Zeit nachgelassen, vielleicht hatte Eurydis auch meine Gebete erhört. Bei unserer nächsten Zusammenkunft erfuhr ich, dass Tiramis und Yon ebenfalls ein Kind gezeugt hatten. Wir feierten diese Ereignisse ausgelassen, auch wenn Arkanes Tod unsere Freude überschattete.

Glücklicherweise erfüllte sich der Fluch der Unfruchtbarkeit nicht. Auch Reyan von Kercyan, Moboq aus Arkarien und Rafa Derkel bekamen Kinder. Wie kann man das Glück in Worte fassen, das uns nach Jahren der Angst bei der Nachricht jeder dieser Geburten überkam? Der Fortbestand unserer Familien war gesichert, und der Menschheit bot sich nun doch die Gelegenheit, eines Tages das Zeitalter von Ys zu erreichen. Nols Harmonie. Und sei es erst in ferner Zukunft.

Wären Vanamel und Pal'b'ree nicht ins Karu hinabgestiegen und wären sie den Undinen nicht begegnet, hätten wir nichts von unserer Verantwortung erfahren. Vielleicht wäre das besser gewesen, denn das Geheimnis des Jal'dara lastete ohnehin schon schwer genug auf uns. Doch da wir nun einmal davon wussten, frohlockten wir angesichts der Geburt einer neuen Generation.

Unsere einzige Angst war, dass auch unsere Nachkommen Gwelome sein könnten. Würden auch sie unter dem Fluch zu leiden haben?

Ich gehe nicht davon aus, dass ich länger als gewöhnlich leben werde. Ich werde meine Enkel nie kennenlernen, sollte es welche geben. Mögen unsere Erben ein glückliches Leben führen und von Leid verschont bleiben. Mögen sie die eurydische Moral achten und das Andenken ihrer Vorfahren bewahren.

Wir werden nie mehr ins Jal'dara zurückkehren. Aber wir werden die Pforte jedes Mal, wenn sie am Tag der Eule in Erinnerung an unsere Reise aufscheint, unseren Söhnen und Töchtern zeigen.

Wir werden den Götterkindern beweisen, wie sehr wir sie lieben. Und wie ähnlich wir ihnen sind.«

»Ich verstehe nicht die Hälfte von dem, was er schreibt«, sagte Bowbaq, während Lana die Pergamente beiseitelegte. »Ein Gwelom? Was ist das? Eine Art Krankheit?«

»Ich glaube«, antwortete Corenn, »dass Maz Achem alles, was durch die Kraft des Jal'dara verändert worden ist, als Gwelom bezeichnet. Nun kennen wir zwar ihre Wirkung auf Menschen, nicht aber ihr tatsächliches Ausmaß.«

Als sie die verwirrten Gesichter ihrer Freunde sah, erkannte Corenn, dass ihre Erklärung für sie ebenso unverständlich war wie Achems rätselhafte Worte.

»Einfacher gesagt: Auf alle Dinge oder Menschen, die längere Zeit im Jal'dara bleiben, wirkt eine besondere Kraft ein. Sie werden zu Gwelomen. Bei Menschen folgt daraus eine Verlängerung der Lebensdauer und eine Verminderung der Fruchtbarkeit. Aber über das zugrunde liegende Prinzip dieser Veränderung, das Achem als Gwel bezeichnet, wissen wir nichts.«

»Und an diesen Ort wollt Ihr uns führen?«, rief Rey entsetzt. »Wer hat schon Lust, so ein grässliches Gwelom zu werden?«

»Unsere Vorfahren waren Gwelome«, erinnerte ihn Grigán. »Habt Ihr nicht gehört? Und sie hatten trotzdem Nachkommen.«

»Wer sagt, dass wir ebensolches Glück haben?«, entgegnete Rey. »Ich finde die Vorstellung schrecklich, durch irgendeine Form der Magie verändert zu werden.«

»Wir dürfen eben nicht zu lange in dem Tal bleiben«, sagte Corenn. »Dann dürfte die Wirkung gering sein.«

»Ach so«, sagte Rey sarkastisch. »Ganz davon abgesehen, dass für jeden Tag, den wir in diesem vermeintlichen Paradies verbringen, in unserer Welt fünf vergehen.«

»Nun wissen wir immerhin, warum es nur so wenige Erben gibt«, sagte Lana melancholisch. »Wir sind gewiss auch Gwelome.«

Die Maz dachte an ihren Vater, dessen einzige Tochter sie war, und an ihren Großvater, der nur zwei Söhne gehabt hatte, obwohl er immer von einer großen Kinderschar geträumt hatte. Sie selbst war in den fünf Jahren ihres Bundes nie Mutter geworden. Die Erben trugen den Fluch ihrer Ahnen in ihren Körpern.

»Könnte Saat Euch deshalb verfolgen?«, fragte Yan vorsichtig.

»Wie meinst du das?«

»Ich weiß nicht. Dass Ihr Gwelome seid, macht Euch zu etwas Besonderem. Vielleicht weiß Saat mehr darüber als Ihr.«

»Wir wissen so wenig«, sagte Lana und starrte bekümmert auf die unleserlichen Seiten des Tagebuchs.

Corenn blätterte in den Pergamenten, auf die Lana den entschlüsselten Text geschrieben hatte. Sie enthielten eine Fülle an Hinweisen, und sie wollte keinen übersehen.

»Achem spricht von einer zweiten Verantwortung«, sagte sie plötzlich. »Als er die Aussicht der Menschheit erwähnt, das Zeitalter von Ys zu erreichen.«

»Vermutlich spielt er damit auf die Geburt der Götter aus den Gedanken der Menschen an«, wiegelte Grigán ab. »Das Geheimnis, vor dem er den Großen Tempel warnen wollte.«

»Nein! Er unterscheidet das deutlich: ›Das Geheimnis des Jal'dara lastete ohnehin schon schwer genug auf uns.‹ Das andere Geheimnis treibt Saat also an. *Dieses* Rätsel müssen wir lösen.«

»Aber wo ist der Zusammenhang zwischen unseren Geburten und dem Zeitalter von Ys?«, fragte Rey. »Lana, Ihr könnt mich gern verbessern, aber soll nicht Eurydis selbst dieses Zeitalter einläuten?«

»So ist es. Es heißt, die Göttin werde zum dritten Mal in dieser Welt erscheinen, um der Menschheit zu helfen, den letzten Schritt zu tun. Aber eben nur den letzten Schritt. Zuerst müssen die Menschen das universelle Streben nach Moral zu Ende führen. Vielleicht ist einer der Erben dazu bestimmt, die Stimme der Göttin zu sein? So wie Colmek, der jüngste Sohn Li'uts, vor langer Zeit?«

»Das sind doch alles nur Worte«, sagte Grigán verächtlich. »Das erklärt noch lange nicht, warum Saat so versessen darauf ist, uns zu töten. Selbst wenn unsere Geburt, auf welche mysteriöse Weise auch immer, zum Anbruch des Zeitalters von Ys beitragen könnte ... Warum sollte Saat etwas dagegen haben?«

Er hatte den Nagel auf den Kopf getroffen. Seine Worte brachten das Gespräch auf ihre unmittelbaren Schwierigkeiten zurück.

»Vielleicht will er sich rächen«, schlug Bowbaq dem Krieger vor. »Unsere Ahnen hielten ihn für tot und ließen ihn im Jal'dara zurück. Vielleicht fühlte er sich von ihnen verraten.«

»Aus Rachedurst allein würde er nicht solche Mühen auf sich nehmen. Kann er seine damaligen Gefährten so sehr hassen, dass er ihre Nachkommen noch in der vierten Generation verfolgt? Das wäre ein Zeichen für blanken Wahnsinn. Und Saat scheint mir im Vollbesitz seiner geistigen Kräfte zu sein.«

»Warum dann? Warum ist er unser Feind?«

»Diese Frage beschäftigt uns seit Beginn unserer Reise. Eine Antwort werden wir erst bekommen, wenn wir Saat gefunden haben«, sagte die Ratsfrau. »Saat oder Nol.«

Nun bat Corenn Grigán, den Gefährten seine Entscheidung kundzutun. Doch er war immer noch nicht sicher, ob sie Saat oder Nol aufsuchen sollten.

»Saat ist bei den Wallatten«, sagte Rey. »Vielleicht hat das etwas mit den Gesandten aus den Ländern des Ostens zu tun, die damals im Jal'dara waren.«

»Und dabei dachten wir immer, dass es nur zehn Gesandte gab«, warf Lana ein.

»Wir hätten darauf kommen müssen«, sagte Corenn. »Es ist nur folgerichtig, dass Nol auch die Königreiche des Ostens um die Entsendung eines Weisen gebeten hat.«

»Aber was wollten sie im Jal'dara? Nol hatte gewiss einen guten Grund, sie zu sich zu holen. Nur welchen?«

»Habt Ihr schon einmal etwas von Nol dem Lehrenden gehört?«, fragte Yan.

»Noch nie. Wenn Nol, wie es scheint, ein Gott ist, wird sein Name in der Heiligen Stadt offenbar nur selten ausgesprochen.«

»Nicht anders als der von Reexyyl«, ergänzte Grigán. »Und der des Manischen Drak oder des Lindwurms aus dem Land Oo. Nicht anders als die Namen der anderen Wächter, die wir nicht kennen. Sie alle sind Götter.«

Yan ging plötzlich durch den Kopf, dass er zwei Monde zuvor nicht einmal an die Existenz von Magie geglaubt hatte. Mittlerweile hatte er gelernt, sie anzuwenden, und jede Etappe ihrer Reise lieferte ihm mehr Beweise für die Existenz des Übernatürlichen.

Was, wenn *alle* Legenden wahr waren? Zumindest teilweise? Drachen, Kobolde, Chimären, Greife, Feen, Menschenfresser, die Hydra, Einhörner, Zentauren und all die anderen Fabelwesen. Lebten sie samt und sonders irgendwo zwischen dieser Welt und dem Reich der Fantasie?

Wenn Menschen Götter erschaffen können, können sie dann nicht auch Ungeheuer erschaffen? Die Ewigen Wächter waren vermutlich aus dem Aberglaube der ersten Menschen entstanden: Sie waren lebendige Verkörperungen ihrer Urängste.

Er wollte den anderen von seinen Gedanken erzählen, wagte jedoch nicht, Rey und Corenn zu unterbrechen, die sich mitten in einem wichtigen Gespräch zu befinden schienen.

»Dame Corenn, Ihr wisst, wie sehr ich Eure Vorschläge schätze«, sagte Rey. »Doch diesmal bin ich nicht einverstanden. Wie hoch ist die Wahrscheinlichkeit, dass es uns tatsächlich gelingt, diese Pforte zu durchschreiten, falls wir sie überhaupt finden? Äußerst gering. Im Grunde haben wir nicht die Spur einer Chance. Das Einzige, was wir mit Sicherheit wissen, ist, dass es dort ein ziemlich schlecht gelauntes Ungeheuer gibt.«

»Aber Saat ist auch ein Ungeheuer«, wandte Léti ein. »Und er ist gerissen.«

»Saat ist immerhin sterblich«, sagte Rey. »Ob das auch für diesen Lindwurm gilt, möchte ich bezweifeln. Und wie wollt Ihr ihn überhaupt dazu bringen, uns die Pforte zu öffnen?«

»Sie hat sich im vergangenen Jahrhundert am Tag des Bären geöffnet«, sagte Corenn. »Achem zufolge müsste sie in Erinnerung an Pal'b'rees Reise aufscheinen. So wie auf der Insel Ji.«

»Aber was ist, wenn wir trotzdem nicht hindurchkönnen? So wie auf Ji?«

»Die Pforte öffnet sich, wenn ihr Ewiger Wächter in der Nähe ist. Wir müssen ihn anlocken …«

»Ah! Nichts leichter als das!«, sagte Rey sarkastisch. »Und wie wollt Ihr ihn davon überzeugen, Euch seine göttliche Berührung zu geben? Ihr wisst schon, diese Kleinigkeit, die Sterbliche brauchen, um die Pforte durchschreiten zu können?«

»Vielleicht reicht es, wenn wir den Lindwurm berühren«, warf Léti ein. »Und dann so schnell wie möglich ins Jal'dara rennen.«

»Habt Nachsicht, teure Gefährten, aber ich teile Eure Zuversicht nicht. Ich würde jedenfalls nicht mein Leben darauf verwetten, um es mit Grigáns Worten zu sagen.«

Die göttliche Berührung, dachte Yan. *Usuls Geschenk. ›Du wirst erfahren, worum es sich handelt, wenn es so weit ist‹, hatte der Gott gesagt.*

Dieser Moment war nun gekommen.

»Ich habe die göttliche Berührung erhalten«, sagte er mit vor Aufregung zitternder Stimme. »Usul hat sie mir gegeben.«

Er hatte bereits von dem Vorfall erzählt, hatte ihn jedoch wie seine Freunde längst vergessen, weil ihm die Antworten des Gottes wichtiger erschienen waren. Doch nun bekam die seltsame Berührung plötzlich einen Sinn.

»Warum hat er das getan?«, fragte Grigán. »Durch diesen Akt beeinflusst er die Zukunft.«

»Usul hat niemals von sich behauptet, tatenlos bleiben zu wollen«, sagte Lana nicht minder aufgeregt. »Er hat keinen Einfluss auf das, was außerhalb seiner Höhle geschieht. Deshalb bleibt ihm nichts anderes übrig, als seine Besucher zu manipulieren.«

»Er langweilt sich furchtbar«, bestätigte Yan. »Er hat uns geholfen, weil ihm das Ablenkung verschafft.«

»Was auch immer der Grund gewesen sein mag«, sagte Corenn, »wir sind ihm zu großem Dank verpflichtet. Rey, seid Ihr jetzt überzeugt?«

Rey standen die Zweifel ins Gesicht geschrieben, und er dachte lange nach, bevor er antwortete. Zu viele Teile dieses Plans entzogen sich seiner Kontrolle, und das gefiel ihm nicht. »Grigán, was haltet Ihr davon?«, fragte er schließlich. »Findet Ihr nicht auch, dass es viel zu riskant ist?«

Grigán sah vom Lagerfeuer hoch und musterte seine Gefährten. Derart schwer war ihm noch keine Entscheidung gefallen. Seiner Meinung nach war die Gefahr gleich groß, egal was sie taten.

Doch wenn er nach Wallos ritt, würde er Corenn zurücklassen müssen. Dieser Gedanke gab den Ausschlag.

»Wir reisen ins Land Oo«, verkündete er. »Wenn wir dort nicht weiterkommen, werde ich Saat aufsuchen. Und zwar allein.«

Alle nickten, erleichtert und verzagt zugleich. Den Rest der Nacht quälte sich Yan mit der Frage herum, ob sie sich vielleicht für den falschen Weg entschieden hatten und doch nach Wallos gehen sollten. Wie musste sich Usul amüsieren!

Es waren noch neun Tage bis zum Tag des Bären, kaum genug, um ins Land Oo in der Solenischen Föderation zu reiten, ohne ihrem Feind in die Hände zu fallen. Dort angekommen, würden sie zudem nach der Pforte suchen müssen.

Die Erben hatten nur eine ungefähre Vorstellung davon, wo sich die Pforte befand. Das Manuskript, das Yan im Tiefen Turm gefunden hatte, gab zwar einige Hinweise, verschwieg aber, wie man genau dorthin gelangte. So wussten die Erben nur, dass sie die Ruine eines Bergfrieds finden mussten, die sich irgendwo im Wald der Baumriesen befand. Die Pforte sollte in der Nähe sein.

Sie konnten nur hoffen, dass sie weniger gut versteckt war als die auf Ji.

Rey folgte den anderen zwar, ließ aber keine Gelegenheit aus, seinem Unmut Luft zu machen. In seinen Augen wurde er in ein lebensgefährliches Abenteuer hineingezogen, und so ließ er seiner Widerspenstigkeit freien Lauf. Eines Abends sprach er sogar davon, die Erben verlassen zu wollen, wenn sie im Jal'dara nichts erreichten. Alle fassten die Ankündigung als Scherz auf, und er widersprach ihnen nicht. Doch am nächsten Tag brachte er die Sache Lana gegenüber erneut zur Sprache und bat sie, ihn zu begleiten oder zumindest irgendwo auf ihn zu warten.

»Aber wo sollen wir denn hin, Reyan?«, fragte sie, um ihn zur Vernunft zu bringen. »Wir können uns nirgends verstecken. Saat ist mächtig genug, um uns überall aufzuspüren.«

»Ihn will ich als Erstes aufsuchen«, vertraute er ihr an. »Es ist nicht meine Art, andere meine Probleme lösen zu lassen. Grigán will allein zu ihm – soll er doch. Ich werde es genauso halten. Mal sehen, wer als Erster in Wallos ankommt«, sagte er mit einem schiefen Grinsen.

»Das ist doch kein Wettrennen, Reyan!«, rief Lana entsetzt. »Ich bitte Euch, versprecht mir, keine Entscheidung zu treffen, bevor wir Nol begegnet sind.«

»Euretwegen verspreche ich es. Ich warte mit meiner Entscheidung bis zum Land Oo. Aber dann ... Vor uns liegen keine Geheimnisse mehr, die wir enthüllen müssten, Lana. Die Erben können nicht einfach immer weiter durch sämtliche Königreiche reiten, während Saat seine Armee in den Krieg führt. Ich wäre bereit, mein Leben für jeden unserer Freunde zu opfern, nicht aber für ihre Fehler. Wir müssen diese sinnlose Suche aufgeben und endlich zur Tat schreiten. Natürlich wäre es mir lieber, wenn sich die anderen mir anschließen würden. Aber ich werde meine Meinung nicht ändern, selbst wenn das heißt, dass ich allein losziehen muss. Grigán ergeht es vermutlich nicht anders.«

Seine Worte trafen die Maz mehr, als Rey gewollt hatte. Er mochte ja recht haben, aber der Gedanke, Grigán, Corenn, Bowbaq, Léti und Yan zu verlassen, trieb ihr die Tränen in die Augen, und eine Trennung von Reyan wäre nicht minder schmerzhaft.

Am fünften Tag, als sie sich dem Col'w'yr, dem Grenzfluss des Königreichs Thalitt, näherten, löste Lana das Versprechen ein, das sie ihrem Vater gegeben hatte, und verbrannte Maz Achems Tagebuch. Die Gefährten nahmen an der Zeremonie teil und sprachen ihr tröstend zu, ohne zu wissen, dass Lana noch aus einem anderen Grund trauerte.

Die Zerstörung des Tagebuchs, das ihre Suche versinnbildlichte, hatte für Lana eine tiefere Bedeutung.

Die Maz ahnte das Ende ihrer gemeinsamen Reise voraus.

Grigáns und Reys Pläne waren die Vorboten einer Trennung. Bald würden die Gefährten verschiedene Wege einschlagen.

Während die Erben durch Thalitt geritten waren, hatte Grigán seine Wachsamkeit verdoppelt, und wundersamerweise hatten sie jede Begegnung mit Einheimischen vermeiden können. Natürlich erspähten sie hin und wieder den Rauch von Kaminen in der Ferne. Natürlich sahen sie Weiler, Dörfer und selbst Dorfleute, doch sie schlugen stets einen großen Bogen um sie. Ausnahmsweise kam ihnen der bevorstehende Krieg zugute: So, wie die Erben unbemerkt bleiben wollten, fürchteten sich auch die Thaliten vor wallattischen Eindringlingen und blieben meist in ihren Häusern.

Doch bis zum Tag des Bären waren es nun nur noch vier Tage. Umwege und lange Ritte in die falsche Richtung konnten sie sich nicht mehr leisten. Nachdem sie den Col'w'yr auf einer Furt durchquert hatten, wagte es Grigán, den direkten Weg einzuschlagen, da die Solenische Föderation offenbar von den Kriegen ihrer Nachbarn verschont geblieben war.

Ihnen fiel auf, wie rückständig die Länder des Ostens im Vergleich zu den Oberen Königreichen waren. Die Wege waren selten befestigt und manchmal kaum zu erkennen. Es gab nur wenige Häuser aus Stein, und alle Dörfer waren von einer hohen Palisade aus Rundhölzern umgeben, was von häufigen Überfällen zeugte.

Ähnlich wie in den Unteren Königreichen herrschte in den Ländern des Ostens eigentlich ständig Krieg. Doch nur selten waren ganze Länder darin verwickelt. Meist brachen Scharmützel zwischen größeren Dörfern oder einzelnen Provinzen aus. Dass jemand Krieger verschiedener Stämme zu einer Armee versammelte, so wie Saat es mit den Wallatten getan hatte, war etwas Neues.

Wenn dem schwarzen Magier dieses Kunststück gelungen war, konnte er seine Armee dann nicht auch zum Sieg führen? Vielleicht waren die Goroner etwas zu blauäugig, wenn sie glaubten, das Tal der Krieger verteidigen zu können, dachte Grigán. Andererseits wusste Saat, der ja selbst aus dem Großen Kaiserreich Goran stammte, gewiss um die Gefahren eines Kriegs zwischen der wallattischen und der goronischen Armee. Hatte er einen anderen Plan? Wenn ja, welchen?

Haltlose Vermutungen brachten ihn jedoch nicht weiter. Auch in den nächsten Tagen fiel ihm kein Ausweg aus ihrer hoffnungslosen Lage ein. Doch als die Erben das Land Oo erreichten, hatte er ohnehin keine Zeit mehr, sich den Kopf zu zerbrechen. Nun musste er andere Schwierigkeiten bewältigen.

Am Vorabend des Tags des Bären erreichten sie den Wald der Baumriesen, was an sich schon ein kleines Wunder war. Grigán hatte sie nur mithilfe seines Kompasses und der Erinnerung an ein paar Landkarten geführt, auf die er einen flüchtigen Blick geworfen hatte. Die anderen gratulierten ihm überschwänglich. Allerdings waren sie noch längst nicht am Ziel, ganz im Gegenteil – das Schwierigste stand ihnen noch bevor.

»Wir müssen die Pforte unbedingt vor morgen Abend finden«, sagte Corenn. »Wenn Achem die Wahrheit sagt, müsste die Pforte in Erinnerung an Pal'b'rees Reise im letzten Jahrhundert aufscheinen.«

»Und wenn sie das nicht tut?«, fragte Rey zum unzähligsten Mal.

»Dann müssen wir auf ihren Wächter warten und hoffen, dass er nicht die ganze kalte Jahreszeit verschläft, so wie Nol es angedeutet hat.«

»Vor allem müssen wir darauf hoffen, dass nicht *er* auf *uns* wartet!«, sagte Rey und verzog das Gesicht zu einer grässlichen Fratze.

Sie begannen sogleich mit der Suche und ritten aufs Geratewohl in den Schatten der Bäume hinein. Der Wald verdankte seinen Namen der Tatsache, dass die meisten Bäume über dreißig Schritte hoch waren und jeder Mensch neben ihnen wie ein Zwerg aussah.

Wie Bowbaq ihnen erklärte, bestand der Wald hauptsächlich aus Rindenbäumen, die auch im Weißen Land heimisch waren. Doch im Wald der Baumriesen wuchsen noch zahlreiche andere Arten: Neben Lenostern, Eterbirken und Klangfichteln, aus denen Vigolen gebaut wurden, entdeckten die Gefährten rund zehn weitere Baumarten, die ihnen unbekannt waren. Aber so erging es ihnen bereits seit dem Tal der Krieger. Selbst die Natur schien den Unterschied zwischen den Oberen Königreichen und den Ländern des Ostens betonen zu wollen. Yan hätte sich nicht gewundert, wenn er ein fliegendes Margolin gesehen hätte.

Während die Baumwipfel in üppigem Grün leuchteten, war der Boden um die Wurzeln herum kahl. Abgesehen von verschiedenen Pilzen und dichtem Moos machten keine Gewächse den Bäumen ihren Platz streitig. Fünf Schritte über der Erde verflochten sich Äste, Zweige und Blätter zu einem schier undurchdringlichen Netz, das zudem von einer vermehrungsfreudigen Schlingpflanzenart überwuchert wurde. Als die

Erben immer tiefer in den Wald eindrangen, schien die Decke aus üppiger Vegetation schwer auf ihnen zu lasten.

»Selbst bei Regen bleibt der Boden vermutlich trocken«, sagte Bowbaq und versuchte vergeblich, einen Blick auf den Himmel zu erhaschen.

»Da oben dürfte es vor Leben nur so wimmeln«, sagte Yan. »Insekten, Vögel ... Miff hätte ihren Spaß«, sagte er grinsend.

Natürlich hatte keiner die Absicht, das Mausäffchen auszusetzen, ganz davon abgesehen, dass Miff das nicht mit sich hätte machen lassen.

»Seht Euch mal diesen Stamm an!«, rief Rey und zeigte auf einen gewaltigen Rindenbaum. »Wenn man ihn aushöhlt, könnte man bequem darin wohnen!«

»Vielleicht wohnt der Lindwurm ja in einem hohlen Baum«, sagte Léti. »Was glaubt Ihr eigentlich, wie er aussieht?«

»Ich glaube, er sieht aus wie Grigán«, antwortete Rey prompt. »Nur schöner und mit einem Schnurrbart.«

»Ha, ha, sehr witzig«, brummte der Krieger missmutig.

Létis Bemerkung hatte Corenn auf eine Idee gebracht.

»Wie mag die Pforte wohl aussehen?«, fragte sie. »Die auf Ji befindet sich in einer Höhle, aber hier dürfte es weit und breit keine Höhle geben. Der Sohonische Bogen wiederum ist aus Stein. Vielleicht ist die Pforte des Landes Oo ja in einen Baum geschnitzt?«

»Das kann ich mir nicht vorstellen«, sagte Grigán. »Alle Pforten, die wir kennen, sind für die Ewigkeit geschaffen.«

»Rindenbäume können sehr, sehr alt werden«, warf Bowbaq ein, der froh war, auch einmal etwas beitragen zu können. »Und wenn sie absterben, wird das Holz so hart, dass es nur durch Feuer zerstört werden kann.«

»Ich möchte nicht wissen, was passiert, wenn hier ein Feuer ausbricht«, sagte Rey. »Die Schlingpflanzen sind knochentrocken und überwuchern sämtliche Bäume. Der Wald würde brennen wie Zunder.«

»Wir dürfen nicht vergessen, dass es sich um magische Pforten handelt«, sagte Corenn. »Sie sind von göttlicher Hand erschaffen. Als solche dürften sie über eine gewisse Widerstandskraft verfügen. Eine Art Schutz.«

»Den Schutz ihres Ewigen Wächters«, ergänzte Lana. »Der Lindwurm passt vermutlich auf, dass im Land Oo kein Feuer ausbricht.«

Zum Glück hatten sie bislang weder Fackeln noch Laternen entzündet, obwohl kaum Licht durch die dichte Pflanzendecke drang.

»Wenigstens wissen wir jetzt, wie wir ihn anlocken können«, sagte Grigán.

»Jedenfalls wenn uns nicht daran gelegen ist, Freundschaft mit ihm zu schließen«, versetzte Rey sarkastisch.

»Wenn sich die Pforte in einem Baum befindet, dürfte es nicht lange dauern, sie zu finden«, sagte Léti glücklich. »Es muss sich um einen der größten Bäume handeln.«

»Leider können wir von hier unten nicht erkennen, wie hoch die Bäume sind«, sagte Corenn bedauernd und starrte zu dem wild wuchernden Pflanzenreich hinauf. »Und sie sind zu groß, um an ihnen hochzuklettern.«

»Nicht für Miff«, sagte Yan vorsichtig. Er ahnte schon, wie Corenns Antwort lauten würde.

»Auf keinen Fall! Du wirst nicht deine Gesundheit aufs Spiel setzen, nur um nach einem Baum Ausschau zu halten! Du kannst so oft Gedanken lesen, wie du willst, aber von diesem Tiefen Geist will ich nichts mehr hören!«

Er nickte mit einer Mischung aus Enttäuschung und Erleichterung. Es war ein äußerst unangenehmes Gefühl gewesen, von einem fremden Körper Besitz zu ergreifen. Das wollte er nicht so bald wieder erleben.

»Ich glaube sehr wohl, dass man auf einen der Bäume klettern kann«, sagte Rey. »An den Schlingpflanzen kann man sich gut festhalten, und es gibt genug Äste, auf die man die Füße stellen kann. Außerdem haben wir doch ein Seil, nicht wahr?«

Er zügelte sein Pferd, stieg ab und streckte sich, um seine Muskeln zu lockern. Yan reichte ihm das Seil, dass er auf Usuls Insel benutzt hatte, und empfand dabei vage Furcht. Obwohl er alles andere als abergläubisch war, begann er, auf seine Vorahnungen zu achten. In den zwei Monden ihrer abenteuerlichen Reise hatte er viel gelernt. Genau dieses Gespür hatte sich Grigán in den vergangenen zwanzig Jahren zugelegt.

»Reyan, Ihr wollt doch nicht etwa allein dort hoch?«, rief Lana.

»Jedes Mal, wenn wir in einer Herberge übernachteten, träumte ich davon, diese Worte von Euch zu hören«, scherzte er. »Und ausgerechnet jetzt, im ungünstigsten Moment, fangt Ihr damit an …«

Die anderen stiegen nun ebenfalls ab und sahen ihrem Freund bei seinen Vorbereitungen zu. Im Grunde beschränkte er sich darauf, überflüssigen Ballast abzulegen und sich das Seil fest um den Oberkörper zu knoten.

»Wartet auf mich, bevor Ihr Saat tötet!«, rief er zu ihnen herunter, während er sich an dem Stamm hochzog. Sechs Schritte weiter oben verschwand er aus dem Blickfeld seiner Freunde.

Wie vermutet, bereitete das Klettern Rey keinerlei Schwierigkeiten. Es erinnerte ihn an seine nächtlichen Ausflüge in Lorelia, als er im Haus seiner Familie aus dem Fenster geklettert und über den Hof geschlichen war. Zumindest war die Wahrscheinlichkeit gering, hier über die Leiche seines Cousins zu stolpern, dachte er.

Obwohl er gern prahlte, war er alles andere als leichtsinnig, und so achtete er sorgfältig darauf, das Seil alle vier bis fünf Schritte an einen dicken Ast zu knoten. So kam er zwar nur langsam voran, aber zumindest würde er nicht bis zum Waldboden hinabstürzen, falls er abrutschte oder das Gleichgewicht verlor.

Anfangs hatte er sich noch mit den anderen unterhalten, doch irgendwann war das Gespräch von selbst abgerissen. Außerdem brauchte Rey all seinen Atem. Zwar gab es genug Äste und Schlingpflanzen, an denen er sich festhalten konnte, doch die Kletterpartie kostete ihn trotzdem viel Kraft.

In ungefähr fünfzehn Schritten Höhe schienen sich die Schlingpflanzen endlich zu lichten. Mit Entsetzen musste er gleich darauf jedoch feststellen, dass sie immer dichter wurden. Bald geriet er in eine regelrechte Sackgasse, aus der er sich nur mithilfe des einzigen Dolchs, den er mitgenommen hatte, befreien konnte.

Eine Ebene höher tummelte sich das Leben. Hier bildeten die Pflanzen einen unebenen Teppich, in dem sich Insekten, Vögel, Nagetiere und sogar einige Reptilien eingenistet hatten. Als Rey über ihre Welt hereinbrach, ergriffen die Bewohner die Flucht.

Er unterdrückte seinen Ekel und kletterte immer weiter hinauf, womit er für Aufruhr unter dem Getier sorgte, das in dieser luftigen Höhe lebte. Die widerlichsten Tiere waren kleine, scheue Schlangen, die sich zwischen den Blättern verbargen, und zahlreiche Insekten, die nichts Besseres zu tun hatten, als Rey ins Gesicht zu fliegen. Doch nachdem er eine Weile wild mit seinem Dolch herumgefuchtelt und zahlreiche Flüche ausgestoßen hatte, erreichte Rey endlich einen Punkt, von dem aus er die Umgebung überblicken konnte.

Im ganzen Land Oo sah er keine Anzeichen für menschliche Besiedlung. Nirgends stieg Rauch auf, und es waren keine Häuser zu erkennen, nicht einmal Ruinen aus vergangenen Zeiten. Andererseits standen die Bäume so hoch, dass er es nicht mit Sicherheit sagen konnte. Irgendwo dort unten musste sich zumindest die Ruine eines Bergfrieds befinden. Und in seiner Nähe die Pforte ins Dara.

Leider gab es Unmengen von Bäumen, die groß genug waren, um infrage zu kommen. In seiner Verzweiflung blieb Rey nichts übrig, als sich den Standort von einigen in der näheren Umgebung einzuprägen, indem er sich merkte, wie sie zur Sonne standen.

In diesem Moment spürte er einen stechenden Schmerz in der Wade. Eine Schlange biss ihn mit der ganzen Kraft ihrer Kiefer ins Bein. Es handelte sich nicht etwa um eine dieser kleinen grünen, braunen oder grauen Schlangen, die bislang vor ihm geflohen waren, sondern um ein langes, armdickes Reptil mit einem seltsamen Kragen am Hals, das ihn mit kalten Augen anstarrte.

Rey beugte sich nach unten, wobei er fast das Gleichgewicht verloren hätte, und rammte ihm seinen Dolch in den Kopf, während er vor Schmerzen die Zähne zusammenbiss. Wenn er keine Stiefel getragen hätte, hätte das Tier ihm den Knochen zermalmt.

Trotz der klaffenden Wunde im Kopf wand die Schlange ihren schuppigen Körper um Reys Fuß. Er strampelte heftig, um sie abzuschütteln.

Plötzlich hörte er ein lautes Rascheln.

Ein einziger Blick reichte aus, um ihn eine Entscheidung treffen zu lassen. Von links und rechts und vorn und vermutlich auch von hinten glitten mehrere dieser seltsamen Kragenschlangen auf ihn zu. Rey sah mindestens fünf, doch es konnten genauso gut dreißig sein.

Mit den Füßen voran sprang er in das dichte Netz aus Schlingpflanzen und durchschlug zwei Ebenen, bevor ihn das Seil um die Brust mit einem Ruck bremste. Mit zerkratztem und zerschundenem Körper und der Schlange um den Fuß, die sich in seiner Wade verbissen hatte, säbelte er hastig das Seil durch und ließ sich die letzten fünfzehn Schritte, die ihn vom Boden trennten, fallen, ohne irgendwo Halt zu suchen.

Er plumpste seinen erschrockenen Freunden vor die Füße und rollte sich ab. Beherzt packte Grigán die Schlange am Kragen, und Léti hebelte ihr mit einem Dolch die Kiefer auseinander. Zum Glück lebte das Reptil nicht mehr. Im Tod hatten sich seine Kiefermuskeln zusammengekrampft.

Unter Stöhnen zog sich Rey den Stiefel vom Fuß, während mehrere Nagetiere und Insekten, die er bei seinem Sturz mit sich gerissen hatte, panisch die Flucht ergriffen.

Die Wunde war tief, wenn man bedachte, dass sich die Schlange erst durch den Lederstiefel hatte beißen müssen. Jedenfalls hatte sie ihre Zähne in die Haut gebohrt, und aus der Wunde rann Blut.

»Eine Schlange mit richtigen Zähnen!«, wunderte sich Bowbaq, als er den Kadaver des Reptils untersuchte. »Wie seltsam!«

»Als wäre sie eine Art Raubfisch …«, ergänzte Yan und gesellte sich zu seinen Freunden, die den Verletzten umringten.

Corenn untersuchte Reys Wunde sorgfältig. Die Haut hatte sich nicht verfärbt, also schien der Biss nicht giftig gewesen zu sein.

»Es geht schon, Corenn«, sagte Rey. »Ich glaube, ich habe vor allem einen Riesenschreck bekommen«, gestand er. »Macht Euch keine Sorgen.«

Während Lana die Wunde verband, betrachtete er das undurchdringliche Pflanzengewirr über ihren Köpfen. Wie viele dieser Kragenschlangen mochten sich darin verbergen? Und welche anderen Gefahren lauerten in den Bäumen?

Die ersten Baumriesen, die sie untersuchten, waren eine Enttäuschung. Da sie durch Reys Unfall Zeit verloren hatten und die Nacht unter dem grünen Dach aus Schlingpflanzen noch schneller hereinzubrechen schien als anderswo, verschoben sie die Suche auf den nächsten Tag und hofften, dass sie dann mehr Glück haben würden.

Trotz der Kälte, die vom Boden heraufkroch, verbot Corenn ihnen, Feuer zu machen oder auch nur eine Laterne anzuzünden. Selbst wenn die Wahrscheinlichkeit, damit den Lindwurm anzulocken, gering war, durften sie kein Risiko eingehen.

So fanden sie erst spät in der Nacht Schlaf, als die Müdigkeit endlich ihre vor Kälte tauben Glieder besiegte. In der undurchdringlichen Finsternis lagen sie dicht aneinandergeschmiegt. Das Licht der Sterne vermochte das Pflanzendickicht nicht zu durchdringen, und im ganzen Wald raschelte, knackte, wisperte, quiekte, tapste und knabberte es, während Nachtvögel auf Beutejagd gingen und rastlose Insekten durch die Luft sirrten.

»Vielleicht ist das unsere letzte Nacht in dieser Welt«, flüsterte Yan, teils zu sich selbst, teils zu Léti.

»Was redest du da?«, fuhr sie ihn an. »Wir werden nicht sterben. Erst wenn wir alt sind.«

»Nein, ich meine … Morgen Abend sind wir vielleicht schon im Jal'dara. Wir werden Göttern begegnen, Léti.«

»Du bist doch schon einem begegnet«, stellte sie ungerührt fest.

»Ja, aber …«

Er ließ die Sache auf sich beruhen. Schließlich war er der Einzige, der wusste, welche Gefühle eine solche Begegnung auslöste.

In der Kinderstube der Götter würden diese vermutlich noch um ein Vielfaches stärker sein.

Am nächsten Morgen waren sie wie gerädert. Sie brachen schon bei Sonnenaufgang auf, denn dieser Tag würde über ihre Zukunft entscheiden.

Seit über einer Dekade hatten sie mit keinem Fremden mehr gesprochen, und fast ebenso lang hatten sie keine anderen Menschen zu Gesicht bekommen. Das öde und eintönige Land Oo, das zugleich stumm und voller Geräusche war, hielt ihnen ihre Einsamkeit wie einen Spiegel vor. Im Wald der Baumriesen konnte man nicht einmal genau sagen, ob es gerade Tag oder Nacht war. Die Erben schienen durch einen Albtraum zu wandeln.

Wie am Vortag ritten sie los und versuchten, die Baumriesen zu finden, deren Standort sich Rey eingeprägt hatte. Doch nach mehreren Enttäuschungen verloren sie zusehends den Mut. Außerdem wurde es immer schwieriger, sich zu orientieren, denn sie entfernten sich weiter und weiter von ihrem Ausgangspunkt.

Gegen Mit-Tag hatten sie immer noch keine Ruine gefunden. Sie aßen hastig eine Kleinigkeit und nahmen ihren Irrritt durch den Wald wieder auf. In den wenigen Dekanten, die ihnen noch bis zum Einbruch der Dunkelheit blieben, wollten sie so viele Bäume wie möglich überprüfen.

»Wenn sich die Pforte öffnet, müsste wie auf Ji ein grelles Licht aufleuchten«, sagte Léti einer plötzlichen Eingebung folgend. »Vielleicht sollte einer von uns noch einmal auf einen Baum klettern und nach dem Licht Ausschau halten.«

»Niemand klettert hier mehr auf irgendwelche Bäume«, sagte Grigán. »Es sei denn, ich befehle es.«

»Und selbst wenn wir das Licht sehen würden, könnten wir die Pforte vielleicht gar nicht rechtzeitig erreichen«, fügte Corenn hinzu, um die Enttäuschung ihrer Nichte zu mildern.

Die Zeit verging, und ihre Suche blieb erfolglos. Ohne Grigáns Kompass hätten sie geglaubt, im Kreis zu reiten, so sehr glichen die Bäume einander. Sie bemühten sich zwar, den Wald systematisch zu durchforsten, doch dafür war er im Grunde viel zu groß.

Im fünften Dekant, als sich die Sonne unaufhaltsam dem Horizont zuneigte, wurden die Schlingpflanzen über ihnen plötzlich von einer heftigen Bewegung erschüttert, und es ertönte ein lautes Rascheln und Knacken. Bis die Erben zur Seite gesprungen waren und ihre Schwerter gezogen hatten, war der Spuk bereits wieder vorbei.

Sie standen reglos da und starrten auf das Gewirr aus Zweigen und Ästen. Doch im Land Oo war wieder Stille eingekehrt.

»Vermutlich haben wir nur irgendein Tier aufgescheucht«, sagte Corenn.

Sie ritten langsam weiter und fragten sich, was für ein Tier wohl einen solchen Krach machte. Die Schlingpflanzen waren zäh und hielten mühelos das Gewicht eines erwachsenen Menschen aus. Der Gedanke, dass ein Tier von dieser Größe über ihren Köpfen hauste, war beängstigend.

»Der Bergfried!«, rief Bowbaq plötzlich aus. »Da ist er! Wir haben die Ruine gefunden!«

Die Gefährten lenkten ihre Pferde an seine Seite. Der Riese, auf dessen Schulter wie immer Miff saß, strahlte über das ganze Gesicht. Tatsächlich erspähten sie zwischen den Bäumen die verwitterten Steine eines verfallenen Turms.

»Die Pforte muss ganz in der Nähe sein«, rief Lana aufgeregt. »*Wir sind da!*«

»Immer mit der Ruhe«, dämpfte Grigán ihre Begeisterung, obwohl er geneigt war, sich von der Freude seiner Freunde anstecken zu lassen. »Von nun an müssen wir doppelt wachsam sein. Vergesst nicht, dass wir vielleicht erwartet werden.«

Den Erben gelang es, sich so weit zu beherrschen, dass sie schwiegen, auch wenn ihre Gesichter vor Freude strahlten.

»Wir dürfen die Ruine nicht aus den Augen verlieren«, fuhr Grigán fort. »Wir werden in immer größeren Kreisen um den Turm herumreiten, bis wir die Pforte gefunden haben.«

»Wollt Ihr Euch den Turm etwa nicht ansehen?«, fragte Rey verblüfft.

»Doch. Aber vielleicht haust dort der Lindwurm. Bei der Vorstellung vergeht mir die Neugier.«

Mit leisem Bedauern verzichteten die Erben darauf, sich die Ruine anzusehen, nach der sie so lange gesucht hatten, und folgten Grigáns Anweisung. Als Léti ihr Rapier zur Hand nahm, zog auch Yan sein Schwert, und Rey folgte ihrem Beispiel.

Die erste Runde um den Turm legten sie mit einer Mischung aus Vorfreude und Anspannung zurück. Beim zweiten Mal blieb nur noch die Anspannung. Bei der dritten Runde verloren sie die Ruine aus den Augen und mussten sich wieder nach Grigáns Kompass richten.

Yan begann sich zu fragen, ob ihn seine Erinnerung an das romische Manuskript nicht täuschte und die Pforte sich vielleicht überhaupt nicht in der Nähe des Turms befand. Und was hieß überhaupt »in der Nähe«? Falls die anderen von ähnlichen Zweifeln geplagt wurden, verloren sie jedenfalls kein Wort darüber.

Sie entdeckten die Pforte alle im gleichen Moment. Sie war so imposant, dass man sie eigentlich nicht übersehen konnte. Allerdings war sie hinter zwei jahrhundertealten Lenostern verborgen.

Die Pforte war in einen mindestens vierzig Schritte hohen Rindenbaum geschnitzt. Sie selbst war mehr als zwanzig Schritte hoch und acht Schritte breit: größer als ein Haus.

Grigán ritt in den Durchgang hinein und strich über die ethekischen Zeichen in dem trockenen Holz. Es waren die gleichen wie auf der Insel Ji. Die gleichen wie in Sohon. Die Pforte von Oo war die dritte, die der Krieger sah. Er hoffte inständig, dass es ihm diesmal gelingen würde, sie zu durchschreiten.

Die anderen stiegen ab und betrachteten die Pforte voller Ehrfurcht. Lana, die zum ersten Mal einem greifbaren Beweis für das Abenteuer ihrer Vorfahren gegenüberstand, wurde von ihren Gefühlen überwältigt und schluchzte auf.

»Seht Ihr, ein Feuer könnte ihr vermutlich nicht viel anhaben«, sagte Rey unbeholfen und legte der Priesterin tröstend einen Arm um die Schultern.

»Und was machen wir nun, Freundin Corenn?«, fragte Bowbaq.

»Wir warten, bis es Nacht wird«, antwortete sie, ohne zu zögern. »Und halten uns bereit.« *Und wir beten,* setzte sie in Gedanken hinzu.

Denn falls der Ewige Wächter beschloss, sich ihnen zu zeigen, würden sie viel mehr verlieren als nur eine Dekade ihrer Lebenszeit.

Niemand verspürte Hunger, und so verzichteten sie auf das Abendessen. Andererseits wäre es eine willkommene Ablenkung gewesen, etwas zu essen. Denn die Zeit wurde ihnen lang, und es schien ewig zu dauern, bis die Sonne vollständig hinter dem Horizont verschwunden war.

Vor allem Yan erging es so. Er wusste, dass der Erfolg ihres Vorhabens allein von ihm abhing. Was, wenn er sich irrte, was Usuls Geschenk betraf? Was, wenn sich die Pforte in dieser Nacht nicht öffnete und all ihre Hoffnungen vergebens waren?

Seine Gefährten legten ihre Waffen nicht mehr aus der Hand, und selbst Bowbaq hielt seinen Streitkolben ständig umklammert. Grigán hatte Corenn einen Dolch in die Hand gedrückt, und Lana nahm widerstrebend Reys Armbrust an sich. Auch Yan trug sein Schwert am Gürtel. Doch er wusste, dass ihre Waffen gegen den Ewigen Wächter nichts würden ausrichten können, falls dieser so furchteinflößend war wie der Leviathan, den Achem beschrieben hatte.

Bei jedem Knacken und verdächtigen Rascheln zuckten sie zusammen, doch zumeist wurden die Geräusche von den Pferden verursacht, die sie frei gelassen hatten. Die Tiere streiften im Wald umher, knabberten an Moos und niedrigen Zweigen und entfernten sich dabei immer weiter. Sollte es den Erben gelingen, die Pforte zu durchschreiten, würden sie die Pferde ohnehin nicht mehr brauchen. Andernfalls hätten sie genug Zeit, sie wieder einzufangen.

Ihr Gepäck hatten sie am Fuß des uralten Rindenbaums abgelegt. Ihnen war klar, dass sie es nicht mitnehmen konnten, falls sie vor dem Lindwurm fliehen mussten. So trugen die Erben alles, was ihnen unersetzlich schien, am Körper. Es war ein seltsamer Anblick: Grigán war von Kopf bis Fuß bewaffnet, und Lana hielt ihr Exemplar des Buchs der Weisen in der Hand. So streiften sie um die Pforte herum, nicht anders als ihre Pferde.

Die nächtliche Kälte trieb sie bald dazu, sich dicht aneinanderzudrängen, wie schon in der Nacht zuvor. Doch diesmal blieben sie stehen. Müdigkeit verspürte keiner von ihnen.

»Vielleicht könnten wir doch ein kleines Feuer entzünden«, sagte Rey zähneklappernd. »Das wird doch niemanden umbringen.«

»Vielleicht schon«, schmetterte Grigán den Vorschlag ab. »Wir müssen einfach abwarten.«

Während er in der finsteren Kälte inmitten seiner Freunde stand, ging Yan abermals durch den Kopf, wie seltsam das Leben doch war. Er hätte nie gedacht, dass er eines Tages die Grenze zu den Ländern des Ostens überqueren würde, und nun befand er sich nicht nur mitten im Land Oo, sondern wartete auch noch darauf, dass sich eine magische Pforte öffnete, während er zugleich hoffte, dem unsterblichen Ungeheuer zu entkommen, das sie bewachte.

»Ich habe etwas gehört«, sagte Léti plötzlich.

Corenn fuhr herum und starrte auf die Pforte, doch nichts geschah.

Es handelte sich nicht um das Pfeifen, das dem Öffnen der Pforte vorausging.

»Nein, nein!«, rief die junge Frau. »In den Bäumen.«

Auch die Pferde hatten etwas bemerkt. Sie hoben die Köpfe, verharrten einen Moment reglos und ergriffen dann die Flucht, angetrieben vom Urinstinkt aller Tiere: dem Drang zu überleben.

Grigán nahm den Bogen, der ihm von der Schulter hing, und zielte mit einem Pfeil auf die umliegenden Wipfel. Seltsamerweise hatten die Schlingpflanzen den Rindenbaum mit der Pforte verschont. Nur um die obersten Äste wanden sich einige Ranken. Die Nachbarbäume hingegen waren wie der Rest des Waldes vollkommen überwuchert.

In der nun folgenden Stille glaubten alle, ihre Herzen schlagen zu hören. Und schon ging es wieder los: Blätter raschelten, und Äste knackten unter der Last eines gewaltigen Körpers, der sich flink fortbewegte.

»Der Ewige Wächter«, raunte Lana.

»Still!«, sagte Grigán tonlos.

Er versuchte zu erahnen, wo sich das Ungeheuer verbarg, und in der Dunkelheit blieb ihm nur sein Gehör.

Links von ihm brach ein Ast, dann gegenüber, und gleich darauf rechts. Wieder gegenüber? *So schnell kann er sich doch nicht fortbewegen,* dachte er verwirrt. *Vielleicht sind es mehrere …*

Als er die Ohren noch ein wenig mehr spitzte und aufmerksam das Geraschel verfolgte, das sich rasch durch das Pflanzendach bewegte, kam ihm ein Gedanke.

»Eine Schlange!«, flüsterte er. »Der Ewige Wächter ist eine verfluchte Schlange.«

Seinen Gefährten lief ein Schauer über den Rücken. Die Vorstellung, dass ein Ungeheuer in Schlangengestalt durch die verschiedenen Ebenen aus Schlingpflanzen glitt, versetzte sie in Angst und Schrecken. Das Riesenreptil war die Königin dieses Waldes, und die Bäume trugen mühelos ihr Gewicht, das sich auf einen zehn Schritte langen Körper verteilte.

Voller Entsetzen hörten sie, wie das Geräusch immer näher kam.

Der Lindwurm schlängelte sich auf sie zu.

»Grigán, vielleicht könnten wir jetzt doch ein kleines Feuer machen«, sagte Rey heiser.

Plötzlich ertönte ein schrilles Pfeifen, das immer mehr anschwoll, bis es ihnen in den Ohren dröhnte. Hinter den Erben erschien ein kleiner Lichtpunkt unter der Pforte und warf einen schwachen Schimmer auf Bowbaq, der damit beschäftigt war, zwei Feuersteine aneinanderzuschlagen.

Ein Funke sprang aus seinen Händen und entzündete den kleinen Haufen trockener Zweige, den sie aufgeschichtet hatten.

Das Licht der Pforte wurde heller, bis sie regelrecht von ihm geblendet wurden. Die Baumriesen im Umkreis bogen sich wie Grashalme im Wind.

Bowbaq blies auf das zarte Flämmchen, das etwas größer wurde.

Das Licht der Pforte verblasste und wich einem Nebel. Mit zugeschnürter Kehle trat Yan vor die wabernde Fläche.

Grigán spannte einen Pfeil in die Sehne, ohne die Bäume aus den Augen zu lassen.

Aus der zögerlichen Flamme entstanden mehrere andere, größere, gierigere. Bowbaq fütterte sie mit kleinen Zweigen, zitternd vor Angst und Kälte, völlig vertieft in seine Aufgabe.

Der Nebel der Pforte lichtete sich, und dahinter erschien eine Gebirgslandschaft.

Die Spitze eines präparierten Pfeils entzündete sich in den Flammen.

Der Pflanzenvorhang teilte sich, und heraus schoss der Ewige Wächter.

Die Erben wichen einen Schritt zurück und unterdrückten einen Entsetzensschrei. Yan musste seine ganze Willenskraft aufbieten, um sich weiter auf die Pforte zu konzentrieren, und Rey hätte beinahe sein Rapier fallen lassen.

Die Schlange ähnelte derjenigen, die Rey gebissen hatte. Nur war dieses Exemplar zwanzigmal, vielleicht sogar dreißigmal größer.

Das Ungeheuer riss das Maul auf und fauchte bedrohlich. Man hätte meinen können, es wollte sie alle auf einmal verschlingen. Aber noch war es fünfzehn Schritte entfernt.

Das Bild der Landschaft hinter der Pforte wurde klarer. *Das Jal'dara,* dachte Yan bewegt. *Wir sind da.*

Der Lindwurm glitt über den Boden und reckte den Kopf zwei

Schritte in die Luft. Der Rest seines Körpers war immer noch zwischen den Bäumen verborgen.

Ein Riesenungeheuer, dachte Corenn. *Und es ist wütend.*

Das Ungetüm stellte seinen Kragen auf und fauchte erneut. Dabei kam es weiter auf sie zu, immer schneller.

»Beeil dich, Yan!«, flehte Lana.

Yan hob eine zitternde Hand vor das Gesicht und betrachtete die andere Welt durch seine Finger. Sie schien so nah … Hätte er nicht das seltsame Gefühl gehabt, sie durch eine Wasseroberfläche zu betrachten, wäre die Illusion perfekt gewesen.

Er streckte die Hand aus und spürte nichts. Doch in der Finsternis konnte er den Abstand nicht richtig einschätzen, und so fragte er sich, ob er vielleicht noch zu weit von der Pforte entfernt war. Langsam trat er einen Schritt vor.

Und war im Jal'dara.

Grigán zielte eine ganze Weile mit dem brennenden Pfeil auf das Untier. Doch die Waffen der Sterblichen beeindruckten den Ewigen Wächter nicht. Schließlich hob der Krieger den Bogen und schoss in die Luft. Der Pfeil zog eine glühende Bahn durch die Schlingpflanzen, die den Wald der Baumriesen im Land Oo beherrschten.

Der Lindwurm hielt inne und richtete sich auf, um den Weg des Pfeils zu verfolgen. Dann glitt er noch wütender als zuvor auf Grigán zu.

Der Krieger spannte die brennenden Pfeile, die Corenn ihm reichte, in Windeseile in die Sehne und schoss einen um den anderen ab. Léti tat es ihm gleich, und nach kurzer Zeit hatten sie in dem trockenen Wald mehrere Brandherde entfacht. Dann gab Grigán Léti das Zeichen, den Bogen zu senken. Wie abgesprochen, löschte Rey ihr Feuer mit Wasser aus einem Trinkschlauch.

Der Lindwurm war nur noch fünf Schritte von ihnen entfernt. Er richtete sich nun mit dem Drittel seines Körpers auf und überragte die Sterblichen bedrohlich. Die Erben wichen langsam zurück, doch das war nicht mehr nötig. Der Ewige Wächter war abgelenkt: Er betrachtete die gierigen Flammen, die ringsumher loderten. Das Untier sah ein letztes Mal auf sie hinunter, warf einen kurzen Blick auf die Landschaft hinter der Pforte und glitt dann zurück in den Wald, um sein Reich zu retten.

»Yan ist verschwunden!«, rief Léti plötzlich.

Die Erben versammelten sich unter dem jahrhundertealten Rindenbaum und betrachteten die Kinderstube der Götter. Wie jedes Mal empfanden sie eine eigentümliche Verzauberung und Sehnsucht beim Anblick dieser Landschaft, die doch genauso aussah wie ihre Welt.

Auf einmal erschien Yan wieder vor ihnen, mit einem Lächeln auf den Lippen und einem Leuchten im Gesicht. Er war nicht allein.

»Willkommen«, sagte Nol und reichte ihnen durch die Pforte die Hand. »Willkommen zu Hause.«

Kinder der Ewigkeit

In meinem zweihundertjährigen Leben habe ich so viele Namen getragen, dass ich mich nicht mehr an alle erinnern kann. Wie viele mögen es erst in zwanzig Jahrhunderten sein? Oder in dreißig? In tausend?

Im Grunde ist mir das so egal wie der pelzige Hintern eines Margolins. Wichtig ist nur, dass ich so lange leben werde. Alles andere ist belangloses Geschwätz.

Als Kind riefen mich meine Eltern je nach Laune Maajo oder Maako. Mein Hauslehrer und die Diener nannten mich »gnädiger Herr von Kermond«. Mein erster Magiemeister wiederum gab mir den Beinamen »der Ökonom«. Hätte ich damals gewusst, dass mich dieser alberne Name mein ganzes sterbliches Dasein lang begleiten würde, hätte ich mir diesen bärtigen Dummkopf mit seinen lächerlichen Moralvorstellungen viel früher vom Hals geschafft.

Mein zweiter Meister sprach kaum mit mir, herrschte mich dafür aber umso häufiger an und warf mir allerlei Schimpfwörter und Beleidigungen an den Kopf. Die Meister des Feuers pflegen ihre Schüler Unterwürfigkeit zu lehren. Ich ertrug seine Demütigungen, bis er mir nichts mehr beibringen konnte. Rache ist süß …

An der Kaiserlichen Akademie wurde ich dann nur noch »Kermond« genannt. Manchmal musste ich dumme Spitznamen wie »Kehrbesen«, »Kehrblech« oder Ähnliches über mich ergehen lassen. Es war mir ein Rätsel, wie sich die anderen Schüler, die doch Gorans klügste Köpfe sein sollten, an derartigem Unsinn ergötzen konnten. Ich hatte nichts als Verachtung für sie übrig und konzentrierte mich ganz auf den Unterricht. Nach sechs Jahren an der Akademie hatte ich mein Ziel erreicht und trat direkt in den Dienst von Kaiser Mazrel ein.

Fortan wurde ich bis zu meinem siebenundsechzigsten Jahr »Exzellenz« genannt – jedoch nur offiziell. Hinter meinem Rücken fanden die Höflinge, Wachen und Diener weniger schmeichelhafte Bezeichnungen: Am beliebtesten waren »Hexer«, »falscher Hund« und »Heuchler«.

Geschwätz habe ich immer verabscheut. Es ist so belanglos. Zum Glück können einige Auserwählte dank der Magie nicht nur über gewöhnliche

Sterbliche triumphieren, sondern zugleich jene bestrafen, die sich der Geschwätzigkeit schuldig machen.

Die Goroner haben schwache Herzen. So mancher wähnte sich im Kaiserlichen Palast in Sicherheit und starb im Kreise seiner Freunde einen elenden Tod, nachdem ich ihm aus der Ferne einen kurzen Blick zugeworfen hatte. Die Ehrerbietung, die mir die Überlebenden entgegenbrachten, war dafür umso aufrichtiger. Sie ergingen sich in Respektsbekundungen wie »Exzellenz« und »Hoheit«, und aus ihren Stimmen sprach die Furcht.

Wenn ich es mir recht überlege, wurde ich während meines gesamten sterblichen Daseins niemals Saat genannt.

Und so wie mein Dasein als Unsterblicher begonnen hat, wird sich daran in absehbarer Zeit wohl nichts ändern.

Unermüdlich suchte der Lorelier den Horizont ab, doch er sah nichts als das endlose Meer. Bei dem Gedanken, dass seine Reise gerade erst begonnen hatte, seufzte er laut auf. Wie lang würde es dauern, bis er die lorelische Küste erreichte? Sechs Tage? Acht? Und dabei zählte jeder Dekant. Jede noch so kleine Verzögerung konnte den Untergang der Oberen Königreiche bedeuten.

Unfassbar. *Den Untergang der Oberen Königreiche,* wiederholte er in Gedanken.

Der Mann gehörte der Grauen Legion an, einer Spezialeinheit der lorelischen Armee. Wie die Jelenis und die Königlichen Wachen unterstanden die Grauen Legionäre unmittelbar König Bondrians Befehl. Aber sie kämpften nicht mit Waffen, jedenfalls nicht nur. Die Legionäre arbeiteten stets allein, und ihre Missionen führten sie häufig in fremde Länder, in Friedens- wie in Kriegszeiten. Während die Königlichen Wachen Bondrians Leben beschützten und die Jelenis seinen Palast, war die Graue Legion dafür zuständig, seine Interessen zu wahren. Dazu mussten sie ihre Augen und Ohren überall haben. Böse Zungen hätten sie als Spione bezeichnet.

Im Grunde war die Mission in La Hacque ein Erfolg gewesen.

Seit Monden waren aus den Unteren Königreichen keine besonderen Vorkommnisse gemeldet worden. Wie schon seit zwanzig Jahren überfielen die Yussa unter Aleb dem Ramgrith die Nachbarländer im Süden und Westen. Doch nach zwei Jahrzehnten schienen selbst die gefürchteten Plünderer die Eroberungen leid zu sein. Alle Herrscher der bekannten Welt rechneten damit, dass die Yussa eines Tages die Fürstentümer angreifen würden, doch die Angriffslust des Königs von Griteh hatte offenbar mit der Zeit nachgelassen.

Daher hatte der Legionär eigentlich nur nach dem Rechten sehen sollen. Doch plötzlich hatten seine Feinde ihn von Yiteh bis Mythr gehetzt, durch die öde Steppe von Quesraba, die engen Gassen Gritehs und die breiten, glutheißen Straßen La Hacques. Er war seinen Häschern, pledischen Söldnern und Seeleuten aus Yérim, nur knapp entronnen.

Der einäugige ramgrithische König hatte sich als Meister der Geheimhaltung entpuppt. Der Legionär war aus dem Staunen nicht mehr herausgekommen, als er immer mehr Hinweise darauf entdeckte, dass Aleb einen Angriff auf die Oberen Königreiche plante – und dass er genug Männer hatte, um den Sieg davonzutragen, falls Lorelien und Goran ihn nicht rechtzeitig aufhielten.

Erneut ließ der Mann seinen Blick über das Mittenmeer schweifen. Der Zweimaster war schnell, aber war er schnell genug? Er musste sein Ziel so rasch wie möglich erreichen und konnte nur hoffen, dass seine Verfolger ihn nicht einholten. Denn er wusste, dass der Ramgrith ihm noch immer auf den Fersen war.

Die Untätigkeit und Schweigsamkeit der Besatzung zerrten an seinen Nerven. Die Matrosen gehörten allesamt der Grauen Legion an, in unterschiedlichen Dienstgraden. Doch sie waren schon so lange fort aus Lorelien, dass ihnen das Königreich fremd geworden war. Untereinander sprachen sie Ramyth, und mehrere Männer beteten Alioss an. Mindestens einen hatte er im Verdacht, vom Gift der Daï-Schlange abhängig zu sein. Und zu allem Überfluss hingen die Matrosen einem törichten Aberglauben an. Zum Beispiel fürchteten sie sich vor einem schwarzen Ungeheuer, das angeblich die Gewässer heimsuchte, die sie soeben durchquerten. Sie machten sich vor Angst geradezu in die Hosen.

Der Legionär zuckte mit den Schultern und begab sich in seine Kajüte, um aus seinen verschlüsselten Aufzeichnungen einen anständigen

Bericht zu schreiben. Doch er kam einfach nicht voran. Er vermochte nicht zu sagen, wie viele Galeeren, Großsegler, Kutter, Schoner, Fregatten und andere Kriegsschiffe im Hafen von Mythr vor Anker lagen. Er fand keine Worte für den überwältigenden Anblick, den die Flotte bot. Die Schiffe waren mit schwer bewaffneten Yussa und Horden von Rekruten von der Gefängnisinsel Yérim bemannt, und sein Bericht blieb zwangsläufig hinter der Wirklichkeit zurück. Für das Söldnerheer, das an der Mündung des Aòns lagerte, kamen ihm nur Vokabeln wie »gewaltig«, »ungeheuerlich« und »unfassbar« in den Sinn. Im Grunde hatte er das Bedürfnis, mit lauter Stimme davon zu erzählen und dabei mit den Händen zu fuchteln.

Nur ein Rätsel blieb ungelöst. Warum hatten sie Alebs Absichten nicht früher durchschaut? Die Kriegsvorbereitungen mussten seit mindestens sechs Monden im Gange sein.

Selbst bei allergrößter Vorsicht musste etwas von einem Plan derartigen Ausmaßes durchsickern. Auf die eine oder andere Art hätte Lorelien davon erfahren müssen.

Plötzlich ertönte von der Brücke ein Schrei, gefolgt von eiligen Schritten und einem lauten Platschen. Der Legionär stürzte zu einer Luke und sah gerade noch, wie der Körper eines Menschen in den Fluten versank.

Ein Mensch, dem der Unterleib fehlte.

Der Mann packte sein Rapier und streifte hastig das Kettenhemd über, ohne die offene Tür und die Treppe zum Deck aus den Augen zu lassen. Waren sie von einem anderen Schiff gekapert worden? Er hatte nichts gehört, und das Meer ringsum war spiegelglatt. War unter den Besatzungsmitgliedern eine Prügelei ausgebrochen? So brutal waren seine Männer nicht. War es ein Unfall? Ein zu straff gespanntes Seil?

Nein – an Deck wurde gekämpft. Matrosen jammerten, brüllten und flehten vergeblich um Hilfe. Der Legionär stellte einen Fuß auf die unterste Treppenstufe und blieb wie angewurzelt stehen. Der Angreifer brüllte vor Wut, dass es ihm in den Ohren dröhnte.

Es klang wie ein tiefes, durchdringendes und feindseliges Knurren, zehnmal so laut wie das eines ausgewachsenen Bären. Der Schrei verhallte über dem Meer.

Während der Angreifer dem letzten Matrosen den Garaus machte, stürzte der Legionär zurück in die Kabine und begann mit heftig zitternden Händen, seine Aufzeichnungen einzusammeln. Dann erkannte er, wie nutzlos sein Tun war.

Was nützte es, die Papiere zu verstecken, wo er doch ohnehin sterben würde und es niemanden mehr gab, der sie nach Lorelia bringen könnte?

Plötzlich war das sagenumwobene schwarze Ungeheuer da. Es kam nicht durch die Tür, sondern nahm mitten in der Kabine Gestalt an wie ein Unwetter, das sich aus dem Nichts zusammenbraut. In diesem Augenblick wusste der Legionär, dass Lorelien niemals rechtzeitig gewarnt werden würde.

Sein letzter Gedanke galt Bondrian. Selbst wenn er dem König eine Nachricht hätte zukommen lassen können, wäre das vergebliche Mühe. Gegen einen Feind, der mit Dämonen im Bunde stand, waren die Oberen Königreiche machtlos.

Meinen wahren Namen bekam ich in der Unterwelt des Karu.

Ich bin der hohe Dyarch. Ich habe die sechs größten Heere des Ostens unter einem Banner vereint. Ich werde die Oberen Königreiche besiegen. Die Soldaten munkeln, ich könne nicht sterben.

Sie wissen nicht, dass es bereits geschehen ist. Ich bin längst tot.

Ich ließ mein Leben in den Höhlen des Karu unter eben jenen Bergen, vor denen meine Armee nun lagert. Doch das gigantische Labyrinth der schwarzen Götter befindet sich nicht nur unter diesem Gebirge. Der Großteil des Jal liegt in einer anderen Welt. Die Höhlen und Gänge unter dem Rideau sind nur der Zugang zum Karu. So wie sich irgendwo zwischen seinen Gipfeln der Übergang in die Gärten des Dara befindet.

Den genauen Zeitpunkt meines Todes kann ich nicht benennen. Wenn man so will, starb ich in dem Moment, als ich Prinz Vanamel und Fer't den Solener tötete, denn diese Tat versperrte mir die Rückkehr ins Dara. Leider begriff ich das erst später, als ich viel Zeit zum Nachdenken hatte.

Doch im Grunde zog sich mein Todeskampf über ein ganzes Jahrhundert hin. Ein Jahrhundert der Finsternis und des Schweigens, tief unter einem Berg, in Begleitung eines Gottes in Gestalt eines Knaben. Sombre. Der andere Dyarch. Er schlief fast die ganze Zeit.

Ich schöpfte aus seiner Kraft, um mich am Leben zu erhalten. Zum Glück bin ich Magier. Ich löschte das Feuer, das mich von innen verzehrte, indem ich aus seiner göttlichen Quelle trank.

Trotzdem schied ich aus dem Leben. Auch ich schlief viel – was kann man im Gefängnis schon anderes tun? Irgendwann erwachte ich mit der Gewissheit, tot zu sein.

Der Gedanke schreckte mich nicht. Er machte mich eher neugierig. Selbst als einer der mächtigsten Magier der bekannten Welt war ich nicht so vermessen zu glauben, ich könnte dem Tod ein Schnippchen schlagen. Und doch hatte ich genau das getan. Verdankte ich das Sombre und seiner göttlichen Kraft? Oder dem Gwel, das uns umgab?

Wie dem auch sei – mein Fortleben eröffnete mir unzählige Möglichkeiten. Die Zeit hatte plötzlich an Bedeutung verloren. Ganz gleich, wie viele Jahre wir in diesem düsteren Gefängnis verbringen mussten, eines Tages würden wir ihm entkommen. Ich musste nur Geduld haben.

Während der ersten Dekaden im Labyrinth bemühte ich mich, eine Karte des Karu zu erstellen. Nachdem ich anfangs versucht hatte, aus der Unterwelt zu fliehen, den dort hausenden Bestien zu entkommen und auf Umwegen zurück ins Jal'dara zu gelangen, gewann mit der Zeit die Vernunft die Oberhand, und ich begann, mir die Gänge und Höhlen genauer anzusehen und sie mir einzuprägen. Leider ging das nur in den seltenen Momenten, in denen Sombre wach war. Ich hatte nicht genug Kraft, um ihn über längere Strecken zu tragen, und ich wollte mich auf keinen Fall von ihm trennen. Schließlich sicherte er mein Überleben.

Geschlagene zwei Dekaden lief ich mehr oder weniger geradeaus und markierte den Weg mit erfundenen arkischen Zeichen. Bald musste ich mir eingestehen, dass das Labyrinth magisch und somit unendlich war: Hinter jeder Biegung befand sich ein neuer Gang oder eine weitere Höhle, ein schmaler Stollen oder ein riesiger Saal, der es mit dem Mishra-Palast hätte aufnehmen können.

Nach einer Weile begegneten wir keiner der finsteren Kreaturen mehr, welche die Unterwelt bevölkerten, nicht einmal den kleinsten. Allmählich gelangte ich zu der Überzeugung, dass dieser Weg nicht aus dem Labyrinth herausführte. Deshalb beschloss ich umzukehren und erlebte die größte Enttäuschung, die je ein Mensch erlebt hatte.

Meine Wegzeichen waren verschwunden. Nicht alle: Jene, die ich zuletzt angebracht hatte, waren noch da. Doch die anderen blieben unauffindbar.

Das Labyrinth schien sich ständig zu verändern. Das Gwel, das über einen großen Absorblumanteil verfügt, löschte innerhalb weniger Dekanten alle fremden Spuren aus, so wie die Flut Fußabdrücke im Sand fortspült. Die Gänge und Höhlen sahen auf dem Rückweg ganz anders aus als in meiner Erinnerung.

Ich erlebte also eine bittere Enttäuschung. Doch ich versank nicht in Verzweiflung, wie es andere an meiner Stelle getan hätten. Es musste möglich sein, das Labyrinth zu verlassen, denn schließlich gelangten auch die Dämonen irgendwann in die Welt hinaus. Ich musste mich nur an Sombre halten und ihn erziehen.

Wie einfach es war, seinen völlig unberührten Geist zu beeinflussen! Ich redete ständig mit ihm, auch wenn er schlief. Manchmal folgte ich ihm sogar in seine Träume und sprach dort zu ihm. Ich hinderte ihn daran, sich vor Heimweh nach dem Dara zu verzehren, und schürte seinen Groll, wenn er wütend wurde.

Zunächst begann ich mit einfachen Worten. Ich wusste, dass mein Überleben von seiner Stärke abhing. Deshalb musste er furchterregend sein. Ich gab ihm auch einen Namen: Sombre. Der Bezwinger. Diesen Namen sagte ich ihm immer wieder vor.

Ich lehrte ihn den Hass auf die Menschen. Er musste unbesiegbar und grausam sein. Ich lehrte ihn, Nol, die Götter und das Jal'dara zu verachten. Ich lehrte ihn, Macht und Herrschaft zu genießen. Ich lehrte ihn, sich am Sieg zu berauschen.

Zuletzt brachte ich ihm bei, all diese Gefühle mit mir zu verbinden – und zwar allein mit mir.

Er selbst sprach nur wenig. Bisweilen forderte er Trost oder eine Liebkosung, wenn er aus einem Albtraum erwachte. Voller Abscheu kam ich seinem Wunsch nach. Schließlich war das Kind trotz seines Aussehens ein Dämon. Das war es schon lange vor unserer Begegnung gewesen. Ich hatte ihm nur sein Wesen offenbart. Wie hätte ich Gefallen daran finden können, einen Dämon im Arm zu wiegen?

Die Jahre vergingen, und Sombre wuchs zu einem jungen Mann heran. Er schlief nun weniger. Manchmal war er mehrere Dekanten lang wach. Ich verfolgte seine Fortschritte und korrigierte seine Schwächen. Allmählich trat seine Persönlichkeit deutlicher hervor.

Woher seine Grausamkeit kommt, weiß ich nicht. Ich habe sie ihm nicht eingeflößt. Hat er sie von mir geerbt, ohne dass ich es weiß? Oder stammt sie von den anderen Stimmen, den Stimmen jener Sterblichen, die nach neuen Gottheiten suchten und sich in Sombros Gedanken mit meiner Stimme vermischten? Oder hat er sie vielleicht von Anfang an in sich getragen?

Ehrlich gesagt, zerbreche ich mir darüber nicht den Kopf. Es ist belanglos.

Je weniger Sombre schlief, desto verlässlicher wurde das Labyrinth. Während ich bis dahin vorweg marschiert war, kam es nun vor, dass mein Dämon eine bestimmte Richtung einschlug, als gehorchte er einer inneren Stimme. Ich folgte ihm jedes Mal voller Hoffnung, und so wanderten wir durch endlose feuchte Gänge und Höhlen, in denen es wie überall im Labyrinth nach Moder und Verwesung stank. Irgendwann blieb Sombre ebenso unvermittelt stehen, wie er losgelaufen war, und verfiel wieder in seinen Dämmerzustand.

Später übernahm Sombre immer häufiger und für immer längere Zeit die Führung. Manchmal hatte ich den Eindruck, dass es bergauf ging, doch ich wagte nicht, mich zu freuen, aus Angst, wieder enttäuscht zu werden. Ein Anstieg hätte die Orientierung erleichtert, aber leider war das Labyrinth ziemlich eben.

Erneut markierte ich die Strecke mit Wegzeichen, und nach ungefähr einer Dekade machten wir kehrt.

Viele Zeichen waren verschwunden. Andere hatten überdauert, und für diese interessierte ich mich nun. Die Steinhaufen oder in die Wand geritzten Markierungen, die noch da waren, mussten zur Welt der Sterblichen gehören und nicht zum Jal'karu.

Ich brachte immer mehr Zeichen an, an jeder Abzweigung, in jedem Gang und jeder Höhle. So konnte ich bald einen sorgfältig markierten, immer gleich bleibenden Weg entlanggehen und das mehrere Dekanten lang. So etwas hatte ich seit einer Ewigkeit nicht mehr erlebt.

Als ich Sombre auf seinen Wanderungen folgte und mich zugleich an meinen Wegzeichen orientierte, hatte ich irgendwann das Gefühl, mich dem Ausgang zu nähern. Eines Tages gelangte ich zu der Gewissheit, das Labyrinth hinter mir gelassen zu haben, nicht anders, als ich zu der Gewissheit gelangt war, tot zu sein.

Wir befanden uns immer noch unter der Erde, aber ich spürte das Gwel nicht länger. Ich machte kehrt und lief eine gute Meile zurück, doch wir hatten eine unsichtbare magische Grenze überschritten. Sämtliche Wegzeichen waren verschwunden. Wir konnten nicht mehr ins Karu zurück.

Wir brauchten nicht mehr als zwei Tage, um an die Oberfläche zu gelangen. Zum ersten Mal seit langer Zeit atmete ich frische Luft. An meiner Seite befand sich ein Dämon in Gestalt eines jungen Mannes, der mir blind ergeben war. Ich war unsterblich. Und ich sehnte mich nach Macht.

»Mir?«

Der Löwe war nirgends zu sehen. Ispen lief noch einmal einige Dutzend Schritte und brüllte, so laut sie konnte: »Mir? Prad?«

Nur der eisige Wind antwortete ihr. Bowbaqs Frau suchte die verschneiten Hügel und den Horizont ab, vor dem sich einige Bäume abzeichneten, die ihre kahlen Äste in den grauen Himmel reckten. Vor zwei Dekanten waren ihr Sohn und der Schneelöwe in dieser Richtung verschwunden, und bislang waren sie nicht zurückgekehrt.

Eigentlich wusste Prad, wie gefährlich es war, sich allein in die arkische Eiswüste hinauszuwagen – vor allem zur Jahreszeit der Erde –, und er blieb nur selten so lange fort. Deshalb machte sich Ispen Sorgen. Sonst beruhigte es sie, Mir an seiner Seite zu wissen, denn der Löwe kam immer gleich angelaufen, sobald man ihn rief. Nur heute eben nicht.

»PRA-AD!«, brüllte sie in die kalte Landschaft, die Hände zu einem Trichter geformt.

Keine Antwort. Die furchtbarsten Möglichkeiten kamen ihr in den Sinn, ja selbst der unwahrscheinliche Gedanke, Mir könnte ihren Sohn angegriffen haben. Sie versuchte, sich zusammenzureißen, indem sie sich vor Augen hielt, dass der Löwe anhänglicher war als ein Hund. Aber warum kam er dann nicht, wenn sie ihn rief?

Vielleicht war dem Löwen etwas zugestoßen. War das Raubtier, das sich allzu sehr an Menschen gewöhnt hatte, seit es beim Schneeigelklan lebte, etwa von fremden Jägern erschossen worden? Und was war dann aus dem achtjährigen Jungen geworden, allein und verloren in der Eiswüste? Weinte er über der Leiche seines besten Freundes? Hatte er versucht, den Löwen zu beschützen?

Die Zweifel wuchsen sich rasch zur Gewissheit aus. Mir kam immer sofort, wenn sie ihn rief. Nur jetzt nicht. Also musste er tot sein!

Vielleicht gehörten die Täter ja auch zu Ispens Klan. Mehrere Jäger hatten sich über den Löwen in der Umgebung des Dorfs beschwert, weil er angeblich das Wild in die Flucht schlug. Nur unter Murren hatten sie sich dem Urteil ihres Anführers gebeugt. Der Klanchef hatte sie daran erinnert, dass das Wild schon seit einer ganzen Weile aus der Gegend verschwunden war und Mir das Dorf vor größeren Raubtieren beschützen würde. Doch trotz dieser Argumente hatten die Männer des Schneeigelklans, die sich für die streitbarsten Kämpfer der Welt hielten, nur eins gesehen: Osarok, der Anführer des Klans, war Ispens Bruder. Sein Urteil konnte also nicht richtig sein.

Ispen ärgerte sich, dass es in ihrem Dorf keinen Erjak gab, der den Jägern hätte erklären können, wie nützlich Mir dem Klan war. Außerdem bekümmerte sie, dass sie auch in diesem Jahr Bowbaq und den Vogelklan verlassen hatte und nun meilenweit entfernt von ihrem Geliebten war. Vor allem aber bekümmerte sie, dass sie nicht besser auf Prad achtgegeben hatte.

»MIR! PRA-AD!«, rief sie noch einmal, nachdem sie einen Hügel erklommen hatte.

Ein heftiger Stoß von hinten warf sie um, und sie landete mit den Händen im Schnee, während ihr ein wohlbekannter Geruch in die Nase stieg und ein schwerer Körper sie zu Boden drückte. Ispen drehte sich auf den Rücken und stützte sich auf die Ellbogen, konnte aber nicht mehr verhindern, dass eine gewaltige Zunge ihr das Gesicht abschleckte.

»Mir, du hat Maïok umgestoßen!«, sagte ein Junge vorwurfsvoll und schob den Löwen, der doppelt so groß war wie er selbst, unsanft beiseite. »Hast du dir wehgetan, Maïok?«

»Nein, Powchi«, antwortete Ispen und schloss ihren Sohn in die Arme. »Wo warst du? Ich habe mir Sorgen gemacht!«

»Wir haben Große Jagd gespielt. Du warst unsere Beute. Mir und ich können nächstes Jahr mit Païok auf die Jagd gehen. Sagst du ihm das, wenn er wiederkommt? Sagst du es ihm?«

»Und was ist mit Iulane?«, fragte die Mutter, die viel zu erleichtert war, um zu schimpfen.

Sie hörte nur mit halbem Ohr zu, als ihr Sohn einwandte, seine kleine Schwester sei noch zu klein für die Jagd. Seit über zwei Monden war Ispen von Bowbaq getrennt, und die Zeit wurde ihr allmählich lang.

Zum Glück musste sie nur noch wenige Dekaden überstehen. Der Gletscher, der den Schneeigelklan vom Rest der Welt abschnitt, würde bald schmelzen. Dann wären die Wege wieder frei. Ispen freute sich unglaublich auf das Wiedersehen. Wie jedes Jahr würde ihr sanftmütiger Riese den Hügel hinabsteigen und ihr sein Herz zu Füßen legen. Bestimmt machte er sich schon zum Aufbruch bereit.

Ich hatte lange darüber nachgedacht, was ich tun würde, wenn wir einen Ausweg aus dem Labyrinth gefunden hätten. Zu diesem Zeitpunkt schätzte ich, dass wir etwa zwanzig Jahre unter der Erde verbracht hatten. Mehr als genug Zeit jedenfalls, um meinen Plan zu vervollkommnen.

Mithilfe meines unsterblichen Verbündeten und meiner magischen Fähigkeiten, die sich durch die Wirkung des Gwels vervielfacht hatten, wollte ich mir die gesamte bekannte Welt unterwerfen. Täte das nicht jeder Mensch, wenn er die Gelegenheit dazu bekäme? Wer das Gegenteil behauptet, ist entweder ein Dummkopf oder ein Lügner.

Ich hatte lange nachgedacht. Nur drei Hindernisse standen meiner ewigen Herrschaft im Weg. Die Götter waren das kleinste.

Ob sie nun Mishra, Eurydis oder Hamsa heißen, gegen Sombre können sie nichts ausrichten, das hatte ich im Dara gelernt. Und warum sollten sie ihren Zorn gegen mich richten? Die alten Gottheiten sind schwach. Ihre Macht ist zwar unermesslich, aber um sie auszuüben, brauchen sie die Sterblichen. Und von den Sterblichen hatte ich nichts zu befürchten.

Außer von einem. Einer der Nachkommen der Gesandten würde der Erzfeind sein. Derjenige, der eine einzige Chance hätte, Sombre zu besiegen. Den Bezwinger zu besiegen. Eine einzige Chance für alle Zeiten. Aber ich würde dafür sorgen, dass es nicht dazu kam.

Allerdings musste ich das Problem meiner schwindenden Lebenskraft lösen. Ich konnte nicht darauf vertrauen, dass Sombre immer an meiner Sei-

te bleiben würde, nachdem er mittlerweile eine wesentlich kompliziertere Persönlichkeit entwickelt hatte als zunächst angenommen. Was im Übrigen leicht zu erklären war: Er hörte nicht nur meine, sondern Tausende von Stimmen, die ebenfalls Spuren in seinem Geist hinterließen. Meine größte Furcht war, dass er mir nach seiner Vollendung die Kraft verweigerte, die mich am Leben hielt. Doch auch in diesem Fall würde ich dafür sorgen, dass es nicht dazu kam.

All das ging mir durch den Kopf, als wir den letzten Berghang hinabgingen. Unsere wiedererlangte Freiheit erfüllte mich mit Hoffnung, aber zunächst wollte ich mich dringenderen Aufgaben zuwenden.

Als Erstes musste ich herausfinden, wo wir uns befanden. Ich hatte da so eine leise Ahnung. Wir irrten einen weiteren Tag umher, bevor wir einem Menschen begegneten, einem halb wilden Jäger, der die Flucht ergriff, sobald sich unsere Blicke trafen. Aber ich brauchte ihn nicht. Der kurze Augenkontakt hatte genügt. Seine Gedanken verrieten mir, dass er Wallatte war. Wir befanden uns auf der anderen Seite des Rideau.

Das Glück war mir hold.

Wie ich vermutet hatte, lag zumindest ein Teil des Jal'dara in einem abgelegenen Tal dieses Gebirges, zu Pferd kaum eine Dekade von Goran entfernt. Das Jal'karu wiederum lag unter eben jenen Bergen, an deren Fuß die Heilige Stadt erbaut war. Welche Ironie des Schicksals! Seit Äonen priesen die Itharer die Schönheit des Blumenbergs, ohne zu ahnen, dass Phrias, Soltan, Yoos und all die anderen Dämonen aus ihm hervorgegangen waren!

So bot sich mir eine unverhoffte Gelegenheit. Ich änderte meinen Plan geringfügig. Die Errichtung meines Reichs würde leichter sein, als ich gedacht hatte. Mein Weg war vorgezeichnet. Ich brauchte nur noch eine Armee.

Schon viel früher hatte ich beschlossen, die Oberen Königreiche mithilfe der Barbaren des Ostens zu erobern, denn in diesen Ländern gab es unzählige Kämpfer, denen nur ein Anführer fehlte. Die Männer waren unzivilisiert und damit leicht zu manipulieren, außerdem reizte mich die Herausforderung. Zu den Oberen Königreichen gehörten die mächtigsten Länder der bekannten Welt, deshalb hatte ich sie zu meinem Ziel erkoren. Ich wollte meine Überlegenheit unter Beweis stellen, indem ich den Feind von außen angriff und besiegte. Ich war fest entschlossen, etwas zu unternehmen, das noch nie zuvor jemand gewagt hatte.

In den Gedanken des wallattischen Jägers hatte ich auch Abscheu vor meinem Äußeren gelesen. Mir dämmerte, dass mein Körper weiterhin alterte, auch wenn mir der Tod nichts anhaben konnte. Damit meine Suche nach Verbündeten nicht daran scheiterte, dass niemand meinen Anblick ertrug, beschloss ich, mein Gesicht zu verbergen. Ich nahm einen der Steine, mit denen ich im Labyrinth den Weg markiert hatte, und formte daraus ein Gwelom: Ich verwandelte ihn in eine Sturmhaube, wie sie goronische Ritter trugen. Außerdem band ich mir ein schwarzes Tuch um den Helm, das die Feinde des Kaisers kennzeichnete. Denn nichts anderes war ich nun.

Während ich die Sturmhaube mit magischen Kräften versah, die sie zu einem ganz besonderen Gegenstand machten, ärgerte ich mich, nicht mehr Gwel aus dem Karu mitgenommen zu haben. Aus dem zweiten Stein, der mir blieb, würde ich später das Heft meines Schwerts formen. Nachdem ich so lange von dem kostbaren Material umgeben gewesen war, sollten mir aus dem Karu nichts als eine unvollendete Waffe und eine Sturmhaube bleiben, die zu tragen mir jeden Tag schwerer fallen würde.

Mit Sombre an meiner Seite ging ich weiter und stieß bald auf ein ärmliches Dorf, in dem vier oder fünf wallattische Familien lebten. Dort begann ich meinen Eroberungsfeldzug.

Im Handumdrehen wurde ich zum Anführer dieser Barbaren, indem ich ein paar Feuersteine in Goldklumpen verwandelte. Ein Kinderspiel, denn dieses Kunststück lernen Meister des Feuers als Erstes. Schließlich steht das Feuer für den Hang jedes Gegenstandes und Lebewesens, sich zu verändern. Allerdings hängt es von den Fähigkeiten des jeweiligen Magiers ab, wie lange die Verwandlung anhält: Selbst die mächtigsten Magier vermögen es nicht, einen Gegenstand so zu verändern, dass er länger als einen halben Dekant verwandelt bleibt.

Doch ich stand unter dem Einfluss der magischen Kraft des Jal'karu. Nach drei Dekaden waren die Feuersteine immer noch Goldklumpen. Vielleicht sind sie es sogar immer noch, wer weiß? Jedenfalls half mir dieses kleine Kunststück dabei, Kämpfer für meine Armee zu rekrutieren. Später machten mich unsere Raubzüge so reich, dass ich es nicht mehr brauchte. Doch ich greife vor.

Ich verbrachte drei Dekaden in dem Dorf, lernte Wallattisch und beobachtete, wie Sombre sich Menschen gegenüber verhielt. Wie erhofft, hatte mein Dämon nur Gleichgültigkeit und Verachtung für sie übrig und suchte trotzdem meine Freundschaft. Alles lief nach Plan. Ich war sehr zufrieden mit ihm.

Meine Rückkehr unter die Lebenden barg eigentlich nur eine böse Überraschung: Ich entdeckte, dass ich nicht zwei Jahrzehnte, sondern über ein Jahrhundert in dem unterirdischen Labyrinth festgesessen hatte. Genauer gesagt, hundertachtzehn Jahre. Wenn ich die Dorfleute nicht nach dem wallattischen König Pal'b'ree gefragt hätte, einem der Gesandten, wäre ich bis zu meiner Begegnung mit Che'b'ree ahnungslos geblieben. Doch ich greife schon wieder vor.

Nach drei Dekaden schlug ich den Männern im Dorf vor, sich meinem Eroberungsfeldzug anzuschließen. Ich, ein Fremder, der sein Gesicht vor ihnen verbarg und noch dazu aus einem fernen Land stammte, forderte sie auf, ihre Hütten, Felder und Familien zu verlassen. Im Gegenzug versprach ich ihnen schnellen Reichtum.

Es war erstaunlich, wie begeistert die Männer meinem Ruf zu den Waffen folgten. Obwohl die Kämpfer des Ostens berüchtigt für ihre Angriffslust waren – im Grunde nicht anders als die Goroner –, hatte ich nicht damit gerechnet, nach nur einem Mond bereits über elf Krieger zu verfügen.

Meine erste Kompanie wurde bald durch siebzehn weitere Krieger verstärkt, ein paar Vagabunden, die von ihren Klans verstoßen worden waren und nun von Überfällen entlang der thalittischen Grenze lebten. Ich musste zwar mit etwas Magie nachhelfen, aber nachdem das Herz ihres Anführers plötzlich aufgehört hatte zu schlagen, liefen die Männer rasch zu mir über.

Eine Weile überließ ich es den Barbaren, die Ziele unserer Plünderungen auszusuchen, obgleich ich natürlich den Oberbefehl behielt. Bald sprach man in der gesamten Umgebung von meiner Macht – und meiner Großzügigkeit, bei der Aufteilung der Beute. Tag für Tag schlossen sich uns weitere Männer an, weshalb ich rasch den Überblick verlor. Vagabunden, Strauchdiebe, Abenteurer, Wegelagerer, Räuber, Bauern, Söldner und schließlich auch einige Klanchefs mit ihren Kriegern.

Die meisten Männer waren Wallatten, aber es gab auch einige Solener, Thalitten und Sadraken. Allerdings war diese Horde noch keine Armee. Häufig brachen Prügeleien aus, und ich verschwendete viel Zeit damit, die Männer mit so rauen Methoden wie der Folter auf dem Dornenrad zu diszipli-

nieren. Es war an der Zeit, die nächste Stufe meines Plans umzusetzen. Ich brauchte Hauptmänner, und ich musste mich mit Königen verbünden, und sei es nur, um die Organisation meines Feldzugs zu erleichtern.

Eines Tages begegnete ich Königin Che'b'ree, der Urenkelin des Gesandten Pal'b'ree. Wieder einmal war mir Dona gnädig, wie die Lorelier sagen würden. Selbst in meinen hoffnungsvollsten Momenten hatte ich nicht damit gerechnet, eine Verbündete zu finden, die so gut zu meinen Plänen passte.

Von nun an lief alles wie von selbst. Ich war weiterhin für die strategische Planung des Feldzugs zuständig, doch die Barbarenkönigin übernahm den Oberbefehl. Wenige Dekaden später übertrug ich diese Aufgabe Gors dem Zimperlichen, der sich uns in der Zwischenzeit angeschlossen hatte, und machte Chebree zu Sombres Hohepriesterin, um die Vollendung meines Dämons zu beschleunigen.

So konnte ich mich einem ganz anderen Problem widmen: dem Erzfeind. Ein Jahrhundert war vergangen, und mittlerweile mussten die Gesandten Nachkommen in der dritten oder vierten Generation haben. So unwahrscheinlich es auch war, ich konnte nicht zulassen, dass einer von ihnen Sombre besiegte und mir die Unsterblichkeit raubte. Ich musste sie alle töten.

Sombre hatte die Reife noch längst nicht erlangt und konnte diese Aufgabe deshalb nicht übernehmen. Es hatte ihn bereits große Mühe gekostet, die Erben aufzuspüren. Einen Mond später war er immer noch zutiefst erschöpft.

Doch die Liste, die wir verfasst hatten, reichte mir völlig. Ich schickte einen Boten nach Goran: Er sollte den Züu vorschlagen, bei hundertacht Menschen Zuïas Urteil zu vollstrecken. Mein Bote kehrte in Begleitung eines Judikators zurück, der neugierig und misstrauisch zugleich war. Zumerine sollte später mein treuer Gefolgsmann werden.

Die Verhandlungen dauerten nur einen Dekant. Ich zahlte die Summe, die der Mörder forderte, und erklärte mich sogar bereit, das Gold per Schiff zur Insel Zuïa bringen zu lassen. Der Judikator nahm die Liste an sich, und die Hinrichtungen begannen.

Ich habe diese Entscheidung nie bereut. Im Durchschnitt töteten die Mörder im roten Gewand neun von zehn Erben: viel mehr, als ich zu hoffen gewagt hatte.

Leider kann ich den wenigen, die den Züu entwischt sind, Sombre nicht auf den Hals hetzen. Sie haben sich zusammengeschlossen und sind auf der Hut.

Wenn einer von ihnen der Erzfeind ist, wäre es zu gefährlich, wenn Sombre ihn in Gestalt eines Avatars angreift. Sollte dieser Kampf jemals stattfinden, muss Sombre ihn persönlich austragen.

Doch diese Wahrscheinlichkeit ist so gering, dass ich mir eigentlich keine Sorgen zu machen brauche. Wenn erst einmal bewiesen ist, dass keiner der Erben der Erzfeind ist oder die Flüchtigen endgültig vernichtet sind, habe ich nur noch eins zu befürchten: dass Sombre mir eines Tages die Kraft verwehrt, die mich am Leben hält.

Bisher war mir das Glück hold, aber ich bin kein Spieler.

Ich trage den Beinamen »der Ökonom«. Ich überlasse nichts dem Zufall.

Alles kann passieren.

ERSTES BUCH
JAL'DARA – JAL'KARU

Yan hob eine zitternde Hand vor das Gesicht und betrachtete die andere Welt durch seine Finger. Sie schien so nah … Hätte er nicht das seltsame Gefühl gehabt, sie durch eine Wasseroberfläche zu betrachten, wäre die Illusion perfekt gewesen.

Er streckte die Hand aus und spürte nichts. Doch in der Finsternis konnte er den Abstand nicht richtig einschätzen. Er fragte sich, ob er vielleicht noch zu weit von der Pforte entfernt war. Langsam trat er einen Schritt vor.

Und war im Jal'dara.

Er spürte das saftige Gras unter den Füßen, und es roch nach blühenden Blumen. Die Luft, die ihm über das Gesicht strich, war feuchter und wärmer als die, die er noch einen Moment zuvor geatmet hatte. Er war im Jal'dara.

Vergeblich versuchte er, seiner Gefühle Herr zu werden. Alles war so berauschend, und er fühlte sich unfassbar lebendig. Seine Sinne spielten verrückt. Nur die Götter kannten das Geheimnis dieses Zaubers. Er war im Jal'dara.

Die Euphorie wurde so stark, dass er sogar seinen eigenen Namen vergaß. Das Glück, das die Erben seit einem Jahrhundert beim Anblick der Landschaft hinter der Pforte empfunden hatten, überwältigte Yan nun ganz und gar. Vor lauter Ergriffenheit und aus Angst, den Bann zu brechen, wagte er nicht, sich zu rühren. Er war im Jal'dara.

Nur mit Mühe konnte er sich seinen Namen ins Gedächtnis rufen, und auch den Grund, aus dem er hier war. Bruchstücke von Erinnerungen stiegen in ihm auf, und er hielt sie fest, bevor sie sich wieder verflüchtigen konnten. Das Gesicht einer jungen Frau. Eine mit Wasser gefüllte Höhle. Ein schwarz gekleideter Krieger. Bedrohliche rote Schatten.

Menschen, Namen. Corenn. Norine. Grigán. Babuk? Nein, Bowbaq. Rey. Maz Lena? Nein, Lana.

Léti.

Plötzlich war alles wieder da. Die Erben. Die Insel Ji. Die Pforten. Die Züu. Saat. Usul. Die Oberen Königreiche. Das Tal der Krieger. Seine Freunde, die im Wald der Riesen im Land Oo in Lebensgefahr schwebten. Der Lindwurm. Er musste sich beeilen. Sie warteten auf seine Hilfe. Schnell!

Doch nur einem Teil seines Verstandes gelang es, klare Gedanken zu fassen. Der andere schwelgte in Glückseligkeit, und Yan musste seinen ganzen Willen aufbieten, um einen Fuß vor den anderen zu setzen.

Mit einem Mal war er todmüde. Er hatte das Gefühl, der Schlaf würde ihm helfen, wieder zu Sinnen zu kommen. Aber er durfte jetzt nicht schlafen. Warum noch mal nicht? Léti war in Gefahr. Er musste etwas tun. Aber was?

Mit jedem Schritt wurde er müder. Der Rausch machte ihn ganz benommen, und seine Erinnerungen versanken abermals im Nebel. Er musste schlafen. Dann würde es ihm besser gehen. All seine Gedanken kreisten um diese Müdigkeit. Trotzdem weigerte er sich, sich dem Gefühl hinzugeben, obwohl er immer weniger wusste, warum. Schlafen, einfach nur schlafen …

Eine Hand legte sich ihm auf die Schulter, und Yan drehte sich langsam um. Hinter ihm stand Nol der Seltsame. Er sah genauso aus wie auf dem Gemälde, das er gesehen hatte. Wo war das noch gewesen? Er konnte sich nicht erinnern.

Abermals einem Gott gegenüberzustehen konnte ihn nicht mehr erschüttern. Er war müde. Er wusste, dass er eine Nachricht für Nol hatte. Er musste ihn um etwas Wichtiges bitten. Stattdessen konnte er nur noch lächeln und ließ sich mit jedem Atemzug mehr in den Rausch hineinfallen.

»Ich bin der Wächter der Pforte im Dara«, sagte Nol freundlich. »Wer schickt dich zu mir?«

Die Frage breitete sich in Yans Kopf aus und vertrieb den Nebel. Nol zu antworten war nun ein dringenderes Bedürfnis, als zu schlafen. War das eine der Fähigkeiten des Gottes? Yan hatte keine Ahnung, woher er die Antwort nahm. Es kam ihm vor, als hole Nol sie aus den Tiefen seines Geistes.

»Der Wissende«, antwortete er mit matter Stimme.

»Usul«, bemerkte Nol. »Eigentlich ein netter Junge. Vielleicht etwas zu mächtig. Die Zukunft zu kennen ist eine schwere Bürde. Aber niemand kann sich seine Bürde aussuchen.«

Yan nickte, ohne ein Wort zu verstehen. Nols Freundlichkeit entzückte ihn. Sein Rausch hatte ein solches Ausmaß erreicht, dass sein Verstand und seine Wahrnehmung auseinanderklafften. Selbst wenn seine Knie nachgegeben hätten und er ins Gras gesunken wäre, hätte er vermutlich geglaubt, immer noch zu stehen. Die Müdigkeit übermannte ihn, und sein Körper gab sich dem Schlaf hin. Seine Gedanken lösten sich von ihm, irrten durch die Nacht, schwebten über die Hügel und glitten durch das Tal, das sich hinter Nol erstreckte.

»Die Pforte!«, entfuhr es ihm plötzlich. Die Worte kamen nur als leises Flüstern heraus, obwohl er hatte schreien wollen. »Meine Freunde!«, fügte er hinzu und wies auf den Torbogen.

Nol folgte seinem Blick, und das wohlwollende Lächeln wich für einen Moment einer besorgten Miene. Eine zwanzig Schritte hohe Erscheinung störte die Harmonie im Tal von Dara. Sie sahen den Wald der Riesen im Land Oo, wo einige Sterbliche verzweifelt gegen einen Lindwurm kämpften.

Nol erklomm den Hügel, der zur Pforte führte. Yan setzte sich ebenfalls in Bewegung und überholte ihn nach wenigen Schritten. Der Anblick hatte ihn so weit ernüchtert, dass er erkannte, in welcher Gefahr seine Freunde schwebten. Der Hügel versperrte ihm für kurze Zeit die Sicht auf die Pforte. Als er seine Freunde wieder sehen konnte, war der Lindwurm verschwunden.

Im nächsten Moment trat Nol neben ihn. Sie standen vor der Pforte und sahen zu seinen Gefährten hinüber. Der Gott hatte sein Lächeln wiedergefunden. »Willkommen«, sagte er und streckte ihnen durch die Pforte die Hand entgegen. »Willkommen zu Hause.«

Usul zieht Kreise in seiner Höhle auf der Heiligen Insel der Guori. Es wird drei Jahre dauern, bis der nächste Besucher kommt, aber der Gott wartet schon jetzt auf ihn. Um sich die Zeit zu vertreiben, denkt er darüber nach, in welcher Gestalt er ihn empfangen wird. Kann er sich zur Abwechslung nicht einmal in seiner wahren Gestalt zeigen?

Natürlich weiß er, dass das nicht geht. Bei seinem Anblick sterben die meisten Menschen einen grausamen Tod. Und Usul ist daran gelegen, die meisten seiner Besucher am Leben zu lassen.

Menschen zu beobachten ist sein einziger Zeitvertreib. Vor allem jene Menschen, denen er etwas von seinem Wissen enthüllt hat. Sie sind die Einzigen, die die Zukunft verändern können.

Sein letzter Besucher war sehr interessant. Seit ihrer Begegnung verfolgt Usul jeden seiner Schritte. Er denkt nach, stellt Vermutungen an, schätzt die Folgen für die Nachwelt ab und erwägt die unendlich vielen Möglichkeiten. Doch je mehr Zeit verstreicht, desto klarer zeichnet sich der Weg in die Zukunft ab. Und so weiß Usul nun wieder, was geschehen wird. Er sieht alles genau vor sich.

Die Schlacht am Blumenberg wird stattfinden. Sie wird Unglück und große Veränderungen mit sich bringen und viele Sterbliche in Verzweiflung stürzen. Doch diese Aussicht mindert Usuls Langeweile nicht. Diesen Ausbruch menschlicher Zerstörungswut hat er schon vor langer Zeit vorhergesehen.

Er richtet seine Aufmerksamkeit lieber auf den Ausgang des Kriegs. Sein letzter Besucher hat eine geringfügige Chance, den Oberen Königreichen zum Sieg zu verhelfen. So unwahrscheinlich das auch ist. Dieser Teil der Zukunft liegt im Ungewissen. Usul wird ihn im Auge behalten.

Leider kann er die Handlungen des Sterblichen nicht mehr verfolgen, seit dieser die Pforte ins Jal'dara durchschritten hat. Das Tal ist der einzige Ort, an dem die Götter keine Macht haben. Was auch immer der Mensch dort tut, Usul wird es erst nach seiner Rückkehr erfahren.

Falls er jemals zurückkehrt …

Der Gott nimmt abermals eine andere Gestalt an. Er wird warten. Darauf versteht er sich.

Léti erwachte als Erste. Sie stand auf und lief ein paar Schritte durch das weiche Gras. Kurz darauf trat Grigán zu ihr.

Die Gefährten hatten auf der Wiese geschlafen. Noch am Abend zuvor hatten sie im Land Oo gestanden und sich in der bitteren Kälte dicht aneinandergeschmiegt. Sie hatten gegen den Lindwurm gekämpft, den Ewigen Wächter der Pforte, die in den Rindenbaum geschnitzt war. Dann waren sie dem Ruf eines anderen Ewigen Wächters gefolgt und hatten die Pforte durchschritten. Dieser Wächter war ein Gott: Nol der Seltsame, wie die Erben ihn nannten. Maz Achem hatte ihm in seinem Tagebuch den Beinamen »der Lehrende« gegeben.

Léti betrachtete die verwunschene Landschaft des Tals. Seit über einem Jahrhundert hatten die Erben dieses Paradies aus der Ferne bewundert und hinterher eine unerklärliche Traurigkeit empfunden. Doch nun spürte sie nur noch pures Glück.

Eigentlich hatte das Tal nichts Besonderes an sich, wenn man davon absah, dass die Zeit hier langsamer verstrich als in ihrer Welt und immer die Jahreszeit des Wassers zu herrschen schien. Nein, ihr Entzücken kam von etwas anderem, es kam von überall zugleich. So eine Art Magie, ein Zauber. Es war, als wären ihre Sinne um ein Vielfaches schärfer und würden von unzähligen angenehmen Empfindungen überrollt. Ein Rausch, auf den kein Kopfschmerz folgte.

Léti rieb sich die Augen, um den Schwindel zu vertreiben. Sie war immer noch glücklich, doch der Rausch schien etwas nachgelassen zu haben. Vielleicht hatte sie sich auch schon an das Gefühl gewöhnt.

Nachdem die Erben durch die Pforte getreten waren, hatte Nol ihnen nicht viel Zeit gelassen, sich über das Gelingen ihres Plans zu freuen. Der Seltsame schlug ihnen vor, sich hinzulegen und zu schlafen. Zu diesem Zeitpunkt hatte niemand große Lust dazu gehabt. Léti konnte sich nicht einmal mehr daran erinnern, sich ins Gras gesetzt zu haben. Und doch waren die Erben am Morgen, als sie die ersten Sonnenstrahlen kitzelten, auf einem weichen grünen Teppich erwacht. Waren sie dem Zauber des Tals verfallen? Nols magischen Kräften? Auch auf diese Frage wussten sie keine Antwort.

Grigán stand einige Schritte hinter ihr, kniff die Augen zusammen und starrte zum anderen Ende des Tals hinüber. Obwohl man eigentlich nicht von einem Ende sprechen konnte: Das Jal'dara bestand aus einer weiten Ebene, die von hohen Bergen begrenzt wurde. Es lag jedoch nicht in einem geschlossenen Talkessel, sondern schien sich über viele, viele Meilen zu erstrecken.

»Seht Ihr irgendetwas?«, fragte Léti ihren Kampflehrer.

»Vögel, Margoline, Stehschläfer, Wühler. Dort drüben bei den Lubilien steht ein Waagenhirsch. Und ganz in der Ferne sehe ich ein paar Kinder.«

»Wo?«, rief sie. Léti sah in die Richtung, in die Grigán zeigte. Zunächst erkannte sie nichts. Nach weiteren Erklärungen erspähte sie schließlich einige dunkle Flecken in der Landschaft. Wie konnte er sicher sein, dass es Kinder waren? Léti fiel es schon schwer genug, in den Umrissen überhaupt menschliche Gestalten zu erkennen.

»Bei allen Göttern, was muss ich gesoffen haben«, stöhnte Rey hinter ihnen. »Mir brummt der Schädel. Ich fühle mich, als hätte Bowbaq die ganze Nacht auf mich eingeschlagen!«

»Das habe ich nicht. Ich schwöre es«, sagte eine zweite, lautere Stimme. »Ich würde dich nie schlagen, Freund Rey!«

»Das weiß ich doch, großer Bär. Das war ein Scherz. Ich werde mich nie an seine Naivität gewöhnen!«, sagte Rey und verdrehte die Augen.

Léti wandte sich um und betrachtete ihre Freunde: Der Riese Bowbaq, der sie alle an Kraft und Gutmütigkeit übertraf, beugte sich gerade über sein Äffchen Miff, das noch immer tief und fest schlief. Neben ihm im Gras saßen Rey, ein Schauspieler aus Lorelien, der vor Charme sprühen und im nächsten Augenblick allen auf die Nerven gehen konnte, und Maz Lana, eine treue Priesterin der Eurydis, die insgeheim in Rey verliebt war.

Grigán, der ramgrithische Krieger, hatte ihnen allen mehrmals das Leben gerettet. Von ihm hatte Léti kämpfen gelernt. Doch er litt unter einer rätselhaften Krankheit, die immer wieder zum Ausbruch kam. Jeder Anfall verlief schlimmer als der vorherige, und keiner von ihnen kannte ein Heilmittel.

Corenn, ihre Tante zweiten Grades, war Mitglied des Ständigen Rats im Matriarchat von Kaul. Dank ihres scharfen Verstands waren die Erben zahlreichen Geheimnissen ihrer Vorfahren auf die Spur gekommen.

Ohne Corenn hätten sie es niemals bis ins Jal'dara geschafft. Aber im Grunde galt das für sie alle.

Und dann war da noch Yan. Der junge Mann richtete sich als Letzter auf, sah sich benommen um und blinzelte. Er sah zu ihr her und lächelte.

Yan, der Corenn zufolge außergewöhnliche magische Fähigkeiten hatte. Yan, ihr ältester Freund. Yan, den sie schon so lange liebte, dass sie es nicht für nötig hielt, dem jungen Mann ihre Gefühle zu gestehen. Wenn er nichts sagte … Dann liebte er sie eben nicht. Wie sollte es anders sein?

Seltsamerweise versetzte ihr dieser Gedanke nicht wie sonst einen Stich. Lag das an den Kräften des Jal'dara? Der Rausch, dem sie verfallen war, schien den Schmerz zu lindern. »Tante Corenn, dieser Ort ist gefährlich«, hörte sie sich sagen.

»Das Gefühl habe ich auch«, sagte die Ratsfrau mit ernster Miene. »Aber ich weiß nicht, woran das liegt.«

»Das Jal lässt unsere Erinnerungen verblassen«, warf Lana ein. »Ich habe das Gefühl, dass die Vergangenheit in weite Ferne gerückt ist. Selbst der gestrige Tag. Wie kann das sein?«

»Dieser Ort wirkt wie eine Droge«, sagte Rey. »Deshalb brummt mir auch der Schädel. Gewisse Kräuter habe ich noch nie vertragen.«

»Es ist noch schlimmer«, fuhr die Priesterin fort. »Vielleicht vergessen wir sogar unseren eigenen Namen, wenn wir längere Zeit hierbleiben. Ich habe da so eine böse Vorahnung: Ich glaube, wir würden ganz einfach *verschwinden.*«

Die Männer warfen sich erstaunte Blicke zu.

»Mir kommt es vor, als wäre die Wirkung auf Frauen stärker«, sagte Grigán, ohne zu wissen, was er davon halten sollte.

»Vielleicht ist das eine Frage der Empfindsamkeit?«, erwiderte Léti hitzig. »Männer sind einfach zu abgestumpft.«

»Sicher ist das keine große Sache«, erwiderte Grigán, um sie zu besänftigen. »Unsere Vorfahren haben mehr als zwei Monde an diesem Ort verbracht und trotzdem keinen Schaden genommen. So lange werden wir nicht bleiben. Machen wir uns also keine unnötigen Sorgen.«

Corenn nickte und hoffte, dass es so einfach war. Schließlich wussten die Freunde nicht, ob sie im Jal'dara Hilfe finden würden – und welchen Preis sie dafür zahlen mussten.

Die Erben hatten erwartet, dass Nol ihnen einen weiteren Besuch abstatten würde, doch der Seltsame ließ sich nicht mehr blicken, und ohne ihn wagten sie sich nicht weiter ins Jal'dara vor. Zum einem, weil sie die Gefahren fürchteten, die hier lauern mochten, zum anderen, weil sie sich scheuten, ohne Erlaubnis des Wächters in der Kinderstube der Götter herumzuspazieren.

Rey schlug vor, in der Zwischenzeit etwas zu essen, und so setzten sie sich im Kreis ins Gras. Lana breitete ihre Vorräte auf einer Decke aus, doch als sie das Brot, die Trockenfrüchte, den Räucherspeck und die Eier betrachteten, stellten sie fest, dass sie keinen Hunger verspürten.

Grigán empfahl allen, trotzdem etwas zu essen. Widerwillig würgten sie einige Bissen hinunter. Corenns Idee, einen Coze-Tee aufzubrühen, wurde hingegen mit Begeisterung aufgenommen. Nachdem sie eine Dezime lang vergeblich versucht hatte, ein Feuer zu entzünden, mussten die Erben einsehen, dass das im Jal'dara unmöglich war.

»Aber Arkane aus Junin hat doch Verbrennungen davongetragen«, sagte Bowbaq verwundert, während er seinerseits zwei Feuersteine aneinanderschlug.

»Das war im Jal'karu«, sagte Yan. »Irgendwo unter unseren Füßen. Dort ist vermutlich alles anders.«

Alle starrten auf den Boden, als könnten sie die von Dämonen bevölkerte Unterwelt sehen, die Achem in seinem Tagebuch beschrieben hatte. Dann ließen sie den Blick über die sonnenbeschienenen Berghänge schweifen und suchten nach einer Felsspalte oder Höhle, die der Beginn eines unterirdischen Gangs sein könnte. Doch so etwas gab es hier ebenso wenig wie fliegende Margoline. Nachdem schon Corenn, Rey, Yan und Grigán daran gescheitert waren, ein Feuer zu entzünden, gab Bowbaq nun ebenfalls auf. So mussten sie sich mit lauwarmem, abgestandenem Wasser aus ihren Schläuchen begnügen. Nachdem sie lustlos davon getrunken hatten, goss Corenn unter den neugierigen Blicken ihrer Gefährten etwas Wasser auf den Boden. Dann tastete sie im Gras herum und grub schließlich ein kleines Loch.

»Die Erde ist trocken«, sagte sie ruhig.

Grigán wollte sich selbst davon überzeugen, und auch Léti und Rey bestätigten es.

»Ich weiß nicht, warum, aber das gefällt mir nicht«, sagte Grigán. »Wie ist das möglich? So heiß ist es doch gar nicht.«

»Wir haben schon viele seltsame Dinge erlebt«, antwortete Corenn. »Die Gärten des Jal'dara scheinen sich ständig zu regenerieren. Mit anderen Worten: Sie nehmen nach jeder Veränderung wieder ihre ursprüngliche Form an. So etwas hatte ich bereits vermutet, als ich sah, dass an unserem Schlafplatz keine Abdrücke im Gras zurückgeblieben waren.«

»Nicht schlecht«, sagte Rey mit einem schiefen Grinsen. »So bleibt es immer sauber. Blitzblank. Der Traum meiner Großmutter.«

»Ich bezweifle, dass es um Sauberkeit geht«, befand Corenn. »Jedenfalls erklärt das, warum wir weder Hunger noch Durst verspüren. Die Kraft des Tals scheint bereits auf uns übergegangen zu sein.«

»Mir brummt trotzdem der Schädel«, sagte Rey mit einer Grimasse. »Besonders gut scheint diese Kraft nicht zu wirken.«

»Vielleicht noch nicht. Aber was wäre, wenn wir zwei Monde blieben? Oder drei? Wie sehr würden wir uns verändern?«

»Wir würden Gwelome werden«, sagte Lana. »Wie unsere Vorfahren. Mit verlängerter Lebensdauer und verminderter Fruchtbarkeit.«

»Wir sind doch längst Gwelome«, erinnerte sie Léti. »Die weisen Gesandten hatten nur wenige Nachkommen, und diese haben ihrerseits nicht viele Kinder.«

»Außer Bowbaq, der klammheimlich eine ganze Schar in die Welt gesetzt hat«, sagte Rey mit einem anzüglichen Augenzwinkern. »Nicht wahr, mein Freund?«

»Ich tue überhaupt nichts klammheimlich«, murmelte Bowbaq und errötete unter seinem blonden Bart.

»Und was die Lebenserwartung der Erben angeht, habe ich eher den Eindruck, dass sie in letzter Zeit dramatisch gesunken ist«, setzte Rey hinzu.

Niemand lachte. Nicht einmal Rey fand seinen Scherz lustig.

»Der Rausch lässt nach«, bemerkte Corenn. »Unsere Erinnerungen kehren zurück, und wir können wieder Traurigkeit empfinden.«

»Ich spüre die Euphorie immer noch«, sagte Lana, die nicht aufhören konnte zu lächeln. »Es ist so schön hier.«

Die Erben betrachteten die Priesterin mit einer Mischung aus Neid und Beklommenheit.

»Ich könnte ihr auch wieder verfallen, wenn ich nicht aufpasse«, sagte Yan. »Ich habe den Eindruck, sie kehrt in gewissen Abständen wieder.«

»Wir werden uns gegenseitig beobachten«, sagte Grigán entschlossen. »Wenn einer von uns merkt, dass er den Kopf verliert, sagt er den anderen Bescheid. Maz Lana, kommt Ihr zurecht?«

»Ja … Ja, Grigán«, antwortete sie verträumt. »Es geht mir gut. Es ist so schön hier«, wiederholte sie.

Der Krieger machte sich Sorgen um ihren Gemütszustand, doch obwohl sie entrückt wirkte, schien Lana ihre Gefühle im Griff zu haben.

Sie konnten sich nicht länger von dem törichten Rausch aufhalten lassen.

»Gehen wir«, befahl Grigán. »Die Bewegung wird uns guttun. Außerdem habe ich genug davon, auf das Wohlwollen der Götter zu hoffen. Sehen wir uns das Tal einmal genauer an!«

Weit kamen die Erben auf ihrem Erkundungsgang nicht. Lana wollte sich unbedingt die Pforte aus der Nähe ansehen, denn in der vorigen Nacht hatten sie nur einen flüchtigen Blick darauf geworfen. So machten sie kaum zweihundert Schritte später wieder Halt.

Die Pforte im Jal war nicht größer oder breiter als die anderen, die sie kannten: die auf der Insel Ji, im Land Oo oder der Sohonische Bogen, den bislang nur Grigán gesehen hatte. Trotzdem sprangen die Unterschiede selbst aus hundert Schritten Entfernung ins Auge: Sie war mit Abstand die schönste und eindrucksvollste.

Wie das Jal'dara war die Pforte zugleich gewöhnlich und außergewöhnlich. Von ihr ging derselbe Zauber aus wie vom ganzen Tal. Die

Kraft, die bei den anderen Pforten nur dann aufblitzte, wenn sie sich öffneten, war hier ständig spürbar.

Als sie vor der Pforte standen, entdeckten sie weitere Besonderheiten.

»Wie haben wir das letzte Nacht nur übersehen können!«, rief Lana. »Hat uns der Zauber des Tals blind gemacht?«

»Die Pforte stand offen«, antwortete Corenn, die nicht weniger entzückt war. »Deshalb war die Inschrift nicht zu sehen. Zum Glück sind wir noch einmal hergekommen.«

Die Gefährten betrachteten die Zeichen auf der Innenseite des Bogens. Bowbaq bemerkte als Einziger, dass das Bauwerk aus einem einzigen Marmorblock bestand. Vermutlich war es das schwerste Kunstwerk aus Stein, das jemals erschaffen worden war. Außerdem fiel ihm auf, dass die Inschrift anders als bei den anderen Pforten innen *und* außen entlanglief. Aber weil er nicht verstand, warum das seine Freunde so sehr begeisterte, beschloss er, Lana zu fragen.

»Die Farben, Bowbaq!«, rief sie. »Siehst du es nicht? Die Zeichen sind bunt!«

»Das sehe ich, Freundin Lana«, versicherte er. »Und es sieht sehr hübsch aus«, fügte er aus Höflichkeit hinzu, auch wenn er immer noch nicht verstand, warum das die Priesterin so sehr entzückte.

»Es ist viel mehr als nur hübsch!«, widersprach Lana. »Die Farben sind ein wesentlicher Bestandteil der Inschrift!«

Bowbaq warf Corenn einen hilfesuchenden Blick zu, und die Ratsfrau begriff, dass der Riese eine genauere Erklärung brauchte. Alle lauschten aufmerksam ihren Worten.

»Die Zeichen an den anderen Pforten sind verwittert«, rief Corenn ihnen ins Gedächtnis. »Die Zeit hat ihre Spuren hinterlassen. Zum Glück scheint das ihre magische Wirkung nicht zu beeinträchtigen. Aber niemandem ist es je gelungen, die Zeichen zu entziffern. Die Erben hielten die Inschrift lange Zeit für eine Verzierung. Zwar hatte Maz Achem einige Ähnlichkeiten mit dem Ethekischen festgestellt, doch diese Sprache ist weitgehend unbekannt, und die Pforten sind zudem viel älter als die Überreste der ethekischen Zivilisation, die bei Ausgrabungen gefunden wurden.«

»Wir wissen überhaupt nichts über die Etheker«, warf Rey ein. » Vielleicht hat es sie nie gegeben. Schließlich haben sie nur ein paar Ruinen hinterlassen und eine Handvoll Schreibtafeln überall auf der Welt.«

»Das scheint mir ein Beweis dafür zu sein, dass es sie gegeben hat. Aber deshalb müssen sie natürlich noch lange nicht die ersten Menschen gewesen sein, wie manche behaupten. Jedenfalls war es den Erben mit ihren kümmerlichen Kenntnissen des ethekischen Alphabets nicht möglich, die Inschrift der Pforten zu übersetzen. Aber diese hier ist unversehrt«, sagte Corenn und wies auf die Innenseite des Bogens. »Und nicht nur das: Sie ist farbig. Seht mal hier: Auf drei rote Zeichen folgen ein blaues und ein grünes. Und dort: noch einmal die gleiche Abfolge. Und dahinten: vier grüne Zeichen und zwei gelbe.«

»Wie bei itharischen Würfeln«, warf Rey ein, weil das ein Gebiet war, auf dem er sich auskannte.

»Vielleicht … Wenn man auf die Reihenfolge der Farben achtet, sieht man gleich, dass es keine einfachen Verzierungen sind. Die Farben sind der Schlüssel zur Inschrift.«

»Lana, könnt Ihr sie übersetzen?«, fragte Grigán ohne allzu große Hoffnung.

»Leider nicht«, sagte die Maz, die immer noch ganz aufgeregt war. »Ich habe Ethekisch nicht studiert. Außerdem müssten wir erst herausfinden, was die Farben bedeuten. Ändern sie die Silben? Beeinflussen sie den Sinn eines Worts? Das würde Jahre dauern, Grigán. Und es wäre nicht einmal sicher, ob es uns tatsächlich gelingen würde, die Inschrift zu entschlüsseln.«

Das Gesicht des Kriegers verfinsterte sich, und er hob den Blick zum Bogen, als könnte er dort oben die Lösung finden. Doch die Pforte gab ihr Geheimnis nicht preis.

»Glaubt Ihr, die Inschriften der anderen Pforten waren früher auch bunt?«, fragte Yan.

»Ja«, antwortete Lana, während Corenn im gleichen Moment sagte: »Vermutlich nicht.«

»Arkische Wahrheit, jezebische Lüge«, zitierte Rey belustigt und ersparte seinen Freundinnen damit eine endlose Diskussion. »Ich frage mich trotzdem, was die Zeichen bedeuten«, sagte er und betrachtete die Inschrift. »Vielleicht erzählen sie eine lustige Geschichte?«

»Sicher«, knurrte Grigán. »Irgendwelche Leute haben sich die Mühe gemacht, einen riesigen Steinblock zu behauen, um den Witz von dem König zu erzählen, der seinen Thron nicht finden konnte. Oder den von dem Lorelier, der sich eine halbe Terz borgen wollte«, setzte er hämisch hinzu.

»Kennt Ihr meinen Lieblingswitz?«, fragte Rey ungerührt. »Ein Ramgrith, ein Juneer und ein Goroner gehen zum Großen Tempel. Der Juneer geht rein und …«

Yan wartete das Ende nicht ab, denn er kannte den Witz in- und auswendig: Rey gab ihn bei jeder Gelegenheit zum Besten. Er schlenderte um die Marmorpforte herum und dachte daran, wie viel Arbeit in dem Bauwerk steckte. Wie lange mochte es gedauert haben, es zu errichten? War Magie im Spiel gewesen?

Wie viele Menschen hatte man dazu gebraucht? Vielleicht keinen einzigen …

»Wer die Pforten wohl erbaut hat?«, fragte er, nachdem er zu seinen Freunden zurückgekehrt war.

Er rechnete nicht mit einer Antwort, denn schließlich stellten sich die Gefährten diese Frage seit zwei Monden.

»Und warum?«, ergänzte Léti. »Warum gibt es für die Menschen einen Weg ins Jal'dara?«

Sie hatte den Satz noch nicht beendet, als ein leises Sirren ertönte, das rasch zu einem schrillen Pfeifen anschwoll. Grigán und Rey, die immer noch unter dem Bogen standen, wichen zurück. Alle entfernten sich zehn Schritte.

»Was ist los?«, fragte Bowbaq beunruhigt. »Warum öffnet sich die Pforte?«

»Keine Ahnung«, antwortete Lana, die mit einem Mal ernüchtert war. Sie ließ den Lichtpunkt, der zwischen den Pfeilern des Bogens aufleuchtete, nicht aus den Augen.

Doch diesmal dehnte er sich nicht aus, sondern erlosch nach einer Weile wieder. Die Magie der Pforte war aufgeblitzt, doch der Durchgang öffnete sich nicht.

Während die anderen verblüfft auf die Erscheinung starrten, drehte sich Yan um und ließ den Blick schweifen. Nach wenigen Augenblicken hatte er entdeckt, was er gesucht hatte. »Nol«, sagte er und zupfte Grigán am Ärmel. »Er kommt zu uns.«

Die Erben wandten sich um und sahen dem Hüter des Jal'dara entgegen. So wie ihre Urahnen. So wie Saat vor langer Zeit.

Sombre lauert in seinem Tempel und genießt seine Macht. Der Gott ist auf der Jagd. Er ist der Bezwinger.

Nach der Fertigstellung des Tempels würden hier die Schädel der vierundzwanzigtausend Sklaven lagern, die ihn erbaut haben, heißt es. Das Gerücht hält sich hartnäckig. Hundertzwanzigtausend Stimmen flüstern es dem Dämon tagtäglich ein. Deshalb hat Sombre begonnen, seine Opfer zu zählen.

Er huscht die Flure entlang, durchdringt Wände und schlägt seine Krallen und Fangzähne in die Körper seiner Opfer. Manchmal verschont er den Kopf, was ihren Todeskampf verlängert. Er reißt ihnen die Haut vom Leib, bricht ihnen sämtliche Knochen und zerfetzt ihr Fleisch. Jedes Mal behält er den Schädel als Trophäe und legt ihn zu den anderen, die sich bereits mannshoch entlang der Wände stapeln.

Doch es geht ihm zu langsam. Er hat noch viel Platz in seinem Tempel und noch mehr Wut im Bauch. Der Gott leidet, und er will dieses Leid in die Welt hinausschreien.

Endlich muss er nicht mehr schlafen. Doch auch seine Macht nimmt nicht mehr zu. Der Gott hat die Reife erlangt. Er ist vollendet. Das erbittert ihn und macht ihn zornig.

Er wird nicht mehr wachsen. Er verändert sich nur noch geringfügig, ganz so, wie die Sterblichen es wollten. Dafür ist sein Bewusstsein erwacht. Sombre weiß nun, dass er niemals so mächtig sein wird wie die alten Götter, seine Brüder und Schwestern. Dafür hätte er länger im Jal bleiben müssen. Er lebte jedoch schon bei den Menschen, bevor er ihrem Sinn entsprang. Sombre ist ein frühreifer Gott.

Er kann nicht in die Zukunft sehen wie Ekmis, Usul, Quarm Y'lor oder die Undinen. Er kann keine großen Entfernungen überwinden: Es gelingt ihm nur mit Mühe, als Avatar Gestalt anzunehmen, und dann ist er nur ein Schatten seiner selbst. Er kann das Wetter nicht beeinflussen, keine Berge erschüttern, keine Flüsse austrocknen und keinen Sturm auf dem Meer entfesseln wie Hamsa, Éi, Lirtl oder Phrias.

Er kann weder Dinge noch Lebewesen erschaffen. Keine Pflanze wird je aus seinem Geist erblühen. Kein Tier wird ihn je in der Natur vertreten, anders als Mishra, der die Bären, und Jeth, der das Margolin erschuf. Kein Fabelwesen wird aus seinem Samen entspringen, denn der Gott kann sich nicht fortpflanzen.

Sombre kann nur zuhören. Das können alle Götter. Und er kann den Sterblichen etwas zuflüstern. Doch das langweilt ihn.

Aber kämpfen kann er. Im Kampf ist er der Größte.

Er ist der Bezwinger, so haben die Menschen es gewollt. Weiter reicht seine Macht nicht. Also kämpft Sombre. Und siegt. Tötet. Erobert. Zerstört.

In seinem Tempel riecht es wie in der Unterwelt des Karu, und es ist dort fast ebenso finster. Sombre fühlt sich in seinem Reich wohl, oder vielmehr fühlt er sich dort nicht so unwohl wie anderswo. Er verlässt den Tempel nur noch selten. Er hört den Menschen zu, brütet über seinem Schicksal und spricht mit seinem Freund. Und er geht auf Jagd.

Die Jagd ist mittlerweile das Einzige, woran er Gefallen findet. Der Gott genießt die Hinrichtungen, die zu seinen Ehren stattfinden und an denen er höchstpersönlich teilnimmt. Nur finden sie viel zu selten statt. Mit der Zeit ist ihm das Warten lang geworden.

Aber Saat hat auch dafür eine Lösung gefunden, wie für alles. Er ist sein bester Freund – eigentlich sogar sein einziger. Manchmal denkt der Gott, dass er auch an seiner Schwäche schuld ist. Sombre ist nicht naiv. Doch solange er zurückdenken kann, kennt er nichts als diese Freundschaft. Er kann sich nichts anderes vorstellen.

Saat ist sein Freund. Zusammen sind sie die Dyarchen. Zwei Köpfe unter einer einzigen Krone.

Saat hatte die Idee mit der Menschenjagd im Tempel. Regelmäßig lässt er Männer in das Gebäude sperren, das er das Mausoleum nennt. Niemand kommt dort je wieder heraus.

Meistens sind es keine Sklaven. Dann wäre das Spiel nicht so lustig. Sombre jagt lieber Krieger. Goronische Gefangene, treulose Wallatten, Abtrünnige, Feiglinge, Verräter, das ist ihm gleich. Diese Worte bedeuten ihm nichts. Wichtig ist nur, dass sie in seinem Labyrinth herumirren. Dass sie um ihr Leben kämpfen. Und dass ihre Todesangst und ihr Leid greifbar sind.

Der Gott langweilt sich entsetzlich. Während er darauf wartet, seinem Erzfeind zu begegnen, vertreibt sich Sombre die Zeit mit der Menschenjagd. Entsetzensschreie hallen durch die Finsternis seines Tempels am Fuß der Berge des Karu.

Nol kam mit gemessenen Schritten den Hügel hoch, auf dem die Marmorpforte stand. Die Erben starrten ihm stumm entgegen. All ihre Hoffnungen ruhten auf dem Seltsamen.

Er war ihren Vorfahren in diesem Tal begegnet. Er wachte über die Kinder des Jal'dara. Er hatte alle bisherigen Götter der Menschheit aufwachsen sehen und würde auch die Geburt der künftigen Götter erleben. Er war der Ewige Gott.

Das Porträt, das ein juneeischer Maler ein Jahrhundert zuvor von Nol gemalt hatte, war ihm verblüffend ähnlich und unähnlich zugleich. Später stellten die Erben fest, dass sie alle Nol unterschiedlich wahrgenommen hatten. Jeder beschrieb sein Aussehen anders: Bowbaq war er groß vorgekommen, Lana klein. Corenn hatte einen Greis gesehen, Grigán einen Mann mittleren Alters. Für manche war er von aufrechtem, für andere von krummem Wuchs. Die Freunde beschrieben ihn als dünn oder dick, kahlköpfig oder grauhaarig, hell- oder dunkelhäutig. Auch bei seiner Kleidung waren sie uneins. Rey schwor, ihn nackt gesehen zu haben. Die anderen sprachen hingegen von einem Lendenschurz, einem Gewand, einer Robe oder einem Umhang. Natürlich fielen ihnen diese Unterschiede erst viel später auf, als sie zufällig auf Nols Aussehen zu sprechen kamen. Als Erklärung blieb ihnen nur der Zauber des Jal.

Einzig was die Augen des Ewigen Wächters anging, waren sie sich einig. Während Nol langsam auf sie zukam, spürten die Gefährten sein Wohlwollen. Sein Wohlwollen und seine Traurigkeit. Yan fielen plötzlich Nols Worte bei ihrer ersten Begegnung ein: *Die Zukunft zu kennen ist eine schwere Bürde. Aber niemand kann sich seine Bürde aussuchen.* Worum mochten die Gedanken des Gottes kreisen? Waren Sterbliche überhaupt in der Lage, sie zu verstehen?

»Willkommen zu Hause«, sagte Nol freundlich, trat nacheinander zu jedem Gefährten und strich ihm zur Begrüßung über die Wange, die Hand oder die Schulter.

Instinktiv antworteten Grigán, Rey und Léti ihm auf die gleiche Weise. Die anderen wagten sich nicht zu rühren, während der Seltsame ihnen zum zweiten Mal seine göttliche Berührung zukommen ließ.

Sie hatten eigentlich damit gerechnet, etwas Besonderes zu empfinden, eine Wärme, ein Kribbeln oder einen Schauer. Doch sie spürten nur eine sanfte Berührung.

Rey räusperte sich und trat einen Schritt auf Nol zu, während seine Gefährten ihm flehentliche Blicke zuwarfen. Alle fürchteten, er könnte einen Fehler mit unabsehbaren Folgen begehen.

»Verzeiht, äh … Nol, nicht wahr? Warum begrüßt Ihr uns mit den Worten: ›Willkommen zu Hause‹? Und nicht: ›Willkommen im Jal'dara‹ oder so etwas in der Art?«

»Fühlt Ihr Euch in meinem Tal denn nicht zu Hause?«, fragte der Seltsame mit einem Lächeln.

»Meister …«, stammelte Corenn. »Verzeiht, Eure Exzellenz … Göttliche Exzellenz … Äh … Heilige Mutter Eurydis, wie spricht man einen Gott an?«

»Der Name ist mehr wert als alle Titel«, antwortete Nol. »Nennt mich einfach bei meinem Namen.«

Lana, die hinter Grigán stand, schluchzte auf, und Rey trat zu ihr und nahm sie in den Arm. Die Priesterin wurde von ihren Gefühlen überwältigt und weinte an seiner Brust.

»Es ist alles in Ordnung«, wiederholte er immer wieder. »Warum weint Ihr? Es ist alles in Ordnung, Lana.«

»Es ist wie in einem Traum«, murmelte sie zwischen zwei Schluchzern. »Diese Worte … Sie gehören zum Zeitalter von Ys, Reyan. Es ist einfach zu schön. Das alles hier ist zu schön. Ach, warum sind die Menschen nur so grausam.«

Auch Léti liefen einige Tränen über die Wangen, und selbst Bowbaqs Augen wurden feucht. Nol hatte sich nicht gerührt. In den nächsten

Tagen würden die Erben noch häufiger erleben, dass er sich aus allem heraushielt. Er stand einfach nur lächelnd und reglos da. Nichts verriet, dass er ihrem Gespräch folgte.

»Nol«, sagte Corenn und bemühte sich, das Zittern in ihrer Stimme zu unterdrücken. »Wisst Ihr, wer wir sind?«

»Die Menschen haben mir nicht die Macht gegeben, in die Zukunft zu sehen«, sagte Nol. »Ist das denn von Bedeutung?«, fragte er freundlich, als er Corenns enttäuschten Gesichtsausdruck sah.

»Dann haben wir eine Überraschung für Euch«, warf Grigán ein, der sich über die Gelegenheit freute, einen Gott aus der Fassung zu bringen. *»Wir sind die Nachkommen der Gesandten von der Insel Ji.«*

Nols Lächeln erstarb, während er die Sterblichen musterte. Yan hätte schwören können, eine Falte auf der Stirn des Ewigen Wächters zu sehen, dessen Augen trauriger denn je blickten.

Corenn brauchte einen halben Dekant, um Nol in groben Zügen zu schildern, was den Gesandten seit ihrem Besuch im Jal'dara widerfahren und wie es ihren Nachkommen ergangen war. Nur einen halben Dekant, um von zweihundert Menschen aus vier Generationen zu erzählen. Sie fasste sich mit Absicht kurz und kam bald zum düsteren Ende: Sie berichtete von ihrer Verfolgung durch die Züu, von Saat und dem Krieg, der die Oberen Königreiche bedrohte.

So hatten die Erben etwas Zeit, sich an die Anwesenheit des Ewigen Wächters zu gewöhnen, auch wenn sie in seiner Gegenwart noch immer nicht ganz unbefangen waren. Nach anfänglichen Hemmungen fand Corenn ihre Wortgewandtheit wieder. Mit ihrer lebendigen, klaren Erzählweise schlug sie nicht nur den Gott, sondern auch ihre Freunde in den Bann, obwohl diese die Geschichte kannten und vieles selbst miterlebt hatten. Corenn schilderte ihr Abenteuer Schritt für Schritt und machte regelmäßig Pausen, weil sie hoffte, dass Nol ihr zustimmen, sie berichtigen oder die eine oder andere Erklärung liefern würde. Der Gott lauschte aufmerksam, blieb jedoch bis zum Ende stumm.

Schließlich schwieg auch Corenn. Ihre Erzählung war an der Stelle angelangt, an der die Gefährten die Pforte ins Jal'dara durchschritten hatten. Nol kannte nun ihr ganzes Abenteuer. Ängstlich warteten die Erben auf eine Reaktion des Gottes, auf einen Hoffnungsschimmer, auf ein Zeichen, dass sie nicht vergeblich gekommen waren. Nol dachte lange nach und starrte vor sich auf die Wiese, auf der sie sich niedergelassen hatten.

»Eigentlich eine nette Geschichte, oder? Würde ein gutes Märchen abgeben«, warf Rey ein, um das Schweigen zu brechen.

Den Erben war nicht zum Lachen zumute. Ihre Blicke waren auf den Ewigen Gott gerichtet, der sich mit der Antwort Zeit ließ.

»Also ist Saat nicht in der Unterwelt gestorben«, murmelte er schließlich wie zu sich selbst. »Das ist erstaunlich. Dieser Mann hat wirklich ein besonderes Schicksal.«

»Wollt Ihr damit sagen, dass Ihr auch das nicht gewusst habt?«, rief Rey lauter, als er gewollt hatte. »Verzeiht«, fuhr er ruhiger fort. »Aber heißt es nicht, die Macht der Götter sei unendlich und sie könnten jeden Menschen überall und jederzeit beobachten?«

»Ich bin nur ein Wächter, Reyan der Jüngere«, antwortete Nol ohne jeden Groll. »Ich bewache meine Pforte und das Land, in dem sie steht. Darauf beschränkt sich meine Macht.«

»Aber Ihr seid auch Nol der Lehrende«, sagte Lana. »Ihr seid mehr als ein Wächter.«

»Vielleicht. Doch das gibt mir keine zusätzliche Macht. Was sollte ich auch damit anfangen?«

»Ihr könntet uns helfen, Saat das Handwerk zu legen«, schlug Léti vor.

»Ich kann keinen Einfluss auf die Welt der Sterblichen nehmen«, sagte Nol freundlich.

»Aber das tut Ihr doch schon seit Urzeiten!«, ereiferte sich Grigán, den die Untätigkeit des Gottes allmählich in Rage brachte. »Unsere Vorfahren kamen auf Eure Bitte hierher! Und das hat ihr Leben zerstört!«

»Das tut mir aufrichtig leid«, sagte der Seltsame, dessen Blick nichts von seiner Güte verlor.

»Es tut Euch *leid?* Ein Dämon, den Saat uns auf den Hals gehetzt hat, brach Séhane von Junin das Genick. Und Ihr sitzt hier in Eurem weichen Gras und sagt, es tue Euch *leid?* Ihr verweigert uns Eure Hilfe?«

»Ich kann nichts tun«, sagte Nol ruhig. »Vom Jal'dara aus können die Götter keinen Einfluss auf die Welt der Sterblichen nehmen. Das gilt selbst für den Wächter dieses Tals.«

»Wie praktisch!«, schnaubte Grigán und sprang auf. »Dann seht Euch doch mal in der Welt um! Versucht, Eure Fehler wiedergutzumachen! Denn das alles ist Eure Schuld«, sagte er und wies anklagend mit dem Finger auf den Gott.

»Meister Grigán, würdet Ihr Euch zu mir setzen?«, bat Corenn.

Nicht anders als ihre Gefährten war sie überrascht und beschämt vom Wutausbruch des Kriegers. Natürlich waren Nols Machtlosigkeit und Untätigkeit enttäuschend, aber ein solches Verhalten rechtfertigten sie noch lange nicht. Hatte Grigán vergessen, mit wem er es zu tun hatte und wo er sich befand? Hatte der Zauber des Tals sein Urteilsvermögen getrübt?

Für einen kurzen Moment fürchtete sie, Grigán könnte handgreiflich werden. Dann machte sie sich Vorwürfe, so etwas auch nur gedacht zu haben. Sicher, er war jähzornig, wortkarg und mürrisch. Doch sie kannte ihn auch als aufmerksamen, selbstlosen und treuen Freund. Er besaß Ehrgefühl und Pflichtbewusstsein. Niemals, auch nicht im Zustand geistiger Umnachtung, würde er einen Unschuldigen angreifen.

Wenn Grigán jedoch glaubte, dass die Gefährten in Gefahr waren, konnte sie für nichts garantieren. Und genau das war das Problem. Nol war der Ewige Wächter des Jal'dara, und als solcher könnte er sie aus dem Tal verjagen. Bei dem Gedanken, Nol der Seltsame könnte sich in ein Ungeheuer wie Reexyyl oder der Lindwurm aus dem Land Oo verwandeln, erhob sich Corenn ebenfalls und versuchte, den Krieger zu besänftigen, der nervös auf und ab lief.

»In Eurer Welt kann ich nur Königen und Herrschern einen Besuch abstatten«, erklärte Nol. »Versteht Ihr? Alles andere liegt nicht in meiner Macht. Ich weiß nicht, was geschehen würde, wenn ich versuchte, diese Grenze zu überschreiten. Vermutlich könnte ich es einfach nicht. Ich wäre zu einer solchen Tat nicht fähig. Versteht Ihr?« Er fand nicht die richtigen Worte, um etwas zu erklären, das seine eigene Herkunft und Aufgabe berührte.

»Alles Eure Schuld!«, wiederholte Grigán halsstarrig und stolperte bei dem Versuch, Corenn auszuweichen.

»Grigán, Nol kann nichts tun!«, versuchte Lana zu erklären. »Er ist ein Gefangener des Jal! Nicht anders als Usul in seiner Höhle!«

Bowbaq stand auf, um Corenn zu helfen, da es Grigán offenkundig nicht gut ging. Er hielt sich nur noch mit Mühe auf den Beinen und brach kurz darauf in Bowbaqs Armen zusammen. Seine Hand umklammerte den Griff seines Krummschwerts, als könnte die Waffe etwas gegen das Übel ausrichten, das ihn von innen verzehrte.

Endlich erkannten die Erben, was los war: Die Farikskrankheit war erneut ausgebrochen. Grigán hatte sich angesteckt, nachdem ihn im Schönen Land eine Horde Vampirratten gebissen hatte.

Es war sein vierter Anfall. Bisher war jeder Ausbruch schlimmer verlaufen als der vorherige, und sie alle machten sich große Sorgen um ihren Freund.

Nol trat zu den Erben, die Grigáns leblosen Körper umringten. Yan sah dem Wächter in die Augen, weil er hoffte, darin Trost zu finden. Doch Nols Miene blieb undurchdringlich.

Konnte man in der Kinderstube der Götter sterben?

Grigáns Haut war eiskalt und bleich.

Die Erben hatten eine Dezime lang hilflos mit ansehen müssen, wie seine Körpertemperatur gefallen war. Nach einer Weile hatte sie sich stabilisiert, war jedoch nach wie vor erschreckend niedrig.

In der Herberge von Semilia hatten sie ihn bei einem ähnlichen Anfall vor den Kamin getragen. Doch im Jal'dara konnte man kein Feuer entzünden, und ihre Decken reichten nicht aus. So blieb ihnen nichts anderes übrig, als sich neben den Freund auszustrecken, um ihn mit ihrem Körper zu wärmen. In beklommenem Schweigen wechselten sich alle ab. Léti hielt den Krieger fest umklammert und hatte dabei das Gefühl, eine Leiche zu umarmen. Bald überließ sie Bowbaq den Platz, der einen ganzen Dekant neben Grigán ausharrte, obwohl auch ihm die Kälte in die Glieder kroch.

»Könnt Ihr wirklich nichts für ihn tun?«, fragte Léti Nol mit zitternder Unterlippe.

»Falls eine Genesung möglich ist, wird ihn das Jal'dara heilen«, versicherte Nol. »Ihr dürft die Hoffnung nicht aufgeben.«

Die junge Frau wandte dem Wächter den Rücken zu und suchte in ihrem Gepäck nach den Feuersteinen. Sie schlug sie mehrmals aneinander, aber es gelang ihr nicht, auch nur den kleinsten Funken zu erzeugen. Schließlich gab sie sich ihrem Kummer hin und war taub für Lanas und Corenns tröstende Worte.

Nol schien sie nicht verlassen zu wollen, aber er war abgelenkt. Der Wächter starrte immer wieder zum anderen Ende des Tals hinüber, wo einige kaum sichtbare Gestalten ziellos umherstreiften: die kindlichen Götter.

»Warum geht Ihr nicht zu ihnen?«, fragte Rey, dem Nols Unruhe nicht entgangen war. »Wir kommen auch ohne Euch zurecht.«

Nol blickte von Grigáns lebloser Gestalt zu der Pforte, die er bewachte. Dann trat er näher zu Rey und sagte mit gesenkter Stimme: »Niemand darf im Jal'dara sterben. Wenn der Tod unvermeidlich ist, müsst Ihr gehen, bevor es dazu kommt.«

Rey sah den Hüter an und nickte. Dann begann er, das Gepäck zu durchwühlen. Blieb ihnen tatsächlich nur Wasser? In diesem Moment hätte er alles für eine Flasche billigen Wein gegeben.

Nach einer Weile gab er die Suche auf und spielte mit dem Gedanken, Yan abzulösen, doch der junge Mann hatte sich gerade erst neben Grigán gelegt. So kehrte er zu Nol und Corenn zurück. Der Seltsame hatte seine stumme Beobachtung wieder aufgenommen.

»Habt Ihr etwa Angst, sie könnten sich prügeln?«, fragte Rey hitzig. Er war wütend über seine eigene Hilflosigkeit.

»Ich befürchte, eines der Kinder könnte herkommen und Euren Freund sehen«, antwortete der Gott offen. »Alle Kinder sind beeinflussbar«, sagte er und sah Corenn an. »Doch diese sind es tausendmal mehr als andere.«

Die Ratsfrau erinnerte sich an eine Zeile des Gedichts von Romerij, das sie im Tiefen Turm gefunden hatten: *Weder gut noch böse ist ein Kind / Arglos sind Menschen wie Götter.* Welche Wirkung würde der Anblick des kranken Grigán auf einen heranwachsenden Gott haben? Vielleicht würde er ihn gleich wieder vergessen. Vielleicht aber auch nicht.

Am liebsten hätte sie Nol zu ihren Vorfahren befragt: Tiramis, Yon und vor allem Saat. Doch sie beschloss zu warten, bis Grigán wieder gesund war. Sie würden ihre Suche gemeinsam zu Ende führen – oder gar nicht.

Als die Dämmerung hereinbrach, hatte sich Grigáns Zustand nicht gebessert. Yan beobachtete voller Sorge, wie die Sonne hinter den Bergen verschwand: Im Jal'dara verging die Zeit fünfmal langsamer als in ihrer Welt. Sie hatten schon vier Tage verloren und das, obwohl die Zeit drängte.

Irgendetwas an diesem Gedanken ließ ihn nicht mehr los. Wie konnte es sein, dass die Sonne in der Welt der Menschen fünfmal auf- und unterging, im Jal'dara im gleichen Zeitraum hingegen nur ein einziges Mal? Nur der Hausherr würde ihm diese Frage beantworten können.

»Das Jal'dara liegt nicht in Eurer Welt«, erklärte Nol. »Man kann in sie zurückkehren, indem man diese Berge überquert. Aber damit geht man auch in eine andere Wirklichkeit über. Zum Beispiel gibt es im Tal keine Jahreszeiten. Selbst wenn es auf der anderen Seite der Berge schneit, bleibt hier das Wetter immer gleich.«

»Und was ist mit der Sonne?«, hakte Yan nach, der die Erklärung alles andere als befriedigend fand. »Was ist mit Sonnenauf- und -untergang?«

»Die Sonne, die Ihr hier seht, ist nicht die der Sterblichen. Diese Sonne entspringt Eurem Geist. Jahrhundertelang stellten sich die Menschen vor, dass im Paradies immer schönes Wetter ist. Und so kam es dann auch.«

»Heißt das, dieses Tal wird nur vom Glauben der Menschen hervorgebracht?«, fragte Lana, der kein Wort entgangen war. »Aber … aber wie …«

Diese Erkenntnis war so folgenschwer, dass der Maz schwindelig wurde. Die Menschen erschufen das Jal'dara? Das hieße ja, dass sie auch die Götter hervorbrachten. Aber dann … Wenn nicht die Götter die Welt erschaffen hatten, woher kamen dann die Menschen? Und wer waren die ersten Menschen gewesen? »Die Etheker?«, fragte sie plötzlich laut. »Wer waren eigentlich die Etheker? Und was bedeutet die Inschrift auf der Pforte?«

Der Wächter zögerte einen Moment. »Das weiß ich nicht«, sagte er dann mit leisem Bedauern. »Meine eigene Herkunft ist mir ein Rätsel.«

Zum ersten Mal hatten die Erben das Gefühl, dass Nol einer Frage auswich. Doch warum sollte er auch den Ursprung der Menschheit kennen?

Es hatte lange gedauert, bis die Sonne untergegangen war, doch mittlerweile war es dunkel geworden. Die Luft roch nach Sommer, und Abertausende Sterne prangten am Himmel, als wäre diese wunderschöne Nacht dem Sinn eines Dichters entsprungen. Trotzdem war es kühl. Vielleicht nicht so kalt wie jenseits der Berge, aber immerhin kalt genug, dass sie Angst hatten, Grigán könnte an Unterkühlung sterben.

Léti lag eng an ihn geschmiegt und versuchte, ihn mit ihrem Körper zu wärmen. Um die Kälte seiner Haut zu vergessen, betrachtete sie die Sterne. Sie erkannte keinen einzigen wieder. Wo waren sie nur? Was würde aus ihnen werden?

Im Jal'dara schien kein Mond. Léti konnte sich nicht erinnern, in welcher Phase der Mond in ihrer Welt gerade war. Leuchtete dort eine schmale Sichel oder ein Vollmond? Hatte das Jal'dara sie bereits verändert? Hatte es ihre Erinnerungen ausgelöscht, ihre Persönlichkeit, vielleicht sogar ihr Leben? Es war nur eine dunkle Ahnung, doch Léti war überzeugt, dass sie einfach verschwinden würden, wenn sie zu lange an diesem Ort blieben. Sterbliche hatten hier nichts verloren. Das Tal würde seinen ursprünglichen Zustand wiederherstellen und ihre Spuren auslöschen. Eine sonderbare und machtvolle Magie war hier am Werk.

Dieser Gedanke brachte sie auf eine Idee. Um Grigán zu retten, war sie zu allem bereit, und so fasste sie einen dieser leicht verrückten Pläne, die aus dem Mut der Verzweiflung geboren werden. Sie stand auf, streckte die steifen Glieder und war froh, als Rey sogleich ihren Platz einnahm. Dann machte sie sich auf die Suche nach Yan.

Er unterhielt sich mit Nol, Lana und Corenn über die Besonderheiten des Tals. Es würde noch eine Weile dauern, bis sie das Thema erschöpfend behandelt hatten, dachte sie. Aber schließlich war das Gespräch auch für sie interessant.

»… keine Müdigkeit«, sagte Corenn gerade. »Das Jal scheint die Tätigkeit unserer Organe und Muskeln zu verlangsamen und uns von allen körperlichen Bedürfnissen zu befreien. Selbst Hunger verspüren wir nicht. Ich habe immer noch den Geschmack des Brots auf der Zunge, das wir heute Morgen gegessen haben.«

»Es wird ein paar Tage dauern, bis Ihr es verdaut habt«, erklärte Nol. »Die bewahrenden Kräfte des Jal übertragen sich auf jedes Ding und jedes Lebewesen im Tal. Nahrung stellt keine Ausnahme dar.«

»Es fiel mir schwer, das Brot überhaupt zu schlucken«, sagte Lana.

»Und wie kommt es, dass die Gärten so gepflegt aussehen?«, fragte Corenn. »Niemand stutzt die Bäume und Pflanzen, oder? Wie kann es sein, dass nicht längst alles zugewuchert ist, wenn nichts sterben kann?«

»Ganz so ist es nicht«, sagte Nol. »Alles, was nicht aus dem Jal selbst stammt, kann sterben, nicht anders als in der Welt der Menschen.«

»Und was ist mit den Tieren? Wir haben Waagenhirsche gesehen. Selbst wenn in jedem Jahrhundert nur einer geboren wird, müssten es mittlerweile Tausende sein!«

»Manchmal sind es auch so viele«, antwortete Nol. »Die Wirklichkeit ist trügerisch. Das Jal verändert sich ständig. Es hängt vom Willen der Sterblichen ab. Eure vereinten Gedanken haben zum Beispiel diese Gruppe Lubilien erschaffen. In zehn Jahrtausenden wird die Art aussterben. Andere Bäume werden sie ersetzen, vielleicht auch eine Quelle oder ein Tier. Oder gar nichts. Je nachdem, was die Menschen wollen.«

»Ich wusste bisher nicht einmal, dass es das Jal'dara überhaupt gibt«, warf Léti ein. »Wie kann ich da entscheiden, wie es hier aussieht?«

Sie hatte nicht vergessen, dass sie Yan um einen Gefallen bitten wollte. Doch in diesem Gespräch ging es um genau das, wovor sie Angst hatte. Das Jal'dara löschte sie langsam aus, und Léti wollte wissen, warum.

»Wie können sich die Menschen einen Ort, von dem sie nichts ahnen, so genau vorstellen?«, pflichtete Corenn ihrer Nichte bei.

Nol lächelte freundlich wie immer, wenn er die Rolle des Lehrenden einnahm. Sie schien ihm ohnehin besser zu gefallen als die des Ewigen Wächters.

»Die Sterblichen haben schon immer von diesem Ort gewusst. Er kommt in ihren Träumen vor, in ihren Religionen und ihrer Kunst. Im ersten Lächeln eines Säuglings und im letzten Atemzug eines Sterbenden. In ihren Tränen und ihrem Lachen. Das Jal'dara ändert sich ständig. Jede menschliche Generation hinterlässt ihre Spuren. Und doch bleibt es in all seinen Erscheinungsformen immer dasselbe.«

»Deshalb löscht es auch fremde Spuren aus«, sagte Corenn. »Die Grashalme richten sich wieder auf, wenn wir sie niedergedrückt haben. Die Erde saugt das Wasser auf und bleibt doch trocken. Wir sind Eindringlinge«, ergänzte sie traurig. »Menschen gehören nicht ins Jal'dara.«

»Und nicht nur das«, sagte Yan, der den Gedanken weiterführte. »Auch unser Gepäck hat nichts auf der Wiese verloren. Es dürfte eigentlich nicht da sein. Vielleicht würde es mit der Zeit verschwinden?«

Nol musterte die Säcke und Bündel, die sie in einiger Entfernung abgelegt hatten. »Ja, aber das würde eine Weile dauern«, sagte er und nickte Yan anerkennend zu. »Wenn Ihr Wert auf Euer Gepäck legt, solltet Ihr es von Zeit zu Zeit an eine andere Stelle bringen. Eure Vorfahren haben so gut wie nichts verloren«, sagte er in der Absicht, sie zu beruhigen.

Die Erben starrten ihn entsetzt an. Nol hatte soeben eine ihrer schlimmsten Befürchtungen bestätigt. Sie wunderten sich über die unbekümmerte Art des Gottes. Warum hatte er sie nicht gewarnt? Was verheimlichte er noch? Was war, wenn sie nicht die richtigen Fragen stellten?

»Und wie lange würde das dauern?«, brachte Lana schließlich heraus. »Mehrere Monde?«

»Das weiß ich nicht«, gestand der Ewige Wächter. »Das kommt ganz darauf an.«

»Wie kann dieser Ort zugleich bewahren und zerstören?«, sagte Corenn nachdenklich. »Das ist paradox.«

»So haben ihn die Sterblichen erschaffen«, erwiderte Nol.

Léti war der Meinung, dass das Gespräch damit beendet war. Sie wusste nun, dass Grigán neben seiner Krankheit von einer weiteren Gefahr bedroht war: Irgendwann würde er aus dem Gedächtnis des Jal'dara verschwinden.

Die junge Frau nahm Yans Hand und zog ihn von Nol und Corenn fort. Sie wollte nicht, dass die beiden mitbekamen, worum sie ihn bat. Léti hatte keine Lust, sich ihre Ermahnungen anzuhören.

Sie wusste genau, was sie von der Idee halten würden, im Jal'dara Magie anzuwenden.

Wieder einmal hatte eine goronische Kompanie die Front im Tal der Krieger durchbrochen. Nun marschierten die Goroner Richtung Süden, um den Anführern der Barbarenarmee den Garaus zu machen. Gors'a'min Lu Wallos, der König der wallattischen Klans, kochte innerlich vor Wut, als er an die Taugenichtse dachte, denen er die Bewachung des Tals überlassen hatte.

Sein Hang, anderen Schmerzen zuzufügen, hatte ihm den Beinamen »der Zimperliche« eingebracht. Gors hasste diesen Namen. Für einen schlichten Geist wie ihn war das viel zu sehr um die Ecke gedacht. Er hätte es lieber gehabt, wenn man ihn unumwunden »Gors den Quäler« genannt hätte. Und weil die Grenze im Tal der Krieger so löchrig war wie ein Sieb, schwor er sich, bei der Bestrafung der Schuldigen seinem Ruf alle Ehre zu machen. Zurzeit hockten er und seine Männer in einem Versteck am Col'w'yr und warteten auf die Goroner – und das bei einer Kälte, bei der dem zähesten Tuzeener die Zähne ausgefallen wären.

Gors kam der Gedanke, dass einige seiner Pikenträger Tuzeener waren. Die Richtigkeit des Sprichworts zu überprüfen wäre eine willkommene Abwechslung. Seit über zwei Tagen warteten sie nun schon auf den Feind, und der Barbar hatte ein ungeduldiges Temperament. Mit jedem tatenlos vertrödelten Dekant wuchs sein Zorn, und mittlerweile ging er beim geringsten Anlass in die Luft. Seine Männer wussten das nur zu gut und hielten Abstand zur zweischneidigen Axt des wallattischen Riesen, was seine Wut nur noch mehr anstachelte.

Um die Kälte zu vergessen, kippte sich Gors Becher um Becher hinter die Binde. Wann schlugen die Wachen endlich Alarm? Solche Aufträge waren ihm schon immer zuwider gewesen. Wenn sie ein Dorf überfielen, musste er sich wenigstens nicht erst dekantenlang die Beine in den Bauch stehen! Sie legten die Häuser in Schutt und Asche, rekrutierten alle, die sich ihnen anschließen wollten, und nahmen die anderen gefangen: Sie dienten als Sklaven und Konkubinen oder wurden Sombre geopfert. Der Gott wurde immer gieriger. Kranke, Kinder und Alte wurden natürlich auf der Stelle getötet. Der hohe Dyarch duldete keinen Ballast.

»Verfluchter Hexer«, murmelte Gors mit rauer Stimme.

Irgendwie war ihm alles über den Kopf gewachsen. Vor sechs Mon den hatten er und sein Verbündeter mit der Eroberung des Ostens begonnen. Seitdem war Gors mehrmals ausgestochen worden. Erst von Saat. Dann von Chebree, seiner einstigen Vasallin, einer Hure, die sich nun Emaz nannte und ihm seinen Platz streitig machte, indem sie sich dem Dyarchen hingab. Und jetzt auch noch von Zamerine. Dieser verdammte Zü war zum obersten Strategen ernannt worden und hatte Gors in der Rangordnung zum Oberbefehlshaber degradiert. Zamerine hatte ihm diese Mission eingebrockt. Der vermaledeite Dolchträger mit seinem bemalten Gesicht war daran schuld, dass er sich hier den Hintern abfror.

Der Riese machte seiner Wut Luft, indem er ein paar Bäume aus der Erde riss, und keiner seiner Männer wagte es, ihn zu mehr Vorsicht zu mahnen. Das Schlimmste war, dass ihm gar nichts anderes übrig blieb, als zu warten. Woher auch immer er seine Auskünfte nahm, Saat irrte sich nie. Eine goronische Kompanie war unterwegs zu ihnen, daran gab es keinen Zweifel. Er und seine Männer mussten sie aufhalten, damit die Oberen Königreiche nichts von ihren Plänen erfuhren. Aber warum, beim Bezwinger, trödelten die Goroner nur so lange herum?

Als wäre sein Gebet erhört worden, kam ein thalittischer Bote angeprescht. Er war völlig außer Atem, weil er mehrere Meilen im Laufschritt zurückgelegt hatte. Gors stieß den wa'r'kalischen Hauptmann, der ihn befragen wollte, beiseite und durchbohrte den Boten mit seinem Blick. »Rede! Wo sind sie?«

Der Thalitte konnte nur in eine Richtung zeigen, da er kaum Luft bekam.

»Wie viele sind es? Wie weit sind sie noch entfernt?«

»Sechzig, mehr nicht«, keuchte der Bote. »In etwa zwei Meilen Entfernung.«

Gors dankte dem Mann mit einem kräftigen Schlag auf den Rücken, der ihm vollends den Atem nahm und ihn zu Boden warf. Der Barbar sah lachend zu, wie sich der Bote am Boden wand und hilflos nach Luft schnappte.

»Auf geht's!«, befahl er und klatschte zweimal in die Hände, als schickten sie sich an, ein altbewährtes Theaterstück aufzuführen.

Natürlich war alles geplant: Sie würden den Goronern einen gebührenden Empfang bereiten. Zamerine hatte Gors vier Kompanien zugeteilt, viel mehr als eigentlich nötig. Doch der Zü hasste es, seinen Feinden auch nur die geringste Chance zu lassen. Außerdem wollten die Kämpfer beschäftigt werden, während sie auf das Ende der Grabungen warteten.

Deshalb befehligte Gors nun hundertachtzig Pikenträger, hundertdreißig wa'r'kalische Bogenschützen und zweihundert Bärtige, seine Lieblingskompanie. Das war kaum ein Hundertstel ihrer Armee. Doch die großen Eroberungen würden erst später folgen, diese Schlacht war nur die Generalprobe.

Alles verlief nach Plan. Gors lachte sich ins Fäustchen, als er beobachtete, wie die goronischen Kundschafter durch die schwache Strömung des Col'w'yr wateten. Er ließ sie unbehelligt weiterziehen. Die Männer würden eine Meile südwärts von den Pikenträgern abgefangen werden, die der Barbarenkönig dort postiert hatte.

Die Wallatten harrten noch eine Dezime in ihrem Versteck aus, während sich die goronischen Kundschafter rasch entfernten. Die Vorhut war erschöpft und in Eile, und so passierte sie völlig ahnungslos einen Hinterhalt, in dem fünfhundert Krieger lauerten. Für diese Unachtsamkeit würden ihre Kameraden mit dem Leben bezahlen.

Nach einer Weile kamen die goronischen Soldaten in Sicht und wateten mit offenkundiger Nervosität durch den Fluss. Pferde waren für verdeckte Manöver im Feindesland ungeeignet, weshalb die Männer zu Fuß unterwegs waren. Vermutlich hatten sie vor, sich vor Wallos in mehrere Trupps aufzuteilen, dachte Gors mit einem grausamen Lächeln. Vielleicht sogar schon, nachdem sie den Fluss durchquert hatten.

Dazu würden sie keine Gelegenheit mehr bekommen.

Die Wa'r'kal schossen ihre Pfeile ein wenig früher ab als geplant, eigentlich sogar zu früh. Gors stieß einen Fluch aus und nahm sich vor, dem Hauptmann der Bogenschützen höchstpersönlich den Schädel einzuschlagen. Er hatte die Männer am Nordufer des Flusses postiert, damit sie den Goronern in den Rücken fielen und die Überlebenden auf die Bärtigen mit ihren Äxten zutrieben. Doch nun machte ein Drittel der Soldaten des Großen Kaiserreichs kehrt und griff die Bogenschützen an.

Gors sprang hinter dem Stamm eines Lenosters hervor, ließ seine Axt durch die Luft wirbeln und schlug blutige Schneisen in die Reihen der Fliehenden. Auf dem Schlachtfeld war er der Größte. Auf dem Schlachtfeld konnte es niemand mit ihm aufnehmen. Weder Chebree noch Dyree noch Zamerine. Selbst Saat nicht. In seinem Blutrausch hinterließ der Riese eine Spur zerstückelter Gliedmaßen, untrügliche Beweise seiner Grausamkeit.

Die Schlacht war schnell vorbei. Die Pikenträger, die rund um den Hinterhalt postiert waren, würden sich um die Handvoll Goroner kümmern, die wundersamerweise den Äxten der Bärtigen entkommen waren.

Gors sah zum anderen Ufer hinüber und entdeckte, dass die Bogenschützen noch nicht alle Feinde getötet hatten, auch wenn das nur noch eine Frage der Zeit war. Mit einem kaltblütigen Grinsen sprang er ins eisige Wasser und pflügte brüllend und die Axt über dem Kopf schwingend durch den Fluss, so schnell die Strömung es erlaubte.

Seine Männer folgten ihm. Eine wilde Freude über den Sieg stieg in Gors auf. Was kümmerten ihn die Intrigen an Saats Hof? *Sein* Platz war auf dem Schlachtfeld. Hier war er unbesiegbar.

Er erklomm das Nordufer des Col'w'yr und ärgerte sich, dass die Jahreszeit der Erde noch nicht vorbei war. Sobald die Jahreszeit des Feuers anbrach, würde er seine Armee gegen Ith führen und die Heilige Stadt in Schutt und Asche legen.

Yan folgte seiner Freundin voller Neugier. In ihrer Kindheit hatte Léti ihn oft von ihren Spielkameraden fortgezogen, um ihm ein Geheimnis anzuvertrauen, was meistens in lautem Gekicher geendet hatte. Doch in dieser Nacht war keinem der Erben nach Lachen zumute, Yan noch viel weniger als den anderen.

Usul hatte vorhergesagt, dass Grigán noch vor Ablauf eines Jahres sterben würde. Gewiss, die Zukunft war veränderbar, sobald sie enthüllt wurde, und der Gott amüsierte sich über die verzweifelten Versuche der Sterblichen, gegen ihr Schicksal anzukämpfen. Doch Yan hatte keine Ahnung, was er für die Heilung des Kriegers tun konnte. Der Gedanke quälte ihn, seit sie das Schöne Land verlassen hatten. In diesen drei Dekaden war die Farikskrankheit bei Grigán viermal zum Ausbruch gekommen – bei jedem Mal stärker.

Yan wusste das alles, aber er war machtlos – und er fühlte sich schuldig. Deshalb war er sogleich von Létis Idee begeistert: Für einen kleinen Hoffnungsschimmer schlug er jede Vorsicht in den Wind.

»Es ist nicht warm genug«, hatte sie gesagt, sobald sie außer Hörweite waren. »Grigáns Haut ist eiskalt. Wir müssen Feuer machen.«

»Das geht nicht«, entgegnete Yan und wunderte sich über ihren Starrsinn. »Wir haben es den ganzen Tag lang versucht.«

»Ich weiß. Ich meine kein gewöhnliches Feuer. Glaubst du, du könntest ein magisches Feuer entzünden?«, flüsterte sie und sah ihm tief in die Augen.

Yan dachte eine Weile nach. Er war bereit, alles zu versuchen, um Grigán zu helfen. »Vielleicht ... Ja, ich glaube schon«, sagte er schließlich.

»Dieses Tal ist so seltsam«, sagte Léti. »Hier ein Feuer zu entfachen ist bestimmt gefährlich. Vermutlich verstoßen wir gegen irgendein ungeschriebenes Gesetz und ziehen den Zorn von Nol und meiner Tante auf uns.«

»Ich weiß«, versetzte Yan, den dieser Gedanke zum Schmunzeln brachte. »Daran bin ich gewöhnt.«

»Aber wenn wir es nicht tun, wird Grigán ...«

Létis Gesicht verdüsterte sich.

Yan legte ihr tröstend die Hand auf den Arm, und sie lehnte den Kopf an seine Schulter, während sie mit den Tränen kämpfte.

»Das wird nicht geschehen«, sagte Yan. »Grigán wird wieder gesund«, wiederholte er mehrere Male, entschlossen, seine magischen Kräfte so lange zu gebrauchen, bis er Erfolg hatte oder vor Erschöpfung umfiel.

In diesem Moment ging beiden auf, dass sie sich seit ihrer Flucht aus dem Matriarchat nicht mehr so nah gewesen waren. Léti trat einen

Schritt zurück, ohne seine Hand loszulassen, und er erwiderte schweigend ihren Blick.

Sie trug die schwarze Kluft aus Acorleder, die sie von Grigán geschenkt bekommen und seither nicht mehr abgelegt hatte. Léti hatte allerdings einige Verbesserungen vorgenommen. Dabei ging es ihr nicht so sehr um die Zweckmäßigkeit, denn an welchen Stellen die Beschläge und Metallplatten am sinnvollsten angebracht waren, wusste der ramgrithische Krieger besser als jeder andere. Seine Schülerin hatte dem Kampfanzug nur eine persönliche Note verliehen: Sie hatte ihn mit einem Gürtel und einem Hemd aus Far kombiniert und die Lederbänder verflochten.

Dazu trug sie lorelische Stiefel, die sie mit Wachs poliert hatte, damit sie in der Farbe ihrer Kluft schimmerten – und in der ihres Haars, das sie offen über die Schulter trug, so ungebändigt, wie sie selbst es war.

Vor allem aber trennte sich Léti nie von ihrem Rapier, einem Geschenk Reys, mit dem sie auf dem Mittenmeer gegen Piraten und im Schönen Land gegen die Vampirratten gekämpft hatte. Mit dieser Waffe hatte sie in Ith einen Zü getötet. Auch den Dolch, mit dem sie in Lorelia einem Zü die Kehle durchgeschnitten hatte, legte sie nicht mehr ab.

Léti war eine Kriegerin geworden, dachte Yan voller Bewunderung. Herrin ihres Schicksals. Stolz und mutig. Widerspenstig und kämpferisch.

Aber nicht zu stolz, um ihn um Hilfe zu bitten. Um den Hals trug sie den Opal, in den ein goldfarbenes Papier eingeschlossen war. Ein Geschenk Yans, das er ihr im Eroberten Schloss in Junin überreicht hatte.

Sie erwiderte seinen Blick voller Zuneigung. In den vergangenen drei Monden war Yans Körper kräftiger geworden, auch wenn er selbst es nicht zu bemerken schien. Das Haar trug er mittlerweile länger, und durch die weiße Strähne, die ihm in die Stirn fiel, wirkte er erwachsener. Er hatte nun etwas von Reys selbstsicherem Auftreten, das Léti bei ihrer ersten Begegnung so bewundert hatte. Seine Haut war von der Sonne des Mittenmeers braun gebrannt, und seine Augen leuchteten heller als früher, ganz anders als bei einem typischen Kaulaner.

In jedem der Länder, durch das die Gefährten gereist waren, hatte er seine Kleider gewechselt, weshalb nun nichts mehr seine Herkunft verriet. Im Wald von Oo hatte er gegen die Kälte eine dicke Weste übergezogen, die er von einem der romischen Gaukler geschenkt bekommen hatte. Im Jal'dara hatte er sie gegen ein lorelisches Hemd getauscht, über dem er ein juneeisches Wams trug. Als es am Abend kühler geworden war, hatte er einen itharischen Mantel übergestreift, den er jedoch wieder ausgezogen hatte, um Grigán damit zuzudecken. Das einzige kaulanische Kleidungsstück, das er noch am Leib trug, war eine Hose aus festem Stoff, die an der Hüfte mit Riemen zusammengeschnürt war und weit über seine guorischen Schaftstiefel fiel. Seine Kleider waren bunt zusammengewürfelt, und doch standen sie ihm hervorragend: Auch wenn Yan nicht Reys Eleganz besaß, sah man ihm an, dass er sich in seiner Haut wohlfühlte. Die innere Ruhe, die er ausstrahlte, empfand Léti als angenehm.

Beide hatten ihre Naivität verloren. Durch die Gefahren, die sie überstanden hatten, und das Geheimnis, das sie teilten, waren sie frühzeitig erwachsen geworden. Sie trugen Verantwortung, trafen schwere Entscheidungen und hatten viel Leid gesehen. Trotzdem war Yan nicht abgestumpft. Er war immer noch der einfühlsame und rücksichtsvolle Freund ihrer Kindheit.

Er hatte Eza verlassen, um ihr zu folgen, und war nach Berce gegangen, wo es vor Züu nur so wimmelte. Auf der Insel Ji hatte er ihr das Leben gerettet. Er war in Usuls Höhle hinabgetaucht und hatte die Pforte ins Jal'dara durchschritten. Und jetzt war er abermals bereit, sich in Gefahr zu begeben, um einen Freund zu retten – ohne sich damit zu brüsten oder zu klagen. Dabei war er kein Erbe von Ji und hätte sich einfach aus der Sache heraushalten können.

Léti hielt es nicht länger aus. Sie wusste nicht, was Yan für sie empfand, und war seit dem Tag der Versprechen schon zu oft enttäuscht worden. Doch was sie in diesem Moment empfand, war einfach zu überwältigend.

Sie näherte ihren Mund Yans Lippen und gab ihm einen Kuss. Dann legte sie die Stirn an seine. Am liebsten hätte sie sich nie wieder bewegt.

Yan stand da wie vom Donner gerührt und wünschte sich insgeheim dasselbe. So verharrten sie einige Augenblicke, glücklich und beschämt zugleich. Nur widerstrebend lösten sie sich voneinander.

Sie durften sich ihren Gefühlen nicht hingeben. Noch nicht. Nicht solange ihre Suche weiterging.

Doch jetzt hatten sie noch einen weiteren Grund, sie rasch zu Ende zu bringen.

Yan versuchte, seine Gefühle zu beherrschen und ruhiger zu atmen. Corenn hatte ihn ermahnt: Er durfte Magie nur anwenden, wenn er bei klarem Verstand war. Sie hatte ihn vor den Folgen von Zorn, Schmerz und Alkohol gewarnt, aber Yan ahnte, dass er genauso große Schwierigkeiten bekommen würde, wenn er seinen Willen ausgerechnet jetzt gebrauchte, nachdem Léti ihn geküsst hatte.

Sie hatte ihn geküsst! War das dem Zauber des Jal'dara zu verdanken, der alle Gefühle zu verstärken schien? Sehnte sie sich einfach nur nach etwas Zärtlichkeit? Oder empfand sie tatsächlich mehr für ihn so wie er seit ewigen Zeiten für sie? *Liebte Léti ihn?*

Als er merkte, dass er an nichts anderes denken konnte, riss er sich zusammen. Was auch immer zwischen ihnen vorgefallen war, seine Angebetete erwartete ein Wunder von ihm, und er war entschlossen, es ihr zu liefern.

Im Jal'dara gab es kein totes Holz. Bisher hatten die Erben versucht, einige trockene Mondgrasrohre anzuzünden, die dick genug waren, um ein kleines Feuer zu nähren. Léti hatte außerdem einen Umhang in Streifen gerissen und versucht, den Stoff zu verbrennen. Yan konzentrierte sich nun ganz auf die Frage, worauf er seinen magischen Willen richten sollte. Schließlich gelangte er zu dem Schluss, dass Holz immer noch der beste Brennstoff war. Nur Holz würde Flammen erzeugen, die Grigán wärmen könnten.

Létis Kuss hatte ihm neuen Mut gemacht, und so zögerte er nur kurz, bevor er einige Äste von einem Buschwindstrauch abbrach. Er achtete darauf, dass seine Gefährten ihn nicht sahen – und vor allem Nol nicht.

Dennoch hatte er das Gefühl, einen Frevel zu begehen. Die Äste waren nicht dicker als ein Finger, und trotzdem ließen sie sich kaum abbrechen. Sein Schwert wollte er auf keinen Fall gebrauchen. Das Jal'dara sträubte sich gegen jede Veränderung. Menschen waren hier nicht willkommen.

Yan beruhigte sein Gewissen mit dem Gedanken, dass der Strauch in kürzester Zeit wieder seine ursprüngliche Form annehmen würde. Nol schien sich keine Sorgen zu machen, dass seine Besucher den Gärten des Dara Schaden zufügen könnten. Anders wäre es vermutlich, wenn die Erben die Pforte beschädigten oder eins der Götterkinder angriffen. Doch das war natürlich undenkbar.

Aus Rücksicht auf die Kinder, die vermutlich noch nie ein Feuer zu Gesicht bekommen hatten, setzte sich Yan im Schutz der Sträucher ins Gras, damit er vom anderen Ende des Tals aus nicht zu sehen war. Falls es ihm tatsächlich gelang, ein Feuer zu entzünden, würden sie Grigán eben hierherbringen. Es *musste* ihm einfach gelingen.

Im fahlen Schein der Sterne und umhüllt von Blumenduft saß er im Schneidersitz auf der Wiese. *Das Tal ist wirklich wunderschön,* dachte er und hoffte, nicht von Neuem dem Rausch zu verfallen. Um das zu verhindern, richtete er seinen Blick auf die Zweige und konzentrierte sich.

Die Außenwelt rückte in den Hintergrund. Nach dem mittlerweile vertrauten Muster verlor er zunächst den Geschmacks-, dann den Geruchs- und schließlich den Tastsinn. Nun spürte Yan nur noch den eigenen Körper. Sein Gehör wurde schwächer, als zöge sich der Raum um ihn herum zusammen. Schließlich trübte sich sein Blick, und er wurde blind. Das alles geschah im Bruchteil einer Dezille, doch Yans Bewusstsein war derart geschärft, dass er jede Phase seiner Konzentration einzeln wahrnahm.

Dunkelheit. Sein Herzschlag. Dann ein Bild. Helle Kugeln, die in der Finsternis schwebten. Das innerste Wesen der Zweige, die er von dem Strauch abgebrochen hatte. Ihre geistige Gestalt, die nur eine kleine Zahl Auserwählter sehen konnte. Der Beweis für die immense Stärke seines magischen Willens.

Im Grunde war Magie wie Kochen: »Wenn ich dieses Gewürz hinzufüge, erhalte ich jenen Geschmack.« Und Yan hatte ein solches Gespür für die Zutaten, dass ihm theoretisch nichts unmöglich war. *Theoretisch.* Jedenfalls wenn sein Geist genug Kraft aus seinem Körper schöpfen konnte. Konnte er das nämlich nicht, lähmte ihn die Reglosigkeit, eine Art Rückschlag.

Aber in diesem Moment dachte Yan nur flüchtig an all diese Dinge wie an eine hundertmal gelernte Lektion. Im Geist näherte er sich nun einer der Kugeln – und konnte kaum glauben, was er sah.

Jedes Ding und jedes Lebewesen bestand aus fünf Elementen: Die Erde symbolisierte den Körper, der Wind stand für den Geist, das Wasser unterschied die belebte von der unbelebten Welt, und das Feuer versinnbildlichte den ständigen Hang zur Veränderung.

Das fünfte Element war zwar nicht das komplexeste – das war der Wind –, wurde jedoch häufig unterschätzt. Corenn nannte es »Absorbium«. Es bestimmte, wie empfänglich ein Ding oder ein Lebewesen für Magie war. Je mehr menschliche Aufmerksamkeit ein Gegenstand erfahren hatte, desto größer war sein Anteil an Absorbium und desto leichter war es, Magie auf ihn anzuwenden.

Wenn sich Yan das innerste Wesen eines Gegenstands vorstellte, war das Absorbium eine durchsichtige Kugel, die die vier anderen Elemente umschloss. Je dicker die Wand dieser Kugel war, desto stärker widerstand er der Magie, und je dünner sie war, desto empfänglicher war er.

Die Kugeln der Zweige waren nahezu unsichtbar. Sie hatten nur eine hauchdünne Hülle. Ein Magier konnte diese Zweige mühelos in etwas Beliebiges anderes verwandeln.

Yan fiel es wie Schuppen von den Augen. Wenn alle Dinge und Lebewesen im Jal'dara diese Eigenschaft hatten, erklärte das einiges – von der Regenerationsfähigkeit der Gärten bis zur Erschaffung der Götter.

Yan zwang sich zur Ruhe. Ihm, der den Beinamen »der Neugierige« trug, dämmerte, dass er soeben eines der größten Rätsel der Menschheit ergründet hatte. Trotzdem musste er die Ruhe bewahren. Er hatte einen Auftrag zu erfüllen.

Er veränderte den Erdbestandteil der Zweige und schürte das Feuer, das sie in sich trugen. Damit wagte er sich auf das Gebiet der schwarzen Magie vor. Das war der zweite Frevel. Doch vielleicht war es auch schon ein Frevel gewesen, das Geheimnis des Jal'dara zu lüften? Dann hätte er bereits drei Verstöße begangen. Doch damit konnte er leben. Falls er Grigán das Leben rettete, würde er es nicht bereuen.

Der große Absorbiumanteil der Zweige bewirkte, dass er nur wenig Kraft aus seinem Körper schöpfen musste. Deshalb spürte Yan die Reglosigkeit, die ihn sonst immer traf, wenn er aus seiner Konzentration erwachte, diesmal kaum. Das alles hatte nur wenige Augenblicke gedauert, doch wie jedes Mal hatte Yan das Gefühl, aus einem langen Schlaf zu erwachen.

Vor ihm stieg ein dünner Rauchfaden von den Zweigen auf, dann färbten sich einige rot, und schließlich züngelte eine kleine Flamme empor.

Yan starrte ins Feuer und dachte über den Zauber des Jal'dara nach. An diesem Ort hatte selbst der unfähigste Magier so viel Macht wie ein Gott.

Sein Tun blieb nicht lange unbemerkt. Vielleicht war der Widerschein des Feuers vom Hügel aus zu sehen gewesen, vielleicht hatte Léti den anderen Bescheid gegeben, oder vielleicht hatte Nol auf die eine oder andere Art *gewusst,* was Yan vorhatte. Jedenfalls kamen Nol und die Gefährten nun auf ihn zu, bis auf Bowbaq, der Grigán nicht von der Seite wich.

Trotz Létis dankbarem Lächeln hatte Yan Angst vor der Reaktion des Ewigen Wächters.

»Ihr seid Magier«, sagte Nol ernst. »Ich hätte Euch warnen sollen.«

»Wovor?«, fragte Corenn, zugleich erfreut und verärgert über ihren Schüler.

Das Feuer konnte Grigán das Leben retten, auch wenn sich Yan in große Gefahr gebracht hatte.

»Vor Euch selbst. Saat verlor den Verstand, nachdem er in den Gärten des Dara Magie angewendet hatte. Das Wissen war einfach zu viel für ihn.«

»Welches Wissen?« Corenns Frage richtete sich sowohl an Nol als auch an Yan.

»Das Absorbium der Dinge und Lebewesen im Jal'dara ist immens«, antwortete Yan. »Man kann alles nach Belieben verwandeln! Ohne jede Mühe! Es ist das beste Rohmaterial, das sich ein Magier nur wünschen kann.«

»Hat das etwas mit diesem Gwel zu tun?«, fragte Lana, der Maz Achems Tagebuch in den Sinn kam.

Nol ließ sich mit der Antwort Zeit. Die Erben vermuteten, dass der Seltsame versuchte, ihre wahren Absichten zu ergründen. Doch über diese Macht verfügte der Gott nicht.

»Ihr dürft nichts davon in Eure Welt mitnehmen«, sagte er schließlich. »Als Wächter ist es meine Aufgabe, das zu verhindern.«

Alle wechselten neugierige Blicke. Rey kratzte mit der Stiefelspitze im Boden, um herauszufinden, was an der Erde so kostbar sein sollte, vom Erinnerungswert abgesehen.

»Ich hole Grigán«, sagte Léti entschlossen. Sie interessierte sich nicht für das Gespräch, bei dem es ja doch nur wieder um Magie gehen würde. Wichtiger war es, den Krieger rasch in die Nähe des Feuers zu bringen.

»Und was hat es mit den Gwelomen auf sich?«, fragte Lana.

»Das sind Dinge oder Lebewesen, die dem Einfluss des Gwels ausgesetzt waren«, erläuterte Nol. »Oder aber Lebewesen nach ihrer Vollendung.«

»Was?«, sagte Rey, der es hasste, nicht mitreden zu können. »Corenn, versteht Ihr ein Wort von diesem Kauderwelsch?«

»Ich muss nachdenken«, verkündete sie. »Lasst mir etwas Zeit.« Belustigt stellte sie fest, dass die anderen sogleich verstummten. Sie brauchte tatsächlich ein wenig Zeit. Seit ihrer Ankunft im Jal'dara hatten die Erben viel Neues erfahren. Corenn musste erst einmal darüber nachdenken, was das alles bedeutete und wie es mit Saat zusammenhing.

»Das ganze Jal'dara ist also vom Gwel durchdrungen«, sagte sie gedankenverloren. »So ist es doch, nicht wahr, Nol? Jede Pflanze, jeder Stein, jeder Erdbrocken und sogar jedes Tier, nehme ich an, hat diese besondere Eigenschaft: Sie sind in hohem Maße empfänglich für Magie. Nicht wahr?«

»Aber was bedeutet das?«, beharrte Rey, als Nol nickte. »Was heißt das genau?«

»Wir könnten zum Beispiel den Berg dort in Gold verwandeln«, sagte Corenn aufs Geratewohl, da sie ahnte, wie sie die Aufmerksamkeit des Schauspielers fesseln konnte. »Oder ihn mithilfe eines einzigen Samenkorns von Blumen überwuchern lassen.«

»Auch in uns dringt das Gwel ein«, ergänzte Yan aufgeregt. »Wir werden Gwelome. Unser Leben verlängert sich, und unsere Fruchtbarkeit nimmt ab.«

»Und was meint Ihr mit ›vollendet‹?«

»So nennt man ein Ding oder ein Lebewesen, auf das Magie keine Wirkung mehr hat«, erklärte Corenn. »Aber ich habe so etwas noch nie mit eigenen Augen gesehen.«

»Die Götter sind vollendet«, sagte Lana plötzlich. »Wenn sie ausgewachsen sind, kann sie nichts mehr verändern. Deshalb ist Usul für alle Zeiten in seiner Höhle gefangen. Deshalb seid Ihr ein Ewiger Wächter. Das wird immer so bleiben. Weise Eurydis …«

»Ist das Jal'dara denn auch vollendet?«, fragte Yan.

»Nein«, antwortete Nol. »Nur ich bin es. Und die Pforte. Alles andere verändert sich durch den Glauben und die Gedanken der Sterblichen.«

»Und was ist mit den Kindern?«

»Sie verlassen das Jal'dara, sobald sie dem Sinn der Menschen entsprungen sind. Das ist die Voraussetzung für ihre Vollendung.«

»Und Usul?«, warf Rey ein. »Er ist ja wohl nicht freiwillig in seine Höhle hinabgestiegen, oder?«

Nol lächelte, so wie man einem begriffsstutzigen Schüler zulächelt. »Die Sterblichen haben den Gott *in* der Höhle erschaffen. Usul ist mit jeder Eurer Generationen herangewachsen. Als er vollendet war, gehörte die Höhle ihm, als wäre er schon immer dort gewesen.«

»Aber wie …«

Die Erben hatten noch unzählige Fragen, doch sie fanden nicht die richtigen Worte, um Nol zu einer klaren Antwort zu bewegen, zumal jede Frage zehn, zwanzig oder hundert weitere aufwarf.

Sie wurden von Léti und Bowbaq unterbrochen, die Grigán herbeitrugen und neben das Feuer legten, das mittlerweile eine angenehme Wärme ausstrahlte. Miff, die noch nicht wieder aus ihrem Schlummer erwacht war, betteten sie daneben. In diesem Moment fiel den Gefährten etwas Merkwürdiges auf.

»Da ist gar keine Glut«, murmelte Bowbaq.

Niemand wagte das als unmöglich abzutun, obwohl alle ungläubig auf das Feuer starrten. Nach ihrem Besuch im Jal'dara würden sie nie wieder etwas vorschnell für unmöglich halten.

»Das Holz verbrennt nicht«, stellte Rey fest.

»Und das Feuer erlischt«, sagte Léti stirnrunzelnd. »Die verflixten Zweige regenerieren sich. Yan, kannst du ...«

»Ich übernehme das«, sagte Corenn. Sie wollte Grigán mindestens ebenso gern helfen wie ihre Gefährten und sich außerdem selbst von der Wirkung des Gwels überzeugen.

Die Flammen loderten erneut auf, und Corenn erwachte mit blitzenden Augen aus der Konzentration, berauscht von den grenzenlosen Möglichkeiten des Jal'dara. Sie verstand nun besser, was mit Saat geschehen war und warum der machtgierige Magier den Verstand verloren hatte, als er diese ungeheure Kraft entdeckte.

Nol betrachtete sie mit einem seltsamen Gesichtsausdruck. *Missbilligend,* dachte Corenn. *Vielleicht aber auch nur neugierig.*

»Warum beantwortet Ihr eigentlich all unsere Fragen?«, sagte sie unvermittelt. »Warum behaltet Ihr dieses gefährliche Wissen nicht für Euch?«

»Ich bin Nol der Lehrende«, erwiderte der Ewige Wächter freundlich. »Es ist meine Aufgabe, Eure Fragen zu beantworten. Die Sterblichen müssen die Wahrheit kennen und akzeptieren, bevor sie die Harmonie erreichen.«

»Die Harmonie?«, rief Lana aus. »Das Zeitalter von Ys?«

»So nannte es das Kind Eurydis«, sagte Nol.

Die Priesterin wollte weiterfragen, doch ihr versagte die Stimme. Das Zeitalter von Ys war eine der Grundfesten ihres Glaubens. Es war das höchste Ziel der Emaz des Großen Tempels, Sinn und Zweck des universellen Strebens nach Moral und den drei Tugenden der Göttin: Wissen, Toleranz, Frieden. Im Zeitalter von Ys würden die Menschen in Achtung und Liebe zusammenleben.

»Versammelt Ihr deshalb alle zwei Jahrhunderte Gesandte aus jedem Land der bekannten Welt?«

»Nicht alle zwei Jahrhunderte, sondern wenn zehn menschliche Generationen vergangen sind«, sagte Nol.

»Darum geht es also?«, fragte Lana verzückt. »Ihr kämpft für das Zeitalter von Ys?«

»Das muss ich tun«, antwortete Nol, der einem sehr viel mächtigeren Befehl zu folgen schien als seinem eigenen Willen. »Ich zeige den Sterblichen die Götterkinder und schicke sie dann zurück in ihre Welt. Das Schicksal der Menschheit hängt davon ab, was sie aus diesem Wissen machen.«

»Manche gründen eine Religion«, dachte Corenn laut. »Eine moralistische oder eine dämonistische.«

»Andere beschließen, das Geheimnis für sich zu behalten«, warf Bowbaq ein, dem ihre Vorfahren in den Sinn kamen. »Es wäre viel zu gefährlich, dieses Wissen preiszugeben«, sagte er nachdenklich. »Es wäre unhöflich.«

Corenn sah zu Grigáns regloser Gestalt hinter den tanzenden Flammen. Der Krieger hätte seine Meinung zu dieser Frage sicher nicht zurückgehalten. *Mutter Eurydis, wann kommt er endlich wieder zu sich?*, dachte sie traurig.

»Deshalb habt Ihr uns so freundlich empfangen«, sagte Yan. »Jedem, der es wünscht, steht Ihr als Lehrer zur Verfügung.«

»Nur selten suchen mich Sterbliche von selbst auf«, sagte der Ewige Wächter. »Es wundert mich, dass Usul Euch die göttliche Berührung hat zuteilwerden lassen. Ich empfange sonst eher Schüler von Luree oder Eurydis.« An Lana gerichtet fügte er hinzu: »Einer von ihnen war Comelk.«

»Comelk! Der Sohn von König Li'ut!«, rief sie begeistert.

Wie viele Heilige waren im Laufe der Jahrhunderte ins Jal'dara gekommen? Wie viele grausame Tyrannen, Despoten und Anhänger der schwarzen Götter? Die Geschichte der Menschheit wurde in diesem Tal geschrieben …

In ihre Gedanken vertieft, bemerkte Lana die Überraschung, die sich auf den Gesichtern der anderen abzeichnete, erst nach einer Weile. Ihre Freunde starrten auf etwas hinter ihr. Die Maz nahm all ihren Mut zusammen und drehte sich langsam um. Sie hatte mit allem Möglichen gerechnet, nur nicht mit dem, was sie nun sah.

Ein Kind. Einen sechs- oder siebenjährigen nackten Jungen, so sauber, als wäre er soeben dem Fluss entstiegen. Einen der künftigen Götter der Menschheit.

Das Kind starrte fasziniert in die Flammen. So stand es eine Weile da, und niemand wagte sich zu rühren.

Schließlich hob es den Blick, sah zu Nol hoch und zeigte mit einem Finger auf das Feuer. »Karu!«, rief es strahlend, als rechnete es mit einer Belohnung, weil es das richtige Wort kannte.

Das Tol'karu. So hatte Saat seinen Palast genannt. Die wallattischen Krieger sprachen den Namen Tolt'k'aru aus, was wiederum mit »die zerstörerische Festung« übersetzt werden konnte.

Zamerine wusste nicht, ob es Absicht war oder ob Saat einfach nur Glück gehabt hatte: Im Aberglauben des Ostens war das Tolt'k'aru ein legendärer Ort. Indem Saat ihn Wirklichkeit werden ließ, sicherte er sich die Gefolgschaft der Barbaren. Nichts schien ihn aufhalten zu können.

Der Judikator wartete auf die Ankunft seines Meisters, den er gleichermaßen fürchtete und bewunderte. Zum dritten Mal in dieser Dekade hatte der hohe Dyarch ihn in die Vorhalle des Tol'karu zitiert, und wie immer ließ er ihn warten.

Nur Saats vermeintlichem Sohn war es erlaubt, sich frei im Palast zu bewegen. Die anderen – Chebree, Gors der Zimperliche, Saats Hauptmänner und Zamerine selbst – durften ihn nur in Begleitung des Meisters betreten. So fasste sich der Zü in Geduld und ließ seine Gedanken schweifen.

Mit einem zornigen Blick rief er einen der beiden Männer seiner Eskorte zur Ordnung, der sich lässig an die Wand gelehnt hatte. Der Zü stellte sich sofort wieder kerzengerade hin aus Angst, der Judikator könnte ihm wegen dieses kleinen Vergehens Dyree auf den Hals hetzen. Zamerines Gehilfe hatte selbst unter den Mördern im roten Gewand den Ruf, grausam und erbarmungslos zu sein. In der Arena hatte er das oft genug bewiesen.

Während er die beiden Männer betrachtete, versuchte sich Zamerine vorzustellen, wie ein Kampf zwischen ihnen und den Gladoren, die den Eingang zum Tol'karu bewachten, wohl ausgehen mochte. Würden die Boten Zuïas mit ihren vergifteten Hati Saats Leibwache besiegen können?

Diese Frage würde wohl unbeantwortet bleiben. Der Judikator war nicht bereit, das Leben seiner wenigen Männer aus einer Laune heraus aufs Spiel zu setzen. Noch weniger wollte er Saats Zorn wecken. Auf keinen Fall wollte er noch einmal in den Bann seiner schwarzen Magie geraten. Der Zü ließ sich aus gutem Grund von einer Eskorte begleiten: Er hatte Angst vor dem hohen Dyarchen.

Er betrachtete die Wände des Tol'karu. Die Sklaven hatten den Palast in weniger als einem Mond aus dem Boden gestampft, und das merkte man ihm an: Die Steine waren nur grob behauen und unregelmäßig aufeinandergeschichtet. Wenn das Gebäude nicht sorgfältig instandgehalten wurde, würde es kaum ein Jahrhundert überdauern, was angesichts seiner Größe lächerlich war. Es schien absurd, einen Palast mit dreißig Sälen zu errichten, der nach wenigen Jahrzehnten einstürzen würde. Doch nichts anderes hatten sie getan. Letztlich war das Tol'karu nur ein Behelfsquartier, das sie nach dem Ende der kalten Jahreszeit aufgeben würden.

In kaum zweihundert Schritten Entfernung stand Sombres Tempel, von den Kriegern »Mausoleum« genannt. Er war dreimal so groß und doppelt so hoch wie das Tol'karu. Zamerine schätzte, dass er aufgrund seiner Pyramidenform sehr viel länger überdauern würde. Außerdem lebte dort ein Gott.

Sombre streifte durch die Gänge des Labyrinths und weidete sich an der Angst der Menschen. So vermuteten es jedenfalls die Sklaven und Krieger. Zamerine hingegen *wusste* es. Seit der Gott in der Kampfarena Gestalt angenommen hatte, wusste er, dass Saats angeblicher Sohn der Bezwinger war. Der Dämon, in dessen Namen sie Krieg führten, befand sich mitten unter ihnen. Und er machte kaum einen Unterschied zwischen Freund und Feind.

Dieser Gedanke ließ Zamerine seit geraumer Zeit keine Ruhe mehr, und wenn er, wie jetzt, zu viel darüber nachdachte, wurde ihm angst und bange. Er zuckte zusammen, als vor ihm eine Tür aufgestoßen wurde. Rasch bemühte er sich um ein gelassenes Gesicht und machte sich darauf gefasst, vor seinen Meister zu treten.

Saat hielt jedoch wieder einmal eine Überraschung für ihn bereit. Durch das Tor traten die beiden Gladoren, die den hohen Dyarchen überallhin begleiteten. Zwischen ihnen lief ein Junge von sieben oder acht Jahren. Er war mager, ungewaschen und trug zerlumpte Kleider. Vermutlich gehörte er zu den Kindern, die Saat hatte entführen und ins Lager bringen lassen, ohne einen Grund dafür zu nennen.

Seiner grauen Haut nach zu urteilen, war der Junge Solener. Vermutlich war er bei einem ihrer letzten Überfälle im Osten von Wallos gefangen genommen worden. Nun blieb er vor Zamerine stehen und bedachte ihn mit einem seltsamen Blick, die Hände in die Hüften gestemmt. Der Judikator wusste nicht, wie er sich verhalten sollte.

»Was ist?«, fuhr ihn das Kind an. »Habt Ihr es etwa nicht mehr nötig, Euren Meister zu grüßen, mein kleiner Zü?«

Zamerine runzelte die Stirn und starrte dem Kind, das ihn unverfroren musterte, in die Augen. Die Stimme des Jungen war dünn und seine Bewegungen ungelenk, doch sein Blick sprach Bände.

Der Judikator setzte ein Knie auf den Boden und beugte den Kopf zum Zeichen der Demut. Seine Diener taten es ihm gleich. Das Kind tätschelte ihm den kahl geschorenen Schädel wie einem treuen Hund. Bislang hatte Saat Zamerine noch nie berührt. Auch das Gesicht des hohen Dyarchen, das sonst immer hinter einer Sturmhaube verborgen war, hatte der Zü noch nie gesehen. Trotzdem zweifelte er nicht eine Dezille daran, Saat gegenüberzustehen. Der Meister hatte den Körper des Jungen in seiner Gewalt.

»Ihr könnt wieder aufstehen«, sagte das Kind spöttisch. »Ihr beschmutzt noch Euer schönes rotes Gewand. Ich will nicht, dass Ihr mir auf der Baustätte Schande macht.«

»Ihr wollt die Baustätte besuchen?«, fragte der Zü verwundert.

»Natürlich. Darüber wolltet Ihr doch mit mir sprechen, nicht wahr? Außerdem will ich mir die Beine vertreten«, sagte das Kind kichernd.

Zamerine folgte dem kleinen Solener, der von den beiden Gladoren eskortiert wurde. Die Wachen wirkten überhaupt nicht überrascht. Die Krieger der anderen Kompanien munkelten, der Mut der Gladoren beruhe auf ihrer grenzenlosen Einfalt. Waren sie tatsächlich so dumm, jeden Befehl blind zu befolgen?

Dem Judikator brannten unzählige Fragen auf den Lippen. Woher stammte Saats Macht? Wie wirkte sie? Beabsichtigte er, in dem

Körper des Jungen zu bleiben? Und vor allem: *Wo war sein eigener Körper?*

»Meister, wie …«, wagte er zu fragen, während sie das Tol'karu verließen.

»Zerbrecht Euch nicht den Kopf. Das ist viel zu kompliziert für Euch«, fiel ihm das Kind ins Wort. »Und zu schrecklich«, fügte es hinzu und wandte sich mit einem höhnischen Grinsen zu ihm um.

Zamerine beschloss, den Rat zu beherzigen. Im Grunde wollte er so wenig wie möglich mit der Sache zu tun haben. Er erinnerte sich noch schmerzlich daran, wie Saat seinen Körper in seine Gewalt gebracht und ihn gezwungen hatte, ihm seinen Hati auszuhändigen. Der Zü musste hilflos mit ansehen, wie ihn ein fremder Wille beherrschte. Er hatte jede Bewegung gespürt, aber keine Kontrolle darüber gehabt. Erging es dem kleinen Solener ebenso? Dieses Gefühl war noch schlimmer, als auf dem Dornenrad gefoltert zu werden, dachte er beschämt.

Zamerine bedauerte wieder einmal, klüger zu sein als andere. Er war der einzige von Sombres Verkündern, der die wahre Identität des Gottes kannte. Der Einzige, der wusste, dass ihr Meister wahnsinnig war. Manchmal regten sich in ihm Zweifel an seinem Tun. Dann stürzte er sich in die Arbeit, um nicht zu viel nachzudenken. Saat den Gehorsam zu verweigern kam nicht infrage.

Die Männer passierten einen mit Gladoren besetzten Wachposten und marschierten durch die öde Landschaft auf das Gebirge zu. Im Umkreis von mehreren Tausend Schritten wuchs kein Baum und keine Pflanze mehr, vermutlich für mehrere Jahrzehnte. Der dichte Wald aus Lenostern, Rindenbäumen und Goyolensträuchern war einer Stadt gewichen, die größer war als der stinkende Moloch Wallos.

Das Kind führte die Männer an Sombres Mausoleum und der Kampfarena vorbei. Dann passierten sie eine gewaltige Festungsmauer, überquerten einen zweihundert Schritte breiten Exerzierplatz und gelangten schließlich zu den vierzig Baracken, in denen die Sklaven hausten.

Trotz der Kälte stank es dort bestialisch nach Urin, Schweiß und Fäulnis. Die Wachen, die am Eingang der Gebäude postiert waren, hatten sich Tücher um Mund und Nase geschlungen, was Zamerine ihnen nicht verübeln konnte. Ihm drehte sich bereits der Magen um, wenn er diesen Teil des Lagers auch nur durchquerte. Er tröstete sich mit dem Gedanken, dass sie das ganze Gelände in wenigen Monden in Schutt und Asche legen würden. Dann würde kein einziger Sklave mehr am Leben sein.

Von den ursprünglich achtzigtausend Gefangenen waren nur noch knapp fünfzigtausend übrig. Sie waren in vier Trupps aufgeteilt, die abwechselnd in vier verschiedenen Bereichen Fronarbeit leisteten. Der wichtigste Bereich waren natürlich die Grabungsarbeiten. Der zweite Bereich umfasste sämtliche damit verbundenen Tätigkeiten: den Abtransport und das Behauen der Steine sowie den Bau der neuen Stadt.

Der dritte Trupp, der am schwersten zu führen war, kümmerte sich um die zahlreichen Arbeiten, die zu erledigen waren, wenn so viele Menschen auf engstem Raum zusammenlebten. Dazu gehörten auch das Ausheben immer tieferer Leichengruben, die Beschaffung von Nahrungsmitteln, die Reinigung der Ställe und Latrinen und die Versorgung der vierzigtausend Mann starken Armee, die in einigen Meilen Entfernung lagerte.

Der vierte Bereich diente der Religion. Der Gottesdienst fand in den Unterkünften der Sklaven statt und war der Verehrung des Bezwingers geweiht. Die Gefangenen schliefen zwar mehr, als dass sie beteten, aber Saat war zufrieden, wenn sie mindestens einmal am Tag an Sombre dachten. Und das taten sie.

»Die Gefangenen arbeiten sieben Dekanten und schlafen zwei«, erklärte Zamerine, der sich diese Aufteilung ausgedacht hatte. »Der verbliebene Dekant dient dem Appell und dem Marsch zum Frondienst. So müssen wir die Arbeiten nur einmal am Tag unterbrechen. Außerdem erschwert das Rotationsprinzip Fluchtversuche.«

»Das weiß ich doch alles, Zamerine«, sagte das Kind gelangweilt. »Was für ein Schwätzer Ihr auf Eure alten Tage werdet«, setzte es belustigt hinzu.

Endlich hatten sie die letzte Sklavenbaracke hinter sich gelassen und stiegen nun den Berg hinauf. Als die Aufseher den Judikator und die Gladoren sahen, ließen sie ihre Peitschen knallen und brüllten die Sklaven an, stehen zu bleiben. Zamerines Inspektionen waren gefürchtet, denn meist folgten ihnen blutige Hinrichtungen.

Das von Saat besessene Kind trat zu einem der Sklaven und nahm einen Felsbrocken aus dessen Korb. Mit geschlossenen Augen roch es daran, legte ihn enttäuscht zurück und ging weiter. Zamerine wagte nicht, weitere Fragen zu stellen.

»Gors verbreitet Gerüchte«, sagte der Zü unvermittelt, weil er hoffte, damit das Wohlwollen des Meisters zu gewinnen.

»Er wird mich nicht verraten«, behauptete das Kind.

»Er ist unberechenbar. Und ständig betrunken. Am Col'w'yr hat er Hauptmann Wa'r'kal an einen Baum knüpfen lassen.«

»Das war in meinem Sinne. Der Mann hatte versagt.«

»Er ist unberechenbar«, wiederholte der Zü.

Das Kind blieb wie angewurzelt stehen und musterte den Judikator zornig. »Ich finde, mein neues Aussehen macht Euch etwas zu aufmüpfig. Seit wann stellt Ihr meine Entscheidungen infrage? Der Zimperliche ist mir nützlich. Er ist der König dieser Barbaren, und mit ihm an meiner Seite habe ich sie besser in der Hand. Das will Euch doch hoffentlich in den Schädel.«

»Natürlich, Meister«, lenkte der Zü zähneknirschend ein.

Die letzten Schritte legten sie schweigend zurück. Schließlich betraten sie den Tunnel in der Flanke des Bergs, durch den ihre Armee ziehen würde, wenn sie den Befehl zum Sturm auf die Oberen Königreiche gaben.

»Mein Tunnel«, sagte Saat gerührt. »Mein Labyrinth.«

»Wir kommen schneller voran als geplant«, berichtete Zamerine und hoffte, dass ihm weitere höhnische Kommentare erspart blieben. »Manche der natürlichen Stollen sind so breit, dass wir bisweilen mehrere Hundert Schritte auf einen Schlag gewinnen. Natürlich ändern wir unsere Pläne regelmäßig, um die Grabungen dem unterirdischen Höhlensystem anzupassen. Ihr hattet recht«, sagte der Zü. »Das Gebirge ist so löchrig wie ein lorelischer Käse.«

»Ja«, murmelte das Kind und strich wehmütig über den Fels. »Ja … Und auch anderswo …«

Es gab ein Röcheln von sich, und für den Bruchteil einer Dezille las

Zamerine Entsetzen in Saats Blick. Besser gesagt, im Blick des solenischen Jungen, dessen Körper der Magier in seine Gewalt gebracht hatte.

»Verfluchtes … Absorbium!«, stieß er hervor. »… nicht … gut! Viel … zu …«

Der Zü sah fassungslos zu, wie Saats Geist um die Vorherrschaft im Körper des Jungen kämpfte. Schließlich stieß der Solener einen letzten wütenden Schrei aus, der nur von Saat stammen konnte. Dann sah sich das Kind verwirrt um, setzte sich auf den Boden und begann zu weinen.

Die Gladoren schienen auf diesen Fall vorbereitet zu sein. Sie führten den Jungen wortlos davon und ließen Zamerine inmitten der Sklaventrupps in dem Tunnel stehen, wo er über die Absichten seines Meisters nachgrübelte.

Das Götterkind war fasziniert von den Flammen. Es wies mit dem Finger darauf und sah zu Nol empor.

»Karu!«, rief es strahlend, als rechne es mit einer Belohnung.

Keiner der Erben wagte sich zu rühren. Maz Achems Tagebuch und Nols Warnung waren deutlich gewesen: Die Kinder des Jal'dara waren höchst beeinflussbar. Sie konnten ein Ereignis sofort wieder vergessen oder ihm hundertmal mehr Bedeutung zumessen als erwartet.

Nol trat zu seinem Schützling, der immer noch vor dem Feuer stand, nahm ihn bei den Schultern und führte ihn behutsam davon. Das Kind ergriff seine Hand, und die beiden verschwanden aus dem Blick der Erben.

»Ich habe es gar nicht kommen hören«, sagte Léti, als sie allein waren. »Wie lange hat es denn dort gestanden?«

»Nicht lange«, beruhigte sie Bowbaq. »Kurz zuvor war da niemand. Es ist wie aus dem Nichts aufgetaucht.«

»Vielleicht schießen die Götter hier ja wie Pilze aus dem Boden«, witzelte Rey.

Sie verstummten, als Nol zu ihnen zurückkehrte. Falls der Ewige Wächter zornig war, ließ er es sich nicht anmerken. Er gesellte sich wieder zu ihnen, als wäre nichts geschehen.

»Und?«, fragte Yan, der sich schuldig fühlte, weil er das Feuer angezündet hatte. »Ist es schlimm?«

»Ich glaube nicht. Aber man weiß es nie. Der kurze Anblick der Flammen dürfte ihn eigentlich nicht dazu verführen, in die Unterwelt hinabzusteigen. Allerdings hat schon Geringfügigeres die Persönlichkeit eines Kindes entscheidend beeinflusst.«

Nols Worte lasteten schwer auf Yans Gewissen. Ungewollt hatte er auf ein Götterkind eingewirkt. Vielleicht war der Schaden nicht groß, aber die Ungewissheit quälte ihn.

»Hat es begriffen, wovon wir sprachen?«, fragte Corenn.

»Das ist unwahrscheinlich. Die Kinder lauschen eigentlich nur den *Gedanken* der Sterblichen, nicht so sehr ihren Worten. Sie messen Taten ohnehin viel mehr Bedeutung zu als Worten. Wenn es noch einmal zu einer solchen Begegnung kommen sollte, vermeidet alles, was irgendwie bedrohlich wirken könnte. Zu Eurer eigenen Sicherheit und im Interesse der ganzen Menschheit«, sagte Nol ernst.

»Warum?«, fragte Rey munter. »Würde sich das Kind sonst in ein blutrünstiges Ungeheuer verwandeln, oder was?«

»So etwas in der Art«, bestätigte Nol. »Solltet Ihr eins der Kinder schlagen, würde es Euch höchstwahrscheinlich mit sich hinab in die Unterwelt nehmen. Und weder das Kind noch Ihr würdet jemals wieder dort herauskommen.«

»Was hat es eigentlich mit dieser Unterwelt auf sich?«, fragte Lana. »Was ist das Jal'karu?«

Nol musterte sie, ohne ihre Frage zu beantworten. Die Maz hatte den Eindruck, einen unverzeihlichen Fehler begangen zu haben.

»Es ist besser, dieses Wort im Jal'dara nicht in den Mund zu nehmen«, sagte er schließlich. »Hier sprechen wir nur von der Unterwelt.«

»Aber was ist die Unterwelt?«, beharrte Léti. »Unsere Vorfahren waren dort. Und Saat ebenfalls. Was ist dort unten geschehen?«

»Lasst uns mit diesen Fragen warten, bis Grigán wieder gesund ist«, schlug Corenn vor.

Den Grund musste sie niemandem erklären. Obwohl alle vor Neugier platzten, wollten sie ihre Suche gemeinsam mit dem Krieger zu Ende führen. Dass sie überhaupt noch am Leben waren, war vor allem sein Verdienst. Sich in Geduld zu fassen, war ihre Art, ihm Dankbarkeit zu zeigen.

Noch eine andere Frage ließ Corenn keine Ruhe. Das unerwartete Erscheinen des Kindes hatte sie mitten in einem Gespräch unterbrochen. Die Gefährten hatten mit Nol über das Gwel und das Heranwachsen der Götter gesprochen und darüber, dass die Götter dem Sinn der Menschen entsprangen.

»Hier im Jal'dara treffen Magie und Religion aufeinander«, murmelte sie halb zu sich selbst.

»Wovon sprecht Ihr?«, fragte Lana.

»Vom Glauben und vom magischen Willen«, antwortete Corenn, die selbst noch nicht so genau wusste, worauf sie hinauswollte. »Offenbar wirken sie auf ähnliche Weise. Der menschliche Glaube ist ein mächtiger magischer Wille. Er beeinflusst die Kinder, und ihr Absorbium ist so groß, dass sie äußerst empfänglich für Magie sind. Wenn sie dann eines Tages vollendet sind, verlassen sie das Jal'dara.«

»Was ist mit den Priestern?«, fragte Rey. »Das würde ja bedeuten, dass ein Magier mehr Einfluss auf die Götter hat als jeder Maz.«

»Und davon abgesehen«, warf Lana ein, »ist die eurydische Religion eine Moralreligion. Unser Ziel ist es nicht, von der Göttin erhört zu werden, sondern ihre Tugenden zu verbreiten.«

»Ihr seid so bezaubernd wie weise«, sagte Rey aufrichtig.

Lana errötete und warf dem Mann, der sie so charmant umwarb, einen liebevollen Blick zu. Nols Antwort hörte sie kaum noch.

»Im Gegenteil, Priester sind von großer Bedeutung«, sagte der Ewige Wächter. »Die Kinder lauschen den Gedanken der Sterblichen, haben aber keinen Einfluss auf sie. Deshalb sind die Gebete, die ihre Anhänger an sie richten, genauso mächtig wie Magie. Ohne ihre Maz hätte Eurydis das Tal noch immer nicht verlassen.«

»Vielleicht hat der Glaube der Priester das Gwel ja überhaupt erst erschaffen«, sagte Yan nachdenklich. *»Je mehr Aufmerksamkeit etwas erfährt, desto größer ist sein Anteil an Absorbium.«*

»Das ist mir zu hoch«, sagte Bowbaq.

»Eins verstehe ich jetzt besser«, sagte Corenn. »Als wir uns im Tiefen Turm von Romin die Gespenster vom Leib hielten, indem wir Eurydis' Namen riefen, war die Wirkung noch stärker, wenn ich gleichzeitig meinen Willen auf sie richtete. Magischer Wille und Glaube sind eng miteinander verbunden.«

»Mir ist das auch zu hoch«, sagte Léti gelangweilt.

»Aber warum half es überhaupt, den Namen der Göttin zu rufen? Welche Macht haben die Götter?«, fragte Rey. Bei dem Gedanken, er könnte tatsächlich eine Antwort erhalten, wurde ihm ganz schwindelig.

Der Ewige Wächter ließ sich wieder einmal Zeit. Anscheinend hörte er die Frage nicht zum ersten Mal, denn seine Erklärung war vergleichsweise klar, wenn man bedachte, wie kompliziert das Ganze war. »Die Götter wirken auf die Sterblichen ein. Als Kinder haben sie keinen Einfluss darauf, welchen Gedanken sie lauschen. Doch nach ihrer Vollendung geben sie die Eigenschaften, die die Menschen ihnen verliehen haben, an alle Sterblichen weiter, die zu ihnen beten.«

»Ich kenne verlogene Priester, die die Wahrheit predigen«, entgegnete Rey. »Das macht sie meines Wissens nicht weniger verlogen.«

»Das ist gerade der Beweis für ihre Scheinheiligkeit«, erklärte Nol. »Wie könnte ein Gott ihnen die Liebe zur Wahrheit eingeben, wenn diese Priester gar nicht an die Götter glauben?«

»Mir dreht sich der Kopf.« Rey schielte und streckte die Zunge heraus. »Verzeiht meine Offenheit, aber im Grunde ist mir das alles so egal wie der pelzige Hintern eines Margolins.«

»Aber warum hat Eurydis' Name die Gespenster in die Flucht geschlagen?«, hakte Yan nach, der dem Gespräch immer noch mit großem Interesse folgte.

»Die Kinder des Dara und die der Unterwelt verabscheuen einander zutiefst«, antwortete Nol.

»Aber gegen manche Gespenster half Eurydis' Name nicht«, sagte Corenn, der die Sirenen in den Sinn kamen.

»Sie waren vermutlich intelligenter als die anderen. Haben sie mit Euch gesprochen?«

»Ja.«

»Das erklärt alles. Kein vernunftbegabtes Lebewesen ist nur gut oder schlecht. Es neigt einfach mehr zur einen oder zur anderen Seite hin.«

»Gilt das auch für Euch?«, fragte Léti.

»Selbstverständlich«, sagte Nol ernst. »In meiner Eigenschaft als der Lehrende muss ich Eure Fragen voller Wohlwollen beantworten. Als Ewiger Wächter bin ich jedoch unerbittlich. Und diese Aufgabe hat Vorrang.«

Rey seufzte und hoffte inständig, dass Grigán bald wieder zu sich kam. Sonst liefen die Erben Gefahr, von einem gnadenlosen Ewigen Wächter aus dem Jal'dara gejagt zu werden.

Der gefürchtete ramgrithische König lief mit wachsender Anspannung am Hafenbecken von Mythr entlang. Beim kleinsten Anlass ging er in die Luft. Keiner seiner Hauptmänner blieb von seinem Zorn verschont, auch wenn die Vorwürfe in den meisten Fällen unberechtigt waren.

Aleb der Erste, genannt der Einäugige, König von Griteh, La Hacque und der Gebiete am Aòn, Anführer der Yussa und Großadmiral der Roten Armada, war gereizt, weil er im Morgengrauen in See stechen würde. Er hasste das Meer, und er hasste sein Ziel.

Hätte sein Verbündeter nicht damit gedroht, ihr Abkommen aufzukündigen, wäre er nie vom Rücken seines Pferds hinabgestiegen. Den Sattel zog Aleb selbst seinem Thron vor. Doch der hohe Dyarch hatte eine letzte Zusammenkunft vor dem Sturm auf die Oberen Königreiche einberufen. Aleb fand, dass sich Saat der Goroner zu sehr um Einzelheiten sorgte. Bald würden sie mehr Zeit mit der Vorbereitung zugebracht haben, als der eigentliche Krieg dauern würde. Die Ramgrith – und vor allem die Yussa – gingen für gewöhnlich anders vor.

Er wandte dem Dreiruderer den Rücken zu, nachdem er der Mannschaft einen letzten verächtlichen Blick zugeworfen hatte, und ging zum nächsten Schiff, einem Großsegler mit Rindenbaummast. Auf seinem Rundgang hatte er schon so viele Schiffe gesehen, dass er längst den Überblick verloren hatte. Die beiden Schreiber, die ihm auf dem Fuß folgten, hätten ihm alle gewünschten Auskünfte liefern können, doch ihr Geschwätz ödete ihn an. Aleb war es vollkommen gleich, wie die Schiffe hießen und welche Geschichte sie hatten. Für ihn zählte allein, wie viele Männer auf ihnen Platz hatten und wie viel Gold sie auf dem Rückweg transportieren konnten.

Gold. Als Saat der Hexer ihm achthundert Pfund Gold geschickt hatte, war das Aleb sofort verdächtig vorgekommen. Warum machte der abtrünnige Goroner, der sich mehrere Hundert Meilen von La Hacque entfernt hinter dem Rideau verschanzte, ihm ein solches Geschenk? Um zu erfahren, was es damit auf sich hatte, hatte Aleb Saat empfangen. So hatten sich die beiden Männer miteinander verbündet, um den größten Feldzug aller Zeiten zu planen.

Aleb hatte nur wenige Reichtümer beizusteuern, und das hatte den Ausschlag gegeben. Um seinen Teil des Abkommens zu erfüllen, musste er nur eine Flotte bereitstellen. Griteh verfügte über kein einziges Kriegsschiff, aber La Hacque und Mythr, über die der König seit mehr als einem Jahrzehnt herrschte, hatten die Hälfte der einundsechzig Schlachtschiffe, die er nun inspizierte, und die meisten der kleineren Boote gestellt. Die Besatzungsmitglieder hatte Aleb auf der Gefängnisinsel Yérim rekrutiert. Schließlich hatte er mehrere Galeeren, Fregatten und Korvetten zimmern lassen und ein paar Schiffe in den Gewässern vor Yiteh gekapert. Und das alles in weniger als einem Jahr, ohne selbst auch nur einen Tag auf See zu verbringen.

Saats Aufgabe wiederum war es, ein Heer aufzustellen und einen Tunnel unter dem Rideau hindurchzugraben. Auf den ersten Blick erschien das unvorstellbar, selbst bei einem Mann seines Schlags. Doch der hohe Dyarch war nicht nur hartnäckig, erfindungsreich und tatkräftig – er war auch Magier. Und der abergläubische König von Griteh glaubte fest, dass der Magie keine Grenzen gesetzt waren.

Saat sorgte auch dafür, dass kein Spion die Oberen Königreiche warnen konnte. Aleb hatte keine Ahnung, wie er das anstellte, aber bislang waren ihre Pläne noch nicht ans Licht gekommen. Die Yérimer munkelten etwas von einem schwarzen Ungeheuer, das den Kanal von Mythr heimsuchte, ständig seine Gestalt änderte und auf der Suche nach ihren dunkelsten Geheimnissen in die Gedanken der Seeleute eindrang. In letzter Zeit waren mehrere leere Schiffe gefunden worden, die führungslos im Wasser trieben, umgeben von den verstümmelten Leichen ihrer Besatzungsmitglieder. Der ramgrithische König versuchte sich einzureden, dass dort ein besonders blutrünstiger Dornhai sein Unwesen trieb und nicht etwa Saat der Hexer an den grausigen Vorfällen schuld war. Andernfalls würde er seinen Verbündeten »Meister« nennen müssen, und dazu war er zu stolz.

Missgelaunt beschloss er, nur einen flüchtigen Blick auf den Großsegler zu werfen und die Inspektion der Roten Armada dann zu beenden. Plötzlich hatte er es eilig, zum anderen Kontinent überzusetzen und die Wüste zu durchqueren, die als das Sandmeer bekannt war. Je rascher er Wallos erreichte, desto schneller würde er die Begegnung mit Saat hinter sich bringen.

Seine Reise würde hoffentlich nicht länger als zwei Dekaden dauern. Er und sein Verbündeter hatten nur noch die letzten Einzelheiten ihres Plans zu besprechen und zu entscheiden, wann sie endlich zur Tat schritten.

Aleb hoffte, dass sie spätestens in zwei Monden zum Angriff blasen würden. Die Männer waren bereit. Seine Flotte war vollständig, die Schiffe beladen. Nur die verderblichen Lebensmittel fehlten noch, sie würden im letzten Moment an Bord gebracht werden. Die fünfzehntausend Yussa, die an der Mündung des Aòn lagerten, warteten nur noch auf seinen Befehl, um in See zu stechen und Lorelia in Schutt und Asche zu legen.

Hastig marschierte er zurück zu seinem Kommandoschiff, gefolgt von einer Handvoll Untergebener. Der König von Griteh sehnte sich danach, allein zu sein, um in seiner Kabine in Ruhe seinen Sorgen nachhängen zu können.

Die Zeit verging nicht schnell genug. Er hasste das Meer. Die magischen Kräfte seines Verbündeten jagten ihm eine Heidenangst ein, und zu allem Überfluss tat ihm auch noch das Bein weh, weil er den ganzen Tag im Hafen herumgelaufen war. Dabei lag die Verletzung zwanzig Jahre zurück. Der Schmerz erinnerte ihn an die bittere Enttäuschung, sich niemals an dem Schuldigen gerächt zu haben, diesem verdammten Grigán vom Stamm der Derkel.

Aleb brauchte dringend etwas Trost. In seinen hellsichtigen Momenten sah er der Wahrheit ins Gesicht: Im Laufe der Jahre war er vom Daïo, dem Gift der Daï-Schlange, abhängig geworden. Er hielt es nicht länger als einen Tag ohne die Droge aus und war unausstehlich, wenn der Rausch nachließ. Doch seine Sucht kümmerte ihn nicht. Bald würde er dem goronischen Hexer zum zweiten Mal begegnen. Da konnte er etwas Trost gut gebrauchen.

Grigán träumte, zumindest hoffte er das. Auf keinen Fall wollte er das Geschehen, das sein Leben für immer verändert hatte, ein zweites Mal durchleben.

Er sitzt auf seinem Pferd oben auf einem Hügel und wünscht sich inständig, tot zu sein oder zu schlafen. Es ist tiefste Nacht. Hinter ihm warten dreißig Reiter seines Stammes auf seinen Befehl, doch er bleibt stumm und rührt sich nicht. Er starrt auf ein quesrabisches Dorf, das lichterloh brennt.

Kinder werden niedergemetzelt. Frauen, denen Gewalt angetan wird, schreien vor Verzweiflung und Schmerz. Männer werden zu Tode gefoltert. Sie alle sind unschuldig. In diesem Dorf wird niemand am Leben bleiben, nicht einmal die Tiere. Ihnen schneiden die wahnsinnigsten von Prinz Alebs Männern die Kehlen durch. Grigán rührt sich nicht. Er ist machtlos.

Über der Szene schwebt ein Bild, fein wie Nebel, der das Grauen verhüllt. Das Gesicht einer Frau mit dunkelbraunem Haar, brauner Haut und blauen Augen, die Lippen zu einem ewigen Lächeln erstarrt. Eine Ramgrith. Seine Versprochene.

»Héline«, murmelte er im Schlaf.

Doch die Frau antwortet nicht. Ihr Lächeln ist unverändert. Es ist die letzte Erinnerung an sie, bevor er den Unteren Königreichen für immer den Rücken gekehrt hat.

Er hat sie verlassen.

Das Wort hallt durch seinen Kopf wie das Echo der Argosfelsen. *Verlassen. Verlassen. Verlassen.*

Zorn wallt in ihm auf, und er will etwas tun, dort oben auf dem Hügel, er will ins Dorf hinunterreiten und den unschuldigen Quesraben zu Hilfe kommen. Doch er ist wie gelähmt. Er spürt das Atmen seines Pferds, die Kälte der Nacht, das Krummschwert an seiner Hüfte. Aber sein Körper will ihm einfach nicht gehorchen. Nichts von alldem ist Wirklichkeit. Es ist nur eine Erinnerung.

Verlassen. Das Gesicht einer anderen Frau schwebt nun über dem Gemetzel. Älter, sorgenvoller. Keine Ramgrith. Aber genauso liebenswert. Auch sie lächelt. *Und sie lebt.* Corenn. *Verlassen.* Nie wieder. *Verlassen.* Nein!

Der Krieger ringt mit der Erinnerung an die Toten und seiner Verantwortung für die Lebenden. Es ist der schwerste Kampf seines Lebens. Wenn er ihn verliert, wird er nie wieder kämpfen müssen. Mit aller Kraft konzentriert er sich auf Corenns Bild und auf seine Angst, noch einmal jemanden zu verlassen.

Vielleicht ist es das, was Magier den Willen nennen. Es kommt ihm vor, als kämpfte er mehrere Tage lang gegen sich selbst. Er schöpft Kraft aus den Bildern der Vergangenheit, um sie endlich loslassen zu können. Er redet sich ein, dass er nicht auf diese Weise sterben darf, ohne sein Leben für jemand anderen hinzugeben. Sein Tod muss einen *Sinn* haben. Das ist die einzige Möglichkeit, für die Fehler der Vergangenheit zu büßen. Die einzige Möglichkeit, seine Mitschuld an dem Massaker von Quesraba abzutragen. Die einzige Möglichkeit, sich selbst zu vergeben, dass er einen geliebten Menschen verlassen hat.

Nun hat er Gewissheit. Er darf nicht weiterschlafen. Der Tod wird warten müssen. Er hat Wichtigeres zu tun.

Er schlug die Augen auf. Und sah den Himmel des Jal'dara.

»Alter Nichtsnutz!«, rief Rey fröhlich. »Seit zwei Tagen macht Ihr Euch einen faulen Lenz!«

Als Grigán erwachte, fiel den Erben ein Stein vom Herzen, auch wenn sich sein Zustand schon vorher leicht gebessert hatte. Auf die erste Nacht, in der Yan und Corenn das Feuer mit Magie am Leben erhalten hatten, folgte ein ruhigerer Tag, an dem ein wenig Frieden auf Grigáns Gesicht lag.

Nol, der auf die baldige Genesung des Kranken vertraute, hatte seine Besucher mehrere Dekanten allein gelassen. Am Morgen ihres dritten Tages im Jal'dara, nach einer weiteren durchwachten Nacht, hatte sich der Ewige Wächter immer noch nicht wieder blicken gelassen. Und obwohl Grigán mittlerweile außer Gefahr schien, hatten seine Gefährten ungeduldig darauf gewartet, dass er aufwachte. Jetzt konnte Rey die frohe Botschaft verkünden.

Wie nach jeder überstandenen Gefahr brachten die Erben ihre Freude mit Neckereien und übermütigen Scherzen zum Ausdruck. Nur der Held des Augenblicks litt unter einer unerklärlichen Melancholie. Trotzdem bemühte er sich, das Glück seiner Freunde zu teilen, und alle wussten, dass Grigán bald wieder voller Tatendrang sein würde.

»Habt Ihr etwas in Erfahrung gebracht?«, fragte er begierig.

»Nicht viel«, antwortete Rey leichthin. »Nur ein bisschen was über die Entstehung der Götter, den Zauber des Jal'dara und den Ursprung der Religion. Das Übliche eben.«

Corenn lieferte eine ernsthaftere und etwas ausführlichere Zusammenfassung der Dinge, die sie von Nol erfahren hatten, und beantwortete Grigáns Fragen. Dieser ärgerte sich, dass er die Gespräche versäumt hatte, zeigte sich aber umso gerührter, dass seine Freunde so rücksichtsvoll gewesen waren, Nol noch nicht zu ihren Vorfahren und vor allem zu Saat zu befragen. Das Warten hatte ihre Neugier allerdings noch gesteigert – bei ihrer nächsten Begegnung würde der Lehrende eine Menge Antworten geben müssen.

»Hat er gesagt, wann er zurückkommt?«, fragte Grigán, als Corenn geendet hatte.

»Nein«, sagte Léti, die über das ganze Gesicht strahlte, weil ihr Kampflehrer wieder gesund war. »Eigentlich hat er nicht einmal gesagt, ob er überhaupt zurückkommt.«

»Hat er uns verboten, ihn aufzusuchen?«

»Nein«, antwortete Rey und sprang auf. »Geht's jetzt endlich weiter?«

Grigán musterte seine Freunde. Die Untätigkeit machte allen zu schaffen. Seit ihrem Besuch in Sapones Palast in Romin hatten sie nicht mehr als zwei Nächte hintereinander am selben Ort geschlafen. Nun, da sie am Rande des Jal'dara neben der ethekischen Pforte festsaßen, hatten sie das Gefühl, auf der Stelle zu treten.

»Gehen wir«, sagte er, obwohl er immer noch etwas wackelig auf den Beinen war. »Wo sind meine Stiefel?«

Als Corenn protestierte, er müsse sich ausruhen, schenkte Grigán ihr ein Lächeln, das sie entwaffnete: So etwas kannte sie nicht von ihm.

Schließlich gab sie es auf, ihn zur Vernunft bringen zu wollen, und sammelte ihr Gepäck ein. Plötzlich hatte auch sie es eilig, das Geheimnis zu lüften.

Voller Zuversicht und Entschlossenheit machten sich die Erben gegen Mit-Tag ihres dritten Tags im Jal'dara daran, das Tal zu erkunden. Für die anderen Sterblichen war über eine Dekade verstrichen.

Grigán machte am Ufer eines kleinen Bachs halt, der gemächlich dahinplätscherte. Da die Erfahrung ihn gelehrt hatte, immer mit unvorhersehbaren Ereignissen zu rechnen, holte er ihre Trinkschläuche hervor und füllte sie.

»Von diesem Wasser werdet Ihr nicht viel haben«, sagte Rey spöttisch. »Noch vor Einbruch der Nacht wird es verschwunden sein.«

Tatsächlich ging es sehr viel schneller: Kaum hatte Grigán einen der Schläuche verkorkt, wurde dieser wieder schlaff.

Yan tauchte einen Arm ins Wasser und zeigte ihn dem Krieger, der verblüfft auf das Wunder starrte: Der Ärmel war trocken.

»Das gefällt mir nicht«, murmelte Grigán, während er die Trinkschläuche wieder verstaute. »Am Ufer dieses Bachs könnte man verdursten.«

»Mir ist das auch unheimlich«, murmelte Bowbaq.

Er bückte sich, hob Miff hoch und setzte sie sich wieder auf die Schulter. Seit das Mausäffchen aus seinem Schlummer erwacht war, hatte es sich an ihm festgeklammert aus Angst vor der Magie des Ortes, die es offenbar deutlich spürte.

Doch nun war Miff zum Bach gelaufen und hatte gierig getrunken, ohne zu verstehen, warum dieses seltsame Wasser sich in nichts auflöste, sobald sie es schluckte. Sie konnte sich gerade eben das Maul benetzen.

»Im Tal verspürt man keinen Durst«, erklärte Lana Grigán. »Und auch keinen Hunger, keine Müdigkeit und keine Erschöpfung.«

»Bei Euch ist das etwas anderes. Ihr seid alt«, sagte Rey. »Kleiner Scherz. Ihr wart krank, da ist es kein Wunder, wenn Ihr etwas langsam seid.«

»Langsam? Dabei muss ich die ganze Zeit auf Euch warten«, versetzte Grigán und ging auf das Spiel des Loreliers ein.

Alle lachten. Ihnen war bewusst, dass Grigán großes Glück gehabt hatte. Wären sie nicht im Jal'dara gewesen, hätte er den erneuten Ausbruch seiner Krankheit vermutlich nicht überlebt. Aber so … War er vielleicht geheilt? Hatte das Gwel die Krankheit besiegt?

Yan hoffte von ganzem Herzen, dass dem so war und Usuls Prophezeiung sich als falsch erwies. Er hoffte, dass sich die Zukunft, die der Wissende ihm enthüllt hatte, durch ihren Besuch im Jal'dara verändert hatte.

Natürlich nur dieser Teil der Zukunft. Der allwissende Gott hatte auch vorhergesagt, dass er mit Léti den Bund schließen würde, und das sollte sich auf keinen Fall ändern. Vor allem nicht nach dem magischen Moment vor zwei Tagen, als sie sich endlich geküsst hatten.

In Hochstimmung machten sich die Erben wieder auf den Weg. Die Bäume, an denen sie vorbeikamen, die Blumen, deren Duft ihnen in die Nase stieg, und die Vögel und Insekten, die ihnen ein Ständchen brachten, waren die gleichen wie in der Welt der Sterblichen, und doch stammten sie aus einem anderen Reich. In den Gärten des Dara sah alles gewöhnlich aus und war trotzdem von unbeschreiblicher, ewiger und zugleich flüchtiger Schönheit.

Der Zauber des Gwels, rief sich Corenn in Erinnerung. Er versetzte Sterbliche in einen Rausch, wenn sie sich der Euphorie hingaben. Zum Glück hatten sich die Erben nach drei Tagen im Jal'dara daran gewöhnt und gelernt, dem Sinnestaumel zu widerstehen.

Als sie immer weiter ins Jal'dara vordrangen, verloren sie das andere Ende des Tals aus den Augen. Die Landschaft bestand aus Hügeln, kleineren Baumgruppen und sanften Erhebungen, auf denen dichte Sträucher wuchsen. Nur die Pforte ragte majestätisch zwanzig Schritte in die Höhe. Sie war der einzige Anhaltspunkt dafür, dass sie bereits eine ganze Strecke zurückgelegt hatten. Da sie nicht sehen konnten, wohin ihr Weg sie führte, bemerkten die Erben erst spät, dass Nol ihnen entgegenkam.

»Willkommen zu Hause«, begrüßte sie der Gott in der ihm eigenen Weise. »Ihr seid geheilt«, sagte er zu Grigán. »Das freut mich.«

Der Krieger dachte, dass er keinesfalls geheilt war, sondern nur einen weiteren Anfall überstanden hatte. Aber er war schon unhöflich genug gewesen und wollte dem Gott nicht schon wieder widersprechen. »Nol …«, stammelte er. Es war ihm unangenehm, sich in Gegenwart seiner Freunde entschuldigen zu müssen. »Wisst Ihr … Drüben bei der Pforte … Als ich zu Euch gesagt habe …«

»Grämt Euch nicht. Selbst die gröbsten Worte sind ungefährlich. Außerdem wart Ihr nicht bei Sinnen.«

»Genau. Danke«, sagte Grigán und atmete hörbar auf.

»Wir kommen, um Euch ein paar letzte Fragen zu stellen«, sagte Corenn. »Dann werden wir das Jal'dara verlassen.«

»Wollt Ihr die Kinder sehen?«, fragte der Ewige Wächter.

Die Erben sahen sich erstaunt an. So viel Eigeninitiative waren sie von Nol nicht gewohnt.

»Gern«, antwortete Lana und hoffte, dass das auch im Sinne der anderen war.

Die Maz irrte sich nicht. Wenn sie den Göttern schon einmal so nah waren, wollten sie sich die Gelegenheit nicht entgehen lassen. Endlich würden die Erben ihre Neugier stillen können.

»Einverstanden«, sagte Grigán. »Würdet Ihr uns zu ihnen führen?«

Das erste Götterkind, dem sie begegneten, war ein blondes, etwa dreijähriges Mädchen. Es hockte im Gras und war völlig in die Betrachtung eines Käfers versunken. Als der Ewige Wächter und seine Besucher an ihm vorbeikamen, hob es nur kurz den Kopf, ohne sich weiter für sie zu interessieren. Da ein abwesendes Lächeln um die Lippen des Mädchens spielte, lächelten die Erben unwillkürlich zurück, und Léti und Rey winkten sogar, wie schon auf der Insel Ji. Doch ihr Gruß schien das Kind nicht weiter zu beeindrucken, denn es wandte sich wieder seinem Käfer zu, sobald die Gefährten weitergingen.

»So leicht zu beeinflussen sind sie wohl doch nicht«, bemerkte Rey etwas enttäuscht.

»Ihr irrt, wenn Ihr glaubt, dass die Kinder neugierig sind. Zumeist werden sie Eure Anwesenheit nicht einmal bemerken. Und wenn doch … Wenn Ihr feststellt, dass eins der Kinder Euch ansieht, rate ich Euch dringend, kein Wort zu sagen und Euch nicht zu rühren. Die Gefühle, die die Handlungen der Sterblichen bei den Kindern auslösen, sind immer unverhältnismäßig stark. Es kann sogar sein, dass Euch eins der Kinder anspricht. Antwortet ihm nicht, selbst wenn Euch das seltsam vorkommt. Es wird seine Frage im nächsten Moment vergessen haben.«

»Was für eine Sprache sprechen die Götter denn eigentlich?«, fragte Lana plötzlich. »Ich meine, *Ihr* sprecht Itharisch mit uns.«

»Ich dachte, da Ihr alle diese Sprache beherrscht … Möchtet Ihr lieber eine andere sprechen?«

»Nein! Aber wo habt Ihr sie gelernt?«, beharrte Lana. Sofort ging ihr auf, wie lächerlich es war, einem Gott diese Frage zu stellen.

»Wir entspringen dem Sinn der Menschen«, antwortete Nol. »Auch wenn ich den Gedanken der Sterblichen nicht mehr lauschen kann, haben sie mich doch sehr lange Zeit begleitet.«

Bowbaq tippte Yan auf die Schulter und zeigte auf ein Kind, das hinter dem Stamm einer Burakweide schlief. Es war ein Mädchen mit dunkelbraunem Haar, das sich unter dem Baum zusammengerollt hatte und selig schlummerte.

»Womit beschäftigen sich die Kinder eigentlich?«, fragte Yan und erwartete hochphilosophische Ausführungen zur Verantwortung der heranwachsenden Götter.

»Sie schlafen viel. Manchmal irren sie tagelang ziellos umher. Dann schlafen sie wieder. Irgendwo, irgendwann.«

»Spielen sie nicht?«, fragte Léti verwundert. Sie hatte erwartet, dass so viele Kinder, selbst wenn sie göttlicher Herkunft waren, mehr Krach machten, als an Markttagen auf dem Platz der Reiter in Lorelia herrschte.

»Nein. Jedenfalls nicht in Eurem Sinne. Manche Kinder lachen ab und zu. Aber außer ihnen selbst weiß niemand, warum. Sie sind nicht besonders gesellig – nur die ganz kleinen vielleicht. Manchmal schmiegen sie sich zum Schlafen aneinander, mehr aber auch nicht.«

»Sind die Kinder denn unglücklich?«, fragte Lana.

Nol wurde langsamer, blieb dann stehen und wandte sich zu ihr um.

»Diese Frage höre ich zum ersten Mal«, sagte er. »Das wollte noch nie jemand wissen. So etwas ist schon lange nicht mehr vorgekommen. Ich muss erst darüber nachdenken.«

Der Wächter setzte seinen Weg fort, und die Erben folgten ihm. Offenbar hatte Nol nicht vor, ihnen die Antwort noch am selben Tag zu geben. Die Gefährten nickten Lana beifällig zu, doch die Priesterin fand nicht, dass sie es verdient hatte. Es wollte ihr nicht in den Kopf, dass noch niemand diese Frage gestellt hatte.

Bald kamen sie wieder an einem Mädchen vorbei, dann an einem Jungen und schließlich an zwei weiteren Kindern, die friedlich schlummerten. Nachdem sie mehrere Götterkinder gesehen hatten, konnten die Erben bezeugen, dass alle verschieden aussahen. Ihre Haare waren blond, braun, rot, schwarz oder sogar weiß. Auch ihre Haut hatte die verschiedensten Schattierungen. Einige Kinder mochten aus den Oberen oder Unteren Königreichen stammen und manche aus den Ländern des Ostens. Doch bei den meisten ließ sich die Herkunft nicht bestimmen.

»Wie viele Kinder leben im Tal?«, fragte Corenn neugierig.

»Das kommt ganz auf die Wünsche und Gedanken der Sterblichen an«, antwortete Nol. »Es würde nichts nützen, sie zu zählen. Ihr könntet zehn Mal von vorn beginnen und würdet doch nie auf das gleiche Ergebnis kommen.«

»Und was ist mit den Älteren? Den Kindern, deren Vollendung unmittelbar bevorsteht?«

»Die Ältesten bekommt Ihr nicht zu Gesicht. Wenn Sterbliche die Gärten besuchen, verstecken sie sich«, erklärte Nol gleichmütig.

Sie erreichten eine Wiese, auf der das Eroberte Schloss von Junin Platz gefunden hätte. In der Mitte stand eine Baumgruppe mit dichtem Laub, und im Schatten des Blätterdachs schliefen mehrere Kinder, sechs an der Zahl, wie Grigán feststellte.

»Wo kommen sie her?«, fragte er. Eigentlich hatte er nur laut gedacht. »Wo kommen all diese Kinder her?«

»Vielleicht sind es ja tatsächlich die Kinder von Göttern«, schlug Léti vor.

»Unsterblichkeit macht unfruchtbar«, rief ihr Yan ins Gedächtnis.

»Nur zum Teil. Oder es sind Halbgötter, entstanden aus einer Verbindung von Göttern und Menschen«, mutmaßte die junge Frau.

»Nol, könnt Ihr uns diese Frage beantworten?«, erkundigte sich Corenn, während sie dem Wächter auf die Wiese folgten.

»Leider nein. Wie gesagt, meine eigene Herkunft ist mir ein Rätsel. Wenn ein Kind hier auftaucht, ist es, als wäre es schon immer da gewesen.«

Sie blieben stehen, als ein Junge auf einen mit Seerosen bewachsenen Tümpel zustapfte. Fröhlich planschend lief das Götterkind ins Wasser.

»Habt Ihr keine Angst, dass es ertrinkt?«, fragte Yan, obwohl er die Antwort ahnte.

»Im Jal'dara kann den Kindern nichts passieren«, erklärte der Wächter. »Gefahr droht ihnen nur von außen. Besser gesagt, von den Besuchern.«

»Aber ... Sie sind doch unsterblich, oder?«, vergewisserte sich Rey. »Ich meine, sollte jemand so verrückt sein, ein Kind mit einem Schwert anzugreifen, könnte man ihm vermutlich nichts anhaben, oder?«

»Ihr könntet ihm keinen körperlichen Schaden zufügen«, bestätigte Nol. »Die Gefahr liegt woanders: Ihr könntet es dazu verleiten, in die Unterwelt hinabzusteigen.«

Der Wächter wandte sich bei der Antwort nicht einmal um. Die Erben begannen sich zu fragen, wo er sie hinführte. Die Wiese schien der Mittelpunkt des Tals zu sein, und sie waren mittlerweile ein gutes Stück hinter Nol zurückgeblieben.

Plötzlich stieg ihnen ein seltsamer Geruch in die Nase. Zunächst war es nur ein flüchtiger Eindruck, der jedoch bald immer stärker wurde. Schließlich überlagerte ein intensiver Modergeruch den Blumenduft der Gärten. Da sie in der Bibliothek von Romin hinabgestiegen waren, kam ihnen der Gestank bekannt vor. Er weckte unangenehme Erinnerungen.

»Hier ist es«, rief Nol zu ihnen herüber und zeigte auf eine Stelle am Boden, die ihren Blicken verborgen war. »Hier sind Eure Vorfahren in die Unterwelt hinabgestiegen. Durch dieses Loch.«

Plötzlich hatten sie es alle sehr eilig.

Nol stand in einer etwa zwei Schritte breiten Vertiefung im Boden. Er wies auf eine Stelle zu seinen Füßen, aber die Erben hatten bereits entdeckt, was er ihnen zeigen wollte. Sie konnten den Blick nicht abwenden, als könnte jeden Moment ein Ungeheuer aus der Dunkelheit emporsteigen.

In der Mitte der Kuhle klaffte ein Loch, das halb zugewuchert war: der Eingang zu einem unterirdischen Felsgang. Der Modergeruch kam eindeutig aus dieser Öffnung. Lana musste husten und hielt sich schließlich ein Tuch vor die Nase.

»Dieses kaum fünf Fuß hohe Loch soll der Eingang zum Jal'karu sein?«, fragte Rey skeptisch. »Dieser Margolinbau führt in die Unterwelt, in der die Dämonen heranwachsen?«

»Das ist nur einer von mehreren Zugängen«, sagte Nol. »Und bitte denkt daran, dass dieser Name im Tal nicht ausgesprochen werden sollte. Im Interesse der Kinder, aber auch zu Eurer eigenen Sicherheit. Vor allem hier nicht.«

»Ist es gefährlich?«, fragte Bowbaq ängstlich. »Oder einfach nur unhöflich?«

»Es ist gefährlich. Niemand weiß, welche Kreatur Eurem Ruf folgt. Vielleicht ist eine von ihnen bereits heraufgekommen und lauert in der Dunkelheit.«

Léti und Rey warfen sich einen verschwörerischen Blick zu, traten vor das Loch und versuchten, in der Finsternis etwas zu erkennen. Nach drei friedlichen Tagen im Jal'dara schlugen sie jede Vorsicht in den Wind.

»Léti, komm zurück«, rief Corenn besorgt, doch sie stieß auf taube Ohren.

»Wie viele von solchen Eingängen gibt es denn?«, fragte Lana.

»Acht. Sie alle führen in die Unterwelt. Eure Vorfahren haben diesen Zugang benutzt.«

Grigán zog sein Krummschwert, zwängte sich an Léti und Rey vorbei und starrte in die Finsternis. Viel erkennen konnte er nicht.

Ein Schwall verpesteter Luft schlug ihnen entgegen, und ihre Mägen rebellierten. Der Gang schien in leichtem Gefälle in die Tiefe zu führen, aber genau wissen konnte man das nur, wenn man sich einige Schritte hineinwagte, und dazu war Grigán noch nicht bereit. Der Tunnel war kaum fünf Fuß hoch, wie Rey richtig geschätzt hatte, und um einiges schmaler.

Wenn Nol die Wahrheit sagte – und bisher hatte er das immer getan –, mussten ihre Vorfahren die Unterwelt mit eingezogenem Kopf und im Gänsemarsch betreten haben. So etwas würde selbst dem mutigsten Kämpfer Angst einjagen.

»Reyan, kommt zurück«, flehte Lana, als der Schauspieler in den Gang lugte und sich keinen Deut um die Gefahr scherte.

»Du auch, Léti«, befahl Corenn. »Es reicht. Meister Grigán?«, fragte sie etwas freundlicher.

Widerwillig gaben die drei Kämpfer ihren Beobachtungsposten auf und kehrten zu ihren Freunden zurück. Grigán rammte sein Krummschwert in den Boden, setzte sich mit einer geschmeidigen Bewegung daneben und ließ den Eingang zum Jal'karu nicht aus den Augen.

»Nun gut«, sagte er entschlossen. »Erzählt Ihr uns nun endlich die Geschichte von diesem Mistkerl Saat?«

Nol setzte sich dem Krieger im Schneidersitz gegenüber, und die anderen gesellten sich zu ihnen. Das Herz schlug ihnen vor Aufregung bis zum Hals. Der Ewige Wächter würde ihnen das Abenteuer ihrer Vorfahren erzählen.

Königin Chebree sah zu, wie die Hellseherinnen in Trance fielen. Man munkelte, die Thalittinnen seien Mutter und Tochter, doch das war nur schwer zu glauben, denn beide Frauen waren uralt und sahen einander überhaupt nicht ähnlich. Auch ihre Bewegungen waren nicht aufeinander abgestimmt. Sie saßen an dem niedrigen Tisch und wiegten ihre Oberkörper ruckartig vor und zurück.

Chebree beschloss abzuwarten und auf ihr Können zu vertrauen. Der Ruf der beiden Thalittinnen reichte bis nach Wallos, auch schon vor dem Krieg. Die Barbarenkönigin, Emaz des Gottes Sombre und Lieblingsmätresse des hohen Dyarchen, hatte viel Gold ausgegeben, um die Frauen ausfindig zu machen und herbringen zu lassen. Endlich saßen sie vor ihr. Endlich würde sie Antworten auf die Frage bekommen, die sie quälte.

Nun stimmten die Hellseherinnen eine Art unmelodisches Gebet an, doch auch ihr Gesang stand nicht im Einklang. Er sollte die Aufmerksamkeit der Götter erregen, und Chebree zweifelte keinen Augenblick daran, dass der Lärm, den die beiden machten, die gewünschte Wirkung haben würde. Ihr Gekreisch würde jeden Gott aus dem tiefsten Schlaf reißen.

Vermutlich lauschte auch Sombre ihrem Gesang, und dieser Gedanke tröstete die Barbarenkönigin. Sie war seine Emaz, seine Hohepriesterin, Sombres Vertreterin in der Welt der Sterblichen. Der Bezwinger würde sich ihrer Fragen annehmen.

Die Seherin zu Chebrees Linken verstummte, und nach ein paar weiteren schiefen Tönen schwieg auch ihre Gefährtin. Die Frauen ergriffen nun je vier Elfenbeinwürfel, die sie sich mit einer Geschicklichkeit zwischen die Daumen klemmten, die von jahrelanger Übung zeugte.

Wahrsagerei mit itharischen Würfeln. Deshalb waren die thalittischen Seherinnen zu solchem Ruhm gelangt. Dieses Verfahren war östlich des Rideau nahezu unbekannt und daher legendär. Wie alles, was aus den Oberen Königreichen stammte, faszinierte es die Bewohner des Ostens.

»Ihr dürft nun die erste Frage stellen«, sagte die Seherin zu Chebrees Rechten, als sie merkte, dass die Königin nicht wusste, was sie tun sollte. »Wählt sie mit Bedacht! Die erste Antwort der Würfel kommt der Wahrheit immer am nächsten. Bei allen weiteren sorgen Dämonen für Verwirrung«, fügte sie mit Nachdruck hinzu.

Chebree runzelte die Stirn und dachte angestrengt nach. Seit Sombre in der Kampfarena Gestalt angenommen hatte, glaubte sie fest an das Übersinnliche, und so beschloss sie, nur eine einzige Frage zu stellen. Zumal sie die Seherinnen am nächsten oder übernächsten Tag erneut befragen konnte.

»Werde ich ein Kind des hohen Dyarchen unter dem Herzen tragen?« Sie bemühte sich, ihre Nervosität zu verbergen.

Die Seherinnen warfen die Würfel. Die kleinen Elfenbeinquader stießen gegeneinander, rollten über den Tisch und blieben dann reglos liegen. Chebree fragte sich, was wohl passieren würde, wenn einer der

Würfel herunterfiel oder sogar zerbrach. Als nichts dergleichen geschah, schob sie den Gedanken rasch beiseite.

Die beiden thalittischen Alten beugten den Kopf über die Würfel und stützten die Hände auf die Knie. Chebree fiel auf, dass sie diese Bewegung genau gleichzeitig ausgeführt hatten. Immer noch im Einklang hoben sie den Blick und sahen der Königin in die Augen.

»Drei Dreiecke«, sagte die eine.

»Und das Feuer«, sagte die andere.

»Ihr werdet sein Kind unter dem Herzen tragen«, verkündeten sie im Chor.

Chebrees Herz schlug zum Zerspringen, doch sie konnte noch klar genug denken, um sich über das veränderte Verhalten der Seherinnen zu wundern. Sie beugte sich ihrerseits über den niedrigen Tisch und sah sich die seltsamen Würfel an.

Beide Frauen hatten dasselbe Ergebnis erzielt.

Die Seherinnen schien das nicht weiter zu kümmern. Sie sammelten die Würfel ein und warteten auf die nächste Frage. Die Harmonie ihrer Bewegungen war wieder verschwunden.

»Mehr Fragen habe ich nicht«, sagte die Königin, nachdem sie die Seherinnen eine Weile schweigend gemustert hatte. Warum auch? Solange ihr Wunsch in Erfüllung ging, war alles andere nur eine Frage der Geduld. Sie würde Saat ein Kind gebären und sich so seine ewige Dankbarkeit sichern. Zumindest würde sie an seiner Seite herrschen und die Privilegien des hohen Dyarchen teilen.

Anschließend würde sie nur noch warten müssen, bis der goronische Greis starb und ihr seine Krone vermachte. Dann würde sie endlich vergessen können, wie sich seine kalte, runzelige Haut anfühlte, die nach Erde und Tod roch.

Während die Erben darauf warteten, dass Nol ihnen das Geheimnis ihrer Vorfahren enthüllte, schlug ihnen das Herz bis zum Hals. Doch der Ewige Wächter schien es nicht eilig zu haben und lächelte sie nur wohlwollend und freundlich an. Als hätten sie alle Zeit der Welt!

Corenn begriff, dass der Lehrende sein Wissen nicht von selbst preisgab. Sie würden nur dann Antworten erhalten, wenn sie die richtigen Fragen stellten. Das zwang sie, selbst nachzudenken und Vermutungen anzustellen – gewiss eine gute Methode, um Schülern etwas beizubringen. Von sich aus ergriff Nol jedenfalls nur selten das Wort.

Obwohl sie am liebsten sofort etwas über Saat erfahren hätte, beschloss sie, Nol zu bitten, ihnen das Abenteuer ihrer Vorfahren von Anfang zu erzählen, damit ihnen nichts Wichtiges entging. Einfach würde das nicht werden. Aber Corenn hatte Geduld – und einen starken Willen.

»Was taten die Weisen nach ihrer Ankunft im Jal'dara?« Sie eröffnete das Gespräch klugerweise dort, wo Maz Achems Tagebuch endete. »Sind sie wie wir dem Rausch verfallen?«

Das Lächeln des Ewigen Wächters erstarb. Schon Corenns erste Frage berührte ein heikles Thema.

»Alle Sterblichen empfinden Euphorie, wenn sie die Gärten betreten. Ist das nicht der Fall, muss ich sie aus dem Tal verjagen. Wer nicht von ihrer Schönheit entzückt ist, gehört nicht in die Kinderstube der Götter«, erklärte Nol.

»Aber unsere Vorfahren haben die Prüfung bestanden, oder?«

Das Gesicht des Ewigen Wächters verfinsterte sich noch etwas mehr, was sich in seinem Fall in einem leichten Zusammenziehen der Augenbrauen äußerte. »Vielleicht habe ich einen Fehler begangen«, sagte er zögernd. »Ich hatte das Gefühl, dass Saat das Verhalten seiner Gefährten nur nachahmte, um Euphorie vorzutäuschen. Aber ich kann keine Gedanken lesen, und so hatte sich noch kein Sterblicher verhalten. Wenn dem so war, hätte er äußerst heimtückisch und gerissen sein müssen, und die Könige sollten mir doch die Weisesten der Weisen senden. Deshalb habe ich im Zweifel zu seinen Gunsten entschieden.«

»Hinterher ist man immer schlauer«, befand Rey trocken. »Niemand ist perfekt.«

»Nichts beweist, dass Saat die Euphorie nur vortäuschte«, sagte Lana, die das Bedürfnis hatte, Nol in Schutz zu nehmen. Schließlich hatte er Eurydis heranwachsen sehen.

»Und nichts beweist das Gegenteil«, konterte Grigán. »Wir wissen, wozu er imstande ist. Die Morde an Séhane, Humeline, Xan und den anderen Erben sind Beweis genug für seine Niedertracht.«

»Dieser Mann kannte unsere Vorfahren«, sagte Léti zum vielleicht hundertsten Mal.

»Tat Saat denn in jener Nacht etwas Verwerfliches?«, fragte Corenn.

»Nein«, sagte der Wächter. »Er legte sich wie die anderen ins Gras und schlief ein. Am nächsten Tag war er weder feindselig noch bösartig, und so vergaß ich meine Zweifel.«

»Was dann? Habt Ihr den Weisen die Kinder gezeigt?«

»Noch nicht. Erst stellte ich sie den Gesandten aus den Ländern vor, die Ihr den Osten nennt.«

»Pal'b'ree und Fer't«, sagte Lana, der die Namen aus Maz Achems Tagebuch vertraut waren.

»Nur zwei«, bestätigte Nol bedauernd. »Der Lindwurm im Land Oo hatte die anderen sechs getötet. So waren nur Sol und Wallos im Jal'dara vertreten.«

»Wallos«, wiederholte Rey und schnippte mit den Fingern. »Verbündete sich Saat etwa mit dem wallattischen Gesandten?«

»Um ehrlich zu sein, mochten die beiden sich nicht besonders«, sagte der Wächter. »König Pal'b'ree schien sich eigentlich nur mit Prinz Vanamel zu verstehen. Selbst Saat und Vanamel schätzten einander nicht gerade. Anscheinend hatte der goronische Kaiser darauf bestanden, seinen Sohn von einem Ratgeber begleiten zu lassen.«

»Das wussten wir nicht«, sagte Grigán. »Hat Saat denn mit einem unserer Vorfahren Freundschaft geschlossen?«

Beklommen warteten die Erben auf Nols Antwort. Niemand wollte hören, dass der eigene Urahn an ihrem Unglück mitschuldig war.

»Das weiß ich nicht«, sagte er nach einer Weile. »Er hat sich zumindest mit niemandem gestritten. Aber er ging den anderen aus dem Weg, so viel ist sicher.«

»Schluss mit der Gefühlsduselei«, sagte Rey, der allmählich die Geduld verlor. »Was geschah dann? Woher stammt Saats Macht? Und was hatten unsere Vorfahren in diesem stinkenden Loch verloren?«

»Das weiß ich nicht«, gestand Nol. Er schien bekümmert, weil er seinen Besuchern nicht helfen konnte. »Was in der Unterwelt geschah, kann ich nicht sagen. Alles, was dort unten vor sich geht, ist mir unbekannt.«

Den Erben verschlug es die Sprache. War das alles? Hatten sie dafür all die Gefahren gemeistert, die Länder des Ostens und den Wald der Baumriesen durchquert, gegen den Lindwurm gekämpft und sich dem Gwel ausgesetzt? Würden sie nun doch nicht erfahren, was der Mann, der sie töten wollte, im Schilde führte und woher seine Kräfte stammten? Würden sie nie herausfinden, wie sie ihm Einhalt gebieten könnten?

»Ihr kennt einen Teil der Geschichte«, sagte Corenn. »Saat verlor den Verstand, nachdem er die Kraft des Gwels entdeckt hatte. Was könnt Ihr uns davon erzählen?«

»Nicht viel, fürchte ich. Er war Magier wie Ihr. Er stellte mir dieselben Fragen. Und er gelangte zu demselben Schluss, nur noch schneller als Ihr. Schneller als jeder andere Sterbliche vor ihm.«

Und dabei hatten die Erben Hinweise gehabt. Sie kannten das Gedicht von Romerij und Usuls Prophezeiungen, dachte Yan. Saat war zweifellos klug. Gefährlich klug.

»Ist er deshalb verrückt geworden?«, fragte Bowbaq.

»Besessen trifft es wohl besser. Während die anderen Weisen debattierten, wie sie mit dem Geheimnis des Jal'dara umgehen sollten, interessierte sich Saat nur noch für das Gwel. Er formte nur noch Gwelome: Waffen, Edelsteine, Goldklumpen und andere Gegenstände, die nach wenigen Dekanten wieder ihre ursprüngliche Form annahmen.«

»Ließ er sich davon entmutigen?«, fragte Léti.

»Nein. Er gab freimütig zu, die Eigenschaften des Gwels untersuchen zu wollen, um seine Kunst zu vervollkommnen. Ich weiß nicht, ob er ein begabter Magier war, bevor er hierherkam. Nach seinem Besuch war er es jedoch gewiss. Nie zuvor hatte ein Sterblicher die Gärten so sehr verändert.«

»Und Ihr habt ihn gewähren lassen?«, fragte Lana erstaunt.

»So wie ich auch Euch ein Feuer entzünden ließ. Ich bin der Lehrende, so haben die Menschen es gewollt. Jedem Besucher steht es frei, im Jal'dara zu tun und zu lassen, was er will, solange er den Kindern oder der Pforte keinen Schaden zufügt.«

»Aber uns habt Ihr doch auch eine Menge verboten«, sagte Rey. »Zum Beispiel einen gewissen Namen auszusprechen.«

»Das sind Ratschläge. Ich kann Euch nichts verbieten. Ich kann Euch auch an nichts hindern. Leider …« Nols Stimme klang traurig. Nur wenige Geschehnisse konnten den Ewigen Wächter derart bekümmern.

»Saat hat eines der Kinder angegriffen, nicht wahr?«, mutmaßte Corenn.

Nol nickte langsam, als trüge er und nicht der Angreifer die Schuld. »Er ist in seine Gedanken eingedrungen«, sagte er ernst. »Saat hat seinen magischen Willen auf ein Götterkind gerichtet.«

Corenn versuchte, ihre Gedanken zu ordnen. Der sonst so wortkarge Wächter hatte ihnen das Drama ihrer Vorfahren in allen Einzelheiten geschildert, und die Wahrheit war noch entsetzlicher, als sie gedacht hatten: Saat hatte rasch begriffen, wie nützlich das Gwel war. Dank seines immensen Absorbiumanteils ließ es sich beliebig verwandeln, und seine magischen Eigenschaften übertrugen sich auf den neuen Gegenstand. Der Goroner hatte mehrere Pfund des wertvollen Materials zusammengeklaubt, die er in die Welt der Sterblichen mitnehmen wollte.

Der Ewige Wächter warnte ihn, dass er das nicht zulassen würde. Legendäre Gwelome wie das Schwert von Moccaret, die Geschwätzige Muschel, das Frugis-Seil oder der Yalyal waren dem Jal'dara nur durch eine Laune des Schicksals entrissen worden. Einzig die Götter durften etwas Gwel mitnehmen, wenn sie die Gärten verließen, und nur wenige machten von diesem Recht Gebrauch.

Was Saat dachte, als Nol seine Warnung aussprach, blieb sein Geheimnis. Jedenfalls drang er in die Gedanken eines Götterkindes ein. Wollte er prüfen, wie mächtig seine Magie war? Hoffte er auf die Hilfe des Kindes? Wollte er seine Neugier befriedigen? Oder hatte er einen noch arglistigeren Plan?

Wie Nol den Erben erklärte, hatten sich die heranwachsenden Götter im Laufe der Jahrhunderte an die Anwesenheit von Sterblichen in den Gärten gewöhnt. Es kam sogar vor, dass ein Kind einen Menschen ansprach. Im vergangenen Jahrhundert war es Tiramis, Fer't dem Solener, Moboq und Saat so ergangen.

Was die kindlichen Götter sagten, war nicht besonders ausgefallen.

Manchmal gebrauchten sie Wörter einer unbekannten Sprache, die die Besucher des Tals für Ethekisch hielten. Und immer wenn die Sterblichen die Kinder verstehen konnten, handelte es sich um Spielarten einer einzigen Bitte: »Sprich mit mir.«

Da die heranwachsenden Götter so leicht zu beeinflussen waren, konnte es schlimme Folgen haben, ihnen zu antworten. Deshalb bat Nol seine Besucher stets, die Kinder zu ignorieren. Verhindern oder gar bestrafen konnte er eine Antwort nicht, denn mit den Göttern zu sprechen war schließlich noch kein Angriff auf sie. Indem er die Sterblichen zum Schweigen verpflichtete, wollte er jedoch vermeiden, was Corenn eine »theologische Katastrophe« nannte.

Doch eins der Kinder hatte Saat angesprochen, mehrmals sogar. Der Hexer hatte ihm nicht nur geantwortet, sondern war überdies in seine Gedanken eingedrungen. Er hatte seinen noch unberührten Geist unwiderruflich verändert.

Manchmal dauerte es mehrere Jahrtausende, bis menschliche Worte in den Schlaf eines Kindes einsickerten. Dadurch, dass er unmittelbar in der Nähe war und einen ungewöhnlich starken Willen hatte, brauchte Saat nur wenige Tage dafür. Vielleicht hätte er noch Schlimmeres getan, wenn Nol nicht eingeschritten wäre.

Saat hatte das Kind beeinflusst. In nur einer Nacht wuchs es zu einem Sechsjährigen heran, während es bisher ausgesehen hatte wie ein Vierjähriger.

Der neue Gott hatte mehrere Namen. Es waren die Namen, die ihm künftige Menschengenerationen verleihen würden. Nol erkannte sie alle, und es war, als hätte er sie immer gewusst. Sein erster Name war Sombre.

Der Ewige Wächter konnte nicht in die Zukunft sehen. Er wusste nicht, wann der neue Gott vollendet sein würde. Er wusste nicht, welche Eigenschaften er haben würde. Er wusste nicht, was Sombre den Sterblichen einflüstern würde. Doch eine allzu rasche Entwicklung war immer ein schlechtes Zeichen.

Nur Dämonen wuchsen so schnell heran.

Nol verriet dem Hexer Sombres Namen nicht, denn das hätte seinen Einfluss auf das Kind nur noch vergrößert. Der Ewige Wächter gab Saat zu bedenken, dass er den Jungen in die Unterwelt hinabtrieb, wenn er seinen Geist weiter veränderte. Seine Warnungen schreckten den Goroner jedoch nicht, im Gegenteil: Er führte sein Experiment fort.

Mit den anderen Gesandten geriet er immer häufiger in Streit. Vor allem mit Prinz Vanamel, dem er nun die Gefolgschaft verweigerte. Wäre es zu einem Kampf gekommen, hätte der Wächter die unliebsamen Gäste aus dem Tal verjagen können. Doch es blieb bei Wortgefechten, was die Sache nur noch schlimmer machte.

Zu viele bösartige Empfindungen waren in den Gärten geäußert worden: Neid, Feindseligkeit, Habgier, Stolz, Wut … So nah an der Unterwelt. Viel zu nah an der Unterwelt. Das Unheil war unvermeidlich: Die Kreaturen des Karu erwachten.

Manche krochen ins Tal hinauf und führten die Weisen in Versuchung. Sie versprachen ihnen Reichtum und Macht, wenn sie ihnen in die Unterwelt folgten. Die meisten Sterblichen wussten, dass es eine Falle war – doch leider waren nicht alle so klug.

Zwei Gesandte folgten Lloïol, einem Harfe spielenden Zwerg. Sie betraten die Unterwelt durch eben jenen Gang, den Nol den Erben gezeigt hatte. Pal'b'ree der Wallatte und Prinz Vanamel gaben sich ihren niedersten Trieben hin, wo selbst Saat der Machthungrige einen klaren Kopf behielt.

Nach zwei Tagen waren weder die beiden Gesandten noch der Zwerg, der sie in die Unterwelt gelockt hatte, zurückgekehrt. Die Kreaturen des Jal'karu schienen erneut in tiefen Schlummer gefallen zu sein.

Am Morgen des dritten Tags schlug der Weise Moboq vor, nach den Vermissten zu suchen, und seine Gefährten stimmten ihm sogleich zu. Keiner wollte Pal'b'rees oder Vanamels Tod auf dem Gewissen haben, auch wenn die Männer ihr Schicksal verdient zu haben schienen. Schließlich hatten die anderen sie ausdrücklich davor gewarnt, dem Zwerg zu folgen. Saat hielt sich aus dem Gespräch heraus, doch als seine Gefährten beschlossen, in die Unterwelt hinabzusteigen, hatte er keine Einwände. Vermutlich beugte er sich ihrer Entscheidung aus Neugier.

Entgegen Nols ausdrücklichem Rat wagten sich die Gesandten ins Land der Dämonen vor. Einer nach dem anderen verschwanden sie in dem Gang. Saat, Vez aus Jezeba und Fer't der Solener sollten das

Tageslicht niemals wiedersehen. Pal'b'ree wurde von seinen Gefährten gerettet, doch der wallattische König zeigte sich alles andere als dankbar.

Ihr Entschluss führte zu noch größerem Unheil. Wie Nol befürchtet hatte, stieg Sombre mit den Weisen in die Unterwelt hinab. Auch er würde nie mehr ins Tal zurückkehren. Als der Ewige Wächter sah, dass sich Sombre den Sterblichen anschloss, fragte er ihn nach dem Grund. Der heranwachsende Gott sagte das, was alle Kinder sagen, wenn sie die Gärten verlassen: »Ich folge ihrem Ruf.« Vielleicht sagte Sombre aber auch: »Ich folge seinem Ruf.«

Mehr hatte Nol nicht zu berichten. Bevor ihm die Gefährten von Saats Untaten erzählt hatten, war er der Überzeugung gewesen, der Goroner habe in der Unterwelt den Tod gefunden. Noch immer wussten die Erben nicht, was das Geheimnis seines langen Lebens und seiner Macht war – und warum er sie töten wollte.

»Dann war also alles umsonst«, sagte Rey missmutig. »Wir sind nicht klüger als vor drei Tagen«, setzte er hinzu, obwohl er es besser wusste. »Ich habe gleich gesagt, dass das keine gute Idee ist. Wir hätten nach Wallos gehen sollen.«

»Der Besuch im Dara hat vielleicht nicht all unsere Hoffnungen erfüllt«, sagte Corenn beschwichtigend, »aber wir sind immerhin ein Stück weitergekommen.«

»Ach ja? Dann habe ich wohl etwas verpasst! Wir kennen weder Saats Pläne, noch wissen wir, warum er hinter uns her ist. Ich wüsste nicht, warum das ein Anlass zur Freude ist!«

»Falsch. Wir wissen sehr wohl, was er vorhat«, widersprach Grigán. »Er will die Oberen Königreiche unterwerfen. Hört auf, Eure Wut an uns auszulassen, Kercyan. Wir sind alle enttäuscht.«

In der Tat machten die Gefährten trübselige Gesichter. Nur Nol lächelte wie immer freundlich, aber das hatte nichts zu bedeuten.

Verdrießlich warteten sie, dass Corenn die nächste Frage stellte. Vielleicht gelang es ihr, noch etwas mehr über den Aufenthalt ihrer Vorfahren in der Unterwelt herauszufinden. Doch der Ewige Wächter hatte ihnen nichts mehr zu sagen, und so zerbrachen sich die Gefährten vergeblich den Kopf.

»Ist Sombre immer noch im Jal'k… äh … in der Unterwelt?«, fragte Lana aufs Geratewohl.

»Das weiß ich nicht. Wenn ein Kind die Gärten verlässt, entzieht es sich meiner Obhut. Auch dann, wenn es in die Unterwelt hinabsteigt.«

»Nehmen wir einmal an, Sombre ist bereits vollendet. Könnte es sein, dass er Saat mit in unsere Welt genommen hat?«, fragte Yan.

»Das ist unwahrscheinlich. Denkt nur an die ältesten Götterkinder hier im Tal. Sie gehen Euch aus dem Weg. Selbst wenn sich Sombre so schnell entwickelt hat, was ich nicht glaube, würde er sich nicht die Gesellschaft eines Sterblichen aufbürden. Zumal er nicht mehr in die Gärten zurückgekehrt ist. Das verdammt ihn dazu, ein Dämon zu werden.«

Bowbaq und Grigán wechselten einen Blick, dann sprach der Riese aus, was sie beide dachten.

»Der Mog'lur«, murmelte er in seinen Bart, als würde der Dämon Gestalt annehmen, wenn man seinen Namen laut aussprach.

»Der Dämon aus Junin, der Königin Séhane getötet hat«, ergänzte Grigán. »Er wird von Saat kontrolliert.«

»Das kann nicht sein«, widersprach Nol. »Kein Sterblicher kann einen Gott für längere Zeit beherrschen. Nicht einmal, wenn die beiden einen Bund geschlossen haben.«

»Sombre hat sich auf sehr ungewöhnliche Weise entwickelt«, sagte Corenn. »Er stand lange Zeit ausschließlich unter Saats Einfluss. Ist so etwas schon einmal vorgekommen?«

Nol dachte eine Weile nach. »Nein«, gab er schließlich zu. »Es ist das erste Mal. Ihr habt recht.«

»Saat konnte das Kind nach Belieben formen.« Ihr eigener Gedanke machte Corenn Angst. »Er gab ihm einen Namen, eine Persönlichkeit, Kräfte und was weiß ich noch alles. Er erzog den Gott wie einen Sohn, bis er ihn völlig in seiner Gewalt hatte.«

»Selbst der mächtigste Magier wäre zu so etwas nicht imstande«, sagte Nol, auch wenn Corenns Vermutung seine Gewissheit ins Wanken brachte. »Ein Sterblicher allein kann keinen Gott zur Vollendung bringen. Wir entspringen dem Sinn unzähliger Sterblicher.«

»Aber in der Unterwelt hörte Sombre auch noch andere Stimmen, nicht wahr?«, warf Lana ein. »Ihr sagtet doch, die Kinder würden die Stimmen der Menschen im Schlaf hören und einige Bruchstücke davon aufnehmen. Vielleicht entwickelte er sich ja doch auf die übliche Art?«

»Gestehen wir uns endlich ein, dass Sombre der Mog'lur ist, und reden nicht länger um den heißen Brei herum«, sagte Grigán plötzlich. »Ich bin jedenfalls davon überzeugt.«

»Wir werden von einem Gott verfolgt!«, rief Bowbaq entsetzt. In ihm stiegen schreckliche Erinnerungen an den Kampf im Eroberten Schloss auf.

»Er ist nur ein Dämon«, verbesserte Grigán, der darin als Einziger einen entscheidenden Unterschied sah. »Und er ist nicht unbesiegbar. Wir haben ihn schon einmal in die Flucht geschlagen.«

»In die Flucht geschlagen, ja. Aber wie groß sind unsere Chancen, ihn zu besiegen?«, fragte Rey. »Was können wir schon gegen einen Gott ausrichten?«

»Bisher ist es nichts als eine Vermutung«, sagte Corenn, um den anderen Mut zu machen. »Bis das Gegenteil bewiesen ist, steckt Saat allein hinter den Angriffen auf uns.«

»Aber das würde einiges erklären«, warf Léti ein. »Zum Beispiel Saats Langlebigkeit. Er hat Sombre bestimmt dazu gezwungen, ihm Unsterblichkeit zu verleihen.«

»Kein Gott hat so viel Macht«, widersprach Nol. »Unverwundbarkeit, das ginge. Oder ewige Jugend. Oder Gesundheit. Aber auf keinen Fall alles zusammen. Niemand vermag mehr zu geben, als er selbst besitzt.«

»Dann ist der Hexer also doch sterblich«, sagte Rey.

»Aber unverwundbar«, sagte Yan, weil er fürchtete, der Schauspieler könnte eine Strafexpedition vorschlagen, die einem Selbstmord gleichkäme.

»Warum hat er es bloß auf uns abgesehen?«, fragte Lana, die sich das einfach nicht erklären konnte.

Die Priesterin rief ihnen die Frage ins Gedächtnis, mit der ihre Suche vor drei Monden begonnen hatte. Am Anfang war es nur um ihr eigenes Überleben gegangen, doch der Einsatz hatte sich erhöht, und nun stand nichts Geringeres als das Schicksal der Oberen Königreiche auf dem Spiel. Angesichts der Geschichte ihrer Vorfahren hatten sie fast vergessen, dass sie selbst in Lebensgefahr schwebten.

»Ich glaube nicht mehr an Rache«, bemerkte Grigán in das Schweigen hinein.

Mehr musste er nicht sagen. Nach allem, was sie über Saat wussten, schien es nicht zu dem Goroner zu passen, aus gekränktem Stolz beinahe hundert Menschen ermorden zu lassen. Der Ökonom war ein angesehener Bürger des Großen Reichs gewesen und ein Intrigant am Kaiserhof. Er ließ sich von Vernunft leiten, nicht von niederen Gefühlen.

»Ein Jammer, dass Ihr unsere Vorfahren nach ihrer Rückkehr aus der Unterwelt nicht befragt habt!«, sagte Léti mindestens zum dritten Mal.

Nol schien seine Gründe dafür nicht wiederholen zu wollen. Seltsamerweise gehörte Neugier nicht zu seinen Eigenschaften. Als die Weisen aus der Unterwelt zurückgekehrt waren, hatten die Kinder geweint, und Nol hatte sofort gehandelt. Er hatte die Pforte geöffnet, und die Gesandten hatten das Tal verlassen.

»Saat hat vor irgendetwas Angst«, folgerte Rey. »Er hat Angst vor uns. Aber, bei allen Göttern und ihren Hur… äh … bei allen Göttern, warum nur?«

»In Maz Achems Tagebuch steht etwas dazu«, sagte Yan. »An einer Stelle ist von den Erben die Rede.«

»Die Passage ist viel zu vage. Selbst meine Tante hat sie nicht verstanden«, entgegnete Léti.

»Lesen wir sie noch einmal«, schlug Corenn vor. »Nach allem, was wir in der Zwischenzeit erfahren haben, verstehen wir sie vielleicht besser.«

Lana holte die Seiten hervor, auf die sie die Worte ihres Urgroßvaters übertragen hatte, denn das Tagebuch selbst hatte sie gemäß dem Wunsch ihres Vaters verbrannt. Dann las sie den Abschnitt laut vor:

Auch Reyan von Kercyan, Moboq von Arkarien und Rafa Derkel bekamen Kinder. Wie kann man das Glück in Worte fassen, das uns nach Jahren der Angst bei der Nachricht jeder dieser Geburten überfiel? Der Fortbestand unserer Familien war gesichert, und der Menschheit bot sich nun doch die Gelegenheit, eines Tages das Zeitalter von Ys zu erreichen. Nols Harmonie. Und sei es erst in ferner Zukunft.

Wären Vanamel und Pal'b'ree nicht ins Karu hinabgestiegen und wären sie den Undinen nicht begegnet, hätten wir nichts von unserer Verantwortung erfahren. Vielleicht wäre das besser gewesen, denn das Geheimnis des Jal'dara lastete ohnehin schon schwer genug auf uns. Doch da wir nun einmal davon wussten, frohlockten wir angesichts der Geburt einer neuen Generation.

»Ich verstehe das immer noch nicht«, sagte Bowbaq in der Hoffnung, einer der anderen würde es ihm erklären.

Doch niemand kam ihm zu Hilfe. Alle Blicke waren auf Nol gerichtet, dessen Gesichtsausdruck sich plötzlich verändert hatte. Selbst sein ewiges Lächeln war erloschen. Der Wächter sah seine Besucher mit ganz neuen Augen an: erstaunt und mit leiser Bewunderung. »Eure Vorfahren haben die Undinen aufgesucht«, sagte er.

Dann verstummte er wieder. Der Lehrende antwortete nur auf direkte Fragen, selbst wenn ihn etwas brennend zu interessieren schien – so wie jetzt.

»Wer sind die Undinen?«, fragte Léti unwirsch.

»Sie sind Geschöpfe der Unterwelt. Sie kennen die Zukunft und sind im Besitz der Wahrheit.«

»Eine Art lokaler Usul?«, witzelte Rey.

»Ihre Macht ist sehr viel größer«, sagte Nol ernst. »Usul ist der Wissende. Die Undinen sind die Hüterinnen der unumstößlichen Wahrheiten.«

»Der Unterschied leuchtet mir nicht ganz ein«, brummte Grigán. »Könntet Ihr Euch vielleicht etwas klarer ausdrücken?«

»Die Zukunft, die Usul und andere hellsichtige Götter vorhersagen, kann auf verschiedene Art verändert werden, zum Beispiel wenn sie einem Sterblichen enthüllt wird. Eine unumstößliche Wahrheit ist, wie der Name schon sagt, unumstößlich. Jedes Ereignis, das die Undinen ankündigen, wird geschehen, ganz gleich, was passiert.«

»Und die Undinen haben unseren Vorfahren eine dieser unumstößlichen Wahrheiten enthüllt«, sagte Corenn nachdenklich. »Leider wissen wir nicht mehr, als dass es um unsere Geburt und das Zeitalter von Ys geht.«

Yan empfand tiefes Mitgefühl mit den Weisen. Er wusste, was es hieß, unter Usuls übermenschlichem Wissen zu leiden. Welch schreckliches Geheimnis hatten die Vorfahren seiner Freunde mit ins Grab genommen?

Er hatte immer geglaubt, dass es nur um das Geheimnis der Insel Ji ging. Doch die Weisen hatten noch eine ganz andere Bürde zu tragen gehabt. Und Saat hatte beide für seine Zwecke genutzt.

»Versteht Ihr die Anspielung auf die Harmonie?«, fragte Lana Nol voller Hoffnung.

»Das liegt leider nicht in meiner Macht. Es scheint, als wäre Euer Leben auf die eine oder andere Weise mit dem Zeitalter von Ys verbunden.«

»Aber wie?«, fragte Léti. »Was sollen wir tun?«

»Das wussten allein unsere Vorfahren«, antwortete Grigán.

»Und die Undinen«, ergänzte Lana.

»Und Saat natürlich«, fügte Bowbaq hinzu.

Yan stand auf und ging zu der Kuhle, in der sich der Zugang zur Unterwelt befand. Schon seit einer Weile schwirrte ihm eine Idee im Kopf herum, aber er wollte ihre Vor- und Nachteile abwägen, bevor er seinen Freunden davon erzählte.

Als er sich schließlich dazu durchrang, etwas zu sagen, klangen seine Worte schüchtern, so wie damals, als er noch Angst gehabt hatte, Grigán könnte ihn beim geringsten Fehler fortschicken. »Jemand anders kann uns vielleicht Auskunft geben – falls er immer noch dort unten ist. Wir könnten versuchen, den Zwerg zu rufen.«

Zu seiner Verwunderung löste der Vorschlag keine große Debatte aus. Als er Corenns und Grigáns nachdenkliche Gesichter sah, wurde Yan klar, dass sie geneigt waren, ihm zuzustimmen.

Plötzlich ertönten Harfenklänge aus dem unterirdischen Gang, was ihnen die Entscheidung abnahm. Dann schmetterte jemand mit näselnder Stimme ein unmelodisches Lied:

»Lasst sein das Suchen, teure Leut'!
War gestern hier und bin es heut'!«

Das Gold. Das Meer. Die Rote Armada. Griteh. Mythr. Die Yussa. Das Gift der Daï-Schlange. Das Gold. Grigán Derkel. Der hohe Dyarch. Ihr Plan. Das Gold.

Die Gedanken des Sterblichen kreisten um einige wenige immergleiche Begriffe, die Sombre mühelos erkannte. Die Gedanken, in die er eingedrungen war, waren wirr und sprunghaft. Entweder schlief der Mann, war krank, stand unter Drogen oder war verrückt. Vielleicht auch alles zugleich. Sombre hatte ihren Verbündeten aus den Unteren Königreichen aufgespürt, den ramgrithischen König Aleb den Einäugigen. Aleb segelte über das Meer, um Sombres Verkünder zu treffen und die letzten Einzelheiten des Feldzugs zu besprechen.

Im nächsten Augenblick drang der schwarze Gott in die Gedanken jedes Besatzungsmitglieds ein, weil er hoffte, einen Verräter oder Spion zu finden und seiner Wut freien Lauf lassen zu können. Doch er fand nichts. Auf Alebs Kommandoschiff wäre das auch verwunderlich gewesen. Enttäuscht verwandte Sombre den Bruchteil einer Dezille darauf, vier Schiffe in der Umgebung zu durchsuchen, bei denen er jedoch nicht mehr Glück hatte. Ihr Geheimnis war gut gehütet, und die Oberen Königreiche würden erst von ihren Plänen erfahren, wenn es zu spät war. Der Dämon langweilte sich.

Er schickte seinen Schatten ins Tal der Krieger und beobachtete die goronische Streitmacht. Seit einigen Tagen trafen lorelische Kompanien zur Verstärkung ein. Mittlerweile waren fast mehr Lorelier als Goroner im Tal der Krieger aufmarschiert. Bald würden die beiden größten Armeen der Oberen Königreiche an der Küste des Spiegelozeans zusammengezogen sein. Sie bereiteten sich auf eine Schlacht gegen die Länder des Ostens vor, von der sie glaubten, dass sie erst weit nach dem Tag des Wassers beginnen würde. Für die goronischen Generäle war eine Niederlage undenkbar.

Doch sie irrten sich. Der Krieg würde einige Dekaden früher und knapp hundert Meilen weiter südlich ausbrechen und die Oberen Königreiche an ihrem schwächsten Punkt treffen: der Heiligen Stadt. Ith wurde von einer lächerlich kleinen Truppe geschützt: kaum mehr als fünfhundert Mann. Die Stadt würde der Ausgangspunkt der wallattischen Eroberungen sein.

Nur zwei Gegner konnten die Wallatten aufhalten: König Bondrians Flotte oder die lorelisch-goronische Armee, die im Tal der Krieger stationiert war. Doch weder die eine noch die andere würde eine Gelegenheit zum Angriff haben …

Aleb der Einäugige würde die Schiffe noch im Hafen der stolzen Handelsstadt Lorelia niederbrennen. Der Angriff käme völlig überraschend: Seit einigen Monden tötete Sombre jeden, der Wind von ihren Plänen bekommen hatte. Auch die Truppen im Tal der Krieger waren vollkommen ahnungslos. Die Soldaten würden erst vom Schicksal der Heiligen Stadt erfahren, wenn sie von einer vereinten Streitmacht aus Wallatten und Yussa niedergemetzelt wurden.

Während er über die dreißigtausend Soldaten hinwegflog, die im Tal der Krieger lagerten, dachte Sombre, dass die Barbaren den Feind auch im direkten Kampf hätten bezwingen können. Aber sein Freund hatte andere Pläne. Und sein Freund irrte sich nie.

Der Dämon konnte es kaum erwarten, sich endlich in die Schlacht zu stürzen. Er wollte kämpfen, siegen, töten und vernichten. Er wollte die Säulen des Großen Tempels eigenhändig zum Einsturz bringen. Er wollte in den brennenden Trümmern stehen und den Todesqualen der Maz lauschen. Das wäre der Beginn seiner Ära: der Neuen Ordnung.

Sombre konnte nichts tun, als diesen Moment herbeizusehnen und abzuwarten, so wie es ihm bestimmt war.

Er wusste, dass sich die meisten seiner Brüder und Schwestern die Zeit damit vertrieben, die Sterblichen zu beobachten. Sombre fand das sterbenslangweilig. Er war der Bezwinger: Seine einzige Zerstreuung war der Kampf, seine einzige Freude die Vernichtung seiner Gegner.

Vor allem die eines ganz bestimmten Gegners. Des Sterblichen, der für alle Zeiten eine einzige Chance hätte, ihn zu besiegen. Des Menschen, dessen Tod sich Sombre mehr wünschte als alles andere.

Aus Gewohnheit machte er sich auf die Suche nach seinen Feinden. Aber seit sie im Jal waren, hatte sich ihre Spur verloren. So gründlich der Dämon die Welt auch durchstreifte, er fand immer nur zwei Erben der weisen Gesandten. Und diese konnten ihm nicht gefährlich werden, zumindest nicht für den Moment: Es waren Kinder, Nachfahren in fünfter Generation des Weisen Moboq vom Vogelklan.

Am liebsten hätte Sombre sie zermalmt, zerstückelt und enthauptet. Doch Saat hatte es ihm verboten. Eins der Kinder konnte der Erzfeind sein, und gegen ihn musste Sombre persönlich kämpfen und nicht in Gestalt eines Avatars. Der Vorfall im Eroberten Schloss hatte gezeigt, dass Sombres Avatar verwundbar war. Allerdings war der Gott mittlerweile viel stärker als damals.

Sombre, der sich seiner Macht sicher war, glaubte nicht, dass ihm der Erzfeind gefährlich werden könnte. Aber er würde Saat gehorchen und seinem Rat folgen, weil er das schon immer getan hatte. Er kannte nichts anderes.

So ließ der Dämon nur seinen Schatten um die arkischen Kinder herumtanzen und ärgerte sich über ein Verbot, das er nicht verstand. Er stellte sich vor, wie er ihre kleinen Körper zerfetzen würde, sobald seine Feinde das Jal verließen und er endlich den Namen des Erzfeinds in ihren Gedanken lesen konnte.

Nol und die Erben gingen vorsichtig auf die Kuhle zu, in der sich der Zugang zur Unterwelt befand. Ohne die unmelodische Harfenmusik hätten sie daran gezweifelt, überhaupt eine Stimme gehört zu haben. Aber es verbarg sich tatsächlich jemand in dem schmalen, modrigen Gang: eine Kreatur mit näselnder Stimme und meckerndem Lachen, die Gefallen daran zu finden schien, ihr Instrument zu malträtieren.

»Lloïol?«, rief Nol und bedeutete seinen Besuchern, auf Abstand zu bleiben.

»Dein bester Freund, mein lieber Nol!

Ja, das bin ich, Zwerg Lloïol!«

»Willkommen zu Hause, Lloïol. Aber wir können nur miteinander reden, wenn du dich zeigst.«

Die Musik verstummte abrupt, und über das Jal'dara senkte sich wieder Stille.

»Die Dämonen können die Unterwelt verlassen?«, wisperte Lana erstaunt.

»Nicht alle Bewohner der Unterwelt sind Dämonen«, erklärte Nol.

»Die Sterblichen sind so wankelmütig, dass sich manche Kinder nicht zwischen der Unterwelt und den Gärten entscheiden können. Sie wechseln zwischen den Welten hin und her, bis ihr Schicksal eines Tages besiegelt ist.«

»Ist der Zwerg auch ein Kind?«, fragte Leti.

»Das war er einmal. Lloïol ist fast vollendet, wie er Euch sicher erzählen wird. Er entwickelt sich schon seit mehreren Jahrtausenden und müsste das Jal in wenigen Jahrhunderten verlassen.«

»Dann sind Zwerge also auch Götter«, murmelte Bowbaq. Er fügte dieses neue Wissen mühelos in seine religiösen Überzeugungen ein.

»Gewissermaßen. Aber sie haben weniger Macht. Wie viele Kreaturen des Jal sind sie Mittelwesen zwischen Sterblichen und Göttern. Sie werden auch die Grotesken genannt.«

»Dieser ganz spezielle Grotesk scheint sich jedenfalls nicht zeigen zu wollen«, sagte Rey ungeduldig. »Warum muss er das überhaupt? Wir könnten ihn doch auch von hier aus befragen.«

»Solange er sich weigert, zum Vorschein zu kommen, steht er unter dem Einfluss der Unterwelt«, erklärte Nol. »Solange er dort unten ist, dürft Ihr nicht auf ihn hören. Begeht nicht den gleichen Fehler wie Vanamel oder Pal'b'ree.«

»Und wenn er zum Vorschein kommt?«

»Dann könnt Ihr ihm Glauben schenken. Zumindest wenn er hier oben im Tal ist. Aber ich weiß nicht, ob er überhaupt noch herauskommen kann. Er war schon so lange nicht mehr hier.«

»Ich könnte den Burschen holen gehen«, murmelte Grigán und legte die Hand auf den Griff seines Schwerts.

»Davon rate ich Euch ab«, sagte Nol. »Ihr mögt diesen Zugang für ein einfaches Loch im Boden halten, aber er führt ins Land der Dämonen. Wenn Ihr Euch auch nur drei Schritte in den Gang hineinwagt, könnte es Euch das Leben kosten.«

»So ergeht es uns überall«, witzelte Rey.

»Die Gefahr geht nicht nur von den Kreaturen der Unterwelt aus. Niemand, der dort unten Gewalt anwendet, kann danach ins Dara zurückkehren. Wenn Ihr Lloïol etwas antut, seid Ihr verdammt. Falls er sich weiterhin weigert, zum Vorschein zu kommen, können wir davon ausgehen, dass Blut an seinen Händen klebt.«

Die Erben starrten auf den Tunneleingang, weil sie hofften, in der Dunkelheit eine Bewegung auszumachen. Plötzlich erschallte eine laute Stimme, die sie zusammenfahren ließ.

»Wagt nicht mich zu nennen den Bösewicht!
Ganz ohne Beweis sitzt Ihr hier zu Gericht!«

Rey ging auf das Spiel des Zwergs ein.

»Zeigt Euer Gesicht, oder traut Ihr Euch nicht?«, rief er.

»Hier unten ist's dunkel, drum scheu ich das Licht.
Heut' Nacht Euch zu treffen, bin ich wohl erpicht.«

»Redet der immer so geschwollen?«, fragte Grigán. »Bei Alioss, der raubt einem ja den letzten Nerv!«

»Die Sterblichen haben ihn so erschaffen«, antwortete Nol, was den Krieger jedoch nicht besänftigte.

»Was haltet Ihr von seinem Vorschlag?«, fragte Corenn. »Können wir ihm trauen?«

»Das könnt Ihr erst, wenn er vor Euch steht. Solltet Ihr auf ihn warten wollen, rate ich Euch, seinen Worten bis dahin keinen Glauben zu schenken.«

Corenn beriet sich mit Grigán, auch wenn sie im Grunde keine Wahl hatten. Sie würden sich der Laune des Zwergs beugen müssen, also war die Entscheidung rasch getroffen.

»Wir warten auf die Nacht, Meister Lloïol«, rief Corenn in den Gang hinein. »Lasst uns nicht im Stich.«

Hier stehe ich über ein finsteres Loch gebeugt und verhandle mit einem Zwerg, dachte Corenn mit erstaunlicher Gelassenheit. Was würde noch alles auf sie zukommen?

Nols Rat schien vernünftig, doch zum Glück kamen die Erben nicht in die Verlegenheit, ihn befolgen zu müssen. Nachdem sie beschlossen hatten, bis zur Dunkelheit auf den Zwerg zu warten, blieb Lloïol stumm. Nur gelegentlich rief er sich ihnen mit ein paar schrägen Harfentönen ins Gedächtnis.

Sodann verabschiedete sich Nol von den Erben. Bevor er ging, legte er ihnen noch einmal ans Herz, die Kinder in Ruhe zu lassen, und warnte sie abermals vor den Gefahren der Unterwelt.

Nach einer Weile wurde ihnen die Zeit lang. Schließlich schlug Rey Lana einen kleinen Spaziergang vor, und die Priesterin folgte ihm errötend. Kurz darauf stand Léti auf und ließ den Blick über die Berge schweifen. Sie zeigte auf einen Punkt in der Ferne und konnte Yan ohne große Mühe davon überzeugen, einen Ausflug in diese Richtung zu unternehmen. Höflich fragte sie die anderen, ob sie mitkommen wollten, und ihre Freunde lehnten das Angebot nicht minder höflich ab. So blieben die drei ältesten Gefährten allein auf der Wiese zurück. Schweigend genossen sie die verdiente Ruhe.

Nur wenig später liefen ein Mädchen und ein Junge in zehn Schritten Entfernung an Grigán, Corenn und Bowbaq vorbei. Die Kinder schienen sie nicht zu sehen. Sie lachten und wechselten ein paar Worte in einer nur den Göttern bekannten Sprache. Die Erben sahen ihnen wehmütig nach.

»*Powch ol gass'e lor metuït*«, murmelte Bowbaq. »Meine Familie fehlt mir«, erklärte er verlegen.

In seinem Kummer hatte er Arkisch gesprochen, was er Corenn gegenüber unhöflich fand, da sie seine Muttersprache nicht verstand. Doch sie kannte den Nordländer gut genug, um es ihm nicht übel zu nehmen.

»Du wirst sie bald wiedersehen«, versicherte Grigán, doch in seiner Stimme schwangen mehr Zweifel mit, als er gewollt hatte.

Grigáns Worte vermochten Bowbaq nicht zu beruhigen, denn er konnte den Blick nicht von den Götterkindern abwenden, die über die Wiese tollten. Als verstünde sie seine Traurigkeit, legte Miff die Arme um Bowbaqs struppiges Haar und den dichten Bart.

»Es geht ihnen bestimmt gut«, sagte Corenn sanft, denn das war natürlich seine größte Sorge.

Bowbaq suchte in den Augen der Ratsfrau nach Trost, aber ein Blick kann nicht lügen.

»Wir können nichts gegen Saat ausrichten«, stellte er fest. »Irgendwann werden uns die Züu finden. Oder die Große Gilde. Oder der Mog'lur. Du bist stark, Freund Grigán«, fügte er hinzu, um den Krieger nicht zu kränken. »Aber kein Mensch kann den Mog'lur besiegen. Das ist unmöglich.«

»Es muss eine Lösung geben«, sagte Corenn. »Saat hätte nicht versucht, alle Erben zu töten, wenn er keine Angst hätte. Wir müssen nur herausfinden, wovor.«

Sie starrten wieder auf den Eingang zur Unterwelt, durch den ihre Vorfahren fast hundertzwanzig Jahre zuvor verschwunden waren. Sie konnten nur hoffen, dass sie dort, wo alles begonnen hatte, den Schlüssel zum Geheimnis finden würden.

Lana spürte, wie sie erneut dem Rausch des Jal'dara verfiel. Die Schönheit der Gärten war einfach überwältigend, sobald man aufhörte, sich gegen die Euphorie zu wehren. Zum Glück gelang es der Priesterin, ihre Gefühle einigermaßen zu beherrschen. Außerdem wusste sie nicht, wer wirklich an ihrem Sinnestaumel schuld war: das Gwel oder Rey.

Der Schauspieler bot all seinen Charme auf, um ihr zu gefallen. Er lachte, scherzte, machte ihr Komplimente und neckte sie pausenlos. Nichts schien ihm zu lächerlich, um sie zu erheitern. Erst tat er zu Lanas Begeisterung so, als wollte er zwischen zwei Götterkindern ein Nickerchen halten. Als Nächstes fing er mit allen Tieren, an denen sie vorbeikamen, ein Gespräch an – eine wohlwollende Parodie Bowbaqs. Schließlich imitierte er dreißig Schritte lang den stolzen Gang eines Waagenhirsches. Ja, es war offensichtlich: Rey versuchte, sie zu verführen. Und sie musste zugeben, dass ihm das recht gut gelang.

Damit sie seinen Reizen nicht allzu schnell erlag, ermunterte sie ihn nur ab und zu mit einem Lächeln und drehte sich jedes Mal, wenn er sie küssen wollte, wie zufällig zur Seite. Rey fiel nicht auf ihre vorgebliche Ablehnung herein. Er verdoppelte seine Bemühungen und täuschte ebenfalls Gleichgültigkeit vor, obwohl seine Zuneigung nicht zu übersehen war. Beide genossen das Spiel. Zum ersten Mal seit vielen, vielen Tagen gelang es ihnen, Saat und die Gefahr, in der sie schwebten, zu vergessen.

Doch wie alle schönen Dinge ging auch dieser Moment viel zu schnell vorbei. Als Rey sah, dass ein braunhaariges Kind sie unverhohlen anstarrte, verstummte er, und sie gingen langsam an ihm vorbei, während der Junge sie nicht aus den Augen ließ. Es schien eine Ewigkeit zu dauern, bis sie außer Sichtweite waren.

»Der wird aber nicht gerade ein fröhlicher Gott werden«, sagte Rey mit einem anerkennenden Pfiff. »So große Augen habe ich zum letzten Mal bei einer Delfinkröte gesehen.«

»Die Kinder suchen sich ihr Schicksal nicht aus, Reyan«, erwiderte Lana. »Wir Menschen machen sie zu dem, was sie sind.«

»Die Holzköpfe, die diesen Bengel erschaffen haben, würde ich gern kennenlernen. Ein Gott mit riesigen Augen. Wer denkt sich denn so etwas aus?«

Er erwartete keine Antwort, und Lana schwieg. Der Zwischenfall hatte die Magie des Augenblicks zerstört und beide traurig gestimmt.

»Glaubt Ihr, wir sollten Mitleid mit Sombre haben?«, fragte Lana plötzlich.

»Auf keinen Fall! Warum sollten wir der Bestie verzeihen, die Séhane auf dem Gewissen hat? Und vermutlich noch viele andere Menschen? Dämonen verdienen keine Gnade. Dämonen bekämpft man.«

»Aber er war doch noch ein Kind. Ohne Saat hätte er sich ganz anders entwickelt!«

»Vielleicht auch nicht. Er hat Saat angesprochen, weil sie zueinander passten. Lange bevor der Hexer seinen ›Geist unwiderruflich verändert hat‹, wie Nol es nennt, war Sombre dazu bestimmt, ein Dämon zu werden. Bei Eurydis, quält Euch nicht länger, Lana. Das ist es nicht wert.«

»Doch, das ist es«, antwortete sie leise. »Jedes Lebewesen hat unseren Respekt und unser Mitleid verdient, so böse es auch sein mag.«

Rey widersprach ihr nicht. Lana war Maz und hatte ihre Prinzipien. Manchmal ärgerte er sich darüber, doch im Grunde bewunderte er sie dafür. Da er selbst aus einem Land stammte, in dem Reichtum als höchste Tugend galt, wuchs seine Achtung für Lana und ihre Ideale mit jedem Tag.

Plötzlich begann sie zu lachen. Sie versuchte vergeblich, ein Prusten zu unterdrücken, und riss ihn damit aus seinen Gedanken.

»Ihr kränkt mich zutiefst«, sagte er in gespieltem Zorn. »Ihr missachtet meine Späße und lacht über meine tiefsinnigen Bemerkungen.«

»Verzeiht«, sagte sie mit einem strahlenden Lächeln. »Aber ist Euch klar, dass Ihr soeben bei der Göttin geschworen habt, *vor mir und mitten im Jal'dara?*«

Rey wusste sehr gut, was er gesagt hatte. Er hatte sich von seinen Gefühlen mitreißen lassen. Mit einem Mal fehlten ihm die Worte.

»Ihr werdet ganz rot. Das habe ich ja noch nie gesehen«, neckte Lana.

»Wenn Ihr mich weiter so anlächelt, werde ich für den Rest meines Lebens rot wie eine Lubilie sein«, sagte Rey »Priesterin, Ihr lasst mein Herz erglühen.«

Nun verschlug es Lana die Sprache. Rey war so selbstsicher und redegewandt, dass er einen guten Lehrer abgegeben hätte – zumindest wenn es ihm gelang, seinen Hang zur Provokation zu überwinden. Sie bewunderte seinen Mut und seine Entschlossenheit, die seine Großspurigkeit wettmachten. Mit seiner spontanen, ungestümen Art schien er alle Schwierigkeiten überwinden zu können, und wenn nichts anderes mehr half, blieb ihm immer noch der Humor.

»Reyan … Glaubt Ihr an die Göttin?«

»Man müsste schon blind sein, um ausgerechnet hier nicht an die Götter zu glauben.«

»Das meine ich nicht. Glaubt Ihr an Eurydis? An ihre Lehre?«

Er schwieg eine Weile, bevor er antwortete: »Wenn die drei eurydischen Tugenden die Menschen dazu bringen, so zu sein wie Ihr, bin ich ihr eifrigster Verfechter.«

Voller Freude ging Lana weiter. Eine solche Antwort hatte sie sich erhofft. Mit einem Mal erschien ihr die Zukunft sehr viel rosiger. Alles war möglich. Alles war denkbar.

»Warum wolltet Ihr das wissen?«, fragte Rey kokett.

»Wisst Ihr … Ich … Es war mir einfach wichtig zu erfahren, ob … äh … Ich … Ich musste es einfach wissen, weil …« Lana kam sich plötzlich dumm vor. Sie wollte nicht sagen, dass sie keinen Ungläubigen lieben konnte, aber sie wollte Rey auch nicht anlügen.

Er spürte ihre Verwirrung und zog sie an sich. Mit einem Kuss bereitete er ihrem Stammeln ein Ende.

»Reyan … Ich …«

»Könnt Ihr mich nicht endlich Rey nennen?«

Sie küssten sich erneut und verfielen ganz und gar dem Rausch und der Euphorie des Gwels. Man sagt, wenn sich zwei Menschen einander hingeben, gibt es nichts anderes mehr auf der Welt. Im Jal'dara war dieses Gefühl noch hundertmal verstärkt. Ihre Gedanken vernebelten sich, und sie bestanden nur noch aus Liebe.

Und Begehren.

Lana zog Rey in einen flachen Bach, der sie vor den Blicken der Kinder abschirmte. Dann liebten sie einander in dem magischen Wasser, ohne nass zu werden, beschienen von der Abendsonne des Jal'dara.

»Vielleicht verpassen wir etwas«, sagte Yan, während Léti entschlossen auf die Berge zumarschierte. »Wir hätten bei den anderen bleiben sollen.«

»Grigán kommt uns holen, falls irgendetwas geschieht«, entgegnete sie. »Seit heute Morgen haben wir nichts getan, als Nol zuzuhören. Ich brauche etwas Bewegung! Du nicht?«

»Doch, sicher«, antwortete er halbherzig.

Er war gerne allein mit Léti, aber er hatte sich den Ausflug mehr als romantischen Spaziergang vorgestellt und weniger als anstrengende Besteigung. Sie lief die ganze Zeit voraus, und es schien sie nicht zu kümmern, ob er Schritt halten konnte. Sie wollte tatsächlich den Berg erklimmen.

Yan hob den Blick und versuchte vergeblich, den Punkt zu erkennen, auf den Léti gezeigt hatte. Sie war überzeugt, dass sich an dem Berghang in einer Höhe von etwa sechzig Schritten ein Felsvorsprung befand. Dort zog es sie hin. Yan hingegen war nicht sicher, ob es diesen Vorsprung überhaupt gab. Dafür konnten sie in dem felsigen Gelände jederzeit ausrutschen und in die Tiefe stürzen. Doch er folgte Léti voller Vertrauen, so wie er es immer getan hatte. Er nahm alles in Kauf, solange er nur bei ihr sein konnte.

Am Fuß einer Felswand blieben sie stehen. Enttäuscht suchte Léti einen Weg nach oben. Sie lief jeweils hundert Schritte nach links und rechts, fand jedoch keinen Aufstieg. Aber deswegen gab sie noch lange nicht auf.

»Wir sind schon ziemlich hoch«, sagte Yan und genoss die Aussicht auf das Tal dreißig Schritte unter ihnen.

Sie hatten einen steilen Hang erklommen und sich an Büschen und Sträuchern festgehalten, die zwischen den Steinen wuchsen. Von hier oben hatten sie eine noch bessere Aussicht auf das Jal'dara als von dem Hügel, auf dem die Pforte stand. Der Marmorbogen wirkte aus dieser Entfernung weniger imposant, als Yan und Léti ihn in Erinnerung hatten.

Auch die Wiese in der Mitte des Tals war gut zu erkennen. Nicht weit vom Rand saßen Grigán, Bowbaq und Corenn im Gras. Etwas weiter hinten sahen sie Nol, der zwischen schlummernden Kindern umherging. Ab und zu beugte er sich über ein Kind und schien ihm etwas zuzuflüstern.

»Siehst du Rey und Lana?«, fragte Léti.

Yan ließ den Blick über das Tal schweifen, suchte unter den Bäumen, auf den Wegen und am Fuß der Felsen. Vergeblich.

»Nein«, sagte er schließlich. »Wo sie wohl sind?«

»Keine Ahnung«, murmelte seine Freundin, die schon wieder das Interesse verloren hatte. »Irgendwo werden sie schon stecken.« Sie wandte sich wieder der Felswand zu. Dort oben auf dem Vorsprung war etwas, dessen war sie ganz sicher. Irgendetwas hatte sich dort bewegt. Es machte sie wahnsinnig, nicht nachsehen zu können.

Yan war immer noch in die Betrachtung des Tals versunken, aber Léti hielt es nicht mehr aus und beschloss, die Wand hochzuklettern – mit bloßen Händen, da sie kein Seil hatte. *Fester Stand. Sichere Hand.*

Doch schon beim ersten Tritt musste sie aufgeben. Kaum hatte sie das Gewicht verlagert, zerbröselte der Stein unter ihrem Fuß wie Sand. Dabei fühlte er sich härter an als Stahl.

Die Magie des Jal'dara schien auch seine Grenzen zu schützen. Selbst mit der besten Kletterausrüstung hätte man diese Felswände nicht überwinden können. Sie entzogen sich Léti, nur um im nächsten Moment wieder feste Form anzunehmen. *Sterbliche können das Tal nicht verändern,* rief sich die junge Frau ins Gedächtnis.

»Léti«, rief Yan aufgeregt. »Sieh mal!«

Sie trat zu ihm und blickte in die Richtung, in die er zeigte. Es dauerte eine Weile, bis sie es entdeckte, aber dann konnte sie die Augen nicht mehr abwenden. »Ein fast vollendeter Gott!«, murmelte sie. »Wie groß er ist!«

Yan nickte und starrte angestrengt zu der Gestalt hinüber, die er am anderen Ende des Tals erspäht hatte. Aus dieser Entfernung war nicht festzustellen, ob es sich um einen jungen Mann oder eine Frau handelte. Der Gott schien zwar noch nicht ganz ausgewachsen zu sein, aber abgesehen von Nol war er der älteste Bewohner des Tals, den sie bisher zu Gesicht bekommen hatten.

Sie beobachteten ihn noch eine ganze Weile und genossen das Glück, einen der künftigen Götter der Menschheit zu betrachten. Das Gwel verstärkte ihr Gefühl, und bald verfielen sie in eine leichte Euphorie. Plötzlich mutig geworden, nahm Yan Létis Hand, und so standen sie schweigend da und betrachteten lächelnd das Tal, in dem es kein Unheil zu geben schien.

Eine Kinderstimme riss sie aus ihrer Glückseligkeit. Als sie den Kopf wandten, sahen sie ein Mädchen, das mit dem Finger auf sie zeigte. Es hatte den gleichen fröhlichen Gesichtsausdruck wie der Junge, der das Feuer entdeckt hatte.

»Was hast du gesagt?«, fragte Léti unwillkürlich.

Das Mädchen wiederholte seinen Satz lachend und neigte den Kopf zur Seite, doch seine Worte waren immer noch unverständlich. In diesem Moment kam Léti Nols Warnung in den Sinn. Sie ließ Yans Hand los und rührte sich nicht. Er tat es ihr gleich.

Das Götterkind wiederholte seine Worte, die eine Frage zu sein schienen, und kam auf sie zu. Léti befürchtete, es könnte sich für ihre Waffen interessieren, doch das Mädchen stand einfach nur da und lächelte.

Yan war unbehaglich zumute. Er musste daran denken, wie Saat in Sombres Gedanken eingedrungen war. *Was für ein merkwürdiger Widerspruch,* dachte er. Aufgrund ihrer Empfindsamkeit waren die Kinder die verletzlichsten Geschöpfe der Welt, während sie nach ihrer Vollendung mächtiger als jedes andere Wesen waren. Er wollte die Entwicklung der künftigen Göttin auf keinen Fall beeinflussen.

Das Mädchen ergriff zwei seiner Finger, und er ließ sie in der Hoffnung gewähren, sie würde das Spiel bald leid werden. Doch anstatt ihn loszulassen, nahm sie auch Létis Hand und führte ihre Finger zusammen, bis beide wieder Hand in Hand dastanden. Dann trat das Mädchen zurück, warf die Arme in die Höhe und lachte, sichtlich zufrieden mit dem Ergebnis.

Yans Herzschlag musste im ganzen Jal'dara zu hören sein. Er nahm all seinen Mut zusammen und warf Léti aus den Augenwinkeln einen kurzen Blick zu. In ihrem Gesicht sah er das Glück und die Leidenschaft, die er selbst empfand. Dieser Moment besiegelte ihre Freundschaft für alle Ewigkeit. Würde ihre Liebe den gleichen Weg nehmen?

Usul hatte vorhergesagt, dass Yan mit Léti den Bund schließen würde. Er war nicht sicher, ob er durch die Geste der jungen Göttin nun schon mit Léti verbunden war, doch in seiner Euphorie glaubte er fest an die Erfüllung der Prophezeiung.

Plötzlich kam ihm die andere, düstere Prophezeiung in den Sinn, die Grigáns baldigen Tod vorhersagte. Sein Glücksgefühl verflog, und er wandte sich wieder dem Mädchen zu. Wann würde es endlich weitergehen, damit er sich wieder rühren konnte? Besser gesagt, damit er endlich seine Geliebte küssen konnte, denn nach nichts sehnte er sich in diesem Moment mehr.

Doch die junge Göttin hatte anderes im Sinn. Sie hatte zwar jegliches Interesse an den Verliebten verloren, machte aber keine Anstalten weiterzugehen, sondern starrte auf einen Punkt hoch über ihren Köpfen. Nach einer Weile hielt Léti es nicht länger aus: Sie drehte sich langsam um und sah zu dem Felsvorsprung hinauf, der ursprünglich ihr Ziel gewesen war.

Von oben waren ein Kratzen und Schaben zu hören, das Gepolter rollender Steine und andere Geräusche, die sie nicht zuordnen konnten. Irgendetwas bewegte sich dort.

»Drache!«, rief das Kind und hüpfte fröhlich auf und ab.

Yan und Léti fuhren herum und suchten die Felswand mit dem Blick ab. Die Geräusche hallten durch die Stille des Tals, doch es gelang ihnen nicht, sie genauer zu orten.

Da schob sich plötzlich ein krallenbewehrter Flügel über die Felswand. Sie sahen nur die Spitze, die etwa drei Fuß lang war. Der Anblick der grünlich-braunen Lederhaut brannte sich ihnen für immer ins Gedächtnis ein.

Gleich darauf verschwand der Flügel aus ihrem Blick. Auf dem Berg kehrte wieder Stille ein. Yan und Léti waren in heller Aufregung.

Léti wollte die kleine Göttin mit Fragen zu dem Drachen löchern, doch jetzt, da sie gebraucht wurde, war sie natürlich verschwunden. Yan gab seiner Freundin ein Zeichen, dass sie sich besser auf den Rückweg machten, und Léti folgte ihm widerspruchslos.

»Ein Drache! Stell dir das nur vor! Im Jal'dara lebt ein Drache!«

»Vielleicht sogar mehrere. Und noch eine Menge anderer Geschöpfe. Schließlich haben wir eine Verabredung mit einem Zwerg«, sagte Yan halb zu sich selbst. »Anscheinend haben nicht alle Götter Menschengestalt.«

»Aber ein Drache! Ein Ungeheuer! Inmitten all der Kinder!«

»Der Drache ist bestimmt selbst noch ein Kind«, sagte Yan und beschleunigte seine Schritte. »Von den Bewohnern des Tals haben wir nichts zu befürchten. Wenn es in der Unterwelt allerdings auch solche riesigen Kreaturen gibt …«

Mehr musste er nicht sagen. Léti hatte begriffen und lief nun ebenfalls schneller. Sie mussten sich vergewissern, dass sich ihre Freunde vom Eingang zur Unterwelt fernhielten.

Als die jungen Kaulaner bei ihren Freunden ankamen, waren sie außer Atem und ihre Gesichter gerötet. Im Laufe ihrer Reise hatten sie gelernt, ständig auf der Hut zu sein. Als sie sahen, dass die anderen wohlauf waren, fiel ihnen ein Stein vom Herzen.

Rey und Lana waren noch vor ihnen zurückgekehrt. Obwohl er auf diesem Gebiet recht unerfahren war, bemerkte Yan eine ungewöhnliche Vertrautheit zwischen den beiden und fragte sich, ob auch sie vor einem Götterkind den Bund geschlossen hatten. Aber er verkniff sich die neugierige Nachfrage, denn schließlich ging ihn das nichts an. Er hatte ja auch keine Lust, den anderen zu erzählen, was zwischen ihm und Léti vorgefallen war. Jedenfalls nicht gleich. So war er erleichtert, als sie bei ihrem Bericht diesen Teil des Ausflugs wegließ.

Als sie den Drachen beschrieb, duckte sich Bowbaq, als wäre das Mausäffchen, das auf seinem Kopf thronte, plötzlich zu schwer für ihn. Seit er damals die Insel Ji betreten hatte, waren ihm so viele unheimliche Dinge widerfahren – mehr, als ihm lieb waren. Er bereute zwar nicht, sich auf das Abenteuer eingelassen zu haben, denn als Freund und Familienvater war es seine Pflicht, sich ihren Mördern in den Weg zu stellen oder es zumindest zu versuchen. Doch sollte er je wieder in sein altes Leben zurückkehren, würde er die Welt mit anderen Augen sehen. Und Bowbaq hasste Veränderungen.

Corenn und Lana hingegen waren nicht sonderlich überrascht. Die Priesterin glaubte schon lange an diese sagenumwobenen Tiere, schließlich schilderte das Buch der Weisen Eurydis' Kampf gegen die acht Drachen von Xétame. Grigán wiederum wollte alles ganz genau wissen. Er starrte lange zu dem Berg hoch, den seine Schülerin erklommen hatte, weil er hoffte, ebenfalls einen Blick auf den Drachen zu erhaschen.

Rey war hellauf begeistert, was ihn natürlich nicht davon abhielt, spöttische Bemerkungen zu machen. Nicht anders als seine Gefährten fand er das Ganze sensationell und schien demnach mit den Gedanken woanders zu sein. Yan fiel nicht ein, was wichtiger sein konnte als die Entdeckung, dass es Drachen gab.

»Im Jal'dara sieht es vermutlich ganz anders aus, wenn keine Menschen zu Besuch sind: Drachen am Himmel, Zwerge in Erdlöchern, Feen unter den Bäumen«, sagte Rey. »Ich frage mich, welche Wesen wohl in den Bächen hausen«, ergänzte er und zwinkerte Lana zu.

Sie warf ihm einen strafenden Blick zu. Rey war so klug, den Mund zu halten.

Mittlerweile dämmerte es. Da sie immer noch keinen Hunger oder Durst verspürten, ließen sie das Abendessen abermals ausfallen. Sie hofften nur, dass der Verzicht auf Nahrung später keine schlimmen Folgen haben würde.

Alle brannten darauf, den Zwerg zu befragen. Aber Nols Warnung war deutlich gewesen: Sie konnten Lloïols Worten erst trauen, wenn er sich ihnen zeigte. Also sahen sie zu, wie die Sonne allmählich unterging.

Als die letzten Strahlen hinter den Bergen verschwunden waren, gesellte sich Nol wieder zu ihnen. Die Gefährten freuten sich über sein

Kommen, auch wenn sie die Zurückhaltung des Gottes verwirrte, weil sie ihnen das Leben schwer machte. Doch er hatte sich ihnen gegenüber immer freundlich und vor allem geduldig gezeigt. Wenn er das Jal'karu ebenso gut gekannt hätte wie das Jal'dara, wäre ihr Leben um einiges leichter gewesen. Immerhin konnte er zwischen ihnen und dem Zwerg vermitteln.

Während sich der Himmel verdunkelte, drangen immer wieder Harfenklänge aus dem Loch. Corenn fürchtete, der Zwerg könnte sein Versprechen brechen, und forderte ihn mehrmals auf, heraufzukommen. Es fiel ihr schwer, Lloïols Absichten zu durchschauen.

»Es ist noch zu hell«, sagte die näselnde Stimme. »Meine Augen sind empfindlich. Wollt Ihr etwa, dass sie Schaden nehmen?«

»Aber nein, Meister Lloïol«, versicherte Corenn. »Wir werden uns in Geduld fassen. Aber lasst uns nicht zu lange warten.«

»Endlich hat er sich dazu durchgerungen, normal zu sprechen«, raunte Grigán Rey zu. »Wehe, Ihr ermutigt ihn, wieder mit dem Dichten anzufangen.«

»Der Wicht mag meine Reime nicht,
So sei es denn, ich üb Verzicht.«

»Sehr witzig«, brummte Grigán und wandte sich zu Nol um.

»Er hat Angst«, erklärte der Wächter. »Das ist ein gutes Zeichen. Ich glaube, jetzt dauert es nicht mehr lang, bis er zum Vorschein kommt.«

Ermutigt von diesen Worten, warteten die Erben schweigend, während über ihnen die ersten Sterne aufleuchteten. Auf der Wiese herrschte tiefer Frieden, und sie konnten kaum glauben, dass sie bald eine Geschichte hören würden, in der es um Leid und Tod ging.

»Ich komme mir vor wie auf der Stehschläferjagd«, witzelte Rey.

»Pst!«, machten drei oder vier Stimmen gleichzeitig.

Endlich regte sich etwas in dem Loch. Die Harfe gab einen schrillen Ton von sich, als eine Saite an einem Felsvorsprung hängen blieb. Wer gute Ohren hatte, konnte leise Schritte hören. Dann erschien ein unförmiges Gesicht im Dämmerlicht.

»Wenige seid Ihr ja nicht, wie ich sehe«, bemerkte die Kreatur erfreut. »So viele Leute wollen den Zwerg sehen, über den Ihr so schlecht gesprochen habt!«

»Kommt zu uns, Meister Lloïol«, bat Corenn. »Dann können wir uns besser unterhalten.«

»Das habe ich auch vor. Aber zuerst muss ich Euch etwas über das Temperament von Zwergen erzählen. Wir sind *äußerst* empfindlich, was unser Aussehen angeht. Wenn einer von Euch so unhöflich ist, eine abfällige Bemerkung zu machen, werde ich Euch auf der Stelle verlassen. Sagt nicht, ich hätte Euch nicht gewarnt!«

»In Ordnung«, sagte Corenn. »Wenn Ihr Euch nun zu uns gesellen wollt, Meister.«

»Das fängt ja gut an«, brummte Grigán halblaut. »Er hat also Angst, ja?«

Nol blieb keine Zeit für eine Erwiderung, denn Lloïol kam jetzt ganz und gar zum Vorschein. Nun war den Erben klar, warum er sie gewarnt hatte.

Der Zwerg hatte die Größe eines achtjährigen Kindes, allerdings war sein Körper gekrümmter und hagerer. Die Beine waren spindeldürr und wirkten nicht so, als könnten sie sein Gewicht tragen. Der Kopf hingegen war riesig: Er machte ein Viertel seiner Größe aus. Das Gesicht erinnerte an eine itharische Maske, die von einem betrunkenen Handwerker gefertigt worden war: Die Nase, der Schnurrbart und die Ohren waren besonders schief geraten.

Der Zwerg trug ein knielanges Gewand, das im vergangenen Jahrtausend grün gewesen sein mochte. Nun war es wie Gesicht und Hände mit dunklem, zähem Lehm verschmiert, der stellenweise eingetrocknet und rissig war. Die Kapuze, die er über den Kopf gezogen trug, konnte man kaum von den struppigen Strähnen unterscheiden, die darunter hervorlugten. Nach menschlichen Maßstäben war Lloïol in der Tat abgrundtief hässlich.

Mit erstaunlich geschmeidigen Bewegungen schnellte er auf die Erben zu und baute sich stolz vor ihnen auf, die Hände in die Hüften gestemmt. Wie Grigán auffiel, war der Dolch, den er am Gürtel trug, in einwandfreiem Zustand – ganz anders als die ramponierte Harfe, die ihm an einem zerschlissenen Seil von der Schulter hing.

»So«, sagte der Zwerg und entblößte schwarze Zahnstummel, von denen ein widerwärtiger Gestank ausging. »Es scheint, als braucht Ihr meine Dienste? Ihr müsst wissen, dass mir die Sterblichen nicht nur eine musikalische Begabung verliehen haben, sondern außerdem einen ausgeprägten Geschäftssinn. Auch in meiner Welt bekommt man nichts umsonst.«

Der Preis, den Lloïol für seine Dienste verlangte, war nicht allzu hoch. Wie er den Erben erklärte, war es ihm bestimmt, im Wald von Ehec zu leben, seit eine Handvoll Menschen in einem Dorf in der Nähe begonnen hatte, an ihn zu glauben. Doch eines Tages, als der kleine Gott seine Vollendung fast erreicht hatte, waren sämtliche Dorfbewohner einer Fleckenfieberepidemie zum Opfer gefallen.

Zu diesem Zeitpunkt war Lloïols Entwicklung bereits so weit fortgeschritten, dass er sich nicht mehr groß verändern konnte. Er geriet in Vergessenheit, und schon seit geraumer Zeit dachte keine Menschenseele mehr an ihn, um ihn zu vollenden. So war der Zwerg ein Gefangener des Jal und konnte nicht darauf hoffen, eines Tages in Freiheit unter den Sterblichen zu leben. Als Preis für seine Dienste verlangte Lloïol nun, dass jeder der Erben mindestens einmal im Jahr die Geschichte vom Harfe spielenden Zwerg aus dem Wald von Ehec erzählte. So würde er eines Tages endlich dem Sinn der Menschen entspringen.

»Wehe, Ihr führt mich hinters Licht«, sagte er mit einem ruckartigen Nicken in Reys Richtung, den er als Lorelier erkannt hatte. »Irgendwann werde ich diesen Ort verlassen, und dann wird all jene, die mich hintergangen haben, großes Unglück treffen! Zwerge haben ein unfehlbares Gedächtnis.«

»Solche Gedanken ziehen dich nur wieder hinab in die Unterwelt«, sagte Nol.

»Oh! Meine Rache wird nicht grausam sein. Ich denke da an einige harmlose Späße. Nichts ist ausschließlich gut oder böse, nicht wahr, Freund Nol?«

Der Ewige Wächter antwortete nicht. Yan erinnerte sich, etwas Ähnliches schon einmal aus Nols Mund gehört zu haben. Vermutlich unterhielten sich die beiden schon seit ewigen Zeiten, und der Zwerg hatte offenbar seinen Spaß daran, Nol zu reizen.

»Eure Forderung erscheint mir angemessen, Meister Lloïol«, sagte Corenn. »Wir versprechen Euch zu tun, was Ihr verlangt, sofern Eure Dienste es rechtfertigen.«

»Das tun sie, glaubt es mir«, verkündete der Zwerg und hüpfte vor ihr auf und ab. »Ich weiß alles über das Abenteuer Eurer Vorfahren in der Unterwelt. Ich bin ihnen schließlich nicht von der Seite gewichen.«

Die Erben sahen sich voller Hoffnung an. Waren sie tatsächlich am Ende ihrer Suche angelangt? Nol hatte ihnen versichert, dass Lloïol nicht lügen konnte, solange er im Dara war. Vielleicht würde er ihnen die Erklärung liefern können, die ihnen noch fehlte. Bei dem Gedanken, dass sie endlich das Geheimnis ihrer Vorfahren lüften würden, begann Corenns Herz zu rasen.

Gleich würden sie die Wahrheit kennen.

Sie würden erfahren, ob Saat besiegt werden konnte.

»Woher wisst Ihr, was wir von Euch wollen?«, fragte Grigán misstrauisch.

Lloïol bedachte den Krieger mit einem verächtlichen Blick und griff zu seiner Harfe, machte jedoch keine Anstalten zu antworten. Das Instrument war ein seltsames Gebilde aus knorrigen Wurzeln, Lederriemen und Saiten aus unterschiedlichen Materialien. Trotzdem stimmte der Zwerg es nun so sorgfältig, als handele es sich um die Moës-Leier. Als er zufrieden war, zupfte er eine Saite und sandte einige schräge Töne in Grigáns Richtung:

»Seit heute früh hör ich Euch reden
An diesem Ort, Nols Garten Eden!
Doch Meister, grämt Euch nicht deswegen:
Der Zwerg ist Euch stets überlegen!«

Corenn machte dem Krieger ein verstohlenes Zeichen, er solle die Kränkung übergehen, was Grigán äußerst schwerfiel. Da Lloïol ihn weiterhin herausfordernd anstarrte, wandte er sich schließlich um, ging ein paar Schritte auf und ab und schluckte seine Wut herunter, indem er sich auf ihr Ziel konzentrierte. Wenn der Zwerg ihnen erst einmal sein Geheimnis verraten hatte, konnte er sich ihn immer noch vorknöpfen.

»Wollen wir anfangen?«, schlug Corenn vor und setzte sich ins Gras. Die anderen taten es ihr gleich. »Am besten beginnt Ihr ganz von vorn, wenn es Euch recht ist.«

»Gewiss. Ich habe den ganzen Tag damit zugebracht, eine Ballade zu komponieren, die Euren Ohren schmeicheln wird.« Er räusperte sich und begann, wie wild auf den Saiten seines Instruments herumzuzupfen:

»Die weisen Gefährten besuchten das Tal,
Zehn scheu und zwei schlau, waren's zwölf an der Zahl.
Der Prinz und der König, sie folgten mir gleich.
Wir stiegen hinab in das finstere Reich!
Doch sie brachen ihr Wort …«

»Meister Lloïol«, warf Corenn ein. »Ich zweifle nicht an Eurem Talent, aber ich befürchte, dass eine Erzählung in Versen uns wichtige Informationen vorenthält. Könntet Ihr nicht Eure Harfe ruhen lassen und einfach zu uns sprechen?«

»Diese Ballade zu schreiben hat mich große Mühe gekostet«, schmollte er.

»Meister Lloïol, wir haben es eilig und möchten unsere Neugier so bald wie möglich stillen. Schildert uns die Ereignisse, ohne zu dichten, und ich verspreche, Euren Namen in allen Provinzen des Matriarchats zu verbreiten.«

Lloïols Augen leuchteten auf. Bedauernd musterte er seine Harfe und legte sie sich dann in den Schoß. »Einverstanden. Was wollt Ihr wissen?«

»Warum habt Ihr Vanamel und Pal'b'ree in die Unterwelt gelockt?«

»Ich habe sie nicht gelockt«, widersprach er empört. »Wir hatten eine Vereinbarung getroffen, nicht anders als wir. Doch sie täuschten mich. Der wallattische König brach sein Versprechen.«

»Und was habt Ihr ihnen im Gegenzug versprochen?«, fragte Grigán.

»Sie zum Flüstersee zu führen. Sie wollten zu den Undinen, um eine unumstößliche Wahrheit zu erfahren. Wer die Zukunft kennt, bringt es zu Reichtum und Macht, wenn er sich klug anstellt. So lautete mein Angebot.«

Reichtum und Macht, dachte Yan. Ja, vielleicht, wenn man es mit der

Moral nicht so genau nahm. Auch er hätte aus dem Wissen, dass bald ein Krieg zwischen den Oberen Königreichen und den Ländern des Ostens ausbrechen würde, Gewinn schlagen können – wenn er seine Freunde und sein Land verraten und alles, was ihm lieb und teuer war, vergessen hätte. Was für Männer waren Vanamel und Pal'b'ree gewesen?

»Nach zwei Tagen wart Ihr immer noch nicht ins Tal zurückgekehrt«, fuhr Corenn fort. »Daraufhin machten sich die anderen Weisen auf die Suche nach Euch. Was war geschehen?«

»Nichts. Wir waren immer noch unterwegs.«

»Ist die Unterwelt denn so groß?«, fragte Corenn erstaunt.

Lloïol musterte sie, als wollte er sich vergewissern, dass sie ihn nicht auf den Arm nahm. Ihm, der die Unterwelt wie seine Westentasche kannte, erschien die Frage völlig absurd.

»Sie ist unendlich!«, rief er und zupfte an den Saiten seiner Harfe. »Und sie ist ständig in Bewegung! Wer das Jal'karu betritt, verirrt sich unweigerlich. Das ist nicht meine Schuld.«

»Vergiss nicht, dass gewisse Namen hier oben nicht ausgesprochen werden sollten«, warf Nol ein.

»Warum verteidigt Ihr Euch dann?«, fragte Rey, dem Lloïols letzte Worte nicht entgangen waren. »Wer beschuldigt Euch?«

»Prinz Vanamel beschuldigte mich. Er beschwerte sich, der Weg sei zu lang, und behauptete, ich sei unfähig. Doch er irrte sich. Nur wenige kennen das Labyrinth und seine Bewegungen so gut wie ich. Tatsächlich waren wir unserem Ziel bereits sehr nah, als die anderen zu uns stießen.«

»Wie haben sie Euch denn gefunden?«, fragte Léti. »Und wie konnten sie Euch überhaupt einholen?«

»Vielleicht war das eine Frage der Beinlänge«, flüsterte Rey Lana ins Ohr.

Aus Angst, den Zwerg zu kränken, wagte die Priesterin nicht zu grinsen. Schließlich hatte er sie vor Scherzen über sein Äußeres gewarnt.

»Das Labyrinth muss sich ihnen geöffnet haben«, sagte Lloïol.

Die Erben sahen ihn verständnislos an.

»Was heißt das nun schon wieder?«, fragte Grigán ungeduldig. »Was meint Ihr damit?«

»Ihr scheint etwas Wesentliches nicht verstanden zu haben«, stellte der Zwerg fest. »Anders als das Jal'dara ist die Unterwelt nicht unveränderlich. Im Gegenteil: Verlässt man einen Gang und kehrt kurz darauf um, findet man eine Höhle vor. Folgt man dem Lauf eines unterirdischen Bachs, versiegt dieser plötzlich und ist spurlos verschwunden. Dort unten«, sagte er und zeigte auf den Boden, »herrscht Chaos. Eure Vorfahren hatten keine Mühe, uns zu finden. Also muss sich ihnen das Labyrinth geöffnet haben.«

Corenn sah zu Grigán, und der Krieger bedeutete ihr fortzufahren. Im Verlauf ihrer Reise waren sie auf so viele übersinnliche Phänomene gestoßen, dass sie mittlerweile die seltsamsten Dinge hinnahmen. Schließlich konnten sie die Behauptung des Zwergs ohnehin nicht überprüfen.

»War ein Kind bei ihnen?«, fragte Corenn.

»Natürlich. Sombre«, antwortete der Zwerg, sichtlich stolz auf die Wirkung seiner Worte. »Er wich dem Hexer nicht von der Seite. Wie auch? Die Götter hängen ihr Herz immer an die Menschen, deren Gedanken sie entspringen.«

»Und waren die Weisen unverletzt, als sie zu Euch stießen?«

»Soweit ich das beurteilen konnte, ja. Das Labyrinth hatte sie willkommen geheißen, und so hatten seine Bewohner sie verschont, selbst die feindseligsten. Nebenbei bemerkt, gestaltete sich der Rückweg um einiges schwieriger. Wie Ihr wisst, wurde der Jez getötet, und der Juneer verlor einen Arm. Einen so riesigen Drachen hatte ich vorher noch nie gesehen! Ich glaubte schon, sie würden alle draufgehen. Wenn nicht …«

»Nicht zu schnell«, sagte Corenn. »Was taten die Weisen, als sie wieder vereint waren?«

»Sie stritten sich natürlich. Was sollen Sterbliche auch sonst im Jal'karu tun? Sie konnten sich nicht einigen, ob sie ins Tal zurückkehren oder die Undinen aufsuchen sollten. Die meisten wollten umkehren, auch Prinz Vanamel, der nach dem dreitägigen Fußmarsch die Nase voll hatte. Nur König Pal'b'ree wollte weitergehen. Schließlich schloss sich Saat ihm an. Erneut gerieten sich die Weisen in die Haare. Prinz Vanamel wurde wütend und drohte Saat mit einer Anklage wegen Hochverrats. Als der Hexer ihn nicht beachtete, richtete der Prinz seinen Zorn auf Sombre, weil er seinen Blick aufdringlich und respektlos fand. Seid

Ihr sicher, dass Ihr nicht doch meine Ballade hören wollt? Auf diese Stelle bin ich ganz besonders stolz …«

»Nein!«, riefen alle einstimmig.

»Große Künstler werden immer missverstanden! Jedenfalls geriet der goronische Prinz immer mehr in Wut. Nach einer Weile verdrehte er plötzlich die Augen und sackte zu Boden. Er war mausetot. Der Hexer hatte sich nicht gerührt, aber niemand zweifelte daran, dass er seine Hände im Spiel hatte. Er und sein Dämon. Inmitten des allgemeinen Aufruhrs verkündete Saat, dass er nun die Undinen aufsuchen werde. Er, Pal'b'ree, Sombre und ich selbst gingen davon, während die anderen noch zögerten. Nach weniger als dreißig Schritten stießen wir auf den See. Das Labyrinth hatte sich uns abermals geöffnet. Während Pal'b'ree die anderen herbeirief, wurde der Hexer von den Undinen gepackt, und sie versuchten, ihn in den See zu ziehen. Seine Gefährten konnten ihn gerade noch retten, aber mehrere trugen schwere Verbrennungen davon. Auch ein Mann, der Euch wie aus dem Gesicht geschnitten war, Meister Ich-trage-nur-Schwarz. War das vielleicht Euer Urgroßvater? Schließlich gelangten alle Weisen wieder ans sichere Ufer, und die Undinen gaben eine unumstößliche Wahrheit preis. Jetzt kommen wir zu der Stelle, die Euch am besten gefallen wird«, verkündete Lloïol. »Ich möchte Euch bitten, Euer Versprechen noch einmal zu wiederholen.«

Mit klopfenden Herzen versicherten die Erben, dass sie seine Geschichte mindestens einmal im Jahr erzählen würden, damit seine Entwicklung vollendet werden konnte. Das Versprechen kostete sie nicht viel, denn falls seine Auskunft wertlos war, hatten sie ohnehin nicht mehr lange zu leben.

»Gut«, nickte Lloïol zufrieden. »Nun werde ich Euch beweisen, dass Zwerge ein unfehlbares Gedächtnis haben. Die Undinen sagten über Sombre: ›Er wird groß und stark werden. Er wird der mächtigste Dämon sein, der unter den Sterblichen weilt. Er wird Tausende Menschen töten.‹ Mehrere Weise machten Saat Vorwürfe, weil er Sombre mit hinab in die Unterwelt genommen hatte, aber der Hexer beachtete sie nicht. Doch die Undinen hatten noch nicht geendet: ›Für alle Zeiten wird ein *einziger* Sterblicher eine *einzige* Chance haben, ihn zu besiegen. Es wird einer Eurer Nachkommen sein, und er wird der Erzfeind genannt werden. Von seinem Sieg hängt der Anbruch des Zeitalters der Harmonie ab.‹ So lautete die Prophezeiung der Undinen. Was sagt Ihr nun?«

Den Erben hatte es die Sprache verschlagen. Corenn wollte sich über diesen Hoffnungsschimmer freuen, doch es gelang ihr nicht. Grigán dachte daran, welche Ironie des Schicksals es war, dass sein Urgroßvater sein Leben aufs Spiel gesetzt hatte, um Saat zu retten. Bowbaq erinnerte sich an den Mog'lur aus dem Eroberten Schloss und versuchte, sich an den Gedanken zu gewöhnen, dass er gegen den gefährlichsten Dämon der Welt gekämpft hatte. Rey sagte sich, dass der Fluch der Weisen noch schrecklicher war als befürchtet, und Lana träumte vom Zeitalter der Harmonie, das in der eurydischen Religion das Zeitalter von Ys genannt wurde und das höchste Ziel des universellen Strebens nach Moral darstellte. Léti wiederum konnte an nichts anderes denken als daran, dass Yan ihr Leid freiwillig teilte. Nie war offenkundiger gewesen, dass der junge Mann nicht zu den Erben gehörte.

»Haben die Undinen noch etwas anderes gesagt?«, fragte Corenn schließlich mit tonloser Stimme.

»Nein. Eure Vorfahren versuchten, sie weiter zu befragen, doch sie bekamen keine Antwort mehr. Als sie wieder zu streiten begannen, lief Sombre plötzlich davon. Ich wusste genau, was mit ihm los war. Ich hatte so etwas schon einmal erlebt. Wenn einen das Labyrinth ruft, kann man nichts tun, als zu gehorchen. Saat ging dem Kind hinterher, wagte aber nicht, es anzusprechen. Die beiden verließen die Höhle mit dem Flüstersee. Fer't rief ihm nach, er solle Sombre ziehen lassen und mit uns ins Tal zurückkehren, doch der Hexer antwortete nicht, und so bat uns der Solener zu warten. Er folgte den beiden, und nach einer Weile hörten wir ihn schreien. Als wir Fer't suchen gingen, fanden wir nur noch seine Leiche. Saat und sein Dämon waren verschwunden. Da mir daran gelegen war, dass Pal'b'ree am Leben blieb, damit er seinen Teil des Abkommens erfüllen konnte, führte ich ihn zurück ins Tal und rettete so auch die anderen. Der Rückweg war leider etwas beschwerlicher als der Hinweg. Aber immerhin sind die meisten Weisen mehr oder weniger unversehrt ins Dara zurückgekehrt.«

Léti dachte an das schreckliche Geheimnis, das auf ihren Vorfahren gelastet und ihnen nach ihrer Rückkehr in die Welt der Sterblichen so viel Leid eingebracht hatte. Sie waren zwar mehr oder weniger unversehrt ins Tal zurückgekehrt, wurden aber bis an ihr Lebensende von bösen Erinnerungen verfolgt.

»Und wie gelangte Saat wieder aus der Unterwelt heraus?«, fragte Yan.

»Diese Frage war nicht Teil unseres Abkommens«, rief Lloïol empört. »Ich habe nie behauptet, das zu wissen.«

»Kennt Ihr die Antwort oder nicht?«, herrschte ihn Grigán an

»Ich kenne sie nicht, aber das könnt Ihr mir nicht vorwerfen! Es war nur von Euren Vorfahren die Rede. Ich habe mein Versprechen gehalten.«

»Das ist ohnehin nicht weiter von Bedeutung«, sagte Corenn beschwichtigend. »Das Wichtigste wissen wir nun.«

Die Erben schwiegen eine Weile und dachten nach. Ihre Lage hatte sich nicht gebessert. Im Gegenteil: Nun gehörte auch noch ein Dämon zu ihren Feinden, und ihre Verantwortung war größer denn je.

»Was jetzt?«, fragte Rey mit einem schiefen Grinsen. »Wen knöpfen wir uns als Erstes vor? Den Dämon, den Hexer, die Züu oder das Barbarenheer?«

»Dumme Frage«, antwortete Grigán mürrisch. »Ihr habt es doch gehört. Es geht nicht mehr nur um unser eigenes Leben, sondern um das von Tausenden.«

»Wir müssen Sombre aufhalten«, pflichtete ihm Lana bei. »Wenn einer von uns … Wenn einer von uns der Erzfeind ist … Dann muss er …«

Alle nickten schweigend, die Maz musste den Satz nicht beenden. Nun wussten sie endlich, warum sie verfolgt wurden. Saat wollte um jeden Preis verhindern, dass der Erzfeind und sein Dämon aufeinandertrafen. Hatte der Hexer dieses Ziel bereits erreicht?

»Wir sind unseres Lebens nicht sicher, solange wir nicht wissen, wer der Erzfeind ist«, stellte Grigán fest. »Ich werde in die Unterwelt hinabsteigen und diesen verfluchten Undinen eine ihrer unumstößlichen Wahrheiten entreißen.«

»Ich komme mit«, sagte Léti entschlossen.

»Davon rate ich Euch ab«, sagte Nol kopfschüttelnd. »In der Unterwelt könnt Ihr viel mehr verlieren als nur Euer Leben.«

»Eurydis wacht über uns«, sagte Lana, deren Glaube unerschütterlicher war denn je.

»Zusammen sind wir immer stark gewesen«, pflichtete Corenn ihr bei. »Nehmt es uns nicht übel, Nol. Wir haben keine Wahl.«

Sie wussten, welche Gefahren in der Unterwelt auf sie lauerten. Doch Saat würde nicht aufhören, sie zu verfolgen. Sie mussten die Gelegenheit nutzen und herausfinden, wer der Erzfeind war.

Als niemand widersprach, ergriff Corenn wieder das Wort. Ihre Stimme klang streng, fast hart. Es war der Ton, den sie anschlug, wenn sie auf ihren Reisen durch die Provinzen des Matriarchats unliebsame Entscheidungen des Ständigen Rats von Kaul verkünden musste. Doch diesmal musste sie nur einen einzigen Menschen überzeugen: sich selbst.

»Die Antwort befindet sich in greifbarer Nähe, direkt unter unseren Füßen«, sagte sie. »Wir haben nicht einen so weiten Weg zurückgelegt, um nun kurz vor dem Ziel aufzugeben. Wenn unsere Vorfahren den Besuch in der Unterwelt überlebt haben, werden auch wir es schaffen.«

Trotz Nols Bedenken hielten die Erben an ihrem Plan fest und machten sich gleich an die Vorbereitungen ihrer Expedition. Als Erstes mussten sie Lloïol davon überzeugen, sie zu führen, denn der Zwerg forderte dafür ein neues Abkommen. Nach zähen Verhandlungen, die abwechselnd von Rey und Corenn geführt wurden, stellte er sich ihnen zur Verfügung, wenn die Erben versprachen, ihm zu Ehren eine Statue am Rande des Walds von Ehec zu errichten.

Dann diskutierten sie, wann sie aufbrechen sollten. Grigán wollte so rasch wie möglich losgehen, da die Zeit drängte und sie nichts mehr im Jal'dara hielt, doch Lloïol zog es vor, den Aufbruch auf den Mit-Tag des folgenden Tages zu verschieben. Die Gefahr sei dann weniger groß, erklärte er, da die Dämonen am tiefsten schlummerten, wenn die Sonne hoch am Himmel stand. Außerdem wollte er warten, bis alle Kreaturen, die der ungewohnte Aufruhr im Tal geweckt hatte, wieder eingeschlafen waren.

Als alle Einzelheiten geklärt waren, zog sich Lloïol wieder in die Unterwelt zurück. Zum Abschied brachte er ihnen noch ein Ständchen. Nol war enttäuscht, als der Zwerg wieder in dem engen, stinkenden Loch verschwand. Doch er nutzte Lloïols Abwesenheit, um seinen Besuchern ein paar letzte Ratschläge mit auf den Weg zu geben.

»Ihr könnt ihm jedes Wort seiner Geschichte glauben«, sagte er. »Im Tal können die Götter nicht lügen, deshalb wird Lloïol sein Versprechen halten. Aber sobald Ihr in der Unterwelt seid, müsst Ihr wachsam sein. Misstraut allem, was er sagt oder tut. Er wird nicht mehr derselbe sein.«

Corenn nickte, um Nol zu bedeuten, dass sie seinen Rat beherzigen würden. Die Nacht und der Morgen würden sich in die Länge ziehen, weil keiner von ihnen müde war und die nächste Etappe ihrer Reise gefährlicher sein würde als alles, was sie bisher erlebt hatten.

»Es macht mir Angst, dass es so schlimme Folgen haben kann, sich auch nur wenige Schritte in die Unterwelt vorzuwagen«, sagte Lana.

»Das liegt am Gwel«, erklärte Nol. »Das Gwel der Unterwelt ist nicht dasselbe wie das, was uns hier oben umgibt. Die Gärten folgen einer bestimmten Ordnung und sind unveränderlich. Im Dara herrschen Gesetze. Die Unterwelt hingegen ist in ständiger Bewegung. Ihr Gwel ist schwarz und übel riechend. Es sieht aus wie gewöhnlicher Lehm, doch aus ihm entstehen die Dämonen der Menschheit. Eins müsst Ihr wissen: Ihr werdet in eine völlig andere Welt hinabsteigen.«

»Durch dieses Loch im Boden?«, fragte Rey ungläubig.

»So ist es. Außerdem wird nicht nur Euer Körper, sondern auch Euer Geist in eine andere Welt übergehen. Während das Gwel der Gärten alle angenehmen Gefühle verstärkt und Euch in Euphorie versetzt, bewirkt das Gwel der Unterwelt das genaue Gegenteil. Denkt nur an Saat.«

»Ich dachte, Ihr wüsstet nichts über die Unterwelt?«, fragte Léti erschüttert.

»Ich weiß nicht, was dort unten geschieht«, antwortete Nol freundlich. »Aber ich weiß sehr wohl über das Wesen der Unterwelt Bescheid. Schließlich ist sie ein Zerrspiegel der Gärten.«

Er schwieg eine Weile, während die anderen über seine Antwort nachdachten, und fuhr dann fort: »Das Dara und das Karu bilden zusammen das Jal. Ihre Kinder bekämpfen einander seit Anbeginn der Zeiten, aber keins könnte ohne das andere existieren. So wird es sein, bis das Zeitalter der Harmonie anbricht. Oder sein Gegenteil.«

Sein Gegenteil …

Wenn keiner der Erben der Erzfeind war oder wenn der Auserwählte scheiterte, würde das neue Zeitalter zweifellos Saat und einer Heerschar von Dämonen gehören.

Tatsächlich wurde den Gefährten das Warten lang. Kurz nachdem Lloïol in seinem Loch verschwunden war, hatte sie auch Nol verlassen, und die Erben wussten nichts mit sich anzufangen. Niemand hatte Lust, das Gespräch fortzuführen, das sie seit den Morgenstunden in Atem gehalten hatte. Inzwischen war alles gesagt worden, und sie würden Zeit brauchen, um die Neuigkeiten zu verarbeiten.

Obwohl aufgrund der Wirkung des Gwels niemand müde war, schlug Grigán vor, sie sollten versuchen, etwas zu schlafen. Sie wussten nicht, ob sie sich im Jal'karu ebenso ausgeruht fühlen würden, zumal sie dort all ihre Kräfte brauchen würden. Da sie in der Dunkelheit ohnehin nichts Besseres zu tun hatten, streckten sie sich in einigem Abstand zu dem Tunneleingang im weichen Gras aus.

Rey legte sich neben Lana, als wäre es das Natürlichste von der Welt. Léti, die ihn beobachtet hatte, gesellte sich zu Yan, worüber dieser sich sehr freute. Sie wechselten kein Wort miteinander, und auch ihre Freunde waren verstummt. Hand in Hand dazuliegen und die Sterne zu betrachten, die am Himmel prangten, sagte mehr als alle Worte.

Rey hatte nur Augen für Lana, was die Priesterin jedoch nicht bemerkte, da sie trotz wirrer Gedanken und Gefühle eingeschlafen war. Auch Bowbaq schlummerte bald tief und fest. Kurz darauf begann er laut zu schnarchen, was den anderen ein Grinsen entlockte. Hin und wieder warf Corenn Grigán einen Blick zu. Der Krieger lag angespannt und reglos da, die Hand am Griff seines Krummschwerts. Er schien sich in Gedanken auf bevorstehende Kämpfe vorzubereiten.

Obwohl keiner ein Wort darüber verloren hatte, waren alle der Überzeugung, dass nur Grigán der Erzfeind sein konnte. Er selbst dachte das Gleiche, obschon ihm die Vorstellung nicht gefiel. Aber wer sollte es sonst sein? Hätten die Erben einen Anführer bestimmen müssen, wäre die Wahl auf Grigán gefallen. Schließlich war er ihr bester Kämpfer und seit Königin Séhanes Tod der älteste Erbe.

Irgendwann schlief auch Corenn ein. Am nächsten Morgen waren alle voller Tatendrang. Keiner von ihnen ahnte, dass sie nie wieder eine Nacht im Jal'dara verbringen würden.

Als Corenn die Augen aufschlug, stellte sie überrascht fest, dass sich ein etwa dreijähriger Junge an sie geschmiegt hatte. Obwohl sie bemüht war, ihn nicht zu stören, erwachte das Kind, als sie sich aufsetzte. Der Gott rieb sich die Augen, blinzelte ein paarmal, lächelte den Menschen zu und stapfte davon. Gerührt sahen sie ihm nach.

»So würdevoll hat noch kein Mann das Bett einer Frau verlassen«, bemerkte Rey. »Dame Corenn, gebt acht, dass Ihr niemanden eifersüchtig macht«, sagte er mit einem Nicken in Grigáns Richtung.

Corenn warf dem Lorelier einen strafenden Blick zu. Rey steckte seine Nase immer wieder in Dinge, die ihn nichts angingen. Doch machte das nicht gerade seinen Charme aus?

»Hast du etwas Schönes geträumt, Tante Corenn?«, fragte Léti und setzte sich neben sie. »Ich habe wunderbar geschlafen.«

»Ich auch«, antwortete Corenn, ohne zu zögern. »Ehrlich gesagt, fühle ich mich wie neugeboren.« Sie erinnerte sich an seltsame Träume: angenehme, wenngleich flüchtige Eindrücke, verwoben mit Ereignissen aus ihrem Leben. Aber auch Orte, Menschen und Situationen, die ihr fremd waren, hatte sie klar und deutlich gesehen. Was hatte sie im Schlaf erlebt?

Plötzlich kam ihr ein Gedanke, der ihr Angst machte und sie zugleich in Aufregung versetzte. War es möglich, dass sie im Schlaf das Unbewusste der Menschheit wahrgenommen hatte, nicht anders als die Götterkinder? War sie beeinflusst worden? Und wenn ja, wie?

Nol hatte sie nicht davor gewarnt, im Jal'dara einzuschlafen, also war es vermutlich ungefährlich. Einen Moment lang bedauerte Corenn, dass sie das Tal bereits wieder verließ und das Rätsel nicht ergründen konnte. Aber sie musste sich schon um so vieles Gedanken machen.

Bowbaq erwachte als Letzter und das auch nur, weil Miff ihn heftig am Bart zog. Er und Grigán waren die Einzigen, die nicht voller Begeisterung von ihren Träumen erzählten. Bowbaq hatte von seiner Familie geträumt, deren Schicksal ungewiss war, und auch der Krieger wollte nicht über seine Träume sprechen. Trotzdem mussten beide zugeben, dass sie sich ausgeruht fühlten.

Die ersten Dekanten des neuen Tages verbrachten die Erben mit einer Arbeit, die ihnen im Laufe der Reise in Fleisch und Blut übergegangen war: der Überprüfung der Ausrüstung. Die Pflege der Waffen nahm die meiste Zeit in Anspruch. Lange hatte sich Grigán allein darum gekümmert, bis Léti darauf bestanden hatte, ihm zu helfen.

Gegen Ende des zweiten Dekants, als der Aufbruch immer näher rückte, zeigte Rey erste Anzeichen von Ungeduld. Er begann, in der Nähe der Kuhle auf und ab zu laufen, und blieb immer wieder stehen, um auf Geräusche aus dem Gang zu horchen. Doch alles blieb still. Die tagelange Untätigkeit zerrte an seinen Nerven, und das bevorstehende Abenteuer bereitete Rey Sorgen. In dieser Stimmung war er noch sarkastischer als sonst. Seine Gefährten taten ihr Möglichstes, um nicht zur Zielscheibe seines Spotts zu werden.

Bowbaq versuchte, sich für das Gespräch zu interessieren, das Yan, Corenn und Lana über die Träume der vergangenen Nacht führten. Doch es ging die ganze Zeit nur um Gwel, Magie, Beeinflussung und Vollendung, und so konnte er nicht lange folgen. Nur eins merkte er sich: Yan vermutete, dass das Jal'dara Sterbliche nach und nach verschwinden ließ, um seine Unveränderlichkeit zu wahren. Der Riese fand das alles sehr unhöflich. Mehr noch als seine Gefährten konnte er es kaum erwarten, diesen Ort zu verlassen.

Als Grigán gerade den letzten Dolch an seinem Gürtel befestigte, kehrte Nol zurück. Der Ewige Wächter betrachtete die Waffe stirnrunzelnd, und die Gefährten errieten, dass er kein Freund des Kampfes war.

»Der Dolch wird Euch nichts nützen«, sagte er. »Es gibt nur sehr wenige Waffen, mit denen man unsterbliche Wesen verwunden kann. Mit gewöhnlichen Klingen könnt Ihr den Dämonen nichts anhaben.«

»Auch Dämonen empfinden Schmerzen«, widersprach Grigán, der

sich noch gut an den Kampf im Tiefen Turm von Romin erinnerte. »Das wird reichen, um sie uns vom Leib zu halten.«

»Ich wünschte, Ihr könntet Euch Euch selbst vom Leib halten«, lautete Nols rätselhafte Antwort.

Dann schwieg der Gott und ließ sich vor dem Eingang zur Unterwelt im Gras nieder. Er schien das Ganze schnell hinter sich bringen zu wollen. Die anderen unterhielten sich mit gesenkten Stimmen weiter, bis ihr Gespräch schließlich erstarb.

Sie fühlten sich in die Nacht im Wald von Oo zurückversetzt, in der sie darauf gewartet hatten, dass sich die Pforte öffnete. Ihr Ausflug in die Unterwelt würde vermutlich weit weniger angenehm verlaufen als ihr Besuch im Tal. Ausgerüstet für eine Wanderung durch finstere Gänge und Höhlen, warteten die Gefährten auf die Ankunft eines launischen Zwergs, der sie in die Welt der Dämonen führen sollte.

Bald hatte die Sonne ihren Höhepunkt überschritten. Es musste bereits nach Mit-Tag sein. Doch wie sollte Lloïol das wissen, dachte Bowbaq. Unter der Erde war es ja stockfinster.

Plötzlich ertönten die Klänge, vielmehr Missklänge einer Harfe. Der Zwerg war mehr oder minder pünktlich. Gleich darauf rief eine mittlerweile vertraute näselnde Stimme:

»Ihr lieben Leut', folgt mir geschwind,
Das Abenteuer nun beginnt!«

»Meister Lloïol«, sagte Corenn streng. »Erinnert Ihr Euch an unsere Abmachung? Würdet Ihr sie wiederholen?«

Die Musik verstummte abrupt, ein Zeichen dafür, dass der Zwerg überrascht war. Diese Bitte war eine der Vorsichtsmaßnahmen, die sich Corenn ausgedacht hatte. Falls sich Lloïol weigerte, würden die Erben die Expedition absagen.

»Zwerge haben ein unfehlbares Gedächtnis«, rief Lloïol und lachte gackernd. »Ich werde Euch auf dem sichersten Weg zum Flüstersee führen. Im Gegenzug errichtet Ihr am Wald von Ehec eine Statue zu meinen Ehren.«

»Schön«, sagte die Ratsfrau. »Würdet Ihr Eure Worte nun hier oben im Jal'dara wiederholen? Anschließend können wir aufbrechen.«

»Ich vertrage das Sonnenlicht nicht«, jammerte er.

»Mir geht es nicht anders«, sagte Corenn unerbittlich. »Zeigt Euch, Meister Lloïol. Diese Bedingung ist nicht verhandelbar.«

Er lachte wieder und kam dann tatsächlich zum Vorschein. Mit zwei Sätzen sprang er auf Corenn zu und wiederholte seine Worte.

»Gut. Ich zweifle nun nicht mehr an Eurer Aufrichtigkeit. Wir werden uns gewissenhaft an unseren Teil der Abmachung halten. Von Euch erwarten wir dasselbe.«

»Solltest du dein Wort brechen«, warf Nol ein, »darfst du nie wieder in die Gärten zurückkehren.«

Lloïol entblößte seine spitzen Zähne, grinste schauerlich, nahm seine Harfe und schmetterte ein kurzes Lied:

»In Gärten und Unterwelt bin ich daheim.

So schufen die Menschen mich, ist das nicht fein.«

»Lasst uns gehen«, sagte Grigán, dem der Zwerg schon jetzt auf die Nerven ging. »Je früher wir aufbrechen, desto eher sind wir ihn wieder los.«

Alle scharten sich um Nol, um sich zu verabschieden. Auch wenn sie vorhatten, ins Jal'dara zurückzukommen, um die Pforte zu durchschreiten, konnte es sein, dass die Unterwelt die letzte Etappe ihrer Reise war. Deshalb wollten sie den Ewigen Wächter nicht grußlos verlassen.

»Es tut mir leid, dass ich Euch nicht helfen konnte«, sagte Nol bedauernd.

»Ihr habt genug für uns getan«, versicherte ihm Corenn.

»Ich habe lange über Eure Frage nachgedacht«, sagte Nol zu Lana. »Ihr wolltet wissen, ob die Kinder des Jal unglücklich sind. Meine Antwort lautet: Die Götter sind ein Ebenbild der Menschen. Je älter sie werden und je mehr sie von der Welt begreifen, desto trauriger werden sie. Doch das kann sich ändern, wenn einer von Euch die Welt auf den Weg der Harmonie führt. Es liegt an Euch, ob die Götter der Zukunft glücklich sind. Das Gleiche gilt für die Menschen.«

Mit diesen Worten wandte er sich ab und ging langsam davon. Yan hatte das seltsame Gefühl, dass sie ihn nie wiedersehen würden.

»Was für ein Schwätzer«, sagte Lloïol und kratzte sich am Hintern.

Dann betrachtete er seufzend seine dreckigen Fingernägel, als würde ihn der Schmutzrand tatsächlich kümmern. »Geht's jetzt endlich los, oder wollt Ihr auf den nächsten Zwerg warten?«

Grigán starrte auf das finstere Loch im Boden, das in die Unterwelt führte. Wenn der Tunnel dahinter nicht breiter wurde, würden sie auf Fackeln verzichten und stattdessen ihre einzige Laterne benutzen müssen. Diese Aussicht war wenig verlockend, zumal in der Dunkelheit unbekannte Gefahren lauerten.

»Gibt es keine andere Möglichkeit? Nol sagte, es gebe acht Zugänge zur Unterwelt.«

»Das stimmt«, sagte Lloïol. »Aber dieser hier ist der beste. Er ist übrigens der dritte. Nummer zwei und fünf sind noch enger. Nummer vier steht unter Wasser, und Nummer sieben liegt an einem steilen Berghang. Nummer eins ist für Sterbliche unsichtbar, den können wir also auch vergessen. Und der sechste und achte würden Euch gar nicht gefallen«, sagte er mit einem schiefen Grinsen. »Die größten Gänge sind auch die gefährlichsten. Einige Kreaturen würden in den Gängen, durch die wir gehen, stecken bleiben. Das ist unser Glück.«

Normalerweise hätte seine Antwort Grigán misstrauisch gemacht, aber im Jal'dara konnte der Zwerg nicht lügen. Also nickte er zustimmend und dachte, dass er in der Unterwelt wesentlich wachsamer sein musste.

Die Erben scharten sich um den Eingang zum Labyrinth und warteten, dass Lloïol die Führung übernahm.

Doch der Zwerg hatte vor ihrem Aufbruch noch etwas zu erledigen. Er ging neben einem Bach in die Hocke und rieb sich etwas feuchte Erde ins Gesicht. Er widmete sich dieser Aufgabe mit solcher Sorgfalt, dass die Gefährten neugierig wurden und ihn um eine Erklärung baten.

»An Eurer Stelle würde ich das auch tun«, sagte er und trug eine zweite Schlammschicht auf seine spitze Nase auf. »Die Kreaturen der Unterwelt können Euch nicht sehen, wenn Ihr Gwel aus den Gärten am Körper tragt. Das gilt übrigens auch umgekehrt«, fügte der Zwerg hinzu und lachte gackernd.

»Wir werden unsichtbar?«, fragte Bowbaq.

»Ja, großer Mann, so könnte man es sagen. Niemand kann in Eure Gedanken eindringen, solange Euch das Gwel schützt. Es nützt zwar nichts, wenn Ihr Quro oder einem der Lemuren direkt in die Arme lauft, aber es verhindert, dass die Kreaturen, die gerade nicht schlafen, Euch schon aus der Ferne aufspüren.«

»Wie wirkt es genau?«, fragte Corenn aufgeregt.

»Je weniger ein Kind die Gärten kennt, desto besser beschützt uns das Gwel vor ihm. Gegen die schrecklichsten Dämonen hilft es am besten.«

»Endlich einmal eine gute Nachricht«, sagte die Ratsfrau. »Habt Ihr gehört? Es gibt ein Mittel, uns vor Saat zu verstecken! Endlich wird er nicht mehr jeden unserer Schritte verfolgen können.«

»Das Gwel würde uns nur vor Sombre schützen«, dämpfte Rey ihre Begeisterung. »Saat kann uns immer noch die Züu und die Große Gilde auf den Hals hetzen. Ganz abgesehen davon, dass dieser magische Schlamm in unserer Welt vielleicht seine Wirkung verliert.«

»Außerdem wird uns Nol verbieten, etwas von dem Gwel mitzunehmen«, sagte Lana seufzend. »Da wird er nicht mit sich reden lassen.«

Corenn nickte und dachte darüber nach, wie sie dieses Hindernis aus dem Weg räumen konnten. Es stand zu viel auf dem Spiel, um sich eine solche Gelegenheit entgehen zu lassen. Wenn sie das Jal'dara verließen, ganz gleich, wie ihre Begegnung mit den Undinen verlief, mussten sie sich frei bewegen können – ob sie nun gegen Saat kämpfen oder vor ihm fliehen wollten.

»Müssen wir uns das Gwel unbedingt ins Gesicht reiben?«, fragte Lana und starrte auf den schwarzen, zähflüssigen Matsch, während Yan, Grigán und Bowbaq schon eifrig am Werk waren.

»Im Prinzip müsste auch eine winzig kleine Menge Gwel ausreichen«, sagte Corenn. »Aber vorsichtshalber sollten wir besser Lloïols Rat befolgen.«

»Für eine Sterbliche seid Ihr erstaunlich weise«, sagte dieser geschmeichelt. »Auf Euch werde ich ganz besonders achtgeben.«

Corenn dankte ihm mit einer knappen Verbeugung und begann ebenfalls, sich Gesicht und Hände mit der schwarzen Erde einzureiben. Würden die Erben länger im Jal'dara bleiben, wären die Spuren in kürzester Zeit wieder verschwunden. Ein fürwahr seltsamer Ort!

Bowbaq rieb auch Miff sorgfältig mit Schlamm ein. Dem armen Tier gefiel das überhaupt nicht, und es wehrte sich mit Händen und Füßen gegen die Behandlung. Anschließend sammelten Bowbaq und Grigán ein paar Kieselsteine ein, die sie in ihren Bündeln und Säcken verstauten. Der Riese hob drei weitere Steine auf und ließ sie in seiner Hosentasche verschwinden. Dabei errötete er, als täte er etwas Verbotenes. Er musste sich nicht erklären: Die anderen wussten, dass die Steine für seine Frau und seine Kinder bestimmt waren.

»Eine Frage, Meister Zwerg. Ihr seid doch unsterblich, oder?«, sagte Rey. »Wozu braucht Ihr dann den Schutz des Gwels?«

»Manche Kreaturen des Jal haben die Macht, Leben auszulöschen, ganz gleich, welcher Art es ist. Ich habe nicht vor, ihnen die Gelegenheit dazu zu geben. Nicht so kurz vor meiner Vollendung!«

»Ich dachte, die Kinder hätten im Jal keine Macht. Ich dachte, sie könnten einander keinen Schaden zufügen«, sagte Léti und wies auf die Landschaft ringsum.

»Hier oben nicht. Aber in der Unterwelt ist alles anders. Die Dämonen haben zwar keinen Einfluss auf die Welt der Sterblichen, aber glaubt bloß nicht, dass sie sich im Labyrinth zurückhalten. Vergesst endlich die Kinder«, knurrte der Zwerg. »Dort unten gibt es keine Kinder. Ich habe die Götter und Dämonen der vergangenen Jahrhunderte heranwachsen sehen: Diejenigen, die in die Unterwelt hinabgestiegen sind, haben nichts Niedliches mehr an sich. Welche Gestalt sie auch angenommen haben, sie haben nur eins im Sinn: Euch Eure Gedanken zu rauben.«

»Wie das?«

»Indem sie Euch verwunden, Euch ganz oder teilweise verschlingen, Euch zu Tode erschrecken, Euer Blut aussaugen, was weiß ich! Bei den Undinen zum Beispiel genügt eine kurze Berührung. Keine Angst, ich habe diese Macht nicht. Wenn das der Fall wäre, müsste ich nicht erst mit Euch verhandeln!«

»Gedanken rauben?«, wiederholte Lana. »Zu welchem Zweck?«

»Um ihre Entwicklung zu vollenden, natürlich!«, rief Lloïol, als wäre sie begriffsstutzig. »Sie alle wollen schneller heranwachsen, um dieses Gefängnis zu verlassen und endlich in die Welt der Sterblichen zu gelangen!«

»Reizend«, sagte Rey angewidert. »Ein Dämon raubt dir deine Gedanken, du krepierst in einem unterirdischen Loch, und dein Mörder erblickt das Licht der Welt. Da würde ich mir doch lieber eigenhändig einen Dolch in die Brust rammen!«

Als sich Lanas Hand auf seinem Arm verkrampfte, merkte er, wie hart seine Worte klangen, und machte sich Vorwürfe. Seinen Gefährten war schon bang genug. »Grigán, versteht das bloß nicht als Aufforderung«, scherzte er, um die Sache herunterzuspielen. »Ehrlich gesagt, wäre es mir lieber, wenn Ihr dem *Dämon* den Dolch in die Brust rammt!«

»Worauf Ihr Euch verlassen könnt«, sagte der Krieger grimmig. »Meister Lloïol?«

Der Zwerg sprang in die Kuhle und verschwand so schnell wie ein verschreckter Stehschläfer in dem dunklen Loch. In der Reihenfolge, die sie zuvor festgelegt hatten, betraten Grigán, Rey, Yan, Léti, Lana, Corenn und schließlich Bowbaq den engen Gang, der sie ins Land der Dämonen führen würde.

Wutentbrannt stürmte Aleb in den Thronsaal von Saats Palast. Was für eine Frechheit! Der hohe Dyarch hatte ihn zu sich beordert, und der König von Griteh hatte sich seinem Willen gebeugt. Er war übers Meer gesegelt und hatte die Hälfte eines Kontinents überquert, der noch öder war als die Wüste von Jezeba. Und von wem war er empfangen worden? Von einem einfachen Herold, der ihn aufgefordert hatte, so schnell wie möglich sein Quartier zu beziehen und dann umgehend den »Meister« aufzusuchen.

Wieso Meister?, dachte Aleb zornig. Hoher Dyarch hin oder her, Saat und er waren *Verbündete,* und der Goroner schuldete ihm etwas Achtung. Schließlich war er König.

Dieser unwürdige Empfang kränkte ihn in seiner Ehre, und das würde er nicht so einfach hinnehmen!

»Ich habe das Gefühl, Eure Gedanken lesen zu können«, sagte Saat ironisch, als er den ramgrithischen Herrscher auf sich zustürmen sah.

Die Bemerkung löste bei seinen Gefolgsleuten lautes Gelächter aus, was Alebs Zorn noch mehr entfachte. Der Goroner beließ es nicht bei der ersten Beleidigung, sondern verspottete ihn obendrein! Mit großen Schritten lief der einäugige König auf den Tisch in der Mitte des Saals zu, um den sich sechs Personen versammelt hatten. Fünf stellten sich ihm in den Weg.

»Niemand hat es je gewagt, mich so zu behandeln, Saat!«, rief Aleb über das Hindernis hinweg. »Ich habe Euch in La Hacque einen sehr viel besseren Empfang bereitet, obwohl Ihr nichts als ein Abtrünniger seid, der Hauptmann einer zerlumpten Räuberbande!«

»Vor allem habt Ihr mein Gold empfangen«, sagte der hohe Dyarch belustigt. »Achthundert Pfund, wenn ich mich richtig entsinne? Ihr habt Euch die Gastfreundschaft teuer bezahlen lassen!«

»Sagt gefälligst ›Majestät‹, wenn Ihr das Wort an mich richtet!«, schrie Aleb. »Im letzten Jahr seid Ihr etwas zu überheblich geworden, Eisenschädel!«

»Eisenschädel?«, wiederholte die einzige Frau in der Runde, bevor sie begriff, dass er auf Saats Sturmhaube anspielte.

»Das reicht, Aleb«, sagte der Hexer streng. Er war es gewohnt, dass man ihm gehorchte.

»Sagt ›Majestät‹!«, brüllte der Ramgrith.

Seine Stimme erstickte in einem Röcheln. *Saat war in seine Gedanken eingedrungen.* Bisher hatte er nicht gewusst, dass so etwas überhaupt möglich war. Doch so sicher wie morgens die Sonne aufging, hatte der Hexer seinen Geist bezwungen. Er spürte seine Anwesenheit so deutlich, als wäre Saat ihm auf die Schultern geklettert.

Und es kam noch schlimmer: *Saat stahl ihm die Kontrolle über seinen Körper.*

Aleb konnte nichts tun, als tatenlos zuzusehen, wie er sich verneigte und vor dem Goroner in die Knie ging. Er war immer noch Herr seiner Sinne: Er konnte sehen, hören und denken, aber keinen einzigen Muskel bewegen.

Im ersten Moment glaubte der ramgrithische König, tot zu sein. Wenn man jede Verbindung zur Welt verlor, kam einem zwangsläufig etwas grauenhaft Endgültiges in den Sinn. Eigentlich hoffte er geradezu, tot zu sein, denn das war immer noch besser als die Aussicht, in einem Körper gefangen zu sein, den er nicht mehr kontrollieren konnte.

»Endlich nehmt Ihr Vernunft an«, spottete Saat und musterte den vor ihm knienden Mann. »Ihr müsst wissen, *Majestät,* dass alle hier Anwesenden Königen ebenbürtig sind. Darf ich Euch nun endlich Euren Verbündeten vorstellen? Oder möchtet Ihr lieber mit bloßen Händen helfen, den Tunnel zu graben?«

Aleb sah sich langsam nicken, obwohl er die Bewegung nicht gewollt hatte.

»Ja? Ihr möchtet also den Tunnel graben?«, fragte Saat höhnisch.

Erst in diesem Moment dämmerte dem ramgrithischen König der ganze Schrecken seiner Lage. Saat hatte ihm nicht nur den Körper gestohlen: Er konnte mit ihm anstellen, was immer er wollte. Aleb brauchte nicht viel Fantasie, um sich die schlimmsten Qualen auszumalen.

Der Hexer war der Einzige, der sich prächtig zu amüsieren schien. Die anderen Anwesenden gaben sich gleichgültig oder wirkten beklommen. Einige mussten in der Vergangenheit Ähnliches durchgemacht haben. Mit der ganzen Kraft seiner Gedanken flehte Aleb um Gnade, bettelte und schwor Saat ewige Gefolgschaft und Treue, wenn er nur von ihm abließ.

»Ich habe das Gefühl, dass Ihr mir etwas sagen wollt«, stellte Saat belustigt fest. »Ich werde Euren Wunsch, in die Reihen der Sklaven aufgenommen zu werden, nicht erfüllen. Ich bin sicher, dass wir eine nützlichere Aufgabe für Euch finden können. Meint Ihr nicht? Und nun erhebt Euch.«

Zu seiner großen Erleichterung spürte Aleb sich erneut nicken und dann schwerfällig aufstehen. Im gleichen Moment verließ der Hexer seine Gedanken.

Heftiger Schwindel überkam den König. Er lehnte sich an eine Säule und presste sich die Fäuste an die Schläfen, als wollte er alles Fremde aus seinem Kopf verscheuchen. So verharrte er eine Weile, während die anderen schwiegen.

Als er sich wieder etwas besser fühlte, wandte er sich den Fremden zu, vor denen er sich erniedrigt hatte. Er wünschte, sie würden vor seinen Augen tot umfallen. Noch lieber hätte er sie mit dem Krummschwert eigenhändig niedergemetzelt. Ihre Schreie, ihr Flehen und das dumpfe Knacken der Knochen, die unter seiner Klinge splitterten, würden ihm seinen Stolz zurückgeben.

Doch das musste ein Traum bleiben. Der König von Griteh hatte soeben die zweite Niederlage seines Lebens erlitten, ohne auch nur das Schwert gezogen zu haben. Den Mann, der ihm das Auge ausgestochen hatte, würde er zeit seines Lebens verfolgen. Saat hingegen würde er ewige Treue schwören.

Aleb brach abrupt in lautes Gelächter aus, in das die Anwesenden einfielen. Wenigstens stand der Magier auf seiner Seite. Saat schien nicht allein über sein künftiges Reich herrschen zu wollen, schließlich planten sie zusammen den größten Eroberungsfeldzug aller Zeiten. Und angesichts von Saats Kräften war ihnen der Sieg sicher.

Saat verlor kein Wort mehr über den Zwischenfall, sondern stellte ihm seine Hauptmänner vor: Sombres Verkünder.

Unter ihnen befand sich auch Saats Sohn, der junge Dyarch, ein Halbwüchsiger von schlankem Wuchs, ganz in Schwarz gekleidet und mit beängstigenden Augen. Als Nächstes kam Emaz Chebree an die Reihe, eine wallattische Königin und Hohepriesterin des Gottes Sombre. Von einer solchen Religion hatte Aleb zwar noch nie gehört, aber hier im Osten schien sie sehr verbreitet zu sein, wie er in den folgenden Tagen feststellen sollte.

Der Ramgrith musterte die üppigen Formen und das hübsche Gesicht der Barbarenkönigin mit unverhohlenem Begehren. Dann erkannte er an der Art, wie Chebree Saat umgarnte, dass sie seine Mätresse war, und verlor das Interesse.

Außerdem waren da noch zwei Züu. Aleb hatte die fanatischen Mörder im roten Gewand noch nie gemocht. Er hielt jeden, dem Reichtum nicht über alles ging, für dumm oder verrückt und in jedem Fall für gefährlich. Deshalb hatte er bisher jeden Umgang mit den Boten der Rachegöttin vermieden, obwohl man von Mythr aus die Insel Zuïa mit bloßem Auge sehen konnte.

Das Gesicht des älteren Zü war wie ein Totenschädel geschminkt. Der Mann hieß Zamerine und war Saats oberster Stratege. Damit bekleidete er einen höheren Rang als Aleb. Der andere Zü wirkte nicht älter als dreiundzwanzig oder vierundzwanzig. Er war der Gehilfe des ersten und für die Disziplinierung der Sklaven zuständig. Das bedeutete, dass er jeden Tag an die Hundert töten ließ oder sogar eigenhändig erschlug. Sein Name war Dyree, und Saat ergänzte, dass er für gewisse Spezialaufträge der beste Mann sei. Mehr musste Aleb nicht hören: Der Zü mit dem Knabengesicht war Saats bester Mörder.

Der Letzte in der Runde war Wallatte und der frühere Lehnsherr von Emaz Chebree. Er überragte sie alle mindestens um zwei Köpfe. Saat stellte ihn als König Gors'a'min vor, den Oberbefehlshaber ihres Heers. Die beiden Männer waren sich auf Anhieb unsympathisch, doch in Anwesenheit des hohen Dyarchen rissen sie sich zusammen. Gors und Aleb würden einander mehrere Monde lang ertragen müssen. Wenn die Yussa und die Wallatten erst einmal vereinigt waren, würden sie gemeinsam eine fünfundfünfzigtausend Mann starke Armee befehligen.

Abschließend stellte Saat Aleb vor und ließ ihm dieselbe Ehre zuteilwerden wie den anderen Hauptmännern, was den ramgrithischen König endgültig besänftigte. Fortan wäre er dem hohen Dyarchen ganz und gar ergeben. Die Aussicht auf den bevorstehenden Krieg und das Gold, das sie erbeuten würden, erfüllte ihn mit wilder Freude und verdrängte die Erinnerung daran, wie schlecht der Tag begonnen hatte. Er war bereit, jeden Bauernhof, jedes Dorf und jede Stadt zu erobern – bis ans Ende der Welt.

Und nichts anderes hatte Saat im Sinn.

»Jetzt, da wir alle hier versammelt sind, können wir ja beginnen«, sagte der Meister feierlich. Seine Stimme wurde von der Sturmhaube gedämpft. »Dürfte ich Euch bitten, näher zu treten?«

Eine Bitte des hohen Dyarchen kam einem Befehl gleich, und so beugten sie sich gehorsam über den Tisch und studierten den Schlachtplan zur Eroberung der Oberen Königreiche.

Das Jal'karu war ein Irrsinn, der Albtraum eines Wahnsinnigen, so verschroben und zugleich so einfach, dass man nicht an seiner Realität zweifeln konnte. Der Ort war viel mehr als nur seltsam: Er war widersprüchlich. Unbegreiflich. Verstörend.

Das Labyrinth hatte nur drei unveränderliche Eigenschaften: Es herrschte Dunkelheit, es stank nach Moder und Fäulnis, und von den lehmverschmierten Felswänden tropfte Schmutzwasser. Das Gwel des

Jal'karu war allgegenwärtig und so feucht, dass es den Erben durch die Kleider drang.

Die finsteren Gänge und Höhlen gehorchten keiner Logik. Schlimmer noch, sie veränderten sich ständig. Kaum waren die Erben in die Unterwelt eingedrungen, hatte Corenn die Gefährten umkehren lassen, um Lloïols Worte zu überprüfen. Prompt waren sie in einer Sackgasse gelandet, und ihre Beklommenheit war in Angst umgeschlagen.

Trotzdem marschierten sie weiter. Mit eingezogenem Kopf folgten sie dem Zwerg, der sich unter der Erde pudelwohl zu fühlen schien. Als sich der Gang etwas verbreiterte, konnten sie ihre Fackeln entzünden. Doch dem schwachen Lichtschein gelang es kaum, die Finsternis zu durchdringen, die aus den Wänden zu sickern schien.

Grigán hielt sich dicht hinter Lloïol, und seine Freunde folgten ihm auf dem Fuß. Etwas anderes blieb ihnen ohnehin nicht übrig. Vom Mittag bis zum Abend marschierten sie durch das unterirdische Labyrinth, kletterten über Geröllhaufen, rutschten im Schlamm aus und zwängten sich durch enge Spalten, bei denen Bowbaq jedes Mal fürchtete, stecken zu bleiben. Ihre Gedanken kreisten nur noch um die Gefahren, die in der Dunkelheit lauerten.

Am ersten Tag enttäuschte Lloïol ihr Vertrauen nicht, und alle hofften, dass dies ein gutes Zeichen war. Bisweilen riss er zweifelhafte Witze: Er tat so, als hätte er sich verirrt, oder behauptete plötzlich, ihre Abmachung aufkündigen zu wollen. Kaum hatte er die Lüge ausgesprochen, lachte er irre und ging weiter, als wäre nichts geschehen. Sein unberechenbares Verhalten machte sie immer nervöser.

Wie Nol vorhergesagt hatte, blieben die Erben nicht vom Einfluss des Gwels verschont. Während die Gärten sie in einen Rausch versetzt und alle schönen Gefühle verstärkt hatten, bewirkte das Jal'karu das Gegenteil: Das leichte Unwohlsein, das sie während der ersten Dekanten empfunden hatten, wuchs sich im Laufe des Tags zu einer starken Übelkeit aus. Und das war noch längst nicht alles: Das schwarze Gwel brachte ihre hässlichsten Charakterzüge zutage.

Rey war noch zynischer als sonst, Corenn noch gebieterischer, Léti noch angriffslustiger, und selbst der sanftmütige Bowbaq wagte es mehrmals, sein Missfallen laut zu äußern. Seine Stimme hätte das

Echo der Argosfelsen vor Neid erbleichen lassen. Niemand blieb davon verschont, doch zum Glück gelang es ihnen dank Nols Warnung recht schnell, ihre Laune wieder in den Griff zu bekommen – allen, nur Grigán nicht.

Er litt am meisten unter dem Einfluss des Gwels. Der sonst schon wortkarge Krieger war verdrießlicher denn je. An ihrem ersten Tag in der Unterwelt öffnete Grigán den Mund nur, um kundzutun, dass sie Saat ohnehin nicht entkommen konnten. Klugerweise beachteten die anderen seine Worte nicht, auch wenn sie sein Missmut beunruhigte. War die Farikskrankheit erneut ausgebrochen? Grigán machte sich ebenfalls Sorgen darum, was seine Stimmung nicht gerade besserte.

Zum Glück gewannen die Zuneigung und der Zusammenhalt der Erben, die im Laufe ihrer Reise immer stärker geworden waren, bald wieder die Oberhand. So, wie sie sich an die rauschhafte Wirkung der Gärten gewöhnt hatten, lernten sie nun, die Bösartigkeit zu unterdrücken, zu der sie das Jal'karu anstachelte. Trotzdem wussten alle, dass sie nicht vor weiteren Ausbrüchen gefeit waren.

Müdigkeit, Hunger, Schmerz und andere körperliche Empfindungen, von denen sie im Dara befreit gewesen waren, kehrten nun mit voller Wucht zurück. Deshalb waren alle erleichtert, als Lloïol einen Halt für die Nacht vorschlug. Der Zwerg wollte auf keinen Fall im Labyrinth unterwegs sein, wenn die Dämonen erwachten. Da er sie bisher vor einer Begegnung mit den Kreaturen der Unterwelt bewahrt hatte, zweifelte niemand seine Entscheidung an.

Die Nacht erschien ihnen sehr kurz, zumal sie in der undurchdringlichen Finsternis jedes Zeitgefühl verloren hatten. Sie wussten nicht mehr, ob es oben im Tal Tag oder Nacht war, und vermissten das Sonnenlicht schmerzlich. So konnten sie nur raten, wann der zweite Tag in der Unterwelt anbrach. Wie konnte sich Saat im Karu auch nur ein kleines Quäntchen Glück bewahrt haben?

Von allen Ärgernissen des Labyrinths war eins am schlimmsten: Ein Mitglied der Expedition war Grigán von Anfang an ein Dorn im Auge gewesen, und es war noch dazu taub für seine Beschwerden. Am zweiten Tag griff Lloïol erneut zur Harfe und schlug einen unmelodischen Akkord nach dem nächsten an.

»Wie kann man nur so schlecht spielen!«, platzte Grigán schließlich heraus. »Man könnte meinen, Ihr tut es mit Absicht.«

»Ich freue mich, dass es Euch auffällt«, sagte der Zwerg ungerührt. »Ich fände es nämlich schade, wenn Ihr aufgrund einer so jämmerlichen Darbietung über meine Kunst urteilen würdet.«

»Aber warum gebt Ihr Euch dann nicht mehr Mühe? Oder hört ganz auf? Wollt Ihr vielleicht jemanden warnen?«, fragte Grigán mit zusammengekniffenen Augen.

»Im Gegenteil. Wenn Ihr die Götter etwas besser kennen würdet, wüsstet Ihr, dass selbst Dämonen Musik lieben. Und nicht nur das: Sie lieben jede Kunst. Indem ich schlechter spiele als der Mann ohne Hände, störe ich einige von ihnen im Schlaf. Das gehört zu meinen kleinen Freuden«, sagte er mit einem hämischen Grinsen. »Schließlich bin ich ein Zwerg und damit ein unverbesserlicher Witzbold.«

»Meister Lloïol, leider klingt Eure Musik auch in unseren Ohren etwas dissonant«, mischte sich Corenn ein. »Könntet Ihr uns nicht eine etwas wohlklingendere Kostprobe Eures Könnens geben?«

Der Zwerg hörte auf, die Saiten zu malträtieren, schnaubte geräuschvoll und nickte mit verkniffenem Gesicht. Dann stimmte er ein richtiges Lied an, was ihm sichtlich schwerfiel. Allerdings war das Ergebnis nur unmerklich besser. Grigán stieß einen Seufzer aus, während die anderen lachten und klatschten.

Nachdem sie einen weiteren Dekant durch die Dunkelheit marschiert waren, ließ Lloïol sein Instrument endlich ruhen. Er blieb stehen, betrachtete die schwarze Wand rechts von ihnen und strich mit besorgter Miene über den Fels. Wenige Schritte später wiederholte er die Geste und nach der nächsten Abzweigung noch einmal.

»Was ist los?«, fragte Lana. »Stimmt etwas nicht?«

»Ja und nein. Ganz, wie man es sieht. Wir nähern uns dem Flüstersee.«

»Das ist doch eine gute Nachricht!«, rief Rey. »Schließlich ist das unser Ziel! Und je schneller wir dort hinkommen, desto schneller atmen wir wieder frische Luft!«

»Der Weg hätte eigentlich viel länger sein müssen«, erklärte Lloïol. »Das Labyrinth hat sich uns geöffnet. Ich fürchte, das ist ein schlechtes Zeichen. Es bedeutet, dass die Undinen Euch viel zu sagen haben. Oder dass sie Eure Gedanken rauben wollen. Vielleicht auch beides.«

»Niemand wird uns irgendwas rauben«, knurrte Léti.

»Die Undinen kontrollieren also das Labyrinth?«, fragte Corenn. Sie hatte das Gefühl, diese Auskunft könnte wichtig sein.

»Wer sonst?«, rief Lloïol und warf die Hände in die Luft. »Vielleicht die Zwerge?«

Er fand seinen eigenen Scherz so lustig, dass es eine Weile dauerte, bis die Erben weitere Fragen stellen konnten. Lloïol bog sich vor Lachen und schien gar nicht mehr aufhören zu wollen. Da war er allerdings der Einzige.

»Und wieso liegt es auf der Hand, dass die Undinen das Labyrinth kontrollieren?«, fragte Corenn. Sie würde nicht locker lassen, bis sie eine Antwort erhielt.

»Weil sie die Ewigen Wächter der Unterwelt sind. Nol wacht über die Gärten des Dara, die Undinen herrschen über das Labyrinth des Karu. So einfach ist das.«

So einfach ist das, wiederholte Corenn in Gedanken. Lloïol schien sich nicht bewusst zu sein, dass diese Neuigkeit von größter Bedeutung war – und nichts Gutes verhieß. In ihrer Lage kam alles Unvorhergesehene einer Katastrophe gleich.

»Wieso habt Ihr uns das nicht verraten?«, sagte Grigán vorwurfsvoll.

»Ich entsinne mich nicht, dass Ihr danach gefragt hättet«, verteidigte sich der Zwerg. »Außerdem hättet Ihr auch von selbst darauf kommen können!«

»Das ist wahr. Im Grunde leuchtet es sofort ein«, stimmte Lana ihm zu. »Die Undinen sind die einzigen Kreaturen des Karu, die Einfluss auf die Außenwelt nehmen können. Sie sind die Einzigen, die vollendet sind.«

»Vielleicht bewachen auch sie eine Pforte«, rief Yan, einer plötzlichen Eingebung folgend. »Vielleicht hat Saat das Karu auf diesem Weg verlassen!«

Alle Blicke richteten sich auf Lloïol, aber der zuckte nur mit den

Schultern. Sie konnten leider nicht wissen, ob er etwas vor ihnen verbarg oder tatsächlich ahnungslos war.

»Und wie, bei allen Göttern, könnt Ihr Euch überhaupt orientieren, wenn sich das Labyrinth ständig verändert?«, fragte Grigán.

»Das wundert mich auch«, pflichtete Bowbaq ihm bei. »Ich habe nirgends Wegzeichen gesehen.«

Der Zwerg kratzte einen Klumpen Gwel von der Wand und streckte ihn dem Krieger entgegen. »Die Hitze der Wände«, erklärte er, während der Klumpen von Hand zu Hand wanderte. »Seht, wie bröckelig der Stein ist. Es kann nicht mehr weit sein.«

»Ist der Flüstersee eine heiße Quelle?«, fragte Rey.

»So etwas in der Art«, antwortete Lloïol gackernd. »Lasst uns gehen, falls Ihr es Euch nicht anders überlegt habt. Aber seid wachsam. In der Nähe der Undinen tummeln sich jede Menge Aasfresser. Und sie geben Euch ganz bestimmt keine unumstößliche Wahrheit preis.«

Mit jedem Schritt nahm die Hitze zu. Die Gefährten hatten den Eindruck, als führte der Weg abwärts, aber im schwachen Licht der Fackeln und ihrer einzigen Laterne war nicht viel zu erkennen, zumal das Gefälle gering zu sein schien. Doch das war längst nicht ihre größte Sorge. Ihre Aufmerksamkeit galt vor allem den Geräuschen der Unterwelt.

Nach der tiefen Stille, die am Vortag geherrscht hatte, kam ihnen der Lärm nun umso lauter vor. Es polterte, dröhnte und grollte in den Gängen, wenn sich das Labyrinth verschob. Und wenn der Fels verstummte, ertönte aus der Tiefe ein Knurren, Jaulen und Heulen, das sie alle in Angst und Schrecken versetzte.

Sie sprachen kein Wort mehr, außer um sich an schwierigen Stellen Ratschläge zu geben oder einen ungewöhnlich lauten Schrei zu kommentieren. Während sich die Kinder des Dara vor allem durch heitere Gelassenheit auszeichneten, schienen die Kinder des Karu viel Wut in sich zu tragen.

Früher oder später mussten sie auf eins der Geschöpfe der Unterwelt stoßen. Und so kam es dann auch: Lloïol und Grigán, die vorweg gingen, sahen das Ungeheuer als Erste. Flüsternd berieten sie, was zu tun war, während sich die anderen auf die Zehenspitzen stellten, um einen Blick über ihre Köpfe zu werfen.

Yan bekam genug von dem Gespräch mit, um Léti eine Zusammenfassung zu geben. Ein Lemur – er hatte keine Ahnung, was das überhaupt war – schlief in der Höhle, die sie als Nächstes durchqueren wollten. Lloïol schätzte die Kreatur als verhältnismäßig ungefährlich ein und wollte sich an ihr vorbeischleichen, zumal die Gefährten vom Gwel des Dara beschützt wurden. Grigán hingegen wollte kein Risiko eingehen und einen anderen Weg nehmen.

Schließlich setzte sich der Zwerg durch, indem er dem Krieger vor Augen hielt, dass sie nicht wussten, welche Kreaturen in den angrenzenden Gängen lauerten. Also wagten sich die Gefährten vorsichtig in die Höhle vor. Mit gezogenen Waffen bewegten sie sich langsam auf einen Gang am anderen Ende zu.

Ihre Fackeln beschienen den schlafenden Lemur. Seine Gestalt erinnerte entfernt an einen Menschen: Er hatte vier Gliedmaßen, einen Rumpf und einen Kopf. Doch damit war es mit der Ähnlichkeit auch schon vorbei.

Der Kopf sah aus wie der eines Pavians. Die Arme und Beine des Lemuren waren ebenso dick wie Bowbaqs, obwohl das Monstrum nur halb so groß war. Aus seinem pechschwarzen Fell ragten lange Krallen hervor, und es war von einer schlimmen Hautkrankheit befallen: Dem Lemuren fehlten ganze Fellstücke, und aus den offenen Wunden floss Eiter.

Die Freunde wagten sich Schritt um Schritt vor und ließen die schlafende Kreatur nicht aus den Augen. Plötzlich schrie Rey entsetzt auf. Er schlug sich die Hand vor den Mund, doch es war zu spät. Das Untier erwachte mit einem Grunzen, während ein zweiter Lemur aus dem Gang vor ihnen geschossen kam und sich auf sie stürzte.

Rey traf den Angreifer mit einem Bolzen seiner Armbrust, und Grigán schlitzte ihm geistesgegenwärtig mit dem Krummschwert den Bauch auf. Die Beine des Untiers knickten ein, aber da es immer noch lebte und ihnen gefährlich werden konnte, stieß Grigán ihm seine Waffe in den Hals.

Die anderen schlugen sich weniger gut. Als Rey seinen Schrei ausgestoßen hatte, weil das zweite Ungeheuer auf ihn zugerast war, hatten die Gefährten den ersten Lemuren nur für den Bruchteil einer Dezille aus den Augen gelassen. Doch genau in diesem Moment war er erwacht und zum Angriff übergegangen.

Er überwand die fünf Schritte, die ihn von den Erben trennten, ohne auch nur ein einziges Mal den Boden zu berühren. Mit einem gewaltigen Satz landete er zwischen ihnen – mitten auf Corenn.

Sie schrie auf. Bowbaq packte den Lemuren und schleuderte ihn ans andere Ende der Höhle, wo er sich in die Finsternis verzog. Als Grigán Blut von Corenns Stirn rinnen sah, schnappte er sich eine Fackel und nahm mit gezogenem Schwert die Verfolgung des Lemuren auf. Noch nie hatten die anderen ihn so wütend erlebt.

Die Verletzte hatte sich an die Wand gelehnt und richtete sich nun mühsam auf. »Kommt zurück, Grigán!«, flehte sie mit schwacher Stimme, während Yan und Léti sie stützten. »Lasst mich nicht …«

Der Krieger leuchtete mit seiner Fackel in die Dunkelheit und kehrte dann langsam, beinahe widerwillig zu Corenn zurück, die immer noch heftig blutete.

»Er hat Euch in den Kopf gebissen«, sagte Lana, nachdem sie einen flüchtigen Blick auf die Wunde geworfen hatte. »Bowbaq, würdet Ihr mir bitte leuchten?«

Er kam ihrem Wunsch sofort nach, und Lana untersuchte die klaffende Wunde sorgfältig, während die Gefährten beklommen auf ihr Urteil warteten.

»Mir geht es gut«, versicherte Corenn mit zittriger Stimme. »Ich bin vor Schreck mit dem Kopf gegen die Wand gestoßen, das ist alles. Er hat mich nicht gebissen. Wahrscheinlich bekomme ich eine große Beule!«, sagte sie mit gespielter Munterkeit.

Lana sagte nichts, sondern säuberte und verband die Wunde mit zusammengepressten Lippen. Aus Angst vor einer schlechten Nachricht wagte niemand, sie nach ihrer Einschätzung zu fragen.

»Wo ist Lloïol?«, fragte Grigán plötzlich. »Wo steckt er?«

Kein meckerndes Lachen, keine näselnde Stimme, keine Harfenklänge waren zu vernehmen. Erst jetzt bemerkten die Gefährten die jähe Stille, die sich über die Höhle gelegt hatte. Nach dem Lärm der letzten Dekanten war die Ruhe geradezu unheimlich.

»Dieser verfluchte Zwerg hat uns im Stich gelassen!«, rief Grigán empört. »Bei Alioss, ich hätte ihn an die Leine nehmen sollen, ihn und seine verdammte Harfe!«

»Gefällt Euch meine Musik etwa nicht?«, fragte eine spöttische Stimme ganz in der Nähe.

Gemächlich kam Lloïol in den von ihren Fackeln beschienenen Teil der Höhle geschlendert, auch wenn er vorsichtshalber einen großen Bogen um Grigán machte. Unverfroren hielt er ihren vorwurfsvollen Blicken stand und freute sich schon jetzt über die Wirkung seiner nächsten Worte. »Der See liegt am Ende dieses Gangs«, verkündete er feierlich. »Ich hoffe, Ihr werdet zufrieden sein. Dieses Mal sind die Undinen äußerst zahlreich.«

»Gehen wir«, sagte Corenn entschlossen, da sie wusste, dass niemand ohne sie auch nur einen Schritt tun würde. »Bringen wir es hinter uns.«

Yan stützte sie, aber nach wenigen Schritten dankte ihm Corenn und ging mit zitternden Knien allein weiter. Sie stand immer noch unter Schock.

Die Erben nahmen sie in ihre Mitte und setzten sich wieder in Bewegung. Kurz bevor sie die Höhle verließen, warf Lana einen letzten Blick auf den Lemuren mit dem aufgeschlitzten Bauch. »Wie kann so etwas geschehen?«, fragte sie Lloïol, ohne eine Antwort zu erwarten. »Wie kann der Glaube der Menschheit solche Ungeheuer erschaffen? Und wie kann sich ein Kind so sehr verändern?«

»Wie einfältig Ihr seid«, spottete er. »Wenn dieses Tier im Dara geboren worden wäre, hättet Ihr es niemals töten können.«

»Woher stammt es dann?«

»Von hier unten. Die Dämonen pflegen sich Diener heranzuzüchten. Keine Kraft ist so schöpferisch wie das Chaos, um Nol zu zitieren. Gleich werdet Ihr ein schönes Beispiel dafür sehen.«

Am Ende des Gangs tanzte ein rötlicher Lichtschein. Die Hitze wurde schier unerträglich, und der Weg schien kein Ende zu nehmen. Glücklicherweise war er so breit, dass die Gefährten zu zweit nebeneinander hergehen konnten. Wenigstens fühlten sie sich so sicherer.

Ihre Gedanken kreisten nur noch um drei Dinge: Corenns Verletzung, den Flüstersee und die Frage, wer von ihnen der Erzfeind war. Wer hatte eine *einzige* Chance, Sombre zu besiegen? Wer würde das Zeitalter von Ys einläuten? Vielleicht war keiner von ihnen der Erzfeind, doch diese Möglichkeit mussten sie vorerst ausschließen. Im Land der Dämonen blieb ihnen nur noch die Hoffnung.

Während Yan, Léti, Grigán, Corenn, Lana, Bowbaq und Rey auf den Lichtschein zumarschierten, ahnten sie, dass dies die letzte Etappe ihres Abenteuers war, das vor drei Monden begonnen hatte. Keiner der Gefährten wusste, wie die Begegnung mit den Ewigen Wächtern des Karu verlaufen würde. Doch was auch immer in der Höhle geschah, ihre Suche wäre vorbei. Sie würden sich Saat stellen müssen – oder ein Leben lang vor ihm auf der Flucht sein.

»Diesmal werde ich nicht mit in die Höhle gehen«, sagte Lloïol. »Vertraut mir, und folgt diesem Gang bis zum Ende. Streckt den Undinen die Hand hin, und zieht sie sofort wieder zurück. Ich warte auf Euch, solange es nötig ist.«

Seine näselnde Stimme riss die Gefährten aus ihren Gedanken. Nun hörten sie auch das Flüstern, das dem See seinen Namen gab. Ein leises anhaltendes Zischen, Prasseln und Knistern, das ihnen seltsam vertraut vorkam.

Mit pochendem Herzen erreichten sie das Ende des Gangs und traten in eine riesige Höhle mit gewölbter Decke: das Herz des Jal'karu. Im gleichen Moment sahen sie, woher das Flüstern, der Lichtschein und die Hitze rührten. Ihre Fackeln waren nun überflüssig.

Mitten in der Höhle loderte ein gigantisches Flammenmeer, das ohne jeden Brennstoff auszukommen schien. Der Flüstersee.

An seiner Oberfläche leckten Feuerzungen in Gestalt von Schlangen, die miteinander verschmolzen, sich gegenseitig verzehrten und aus dem Nichts geboren wurden: die Undinen. Sie bestanden nur aus Flammen und hatten keine feste Form. Die Gefährten sahen dreißig, sechzig oder zweihundert von ihnen, im nächsten Moment mochten es fünf oder tausend sein. Sie spalteten sich von einer anderen Flamme ab, schienen nach etwas zu greifen und erloschen dann in der Luft. Mal schienen die Undinen einen Schritt lang zu sein, dann wieder nur einen halben. Manche streckten sich, bis sie die Länge des Lindwurms aus dem Land Oo erreichten.

Kaum betraten die Erben die Höhle, reckten sich ihnen die Feuerschlangen entgegen. Die Undinen züngelten auf sie zu, nur um am Ufer zu erlöschen. Dennoch wurden es nicht weniger. Die Gefährten betrachteten das Spektakel mit offenem Mund: Der Leib des Ewigen Wächters des Karu bestand aus unzähligen Gliedern. An eben dieser Stelle hatten auch ihre Vorfahren gestanden, hier hatte alles seinen Anfang genommen.

Sie warteten eine Weile, doch nichts geschah. Corenn rief den Flammen ein paar Fragen entgegen in der Hoffnung, dass sie ihr auf die eine oder andere Art antworten würden. Vergeblich.

»Was nun?«, fragte Rey, der ebenso verwirrt war wie die anderen. »Spricht einer von Euch Undinisch?«

»Sie wollen in unsere Gedanken eindringen«, sagte Lana, während sie den Tanz der Feuerschlangen beobachtete. »Sie wollen in unsere Gedanken eindringen, um uns eine ihrer unumstößlichen Wahrheiten preiszugeben.«

»Lloïol sagte, wir sollten ihnen die Hand hinstrecken«, warf Bowbaq ein. Er hoffte, die anderen könnten ihm erklären, was sie zu tun hatten.

Plötzlich rollten mehrere Wellen rasch hintereinander von einem Ufer des Sees zum anderen. Wenn Yan diese Bewegung hätte deuten müssen, hätte er vermutet, dass die Undinen die Geduld verloren.

»Wer ist mutig genug, seine Hand ins Feuer zu legen?«, witzelte Rey, da er sicher war, dass niemand dazu bereit wäre und sie nach einer vernünftigeren Lösung suchen würden.

Grigán lauschte dem Flüstern der Flammen, musterte seine Freunde und schloss für einen Moment die Augen. Dann stellte er sein Gepäck am Boden ab, zog ein Seil heraus und knotete es sich um die Taille.

Er achtete nicht auf die Proteste der anderen, drückte Bowbaq das andere Ende des Seils in die Hand, zog sein Krummschwert und ging langsam auf den See zu. Er war bereit, beim geringsten Anzeichen einer Gefahr zu reagieren, wie diese auch immer aussehen mochte.

Eine Feuerschlange zuckte ihm entgegen, und Grigán zerteilte sie blitzschnell in der Luft, woraufhin sie sich auflöste. Zwei weitere sprangen mit aufgesperrtem Maul auf ihn zu, angetrieben von ihrer Gier.

Mutig steckte er den linken Arm aus und ließ sich von den Flammen beißen. Er schrie vor Schmerz auf und dann noch einmal, als Bowbaq ruckartig das Seil einholte und Grigán mit dem Hintern auf den Boden aufschlug.

Sobald er wieder auf den Füßen stand, untersuchte er seinen Arm, fand aber zu seiner Erleichterung keine Verbrennung. Vielleicht hatte ihn das Gwel der Gärten geschützt, oder die Undinen führten den Sterblichen eher geistige als körperliche Wunden zu. Grigán konnte nur schwer beschreiben, was er empfunden hatte.

»Ich hatte eine Art Vision«, sagte er mit ernstem Gesicht. »Erinnerungen sind in mir aufgestiegen, und ich habe den weiteren Verlauf der Dinge gesehen. Aleb, Prinz Aleb ... Er plant einen Angriff auf Lorelia. Ich habe die Schiffe gesehen«, sagte er eindringlich, als müsste er sich rechtfertigen.

Er musterte die Gesichter seiner Freunde, aber niemand zog seine Worte in Zweifel. Die Erschütterung war ihm deutlich anzusehen.

»Ich glaube Euch, Grigán«, versicherte Lana. »Die Undinen haben Euch einen kurzen Blick in die Zukunft gewährt. Wisst Ihr jetzt, wer der Erzfeind ist?«

Das Flüstern der Flammen schwoll mit einem Mal an und wurde so laut, dass es das Gespräch der Sterblichen übertönte. Es ging in ein Zischen über, das zwischen verschiedenen Tonhöhen schwankte. Schließlich glaubten die Gefährten, einige Worte aus dem Inferno herauszuhören. Das Fauchen wurde noch etwas lauter, und die Worte wiederholten sich. Die Undinen sprachen zu ihnen. Sie gaben eine unumstößliche Wahrheit preis.

»Er ist nicht der Erzfeind«, verkündeten die Flammen.

Grigán seufzte tief und senkte für einen Moment den Kopf. Er wusste nicht, ob er sich freuen oder traurig sein sollte. Der Erzfeind war gewiss nicht zu beneiden, und doch mussten sie hoffen, dass es einer von ihnen war. Dieser erste Fehlschlag war nicht besonders ermutigend.

Als sich das Schweigen in die Länge zog, starrte Rey in die Flammen und nahm Grigán dann das Seilende aus der Hand. Er knotete es sich rasch um die Taille und ging entschlossen auf den See zu. Seinen Freunden blieb kaum Zeit, nach dem anderen Ende des Seils zu greifen.

Fünfzig Feuerschlangen schossen ihm entgegen, und Rey wurde von mindestens dreien oder vieren gebissen. Die Undinen sprangen höher und weiter als zuvor, und es wurden immer mehr. Jedes Mal, wenn sie in die Gedanken eines Menschen eindrangen, schien ihre Kraft zuzunehmen – oder zumindest ihre Angriffslust.

Nachdem seine Freunde ihn zurückgeholt hatten, rappelte sich Rey auf und untersuchte rasch seine Verletzungen. Sie waren nicht schlimmer als die von Grigán, und er hatte ohnehin Wichtigeres im Kopf. Er wartete auf das Urteil der Undinen.

»Er ist nicht der Erzfeind«, wisperten die Flammen erneut.

»Umso besser!«, rief er erleichtert. »Bowbaq, du bist der einzige verbliebene männliche Erbe. Du wirst ein Held, alter Freund!«

»Ich?«, fragte der Riese, der die Aussicht alles andere als verlockend fand. »Bist du sicher?«

»Ich verbiete dir ausdrücklich, dir dieses Seil um den Bauch zu binden«, sagte Corenn in einem Ton, der keinen Widerspruch duldete, obwohl ihre Stimme noch immer matt klang. »Keiner von uns wird sich noch einmal diesem grausamen Spiel aussetzen«, rief sie in die Flammen hinein.

»Ich weiß …«, glaubten die Gefährten als Antwort zu hören. Es klang wie ein Seufzer.

Plötzlich wallte die Oberfläche des Sees auf, und die Flammen schlugen höher denn je. Die Feuerschlangen, die bisher wie fliegende Fische aufs Ufer zugesprungen waren, machten mit einem Mal kehrt und züngelten zur Mitte des Sees, kaum dreißig Schritte von den Erben entfernt. Dort begann ein eigenartiger Kampf: Größere Undinen verschlangen kleinere, nur um dann selbst im Rachen der nächstgrößeren zu verschwinden. Innerhalb kürzester Zeit waren die Flammen um die Hälfte verringert. Schließlich waren noch fünfzehn große Flammen übrig. Der Kampf wurde nun langsamer und taktischer, blieb aber ebenso unerbittlich.

»Die letzte Flamme wird gewaltig sein!«, murmelte Léti.

»Verschwinden wir von hier«, schlug Rey vor. »Wir haben keine Chance, falls sie angreift.«

»Sie kann den See nicht verlassen«, sagte Corenn. »Wir sind in Sicherheit, solange wir auf Abstand bleiben.«

Fasziniert beobachteten die Erben den Tanz der Feuerschlangen, die einander auffraßen.

Als nur noch zwei Undinen übrig waren, sahen die Gefährten, dass der Grund des Sees aus dem schwarzen Gwel des Jal'karu bestand. Schließlich verschlang die größere der beiden Undinen ihre Gegnerin. Der Flüstersee war nun leer. Das Felsenbecken war etwa zwanzig Schritte tief, und in seiner Mitte erhob sich eine Pforte, die genauso aussah wie die im Dara.

Die letzte Undine, der Ewige Wächter des Karu, kletterte flink an einem der Pfeiler hoch. Seine Haut war knallrot und schien aus reiner Glut zu bestehen. Der Kopf sah aus wie der eines Ziegenbocks mit einem Wolfsmaul. Als die Undine oben auf der Pforte thronte, blickte sie aus mehr als fünfzehn Schritten Höhe auf die Gefährten herab.

›Er ist auch nicht der Erzfeind‹, dröhnte es in den Gedanken der Menschen.

Nach einem Moment der Verwirrung ging ihnen auf, dass die Undine nur Bowbaq meinen konnte. Als Corenn ihm erklärte, worum es ging, fiel ihm ein Stein vom Herzen. Doch damit standen ihre Chancen, Sombre zu besiegen, noch schlechter.

»Ist es denn überhaupt einer von uns?«, fragte Corenn mutlos.

Das Reptil ruckte mit dem Kopf hin und her und musterte nacheinander jeden der Gefährten: Grigán, Rey, Bowbaq, Corenn, Lana, Léti und selbst Yan.

Diese wenigen Augenblicke kamen ihnen wie die längsten ihres Lebens vor. Voller Ungeduld warteten sie auf das Urteil der Undine, das ihre Rettung oder ihren Untergang bedeuten würde. Doch nicht nur das: Es würde auch das Schicksal ihrer Familien und das der Oberen Königreiche besiegeln. Ihre Suche hatte nur dazu gedient, sie an diesen Ort zu bringen, und ihre Zukunft hing von einer einzigen Antwort ab.

»Keiner von Euch ist der Erzfeind«, verkündete die Undine schließlich.

Ihre Worte hallten wie ein Donnerschlag in den Köpfen der Gefährten wider. Das konnte nicht sein. Sie wollten der Undine einfach nicht glauben. Die Antwort machte all ihre Hoffnungen zunichte.

»Es ist keiner von Euch«, wiederholte der Ewige Wächter. »Aber einer Eurer Nachkommen wird es sein.«

»Wer?«, platzte es aus Grigán heraus. »Wer wird es sein? Und wann wird er geboren werden?«

»Uns ist nicht daran gelegen, euch diese unumstößliche Wahrheit preiszugeben. Andere Sterbliche werden kommen, und wir werden uns an ihren Gedanken laben.«

»Wer ist es?«, wiederholte Grigán.

Er erhielt keine Antwort. Der Ewige Wächter beugte sich über die Pforte, und ein Licht glomm in der Mitte auf, gefolgt von einem schrillen Pfeifen. Die Undine öffnete den Durchgang zu einer anderen Welt. Zu ihrer Welt.

»Ihr müsst nun gehen. Ihr werdet im Jal nichts mehr erfahren.«

»Warum sollten wir Euch glauben?«, fauchte Léti. »Ihr seid schließlich ein Dämon!«

»Die Wahrheit ist die mächtigste Kraft, die es gibt. Wir können nicht lügen. Euer Leben wird verschont bleiben, denn andere Sterbliche werden uns aufsuchen. Ihr werdet jetzt gehen.«

Enttäuscht scharten sich die Erben um Corenn. Sie hatten alle Hoffnung auf den Erzfeind gesetzt, doch nun mussten sie sich der bitteren Wahrheit stellen. Der Ewige Wächter hatte recht: Ihre Suche war zu Ende.

»Was schlagt Ihr vor, Corenn?«, fragte Lana. »Sollen wir ins Dara zurückkehren?«

Die Ratsfrau seufzte schwer. Keiner von ihnen war der Erzfeind, und obwohl sie es ihren Gefährten verschwieg, schmerzte ihre Kopfwunde heftig. Sie nickte und öffnete den Mund, um den anderen ihre Entscheidung mitzuteilen …

Als sie wieder zu Bewusstsein kam, saß sie auf dem Boden und wurde von ihren Gefährten gestützt. Sie hatte nur für wenige Augenblicke die Besinnung verloren, aber ihr war noch elender zumute als zuvor. Die Hitze, der Schmerz, der Gestank, die Enttäuschung … Corenn kam sich mit einem Mal müde und alt vor. Die Erben konnten nirgendwohin. Es gab keine Freunde mit guten Ratschlägen, die sie besuchen, keine Bibliothek, in der sie Nachforschungen anstellen, und kein Orakel mehr, das sie befragen konnten. Sie konnten Saat und seinen Dämon nicht aufhalten.

»Lasst uns gehen«, sagte sie mit schwacher Stimme. »Durch diese Pforte. Die Pforte des Karu.«

Was macht das schon für einen Unterschied, setzte sie in Gedanken hinzu. Ihre Freunde, die auf die Weisheit von Corenns Urteil vertrauten, fügten sich ihrer Entscheidung, als wäre sie die Frucht reiflicher Überlegung. Sie betraten den nun leeren Flüstersee und gingen auf die Pforte zu. Reihum reichten sie Corenn die Hand, um ihr über unebene Stellen hinwegzuhelfen.

Der Ewige Wächter, der sich um den Torbogen der Pforte wand, sah ihnen mit funkelnden Augen entgegen. Als sie nur noch zehn Schritte von der Pforte entfernt waren, verzog sich der Nebel und gab den Blick auf eine Wüste unter einem funkelnden Sternenhimmel frei.

»Wo ist das?«, fragte Léti neugierig. »Wohin gehen wir?«

Grigán betrachtete die Landschaft und sah dann zu der Undine hoch, die noch immer schwieg. Sie war tatsächlich im Besitz der unumstößlichen Wahrheit.

»Ihr geht nach Arkarien«, sagte Grigán grimmig. »Bowbaq, du willst doch bestimmt zurück zu deiner Familie, nicht wahr? Die anderen werden dich begleiten. Ich stoße später zu Euch.«

»Aber … Warum?«, stammelte Léti. »Wo geht Ihr hin? Kommt mit uns!«

»Ich hatte eine Vision«, entgegnete er nachdenklich. »Aleb wird Lorelia in Schutt und Asche legen. Das kann ich nicht zulassen, nicht noch einmal. Ich werde ihn aufhalten. Mit allen Mitteln.«

»Nein!«, rief Yan lauter, als er beabsichtigt hatte. »Ihr dürft nicht gehen! Jedenfalls nicht allein!«

»Und warum nicht? Gegen Saat können wir nichts ausrichten. Warum sollte ich nicht gegen Aleb kämpfen? So habe ich zumindest eine geringe Ausicht auf einen Sieg.«

»Weil …« Selbst jetzt zögerte Yan noch. Er wünschte, er würde es niemals aussprechen müssen. »Weil Usul Euren Tod vorhergesagt hat!«, brach es schließlich aus ihm heraus. »Haltet Euch von Aleb fern! Geht nicht, Grigán, oder Ihr werdet sterben, das weiß ich!«

Der Krieger schluckte und nickte mit zusammengepressten Lippen. Trotzdem wirkte er weniger erschüttert, als Yan erwartet hatte. »Die Krankheit wird mich ohnehin bald dahinraffen. Machen wir uns nichts vor. Beim nächsten Ausbruch ...«

»Das stimmt nicht!«, rief Léti, der Tränen über die Wangen rannen. »Vielleicht seid Ihr geheilt!«

»Vielleicht aber auch nicht. Ich muss Aleb aufhalten«, sagte Grigán. »Ich hatte eine Vision ...«

Plötzlich sank Corenn abermals ohnmächtig in Bowbaqs Armen zusammen. Während sich alle um sie scharten, sah Grigán die Ratsfrau traurig an.

»Wartet noch einen Moment, bevor Ihr versucht, sie zu wecken«, bat er. »Ich möchte mich nicht von ihr verabschieden müssen.«

»Ich komme mit Euch!«, sagte Yan kurz entschlossen. Usuls Prophezeiung würde ihm sonst keinen Frieden lassen.

»Ich auch!«, rief Léti.

»Du bleibst bei deiner Tante«, befahl Grigán. »Und du, Yan, bleibst bei deiner Versprochenen. Ich werde nicht zulassen, dass du denselben Fehler begehst wie ich.«

Yans Herz schlug heftiger als die Trommeln am Tag der Erde. Wenn er Grigán allein ließ, würde dieser sterben, das spürte er. Sollte das geschehen, würde er es sich nie verzeihen.

Er trat zu Léti und nahm sie bei den Händen. Es wäre ihm lieber gewesen, ihr diese Frage an einem anderen Tag und einem anderen Ort zu stellen. Aber er musste es jetzt tun – solange er noch konnte. »Léti, willst du mir dein Versprechen geben?«, fragte er sanft.

Sie wischte sich die Tränen vom Gesicht und schloss für einen Moment die Augen. Es passierte einfach zu viel auf einmal. Waren sie verrückt geworden? Standen sie immer noch unter dem Einfluss des Gwels? Aber was kümmerte sie das jetzt noch! »Ich gebe dir mein Versprechen, Yan. Mein Yan ... Ich habe es dir schon immer gegeben.«

Sie fielen sich in die Arme und küssten einander zärtlich. Doch ihre Lippen schmeckten nach Tränen, und nicht einmal dieser glückliche Augenblick konnte ihren Schmerz vergessen machen. Dann löste sich Yan von ihr, winkte den anderen zum Abschied zu und trat durch die Pforte.

»Yan, du Dummkopf!«, brüllte Grigán. »Komm zurück! Das ist ein Befehl.«

»Ich kann nicht«, antwortete der junge Mann, der trotz allem grinsen musste. »Auf dieser Seite gibt es weit und breit keinen Ewigen Wächter!«

Grigán ließ eine Schimpftirade los und fluchte noch einmal laut, als Miff von Bowbaqs Schulter sprang und durch die Pforte huschte. Um weitere Eskapaden dieser Art zu verhindern, sammelte Grigán rasch seine und Yans Sachen ein und warf sie durch die Pforte. Die Säcke und Bündel, die sich gerade noch im Labyrinth des Karu befunden hatten, landeten Hunderte Meilen entfernt im Sand. Yan hob das Gepäck auf und verschwand aus dem Blick seiner Freunde. Für ihn war das Abenteuer im Jal zu Ende.

Aus Angst, von seinen Gefühlen überwältigt zu werden, wagte Grigán es nicht, sich einzeln von seinen Freunden zu verabschieden. Wie Yan winkte er ihnen nur kurz zu und gab ihnen einen letzten Rat mit auf den Weg, bevor er durch die Pforte trat: »Unser Treffpunkt ist Bowbaqs Hütte. Wartet dort auf uns. Ich verspreche, dass wir uns wiedersehen, noch ehe zwei Monde vergangen sind!«

Sobald er auf der anderen Seite war, schloss sich die Pforte. Der Ewige Wächter, der sich immer noch um den Torbogen wand, änderte seine Position, und eine zweite Landschaft erschien vor den Augen der Zurückgebliebenen. Sie sah vollkommen anders aus als die Sandwüste, auf die sie zuvor geblickt hatten: hügelig, bewaldet und verschneit.

In diesem Moment kam Corenn zu sich. Bevor sie Zeit hatte, Fragen zu stellen, hob Bowbaq sie hoch und schritt durch die Pforte. Léti, die nun wieder weinte, sammelte das restliche Gepäck zusammen und trat ihrerseits in den Schnee. Lana beschloss, sich erst wärmer anzuziehen, bevor sie in die Winterlandschaft hinüberwechselte. Als sie ihren mit Pelz gefütterten romischen Mantel überzog, nahm Rey sie in die Arme und gab ihr einen langen leidenschaftlichen Kuss.

»Priesterin, liebt Ihr mich?«, fragte er mit einem Lächeln.

»Ich fürchte, das ist nicht der richtige Moment, Reyan.«

»Aber liebt Ihr mich trotzdem?«

Lana sah zu ihren Freunden auf der anderen Seite der Pforte hinüber, die nun ebenfalls damit beschäftigt waren, sich wärmere Kleider überzuziehen. »Ja«, flüsterte sie.

»Schwört es bei Eurydis.«

»Reyan!«

»Das war ein Scherz.« Er ließ sie los, trat einen Schritt zurück und setzte ein ernstes Gesicht auf. »Lana … Saat gräbt einen Tunnel unter dem Rideau«, sagte er nach kurzem Zögern. »Die Wallatten werden die Heilige Stadt angreifen.«

»Was? Woher wisst Ihr das?«

»Auch ich hatte eine Vision«, gestand er. »Geht, meine Schöne. Ich werde Euch am vereinbarten Ort wiedertreffen.«

Erschüttert von seiner Enthüllung trat Lana durch die Pforte. Reys letzte Worte hatte sie kaum noch gehört. Als sie endlich begriff, was er vorhatte, war es zu spät. Die Pforte schloss sich, und Rey, der ihnen von der anderen Seite zulächelte, verschwand.

Er blieb allein im Jal'karu zurück und wartete, dass der Wächter ihm den Durchgang öffnete. Er musste nicht laut aussprechen, wohin er wollte. Die Undine hatte genau gewusst, wie die Begegnung mit den Sterblichen verlaufen würde, denn sie war im Besitz der unumstößlichen Wahrheit.

Der Nebel lichtete sich, und Rey verließ die Kinderstube der Götter. Auch er hatte eine Mission. Sie würde ihn mitten ins Feindesland führen.

ZWEITES BUCH
DAS ENDE DER ERBEN

Der Unterschied hätte nicht größer sein können. Nur wenige Augenblicke zuvor hatte sich Yan tief unter der Erde befunden, stickige Luft geatmet und in unerträglicher Hitze geschwitzt. Jetzt war die Luft trocken und eiskalt, und er stand unter einem sternenübersäten Himmel auf einer Düne. Während ihm der Sand unter den Füßen wegrieselte, kam er sich sehr klein vor.

Hinter ihm polterte es, und als er jemanden fluchen hörte, wusste Yan, dass auch Grigán die Pforte durchschritten hatte. Das Licht unter dem Steinbogen erlosch, und nur noch die Sterne leuchteten in der Finsternis. Der Durchgang zum Jal und zu seinen Freunden hatte sich für immer geschlossen. Jetzt erst drehte sich Yan um und stellte überrascht fest, dass sich Miff an seinen Nacken schmiegte.

»Dummkopf!«, tobte Grigán, sobald er in Sichtweite war. »Wie kann man nur so unüberlegt handeln? Ist dir eigentlich klar, was du da getan hast?«

Yan hütete sich davor zu antworten, und Grigán setzte seine Schimpftirade auf Ramgrith fort. Seine Vorwürfe galten ebenso dem jungen Kaulaner wie dem Sand, den Sternen und dem ganzen Universum.

Noch nie hatte er seinem Zorn so lautstark Luft gemacht, und Yan wusste, dass sein Verhalten nicht der einzige Grund dafür war. Grigán war wütend, dass sie nichts gegen Saat und seinen Dämon ausrichten konnten, und fühlte sich hilflos. Er klagte über das Scheitern ihrer Suche, die Ungerechtigkeit des Schicksals und die Untätigkeit der Götter. Er trat mit dem Stiefel in den Sand und verfluchte sich, weil er Corenn nicht hatte beschützen können. Er reckte die Faust zum Himmel und brüllte, dass er genug davon habe, immer auf der Seite der Verlierer zu stehen. Schließlich seufzte er, schloss die Augen, schüttelte den Kopf und fragte sich, warum ihm die Ereignisse nur immer derart über den Kopf wuchsen.

Der Tyrannei Alebs des Einäugigen ein Ende zu bereiten erschien ihm eine sinnvolle Aufgabe. Ein Kampf auf Augenhöhe mit ungewissem Ausgang, bei dem nichts Übersinnliches am Werk war. Eine Reise in die Vergangenheit, zu seinen Ursprüngen. Er hatte die Rache schon viel zu lange aufgeschoben. Der Kampf war der würdige Abschluss seines Lebens, das von einer tödlichen Krankheit bedroht wurde.

Aber Yans Einmischung hatte alles geändert. Grigán konnte nun nicht mehr blind in die Gefahr laufen, wie er es ursprünglich vorgehabt hatte, sondern musste auf ihn aufpassen, so wie er zuvor über die Erben gewacht hatte. Wieder würde er abwägen, nachdenken und alle möglichen Umstände berücksichtigen müssen. Man ließ ihn einfach nicht in Ruhe sterben.

»Wo sind wir?«, wagte Yan zu fragen, als er sah, dass sich Grigán etwas beruhigt hatte.

»Ich habe keinen blassen Schimmer.«

Er warf nur einen flüchtigen Blick auf die gewaltige Pforte aus Granit. Verglichen mit der imposanten Pforte des Jal kam ihm dieses Bauwerk geradezu läppisch vor, zumal die Inschrift auf der Innenseite vom Sand abgeschliffen worden war, wodurch die Pforte viel von ihrer Faszination verlor.

Grigán hatte noch nie etwas von dieser Pforte gehört. In der Wüste hätte sie eigentlich weithin sichtbar sein müssen, aber vielleicht wurde sie zeitweise vom Sand verschüttet. Oder sie lag abseits aller bekannten Wege, die durch die Unteren Königreiche führten. Der Krieger starrte zum Sternenhimmel hinauf. »Wir sind in der Tsched bálanta«, verkündete er schließlich. »Der Wüste von Tarul. Sobald die Sonne aufgeht, wenden wir uns nach Osten.«

»Wo gehen wir hin?«

»Nach Griteh«, sagte Grigán nach einer Weile, ohne sich umzudrehen. »Ich hoffe sehr, dass ich dort immer noch ein paar Freunde habe«, setzte er leise hinzu.

Da Grigán wehmütig wirkte und sich beharrlich weigerte, weitere Erklärungen abzugeben, zog sich Yan einen warmen Umhang über und bereitete ihnen beiden am Fuß der Pforte ein Lager im Sand. Dann legte er sich zum Schlafen nieder und versuchte, Miff zu beruhigen, die auf seinem Bauch herumtollte. Unweigerlich kreisten seine Gedanken um Léti, und er konnte sich auf nichts anderes konzentrieren. Noch nie waren sie so weit voneinander entfernt gewesen. Noch nie hatte er mehr Grund gehabt, sich Sorgen um sie zu machen. Würde er sie jemals wiedersehen? Noch nie hatte er sich mehr gewünscht, bei ihr zu sein.

Er konnte Usuls Vorhersagen einfach nicht vergessen. Hätte er Grigán allein gelassen, hätte Yan das Gefühl gehabt, ihn eigenhändig zu töten. Doch indem er Léti verließ, vertat er vielleicht jede Chance, eines Tages den Bund mit ihr zu schließen, auch wenn sie einander ihr Versprechen gegeben hatten.

Die Entscheidung hatte ihm das Herz zerrissen. Doch Yan empfand keine Reue. Während er im Sand der Unteren Königreiche unter einer jahrtausendealten Pforte lag, die von unbekannten Baumeistern errichtet worden war, bat er die Frau, die er liebte, tausendmal um Verzeihung.

Wo auch immer sie sein mochte.

Als Lana Reys Namen rief, zog Léti ihr Rapier und wirbelte herum. Die Maz stand vor der Pforte und presste die Hände vor den Mund, um einen Schrei zu ersticken. Der Durchgang zum Jal hatte sich geschlossen.

»Was ist los?«, fragte Bowbaq. Er trug Corenn, als wäre sie nicht schwerer als ein Kind.

»Reyan«, sagte Lana mit zitternder Stimme. »Reyan ist auf der anderen Seite geblieben!«

Léti wischte sich die letzten Tränen mit dem Ärmel ab, suchte die Umgebung ab, nicht anders, als Grigán es getan hätte, und dachte voller Hochachtung an ihren Meister. Keine Spur von Rey. In der dünnen Schneeschicht waren nur ihre und Bowbaqs Fußstapfen zu sehen.

Corenn versuchte, etwas zu sagen, doch ihre Augen wurden glasig, und sie verlor erneut das Bewusstsein. Geschwächt durch ihre Kopfwunde, würde sie in der Kälte rasch erfrieren. Bowbaq zog einen warmen Pelz aus seinem Bündel und deckte die Ratsfrau damit zu, ohne sie abzusetzen.

Lana hatte sich nicht gerührt, sondern starrte immer noch auf die Dunkelheit unter dem Torbogen. Tränen rannen ihr über die Wangen. Léti fühlte sich der itharischen Priesterin plötzlich sehr nah.

»Hat er noch etwas gesagt?«, fragte sie leise.

»Saat will die Heilige Stadt zerstören«, antwortete Lana schluchzend. »Und Royan wird bestimmt versuchen, ihn daran zu hindern. Ach, weise Eurydis, das ist sein sicherer Tod!«

Léti nahm die Maz in den Arm und hoffte, sie damit zu trösten. In diesem Moment ging ihr auf, wie seltsam das war: Sie, die jüngste der Gefährten, vergaß ihren eigenen Kummer, um eine zehn Jahre ältere Frau zu trösten. Sie war nun die Einzige, die mit dem Schwert umgehen konnte. Sie hatte sich als Einzige die Mühe gemacht, die Überlebensregeln zu erlernen, die Grigán in langen Jahren entwickelt hatte. Und sie war die Einzige, die nach der Begegnung mit den Undinen nicht wie gelähmt war. Den anderen hatte ihr Scheitern jeden Mut geraubt.

Während sich Lana allmählich beruhigte und Bowbaq stoisch abwartete, ging Léti auf, dass es nun ihre Aufgabe war, über die drei Menschen zu wachen, die ihr das Schicksal an die Seite gestellt hatte. Damit die Erben eines Tages wieder zueinanderfinden konnten, musste sie ebenso geschickt sein wie Grigán. Sie hatte eine Mission: ihre Freunde beschützen.

»Sind wir weit von deiner Hütte entfernt, Bowbaq?«, fragte sie laut.

Der Riese hatte bereits vergeblich versucht, sich zu orientieren. Nun sah er sich noch einmal gründlich um, aber im fahlen Mondlicht lieferten ihm die verschneiten Hügel und Wälder kaum Anhaltspunkte.

»Ich glaube, wir sind irgendwo in der Nähe von Sohon«, sagte er nach einer Weile und wies mit dem Kopf auf die Pforte. »In diesem Fall ist meine Hütte sehr weit weg. Ohne Ponys würden wir mindestens zwei Dekaden brauchen.«

»Was? Warum haben die Undinen das getan?«

»Vielleicht ist dies die einzige Pforte in Arkarien«, warf Lana ein, deren Augen noch immer gerötet waren.

»Ähm«, machte Bowbaq verlegen. »Von Sohon ist es nicht weit bis nach Work. Meine Frau und meine Kinder sind sicher noch dort …«

»Wie viele Tage würden wir dorthin brauchen?«

»Keine Ahnung. Vielleicht zwei, vielleicht aber auch fünf. Wir müssen nach Wegzeichen Ausschau halten, aber vor Sonnenaufgang ist das sinnlos.«

Ihre Blicke fielen auf Corenn und den blutgetränkten Verband um ihre Stirn. Sie mussten jetzt gleich einen Unterschlupf finden. Bis zum Morgen konnten sie nicht warten.

»Vielleicht befindet sich eins dieser Zeichen ja in der Nähe der Pforte?«, fragte Lana.

Léti fand die Idee nicht schlecht und begann sogleich, im Licht ihrer Laterne die Umgebung abzusuchen. An unebenen Stellen fegte sie den Pulverschnee beiseite. So fand sie bald eine Anordnung aus Kieselsteinen und zusammengebundenen Zweigen, die sie vorsichtig freilegte.

»Viertausend Schritte nördlich von hier liegt eine Jagdhütte. Sie gehört zum Rentierklan«, verkündete Bowbaq, nachdem er einen kurzen Blick auf das Wegzeichen geworfen hatte. »Aber wir sollten uns besser beeilen …«

»Warum?«, fragte Léti, als sie die Anspannung in seiner Stimme hörte.

»Das Zeichen sagt auch, dass die Umgebung nicht sicher ist. Irgendwo hier lebt ein gefährliches Raubtier. Vielleicht der Wächter der Pforte?«

Bowbaq und Lana sahen Léti erwartungsvoll an, nicht anders, als sie es bei Grigán oder Corenn getan hätten. Léti spitzte die Ohren und starrte in die Dunkelheit hinaus. Weit und breit war kein Raubtier in Sicht, das sie bedrohte.

Nun musste sie ihre erste Entscheidung als Anführerin treffen. Léti war sich ihrer Verantwortung bewusst, als sie das Zeichen zum Aufbruch gab.

Als Rey durch die Pforte des Jal'karu trat, stolperte er, versuchte, sich krampfhaft auf den Beinen zu halten, und landete dann doch auf dem Boden. Er stieß einen wüsten Fluch aus. Seine Rückkehr in die Unabhängigkeit fing nicht gerade vielversprechend an. Wenn das so weiterging, stand ihm in den nächsten Tagen ein Albtraum bevor.

Er sah sich erst um, nachdem er sich in aller Ruhe aufgerafft und den

Staub von der Kleidung geklopft hatte. Das tat er nicht etwa aus Eitelkeit, denn wenn die Lage es erforderte, war sich der Lorelier nicht zu fein, sich ins Geschehen zu stürzen. Schließlich stiftete er die Unruhe oft genug selbst. Er wollte nur Zeit schinden, bis sich die Pforte schloss und ihm jede Möglichkeit nahm, seine Meinung zu ändern. Spott und Sarkasmus waren schon immer seine wichtigsten Waffen gewesen, doch seinem Mut musste er manchmal etwas auf die Sprünge helfen.

Als das unwirkliche Licht unter dem Bogen erloschen war, wagte Rey endlich, die Umgebung zu betrachten. In der Dunkelheit konnte er nicht viel erkennen, obwohl über ihm der Vollmond leuchtete. Die Pforte schien über einem nicht allzu dichten Wald zu liegen, aber da gut ein Drittel der Oberen Königreiche von Wäldern bedeckt war, half ihm das nicht weiter. Noch dazu war es in der kalten Jahreszeit schwierig, sich an der Vegetation zu orientieren.

Rey hatte sich eine Pforte gewünscht, die ihn so nah wie möglich an Saat heranführte. Er konnte nur hoffen, dass der Wächter des Karu seinem Wunsch gefolgt war, wie er es bei seinen Gefährten offenbar getan hatte. Wenn dem so war, müsste er sich eigentlich auf wallattischem Gebiet befinden – irgendwo zwischen dem Col'w'yr und der Liponde, einer Gegend, die sich im Krieg befand und über die er so gut wie nichts wusste. Im Land von Barbaren, deren Sprache er nicht beherrschte und die Lorelien und Goran feindlich gesinnt waren.

Ich muss verrückt sein, dachte er mit einem bitteren Lachen. Was hatte er hier verloren, weit weg von Lana, die Gefühle in ihm geweckt hatte, die er bislang für die Erfindung von Geschichtenerzählern gehalten hatte? Musste er unbedingt den heldenhaften Märtyrer spielen, wo er doch so oft behauptet hatte, dass nichts auf der Welt ein solches Opfer wert war?

Er wusste natürlich, warum. Ihm fielen sogar gleich zwei Gründe ein. Zum einen war Saat *sterblich* – und Rey hatte nicht die Absicht, kampflos die Waffen zu strecken. Was den Hexer anging, war nie von einem Erzfeind die Rede gewesen. Also war zumindest dieser Kampf noch nicht von vornherein verloren.

Der zweite Grund hatte mit der Vision zu tun, die ihm die Undinen offenbart hatten: Kurz, aber mehr als deutlich hatte er darin die gewaltige wallattische Armee in ihrem Lager am Fuße der Berge gesehen. Er hatte einen Tunnel erblickt, an dem mehrere Tausend Sklaven arbeiteten und der geradewegs zur Heiligen Stadt führte. Und ihm kamen noch einmal die unzähligen Schandtaten in den Sinn, die der heimtückische Goroner schon begangen hatte.

Wenn es ihm gelänge, den Feind zu Fall zu bringen, könnte er zugleich die Oberen Königreiche retten. Und das war immerhin einen Versuch wert.

Er verscheuchte die Gedanken, hob sein Bündel auf und schritt gemächlich den Hügel hinab, auf dem die Pforte stand. Er hatte sie keines Blickes gewürdigt. Die Erben hatten schon oft genug mit übersinnlichen Erscheinungen zu tun gehabt, und so wandte er dem magischen Tor mit einer geradezu diebischen Genugtuung den Rücken zu.

Kaum hatte er einige Schritte in den Wald hineingetan, legte sich plötzlich ein Arm um seine Kehle und riss ihm den Kopf nach hinten. Gleichzeitig zog ihn ein weiterer Angreifer so heftig an den Waden, dass Rey das Gleichgewicht verlor und unversehens drei Fuß über der Erde hing. Er versuchte wie wild, sich freizustrampeln – vergeblich. Die beiden Männer, die er nur schemenhaft erkennen konnte, waren stärker als er.

Der Mann, der seine Beine umklammert hielt, löste den Gurt, an dem sein Rapier hing. Als er die Waffe zu Boden gleiten spürte, schwand Reys letzte Hoffnung. Seine Hände waren gerade kräftig genug, um zu verhindern, dass der Arm um seine Kehle ihn erdrosselte. Mit einem unbedachten Ruck würde er sich selbst das Genick brechen.

Genau darauf hatten es seine Angreifer abgesehen. Sie warteten noch einen Augenblick, bis sie sicher waren, dass sie ihr Opfer vollkommen in ihrer Gewalt hatten. Dann wechselten sie einige Worte in einer kehligen Sprache und drehten Rey langsam um.

Er begriff, dass sie ihn mit dem Gesicht nach unten auf die Erde drücken wollten, wohl um ihn in aller Ruhe auszuplündern. Doch dazu ließ er ihnen keine Zeit mehr. Er gab sich erst wehrlos und erschlaffte in ihrem Griff, spannte dann jäh den Körper und riss das rechte Bein so heftig an sich, dass er den Fuß freibekam. Sein Angreifer hielt nur noch seinen Stiefel umklammert. Sofort trat er dem Mann ins Gesicht, erwischte zuerst dessen Kinn und dann die Kehle, die sein Feind bei dem Versuch, ihn wieder zu packen, nicht rechtzeitig geschützt hatte.

Der Tritt hatte gesessen. Schadenfroh hörte Rey den Mann röchelnd nach Luft schnappen. Der Griff um sein linkes Bein wurde lockerer und löste sich schließlich ganz, sodass er wieder mit beiden Füßen auf dem Boden stand.

Aber so leicht kam er nicht davon. Der Angreifer, der seinen Kopf im Würgegriff hielt, hatte nicht losgelassen und wirkte stark genug, um ihn allein in Schach zu halten. Rey zerrte mit aller Kraft an dem Arm und hämmerte gleichzeitig mit dem Hinterkopf gegen die Brust seines Gegners. Doch der Mann blieb unbeeindruckt und presste sein Opfer so unerbittlich zu Boden, dass sich Rey nicht mehr rühren konnte.

Sein Messer und das Rapier lagen nur fünf Schritte von ihm entfernt – in unerreichbarer Ferne. Selbst an den Dolch, der noch näher lag, war nicht zu denken. Während er schwitzend und keuchend um sich schlug, griff er in die Taschen seiner Kleidung und bekam den Stein zu fassen, den er wie seine Gefährten aus dem Jal'dara mitgenommen hatte. Damit hieb er auf den Arm an seiner Kehle ein, so fest er konnte.

Der Mann stöhnte auf und versuchte mit seiner freien Hand, ihm die unerwartete Waffe zu entreißen. Rey ließ den Stein fallen, packte den Arm, der sich ihm bot, und biss so heftig zu, dass sein Gegner loslassen musste. Blitzschnell rollte Rey zur Seite und sprang drei Schritte weiter auf die Füße. Er fand gerade noch Zeit, in seinen Stiefel zu greifen und den Dolch daraus hervorzuziehen, bevor sich der Angreifer auf ihn stürzte – und damit geradewegs in die offene Klinge rannte. Im Eifer des Gefechts hatte er sich den blanken Stahl selbst ins Herz gebohrt.

Noch bevor der Getötete zu Boden ging, sah sich Rey nach dem zweiten Mann um. Aber außer seinem eigenen Keuchen war nichts zu hören; selbst der Wald schien sich in tiefes Schweigen zu hüllen. Das verhieß nichts Gutes. Sein Gegner lag womöglich ganz in der Nähe auf der Lauer oder hatte die Flucht ergriffen, um Alarm zu schlagen. Dann konnte Rey seine Hoffnung, sich unbemerkt an Saat heranzuschleichen, gleich begraben.

Zu seiner Erleichterung fand er den zweiten Angreifer schließlich doch noch. Er lehnte in einiger Entfernung an einem Baum, zu dem er sich mit letzter Kraft geschleppt hatte. Als er das blau verfärbte Gesicht des Toten sah, das selbst im Mondlicht noch gut zu erkennen war, wurde Rey leicht übel. Sein Fußtritt war heftiger gewesen, als er gedacht hatte.

Die beiden Männer waren groß und beleibt, hatten lange dunkle Haare und trugen struppige Bärte. Ihr einziges Kleidungsstück war ein grobes, zwischen den Beinen hindurchgeführtes Tuch, das an den Schultern verknotet war und von einem Gürtel zusammengehalten wurde, an dem verschiedene Waffen und Beutel baumelten. Wallatten.

Rey nahm das Tuch des einen und den Gürtel des anderen an sich, verschob es aber auf später, sich seine »Kriegsbeute«, wie man es wohl nennen musste, genauer anzusehen. Er sammelte seine im Kampf verstreuten Habseligkeiten zusammen und vergaß dabei auch nicht, den Stein aus dem Dara, der ihm schon jetzt das Leben gerettet hatte, wieder in sein Bündel zu packen. Dann lief er davon, um sich von den ersten Spuren, die er im Feindesland hinterlassen hatte, möglichst weit zu entfernen.

Noch war kein Dekant verstrichen, seit die Gefährten auseinandergegangen waren, doch Rey sank bereits der Mut. Er musste erst wieder lernen, auf sich allein gestellt zu sein und nicht auf die Hilfe seiner Freunde zählen zu können. Er wusste ja nicht einmal, ob sie überhaupt von seinem Schicksal erfahren würden, falls sein Abenteuer schlecht ausging.

Während er immer tiefer in den wallattischen Wald vordrang, ständig auf der Hut vor weiteren gefährlichen Begegnungen, versuchte sich Rey mit dem Gedanken zu trösten, dass es den anderen nur besser ergehen konnte. Doch selbst das war ungewiss.

Léti kam aus dem Staunen nicht mehr heraus, als sie die Jagdhütte betrat, zu der sie das Wegzeichen geführt hatte. Obwohl Bowbaq ihr versicherte, dass der Unterschlupf eher bescheiden ausfiel, war sie entzückt über die behagliche Einrichtung. Mit der schäbigen Herberge in Semilia war das nicht zu vergleichen!

Zwar bot die Hütte nur wenig Platz, aber sie war solide gebaut und gut abgedichtet. Kaum eine Dezime, nachdem Bowbaq den Kamin angefeuert hatte, wurden sie von einer wohligen Wärme eingehüllt, die ihre steif gefrorenen Glieder auftaute.

Über einer Falltür in der Decke fand Bowbaq mehrere warme Decken und einige zerschlissene Mäntel, Fäustlinge und Mützen. Außerdem gab es große Betten, verschiedenes Kochgeschirr und allerlei nützliches Zubehör wie Lampenöl, Lederbänder und Zunder.

Während Léti ihr Rapier in Reichweite ablegte und sich warme Kleider überzog, dachte sie daran, dass die arkische Gastfreundschaft ihrem legendären Ruf in den Oberen Königreichen mehr als gerecht wurde. Kein Lorelier, Goroner, Rominer, ja nicht einmal ein Kaulaner würde sein Hab und Gut so großzügig jedem Fremden überlassen, der des Weges kam. In dieser Hinsicht waren selbst die rückständigsten Klans des Weißen Landes klüger als die Bewohner der Küstenstädte am Mittenmeer.

»Kennst du denn jemanden aus dem Rentierklan?«, fiel ihr plötzlich ein.

»Nicht näher«, antwortete Bowbaq und kratzte sich am Kopf. »Einige habe ich bei der Großen Jagd kennengelernt, aber an ihre Namen erinnere ich mich nicht mehr.«

»Es kommt mir irgendwie seltsam vor, dass wir uns hier einnisten, ohne um Erlaubnis zu fragen. Bist du sicher, dass nicht doch jemand kommt und uns vor die Tür setzt?«

»Aber nein! Der Vogelklan ist mit dem Rentierklan verbündet. Und mit dem Klan des Schneeigels, des Hermelins, des Anators und einigen anderen aus dem Norden.«

»Verbündet?«, fragte Léti. »Gegen wen denn? Gegen andere Klans? Führt ihr untereinander Krieg?«

»Das kommt schon manchmal vor«, seufzte Bowbaq. »Mein Vater hat zwei Kriege erlebt. Der Hermelinklan und der Büffelklan bekämpfen sich eigentlich ständig. Aber dabei geht es vor allem um ihr Jagdgebiet. Sie streiten sich um das Wild und die Flüsse, mehr aber auch nicht. Westlich von Crevasse werden viel heftigere Kämpfe ausgetragen.«

Léti nickte. Sie wusste fast nichts über die Bewohner und die Geschichte des größten Königreichs auf dem Kontinent. Wie konnte es sein, dass sie in den drei Monden ihrer gemeinsamen Reise nicht mehr über das Land ihres nordischen Freundes gelernt hatte? Die Antwort musste sie nicht lange suchen: Im Gegensatz zu Yan oder ihrer Tante hatte sie nie die Neugier entwickelt, die sie dazu veranlasst hätte, eine Frage nach der anderen zu stellen.

Yan … Wo mochte er gerade sein? Was tat er?

Léti seufzte und verscheuchte die Schwermut, die in ihr aufstieg. Sie schüttelte die dicke Decke ab, die ihr wärmend auf den Schultern lag, und trat an das Bett der verwundeten Corenn.

Selbst im Schlaf waren die Gesichtszüge der Ratsfrau sorgenvoll, beunruhigt, ja traurig. Hatte sie im Fieberwahn erahnt, dass sich die Erben getrennt hatten? Wenn nicht, dann würden sie bald neue Sorgen quälen.

Léti wünschte sich den schmutzigen Verband um den Kopf ihrer Tante weit fort. Sie hätte sich so gern in ihre Arme geflüchtet, Trost bei ihr gesucht, sich von ihrer unerschütterlichen Zuversicht anstecken lassen, wie sie es als Kind getan hatte. Doch in dieser Nacht hatten sie die Rollen getauscht. Nun war sie es, die ihre Tante würde trösten müssen, wenn sie am nächsten Morgen erwachte. Sie musste ihr helfen, wieder gesund zu werden. Sie musste über Corenn wachen, so wie Corenn sie seit ihrem Aufbruch aus Eza beschützt hatte.

Neidisch betrachtete sie Lana, die bei ihrer Krankenwache neben Corenn eingeschlummert war und sich unter der Decke eingerollt hatte wie ein Kleinkind. Dann fiel ihr Blick auf Bowbaq, der auf seinem Stuhl eingenickt war, und sie musste unwillkürlich lächeln. In die kleine Jagdhütte war tiefe Stille eingekehrt. Ruhe und Frieden.

Aber wir werden niemals ganz zur Ruhe kommen, dachte sie mit plötzlicher Hellsicht. Dann überprüfte sie den Riegel, den sie vor die Tür geschoben hatten, vergewisserte sich noch einmal, dass ihr Rapier griffbereit lag, blies die Laterne aus und streckte sich schließlich auf ihrem Bett aus.

Beim Einschlafen betrachtete sie das sanfte Flackern des Kaminfeuers. Doch die tanzenden Flammen weckten nur böse Erinnerungen an die Undinen, an Enttäuschung und Schmerz.

Seine Feinde hatten das Jal'dara verlassen. Er ahnte es. Er spürte es. Er *wusste* es.

Aber er fand sie nicht.

Der Schatten des Dämons zog durch alle Länder und Königreiche der bekannten Welt und drang in den Geist Tausender Menschen ein. Er forschte nach einer kleinen Gruppe Sterblicher, die sich der Neuen Ordnung der Dyarchen widersetzte. Greise, deren Gedanken er streifte, starben vor Schreck. Menschen, deren Sinne von Drogen getrübt waren, wurden noch Monde später von Albträumen verfolgt.

Das Vieh war die ganze Nacht über unruhig, die Hunde und Wölfe heulten, und aus öden Landstrichen ertönte das Jaulen wilder Bestien. In den folgenden Tagen würden die Maz eifrig erörtern, wie diese göttliche Gegenwart, die alle gespürt und doch nicht unmittelbar erlebt hatten, zu erklären war.

In dieser Nacht hielt sich Sombre nicht mehr zurück. Warum sollte er noch länger im Verborgenen bleiben? Über kurz oder lang würde ihn die Menschheit als Herrn und Meister anerkennen müssen. Es wurde Zeit, dass die Sterblichen ihn fürchten lernten.

So überquerte der Dämon Meere und Berge, er durchforstete Tempel, Schänken und Paläste, spähte Reiter, Seeleute und Wanderer aus, immer schneller und immer wütender, so zornig, wie es nur ein mächtiger Gott sein konnte.

Gewiss, die Welt war groß, aber nicht so groß, dass er sechs unbedeutende Sterbliche aus den Augen verlieren konnte. Sechs Menschen, die seit vier Monden seine ganze Aufmerksamkeit in Anspruch nahmen. Er hatte ihre Gedanken *immer* erreichen können. Selbst wenn sie tot wären, könnte er sie aufspüren. Nur das Jal entzog sich seinem Zugriff.

Doch seine Feinde hatten die Kinderstube der Götter verlassen, so wahr er der Bezwinger war. In dem unbeschreiblichen Getöse der menschlichen Gedanken, die er in sich vernahm, spürte der Dämon ihre Gegenwart, wenn auch nur sehr entfernt, undeutlich, tausendfach schwächer als sonst.

Und das reichte nicht, um sie zu finden.

Sombre streifte ziellos durch die Nacht. Er wusste nicht, wo er noch nach den letzten überlebenden Erben suchen sollte. Einer von ihnen konnte der Erzfeind sein, der ihm eines Tages gegenübertreten würde, und dieser Gedanke quälte ihn maßlos.

Rasend vor Zorn und Ungeduld ließ der Dämon seinen Schatten schließlich über den eisigen Gipfeln Arkariens schweben, dem einzigen Ort, an dem es eine Verbindung zu seinen Feinden gab. Und während er wartete, malte er sich den grausamen Tod aus, den er den aufsässigen Sterblichen bereiten würde, sobald er sie fand.

Seit Sonnenaufgang war es immer heißer geworden, und obwohl sie erst seit zwei Dekanten unterwegs waren, begann Yan unter der Hitze zu leiden. Grigán hatte ihm geraten, seinen Mantel anzulassen. Dabei wünschte er sich nichts sehnlicher, als sich die vielen Kleider, die ihm bei dieser Temperatur widersinnig erschienen, vom Leib zu reißen. Was hätte er darum gegeben, sich in den erstbesten Bach oder Fluss zu stürzen! So schmerzlich hatte er Eza noch nie vermisst.

Grigán hatte ihren Wasservorrat überprüft und festgestellt, dass er für zwei Tage reichen würde. Der Krieger trug stets zwei Flaschen bei sich, die je zwei Pint fassten und von denen eine noch voll war. Zusammen mit Yans Vorrat würden sie das ramgrithische Königreich erreichen können, ohne Durst leiden zu müssen. Selbst für Miff war genug da.

Die Pforte war längst hinter dem Horizont verschwunden. Grigán rieb sich den Schlamm vom Gesicht, und Yan tat es ihm gleich. Er war froh, den Schmutz loszuwerden, der ihnen seit dem Karu anhaftete. Von ihrem Abenteuer im Jal blieben ihnen jetzt nur noch die Steine, die sie auf Corenns Rat hin mitgenommen hatten. Sie hüteten sie wie magische Glücksbringer, die sie vor den Blicken böser Dämonen beschützten.

Wie weit lag ihr Besuch in den Gärten des Dara schon zurück! Unter der sengenden Sonne der endlosen Tsched, die in weiter Ferne mit dem ockerbraunen Himmel verschmolz, schienen sich all ihre Erinnerungen zu verflüchtigen. Yan und Grigán stapften durch eine Welt aus fahlen Gelb- und Rottönen, die kein Ende nahm, so weit das Auge reichte.

Hätte der Krieger nicht eine solche Ruhe und Sicherheit ausgestrahlt, hätte Yan ernsthaft an ihren Überlebenschancen gezweifelt. Doch Grigán hatte nicht vergessen, welche Gefahren in den Unteren Königreichen lauerten und wie die Wüstenbewohner ihnen begegneten. Er wusste stets, welchen Weg er durch die Dünen wählen musste, wo es am schattigsten war und wo sich ihren Füßen der beste Halt bot. Gefährlichen Skorpionen, Bellica Spinnen und Daï-Schlangen wich er geschickt aus, und immer wieder fand er einige verkrüppelte Büsche, in deren Schatten sie sich ein wenig ausruhen konnten. Er wusste, wie man Verbrennungen behandelte und wunde Füße schonte. Kurzum, Grigán fand sich in diesem Ozean aus Staub und Erde so gut zurecht wie ein alter Seemann auf dem Mittenmeer und vermochte sich besser am Stand der Sonne zu orientieren als anhand einer lorelischen Karte. Wenn er seinen Kompass zurate zog, dann nur, um sich noch einmal zu vergewissern. Grigán fühlte sich in dieser unwirtlichen Gegend ebenso heimisch wie in den üppigen Landschaften der Oberen Königreiche.

Nur als Reisegefährte erwies er sich als wenig umgänglich. Die einzigen Worte, die ihm über die Lippen kamen, waren kurze Ratschläge, und wenn Yan ihn in ein Gespräch verwickeln wollte, erhielt er nur einsilbige Antworten. Doch zum Glück nahm er daran keinen Anstoß und ließ seinen Freund in Ruhe. Grigán hatte seine Gründe. Er war angespannt, ja besorgt.

Er wusste nicht, was sie in Griteh erwartete.

Als Rey aufwachte, hatte er kaum zwei Dekanten geschlafen. Sein Rücken schmerzte entsetzlich. Er richtete sich vorsichtig auf und streckte stöhnend die Glieder. Innerlich verfluchte er die Wallatten, Saat, die Pforten und ganz besonders den verkrüppelten Baum, auf dem er die Nacht verbracht hatte. Rey schwor sich, dieses Experiment nie wieder zu wagen, komme, was wolle.

Er blieb noch einen Moment in seinem luftigen Versteck sitzen, bevor er den Abstieg wagte und dabei das Ziehen in seinen schmerzenden Gliedern zu ignorieren versuchte. Bei Tageslicht bot der wallattische Wald einen ganz anderen Anblick als bei Nacht. Im Mondschein war er so oft gestolpert, dass er sich das Unterholz als undurchdringliches Geflecht aus

Wurzeln und Ästen vorgestellt hatte, dessen einziger Zweck es war, Wanderern das Leben schwer zu machen. Jetzt musste er einsehen, dass er sich geirrt hatte. Das Gehölz war nicht dichter als in den lorelischen Provinzen. Aber auch das missfiel ihm: In dichterem Wald wäre es einfacher gewesen, sich heimlich an Feinde heranzupirschen.

Rey hatte den Plan verworfen, im Schutz der Nacht weiterzugehen. Da er keine Laterne anzünden konnte, kam er nur sehr langsam voran und hatte große Mühe, sich zu orientieren und zugleich auf mögliche Gefahren zu achten. Dabei musste er so schnell, zielstrebig und wachsam sein wie möglich.

Er holte ein hartes Stück Käse aus seinem Beutel, schnitt ein paar Scheiben ab und kaute angewidert darauf herum. Die Vorräte der Gefährten hatten das Jal'dara zwar überdauert, aber sie stammten noch aus der Zeit vor ihrer Reise ins Land Oo. Prompt musste Rey seiner langen Liste an Problemen ein weiteres hinzufügen: Er würde etwas zu essen auftreiben müssen.

Er dachte an Grigán, Yan und Bowbaq, die sich einfach von Wild, Geflügel oder Nagetieren ernährt hätten. Davon gab es hier sicher genug, aber Rey hatte noch nie gejagt, geschweige denn Wildbret zubereitet. Nie zuvor hatte er so deutlich gespürt, wie hilflos er als Städter war. Er tröstete sich mit dem Gedanken, dass Lana auch nicht mehr davon verstand als er. Ein so feinsinniges Abenteurerpaar hatte die bekannte Welt gewiss noch nicht gesehen.

Während er auf dem nächsten Stück Käse herumkaute, untersuchte er den Gurtel, den er den Wallatten abgenommen hatte. Leider erwies sich der Inhalt der Beutel als wertlos. Abgesehen von einigen Scheiben aus stumpfem Metall, die vermutlich als Zahlungsmittel dienten, enthielten sie nur einige Kleinigkeiten, die sich mit Reys Ausrüstung nicht messen konnten.

Die Waffen waren um einiges interessanter. Rey hatte schon einmal ein ähnliches Modell gesehen, und zwar in der Waffensammlung im Eroberten Schloss in Junin: Séhanes Haushofmeister hatte es als Lowa bezeichnet. Im Wesentlichen bestanden die Lowas aus einer schweren Metallstange, die breiter und kürzer war als ein lorelisches Schwert und nur an der Spitze zu einer etwa einen Fuß langen Klinge geschliffen war. An ihrem Ende befand sich ein Ring, an dem Ketten, Haken oder sonstige Gegenstände befestigt werden konnten, um die Zerstörungskraft der Waffe zu steigern. Ein kleiner runder Schild, der an die Stange geschmiedet war, beschützte die Hände. Vermutlich konnte man eine so wuchtige Waffe nur beidhändig führen.

Rey bewunderte ihre Schlagkraft mit Kennerblick. Wer mit einer Lowa kämpfte, brauchte starke Arme, aber die Wallatten waren ja auch kein Zwergenvolk. Durch die kurze Schneide war der Griff massiver und lag sicher in der Hand. Mit dem Ring konnten die geschicktesten Kämpfer ihre Gegner schwer verletzen. Die Waffe war Schwert, Streitkolben und Stoßlanze in einem. Noch dazu erforderte ihre Herstellung keinerlei Schmiedekunst, sodass innerhalb weniger Dekaden Tausende Waffen produziert werden konnten. So gut ausgestattet war nicht einmal die goronische Armee.

Die Lowas der beiden Männer waren mit Blut überkrustet. Rey fragte sich, wie viele Menschen durch diese Waffen wohl schon den Tod gefunden hatten, wie viele Schädel sie zerschmettert und wie viele Gliedmaßen sie zertrümmert hatten. Dann malte er sich aus, wie ähnliche, vielleicht noch viel grässlichere Waffen schon bald in der Heiligen Stadt Ith zum Einsatz kämen, in den Händen ganzer Heerscharen von Barbaren, die für ihre Grausamkeit berüchtigt waren.

Bei diesem Gedanken verging ihm der Appetit. Fast wäre er selbst in der vergangenen Nacht von einer Lowa erschlagen worden. Trotz seiner Spielernatur glaubte Rey nicht an glückliche Zufälle. Welchem wohlwollenden Gott mochte er sein Leben verdanken?

Und was hatten die Wallatten überhaupt in der Nähe der Pforte zu suchen gehabt? Sie trugen weder Kerzen noch Laternen bei sich und waren auch nicht für eine Reise von mehreren Tagen ausgerüstet. Entweder stapften diese Barbaren mit nahezu leeren Händen durch die Wildnis, oder sie kamen aus einem nahe gelegenen Lager und waren vielleicht vom übernatürlichen Licht der Pforte angelockt worden.

Rey hatte keinen Anhaltspunkt, wie groß dieses Lager sein mochte und wie weit er davon entfernt war. Die Angreifer hatten versucht, ihn gefangen zu nehmen, anstatt ihn einfach zu erschlagen. Das deutete darauf hin, dass die Wallatten dieses Gebiet beherrschten. Wären sie in

Feindesland eingedrungen, hätten sie sich den Fremden gewiss sofort vom Hals geschafft.

Er beschloss, das als gute Nachricht aufzufassen, obwohl sich ihm vor Angst fast der Magen umdrehte. Immerhin war er im Land der Wallatten gelandet, wie er es vorgehabt hatte. Bei seinem ersten Zusammenstoß mit dem Feind war er mit dem Schrecken davongekommen, und er konnte immer noch hoffen, seinen Plan auszuführen.

Fröstelnd legte er seine lorelischen Kleider ab und behielt nur die Sachen an, die sich unter seiner neuen Verkleidung verbergen ließen. Dann streifte er das schmutzige Tuch über, das er einem der Angreifer abgenommen hatte.

Als Nächstes legte er sich den Gürtel mit den Vorratsbeuteln um und befestigte die furchterregende Lowa daran. Da die Täuschung ohnehin nur von Weitem funktionierte, beschloss er, sein Rapier, seine Armbrust und knapp die Hälfte seiner Ausrüstung zu behalten. Alles Übrige, darunter auch das verbliebene Gold aus dem Kleinen Palast, versteckte er unter einem Dornbusch.

Sollte er scheitern, würde ihm der Schatz nichts mehr nützen. Doch Rey zwang sich zur Zuversicht. Sein Plan war eigentlich ganz einfach: Er musste sich nur an Saat heranschleichen und ihn für seine Verbrechen büßen lassen.

Dummerweise hatte er keine Ahnung, wo sich der Hexer aufhielt – außer dass er sich am Fuß eines Bergs befand.

Corenn blickte nach Süden und fragte sich, in welcher Richtung Griteh wohl lag. Dabei konnte sie nicht einmal genau sagen, wo sie selbst gelandet war. Sie stand mit den Füßen im Schnee, eingehüllt in den Pelz eines unbekannten Tiers, und ließ den Blick über den Horizont schweifen.

Sie war als Erste aufgewacht und hatte eine Weile gebraucht, um Albtraum und Wirklichkeit zu unterscheiden. In vielerlei Hinsicht ähnelten sich beide. Keiner der Erben war der Erzfeind. Grigán war nicht mehr da, um sie zu beschützen, und auch Yan und Rey waren von ihnen getrennt worden. Corenn machte sich nichts vor: Diese Nacht war das Ende der Gefährten gewesen. Wie groß waren ihre Aussichten, jemals wieder zueinanderzufinden? Nicht sehr groß. Es war hoffnungslos.

Corenn verwünschte die Verletzung, die ihr das Bewusstsein geraubt hatte. Wäre sie bei Sinnen gewesen, hätte sie verhindern können, dass die Erben auseinandergingen. Von Anfang an hatte sie für den Zusammenhalt ihrer kleinen Gemeinschaft gesorgt. Sie hatte Grigáns schneidenden Befehlston, Reys freche Streiche, Létis Launen und Lanas übertriebene Empfindsamkeit zu mildern gewusst, und so waren zwischen ihnen mit der Zeit ein Gefühl der Zusammengehörigkeit und eine tiefe Freundschaft entstanden.

Doch das Schicksal hatte es anders gewollt …

Bislang war sich Corenn trotz aller Gefahren und Enttäuschungen stets sicher gewesen, was zu tun war und wohin sie gehen sollten, welchen Spuren sie folgen und welche Hoffnungen sie hegen konnten. Jetzt, wo alles aus war, wusste sie keinen Rat mehr. Yan, Rey und Grigán waren verschwunden. Die nächsten Tage lagen im Ungewissen. Sie konnte die Sache so oft hin und her wenden, wie sie wollte, ihnen blieb nicht einmal der Hauch einer Chance, Saat zu besiegen – selbst wenn der Magier nicht mit einem Dämon verbündet gewesen wäre.

Die Zukunft, die Usul offenbart hatte, hatten die Erben nicht zu ändern vermocht. Wie es der Wissende vorhergesagt hatte, würde der Zusammenschluss der Länder des Ostens die Oberen Königreiche schon bald vernichten. Sie selbst, Grigán und die anderen hatten versagt und würden wohl den vergifteten Dolchen der Züu zum Opfer fallen. Trotz ihres scharfen Verstandes und ihrer Charakterstärke, die sie sonst stets vor der Verzweiflung bewahrte, sah Corenn keinen Ausweg mehr.

»Tante … komm herein ins Warme«, bat sie eine geliebte Stimme leise.

Corenn drehte sich um und schloss Léti in die Arme. Léti hatte schon so viel Kummer erlitten, seit sie aufgebrochen waren, und gab sich jetzt so erstaunlich stark, obwohl sie allen Grund zum Weinen hatte. Corenn drückte ihre Nichte an sich und wiegte sie sanft, wie sie es mit einem Säugling getan hätte. Doch das Mädchen war zu einer Frau herangewachsen, und als sie die Umarmung erwiderte, klirrte ihr Kettenhemd. Corenn war vermutlich die Letzte, die es sich eingestand: Ihre kleine Léti aus dem Fischerdorf war zu einer Kriegerin geworden. Und angesichts des bevorstehenden Krieges konnte man froh sein, wenn sich die junge Generation der Oberen Königreiche zu verteidigen lernte.

Untergehakt kehrten sie in die Jagdhütte zurück. Sie hatten kein weiteres Wort gewechselt, doch glücklicherweise bot ihnen Bowbaq nun genügend angenehmen Gesprächsstoff. Beim Anblick des nahrhaften Frühstücks, das er ihnen auftischte, lobte Corenn die Umsicht und Gastfreundlichkeit des arkischen Volkes in den höchsten Tönen. Trockenfrüchte, Getreidefladen, Rauchfleisch und Fluffbrot häuften sich auf dem kleinen Tisch aus Rindenbaumholz. Ein großer Kessel und mehrere Tassen warteten nur darauf, mit warmem Milo gefüllt zu werden und den süßen Duft des Lieblingsgetränks der Arkarier zu verbreiten. Ein zweites, kleineres Gefäß enthielt die Gewürze, mit dem der Tee nach Belieben verfeinert werden konnte. Ein weiteres Töpfchen fasste das Schmalz, mit dem das Fluffbrot bestrichen wurde. Und immer mehr Gefäße kamen zum Vorschein.

»Mutter Eurydis, Bowbaq! Mir scheint, du bist insgeheim doch ein Magier!«, rief Corenn und zwang sich zu einem Lächeln.

»Ich habe nichts gemacht«, verteidigte er sich, ohne zu begreifen, womit er sich diesen Vorwurf eingehandelt hatte. Als er erkannte, dass Corenn einen Scherz gemacht hatte, lachte er dröhnend. Er war glücklich, die anderen aufheitern zu können.

Sie setzten sich und griffen munter zu. Nur Lana blieb einsilbig. Ihre geröteten Augen und die ermatteten Gesichtszüge verrieten deutlich, wie sie sich fühlte. Seit Tagesanbruch hatte die Maz die Hütte nicht verlassen und war die meiste Zeit im Bett geblieben. Die Erinnerung an die Geschehnisse der vergangenen Nacht war noch zu lebendig.

»Grigán wird Rey schützen«, sagte Corenn schließlich, um die Priesterin zu trösten. »Und Yan natürlich auch. Könnt Ihr Euch vorstellen, dass sich diese drei von irgendjemandem etwas bieten lassen? Solange sie zusammen sind, kann ihnen nichts passieren.«

Corenn hatte nicht damit gerechnet, dass ihre Bemerkung Lanas Kummer noch verstärken würde. Die Priesterin entschuldigte sich hastig und lief hinaus, das Gesicht in den Händen vergraben.

»Rey ist nicht bei Grigán«, erklärte Léti voller Bestürzung über das Missverständnis. »Ich dachte, Lana hätte es dir erzählt!«

»Das dachte ich auch«, sagte Bowbaq erstaunt.

»Wo ist er?«, fragte Corenn.

»In Wallos. Na ja, vielleicht. Er hat Lana gesagt, dass die Wallatten einen Tunnel nach Ith graben, und ist im Jal'karu zurückgeblieben. Lana glaubt, dass er versuchen wird, Saat aufzuhalten.«

»Einen Tunnel?«, wiederholte die Ratsfrau entgeistert. »Einen Tunnel unter dem Rideau?«

»Das hat er gesagt«, bestätigte Léti verlegen.

Corenns Gedanken überschlugen sich. Im selben Moment überfielen sie stechende Kopfschmerzen, die sie zurückdrängte. Létis Worte hatten sie auf eine Idee gebracht, der sie unbedingt nachgehen musste. Obwohl ihr vor Schwäche und Aufregung ganz schwindelig wurde, zwang sie sich, weiter nachzudenken und gegen das dumpfe Pochen im Hinterkopf anzukämpfen. »Wie hat Rey davon erfahren?«, fragte sie, schon benommen vom Fieber.

»Anscheinend hatte er eine Vision, als er die Undinen berührte, so wie Grigán Aleb gesehen hat.«

»Warum hat er es uns nicht gesagt?«, fragte Corenn in einem Anflug von Bitterkeit.

Aber das war nicht das eigentliche Problem. Letztlich hatte Rey es ihnen ja doch noch verraten. Er hatte die Gruppe nur verlassen, weil er sich dem Auftrag verpflichtet fühlte, den er wie Grigán als persönliche Mission empfand. Die beiden waren die Einzigen, die von den Undinen berührt worden waren. Man konnte ihnen keinen Vorwurf machen, solange man nicht am eigenen Leib erfahren hatte, was diese Berührung auslöste.

Nein, darum ging es nicht. Saats Idee, die Oberen Königreiche von der Heiligen Stadt aus zu erobern, war entsetzlich. Entsetzlich genial. Corenn hegte keinen Zweifel daran, dass es dem Magier gelingen würde, das Gebirge zu durchbohren. Schließlich herrschte er über einen Dämon. Und mit diesem Plan erwies er sich auch als dämonischer Stratege.

Irgendein Gedanke ließ Corenn nicht mehr los, doch sie bekam ihn nicht zu fassen. Jede noch so kleine Information war wichtig und diese ganz besonders. Im Vollbesitz ihrer Kräfte wäre sie schon längst darauf gekommen. »Ich muss mich hinlegen«, sagte sie plötzlich mit tonloser Stimme. »Léti, bitte hol Lana. Ich glaube, meine Wunde hat sich wieder geöffnet.«

Die junge Frau stürzte sofort hinaus, ohne sich etwas überzuziehen. Als sie zurückkehrte, half Bowbaq Corenn gerade auf ihr Bett so behutsam, wie er nur konnte.

»Ich weiß, dass du deine Familie unbedingt wiedersehen willst«, sagte sie leise, schon der Ohnmacht nahe. »Bowbaq, das ist sehr wichtig: Geh nicht. Vertrau mir, und warte, bis ich wieder aufwache. Ich muss nachdenken. Ich muss …«

Sie verlor endgültig die Besinnung. Lana fühlte ihr hastig den Puls. Er schlug schnell, rasend schnell.

Er zog die Waffe aus der Scheide und strich mit runzeligen Fingern über das Heft. Es fühlte sich vertraut an: Wie alle Gwelome, die aus dem Lehm des Jal'karu gefertigt waren, strahlte es eine sanfte und doch schmerzhafte Wärme aus.

Saat allein kannte das Geheimnis seines Schwerts. Zwar hegten viele den Verdacht, dass seine Sturmhaube kein gewöhnlicher Helm war, aber niemand ahnte etwas von der übernatürlichen Kraft seiner Waffe. Dabei war deren Macht noch um einiges größer.

Bei seiner Flucht aus dem Höhlenlabyrinth hatte der Magier etwas von dem Gwel mitgenommen, mit dem er seinen Weg markiert hatte. Aus diesem Stoff, dessen Absorbium außergewöhnlich groß war, hatte er zwei Gegenstände geschmiedet: Der eine verbarg sein Gesicht, das nach hundertachtzig Jahren einem Totenschädel glich, den anderen trug er um die Taille gegürtet. Und es war sein Geheimnis, dass der glänzende Stahl schon mindestens dreißig Menschen getötet hatte.

Niemand vermag mehr zu geben, als er selbst besitzt. Als er die magischen Artefakte geschaffen hatte, konnte er sie nur mit seinen eigenen Kräften ausstatten. So hatte der Magier beschlossen, seiner Sturmhaube die Macht zu verleihen, Gedanken zu lesen und fremde Körper zu beherrschen, was ihm selbst ein Leichtes war. Andere Magier konnten so etwas nur tun, wenn sich ihr Ziel in der Nähe befand. Doch Saats magischer Wille war so stark, dass er ihn sogar aus mehreren Meilen Entfernung auf sein Ziel richten konnte. An eine Bedingung blieb allerdings auch er gebunden: Er musste seinen Opfern wenigstens ein Mal persönlich begegnet sein. Ohne diese Einschränkung hätte sich Saat die Erben der Insel Ji längst selbst vom Hals geschafft.

Sein Schwert unterlag denselben Gesetzen, aber es war mit anderen Kräften ausgestattet. In seiner Zeit am Hofe des Kaisers Mazrel hatte Saat gelernt, das Element des Feuers zu manipulieren, um seine Rivalen aus dem Weg zu räumen. Am liebsten zerquetschte er ihnen das Herz, eine Methode, die er insgeheim »innere Erdrosselung« nannte, was ihn jedes Mal belustigt hatte. Das Heft seines Schwerts ersparte ihm nun die lästige Anstrengung, die ihn ein solcher Akt kostete. Er brauchte nur an sein Opfer zu denken und mit seinem magischen Willen die Macht der Waffe zu entfesseln, und schon brach der Verräter, Feigling oder Aufrührer zusammen und wand sich, die Hände an die Brust gepresst, in entsetzlichen Todesqualen.

Mit seiner Sturmhaube war Saat allwissend. Mit seinem Schwert war er allmächtig. Mit seiner Armee würde er sich die Welt untertan machen. Der Sieg war zum Greifen nah. Und doch war der Magier nicht ganz zufrieden. Der hohe Dyarch hatte mit einigen Unvollkommenheiten, Fehlschlägen und Enttäuschungen zu kämpfen.

Zum einen ärgerte er sich jeden Tag mehr darüber, wie hässlich sein Körper war. Auf sich selbst konnte er seinen magischen Willen nicht anwenden, und optische Täuschungen interessierten ihn nicht. Er hatte Sombre mehrmals gebeten, ihm zu helfen, doch der Dämon, der nur Kampf und Zerstörung kannte, hatte den Zerfall seines Körpers trotz seiner göttlichen Macht nicht aufhalten können. Da er Niederlagen nicht ertrug, weigerte er sich seither, es noch einmal zu versuchen.

Das Verhalten des Dämons bereitete dem Magier die größte Sorge. Saat war nicht unsterblich. Sein Überleben hing ganz von Sombre ab, seinem jähzornigen Verbündeten, dem er immer wieder Lebenskraft entzog. Seit einigen Dekaden war der Dämon bisweilen völlig unberechenbar – und Saat erschauerte bei dem Gedanken, er könnte irgendwann die Kontrolle über ihn verlieren, auch wenn das unwahrscheinlich war.

Außerdem verzweifelte er daran, dass er keine Nachkommen zeugen konnte. Obwohl er sich ganze Heerscharen von Sklavinnen und Konkubinen zu Willen gemacht hatte, obwohl er sich mit allen Mitteln gegen dieses Schicksal auflehnte und obwohl Chebree mit unerschütterlicher Gewissheit behauptete, ihm eines Tages ein Kind zu schenken, schwand Saats Hoffnung, einen Sohn in die Welt zu setzen.

Er verspürte nicht etwa den Wunsch, Vater zu sein: Solche Gefühlsduselei fand er lächerlich. Er ließ sich von kalter Vernunft leiten, und wenn man den Undinen glauben konnte, würde der Erzfeind ein Nachkomme der Weisen sein – und bald würde außer ihm kein Weiser oder Erbe mehr leben.

Saat wollte der Vater des Erzfeinds sein.

Dann, und nur dann, würde er sich aus seiner Abhängigkeit von Sombre befreien können. Saat hatte bereits einen Gott aufgezogen. Seinem Erben würde diese Erfahrung nützlich sein. Der hohe Dyarch wusste genau, was zu tun war, und würde so all seine Probleme auf einen Schlag aus der Welt schaffen.

Doch noch musste er sich in Geduld fassen und sich auf diesen Tag vorbereiten. Er wandte sich dem Sklaven zu, den er zu sich befohlen hatte: ein kleiner Junge von sechs oder sieben Jahren, von dessen Körper er Besitz ergreifen würde.

Seit einem halben Dekant lag Rey auf der Lauer, ohne in dem Dorf, auf das er gestoßen war, auch nur das geringste Lebenszeichen zu entdecken. Es war offensichtlich ausgeplündert worden, und sämtliche Bewohner schienen geflohen zu sein.

Die meisten Holzhütten waren zerstört, manche sogar vollständig niedergebrannt. Die Tore zweier leerer Viehweiden standen weit offen. Weit und breit gab es nichts mehr, das heil geblieben war. Ein Karren war umgestürzt und zertrümmert worden. Überall lag zerbrochenes Geschirr, hier und da hingen Stofffetzen im zerfurchten Boden und flatterten hilflos im Wind. Das Ganze konnte ebenso gut vor einer Dekade wie vor mehreren Monden passiert sein.

Das Dorf war ausgestorben. Er konnte den Tod förmlich spüren. Dennoch waren auf den steinigen Wegen keine Leichen zu sehen, weder von Menschen noch von Tieren, und das machte den Ort seltsamerweise noch unheimlicher.

Um sich frei bewegen zu können, legte Rey sein Bündel, die Lowa und den Gürtel des Wallatten ab. Dann trat er aus seinem Versteck und pirschte sich mit klopfendem Herzen an die Häuser heran. Da er weithin zu sehen war und ihm seine eigenen Schritte in der bedrückenden Stille wie Donner in den Ohren hallten, kam ihm die Armbrust, die er umklammerte, ziemlich lächerlich vor.

Unbehelligt erreichte er die ersten Häuser. Es waren flache, wuchtige Bauten, die halb im steinigen Boden verschwanden. Die Türen und Fenster waren schmal und von innen mit schweren Läden verschlossen. Wer solche Häuser baute, wollte sich vor der Kälte schützen – und vor Angriffen. Im Grunde bestand das Dorf aus lauter kleinen Festungen.

Rey ging an drei Häusern vorbei, deren Türen sperrangelweit offen standen. Da er nicht damit rechnete, darin etwas Nützliches zu finden, ließ er sie links liegen. Eigentlich wusste er gar nicht so recht, was er in dem Dorf wollte. Er wurde nur von einer dunklen Vorahnung getrieben.

So blieb er schließlich vor dem größten Gebäude stehen. Es war das einzige Haus ohne Fenster, was seinem scharfen Auge nicht entgangen war. Als er näher kam, erkannte er, dass die Fenster zugemauert waren. Ein Haufen aufgeschütteter Steine versperrte die Tür.

Böses ahnend, umrundete er das Haus und stellte fest, dass der Überfall vermutlich schon einige Dekaden zurücklag. Endlich stieß er auf eine Öffnung, einen schmalen, fußhohen Schlitz, den die Angreifer wohl absichtlich offen gelassen hatten. Rey nahm seinen ganzen Mut zusammen und versuchte, einen Blick ins Innere zu werfen. Doch er kam nicht nah genug heran und gab das Vorhaben gleich wieder auf, als ihn ein heftiger Brechreiz ergriff. Der Gestank, der aus dem Gebäude drang, war unerträglich und bestätigte seine schlimmsten Befürchtungen.

Er konnte trotzdem nicht umhin, von außen an die Mauer zu klopfen, und zuckte zusammen, als er die Schläge dumpf im Innern widerhallen hörte. Ihm graute vor dem Gedanken, eine Antwort zu erhalten. Aber natürlich blieb alles still.

Die Menschen, die man dort eingemauert hatte, waren schon lange tot.

Rey verfluchte den Hexer, der diese Gräueltat zu verantworten hatte. Seine Gefangenschaft im Labyrinth des Jal'karu musste Saat so verstört haben, dass er seinen Feinden das gleiche unerträgliche Leid zufügen wollte. Rey verzichtete darauf, die Tür freizuschaufeln und sich mit eigenen Augen davon zu überzeugen, dass hier Menschen einen qualvollen Tod gestorben waren, in Dunkelheit und Kälte, umgeben von Ungeziefer und Verwesungsgeruch, bis auch der Letzte erstickt oder verhungert war.

Nichts hielt ihn mehr an diesem Unglücksort. Rey holte seine Ausrüstung und marschierte weiter auf die Berge zu. Irgendwo dort, am Fuße des Rideau, war Saat. Er musste den Magier aufhalten.

Yan war es ein Rätsel, wie Grigán es geschafft hatte, sie an ihr Ziel zu führen. Seit sie das Jal'karu verlassen hatten, waren zwei Nächte vergangen. Zwei Nächte und drei Tage waren sie unentwegt voranmarschiert, hatten nie länger als nötig Rast gemacht und möglichst wenig gesprochen, damit ihre Kehlen in der sengenden Hitze der Tsched nicht austrockneten.

Dabei hatten sie nichts als Sand gesehen, Sand über Sand. Sie waren keiner Menschenseele begegnet, und die Landschaft hatte immer gleich ausgesehen. Da ihn jedes zusätzliche Pfund noch mehr erschöpfte, hatte Yan gleich am ersten Tag ein Drittel seiner Ausrüstung zurückgelassen, obwohl er überzeugt gewesen war, nur das Nötigste bei sich zu tragen. Sogar das Gewicht von Miff, die auf seinen Schultern saß, war ihm fast schon zu viel. Aber natürlich dachte er nicht im Traum daran, das Äffchen auszusetzen.

»Ist es noch weit bis Griteh?«, fragte er, als sie sich im Morgengrauen des dritten Tages wieder auf den Weg machten.

»Wir haben die Grenze des Königreichs gestern gegen Mit-Tag überschritten«, erwiderte Grigán. »Bis in die Stadt sind es nur noch wenige Meilen.«

Yan fragte sich, woher Grigán das wusste. Er selbst hatte keine Grenze erkennen können. Doch je mehr Meilen sie zurücklegten, desto stärker veränderte sich die Landschaft, und er war wieder einmal froh, sich auf die Erfahrung seines Freundes verlassen zu können.

Immer öfter wich der Sand nun bloßer Erde oder felsigem Untergrund. Der Horizont, an dem bisher eine gewaltige Dünenkette nach der anderen aufgeragt war, verwandelte sich allmählich in die weiche Silhouette einiger ferner Hügel. Der Boden wurde fruchtbarer, und um sie herum wuchsen zweimal, fünfmal, zehnmal so viele Pflanzen wie noch vor wenigen Meilen. Einen Wald konnte man das allerdings noch nicht nennen, im Grunde nicht einmal ein Gehölz, denn die Kakteen, Krüppelkiefern, Bettelrosen, Lonlonien und anderen Beerengewächse waren nur selten mannshoch. Trotzdem war Yan dankbar für den Schatten, den die kümmerliche Vegetation von Zeit zu Zeit spendete.

Plötzlich stellte er fest, dass sie auf einer Art Trampelpfad dahinmarschierten. Wie und wann sie von offenem Gelände auf diesen Fußweg geraten waren, konnte Yan beim besten Willen nicht sagen. Anscheinend würden sie tatsächlich bald eine Stadt erreichen oder zumindest besiedeltes Gebiet.

Manchmal hatte er den Eindruck, als verlangsame Grigán unwillkürlich seine Schritte, und einmal schien er sogar zu zögern, welche Richtung sie einschlagen sollten, denn er blickte immer wieder nach Süden. Nachdem sich Yan eine ganze Weile über seine verstohlene Art gewundert hatte, begann er sich Sorgen zu machen.

»Sagt Bescheid, wenn wir uns verirrt haben«, sagte er, obwohl er ganz genau wusste, dass das Problem anderswo liegen musste. »Ich könnte Euch zwar nicht helfen, aber ich wüsste es trotzdem gern.«

»Ich weiß genau, wo wir sind«, beruhigte ihn Grigán. »Die Ländereien meines Vaters befinden sich ganz in der Nähe, ungefähr drei Meilen von hier. Ich versuche nur, nicht daran zu denken.«

»Wollt Ihr denn nicht vorbeischauen?«

»Nein. Aleb hat alles niedergebrannt, als ich die Unteren Königreiche verlassen habe, sogar meine Pferde hat er geschlachtet. Heute sind nur noch böse Erinnerungen übrig. Ich habe dort nichts verloren.«

Da er hastig weiterging, fragte Yan nichts mehr. So mitteilsam war

Grigán seit ihrem Aufbruch aus dem Jal'karu nicht gewesen. War das ein Anzeichen dafür, dass sich seine Laune besserte?

Nach einem weiteren Dekant kamen die ersten Häuser in Sicht. Der Tag neigte sich dem Ende zu, und Yan war froh, nicht noch eine Nacht in der kalten Wüste unter freiem Himmel verbringen zu müssen. Aber er hatte sich zu früh gefreut: Grigán dachte nicht daran, Griteh am hellichten Tag zu betreten.

Also ließen sie sich abseits des Wegs im Schutz eines Kiefernwäldchens nieder, um sich auszuruhen. Yan konnte kaum glauben, dass er tatsächlich die Hauptstadt des ramgrithischen Königreichs vor sich sah, so ärmlich und bescheiden wirkte die Siedlung.

»Du täuschst dich«, sagte Grigán. »Griteh ist dreimal größer als das, was wir von hier aus überblicken können. Die Dächer im entfernteren Teil der Stadt sind im flirrenden Sonnenlicht nicht zu erkennen. Wenn es dämmert, wirst du sie sehen können.«

»Die Häuser wirken irgendwie so klein.«

»Auch hier täuschst du dich«, erwiderte Grigán, den Yans Bemerkungen allmählich belustigten. »Die meisten sind drei oder vier Stockwerke hoch, aber die Straßen liegen tiefer, als es den Anschein hat. Griteh ist nicht in die Höhe gebaut, sondern in die Erde gegraben worden.«

Yan nickte. Er freute sich, dass Grigán endlich sein Schweigen gebrochen hatte. Die Trennung von Léti und den anderen war zu traurig, um auch noch den Missmut seines Gefährten zu ertragen. Die Gelegenheit erschien ihm günstig, um die Frage zu stellen, die ihn seit zwei Tagen beschäftigte. »Was machen wir eigentlich in Griteh?«, erkundigte er sich betont beiläufig, nachdem er sich geräuspert hatte.

»*Du* machst gar nichts«, gab Grigán freundlich, aber bestimmt zurück. »*Ich* werde Aleb, diesem elenden Schuft, den Hals umdrehen. Danach werden wir versuchen, die anderen wiederzufinden.«

Diese Ankündigung brachte Yan einen Augenblick lang aus der Fassung. Wenn er den Dingen ihren Lauf ließ, würde ein Unglück geschehen, das war so sicher, wie morgens die Sonne aufging. Er war Grigán gefolgt, um das Schicksal zu verhindern, das ihm vorherbestimmt war. Jetzt musste er handeln.

»Allein werdet Ihr das nicht schaffen«, sagte er mit Nachdruck, ohne zu wissen, woher er den Mut nahm.

»Das weiß ich selbst«, knurrte Grigán. »Ich muss mir Verbündete suchen. Heute Nacht werden wir einem Phantom einen Besuch abstatten«, fügte er mit einem grimmigen Lächeln hinzu.

Zwei Tage lang delirierte Corenn im Fieber, bevor sich ihr Zustand allmählich besserte, und Lana verhehlte nicht, dass sie um das Leben der Ratsfrau bangte. Ihnen allen erschien die Zeit endlos, doch Bowbaq litt am meisten. Er sorgte sich nicht nur um Corenn, sondern sehnte sich auch nach seiner Familie, deren Schicksal ungewiss war. So nah war er ihnen schon lange nicht mehr gewesen: Der Schneeigelklan lebte nur zwei Tagesreisen von ihrer Jagdhütte entfernt.

Das schloss Bowbaq aus den Wegzeichen, die er auf einem flachen Felsen in der Nähe gefunden hatte und die ihm anzeigten, in welcher Richtung sich die vier nächstgelegenen Dörfer befanden. Als er Lana die Hinweise erklärte, war sie beeindruckt, wie gut er sie lesen konnte. Das Kompliment verblüffte den Riesen, der die arkischen Zeichen nie als Alphabet betrachtet hatte.

Dekant um Dekant verstrich, ohne dass Corenn erwachte, und der kurze Moment der Freude war schnell vergessen. Léti, Bowbaq und Lana konnten nichts tun, als abwechselnd am Krankenbett zu wachen und abzuwarten. Wenn sie sich überhaupt von der Hütte entfernten, dann nur für kurze Zeit und niemals besonders weit.

Lana war oft in Gebete versunken, denen sie sich noch inniger widmete, seit sie die Höhlen des Karu gesehen hatte. Léti drehte einige Runden um die Hütte, allerdings mehr, um sich abzulenken, als um tatsächlich Wache zu halten. Bowbaq versuchte, seiner Ungeduld Herr zu werden, indem er Reparaturen vornahm, Schnee schaufelte und den Holzvorrat auffüllte. So hatte er auch das Gefühl, den Besitzern der Hütte für ihre Gastfreundschaft zu danken.

Tags darauf sank Corenns Fieber ein wenig, ihre Atemzüge wurden gleichmäßiger, und ihr Gesicht entspannte sich. Am dritten Tag bestand kein Zweifel mehr, dass sie sich auf dem Weg der Besserung befand, und ihre Freunde warteten voller Vorfreude auf den Moment, in dem sie aufwachen würde. Corenn hatte bereits mehrmals geblinzelt, bevor sie sich zur Seite drehte und weiterschlief. Obwohl sie den Schlaf bitter nötig hatte, war es nicht ihre Art, sich Ruhe zu gönnen. Sobald sie wach war, würde sie aufstehen wollen, auch wenn es dafür noch zu früh war. Ihre Freunde würden sie dazu zwingen müssen, nicht zu leichtsinnig zu sein, sondern zu warten, bis sie wieder bei Kräften war.

Es war bereits dunkel, als sie zu sich kam. Bowbaq, Lana und Léti hatten gerade zu Abend gegessen und plauderten vor dem Kamin. Sie hatten nichts bemerkt.

»Ich hoffe doch sehr, dass ihr mir etwas übrig gelassen habt«, meldete sich Corenn mit belegter Stimme zu Wort.

Mit einem Satz waren Léti und Bowbaq bei ihr, und Lana folgte ihnen, um der Kranken die Stirn zu fühlen. Sie schien zufrieden mit dem Ergebnis. »Hochverehrte Ratsfrau, ich verbiete Euch aufzustehen«, sagte sie mit gespielter Strenge. »Ihr mögt sagen, was Ihr wollt, aber Eure Gesundheit ist jetzt wichtiger als alles andere.«

»Das sehe ich nicht so«, widersprach Corenn ruhig. »In unserer Lage heißt es schnell und bedacht handeln. Bowbaq, hör mir zu: Wie viele Männer hat dein Klan? Hundert? Zweihundert? Mehr?«

»Nur um die dreißig«, sagte er bedauernd. »Aber du solltest jetzt nicht so viel nachdenken, Freundin Corenn. Du musst dich ausruhen.«

»Dafür habe ich bald Zeit genug«, entgegnete sie und stützte sich auf die Ellbogen. »Und die anderen Klans? Wie viele Männer haben die anderen?«

»Ihr dürft Euch nicht zu sehr aufregen«, bat Lana. »Wir können morgen darüber sprechen, wenn Ihr möchtet.«

Corenn traute ihren Ohren nicht. Bot sie einen so jämmerlichen Anblick, dass ihre Freunde ihr nicht zuhören wollten? Sie schienen zu glauben, dass sie immer noch im Fieberwahn lag. Corenn erinnerte sich dunkel, dass sie im Schlaf gesprochen, vielleicht sogar geschrien hatte. Aber jetzt war sie wieder im Vollbesitz ihrer Kräfte! Sie *mussten* ihr zuhören, und zwar sofort.

»Was hast du vor, Tante?«, fragte Léti, die bis dahin geschwiegen hatte. »Warum willst du die Arkarier zusammenrufen? Wozu brauchst du diese … Armee?«

In der Stimme der jungen Frau lag Hoffnung, aber auch Angst vor einer neuerlichen Enttäuschung. Léti hatte sofort begriffen, worauf Corenn hinauswollte. Sie hatte noch längst nicht aufgegeben und würde jedem zur Seite stehen, der weiterkämpfen wollte.

Corenn warf ihr einen dankbaren Blick zu. »Bowbaq, ich muss die Anführer der nächstgelegenen Klans treffen«, erklärte sie bestimmt. »Ich möchte dich bitten, sie in meinem Namen aufzusuchen und herzuholen. Würdest du das tun?«

»Natürlich, Freundin Corenn. Es ist nur … Sie werden nicht ohne Grund kommen. Was soll ich ihnen sagen?«

»Sag ihnen, dass eine Botschafterin Kauls sie in einer äußerst wichtigen Angelegenheit um Rat bittet«, schlug Corenn vor. »Wenn das nicht ausreicht, dann sag ihnen, dass ihnen ein Überfall droht. Das müsste selbst die Starrköpfigsten überzeugen.«

Bowbaq nickte und senkte dann den Blick. Er hatte noch etwas anderes auf dem Herzen. Seine Freunde ahnten, was er sagen wollte, noch bevor er es ausgesprochen hatte.

»Der Anführer des Schneeigelklans ist mein Bundbruder«, brachte er schließlich heraus. »Er ist der Bruder von Ispen, meiner Frau. Ich … Soll ich …«

Corenn seufzte. Sie würde ihrem Freund etwas sehr Schmerzhaftes abverlangen, das wusste sie. Aber Bowbaq musste begreifen, dass das alles nur dem Schutz seiner Familie diente. *Den rechten Weg geht man mit schwerem Herzen …*

»Deine Familie hat keine Dara-Steine, die sie beschützen«, sagte sie bekümmert. »Wir müssen einen Weg finden, ihnen die Steine zukommen zu lassen, ohne unser Geheimnis preiszugeben oder das Leben anderer aufs Spiel zu setzen. Bis dahin ist es besser für uns alle, wenn sie die Wahrheit nicht kennen. Das verstehst du doch, Bowbaq? Kannst du dich noch etwas gedulden?«

Er machte ein langes Gesicht, konnte seinen Freunden aber nicht böse sein. »Das verstehe ich, Freundin Corenn. Ich werde tun, was du sagst. Aber ich möchte wenigstens wissen, ob es ihnen gut geht.«

»Bitte jemanden aus einem anderen Klan, deinen Bundbruder zu benachrichtigen«, schlug Corenn vor. »Am besten, ohne deinen Namen zu nennen. Dann können wir ihn nach deiner Familie fragen, wenn er zu uns stößt.«

»Ich glaube nicht, dass es klug wäre, hierzubleiben«, sagte Léti. »Die Hütte ist zu abgelegen. Hier eine Versammlung abzuhalten ist zu gefährlich und könnte die arkischen Anführer misstrauisch machen. Ich schlage vor, dass wir Bowbaq bis zum Dorf des Rentierklans begleiten und dort auf ihn warten.«

»Für eine solche Reise ist Corenn zu schwach«, wandte Lana ein.

»Wir brechen erst morgen auf«, antwortete Léti. »Bowbaq hat herausgefunden, dass der Rentierklan nicht weit von hier lebt. Die Reise würde nur wenige Dekanten dauern. Und hinter der Hütte steht ein Schlitten, den wir sicher mühelos ziehen könnten, zumindest auf ebener Strecke. Was meinst du, Tante?«, fragte sie. »Fühlst du dich dazu imstande?«

Corenn antwortete nicht gleich. Nicht etwa, weil sie zögerte: Ihre Entscheidung stand bereits fest. Sie war nur erstaunt über die Art, wie Léti die Dinge in die Hand nahm. Offensichtlich war die junge Frau fest entschlossen, Grigán zu ersetzen. »Ja«, sagte sie dann. »Das ist eine hervorragende Idee.«

Das Lächeln ihrer Nichte war Balsam für ihre Seele. Doch Léti freute sich nicht nur, dass ihr Vorschlag Zustimmung fand. Die Aussicht auf den Feldzug, den Corenn angedeutet hatte, erfüllte sie mit solchem Kampfgeist, dass selbst Saat es mit der Angst zu tun bekommen hätte.

Mit der Anmut und Geschmeidigkeit einer Raubkatze glitt Grigán durch die Schatten der Gassen. Yan bemühte sich, ihm ebenso unauffällig zu folgen, aber leider stellte er sich dabei eher ungeschickt an. Von Zeit zu Zeit blieb der Krieger stehen, um auf seinen Gefährten zu warten. Seine Ungeduld war ihm deutlich anzumerken: Genau so etwas hatte er vermeiden wollen.

Sich ins Stadtzentrum zu schleichen war ein Kinderspiel gewesen. Griteh besaß keine Stadtmauern im eigentlichen Sinne, und so waren die beiden einfach einer ruhigen Nebenstraße gefolgt und immer tiefer in das Gewirr der Gassen zwischen den weißen Kalksteinhäusern eingetaucht.

Yan wunderte sich, dass in einer so großen Stadt so wenig Betriebsamkeit herrschte, doch später begriff er, dass Grigán die belebteren Viertel absichtlich gemieden hatte. Die wenigen Passanten waren ausschließlich Männer: Greise, die auf den Eingangstreppen schäbiger Häuser saßen, Banden junger Herumtreiber oder wohlgenährte Familienväter auf dem Weg zu einem Besuch bei Bekannten. Von diesen Leuten hatten sie nichts zu befürchten. Zum ersten Mal ging der ganz in Schwarz gekleidete Grigán in der Menge unter, und auch Yan erregte keine besondere Aufmerksamkeit. Nein, die Ramgrith bereiteten Grigán keine Sorgen. Nur die Yussa beunruhigten ihn.

Alebs Söldner herrschten über die Stadt, das war bis nach Goran bekannt. Jez, Yérimer, Pleder, Ramyth, sogar einige Männer aus den Oberen Königreichen – der einäugige König hatte die schlimmsten Raufbolde der bekannten Welt zu sich geholt. Die Stärke ihrer Armee beruhte vor allem auf ihrer zahlenmäßigen Überlegenheit: Auch wenn Hunderte von ihnen umkamen, rückten immer wieder neue nach. Jeder wusste, dass Griteh Gefahr lief, von dieser plündernden Horde in den Ruin getrieben zu werden.

Die Yussa trugen keine Uniform und bewaffneten sich, wie sie wollten. Sie gehorchten nur zwei Herren, dem Hauptmann ihrer Kompanie und Aleb. Ihr einziges Erkennungszeichen war eine Kupfermünze, in die das Siegel der Krone eingeprägt war und die sich die meisten Yussa an einer Kette um den Hals gehängt hatten. Mit diesem Abzeichen konnten sie sich im Namen des Königs als Herren der Stadt aufspielen und die schlimmsten Verbrechen begehen. Das also waren die Männer, mit denen Aleb Lorelia erobern wollte.

Glücklicherweise waren sie schon seit über einer Dezime unterwegs, ohne einem einzigen Yussa begegnet zu sein. Schließlich blieb Grigán an einer niedrigen Mauer stehen und wartete auf Yan, während er sich nervös umsah. Bis jetzt war alles glattgegangen, doch die eigentliche Gefahr stand ihnen noch bevor.

»Hilf mir hoch«, befahl er.

Yan verschränkte die Hände, sodass Grigán daraufsteigen und einen Blick über die Mauer werfen konnte. Nachdem er sich vergewissert hatte, dass die Luft rein war, kletterte er hinauf und zog Yan ebenfalls hoch. Auf der anderen Seite ließen sie sich geräuschlos zu Boden fallen.

»Wo sind wir?«, flüsterte Yan erstaunt.

Grigán legte einen Finger an die Lippen.

Eine ganze Weile kauerten sie in der Dunkelheit auf der Erde. Yan sah einen gepflasterten Hof und dahinter ein Haus, das von Laternen erhellt war. Er kam fast um vor Neugier. Wer wohnte dort? Was hatte Grigán vor?

»Rühr dich nicht vom Fleck«, befahl der Krieger und stand auf.

Voller Anspannung sah ihm Yan nach. Er befürchtete, dass Grigán einen seiner finsteren Pläne in die Tat umsetzen könnte, während er draußen wartete. Er beschloss, sich seinem Befehl zu widersetzen, sobald er den Freund aus den Augen verlor.

Grigán pirschte sich an das Haus heran und blickte durch ein schmales Fenster. Er verharrte dort so lange, dass sich Yan allmählich langweilte. Zu seiner großen Erleichterung bedeutete ihm Grigán schließlich, ihm zum Eingang zu folgen, und bald standen sie zu beiden Seiten der Tür, in die eine dunkle Glasscheibe eingelassen war.

Grigán vergewisserte sich, dass er sein Schwert im Notfall rasch ziehen konnte, und wandte sich Yan zu, dem das Herz bis zum Hals schlug.

»Ich habe *einen* Mann gesehen«, sagte er leise. »Beachte ihn nicht. Wenn wir drin sind, siehst du dich in den anderen Zimmern um. Solltest du noch jemanden entdecken, rufst du mich, mehr nicht. Ist das klar?«

Yan nickte. Ihm war nicht wohl bei dem Gedanken, was Grigán mit dem Mann vorhatte, in dessen Haus sie eindrangen.

»Noch etwas«, fügte der Krieger ernst hinzu. »Egal, zu was ich mich gezwungen sehe, versuche nicht, mich davon abzuhalten. Ich habe meine Gründe.«

Bevor Yan antworten konnte, drehte sich Grigán zur Tür um und stieß sie mit einem so heftigen Fußtritt auf, dass die dünnen Scharniere aus den Angeln sprangen. Dann stürmte er ins Haus, und Yan blieb nichts anderes übrig, als ihm hastig zu folgen.

Ein dicker Mann stand mitten im Zimmer, nur wenige Schritte von ihnen entfernt. Er trug Stiefel und Hut und war offenbar im Begriff, das

Haus zu verlassen. Seine entgeisterte Miene bestätigte Yan, dass sie nicht bei Freunden waren.

»Derkel«, stieß er hervor. »Derkel, *rachis lil'temena!*«

»Wie du siehst, Cásef«, antwortete Grigán verächtlich.

Der Mann wandte sich ab, um die Flucht zu ergreifen, aber Grigán sprang blitzschnell über die Bänke und den Tisch, die sie voneinander trennten, setzte ihm nach und brachte ihn zu Fall. Dann stellte er einen Fuß auf den Rücken des Fremden und zog sein Krummschwert. »Yan!«, rief er bestimmt.

Der junge Mann erinnerte sich an seine Aufgabe und lief rasch durch die übrigen Zimmer, um sich zu vergewissern, dass dort keine Gefahr lauerte. Er hoffte inständig, dass der Mann namens Cásef bei seiner Rückkehr noch lebte, aber zum Glück war seine Befürchtung unbegründet.

»Bewach die Tür«, befahl Grigán und ließ sein Opfer frei. »Wenn er zu fliehen versucht, töte ihn.«

Yan stellte sich an der Tür auf. Ihm wurde angst und bange bei dem Gedanken, den Befehl ausführen zu müssen, denn es war sonst nicht Grigáns Art, sich so brutal zu geben. Er musste tatsächlich gute Gründe haben.

Der Mann raffte sich stöhnend auf. Der Schock saß ihm noch in den Knochen. Grigán ließ sich auf dem Tisch nieder und legte mit einem vielsagenden Blick sein Schwert auf eine der umgekippten Bänke.

»Ich schwöre, ich handele nicht mehr mit Sklaven«, sagte der Fettwanst händeringend. *»Lil'urhal on,* Grigán.«

»Sprich Itharisch. Mein Freund soll verstehen, was wir sagen.«

»Was um alles in der Welt willst du?«, rief Cásef. »Gold? Daï-Schlangen? Warum bist du zurückgekehrt? Bist du lebensmüde?«

»Ich will, dass du mich zu den schwarzen Wölfen führst«, sagte der Krieger ruhig. »Ich will die Aufständischen treffen.«

»Du bist wahnsinnig! Du bist tatsächlich lebensmüde! Die Wölfe wollen deinen Tod genauso sehr wie der König, du armer Irrer! Und mich bringen sie dann auch gleich um!«

Wie nebenbei hob Grigán seine Waffe auf und setzte ein gespielt nachdenkliches, aber unmissverständlich drohendes Gesicht auf. »Ich habe mein Leben für dich riskiert«, erinnerte er ihn leise. »Du hast es mir und nur mir zu verdanken, dass du noch am Leben bist. Es ist an der Zeit, deine Schuld zu begleichen.«

»Aber sie werden dir nicht einmal Gehör schenken. Ich weiß, was sie denken«, fuhr Cásef ruhiger fort. »In ihren Augen bist du ein Verräter, der sein Land im Stich gelassen und sich aus dem Staub gemacht hat. Sie werden dich töten, Grigán, sie werden dich mit Sicherheit töten. Zumal ... Zumal sie von Narro angeführt werden«, sagte er einer plötzlichen Eingebung folgend.

Der Krieger riss die Augen auf. Yan schossen hundert Fragen durch den Kopf, aber er würde sich noch gedulden müssen. Grigáns Vergangenheit barg wirklich viele Geheimnisse ...

»Ich werde trotzdem hingehen«, sagte Grigán, als er sich wieder gefangen hatte. »Die Wölfe müssen mich anhören. Und du wirst mich zu ihnen bringen«, setzte er hinzu und zeigte mit dem Finger auf den Fettwanst. »Das ist die einzige Chance, deinen Namen irgendwann aus meinem Gedächtnis zu löschen.«

Cásef starrte ihn eine Weile wortlos an, bevor er sich in das Unvermeidliche fügte. »Und wann willst du dich ins Verderben stürzen?«, fragte er seufzend.

»Heute Nacht. Im nächsten Dekant«, sagte Grigán. »Ich hätte es schon vor zehn Jahren tun sollen. Jetzt will ich nicht länger warten.«

Aufatmend sog Zamerine die kühle Nachtluft ein. Der Tunnel war so voller Menschen, dass man zuweilen kaum Luft bekam. Dazu kam der beißende Schweißgeruch der Sklaven, den kein Stoff zu überdecken vermochte. Doch die Früchte seiner Arbeit wogen alle Unannehmlichkeiten auf. Ganz besonders heute ...

Der Judikator saß von dem Esel ab, der ihn durch den unterirdischen Gang getragen hatte, und drückte dem wartenden Stallburschen die Zügel in die Hand. Selbst mit einem Reittier brauchte man inzwischen über drei Dezimen, fast einen halben Dekant, um zu der Grabungsstätte zu gelangen. Hätten die Sklaven den Schutt ins Freie schaffen müssen, wären sie zehnmal langsamer vorangekommen als zu Beginn der

Arbeiten. Doch seit sie bei den Grabungen auf natürliche Stollen gestoßen waren, nutzte Zamerine die unterirdischen Verzweigungen für ihre Zwecke. Das aus dem Berg geschlagene Geröll wurde nun einfach in die Seitengänge gekippt. Die größten Höhlen dienten als Warenlager und konnten in Verteidigungsposten umgewandelt werden, falls es zum Kampf kam. Enge Gänge wurden erforscht, bevor sie zugeschüttet oder mit Fallen ausgestattet wurden. Eine so raffinierte Anlage hatte es in der Geschichte der strategischen Kriegsführung noch nie gegeben, dachte Zamerine stolz. Und das war zum größten Teil sein Verdienst.

Mit einem Fingerschnippen befahl er seinen Gehilfen zu sich. Dyree schien nicht gerade erfreut, dass er ihn so lange vor dem Tunnel hatte warten lassen. Es dauerte einen Augenblick, bis er sich dazu durchrang, seinem Herrn zu folgen, doch Zamerine war in solcher Hochstimmung, dass ihn das nicht weiter kümmerte.

Er begab sich geradewegs zum Tol'karu, Saats Palast, ohne auf weiteren Begleitschutz zu warten. Dazu war die Nachricht viel zu wichtig. Ihm lag daran, sie dem hohen Dyarchen unverzüglich zu überbringen, und zwar höchstpersönlich.

Kaum waren sie die ersten Stufen zur Festung hinaufgestiegen, traten ihnen zwei Gladoren aus Saats Leibgarde in den Weg. Damit hatte Zamerine gerechnet.

»Ich habe dem hohen Dyarchen etwas sehr Wichtiges zu sagen. Lasst ihn wecken.«

»Das ist unmöglich, Euer Exzellenz. Wir sind strikt angewiesen, niemanden hereinzulassen.«

»Er hat mich selbst gebeten, ihn umgehend zu benachrichtigen«, entgegnete Zamerine gereizt. »Ich fordere Euch auf, uns durchzulassen. *Das ist ein Befehl!*«, sagte er mit schneidender Stimme.

Doch die Wachen rührten sich nicht vom Fleck, ja sie ließen sich noch nicht einmal dazu herab, dem Mann zu antworten, der ihr oberster Befehlshaber war – gleich nach den beiden Dyarchen.

Angesichts ihres Starrsinns tat der Judikator, als wende er sich zum Gehen, und beugte sich zu seinem Gehilfen hinab. »Entwaffne diese beiden Narren«, flüsterte er ihm ins Ohr.

Wie entfesselt schnellte Dyree die Treppe hinauf, überrumpelte den ersten Gladoren, indem er ihm die Hellebarde entriss, und stach den zweiten mit seinem Hati nieder. Dann schnitt er dem wehrlosen Mann kaltblütig die Kehle durch. Beinahe gleichzeitig gingen die beiden Wallatten zu Boden, während Dyree mit der Hellebarde in der Hand zwischen ihnen stand.

»Ich sagte, du sollst sie *entwaffnen!*«, brüllte Zamerine, den die Grausamkeit seines Gehilfen überrascht hatte. »Hast du jetzt auch noch den Verstand verloren?«

Der Beschimpfte schwieg hochmütig und sah seinem Herrn herausfordernd in die Augen. Er zeigte seine Treue zu Zuïa, indem er voller Hingabe ihr Urteil vollstreckte. Darin bewies er ein beängstigendes Talent. Da die Zeit drängte, beschloss Zamerine, seine Ermahnungen auf später zu verschieben, zumal Saat vermutlich Verständnis für den Tod seiner beiden Wachen haben würde. Der Judikator stieg zu dem schweren Tor hinauf und stieß es mit einem kräftigen Ruck auf.

»Ich hoffe, Ihr habt gute Gründe, mich zu stören, mein kleiner Zü«, ließ sich die Stimme eines Kindes vernehmen, die in den endlosen Gängen widerhallte.

»Und ob, Meister«, versicherte Zamerine, den dieser Empfang etwas aus der Fassung brachte. »Wo … Wo seid Ihr?«

»Im Harem. Kommt allein, ich lege keinen Wert darauf, Bekanntschaft mit dem Dolch Eures ungestümen Freundes zu machen. Außerdem muss irgendjemand meine Tür bewachen, nachdem Ihr Euch ungebeten Zutritt verschafft habt!«

Zamerine stammelte eine Entschuldigung und machte sich auf den Weg durch den finsteren Palast. Er bereute, keine Laterne mitgenommen zu haben. Dennoch fand er sich blind zurecht: Schließlich hatte der Judikator das gewaltige Bauwerk selbst entworfen.

Was Saat den Harem nannte, war in Wirklichkeit nur ein unbedeutendes Nebengebäude, in dem die gegenwärtig rund sechzig Konkubinen eingeschlossen waren. In dem großen, prachtvoll ausgestatteten Saal fanden die zügellosen und grausamen Orgien statt, denen sich der hohe Dyarch in seinen schwärzesten Momenten hingab.

»Nur herein«, befahl die Kinderstimme. »Fürchtet Ihr etwa, röter zu werden als Euer schönes Gewand?«

Zamerine gehorchte und kämpfte vergebens gegen die Angst, die in ihm aufstieg. Zum unzähligsten Mal fragte er sich, warum es ihm ausgerechnet vor diesem Mann so sehr graute. *Weil seine Kräfte nichts Menschliches mehr haben.*

Saat, oder vielmehr das Kind, dessen Körper er geraubt hatte, saß im Schneidersitz zwischen weichen Kissen. Wie üblich trug er seine Sturmhaube, die auf einem so schmächtigen Wesen übermäßig groß wirkte. Eine Frau lag nicht weit von ihm auf dem Boden, nackt, mit leerem Blick. Zamerine versuchte, nicht daran zu denken, was der Hexer ihr angetan hatte.

»Eine sehr gute Nachricht, in der Tat!«, sagte Saat, noch bevor der Zü den Mund geöffnet hatte. »Zwei Dekaden früher als gedacht, meinen Glückwunsch!«

»Der Tunnel ist fertig«, sagte der Judikator matt, ohne seine Verwirrung verbergen zu können.

»Tatsächlich?«, sagte sein Meister munter. »Nur heraus mit der Sprache! Ich will Euch dieses Vergnügen nicht nehmen.«

»Wir ... Die Sklaven sind auf weitere Gänge gestoßen«, erklärte der Zü unbehaglich. »Sie sind von Menschenhand gegraben. Ich habe mir selbst einen Eindruck verschafft und einige Späher vorausgeschickt. Offenbar haben wir die Kanäle unter der Heiligen Stadt erreicht«, sagte er mit festerer Stimme. »Wir sind am Ziel«, schloss er und wurde von einem Gefühl des Triumphs überwältigt.

Seit ihrem Aufbruch hatte Cásef kein Wort gesagt. Der einstige Sklavenhändler eilte einige Schritte vor Yan und Grigán durch die Straßen und lugte misstrauisch um jede Häuserecke. Der Krieger hatte den Mann unter Androhung des Todes davor gewarnt, sie in eine Falle laufen zu lassen, und so gab sich der Dicke die größte Mühe, alle Orte zu meiden, an denen sich Yussa aufhielten.

»Wo habt Ihr ihn kennengelernt?«, fragte Yan, der seine Neugier nicht länger in Zaum halten konnte.

»Hier in Griteh. Ich kenne ihn seit meiner Kindheit«, antwortete Grigán, ohne ihren unfreiwilligen Lotsen aus den Augen zu lassen. »Vor ungefähr zehn Jahren traf ich ihn in Benelia wieder. Ein paar zwielichtige Gestalten hatten ihn gefesselt und ins Hafenbecken geworfen. Ich war rechtzeitig zur Stelle, wenn man so will. Allerdings erfuhr ich noch am gleichen Tag, dass er mit Aleb und den Yussa zusammengearbeitet und sich im Sklavenhandel eine goldene Nase verdient hat. Prompt warf ich ihn zurück ins Wasser und drohte, ihm eigenhändig den Hals umzudrehen, falls wir uns je wieder über den Weg laufen sollten.«

»Ich schwöre dir, dass ich damit aufgehört habe«, wisperte Cásef, der sich halb zu ihnen umgedreht hatte. »Es hat sich ohnehin nicht mehr gelohnt«, fügte er unverfroren hinzu.

»Und die schwarzen Wölfe?«, fragte Yan schnell, um einen weiteren Streit zwischen den beiden Ramgrith zu verhindern.

»Das sind die Anführer der Stämme, die Aleb feindlich gesinnt sind«, erklärte Grigán. Man hörte ihm an, wie hoch er sie achtete. »Es sind Aufständische, Rebellen, die nicht länger mit ansehen wollen, wie die Yussa in Griteh und in den ganzen Unteren Königreichen ihr Unwesen treiben. Die meisten von ihnen werden verbannt oder sind selbst untergetaucht, und die anderen spielen ein doppeltes Spiel. So wie dieser Schwindler hier«, stellte er fest und gab Cásef einen Klaps auf den Rücken.

»Damit ist es vorbei. Mit den Wölfen habe ich nichts mehr zu tun«, versicherte der Dicke hastig. »Seit ich den Handel mit dem König aufgegeben habe, belästigen sie mich nicht mehr. Und das ist mir nur recht.«

»Und dieser … Narro?«, fragte Yan. Er ahnte, dass er einen wunden Punkt berührte.

Grigán runzelte die Stirn und starrte eine ganze Weile finster vor sich hin. Yan hatte sich schon mit seinem Schweigen abgefunden, als sich Grigán doch noch zu einer Antwort durchrang.

»Narro ist mein Bundvater«, sagte er merkwürdig ruhig. »Zumindest hätte er es werden können. Und er hat allen Grund, mich zu hassen«, fügte er hinzu.

»Das wirst du gleich mit eigenen Augen sehen«, mischte sich Cásef ein, der an der nächsten Straßenecke auf sie wartete. »Wir sind da.«

Grigán ging an ihm vorbei und sah sich prüfend um. Sie standen auf einem kleinen Marktplatz, an den ein Dutzend Häuser angrenzten.

»Vom Brunnen aus ist es das dritte Haus rechts«, erklärte Césef, ohne sich aus der Deckung hervorzuwagen. »Dort wohnt ein Mann namens Félel. Er gehört zu den schwarzen Wölfen und hält ein paar von ihnen bei sich versteckt. Verratet nicht, dass ich euch hergeführt habe, mehr verlange ich nicht.«

Grigán baute sich drohend vor ihm auf. »Wenn du mich angelogen hast, werde ich dich finden«, sagte er mit Nachdruck. »Wenn ich in diesem Haus irgendwelche Yussa sehe, werde ich dich auch finden, das kannst du mir glauben. Und wenn du irgendjemandem in dieser Stadt von mir erzählst, werde ich davon erfahren. Ist das klar?«

»Du hast versprochen, meinen Namen zu vergessen«, stammelte Césef. »Ansonsten kannst du mir vertrauen. Aber die Wölfe werden dich töten, Grigán. Sie sind krankhaft misstrauisch.«

»Das beweist nur, wie klug sie sind. Und jetzt verschwinde.«

Das ließ sich Césef nicht zweimal sagen. Er hastete davon und warf dabei immer wieder einen Blick über die Schulter, um sich zu vergewissern, dass der Krieger ihm keine Pfeile hinterherschickte. Bald war er außer Sichtweite.

»Verstecken wir uns«, befahl Grigán.

Zwei Dezimen lang lagen sie im Schatten eines roten Ölbaums auf der Lauer, ohne dass etwas Nennenswertes geschah. Yan hatte sich ihre geheime Mission viel aufregender vorgestellt. Im Grunde verbrachten sie viel mehr Zeit damit, zu warten, als tatsächlich zu handeln. Aber wenn er ehrlich war, kam ihm das ganz gelegen. Aufregung hatte er in den letzten Dekaden mehr als genug gehabt, und außerdem wollte er seine Chancen, Léti wiederzusehen, nicht unnötig verringern.

Er ahnte nicht, was das Schicksal noch für ihn bereithielt.

»Das reicht«, sagte Grigán plötzlich leise. »Ich gehe jetzt hin, aber ohne dich. Wenn ich bis Tagesanbruch nicht zurück bin, musst du dich allein durchschlagen. Versuche, Corenn wiederzufinden. Nimm das hier.«

»Auf gar keinen Fall«, antwortete Yan entschieden und weigerte sich, die Geldbörse anzunehmen. »Ich komme mit.«

»Stell dich nicht dümmer an, als du bist, Yan! Bei Alioss, wie kann man nur so dickköpfig sein!«

Darüber musste Yan grinsen, denn diesen Vorwurf bekam Grigán oft genug selbst zu hören. Aber seinem Freund war nicht nach Scherzen zumute. Fluchend suchte er nach Argumenten, die Yan umstimmen würden. Schließlich gab er sich geschlagen.

»Na schön, gehen wir. Diesmal zertrümmern wir nicht die Tür. Wir tun genau, was sie uns sagen, es sei denn, ich gebe dir ein Zeichen, ihren Befehl zu missachten. Verstanden?«

»Verstanden.«

Sie verließen ihr Versteck und gingen auf Félels Haus zu. Grigán klopfte dreimal laut an die Tür. Kurz darauf wurde sie einen Spalt weit geöffnet, und ein misstrauisches Gesicht spähte heraus.

»Was wollt Ihr?«, fragte der Mann barsch.

»Mit den schwarzen Wölfen sprechen«, sagte Grigán unumwunden. »Ich liefere Euch den Einäugigen ans Messer.«

Die Tür schwang ein Stück weiter auf und gab den Blick auf drei mit Krummschwertern bewaffnete Krieger frei. Nachdem sie Yan und Grigán hineingezerrt hatten, kehrte auf dem kleinen Platz wieder Ruhe ein.

Als der Tag anbrach, hatten die Besucher das Haus noch nicht wieder verlassen.

Als Bowbaq, Léti, Corenn und Lana im Dorf des Rentierklans ankamen, waren sie überrascht, dass sie kaum Aufsehen erregten. Die Reise war nicht besonders beschwerlich gewesen. Corenn hatte den drei Dekanten langen Fußmarsch hinter sich gebracht, ohne die geringste Schwäche zu zeigen, und war nur dann bereit gewesen, sich auf den Schlitten zu setzen, wenn er sich leicht ziehen ließ. Bowbaq hatte keine Mühe gehabt, die richtigen Wegzeichen zu finden und zu entziffern. Indes hatten Lana und Léti die Schönheit des Weißen Landes bestaunt: Sie waren nicht müde geworden, die Täler, Hochebenen, majestätischen Wälder und gefrorenen Seen zu betrachten.

Doch die eisige Luft, die in der kalten Jahreszeit in diesen Höhen herrschte, ließ die Erben trotz ihrer warmen Pelze frösteln, und so waren sie erleichtert, als sie ihr Ziel erreichten.

Léti stellte fest, dass das Dorf des Rentierklans in seiner Größe und der Anordnung der Häuser an eine kaulanische Siedlung erinnerte. Damit hörte die Ähnlichkeit allerdings auch schon auf. Die Häuser selbst hatten wenig mit den Fischerkaten in Eza gemein: Sie waren aus schweren Balken gezimmert, hatten ein Fundament aus unbehauenen Steinen und sahen wie riesige schneebedeckte Maulwurfshügel aus, aus denen Schornsteine hervorragten. Ein kümmerlicher Zaun aus unterschiedlich großen Holzpfählen und ein zugefrorener Wassergraben bildeten den einzigen Schutzwall der Siedlung. Trotz der Kälte waren erstaunlich viele Menschen im Freien. Schon von Weitem sah Léti einen Schmied, einen Böttcher, einige Kinder, die an ihren Bogen herumschnitzten, und mehrere Holzfäller und Zimmermänner. Die arkischen Klans waren eben nicht nur eine Reihe von Familien, die sich nebeneinander angesiedelt hatten, sondern eine richtige Gemeinschaft, die zusammen lebte und arbeitete.

Ohne zu zögern, überquerte Bowbaq die Brücke über den Wassergraben, und die anderen folgten ihm rasch, um nicht zurückzubleiben. Die Dorfbewohner schenkten ihnen keine besondere Aufmerksamkeit. Die meisten hoben nur kurz den Blick, bevor sie sich wieder ihrer Arbeit zuwandten. Nur die Kinder und einige Neugierige musterten die Fremden von Kopf bis Fuß, was Lana ganz verlegen machte.

»Können wir die Leute denn einfach so behelligen?«, fragte die Priesterin. »Ist das nicht unhöflich?«

»Mach dir keine Sorgen, Freundin Lana«, beruhigte sie Bowbaq. »Der Rentierklan ist berühmt für seine Gastfreundschaft.«

»Aber warum beachten sie uns dann kaum? Niemand traut sich, uns anzusprechen!«

»Das dürfen sie auch nicht, solange wir noch nicht bei ihrem Anführer vorgesprochen haben«, erklärte der Riese. »Das wäre unhöflich.«

»Eine merkwürdige Sitte«, sagte Léti.

»Warum? Das leuchtet doch sofort ein«, entgegnete Bowbaq. »Solange wir den Anführer nicht um Gastfreundschaft gebeten haben, sind wir Fremde, die man in Frieden zu lassen hat. Wenn ein Reisender das Dorf durchqueren will, ohne mit jemandem zu sprechen, ist das sein gutes Recht.«

»Mir leuchtet das nicht ein«, beharrte die junge Frau. »Man könnte sich doch auch bei jemand anderem einquartieren wollen.«

»Aber nein!«, widersprach Bowbaq entsetzt. »Das wäre *sehr* unhöflich!«

Corenn lachte und beendete damit das Gespräch. Die beiden wären sich ohnehin nicht einig geworden. Als Mitglied des Ständigen Rats von Kaul kannte sie die Sitten und Bräuche Arkariens wie auch die der meisten anderen Königreiche der bekannten Welt genau. Sie wusste, dass die Eintracht im Weißen Land auf zahlreichen sonderbaren Gepflogenheiten beruhte.

Also begaben sie sich zum Haus des Anführers, einem imposanten Gebäude, dessen Fassade mit einem Dutzend Rentiergespannen aus Holz geschmückt war.

»Der Anführer wohnt immer im größten Haus«, erklärte Bowbaq und ging zur Tür. »Schließlich nimmt er auch alle Gäste bei sich auf. Manche haben sogar zwei Häuser«, fügte er hinzu und betätigte den bronzenen Türklopfer.

Zur Verblüffung seiner Gefährtinnen trat der Riese ein, ohne eine Antwort abzuwarten. Das hätten sie wiederum unhöflich gefunden! Die arkischen Sitten waren wirklich verwirrend.

Trotzdem folgten sie Bowbaq, der sich bereits den Schnee von den Stiefeln klopfte. Anscheinend war die Diele auch dafür gedacht, denn auf einem Gestell standen bereits einige Paar Schuhe, unter denen sich schmutzige Pfützen gebildet hatten.

Eine ältere Frau, die ihr Haar zu einem langen Zopf geflochten hatte, trat durch eine der Türen und trocknete sich dabei die Hände an einer Schürze ab. Der unangekündigte Besuch schien sie weder zu überraschen noch zu verärgern. Offenbar war sie daran gewöhnt.

»Nish'e lo gën jtorn?«, fragte sie freundlich.

»Meine Freunde sprechen nur Itharisch«, sagte Bowbaq hastig und wurde ganz verlegen.

»Ah!«, rief die Frau. »Ich … bitte Euch … über Verzeihung«, fuhr sie mit sichtlicher Mühe fort. »Mein Mann … ist …«

Sie beschloss, ihnen mit Gesten vorzuführen, was sie sagen wollte. Die Erben verstanden, dass der Hausherr gerade Holz hackte.

»Ihr … wartet«, ergänzte sie mit einem warmen Lächeln.

Nachdem Bowbaq ihr ebenso freundlich gedankt hatte, kehrte die Gastgeberin wieder zu ihrer Hausarbeit zurück. Vermutlich lag ihr nicht viel daran, das mühevolle Gespräch fortzusetzen.

»Ich muss sagen, ich bin angenehm überrascht«, sagte Lana und zog die Fäustlinge aus, die ihr viel zu groß waren. »Ich hatte nicht gedacht, dass die Leute hier Itharisch sprechen.«

»Die Arkarier sind sehr gläubig«, erklärte Bowbaq, während er seine Pelze ablegte. »Bei uns leben einige Maz, die von Dorf zu Dorf ziehen und Gebete sprechen. Was sie über Eurydis sagen, ist vielleicht nicht immer die Wahrheit, aber die Göttin ist sehr beliebt.«

Es tröstete Lana, von diesem schlichten und doch aufrichtig empfundenen Glauben zu hören. Nach den Erlebnissen im Jal'karu schien ihr das universelle Streben nach Moral unentbehrlicher denn je.

Bowbaqs Beispiel folgend, setzten sich auch die anderen auf die breiten Bänke, die rundum an den Wänden standen, und machten es sich bequem. Lana untersuchte Corenns Wunde und stellte erleichtert fest, dass sie gut verheilte. Léti lehnte sich zurück und versuchte, ein wenig Schlaf nachzuholen. Bowbaq sog den leckeren Bratenduft ein, der aus der Küche drang, und malte sich voller Vorfreude aus, was dort wohl in den Töpfen brodelte.

Der Hausherr, der wahrscheinlich sofort von der Ankunft der Fremden erfahren hatte, ließ sie nicht lange warten. Mit einem Mal stand ein beleibter, stämmiger Mann vor ihnen, dessen graue Haare und langer Bart genauso munter sprossen wie Bowbaqs. Mit der Axt über der Schulter musterte er die Erben schweigend, bevor er dem Riesen kräftig die Hand schüttelte. »Ich bin Ingal, Anführer des Rentierklans«, sagte er mit rauer Stimme. »Seid willkommen.«

»Ich bin Bowbaq vom Vogelklan und danke dir für deine Gastfreundschaft, Freund Ingal.« Er stellte die anderen vor, und Ingal nickte den Frauen zu.

»Du bist weit fort von deinem Klan, Freund Bowbaq«, bemerkte er, während er sie ins Haus hineinwinkte. »Was führt dich hierher?«

»Weise Eurydis!«, platzte es aus Lana heraus, als sie die Stube betraten.

Die Maz stand vor einem drei Fuß langen Gemälde der Göttin, das über einem gewaltigen Kaminsims hing. Es war kein Zweifel möglich: Die abgebildete Szene zeigte die zweite Erscheinung der Weisen auf der Versammlung der Heerführer des Itharischen Reichs.

»Ich … Ein so schönes Bild habe ich bisher nur selten gesehen«, sagte sie benommen.

Der Große Tempel würde gewiss einige Hundert Pfund Gold für dieses außergewöhnliche Kunstwerk zahlen, dachte sie. Wie es den Weg hierher gefunden hatte, würde für immer ein Geheimnis bleiben, doch das kümmerte die Priesterin nicht. Wichtig war nur, dass sie es hatte sehen dürfen.

»Corenn, ich bin sicher, dass wir auf dem richtigen Weg sind«, rief sie glücklich. »Wie hoch war die Wahrscheinlichkeit, dass es uns hierher verschlägt? Eurydis hat uns zu diesem Haus geführt. Das Gemälde ist ein Zeichen der Göttin!«

Ihre Freunde erwiderten ihr Lächeln. Sie alle wünschten sich, dass ihre Zuversicht sich bewahrheiten würde.

»Es befindet sich seit Urzeiten im Besitz meiner Familie«, erklärte Ingal stolz, um zu bekräftigen, wie viel ihm das Werk bedeutete.

»Es ist wunderschön«, wiederholte Lana.

Nach diesem Austausch von Höflichkeiten entstand ein kurzes Schweigen, das ihr Gastgeber mit der Einladung beendete, doch auf den breiten Sitzbänken vor dem Kamin Platz zu nehmen.

»Wohin bist du unterwegs, Freund Bowbaq?«, fragte Ingal, als sie sich gesetzt hatten.

»Hierher, um es geradeheraus zu sagen«, antwortete er. »Meine Freundin Corenn ist Mitglied des Ständigen Rats von Kaul. Sie hat den Anführern aller Klans in dieser Gegend eine wichtige Botschaft zu übermitteln, doch eine Kopfwunde zwingt sie zur Rast. Könnte ich das Konzil bei dir einberufen?«

»Und wie lautet diese Botschaft?«, fragte Ingal, ohne auf seine Frage einzugehen.

Corenn ließ sich mit der Antwort Zeit. Zum ersten Mal wandte sich ihr Gastgeber direkt an sie. In Arkarien wurden die Frauen zwar von ihren Männern geachtet, auf Händen getragen und oft um Rat gefragt, doch in politische Angelegenheiten bezog man sie nicht ein. Das galt als unhöflich. Sie würde sich große Mühe geben müssen, um ernst genommen zu werden. »Das kann ich leider erst auf dem Konzil sagen, Freund Ingal«, sagte sie. »Ich will dich nicht in Gefahr bringen.«

»Um was für eine Gefahr geht es denn?«, fragte der Anführer mit blitzenden Augen.

Als Corenn deutlich machte, dass sie bei ihrer Entscheidung bleiben würde, setzte Ingal ein mürrisches Gesicht auf. Eine solche Geheimniskrämerei war er nicht gewohnt, und sie verhieß nichts Gutes. Doch dann besann er sich auf seine Pflicht.

»Einverstanden«, lenkte er ein. »Du wirst vor dem Konzil sprechen, Freundin Corenn. Ich hoffe, dass du einen guten Grund hast. Meine Brüder werden die Reise ungern vergeblich auf sich nehmen.«

»Das habe ich, Freund Ingal«, versicherte die Ratsfrau. »Die Anführer werden nicht umsonst kommen. Ich bin hier, um das größte Geheimnis dieses Jahrhunderts zu enthüllen«, erklärte sie feierlich.

Ingal nickte und wandte sich dann Bowbaq zu, weil er hoffte, sein Landsmann könnte ihm Näheres verraten. Dabei wusste der Riese selbst nicht ganz, was seine Freundin vorhatte.

»Ich werde umgehend Boten entsenden«, sagte Ingal schließlich. »Ich kann es kaum erwarten, Licht in diese Angelegenheit zu bringen.«

»Du kannst mich gerne dafür vorsehen, Freund Ingal«, erbot sich Bowbaq.

»Das ist sehr großzügig von dir, mein Freund, aber du bist mein Gast, und wer diese Gegend nicht kennt, dem drohen viele Gefahren. Seit einigen Monden treibt sich ein Löwe hier in der Nähe herum. Es ist ein Wunder, dass er noch niemanden angegriffen hat.«

»Ein Löwe?«, wiederholte Bowbaq aufgeregt. »Hat er ein schwarzes Ohr, helle Augen und eine Brandwunde auf einer Pranke?«

»Schon möglich«, entgegnete Ingal zögernd. »Wir sehen ihn immer nur aus der Ferne.«

»Wo ist er zum letzten Mal gesichtet worden?«, fragte Bowbaq und sprang auf.

»Im Wald von Bianq, glaube ich. Östlich von hier.«

»Ich danke dir für deine Gastfreundschaft, Ingal«, rief der Riese, der bereits zur Tür stürzte. »Ich bin bald wieder zurück!«

Léti sah ihm neidisch nach. Bowbaq sah so glücklich aus! Sie hätte ihn gern begleitet, wollte ihn aber in seiner Vorfreude auf das Wiedersehen nicht stören.

»Was hat er denn?«, fragte Ingal, als die Tür ins Schloss fiel. »Ist er Löwenjäger?«

»Nein, nein. Er will seine Familie wiedersehen«, gab Corenn lächelnd zurück.

So nah war Rey seinem Ziel noch nie gewesen. Zwei Tage lang hatte er sich aus Mangel an Ortskenntnissen damit begnügt, auf die Berge zuzumarschieren. Am Abend des zweiten Tages erspähte er schließlich die Lagerfeuer der wallattischen Armee, die ihm wie kleine Leuchttürme den Weg wiesen. Er hielt nun geradewegs darauf zu und rechnete jeden Augenblick damit, auf den Feind zu stoßen.

Davor fürchtete er sich mittlerweile weniger, als er gedacht hatte. Rey hatte viel Zeit gehabt, über seinen Plan nachzudenken, und seine Entschlossenheit war größer als je zuvor. In den letzten Tagen hatte er so viele zerstörte Dörfer durchquert und die Spuren so vieler Gräueltaten gesehen, dass es keinen Zweifel mehr gab: Saat musste für seine Taten büßen. Die Oberen Königreiche durften diesem Verbrecher nicht zum Opfer fallen. Fast hätte er darüber sogar seine persönlichen Rachegelüste vergessen.

Er litt an Hunger und Erschöpfung. Nach dem Durchzug Zehntausender Kämpfer war das Land so verwüstet, dass kaum noch etwas Essbares zu finden war. Selbst Wild, mit dem Rey seine dürftigen Mahlzeiten aus Eiern, Schlotpilzen und Wurzeln hätte aufbessern können, gab es keins mehr. Für ein wohlschmeckendes warmes Mahl hätte er alles gegeben, was er besaß, wobei das nicht gerade viel war, seit er den Rest der Goldmünzen aus dem Kleinen Palast zurückgelassen hatte.

Er verdrängte seinen Hunger, indem er an seine Freunde dachte, vor allem an Lana. Er malte sich aus, wie froh sie sein würden, wenn er ihnen vom Gelingen seiner Mission berichtete. Er träumte von dem großen Wiedersehen, sah ihre freudestrahlenden Gesichter vor sich und schmiedete Zukunftspläne, an die er zwar selbst nicht recht glaubte, die ihm aber in der Einsamkeit Gesellschaft leisteten.

Er hing gerade einem dieser Tagträume nach, in dem er an der Seite der Priesterin in Glück und Frieden lebte, als er auf einen erdrückenden Beweis für Saats Macht stieß.

In den Wald war eine Schneise geschlagen, die sich in beide Richtungen bis zum Horizont erstreckte. Auf acht Schritten Breite war alles dem Erdboden gleichgemacht. Nur die Bäume, die zu tief verwurzelt waren, hatte man an Ort und Stelle niedergebrannt. Die verkohlten Stümpfe sahen aus, als hätten die Undinen ihnen einen Besuch abgestattet.

Rey wartete eine Weile, bevor er sich vorsichtig auf das offene Gelände hinauswagte. Alles lag wie ausgestorben da. Unzählige Wagenräder, Hufe und Stiefel hatten ihre Spuren in dem schlammigen, zerfurchten Boden hinterlassen. Das Heer, das hier durchgezogen war, musste gewaltig gewesen sein. Vielleicht diente diese Straße immer noch der Versorgung von Saats Armee. Da sie in westlicher Richtung auf die Berge zuführte, gelangte man vermutlich in die wallattische Hauptstadt, wenn man sich nach Osten wandte.

Obwohl es gefährlich war, sich ohne jede Deckung fortzubewegen, beschloss Rey, die Gelegenheit beim Schopf zu packen und auf dieser Straße weiterzugehen. So würde er wenigstens auf direktem Weg ans Ziel gelangen. Wenn er am Waldrand blieb und die Straße im Auge behielt, würde er sich im Notfall hoffentlich rechtzeitig verstecken können, und dass er unterwegs auf Wallatten stoßen würde, war ohnehin unvermeidlich.

Zu seinem Pech geschah das ziemlich bald. Rey hatte zwar den Weg vor sich im Blick, war aber nicht darauf gefasst, dass die Gefahr auch von hinten nahen konnte. Als er den Hufschlag hörte, war es bereits zu spät. Der Reiter hatte ihn sicher längst gesehen.

Rey drehte sich kurz um, warf ihm einen Blick zu und setzte dann scheinbar ungerührt seinen Weg fort. Wäre er losgerannt, hätte er sich höchstens verraten und damit alles noch schlimmer gemacht. Er konnte nur hoffen, dass sich der Wallatte von seiner Verkleidung täuschen ließ und weiterreiten würde, ohne anzuhalten.

Doch dieses Glück war ihm nicht beschieden. Das Pferd galoppierte langsamer und fiel dann in Trab. Bald war offensichtlich, dass der Reiter ihn ansprechen würde. Also wandte sich Rey beherzt um und sah dem Mann entgegen, wie es ein Wanderer mit reinem Gewissen tun würde.

Der Wallatte näherte sich vorsichtig, da ihn der seltsame Aufzug des Schauspielers zu wundern schien. Wie alle seine Landsleute war er kräftig gebaut und hatte struppige Haare. Seine Züge wirkten brutal und grob. »*Rau'ch'en il mer ol're wfer?*«, fragte er in verächtlichem Ton.

Das Gleiche könnte ich dich auch fragen, dachte Rey. Dabei hatte er keine Ahnung, was der Mann von ihm wollte. Das Wallattische ähnelte keiner der Sprachen, die in den Oberen Königreichen verbreitet waren. Notgedrungen setzte er alles auf eine Karte, nickte nachdrücklich und lächelte.

Der Reiter musterte ihn mit undurchdringlicher Miene, ohne ein Wort zu sagen. Der Augenblick der Ungewissheit kam Rey unendlich lang vor.

»*Rau'ch'en il mer ol're wfer?*«, wiederholte der Mann laut und beugte sich dabei aus dem Sattel, als spräche er zu einem Tauben.

Rey lächelte unverdrossen weiter, bedeutete ihm mit einer Handbewegung, er solle sich noch gedulden, und griff nach seinem Bündel, das er auf dem Rücken trug. Dann packte er blitzschnell die Armbrust, die daran befestigt war, und feuerte. Der Bolzen bohrte sich in den Schädel des Barbaren, noch bevor er einen Laut von sich geben konnte. Der leblose Körper kippte vornüber und plumpste zu Boden.

»Schlechtes Benehmen ist mir zuwider«, murmelte Rey gespielt gelassen, obwohl sein Herz lauter schlug als die Trommeln am Tag der Erde.

Er zerrte die Leiche in den Wald und durchsuchte sie. Außer einigen kleinen Münzen, die ihm für die eine oder andere Bestechung nützlich sein könnten, fand er nichts Brauchbares. Die Begegnung hatte ihm noch einmal bewusst gemacht, dass die fremden Sprachen des Ostens sein größtes Problem waren. Wie sollte er sich einen Verbündeten suchen, wenn er sich nicht mit ihm verständigen konnte?

Aber der Wallatte hatte ihn unfreiwillig auf eine Idee gebracht. Rey schnitt ein Stück Tuch zurecht und tränkte es dann an zwei Stellen mit dem Blut seines Feindes. Angewidert wickelte er sich den Schal um den Kopf und band ihn so unter dem Kinn fest, dass er die Ohren bedeckte. Mit diesem Verband konnte er sich taub stellen und völlig unbehelligt an seinen Feinden vorbeispazieren. Die Rolle des Tauben würde ihm keinerlei Schwierigkeiten bereiten, da war er sicher.

Um zu verhindern, dass er mehr Aufmerksamkeit erregte als nötig, trennte er sich von seinen letzten auffälligen Besitztümern: seinem Rapier, der Armbrust und den lorelischen Stiefeln. Außer seinem Dolch und dem Inhalt seines Bündels besaß Rey nur noch das, was er seinen wallattischen Opfern abgenommen hatte. Zum ersten Mal in seinem Leben fühlte er sich heimatlos. Für jemanden wie ihn, der schon immer ein unstetes Künstlerleben geführt hatte, war diese Empfindung mehr als ungewohnt.

Als er wieder auf den Weg trat, stellte er fest, dass das herrenlose Pferd schon eine gute Meile in Richtung Wallos zurückgetrabt war. Rey tröstete sich mit dem Gedanken, nicht mehr entscheiden zu müssen, was er mit dem Tier anfangen sollte. Er überprüfte, ob sein Verband fest saß, seufzte schwer und marschierte mit bloßen Füßen auf die Berge zu.

Tags darauf erreichte er das feindliche Lager.

Die schwarzen Wölfe hatten Yan und Grigán in Félels Keller eingeschlossen, was der Krieger widerspruchslos geschehen ließ. Dort waren sie die ganze Nacht und den nächsten Tag geblieben, ohne ihre Kerkermeister zu Gesicht zu bekommen. Die Männer hatten sich damit begnügt, ihnen die Waffen abzunehmen und die Tür zu verriegeln. Fragen hatten sie nicht gestellt, selbst ihre Namen schienen sie nicht zu interessieren. Yan, der von Natur aus neugierig war, konnte das kaum begreifen.

Dekant um Dekant war verstrichen, und in den Unteren Königreichen war längst wieder Nacht eingekehrt, als sich die Kerkertür endlich öffnete. Der junge Mann beobachtete angespannt, was Grigán tun würde. Doch nichts geschah. Der Krieger ließ sich gehorsam von den drei Ramgrith abführen, während Yan hinterherlief und versuchte, die kleine Miff zu beruhigen, die ihm ins Ohr kreischte.

Die drei Männer sahen sich so ähnlich, dass man sie für Brüder halten konnte. Aber auch Grigán hatte einiges mit ihren Wächtern gemeinsam. Die Ramgrith waren mittelgroß, hatten hagere Gesichter und rabenschwarze Haare, und die meisten trugen einen dünnen Schnurrbart. Jeder Kämpfer war mit einem Krummschwert bewaffnet, doch vorerst hielten sie die Eindringlinge nur mit einem Dolch in Schach.

Der Mann, der ihnen am Abend zuvor die Tür geöffnet hatte und wohl Félel sein musste, ging der Gruppe voraus. Ein etwa zehn Schritte langer Gang führte zu zwei Türen, vor denen er stehen blieb und auf die anderen wartete.

Grigán und Yan wurden in ein kleines, von zwei Laternen erhelltes Zimmer gestoßen, in dem mehrere Etagenbetten standen. Einige der Schlafplätze schienen gerade erst benutzt worden zu sein. In der Mitte des Kellerraums stand ein Tisch, an dem zwei Männer saßen. Beide trugen itharische Masken und hatten ihre Dolche vor sich liegen.

Nachdem sich zwei Wachen vor dem Eingang aufgestellt hatten und die Tür zugefallen war, blieben Yan und Grigán allein mit den rätselhaften Männern, die so etwas wie Anführer der schwarzen Wölfe sein mussten.

»Wer hat Euch diese Adresse genannt?«, fragte der Mann zu ihrer Linken.

»Ich habe geschworen, das nicht zu verraten«, antwortete Grigán, ohne zu zögern.

»Wer hat Euch diese Adresse genannt?«, wiederholte der Mann scharf.

»Ich werde mein Wort halten«, sagte der Krieger und runzelte die Stirn.

Yan musste unwillkürlich an Corenn denken. Grigán war nicht gerade diplomatisch. Wenn er die Maskenmänner tatsächlich um Hilfe bitten wollte, waren ihre Aussichten düster.

»Gut. Wir kommen später noch einmal darauf zurück«, sagte ihr Gegenüber nach einer Weile. »Wer seid Ihr?«, fragte er dann in schneidendem Ton weiter.

»Ich bin Grigán vom Stamm der Derkel. Die Ländereien meiner Familie befanden sich elf Meilen südöstlich von hier – bevor sie Aleb den Yussa überließ.«

Den letzten Satz hatte er mit unverhohlener Verachtung ausgesprochen. Doch allein sein Name hatte die Ramgrith so aufgeschreckt, dass sie seine weiteren Worte gar nicht beachteten. Der Mann zu ihrer Rechten flüsterte dem anderen etwas ins Ohr. Dann setzten sie das Verhör fort.

»Und der da?«, fragte der Mann und zeigte auf Yan. »Er ist nicht von hier.«

»Er begleitet mich. Er ist mein bester Freund, und er ist ehrenwert und vertrauenswürdig.«

Bei diesem Lob streckte Yan vor Stolz die Brust heraus. So offen brachte Grigán seine Gefühle nur selten zum Ausdruck, und Yan vergaß darüber alle Schwierigkeiten der letzten Tage. Trotz seiner wortkargen und launischen Art war Grigán ein guter Freund.

»Den Stamm der Derkel gibt es nicht mehr«, sagte der Maskierte. »Ich nehme an, du weißt das?«

Grigán nickte knapp und sah dem Mann dabei fest in die Augen.

»Natürlich weißt du das«, fuhr der schwarze Wolf fort. »So können wir nicht überprüfen, ob du die Wahrheit sagst.«

»Narro wird es euch bestätigen«, sagte der Krieger. »Ich will ihn treffen.«

»Diesen Narro kennen wir nicht.«

»O doch. Bringt mich zu ihm, dann werde ich zu Ende führen, was ich vor zwanzig Jahren begonnen habe. Ich werde dem Einäugigen das Handwerk legen.«

Die beiden Männer besprachen sich leise und wurden sich schnell einig.

»Wenn du tatsächlich der Grigán bist, der du zu sein vorgibst, würdest du nicht wagen, Narro gegenüberzutreten. Er hat geschworen, dich eigenhändig zu töten.«

»Ich weiß. Vielleicht wird er das tun. Ich werde ihn nicht daran hindern.«

Die Antwort ließ Yan zusammenzucken. Er fragte sich, was sein Freund getan haben mochte, um solchen Hass auf sich zu ziehen. Würde ihre Reise in einer Tragödie enden?

»Ich bin Grigán«, sagte der Krieger noch einmal. Er hatte es satt, sich beweisen zu müssen. »Seit zwanzig Jahren schickt euch ein gewisser Bahlin de Far Börsen voller Gold. Wie könnte ich das wissen, wenn sie nicht von mir selbst stammten?«

Während sich die Maskierten abermals berieten, wartete Yan nervös auf ihre Entscheidung. Wenn die schwarzen Wölfe Grigán keinen Glauben schenkten, würden sie ihn töten lassen. Er machte sich auf das Schlimmste gefasst und überlegte fieberhaft, wie er seine magischen Fähigkeiten einsetzen könnte, um sie zu retten.

»Wenn du sterben willst, so soll dir dein Wunsch erfüllt werden«, sagte der Mann zu ihrer Linken schließlich. »Wir werden dich zu Narro führen. Aber du wirst deine Rückkehr noch bereuen, Grigán Derkel.«

Yan bekam eine Kapuze übergestülpt und war mit einem Mal völlig blind. Seine Hände wurden nach hinten gezerrt und fest zusammengebunden. Unter Miffs gellendem Kreischen ließ er sich abführen und hoffte, dass sie ihre Expedition nicht bereuen würden.

Als die Nacht hereinbrach, war Bowbaq immer noch nicht zurückgekehrt. In Ingals Haus versuchten Lana, Léti und Corenn, einander Mut zu machen. Doch auch nach Sonnenaufgang blieb der Riese verschwunden, und mit jedem Dekant machten sich die Erbinnen größere Sorgen.

Der Anführer des Rentierklans wollte seine Boten so schnell wie möglich auf den Weg schicken. Kurz vor Mit-Tag brachen die Männer auf, um die anderen Klans zu einem außerordentlichen Konzil einzuberufen. Die weiter entfernt lebenden Anführer würden erst in sechs oder sieben Tagen eintreffen, und so musste Ingal seine Neugier noch etwas zügeln.

Gegen Ende des vierten Dekants sah Léti, die am Tor des Dorfes Ausschau hielt, einen überglücklichen Bowbaq auf sich zukommen. Obwohl er noch ein gutes Stück entfernt war, rannte sie ihm entgegen, fiel ihm erleichtert um den Hals und ließ sich im Kreis herumwirbeln. »Hast du ihn gefunden?«, fragte sie begierig, als er sie endlich wieder abgesetzt hatte.

»Ja!«, rief er jubelnd. »Ich habe ihn dort hinten im Wald gelassen. Und meiner Familie geht es gut!«

Létis Verwunderung verflog schnell, als ihr einfiel, dass Bowbaq wie alle Erjaks mit Tieren sprechen konnte. Der Löwe Mir hatte seit vier

Monden über Ispen und die Kinder gewacht und diese Aufgabe offenbar bestens erfüllt. Das war die erste gute Nachricht, die sie seit Langem gehört hatten.

»Komm, wir holen Corenn und Lana«, sagte Bowbaq. »Ich möchte ihn euch vorstellen!«

Sie hatten ihre Gefährtinnen schnell gefunden und mussten sie nicht lange überreden, mitzukommen. Corenn freute sich, dass es Bowbaqs Familie gut ging, und Lana sprach ein Dankesgebet an die Göttin. Voller Begeisterung machten sie sich auf den Weg.

Der Löwe war nicht mehr da. Bowbaq rief erst einmal, dann noch einmal lauter, aber Mir blieb verschwunden.

»Ich werde versuchen, seinen Geist zu erreichen«, erklärte er. »Darüber wollte ich ohnehin mit dir sprechen, Freundin Corenn. Ich glaube, dass meine Erjak-Kräfte viel stärker sind als vorher.«

Sie nickte langsam. Das war eine weitere Bestätigung dafür, dass das Jal die Gefährten beeinflusst hatte, obwohl sie nicht lange dort gewesen waren. Wie hatte sich das Gwel wohl auf ihre eigenen magischen Fähigkeiten ausgewirkt?

Und auf Yans?, dachte sie plötzlich. Seine Kräfte waren ohnehin außergewöhnlich gewesen. Was würde geschehen, wenn er seinen Willen entfesselte? Die Macht seiner Magie wäre womöglich so groß, dass er selbst davon überrascht würde und die Reglosigkeit entsprechend heftig ausfiele. Corenn bekam Angst um ihren Schüler, der von dieser Gefahr vielleicht noch nichts ahnte. Sie würde ihn völlig unvorbereitet treffen. Dennoch beschloss sie, ihre Sorge für sich zu behalten, und sah sich zusammen mit den anderen nach dem Löwen um.

Als er schließlich auftauchte, kamen sie sich vor wie in einem Traum: Obwohl sie zu viert Ausschau gehalten hatten, entdeckten sie ihn erst, als ein gewaltiges weißes Raubtier geschmeidig auf Bowbaqs Rücken sprang und den Riesen fast umriss. Wären sie nicht darauf gefasst gewesen, hätten die drei Frauen bei diesem Anblick einen riesigen Schreck bekommen. Doch auch so war Mir eine eindrucksvolle Erscheinung.

Bowbaq drehte sich lachend um, packte den Löwen mit beiden Armen und kugelte mit ihm im Schnee herum. Das Tier war fast ebenso groß wie sein Herr. Seine Mähne, die sich über den ganzen Leib zog, war prachtvoller als die der schönsten Hengste von Junin. Die Flecken, denen seine Art ihren Namen verdankte, waren mit Einbruch des Winters verblasst, sodass sein Fell nun makellos weiß schimmerte. Doch die drei Erbinnen sahen vor allem die riesigen Krallen an den nicht minder gewaltigen Pranken und das elfenbeinfarbene Maul, das blutrot aufblitzte, als Mir vor Freude brüllte.

»Das ist er!«, rief ihnen Bowbaq beim Herumtollen zu, als hätten seine Freundinnen noch daran zweifeln können. »Das ist mein Löwe!«

Léti, Corenn und Lana warteten geduldig, bis die beiden sich ausgetobt hatten, und lachten über ihre verspielte Rauferei. Irgendwann gab sich Bowbaq geschlagen, und Mir ließ ihn aufstehen.

»Das sind meine Jagdgefährten«, erklärte er dem Löwen und forderte die Erbinnen auf, ihn zu streicheln.

Diese Auskunft genügte Mir, um die Anwesenheit der drei Unbekannten zu dulden. Nachdem er jede beschnuppert und sich von ihrer Gutwilligkeit überzeugt hatte, nahm er sie wie selbstverständlich in sein Rudel auf. Hätte Bowbaq nicht mit ihm gesprochen, hätte er sie womöglich angegriffen.

»Wie weich er ist!«, sagte Lana und klopfte ihm behutsam den Schnee vom Fell.

»Bestimmt hat ihn Ispen gebürstet«, erwiderte Bowbaq, dem bei diesem Gedanken warm ums Herz wurde. »Prad liebt es, auf ihm zu reiten, und sie hat es nicht gern, wenn unser Sohn schmutzig nach Hause kommt. Ach, meine Kinder, meine Kinder!«, rief er sehnsüchtig.

Corenn betrachtete das mächtige Tier nachdenklich. Ihr war soeben eine Idee gekommen. Wenn es gut ging, würden sie eine Sorge weniger haben. »Bowbaq, hast du die Steine bei dir, die du für deine Familie mitgenommen hast?«

Hoffnungsvoll zeigte er ihr die Dara-Steine. Was auch immer Corenn vorschlug, er würde ihren Rat befolgen. Das Wiedersehen mit Mir hatte ihm seine Zuversicht zurückgegeben.

»Kannst du deinem Löwen genaue Anweisungen geben?«

»Ich kann ihm alles auftragen, was ihn nicht in Gefahr bringt oder zu kompliziert zu verstehen ist.«

»Kann Ispen lesen?«

»Nein«, gab Bowbaq bekümmert zu.

Corenns enttäuschte Miene sprach Bände. Das machte ihren schönen Plan zunichte.

»Was willst du denn schreiben, Freundin Corenn?«

»Ich wollte Mir mit den Steinen zu deiner Familie zurückschicken«, sagte sie seufzend. »Aber wir müssen ihnen unbedingt einschärfen, sie immer bei sich zu tragen. Sonst machen wir alles nur noch schlimmer.«

Bowbaq dachte eine Weile nach, verstand aber immer noch nicht ganz. »Ich könnte sie doch selbst hinbringen«, schlug er schüchtern vor. »Mein Stein wird mich beschützen.«

»Bowbaq, ich weiß, dass das schwer ist«, begann Corenn. »Aber wenn Sombre das Dorf überwacht, in dem sich deine Familie aufhält, wird er deine Ankunft aus den Gedanken der Menschen, denen du begegnest, herauslesen. Das ist fast so, als könnte er dich sehen. Es ist zu gefährlich.«

»Und wenn wir jemanden aus dem Rentierklan schicken?«, schlug Léti vor.

»Das geht genauso wenig. Sobald er die Steine abliefert, wäre der Überbringer für Sombre sozusagen sichtbar und bringt uns damit in Gefahr. Deshalb wäre Mir ideal. Auf Tiere achtet der Dämon vermutlich nicht besonders.«

Mit betrübter Miene betrachtete Bowbaq seinen Löwen, der sich in einer zugeschneiten Senke niedergelassen hatte.

»Das ist eine gute Idee, Freundin Corenn«, sagte er plötzlich. »Es klappt bestimmt.«

Er nahm einen der Steine und ritzte mit einem kleinen Messer ein Zeichen hinein. Dasselbe tat er mit den beiden anderen.

»Das ist das Symbol des Vogelklans«, erklärte er. »Ispen wird es verstehen. Sie ist sehr klug«, fügte er stolz hinzu.

Corenn sah zu, wie er dem Löwen in Gedanken Anweisungen übermittelte und ihm dann die Steine ins Maul legte. Mir erhob sich und entfernte sich mit einigen mächtigen Sätzen. Er machte sich auf den Weg zu den einzigen Erben von Ji, die bisher verschont geblieben waren.

Corenn betete, dass sie sich nicht geirrt hatte.

Yan bekam unter der Kapuze kaum Luft. Die Nacht war schon lange der alles beherrschenden Hitze des Tages gewichen, und er konnte an nichts anderes mehr denken als an das Ende seiner Qualen. Er hatte so viel geschwitzt, dass er befürchtete, ohnmächtig zu werden, wenn er nicht bald etwas zu trinken bekam. Doch seine Entführer waren taub für seine Bitte. Sie durften ihn erst freilassen, wenn sie ihr Ziel erreicht hatten.

Die beiden Gefangenen wurden durch einen unterirdischen Gang geführt und dann in große, auf einen Karren geschnallte Körbe gesetzt. Durch Zurufe vergewisserten sich Yan und Grigán mehrmals, dass man sie nicht voneinander trennte. Miff wurde zusammen mit Yan eingesperrt und verhielt sich glücklicherweise ruhig. Ihre Lage war zu nervenaufreibend, um auch noch das Kreischen des Mausäffchens zu ertragen.

Der Karren rumpelte durch die Straßen von Griteh und schien dabei viele Umwege zu nehmen, bis sie schließlich auf steinigem Boden weiterfuhren. Yan schloss daraus, dass sie die Stadt verlassen hatten. Nach einer langen, eintönigen Fahrt wurden die Körbe geöffnet, um den Gefangenen ein wenig frische Luft zu gönnen. Frei ließ man sie deshalb aber noch lange nicht.

Yan kam die Idee, in Miffs innerstes Wesen einzudringen, um durch ihre Augen zu sehen, doch er fühlte sich zu elend, um seinen magischen Willen zu entfesseln. Er hatte Corenns Rat schon zu oft in den Wind geschlagen: *Gebrauche deinen Willen niemals im Zorn, unter Schmerzen oder wenn du betrunken bist.* Diesmal war er lieber vernünftig.

Das Rumpeln des Karrens, die Gesprächsfetzen, die an sein Ohr drangen, und die unerträgliche Hitze schienen kein Ende zu nehmen. Plötzlich kam das Gefährt zum Stehen. Ihre Entführer wechselten einige Worte mit einem Mann, vermutlich einem Wachposten, bevor der Karren auf einem gepflasterten Weg weiterfuhr.

Der stärkere Widerhall der Geräusche und die kühlere Luft deuteten darauf hin, dass sie sich nicht mehr auf freiem Feld, sondern zwischen Gebäuden oder Felswänden befanden. Bald schien sich ihre Umgebung zu beleben: Von Ferne waren Rufe, Gespräche, Schritte und sogar der Klang einer Schnabelflöte zu vernehmen. Yan und Grigán waren im Lager der schwarzen Wölfe angekommen.

Als der Karren hielt, befahl man ihnen schroff, abzusteigen. Endlich wurden ihnen auch die Kapuzen abgenommen, während ein anderer Ramgrith ihre Fesseln überprüfte. Yan atmete erst einmal tief ein, bevor er sich umsah.

Sie standen inmitten von Ruinen, die dem verwitterten Mauerwerk nach sehr alt sein mussten. Die Dächer der meisten Gebäude waren eingestürzt und die unteren Geschosse zum Teil unter Sand begraben. Die Häuser waren ähnlich gebaut wie in Griteh, doch sie waren zu verfallen, um die Bauweise genauer vergleichen zu können. Aber sie hatten ohnehin anderes im Sinn.

Die Ruinen waren in ein Feldlager verwandelt worden. Hier und da waren Männer mit Ausbesserungs- und Befestigungsarbeiten beschäftigt, für die sie Material benutzten, das sie vor Ort fanden. Mehrere Mauern waren verstärkt und mit Stoff überspannt worden, um schattige Unterstände zu schaffen. Ein nahe gelegenes Gebäude diente als Stall, und neben einem Brunnen lag ein Sandhaufen, der davon zeugte, dass die Männer mühsam nach Wasser hatten graben müssen. Mehrere Schießscheiben und enthauptete Puppen machten deutlich, dass das Lager für kriegerische Zwecke genutzt wurde.

Das waren sie also, die schwarzen Wölfe. Yan schätzte, dass mindestens dreißig auf sie zukamen, aber dem Stimmengewirr nach zu urteilen, das von überall an seine Ohren drang, mussten noch zehnmal mehr Männer hier leben. Zudem schien die Ruinenstadt aus vielen Vierteln zu bestehen. Wenn jedes ebenso viele Menschen beherbergte, musste das Lager einige Tausend Krieger umfassen.

Die Männer wirkten so abweisend, stolz und hitzköpfig wie Grigán in seinen übellaunigsten Momenten. Yan war überrascht, auch einige Kinder unter ihnen zu sehen, ausschließlich Jungen. Die Selbstverständlichkeit, mit der manche bereits einen Dolch oder ein Krummschwert trugen, ließ ihn erschaudern. Die meisten anderen waren allerdings nur mit einem ihrer Körpergröße angepassten Bogen bewaffnet, und so sahen sich die beiden Gefangenen plötzlich von vielen kurzen Pfeilen bedroht.

»Die Stadt Gul«, sagte Grigán nachdenklich und betrachtete die Ruinen. »Es hieß, sie sei von Spinnen befallen.«

»Das war sie auch«, bestätigte einer der Bewacher mit hochmütiger Miene. »Die Mauern waren schwarz vor Spinnen. Man konnte sie auf eine Meile Entfernung herumkriechen hören. Wir haben zwei Jahre gebraucht, um alle Nester auszuräuchern, aber jetzt gehört die Stadt uns. Kein Yussa wird sich je hier blicken lassen.«

Der Krieger nickte wortlos. Er musterte jeden Neuankömmling und versuchte, unter den vielen feindselig blickenden Männern, die sie umzingelten, ein vertrautes Gesicht zu erkennen. Plötzlich kam ihm jemand zuvor.

»Grigán!«, rief ein Mann freudig aus und zwängte sich durch die Menge. »Grigán Derkel!«

»Berec!«, antwortete Grigán leicht erstaunt und strahlte ihn an.

Der Mann war um die fünfzig und hatte dunkles, mit grauen Strähnen durchsetztes Haar. Da ihm eine Hand fehlte, umarmte er Grigán mit seinem gesunden Arm. Als er feststellte, dass sein Freund gefesselt war, bekam er einen Wutanfall und beschimpfte ihre Bewacher so heftig, dass Yan froh war, nichts zu verstehen. Die Männer versuchten, sich zu verteidigen, doch Berec ließ ihre schüchternen Argumente nicht gelten, und so kamen die Gefangenen endlich frei.

»Berec!«, sagte Grigán noch einmal und erwiderte die herzliche Begrüßung. »Bei Alioss, ich habe nicht zu hoffen gewagt, dich hier zu treffen.«

»Du hättest nicht kommen sollen«, gab der andere zurück. »Narro hat dir nicht verziehen.«

»Ich weiß«, erwiderte Grigán mit düsterer Miene. »Aber es gab keine andere Lösung. Ich brauche seine Hilfe.«

»Ich bezweifle, dass er bereit sein wird, ausgerechnet dir zu helfen«, gestand Berec nach kurzem Schweigen. »Nun ja, lassen wir es darauf ankommen.«

Er machte den anderen mit einigen Befehlen klar, dass er die Gefangenen unter seine Obhut nahm, und schritt dann durch die Menge, die sich bereits aufzulösen begann. Obwohl er keine Waffen trug und sich in der Einöde inmitten misstrauischer Krieger befand, fühlte sich Yan so frei wie schon lange nicht mehr.

»Was ist mit deiner Hand passiert?«, fragte Grigán, während sie zwischen den Ruinen hindurchspazierten.

»Aleb ließ sie mir abschlagen, nachdem ich mich geweigert hatte, den

Yussa meine Ernte zu übergeben. So sieht die Gerechtigkeit des Einäugigen aus: *Sie* sind die Plünderer, und *wir* werden wie Diebe bestraft.«

Mit einem Räuspern brachte Grigán seine Anteilnahme zum Ausdruck. Yan kannte ihn inzwischen gut genug, um zu wissen, dass er sich an jedem Verbrechen, das Aleb beging, mitschuldig fühlte. Hätte er den Tyrannen zwanzig Jahre zuvor im Duell getötet, wäre alles anders gekommen. Seither lebte Grigán mit dem Gefühl, versagt zu haben.

Sie überquerten einen Hof, in dem sich fünf Männer im Schwertkampf übten. Beim Anblick der Besucher unterbrachen sie das Training. Berec grüßte und bedeutete ihnen mit einer Handbewegung, dass kein Grund zur Beunruhigung bestand, doch die Krieger behielten Yan und Grigán trotzdem im Auge, bis sie am anderen Ende des Platzes verschwanden.

»Narro ist alt geworden«, sagte Berec, nachdem er sich vergewissert hatte, dass sie niemand hörte. »Wie wir alle. Er ist immer noch ein guter Stratege, aber die Erschöpfung und das Alter haben ihn zu vorsichtig werden lassen. Jeder von uns würde für ihn in den Tod gehen«, versicherte er eilig. »Aber wir bereiten uns schon viel zu lange auf einen Krieg vor, der niemals kommt.«

»Ihr tötet keine Yussa?«, fragte Grigán vorsichtig.

»Nicht in dem Maße, wie es nötig wäre, um Aleb zu stürzen. Mit vereinzelten Überfällen ist es nicht getan. Vor zwölf Jahren hat Narro die Wölfe um sich geschart, und ich fürchte, dass auch in den nächsten zwölf Jahren nichts geschehen wird. Es kommen immer mehr Plünderer nach Griteh und stellen sich in den Dienst des Einäugigen. Wenn wir den Söldnern das Handwerk legen wollen, müssen wir ihnen einen vernichtenden Schlag zufügen. Wir brauchen einen richtigen Sieg.«

»So etwas in der Art schwebt mir vor«, sagte Grigán.

»Das habe ich mir gedacht«, erwiderte Berec grinsend. »Ich habe nie bereut, bei dir auf dem Hügel geblieben zu sein«, sagte er plötzlich. »Du hast getan, was zu tun war. Du warst der beste Anführer, den ich je hatte.«

Grigán dankte ihm mit einem knappen Nicken, aber es war nicht zu übersehen, wie sehr ihn der Gedanke daran schmerzte. Die Erinnerung an das quesrabische Dorf, das von Alebs Truppen in Schutt und Asche gelegt worden war, quälte ihn seit über zwanzig Jahren und hatte ihn in unzähligen Albträumen heimgesucht. Berecs Worte wirkten wie Balsam, der die Wunde für kurze Zeit linderte.

Den Rest des Wegs legten sie schweigend zurück. Erst als sie vor einem hohen Gebäude stehen blieben, auf dessen Dach mehrere Bogenschützen Wache hielten, vertraute Berec den Besuchern noch etwas an. »Was du auch vorschlägst, ich stehe fest an deiner Seite, Grigán. Aber wenn Narro seine Tochter rächen will, kann ich nichts für dich tun. Niemand würde es wagen, einzugreifen.«

»Ich weiß, mein Freund. Wenn ich in diesem Haus den Tod finde, so versprich mir nur, meinen jungen Freund zu beschützen. Er verdient es nicht, für meine Fehler zu büßen.«

Noch bevor Yan protestieren konnte, trat Grigán in das dunkle Haus, um seinem Schicksal ins Auge zu sehen.

Rey bemühte sich, so ungezwungen wie möglich zu wirken, als er die ersten Wachposten vor Saats Lager passierte. Zwei- oder dreimal rief ihm ein Wallatte etwas zu, doch er hielt sich an seine Rolle und tat so, als hörte er nichts. Besonders ernst schienen die Wachen ihre Aufgabe nicht zu nehmen, denn sie ließen ihn unbehelligt ziehen. Wahrscheinlich rechneten sie nicht damit, dass ein Spion so dreist sein könnte, durch das Haupttor zu spazieren, und das kam Rey zugute.

Nachdem er das erste Hindernis überwunden hatte, marschierte er forsch weiter, als wüsste er genau, wohin er wollte. Dabei führte ihn jeder Schritt weiter auf unbekanntes Terrain. Er schlug einen großen Bogen um die Gruppen von Kriegern, die vor einem Zelt saßen oder um einen Bratspieß oder ein Fass versammelt waren. Die Zurufe einiger besonders Neugieriger ignorierte er beharrlich, bis auf einige Male, wenn er geradewegs auf sie zulief. Dann zeigte er mit bedauernder Miene auf seine Ohren und ging rasch weiter.

Die Männer waren schmutzig, laut und wild. Vielleicht mangelte es den Vorposten einfach an Disziplin, doch insgeheim war Rey überzeugt, dass sich die Wallatten immer so aufführten und mehrere Generationen von Priestern nötig wären, um ihnen etwas Achtung für andere Menschen beizubringen. Leider hatten diese Rohlinge eine Vorliebe dafür, Maz umzubringen.

Ihre Zahl schien sich auf Schritt und Tritt zu verdoppeln. Rey schätzte, dass er bereits an mehreren Hundert vorbeigekommen war, als er von einer Anhöhe aus das eigentliche Lager überblickte. Nun sah er mit eigenen Augen, welche Gefahr den Oberen Königreichen drohte.

Ein Meer aus Zelten, Baracken, Wagen, Koppeln und Schuppen erstreckte sich bis an den Fuß der nahe gelegenen Berge und daran entlang in Richtung Norden und Süden, so weit das Auge reichte. Einige Übungsgelände und Aufmarschplätze waren die einzigen Freiflächen in dieser eilig errichteten Stadt aus Holz und Stoff, die Zehntausende Männer aufnehmen konnte. Rey beobachtete unzählige Krieger, die zwischen ihren Quartieren hin- und herwimmelten wie Ameisen. Nicht einmal bei Bondrians Krönung hatte er so viele Menschen auf einem Haufen gesehen. Bei dem Gedanken, dass die meisten eine Lowa oder ähnlich grausame Waffen mit sich herumtrugen, vergaß er den Hunger, der ihn plagte.

Sorgfältig prägte er sich die Aufteilung des Lagers ein. Jedes noch so kleine Detail konnte ihm helfen, Saat zu bezwingen, oder ihm die Flucht erleichtern, wenn er den Hexer erst einmal zur Strecke gebracht hatte. Einige Meilen weiter südlich erspähte er eine Reihe von Steinbauten. Auch wenn die Entfernung trügen mochte, wirkten die Gebäude sehr groß. Vermutlich diente eins davon dem König dieser Barbaren als Palast.

Rey wollte gerade mit dem Abstieg beginnen, als er einen stämmigen, finster dreinblickenden Mann entdeckte, der ihn mit einem Beil in der Hand belauerte. Erschrocken zeigte Rey auf seine Ohren und trabte rasch davon, nicht ohne immer wieder einen Blick über die Schulter zu werfen.

Die Anspannung machte ihm schwer zu schaffen. Da der Wallatte offenbar nicht die Absicht hatte, ihm zu folgen, schlug Rey den Weg zu Saats Palast ein. Wenn die Götter ihm gewogen waren, würde sein Feind die nächste Nacht nicht überleben.

Zielstrebig führte Berec Yan und Grigán durch die Ruinen eines Anwesens, das vor Äonen eine prachtvolle Residenz gewesen sein musste. Der Ramgrith schien sich in dem Hauptquartier gut auszukennen, was Yans Vermutung bestätigte, dass er in der Hierarchie der schwarzen Wölfe einen hohen Rang einnahm.

Er steckte den Kopf in mehrere leere Säle und brachte die Besucher dann in den ersten Stock, wo er vor einem erstaunlich gut erhaltenen Portal stehen blieb. Nachdem er Grigán einen mitfühlenden Blick zugeworfen hatte, schob er die Tür auf und winkte sie hinein. Sie traten in einen weitläufigen Saal, der sich nahezu über das gesamte Stockwerk erstreckte und so spärlich eingerichtet war, dass er dadurch noch größer wirkte. Bis auf einen Strohsack, zwei wackelige Tische, verschiedene Bänke und Hocker und einige Lampen, die von der Decke hingen oder auf dem Boden standen, war der Raum leer. Die Luft war erfrischend kühl.

Ein Mann saß mit dem Rücken zur Tür auf einem Sessel mit nur drei Füßen, studierte einige Pergamente und rieb sich dabei seufzend die Schläfen. Offenkundig dachte er über eine schwierige Angelegenheit nach. Er machte keine Anstalten, sich umzuwenden.

»Majestät?«, fragte Berec.

Ungehalten drehte sich Narro um. Sein Gesichtsausdruck änderte sich schlagartig, als er Grigán sah. Der Anblick des Anführers der schwarzen Wölfe prägte sich Yan für immer ein: ein Ramgrith mit wild funkelndem Blick, grauem Haar und Bart und einer für sein hohes Alter ungewöhnlich kräftigen Statur.

»Derkel! Hinfort, Verfluchter!«, schrie er und sprang auf.

Er packte das Schwert, das am Tisch lehnte, und stürzte sich mit hasserfülltem Blick auf den Krieger. Yans Herz begann zu rasen.

»Narro, hör mich zuerst an«, sagte Grigán gelassen.

»Feigling! Verräter! Stirb!«

Die Klinge schwang in die Höhe und senkte sich dann zu einem mörderischen Schlag, dem Grigán mühelos auswich. Nicht umsonst hatte er seine Reflexe ein Leben lang trainiert.

»Hör dir an, was ich zu sagen habe«, sagte er noch einmal. »Danach kannst du mit mir tun, was du willst.«

»Nichts da! Elender Schakal!«

Der Anführer der schwarzen Wölfe holte zu einem neuen Schlag aus, dem Grigán diesmal nur knapp entkam. Am liebsten wäre Yan dem geifernden Alten in den Arm gefallen. Er konnte die Anspannung kaum noch ertragen. Es fehlte nicht viel, und er würde die Beherrschung verlieren.

»Nun gut«, sagte Grigán, als sich Narro wieder auf ihn stürzen wollte. »Ich habe mir nicht verziehen und du mir auch nicht, wie ich sehe. Ich bitte dich nur, meinen Begleiter zu verschonen. Er hat mit dieser Geschichte nichts zu tun.«

Narro packte sein Schwert mit beiden Händen und hob es drohend in die Luft. Grigán senkte den Kopf und schloss die Augen. Die Klinge sauste hinab, und Yan entfesselte seinen Willen.

Augenblicklich löste sich das Schwert in Luft auf, was den alten Kämpfer aus dem Gleichgewicht brachte. Er strauchelte und fiel auf die Knie. Grigán streckte ihm unwillkürlich die Hand hin, doch Narro stieß sie brüsk fort.

»Dämon! Hexer! Ich lasse dich auf den Scheiterhaufen werfen!«

Grigán sah Yan an, aber der bemerkte seinen Blick nicht, so erschrocken war er über das, was soeben geschehen war. Er hatte seinen Willen auf das Schwert gerichtet und dabei nur den Schlag aufhalten wollen. Stattdessen hatte sich die Waffe einfach in Luft aufgelöst. Nach einer Erklärung musste er nicht lange suchen: Das Jal'dara hatte seine Kräfte gesteigert. Sein magischer Wille war noch stärker als zuvor – und gefährlicher.

Alarmiert von Narros Schreien, stürmten einige Krieger mit gezogenen Schwertern in den Saal. Ihr Anführer zeigte anklagend auf Grigán.

»Tötet ihn!«, befahl er wütend. »Er ist ein Hexer!«

»Hört auf! Es reicht!«, brüllte Yan, dem das Ganze endgültig zu viel wurde.

Für einen Augenblick kehrte Stille ein. Yan ließ den Ramgrith keine Zeit, sich von dem Schrecken zu erholen. »Ich habe die Nase voll! Hört Euch wenigstens an, was er zu sagen hat! Und wenn Ihr unbedingt einen Hexer verbrennen wollt, bitte sehr, hier bin ich! Aber ich warne Euch, ich habe keine gute Laune!«

Ein Dutzend Augenpaare starrten ihn ungläubig an. Yan kletterte auf einen der Tische und stemmte die Hände in die Hüften. Er war wild entschlossen, es mit jedem aufzunehmen, der ihnen weiter Schwierigkeiten machte.

Seelenruhig bahnte sich Grigán einen Weg zu ihm und schwang sich ebenfalls auf den Tisch. Nachdem er Yan einen dankbaren Blick zugeworfen hatte, wandte er sich an die Rebellen. »Meine ramgrithischen Brüder! Ich bin weder ein Verräter noch ein Feigling. Ich bin Grigán vom Stamm der Derkel, und ich habe dem Wahnsinnigen, der sich als unser König ausgibt, ein Auge ausgestochen. Nun bin ich zurückgekehrt, um das Werk zu vollenden, das ich vor zwanzig Jahren begonnen habe. Ich brauche Euch. Ich brauche die schwarzen Wölfe.«

»Du hast meine Tochter im Stich gelassen!«, jammerte Narro vom anderen Ende des Saals. »Du hast Héline auf dem Gewissen!«

Ein Raunen ging durch die Reihen. Immer mehr Kämpfer strömten in den Saal ihres Anführers. Grigán nahm die Anklage stumm hin und senkte den Kopf.

Je länger das Schweigen andauerte, desto wahrscheinlicher war es, dass sein wortloses Eingeständnis ihn den Hals kosten würde. Da er die Vorgeschichte nicht kannte, wusste Yan nicht, wie er seinen Freund in Schutz nehmen konnte. Er sprang zu Boden, lief zu Berec und zog den sich sträubenden Einarmigen zum Tisch.

»Jetzt oder nie. Ihr müsst etwas sagen«, flüsterte er ihm ins Ohr. »Für Grigán. Für Euren Freund.«

Berec kniff den Mund zusammen und sah seine Landsmänner an. Wenn er sich auf Grigáns Seite schlug, setzte er viel aufs Spiel. Aber wenn die schwarzen Wölfe nicht endlich handelten, blieb der Sieg unerreichbar.

»Héline war Grigán versprochen«, erklärte er allen, die es noch nicht wussten. »Nicht er, sondern die Yussa haben sie auf dem Gewissen.«

»Er hat sie im Stich gelassen!«, beharrte Narro verzweifelt. »Wenn er sie mitgenommen hätte, wäre sie noch am Leben!«

»Niemand kann wissen, was die Zukunft bringt«, sagte Berec behutsam. »Glaubt Ihr etwa, wenn Grigán gewusst hätte, was passieren würde, hätte er genauso gehandelt? Gewiss hat er sehr unter der Trennung gelitten, doch er war überzeugt, das einzig Richtige zu tun. Können wir diesem Mann vorwerfen, dass er lieber sein Versprechen gelöst hat, als seine Geliebte mit in die Verbannung zu nehmen?«

Schweigend lauschten die Krieger Berecs Worten. Yan war froh, einen so begabten Redner um Hilfe gebeten zu haben. Es war deutlich spürbar, wie hoch er seinen einstigen Anführer schätzte und wie sehr ihm das Unrecht, das ihm widerfahren war, zu schaffen machte.

»Grigán war der Erste, der sich gegen Aleb auflehnte, als der Einäugige noch nicht einmal auf dem Thron saß. Meint Ihr nicht auch, meine ramgrithischen Brüder, dass er deswegen unsere Achtung verdient? Meint Ihr nicht auch, dass kein schwarzer Wolf so erbittert gekämpft hat wie er?«

Zwei zustimmende Rufe schallten durch den Saal, und bald fielen fünf, zehn, zwanzig weitere Stimmen ein. Berec und Yan grinsten sich zu, doch Grigán blieb ruhig. Er stellte sich an die Tischkante und bat mit einer Handbewegung um Ruhe. Sein Gesicht war finster. Die Zuhörer warteten mit Ungeduld auf seine Worte.

»Ich bin froh, zu meinem Volk zurückzukehren«, sagte er ruhig. »Mein Exil ist zu Ende. Wir werden den falschen König vom Thron stoßen und sein elendes Gesindel fortjagen. Doch ich werde nur unter der Führung eines wahren Königs kämpfen, eines Mannes, der seit zwanzig Jahren über die einzigen freien Ramgrith dieses Landes herrscht. Narro, Vater … Willst du mich in deine Armee aufnehmen?«

Der Alte wischte sich hastig die Tränen vom Gesicht und schritt schweigend durch den Saal. Seine Miene war undurchschaubar. Er blieb vor Grigán stehen und starrte ihm in die Augen. »Seit fast zwanzig Jahren hasse und verfluche ich dich, Derkel«, sagte er freimütig. »Ich hielt dich für einen Feigling, Verräter und Wortbrüchigen, und es wird nicht leicht sein, mir das Gegenteil zu beweisen. Aber wenn du zurückgekehrt bist, um an der Seite deiner Brüder zu kämpfen, so will ich dich zum Hauptmann ernennen«, verkündete er. »Und möge Phrias dich holen, wenn du uns nicht zum Sieg führst!«

Jubel brandete durch den Saal und durch das ganze Feldlager, als sich die Nachricht wie ein Lauffeuer verbreitete. Endlich würden die schwarzen Wölfe aus ihrem Loch kriechen und in die Schlacht ziehen.

Zwei Männer gingen vorüber, und Rey kauerte sich noch tiefer in den Steinhaufen, der ihm als Versteck und Aussichtsposten diente. Rund zwanzig dieser künstlichen Hügel standen hier in einer Reihe. Saat schien nicht mehr zu wissen, was er mit dem Geröll, das sie aus dem Berg schaufelten, anfangen sollte.

Rey hatte sich einen Hügel ausgesucht, der rund zwanzig Schritt hoch war und damit genau die richtige Größe hatte. Natürlich war er nicht so unvorsichtig gewesen, ganz nach oben zu klettern, wo er weithin zu sehen gewesen wäre. Kurz vor dem Gipfel hatte er sich unter eine Steinplatte gezwängt, die ihn sowohl nach oben als auch nach Süden und Osten gegen alle Blicke abschirmte.

Dort hatte er den letzten Dekant vor Einbruch der Dunkelheit damit zugebracht, die Umgebung zu beobachten, besonders die mächtigen Steinbauten, die merkwürdig dicht beieinanderstanden. Zweien sah man ihren Verwendungszweck sofort an: einer Art Amphitheater oder Kampfarena und einer riesigen Pyramide, die so etwas wie ein Tempel sein musste. Rey dachte an Sombre und spürte, wie sich sein Magen zusammenkrampfte. Wenn er der Erzfeind wäre, könnte er den Dämon herausfordern und ihn vielleicht besiegen. Doch das war er nun einmal nicht, und so war ein Sieg über Saat seine einzige Chance.

Der Hexer musste sich also in einem der anderen Gebäude befinden. Das größte sah aus wie ein Palast, aber es war so roh gebaut, dass Rey Zweifel kamen. Vielleicht war es ja doch nur eine überdimensionale Lagerhalle? Dass sie bewacht wurde, musste nichts heißen, auch wenn die Wachen von einem anderen Schlag zu sein schienen als das brutale Pack, das er im Lager gesehen hatte.

Erst als er zwei Männer aus dem Gebäude kommen sah, war Rey sicher, dass es sich nicht um eine Lagerhalle handelte. Zwar waren aus dieser Entfernung ihre Gesichter nicht auszumachen, aber ihre leuchtend roten Gewänder waren unverkennbar.

Er verwünschte sie leise, während er gegen die Angst ankämpfte, die in ihm aufstieg. Er war fast am Ziel. In einer Lagerhalle hatten die zwei Züu ganz sicher nichts zu suchen. Weniger als tausend Schritte trennten ihn von Saats Palast.

Nun musste er nur noch herausfinden, wie er sich am besten an den

Palast heranschlich. Im Westen lag ein mit mehreren Reihen von Palisaden umschlossenes Gelände, auf dem vermutlich Sklaven in Baracken zusammengepfercht waren. Dort war kein Durchkommen möglich: Rey hatte beobachtet, dass die Gegend regelmäßig von bewaffneten Patrouillen kontrolliert wurde. Weiter westlich war es noch schlimmer. Der Eingang des Tunnels, der unter den Rideau führte, war von Reys Posten aus deutlich zu sehen. Er schien von einer ganzen Kompanie bewacht zu werden, und es wimmelte dort nur so von Menschen.

So spähte Rey schließlich einen mehr oder minder gefährlichen Weg aus, der von den Geröllbergen über offenes Gelände und zuletzt an der Kampfarena vorbeiführte. Bei Einbruch der Nacht war er entschlossener denn je, und nachdem sich die Betriebsamkeit im Lager etwas gelegt hatte, verließ er auf Zehenspitzen sein Versteck, um seine Mission zu erfüllen.

Die Anführer der schwarzen Wölfe hatten sich bei Narro versammelt, um Grigán anzuhören. Der neue Hauptmann hatte den Kriegsrat für den Abend angesetzt, da er und Yan sich von den Anstrengungen der letzten Tage erholen mussten. Außerdem hoffte er, dass sich die erregten Gemüter bis dahin wieder beruhigt hatten. Für seinen Plan brauchte er umsichtige Heerführer, keine mordgierigen Hitzköpfe.

Nun war es so weit. Während er den Blick über die Ruinen der Stadt Gul schweifen ließ, dachte er an die zwei Frauen, die er geliebt hatte. Héline war im Haus ihres Vaters gestorben, nachdem es eine Bande betrunkener Yussa aus purer Zerstörungslust in Brand gesetzt hatte. Narro hatte Grigán und sich selbst die Schuld daran gegeben. Bevor Grigán ins Exil gegangen war, hatte die beiden Männer eine aufrichtige, von gegenseitiger Achtung geprägte Freundschaft verbunden, doch nach dem Vorfall war die Zuneigung des verzweifelten Vaters in blanken Hass umgeschlagen.

Nun hatte der alte Mann ihm verziehen. Grigán traf keine Schuld an dem Verbrechen. Narro machte ihm nur noch zum Vorwurf, dass er nicht schon zurückgekehrt war, als sich die schwarzen Wölfe gegründet hatten. Aber es hatte eine ganze Weile gedauert, bis der Krieger die Kraft gefunden hatte, sich seinen Erinnerungen zu stellen.

Endlich hatte er Frieden mit sich geschlossen. Endlich blickte er nicht mehr schicksalsergeben in die Zukunft, sondern konnte sein Leben selbst in die Hand nehmen und zum Guten wenden. Doch die Götter spielten ihm einen grausamen Streich: Erst jetzt, da ihn seine Krankheit und die Niedertracht eines Hexers zum Tod verurteilten, begriff Grigán, dass das Glück in seinen Händen lag. Erst jetzt, da er nach einer so langen gemeinsamen Zeit von Corenn getrennt war, gestand er sich das Recht zu, wieder zu lieben.

Er hatte das Gefühl, alles mit neuen Augen zu sehen. Nachts war es in der Stadt Gul angenehm kühl, und in den Ruinen herrschte noch Leben. Wenn er aus dem Fenster von Narros Haus sah, entdeckte er hier und da eine Feuerstelle, eine Laterne oder einige Fackeln, um die sich die ernsten, stolzen Männer seines Volkes versammelten. Jemand pfiff nach ihm, und als er hinunterblickte, sah er Yan, der ihm zuwinkte. Mit Miff auf der Schulter betrat er das Haus, und Grigán ging ihm entgegen, um ihn und die letzten Rebellenführer zu begrüßen.

Nur einen Albtraum hatte Grigán noch nicht vergessen: das Massaker von Quesraba, bei dem Aleb ein ganzes Dorf vernichtet hatte, während er tatenlos zusah. Dieses Schicksal durfte Lorelia nicht treffen. Diesmal würde sich Grigán dem Tyrannen in den Weg stellen. Er fühlte sich stark genug, Alebs gesamte Kriegsflotte im Alleingang zu versenken.

Als die Hauptmänner Platz genommen hatten und verstummt waren, trat Grigán an den Versammlungstisch und ergriff das Wort. Der Kampf hatte begonnen. »Aleb stellt eine Flotte auf«, sagte er laut. »Davon habt Ihr sicher gehört. Er hat ganze Heerscharen von Galeeren und Segelschiffen aufgeboten. In Mythr halten sich fünfzehntausend Yussa bereit, um an Bord zu gehen.«

»Sollen sie auf hoher See verrecken!«, rief jemand.

»Dann rücken noch einmal so viele nach«, erwiderte ein anderer. »Es sind endlos viele.«

»Es wird niemand mehr nachrücken, wenn wir sie auf den Meeresgrund schicken«, rief Grigán und schlug mit der flachen Hand auf den Tisch. »Und den Einäugigen mit dazu!«

»Fünfzehntausend Männer«, sagte Berec ernst. »Wir sind kaum mehr als zweitausend, Grigán. Und davon sind einige noch Kinder.«

»Zweitausend ramgrithische Krieger gegen fünfzehntausend erbärmliche Banditen«, entgegnete er siegessicher. »Da ist das Leben der Yussa einen Dreck wert!«

»Das ist unmöglich«, widersprach einer der ältesten Hauptmänner. »Dein Mut ehrt dich, Grigán Derkel. Aber was du uns vorschlägst, ist der sichere Tod. Gegen eine achtfache Übermacht werden wir Mythr niemals einnehmen.«

»Es ist unser Vorteil, dass wir so wenige sind«, sagte Grigán. »Wir müssen heimlich vorgehen. Ich habe nie davon gesprochen, Mythr zu belagern. Ich sagte, dass ich die Yussa auf den Meeresgrund schicken will.«

Auf diese Ankündigung folgte Grabesstille. Die Hauptmänner hatten endlich begriffen, worauf er hinauswollte.

»Wir besitzen kein einziges Schiff«, wandte Narro mit heiserer Stimme ein. »Willst du die Yussa etwa im Hafen ertränken?«

»Wie die Ratten«, bestätigte Grigán hart. »Noch bevor sie zu den Waffen greifen können.«

»Das wird nicht gehen«, sagte Berec bedauernd. »Wir wissen nicht, wann sie in See stechen. Wir wissen noch nicht einmal, was Aleb mit seiner Flotte vorhat.«

Grigán wartete, bis sich alle Augen wieder auf ihn geheftet hatten, bevor er seinen großen Trumpf ausspielte. In den nächsten Augenblicken würde sich das Schicksal der Oberen Königreiche entscheiden. Die schwarzen Wölfe würden ihm vertrauen müssen – oder weiter auf eine Gelegenheit warten, die niemals kommen würde.

»Aleb wird Lorelia überfallen«, verkündete er. »In sechs Tagen werden die Yussa sich einschiffen, im Quint der Dekade der Wildbäche. Uns bleibt nur noch wenig Zeit.«

Wieder folgte auf seine Worte tiefe Stille. Grigán sprach mit solcher Überzeugung, dass viele über diese Nachricht nachgrübelten, ohne sie infrage zu stellen. Doch einige blieben misstrauisch.

»Woher weißt du das?«, fragte ein Mann mit gerötetem Gesicht. »Hast du etwa Verbindungen zu unserem lieben König?«

»Potzdonner!«, fluchte Grigán, zog sein Schwert und rammte es in den Tisch. »Ich werde nicht noch einmal dulden, dass man mich des Verrats bezichtigt. Willst du der Erste sein, der meine Klinge zu spüren bekommt, Hauptmann?«

Der Mann verbiss sich eine Antwort. Grigáns Einschüchterungsversuch hatte seine Wirkung nicht verfehlt.

»Wenn ich den Wölfen feindlich gesinnt wäre, würde ich mich geradewegs zum Einäugigen begeben und ihm verraten, wo Euer Lager liegt. Gibt es noch jemanden, der mich als Lügner bezeichnen will?«

So lebensmüde war niemand in der Runde. Grigán nahm sein Schwert wieder an sich und fuhr fort. »Ich weiß das aus sicherer Quelle, aber ich habe geschworen, Schweigen zu bewahren. Besteht Ihr darauf, dass ich meinen Eid breche?«

»Wir glauben dir, Grigán«, versicherte einer der Hauptmänner. »Aber das ist eine folgenreiche Nachricht. Wenn Aleb die Oberen Königreiche angreift, kann er nur verlieren. Vielleicht sollten wir abwarten, bevor wir irgendwelche Entscheidungen treffen.«

»Wollt Ihr riskieren, dass er noch stärker wird?«, gab Grigán zurück. »Das ist eine einzigartige Gelegenheit, ihn vom Thron zu stoßen und gleichzeitig die Yussa zu verjagen. Ich habe keine Lust, noch länger zu warten.«

Die Hauptmänner berieten sich flüsternd. Sie schienen sich uneins zu sein.

»Bei Eurydis!«, rief Grigán. »Wollt Ihr denn nicht, dass Griteh von uns, den Ramgrith, befreit wird? Wer in diesem Saal hat nicht schon genug Grausamkeit, Elend und Unrecht erlebt? Worauf sollen wir noch warten? Wer will mich nach Mythr begleiten, um diesen Halunken von einem König ins Meer zu werfen, und zwar so weit draußen, dass er ein ganzes Jahr brauchen würde, um wieder an die Küste zu schwimmen?«

Seine letzten Worte lösten Jubel und vereinzeltes Gelächter aus. Mit einem Mal sprachen alle durcheinander. Yan nickte Grigán anerkennend zu, während die Zaghafteren unter den Wölfen von den anderen umgestimmt wurden. Von überallher wurden Ideen und Strategien eingeworfen, und die Aussicht auf den Kampf erhitzte die Gemüter immer mehr.

Schließlich sorgte Narro für Ruhe und wandte sich Grigán zu. »Was hast du vor, mein Sohn?«, fragte er hoffnungsvoll.

Der Krieger holte tief Luft und ergriff wieder das Wort.

Als der Morgen dämmerte, stand ihr Schlachtplan fest.

Rey glaubte, sein Herz pochen zu hören. Vielleicht stimmte das sogar, denn sein Verband veränderte tatsächlich das Gehör, und sein eigener Atem rauschte ihm in den Ohren. Er nahm den Stofffetzen ab, der nun überflüssig war, und bemerkte, dass er vor Lampenfieber zitterte. Das Stück, das er gleich spielen würde, konnte zum Heldenepos werden – oder zur Tragödie.

Bis jetzt war alles gut gegangen, und das machte ihm Mut. Er war nur noch zwanzig Schritte vom Palast entfernt. Eigentlich konnte ihn nun nichts mehr aufhalten. Doch das Schwierigste stand ihm erst noch bevor. In wenigen Augenblicken würde sich die Gefahr verhundertfachen.

Er strich sein Zü-Gewand glatt, zog sich die Kapuze ins Gesicht und ging um das Gebäude herum zum Haupttor. Er war froh, die Kutte aufbewahrt zu haben, obwohl er oft nah daran gewesen war, sie wegzuwerfen.

Mit dem Dolch wäre die Verkleidung perfekt gewesen. Rey hatte den vergifteten Hati ihrem Freund Zarbone im Schönen Land geschenkt, was er jetzt ein wenig bereute. Trotz des Abscheus, den ihm die Waffe einflößte, hätte er keine Skrupel gehabt, sie gegen Saat zu richten und ihm seine Verbrechen heimzuzahlen. Schließlich hatte der Magier die Erben auf die gleiche Weise umbringen lassen.

Aber so weit war es noch nicht. Mit jedem Schritt kam er den beiden hünenhaften Wachposten näher, die mit Hellebarden, Brustpanzern und Dolchen ausgerüstet waren. An diesem Hindernis musste Rey irgendwie vorbei. Er umklammerte das Messer, das er in den Falten seines Ärmels verbarg, und setzte einen Fuß auf die unterste Stufe. Dann erklomm er die Treppe mit langen, entschlossenen Schritten, als wäre es das Natürlichste auf der Welt. Seine Kapuze versperrte ihm die Sicht auf den Mann zu seiner Rechten. Der Wachposten zu seiner Linken schien ihn nicht aufhalten zu wollen. Auf seiner Höhe angekommen, hatte Rey sogar den Eindruck, als rückte er argwöhnisch von ihm ab. Saats Wachsoldat fürchtete die Züu! Das hatte er nicht zu hoffen gewagt.

Als er die Vorhalle erreichte, gönnte er sich keine Verschnaufpause. Mit der Entschlossenheit eines Mannes, der sich im Palast auskannte, schob er das riesige Tor auf, das, wie er beobachtet hatte, nicht verriegelt war. Er trat hindurch und schloss die Tür hinter sich. Nun befand er sich auf unbekanntem Terrain.

Eine einzige Lampe versuchte vergeblich, die Halle auszuleuchten. Rey war überrascht, keine weiteren Wachen vorzufinden. In den nackten Wänden gab es weder Fenster noch Lüftungsschlitze, und weit und breit waren keine Möbel, Teppiche oder Bilder zu sehen. Der Saal erinnerte mehr an ein Grab als an einen Palast.

Nachdem ihn die Leere für einen Moment aus der Fassung gebracht hatte, ging Rey auf, dass sie gut zu dem passte, was sie über Saat wussten. Noch dazu kam sie seinen Plänen sehr entgegen. Wenn auch das übrige Gebäude unbewacht war und im Halbdunkel lag, konnte sich Rey an einer günstigen Stelle verstecken und auf den geeigneten Augenblick warten, um zuzuschlagen. Es gab nur ein Problem: Saat war Magier. Und er stand mit einem Dämon im Bunde.

Auch wenn er über Magie lediglich das wusste, was er von Yan und Corenn aufgeschnappt hatte, bezweifelte Rey, dass er seine Feinde lange hinters Licht führen konnte. Es war ungewiss, ob ihn der Dara-Stein tatsächlich vor schwarzer Magie schützte. Saat hatte die Erben auch im Eroberten Schloss von Junin aufgespürt. Wahrscheinlich würde es ihm keine große Mühe machen, einen Eindringling in seinem eigenen Palast zu entdecken.

Also musste er so schnell wie möglich handeln, selbst wenn das seine Aussicht auf Erfolg schmälerte. Er huschte von Säule zu Säule und näherte sich so dem anderen Ende der Halle, fest entschlossen, das ganze Gebäude zu durchsuchen, bis er den Hexer fand oder zumindest einen Ort entdeckte, wo er sich einige Dekanten lang verstecken konnte.

Er war überzeugt, Saat auf Anhieb zu erkennen, obwohl er sein Gesicht nur einmal auf einem über hundert Jahre alten Gemälde gesehen hatte. Rey konnte sich nicht vorstellen, dass ein solcher Mann nicht auffiel, ganz gleich, hinter wie vielen Masken, Helmen oder anderen Verkleidungen er sich verbarg.

Je weiter er sich vom Eingangstor entfernte, desto finsterer wurde es. Nach einer Weile musste er stehen bleiben, um seine Augen an die Dunkelheit zu gewöhnen. Er versuchte, auf Geräusche aus dem Inneren des Palasts zu horchen, doch zu seiner Beunruhigung herrschte tiefe Stille.

Er ging mit noch größerer Vorsicht weiter, schob sich an den Mauern entlang, huschte von Versteck zu Versteck und prägte sich dabei den Grundriss des Gebäudes ein. Bisweilen stolperte er über kleine Erhebungen oder Senken im Boden und suchte lautlos fluchend an der rauen Mauer Halt. Die Steine waren unterschiedlich groß, als wären sie einfach unbehauen aufeinandergeschichtet worden, und die Fugen waren mit Lehm zugekleistert, der nach Erde und vermodertem Heu roch. Saat mochte Magier sein, aber sein Palast war trotzdem nicht mehr als ein stinkender, finsterer Steinhaufen.

Einen Augenblick lang bekam Rey Skrupel, als er an sein Opfer dachte. Doch dann erinnerte er sich an seinen Cousin Mess, Königin Séhane, die Züu und vor allem an seine Vision von den Wallatten, die über die Heilige Stadt herfielen, und er war wieder so entschlossen wie zuvor.

Da keiner der Erben der Erzfeind war, konnten sie Sombre nichts anhaben. Rey musste versuchen, den Goroner von neuen Untaten abzuhalten und den Bund zwischen dem Hexer und dem Dämon zu brechen, in der Hoffnung, damit die Oberen Königreiche zu retten.

Plötzlich hörte er Schritte. Er versteckte sich in einer Nische in der Mauer und hielt den Atem an. Ein Lichtschein begleitete den Herankommenden. Rey presste sich noch enger an die Wand und umklammerte den Griff seines Messers. Wer es auch war, er würde sterben. Rey erbebte bei dem Gedanken, dass es der Magier sein könnte und sein verzweifelter Plan unverhofft schnell von Erfolg gekrönt sein würde.

Der Unbekannte kam langsam näher. Kaum tauchte er in Reys Blickfeld auf, sprang dieser mit erhobenem Messer aus seinem Versteck und schickte sich an, ihn niederzustechen.

»Nicht!«, wimmerte das Kind und schlug die Hände vors Gesicht.

Rey war nicht minder überrascht. Er ließ die Waffe sinken, packte den kleinen Jungen fest am Arm und verschloss ihm mit einer Hand den Mund, bevor er ihn in die Nische zerrte. Dort drückte er ihn zu Boden und blies die Kerze aus, die das Kind immer noch umklammerte. »Ich tue dir nichts«, flüsterte er. »Was machst du hier?«

Er löste seinen Griff, und das Kind trat einen Schritt zurück, um ihn besser zu sehen. Nach dem ersten Schreck wirkte es nun eher neugierig. Rey war erleichtert, dass es nicht laut zu schreien begann.

»Ich bin weggelaufen«, antwortete der Junge nach einer Weile. »Ich suche den Ausgang.«

»Bist du ein Sklave?«

Mit einem seltsamen Lächeln nickte der Junge. Rey war unschlüssig, ob er ihn für einfältig oder todesmutig halten sollte. Doch das galt auch für ihn selbst …

»Arbeitest du im Palast?«, fragte er freundlich.

»In der Küche. Aber die Arbeit ist zu schwer. Der hohe Dyarch ist *böse*«, erklärte das Kind und kicherte leise.

»Der hohe Dyarch? Ist das Saat?«

Der Junge nickte wieder. Er schien ihr Gespräch sehr lustig zu finden. Jetzt war Rey sicher, dass er schwachsinnig war.

»Bist du ein Magier?«, fragte der Knirps plötzlich.

»Nein«, erwiderte Rey, der allmählich misstrauisch zu werden begann. »Warum fragst du?«

»Ich weiß nicht. Irgendwie hast du etwas Magisches an dir.«

Rey zuckte mit den Schultern. Vielleicht hatte ihn das Jal'dara stärker beeinflusst als gedacht. Oder das Kind hatte eine blühende Fantasie.

»Weißt du, wo die Gemächer des hohen Dyarchen sind?«

»Bist du hier, um ihn zu töten?«, fragte der Junge fröhlich.

»Weißt du es nun oder nicht?«, wiederholte Rey ungeduldig. Der Kleine begann ihm lästig zu werden.

Sein Ton schien den Jungen nicht weiter zu beeindrucken. Der Knirps dachte eine Weile nach, bevor er sich zu einer Antwort herabließ. »Ich kann dich hinbringen, wenn du willst«, sagte er. »Aber du musst mir deinen Namen sagen, damit wir Freunde werden können. Ich heiße Gors.«

»Und ich bin Raji. Zeig mir den Weg, Gors der Tellerwäscher. Aber du musst leise sein.«

Der Junge strahlte über das ganze Gesicht und übernahm die Führung. Er huschte von Saal zu Saal und schien großen Spaß daran zu haben, einen lorelischen Spion zu spielen. Rey bereute schnell, ihn nicht weggeschickt zu haben, aber schließlich war ihm nichts anderes übrig geblieben. Der Kleine lief viel zu schnell. Im Grunde war es ein Wunder, dass man sie noch nicht entdeckt hatte.

»Hier ist es«, sagte das Kind schließlich und kauerte sich neben eine mächtige Doppeltür. »Geh rein, und töte ihn.«

Rey trat vorsichtig näher, ohne den kichernden Knirps aus den Augen zu lassen. Er legte ein Ohr an die Tür und lauschte eine Weile. Doch er hörte nichts.

»Ich schwöre dir, dass er da drin ist«, sagte das Kind. »Du musst dich beeilen! Ich glaube, dass er seine Wachen herbeirufen kann, indem er in Gedanken zu ihnen spricht.«

Selten hatten Reys Alarmglocken so laut geschrillt. Er wusste instinktiv, dass er in eine Falle lief. Aber da er nicht sagen konnte, woher die Gefahr drohte, schob er mit der Spitze seines Messers sachte die Tür auf.

Plötzlich wurde sie von innen aufgerissen, und ein Wächter mit erhobener Lowa erschien im Türrahmen. Das Zü-Gewand brachte ihn einen Augenblick lang aus der Fassung. Rey nutzte sein Zögern und stieß ihm das Messer in die Kehle. Blut besudelte seinen Arm, während der Tote langsam zu Boden glitt.

»Sehr gut!«, rief der Junge und klatschte in die Hände. »Wie schnell du reagiert hast! Er hatte keine Chance!«

»Halt die Klappe«, befahl Rey. Seine Nerven waren bis zum Zerreißen gespannt. Jetzt gab es kein Zurück mehr.

Er stieg über die Leiche des Wallatten und betrat einen Raum, der tatsächlich ein Privatgemach zu sein schien. Mehrere fünfarmige Kerzenleuchter erhellten das Zimmer, das im Gegensatz zu dem Rest des Palastes alles andere als schmucklos war: Wohin er auch blickte, sah er Seidentücher, Teppiche, Kissen und prunkvoll bestickte Decken. Doch ihm stand nicht der Sinn danach, sich in Ruhe umzusehen. Inmitten dieser verschwenderischen Pracht lag ein Körper, auf den sich Rey mit einem mörderischen Funkeln in den Augen stürzte.

Saat. Er musste es sein. Die ausgemergelten Glieder und das bis zur

Unkenntlichkeit zerfurchte, eingefallene Gesicht konnten nur einem Mann gehören, der seit fast zweihundert Jahren auf der Welt war. Der letzte Gesandte der Insel Ji. Ein Untoter. Ein grauenerregender Hexer, hingestreckt auf einem Bett, das viermal so groß war wie ein gewöhnliches Ruhelager.

Dennoch war Rey nicht so feige, ihn im Schlaf zu erstechen. Er rüttelte ihn an der Schulter und kämpfte dabei gegen den Ekel an, den ihm die unnatürlich eisige Haut einflößte. Aber als er Schritte in dem Flur hörte, durch den er gekommen war, wog die drohende Gefahr schwerer als seine Skrupel. Mit angewidertem Gesicht stieß er dem Greis das Messer ins Herz und stürzte hinaus.

Der Junge war immer noch da. Er stellte sich ihm in den Weg und stemmte die Fäuste in die Hüften. Hinter ihm kamen mehrere Dutzend bewaffnete Männer herangestürmt.

»Du heißt in Wirklichkeit gar nicht Raji, stimmt's?«, sagte er triumphierend. »Wohl eher *de Kercyan.* Dein Vorfahr hatte die gleiche dumme Visage wie du.«

Mit einem Wutschrei sprang Rey dem Verräter an die Kehle. Zum zweiten Mal in dieser Nacht las er Angst in den Augen des Hexers, doch leider rissen ihn die Wachen zurück, bevor er seinem Feind etwas antun konnte. Er wehrte sich erbittert, bis er sich erschöpft geschlagen geben musste. Sie hatten ihn. Alles war verloren.

»Du Schlingel!«, spottete der Knirps und trat ihm gegen das Bein.

Dann sackte der besessene Junge plötzlich in sich zusammen, als hätte jemand die Luft aus ihm herausgelassen. Rey, der sich immer noch keuchend und mit den Haaren im Gesicht im Griff vierer Männer wand, versuchte zu begreifen, was vor sich ging. In diesem Moment erlebte er die nächste Überraschung.

»Einen Mann feige im Schlaf zu überfallen«, sagte eine höhnische Stimme hinter ihm. »Wie niederträchtig. Und das als Erbe eines Herzogs. Fast möchte man meinen, dass Euch ein Dämon beherrscht.«

Der Griff der wallattischen Wachen war so fest, dass Rey den Kopf nur mit Mühe dem Sprecher zuwenden konnte. Der Anblick ließ ihm das Blut in den Adern gefrieren. Die Mumie, in der er den hohen Dyarchen erkannt hatte, war aus ihrem Gemach getreten, um sich dem Eindringling in ihrer ganzen Hässlichkeit zu zeigen. Das Blut, das in Strömen aus ihrer Wunde schoss, schien sie nicht zu stören.

Saat blickte ihn triumphierend, ja frohlockend an, doch aus seinen Augen blitzten Hass und Wahnsinn. »Durchsucht ihn«, befahl er. »Ich will wissen, wie er sich gegen meine Magie schützt.«

Obwohl sich Rey heftig wehrte, nahmen ihm die Gladoren die Waffen ab und leerten sein Bündel.

»Das da«, sagte Saat und zeigte auf den Dara-Stein. »Bringt mir das.«

Einer der Männer tat wie geheißen. Der Hexer riss das Gwel gierig an sich, roch daran und streichelte es, als wäre es ein kostbarer Schatz. Dann richtete er seine Aufmerksamkeit wieder auf den Gefangenen, und Rey spürte, wie er von seinem Geist Besitz ergriff.

»Ich wusste es!«, flüsterte der hohe Dyarch so entzückt, dass sich sein Gesicht zu einer Fratze verzog. »Keiner von Euch ist der Erzfeind!«

Rey versuchte noch einmal, sich zu befreien, doch die Wallatten hielten ihn eisern fest. Als er sich seine Niederlage eingestand, ließ er den Kopf hängen und betete inständig, dass seine Freunde nicht den gleichen Fehler begingen wie er, sondern weit, sehr weit vor Saat fliehen würden, ohne sich ihm jemals entgegenstellen zu wollen.

Sombres Aufmerksamkeit ist auf Arkarien gerichtet, doch er wird von einem Besuch seines Verbündeten gestört. Der andere Dyarch dringt in seine Gedanken ein und entzieht ihm Lebenskraft. Der Bezwinger lässt ihn gewähren, wie er es schon immer getan hat. Die Kraftübertragung ist ihm zwar lästig, denn sie stört seine Konzentration und schwächt ihn spürbar, doch schon nach kurzer Zeit ist der Gott wieder auf der Höhe seiner Macht. Sombre kommt nicht auf die Idee, sich dem Sterblichen zu verweigern, der seinen Geist geformt hat. Er hat keinen Grund, es zu tun.

Diesmal jedoch entzieht Saat ihm besonders viel Kraft, so viel, dass der Dämon in der Finsternis seines Mausoleums zu knurren beginnt. Immer mehr Lebenskraft saugt Saat ihm aus, um seinen dahinsiechenden Körper zu stärken. Sombre weiß, dass er nichts zu befürchten hat: Nur ein anderer Gott kann sein unsterbliches Leben auslöschen. Nicht umsonst nennt man ihn den Bezwinger. Niemand außer dem Erzfeind kann ihm je gefährlich werden.

Endlich lässt sein Freund von ihm ab, und Sombre erhebt sich auf dem Altar seines Tempels. Zorn wallt in ihm auf. Er langweilt sich schon zu lange. Es drängt ihn zum Angriff, selbst wenn Sieg und Niederlage schon feststehen. Ihn verlangt nach Gemetzel und Blutvergießen. Er giert danach, seine Macht zu demonstrieren.

Saat dringt noch einmal in seine Gedanken ein, und der Dämon erwartet, eine weitere Botschaft von ihm zu empfangen. Er ist wütend, weil er wieder gestört wird, doch er kann seinen Zorn nicht zum Ausdruck bringen. Saat hat ihm beigebracht, jedes seiner Worte widerspruchslos hinzunehmen. Dass es anders sein könnte, kann sich der Gott nicht vorstellen.

»Keiner der Erben, die noch am Leben sind, ist der Erzfeind«, teilt ihm Saat jubelnd mit. »Diese Narren sind durch die ganze Welt geirrt, nur um mir geradewegs in die Arme zu laufen! Nun steht uns nichts mehr im Weg, mein Freund.«

Sombre antwortet nicht. Eigentlich müsste er sich über diese Neuigkeit freuen, doch er macht sich Sorgen, weil er die Spur seiner Feinde verloren hat. Einige von ihnen könnten sich lange genug versteckt halten, um ein Kind zu zeugen. Und dieses könnte der Erzfeind sein.

Saat spürt den Unmut seines Verbündeten und sucht nach etwas, das ihn ablenken könnte. Wie immer verbirgt der Hexer einen Großteil seiner Gedanken vor ihm. Noch ist er auf Sombre angewiesen, auf seine Lebenskraft, die ihm den Anschein der Unsterblichkeit verleiht. Er wird ihn bis zu dem Tag brauchen, an dem er selbst den Erzfeind verkörpern wird, indem er von dem ungeborenen Kind Besitz ergreift. Vielleicht wird es sein eigener Sohn sein.

»Nur zu, mein Freund«, flüstert er dem Dämon ein, denn er kennt seine Schwachstellen. »Gibt es nicht zwei arkische Erben, die deinen Besuch erwarten?«

In seiner Pyramide hebt Sombre den Kopf und entblößt die Fangzähne, die er sich gegeben hat. Mit grausamer Vorfreude lässt er seinen Schatten über die Berge hinwegschweben, ins Weiße Land.

Seit Bowbaqs Wiedersehen mit Mir waren fünf Tage vergangen. Die ersten Anführer der anderen Klans waren am Vorabend eingetroffen und warteten gespannt auf die angekündigte Versammlung. Da Ingal nicht genug Platz hatte, um alle bei sich unterzubringen, hatte er ein Dutzend Gäste auf andere Familien des Rentierklans verteilt und damit für noch größeren Trubel im Dorf gesorgt.

Die Gerüchteküche kochte heftig, denn diejenige, die an der ganzen Aufregung schuld war, weigerte sich hartnäckig, auch nur die kleinste Auskunft zu geben. Als erfahrene Diplomatin wusste Corenn genau, dass die Anführer ihre Bitte sofort ablehnen würden, wenn sie einzeln mit ihnen sprach. Eine Gruppe zu überzeugen war immer noch schwer genug, und so hatte sie lange über ihre Argumente nachgedacht. Bei dem Gedanken, das Konzil nicht für sich gewinnen zu können, wurde ihr angst und bange.

Léti hatte indessen viel Zeit mit Lana verbracht. Die Trennung der Erben führte immerhin dazu, dass sich die Freundschaft der beiden Frauen vertiefte. In endlosen Gesprächen hatten sie sich über Reys und Yans Tugenden ausgetauscht, mal voller Sehnsucht, mal lachend oder weinend, je nach Befinden. Doch da Reys Schicksal ungewiss war, vergoss die Priesterin die meisten Tränen, und Léti schluckte ihren eigenen Kummer tapfer hinunter, um ihre Freundin zu trösten.

Bowbaq war rastlos in der Umgebung des Dorfes umhergestreift. Seine Unruhe wurde im Laufe der Tage immer größer. Mir war nicht zurückgekehrt, und weder Ispen noch die Kinder hatten ihm ein Lebenszeichen zukommen lassen. Selbst sein Bundbruder, der Anführer des Schneeigelklans, der ebenfalls zum Konzil gebeten worden war, ließ auf sich warten. Enttäuscht und besorgt kehrte er jeden Abend zurück, und kein aufmunterndes Wort vermochte den Missmut des sonst so gutmütigen Riesen zu vertreiben.

Einen Dekant vor Sonnenuntergang – dem Zeitpunkt, an dem Corenn vor die Versammlung treten wollte – berichtete ein Holzfäller, die Signale eines Zyklopen gesehen zu haben, die von der Ankunft eines weiteren Anführers kündeten. Diese Aussicht stimmte Bowbaq so froh, dass er Lana wortreich erklärte, wie dieser aus Spiegeln konstruierte Apparat die Lichtzeichen erzeugte, mit denen die Arkarier kommunizierten. Er erzählte ihr sogar in aller Ausführlichkeit, wie er in Berce ein ähnliches Gerät benutzt hatte. Die Maz kannte die Geschichte längst, hörte ihm aber höflich zu, denn sie konnte gut verstehen, dass er sich ablenken wollte. So vertrieben sie sich mit Erinnerungen an ihre Reise die Zeit, bis Ingal ihnen mitteilte, dass der Anführer des Schneeigelklans eingetroffen sei.

Bowbaq lief seinem Bundbruder entgegen, ohne sich auch nur die Stiefel überzuziehen. Léti, Corenn und Lana folgten ihm, so rasch sie konnten, doch der Riese drückte Osarok schon an sich, als sie noch dreißig Schritte von dem Neuankömmling entfernt waren.

Der Arme brachte nur ein ungläubiges »Bowbaq? Aber …« über die Lippen, bevor er in die Höhe gehoben und zwei Fuß über der Erde im Kreis herumgewirbelt wurde. Sein gespielter Protest half ihm nicht viel: Erst nachdem er sich mehr als ein Dutzend Mal im Kreis gedreht hatte, ließ Bowbaq den Freund los und das auch nur, weil er sich nach seiner Familie erkundigen wollte.

Als er endlich wieder festen Boden unter den Füßen hatte, erwiderte Osarok die Umarmung in weniger stürmischer, aber nicht minder herzlicher Weise. Neben seinem Bundbruder wirkte der Anführer des Schneeigelklans wie ein Zwerg. Er war erstaunlich jung – gerade einmal in seinem dreißigsten Jahr – und hatte ein liebenswürdiges, einnehmendes Wesen. Doch nun war ihm anzusehen, dass ihn schwere Sorgen bedrückten.

»Ist Ispen bei dir?«, fragte er Bowbaq in leicht beunruhigtem Ton.

»Nein!«, antwortete er erschrocken. »Ist sie nicht in deinem Dorf? Und wo sind die Kinder?«

»Bestimmt geht es ihnen gut«, versicherte Osarok. »Aber seit vorgestern hat sie niemand mehr gesehen. Selbst Mir ist verschwunden. Das ganze Dorf hat nach ihnen gesucht, und ich habe mich erst im letzten Moment auf den Weg zum Konzil gemacht.«

»Wahrscheinlich sind sie hierher unterwegs, Bowbaq«, warf Léti ein.

»Das glaube ich auch«, stimmte ihr der junge Anführer zu. »Mir muss gespürt haben, dass du zurück bist, und hat sich mit den anderen auf den Weg hierher gemacht. Anders kann ich es mir nicht erklären.«

Bowbaq nickte betrübt und ließ sich in Ingals Haus zurückführen.

Ihm fielen durchaus noch andere Erklärungen ein, die zum Beispiel mit einem gewissen Mog'lur zu tun hatten. In Gedanken malte er sich das Schlimmste aus, so sehr er auch versuchte, sich zusammenzureißen.

So kurz vor dem Konzil herrschte im Haus des Anführers des Rentierklans eine ungewohnte Betriebsamkeit. Neben Osarok waren rund zwanzig Anführer gekommen, die nun unter dem Eurydis-Gemälde saßen und plauderten. Bünde, Geburten, Todesfälle und andere Neuigkeiten aus ihren Dörfern, das Wetter, die Rückkehr des Wilds, die Kriege des Falkenklans, die Fischerei, der endlose Erbfolgestreit im Otterklan, die Unruhen im Großen Reich, die Missetaten einer Bärenfamilie … Die Männer, die sich kaum öfter als dreimal im Jahr trafen und doch so viel enger befreundet waren, als es in einer Stadt üblich gewesen wäre, hatten sich eine Menge zu erzählen.

Trotzdem beschäftigte sie vor allem die Frage, warum sie so unerwartet und ohne weitere Erklärungen zusammengerufen worden waren. Manche hatten gehört, eine Horde Fleckenlöwen drohe ins Weiße Land einzufallen, während andere munkelten, ein Königreich namens Kaul habe Arkarien den Krieg erklärt. Doch nichts von alldem wurde sonderlich ernst genommen, zumal die meisten Anführer noch nie von einem derart mächtigen Nachbarland gehört hatten. So wurde die Ansprache der Kaulanerin mit Ungeduld erwartet, und als Ingal, Osarok, Léti, Bowbaq, Lana und schließlich Corenn zu der Versammlung stießen, wurden sie mit lautstarken Beifallsrufen begrüßt.

Die Ratsfrau blieb in der Mitte des Raums stehen und wartete ab, bis sich ihre Freunde zwischen die Arkarier gesetzt hatten. Bowbaq, der sich neben seinem Bundbruder niedergelassen hatte, starrte missmutiger denn je auf seine immer noch bloßen Füße. Wenn seine Familie Saat zum Opfer fiel, hätten die Erben endgültig verloren. Wenn es Corenn nicht gelang, sich Gehör zu verschaffen, blieb ihr nur noch eine einzige Möglichkeit, den Untergang der Oberen Königreiche abzuwenden. Und dieser Plan war lebensgefährlich.

Ingal wartete, bis Ruhe eingekehrt war, und stellte dann die Rednerin vor, wie es der Brauch verlangte. Der Anführer des Rentierklans war mindestens ebenso angespannt wie sie. Als ihr Gastgeber stand auch seine eigene Glaubwürdigkeit auf dem Spiel, und für alles, was sie sagte, war er mitverantwortlich. Da er nicht die geringste Ahnung hatte, worum es ging, setzte ihm die Anspannung enorm zu. Nachdem er seine Pflicht getan hatte, verzog er sich schleunigst auf eine Bank.

»Anführer der Klans von Work, ich danke Euch für Euer Kommen«, begann Corenn feierlich. »Ich weiß, dass viele von Euch glücklich sind, einander so unerwartet wiederzusehen, und ich bin froh, dies ermöglicht zu haben. Leider geht es um etwas Ernstes, und so steht zu befürchten, dass diese Versammlung Euch mehr Kummer als Freude bereiten wird. Hochverehrte Anführer, zu meinem größten Bedauern überbringe ich Euch eine schlechte Nachricht.« Corenn machte eine kurze Pause, um sich zu vergewissern, dass sie ihre Zuhörer gefesselt hatte. Doch es war geglückt: Die Anwesenden hingen ihr an den Lippen. Hier und da war ein Flüstern zu vernehmen, wenn jemand einem Anführer, der nur wenig Itharisch verstand, ihre Worte mehr oder weniger getreu übersetzte.

»Ehe ich fortfahre, muss ich Euch warnen. Das Geheimnis, das ich Euch preisgeben werde, birgt große Gefahren. Viele Menschen mussten ihr Leben lassen, weil sie davon erfuhren. Ihr werdet nicht mehr in Frieden leben. Ihr werdet nirgendwo Zuflucht finden, weder in Euren Häusern noch in den abgelegensten Winkeln des Weißen Landes. Denn sollten unsere Feinde erfahren, dass Ihr eingeweiht seid, werden sie Euch jagen und erbarmungslos töten.«

Wieder herrschte Schweigen. Corenn schöpfte Hoffnung. Insgeheim hatte sie befürchtet, einem Haufen unaufmerksamer Schwätzer gegenüberzutreten, doch die arkischen Anführer schienen sich ihrer Pflichten und ihrer Verantwortung bewusst zu sein. Ob das tatsächlich der Fall war, würde sich gleich herausstellen.

»Es steht mir nicht zu, Euch diese Qualen gegen Euren Willen aufzuerlegen. Wenn Ihr erst einmal eingeweiht seid, müsst Ihr das Geheimnis für Euch behalten. Weder kann noch will ich irgendjemanden zwingen, mich anzuhören. All jenen, die sich zu alt, zu jung oder ihren Familien zu sehr verpflichtet fühlen, steht es frei, diese Versammlung ohne Scham oder Reue zu verlassen. Bevor Ihr eine Entscheidung trefft, will ich jedoch noch zweierlei erwähnen. Zum einen wird das, worüber ich sprechen werde, über kurz oder lang Unheil über die ganze bekannte Welt bringen, also auch über Arkarien. Und zum anderen – wenn Ihr mein

Geheimnis erfahren habt, könnt Ihr nicht untätig bleiben. Was auch geschehen mag, es wird kein Zurück geben. Ihr werdet Entscheidungen treffen und entschlossen handeln müssen.«

»Ist das Ganze wirklich so ernst, Freundin Corenn?«, fragte einer der Ältesten der Runde.

»Ohne jeden Zweifel, Freund Quval. Ich wäre froh, wenn es anders wäre. Aber das ist nicht der Fall.«

»Sind die Feinde, von denen du sprichst, tatsächlich so mächtig, dass sie uns bis ins Land Work verfolgen können?«

Diesmal nickte sie. Das Unbehagen der Anwesenden verhieß nichts Gutes. Ihr konnte nichts Schlimmeres passieren, als dass alle Anführer aufstanden und das Konzil verließen. Es reichte schon, wenn zwei oder drei beschlossen, dass sie mit dieser Sache nichts zu tun haben wollten – dann würden ihnen die anderen folgen. Mit klopfendem Herzen beobachtete Corenn die Gesten der Anführer und lauschte den Gesprächsfetzen, die an ihr Ohr drangen. Doch die arkische Sprache war ihr völlig unbekannt, und so musste sie sich damit abfinden, schweigend zu warten, bis die Anführer zu einem Entschluss gekommen waren.

»Was ist denn nun das Geheimnis, Freundin Corenn?«, rief plötzlich ein Mann mit roten Zöpfen. »Sprich. Vor Worten fürchte ich mich nicht.«

Corenn nickte ihm dankbar zu, blickte jedoch erst prüfend in die Runde, bevor sie aufzuatmen wagte. Vielleicht hatte sich das gesamte Konzil spontan der Entscheidung dieses Mannes angeschlossen. Vielleicht waren die Anführer auch schon vorher seiner Meinung gewesen, oder sie befürchteten, nach den Worten ihres Landsmanns als Feiglinge dazustehen. Jedenfalls waren alle geblieben, und nur darauf kam es an.

»Ich beglückwünsche Euch zu Eurem Mut«, sagte Corenn. »Das ist ein gutes Omen. Ich glaube fest, dass keiner von Euch die Entscheidung bereuen wird – die einzige, die eines Anführers würdig ist.«

Nach diesen Komplimenten konnte sie endlich zum Wesentlichen kommen. Sie und Léti lächelten einander zu, dann legte Corenn mit gebotenem Ernst die Karten auf den Tisch. »Ihr wisst sicher, dass sich das Große Kaiserreich zu einem weiteren Krieg gegen die Länder des Ostens rüstet. Einige Eurer Väter haben an den Küsten des Ozeans oder vor

Crek gegen die Thalitten gekämpft. Ihr wisst, wie unerbittlich sich dieses Volk in der Schlacht zeigt und wie wild es auf Kriegsbeute ist, dass es das eroberte Land verwüstet und alle Gefangenen niedermetzelt. Nun, jenseits des Rideau lagert das größte Heer, das die Reiche des Ostens je aufgestellt haben. Es umfasst vermutlich mehr als fünfundzwanzigtausend Männer, hauptsächlich Wallatten, die besser ausgerüstet und gefährlicher sind als die Thalitten. Eine große Aufgabe für die Goroner, denkt ihr gewiss. So groß sogar, dass nahezu die gesamte lorelische Armee zu den goronischen Streitkräften gestoßen ist, um den Angriff abzuwehren. Denn das ist die Gefahr: Wenn die Wallatten siegen, werden sie sich nicht damit begnügen, einige Provinzen zu verwüsten, und dann den Rückzug antreten. Sie werden bis nach Goran ziehen und die Hauptstadt niederbrennen, um anschließend in andere Länder vorzustoßen.«

»Die Thalitten sind noch nie mehr als zwanzig Meilen über das Tal der Krieger hinausgekommen«, sagte jemand. »Wir wüssten nicht einmal, wie sie aussehen«, fügte er grinsend hinzu, »wenn es ihnen nicht zufällig gelungen wäre, ein paar Schiffe zu bauen.«

Seine Bemerkung löste vereinzeltes Gelächter aus, und Corenn setzte sofort zu einer Antwort an. Das Konzil durfte die Sache auf keinen Fall auf die leichte Schulter nehmen.

»Die Wallatten werden Goran innerhalb der nächsten zwei Monde einnehmen«, sagte sie laut, um das Stimmengewirr zu übertönen. »Sie werden nämlich nicht durch das Tal der Krieger ziehen. Sie kommen von Süden. Das ist mein Geheimnis.«

Schlagartig wurde es wieder still. Alle fragten sich, ob das ein Scherz sein sollte. Corenn verschränkte die Arme und stellte sich den Fragen, die nun unweigerlich auf sie einprasseln würden.

»Woher weißt du das?«, fragte Ingal skeptisch.

»Wir sind gerade aus dem Land Oo zurückgekehrt, wo wir vieles mit eigenen Augen gesehen haben.«

»Und warum habt ihr diese wichtige Nachricht nicht sofort den Gonern überbracht?«, fragte einer der weiter vorne Sitzenden. »Warum schickt ihr ausgerechnet nach uns, den Anführern der Klans von Work, um uns eine Zukunft zu offenbaren, gegen die wir nichts ausrichten können?«

»Weil es im Tal der Krieger von Spionen nur so wimmelt«, antwortete Corenn und dachte an Sombre. »Würde ich einem Goroner dieses Geheimnis anvertrauen, wäre er einen Dekant später tot genauso wie ich selbst. Wir können nichts für sie tun: So wie es aussieht, haben Goran und Lorelien diesen Krieg bereits verloren.«

Stimmen wurden laut, doch Osarok erhob sich und sorgte für Ruhe. »Was erwartest du von uns, Freundin Corenn? Du willst uns doch nicht nur vor der Gefahr warnen, oder?«

»Richtig«, erwiderte sie und nickte dem jungen Anführer des Schneeigelklans anerkennend zu. »Von den mächtigen Armeen der Oberen Königreiche können wir uns nichts mehr erhoffen. Doch die Wallatten wissen nicht, dass ihr Geheimnis …«

»Du redest Unsinn, Weib«, polterte ein stämmiger Mann mit derben Manieren. »Wie stellst du dir das vor? Sollen die Klans es mit fünfundzwanzigtausend Kriegern aufnehmen? Das sind mehr Männer als alle Bewohner östlich von Crevasse zusammen!«

»Lasst sie doch wenigstens ausreden!«, schimpfte Léti. »Ihr wisst ja noch gar nicht, was sie sagen will!«

»Die Arkarier können die Oberen Königreiche retten«, fuhr Corenn fort, bestürzt über den schärfer werdenden Ton. »Dazu braucht es keine zwanzigtausend Mann starke Armee, ja nicht einmal halb so viele Kämpfer. Einige Tausend oder sogar Hundert müssten reichen.«

Ihre Worte hatten die erwünschte Wirkung: Sie hatte die Aufmerksamkeit der Versammlung zurückgewonnen.

»Erkläre das genauer, Corenn«, bat Ingal.

»Ich habe Euch noch nicht das *ganze* Geheimnis anvertraut. Habt Ihr Euch nicht gefragt, wie die Wallatten das Tal der Krieger umgehen können? Sie werden unter dem Rideau hindurchkommen. Sie haben einen Tunnel gegraben, der in der Stadt Ith endet.«

Kaum hatte sie es ausgesprochen, wurde Corenn klar, dass sie diese Auskunft von Lana hatte, die es von Rey wusste, der es wiederum bei der Berührung der Undinen gesehen haben wollte. Noch nie hatte sie ihre Argumente auf so ungewisse Beweise gestützt. Sie wäre jedoch auch die Erste, die sich freuen würde, wenn sich das Ganze als böser Traum entpuppte.

Die Arkarier schienen sich nicht einig zu sein. Da die Anspannung wuchs, äußerten mehrere Anwesende das Bedürfnis, aufzustehen und sich die Beine zu vertreten. So bildeten sich rasch kleine Grüppchen, in denen heftig debattiert und bald auch laut gestritten wurde, als sich die Gemüter immer mehr erhitzten. Corenn hatte schon genügend Versammlungen erlebt, um zu ahnen, was jetzt folgen würde: Sobald ein Streit ausbrach, würde man verhindern wollen, dass er noch heftiger wurde, und die Entscheidung auf später vertagen. Doch sie hatten keine Zeit zu verlieren.

»Wenn eintausend Arkarier der Heiligen Stadt zu Hilfe eilen, so werden sie die gesamten Oberen Königreiche retten«, sagte sie eindringlich. »Jeder Tag, den wir tatenlos verstreichen lassen, spielt den Wallatten in die Hände. Wenn ihr Heer erst einmal den Tunnel durchschritten hat, ist es zu spät.«

Während die Streitgespräche von Neuem begannen, traten Corenn, Léti und Lana zusammen, und Bowbaq und Osarok schlossen sich ihnen an.

»Du kannst auf mich und die Männer meines Klans zählen, Freundin Corenn«, sagte der junge Anführer. »Wir werden nicht zulassen, dass die Wallatten die Köpfe aus ihrem Loch stecken!«

»Wie viele Leute hast du?«, fragte Léti sofort.

»Wir müssten fünfzehn oder sechzehn sein, wenn ich es schaffe, die Männer zu überzeugen. Ich kann niemanden zwingen, seine Familie zu verlassen.«

Einen Augenblick lang dachte Léti, er wolle sie auf den Arm nehmen, doch Bowbaqs Bundbruder meinte es vollkommen ernst. Mit einem Mal fühlte sie sich sehr erwachsen. Im Gegensatz zu dem jungen Arkarier hatte sie Erfahrung im Kampf und war längst nicht mehr so blauäugig wie er.

Allmählich kehrte wieder Ruhe ein. Die Mitglieder des Konzils teilten Ingal ihre Entscheidung mit und zogen sich dann an die Stirnseite des Raums zurück. Schließlich verkündete der Anführer des Rentierklans Corenn ihre Antwort.

»Es ist dir gelungen, das Konzil zu überzeugen, Freundin Corenn«, sagte er mit gesenktem Blick. »Niemand bezweifelt, dass du die Wahrheit sprichst, und wir werden dein Geheimnis wahren. Doch nach Ith ist es viel zu weit, und wir können unsere Familien nicht im Stich lassen. Wir werden uns noch einmal versammeln, um unsere Verteidigung zu besprechen, aber wir werden Work nicht verlassen. Es tut mir leid.«

»Ich verstehe«, sagte Corenn tonlos. »Ich verstehe Euch gut.«

Doch die Enttäuschung stand ihr ins Gesicht geschrieben. Ohne es zu wissen, hatte Ingal Corenn zu einem sicheren Tod verurteilt. Von diesem Augenblick an gab sie jede Hoffnung auf, die Arkarier zu überzeugen, und dachte bereits über die Einzelheiten ihres zweiten Plans nach.

Lana erkannte an ihrem Blick, dass sich die Ratsfrau mit der Entscheidung abgefunden hatte. Die Priesterin versuchte, an Bowbaq und Léti zu appellieren, doch der Riese sorgte sich zu sehr um seine Familie, um sich über den Untergang der Oberen Königreiche Gedanken zu machen, während die junge Frau mit unerschütterlichem Vertrauen auf den Einspruch ihrer Tante wartete. Lana dachte an Rey und fühlte sich mit einem Mal ganz allein auf der Welt. Tränen liefen ihr über die Wangen, und sie trat schluchzend vor die Mitglieder der Versammlung.

»Eurydis! Eurydis!«, rief sie flehend, während sie auf das Gemälde über dem Kamin deutete. »Seht Ihr denn die Göttin nicht? Wollt Ihr ihre Kinder sterben lassen?«

Die arkischen Anführer senkten betreten die Köpfe. Ihr Entschluss lastete schwer auf ihrem Gewissen, aber sie waren so wenige, und Ith war so weit …

»Eurydis liebt Euch«, fuhr Lana fort und ließ ihren Tränen freien Lauf. »Wissen, Toleranz, Frieden. War denn alles umsonst? Wird das alles bald in Flammen und Leid untergehen? Ach, ich kann es nicht glauben!«

Der Rothaarige legte ihr tröstend die Hand auf die Schulter, doch Lana schob ihn sanft fort und stellte sich unter das Gemälde, die Hände zum Gebet gefaltet. »Ich liebe einen Mann«, gestand sie verzweifelt. »Ich liebe einen Mann, o weise Göttin, der sich für seine Freunde und für die Heilige Stadt geopfert hat. Wo er auch sein mag, was er auch tut – ich bitte dich, ihn stets zu beschützen, o Göttin. Ich bitte dich, mach, dass er lebt!«, schloss sie, bevor der Schmerz sie überwältigte.

Léti trat zu der Priesterin und führte sie zu ihren Freunden zurück.

Die Anführer der Klans schwiegen und betrachteten tief in Gedanken versunken das Gemälde, das sie plötzlich mit ganz neuen Augen zu sehen schienen.

»Wir sind so wenige …«, murmelte Ingal. »Es wäre Selbstmord … Und was wird aus unseren Familien?«

»Ich gehe nach Crevasse«, sagte Osarok entschlossen. »Ich werde den Falkenklan um Hilfe bitten.«

Seine Landsmänner hatten nur ein herablassendes Lächeln für ihn übrig, als wäre er ein Dummkopf oder Träumer. Da Corenn den jungen Anführer für sehr klug hielt, neigte sie dazu, Letzteres zu glauben. Doch glücklicherweise war Unerfahrenheit heilbar, das wussten die Erben selbst am besten. Würde Osarok die Zeit haben, zu einem Kämpfer heranzureifen, bevor die Wallatten über das Weiße Land herfielen?

Léti, die als Einzige trotz der Enttäuschung dieses Abends nicht den Mut verloren hatte, brachte Lana, Bowbaq und ihre Tante zu ihren Zimmern. Die junge Frau war genauso traurig wie ihre Freunde, doch sie hatte seit dem Beginn ihrer Reise schon so viel Bitteres erlebt, dass der Schmerz ihr nichts mehr anhaben konnte. Léti war endlich Herrin ihres eigenen Schicksals. Sie hörte als Erste die aufgeregten Rufe von draußen, die durch das Stimmengewirr der Anführer kaum zu vernehmen waren. Zunächst war ihr, als hätte sie geträumt, und sie spitzte noch einmal die Ohren, bevor sie ihre Freunde verständigte.

»Ruft man da draußen nicht etwas von einem Löwen?«

Bowbaq richtete sich kerzengerade auf und konzentrierte sich für einen kurzen Moment. Dann breitete sich ein Lächeln auf seinem Gesicht aus, und seine Augen begannen feucht zu schimmern. »Es ist Mir«, sagte er mit zitternder Stimme und deutete auf seine Stirn. »Er hat … Er hat meine Familie mitgebracht.«

Während er Corenn und Lana umarmte, stürzte Léti schon überglücklich nach draußen. Bowbaq wollte ihr gerade folgen, als Corenn ihn sachte am Ärmel zupfte.

»Würdest du für mich auf Léti aufpassen?«, bat sie mit einem schwachen Lächeln. »Morgen bei Tagesanbruch werde ich das Dorf verlassen.«

Der Riese sah sie verständnislos an. Vor Freude und Ungeduld begriff er nicht recht, was sie da sagte. »Ich werde sie und euch beschützen, solange ich lebe«, versicherte er voller Zuneigung. »Aber geh nicht, Corenn. Komm, ich stelle dir Ispen und die Kinder vor.«

Sie nickte traurig und ließ ihn gehen. Eilig hastete der Riese zu seiner Familie. Als Corenn mit Lana allein war, machte sie keinen Hehl mehr aus ihrem Kummer.

»Ihr werdet Saat aufsuchen, nicht wahr?«, fragte die Maz. »Ihr wollt versuchen, mit ihm zu sprechen?«

Corenn seufzte tief, bevor sie antwortete. »Es ist unwahrscheinlich, dass er mich anhört«, sagte sie mit erstickter Stimme. »Doch mehr kann ich nicht tun.«

»Nehmt mich mit, Corenn«, flehte Lana. »Ich bin sicher, dass Reyan dort ist. Nehmt mich mit … Hier bin ich ohnehin mehr tot als lebendig …«

Die Priesterin brach von Neuem in Tränen aus und lehnte den Kopf an Corenns Schulter, die sich nun selbst dem Kummer hingab, der sich seit ihrem Aufbruch aus Kaul angestaut hatte. Aneinandergeschmiegt weinten sich die beiden Frauen aus, vereint in ihrem Schmerz, während Bowbaq seine Kinder durch die Luft wirbelte.

»He, du. Du trägst eine Waffe. Zeig mir dein Abzeichen.«

Yan drehte sich zu dem Mann um, der ihn angesprochen hatte. Zweifellos war er ein Yussa, denn in Mythr schienen ohnehin nur noch Söldner unterwegs zu sein.

Sein Gegenüber war einen Kopf größer als er, hatte Brandnarben im Gesicht und stank nach billigem Wein. In der rechten Hand trug er einen Morgenstern. Nachdem er Grigán einen Blick zugeworfen hatte, hielt es Yan für klüger, der Aufforderung nachzukommen. Er zog die Kupfermünze unter seinem Hemd hervor und hielt sie dem Rohling hin.

»Da steht, dass du Gérel heißt«, stellte der Yussa misstrauisch fest.

»Aber nein«, widersprach Yan. »Ich heiße Finch, und das steht auch auf meinem Abzeichen. Ich bin kein Spion.«

»Das überzeugt mich nicht«, knurrte der Trunkenbold und schob sein Gesicht noch näher an Yans heran. »Du scheinst mir einer dieser frechen jungen Schmarotzer zu sein, die sich auf Kosten von uns Kriegern bereichern. Hast du denn wenigstens schon mal dein Schwert benutzt?«

»Wenn ich es mit Dummköpfen zu tun hatte, ja«, sagte Yan und trat einen Schritt zurück. »Und offenbar bietet sich jetzt wieder eine gute Gelegenheit dazu.«

Der Yussa riss empört die Augen auf und holte mit seiner Waffe aus. Blitzschnell zog Grigán sein Krummschwert, doch noch bevor er eingreifen konnte, brach der Mann jäh zusammen. Yan hatte sich nicht vom Fleck gerührt.

»Warst du das?«, fragte Grigán verärgert und zeigte auf den reglosen Körper. »Ist er tot?«

»Nein, er schläft nur«, antwortete Yan leichthin. »Ich weiß allerdings nicht, für wie lange.«

»Du hast wohl völlig den Verstand verloren!«, schimpfte Grigán. »Was fällt dir ein, ihn so zu provozieren!«

»Ich habe es satt, mir von diesen Trotteln auf der Nase herumtanzen zu lassen!«, regte sich Yan auf. »Es wäre ohnehin zum Kampf gekommen. So musste wenigstens niemand sterben. Und außerdem haben wir es eilig.«

Grigáns Blick wanderte von dem leblosen Söldner zu Yan. Er musste zugeben, dass er überrascht war – und beeindruckt. »Und wenn deine Magie wirkungslos gewesen wäre?«, fragte er trotzdem. »Wie hättest du dich dann verteidigt, mit einem Affen auf dem Kopf?«

Yan zuckte nur lächelnd mit den Schultern. Er hatte sich so sehr an Miff gewöhnt, dass er überhaupt nicht an sie gedacht hatte. Jedenfalls war er sich seiner magischen Fähigkeiten mittlerweile sicher genug, um es darauf ankommen zu lassen. Er hatte sechs Tage Zeit gehabt, sich mit der Macht, die ihm das Jal verliehen hatte, vertraut zu machen. Systematisch und sehr vorsichtig hatte er seine neue Kraft erprobt. Sie schien den lähmenden Rückschlag abzumildern, der ihn sonst immer getroffen hatte, wenn er seinen Willen entfesselte. Außerdem konnte er seinen Willen jetzt sehr viel schneller auf das Ziel richten und kompliziertere Manöver ausführen – einen Mann in den Schlaf schicken, beispielsweise.

Grigán brummte vor sich hin, während er sein Schwert wegsteckte, und gab Yan ein Zeichen, den Ort des Geschehens zu verlassen. Aus Gewohnheit sah er sich nach möglichen Verfolgern um, doch auf den Straßen der Stadt herrschte ein solcher Hochbetrieb, dass der Zwischenfall unbemerkt geblieben war.

Sie waren erst gegen Mit-Tag in Mythr eingetroffen. Obwohl sich Grigán vor dem Angriff der schwarzen Wölfe gerne gründlich umgesehen hätte, wollte er nicht riskieren, von einem Ramgrith erkannt zu werden, der mit dem einäugigen König im Bunde stand. So hatten sie bis zum allerletzten Moment gewartet, bevor sie sich in den Hafen wagten, wo Alebs Flotte darauf wartete, die Oberen Königreiche zu erobern.

Mythr musste einmal eine schöne Stadt gewesen sein, doch nach den langen Jahren der Besatzung war der Handel zum Erliegen gekommen, und seit einigen Monden trieben sich so viele Yussa in der Stadt herum, dass sie nun völlig heruntergekommen war. Die meisten Bewohner hatten die Willkür der Söldner nicht mehr ertragen und waren in friedlichere Gegenden geflohen. Die Häuser aus weißem Granit, die Gebäude entlang der Küste, ja selbst die kleineren Tempel waren von kriegerischen Horden besetzt worden, die den Segen des ramgrithischen Königs hatten. So war Mythr eine Geisterstadt geworden, in der nur noch mit Waffen gehandelt wurde. Aleb hatte weniger als zwölf Jahre gebraucht, um die Stadt zugrunde zu richten. Wie lange würde es dauern, bis Griteh das gleiche Schicksal ereilte?

Die schwarzen Wölfe hatten sich nach und nach in die Stadt geschlichen: Jeden Tag waren kleine Grüppchen eingeschleust worden. Jeder trug eines der Kupferabzeichen bei sich, die dei Yussa berechtigten, innerhalb der Stadtmauern Waffen zu führen. Unter die fünfzehntausend Yussa und Yérimer, die sich schon in Mythr befanden, hatten sich auf diese Weise zweitausend Krieger gemischt, ohne dass sich irgendjemand über den Zustrom wunderte. Schließlich hatten Alebs Anführer bereits mit der Einschiffung begonnen, und die Söldner waren nicht in alle Pläne eingeweiht.

In der Menschenmenge war ein Langbogen das wichtigste Erkennungsmerkmal der schwarzen Wölfe. Yan hatte man ebenfalls eine dieser Waffen in die Hand gedrückt, auch wenn er sie nur widerstrebend angenommen hatte, da er sich im Vergleich zu den jüngsten Rebellen, die hervorragende Schützen waren, furchtbar ungeschickt vorkam. So waren Grigán und Yan bei ihren Streifzügen durch die Stadt immer wieder Verbündeten begegnet, die sie jedoch nicht ansprachen. Sie hatten die strikte Anweisung, sich nicht zu größeren Gruppen zusammenzuscharen, ehe die Dämmerung hereinbrach, denn dann würden Grigáns Vision zufolge die ersten Schiffe der Roten Armada in See stechen. Zu diesem Zeitpunkt würden die Wölfe angreifen.

Grigán hob den Blick prüfend zum Himmel. Es war fast so weit. In weniger als einem halben Dekant würde es dunkel sein. Aus allen Vororten, Vierteln und Straßen strömten die Rebellen nun zum Hafen. Als er in eine Gasse bog, entdeckte Grigán drei von ihnen, die ihm zum Gruß zunickten, bevor sie an der nächsten Kreuzung aus seinem Blickfeld verschwanden. Im nächsten Dekant würden die schwarzen Wölfe Geschichte schreiben. Der Krieger schwor sich, dass Aleb auf keinen Fall als Bezwinger der Rebellen in die Annalen eingehen würde, und hastete noch eiliger am Ufer des Aòn entlang. Die Anspannung und Entschlossenheit standen ihm ins Gesicht geschrieben.

Auch Yan fieberte der bevorstehenden Schlacht entgegen und konnte an nichts anderes mehr denken. Würde es tatsächlich dazu kommen? War es möglich, dass sich im nächsten Dekant das Schicksal Lorelias und der Unteren Königreiche entschied? Und dass er, der kleine Yan aus dem Dorf Eza, das alles hautnah miterlebte?

Nach einer Weile stießen sie wieder auf die drei Rebellen, die sich ihnen wie selbstverständlich anschlossen, ohne ein einziges Wort mit ihnen zu wechseln. *Natürlich* würde die Schlacht stattfinden. Alles war bereit. Die Männer, die Waffen, der Plan, die anderen Hauptmänner … Sie schrieben schon jetzt Geschichte. Die Yussa ahnten es noch nicht, aber die Schlacht hatte längst begonnen.

Zwei Krieger reihten sich hinter ihnen ein, drei weitere stießen an der nächsten Kreuzung dazu. Einer der Männer zeigte zum Himmel, an dem beunruhigend schnell dunkle Wolken aufzogen.

»Es wird nicht regnen«, sagte Grigán einfach nur, weil er die Vision der Undinen nicht erwähnen konnte.

Der Ramgrith nahm es widerspruchslos hin und setzte wie die anderen einen konzentrierten Gesichtsausdruck auf. Mit umgehängten Bogen liefen Yan, Grigán und die schwarzen Wölfe ihrer Bestimmung entgegen.

Für eine Diplomatin und eine Priesterin waren Corenn und Lana seit ihrem Aufbruch aus dem Dorf des Rentierklans ungewöhnlich einsilbig. Von ihrem Kummer und ihrer Wehmut hatten sie einander ausführlich erzählt, und nun war ihnen nicht mehr nach einer Unterhaltung zumute. Ihre Gedanken kreisten nur noch darum, Saat so schnell wie möglich gegenüberzutreten, bevor der Hexer mit dem Angriff auf die Oberen Königreiche begann.

Sie hatten lediglich sechs Tage bis ins Tal der Krieger gebraucht und dafür viele Mühen und Entbehrungen in Kauf genommen. Ohne Bowbaqs Wegbeschreibung und die Ponys, die sie Ingal abgekauft hatten, hätte die Reise fünfmal so lange gedauert. Aber war der Gewaltritt vielleicht doch vergebens gewesen? Stand Ith schon in Flammen?

Weder Corenn noch Lana hatten sich von Léti verabschiedet, weil sie fürchteten, sie würde mitkommen wollen. Dieser Verrat lastete schwer auf ihrem Gewissen, auch wenn sie zum Besten der jungen Frau gehandelt hatten. Lieferten sie sich nicht einem sicheren Tod aus? Die Aussichten, Saat zur Vernunft zu bringen, waren verschwindend gering. Doch nachdem alle anderen Möglichkeiten ausgeschöpft waren, mussten sie das Unmögliche versuchen. Wenn sie scheiterten, würde es sich in den Oberen Königreichen nicht mehr gut leben lassen.

Es war erstaunlich einfach gewesen, an den lorelischen und goronischen Truppen vorbeizukommen. Der Anblick der beiden stolzen Heere, die sich von den Wallatten hinters Licht führen ließen, hatte etwas Lächerliches. Lana hätte sich am liebsten in die Steigbügel gestellt und den Soldaten zugerufen, dass sie nach Süden marschieren sollten, wo die eigentliche Schlacht geschlagen würde, ja dass die Heilige Stadt vielleicht schon in Rauch und Asche versank! Doch Sombres Wachsamkeit verbot ihnen jedes Wort, und die goronischen Heerführer würden ihnen vermutlich ohnehin keinen Glauben schenken. Es war höchst unwahrscheinlich, dass sie dreißigtausend Mann in Marsch setzten, nur weil eine Maz sie dazu aufforderte.

So ließen Corenn und Lana das vereinte Heer hinter sich und ritten zum zweiten Mal innerhalb von drei Monden durch die Einöde des Tals der Krieger. Als sie die Ausläufer des Rideau passiert hatten, kam eine wallattische Reitertruppe mit furchteinflößenden Schreien auf sie zugaloppiert. Mit klopfendem Herzen und zugeschnürter Kehle zügelten sie ihre Ponys und ließen die Barbaren herankommen, ohne eine Flucht zu versuchen. Zum Zeichen des Friedens hob Corenn die Hand, und die Krieger verlangsamten ihren Ritt, als sie sich den Fremden näherten.

Kurz darauf waren sie von einem Dutzend grölender Männer umzingelt, die sich in einer ihnen unbekannten Sprache lüsterne Bemerkungen zuriefen. Während sie ihre Pferde im Kreis um die arkischen Ponys reiten ließen, zielten sie mit fremdartigen Waffen auf die beiden Reisenden. Sie wollten ihnen Angst machen, sie in die Flucht schlagen oder zum Angriff anstacheln – was auch immer ihnen einen Vorwand lieferte, sie niederzumetzeln. Doch Corenn und Lana blieben ruhig.

»Spricht einer von Euch unsere Sprache?«, fragte die Ratsfrau in die Runde.

Die Barbaren brachen in schallendes Gelächter aus. Niemand von ihnen schien Itharisch zu verstehen. Corenn wiederholte ihre Frage ohne große Hoffnung auf Lorelisch und Kauli, dann versuchte es Lana mit Goronisch.

»Ich verstah«, sagte einer der Wallatten plötzlich, stolz, damit vor den anderen prahlen zu können. *»Was wollt?«*

»Wir wünschen Euren Anführer zu sehen«, erklärte Lana mit zitternder Stimme. »Seine Exzellenz Saat den Ökonom.«

Der Barbar starrte sie mit stumpfem Blick an. Entweder hatte er ihre Frage nicht verstanden oder wusste nur nicht, von wem die Rede war.

»Was heißt ›Hexer‹ auf Goronisch?«, fragte Corenn ihre Gefährtin.

»Zurem, glaube ich. Aber …«

»ZUREM! ZUREM!«, rief Corenn und zeigte erst nach Süden, dann auf sich selbst.

Das wiederholte sie noch einige Male, bis die Wallatten aufhörten zu lachen und den Mann, der ein paar Brocken Goronisch verstand, mit Fragen bestürmten. Indessen ließ sich Corenn »Tunnel« übersetzen und sprach das Wort ebenso nachdrücklich aus, wobei sie schwere körperliche Arbeit nachahmte.

Mit einem Mal verstummten die Barbaren. Sie wussten nun nicht mehr, ob sie die Fremden als Freunde oder als Feinde behandeln sollten. Corenn zeigte noch einmal nach Süden, und nach einigem Hin und Her nahmen die Reiter die beiden Frauen in die Mitte und ritten los.

Als Lana klar wurde, dass es kein Zurück mehr gab, begann sie vor Angst zu zittern. Sie würden Saat gegenübertreten. Die Priesterin versuchte, sich mit dem Gedanken zu trösten, dass sie Rey vielleicht wiedersehen würde – und wenn es erst im Tod war.

Zwei Jahre zuvor war der Hafen von Mythr nicht mehr als ein langes Becken mit einer so engen Zufahrt gewesen, dass große Schiffe nur am Ende des Kais anlegen konnten, was das Be- und Entladen nicht gerade erleichtert hatte. In einem gewaltigen Bauvorhaben, das viele Arbeiter das Leben gekostet hatte, hatte Aleb die Hafenanlage um das Dreifache vergrößern lassen. Die Anlegestelle war zweihundert Schritte weiter hinaus aufs Meer verlegt worden und grenzte nun an zwei mächtige Wellenbrecher, die zugleich als Mole dienten und die Mündung des Aòn einfassten. Die Fahrrinne war damit breit genug für einen Vierruderer. Hier hatten die Hauptmänner der schwarzen Wölfe Stellung bezogen.

An den Pieren lag die Flotte des ramgrithischen Königs vor Anker, einundsechzig große Kriegsschiffe und rund vierzig kleinere Boote. Galeoten, Segelschiffe, Kutter, Karacken, Galeeren, Schuten, Korsaren, Logger, Schoner und andere Fregatten folgten ohne erkennbare Ordnung aufeinander. Alle waren zum Ablegen bereit und hatten die scharlachrote Flagge gehisst, die der Roten Armada ihren Namen gab. Das Flaggschiff, auf dem Aleb in See stechen würde, zeigte sich mit blutroten Segeln sogar ganz in der Farbe der Flotte. Grigán hatte sich natürlich in der Nähe des Kommandoschiffs postiert.

Den Krieger erfasste eine ungewohnte Erregung. Die Vision, die ihm die Undinen offenbart hatten, nahm vor seinen Augen Gestalt an. Obwohl er sie nur kurz gesehen hatte, war er von dem Anblick so überwältigt gewesen, dass sich eine Fülle von Einzelheiten in sein Gedächtnis gebrannt hatte. Nun wurde das Bild lebendig: Der düster verhangene Abendhimmel. Die für diese Jahreszeit ungewöhnliche Hitze. Das sanfte Schaukeln der Kriegsschiffe im stillen Wasser. Die Wellen des Feuermoors, die von der Küste der Insel Zuïa zurückzukehren schienen. Die roten Flaggen, die im Wind flatterten, begleitet vom Geräusch der Taue, die gegen die Masten schlugen. Und die Männer.

Die Einschiffung hatte bereits am Vorabend begonnen, war aber noch nicht ganz abgeschlossen. Auf jedem Schiffsdeck drängten sich Yussa-Söldner und Seeleute aus Yérim, sie liefen hin und her, kletterten die Masten hinauf, setzten Segel, lösten Leinen, schlangen Knoten, nahmen ihre Posten ein, lachten, prügelten sich und bellten Befehle. Zwar durften sie nicht mehr von Bord gehen, doch die Männer waren nun größtenteils an Deck versammelt, um die Abfahrt der ersten Schiffe mitzuverfolgen. Rund zwei Meilen vor dem Hafen würde die Vorhut den Anker auswerfen und warten, bis alle hundert Schiffe abgelegt hatten. Dann würde die Flotte geschlossen gen Norden segeln. Das Manöver würde die ganze Nacht dauern, und die letzten Hundertscharen, die sich noch auf dem Kai drängten, würden erst an Bord gehen, wenn die meisten Schiffe schon auf hoher See waren.

Das war Grigáns größte Sorge. Wenn die Wölfe zu spät angriffen, würde Aleb womöglich mit einem Großteil seiner Flotte entkommen. Doch wenn sie ihre Deckung zu früh aufgaben, mussten sie zunächst die Horden auf dem Kai bezwingen, bevor sie auch nur daran denken konnten, die Schiffe zu kapern. Kurzum, wenn sie den richtigen Zeitpunkt verpassten, war alles verloren.

Grigán war froh, diese Entscheidung nicht treffen zu müssen. Diese Bürde trug Narro, der König der Rebellen, der mit einem Dutzend Männer ein wenig weiter oben am Fluss auf der Lauer lag und das Zeichen zum Angriff geben würde. Wenn Grigán daran dachte, dass sich sein Bundvater auf die Auskünfte von Boten verlassen musste, wurde es ihm angst und bange. Doch die Aufständischen wussten alle, wie gefährlich ihr Unterfangen war. Jetzt konnte es keine Reue mehr geben: Es war Zeit zu handeln.

Aus reiner Gewohnheit sah er sich nach Yan um, bevor er sich wieder auf den Hafen konzentrierte. Der junge Mann saß auf einer Taurolle und fütterte Miff mit Obst, das er in kleine Stücke schnitt. Seine Gelassenheit verblüffte Grigán, obwohl er eigentlich wissen musste, was es damit auf sich hatte: Yan hielt sich einfach an das, was er ihm eingeschärft hatte, und benahm sich möglichst unauffällig.

Leider gelang das den schwarzen Wölfen weniger gut. In den Straßen von Mythr hatten sich die zweitausend Männer unauffällig unter die Leute mischen können, doch hier am Hafen, so groß er auch war, blieb ihre Anwesenheit nicht unbemerkt. Um ihre Feinde zu täuschen, gaben sie sich als zusammengehörige Kompanien aus, die wie die Hundertscharen der Yussa am Kai darauf warteten, an Bord gehen zu können. Rund tausend weitere Krieger verbargen sich in den angrenzenden Straßen und machten jeden mundtot, der dumme Fragen stellte. Dennoch wunderte sich so mancher Hauptmann der Söldner über die vielen Bogenschützen, die sich obendrein auf beide Molen verteilten.

Als die Sonne hinter den Jezebahöhen versank, wurden immer mehr Fackeln und Laternen entzündet. Voller Sorge sah Grigán den ersten Schoner durch die erleuchtete Fahrrinne segeln und unter dem Jubel der Besatzungen Kurs aufs offene Meer nehmen. Dann machte sich ein Kutter zum Ablegen bereit, dem offensichtlich ein weiterer Schoner folgen sollte. Der Krieger belauerte jeden Handgriff der Besatzung auf Alebs Kommandoschiff. Wie die Schlacht auch ausgehen mochte, Grigán hatte sich geschworen, dass zumindest einer seiner Feinde die Nacht nicht überleben würde.

Inzwischen war es dunkel, aber unvermindert schwül. Zur großen Erleichterung der schwarzen Wölfe begaben sich die meisten Yussa nun wieder in ihre Kajüten. Nur so konnten sie ihren Plan in die Tat umsetzen: Solange die Söldner nicht unter Deck gegangen waren, konnte Narro das Signal nicht geben. Jetzt war der Angriff nicht mehr aufzuhalten.

Grigán zählte rund ein Dutzend Yussa, die ziellos auf dem Kai herumspazierten, auf dem er und Yan auf der Lauer lagen. Zahlenmäßig waren ihnen die schwarzen Wölfe dreifach überlegen, sie würden also kurzen Prozess mit den Männern machen können. Berec und zwanzig weitere Wölfe kümmerten sich darum, dass keine Söldner nachrückten. Wenn alles glattlief, würde an dieser Stelle im Hafen von Mythr die Befreiung der Unteren Königreiche beginnen.

Vier Boote und zwei große Kriegsschiffe hatten den Hafen bereits verlassen. Eine Galeere reihte sich gerade hinter einen Logger ein, als Grigán mit Schrecken feststellte, dass die roten Segel des Flaggschiffs gehisst wurden. Jetzt überstürzten sich die Ereignisse. Wenn Aleb die Flucht gelang, würde ihr Angriff ins Leere laufen: Der einäugige König hatte genug Mittel, um nach einer Weile erstarkt zurückzukehren. Grigán schätzte, dass das Kommandoschiff etwa eine Dezime brauchen würde, bis es vom Kai abgelegt hatte. Blieb das Zeichen zum Angriff bis dahin aus, würde er das Schiff auf eigene Faust entern.

Doch die Götter zeigten sich gnädig. Auf den Schiffen am anderen Ende des Hafenbeckens erhob sich plötzlich lautes Geschrei, das bald auf die umliegenden Schiffe übergriff und schließlich alle Mannschaften in Aufruhr versetzte. Das Signal. Grigán zog sein Krummschwert und schlitzte dem Yussa, der ihm am nächsten stand, den Bauch auf.

Yan setzte Miff ab und griff zu den Pfeilen, die sie für diesen Zweck präpariert hatten. Während Grigán einen weiteren Gegner zu Boden streckte, hielt er die Spitze des ersten Pfeils in die Flamme ihrer Laterne. Auf einmal brachen im ganzen Hafen Kämpfe aus. Auf den Decks, dem Kai, den Molen, überall hörte man Schreie, Schläge, Rufe. Aus den Straßen der Stadt ertönte ein Wolfsgeheul aus tausend Kehlen, als sich die Rebellen, die dort seit mehreren Dekanten versteckt lagen, mit unbändiger Wut in die Schlacht stürzten. Wie eine Walze überrollten sie die Yussa, die noch an Land standen, und drängten sie gegen die Schiffe und ins Wasser, noch bevor die Söldner überhaupt zu ihren Waffen gegriffen hatten. Die Rebellen hatten die Stadt im Sturm erobert, so schnell, dass sie es selbst kaum fassen konnten.

Und dann kam der Pfeilhagel.

Unzählige Pfeile zogen Feuerspuren über den Hafen und entfachten Brände in den Takelagen und an Deck. Die Yérimer brüllten vor Schmerz und Entsetzen und liefen wild durcheinander. Niemand organisierte eine wirksame Gegenwehr. Einige Hundert Söldner flohen vor Prügeleien, die in der allgemeinen Panik unter Deck ausbrachen, doch als sie auf den Kai stürmten, liefen sie geradewegs in die Krummschwerter der Rebellen. Hinter diesem Abwehrwall führten die Bogenschützen ihr Zerstörungswerk fort und setzten ein stolzes Schiff nach dem anderen in Brand. Flaschen mit öligen Lumpen flogen auf die nächstgelegenen Decks, und bald begannen die ersten Schiffe zu sinken.

Endlich kam Narros Zeichen zum Angriff für alle in Sicht. Eine lange Reihe brennender Flöße glitt gemächlich den Fluss hinunter aufs Meer hinaus und damit geradewegs auf die bislang unversehrten Schiffe zu. Sie prallten so heftig gegen die Schiffe der Roten Armada, dass die Rümpfe der weniger solide gebauten Fahrzeuge zersplitterten. Langsam versanken die leckgeschlagenen Schiffe im trüben Wasser und behinderten die Manöver der anderen.

Auch Yan schoss einige Pfeile ab, ließ Grigán dabei aber nicht aus den Augen. Er war wild entschlossen, das Schicksal zu verhindern, das Usul dem Krieger prophezeit hatte, doch dieser schien für seine Rache bis zum Äußersten gehen zu wollen. Nachdem er auf dem Kai gekämpft hatte, ohne ernsthaft in Gefahr zu geraten, brannte Grigán darauf, Aleb herauszufordern.

Das Flaggschiff war schwer mitgenommen, doch sein Rumpf war heil geblieben. Grigán schoss seinen letzten Pfeil ab, hatte die Hoffnung aber schon aufgegeben, es sinken zu sehen. In diesem Augenblick brach das Unwetter los.

Ein Blitz erleuchtete die Nacht, gefolgt von einem gewaltigen Donnerschlag, der durch die Stadt und die gesamten Unteren Königreiche hallte. Kurz darauf fielen die ersten Tropfen, und bald prasselte der Regen immer heftiger. Schauer fegten über den Schauplatz der Kämpfe und löschten nach und nach die kleineren Brände, auch das Feuer auf Alebs Kommandoschiff.

Da hielt Grigán es nicht länger aus. Er ließ seinen Bogen fallen und rannte zu den Wölfen, die den Steg zu Alebs Schiff bewachten. Yan folgte ihm dicht auf den Fersen. Der Krieger nahm Anlauf und sprang an Deck, und der junge Mann tat es ihm gleich.

»Danke«, rief ihm Grigán zu seiner Überraschung zu.

Bevor er antworten konnte, landete Miff auf seinem Arm und erschreckte ihn damit gründlich. Das Mausäffchen hatte nicht auf dem Kai zurückbleiben wollen und setzte sich wieder auf die Schulter seines Herrchens.

Zum Verschnaufen blieb keine Zeit, denn Grigán musste sich gegen einen Yérimer zur Wehr setzen, der sich mit einem Messer auf ihn stürzte. Noch bevor er den Arm senken konnte, brach der Mann tot zusammen, während schon zwei weitere heranstürmten, um ihren Feinden den Garaus zu machen.

Grigán hatten den einen im Handumdrehen niedergestreckt und fuhr herum, um Yan zu Hilfe zu kommen. Verblüfft sah er den jungen Mann mit blutverschmiertem Schwert über einer Leiche stehen.

»Sichere Hand, fester Stand«, sagte er, als er Grigáns Blick bemerkte. »Ich habe nur Euren Rat befolgt!«

»Du nimmst schlechte Gewohnheiten an«, erwiderte der durchnässte Krieger und stürzte eine Treppe hinunter.

Als neue Feinde auf sie zuliefen, verließ Yan für einen Augenblick der Mut. Glücklicherweise brachte ein Pfeilhagel die Yérimer zu Fall, und er wandte sich zum Kai, um den ramgrithischen Schützen zu danken. In diesem Moment stellte er fest, dass sie schon abgelegt hatten. Alebs verbliebene Männer schickten sich an, das Schiff aus dem Hafen zu steuern.

Yan rannte Grigán hinterher und musste über zwei Leichen klettern, bevor er ihn einholte. Das Schiff war so groß, dass sie mehr als sechshundert Schritte zurücklegten, bis sie endlich auf die Kajüte des Kapitäns stießen.

Die beiden Banditen, die vor der Tür Wache hielten, bekamen es bei Grigáns grimmiger Miene mit der Angst zu tun. Als er auf sie zukam, die nassen Haare im Gesicht und das Krummschwert drohend erhoben, wichen sie unwillkürlich zurück, warfen dann ihre Waffen fort und rannten in verschiedene Richtungen davon. Grigán trat die Tür ein und stürmte in die Kabine des Kommandanten.

Die prunkvolle Einrichtung mutete auf einem Kriegsschiff seltsam an. Doch Yan und Grigán hielten sich nicht mit Einzelheiten auf: Sie sahen nur den Einäugigen, der sie mit einer höhnischen Grimasse empfing. Aleb stand vor ihnen, auf das Heft seines Schwerts gestützt, während sein Körper unkontrolliert zuckte.

»Derkel«, sagte er und lachte wie ein Wahnsinniger. »Ich verabscheue dich. Ich hasse dich.«

»Das habe ich mir gedacht«, gab Grigán zurück und ging in Stellung.

»Keine Sorge, dazu wirst du nicht mehr lange Gelegenheit haben. Bringen wir unser Duell zu Ende.«

Aleb rührte sich nicht und lächelte nur weiter blöde vor sich hin. Er schien sich nur mit Mühe auf den Beinen halten zu können und wäre wohl umgefallen, wenn er sein Schwert nicht als Stütze benutzt hätte.

»Daï-Schlangen«, stellte Grigán fest und richtete sich auf. »Du bist im Rausch. Wie erbärmlich.«

Der König gluckste, ohne zu bemerken, dass ihm Speichel aus dem Mund lief. Der Schlachtlärm, der von draußen hereindrang, wurde vom Rauschen des Regens gedämpft. Plötzlich spürten sie eine heftige Erschütterung. Yan vermutete, dass das Schiff mit einem Wrack zusammengestoßen war.

»Wir werden bald Besuch bekommen«, sagte Aleb mit einem grausamen Lächeln. »Ich habe gebetet! Ich habe gebetet!«, trällerte er. »Ich habe zum Gott meines Verbündeten gebetet!«

Wieder geriet das Schiff ins Schlingern, und Yan und Grigán verloren das Gleichgewicht. Ein Donnerschlag krachte los, und der Rumpf ächzte bedrohlich.

»Von welchem Verbündeten sprichst du?«, fragte Grigán, den eine böse Vorahnung beschlich.

Wie durch ein Wunder stand der Einäugige noch immer aufrecht und starrte sie triumphierend an. Vom Deck her war ein unheimliches Knirschen zu vernehmen. Unwillkürlich sahen Yan und Grigán zur Decke hinauf. Als sie den Blick senkten, stand Sombre vor ihnen.

Ohne jede Vorankündigung hatte der Dämon in der Kabine Gestalt angenommen, genau zwischen ihnen und Aleb. Diesmal sah er aus wie eine Art Menschenaffe und ähnelte den grauenvollen Lemuren, die Corenn angegriffen hatten. Nur doppelt so groß …

Noch hatte sich Sombre nicht gerührt, sondern wiegte nur langsam seinen Kopf mit den riesigen Fangzähnen hin und her. Als sein rot glühender, wilder Blick Yan traf, war der junge Mann sicher, dass er Léti nie wiedersehen würde. Der Dämon ließ ein lang gezogenes Knurren vernehmen, das an ein Raubtier erinnerte, und sah sich in der Kabine um. Dann wandte er sich Aleb zu.

»Wo sind sie?«, fragte er mit tiefer Stimme.

»Da! Da!«, rief Aleb aufgeregt und zeigte auf die Gefährten. »Genau vor dir!«

Sombre fuhr herum. Stocksteif standen Yan und Grigán da. Die Steine. Die Dara-Steine machten sie für den Dämon unsichtbar.

Mit einem Wutschrei richtete sich das Ungeheuer zu seiner vollen Größe auf. Seine Machtlosigkeit trieb es zur Weißglut. Es wankte zwei Schritte auf sie zu, und Yan musste seinen ganzen Willen zusammennehmen, um nicht schreiend davonzulaufen.

»Ich brauche deine Augen«, knurrte der Dämon und drehte sich zu Aleb um.

So unvermittelt, wie er erschienen war, löste er sich wieder auf. Ganz kurz flackerte Panik im Gesicht des Königs auf, dann zeigte es blanke Zerstörungswut. Aleb hörte auf zu schwanken und ging, plötzlich wieder Herr seiner Bewegungen, in Stellung. Sein Blick wanderte von Yan zu Grigán, während sich Sombre an den neuen Körper gewöhnte.

»Ich kann euch nichts anhaben, aber *ich sehe euch*«, knurrte er heiser. »Ich bin der Bezwinger. Und du bist nicht der Erzfeind«, sagte er zu Grigán gewandt.

Ein heftiger Schlag erschütterte das Schiff, und der Rumpf knarrte vernehmlich, bevor sie wieder Fahrt aufnahmen. An dem stärker gewordenen Seegang erkannte Yan mit Schrecken, dass es der Mannschaft gelungen war, den Hafen zu verlassen. Sie segelten aufs Meer hinaus! Dessen ungeachtet bewegte sich der besessene König langsam auf sie zu und zielte mit dem Schwert auf Grigáns Brust.

Der ließ ihn erst gar nicht herankommen, sondern machte einen Satz auf seinen Gegner zu, der die ersten beiden Attacken blitzschnell parierte. Grigán bot seine ganze Kunst auf und wagte immer gefährlichere Ausfälle, die Aleb mit Leichtigkeit abwehrte.

»Verblendeter Sterblicher!«, sagte die Stimme des Dämons. »Selbst wenn du mir etwas anhaben könntest, würde es dir nichts nützen! Ich bin der Bezwinger, und ich bin dazu bestimmt, dich zu vernichten!«

Aleb machte einen jähen Ausfall und stieß Grigán das Schwert in die Wade. Der Krieger konnte sich kurzzeitig in Sicherheit bringen, aber der Kampf schien verloren. Grigán stieß jedes Mal ins Leere, während er Mühe hatte, die gelegentlichen Attacken des Dämons, der Alebs Schwert wie einen verlängerten Arm führte, zu parieren.

Hilflos verfolgte Yan den Kampf. Er war vor Entsetzen wie gelähmt. Noch nie hatte er erlebt, dass Grigán derart in Bedrängnis geriet. Der Krieger wurde ein zweites Mal verletzt, an der Hand diesmal, und verteidigte sich nur noch mit letzter Kraft.

»Yan, bring dich in Sicherheit!«, rief er mit vor Angst bebender Stimme. »Lauf!«

Der Dämon entriss ihm das Schwert. Wehrlos stand Grigán einem grausamen und siegessicheren Aleb gegenüber. Da entfesselte Yan seinen Willen, berührte Miffs innerstes Wesen und ergriff vom Körper des Äffchens Besitz.

Im ersten Augenblick musste er gegen den Schwindel ankämpfen, den die Veränderung seiner Wahrnehmung auslöste. Dann sprang er von seiner eigenen Schulter und galoppierte zu dem Besessenen. Gerade als Aleb den Arm hob, um Grigán zu töten, kletterte er an seinen Gewändern hinauf bis zum Kopf, wich der riesigen Pranke aus, die ihn wegscheuchen wollte, und verschob die Klappe, die das blinde Auge des Ramgrith bedeckte.

Da ihm plötzlich die Sicht genommen war, konnte Aleb dem heftigen Kinnhaken nicht ausweichen, den ihm Grigán versetzte. Yan wurde zusammen mit dem König zu Boden geschleudert und fuhr in seinen eigenen Körper zurück, den der Krieger bereits zur Tür schleifte.

So schnell sie konnten, rannten sie die Gänge entlang und die Treppen hinauf, bis sie das regennasse Deck erreichten. Mit den Füßen voran sprang Grigán über die Reling. Yan wäre ihm am liebsten sofort gefolgt, doch er musste noch warten.

Endlich hörte er auf der Treppe unter sich ein Scharren, dann flitzte Miff auf ihn zu und klammerte sich ängstlich an sein Bein. Yan hob das Äffchen auf und sprang mit ihm über Bord.

Sie sahen zu, wie das Schiff samt den letzten Rauchschwaden nach Norden davonglitt, und machten sich daran, den weiten Weg bis nach Mythr zu schwimmen. Es regnete, die Rote Armada brannte langsam ab, und Meer und Himmel waren pechschwarz.

Der alte Narro war untröstlich. Mechanisch kämmte sich der neue König von Griteh mit den Fingern durch den Bart und wich Grigáns Blick aus. Yan war gerührt, als er die beiden Männer mit ihren Gefühlen ringen sah. Er hätte sich gern zurückgezogen und sie allein gelassen, aber auch er wollte dem Anführer der schwarzen Wölfe Lebewohl sagen.

»Willst du nicht doch bleiben, Grigán?«, sagte Narro schließlich. »Wir werden Aleb daran hindern, je wieder einen Fuß auf diesen Kontinent zu setzen. Und in den nächsten Tagen gibt es viel zu tun. Ich werde dich brauchen, mein Sohn«, fügte er hinzu und legte ihm die Hand auf die Schulter.

»Ich habe vorher noch etwas zu erledigen«, erwiderte Grigán mit einem mörderischen Funkeln in den Augen. »Und außerdem warten Freunde auf uns. Ich werde bald zurückkehren, wenn die Götter es so wollen.«

»Du bist stets willkommen«, versicherte Narro und umarmte ihn herzlich. »Verzeih mir meinen Hass. Ich hatte unrecht. Du hast ebenso sehr gelitten wie ich.«

Nachdem ihm Grigán liebevoll auf die Schulter geklopft hatte, gingen sie leicht verlegen auseinander. Keiner der beiden war es gewohnt, seine Gefühle so offen zu zeigen. Hastig wandte sich Narro Yan zu und gab ihm zum Abschied einen kräftigen Klaps auf den Arm, womit er Miff aufschreckte. Im Weggehen zwinkerte er ihnen noch einmal zu.

»Schnappt mir den verfluchten Einäugigen!«, rief er und betrat den Steg zum Kai. »Ihr tut mir einen großen Gefallen, wenn ihr ihn über Bord werft.«

Der König verschwand in der Menschenmenge am Hafen, ohne sich noch einmal umzudrehen. Grigán starrte auf den Wundverband an seiner Hand, um seiner Traurigkeit Herr zu werden. Dann wandte er sich wieder den Vorbereitungen ihrer Abreise zu.

Die Schlacht hatte die ganze Nacht angedauert, obgleich es nur noch einzelne Scharmützel gegeben hatte. Einige besonders starrköpfige Yussa verteidigten ihre manövrierunfähigen Schiffe bis aufs Messer, bevor sie sich den schwarzen Wölfen ergaben. In seiner ersten Entscheidung als König hatte Narro verfügt, dass die Abzeichen der rund zweitausend noch lebenden Söldner beschlagnahmt und die Gefangenen an der Landesgrenze freigelassen werden sollten – selbstverständlich ohne ihre Waffen. Machte die Nachricht von der Befreiung Mythrs erst einmal die Runde, würde auch Griteh nicht länger in den Händen skrupelloser Banditen bleiben, und die schwarzen Wölfe würden in Frieden das Land wiederaufbauen können.

Yan betrachtete den verwüsteten Hafen, wo die Aufräumarbeiten bereits begonnen hatten. Für die Ramgrith war es der erste Morgen in Freiheit. Eifrig untersuchten die Männer die verkohlten, leckgeschlagenen und zertrümmerten Wracks. Nach dem Sieg der vergangenen Nacht strotzten sie vor Zuversicht. Als Erstes hatten sie die Fahrrinne frei geräumt und danach einen Schoner und zwei kleinere Segelschiffe flottgemacht, die mehr oder weniger verschont geblieben waren.

Vierhundert Freiwillige hatten die Schiffe bemannt, um Alebs Verfolgung aufzunehmen, und nun begannen die Männer, die Leinen zu lösen. Zwar hatten sie weder Erfahrung noch einen genauen Plan, aber ihre hartnäckige Entschlossenheit wog das alles auf. Einige kleine Reparaturen hatten gereicht, um die Schiffe seeklar zu machen. Proviant, Geräte und Süßwasser waren schon an Bord, und die Ersatzsegel glitten majestätisch die Masten hinauf.

Unter dem Jubel der befreiten Ramgrith segelte das erste Schiff durch die Fahrrinne. Die Männer hatten alle Hände voll zu tun und machten sich rasch wieder an die Arbeit. Dann nahm der zweite Segler Kurs aufs offene Meer, und während sich Yan an Deck des Schoners zu schaffen machte, stachen sie ebenfalls in See.

Er begab sich zum Bug, wo er Grigán fand, der gedankenverloren nach Norden blickte. Er dachte an Aleb, der sich mit ungewissem Ziel auf der Flucht befand. Er dachte an Léti, Corenn und ihre Freunde, die sich irgendwo in Arkarien versteckten. Er stellte sich vor, wie die Wallatten über die Oberen Königreiche herfielen, und ahnte, dass sie neuen Schlachten entgegensegelten.

Usul zieht seine Kreise, lacht und tanzt, so weit es ihm seine Hydra-Gestalt erlaubt. So gut hat sich der allwissende Gott noch nie amüsiert.

Die Zukunft, die er seit Jahrtausenden vorhergesehen hat, verändert sich durch das Treiben einer Handvoll Sterblicher von Augenblick zu Augenblick. Er hat nicht einmal Zeit, alle Möglichkeiten zu erforschen, da stellt schon das nächste Ereignis alles auf den Kopf. Ständig werden die Karten neu gemischt. Der Wissende langweilt sich nicht länger, seit er den Zweifel kennt. Zum ersten Mal läuft ihm die Zeit davon.

Sein letzter Besucher hat bereits eine seiner Prophezeiungen verändert. Was wird aus den anderen? Usul beobachtet, spekuliert und entdeckt einige Gewissheiten. Doch auch diese werden bald zunichtegemacht, und so grübelt der Gott unablässig weiter, sucht nach dem Sinn und hat seine wahre Freude daran. Er ergreift für keine Seite Partei, denn ihn kümmert es nicht, wer den Kampf gewinnt. Hauptsache, sein Ausgang bleibt lange genug ungewiss.

Blickt er aber noch weiter in die Zukunft, sechzig oder achtzig Jahre, sieht Usul nur noch zwei Möglichkeiten. Unweigerlich wird der Lauf der Zeit die Zukunft in eine dieser beiden Richtungen lenken. So konzentriert sich der Gott auf die Einzelheiten, die Überraschungen und Ungewissheiten des Augenblicks. Er hofft, genügend Hinweise zu finden, um sein *Wissen* wiederzuerlangen. Selbst wenn ihn das zu einem weiteren Jahrhundert der Langeweile verdammt.

Schließlich steht auch sein eigenes Schicksal auf dem Spiel.

Zeit. Sie hatten viel Zeit verloren. Vielleicht zu viel.

Während vier Gladoren sie und Lana immer tiefer in Saats finsteren Palast hineinführten, dachte Corenn noch einmal über die Ereignisse der letzten Dekade nach. Die Reise durch die Länder des Ostens hatte länger gedauert als ihr Ritt durch Arkarien und das Große Kaiserreich. Acht Tage … Wie viele Tragödien mochten sich in diesen acht Tagen ereignet haben? Wie war es Grigán, Yan und Rey ergangen? Und Léti und Bowbaq? Wie stand es um die Heilige Stadt?

Die wallattischen Reiter, denen sie im Tal der Krieger begegnet waren, hatten noch am gleichen Abend in einem Lager mit rund hundert Männern Halt gemacht, die immer wieder kleinere Scharmützel mit den goronisch-lorelischen Truppen austrugen. Sie krümmten Corenn und Lana kein Haar, stellten sie jedoch unter strenge Bewachung und führten sie dann einem Mann vor, der Fremdsprachen etwas weniger ablehnend gegenüberstand. Der Ratsfrau war es gelungen, den Barbaren mit ihrem detaillierten Wissen über Saats Plan zu beeindrucken und ihn von der Notwendigkeit zu überzeugen, sie zum hohen Dyarchen zu bringen. Dennoch hatte es noch zwei weitere Tage gedauert, bis sie ein neuer Trupp weiter Richtung Süden eskortierte, zu Fuß, worüber sich Corenn sehr geärgert hatte. So hatten sie Saats Lager erst in der Abenddämmerung des achten Tages erreicht, vor weniger als einem Dekant – womöglich zu spät.

Corenn betrachtete die groben Mauern des Gebäudes. Würde sie es jemals von außen sehen? Kurz nach Mit-Tag hatten die Wallatten ihren Gefangenen die Augen verbunden, obwohl sie noch lange nicht in Sichtweite des Lagers gewesen waren. Zum Glück hatten die Barbaren darauf verzichtet, die beiden Frauen zu fesseln, denn Corenn hatte ihren Rang absichtlich verschleiert, um eine schlechte Behandlung zu vermeiden. So hatten sie nichts vom geheimen Feldlager des Magiers gesehen. Als sie blind zu Saats Palast geführt wurden, war ihr allerdings eine gespenstische Stille aufgefallen – erstaunlich für einen Ort, an dem mehrere zehntausend Krieger versammelt waren.

Plötzlich vernahmen sie von weit her Stimmen, und Corenn spürte, wie ihr der kalte Schweiß ausbrach. An diesem Gespräch musste auch Saat beteiligt sein. Unwillkürlich versuchte sie, seine Stimme auszumachen, obwohl sie noch gar nicht verstehen konnte, was dort gesprochen wurde. Doch je aufmerksamer sie den Gesprächsfetzen lauschte, desto größer wurde ihre Angst, und so zwang sie sich, nicht länger darauf zu achten und sich innerlich auf die bevorstehende Begegnung mit ihrem Todfeind vorzubereiten. Es war ihre letzte Chance, die Oberen Königreiche zu retten.

Schließlich blieben die Gladoren vor zwei Wachposten stehen, die eine große Doppeltür flankierten. Noch bevor sich die Garde rühren konnte, schwang die Tür weit auf, ohne dass jemand die Klinke heruntergedrückt hätte.

»Nur herein«, sagte eine Stimme, die von einer Sturmhaube gedämpft wurde. »Habt keine Angst. Wir haben Euch erwartet.«

Die Gladoren stießen Lana und Corenn in den Saal. Die Tür fiel mit dem lauten Klicken eines Schlosses hinter ihnen zu.

Wie durch Magie.

Die beiden kleinen Segler und der Schoner der ramgrithischen Rebellen hatten dem kläglichen Rest der Roten Armada drei Tage lang folgen können, doch nun war ihnen Alebs Schiff, das trotz seiner Schäden immer noch schnell und wendig war, endgültig entwischt. Zunehmend mutlos wechselten sich die schwarzen Wölfe im Ausguck ab, ohne die blutroten Segel auf den Weiten des Mittenmeers zu erspähen. Grigán, Yan und die Anführer der vierhundert Freiwilligen, die dem einäugigen König hinterherjagten, hatten daraufhin eine schwierige Entscheidung treffen müssen. Aber sie hatten das Richtige getan.

»Die Fregatte ist ebenfalls leer«, sagte Berec und trat zu Grigán auf die Landungsbrücke. »Auf den Schiffen befindet sich kein einziger Yussa mehr. Alioss allein weiß, warum sie von Bord gegangen sind!«

Grigán nickte und ließ den Blick über die Schiffe schweifen, die sie vor fünf langen Tagen aus den Augen verloren hatten und auf denen sie nun ungehindert herumspazieren konnten. Von den sieben verschonten Schiffen, mit denen Aleb in See gestochen war, hatten die vier langsameren den Kurs gewechselt, als sie ihre Verfolger bemerkten. Die anderen, zwei Galeoten und eine Fregatte, waren im Kielwasser des Flaggschiffs weitergesegelt, da sie seine Geschwindigkeit halten konnten. Die schwarzen Wölfe hatten daraufhin beschlossen, diesen Schiffen zu folgen. Sie konnten nur hoffen, dass der entmachtete König nicht auf eines der anderen Schiffe übergewechselt hatte, doch solche Täuschungsmanöver waren Aleb eigentlich nicht zuzutrauen. Deshalb hatten die schwarzen Wölfe einfach den Kurs der ersten Tage beibehalten und waren schließlich im Hafen der itharischen Stadt Maz Nen gelandet.

»Ihr werdet es nicht glauben«, sagte einer der schwarzen Wölfe, der zu ihnen gestoßen war. »Ein Kerl mit Maske und stumpfer Lanze hat mich gerade gefragt, ob wir vorhätten, *Unruhe in ihrer Stadt zu stiften.* Ich habe ihm geantwortet, dass wir uns das noch überlegen würden, und da fing er an, irgendwas über Streben und Moral zu faseln.«

»Ein Offizier des Großen Tempels«, sagte Grigán und musste grinsen. »Von denen gibt es knapp fünfhundert, und sie bewachen das ganze Königreich.«

»Potzdonner, dann hat er aber auch allen Grund, sich Sorgen zu machen!«, sagte Berec. »Selbst mit der Handvoll Männer, die ihm noch bleiben, könnte sich der Einäugige hier geradewegs auf den Thron stehlen.«

Grigán ließ die Anführer der Wölfe über die Arglosigkeit der Itharer schimpfen und wandte sich wieder Alebs Großsegler zu. Was noch vor wenigen Tagen ein prächtiges Flaggschiff gewesen war, dümpelte nun als knarzendes, rußgeschwärztes, mehrfach leckgeschlagenes Wrack vor sich hin und würde vermutlich bald sinken. In Gedanken stand Grigán noch einmal in der Kapitänskabine, und die Erinnerung ließ ihn erzittern.

Unter diesen Planken wäre er fast gestorben. In jener Unwetternacht in Mythr hatte er gegen einen Dämon gekämpft. Sombre hatte ihn völlig in seiner Gewalt gehabt, davon zeugten seine Wunden an der Hand und am Bein. Zum ersten Mal in seinem Leben hatte Grigán Angst empfunden.

Er strich mit den Fingerspitzen über den Dara-Stein und ärgerte sich, dass er nicht der Erzfeind war. Dann wäre das letzte Wort längst gesprochen. Stattdessen mussten die Erben den Bezwinger weiter fürchten ohne die geringste Hoffnung, etwas gegen ihn ausrichten zu können. Und Grigán hatte am eigenen Leib erlebt, wie abgrundtief der Hass des Dämons war.

»Geht es Euch nicht gut?«, fragte Yan behutsam und sah ihm prüfend ins Gesicht.

»Es wird mir jedenfalls sehr viel besser gehen, wenn wir diesen verfluchten Einäugigen geschnappt haben«, sagte Grigán finster. »Hast du etwas herausgefunden?«

»Nur das, was wir bereits vermutet hatten«, erwiderte Yan achselzuckend. »Die Leute hier reden über nichts anderes. Die Yussa sind heute Morgen von Bord gegangen und nach Norden weitergezogen, und die Maz, mit denen ich gesprochen habe, sorgen sich um die Hauptstadt und den Großen Tempel.«

»Sie haben nichts zu befürchten«, sagte Grigán verächtlich. »Aleb wird versuchen, sich zum Tal der Krieger durchzuschlagen, um sich Saat anzuschließen.«

Yan warf ihm einen skeptischen Blick zu. Diese Behauptung schien ihm reine Spekulation zu sein. Von dem Bündnis zwischen dem einäugigen König und dem schwarzen Magier zu erfahren war ein Schock gewesen. Er konnte sich gut vorstellen, dass ihnen noch mehr böse Überraschungen bevorstanden.

»Na schön, ich weiß nicht, was er vorhat«, gab Grigán zu. »Aber eins ist sicher: Wir sollten uns lieber beeilen. Wie kommt es, dass wir nicht schon längst nach Ith unterwegs sind?«

Lana und Corenn waren verblüfft, als sie eine völlig andere Umgebung betraten. Nach der Dunkelheit, die in den Gängen des Palasts herrschte, blendete sie die verschwenderische Beleuchtung. Mindestens dreißig Laternen erhellten den Raum, der als Schreibstube, Wohnzimmer, Empfangssalon oder Bankettsaal zu dienen schien – oder alles zugleich.

Nicht nur die festliche Beleuchtung deutete darauf hin, dass hier etwas gefeiert werden sollte. Auf allen Tischen, Sekretären, Truhen und Schränken standen Blumen und Schalen mit erlesenen Speisen. Die groben Steinmauern waren mit prächtigen Wandbehängen kaschiert, und der unebene Boden verschwand unter mehreren Lagen kostbarer Teppiche. In einem sechs Schritte langen Kamin knisterte ein ganzer Baumstamm im Feuer und sorgte für eine beinahe unangenehme Hitze. Inmitten dieser Pracht saßen vier Menschen auf weichen Kissen und tranken Wein.

Überrascht erkannte Corenn den Judikator Zamerine, dem sie schon einmal im Kleinen Palast in Lorelia begegnet war. Der Zü saß stocksteif auf seinem Sessel. Die Feier schien ihm kein richtiges Vergnügen zu bereiten. Der goldene Kelch, den er in der Hand hielt, war noch fast voll, und er nutzte das Erscheinen der beiden Frauen dazu, ihn hastig auf einen niedrigen Tisch zu stellen.

Ein junger Mann mit düsterem Blick musterte sie feindselig. Er wirkte kaum älter als Yan, hatte aber bereits die körperliche Reife eines Dreißigjährigen. Seine pechschwarzen Haare umrahmten ein makellos glattes Gesicht, und er trug eine glänzende schwarze Tunika, die seinen wohlgeformten Körper betonte. Er lag halb zurückgelehnt da, stützte nun einen Ellbogen auf und musterte sie mit einer Unverfrorenheit, die Lana aus der Fassung brachte.

Die letzten beiden thronten hoch über den anderen: Sie räkelten sich auf einem Bett, das auf einem Podest stand. Die Frau, dem Aussehen nach eine Wallattin, trug kostbare Kleider und war über und über mit Schmuck behangen. Sie war außergewöhnlich schön, und ihre Augen strahlten Klugheit und Ehrgeiz aus. Als sie Lanas makellose Figur sah, musterte sie die Priesterin neiderfüllt.

Wer der Mann war, brauchten die Erbinnen nicht lange zu erraten. Die Sturmhaube mit dem schwarzen Band sprach Bände. Auch wenn der Hexer sein Gesicht verbarg, bestand kein Zweifel, mit wem sie es zu tun hatten. Saat, der sie seit fast sechs Monden verfolgte und fast alle Erben ermordet hatte. Saat, der ein Kind des Jal'dara in seine Gewalt gebracht hatte. Saat, der sich vorgenommen hatte, die wichtigsten Zivilisationen der bekannten Welt zu vernichten.

»Ich sehe sie, aber ihre Gedanken sind mir verschlossen«, sagte der junge Mann mürrisch. »Wie ist das möglich?«

Der hohe Dyarch lachte auf und schnalzte mit den Fingern. Zamerine, der bereits Bescheid wusste, ging mit gezogenem Hati auf die beiden Frauen zu und sah ihnen herausfordernd in die Augen.

»Gebt mir die Steine«, befahl er nur.

Lana und Corenn blickten sich verzweifelt an, bevor sie dem Judikator das Gwel aushändigten, der es an den Magier weiterreichte. Voller Entsetzen spürten sie, wie eine furchteinflößende Macht in ihre Gedanken eindrang. Glücklicherweise ließ sie rasch wieder von ihnen ab.

»Zum Totlachen«, sagte Saat. »Ihr habt den ganzen weiten Weg zurückgelegt, nur um mit mir zu sprechen? Bei solchen kindischen Ideen ist es mir ein Rätsel, wie Ihr mir so lange habt entwischen können. Aber diesmal habt Ihr Euch etwas zu sehr auf Euer Glück verlassen.«

»Wir sind in friedlicher Absicht gekommen«, warf Corenn ein. »Wir möchten mit Euch über unsere Vorfahren sprechen, über Nol und …«

»Schweigt!«, unterbrach sie der Hexer, denn er wollte verhindern, dass Sombre diesen Namen zu hören bekam.

Corenn spürte, wie ihr die Worte im Hals stecken blieben, dann verlor sie die Kontrolle über ihren Körper. Saat hatte sie gelähmt. Sosehr sie mit der ganzen Kraft ihres Willens dagegen ankämpfte, sie konnte den Zauber nicht brechen. Sie hatte zahllose Gefahren auf sich genommen, um mit ihrem Feind zu sprechen, und nun verwehrte er ihr auch dies.

»Corenn? Corenn, was habt Ihr?«, fragte Lana voller Entsetzen.

Saat stieß die Wallattin grob zur Seite, trat auf die Maz zu und stierte sie unverhohlen an. Dann ging er einmal um sie herum und musterte sie von oben bis unten. Als er ihr seine behandschuhten Hände auf die Schultern legte, schrie sie auf.

»Wisst Ihr, dass Ihr eine Schwester vor Euch habt?«, flüsterte er und lehnte seine Sturmhaube an die Wange der Priesterin. »Die Frau, die Ihr dort liegen seht, ist die Groß-Emaz des Bezwingers und eine Königin. Ihr Name sagt Euch vielleicht etwas: Sie heißt Chebree.«

Er ließ sie los und nahm wieder auf dem Bett Platz, während Lana schwer atmend um Fassung rang.

Che'b'ree. Die Nachfahrin Pal'b'rees, des Gesandten, der Lloïol in die Tiefen des Jal'karu gefolgt war. Welche Arglist steckte hinter diesem vermeintlichen Zufall? Welch durchtriebenen, finsteren Plan mochte Saat ersonnen haben? Kannte der Ehrgeiz dieses Mannes keine Grenzen?

»Man könnte fast meinen, dass Frömmigkeit schön macht«, scherzte Saat, um etwas Leben in die trostlose Runde zu bringen. »Haben wir hier nicht die zwei schönsten Frauen der Welt vor uns?«

»Ich finde sie abstoßend«, fauchte Chebree, die darüber offenbar nicht lachen konnte. »Sie kennt unseren Plan. Lass sie töten.«

Bei diesem grausamen Befehl verlor Lana alle Hoffnung. Nachdem sie Corenn, die sich nicht mehr rühren konnte, einen Blick zugeworfen hatte, war sie überzeugt, dass sie beide dem Tod geweiht waren. Von jähem Zorn gepackt, lief sie zu dem Hexer und trommelte ihm mit den Fäusten gegen die Brust. »Was habt Ihr mit Rey gemacht, Ihr elender, feiger Verbrecher!«, rief sie und schlug noch heftiger zu. »Was habt Ihr mit meinem Leben gemacht?«

Zamerine riss sie grob zurück, während sich Saat vor Lachen schüttelte. Mit eiserner Miene stieg Chebree von dem Podest und zückte einen Dolch. Sie trat bis auf einen Fuß an Lana heran, zielte auf ihren Bauch und wollte zustoßen.

»Halt!«, befahl Saat schneidend. *»Diese Entscheidung liegt nicht in deiner Macht.«*

Nach kurzem Zögern steckte die Wallattenkönigin ihren Dolch wieder ein. Mit einem letzten hasserfüllten Blick auf Lana trat sie zurück und versuchte, sich zu beherrschen.

»Was habt Ihr mit Rey gemacht?«, wimmerte Lana und wand sich in Zamerines unerbittlichem Griff. »Was habt Ihr mit ihm gemacht?«

»Er wartet in meiner Kampfarena auf die nächste Hinrichtungszeremonie«, sagte Saat kalt. »Möchtet Ihr ihm Gesellschaft leisten?«

Lana hob ungläubig den Kopf. Meinte er das etwa ernst? »Ja!«, rief sie laut, da er tatsächlich auf eine Antwort zu warten schien.

»Wenn ich es recht bedenke, halte ich das für keine so gute Idee«, sagte der hohe Dyarch spöttisch und verzog angewidert das Gesicht. »Es wäre doch schade, wenn sich eine so schöne Frau an einen Nichtsnutz verschwendet. Ich neige eher dazu, Euch in meinen Harem aufzunehmen.«

Chebree wandte sich mit finsterer Miene ab, und selbst Sombre, der bisher ganz in Gedanken versunken gewesen war, meldete sich nun zu Wort. Niemand schien Saats Entscheidung gutzuheißen.

»Sie ist eine Erbin«, sagte der rätselhafte junge Mann. »Du darfst sie nicht am Leben lassen.«

»Nur für eine Weile. Beruhige dich, mein Freund. Was hast du von ihr zu befürchten?«

Sombre bohrte seinen Blick in Lanas Augen. Sie fühlte sich schrecklich entblößt und so verwundbar wie noch nie zuvor in ihrem Leben.

»Sie erwartet ein Kind«, sagte der Dämon wütend. »Vielleicht ist es der Erzfeind.«

»Heute Nacht wird es jedenfalls noch nicht zur Welt kommen. Hast du je an mir gezweifelt, mein Freund?«

Lana wurde schwindelig, so viele widerstreitende Gefühle bestürmten sie. Sombre hatte sich zu erkennen gegeben. Sie erwartete ein Kind. Rey würde sterben. Sie würde viele Qualen zu erleiden haben, bis sie das gleiche Schicksal ereilte. Die Oberen Königreiche waren verloren. All das war zu viel für sie, und sie sank ohnmächtig zu Boden.

»Ich verstehe das nicht«, sagte Sombre und starrte den Magier an.

Als Saat nichts erwiderte, wandte sich der Dämon ab und verließ das Zimmer, um sich in den Tiefen seines Tempels zu vergraben. Er musste nachdenken.

Corenn hatte alles mit maßloser Wut mit angesehen. Sie hatte zwar keine großen Hoffnungen gehabt, aber dass ihre Niederlage so vollständig sein würde, damit hatte sie nicht gerechnet. Als der Hexer endlich den Bann löste, der sie gefesselt hielt, spürte sie, dass ihr Tränen über die Wangen liefen.

»Wo waren wir stehen geblieben?«, neckte sie Saat und verschränkte die Arme.

»Ich hatte die Hoffnung gehegt, Euch zur Vernunft zu bringen«, sagte Corenn mit tonloser Stimme. »Doch ich war zu gutgläubig. Es gibt nichts mehr, was Euch noch retten könnte. Das Jal'karu hat Euch bis ins Mark verdorben.«

»Sehr richtig, das hat es«, erwiderte er und hob die Hände. »Eigentlich ist nichts von alldem wirklich meine Schuld. Ich werde Eurydis um Verzeihung bitten.«

Corenn ging nicht auf seinen Spott ein. Sie war fest entschlossen, ihre Würde zu wahren. Saat zuckte mit den Schultern und verlor das Interesse an dem Gespräch.

»Führt sie ab, und tötet sie«, befahl er Zamerine. »Verzeiht, Hochverehrte Ratsfrau, aber es wäre zu gewagt, eine Magierin am Leben zu lassen«, fügte er hinzu und reichte dem Zü einen der Dara-Steine.

Corenn warf einen letzten Blick auf Lanas reglose Gestalt und ließ sich widerstandslos von dem Judikator abführen. Erst auf der Türschwelle fiel ihr wieder ein, was sie von Anfang an hatte fragen wollen. »Der Angriff hat bereits begonnen, nicht wahr?«

»Selbstverständlich!«, rief der Hexer und zeigte auf die festliche Einrichtung. »Was glaubt Ihr, was wir hier feiern? Etwa, dass wir einander endlich begegnet sind? Nur weil sich mein Verbündeter als unfähig erwiesen hat, werde ich meine Pläne gewiss nicht aufgeben. Gerade müsste mein Heerführer in den unterirdischen Gewölben der Heiligen Stadt angekommen sein.«

Corenn nickte traurig und wandte sich zum Gehen, ohne dass Zamerine sie zwingen musste. Sie war zu vermessen gewesen.

Nichts und niemand konnte Saat bezwingen.

In den Augen der Itharer waren die Ramgrith Gesetzlose. Um Aleb und die letzten Yussa schneller einholen zu können, hatten die schwarzen Wölfe Pferde gestohlen, die nach itharischer Vorschrift vor den Mauern der Stadt zurückgelassen werden mussten. Da sie nicht genügend Reittiere gefunden hatten, übernahmen rund hundert Rebellen in Maz Nen die sinnlose Aufgabe, die letzten Wracks der Roten Armada zu bewachen. Yan ließ Miff in ihrer Obhut zurück, weil sie ihn auf dem bevorstehenden Ritt nur behindert hätte.

So machten sich dreihundert Reiter nach Einbruch der Nacht auf den Weg. In gestrecktem Galopp brauchten die schwarzen Wölfe nur knapp einen halben Dekant, bis die Heilige Stadt in Sicht kam, doch von Aleb und seinen Männern war weit und breit nichts zu sehen. Nun warteten sie auf die Rückkehr der Späher, die sie zu den Stadttoren geschickt hatten.

Nur wenige Männer hatten abgesessen, denn sie stellten sich darauf ein, jeden Moment weiterzureiten. Aus den Nüstern der Pferde stiegen weiße Atemwolken auf. Obwohl die meisten Ramgrith ausgezeichnete Reiter waren, hatte sie der Ritt erschöpft, zumal viele ohne Sattel unterwegs waren.

Nachdem sie das Mittenmeer in weniger als einer Dekade überquert hatten, hätten die Rebellen eigentlich am Ende ihrer Kräfte sein müssen, doch sie alle spürten, dass die Zeit drängte, und das verlieh ihnen Flügel. Eine dumpfe Vorahnung sagte ihnen, dass sie noch einmal all ihre Kraft aufbieten mussten.

Noch vor dem Morgengrauen würde alles vorbei sein.

»In der Stadt ist noch ganz schön viel los«, sagte Yan, der über die tausendfachen Lichtpunkte staunte, die vor ihnen blinkten. »Eigentlich ungewöhnlich für die Itharer.«

Grigán, dem dasselbe durch den Kopf gegangen war, erwiderte nichts. Was konnte erklären, dass die Straßen der Heiligen Stadt so hell erleuchtet waren? Eine religiöse Zeremonie. Ein Brand. Oder aber eine Schlacht. Ein Aufstand. Panische Angst.

In diesem Moment kehrten die Späher zurück, und die Anführer der Wölfe scharten sich mit sichtlicher Ungeduld um die Männer.

»Die Wachen an den Stadttoren sind umgebracht worden«, berichtete einer. »Die Leute laufen wie wild durcheinander. Da herrscht das blanke Chaos.«

»Die Yussa?«, fragte Grigán.

»Wer sonst?«, antwortete der Mann achselzuckend.

Die Anführer der Wölfe wechselten einen kurzen Blick. Die abgesessenen Kämpfer schwangen sich wieder auf ihre Pferde, und jeder griff zu der Waffe, mit der er am liebsten kämpfte. Grigán wartete, bis alle bereit waren, hob sein Krummschwert und ritt mit einem wilden Kampfschrei zum Angriff auf die Heilige Stadt.

Yan und dreihundert Reiter fielen in sein furchterregendes Geheul ein und sprengten auf die Stadt zu. Die letzte Meile legten sie in scharfem Galopp zurück, den Blick auf die Mauern und weit geöffneten Tore der Stadt geheftet, die Waffen drohend in die Höhe gereckt. Grigán fühlte sich wieder in den Augenblick zurückversetzt, in dem er dem Massaker in Quesraba tatenlos zugesehen hatte. Diesen Fehler würde er nun wiedergutmachen.

Er ritt als Erster durch die Stadtmauern, und die Hufe der Pferde klapperten laut über das Pflaster der Straßen. Die maskierten Itharer flohen vor den Ramgrith, die ebenso wild über sie hereinbrachen wie die anderen Angreifer. Mit Yan an seiner Seite führte Grigán die Reiterschar immer weiter in die Stadt hinein und schürte damit, ohne es zu wollen, die Angst der friedliebenden Einwohner. Bis sie endlich auf die ersten Yussa stießen.

Die Söldner plünderten gerade einen Dona-Tempel, während andere sich anschickten, ihn in Brand zu setzen. Grigán sah einige Maz blutüberströmt am Boden liegen und trieb sein Pferd die Marmortreppe hinauf, geradewegs auf die Plünderer zu. Er stieß zwei von ihnen um, wendete und schlug einem weiteren den Kopf ab. Die Übrigen stoben in alle Richtungen davon, und die schwarzen Wölfe jagten sie kreuz und quer durch die Straßen.

Yan bemühte sich krampfhaft, Grigán nicht aus den Augen zu verlieren. Nachdem sich an jeder Kreuzung kleinere Gruppen von ihnen getrennt hatten, waren bald nicht mehr als dreißig Ramgrith bei ihnen. Die Reiter waren unerbittliche Rächer: Jede Söldnerbande, die ihnen über den Weg lief, wurde augenblicklich und gnadenlos in Stücke gerissen. Die unerwartete Verstärkung verlieh den nicht ganz so waffenscheuen Itharern neuen Mut, und bald leisteten sie den schwarzen Wölfen Schützenhilfe.

Doch Grigáns eigentliches Ziel war noch nicht erreicht. Er ließ von den versprengten Yussa ab, die er getrost seinen Männern überlassen konnte, und machte sich auf die Suche nach Aleb, der sich irgendwo in der Stadt verkrochen haben musste. Dabei entfernte er sich immer weiter von den anderen Ramgrith. Schließlich stellte Yan erschrocken fest, dass sie nur noch zu zweit waren. Nicht etwa, weil die schwarzen Wölfe unterlegen waren – zu Pferd hatten sie einen entscheidenden Vorteil in der Schlacht gehabt und nur wenige Männer verloren –, doch Grigán war so schnell durch die engen Gassen geprescht, dass ihm niemand mehr hatte folgen können.

Einer plötzlichen Eingebung gehorchend, schlug er den Weg zum Großen Tempel ein, einem frei stehenden Gebäude, das mitten in einem prachtvollen Park lag. Während er mit Yan im Schlepptau darauf zutrabte, bewunderte er die hohen Säulengänge rings um den Tempel und fragte sich, was sich wohl dahinter verbarg. »Ich weiß, dass du da bist, Aleb!«, rief er aufs Geratewohl. »Du hattest schon immer einen Hang zum Größenwahn!«

Ein schallendes Lachen antwortete ihm, und der einäugige König kam mit gezogenem Krummschwert aus seinem Versteck hervor. Gleichzeitig traten zehn Yussa aus dem Schatten der Säulen und schlossen sich ihrem hämisch grinsenden Herrn an.

»Du glaubst, dass du gewonnen hast, was?«, spottete Aleb. »Du meinst wohl, dass du die Stadt von den ›Bösen‹ befreit hast? Dann wirst du gleich dein blaues Wunder erleben. In weniger als einem Dekant wird hier alles in Flammen stehen.«

»Während wir auf diesen freudigen Moment warten, könnten wir unser Duell zu Ende bringen«, gab Grigán zurück und saß ab. »Es sei denn, du bist zu feige, dich mit mir in einem ehrlichen Kampf zu messen. Hast du heute schon Daï-Gift genommen? Was willst du im Drogenrausch vergessen, Elender? Hast du womöglich selbst Angst vor deinem Verbündeten?«

Die Frage ließ Aleb erstarren, und er lehnte sein Schwert an eine Säule, um den Mantel abzulegen. Dann griff er wieder zur Waffe und kam auf Grigán zu, der sein Pferd mit einem Klaps auf die Flanke davonschickte.

»Du wirst deine Worte noch bereuen, du Hund«, sagte der König und ging in Stellung. »Du wirst es sogar bereuen, überhaupt auf die Welt gekommen zu sein. Es ist dir wohl entfallen, dass das Duell, von dem du sprichst, ohne Sieger endete. Ich beherrsche meine Waffe ebenso gut wie du.«

Zum Beweis wirbelte er sein Schwert mehrere Male durch die Luft. Sein Geschick war tatsächlich verblüffend. Dieser Aleb, dachte Yan, hatte nichts mehr mit dem kranken Mann gemein, dem sie vor einigen Tagen begegnet waren: Der entthronte König war in Höchstform und schien als Gegner gefährlich genug, um Grigán in Bedrängnis zu bringen.

Die beiden Todfeinde belauerten einander und wechselten mehrmals drohend die Stellung. Einige Yussa feuerten ihren Herrn an, doch der König verbat ihnen eiskalt den Mund. Dann eröffnete er mit einem perfekt ausgeführten Ausfall den Kampf.

Wie gewohnt begnügte sich Grigán zunächst damit, die Attacken seines Gegners zu parieren. Immer wieder sprang er zurück, wich Alebs Schwert aus oder wehrte seine Schläge ab, ohne selbst anzugreifen. Ein Uneingeweihter hätte ihn für unterlegen gehalten. Aleb preschte über zwanzig Mal vor, bevor er erkannte, dass er Grigán so nicht überlisten konnte. Keuchend standen sie einander gegenüber, die Waffen auf das Gesicht des anderen gerichtet.

»Du bist langsam, Derkel«, sagte Aleb verächtlich. »Viel langsamer als vor zwanzig Jahren. Macht dir etwa deine Hand zu schaffen?«

»Wahrscheinlich weniger als dir dein Auge«, entgegnete Grigán und ging zum Angriff über.

Sie setzten das Duell noch verbissener fort. Diesmal hielt sich Grigán nicht zurück, sondern wagte ebenfalls einige Attacken. Dadurch gab er sich eine Blöße, die Aleb sofort ausnutzte. Er erwischte den Krieger an der Schulter und stieß einen Siegesschrei aus.

»Du wirst sterben, Derkel«, frohlockte er und trat ein paar Schritte zurück. »Sag der Welt Lebwohl. Du wirst deine Versprochene wiedersehen!«

Grigán ließ die Hand sinken, die er auf die Wunde gepresst hatte, und bohrte den Blick in die Augen seines Feindes. Dann umklammerte er den Griff seines Schwerts noch fester, warf alle Taktik und Kampfkunst über Bord und stürzte sich auf Aleb. Der König erschrak und wich in Richtung des Tempels zurück, während er seine Männer herbeiwinkte.

Zwei sanken zu Boden, noch bevor sie den Krieger erreichten, übermannt von einem geheimnisvollen Schlummer. Grigán durchbohrte den dritten und versetzte im gleichen Atemzug dem vierten einen tödlichen Schlag. Die verbliebenen Yussa hatten sich vor Aleb gestellt und schienen nicht recht zu wissen, was sie tun sollten, als plötzlich rund zwanzig ramgrithische Reiter an den Toren zum Park auftauchten. Sofort rannten die Söldner auseinander und verschwanden in der Nacht.

»So viel also zu deinen treuen Untergebenen«, sagte Grigán kalt.

»Ich gehe nicht ohne dich von dieser Welt!«, brüllte Aleb. »Stirb!«

Er warf sich auf den Krieger, der zur Seite trat und dem König ein Bein stellte.

»*Fester Stand*«, sagte er und ging in Stellung.

»Was faselst du da?«, fauchte Aleb, als er sich wieder aufraffte.

Er versuchte, seinen Gegner mit einem raschen Vorstoß zu überrumpeln, doch Grigán reagierte blitzschnell und packte ihn am Handgelenk.

»*Sichere Hand*«, verkündete er und zwang Aleb, seine Waffe fallen zu lassen. »Du hast verloren.«

»Niemals!«, schrie der König und griff nach seinem Dolch.

Grigán ließ ihm keine Zeit, die Bewegung zu vollenden. Er drehte sich um die eigene Achse und ließ dabei seine Klinge an Alebs Kehle vorbeisausen. Der einstige Herrscher der Unteren Königreiche sank auf dem Vorplatz des Großen Tempels zu Boden. Er konnte kein Unheil mehr anrichten.

»*Wacher Geist*«, schloss Grigán und schnaubte verächtlich. »Du warst so berechenbar ... Selbst meine Schülerin hätte es mit dir aufnehmen können.«

Yan näherte sich der Leiche, wandte sich aber schnell angewidert ab. Ein Kapitel von Grigáns Geschichte war mit Alebs Tod zu Ende gegangen. Jetzt konnten sie endlich an die Zukunft denken.

Auf einmal ertönten dumpfe Schreie. Im ersten Augenblick glaubten sie, dass sie von den Reitern stammten, doch zwanzig Ramgrith konnten unmöglich ein solches Gebrüll, Getrappel und Geklirr veranstalten. Sie spitzten die Ohren und stellten fest, dass der Lärm aus dem Großen Tempel kam. Entgeistert fuhren sie herum.

»Grigán!«, brüllte Berec und rannte auf sie zu. »Krieger, Hunderte Krieger! Sie kommen aus allen Löchern!«

In diesem Moment wurde das Tor des Tempels mit Gewalt aufgestoßen, und die Wallatten fielen über die Heilige Stadt her. Entsetzt und ungläubig machten sich Yan und Grigán zum Kampf bereit.

Den ganzen Weg über hielt Zamerine die Spitze seines Hati auf Corenn gerichtet, ohne ein Wort zu sagen. Ihr war klar, dass er sie schon mindestens zwanzig Mal hätte töten können, wie es ihm sein Meister befohlen hatte. Doch der Zü schien es nicht eilig zu haben, seine Gefangene loszuwerden. Während er Corenn an den Nebengebäuden entlangführte, fragte sie sich, was er im Sinn haben mochte.

Der Judikator brachte sie in eine große Baracke, schloss die Fensterläden und entzündete eine Laterne. Aus der Selbstverständlichkeit, mit der er sich bewegte, schloss Corenn, dass sie sich in den Privatgemächern des Zü befanden. Zamerine bedeutete ihr, sich zu setzen, und nahm selbst in einem schlichten Sessel Platz, der zu der kargen Einrichtung passte.

»Keine Angst«, sagte er schließlich, ohne den vergifteten Dolch aus der Hand zu legen. »Ich habe nicht die Absicht, mich an Euch zu vergehen.«

Corenn, der Zamerines Verhalten immer sonderbarer vorkam, erwiderte nichts. Doch da er offenkundig auf eine Antwort wartete, räusperte sie sich schließlich und wagte sich vor. »Was wollt Ihr von mir?«, fragte sie ruhig.

Der Zü sah sie mit regloser Miene an. Er schien zu zögern. »Etwas Gesellschaft. Ein Gespräch zwischen *intelligenten* Menschen. Ihr könnt Euch gar nicht vorstellen, wie schwer es ist, den Stumpfsinn dieser Wallatten zu ertragen«, sagte der Judikator. »Ganz zu schweigen von …«

Er beendete seinen Satz nicht. Corenn ahnte, dass sie nachhaken musste.

»Ganz zu schweigen von … Saat?«, ergänzte sie. »Diesem Monster, das abgesehen von seiner äußerlichen Gestalt nichts Menschliches mehr an sich hat? Und ganz zu schweigen von seinem Dämon? Ihr wisst doch sicher, dass sein vermeintlicher Sohn kein Geringerer ist als der Gott, den Ihr anbetet?«

»*Ich* bete diesen Gott nicht an«, verteidigte sich Zamerine. »Zuïa ist und bleibt die einzige Göttin, die meines Glaubens würdig ist. Ich habe dem hohen Dyarchen nur die Treue geschworen, weil ich damit in ihrem Sinne zu handeln hoffe.«

»Wie stellt Ihr Euch das vor? Saat lässt Zuïas Gerechtigkeit völlig kalt. Er wird sich zum alleinigen Herrscher über die gesamte bekannte Welt aufschwingen, das ist sein einziges Ziel. Ich halte Euch nicht für so naiv, immer noch das Gegenteil zu glauben.«

Statt zu antworten, ließ Zamerine seinen Dolch vor sich durch die Luft tanzen. Dieses stumme Eingeständnis bestätigte ihr, was sie insgeheim schon vermutet hatte.

»Ihr habt Angst vor ihm«, stellte sie vorsichtig fest. »Ihr fürchtet Euch und wisst nicht, wie Ihr ihm entfliehen könnt.«

Der Zü beugte sich vor und richtete seinen Hati auf Corenns Gesicht. Sie hatte ins Schwarze getroffen.

»Macht Euch keine falschen Hoffnungen«, sagte er mit grimmiger Miene. »Ich werde ihn nicht verraten. Niemals. Er hat mir einen Befehl erteilt, und ich werde ihn ausführen. Es liegt allein an Euch, mich zu unterhalten, um Euer Leben zu verlängern.«

Corenn lehnte sich seufzend zurück. Wieder einmal würde ein Gespräch über ihr Schicksal entscheiden. Und diesmal war sie von vornherein im Nachteil. Überall krochen wallattische Krieger aus dem Untergrund der Heiligen Stadt, einer mordlustiger als der andere. Die Anführer der Ramgrith reagierten sofort und stießen sie in die Keller und Brunnen zurück, aus denen sie strömten. Doch schnell rief man sie allerorts zu Hilfe, und es wurde immer schwieriger, die Barbaren in Schach zu halten, die wie riesige, ausgehungerte Ratten aus den Kanälen quollen.

Die Itharer beteiligten sich an der Verteidigung und stopften alle Löcher zu, so gut es ging. Manche hatten sogar ihre Häuser angezündet, um die Feinde auszuräuchern, die noch unter der Erde steckten. Doch die Krieger aus dem Osten fanden immer wieder neue Ausgänge und verstärkten die Stellungen, die sie bereits hielten. Ein Strom aus Wallatten, Solenern, Thalitten, Sadraken, Grelitten und Tuzeenern ergoss sich in die Straßen der Stadt. In mehreren Tempeln flammten Brände auf, und das Feuer griff auf die angrenzenden Dächer über. Einige Farikii hetzten mehrere Dutzend Vampirratten in die Menge und sorgten damit für Panik. Die Maz, die den Angriff der Yussa überlebt hatten, wurden nun von den Barbaren aus dem Osten verfolgt. Schon kam es zu ersten Massakern. Die Stadt am Blumenberg stand vor dem Untergang.

Yan, Grigán und vierzig ihrer Gefährten gelang es mit größter Mühe, die Wallatten abzuwehren, die aus dem Großen Tempel kamen. Seine weitläufigen unterirdischen Gewölbe dienten ihnen offenkundig als Hauptzugang zur Stadt. Im Park und um das Eingangstor herum türmten sich die Leichen, doch das schreckte die nachrückenden Barbaren nicht ab. Immer mehr stürzten sich geradewegs in die Klingen der Ramgrith.

»So halten wir nicht mehr lange stand«, sagte Berec, der Rücken an Rücken mit Grigán kämpfte. »Das ist nicht unser Krieg, Grigán. Lass uns fliehen, bevor es zu spät ist!«

»Das ist sehr wohl mein Krieg«, antwortete sein Freund und attackierte einen Solenen, der einen Streitkolben schwang. »Ich war lange genug auf der Flucht. Ich werde nicht weichen!«

Ein Rückzug war ohnehin unmöglich. Selbst wenn es den schwarzen

Wölfen gelang, die Barbaren im Großen Tempel zu schlagen, würden sie früher oder später von anderen in die Enge getrieben werden. *So will ich nicht sterben,* dachte Yan und zerbrach sich den Kopf, wie sie ihr Leben retten könnten. Aber er sah keinen Ausweg.

Nicht einmal eine Dezime später brachen sechzig Wallatten durch die Abwehrkette der Ramgrith und zogen mordend und brandschatzend durch die Stadt. Zahlreiche Ramgrith ließen ihr Leben, bevor es den schwarzen Wölfen gelang, den Strom einzudämmen und ihre Verteidigung neu zu formieren. Rund zwanzig Krieger kämpften nun gegen eine wilde Schar von mindestens dreihundert Barbaren. Und unter der Erde warteten noch mehr, Zehntausende womöglich.

Die Abwehrkette riss erneut, und mehrere Ramgrith strauchelten und wurden niedergetrampelt. Fassungslos sah Yan zu, wie Hunderte Männer brüllend an ihm vorbeirannten, um sich auf eine Stadt zu stürzen, die keine Gegenwehr mehr leisten konnte. Am liebsten hätte er die Arme ausgestreckt und sie alle aufgehalten, dabei grenzte es schon an ein Wunder, dass er noch nicht zu Tode getrampelt worden war. Er hatte Grigán aus den Augen verloren und rechnete fest damit, jeden Moment von einem Beil oder einer Lowa niedergestreckt zu werden. So beschloss er, in den letzten Augenblicken seines Lebens fest an Léti zu denken, und beschwor ihr Bild gerade vor seinem geistigen Auge herauf, als sich eine Hand auf seinen Kopf legte und ihn zwang, sich umzuwenden.

Die Wallatten brüllten so laut, dass Yan das andere Heer, das sich ihnen entgegenwarf, nicht hatte kommen hören. Da er sich schon auf den bevorstehenden Tod eingestellt hatte, kümmerte ihn diese schlechte Nachricht nur wenig. Doch Grigán hatte schärfere Augen.

»Arkarier!«, rief er ihm ins Ohr. »Eine ganze Armee bärtiger, unhöflicher Nordländer!«, fügte er mit einem glücklichen Lächeln hinzu.

Tatsächlich wimmelte es im Park bereits von Kriegern mit struppigen Mähnen und Umhängen aus Tierfellen, die sich mit wilder Angriffslust auf ihre Gegner stürzten. Sie preschten in so dichten Reihen heran, dass es wohl mehrere Tausend sein mussten, und in anderen Stadtvierteln kämpften womöglich noch mehr.

»Das haben wir Corenn zu verdanken!«, rief Grigán, bevor er einen weiteren Feind abfing.

Mit voller Wucht prallten die beiden gegnerischen Lager aufeinander. Die Barbarenhorde wurde von der arkischen Armee gnadenlos aufgerieben. Die Wallatten wurden zu Boden geschleudert und niedergetrampelt, ohne dass die Nordländer auch nur innehielten. Zwischen den Bewohnern des Ostens und des Nordens entbrannte eine heftige Schlacht um das Schicksal von Königreichen, die ihnen allen fremd waren.

Yan schwang sein Schwert, um sich bis zu den arkischen Linien durchzuschlagen. Wie dieser Kampf auch ausgehen mochte, er hielt vor allem Ausschau nach einem Gesicht.

Sichere Hand, wacher Geist. Während sie ihr Rapier auf die Wallatten niedersausen ließ, sagte sich Léti Grigáns Lektionen vor. *Fester Stand.* Nicht weit von ihr hieb Bowbaq mit seinem Streitkolben durch die Luft, um die Barbaren daran zu hindern, sie zu überrennen.

Sie wären fast zu spät gekommen. Obwohl sie in höchster Eile voranmarschiert waren, hatten die viertausend Krieger, die sie und Osarok mithilfe des Falkenklans aufgestellt hatten, Ith erst erreicht, als bereits über ein Drittel der Stadt in Flammen stand. Auf den Straßen und in den Tempeln wimmelte es von Wallatten, während sie noch gehofft hatten, ihnen in ihrem verfluchten Tunnel ein Grab zu schaufeln. Bevor sie daran denken konnten, sie unter den Rideau zurückzudrängen, mussten sie nun zuerst die Stadt unter ihre Kontrolle bringen.

Insgeheim war Léti jedoch mit ihren Gedanken ganz woanders. Sie kämpfte gewissenhaft, doch immer wieder streifte ihr Blick über das Getümmel auf der Suche nach einem Gesicht.

Sie war mehr als verblüfft gewesen, als sie einigen Ramgrith über den Weg gelaufen war. Und als sie noch dazu erfahren hatte, dass sie von einem gewissen Grigán Derkel angeführt wurden, der sich in Begleitung eines jungen Mannes mit weißer Haarsträhne befand, wäre sie fast ohnmächtig geworden. Yan und Grigán waren also in Ith, irgendwo in diesem wilden Haufen! Nachdem einer der schwarzen Wölfe auf den Großen Tempel gezeigt hatte, waren die Klanführer in diese Richtung gezogen, da dort offenbar die entscheidende Schlacht geschlagen wurde.

Léti bangte um ihre Freunde. Waren sie noch am Leben? Wo steckten sie? Ihr brach der kalte Schweiß aus, wenn sie sich vorstellte, dass sie vielleicht nur noch ihre Leichen finden würde.

Mit der Verzweiflung einer Kämpferin, die nichts mehr zu verlieren hat, bahnte sie sich einen Weg vorwärts. *Sichere Hand, fester Stand ...*

Wacher Geist ... Grigán wütete wie ein wild gewordener Wolf. Nach mehreren Dezimen erbitterter Gefechte gewannen die Arkarier und die verbliebenen Ramgrith allmählich die Oberhand. Sie kamen nun wieder nah genug an den Großen Tempel heran, um das Nachrücken neuer Angreifer zu verhindern, was mit der Verstärkung durch die Nordländer sehr viel leichter war als zuvor.

Die Schlacht konzentrierte sich nun auf den Blumenberg, während die Wallatten nach und nach aus der Stadt vertrieben wurden. Von seinen Männern hatte Grigán einige wichtige Auskünfte erhalten: Ein Großteil der Zugänge zur Kanalisation war verrammelt, und ihre Gegner kämpften nur noch in drei Kesseln, von denen sich einer am Großen Tempel befand. Wenn es ihnen gelang, die letzten Feinde wieder unter die Erde zu drängen, und sie dort bis zum Morgengrauen ausharrten, würden sie ihre Stellungen ausbauen und einen Gegenangriff planen können, um auch die Kanäle unter der Stadt zurückzuerobern.

Grigán zog sich aus der Kampfzone zurück, um sich ein wenig auszuruhen. Da die Arkarier die Sache inzwischen gut im Griff hatten, konnte er sich eine Pause erlauben. So kam es, dass er im Schlachtgetümmel plötzlich eine vertraute Gestalt erblickte. Er brauchte nicht zweimal hinzusehen: Mit seiner Größe und dem markanten Gesicht war der Riese unübersehbar.

»Bowbaq!«, rief er und rannte auf ihn zu.

Der Arkarier fuhr herum, um den mutmaßlichen Angreifer abzuwehren, doch dann ging ihm auf, dass ein Feind ihn wohl kaum beim Namen rufen würde. Als er Grigán sah, machte er große Augen.

»Mein Freund, mein Freund!«, jubelte er, drückte ihn an die Brust und wusste gar nicht, was er zuerst sagen sollte, so vieles hatte er zu erzählen.

»Deine Familie, Bowbaq? Geht es deiner Familie gut?«

»Sehr gut, mein Freund. Es geht ihnen allen gut.«

»Und was ist mit mir?«, fragte eine andere Stimme in gespielter Empörung.

Grigán löste sich behutsam aus Bowbaqs Umarmung und wandte sich zu Léti um, die hinter ihm aufgetaucht war. Sie war schweißgebadet und erschöpft und hatte einige Verletzungen davongetragen, aber sie strahlte so sehr, dass daneben selbst das Lächeln der Dona verblasst wäre. Mit einem Seufzer der Erleichterung fiel sie Grigán in die Arme.

»Und Yan?«, fragte sie sofort. »Wo ist Yan?«

»Ich weiß es nicht«, gestand Grigán bekümmert.

»Léti!«, hörten sie plötzlich eine Stimme rufen, die niemandem sonst gehören konnte. »Léti!«

Yan war an den Rand der Schlacht abgedrängt worden und hatte seine Freunde erst erspäht, als die Kämpfe abgeflaut waren. Wie Grigán hatte er zuerst Bowbaq erkannt, der aus der Menge herausragte, bevor er die anderen sah.

Er hinkte zu seinen Gefährten und presste dabei ein Tuch auf seinen Arm. Léti rannte ihm entgegen, fiel ihm fröhlich um den Hals und küsste ihn dann so zärtlich, dass er sich fragte, wie er es nur so lange ohne sie ausgehalten hatte.

Überglücklich schmiegten sie sich aneinander und wiegten sich in den Armen.

»Wir werden uns nie wieder trennen«, versprach Yan und strich seiner Versprochenen über das Haar. »Ich will den Bund mit dir schließen.«

»Yan, mein Yan …«, sagte Léti, die von widerstreitenden Gefühlen bestürmt wurde. »Tante Corenn ist in Saats Händen. Lana und Rey auch …«

Erschüttert drehte er sich zu Grigán um, dem Bowbaq gerade dasselbe berichtet hatte. Sie ließen sich alles genau erzählen.

Grigán beobachtete, wie die Arkarier ihre Verteidigung errichteten. Sie hatten Ith vor dem Schlimmsten bewahren können – zumindest für diese Nacht. Doch wie viele wallattische Krieger lauerten noch in dem unheimlichen Tunnel? Wie groß war die Gefahr eines weiteren Angriffs?

»Corenn ist am anderen Ende dieses Tunnels«, sagte er schließlich mit einem seltsamen Lächeln. »Wir müssen uns nur noch einen Weg bahnen. Bowbaq, weißt du, wer diese Armee von Radaubrüdern anführt?«

Die beiden Männer machten sich auf die Suche nach den Klanführern, und Léti und Yan genossen einen kurzen Augenblick zu zweit, bevor der Kampf weiterging.

Hexer und Erzfeind hin oder her, Grigan wollte die Wallatten bis hinter den Rideau zurückdrängen.

Lana lag auf dem Bett in ihrer Zelle und schluchzte in das Kissen. Noch nie war ihre Verzweiflung so groß gewesen. Sie war allein. Ihre Freunde waren tot oder dem Tod geweiht. Das Kind, das sie erwartete, würde niemals geboren werden. Und sie selbst würde bald sterben, nachdem sie furchtbare Qualen gelitten hätte.

Ohne das Kind, das sie unter dem Herzen trug, wäre sie vielleicht versucht gewesen, das Unvermeidliche selbst herbeizuführen. Doch die Moral der Göttin verbot es, sich das Leben zu nehmen, und Lana wusste auch gar nicht, wie sie es hätte bewerkstelligen sollen. Ihre Zelle war recht annehmbar, sauber und mit Bedacht eingerichtet, enthielt jedoch keinen Gegenstand, der sich für einen Selbstmord eignete. Von nun an war ihr Kind der einzige Grund, sich an das Leben zu klammern. Ihm zuliebe musste sie an der Hoffnung festhalten, dass sich ihr Schicksal noch ändern konnte, so abwegig das auch erscheinen mochte.

Schließlich setzte sie sich benommen auf und sandte ein inniges Gebet an Eurydis. Hätte sie nicht still gebetet, hätte sie vielleicht nicht gehört, wie sich ein Schlüssel in der Tür drehte. Es war, als hätte sich die Göttin von so viel Hingabe rühren lassen und sich ihrer angenommen.

Entsetzt blies Lana ihre Kerze aus und floh ans andere Ende der Zelle, während sich die Tür langsam öffnete. Als die Klinge eines Dolchs in dem Spalt erschien, hätte Lana fast laut aufgeschrien. Sie begann am ganzen Körper zu zittern. Dann schwang die Tür ganz auf, und Königin Chebree schlich auf Zehenspitzen in die Zelle, um sich geradewegs auf das Bett zu stürzen.

Lana überlegte nicht lange, rannte nach draußen und zog die Tür hinter sich zu, doch noch bevor sie ins Schloss gefallen war, setzte ihr Chebree mit einem Wutschrei nach. Lana kam zu einer weiteren Tür, und diesmal gelang es ihr, sie hinter sich zuzuschlagen. Bis die Wallattenkönigin ihre Schlüssel hervorgeholt und die Tür geöffnet hatte, war ihr die Maz einige Dezillen voraus.

Als sie in Saats Feldlager hinausstürzte, schickte sie ein Stoßgebet zum Himmel, dass dieser Vorsprung reichen würde.

»Zamerine, was ist draußen los?«

Ohne Corenn aus den Augen zu lassen, trat der Judikator ans Fenster und stieß den Laden auf. Das Gebrüll, das sie seit einer Weile hörten, war nun sehr viel lauter geworden und weckte seine Neugier.

»Wenn Ihr auf falsche Gedanken kommt, schicke ich Euch in die Sümpfe des Lus'an«, warnte er und schob die Tür einen Spaltbreit auf.

Gehorsam lehnte sich Corenn nur leicht vor, um nach draußen zu spähen. Bei dem Anblick, der sich ihr bot, schlug ihr Herz höher: Sie sah mehrere Dutzend Krieger Richtung Osten rennen, ganz so, als würden sie *fliehen*.

Zamerine rief einen zu sich. Der Mann gehorchte nur widerstrebend, da der Zü als gnadenlos galt. Nervös beantwortete er von der Türschwelle aus einige Fragen, dann rannte er schleunigst davon.

»Was ist passiert?«, wagte Corenn zu fragen, da sie den wallattischen Wortwechsel nicht verstanden hatte.

Der Judikator überhörte die Frage und setzte sich mit sorgenvoller Miene wieder in seinen Sessel. Bei genauerer Betrachtung kam er ihr sogar geradezu niedergeschmettert vor.

»Saats Armee ist in die Flucht geschlagen worden, nicht wahr?«, fragte sie, obwohl sie es selbst kaum glauben konnte. »Es ist ihr nicht gelungen, Ith einzunehmen?«

»Gors ist unfähig«, sagte Zamerine verächtlich. »Er weiß nicht, was Disziplin ist. Ich wette, er hat diese Dummköpfe einfach aufs Geratewohl auf die Stadt losgelassen.«

Corenn musste schlucken, als sich ihre Hoffnung erfüllte. Seit über einem Dekant unterhielt sie sich mit dem Judikator über Saat, die Magie,

Pflicht und Treue und die Kunst der militärischen Strategie. Nun war der richtige Zeitpunkt gekommen, all das zu nutzen, was sie über ihn in Erfahrung gebracht hatte. »Wovor fliehen sie?«, fragte sie vorsichtig. »Werden sie verfolgt?«

»Arkarier«, seufzte der Zü. »Arkische Kämpfer stoßen brennende Karren in den Tunnel, und es scheint unmöglich, sie aufzuhalten. Das hat sich bis hierher durchgesprochen, und jetzt verlassen die Verteidigungsposten ihre Stellungen.«

Corenn hielt den Atem an, um nicht laut loszujubeln. Trotz ihrer Freude durfte sie den Judikator nicht reizen. Nun war Fingerspitzengefühl gefordert. »Was wollt Ihr im Falle einer Niederlage tun? Diese Demütigung verdient Ihr nicht. Ihr verdient es nicht, von Saats Wahnsinn mitgerissen zu werden.«

»Niederlage? Wovon redet Ihr da?«, empörte sich der Zü. »Ich werde die Führung dieser Armee von Hohlköpfen übernehmen und unsere Verteidigung organisieren. Ich habe so einiges in der Hinterhand. Die Arkarier haben Wallos noch nicht erobert!«

Doch trotz seiner flammenden Worte machte Zamerine keine Anstalten, hinauszulaufen und das Feldlager zu retten. Der Zü wirkte alt, müde und abgekämpft. Seit er Saat begegnet war, hatte er sich immer mehr von der Welt zurückgezogen.

»Verratet ihn«, forderte Corenn. »Verratet ihn, dann bekommt Ihr Eure Freiheit zurück. Vielleicht könntet Ihr diese Armee tatsächlich retten und die Oberen Königreiche unterwerfen, aber würde es Euch denn gefallen, bis an Euer Lebensende im Schatten dieses Unmenschen auszuharren? Seine Wutausbrüche, Launen und Spötteleien zu ertragen, als wärt Ihr es nicht wert, geachtet zu werden?«

Während er den Dara-Stein betrachtete, dachte der Zü daran, wer er einmal gewesen war. Ein Mann, dessen Macht in den ganzen Oberen Königreichen gefürchtet wurde. Der Stolz der Judikatoren und ein Vorbild für seine Untergebenen. »Könnt Ihr Euch dafür verbürgen, dass ich Freiheit und Straflosigkeit genießen werde?«, fragte er plötzlich.

»In Kaul sind sie Euch sicher«, sagte Corenn. »Und ich werde mich persönlich an jedem Königshof dafür einsetzen, dass sie Euch auch anderswo gewährt werden.«

»Das hier werde ich Euch nicht zurückgeben«, sagte er und hob das Stück Gwel hoch. »Niemals.«

»Ich schenke es Euch. Sind wir uns in dieser Angelegenheit einig?«

Zamerine nickte langsam, und Corenn sprang aus ihrem Sessel auf, um die Geschehnisse vor der Baracke zu beobachten.

»Ich werde Euch nicht von der Seite weichen«, warnte sie der Zü. »Von nun an ist mein Schicksal an das Eure gebunden.«

Corenn machte eine beschwichtigende Geste und kehrte zu ihm zurück, als sie genug gesehen hatte. »Hier können wir nicht bleiben, das ist zu gefährlich. Saat wird jemanden schicken, um Euch zu holen. Wisst Ihr, wo Reyan gefangen gehalten wird?«

»In der Arena«, antwortete er knapp.

Nach kurzem Schweigen begriff er, was sie von ihm erwartete, und zog sie hinaus ins Freie.

In Saats Tunnel war es drückend heiß, und es herrschte ein beißender Gestank. Die unterirdischen Gänge waren streckenweise so verwinkelt, dass die Arkarier, die die brennenden Karren vor sich herschoben, nur mit großer Mühe vorankamen. Unebenheiten im Boden, Biegungen oder steile Anstiege und Gefälle machten ihnen zu schaffen. Der längste Teil des Wegs führte durch natürliche Stollen, die kaum befestigt waren und ihnen viele Hindernisse boten.

Die Arkarier hatten die Karren eilig am Ausgang des Tunnels zusammengezimmert, nachdem sie die Wallatten unter die Erde zurückgedrängt hatten. Sie setzten immer nur den vordersten Wagen in Brand, schlugen ihn in Stücke, wenn die Flammen nicht mehr hoch genug loderten, und zogen im Schutz des nächsten brennenden Karrens weiter. Vier Fuhrwerke hatten sie bereits verbraucht, drei warteten noch auf ihren Einsatz.

Hätten die Wallatten überlegt gehandelt, hätten sie die wackeligen Karren leicht aufhalten oder ihnen zumindest noch mehr Hindernisse in den Weg legen können. Doch das Feuer löste eine solche Panik aus, dass sie Hals über Kopf flohen ohne Rücksicht auf die Krieger, die sich hinter ihnen befanden. So kam das arkische Heer immer wieder an den verkohlten Leichen unglücklicher Barbaren vorbei, die gnadenlos niedergetrampelt worden waren, noch bevor sie überhaupt zu den Waffen gegriffen hatten.

Einigen gelang es, den Karren an sich vorbeiziehen zu lassen, indem sie sich in eine Felsspalte oder eine Senke kauerten. Danach ergaben sie sich den Siegern der Schlacht am Blumenberg und wurden in die Heilige Stadt geführt. Andere wiederum verbargen sich in den Seitengängen und wagten von dort aus ebenso kurze wie heftige Angriffe, bevor sie von den Nordländern erschlagen wurden. Während Léti mit Bowbaq, Yan und Grigán an der Spitze des Zugs vorwärtsmarschierte, freute sie sich, dass sie kaum auf Gegenwehr stießen. Es blieb nur zu hoffen, dass am anderen Ende keine böse Überraschung auf sie wartete.

»Ich brauche deine Hilfe, mein Freund. Du bist der Bezwinger, und ich brauche dich.«

Sombre beachtete den Hilferuf nicht und kauerte sich wieder auf seinen Altar. Er hatte andere Sorgen.

»Hör mir zu, Sombre«, beharrte Saat. »Eine feindliche Armee ist im Anmarsch. Du musst sie aufhalten.«

»Warum hast du die Maz verschont?«, fuhr ihn der Dämon an. »Sie ist eine Erbin. Sie erwartet ein Kind.«

Saat zögerte einen Augenblick. Die Sache hatte seinen Verbündeten stärker verunsichert, als er erwartet hatte. Und das ausgerechnet jetzt, wo er ihn so dringend brauchte!

»Ich werde sie noch in dieser Nacht töten«, versprach der hohe Dyarch.

»Zu spät. Sie ist geflohen. Chebree verfolgt sie.«

Wieder schwieg Saat eine Weile. Seine Aufmerksamkeit wurde von so vielen Dingen in Anspruch genommen, dass er nicht alles im Blick behalten konnte. Eben deswegen brauchte er Verbündete und Hauptmänner!

»Du verweigerst mir deine Hilfe?«

Der Dämon knurrte und zog sich noch weiter in die Dunkelheit zurück. Er wurde von Zweifeln geplagt. Er musste nachdenken.

»Du solltest nicht vergessen, wer dich erschaffen hat«, sagte Saat noch, bevor er seinen Geist verließ. »Das war ich, dein Vater, dein Bruder, dein Bewusstsein, dein einziger Freund. Das solltest du nicht vergessen.«

Sombre knurrte noch lauter und versuchte, seine Wut zu zügeln. Er war der Bezwinger. Er brauchte niemanden.

Das ganze Lager war in Aufruhr. Ohne ersichtlichen Grund liefen die Krieger wild durcheinander. Es war leicht zu erraten, warum die Kämpfer aus dem Tunnel flohen, aber was scheuchte die anderen auf?

Zamerine tat so, als führte er Corenn an der Dolchspitze vor sich her. Als sie in weniger als hundert Schritt Entfernung an den Baracken der Sklaven vorbeikamen, verriet ihnen ein gewaltiger Lärm, dass auch im Gefangenenlager heftige Tumulte ausgebrochen waren. Der Zü zog die Ratsfrau hastig weiter, und sie betraten die Arena.

Nur wenige Verliese waren besetzt. Beim Anblick der winzigen Kammern aus nacktem Stein bemitleidete Corenn den Schauspieler, der dort seit über einer Dekade ausharren musste. Zamerine ging an fünf Verliesen vorüber, blieb vor dem sechsten stehen und schloss die Tür auf. Das Licht ihrer Laterne war nicht hell genug, um die Dunkelheit in dem Kerkerloch zu durchdringen, und so beschloss sie zu rufen.

»Reyan?«

»Ich heiße *Rey,* bei allen Göttern!«, rief eine Stimme, die von langen Entbehrungen heiser geworden war.

Es dauerte eine Weile, bis sich im Innern des Verlieses jemand regte und ein struppiger, unrasierter Blondschopf im Lichtschein auftauchte.

»Corenn? Seid Ihr zu Saats Armee übergelaufen?«, scherzte Rey, um seine Überraschung zu überspielen.

Sie half ihm, auf die Füße zu kommen, umarmte ihn kurz und zog ihn dann in Richtung Ausgang. Verblüfft sah Rey, dass der Judikator ihnen folgte. Er kam sich vor wie in einem Traum – oder vielmehr einem Albtraum, denn der Ausgang war verschlossen. Zamerine probierte all seine Schlüssel, doch es war zwecklos.

»Die Tür ist blockiert. Wir müssen durch die Arena.«

Sie liefen den Gang zurück und folgten zwei weiteren, bevor sie ins

Freie traten, hinaus in das Halbrund, in dem Saats Hinrichtungszeremonien stattfanden. In der Mitte des Kampfplatzes stand Dyree und wartete geduldig. Als er sie erblickte, zog er seinen Hati und nahm Haltung an.

»Saat schickt dich, nicht wahr?«, fragte Zamerine, als die erste Überraschung verflogen war.

Sein Gehilfe begnügte sich mit einem gehässigen Lächeln und ging ruhig auf die Flüchtigen zu. Er hatte sich einen Totenschädel auf das Gesicht gemalt. Corenn und Rey spürten, wie der Judikator vor Angst zu zittern begann.

»Folge mir, Dyree«, flehte er. »Ich bin dir immer treu gewesen. Das Heer fällt auseinander, die Niederlage steht kurz bevor. Folge mir, und wir werden unser eigenes Reich errichten.«

Dyree blieb drei Schritte vor ihm stehen und hob voller Verachtung seinen Dolch. Zamerine tat, als wollte er kehrtmachen, zog blitzschnell seine eigene Waffe und sprang dem Mörder mit einem Satz entgegen. Sein Gehilfe wich ihm mühelos aus und bohrte seinem einstigen Herrn den Dolch bis zum Heft ins Auge.

Zamerines Körper krümmte sich zusammen, und es sah aus, als würde der Judikator im Augenblick seines Todes niederknien. Corenn wandte sich schaudernd ab. Dyree beugte sich über den Leichnam, nahm den Dara-Stein an sich und baute sich in drei Schritten Entfernung vor Rey auf. Dann forderte er ihn zum Kampf heraus.

Lana spürte, wie ihr das Blut in den Schläfen pochte, während sie immer weiter und weiter rannte. Chebree war ihr dicht auf den Fersen. Sie hatten das Areal vor dem Tunnel weit hinter sich gelassen und durchquerten nun das Feldlager, in dem die Krieger des Ostens seit einigen Monden kampierten. Keiner der Männer, denen sie zu Hunderten begegneten, hatte ihnen die geringste Beachtung geschenkt. Sie kamen an kleinen Baumgruppen, Exerzierplätzen und Aufmarschflächen vorbei, ohne dass sich der Abstand zwischen ihnen verringerte.

Allmählich jedoch schwanden Lanas Kräfte. Sie konnte jeden Augenblick stolpern und hinfallen, und ihre Verfolgerin müsste sich dann nur noch über sie beugen, um sie zu erstechen. Die Drohungen, die Chebree ihr immer wieder zurief, ließen keinen Zweifel daran, dass sie ihr nach dem Leben trachtete. Mit letzter Kraft versuchte Lana, der Emaz zu entkommen, die von dem Dämon ihres eigenen Kults besessen schien.

Rey beugte sich hinunter, um Zamerines Waffe aufzuheben, doch Dyree hielt ihn mit einer leichten Kopfbewegung davon ab. Der Gehilfe zog sich in die Mitte der Arena zurück und bedeutete ihm, vorzutreten. Rey wusste, dass er keine andere Wahl hatte, und gehorchte zögernd.

»Wisst Ihr, was mir an den Züu nicht passt?«, fragte er kämpferisch. »Ihr habt nicht die Spur von Humor. *Die Göttin, das Urteil der Göttin* … Etwas anderes zählt für Euch nicht. Ich finde, das ist ein klares Zeichen von Engstirnigkeit, die fast schon an Dummheit grenzt.«

Dyree ließ sich zu einem höhnischen Grinsen herab und winkte ihn nochmals zu sich. Rey ging im Kreis um ihn herum, und der Zü nickte verächtlich.

»Dabei«, fuhr Rey fort, »habt Ihr eigentlich alles, was ein richtiger Gaukler braucht. Ein rotes Gewand sieht man ja nicht alle Tage, nicht wahr? Und diese Gesichtsbemalung … Für Euch müsste man eine ganz neue Sorte Spaßmacher erfinden.«

Der Gehilfe hob die Augenbrauen, und Rey blieb abrupt stehen, um ihm seine leeren Hände zu zeigen. Dyree zog einen gewöhnlichen Dolch aus dem Gürtel und warf ihn dem Schauspieler vor die Füße. Dann steckte er seinen Hati weg und stand abwartend vor seinem Gegner, die Hände auf dem Rücken verschränkt.

»Du bist der Beste, was?«, fragte Rey und hob die Waffe auf. »Du bist der beste Mann in eurer Mörderbande?«

Diesmal nickte Dyree heftig. Dann schloss er die Augen und winkte Rey ein letztes Mal näher heran. Fünf Schritte trennten die beiden Männer nun voneinander. Nie und nimmer würde Rey zustechen können, bevor sein Gegner die Waffe zog. Blitzschnell hob er den Arm und schleuderte den Dolch auf den Zü.

Dyree öffnete gerade noch rechtzeitig die Augen, um zu sehen, wie sich ihm die Klinge in die Brust bohrte. Der aufgemalte Totenschädel verzog sich kurz, doch kein Geräusch kam ihm über die Lippen. Dann sackte Dyree in sich zusammen, die Augen zum Himmel verdreht.

»Du bist der Beste«, sagte Rey, als er den Hati und den magischen Stein an sich nahm. »Dafür bin ich der Schlauste. Und der Witzigste. Findest du nicht auch?«

Obwohl er sich aufschneiderisch gab, war ihm vor Angst noch ganz schwindelig. Corenn eilte zu ihm und nahm ebenfalls eine Waffe an sich.

»Was meint Ihr, sollen wir die Sklaven befreien?«, fragte Rey. »Das hier sind genug Schlüssel, um eine ganze Schlosserei aufzumachen. Freiheit war mir schon immer besonders wichtig«, sagte er mit plötzlichem Ernst.

»Genau das wollte ich gerade vorschlagen«, erwiderte Corenn. »Es wird Zeit, die Pläne des hohen Dyarchen ein bisschen durcheinanderzubringen.«

Lana machte sich in ihrem Versteck ganz klein und hoffte, dass die Wallattenkönigin sie nicht entdeckte. Mit wachsender Angst lauschte sie Chebrees Schritten. Falls ihre Verfolgerin gesehen hatte, dass sie in diesen Schuppen gelaufen war, steckte die Maz in großen Schwierigkeiten.

Und wie sie befürchtet hatte, kam Chebree geradewegs in das Lagerhaus gestürzt. Die Wallatten verwahrten hier Lebensmittel, Wäsche und einige Werkzeuge, und Lana hatte sich kurzerhand hinter einem Stapel Fässer versteckt. Während die Königin den Raum durchsuchte, hielt Lana den Atem an, um sich nicht durch einen ängstlichen Seufzer zu verraten.

Mehrmals lief Chebree weniger als fünf Schritte von ihr entfernt vorbei, ohne sie zu entdecken. Doch auf Dauer konnte sie sich nicht auf dieses Glück verlassen: Die Königin sah sich so gründlich um, dass sie ihr Opfer unweigerlich finden würde. Also beschloss Lana, ihr Versteck aufzugeben. Sie wartete einen geeigneten Moment ab und rannte zum Ausgang, so schnell sie konnte.

Chebree setzte ihr sofort nach, und beide warfen in ihrer Hast mehrere Kisten, Tische und Bänke um, die laut zu Boden krachten. In der Dunkelheit stolperten sie über verschiedene Hindernisse, und Chebree stieß einen Schmerzensschrei aus, der trotz des Getöses, das sie verursachten, deutlich zu hören war.

Lana blieb erst stehen, als sie den Saum eines Waldes erreichte, der sie vor den Blicken ihrer Verfolgerin schützen würde. Sie wartete eine ganze Weile, doch Chebree kam nicht aus der Lagerhalle. Mit klopfendem Herzen kehrte sie wieder zu dem Gebäude zurück und spitzte die Ohren.

Die Wallattenkönigin weinte. Sie schluchzte so laut, dass Lana es selbst aus dieser Entfernung hörte. Die Maz war erschüttert. Wer Seelenqualen litt, so lehrte es Eurydis, der war auch zu Reue fähig. Sie trat vorsichtig durch die Tür und versuchte zu erkennen, wo ihre Verfolgerin steckte.

»Hier bin ich«, sagte eine tränenerstickte Stimme. »Bring es schnell zu Ende, mehr verlange ich nicht.«

»Ich werde Euch nichts tun«, beruhigte sie Lana und trat näher. »Seid Ihr verletzt?«

»Mein Bein ist eingeklemmt«, antwortete die Königin giftig. »Das siehst du doch ganz genau.«

»Warum verfolgt Ihr mich?«, fragte Lana. »Warum hasst Ihr mich so sehr?«

»Weil du eine dieser verfluchten Erbinnen bist!«, rief die Wallattin. »Und weil Saat versuchen wird, ein Kind mit dir zu zeugen!«

Lana packte lähmendes Entsetzen. Plötzlich kam ihr die Prophezeiung der Undinen in den Sinn. Wollte Saat etwa der Vater des Erzfeinds sein? »Liebt Ihr ihn?«

»Er widert mich an«, gestand Chebree unter Tränen. »Aber nur so kann ich mir einen Platz unter den Siegern sichern. Einen Sohn wünscht sich Saat mehr als alles andere auf der Welt, und ich will diejenige sein, die ihm diesen Wunsch erfüllt.«

Lana zögerte einen Augenblick, bevor sie die nächste Frage stellte. »Erwartet Ihr bereits ein Kind?«

Sie sah die Königin im Dunkeln nicken, ohne zu wissen, ob sie die Frage tatsächlich bejahte.

»Von mir habt Ihr nichts zu befürchten«, sagte Lana. »Das Kind, das Ihr gebären werdet, wird vielleicht eines Tages die Menschheit retten.

Flieht von hier, und haltet es von Männern wie Saat fern. Möge Euch die Lehre der Weisen leiten!«

»Sombre soll dich holen!«, rief ihr die Königin hasserfüllt hinterher, während Lana davoneilte.

Sie atmete die klare Nachtluft ein und seufzte. Mit einem Blick auf ihre schmerzenden Füße wandte sie sich wieder nach Süden, zurück zur Gefahr, zum hohen Dyarchen – und zu Rey.

Im Lager der Wallatten herrschte heilloses Chaos. Tausende Sklaven waren nach der Befreiung durch Rey und Corenn nicht sofort geflohen, sondern hatten sich auf ihre Unterdrücker gestürzt, die aus dem Tunnel strömten. An den Hängen des Rideau brach eine blutige Schlacht aus, und wer zu fliehen versuchte, der wurde ein Stück weiter eingefangen und zum Kampf gezwungen.

Als das arkische Heer den Tunnelausgang erreichte, trieb es die letzten fliehenden Barbaren vor sich her. Nun konnten die einstigen Sklaven sicher sein, dass ihnen von dort keine Gefahr mehr drohte, und nahmen mit mörderischer Wut die Verfolgung ihrer Peiniger auf. Bald lag das verwüstete, mit unzähligen Leichen übersäte Lager verlassen da.

Yan seufzte erleichtert, als er wieder im Freien stand. Saats Tunnel rief die Erinnerung an die finsteren, unheimlichen Gänge des Jal'karu in ihm wach. Die brennenden Karren der Arkarier hatten diesen Eindruck noch verstärkt, weshalb er sich zeitweise an die Ufer des Flüstersees kurz vor einer Offenbarung der Undinen zurückversetzt gefühlt hatte. Aus den Blicken, die er und Léti sich zuwarfen, schloss er, dass es ihr nicht anders ging.

Grigán, Bowbaq und die beiden Kaulaner betrachteten das feindliche Lager, das sich vor ihnen ausbreitete. Es gab Bauwerke, die so groß waren, dass sie sich mit den Palästen goronischer Prinzen messen konnten, darunter eine Art Kampfarena und eine gewaltige Pyramide, die Sombre geweiht sein musste. Dahinter, am Fuß der nächsten Hügelkette, erhoben sich rund zwanzig Schutthaufen, die noch von den Grabungsarbeiten zeugten. Verfolgt von den einstigen Sklaven, die ihnen zahlenmäßig weit überlegen waren, versuchten sich die letzten wallattischen

Krieger auf diese Geröllberge zu retten. Auch von Norden, wo ebenfalls erbittert gekämpft wurde, drang wildes Gebrüll heran. Bald würde die gesamte Gegend in ein einziges Schlachtfeld verwandelt sein und dem Erdboden gleichgemacht werden, so wie es Saat mit der Heiligen Stadt vorgehabt hatte.

Yans Blick kehrte zum Fuß des Berghangs zurück. Mehrere Dutzend Baracken brannten lichterloh, die Flammen erhellten die Nacht. Eine Menschenmenge von zwei- oder dreihundert ehemaligen Gefangenen drängte die Züu, ihre verhassten Kerkermeister, in das Feuer. Die Mörder im roten Gewand stießen gellende Schreie aus, als die Flammen sie verschlangen, aber trotz seiner Gutherzigkeit konnte Yan kein Mitleid für sie aufbringen.

Hinter den Erben organisierten die arkischen Krieger und die verbliebenen Ramgrith ihre Abwehr. Das wallattische Heer schien zwar vernichtend geschlagen, doch wenn auch nur ein Hauptmann etwas kühner war als die anderen, konnte er einen Gegenangriff wagen und den Tunnel zurückerobern. Die Nordländer wussten, dass sie durchhalten mussten, bis die Armeen aus Goran und Lorelien aus dem Tal der Krieger zu ihnen stießen. Niemand konnte sagen, was die Zukunft bringen würde, doch es war schön zu sehen, wie der junge Osarok aus dem Schneeigelklan und der alte Berec von den schwarzen Wölfen Schulter an Schulter Befehle gaben.

»Corenn!«, rief Bowbaq plötzlich. »Da kommen Corenn und Rey!«

Noch ehe sich die anderen umdrehen konnten, rannte er seinen Freunden entgegen. Corenn und Rey wurden von vier arkischen Kriegern begleitet, bei denen sie sich nach Bowbaq erkundigt hatten. Der Riese sprang ihnen fast auf die Füße, hob jeden von ihnen mit einem Arm in die Höhe und tanzte seinen gewohnten Freudentanz.

»Nicht so schnell«, flehte Rey mit vor Rührung zitternder Stimme. »Nach meinem kleinen Abstecher in den Kerker fühle ich mich, als hätte ich nächtelang gesoffen.«

Nun kamen auch Yan, Grigán und Léti angerannt und strahlten mit dem Mond um die Wette. Die junge Frau umarmte ihre Tante lange, bevor sie Grigán Platz machte, der Corenn an sein Herz drückte. Yan lachte über jeden von Reys Scherzen, überglücklich, sie nun endlich wieder zu hören. Corenn zwinkerte ihrem Schüler zu, dann schloss sie ihn ihrerseits in die Arme. Die Erben lachten und weinten gleichzeitig vor Glück. Sie hatten sich so viel zu erzählen, dass es für ein ganzes Leben reichen würde, und doch fanden sie kaum Worte für ihre Freude und Erleichterung, wieder vereint zu sein, alle wohlauf zu finden und so viele Gefahren überwunden zu haben. Im Jal'karu waren sie enttäuscht und verzweifelt auseinandergegangen und hatten ihr Ende schon vor Augen gehabt: Umso froher waren sie nun über den glücklichen Ausgang der Dinge, und umso zuversichtlicher blickten sie der Zukunft entgegen.

Doch leider fehlte jemand in der Runde. Obwohl alle daran dachten, wagte noch keiner, es auszusprechen und die anderen daran zu erinnern, dass der Krieg für sie noch nicht zu Ende war …

»Wo ist Lana?«, fragte Rey schließlich.

Mit einem Mal war alle Fröhlichkeit dahin. Die Freunde sahen sich betreten an. Lana hatte das Dorf des Rentierklans in Begleitung von Corenn verlassen – wenn sie Rey noch nichts gesagt hatte, hielt sie womöglich eine schlechte Nachricht zurück.

Als er begriff, dass die anderen ihm etwas verheimlichten, wandte sich Rey zu Corenn um.

»Sie ist ganz sicher noch am Leben«, sagte Corenn. »Saat wollte sie in seinen … Also … Er wollte sie in seinen Harem aufnehmen.«

Reys Gesicht verdüsterte sich. Er ging kurz in die Hocke, um seine Fassung zurückzugewinnen, und ließ den Blick dann über das verwüstete Lager schweifen. Wild entschlossen packte er den Griff seines Hati und schritt den Hang hinunter auf Saats Palast zu.

»Bleibt hier!«, befahl Grigán. »In weniger als einem Dekant sind unsere Männer bereit zum Angriff!«

»So viel Zeit hat Lana vielleicht nicht mehr!«, gab er zurück, ohne sich umzudrehen.

»Rey, warte!«

Yan holte ihn mühelos ein. Er litt mit Rey und konnte gut nachempfinden, wie er sich fühlte. Wäre Léti an Lanas Stelle gewesen, wäre Yan schon längst ins Tal gestürmt, um den zweihundertjährigen Hexer herauszufordern.

»Saat ist zu stark für uns allein. Corenn hat mir viel über Magie beigebracht. Ich weiß, wovon ich spreche.«

»Er hat recht«, mischte sich Corenn ein. »Saat ist unendlich viel stärker als wir. Wir werden ein ganzes Heer brauchen, um ihn aus seinem Palast zu vertreiben.«

»Saat ist sterblich, genau wie wir alle«, widersprach Rey. »Er muss für seine Schandtaten büßen.«

»Niemand hat das Gegenteil behauptet«, erregte sich Grigán. »Aber lasst uns wenigstens einige Vorkehrungen treffen! Müsst Ihr immer geradewegs in die Höhle des Löwen rennen?«

»Bis jetzt ist doch alles gut gegangen«, warf Léti zur allgemeinen Überraschung ein. »Wir müssen Lana da rausholen!«

Rey zwinkerte ihr dankbar zu. Dann wandten sich die beiden dem Palast zu und bedeuteten ihren Freunden, ihnen zu folgen. Yan zögerte nur kurz, bevor er seiner Versprochenen nachlief. Er hatte geschworen, sich nie wieder von ihr zu trennen, und wenn es ihn das Leben kostete!

»Aber … Saat ist ein Hexer!«, rief Bowbaq ängstlich. »Gegen ihn sind wir machtlos!«

»Die Dara-Steine schützen uns vor seiner schwarzen Magie«, gab Rey zurück. »Ich habe es selbst erlebt.«

Trotzdem schnürte sich Yan die Kehle zusammen. Er hatte gegen die Banditen der Großen Gilde, die Züu, König Alebs Yussa und die wallattischen Barbaren gekämpft, hatte den Gespenstern von Romin, dem Gott Usul und selbst dem Dämon Sombre gegenübergestanden, doch das alles kam ihm nun, als er auf Saats finsteren Palast zuging, beinahe harmlos vor.

Denn der Hexer war schlau, ja so durchtrieben, dass er alle seine Verbündeten an Grausamkeit weit übertraf.

»Wartet auf mich!«, rief Grigán plötzlich.

Yan blieb stehen und zwang damit auch seine Gefährten, innezuhalten. Der Krieger verschwand für eine Dezille, dann kam er mit gezogenem Krummschwert den Abhang heruntergerannt.

»Sie werden angreifen, sobald das ganze Lager unter Kontrolle ist«, sagte er verärgert. »Ich habe einen Vorschlag: Wir schleichen uns heimlich hinein, und zwar nur, um Lana zu suchen. Saat heben wir uns für später auf.«

»Falls er nicht schon längst auf und davon ist«, bemerkte Léti.

»Hm. Darauf würde ich nicht mein Leben verwetten.«

Als sich Grigán zu Corenn und Bowbaq umwandte, um ihnen zum Abschied zuzuwinken, stellte er verblüfft fest, dass sie sich ihnen ebenfalls angeschlossen hatten.

»Wenn alle gehen, gehe ich auch«, verkündete der Riese.

»Besser könnte ich es auch nicht sagen«, stimmte Corenn zu. »Bisher haben wir alle Gefahren gemeinsam bestanden. Bringen wir zu Ende, was wir begonnen haben. Es gibt da nur ein Problem«, sagte sie düster. »Ich habe meinen Dara-Stein nicht mehr.«

»Ich bin ohnehin der Meinung«, setzte Grigán an, »dass Ihr Euch lieber in Sicher…«

»Es kommt nicht infrage, dass ich hierbleibe, während Ihr Euch in Gefahr begebt«, unterbrach sie ihn. »Ich wollte Euch nur warnen. Und jetzt nichts wie los!«

Sie hatten sich gerade in Bewegung gesetzt, als Yan noch einmal stehen blieb. »Nehmt meinen Stein«, sagte er und reichte Corenn das Gwel. »Ihr braucht ihn dringender als ich. Saat wird es vor allem auf Euch abgesehen haben, auf die Erben. Wenn wir Glück haben, beachtet er mich gar nicht.«

»Auf keinen Fall«, empörte sich Corenn.

»Tante, lass doch wenigstens ein Mal jemand anderen recht haben!«, schimpfte Léti.

Sie nahm Yan den Stein ab und drückte ihn Corenn in die Hand, ohne Widerspruch zu dulden. Dann gab sie Yan einen zärtlichen Kuss auf die Lippen, und diese Belohnung war so wundervoll, dass er seine Idee nicht bereute.

Aber als sie wenige Dezillen später die ersten Stufen erreichten, die zu den Toren der Festung hinaufführten, kam sich Yan angesichts der Macht, die Saat im Jal'karu erlangt haben musste, schrecklich klein vor.

Arrogant und größenwahnsinnig ragte das Tol'karu am Rand des verwüsteten Lagers in die Höhe. Nur der Palast und Sombres Mausoleum waren von den Bränden und der Zerstörungswut der Sklaven verschont geblieben. Das Gelände zwischen dem Gebirge und den Bauwerken war mit Tausenden Leichen übersät, und auch auf der Treppe zum Palast des Hexers lagen mindestens hundert Tote, denen das Grauen für immer ins Gesicht geschrieben stand.

Léti konnte sich gut vorstellen, was hier geschehen war. Saat hatte sich in seiner Festung verschanzt und die Tore vermutlich mit Magie verschlossen. Einige Hauptmänner waren hierhergeflohen, um bei ihrem Meister Schutz zu suchen, doch der Hexer musste ihre Verzweiflungsschreie ignoriert haben, und so waren sie vor dem Palast ihres Anführers niedergemetzelt worden.

Danach hatten die rachelüsternen Sklaven versucht, die Tore aufzubrechen. Doch sie schienen plötzlich tot umgefallen zu sein, dahingerafft von einem bösen Zauber, den sich die Erben nur dunkel vorstellen konnten. Wer überlebt hatte, war Hals über Kopf geflohen und hatte das Tol'karu mitsamt den Ungeheuern, die dort lauerten, weit hinter sich gelassen.

Das Unheimlichste aber war, dass die Tore nun halb offen standen.

»Das gefällt mir nicht«, sagte Grigán und stieg über einen zerstückelten Leichnam hinweg. »Es kommt mir fast vor, als würden wir erwartet.«

»Das ist nicht möglich, Freund Grigán«, sagte Bowbaq zaghaft und hoffte inständig, dass er recht hatte. »Saat weiß doch gar nicht, dass wir hier sind.«

Rey und Corenn sahen sich vielsagend an. Sie hatten dem Hexer bereits gegenübergestanden und kannten seine Vorliebe für böse Überraschungen.

Nachdem sie sich einen Weg zwischen den Toten hindurch gebahnt hatten, versammelten sich die Erben im Säulengang und lauschten auf Geräusche aus dem Innern des Palasts.

»Diese Männer müssen etwas Schreckliches gesehen haben«, sagte Léti mit einem Blick auf ihre versteinerten Grimassen. »Es sieht ganz so aus, als hätten sie …«

»Einen Dämon gesehen?«, ergänzte Rey und trat durch das Tor. »Ein Grund mehr, hier nicht müßig herumzustehen.«

Grigán zuckte mit den Achseln und folgte ihm. Die anderen eilten hinterher. Sie wussten, dass sie vermutlich auf Sombre treffen würden, falls sie Saat begegneten. Sie wussten auch, dass keiner von ihnen der Erzfeind war und der Dämon aus dem Jal'karu sie mühelos besiegen würde. Also konnten sie nur hoffen, dem Ungeheuer dank der schützenden Steine zu entkommen.

Kaum hatte sie den Palast betreten, huschte Léti hinter eine Säule, wie sie es bei ihrem Kampflehrer beobachtet hatte. Wie die anderen war sie überrascht von der Stille, die im Innern herrschte. Insgeheim hatte sie damit gerechnet, auf eine letzte Kompanie von Wallatten zu stoßen, die bereit war, ihren Herrn und Meister bis zum letzten Blutstropfen zu verteidigen. Doch der Palast war leer wie ein Grab.

Was nicht gerade beruhigend war, wenn sie an Lana dachten …

»Ich kenne den Weg«, sagte Rey und setzte sich an die Spitze. »Passt auf, wohin Ihr die Füße setzt.«

Er führte sie die finsteren Gänge entlang, durch die er vor einigen Tagen gegangen war, und zuckte jedes Mal zusammen, wenn doch einmal eine Fackel ihr flackerndes Licht auf sie warf. Mehr noch als der Tunnel im Gebirge erinnerte sie der Geruch im Palast an die giftigen Dämpfe und das Gwel des Jal'karu. Sie waren in die Höhle des Untiers eingedrungen.

Schließlich erreichten sie das prachtvolle Privatgemach des hohen Dyarchen und durchsuchten es vorsichtig, zunächst ohne Erfolg. Doch dann entdeckte Yan einen Geheimgang, der sich hinter einem schweren Wandbehang versteckte. Er warf einen kurzen Blick hinein, bevor er die anderen mit zitternder Stimme zu sich rief.

»Das scheint eine Art Gefängnis zu sein«, sagte er hoffnungsvoll. »Vielleicht ist es der Harem?«

Die anderen stürzten sofort herbei, allen voran Rey. Er wagte sich in Begleitung von Grigán in den Gang hinein und stieß auf mehrere Zellen, deren Türen offen standen. Als Léti die verzerrten Gesichter ihrer Freunde sah, ahnte sie, welche Tragödie sich dort abgespielt hatte.

»Tot«, sagte Rey finster, während er von Zelle zu Zelle ging. »Er hat sie alle getötet!«

Hastig sah er auf der einen Seite des Gangs nach, seine Freunde überprüften die andere. In jeder Zelle fanden sie die Leiche einer ehemaligen Konkubine des hohen Dyarchen, die Hände im Augenblick des Todes über dem Herz verkrampft, ermordet durch grauenerregende schwarze Magie.

»Lana ist nicht dabei«, stellte Léti erleichtert fest.

»Die Tür nach draußen steht offen«, bemerkte Grigán. »Vielleicht konnte sie fliehen.«

Sie schwiegen unschlüssig. Wenn sie im Palast nach Lana suchten, liefen sie Gefahr, Saat oder Sombre in die Hände zu fallen. Doch wenn sie noch länger zögerten, würden sie ihre Freundin vielleicht nie wiedersehen.

»Los«, sagte Léti und nahm den anderen damit die Entscheidung ab. »Hier herumzustehen bringt uns nicht weiter.«

Sie liefen den Gang bis zu Saats Gemach zurück. Ihre ernsten Mienen zeugten davon, dass sie bereit waren, ihr Leben aufs Spiel zu setzen.

»Wohin jetzt, Freund Rey?«, fragte Bowbaq.

»Keine Ahnung«, gestand er. »Hier war mein Abenteuer zu Ende. Corenn?«

»Lana und ich wurden in einen großen Audienzsaal geführt«, erklärte sie. »Ich glaube, ich finde den Weg dorthin.«

Da niemand einen besseren Vorschlag hatte, ließen sie Corenn vorangehen. Wieder liefen sie endlose Gänge entlang und durchquerten rund ein Dutzend Zimmer, die ebenso geräumig waren wie Saats Privatgemach. Sie suchten überall, doch von Lana fanden sie keine Spur.

»Wir sind gleich da«, flüsterte Corenn im Halbdunkel.

Unvermittelt blieb sie stehen und streckte die Arme aus, um die anderen zurückzuhalten. Durch die angelehnte Tür eines Saals fiel ein Lichtstrahl.

»Herein, nur herein«, ertönte Saats Stimme. »Wir haben Euch schon erwartet.«

Grigán trat einen Schritt vor und schob die Tür mit der Spitze seines Krummschwerts auf. Mit einem schaurigen Quietschen schwang sie auf und gab den Blick auf den Thronsaal des hohen Dyarchen frei. Der Raum war mit Teppichen, Wandbehängen und unzähligen goldenen Kelchen und edelsteinbesetzten Schalen geschmückt, doch die Erben sahen nur eines: das Gesicht ihres Feindes.

Saat hatte seine Sturmhaube abgenommen. Er saß auf einem gewaltigen Thron, der auf einem Marmorpodest stand, und starrte seinen Besuchern mit hasserfülltem Blick entgegen. Sein fahles, von tiefen Falten zerfurchtes Antlitz zeigte keinen einzigen Streifen glatter Haut mehr. Faulige Zahnstummel ragten zwischen den dünnen Lippen hervor, was seine Miene zu einer schaurigen Grimasse verzerrte. Die wenigen verbliebenen Haare klebten ihm als dünne, schmutzstarrende Strähnen auf dem Schädel, und vom Kopf abwärts war er ebenso abstoßend anzusehen.

»Ich weiß, ich weiß«, spottete der hohe Dyarch. »Mein Teint ist schon lange nicht mehr besonders gesund.«

»Ungeheuer!«, brüllte Rey und wollte sich auf ihn stürzen. »Was hast du Lana angetan?«

Grigán packte ihn an den Kleidern und hielt ihn zurück. Die dreiste Überheblichkeit des Hexers war ihm unheimlich.

»Lana? Ach so, die Priesterin«, sagte Saat aufreizend gleichgültig. »Ich muss zugeben, dass ich ihr gegenüber etwas unaufmerksam war. Es ist ihr gelungen zu fliehen. Und das verdankt sie noch dazu meiner eigenen Hohepriesterin. Am liebsten hätte ich ihr die gleiche Strafe zuteilwerden lassen wie den anderen Konkubinen, aber die Verräterin hat einen Eurer Steine eingesteckt. Ich hoffe, sie wird in irgendeinem Loch verrecken!«, setzte er in einem jähen Ausbruch des Hasses hinzu.

Als sie von Lanas Flucht hörten, fiel ihnen ein Stein vom Herzen, doch noch bevor sie sich über die Nachricht freuen konnten, sprach Saat weiter.

»Allerdings versteht es sich von selbst, dass es mir nicht schwerfiel, Eure Freundin wiederzufinden. Ihr werdet froh sein zu hören, dass sie hier bei uns ist und mit rührender Inbrunst zu den Göttern betet. Gors, würdest du Ihre Exzellenz hereinführen?«

Entsetzt sahen die Erben, wie hinter Saats Thron ein Wandteppich zur Seite geschoben wurde und zwei Gestalten in den Saal traten. Die eine war ein wallattischer Riese, noch größer und stärker als Bowbaq, was sie niemals für möglich gehalten hätten. Er war schweißgebadet, schmutzig und blutete aus mehreren Wunden. Sein Haar war rußgeschwärzt und zerzaust.

Er trug eine gewaltige Axt, die er mit beiden Händen umklammert hielt, und warf den Erben einen hasserfüllten Blick zu.

Die zweite Gestalt war Lana selbst. Die nackte Angst in den Augen der Priesterin erschütterte ihre Freunde. Ihr tränenüberströmtes Gesicht schien in einem Ausdruck hilflosen Entsetzens erstarrt zu sein. Und ihre Hand ... ihre Hand umschloss einen Dolch, den sie gegen die eigene Kehle richtete.

»Jetzt sind wir ja alle wieder beisammen«, höhnte Saat. »Wie Ihr seht, habe ich die Dame völlig in meiner Gewalt. Sobald ich meinen Willen entfessele, stößt sie sich die Klinge in den Leib. Das wäre doch schade, nicht wahr? Eine so schöne Frau. Gewiss wäre sie noch für andere Spiele zu gebrauchen.«

»Ich bringe dich um«, stieß Rey zwischen den Zähnen hervor und hob seinen Hati. »Ich weiß nicht, wie und wann, aber ich schwöre dir, dass ich dich umbringe.«

»Elender Narr! Du hast es schon einmal versucht, weißt du noch? Ihr könnt mich nicht töten. Ich bin unsterblich! Glaubt Ihr etwa, dass Ihr Ith retten könnt, indem Ihr *eine* Armee in die Flucht schlagt? Ich brauche keine zehn Jahre, um ein neues Heer aufzustellen. Und ich habe die ganze Ewigkeit vor mir!«

»Saat, kommt doch zur Vernunft«, flehte Corenn. »Ihr könnt den Gott, der Euch gehorcht, dazu bringen, Gutes zu tun.«

»Gut und Böse sind nur zwei Seiten ein- und derselben Medaille«, sagte er grinsend. »Erinnert Ihr Euch? Das Jal'karu, das Jal'dara ... Das alles ist belangloses Geschwätz. Auf welcher Seite man steht, ist unwesentlich: Nur der Sieg zählt. Und der ist mir endgültig sicher, wenn ich Euch vernichtet habe!«

Die Anspannung im Raum stieg ins Unerträgliche. Rey, Grigán und Léti hätten sich schon längst auf den Thron gestürzt, wenn der Anblick von Lana, die in ihrem eigenen Körper gefangen war, sie nicht zurückgehalten hätte.

»Ihr wisst die Lage richtig einzuschätzen, wie ich sehe«, sagte der hohe Dyarch genüsslich. »Ich hätte Euch Frauen gern als Sklavinnen behalten, doch offenbar braucht mein Verbündeter einen weiteren Beweis meiner Ergebenheit. Und auf Sombres Zuneigung kann ich nicht verzichten.«

»Ich würde ohnehin lieber sterben, als deine Fratze zu ertragen!«, konterte Léti.

»Nur Geduld, meine Kleine, dieser Wunsch wird dir schon bald erfüllt. Jetzt liegt es allein an Euch, ob Ihr rasch sterbt oder Euch in endlosen Todesqualen windet. Mein Freund Gors wird nun zu Euch kommen, weil er etwas Besonderes von Euch will. Ich rate Euch, ihn nicht zu verärgern: Er war mittendrin, als im Tunnel das Chaos ausbrach, und er weiß inzwischen, dass Ihr daran schuld seid. Er ist sehr, sehr wütend … Gebt ihm die Dara-Steine!«, befahl Saat mit schneidender Stimme.

Der wallattische Riese stampfte zu den Erben, blieb vor Bowbaq stehen und streckte fordernd die Hand aus, während er ihn abschätzig musterte. Zum ersten Mal wirkte Bowbaq klein.

Er starrte auf Gors' Handfläche, sah zu Saat und Lana und drehte sich dann zu den anderen um. »Corenn, wenn ich ihm den Stein gebe, sehe ich meine Kinder nie wieder, stimmt's?«

»So ist es«, sagte sie widerstrebend. »Es tut mir leid, Bowbaq.«

»Dann gebe ich ihn nicht her«, sagte er und riss seinen Streitkolben in die Höhe.

Gors verzog das Gesicht zu einem grausamen Grinsen, trat zwei Schritte zurück und winkte Bowbaq zu sich. Sofort sprang Grigán ebenfalls vor, doch er hatte die Rechnung ohne Saat gemacht.

»Du kommst auch noch an die Reihe, Krieger«, sagte der Hexer. »Gönne uns das Duell der Riesen!«

»Wir sollten diesem Barbaren alle an die Gurgel springen«, zischte Rey.

»Nichts da!«, mahnte der hohe Dyarch. »Wenn sich außer dem Arkarier irgendjemand in diesen Kampf einmischt, wird sich die Maz ein letztes Lächeln aufs Gesicht zeichnen. Verstanden?«

Die Antwort erübrigte sich. Bowbaq trat vor und ging unbeholfen in Stellung, indem er seinen Streitkolben wie ein Schwert hielt. Gors verspottete seine Haltung und ließ seine Axt mehrmals über dem Kopf kreisen, um seinen Gegner einzuschüchtern. Dann hörte er mit den Spielchen auf und ging mit wutverzerrtem Gesicht zum Angriff über.

Yan und Corenn hatten gleichzeitig die Idee, ihren magischen Willen gegen den Barbaren zu richten, doch das stellte sich als wirkungslos heraus, da Gors einen Dara-Stein bei sich trug. Die beiden Magier konzentrierten sich auf Gors' innerstes Wesen, doch es blieb ihnen verschlossen. Es war ein mehr als seltsames Gefühl – und eine große Enttäuschung.

Der Wallatte ließ seine Waffe durch die Luft sausen. Im allerletzten Moment konnte Bowbaq dem Schlag um Haaresbreite ausweichen. Gleich darauf traf die Axt mit einem scharfen Knall die Säule, an die sich Bowbaq angelehnt hatte. Immer wieder schlug der Barbar nach ihm, ein Angriff war heftiger als der andere, und jedes Mal entkam der Arkarier nur durch ein waghalsiges Ausweichmanöver.

Saat lachte über seine verzweifelten Verrenkungen. Es schien ihn nicht zu kümmern, wer den Sieg davontrug. Die Erben bebten vor Zorn, aber der Hexer hielt alle Trümpfe in der Hand. Selbst wenn sie bereit gewesen wären, Lana zu opfern, könnten sie den unverwundbaren Körper des hohen Dyarchen mit ihren Waffen nicht verletzen.

Die beiden Riesen verausgabten sich weiter in ihrem tödlichen Tanz. Bowbaq hatte sich bislang nur gegen Gors behaupten können, weil der Wallatte Mühe hatte, seine riesige Axt auf so engem Raum zu schwingen. Zu beschäftigt damit, den Schlägen auszuweichen, vergaß Bowbaq ganz, selbst anzugreifen.

»Deine Waffe, Bowbaq!«, rief Léti und schloss sich den Anfeuerungsrufen der anderen an. »Benutz deine Waffe!«

Er packte den Streitkolben, der an seinem Arm baumelte, und versetzte Gors einen leichten, fast schüchternen Schlag auf den Rücken, als sich ihm die Gelegenheit bot. Der Barbar fuhr mit einem Wutschrei herum und zeigte mit dem Finger auf das Gesicht seines Gegners.

»Das hättest du nicht tun sollen, Zwerg«, brüllte er voller Hass. »Ich werde deine Frau zur Witwe machen!«

Bei dieser Drohung runzelte Bowbaq die Stirn, warf sich dem Wallatten entgegen, der gerade zu einem neuen Angriff ansetzte, und rammte ihm den Streitkolben mit voller Wucht in den Magen. Der Barbar krümmte sich vor Schmerz zusammen, ging zu Boden und verlor das Bewusstsein.

»Bravo!«, rief Saat und klatschte aufreizend laut in die Hände. »Ich hätte nicht gedacht, dass Ihr einen solchen Hang zur Grausamkeit habt. Offenbar muss man nur Euren wunden Punkt kennen. Was sagt Ihr nun zum Unterschied zwischen Gut und Böse?«

»Gebt dieses grausame Spiel auf«, versuchte es Corenn noch einmal. »Flieht, solange Ihr noch könnt, Saat. Selbst Eure Magie wird Euch nicht vor den Tausenden von Männern retten, die den Palast schleifen werden.«

»Von diesen Tausenden wird nur noch eine Handvoll übrig bleiben, sobald Sombre aufhört zu schmollen«, entgegnete der Hexer. »Warum tut Ihr immer noch so, als hättet Ihr das Spiel gewonnen? Keiner von Euch wird diesen Ort lebend verlassen …«

Auf einmal entfuhr Lana ein ersticktes Schluchzen, als sich die eiserne Klammer um ihren Geist löste. Alle Blicke wandten sich ihr zu, während sie den Dolch fallen ließ und auf Rey zurannte. Im gleichen Augenblick stieß Grigán einen gellenden Schmerzensschrei aus.

Die Erben fuhren herum. Er war auf die Knie gesunken und presste sich eine Hand auf die blutende Schulter. Hinter ihm schickte sich Yan gerade an, ein zweites Mal zuzuschlagen. Er stand im Bann des Hexers.

»Yan!«, schrie Léti, während Grigán gerade noch die Kraft fand, sich zur Seite zu rollen.

Yans Schwert zerschlitzte den Teppich, auf dem das Blut des Kriegers dunkle Flecken hinterlassen hatte. Dann verdrehte Grigán die Augen und verlor das Bewusstsein. Léti machte einen Satz nach vorn und zog ihr Rapier in genau dem Augenblick, in dem Yan die Waffe hob, um den Krieger zu töten.

Ihre Klingen kreuzten sich klirrend, und das Liebespaar stand sich im Kampf gegenüber. Yans Haltung war drohend, doch in seinen Augen lagen Bedauern und Entsetzen. Er hatte keinen Dara-Stein: Der Hexer hatte Lana nur freigegeben, um Yan in seine Gewalt zu bringen.

»Tante Corenn, tu etwas!«, flehte Léti.

Doch die Magierin war machtlos. Selbst mit der ganzen Kraft ihres Willens konnte sie nichts gegen den Bann ausrichten, der Yan gefangen hielt. Léti wich langsam vor dem besessenen jungen Mann zurück, der sich mit erhobenem Schwert auf sie zubewegte.

»Aufregend, nicht wahr?«, sagte Saat. »Wer hätte gedacht, dass ich mit Euch so viel Spaß haben würde?«

»Kann nicht endlich jemand dieses Ungeheuer zum Schweigen bringen?«, stieß Léti hervor.

Einen Augenblick später griff Yan mit einem so brutalen Schlag an, dass er Léti den Kopf hätte abtrennen können. Sie parierte, trat zur Seite und wehrte den nächsten Schlag ab, während sie gegen den Impuls ankämpfte, einen Gegenangriff zu lancieren. Yan hatte zwar längst nicht so viel Unterricht von Grigán erhalten wie sie, aber er hatte in letzter Zeit so viele Schlachten miterlebt, dass er ihr durchaus gefährlich werden konnte.

Als der erste Schreck verflogen war, reagierten auch die anderen. Corenn stürzte zu Grigán, der immer noch stark blutete.

Rey stieß Lana entschlossen zur Seite und marschierte auf den Thron zu. »Bowbaq, hilf mir«, befahl er knapp.

Saat stieß ein dämonisches Lachen aus, als er die beiden Männer mit erhobenen Waffen auf sich zukommen sah. Dann sprang er flink auf die Füße, zog ein prunkvolles Schwert und richtete es auf seine Angreifer. »Eigentlich würde es genügen, dieser Waffe mit bloßer Gedankenübertragung mitzuteilen, dass ich Euren Tod wünsche«, verriet er ihnen. »Ihr könnt von Glück sagen, dass Ihr diese verfluchten Steine habt. Aber das ändert nichts an der Tatsache, dass Ihr sterben werdet!«

Der hohe Dyarch unterstrich die Drohung mit einigen gezielten Angriffen und bewies damit, dass er trotz seines Alters ein begnadeter Schwertkämpfer war. Er verletzte Bowbaq an der Hüfte und hätte Rey mit seiner scharfen Klinge beinahe den Oberschenkel durchbohrt.

Léti behauptete sich weiter gegen Yan, aber nur noch mit Mühe. Allmählich stieg Verzweiflung in ihr auf, obwohl sie sich geschworen hatte, nie wieder den Mut zu verlieren. Doch diesmal sah sie keinen Ausweg. Sie fürchtete, in wenigen Dezillen von dem Menschen niedergestreckt zu werden, den sie am meisten liebte.

Während Corenn eine Hand auf Grigáns Wunde presste, strich sie ihm über das Gesicht. Sie empfand tiefe Reue. Sie hätten sich nicht in den Palast vorwagen dürfen. Sie hätten sich niemals für stark genug halten dürfen, Saat herauszufordern.

Da stieß Rey plötzlich einen Triumphschrei aus: Er hatte die faltige Hand des Hexers mit seinem vergifteten Hati aufgeschlitzt. Doch Saat lachte nur höhnisch, während sich die Wunde bereits wieder schloss. Ihre Lage war einfach hoffnungslos.

»Sombre! O Sombre!«, rief Lana plötzlich, da sie endlich wieder klar denken konnte. »Hört mich an! Saat ist *nicht* Euer Freund! Er will der Vater des Erzfeinds sein!«

Augenblicklich streckte der Hexer gebieterisch die Hand aus und brachte sie wieder in seine Gewalt. Lanas Gesicht erschlaffte. Gleichzeitig kam Yan frei und ließ das Schwert fallen.

»Léti … Grigán … Es tut mir so leid«, stammelte er mit Tränen in den Augen.

»Lauf weg, Yan, schnell!«, rief ihm seine Geliebte zu. »Lauf weg, bevor es wieder passiert!«

Yan starrte seine Freunde einen Augenblick lang an, dann rannte er zur Tür hinaus und den Gang entlang, so schnell er konnte, immer weiter, weg von Saat und seinem bösen Zauber.

»Flieht alle!«, befahl Rey, da er sich Saat nur noch mit Mühe vom Leib halten konnte.

»O nein«, entgegnete der hohe Dyarch und streckte die Hand kurz zum Ausgang hin.

Mit großer Wucht schlug die Tür zu. Alle Erben, die noch bei Sinnen waren, erstarrten vor Entsetzen.

»Ich sagte doch, dass keiner von Euch diesen Ort lebend verlassen wird«, verkündete er triumphierend.

Yan rannte, wie er noch nie in seinem Leben gerannt war. Er spürte noch immer die eiserne Klammer um seinen Geist. Bei dem Gedanken, dass er seine Freunde in einem Albtraum zurückließ, blieb er bisweilen stehen und zögerte, doch dann erinnerte er sich an alles, was passiert war, und rannte noch schneller. Wenn er zu Léti zurückkehrte, würde er sie möglicherweise töten.

Endlich erreichte er die große Halle und unterdrückte ein Schluchzen, als er durch das Eingangstor ins Freie stürzte. Die kühle Nachtluft half nicht gegen seine Benommenheit. Scham, Reue und Verzweiflung überwältigten ihn, obwohl er nicht daran schuld war, dass alles eine so furchtbare Wendung genommen hatte.

Grigán … Er hatte Grigán unter Saats Bann einen Schwerthieb versetzt. Yan sah die Szene in allen Einzelheiten vor sich. Der ungläubige Blick des Kriegers, als sich sein Gesicht vor Schmerz verzerrte. Die Resignation, die Yan unmittelbar danach in seinen Augen gelesen hatte.

Das alles war zu viel. Zum ersten Mal seit Beginn ihrer Reise brach Yan in Tränen aus. Er lehnte sich an eine Säule und vergrub das Gesicht in den Händen, um die Leichen auf der Treppe vor dem Palast nicht mehr sehen zu müssen.

Eine von Usuls Prophezeiungen würde nun doch in Erfüllung gehen. Grigán würde sterben, ja vielleicht war er sogar schon tot, niedergestreckt von der Hand desjenigen, der alles gegeben hatte, um ihm das Leben zu retten. Die Zukunft verändert sich, sobald sie offenbart wird. Will man ein Geschehen verhindern, führt man es dadurch vielleicht erst herbei. Jetzt erst erfasste er den eigentlichen Sinn von Usuls Worten.

Und Léti? Und die anderen? Ihre Aussichten, den Hexer zu besiegen, waren verschwindend gering. Welche Hoffnung blieb ihnen noch? Saat verfügte über Sombres Macht und war damit ein gottgleicher Feind. Was konnte Léti gegen einen Gott ausrichten?

Trotzdem musste er irgendetwas unternehmen. Sie hatten doch nicht so viele Gefahren auf sich genommen und so viele Prüfungen bestanden, um nun kläglich zu scheitern. Sie durften nicht zulassen, dass ihr Feind sie weniger als einen Dekant nach ihrem Wiedersehen so grausam tötete.

Yan wischte sich wütend die Tränen aus dem Gesicht und ließ seinen Blick über die Überreste von Saats Feldlager schweifen. Die Kämpfe rings um den Palast waren abgeflaut. An den Berghängen errichteten die Arkarier ihre Verteidigungsposten, und die Sklavenunterkünfte kohlten vor sich hin. Er schätzte, dass er mindestens zwei Dezimen brauchen würde, um den Tunneleingang zu erreichen, eine ausreichend große Truppe zusammenzustellen und zum Palast zurückzukehren. Das war viel zu lang!

Verzweifelt sah er sich noch einmal um in der Hoffnung, ein paar Männer zu entdecken, die ihm zu Hilfe kommen konnten.

Sein Blick blieb an Sombres Mausoleum hängen. Die gewaltige Pyramide des Dämons war unversehrt geblieben und schien Sterbliche davor zu warnen, sich auch nur in ihre Nähe zu wagen.

Yan ballte die Fäuste und rannte wieder los. Nur war er diesmal nicht auf der Flucht.

Létis Blick wanderte von Grigáns lebloser Gestalt über Lanas schreckerstarrte Züge zu Saats siegesgewisser Miene. Vielleicht hatte sie Yan soeben zum letzten Mal gesehen. An alldem war der Hexer schuld. Sie umklammerte den Griff ihres Rapiers und eilte Rey und Bowbaq zu Hilfe, die den Angriffen ihres Feindes kaum noch etwas entgegenzusetzen hatten.

Sie hatte nur noch eins im Sinn: Saat mit ihrem Rapier zu durchbohren – selbst wenn es vergeblich war. Selbst wenn er sie anschließend tötete. Es war ihr lieber, als Erste zu sterben, als zusehen zu müssen, wie ihre Freunde einer nach dem anderen niedergemetzelt wurden.

»Lana, nicht!«, schrie Corenn.

Instinktiv sprang Léti zur Seite, gerade noch rechtzeitig, um dem Schwertstoß zu entgehen, den ihr Lana hatte versetzen wollen. Ging das etwa schon wieder los? Würde sie gegen all ihre Freunde kämpfen müssen, bevor sie Saat die Stirn bieten konnte?

Lana hielt die Waffe unbeholfen in der Hand, doch solange sie unter Saats Einfluss stand, waren ihre Schläge ebenso gefährlich wie Yans. Einer plötzlichen Eingebung folgend, griff Léti Lana an, um ihr das Schwert aus der Hand zu schlagen. Die Priesterin parierte ihren Vorstoß geschickt. Wie konnte Saat gleichzeitig seine eigene Waffe führen und Lanas Körper lenken? Die Übermacht des Hexers war so offenkundig, dass sich Léti keiner Illusion mehr hingab: Alle Hoffnung war verloren.

Sie bot ihre letzten Kräfte auf, um wenigstens nicht von einem ihrer Freunde getötet zu werden. Irgendwo hinter ihr schrie Bowbaq gellend auf. Léti warf einen raschen Blick über die Schulter und sah, dass der Riese ein zweites Mal verletzt worden war, am Arm diesmal, und seine Waffe hatte fallen lassen.

Jetzt war Rey der Einzige, der Saat noch standhielt, und er parierte die Schläge des magischen Schwerts mit einem einfachen Dolch. Länger als eine oder zwei Dezillen würde er nicht mehr durchhalten.

Kein Sklave hatte es gewagt, sich Sombres Tempel zu nähern, selbst als ihnen der Sieg gewiss war. Der Gott flößte ihnen zu viel Angst ein. Jeder wusste, dass der Dämon Spaß daran hatte, Menschen durch sein Labyrinth zu jagen, und manchmal waren die Todesschreie der Opfer bis nach draußen zu hören gewesen. Wer sich in das Mausoleum des Bezwingers wagte, musste entweder verrückt oder lebensmüde sein.

Yan starrte die Treppe hinab, die der einzige Zugang zur Pyramide zu sein schien. Die in den Boden gehauenen Stufen verschwanden in einer undurchdringlichen Finsternis, und in das Reich des jüngsten Dämons aus dem Jal'karu drang kein Licht von außen. Das Bauwerk bestand aus roh behauenem Stein, der ihn an die finsteren Gänge der Unterwelt erinnerte.

Neben der Öffnung lag eine schwere Steinplatte. Die daran befestigten Ketten ließen keinen Zweifel daran, wozu sie diente. Wer in dem Mausoleum eingekerkert wurde, konnte nicht hoffen, jemals wieder das Tageslicht zu erblicken. Yan atmete tief durch und ging tapfer die ersten Stufen hinunter.

Modergeruch schlug ihm entgegen. Er blieb stehen, bis sich seine Augen an die Dunkelheit gewöhnt hatten. Das Herz schlug ihm bis zum Hals, doch die lähmende Angst blieb aus. Vor seinem geistigen Auge sah er immer noch Grigán, der verwundet zu Boden sank, und Léti, die ihn anflehte zu fliehen. Er wusste nicht mehr, ob er Rettung suchte oder Buße tun wollte. Vielleicht beides.

Er ging noch ein paar Schritte weiter, während die Schatten um ihn herum immer schwärzer wurden. Der Boden und die Wände waren mit dunklen Flecken übersät. Yan hatte in letzter Zeit genug erlebt, um zu erkennen, dass es sich um Blut handelte. Plötzlich dämmerte ihm, dass er sich anschickte, etwas Ungeheuerliches zu tun. Er würde zum dritten Mal einem Gott gegenübertreten.

Doch diesmal waren es weder Usul noch Nol. Sombre war eine Bestie – der Mog'lur, der Séhane getötet hatte, der schwarze Schatten, der die Erben zum Tod verurteilt hatte, das Untier, das in seiner Pyramide auf Beute lauerte. Yan trug keine Waffe bei sich, und er wusste auch nicht, ob ihm sein magischer Wille helfen würde. Er hatte nicht einmal mehr den Stein aus dem Jal'dara. Noch nie hatte er sich in so große Gefahr begeben, und noch nie war er so schutzlos gewesen.

Er tappte weiter und sah bald nichts mehr. Nur seine ausgestreckten Hände bewahrten ihn davor, gegen die Wand zu laufen. Er wagte sich noch zehn Schritte weiter, tastete nach links und nach rechts und blieb schließlich stehen, weil er fürchtete, sich in dem Labyrinth zu verirren.

Völlige Dunkelheit umfing ihn. Es war, als wäre die Welt untergegangen, als wäre er ein im Nichts schwebender Körper. Um ihn herum herrschte nur noch Stille, und doch wusste Yan, dass er nicht allein war.

»Sombre«, rief er und erschrak beim Klang seiner eigenen Stimme. »Ich bin Yan aus Eza, und ich muss mit Euch sprechen. Zeigt Euch.«

»Du wirst sterben«, wisperte es hinter ihm, und jemand blies ihm einen glühenden Atem in den Nacken.

Léti heulte vor Wut und Entsetzen auf, als Lanas Schwert sie mit voller Wucht am Knie traf. Mit einigen Finten brachte sie sich außer Reichweite und untersuchte die Wunde, die zum Glück nicht besonders tief war. Die schwarze Lederkluft, die Grigán ihr geschenkt hatte, hatte sie vor dem Schlimmsten bewahrt. Dennoch war der Schlag so heftig gewesen, dass Léti leicht hinkte, als sie den nächsten Angriffen der Maz auswich.

Bowbaq hatte sich an eine Wand gelehnt, denn er war zu geschwächt von seinen beiden Verletzungen, um weiterkämpfen zu können. Grigán war immer noch bewusstlos und würde vielleicht nie mehr aufwachen. In Lanas Augen lagen Verzweiflung und Bedauern, doch die Macht, die ihren Körper beherrschte, zwang sie zu immer heftigeren Attacken. Saat lenkte sie mit dem Geschick eines Puppenspielers, und für Lana, die sich seit jeher für Tugenden wie Frieden und Gewaltlosigkeit einsetzte, musste diese Erfahrung erschütternd sein.

Plötzlich wandte sich Corenn von Grigáns regloser Gestalt ab und sprang auf, um ihrer Nichte zu Hilfe zu kommen. Mit drei raschen Schritten trat sie von hinten an Lana heran und versuchte, ihr die Arme festzuhalten. Aber sie stellte sich ungeschickt an und wurde von der Maz, die den Griff heftig abschüttelte, zu Boden gestoßen. Léti konnte gerade noch verhindern, dass Lana ihrer Tante einen tödlichen Stoß versetzte.

Corenn fuhr hoch, entrang der Priesterin mit letzter Kraft die Waffe und rief Léti einen entschlossenen Befehl zu: »Halte sie fest!«

Verwundert sah Léti zu, wie Corenn zu Grigán zurückkehrte und in seinen Taschen wühlte. Hinter ihr, ganz nah am Thron, rief Rey verzweifelt um Hilfe. *Schnell, Tante, schnell!*

Corenn kehrte mit Grigáns magischem Stein zurück und drückte ihn Lana mit Gewalt in die Hand. Im selben Moment stieß Saat einen gellenden Siegesschrei aus. Die Maz sackte in sich zusammen, und Léti gab sie frei, um sich ihm zuzuwenden.

Der hohe Dyarch stand über Rey und hatte ihm einen Fuß auf die Brust gestellt. In Reys Bauch klaffte eine furchtbare Wunde. Lana schrie entsetzt auf und stürzte zu ihm, während Saat sein Opfer dem Schicksal überließ und auf Léti zutrat.

»Du bist nun die Letzte, die noch eine Waffe trägt«, sagte er mit einem widerwärtigen Grinsen. »Gib mir deinen Stein, und ich verspreche dir einen raschen Tod!«

Sie warf einen verzweifelten Blick auf ihre Freunde und hob trotzig das Rapier. Sie hätte Yan gern ein letztes Mal geküsst, bevor sie starb.

Sombres unheimliche Stimme strich durch die Gänge des Tempels wie Wind über einen Friedhof. Yan hätte schwören können, sie hinter sich gehört zu haben, doch als er mit der Hand durch die Dunkelheit fuhr, griff er ins Nichts. »Du wirst sterben«, ertönte es wieder dumpf, ohne dass Yan hätte sagen können, woher die Stimme kam. Die Worte schienen aus den Mauern selbst zu dringen.

Yan wagte sich weiter in das Labyrinth hinein. Er durfte sich keine

Angst einjagen lassen. Er durfte dem Dämon nicht in die Falle gehen und darin herumzappeln wie ein verschrecktes Tier.

»Sombre, hört mir zu«, rief er. »Ich kenne Eure Geschichte. Ich weiß, was geschehen ist, als Ihr …«

Er konnte den Satz nicht zu Ende bringen, weil ihn ein heftiger Schlag in den Rücken zu Boden warf. Mit schmerzverzerrtem Gesicht tastete Yan die Stelle ab. Blutete er? Offenbar nicht. Der Dämon hatte ihm nur einen brutalen Stoß versetzt, wie eine Katze, die mit einer Maus spielt.

Langsam rappelte er sich hoch und machte sich auf einen neuen Angriff gefasst. Dabei stellte er fest, dass er durch den Sturz endgültig die Orientierung verloren hatte. Wo war der Ausgang? Da er sich nicht anders zu helfen wusste, tappte er einfach weiter und sah zu, dass er wenigstens eine Mauer im Rücken behielt.

»Ich weiß, was geschehen ist, als Ihr durch das Jal'karu geirrt seid«, sagte er nach einigen Augenblicken des Schweigens. »Saat hat Euch beeinflusst. Er hat Euren Geist manipuliert. Ihr glaubt, dass Ihr ihm Euer Dasein verdankt, aber das ist nicht wahr. Er …«

Er biss sich auf die Zunge, als ihn ein Schlag gegen den Kiefer zum Schweigen brachte. Diesmal spürte Yan ganz deutlich den Luftzug, der Sombres Bewegungen begleitete. Vor seinem geistigen Auge sah er den Mog'lur, wie ihn Bowbaq und Grigán beschrieben hatten, und ihm lief ein eisiger Schauer über den Rücken.

Er schwieg und strich sich vorsichtig über die Wange. Dieses Mal blutete er. Der Dämon war ihm mit scharfen Krallen übers Gesicht gefahren und hätte ihm fast ein Auge ausgekratzt. Yan fragte sich, ob er Narben davontragen würde, doch in seiner Lage war das nicht länger von Bedeutung.

Er beschloss, es anders zu versuchen. Mit der Wand im Rücken war er einigermaßen geschützt gewesen, doch nun trat er mit ausgestreckten Armen in die Mitte des Gangs. Diese Geste der Unterlegenheit würde Sombre vielleicht einige Dezillen lang verwirren, gerade so lang, wie Yan brauchte, um seine vielleicht letzte Mission zu erfüllen.

»Saat ist nicht Euer Herr«, rief er, die Muskeln schon in Erwartung des nächsten Angriffs angespannt. »Ihr müsst ihm nicht gehorchen.«

Er schwieg eine Weile und rechnete fest mit einem weiteren Schlag aus dem Nichts. Doch die Finsternis blieb so still wie das Meer nach einem Sturm. Hatte er einen wunden Punkt getroffen? Yan nahm all seinen Mut zusammen und sprach mit festerer Stimme weiter. »Saat achtet Euch genauso wenig wie alle anderen. Ihm geht es nur darum, aus Eurer Kraft zu schöpfen. Und nichts zwingt Euch dazu, das zuzulassen.«

»Du *lügst*«, grollte die Stimme hasserfüllt.

Dieses Mal erahnte Yan die Bewegung des Ungeheuers, bevor ihn der Schlag traf. Er erwischte ihn mit voller Wucht im Magen und raubte ihm für eine Dezille den Atem. Er hörte sogar die Krallen des Dämons über den Stein kratzen, als dieser sich von seinem Opfer zurückzog. All das gehörte zu seinem heimtückischen Spiel: Der Dämon weidete sich an der Todesangst seiner Beute.

Yan griff an sein zerrissenes Hemd. Er spürte, wie Blut über seine Haut rann und den Stoff durchtränkte. Wenn es so weiterging, würde ihm bald keine Kraft mehr bleiben, sich weiter voranzuschleppen.

Als plötzlich Lichtpunkte vor seinen Augen flimmerten, befürchtete er das Schlimmste. Doch die Punkte wurden größer, vervielfachten sich und ließen die Steinwände bald leuchten wie einen Feuerteppich. Die Schatten wichen zurück, und Yan, die Hand noch immer auf den Magen gepresst, stand dem Dämon, der die Erben verfolgte, von Angesicht zu Angesicht gegenüber.

Sein Herz setzte kurz aus, als sich das Ungeheuer im Funkenschauer aufrichtete. Einen Wimpernschlag lang erblickte Yan den Mog'lur in seiner fürchterlichsten Gestalt, ein Wesen, das an nichts mehr Gefallen fand, als seine Opfer in Stücke zu reißen, ihren Schmerzensschreien zu lauschen und zu kämpfen, immer weiter zu kämpfen und jedes Mal zu siegen. Er sah den Gott, wie Saat ihn erschaffen hatte.

Im nächsten Augenblick war es vorbei.

Vor Yan stand nur noch ein junger Mann mit schwarzem Haar und fragendem Blick, gekleidet in eine nachtschwarze Tunika, wie man sie auch in Kaul oder Lorelien fand. Sombre sah aus, als könnte er sein Bruder sein. Das verwirrte Yan so sehr, dass er fast glaubte, in einem Traum zu sein.

Aber nur fast. Erinnerungen an seine Reise stiegen in ihm auf. Das

Jal'karu hatte sich ihm am stärksten eingeprägt. Im fahlen Licht des Mausoleums fühlte sich Yan ins Land der Dämonen zurückversetzt, und einige Schritte vor ihm stand das jüngste, das einsamste, aber auch das furchterregendste Kind der Unterwelt.

»Ich lüge nicht«, widersprach Yan und versuchte, seiner Stimme Nachdruck zu verleihen. »Saat nutzt Euch nur aus. Alles, was er unternimmt, dient nicht Eurer Macht, sondern der seinen. Ihr seid nur eine Marionette«, sagte er und hoffte, damit nicht seine letzten Worte gesprochen zu haben.

Sombre zog die Augenbrauen so weit zusammen, dass sie eine geschlossene Linie bildeten. Yan wollte den richtigen Moment abpassen, um seinen letzten Trumpf auszuspielen, doch er war nicht sicher, ob er dazu überhaupt noch Gelegenheit haben würde. »Saat hat Euch alles genommen, selbst die Möglichkeit, ein anderer zu werden«, sagte er verzagt. »Ihr seid kein richtiger Gott: Ihr seid nur ein Abbild, eine schlechte Kopie, erschaffen vom Geist eines Sterblichen. Saat ist der eigentliche Bezwinger. Ihr seid nichts, und das ist allein seine Schuld. Ihr solltet ihn hassen, anstatt ihm zu helfen!«

»Er ist mein Freund!«, rief der Dämon mit erschreckender Heftigkeit.

Yan hätte schwören können, ein Schluchzen in seiner Stimme zu hören. Sombre wirkte geradezu verstört. Yan erinnerte sich an den Blick der Kinder im Dara und glaubte für einen Augenblick, die gleiche Arglosigkeit in den Augen des heranwachsenden Gottes aufblitzen zu sehen. Fast tat es ihm leid, so grausam sein zu müssen, aber nur so konnte er Léti und die anderen retten. Die nächsten Momente würden über Leben und Tod entscheiden. Yan schluckte schwer, dann spielte er seine letzte Karte aus. »Saat ist *nicht* Euer Freund!«, rief er mit schneidender Stimme. »Er will der Vater des Erzfeinds sein! Er will Euch töten und Euren Platz einnehmen!«

Auf einmal erlosch das Licht, und die Schatten kehrten in ihr Reich zurück. Durch die Gänge des Mausoleums gellte ein durchdringender Schrei, wie man ihn sonst nur in der Unterwelt vernahm.

Yan hielt sich die Ohren zu und hoffte, wenigstens einen schnellen Tod zu sterben. Jetzt, da er gescheitert war und die Erben endgültig verloren waren, wünschte er sich nur noch Vergessen und ewige Ruhe.

Lana warf sich über den verletzten Rey und weinte so heftig, dass ihr Schluchzen durch den Thronsaal des hohen Dyarchen hallte. Bowbaq kauerte halb ohnmächtig an der Wand. Grigán war vielleicht schon tot – zumindest hatte Corenn aufgehört, die Hand auf seine Wunde zu pressen. Die Ratsfrau hatte alle Hoffnung aufgegeben und stand nur noch stumm da, den Blick auf das namenlose Elend geheftet, das sie umgab. Die Erben sahen ihrem Ende entgegen.

Léti zählte die Wunden ihrer Freunde und schwor sich, dem grausamen Hexer jede einzelne heimzuzahlen. Saat, der Frevler, der Verräter, der Untote. Gerade tippte er mit der Spitze seines Schwerts gegen ihr Rapier und grinste dabei so genüsslich, dass er wie ein lepröser Schwachkopf wirkte. Saat, der dem Tod ein Schnippchen geschlagen hatte. Sie würde so lange gegen ihn kämpfen, bis ihr die Kräfte schwanden.

Und doch würde er als Sieger aus dem Duell hervorgehen.

Léti konnte ihre Wut nicht länger beherrschen und ging als Erste zum Angriff über, obwohl ihr Grigán immer das Gegenteil eingeschärft hatte. Saat wehrte ihre Klinge mit einem Schwung seines Schwerts ab, verzog verächtlich den Mund und bohrte ihr die Waffe in die Brust. Léti sprang zurück und stellte fest, dass sie eine Schnittwunde davongetragen hatte. Nur ein wenig tiefer und er hätte ihr Herz getroffen …

Sie atmete tief ein und aus, um sich zu beruhigen. *Wacher Geist,* ermahnte sie sich und verwünschte ihren eigenen Zorn. Aber wie konnte sie noch einen kühlen Kopf bewahren? Sie war gezwungen gewesen, Yan fortzuschicken, und sie hatte mit ansehen müssen, wie ihre Freunde von einem Unmenschen niedergestreckt worden waren, der auch noch über ihr Leid spottete. Ein Mann, der schuld an all ihrem Unglück war und den sie nun mit ihrem Rapier bedrohte, ohne ihn töten zu können!

»Ich habe schon genug Zeit an Euch verschwendet«, knurrte er. »Gib mir den Stein, und du wirst als Erste sterben.«

Statt zu antworten, machte Léti einen blitzschnellen Ausfall und überrumpelte Saat damit so sehr, dass sie ihn am Oberschenkel verletzte. Ihr Gegner ging keuchend in Abwehrstellung, während ihm das Blut in Strömen aus der Wunde floss. Er verzog das Gesicht, als er entdeckte, wie tief die Verletzung war. Dann brach er in ein grässliches Gelächter aus. Bei jeder Zuckung seines Körpers schoss neues Blut aus der Wunde.

»Wie du meinst«, rief er schließlich. »Wenn du unbedingt leiden willst …«

Er führte ein paar gefährliche Stöße aus, die Léti mit letzter Kraft parierte. Sie wurde an der Hand und seitlich am Oberkörper verletzt und hätte den nächsten Schlag wohl nicht überlebt, wenn Corenn nicht plötzlich eingegriffen hätte.

Sie hatte Reyans Hati aufgehoben und ihn dem hohen Dyarchen in den Rücken gestoßen. Doch sie machte keine Anstalten zu fliehen, sondern blieb mit leeren Händen vor dem Hexer stehen, während er mit verzerrter Miene versuchte, sich die Klinge aus dem Leib zu reißen.

»Rührt meine Nichte nicht an«, sagte sie schicksalsergeben.

Rasend vor Wut riss Saat sein Schwert in die Höhe, und Léti schaffte es gerade noch, Corenn beiseitezustoßen und den Schlag abzuwehren. Der Hexer wich einige Schritte zurück, um sich den Hati aus dem Körper zu ziehen, da er seine Bewegungen behinderte. Schaudernd erkannte Léti, dass sich die Wunde an Saats Oberschenkel bereits wieder geschlossen hatte. Der vergiftete Hati hatte ihm kaum mehr Schmerzen bereitet als ein Mückenstich.

»Ich verstehe nicht, warum Ihr nicht endlich aufgebt«, zischte er, als er den Hati fortgeworfen hatte. »Nur wilde Tiere klammern sich so hartnäckig an ihr Leben!«

»Im Jal'karu hattet Ihr alle Zeit der Welt, über diese Frage nachzudenken«, sagte Léti mit blitzenden Augen. »Ihr solltet seit über einem Jahrhundert tot sein.«

Saat kicherte in sich hinein und stürzte sich dann mit einem hasserfüllten Schrei auf die junge Frau. Léti geriet ins Straucheln, stürzte, verlor ihre Waffe und rollte mehrmals um die eigene Achse, während er immer weiter nach ihr schlug. Als sie wieder auf die Füße kam, sah sie Grigáns Krummschwert vor sich und packte es gerade noch rechtzeitig, um den Todesstoß abzuwehren.

Ihr Gegner gönnte ihr keine Verschnaufpause. Er ließ jedem Angriff sofort den nächsten folgen und zwang Léti, alles anzuwenden, was sie von Grigán gelernt hatte. Doch mit der ungewohnt schweren Waffe ermüdete sie schnell. Während sie immer weiter zurückwich, ahnte sie, dass sie nur noch wenige Augenblicke zu leben hatte.

Auf einmal sah sie, wie sich Grigán hinter Saats Rücken mühsam aufrichtete. Sie wagte noch nicht, an dieses Wunder zu glauben, da legten sich zwei Arme in schwarzen Lederärmeln wie ein Schraubstock um den Oberkörper des hohen Dyarchen.

»Schlag ihm den Kopf ab!«, befahl Grigán mit brüchiger Stimme.

Létis Verblüffung währte nur kurz, dann reagierte sie. Sie ließ ihre Waffe durch die Luft sausen und bohrte sie dem Feind mit entsetzlicher Wucht in die Kehle.

Die Klinge hinterließ eine klaffende Wunde, aus der Blut auf die Gewänder des Hexers und die seiner Gegner spritzte. Grigán ließ Saat los und verlangte mit einer hastigen Handbewegung nach seinem Krummschwert.

»Ich habe doch gesagt, du sollst ihm den Kopf abschlagen«, sagte er vorwurfsvoll.

»Ich hätte Euch treffen können …«

Erleichtert überließ sie ihm die Waffe, obwohl sie genau wusste, dass sich Saat im nächsten Augenblick von seiner Verletzung erholt haben würde. Vielleicht reichte es nicht einmal, ihn zu enthaupten.

Saat taumelte auf seinen Thron zu und umklammerte die aufgeschlitzte Kehle mit den Händen. Sein Röcheln war ebenso abstoßend wie der Blutschwall, der sich über seine Brust ergoss. Corenn und Lana starrten ihn an, wagten aber nicht, sich zu rühren. Selbst als Rey die Augen aufschlug und das Blutbad erblickte, brachte die Priesterin kein Wort über die Lippen.

Der hohe Dyarch sank auf seinen Thron, als bräche nun das ganze Gewicht der Jahre, die er der Zeit abgerungen hatte, über ihm zusammen. Doch das Grinsen, sein ewig höhnisches Grinsen, flackerte unheimlicher denn je auf seinem Gesicht. Mit jedem Augenblick schien die Kraft in seine Glieder zurückzukehren, und als er sich aufrichtete, war offenkundig, dass er gleich seine alte Macht wiedererlangt hätte.

Grigán taumelte auf ihn zu, doch dann sank er in die Knie und verlor wieder das Bewusstsein. Er war schon vor einigen Dezillen zu sich gekommen und hatte nur auf den richtigen Moment gewartet, um Léti zu Hilfe zu kommen. Doch er hatte zu viel Blut verloren. Nun hatte er keine Kraft mehr, um sich auf den Beinen zu halten.

Hilflos sah Léti mit an, wie sich Saat von einer Verletzung erholte, die kein anderer überlebt hätte. Dieses höhnische Grinsen. Dieser triumphierende Blick. Von unbändiger Wut gepackt, stürzte sie auf den hohen Dyarchen zu und hob im Vorbeigehen seine Waffe auf.

Mit tränenüberströmtem Gesicht richtete sie das verhexte Schwert auf Saats Herz und stieß zu wie ein rasendes Tier. Dann fiel sie auf die Knie und ließ sich von ihrer Verzweiflung überwältigen. Es war alles zwecklos. Wenn der erste Schmerz verflogen wäre, würde Saat wieder seine zynische, siegessichere Miene aufsetzen. Léti beschloss, dass sie genug hatte, dass sie nicht mehr kämpfen würde, dass sie das alles nicht mehr ertragen konnte. Sie wollte an nichts mehr denken. Sie wollte nur noch sterben.

In diesem Augenblick wandte sie noch einmal den Blick zu dem hohen Dyarchen – und sah in ein verwandeltes Gesicht. Sie war wie vom Donner gerührt.

Saat hatte Angst, maßlose Angst.

Plötzlich ertönte von weit her ein unmenschlicher Schrei. Er hallte durch den ganzen Palast und jagte ihnen einen Schauer über den Rücken.

»Sombre«, flüsterte Lana tonlos. »Das war der Schrei des Dämons.«

Saat schien etwas sagen zu wollen, doch stattdessen sprudelte ihm Blut über die Lippen. Das Kind des Karu kannte jetzt die Wahrheit: Es hatte die Barrieren durchbrochen, mit denen der hohe Dyarch seine Gedanken schützte, und hatte in seinem Geist gelesen. Saat spürte, wie sich sein Schützling von ihm abwandte und ihm seine Kraft verweigerte. In Gedanken bettelte und winselte er, schwor ihm Freundschaft und ewige Treue, doch der Dämon blieb taub für sein Flehen. Allein kämpfte Saat gegen den Tod, sein Leben rann unaufhaltsam mit seinem Blut aus ihm heraus, und die Erkenntnis, dass er einen Fehler begangen hatte, verdrängte jeden anderen Gedanken.

Er war zu machtgierig gewesen. Er hätte sich nicht vornehmen dürfen, der Erzfeind zu werden.

Er hätte sich damit begnügen sollen, mit einem Unsterblichen im Bunde zu stehen.

Er hätte sich wenigstens *einen* Freund bewahren müssen.

Léti sah, wie sich seine Brust noch ein letztes Mal hob und ihm ein

Schwall schwarzen Blutes aus dem Mund quoll. Saat hatte seinen letzten Atemzug getan.

Sie starrte den Mann an, der ihre Vorfahren gekannt hatte, der das Jal besucht und den sie nun eigenhändig getötet hatte. Er würde seine Erinnerungen mit ins Grab nehmen.

Einer nach dem anderen rappelten sich die Erben hoch, und während sie einander stützten, betrachteten sie die sterblichen Überreste jenes Menschen, der selbst in der Kinderstube der Götter für Aufruhr gesorgt hatte. Jetzt waren sie die letzten Hüter des Geheimnisses von Ji. Und diese Bürde lastete schwerer denn je auf ihren Schultern.

Léti schüttelte als Erste die Schatten der Vergangenheit ab. Sie ging zur Tür und stellte fest, dass sie nicht länger blockiert war. Mit Saats Tod war auch sein Zauber gebrochen.

»Gehen wir«, sagte sie mit heiserer Stimme. »Yan macht sich sicher schon Sorgen.«

Das gesamte arkische Heer hatte sich vor Sombres Mausoleum versammelt, nachdem die Männer den Schrei des Dämons gehört hatten. Als Yan bleich und blutüberströmt aus dem Labyrinth getaumelt war, hatten ihn einige besonders abergläubische Kämpfer gefangen genommen. Erst als Berec und die schwarzen Wölfe eingeschritten waren, wurde er freigelassen und als einer der ihren erkannt.

Sogleich hatte sich der junge Mann zu Saats Palast geschleppt. Schon auf halber Strecke kam ihm Léti entgegen. Auf der Suche nach ihm hatte sie das ganze Lager durchkämmt. Der Anblick der vielen Verletzungen, die seine Versprochene erlitten hatte, tat ihm in der Seele weh, doch dann überwog die Erleichterung, sie lebend wiederzusehen und außer Gefahr zu wissen. »Saat ist tot«, flüsterte sie ihm ins Ohr. Sie fielen einander um den Hals und hielten sich umarmt, ohne überhaupt an einen Kuss zu denken. Für einen kurzen Moment ließ sie ihre Liebe alles um sich herum vergessen.

»Was ist mit den anderen?«, fragte Yan mit zitternder Stimme.

»Sie sind alle verletzt, aber das wird schon wieder«, antwortete Léti leise. »Was ist mit dir? Du bist verwundet …«

»Das erzähle ich dir später, wenn du nichts dagegen hast.«

»Natürlich nicht, liebster Yan, das ist jetzt alles nicht mehr wichtig. Es ist vorbei, aus und vorbei.«

»Ja … Vielleicht«, sagte er mit einem seltsamen Blick zum Mausoleum.

Er fühlte sich noch nicht stark genug, um von dem, was er erlebt hatte, zu berichten. Das hatte Zeit, bis er sich ausgeruht und über die Begegnung mit Sombre nachgedacht hatte.

Léti löste sich von ihm, nahm seine Hand und führte ihn zur Kampfarena des hohen Dyarchen, in die sich die Erben geflüchtet hatten, um ihre Wunden zu verbinden. Keiner von ihnen hatte sich noch länger in Saats Palast aufhalten wollen. Grigán und Corenn sprachen davon, die Festung zu schleifen, auch wenn sie nicht wussten, wie sie das bewerkstelligen sollten.

Als er zu seinen Freunden stieß, die in schweren Zeiten so unerschütterlich zusammengehalten hatten, war Yan fast so glücklich wie bei seinem Wiedersehen mit Léti. Tief in seinem Innern wusste er, dass sich die Erben nie mehr für längere Zeit voneinander trennen würden. Was sie gemeinsam erlebt hatten, war einfach zu stark, und die Freundschaft, die sie nun verband, würde ewig währen.

»Da ist ja unser Glückspilz«, sagte Rey, kaum dass er ihn erblickt hatte. »Weißt du eigentlich, dass du das Beste verpasst hast?« Er lag mit bloßem Oberkörper auf einer Decke, während Lana die Wunde reinigte, die in seinem Bauch klaffte.

»Danach seht Ihr aber nicht gerade aus«, gab Yan liebenswürdig zurück.

Bowbaq griff sich erstaunt ins Gesicht, woraufhin Corenn grinsen musste. Sie war gerade damit beschäftigt, Grigán die Schulter zu verbinden.

»Na warte«, warnte ihn der Krieger. »Magie hin oder her, du hättest mich nicht schlagen dürfen!«

»Ich … Es tut mir leid …«, stammelte Yan.

»Nur ein Scherz«, unterbrach ihn Grigán. »Du bist wie ein kleines Kind, du glaubst einfach alles.«

Damit brachte er alle zum Lachen, und die Anspannung der letzten

Dekanten begann sich zu verflüchtigen. Nur Lana machte ein nachdenkliches Gesicht. Mit seinen Worten hatte Grigán etwas angestoßen, das sie schon wieder halb vergessen hatte.

»Reyan …«, sagte sie plötzlich. »Rey … ich erwarte ein Kind!«

Er machte große Augen, dann strich er Lana zärtlich über den Bauch.

Yan legte Léti den Arm um die Schultern, während alle die werdenden Eltern beglückwünschten.

Endlich konnten die Erben Zukunftspläne schmieden.

Kleines Lexikon der bekannten Welt

Alioss

Der Anführer. Alioss ist der Gott der Familienväter, Klanchefs und Königsgeschlechter Gritehs. Nur Männer der oberen Stände dürfen ihm dienen: Krieger, Priester, Edelmänner und Handwerker. Frauen, Bettlern und Verbrechern ist es verboten, auch nur den Namen des Allmächtigen auszusprechen. Die Göttin Aliara erfüllt eine ähnliche Rolle für die weiblichen Einwohner Gritehs, auch wenn sie kein so hohes Ansehen genießt. In den Unteren Königreichen muss der König jedem Tempelbau seinen Segen erteilen, und kein König würde je erlauben, dass sich Frauen in einem Tempel versammeln.

Alt

Der Alt ist der größte Fluss der bekannten Welt. Er entspringt in den höchsten Bergen des Rideau, fließt durch Itharien und Romin und mündet schließlich in den Spiegelozean.
Einer goronischen Legende zufolge werden die Toten eines Tages in riesigen Geisterschiffen den Fluss heruntergefahren kommen, um sich für alles Leid zu rächen, das ihnen zu Lebzeiten angetan wurde. Hin und wieder behauptet jemand, die Vorhut dieser Armee der Finsternis gesehen zu haben. Aus diesem Grund lassen manche Häfen nach Einbruch der Dunkelheit kein Schiff mehr einlaufen.

Altes Land

Anderer Name des Königreichs Romin.

Aluén

Auch wenn sein Geburts- und Todesjahr nicht überliefert sind, geht man davon aus, dass Aluén gegen Ende des achten Äons kurz nach dem Untergang des Itharischen Reichs in Partacle herrschte.

Während sich die Itharier der Religion zuwandten, nachdem Eurydis ihnen zum zweiten Mal erschienen war, lieferten sich die befreiten Völker blutige Bürgerkriege um die Reichtümer, die die einstigen Eroberer zurückgelassen hatten. Es heißt, dass Aluén einen Schatz anhäufte, der sogar den des Kaisers von Goran übertraf.
Dieser Schatz ist jedoch spurlos verschwunden. Einer Legende zufolge soll ein Teil des Schatzes im Grab seines Besitzers versteckt sein, allerdings weiß heute niemand mehr, wo sich dieses Grab befindet. Sieben Grabstätten wurden bereits erfolglos durchsucht, aber die Schatzjäger geben die Hoffnung nicht auf.

Amarizier

Amarizische Priester führen ein gottesfürchtiges und frommes Leben. Die meisten bleiben bis zu ihrem Tod innerhalb der Mauern eines Gemeinschaftstempels und vollziehen die religiösen Riten. Für manche Amarizier ist es jedoch der höchste Beweis ihrer Liebe zu Gott, Ungläubige zu bekehren, und so ziehen sie durch die Lande, um »verlorene Seelen« zu retten.
Amarizier lehnen Theoretiker ab, da sie es für anmaßend halten, den göttlichen Willen auszulegen.
Es gibt viele Ausprägungen des amarizischen Glaubens – vermutlich vielleicht ebenso viele wie Dörfer der bekannten Welt. In den Oberen Königreichen wird Odrel am häufigsten verehrt.

Aòn

Fluss in den Unteren Königreichen, der in den Jezebahöhen entspringt und bei Mythr ins Feuermeer mündet. Viele große Städte der Unteren Königreiche liegen am Ufer des Aòn: La Hacque natürlich, aber auch Quesraba, Tarul und Irzas.
Es hält sich hartnäckig das Gerücht, der Unrat der Menschen ziehe in der heißen Jahreszeit Raubfische aus dem Meer an. Sie schwämmen den Fluss bis La Hacque hoch und schreckten auch nicht davor zurück, Menschen anzugreifen und zu zerfleischen. Obwohl es in der Vergangenheit tatsächlich einige Attacken von Ipovanten gab und einmal sogar den Angriff eines Dornhais, sind solche Vorfälle äußerst selten.

Argos

Die Argosfelsen befinden sich in den Unteren Königreichen, ganz im Osten der Jezebahöhen. Berühmt sind sie vor allem für ihr Echo, das eindrucksvollste der bekannten Welt. Zahlreiche Legenden ranken sich um diese Felsen.
Es heißt, das Echo von Argos habe ein Gedächtnis, und wer nur stumm dastehe und geduldig abwarte, dem gäben die Felsen irgendwann die Geheimnisse preis, die ihnen im Laufe der Jahrhunderte anvertraut wurden.

Arkisch

Wichtigste Sprache Arkariens.

Avatar

Inkarnation oder Verkörperung einer Gottheit in einer anderen Gestalt als seiner eigentlichen.

Bellica

Die Bellica ist eine Spinne, die im Norden der Fürstentümer heimisch ist. Ihr Biss ist für den Menschen nicht tödlich, und sie greift nur bei zwei Gelegenheiten an: wenn ihr Nest bedroht ist oder wenn sie einer Artgenossin begegnet.
Aufgrund dieser Eigenschaft eignet sich diese Spinnenart gut für Schaukämpfe. Bellica-Kämpfe sind in den Unteren Königreichen ein beliebter Zeitvertreib. Es werden regelrechte Turniere veranstaltet, und die Wetteinsätze erreichen schwindelerregende Höhen. Der Todeskampf zweier Bellica-Spinnen ist ein beeindruckendes Schauspiel. Wenn die beiden handtellergroßen Tiere aufeinander losgelassen werden, stellen sie sich zunächst auf ihre vier Hinterbeine und versuchen, die Gegnerin mit Drohgebärden einzuschüchtern: Sie bewegen ihre Kieferklauen, vollführen nervöse kleine Sprünge und klappern mit den Beißwerkzeugen.
Es ist jedoch äußerst ungewöhnlich, dass eine der Gegnerinnen zu diesem Zeitpunkt aufgibt. Als Nächstes folgt ein Kampf auf Leben und Tod, in dem sich die Spinnen ineinander verbeißen. Sie versuchen, ihre Widersacherin mit ihrem Gift zu lähmen oder sie in ein Netz ein-

zuspinnen. Oft gewinnt die scheinbare Verliererin im letzten Moment die Oberhand. Manche Spinnen stellen sich tot, um ihre Gegnerin zu täuschen. Andere gewinnen den Kampf, obwohl sie mehrere Beine verloren haben.
Die Siegerin frisst immer den Kopf der Verliererin, und zwar nur den Kopf. Eine Spinne, die man daran hindert, verliert ihre Angriffslust und stirbt.

Brosda

Ein Gott, der vor allem im Matriarchat von Kaul verehrt wird. Er ist der Sohn des Xéfalis und des Spiegelbilds Echoras.
Brosda ist der Gott der Fischer. Sein Reich ist weder das Wasser noch das Land, sondern die Grenze zwischen beiden. Er ist ein neutraler Gott und wird je nach Ort und Epoche verehrt oder gefürchtet. In den Geschichten über Brosda kommen auch Seeungeheuer vor, was vor allem den Kindern gefällt.

Bruder

Die Mitglieder der Großen Gilde bezeichnen sich gegenseitig als Brüder. Andere Verbrechergilden haben die Bezeichnung übernommen. Manche geben ihren Mitgliedern bei Eintritt sogar einen neuen Namen und bilden regelrechte »Familien«.

Crevasse

Hauptstadt Arkariens, die zum Klan des Falkens gehört. Eigentlich haben nur Bewohner des Weißen Landes Zutritt zur Stadt, Fremde sind nur in Ausnahmen erlaubt. Diejenigen, die das Glück hatten, Crevasse besuchen zu dürfen, vergleichen sie wegen ihrer Größe mit Lorelia und wegen der Schönheit ihrer Bauwerke mit Romin.
Der Legende zufolge wurde die Stadt an einem Ort errichtet, an dem sich drei Minen befinden: eine Eisen-, eine Kupfer- und eine Goldmine. Dies sei auch der Grund für den unermesslichen Reichtum des Falkenklans, aus dem zwei Drittel der arkischen Könige stammen und der somit die Geschicke des größten Lands der bekannten Welt lenkt.

Daï

Die Daï ist eine kleine Schlange, die in den Unteren Königreichen vor allem in den Ausläufern der Gebirge heimisch ist. Das ausgewachsene Tier ist zwei Fuß lang und wird bis zu drei Jahre alt. Seine Hautfarbe wechselt je nach Jahreszeit von Dunkel- zu Hellgelb.
Das Gift der Daï ist nicht tödlich – jedenfalls nicht in der üblichen Dosis –, erzeugt aber eine euphorische Trance mit Halluzinationen. Die Daï beißt ihre Beute in regelmäßigen Abständen, versetzt sie so in einen Tiefschlaf und hält sie über mehrere Dekaden am Leben, ähnlich wie Spinnen.
Das Gift ist eine beliebte Droge. Die Zucht von Daï-Schlangen hat in den Unteren Königreichen eine lange Tradition. Bei einigen Stämmen gilt es als Mutprobe, sich von einer Daï beißen zu lassen, da ihr Gift nicht wieder aus dem Körper gesaugt werden kann. Aber wie alle Drogen wird sie vielen zum Verhängnis: Man hört immer wieder von Menschen, die sich freiwillig in eine Schlangengrube stürzen und dort den Tod finden.

Darn-Tan

Darn-Tan war Graf von Uliterra, einer ehemaligen lorelischen Provinz zwischen dem Herzogtum Cyr-la-Haute und dem Herzogtum Kercyan. Einst führte Uliterra aus Gründen, die in Vergessenheit geraten sind, Krieg gegen das benachbarte Fürstentum Elisere und dessen Herrscher Iryc von Verona.
Der Brauch wollte, dass der Sieger den unterlegenen Herrscher, seine Familie und sein Domizil verschonte. Doch Darn-Tan war bekannt dafür, diese Sitte zu missachten. Einige Jahre zuvor hatte er das Schloss von Orgerai angezündet und den Fürsten und dessen zwei Töchter an einen Balken knüpfen lassen. Darn-Tan hatte auch diesmal nicht die Absicht, seinen Feind mit dem Leben davonkommen zu lassen, und so ersann er eine komplizierte List. Er rechnete damit, dass Iryc von Verona ihm misstrauen und einen Hinterhalt wittern würde, und genau dann würde seine Falle zuschnappen.
Iryc von Verona, der keine Heimtücke kannte, entging dem Hinterhalt, indem er sich verhielt, wie Darn-Tan es nie erwartet hätte: arglos.

Dekade

Zehn Tage. Zeiteinheit des eurydischen Kalenders.
Die Tage einer Dekade tragen Ordnungszahlen. Der erste Tag ist der Prim, der letzte der Zim. Die anderen Tage vom zweiten bis zum neunten heißen: Des, Terz, Quart, Quint, Sixt, Septim, Okt und Non.
Die Dekade der Erde und die des Feuers haben nur neun Tage. Der Okt wird übersprungen, auf den Septim folgt sogleich der Non. Die Maz haben hierfür eine religiöse Erklärung: Der Wegfall des Okten versinnbildlicht Eurydis' Sieg über die acht Drachen von Xétame.

Dekant

Zeiteinheit goronischen Ursprungs. Ein Dekant entspricht dem Zehntel eines Tages, also ungefähr zwei Stunden und fünfundzwanzig Minuten unserer Zeit. Der erste Dekant beginnt mit Sonnenaufgang, wenn der zehnte Dekant des Vortages endet. Das Ende des dritten Dekants wird als Mit-Tag bezeichnet.
Das gemeine Volk gebraucht diese Zeiteinheit im Alltag eher grob, während die Gelehrten sehr viel präziser sind. Sie richten sich nicht nur nach der Sonnenuhr, sondern berechnen mit komplizierten Formeln den genauen Zeitpunkt des Sonnenaufgangs über der Stadt Goran. Diese Methode ist auch die einzige, die es ermöglicht, in der Nacht – also vom siebten bis zum zehnten Dekant – den Wechsel der Dekanten exakt zu bestimmen.

Dezille

Zeiteinheit goronischen Ursprungs. Eine Dezille entspricht dem Zehntel einer Dezime, also ungefähr einer Minute und sechsundzwanzig Sekunden unserer Zeit. Gemeinhin wird es nicht für nötig gehalten, die Zeit in noch kleinere Einheiten zu unterteilen. Offiziell existieren allerdings noch Divisionen und Schläge. Eine Division misst ungefähr acht Sekunden, ein Schlag weniger als eine Sekunde.

Dezime

Zeiteinheit goronischen Ursprungs. Eine Dezime entspricht dem Zehntel eines Dekants, also ungefähr vierzehn Minuten unserer Zeit.

Dona

Die Göttin der Händler. Sie ist die Tochter Wugs und Ivies. Der Legende nach erschuf sie das Gold, um damit ihren Körper zu bedecken und so die Schönheit ihrer Cousine Isée zu übertreffen. Anschließend schenkte sie ihre Schöpfung den Menschen, damit diejenigen, die wie sie vom Schicksal benachteiligt wurden, mit ihrer Klugheit auftrumpfen können, die durch den Besitz des Edelmetalls versinnbildlicht wird. Zu Donas Unglück entschied der junge Gott Hamsa, den sie zum Schiedsrichter erkoren hatte, sich jedoch abermals für Isée. Daraufhin beschloss Dona, nie mehr auf das Urteil eines Einzigen zu vertrauen. Sie nahm sich zahlreiche Liebhaber und gilt seither auch als Göttin der Sinnesfreuden.

In Lorelien gibt ein Händler, der ein gutes Geschäft abgeschlossen hat, üblicherweise einem fremden Mädchen, das in Armut lebt, ein Almosen. Dieses Geld wird »Donas Anteil« genannt. Leider gerät der Brauch immer mehr in Vergessenheit, da die meisten Anhänger Donas finden, die Opfergabe, die sie an den Tempel entrichten, sei ein ausreichender Beweis ihrer Hingabe.

Kein geschäftstüchtiger Händler würde je vergessen, Dona ein Opfer zu bringen, und sei es nur, um sich die Gunst derjenigen »Priesterinnen« zu sichern, die der Göttin der Sinnesfreuden besonders ergeben sind.

Dornhai

Der Dornhai oder auch Kletterhai ist ein Raubfisch im Feuermeer, der häufig mit der Panzermuräne verwechselt wird. Die durchschnittliche Größe eines ausgewachsenen Dornhais liegt bei fünf bis sieben Schritten, aber wenn man alten ramythischen Seemännern glaubt, existieren auch Exemplare mit einer Länge von zehn Schritten oder mehr.

In den Meeren tummeln sich jedoch weit imposantere Lebewesen, und der Dornhai wird nicht wegen seiner Größe gefürchtet. Er ist berüchtigt für seinen Blutdurst und vor allem für die zahlreichen ausfahrbaren Haken, die sich zwischen seinen Schuppen am Bauch befinden. Die Haken tragen ein Gift in sich, mit dem der Dornhai seine Beute lähmt.

Außerdem benutzt der Dornhai diese Haken, um wie eine Raupe lautlos an der Außenwand von Schiffen hochzuklettern. Aus diesem Grund gilt er als der gefährlichste Raubfisch, und die Hochseefischer haben sich zahlreiche Schutzmaßnahmen ausgedacht. Zum Beispiel weisen viele Schiffe einen »Glockenkranz« auf, ein schlauchförmiges, mit Alteisen gefülltes Netz, das rings um den Rumpf gehängt wird. Aus Aberglauben scheuen sich Seeleute, den Namen eines Mannes auszusprechen, der einem Dornhai zum Opfer gefallen ist, bevor sie das Festland erreicht haben.

Eiher

Arkisch. Fabeltier des Weißen Landes. Der Eiher wird entweder als riesiger Reiher mit Hörnern entlang der Wirbelsäule beschrieben oder als Schildkröte, deren Speichel in der Luft zu einem Pfeil gefriert, wenn sie ihr Opfer anspuckt. Obwohl diese beiden Beschreibungen unvereinbar sind, behauptet so mancher alteingesessene Arkarier, den Eiher in einer mondlosen Nacht bei der Jagd beobachtet zu haben. Aus Höflichkeit glauben die Arkarier beide Versionen.

Emaz

Hohepriester des Großen Tempels der Eurydis und geistliche Oberhäupter aller Gläubigen. Es gibt vierunddreißig Emaz. Der Titel wird jeweils von einem Emaz auf einen Maz übertragen.

Erjak

Arkisch. Jemand, der die Fähigkeit besitzt, die Gedanken der Tiere zu lesen und ihnen seine eigenen zu übermitteln.

Eurydis

Hauptgöttin der Oberen Königreiche. Itharische Moralpriester brachten die Eurydisverehrung an die entlegensten Orte der bekannten Welt. Die Geschichte der Göttin ist seit jeher mit der Heiligen Stadt verbunden. Im sechsten Äon waren die Itharier – die damals noch nicht so hießen – nichts als ein loser Zusammenschluss ehemaliger Nomadenstämme. Sie lebten am Fuß des Blumenbergs, einem der ältesten Berge des Rideau. Dieser Bund soll das Werk eines einzigen Mannes gewesen sein. Es heißt, König Li'ut von Ith wollte ein neues, mächtiges Königreich gründen und scharte alle unabhängigen Klans westlich des Alt um sich. Er widmete sein ganzes Leben der Erfüllung dieses Traums, doch der Bau der Stadt Ith – der Heiligen Stadt, wie sie heute genannt wird – nahm mehr Zeit in Anspruch, als ihm zur Verfügung stand. Nach seinem Tod brachen die alten Rivalitäten zwischen den Klans erneut aus. Ohne Li'uts diplomatisches Geschick war der schöne Traum zum Scheitern verurteilt.

Daraufhin soll die Göttin Eurydis dem jüngsten Sohn Li'uts erschienen sein und ihm befohlen haben, das Werk seines Vaters fortzuführen. Comelk – so war sein Name – dankte der Göttin für ihr Vertrauen, äußerte jedoch die Befürchtung, nichts gegen die Zwietracht der Stämme ausrichten zu können. Eurydis bat ihn daraufhin, alle Klanführer zusammenzurufen, und Comelk kam ihrem Wunsch nach.

Eurydis sprach zu jedem von ihnen und befahl ihnen, dem Pfad der Weisheit zu folgen. Die Klanführer lauschten ihren Worten andächtig, denn so barbarisch und großmäulig sie auch waren, ließen Aberglaube und Tradition sie die Macht der Göttin fürchten.

Als sich Eurydis zurückgezogen hatte, beratschlagten die Anführer lange und befragten die Stammesältesten und Seher. Schließlich wurden alle Streitpunkte beigelegt. Die Klanführer schworen einander ewigen Frieden und schlossen den Itharischen Bund.

Die Jahre vergingen, und Ith entwickelte sich von einer ansehnlichen zu einer wahrhaft eindrucksvollen Stadt. Zu jener Zeit konnte nur noch Romin mit der Hauptstadt des jungen Königreichs wetteifern. Die Stämme vermischten sich, und der alte Zwist geriet mehr und mehr in Vergessenheit. Itharien war auf dem besten Weg, ein Leuchtfeuer der bekannten Welt zu werden. Und so kam es auch, allerdings nicht im guten Sinne.

Trunken von der neuen Macht, die ihnen mehr oder weniger in den Schoß gefallen war, begannen die Nachfahren der alten Stämme, von ihrer Überlegenheit über den Rest der bekannten Welt zu sprechen, bis es einigen in den Sinn kam, dies auch beweisen zu wollen. Zunächst beschränkten sich die Itharier auf kleinere Überfälle, doch schon bald folgten Scharmützel an den Grenzen und schließlich regelrechte Eroberungsfeldzüge, die immer blutiger wurden.

Gegen Ende des achten Äons herrschte Itharien über das gesamte Gebiet zwischen dem Rideau im Osten, der Velanese im Westen, dem Mittenmeer im Süden und der Stadt Crek im Norden. Die Itharier waren grausame Eroberer: Sie plünderten, brandschatzten, verwüsteten ganze Landstriche und metzelten Tausende dahin.

Eines Tages, als die Heerführer wieder einmal zusammenkamen, um eine Invasion Thalitts zu planen, erschien Eurydis zum zweiten Mal.

Es heißt, sie habe die Gestalt eines zwölfjährigen Mädchens angenommen, und so wird sie auch heute meist dargestellt. Dennoch glaubten einige der gestandenen Feldherren, vor Angst zu sterben, so groß war der Zorn der Göttin.

Sie sprach kein Wort, sondern begnügte sich damit, jedem Heerführer des itharischen Reichs – denn so nannte man es inzwischen – in die Augen zu sehen.

Der Blick war ihnen Warnung genug. Sie gaben alle Angriffspläne auf und befahlen ihren Kriegern, die Waffen niederzulegen und sich aus den eroberten Gebieten zurückzuziehen. Die Heerführer nahmen es auf sich, das itharische Denken und Handeln tief greifend zu verändern.

Eine Generation später hatte sich das gesamte itharische Volk der Religion zugewandt. In der nächsten Zeit erfuhren sie großes Unglück, da sich die von ihnen unterjochten Völker – wie das junge goronische Volk – nun ihrerseits als Henker aufführten. Das itharische Reich musste immer mehr Gebiete abtreten, bis es nur noch sein ursprüngliches Territorium umfasste: die Umgebung der Stadt Ith und den Hafen von Maz Nen.

Im Laufe der Jahre begannen die Itharier mit einer anderen Art der Eroberung, die eher dem Willen der Göttin entsprach: Die Maz zogen durch die bekannte Welt und bis an die entlegensten Orte, um Eurydis' Moral zu verkünden. Dies nützte auch den weniger entwickelten Völkern, denn die Itharer brachten ihnen nicht nur die Religion, sondern auch Errungenschaften wie Kalender, Schrift, Kunst und Technik, die sie sich bei ihren Eroberungszügen angeeignet hatten.

Manche Theoretiker prophezeien, dass die Göttin bald ein drittes Mal erscheinen wird. Natürlich wird sie das irgendwann tun, da sie ja bereits zweimal erschienen ist. Die wichtigste Frage, die die Itharier sich stellen, lautet: Welchen Weg werden wir als Nächstes einschlagen?

Ezomine

Ezomine sind Steine, die Licht ausstrahlen. Sie sehen aus wie gemeine Quarze, und ihre Kraft wird erst im Dunkeln sichtbar.
Die Stärke des Lichts ist unterschiedlich. Manche behaupten, Steine gesehen zu haben, deren Licht fünfzig Schritte weit reiche. Doch die meisten Ezomine leuchten nicht einmal so hell wie eine gewöhnliche Kerze. Wenn der Stein auseinanderbricht, verliert er seine Kraft. Seit Äonen studieren die Gelehrten das Geheimnis der Ezomine, aber keine der Theorien, die sie über den Ursprung der rätselhaften Kraft entwickelt haben, konnte bislang bewiesen werden.
Unter Sammlern, Abenteurern und Schatzjägern sind die Steine sehr begehrt.

Frugis

Das Frugis ist ein Seil mit drei Enden, dessen Name auf den legendären König und Magier zurückgeht, der drei Äonen, bevor das Friedensabkommen der Fürstentümer geschlossen wurde, in Lineh herrschte. Das Seil ist auf verschiedene Arten beschrieben worden. Die gängigste lautet wie folgt: Man habe drei Seile genommen, jedes von ihnen zu einem V gelegt und die Spitzen aneinandergelegt. Dann habe man die Hälften zusammengeflochten und so ein kräftiges Tau mit drei gleich langen Enden erhalten. Die Angaben zur Länge der Enden schwanken zwischen sechs und neunundneunzig Schritten. Das Frugis-Seil soll die geheimnisvolle Macht besitzen, denjenigen, der eines seiner Enden hochklettert, an jeden Ort zu bringen, an dem eins der anderen Enden hängt. Sollte es dieses Seil jedoch tatsächlich geben, wüsste heute niemand mehr, wie man es gebraucht.

Geschwätzige Muschel

Zu Zeiten der Zwei Reiche verbreiteten romische Seeleute die Geschichte dieses kuriosen Gegenstands. Heutzutage hört man eher Spaßvögel von ihr sprechen als echte Schatzjäger. Angeblich handelt es sich um eine Gironenmuschel, in die einst ein Dämon die Stimme einer Frau einsperrte, die allzu schwatzhaft war. Doch selbst dieser Fluch brachte die Arme nicht zum Verstummen, und man sagt, dass jeder, der die

Muschel in die Hände bekommt, sie so schnell wie möglich wieder loswerden will, da das unaufhörliche Geschwätz unerträglich ist.

Gisle

Grenzfluss zwischen dem Matriarchat von Kaul und dem Königreich Lorelien.

Gilde der Drei Schritte

Zusammenschluss der Prostituierten Lorelias.
Früher durften die Freudenmädchen ihrem »Geschäft« nur in der sogenannten Unterstadt nachgehen. Allerdings gab es so viele von ihnen, dass es häufig zu Streit und sogar Handgreiflichkeiten kam. Deshalb gingen die Zuhälter irgendwann dazu über, jeder Frau ein Stück Straße zuzuweisen, das genau drei Schritte maß.
Manche Zuhälter haben diesen Brauch beibehalten, obwohl die meisten Prostituierten heutzutage im Hafenviertel zu finden sind, das sehr viel größer ist.

Große Gilde

Zusammenschluss der meisten Verbrecherbanden der Oberen Königreiche. Die Große Gilde hat keine feste Ordnung oder Hierarchie, sondern ist im Grunde eine Übereinkunft der Banden, einander keine Gebiete und Betätigungsfelder streitig zu machen, derart, wie sie auch die Gilden eines Königreichs oder einer Stadt schließen.
Trotz häufiger Streitigkeiten gelingt es den Banden manchmal, gemeinsame Operationen durchzuführen, vor allem beim grenzüberschreitenden Schmuggel.
Offiziell lässt die Gilde die Finger von Meuchelmorden. Ihre Spezialität sind Erpressung, Entführung, Betrug, Schmuggel und natürlich sämtliche Formen von Raub und Diebstahl. Trotzdem fällt auf, dass den Mitgliedern neuer Banden, die sich nicht an die Übereinkunft halten, ein recht kurzes Leben beschieden ist …

Großes Haus

Sitz der Regierung des Matriarchats von Kaul. Hier halten die Mütter ihre Ratsversammlungen ab, und hier haben sie ihre privaten Gemächer und Studierzimmer. Alle Einwohner Kauls können in das Große Haus kommen und ihre Beschwerden vortragen. Fünfzehn Personen halten sich von morgens bis abends bereit, um sie zu empfangen. Mehrmals im Jahr stehen die Arbeits- und Versammlungssäle des Großen Hauses allen Neugierigen offen.

Großterra
Hauptstadt und größte Insel des Schönen Landes, einer Inselgruppe im romischen Meer.

Hati
Heiliger Dolch der Züu. Der vollständige Name, wie man ihn in alten Schriften findet, lautet ›Zuïaorn'hati‹, wörtlich übersetzt ›eine Wimper Zuïas‹.
Den Hati bekommt ein Novize von einem Judikator überreicht, nachdem er seine erste Mission erfüllt hat, üblicherweise mit bloßen Händen. Dadurch wird er in den Kreis der Boten Zuïas aufgenommen und erhält das Recht, über Leben und Tod seiner weniger glücklichen Landsleute zu richten.

Helanien
Eine der fünf Provinzen des Königreichs Romin. Ihre Hauptstadt ist Manive, ihr Wappenbild die Rose von Manive.

Heilige Stadt
Anderer Name Iths, der Hauptstadt des Königreichs Itharien. Häufig bezeichnet der Name auch nur das religiöse Viertel, eine Enklave mit einer eigenen Festungsmauer, eigenen Gesetzen und eigenen Bürgern – eine Stadt in der Stadt.

Itharische Würfelspiele
Diese Spiele sind in der gesamten bekannten Welt verbreitet. Ihr Ursprung ist ungewiss. Sicher ist allerdings, dass sie sich im siebten und achten Äon mit den Eroberungsfeldzügen der itharischen Armee aus-

breiteten und rasch von allen besiegten Völkern übernommen wurden. Der itharische Würfel hat sechs Seiten. Auf vieren ist je ein Element abgebildet: Wasser, Feuer, Erde und Wind. Jeweils eins dieser Elemente erscheint auch auf der fünften und sechsten Seite. Folglich gibt es vier Sorten von Würfeln: einen weißen für den Wind, einen roten für das Feuer, einen grünen für die Erde und einen blauen für das Wasser. Wie viele Würfel für ein Spiel benutzt werden, hängt von den Regeln ab und wird zwischen den Spielern ausgehandelt. Im Normalfall reichen vier Würfel aus – ein Soldat –, doch es gibt auch Spiele, die mit zwanzig oder mehr Würfeln gespielt werden.
Stern, Prophet, Kaiser, Zwei Brüder und Gejac sind die bekanntesten, wenn auch längst nicht alle itharischen Würfelspiele.

Jahrmarkt (lorelischer)
Der Jahrmarkt ist eine der ältesten lorelischen Traditionen. Vom Tag des Händlers bis zum Tag des Kupferstechers in der zehnten Dekade entfallen jegliche Steuern auf die Ein- und Ausfuhr von Waren – solange ihr Handel nicht gegen die Gesetze des Königreichs verstößt. Die meisten Gelegenheitsverkäufer, Handwerker, Fremde und Kuriositätenhändler bieten ihre Waren zu dieser Zeit feil.
Der Jahrmarkt zieht eine Menge Menschen an, von denen ein Drittel gar nichts kaufen will, sondern nur der zahlreichen Attraktionen wegen kommt: Straßentheater, Spiele, Bankette und vieles andere. Manche dieser Vergnügungen werden vom König spendiert, der damit sein Ansehen verbessern will.
Für die königliche Schatzkammer ist der Jahrmarkt dennoch einträglich, da jeder, der einen Stand eröffnen will, einen Obolus entrichten muss. Die Kontrollen sind streng, und Verstöße werden mit der sofortigen Beschlagnahmung sämtlicher Waren geahndet.
Der Jahrmarkt findet auch in anderen großen Städten Loreliens statt: Benelia, Lermian und Le Pont. Er hat dort eine gewisse lokale Bedeutung, ist aber nicht mit dem der Hauptstadt vergleichbar.

Jahrzehnt
Zehn Jahre.

Jelenis

Lorelisch. Die Jelenis sind Soldaten der ältesten Leibwache Loreliens. Sie sind vor allem berühmt dafür, König Kurdalene im sechsten Äon beschützt zu haben.
Die Jelenis sind auch die königlichen Hundeführer. Ihnen gehören über sechzig weiße Doggen, obwohl diese Rasse wegen ihrer Aggressivität nahezu ausgerottet ist. Jedes Tier ist mehr als vierhundert Terzen wert und der Stolz des jeweiligen Königs.
Es heißt, es brauche mindestens fünf erfahrene Krieger, um einen Jelenis und seinen Hund zu besiegen.

Jerusnien

Eine der fünf Provinzen des Königreichs Romin. Ihre Hauptstadt ist Jerus, ihr Wappenbild das Kreuz von Jerus.

Jez

Einwohner des Sultanats von Jezeba.

Jezac

Wichtigste Sprache des Sultanats von Jezeba.

Judikator

Religiöser Führer der Boten von Zuïa.

Juneisch

In Junin und den meisten anderen Fürstentümern gesprochene Sprache. Das Hochjuneische wird nur noch in offiziellen Schriften, im Handel und in der Literatur verwendet, während sich die Sprache der einfachen Leute, die einst eine Mundart war, im Laufe der Zeit von ihrem Ursprung entfernt hat und heute eine eigene Sprache darstellt.

Kalender

In den Oberen Königreichen gilt der itharische Kalender. Er ist in 338 Tage, 34 Dekaden und 4 Jahreszeiten unterteilt. Das Jahr beginnt am Tag des Wassers, dem Frühlingsanfang. Zwei Dekaden bestehen nur aus

neun statt aus zehn Tagen: die Dekade vor dem Tag der Erde und die vor dem Tag des Feuers. Der Tag beginnt mit Sonnenaufgang.
Jeder Tag und jede Dekade trägt einen bestimmten Namen, der ursprünglich religiöser Herkunft war und mit der Verehrung der Göttin Eurydis zusammenhing, deren Botschaft von Moralpriestern bis in die entlegensten Winkel der bekannten Welt getragen wurde. Mit der Zeit bildeten sich an verschiedenen Orten regionale Besonderheiten heraus. So heißt der Tag des Hundes, der im Großen Kaiserreich Goran keine besondere Bedeutung hat, in der Umgebung von Tolenks Tag des Wolfes und ist einer der höchsten Feiertage. Die Dekade des Jahrmarkts, die mit dem Tag des Händlers beginnt, ist in Lorelien von größter Wichtigkeit, in Memissien aber belanglos.
Kaum jemand kennt sämtliche Tage des Kalenders auswendig oder weiß um ihre Bedeutung für die Eurydisverehrung – abgesehen von den Priestern natürlich. Für die Einwohner der Oberen Königreiche ist der Kalender so selbstverständlich wie Sonnenauf- und -untergang. Die meisten wissen nicht einmal, dass er religiösen Ursprungs ist. Es gibt noch andere Kalender in der bekannten Welt, die auf königlichen Erlässen, nicht eurydischen Religionen oder ganz einfach Stammestraditionen beruhen. Viele orientieren sich an den Mondphasen, wie zum Beispiel der alte romische Kalender, der aus 13 Zyklen zu je 26 Tagen besteht.

Kaulaner
Bewohner des Matriarchats von Kaul.

Kauli
Wichtigste Sprache des Matriarchats von Kaul.

Kleine Königreiche
Anderer Name der Fürstentümer.

Konzil
Versammlung der arkischen Klanchefs.

Kurdalene

Kurdalene war ein lorelischer König, der in die Geschichte einging, weil er gegen die Züu kämpfte. Damals übten die Anhänger der Rachegöttin mit Drohungen, Erpressungen und Morden einen solchen Einfluss auf die Edelleute und Bürger Loreliens aus, dass der König keine Entscheidung treffen konnte, ohne sie vorher von den Mördern im roten Gewand absegnen zu lassen.

Irgendwann riss Kurdalene der Geduldsfaden, und von jenem Tag an tat er alles, um die Religion auszurotten – zumindest in Lorelia. Er überlebte fast zwei Jahre, indem er sich mit einigen ihm treu ergebenen Wachen in einem Flügel seines Palastes verbarrikadierte. Schließlich gelang es den Züu, ihn zu ermorden.

La Hacque

Der Legende zufolge wurde die Handelsstadt der Unteren Königreiche von einem lorelischen Edelmann gegründet. Wahrscheinlicher ist jedoch, dass eine Gruppe reicher Reeder am Ufer des Aòn ein Kontor errichteten, wodurch sich ein bereits bestehendes Dorf entwickelte. Jedenfalls finden sich in der Stadt, die oft als die schönste der Unteren Königreiche bezeichnet wird, zahlreiche Gebäude mit lorelischer Architektur. Auch einige Straßen erinnern an die König-Kurdalene-Straße oder an die Bellouvire-Allee in Lorelia.

La Hacque war lange die einzige Stadt, die von den Stammeskriegen verschont blieb, die diesen Teil der Welt heimsuchten. Im Jahre 878 wurde sie von Yussa-Söldnern im Dienste Alebs des Einäugigen erobert, dem König von Griteh und Quesraba. Seither gibt es südlich der Louvelle keine freie Stadt mehr.

Leem (die Glocken von)

In Leem kam es einst zu einem derartigen Anstieg der Verbrechen, dass man den Eindruck hatte, die Stadt sei in fester Hand von Dieben, Plünderern, Brandstiftern, Mördern und anderen finsteren Gesellen. Vergeblich verdoppelten und verdreifachten die Nachtwächter die Anzahl ihrer Runden; die Schurken waren einfach zu gut organisiert.

Daraufhin hatte der damalige Bürgermeister die Idee, an den Häusern der Honoratioren Glocken anbringen zu lassen. Wenn sich ein Würdenträger bedroht fühlte oder Zeuge eines Verbrechens wurde, läutete er die Glocke, um den Nachtwächter herbeizurufen. Meist war dieser jedoch nicht schnell genug, da die Übeltäter schon beim ersten Glockenschlag die Flucht ergriffen. Dennoch besserte sich die Lage etwas.

Die gemeinen Bürger folgten dem Beispiel, und bald hatte jeder Handwerker und Händler eine Glocke an seiner Werkstatt oder seinem Laden angebracht. Nach einigen Jahren gab es in Leem so viele Glocken, dass kaum noch Verbrechen verübt wurden.

Allerdings nahmen die Schurken Rache, indem sie jedes Haus mit einer Glocke anzündeten.

Heutzutage hängen immer noch an über sechshundert Häusern Leems Glocken, die jedoch nur noch selten geläutet werden, hauptsächlich zu Festtagen.

Lermian (die Könige von)

Vor fünf Jahrhunderten war Lermian die Hauptstadt eines blühenden Königreichs, das dem aufstrebenden Großen Kaiserreich Goran oder dem expandierenden Lorelien in nichts nachstand. Die königliche Familie saß seit elf Generationen auf dem Thron, und die Dynastie drohte nicht auszusterben, da König Oroselem und seine Frau Federis drei Söhne und zwei Töchter hatten.

Lermian hatte romische Invasionen, die itharische Herrschaft und goronische Expansionsgelüste ohne größeren Schaden überstanden. Auch allen Einflussversuchen Bledevons trotzte das Königreich tapfer. Der lorelische König wollte Lermian annektieren, da es wie eine Insel mitten in seinem Reich lag. Doch es war nicht Bledevons Art, die Stadt, die er als Bollwerk gegen Goran brauchte, von seiner Armee stürmen zu lassen. Oroselem wusste das nur zu gut und schmetterte belustigt alle Einschüchterungsversuche, Versprechen und Intrigen des lorelischen Königs ab.

Lermian hätte eine der einflussreichsten Städte der Oberen Königreiche werden können – mehr noch, als sie es heute ist –, wenn seine Herrscher nicht ein grausames Schicksal ereilt hätte. Oroselem starb an einer Lebensmittelvergiftung, nachdem er etwas Verdorbenes gegessen hatte. Sein

ältester Sohn saß ganze sechs Tage auf dem Thron, bevor er von der Burgmauer stürzte und seinen Verletzungen erlag. Der mittlere Sohn regierte etwas mehr als acht Dekaden, bis er plötzlich spurlos verschwand. Da der jüngste Sohn noch zu jung war, um den Thron zu besteigen, wurde der Prinzgemahl als Regent eingesetzt, doch er musste nach einem Jahr abdanken, weil er infolge eines Reitunfalls den Verstand verloren hatte. Der Gatte der zweiten Prinzessin verzichtete auf die Ehre, die Geschicke des Königreichs zu lenken, und ging mit seiner Frau ins Exil. Königin Federis bat daraufhin ihre Ratgeber, einen Regenten aus ihrer Mitte zu bestimmen. Ein einziger Ratgeber stellte sich zur Wahl, doch er wurde wenige Tage später in der Stadt von einer Räuberbande niedergestochen. Niemand wollte nun mehr die Regentschaft übernehmen. Die Königin, die sich selbst dazu nicht in der Lage sah, akzeptierte schließlich ein von Bledevon vorgeschlagenes Abkommen. Lermian wurde ein Herzogtum Loreliens, und das Königreich versprach der Stadt im Gegenzug Schutz durch seine Armee.
Der Fluch, der auf Oroselems Dynastie gelastet hatte, schien aufgehoben. Königin Frederis und ihr jüngster Sohn erreichten beide ein hohes Alter.
Böse Zungen munkelten etwas von einer Mordserie und verdächtigten sogar König Bledevon. Doch der lorelische Hoftheoretiker zerstreute alle Zweifel, indem er bewies, dass es der Wille der Götter gewesen sei, beide Königreiche unter einer Krone zu vereinen.
Von diesen tragischen Geschehnissen rührt die volkstümliche Wendung her: »So tot wie die Könige von Lermian sein«.

Louvelle
Grenzfluss zwischen den Fürstentümern und den Unteren Königreichen.

Lureeischer Gesang
Im Altitharischen bedeutete »Lur« Späher. Lurée ist aber auch ein beliebter Gott. Übersetzt heißt sein Name »der Wächter«. Lurée wacht vor allem über Neugeborene, aber auch über glückliche Familien. Auf diesen beiden Tatsachen beruht vermutlich der Brauch des lureeischen Gesangs.

Es heißt, solange der Gesang irgendwo auf der Welt erklinge, bringe er all jenen Glück, die irgendwann in ihrem Leben eine Strophe gesungen hätten. In Ith wird der Gesang nie unterbrochen: Zahlreiche Freiwillige stehen Tag und Nacht Schlange, um eine der fünf Stimmen im Chor zu übernehmen. Die wenigsten kommen aus Selbstlosigkeit, aber alle erfüllen ihre Aufgabe gewissenhaft, wenn sie an der Reihe sind.
Der Kult des Lurée ist wie die Eurydisverehrung eine Moralreligion, wie der Liedtext eindeutig zeigt. Im Verlauf der Jahrhunderte haben die lureeischen Maz mehr als dreißig Strophen zu den ursprünglichen siebzehn hinzugefügt. In ihnen werden Nächstenliebe, Freundlichkeit, Treue, Bescheidenheit und andere Tugenden gepriesen. Dahinter verbirgt sich die Überzeugung, niemand könne einen Text laut aufsagen, ohne von ihm beeinflusst zu werden: Aus einem Samenkorn im Wind kann ein Baum wachsen …

Lus'an

Zü. Mystischer Ort der Zuïa-Religion, an dem die Boten nach ihrem Tod von der Göttin empfangen werden. Sie finden dort ewiges Glück und gehen Zuïa bei ihrem Großen Werk zur Hand.
Lus'an ist auch der Name einer kleinen Provinz auf der Heimatinsel der Züu. Dort leben die Judikatoren und ihre Sklaven, Fremden ist der Zutritt verboten. Die wenigen Abenteurer, die es wagten, die Insel zu betreten, sind nie zurückgekehrt.
In den Mooren Lus'ans sind die Geister der untauglichen Boten gefangen und derjenigen, die die Göttin verraten haben. Sie irren dort für alle Ewigkeit in unermesslicher Schwermut umher.

Lusend Rama

Der hoch zu Pferd Sitzende. Gott der Reiter und Beschützer aller Nomaden und Boten. Er wird vor allem in den Unteren Königreichen verehrt. Außerdem ist er der Hüter der Stammesgesetze. Sein Urteil wird ebenso gefürchtet wie sein Ehrgefühl bewundert.
Künstler stellen ihn meist auf dem Rücken eines schwarzen Hengsts mit blinden Augen dar. So wird er in der Chronik des Pferdekönigs beim Kampf gegen die zwei Riesen von Irimis beschrieben. Manchmal wird er

auch in der Gestalt eines Zentauren gemalt. Dieses Bild stammt aus der Taspriá, der ältesten religiösen Schrift der Unteren Königreiche.

Maïok

Arkisch. Mutter.

Margolin

Nagetier von mittlerer Größe. Ausgewachsen kann es bis zu zwei Fuß lang werden. Es gibt mehrere Unterarten: das Kupfermargolin, das Plärrmargolin, das Fressmargolin und andere.
Margoline sind vor allem im Süden und in der Mitte der Oberen Königreiche heimisch und leben in Wiesen, im Wald oder am Ufer von Flüssen. Wegen ihrer hohen Vermehrungsrate, ihrer Bösartigkeit und der Ungenießbarkeit ihres Fleischs gelten sie als Schädlinge. Ihr Fell, aus dem die Handwerker Pelze, Lederbeutel und Kleider herstellen, ist jedoch sehr begehrt.

Maske

In Itharien ist es üblich, eine Maske zu tragen. Obwohl die Itharier aus religiösen Gründen ansonsten eher schlichte Kleidung bevorzugen, ist die Maske eine Art Statussymbol.
Die Maske ist keineswegs Pflicht, und von zehnIthariern, denen man an einem Tag begegnet, tragen sie vielleicht nur vier. Dennoch gibt fast jeder Bewohner der Heiligen Stadt an, irgendwann in seinem Leben die Maske getragen zu haben oder sie im Alter tragen zu wollen.
Die Erklärung für diesen religiösen Brauch verliert sich in den Tiefen der Vergangenheit. Schon die Ureinwohner der Gegend, die Vorfahren der heutigen Itharier, trugen zu gewissen Anlässen Masken.
Die eurydischen Priester übernahmen die Tradition, weil sie darin ein hervorragendes Mittel sahen, die dritte Tugend der Weisen Eurydis umzusetzen: Toleranz. Das Tragen der Maske ebnet alle Unterschiede ein und stellt die unter einem glücklichen Stern Geborenen mit den weniger Begünstigten auf eine Stufe. Obwohl dieser Gedanke umstritten ist, tragen die Itharier weiterhin ihre Masken.

Maz

Ehrentitel vor allem in der Eurydisverehrung. Andere Religionen haben ihn übernommen.
Mit einer Ausnahme kann der Titel nur von einem Maz auf einen seiner Novizen übertragen werden, wenn dieser ihn sich durch seine Hingabe verdient. Der Große Tempel muss die Übertragung absegnen. Sie kann sofort in Kraft treten oder erst beim Tod des Maz, je nach Abmachung. Es ist einem Maz streng verboten, den Titel einem Mitglied seiner Familie zu vermachen.
Allerdings kann der Titel einem Novizen auch außer der Reihe verliehen werden, um ihm für ein besonderes Verdienst zu danken. Häufig wird der Titel posthum als Ausdruck der Dankbarkeit verliehen, wenn jemand sein ganzes Leben der Eurydisverehrung geweiht hat, und in diesem Fall kann er natürlich nicht weitergereicht werden. Eine solche Auszeichnung kann nur ein Emaz vergeben.
Die Rechte und Pflichten eines Maz sind nicht festgelegt und hängen von der persönlichen »Laufbahn« ab. Manche bekleiden wichtige Ämter in den Tempeln, andere unterrichten nur hin und wieder einige Novizen, und wieder andere treten nie einen Dienst an.
Niemand kennt die Anzahl der lebenden Maz, abgesehen von den Archivaren des Großen Tempels, die ihre Liste ständig auf dem neuesten Stand halten. Viele Priester außerhalb Ithariens nennen sich unrechtmäßig Maz, was die Schätzungen nicht gerade erleichtert. Der Legende zufolge gab es ursprünglich 338 Maz, so viele, wie ein Jahr Tage hat, und 34 Emaz nach der Anzahl der Dekaden.

Mèche

Kleiner Fluss im Matriarchat von Kaul. Die Hauptstadt Kaul liegt an seinem Ufer. Zufluss der Gisle.

Memissien

Eine der fünf Provinzen des Königreichs Romin. Ihre Hauptstadt ist Jidée, ihr Wappenbild ein großer Platinschmetterling.

Merbal

Merbal war einst der Anführer einer legendären Räuberbande, die für ihre Grausamkeit und Barbarei berüchtigt war. Heute fällt es schwer, bei den Schauergeschichten, die über ihn kursieren, zwischen Wahrheit und Lüge zu unterscheiden. Es gilt jedoch als sicher, dass Merbal die grausame Angewohnheit hatte, von jedem seiner Opfer einen Becher Blut zu trinken.
Der Glaube einer Sekte namens »die Vampire von Jidée« beruht auf dieser Legende.

Mishra

Die Verehrung Mishras ist mindestens so alt wie der Große Sohonische Bogen. Mishra war die Hauptgöttin der Goroner, bevor die itharische Armee im achten Äon die Stadt Goran einnahm. Nach der Befreiung, als die Itharier die Waffen niederlegten und sich der Religion zuwandten, wurde die Verehrung Mishras wieder populär. Aus der Stadt Goran ging erst das Königreich Goran und schließlich das Große Kaiserreich Goran hervor, und die Religion breitete sich im Land aus.
Mishra ist die Göttin der Gerechtigkeit und der Freiheit. Ein jeder hat das Recht, sie anzurufen. So kam es vor, dass Völker, die vom Großen Kaiserreich Goron besiegt worden waren, die Göttin ihrer Eroberer um Hilfe anflehten. Sie ist mit keiner bekannten Gottheit verwandt. Manche Theoretiker behaupten, sie sei die Schwester Hamsas. Zu Mishras Ehren wurden nur wenige Tempel gebaut – eine Ausnahme ist der prachtvolle Palast der Freiheit in Goran. Viele Gläubige verehren Miniaturen der Göttin oder eines Bären, ihres Sinnbilds.

Mit-Tag

Höchststand der Sonne, in unserer Welt 12 Uhr. Allgemein wird das Ende des dritten Dekants als Mit-Tag bezeichnet.

Moäl

Der Moäl ist ein Baum, der nur in den Wäldern der Kleinen Königreiche wächst. Alle Versuche, ihn anderswo anzupflanzen, scheiterten, was die fähigsten Botaniker vor ein Rätsel stellt.

Der Moäl ähnelt der weit verbreiteten Grule sehr, und es fällt häufig schwer, sie auseinanderzuhalten. Der Unterschied ist eigentlich nur zu Beginn der Jahreszeit des Wassers sichtbar, wenn die Zweige des Moäls mehrere Tage lang blassgrüne Blüten austreiben.
Es heißt, wenn man beim Vollmond eine Goldmünze unter einen Moäl legt und nur lange genug zum Nachtgestirn hinaufsieht, erscheint der Kobold, der in dem Baum haust. Wenn ihm der Glanz der Münze gefällt, tauscht er sie gegen einen Wunsch ein.
Selbst diejenigen, die das für einen Aberglauben halten, sind überzeugt, dass es Unglück bringt, den Zweig eines Moäls abzubrechen.

Monarch
Goldmünze im Königreich Romin.

Mondkönigin
Kleine Muschel mit glatter Oberfläche und nahezu runder Form, die wegen ihrer Seltenheit äußerst kostbar ist. Es gibt drei Sorten von Mondköniginnen: eine weiße, die am häufigsten vorkommt, eine blaue, die schon weniger gängig ist, und schließlich eine gefleckte, die äußerst selten ist. Eine Zeit lang dienten die blauen und gefleckten Mondmuscheln in einigen entlegenen Orten des Matriarchats von Kaul als Währung, und bei manchen alten Leuten kann man noch heute mit ihnen bezahlen. Die Muschel ist auf alle Münzen geprägt, die von der Schatzkammer des Matriarchats ausgegeben werden. Nach ihr ist auch die offizielle Währung benannt: die Königin. Es gibt Münzen zu einer, drei, zehn, dreißig und hundert Königinnen. Die Hundert-Königinnen-Münzen sind etwa so groß wie eine Hand und dienen nicht als Zahlungsmittel. Sie fungieren lediglich als Garantie bei Transaktionen zwischen dem Matriarchat und seinen Nachbarn.

Moralist
Die Moralpriester stützen sich auf religiöse Schriften und Überlieferungen, um die moralischen Werte zu verbreiten, die gemeinhin als die wichtigsten gelten: Mitgefühl, Toleranz, Wissen, Aufrichtigkeit, Achtung, Gerechtigkeit usw.

Häufig sind Moralpriester Lehrer oder Philosophen, die sich aus Bescheidenheit darauf beschränken, eine kleine Gruppe von Schülern zu unterrichten. Die wichtigste Moralreligion ist die Eurydisverehrung.

Morgenland

Bezeichnung für die Länder östlich des Rideau.

Namen

Die Bedeutung der Namen hängt natürlich vom Geburtsland ab. In Kaul, Romin oder Goran werden seit Jahrhunderten einfach immer dieselben Namen weitergegeben, und niemand macht sich großartig Gedanken über ihre Herkunft. Doch das gilt nicht für alle Völker der bekannten Welt.

In Itharien ist es üblich, ein Neugeborenes auf das erste Wort zu taufen, das es spricht. Da jedes Lallen als Wort gilt, das die Menschen zwar nicht verstehen, für die Götter aber von Bedeutung ist, sind die gängigsten itharischen Namen Nen, Rol, Aga und ähnliche Ein- und Zweisilber. Die Interpretation bleibt den Eltern überlassen, und es ist auch möglich, mehrere Silben aneinanderzureihen. Itharische Namen sind meist kurz und leicht auszusprechen.

Arkische Namen werden nicht endgültig vergeben. Im Verlauf seines Lebens nimmt ein Arkarier verschiedene Namen an. So heißen die meisten Neugeborenen Gassan (Säugling) oder Gassinuë (Winzling). Arkische Eltern suchen sehr früh nach der Besonderheit ihres Kindes und benennen es entsprechend, bis ein Namenswechsel geboten ist. So bedeutet Prad »der Neugierige«, Iulane »das junge Mädchen«, Ispen »die Liebreizende«, Bowbaq »der Riese«, usw. Jeder gibt sich Mühe, sich keinen Namen wie »der Grausame«, »der Geizhals«, »der Untreue« oder andere Beleidigungen einzuhandeln. Selbstverständlich verbietet es die Höflichkeit der Arkarier, jemanden nach einem körperlichen Makel zu benennen, doch bei Feindschaften wird dieser Grundsatz gern einmal vergessen.

Die Züu, die der Rachegöttin dienen, nehmen am Ende ihres Noviziats einen neuen Namen an. Als Zeichen ihrer Unterwerfung unter Zuïa wählen sie einen Namen mit dem Anfangsbuchstaben »Z«, der ihnen zugleich Macht über das gemeine Volk der Züu verleiht.

Niab

Kauli. Der Niab ist ein Tiefseefisch, der nur nachts an die Oberfläche kommt. Die kaulanischen Fischer spannen ein großes dunkles Tuch kurz über der Wasseroberfläche zwischen mehrere Schiffe, um ihn zu täuschen. Dann müssen sie die Fische nur noch einsammeln, weil sie in eine Art Dämmerzustand verfallen. Als »Niab« bezeichnet man auch jemanden, der allzu leichtgläubig und arglos ist.

Obere Königreiche

Streng genommen sind damit das Königreich Lorelien, das Große Kaiserreich Goran und das Königreich Itharien gemeint, manchmal auch noch das Königreich Romin. In den Unteren Königreichen zählt man jedoch alle Länder nördlich des Mittenmeers dazu, also auch das Matriarchat von Kaul und Arkarien.

Odrel

Odrel ist ein Gott, der vor allem in den Oberen Königreichen verehrt wird. Odrel soll der zweite Sohn Echoras und Olibars sein.
Ein fleißiger Priester sammelte einst mehr als fünfhundertfünfzig Geschichten über den traurigen Gott, wie Odrel manchmal genannt wird. Die bekannteste ist die Geschichte der tragischen Liebe Odrels zu einer Schäferin, die mit dem Tod der Menschenfrau und ihrer drei Kinder endet. Als Odrel seiner Geliebten in den Tod folgen will, muss er qualvoll erfahren, dass dies als Einziges auf der Welt nicht in seiner Macht steht. Der Priester fasst die Ergebnisse seiner Forschungen wie folgt zusammen: »Niemand hat so viel Unglück erfahren wie Odrel. Aus diesem Grund wenden sich all jene an ihn, die ein Unheil oder einen Schicksalsschlag erlitten haben, die von Trauer, Reue oder bösen Erinnerungen gequält werden, die in Ungnade gefallen sind oder in Armut leben, die Ungerechtigkeiten, Verzweiflung oder andere Prüfungen des Lebens durchstehen müssen. Er ist der einzige Gott, der sie versteht und ihnen Trost spenden kann, da er selbst Mitleid erregt.«

Païok

Arkisch. Vater.

Phrias
Der Verfolger. Phrias ist ein Gott, der durch böse Gedanken und finstere Gebete der Menschen beschworen wird. Er macht, dass ein Seil reißt, ein Hund zubeißt, das Feuer aus dem Kamin springt oder der Boden plötzlich rutschig wird. Dieser Dämon nährt sich vom Hass und erfüllt die schwärzesten Wünsche.

Presdanien
Eine der fünf Provinzen des Königreichs Romin. Ihre Hauptstadt ist Mestebien, ihr Wappenbild ein Gyolendelfin.

Ramgrith
Bewohner des Königreichs Griteh. Wichtigste Sprache dieses Königreichs.

Rat der Mütter
Oberste Versammlung und Regierung des Matriarchats von Kaul. Jedes Dorf hat einen solchen Rat, deren Vorsitz die Dorfmutter innehat, während die Dorfälteste als ihre Beraterin dient.

Rideau
Der Rideau ist ein Gebirge, das im Westen an das Große Kaiserreich Goran und das Königreich Itharien und im Osten an das Morgenland grenzt.

Rochane
Fluss, der in den Nebelbergen entspringt und in das romische Meer mündet. Er fließt durch die romischen Provinzen Helanien und Presdanien. An seinen Ufern liegen zwei der größten Städte des Alten Landes: Mestebien und Trois-Rives.

Romerij
Legendäre Stadt, auf dessen Ruinen Romin gebaut ist.

Romisches Alphabet

Das romische Alphabet ist das komplizierteste Alphabet der bekannten Welt, das noch in Gebrauch ist. Es besteht aus einunddreißig Buchstaben, von denen siebzehn einen Akzent tragen können. Diese achtundvierzig möglichen Buchstaben geben jedoch noch keine Laute wieder. Erst aus der Kombination von zwei, drei oder vier Buchstaben entstehen Silben. Die Schreibweise jeder Silbe hängt wiederum davon ab, welche Silben ihr vorausgehen und auf sie folgen.
Selbst die Rominer benutzen im Alltag eine vereinfachte Version. Das ursprüngliche Alphabet wird nur noch für offizielle Schriften verwendet. Musiker nutzen es außerdem für Gesangspartituren, da seine Variationsmöglichkeiten es erlauben, jede noch so kleine Stimmmodulation zu notieren.
Gelehrte aus allen Königreichen studieren das romische Alphabet wegen seines streng mathematischen Aufbaus.

Schieben

Schieben ist ein Spiel mit großem Körpereinsatz, das vor allem im Alten Land und im Norden der Fürstentümer populär ist. Zwei Gegner stellen sich jeweils auf ein Bein, legen die Handflächen aneinander und verschränken die Finger. Derjenige, der als Erster das zweite Bein auf den Boden stellen muss, hat verloren. Die Hände müssen sich die ganze Zeit berühren. Wie der Name schon sagt, ist es die beste Taktik, mit aller Kraft zu schieben.

Semilia

Unabhängiges Fürstentum, das unter dem Schutz Loreliens steht.

Tal der Krieger

Landstreifen zwischen den nördlichen Ausläufern des Rideau und dem Spiegelozean. Sowohl das Große Kaiserreich Goran als auch das Königreich Thalitt erheben Anspruch auf das Gebiet. Seit Jahrhunderten liefern sie sich im Tal der Krieger erbitterte Gefechte.

Terz

Die Terz ist die offizielle Währung Loreliens. Es gibt Silberterzen – das gängigste Zahlungsmittel – und Goldterzen, auf die das Konterfei des Königs geprägt ist.
Die lorelischen Goldterzen sind berühmt für den hohen Goldgehalt ihrer Legierung.
Die Untereinheit der Terz ist der Tick. Eine Silberterz ist zwölf Tick wert.
Der Wert einer Goldterz hängt vom jeweiligen Geldwechsler ab, liegt aber bei mindestens fünfundzwanzig Silberterzen.

Theoretiker

Priesterkaste, die sämtlichen Göttern dient, selten auch nur einigen oder gar einem einzigen Gott. Die Theoretiker versuchen, aus den göttlichen Zeichen den Willen der Allmächtigen herauszulesen. In den Tempeln genießen sie kein hohes Ansehen, aber an den Höfen der Könige und Fürsten sind sie sehr gefragt. Häufig sind sie auch Astrologen und Ratgeber.
Der bekannteste Theoretiker war Jéron der Zarte, der die Einwohner Romins vor dem Ertrinken rettete, obwohl der König seiner Prophezeiung keinen Glauben schenkte.

Ubese

Fluss, der in den Jezebahöhen entspringt und durch die Kleinen Königreiche fließt. Bis zum Abschluss des ersten Friedensabkommens kämpften die Fürstentümer lange Zeit um die Vorherrschaft über die Ubese.
Die Ubese ist ein breiter, gemächlich dahinfließender Strom und bildet in der Ebene von Junin einen See. Ein bewachtes Wehr am Südeingang des Sees schützt die Hauptstadt der Fürstentümer vor einem Angriff der Unteren Königreiche auf dem Wasserweg.

Untere Königreiche

Bezeichnung für die Länder südlich der Louvelle. Oft werden jedoch auch die Fürstentümer hinzugezählt.

Urae

Fluss, der in den Brantacken entspringt und ins romische Meer mündet. Die romische Pronvinz Uranien ist nach ihm benannt. Romin, die Hauptstadt des Alten Landes, liegt an seinem Ufer.
Die Urae genießt den traurigen Ruf, der dreckigste Fluss der bekannten Welt zu sein. Man sagt, in seinem schlammigen Grund verberge sich ein größerer Schatz als der des Kaisers von Goran. Aber das ist sicher nur ein Bild, um das Ausmaß der Verschmutzung zu beschreiben. Dennoch hält sich das Gerücht hartnäckig, da immer wieder Flussschiffer zu plötzlichem Reichtum gelangen und über die Herkunft des Geldes schweigen.

Uranien

Eine der fünf Provinzen des Königreichs Romin. Ihre Hauptstadt ist Romin, ihr Wappenbild der Kronenadler aus den Nebelbergen.

Velanese

Lorelischer Fluss. An seiner Quelle liegt die Stadt Le Pont.

Die Weise

Die Göttin Eurydis wird auch »die Weise« genannt.

Weißes Land

Anderer Name für das Königreich Arkarien.

Yérim-Inseln

Die Inselgruppe Yérim besteht nur noch aus zwei Inseln: Yérim selbst und der Insel Nérim. Zwei kleinere Inseln sind beim Ausbruch des Yalma – des größten Vulkans der Inselgruppe – im Meer versunken. Eine fünfte Insel erhob sich aus den Fluten, verschmolz mit Yérim und gab der Hauptinsel ihre heutige Form.
Der Vulkanausbruch geht auf das Jahr 552 zurück. Zwei Jahrhunderte zuvor hatte das Große Kaiserreich die Inselgruppe besiedeln lassen, ohne auf Widerstand zu stoßen, da kein anderes Königreich Anspruch auf diesen trostlosen Fleck Erde erhob. Kaiser Uborre, der die Besiedlung befohlen hatte, wollte von Yérim aus die Unteren Königreiche an-

greifen, verwarf die Idee aber wieder, als sich herausstellte, dass es zu kostspielig war, den Hafen und das Fort zu unterhalten, die eilig auf Yérim errichtet worden waren.
Zurück blieben nur eine kleine Garnison und eine Flotte von zehn Galeerenschiffen. Die unfähigsten Soldaten wurden nach Yérim versetzt und unter den Befehl von unfähigen Offizieren gestellt. Bald wurde das Fort zum Gefängnis umgebaut, und immer mehr Verurteilte wurden ohne Hoffnung auf Rückkehr nach Yérim verschifft. Die Ausgestoßenen der goronischen Gesellschaft – Gefangene wie Aufseher – sollen das Wappenbild Yérims entworfen haben: ein schwarzes Stirnband, das Symbol der Verschwörer und Feinde des Kaisers.
Als im Jahre 552 der Vulkan ausbrach, nutzten die dreitausend Gefangenen die Gelegenheit zur Revolte. Die Hälfte der auf Yérim stationierten Soldaten schloss sich ihnen an. Die Gefechte waren rasch beendet, doch bald brachen Kämpfe zwischen den verschiedenen Rädelsführern aus. Inmitten der Unruhen entdeckten die einstigen Gefangenen das reiche Kupfervorkommen der Insel, das bei einem Vulkanausbruch an die Oberfläche gekommen war.
Anstatt von der Insel zu fliehen, beschlossen die Goroner, die Galeeren, die bei der Revolte verschont worden waren, zur Verschiffung des Erzes zu nutzen. So brachten sie Yérim endgültig in ihre Gewalt. Die Bewohner fürchteten einen Gegenangriff Gorans, doch bald stellte sich heraus, dass sich das Große Kaiserreich wenig um den Verlust scherte und nicht noch mehr Kriegsschiffe verlieren wollte.
Als die Kupferminen erschöpft waren, sattelten die Yérimer um und wurden Piraten, Söldner und Schmuggler. Drei Jahrhunderte später wird die Insel immer noch »Gorans Gefängnis« genannt und gilt nach wie vor als äußerst gefährlich.